México negro

Alfaguara es un sello editorial del Grupo Santillana

www.alfaguara.com

Argentina
Av. Leandro N. Alem, 720
C 1001 AAP Buenos Aires
Tel. (54 114) 119 50 00
Fax (54 114) 912 74 40

Bolivia
Avda. Arce, 2333
La Paz
Tel. (591 2) 44 11 22
Fax (591 2) 44 22 08

Chile
Dr. Aníbal Ariztía, 1444
Providencia
Santiago de Chile
Tel. (56 2) 384 30 00
Fax (56 2) 384 30 60

Colombia
Calle 80, 10-23
Bogotá
Tel. (57 1) 635 12 00
Fax (57 1) 236 93 82

Costa Rica
La Uruca
Del Edificio de Aviación Civil 200 m al Oeste
San José de Costa Rica
Tel. (506) 220 42 42 y 220 47 70
Fax (506) 220 13 20

Ecuador
Avda. Eloy Alfaro, 33-3470 y Avda. 6 de
Diciembre
Quito
Tel. (593 2) 244 66 56 y 244 21 54
Fax (593 2) 244 87 91

El Salvador
Siemens, 51
Zona Industrial Santa Elena
Antiguo Cuscatlan - La Libertad
Tel. (503) 2 505 89 y 2 289 89 20
Fax (503) 2 278 60 66

España
Torrelaguna, 60
28043 Madrid
Tel. (34 91) 744 90 60
Fax (34 91) 744 92 24

Estados Unidos
2105 N.W. 86th Avenue
Doral, F.L. 33122
Tel. (1 305) 591 95 22 y 591 22 32
Fax (1 305) 591 91 45

Guatemala
7ª Avda. 11-11
Zona 9
Guatemala C.A.
Tel. (502) 24 29 43 00
Fax (502) 24 29 43 43

Honduras
Colonia Tepeyac Contigua a Banco Cuscatlan
Boulevard Juan Pablo, frente al Templo
Adventista 7º Día, Casa 1626
Tegucigalpa
Tel. (504) 239 98 84

México
Avda. Universidad, 767
Colonia del Valle
03100 México D.F.
Tel. (52 5) 554 20 75 30
Fax (52 5) 556 01 10 67

Panamá
Avda. Juan Pablo II, nº15. Apartado Postal
863199, zona 7. Urbanización Industrial
La Locería - Ciudad de Panamá
Tel. (507) 260 09 45

Paraguay
Avda. Venezuela, 276,
entre Mariscal López y España
Asunción
Tel./fax (595 21) 213 294 y 214 983

Perú
Avda. Primavera 2160
Surco
Lima 33
Tel. (51 1) 313 4000
Fax. (51 1) 313 4001

Puerto Rico
Avda. Roosevelt, 1506
Guaynabo 00968
Puerto Rico
Tel. (1 787) 781 98 00
Fax (1 787) 782 61 49

República Dominicana
Juan Sánchez Ramírez, 9
Gazcue
Santo Domingo R.D.
Tel. (1809) 682 13 82 y 221 08 70
Fax (1809) 689 10 22

Uruguay
Constitución, 1889
11800 Montevideo
Tel. (598 2) 402 73 42 y 402 72 71
Fax (598 2) 401 51 86

Venezuela
Avda. Rómulo Gallegos
Edificio Zulia, 1º - Sector Monte Cristo
Boleita Norte
Caracas
Tel. (58 212) 235 30 33
Fax (58 212) 239 10 51

México negro

Francisco Martín Moreno

ALFAGUARA

D. R. © 1986, Francisco Martín Moreno
c/o Guillermo Schavelzon & Asoc., Agencia Literaria
info@schavelzon.com
D. R. © De esta edición:
Santillana Ediciones Generales, S. A. de C. V., 2007
Av. Universidad 767, Col. del Valle
México, 03100, D.F. Teléfono 5420 7530
www.alfaguara.com.mx

Primera edición: noviembre de 2007

D.R. © Diseño de cubierta: Eduardo Téllez

ISBN: 978-970-58-0174-7

Impreso en México

A Jessie, Beatriz, Ana Paola y Claudia.
Mis motivos, mi esperanza.

Yo escribo,
por eso soy libre.
No soy culpable.
Parafraseando a Antonio Tapies

La novela, según Milan Kundera, "es un paraíso
imaginario para los individuos. Es el territorio donde nadie
es poseedor de la verdad". Yo me pregunto si, en relación a
la historia, hay poseedores de la verdad.

EL AUTOR

AGRADECIMIENTO

A todos los investigadores y estudiosos de la historia de México, sin los cuales no hubiera sido posible este libro. En especial, al doctor Lorenzo Meyer y al doctor Friedrich Katz. Muchas de las conclusiones de esta novela surgieron de la lectura reveladora de sus trabajos, conclusiones que muy probablemente verán con sus reservas. Mía es la responsabilidad de cuanto se dice en esta historia.

Prólogo
México negro a 21 años de su publicación

¿Sería posible hacer un balance, una evaluación de resultados a setenta años de la expropiación petrolera que tanto entusiasmo y ánimo reconciliatorio despertó en la inmensa mayoría de los pobladores de una nación tantas veces ultrajada y despojada a lo largo de la historia? Por supuesto que sí. Debo insistir en que los gobiernos mexicanos han sido históricamente muy malos administradores, sentencia a la que por ningún concepto podría escapar Petróleos Mexicanos, empresa que, sálvese el que pueda, ha sido botín de políticos tan ineficientes como corruptos que no han hecho sino desperdiciar esa inmensa riqueza que, como decía el poeta, bien nos la pudo haber escriturado el mismísimo demonio.

Según datos oficiales, las reservas petroleras mexicanas se desplomaron a 18 mil millones de barriles durante la catastrófica gestión de Vicente Fox Quezada, quien, aprovechando el incremento de los precios internacionales del crudo, aceleró irresponsablemente la extracción y puso toda su atención en objetivos vulgares como sus índices de popularidad, la búsqueda de un bienestar efímero y, en fin, una prosperidad artificial e insostenible más allá de su gobierno. Fox invirtió los excedentes petroleros fundamentalmente en sueldos burocráticos, en gasto corriente, en lugar de destinar esos multimillonarios recursos, captados inesperadamente, en la construcción de infraestructura y en otros objetivos estrictamente indispensables, como la creación de empleos productivos.

Resulta una broma, una paradoja de la historia, una flagrante confesión de miseria administrativa y de visión empresarial, que en 1982 México contara con 72 mil millones de reservas probadas y, tan sólo 25 años después, éstas se hayan desplomado a menos de una cuarta parte. Al inicio del gobierno de Fox, las reservas sumaban 32 mil millones de barriles y, como ha quedado expuesto, al final de su sexenio se habían reducido a escasamente 18 mil, en tanto los pozos se siguen agotando inexorablemente por sobreexplotación.

En lugar de haber invertido en exploración, en extracción, en investigación tecnológica, en mantenimiento, la administración de Fox retiró al año de Pemex, vía impuestos, el 60.8% de sus ventas totales, privándolo de recursos imprescindibles para reinvertir y mantener en buen estado las instalaciones. Desangraron a Pemex irresponsablemente o lo saquearon inmoralmente o lo sepultaron en la ineficiencia dolosamente o lo atacaron intereses inconfesables que, a la fecha, tienen sepultada a la primera empresa mexicana en una quiebra sin precedentes.

¿No estallaron oleoductos en el sureste mexicano al igual que estallaban fraudes perpetrados desde el último empleado hasta llegar a las alturas del director general? ¿No salían pipas cargadas de las refinerías para vender combustible robado entre distribuidores, igualmente corruptos, en el mercado negro? ¿No se publicaban cotidianamente escándalos por desfalcos al patrimonio de la paraestatal? ¿No se vendían combustibles adulterados? A pesar de tener monopolio absoluto también en materia de refinación, ¿Pemex no importó en 2005 el 40% de la gasolina que se consumió en el país, además de gas que, entre otros países, también se importaba de Estados Unidos, que a su vez lo hacía traer de Canadá, mientras que en México flotamos en gas sin poderlo aprovechar o exportamos crudo para volver a importarlo convertido en productos petroquímicos ante nuestra incapacidad de refinación? Importamos gas importado: es obvio que somos incapaces de producir los energéticos que requiere el país para su marcha y desarrollo.

¿Cómo es posible que continuemos exportando crudo e importando, a diez veces su valor, gasolinas fabricadas con nuestro propio petróleo, mientras Venezuela cuenta, de buen tiempo atrás, con refinerías en territorio norteamericano? ¿De qué se trata? ¿De hacer precisamente todo lo opuesto a la más elemental razón? El ejemplo es equiparable a exportar azúcar para, acto seguido, importar caramelos. Así de absurdo. De cada barril de petróleo se pueden obtener productos petroquímicos hasta diez veces superiores a su precio. ¿Por qué no aprovechamos este valor agregado en lugar de seguir exportando crudo con una torpeza que raya en lo patético? Cuando se habla de que México ya no depende del petróleo, ¿por qué no nos preguntamos la razón por la cual casi el 40% del presupuesto federal de egresos se financia precisamente con los impuestos mutiladores que el gobierno impone a esa paraestatal para derrocharlos frívolamente en conceptos indefendibles que harían enrojecer el rostro de un estudiante de primer año de economía? ¿Qué hemos hecho con ese patrimonio? ¡Cuánto desperdicio! Preguntémonos otra vez: ¿de qué le ha servido, a los cincuenta millones de mexicanos que subsisten escandalosamente en la miseria, a los lacandones, a los tarahumaras o a los mixtecos, que México haya expropiado el petróleo hace setenta años?

Una pregunta que irritaría no a los escasos líderes de la izquierda mexicana que podría haber de verdadera vanguardia, sino a quienes la encabezan movidos por perversiones fascistas: ¿dónde hay más soberanía, en un país donde la riqueza petrolera es administrada por una sola empresa paraestatal que se encuentra paradójicamente quebrada a pesar de no tener competencia en el mercado nacional, o en un país en el que existen por lo menos veinte empresas petroleras, todas ellas vigiladas y controladas por el gobierno?

¡Si se hunde Pemex, se hunde su gobierno, se hunde México, señor presidente…! Si una de las veinte empresas petroleras de mi ejemplo sufriera el flagelo de una huelga, las otras seguirían operando normalmente y nadie podría poner al país de rodillas, energéticamente hablando. El gobierno ya no resentiría las amenazas de líderes obreros corruptos que podrían inmovilizar al país. De modo que ¿dónde hay más soberanía? ¿Por qué México es de los países productores de petróleo que tiene más empleados por barril extraído o producido? ¿Por qué…? Muy sencillo: porque quien asalta a Pemex no sólo es el gobierno, sino un sindicato que tiene secuestrada a la principal empresa del país, otra sanguijuela que bien estaría dispuesta a condenar a la paraestatal a su extinción con tal de no perder sus privilegios y prebendas.

¿México…? ¡Ah, sí!: México puede esperar.

Cuando se descubrió que Estados Unidos extrae petróleo en el Golfo de México a profundidades inaccesibles para la tecnología mexicana, la sensación de impotencia no puede ser mayor. Esa es la realidad después de setenta años de petróleo nacionalizado. No nos engañemos. Igual que a principios del siglo XX los yanquis se robaban el petróleo que surgía a la superficie en forma de gigantescas chapopoteras sin que ningún gobierno pudiera contener el despojo hasta la llegada de Cárdenas a la presidencia, hoy las nuevas generaciones de yanquis saquean el petróleo a través de los Hoyos de Dona que se encuentran en el Golfo de México a profundidades de entre tres y cinco mil metros. ¿Cómo impedir que, a través de la operación "popote", Estados Unidos nos siga despojando de nuestro propio crudo sin que podamos impedirlo? Durante los últimos años de la dictadura de Porfirio Díaz, cuando detonaba la industria automotriz norteamericana, que demandaba cantidades crecientes de petróleo para abastecerla, en México, utilizábamos el oro negro para curar a las vacas de sus forúnculos… Se trata de la misma distancia tecnológica que no sólo no hemos logrado disminuir, sino que hemos hecho aumentar, a cien años del descubrimiento de los primeros pozos en la Huasteca. ¿Dónde quedó la evolución?

El Instituto de Investigaciones Económicas de la Universidad Autónoma de México considera que la riqueza petrolífera en el Golfo de México —sí, sí: la de los Hoyos de Dona— podría ascender a 100 mil millones de barriles, es decir, más de cinco veces las reservas probadas con las que Fox entregó el gobierno que nunca debería haber presidido. Entre 1995 y 2002, la extracción estadounidense de petróleo de aguas profundas del Golfo de México aumentó en un 535% mientras que la de gas lo hizo en un 620%. ¿Cómo aprovechar esos yacimientos tan extraordinariamente ricos y tan nuestros? Los extranjeros nos vuelven a saquear en nuestra propia cara, privándonos de lo que podría ser la solución de nuestros problemas energéticos.

De acuerdo con lo anterior, no es difícil que en 2012, al concluir el sexenio del presidente Calderón, tengamos que empezar a importar petróleo crudo como ahora importamos gas y gasolina, dada la reducción de nuestras reservas probadas y de no alterar su curso de explotación. Pronto tendríamos que enfrentar una debacle económica y energética sin precedentes gracias a la torpeza de la cadena de gobiernos que han administrado la riqueza de todos los mexicanos. Lo anterior, sin considerar los peligros geopolíticos que se han disparado exponencialmente en razón de la inestabilidad del Medio Oriente, el primer abastecedor mundial de crudo.

¿Soluciones? Claro que las hay. Una de ellas consiste en el reconocimiento de nuestra incapacidad operativa, que por una u otra razón ha conducido a Pemex al fracaso y a la quiebra. Tomando en cuenta que hasta Fidel Castro, el más destacado tirano marxista del siglo XXI, ha permitido a Repsol, la compañía española, la exploración y explotación del petróleo cubano ¿por qué no instrumentar las reglas necesarias para que la inversión extranjera venga a participar en nuestro desarrollo, aceptando en los hechos, como lo hizo Castro, la ineficiencia del gobierno para explotar esos recursos no renovables?

Por otro lado, las potencias económicas, las industrializadas, trabajan de día y de noche para encontrar alternativas energéticas como bien podría ser el hidrógeno. De seguir así, cuando los mexicanos finalmente hayamos permitido, a través de cambios en la Constitución, que los extranjeros puedan coadyuvar en nuestro desarrollo energético, tal vez ya será muy tarde porque tal vez el gas y la gasolina habrán sido sustituidos en buena parte por otro energético menos contaminante, más barato y eficaz. Habremos perdido entonces la oportunidad del siglo debido a que los líderes sindicales petroleros, los legisladores fascistas pertenecientes a una izquierda suicida, un buen grupo de periodistas confundidos, ignorantes, o en el mejor caso, fanáticos, habrían impedido la ejecución de una de las reformas más trascendentes para el país, el cual las demanda con la misma angustia con que un moribundo exige la mascarilla de oxígeno.

No podemos continuar con un pie anclado en el pasado y rechazar con reiterada torpeza las posibilidades de bienestar que le corresponden a los mexicanos de hoy y de mañana. Si se trata de romper moldes, rompámoslos con visión y valentía antes de que sea demasiado tarde, después de practicar un ejercicio de autocrítica y de evaluar nuestras capacidades de negociación para evitar en el corto plazo la necesidad de importar petróleo, con todas sus consecuencias financieras. Es hora de dar un golpe de timón, cuando todavía estamos a tiempo de cambiar dramáticamente el rumbo y evitar el colapso. ¿No es suficiente constatar la realidad? ¿Preferimos gozar con exquisito masoquismo el siniestro arribo de una nueva debacle que demuestre una vez más nuestra inutilidad?

Francisco Martín Moreno
Octubre de 2007

I. CHAPULTEPEC: 1908

El niño Dios te escrituró un establo
y los veneros del petróleo el diablo.

RAMÓN LÓPEZ VELARDE, *Suave Patria*

El canto solitario y monótono de un grillo anunció el final de otra jornada de trabajo en Los Limoneros.

A un lado del patio, entre el zarzo y el viejo jacal, José Guadalupe Montoya esperaba en silencio la llegada de la noche. El desgastado sombrero echado para atrás, endurecido por su constante exposición al sol y a la lluvia, dejaba al descubierto un rostro oscuro surcado por hondas arrugas. Un espeso bigote, casi diríase impropio de un campesino, y una abundante mata de pelo cenizo que cercaba su frente estrecha, delataban el origen español en alguna rama del árbol genealógico de los Montoya.

Eufrosina, la mujer con quien había unido su vida en presencia del Señor, a los 14 días del mes de enero de 1880 en la capilla de la Hacienda de Tololoapan, lo observaba ocasionalmente desde la intimidad de sus ollas.

Al verlo sentado en cuclillas, con los brazos cansados encima de las rodillas, y reconocer la expresión ansiosa de sus pequeños ojos negros, prefirió dejarlo con sus pensamientos y llamarlo a comer más tarde los tamales de maíz con carne de cerdo y el atole endulzado con miel de maguey que había preparado para la merienda.

¿Cuánto hacía que Hilario y Valente, sus dos hijos, se habían ido —Hilario como peón en una hacienda cerca de Culiacán y Valente como bracero en cualquiera de los naranjales de Florida? Ambos aprenderían la mejor manera de hacer producir la tierra y ambos buscarían la forma de mandar "centavos" a su padre y a su madre.

Para José Guadalupe, los años transcurridos desde la partida de sus hijos no eran más que una mañana, un recuerdo aún por hacerse.

—Cuando vuelvan mis cachorros esta tierrita habrá di cambiar di una buena vez —solía repetir con vivo optimismo mientras su mujer asentía en silencio con una cálida sonrisa en su interior.

En momentos como éste, José Guadalupe se angustiaba visiblemente al recordar los días perdidos en el ocio, los años transcurridos en la improductividad, las vidas desperdiciadas de muchas generaciones de Montoyas, como la de su bisabuelo, la de su abuelo, la de su padre y la de él mismo, en la misma tierra, bajo el mismo sol, al lado de los mismos árboles, las mismas acequias y el mismo río que había enmarcado los límites de la hacienda Los Limoneros desde la época del Virrey Iturrigaray.

—Así la conoció mi apacito y así la dejó para siempre. Así la conoció mi apá-abuelo y así la dejó cuando cerró sus ojos al morir. Nada cambia en este lugar, ni el hambre, siquiera, verdá de Dios. Pero ya trairán mis cachorros hartos centavitos pa sembrar más limoneros y vender la fruta en Tampico. A ellos lis a d'ir mijor qui a mí.

La noche inundó Los Limoneros. Los árboles, a lo largo, parecían sombras huidizas. José Guadalupe respiró el paisaje con intensa ansiedad. Su rostro revelaba una apacible ensoñación.

—Nosotros, como las plantas, todo si lo debemos a la tierra. Aquí nacimos, di ella comemos, en ella vivimos y a ella volveremos, porque al fin y al cabo semos sus hijos —solía recordarle el patriarca Montoya a su hijo cuando charlaban a un lado de la noria, junto al río, bajo la enorme sombra de un fresno, en el mismo lugar donde acostumbraba contar, a la hora del almuerzo, cada vez con nuevas imágenes y más colorido, cómo había sido la famosa batalla de Puebla, librada entre el ejército mexicano y los mejores soldados del mundo "que nunca se creyeron cómo los pusimos".

—¿Por qué, apacito?

—Hubieras visto sus uniformes de color blanco, rojo y negro. Sus sombreros todos chistosos que parecían puestos al revés. Los caballos blancos retegrandotes, bien diferentes a nuestros pencos. Sus espadas brillosas y su hablar tan raro. Nosotros no ajustábamos ya ni pa balas, ora ya ni hablar de la ropita del invasor.

—Pero, con todo y todo les ganamos, ¿o no, apá?

—¿Cómo carajos no les íbamos a ganar si lloraban cuando se cortaban las piernas con nuestros magueyes y juimos mucho más vivos que ellos? A mí me tocó con mi general Porfirio Díaz. Él no disparó ni un solo tiro hasta que no tuvo cerca a los francesitos. Con una señal del Juerte de Loreto tronaron nuestros cañones y entonces sí que los hicimos correr y volar por el aire con todo y los chingados sombreros, espadas y jusiles.

Quesque eran invencibles, decían; quesque el tío de todos ellos era muy girito, pos, ¡tengan!, por meterse con Don Benito.

Nosotros al principio no les pudimos disparar porque nuestras balas no llegaban ni a la mitá del camino de donde se hallaba el invasor, pero sus cañones bien que pegaban en el Juerte.[1] Nos mataron a muchos de nuestros muchachos, a quienes el obispo de Puebla no quiso darles la última bendición por ser quesque ripublicanos.

—¿Y quí quere decir ripublicanos?

—Pos decían quesque éramos de los traidores, pero no era cierto, porque bien que nos pegaban las balas, pero no los dejamos poner su banderota en ninguno de los juertes. ¡Pa todo querían poner su banderota en las torres y pa todo que no los dejamos! Ripublicanos o no, bien que les pegamos a los franceses.

—¿Y qui más apá?

—Pos que llovía y llovía y llovía durante la batalla y cuando se nos acabó la bala, pos saltamos sobre ellos a machete pelón pa darles donde se pudiera. Ellos esperaban que peliaríamos ordenaditos pero nosotros tirábamos el machete pa donde se pudiera y así pudimos con ellos, con todo y que la noche anterior andábamos todos bien pedos. Pero no tardaron en volverse a formar, siguiendo las órdenes de los clarines que pa todo tocaban y avanzaron sobre nosotros con muchos soldaditos con tambor en lugar de jusil, mucha más caballería y muchos más cañonazos por todos lados. Ahí sí ya no nos amparó la Guadalupana y nos tuvimos que pelar pa la capital.

Total, pa no hacerles el cuento largo —concluía siempre el patriarca— terminó la lucha por la toma de Puebla.* Perdimos la guerra y volvieron a tocar su cochino himno pa poner, ahora sí, su bandera y el obispo tocó sus campanas pa festejar nuestra derrota. Después los invasores se siguieron a la Ciudad de México, donde impusieron a un Imperador al que Juárez le quitó más tarde todas las chingadas medallas que tenía en el pecho, pero pa llenárselo de plomo, junto con otros mexicanos afrancesaditos que no querían que los gobernara uno de los nuestros, sino a juerzas un extranjero y Juárez también los ajusiló.

Yo estuve también en el Cerro de las Campanas —agregaba siempre satisfecho el anciano—, y vi cuando un general, llamado Aureliano Blanquet, le metió un tiro en la cabeza al Imperador, ese güerito que, eso sí, se murió como hombrecito a pesar de que todo el pelotón le tiró a los güevos pa que no fuera a volver a México.[2]

—Ven a merendar, José, ya si hace tarde y mañana hay qui madrugar —exclamó por fin Eufrosina, cansada ya de esperar.

José Guadalupe se irguió lentamente. "Sólo espero qui Hilario y Valente vuelvan; ya verán mis vecinos de lo qui somos capaces los Montoya cuando si trata de trabajar la tierra."

En la zona norte de la Huasteca, donde colindan los estados de Veracruz y Tamaulipas, era común escuchar los comentarios de los vecinos, excursionistas o colonizadores, relativos a la existencia de grandes extensiones de terreno saturadas de enormes agujeros negros en donde el petróleo

---

* Mientras tanto, en París, en el momento en que los Voltigeurs de la Garde tocaban bajo las ventanas de Fontainebleau durante la cena de Sus Majestades, el Emperador recibía la feliz noticia de que Puebla estaba en ruinas, empapada en sangre y capturada. Mandó una nota a la orquesta: "Puebla es nuestra". El Director interpretó de inmediato *La Reina Hortensia*, y la noticia corrió entre la multitud. ¡Viva el Emperador! Al día siguiente, el Cañón de los Inválidos celebró la gloriosa nueva. Los edificios públicos fueron iluminados, banderas y estandartes adornaron las casas particulares. La mayoría de los soberanos europeos enviaron sus felicitaciones al Emperador por haber aplastado el cuello de un pueblo postrado. En un gran banquete, el Príncipe Metternich, cochero de la reacción europea, brindó: "La toma de Puebla engrandece todavía más, en la estimación de los príncipes y de los pueblos, el nombre de Francia".[3]

afloraba en forma natural hasta la misma superficie. Dichos orificios, sucios y pestilentes, constituían un peligro para el pastoreo y un estorbo para la labranza, la cual se veía afectada al disminuirse, lógicamente, las áreas de cultivo.

Porfirio Díaz, el Presidente de México a la sazón, ante la imposibilidad de contar con recursos económicos propios para la construcción de vías férreas, entre otros menesteres, a pesar de haber permanecido ya casi más de veinticinco años en el poder, entregaba, particularmente a los ingleses, jugosas concesiones en materia ferroviaria. Desde tiempo atrás los distinguía constantemente con todo género de privilegios, entre otras razones, para disminuir, sin lugar a dudas, la creciente penetración del capital americano en la economía nacional.[4]

—Si pierdo el control de la economía, no tardaré en perder el control político del país —pensaba en su intimidad el Dictador.

Díaz permitió sin embargo que el tendido de las vías férreas continuara rumbo a la frontera norte, sin enlazar los centros de producción con los de consumo en el territorio mexicano, dado que el propósito fundamental descansaba en la necesidad de comunicar comercialmente a los Estados Unidos con México. Los mercados internos fueron desestimados durante el diseño y ejecución del colosal proyecto ferroviario, no así los inmensos yacimientos de petróleo, cuyo descubrimiento no escapó, desde luego, a la atención de los constructores extranjeros, quienes intentaron aprovechar integralmente la inesperada oportunidad comercial con su conocida intrepidez política y temida voracidad económica.

—No sé qui trai tanto güero con las chapopoteras,* Eufrosina.

—No te priocupes, José. Tanto si quejan de los pinolillos, de los mosquitos y de las garrapatas qui no van a durar ni tantito en estas tierras.

—Pos quién sabe, Eufrosina. Desde que llegaron con sus aparatos y sus cuetes pa encajarlos en el piso y hacerlo temblar pa quién sabe qui cosa, ya empiezan a pasar cosas raras por aquí en la Huasteca. Ya ves cómo cambió de dueño la finca de don Pancho, ésa de Cerro Azul** y la de Los Naranjales, aquí abajito del río, de Celorio Martínez. Nomás

---

* El chapuputli, dijo Sahagún, el gran enciclopedista de Las Casas de la Nueva España, es un betún que sale de la mar y es como un pez de Castilla que fácilmente se deshace y el mar lo echa de sí como las ondas. Este chapuputli es oloroso y apreciado entre las mujeres y cuando se echa en el fuego su olor se derrama lejos.

** Cerro Azul, número 4, propiedad de la Huasteca Petroleum Co., brotó hasta el 16 de noviembre de 1916 y está todavía en producción. Hasta el último de diciembre de 1937 había dado a la referida compañía 84 millones de barriles aproximadamente. Jesús Silva Herzog, *Historia de la expropiación de las empresas petroleras.* Edit. Instituto Mexicano de Investigaciones Económicas, pág. 62.

desaparecieron ellos de un día pal otro y lueguito aparecieron esas torres negras, hartos camiones y hartos piones, hasta qui dejaron las tierras hechas un santo lodazal.

—Verdá de Dios qui los güeros andan bien locos, José.

Días después, cuando José Guadalupe Montoya colocaba en el piso las primeras mazorcas de la cosecha para dejar que el sol se encargara de secarlas debidamente antes de subirlas al zarzo, escuchó repentinamente el galope de un par de caballos que se acercaban por el lado poniente de Los Limoneros.

Lentamente se puso de pie sin retirar la mirada de los jinetes, mientras Coralillo, su perro, llamado así en honor al dolor que infringían sus mordidas, corría rumbo a ellos al tiempo que ladraba insistentemente para hacer notar la presencia de los intrusos. Sin desmontar, uno de los jinetes desató la puerta del corral hecha a base de troncos y se dirigió a donde esperaba atentamente José Guadalupe.

—Buenos días tenga usted, don José. ¡Qué gusto verle de nuevo!

Montoya reconoció inmediatamente al ayudante del abarrotero español de Tampico, a quien le vendía la escasa producción actual de Los Limoneros. Se acercó a las bestias y después de tomar las bridas de ambos caballos, los invitó con la tradicional cortesía indígena a desmontar. El otro jinete se limitó a seguir la conversación con una sonrisa inexpresiva.

—¿A quí se debe qui haya asté venido hasta esta su humilde casa? —preguntó Montoya—. Mi imagino qui vendrán harto hambrientos. Déjeme llamar a Eufrosina pa qui prepare algo de comer —dijo gozoso José Guadalupe antes que sus visitantes pudieran contestar.

Los jinetes, agradecidos, se sacudían el polvo del camino cuando apareció Eufrosina secándose las manos en un desgastado delantal y saludando tímidamente con la cabeza. José Guadalupe llamó al pequeño Salvador, hijo del finado tío Margarito, para que les diera agua a los caballos tan pronto se enfriaran y los desensillara al menos por un momento para ventilar sus lomos.

El comerciante, conocido como Juan Alfaro, presentó de inmediato a su acompañante, el licenciado Eduardo Sobrino.

Tan pronto entraron al jacal, José Guadalupe les ofreció sendos vasos de pulque mientras se sentaban en unos pesados troncos distribuidos en desorden alrededor del comal. La diligencia de José Guadalupe por atender a sus huéspedes le impidió ver la cara del abogado, quien difícilmente lograba ocultar la repugnante sensación de malestar que le producía la habitación.

Pinches indios cochinos y piojosos. ¿Cómo pueden respirar este aire? Ni los caballos de mi cuadra en la Ciudad de México lo resistirían —pensaba para sí el abogado.

Sobrino, representante legal de una de las compañías petroleras más importantes del mundo, se concretó a permanecer inmóvil y mudo, con una sonrisa sardónica, atento a cualquier movimiento reptante en el piso. La presencia de cualquier bicho venenoso hubiera agotado de inmediato su ya escasa paciencia, que el propósito del viaje le obligaba a guardar celosamente.

—¿Qué me cuenta de Hilario y de Valente, don José? —preguntó Alfaro, sabedor de las verdaderas debilidades de Montoya.

—¡Ai van, don Juanito! Valente cumple como siempre. Ai veces qui paso a recoger al correo algunos centavitos qui nos manda a Eufrosina y a mí. Verá asté cómo él sí regresará con lo prometido entre sus manos.

—¿Hilario no?

—Güeno, él también lo hará si las mujeres y el pulque no mi lo acaban de torcer. Ya dendenantes li daba por ai. A ese muchacho mi lo pueden echar a perder con esas cosas; ojalá qui Diosito santo me lo aparte siempre del mal camino.

Sobrino, al oír la palabra pulque levantó instintivamente su vaso hasta ponerlo contra la luz. Después depositó nuevamente el recipiente en el piso polvoso, mientras una evidente expresión de agruras congestionaba todo su rostro.

—De cualquier forma —continuó Montoya—, los dos cumplirán y pronto llevaremos hartos limones pa vender en su tienda de Tampico.

Alfaro y Sobrino se miraron discretamente a la cara cuando el viejo expuso sus planes con respecto a su tierra.

Alfaro, después de leer nervioso la mirada ansiosa e imperativa del licenciado, les deseó buena suerte a los Montoya además del feliz retorno de sus hijos y de inmediato abordó el tema que había justificado el largo viaje.

—Me contó el día de ayer el licenciado aquí presente (Sobrino sonrió con expresión beatífica), que uno de sus clientes tiene interés en adquirir con algunos dinerillos ahorrados unas tierras de por aquí de la Huasteca. Y como me dijo que si eran buenas las pagaría bien, yo pensé en beneficiarle a usted con la operación. Su finca es inmejorable y el precio también lo es. Con los puros réditos de esos dineros toda la familia Montoya podría vivir sin problemas por el resto de sus días.

—¿Qué son réditos? —interrumpió Montoya.

—Es dinero que le paga un banco por entregarle usted el dinero de su propiedad —contestó intempestivamente Sobrino—. En otras palabras, si nosotros le compramos su finca, usted puede depositar ese dinero en el banco, el cual le dará un pago mensual a su nombre para que jamás vuelva usted a tener preocupaciones de dinero, ni volver a trabajar.

Don José Guadalupe sonrió esquivamente.

—También —continuó Alfaro— podrían comprar una hacienda más pequeña, de más fácil administración y manejo para cuando regresen los muchachos o bien hasta podrían comprar una tienda de comestibles como la de mi patrón, de la que tantas veces ha hablado Eufrosina.

De ahí que yo, con la sola idea de ayudarles en atención al cariño que se les tiene, pensara en la posibilidad de beneficiarles con esta extraordinaria oportunidad, don José.

Alfaro no dejaba de escrutar la cara del anciano en busca de una señal que le anticipara una respuesta favorable. El campesino opuso siempre su conocido rostro impasible.

Cuando don José Guadalupe se disponía a emitir su opinión, Sobrino, con experiencia probada en las más diversas fórmulas de convencimiento, se puso de pie, para impresionar aún más a sus interlocutores:

—Nuestro querido y mutuo amigo Alfaro me ha hecho saber en múltiples ocasiones el gran afecto que siempre le ha profesado a usted y a los suyos, don Lupe. Y precisamente en razón de esos afectos, demostrados a través de tantos años de relación cordial y ante la pertinaz insistencia desinteresada de Juan, aquí presente, mi representada accedió a distinguirlo a usted con la posible compra de toda su tierra, a un precio insospechado: una gran suma de dinero que podría beneficiarlo muy justa y merecidamente a estas alturas de su existencia, señor Montoya. Ha llegado, mi querido amigo, el feliz momento de cortar ¡pero ya! un poco de fruta al árbol de su vida que Eulogia y usted han sabido cultivar con tanta dedicación y tino a lo largo de tantos años de trabajo esmerado y motivante.

—Mi señora si llama Eufrosina. Ni quera Dios qui mi la cambien tan pronto —apuntó José Guadalupe, mientras su mujer sonreía humilde y complacida.

—¡Ah! Disculpe usted, don Lupito, no volverá a ocurrir. No tengo buena memoria para los nombres y menos —Sobrino se detuvo consciente de su imprudencia— para estos tan representativos de las más elevadas cualidades de nuestras mujeres campesinas —concluyó con visible alivio.

Montoya agradeció intuitivamente el cumplido del abogado, no sin disimular su desconcierto ante el retorcido lenguaje de Sobrino.

José Guadalupe, forjado generacionalmente dentro de un riguroso concepto moral donde la nobleza y la honestidad son los valores más altamente apreciados por toda la comunidad, no logró extraer de las intenciones adulatorias del abogado ningún propósito perverso o inconfesable.

Montoya tampoco se había enfrentado nunca a un interlocutor como Sobrino, cuyas palabras, andar, mímica e indumentaria, además del control preciso de todos los músculos de su cara, eran parte de una estrategia profesional para transmitir sólo los sentimientos necesarios para convencer y vencer.

—Además —continuó Sobrino— con el dinero de mi representada podría usted adquirir un rancho más redituable y equipado con los más modernos aperos agrícolas para la labranza. Entienda, don Lupito, toda la tierra ociosa, imposible de hacerla trabajar aún con la ayuda de sus muchachos, es dinero muerto desperdiciado, si no lo deposita en un banco de nuestra relación que, desde luego, le reportará los réditos necesarios para vivir sensiblemente mejor. El día de hoy no obtiene usted ninguna ganancia por toda su tierra improductiva —dijo perspicaz el abogado, atento a cualquier gesto del indígena.

Ahora bien, querido don Pepito, si llegamos a hacer un trato respecto al precio del terreno, debemos descontar minuciosamente todos aquellos agujeros que vimos Alfaro y yo a lo largo del camino. Las chapopoteras, como les llaman aquí, disminuyen en gran medida el valor de la propiedad porque impiden explotarla íntegramente.

Montoya permanecía en silencio, esforzándose por comprender los argumentos de su huésped.

—Si se dedica a la labranza —continuó Sobrino, gozoso—, es un problema encontrarse con ellas a la mitad de las milpas. Si se dedica a la ganadería, se corren altos riesgos por envenenamiento de los animales, de tal forma que ¡eso sí! contaremos una a una las chapopoteras que se encuentran dentro de su propiedad y las reduciremos del precio para quedar así todos contentos. Como ve usted, don Josecito, sólo le traemos el día de hoy buenas noticias—. Dicho esto, se dirigió a su pedazo de tronco para volver a sentarse, no sin antes revisarlo discreta pero minuciosamente.

Don José Guadalupe se rascó instintivamente la cabeza. En principio, su concepción del patrimonio familiar le invitaba a rechazar la proposición. Sólo le bastó imaginar el día del juicio final en presencia de todos sus antepasados. Él, desde luego, estaría sentado en el banquillo de los acusados mientras 20 dedos índices flamígeros lo condenarían como el gran traidor, causante del rompimiento de una tradición histórica heredada siglos atrás, debidamente honrada en su momento por todos sus ancestros, convertidos ahora justificadamente en fiscales implacables, integrados en un divino sínodo de Montoyas, varones responsables todos ellos en su oportunidad de la subsistencia de Los Limoneros, los sagrados Limoneros...

Veía las miradas furibundas de toda la larga dinastía de Montoyas condenar también a su padre por no haber sabido transmitirle el amor a la tierra, cuya tenencia había significado siempre la seguridad de todas sus familias, la de los muertos, la de los vivos y la de los que Dios todavía no les había concedido nacer en Los Limoneros. Era inaceptable no haber entendido la supremacía de la tierra sobre cualquier otro valor material. Sólo por esa razón merecía ser condenado a vivir por la eternidad en los fuegos negros del infierno.

Empezaba Montoya a sentir en sus pies el calor de las llamas cuando advirtió la mirada repulsiva del abogado, clavada en sus pies, encostrados de lodo como si en ellos fuera a encontrar un nuevo argumento para convencerlo.

Por culpa de esos indios roñosos —pensaba Sobrino—, en Estados Unidos hablan mal de nosotros, los verdaderos mexicanos. Su apariencia humana nos compromete. Deberíamos hacerlos desaparecer de un plumazo a todos juntos. La tierra en sus flojas e ignorantes manos es un desperdicio de altísimo costo social. La hacienda es la única solución agrícola para el país. Estos zánganos son incapaces de trabajar si no advierten la presencia del látigo en las manos del capataz. Se aferran a la tierra sólo por poseerla, para honrar una tradición familiar a costa de los más caros intereses del país.

Don José Guadalupe levantó la mirada y se encontró con la del abogado, ahora ya cálida y receptiva. Eufrosina había salido momentos antes por un jarro de agua para humedecer un poco la masa de las tortillas, pero regresó de inmediato para alcanzar a escuchar todavía la respuesta de su señor.

—No, mire siñor Sobrino, astedes pueden venir todas las veces qui queran pa qui les convidemos pulque o atole y pa qui platiquemos de lo qui queran menos de nuestra tierra qui nunca venderemos. A mí me toca entregársela a mis hijos, como mi la entregaron a mí. Semos como los pinolillos de la Huasteca. Sólo aquí podemos vivir. Si nos llevan a otro lado nos moriremos todititos. Y pa sempre mi lo riclamarían los míos —concluyó satisfecho don José Guadalupe.

Enseguida agregó, echando mano del más demoledor de todos sus argumentos: "Cuando me vuelva a encontrar con mi apacito y con mi apá-abuelo, ¿quí cuentas quere asté qui yo les entregue si yo, como malagradecido que soy, vendo la tierra a la qui no hay cosa qui no le debamos? ¿Se imagina asté si yo le vendo lo qui es de todos los Montoya? Capaz qui se levanta mi abuelo de su tumba y me vuelve a agarrar a cuerazos como cuando algún animal se nos moría en las chapopoteras por nuestro descuido.

"No, ni me lo diga, siñor Sobrino, aquí nací y aquí se va a morir su servidor y todos los qui nos llamamos Montoya".

Sobrino sopesó la flexibilidad de José Guadalupe.

La tarea sería difícil puesto que el campesino ni siquiera había preguntado por el precio, ni por el descuento de cada una de las chapopoteras. Seleccionó entonces una nueva carta extraída de su enorme repertorio de argumentos persuasivos.

—De cualquier forma, don José —agregó el abogado, mientras introducía su mano derecha en el chaleco de gamuza café y consultaba un pesado reloj de oro colocado en uno de los bolsillos—, puedo sugerirle otra alternativa igualmente atractiva.

Montoya no mostró la menor emoción.

—Usted continuará como propietario de su finca y sólo nos permitirá su uso y goce durante cinco años a cambio de mil pesos anuales, pagaderos por adelantado. En otras palabras, usted nos la presta y nosotros le pagamos para que nos la preste y después de cierto tiempo nos salimos de Los Limoneros y usted continúa con la propiedad como si nada hubiera pasado, pero eso sí, con cinco mil pesotes en su morralito.

Con que, ¿qué le parece? ¿Verdad que no se le había ocurrido pensar en esa posibilidad, don Lupito?

El indio, ensimismado, no podía cerrar la boca, ni salía de su asombro.

Verdá de Dios qui está regüeno lo qui dice el abogado —murmuró finalmente Montoya sin retirar la mirada del rostro inspirado y comprensivo de Sobrino—. Si yo gano con mis limones dos pesos diarios, con mil haré todo lo qui sempre he querido.

Montoya, además de dinero para financiar sus planes familiares, necesitaba tiempo para que se prepararan sus hijos.

La proposición del abogado resolvía simultáneamente todos sus problemas.

Ya estaba dispuesto a acceder cuando una idea repentina le detuvo de todo intento.

—¡Claro! —pensó rápidamente para sí. —Cuando se vayan, ¿cómo dejarán mis Limoneros y cuánto tendré entonces qui trabajar con Valente e Hilario para volver a dejar la tierra lista pa la siembra? Tirarán todos mis limoneros, mis naranjos, mis aguacates, qui son los qui nos dan de comer. ¿Cuánto pasará pa volver a cortar un santo limón si tendré qui volver a plantar mis arbolitos? Me gastaré todos los centavos en reparar la tierra y si pa entonces todavía los arbolitos nuevos no han dado un solo fruto, nos moriremos de hambre.

José Guadalupe salió bruscamente de su asombro y con palabras extraídas aparentemente de la víscera más escondida de su organismo, negó, negó rotundamente la sugerencia del abogado mientras caminaba ansioso dentro del área restringida del jacal, consciente de haber evitado una trampa de dimensiones fatales.

—No, no haré ningún trato —dijo en forma cortante.

—¿Cuál es la razón, señor Montoya? —preguntó de inmediato el abogado sin poder ocultar su sorpresa. Su mejor carta, su mejor argumento, se desvanecía como arena mojada ante un rival insignificante que no debería resistir ni siquiera un soplido de mediana intensidad.

José Guadalupe, seguro de sí y con cierta soberbia desconocida en él, lanzó sobre los restos de su enemigo todo el peso de sus reflexiones, contra las que el abogado opuso tremenda carcajada. El indígena se sintió invadido por el desconcierto, deshecho por las estruendosas risotadas que Sobrino prolongó aún más para confundir a Montoya.

—No, don Lupito, no, no y no. Por un momento me puso usted a dudar. Está usted equivocado. Nosotros deseamos hacer unos estudios del subsuelo, es decir, de la parte de abajo del piso, inaccesible e inaprovechable para usted.

—Mi representada no quiere nada con sus limoneros ni con sus naranjos ni con sus aguacates. Pondríamos algunas estructuras en algunos lugares de su finca, pero en ningún caso tocaríamos sus árboles ni sus maizales ni los trigales. Ninguna gallina cacarearía por culpa nuestra.

Así de tranquila sería nuestra presencia en su tierra. Es más, yo podría convencer a mi cliente para que mientras ellos hacen sus trabajos del subsuelo, usted pueda seguir cultivando sus limones y trabajando toda su finca. No debe olvidar, don Lupito, que el rancho seguirá siendo suyo y que, una vez vencido el plazo, nosotros nos iremos y se lo dejaremos exactamente como usted nos lo entregó.

Sobrino se secó el sudor de la cara que no provenía, bien lo sabía él, de los calores húmedos de la Huasteca. Aquel maldito indio por un momento lo había hecho pasar un pésimo rato. ¿Qué cuentas entregaría? Se vio derrotado ante su jefe por un muerto de hambre, con todo y su Master in International Relations de la Universidad de Pennsylvania. Hubiera sido el hazmerreír de la empresa, sobre todo porque las alforjas de su caballo estaban llenas de dinero para comprar a un secretario de estado, a un gobernador, a un presidente municipal y, más aún, a cualquier indio analfabeto de la sierra.

José Guadalupe, nuevamente asombrado, volvió a hundirse en sus pensamientos y regresó a su lugar sin quitarle la vista a Sobrino, como si todo lo dicho por el abogado fuera mágico, demasiado bello para ser verdad. Algo pasaba en la Huasteca que él todavía no alcanzaba a precisar. Cuando se preparaba a contestar, Alfaro levantó repentinamente su vaso de pulque para cortar la plática y brindar por todos los Montoya.

—Brindo porque la salud nunca falte en esta casa.

José Guadalupe agradeció los buenos deseos sin salir de su profundo sopor. Sólo devolvió, a su vez, las buenas intenciones de sus visitantes, momentos que aprovechó Eufrosina para acercar unos taquitos de cochinita, hechos con tortillas frescas, frijoles y chile habanero, servidos en unas vasijas de barro cocido y pintadas a mano. Era todo un banquete campesino en esas latitudes de la Huasteca.

—Vaya —dijo Alfaro al intervenir como amable componedor, percatándose de la falta de argumentos de don José Guadalupe. El comerciante previó una respuesta necia por parte de Montoya con tal de salvar su prestigio. En ese momento empezaría a peligrar la negociación—, éstos son los tacos que sirven en La Ciudad de los Espejos como gran especialidad de la casa, pero los de Eufrosina son los mejores de todo Tamaulipas.

—Gracias, Juanito, asté sempre tan amable.

Sobrino deseaba volver sobre el indígena, pero Alfaro lo impidió con un guiño; pues conocía el sentido de la dignidad en el campo. El abogado tuvo que resignarse a esperar.

Eufrosina, siempre solícita, hundió una cuchara de madera en el molcajete para que cada quien pudiera servirse la salsa picante y colocó sobre un papel un precario montoncito de sal para que cada comensal pudiera servírsela a su gusto en pequeñas pellizcadas.

La cena transcurrió felizmente alrededor del comal, gracias a la mediación de Alfaro, quien evitó a todo trance la plática sobre el arrendamiento de Los Limoneros y orientó la conversación hacia la cocina tamaulipeca, el ganado y la agricultura, temas, estos dos últimos, en donde se mostró catastrofista, con el ánimo de influir negativamente en los planes futuros de José Guadalupe con respecto a Los Limoneros.

Eufrosina trajo el atole que el abogado trató de beber con entusiasmo, siempre preocupado de no quemarse los pantalones ni mancharárselos con el comal. José Guadalupe, haciendo honor a la tradicional hospitalidad indígena y dado que ya había oscurecido, invitó a sus visitantes a pernoctar con ellos en el jacal.

Sobrino y Alfaro se dispusieron a acostarse no sin antes haber agradecido a los Montoya su "exquisita hospitalidad", expresión que recibieron cortésmente pero sin haberla entendido.

Los dos huéspedes se despidieron sin hacer ninguna alusión adicional a la plática sostenida anteriormente. Un ligero codazo de Alfaro en el vientre de Sobrino lo hizo desistir.

Sobrino, aun cuando pensó que iguales serían las noches de insomnio en el purgatorio, aceptó la invitación para no cometer un desacato que perjudicara las negociaciones. Grande fue su sorpresa al constatar la ausencia de una cama.

—Ni ventanas hay en estas madrigueras infernales. Tengo que respirar el olor a patas, a fritangas, el humo del comal y el aliento pestilente que despiden estos mugrosos por el hocico.

—¿Don José, podría usted abrir la puerta? —preguntó suavemente el abogado.

—No se lo ricomiendo, siñor. Si nos meten las culebras o el agua si nos llueve más tarde.

—Bien, bien —repuso desconsolado Sobrino—. Se lo agradezco. —Abrumado, se tendió en un costal tejido a base de fibra de maguey. —Mi espalda, por Dios, mi espalda. Mi chaleco, mis pantalones. Hay veces que odio a McDoheny. ¡Lo que tengo que hacer para ganarme el pan!

José Guadalupe y Eufrosina se dirigieron, sin cruzar una palabra, rumbo al abrevadero, donde encontraron los caballos de sus huéspedes. Él iba, como siempre, dos o tres pasos adelante de ella, en señal de jerarquía patriarcal. Bien sabía ella el significado de ir siempre detrás de él y más aún en aquella ocasión en la que supersticiosamente José Guadalupe tenía verdadera urgencia en llegar al abrevadero, como si necesitara estar en ese lugar para tomar la decisión más trascendente de sus vidas.

José Guadalupe Montoya había sido tocado por los dardos lanzados hábilmente por el abogado. Sólo necesitaba ventilar sus ideas con su compañera de siempre.

—Mira, Lonchita —epíteto al que respondía Eufrosina cuando era una chiquilla y que él utilizaba para nombrarla cuando sentía miedo… Era una invocación inequívoca de la presencia, la ayuda y el consuelo materno. Ella entendía la intención de esa llamada infantil. Sin apartar la mirada de él, escudriñaba todos los gestos y sopesaba cada una de las palabras, concediéndole a la situación toda la gravedad requerida. Nunca tocaba a su marido en esos casos, pero le encajaba la mirada con tal penetración como si fuera el último objeto que fuera a ver en su existencia—, lo qui nos proponen los siñores ta regüeno; si no nos tinemos qu'ir de nuestra tierra, nos la divuelven al irse igualita como si las entregamos y nos pagan hartos centavos por dejarles rascar bajo de las milpas —señaló José Guadalupe Montoya—. Entonces, ¿quí tanto le pensamos? —se preguntó optimista—, si además podemos seguir vendiendo nuestros limones en Tampico y no lastiman nuestros árboles. ¡Vamos entrándole, Lonchita, y qui la Virgencita nos ampare! Conozco a Alfaro y verdá de Dios qui él no nos engañaría. Yo crío qui mañana mesmo le pongo mi huella en el papel, como hacen esos siñores tan educados.

—Mira, José, ¿y quí tal qui los siñores esos luego no se salen y no nos queren devolver nuestra tierra?

José Guadalupe no contestó. Reflexionó un momento y despúes de un chasquido con los dedos, engolosinado e ilusionado por el dinero y la esperanza, negó a su mujer la procedencia de sus argumentos. —Pa eso se firman los papeles, pa qui si no se cumple todo lo qui si dijo, el Gobierno viene y los corre pa qui se enseñen a cumplir su palabra. Además, Sobrino sabrá hacer las cosas pa qui nos quedemos seguros. Tú quítate de priocupaciones, Lonchita.

—Oye, José —insistió con un nuevo argumento la mujer en un intento de frío análisis, distinto al de su marido—, ¿y quí tal qui sí se van, como tú dices, pero no nos dejan nuestra tierra como si las entregamos y no queda un solo limonero de pie, ni un naranjo, ni un aguacate porque pa nada les va a importar una plaga, ni la falta de agua? Además, ¿quién cuidará de darle pienso a los animales y evitar qui metan el hocico en las chapopoteras? ¿Quién cuidará de la milpa?

—Pos nosotros, vieja, nosotros. Sí nos dejarán cortar la fruta, Lonchita, cuidar los arbolitos, la milpa y los animales. No nos vamos ir. Nos quedaremos y nos pagarán pa dejarlos rascar ahí abajo de la tierra.

—Mira José, si además de pagarnos, nos dejan cuidar nuestra tierra, nuestras siembras y nuestros animales, voy de acuerdo —sentenció Eufrosina segura de sí—. Pero si luego esos siñores no queren salirse con todo y tu dichoso gobierno, vamos a perder toditito lo nuestro. Óyelo bien José —todavía amenazó—, yo por nadita qui mi salgo de mis Limoneros y menos sin mis cachorros qui ya no tardan en venirnos a ayudar.

José Guadalupe acariciaba su nutrido bigote intonso, mientras jugaba cabizbajo con el desgastado huarache a hacer con la tierra figuras caprichosas que apenas se distinguían en la oscuridad de la noche.

—Sale, Lonchita. Eso le diremos mesmamente a los siñores —advirtió Montoya en un nuevo arranque de optimismo—. Si acetan qui nos quedemos en Los Limoneros firmaremos los papeles, si no, pos qui le busquen por otro lado, Lonchita.

En el jacal, de regreso, José Guadalupe rezaba de rodillas; Alfaro besaba un escapulario y pedía suplicante la conformidad del campesino, mientras las voces internas de Sobrino increpaban al maldito indio intransigente, incapaz de repetir dos veces su nombre, y a McDoheny, por enviarle a misiones tan denigrantes.

Un gallo de Los Limoneros anunció, orgulloso, el nuevo día. Nadie había logrado conciliar el sueño. Sobrino, adolorido de la espalda, riñones y cabeza, recibió el amanecer murmurando todas las maldiciones imaginables. Podía describir con asombrosa precisión cada detalle del techo del jacal, cada hoja de las palmas entretejidas. Gracias al insomnio y al pánico a los bichos ponzoñosos había logrado memorizarlo. Además, lo martirizaba la entrega de cuentas negativas en la Compañía, en particular al Presidente del Consejo de Administración, McDoheny. Sabía que sería objeto de escandaloso escarnio si, contando, como contaba, con todos los elementos a su favor, fracasaba. Alfaro no había dejado de imaginar su nueva vida con las jugosas ganancias si cristalizaba la operación. Por fin sería libre y pondría su propio tendajón para el comercio de frutas y legumbres. Montoya sólo pensaba en el futuro de Los Limoneros con sus hijos de regreso y la mayor cantidad de capital ahorrado. Eufrosina se tallaba las manos con preocupación. Dudaba.

Sobrino no había terminado todavía con su plato de frijoles encebollados, servidos por Eufrosina, cuando ya agradecía las atenciones recibidas y se despedía de los Montoya, mientras José Guadalupe, confundido, se preguntaba inquieto si todo lo hablado la noche anterior había sido ya olvidado.

—En relación a nuestra plática de ayer —a Montoya le volvió la vida a la cara— ¿qué pensó usted? —inquirió ansioso Sobrino—. ¿Quiere usted de una vez que nos vayamos al notario para dejar bien claro nuestro pacto?

—Mire asté siñor —Sobrino palideció repentinamente—. Nos priocupan hartas cosas antes d'ir con el siñor ese qui asté dice— repuso Montoya cándidamente.

—¿Cuáles son las condiciones de ustedes? —preguntó impaciente el abogado—. Estoy en la mejor disposición de servirle en genuina reciprocidad a sus innumerables atenciones.

—Pos verá asté. Nosotros no vamos a salirnos de nuestra tierra, cuando hagan los trabajos abajo del piso. Hágalos asté, pero con nosotros aquí adentro o aquí arriba, como asté quera.

—Hombre, claro que sí —repuso de inmediato el abogado—. Ni hablar; esa condición la haremos constar en el protocolo notarial para que ustedes sigan gozando de su propiedad. —La cercanía del éxito coronaba con sudor la frente del abogado. "Va cayendo este calzonudo. McDoheny me pagará un fuerte honorario por el trabajito en este inmundo jacal."

—¿Qué otra condición quisiera usted hacer constar, don Lupito? —preguntó con avaricia Sobrino, sabiendo casi segura a su presa.

—Nosotros sólo le prestaremos nuestra tierra con nosotros adentro, por cinco años.

—Obvio, don José, obvio. Desde luego que así será.

Tenía razón McDoheny —pensó Sobrino. Y recordó aquella primera entrevista en la que él le dijo: "En México se debió haber hecho con estos salvajes lo mismo que hizo el Ejército de Estados Unidos con los indios americanos. Aquí los matamos a todos para que no alteraran la paz ni el ritmo de desarrollo de este gran país.

"Nos quitamos de una buena vez por todas esa basura. Los piojosos sólo causan problemas y distraen el escaso dinero del gobierno en ayudas estériles para rescatarlos de la miseria. Pero todo esfuerzo será inútil porque son ignorantes y torpes.

"No tienen remedio.

"Ustedes tienen a México tan atrasado porque no mataron a sus indios. Los acabaron de idiotizar y de hacerlos dependientes a base de la religión, de la enseñanza de un alfabeto que no aplican, porque no fueron hechos para las letras, sino para el trabajo físico, como las bestias. Pero ahora que hay máquinas para todo, ellos definitivamente ya no sirven para nada, sino para desperdiciar los recursos públicos y para bailar con penachos y cascabeles en las ridículas fiestas guadalupanas.

"Mire cómo vamos nosotros. Deténgase a comparar el país que tenemos ya. De los más poderosos del mundo y somos blancos, blancos inteligentes y esforzados. —Recordaba Sobrino la escena en las elegantes oficinas corporativas de la Tolteca en Estados Unidos. —Claro, hay uno que otro negro en algunas partes del país, pero eso realmente no nos preocupa. Compare usted un país con indios y otro sin ellos y verá usted la diferencia. Cuando ordenamos su ejecución, sabíamos que en ese momento estábamos forjando los verdaderos Estados Unidos de Norteamérica. Ése fue el precio del progreso, amigo Sobrino. Ustedes prefirieron las enseñanzas del catecismo al progreso. Ahora mientras ustedes recogen el fruto del Evangelio, nosotros recogemos el del progreso."

—Estoy seguro —continuó Sobrino— que mi cliente no tendrá inconveniente en aceptar el límite de cinco años para que regresen sus hijos y, desde luego, acepta salirse de su propiedad una vez transcurrido el término establecido. ¿Alguna otra observación? —preguntó muy pagado de sí Sobrino, satisfecho de tener a su víctima casi en sus manos—. Ya sabe usted, don Pepito, que cualquier cosa que usted me pida veré la manera de complacerle como usted se merece.

—Pos mire, licenciado, Eufrosina no quere qui li vayan a dejar esto hecho un puerquero y no podamos seguir cortando nuestra fruta como siempre.

—Hombre, amigo Montoya, desde luego que sí. Nadie cortará un árbol ni se apropiará de un solo limón ni se comerá una sola manzana sin su autorización. Eso se lo garantiza su amigo, Eduardo Sobrino y Trueba, abogado de la Universidad de México, que bien cuidará de los intereses de la familia Montoya.

—Ti lo dije, Lonchita, este siñor habla con la verdá. Él verá por nosotros pa qui no nos pase lo de Dos Bocas —agregó el indio totalmente convencido.

Sobrino apretó inconscientemente las mandíbulas.

José Guadalupe continuó sin observar el rostro del abogado. "Tanto le estuvieron meniando a las malditas chapopoteras en Dos Bocas* qui al final una de ellas, como las mulas después de muchos varazos y palos, un día sueltan una patada. Pos esa chapopotera se volvió loca y de todo lo calmadita qui estaba, la llenaron de fierros a los lados, como hacemos nosotros nuestros zarzos pa guardar el maíz, y por andarle meniando tanto a la tierra, pos reventó la fregada chapopotera y aventó palos, fierros, mecates, máquinas, campesinos y trabajadores pa todos lados.

"Mató como a 30 muchachos; una explosión de los mil dimonios, válgame Dios —se persignaba por haber dicho esa palabra prohibida y para alejar a la maldición de Los Limoneros— y luego, por si juera poco, echó a perder pa sempre esas tierras rebuenas pa trabajarlas. Mire asté, dicen las gentes de por aí qui salía un chorro negro de chapopote que casi alcanzaba el cielo y caíba al piso y lo ensuciaba y nadien podía pasar por ai y luego se escurría hasta el río con el qui regaban las tierras de más abajo y también se empuercaron todititas y luego ya ni el agua se podía usar ni pa bañarse y menos pa beber."

Sobrino buscaba instintivamente la salida y se veía ya montado en su caballo. Se resistía a escuchar la narración de un José Guadalupe Montoya ya entrado definitivamente en confianza.

—Además, ni le cuento lo que pasó con las acamayas y los pescados. Un día aparecieron en el río, muertos, miles y miles de pescados y acamayas y los pescadores y los campesinos jueron en peregrinación a ver a la Virgencita de los Milagros pa qui les quitara toda la porquería de aí y les dejara bien otra vez sus aguas. Pero el milagro nunca llegó,

---

* Al perforar simultáneamente los pozos 3 y 4 de Dos Bocas y en el momento en que alcanzaban las calizas del cretácico a una profundidad de 566 metros, el aceite brotó impetuosamente destrozando la torre de perforación y desparramándose incontenible por el suelo, provocándose un incendio de gigantescas proporciones. El Gobierno envió desde México y Puebla dos columnas de 600 zapadores que fueron impotentes para dominar el incendio; muchos murieron "engrasados". Al final pudo extinguirse el incendio, pero el aceite siguió fluyendo del pozo por "cabezadas" durante cinco años, calculando que por el pozo Dos Bocas fluyeron 11,000,000 de barriles a razón de 200,000 al día. Antonio Rodríguez, *El rescate del petróleo*, Ediciones de la revista *Siempre*, México, 1958, pág. 22. También en *Historia de la expropiación de las empresas petroleras*, pág. 60, Jesús Silva Herzog, Edit. Instituto Mexicano de Investigaciones Económicas.

sino qui les clavaron muchísimos fierros más, muchos más, por todos lados de la chapopotera y estuvieron pique la santa tierra hasta qui la dejaron como la cabeza del Santo Cristo.

Las pobres gentes de Dos Bocas ya no pudieron trabajar su tierra, y si de por sí pos ya eran probes como nosotros, pos imagínese cómo quedarían.

Eufrosina miraba fijamente el piso. Abrigaba sentimientos de desconfianza, como si presagiara el advenimiento de dificultades. Levantó la cabeza cuando el abogado enjugaba nuevamente su frente.

—No crea todo lo que le cuenten, amigo Montoya. Yo sí sé de esto. Cuando tenga usted dudas o le vengan a contar cuentos, dígamelo, que para eso soy su amigo y le diré siempre la verdad para que vaya usted por el buen camino.

Dicho esto, montó su caballo tordillo y precipitó la despedida para evitar cualquier otro comentario y el riesgo de una eventual modificación a lo acordado.

Alfaro abrazaba cariñosamente a Eufrosina sintiéndose ya de la familia, mientras le aseguraba el éxito de la operación. Él conocía bien al licenciado y sabía que era de los "puros buenos".

—Verá usted cómo los cachorros se lo agradecerán y ustedes no se arrepentirán.

Acto seguido montó y antes de ir tras Sobrino, se dirigió por última vez a los Montoya.

—Así se hacen los negocios. Firmen los papeles y disfruten todo ese dinero. Tienen bien merecido el descanso. El acuerdo no pudo ser mejor. Se quedan con su tierra, prestan solamente el subsuelo por cinco años, que se pasan rápido, siguen cultivándola y vendiendo fruta como sin nada hubiera pasado.

Se retiró a medio galope para alcanzar al abogado, quien jocoso, acicateó al animal y se lanzó a una antojadiza carrera a lo largo de un camino entre dos enormes plantaciones copreras que se perdían en lontananza. Alfaro, contagiado, lo siguió a cierta distancia.

José Guadalupe Montoya y Eufrosina Sánchez fueron sorprendidos dos días más tarde por Sobrino y Alfaro, mientras elaboraban nuevos planes de trabajo con arreglo a los recursos económicos que obtendrían derivados del contrato de arrendamiento.

Don José Guadalupe imprimió sin más sus huellas digitales en el contrato y luego agregó orgulloso una pequeña cruz, trazada con el pulso titubeante de aquellas manos tiesas, apergaminadas, del mismo color de la tierra.

Eufrosina fue invitada a "firmar" como testigo, junto a Alfaro, quien no ocultó el sentimiento de honor producido por la distinción.

Qué pena experimentaba Eufrosina al "manchar" esos papeles que "quién sabe quí mal nos vayan a acarrear".

Optimista y risueño, Sobrino depositó unas bolsas de lona grisácea sobre una adusta mesa de palo, tambaleante, del interior del jacal. José Guadalupe rápidamente advirtió que se trataba de los cinco mil pesos, importe de la renta acumulada por cinco años, pagada por adelantado.

Se negó a contar el dinero; sabía que no podía faltar un solo centavo. "Entre amigos no se roba", pensaba para sí.

Sobrino insistió todavía en las ventajas de la operación y salió de la humilde choza con una extraña prisa, ya sin adular, ni halagar y sin utilizar ese lenguaje florido y mordaz, ni recurrir a esas sonrisas forzadas, ni a su exagerada cortesía.

Alfaro salió también precipitadamente. Ahora ya no iría cuidadoso a la zaga. Era el socio reclamando sus derechos. El negocio era ya una realidad. Emparejó su animal al de Sobrino y le exigió los cinco mil dólares prometidos que, a la sazón, eran diez mil pesos mexicanos.

Sobrino extrajo también de las alforjas una desgastada bolsa de lona gris y se la arrojó con toda displicencia a Alfaro. Ahora tenía un gran motivo para brindar.

Por diferentes razones, al otro lado del Río Bravo, en Nueva York, varios sujetos elegantemente vestidos también tenían sobrados motivos para brindar.

En un gran salón, decorado con cuadros enormes de paisajistas italianos del siglo XVIII, piso de encino perfectamente barnizado y bóveda pintada a base de motivos épicos, propios de la Guerra de Independencia americana, se encontraba una gran mesa con patas de madera tallada en forma de garras de león, sentada sobre un policromático tapete iraní hecho con hilos de seda tejidos a mano y cubierta por un enorme mantel de paño verde (*deep green*), rematada, en cada extremo, por banderas de la Unión Americana. Frente a cada una de las personas que rodeaban la mesa de juntas, se encontraban carpetas de cuero negro con los nombres de los asistentes grabados en letras doradas. Podría haber parecido una reunión del Presidente de los Estados Unidos y su Gabinete. Era, sin embargo, el Board of Directors Meeting de la Tolteca Internacional Petroleum Co., órgano supremo de la sociedad, después de la Asamblea de Accionistas.

Los directores del importante grupo petrolero aplaudían en *standing ovation* la firma del contrato de arrendamiento entre su filial en México, la Tolteca Petroleum Co., y Los Limoneros. Dicho convenio impediría finalmente a la voraz competencia la perforación y extracción de crudo en los terrenos adyacentes a Cerro Azul. El contrato garantizaba la exclusiva explotación de un gigantesco manto subyacente en los terrenos colindantes. Era un golpe maestro. Con la obtención, prácticamente gratuita, de Los Limoneros quedaba cercada una enorme propiedad de 42,000 hectáreas que encerraba posibilidades petrolíferas de primera magnitud. El terreno anexo encerraría por lo menos cien millones de barriles y se esperaba una cantidad similar o superior en el caso de los Montoya.

La reunión, presidida por Edward McDoheny, alcanzó su mejor momento cuando se comentó cómo Montoya, el desnalgado indio tamaulipeco, le había descrito a Sobrino el estallido del pozo Dos Bocas. El Presidente de La Tolteca, sin poder contener la risa, intentó todavía imitar a Montoya y a Sobrino:

—Pos de repente dicen qui volaron por los aires mecates y fierros con todo y los huacales, porqui nosotros haber hecho enojar la maldita chapopotera por haberle metido y metido tanto chingado tubo al piso. Antonces todo volar por el cielo, por el enojo di la chapopotera —concluyó McDoheny estallando en una estruendosa carcajada.

Los hechos se falsearon, por supuesto, para provocar la hilaridad en la concurrencia respecto a la forma chusca en que Montoya se había lanzado sobre el dinero, como si se tratara de un náufrago en busca de tierra firme. Las apuestas no tardaron en cruzarse. Unos alegaban que Montoya gastaría todo el dinero en comida caliente, con las mujerzuelas de Tampico y en pulque. Antes de dos meses estaría tocando la puerta de Sobrino para suplicar, de rodillas, la compra de Los Limoneros, vaticinó McDoheny. "Qué amor a la tierra ni qué nada. Ésos son cuentos. Tú ofréceles dinero a esos muertos de hambre, ábreles el apetito, acostúmbralos a lo bueno, y luego siéntate cómodamente a esperar que se acaben el dinero. Cuando vayan a pedirte más habrá llegado nuestra hora de las condiciones. Los verás como a simpáticos perritos moviendo su colita." Todos los asistentes aceptaron lo dicho por McDoheny. Unos lo aprobaron con una sonrisa, otros, más expresivos, confirmaron los supuestos cruzando apuestas entre sí, pero siempre dentro de un ambiente de franca algarabía y suficiencia.

—Lamentablemente —agregó McDoheny con su típico tono frío y poco amistoso— llamamos mucho la atención del mundo y de toda la competencia cuando estalló en nuestra hoy Hacienda de San Diego de la Mar, cerca de la Laguna de Tamiahua, el pozo de Dos Bocas. Desde el 4 de julio arde el pozo sin interrupción.

—¿Se perdió mucho petróleo, Edward?

—La verdad, sí. Pensamos que fueron poco más de 10 millones de barriles a razón de 200,000 al día. ¡Si nos lo hubiéramos imaginado…! Y todo por no cementar bien la tubería. Perdimos mucho dinero, muchísimo.[5]

Pero no nos preocupemos —agregó el Presidente del Consejo—. En el rancho Chapopote, el pozo Juan Casiano 7* fácilmente nos dará más de 85 millones de barriles. La Ciudad de México flota en agua así

---

* Juan Casiano 7, de la Tamiahua Petroleum Co., en la región de Tuxpan, produjo 75 millones de barriles. Jesús Silva Herzog, *Historia de la expropiación de las empresas petroleras*, pág. 63.

como toda la Huasteca en petróleo. Parece que el Potrero de Llano será un manantial igualmente rico.

De acuerdo, nos fue mal en Dos Bocas, pero por contra compramos regaladas 180,000 hectáreas petroleras de la hacienda El Tulillo, más otras tantas como el Chapacao.[6] Y ahora Los Limoneros. Nos hemos hecho ricos con el aceite combustible de México, pero debemos ser más precavidos; por eso, al rentar Los Limoneros cerramos el círculo en torno a Cerro Azul. Ya nadie podrá perforar nuestro yacimiento ni beneficiarse a costa de nuestro hallazgo, ni de nuestro trabajo.

Todos los asistentes se percataron que McDoheny empezaba ya con su acostumbrada homilía petrolera, propia en cada reunión de Consejo. Los directores, acostumbrados a la escena, se acomodaron para recibirla resignadamente.

—Nosotros abasteceremos de petróleo al mundo industrializado. Sólo nosotros entendemos los alcances de su aprovechamiento integral. Los mexicanos utilizan su petróleo para curar a sus vacas de los forúnculos; igualmente hacen los árabes con sus camellos.[7]

La humanidad ya no está para esos desperdicios. Alguien debe dar la señal de alarma y nosotros seremos los primeros en hacerlo.

¡El mundo entero nos lo agradecerá!

Una empresa trasnacional como la nuestra es una bendición para el género humano. Derramamos ingresos por todas partes y repartimos tecnología y riqueza. ¿Qué sería Tampico sin nosotros?

Una resolución de una de nuestras empresas puede traducirse en la construcción de un canal intercontinental para el tránsito de cruceros de 85,000 toneladas. Puede también derrumbar montañas y construirlas, dividiendo dos continentes. Creamos ciudades, pueblos; educamos a la gente, les damos trabajo, alimentación y vestido. Construimos puertos, presas, vías de ferrocarril, barcos, carreteras. Generamos electricidad, comunicamos al mundo entero: hacemos que el planeta gire. El mundo no se movería sin petróleo y nosotros hemos sido designados para abastecer a toda la sociedad internacional.

Lo que Dios sólo puede hacer en millones de años, puede ser improvisado en una conferencia de directores de una compañía trasnacional norteamericana en quince minutos, después de lo cual nos levantamos tan tranquilos y nos vamos a comer. El verdadero santuario del hombre es en realidad el lugar donde semejantes creaciones y cambios puedan llevarse a cabo con éxito.[8]

¿Qué haría Dios después de crear un canal, unir dos océanos y mezclar para siempre sus aguas, aun cuando jamás estuvieron al mismo nivel como una imperfección de la naturaleza? Nada, señores, Dios no haría nada más, salvo descansar. Hace millones de años creó la Tierra tal como la encontramos y no ha vuelto, desde entonces, a hacer nada. Nuestras empresas han suplido la indolencia divina.

Pero no sólo eso, señores.

Algunos contuvieron todavía un largo bostezo.

—Dirigimos también la vida de las naciones y seleccionamos al tipo de gobierno necesario de acuerdo a cada tipo de idiosincrasia. Intervenimos en el nombramiento del futuro candidato a la presidencia del Partido Republicano y financiamos su campaña política. Salvamos de la bancarrota, como en la época de Teddy Roosevelt, al Gobierno de Estados Unidos. Imponemos también la ruptura de relaciones diplomáticas; impedimos el reconocimiento de ciertos gobiernos y propiciamos en su caso la reanudación de las mismas relaciones.

Podemos financiar revoluciones, alzamientos e invasiones. Los barcos de guerra de la Marina Norteamericana estarán siempre a nuestro servicio.

¿Y el crédito? ¡Sí, el crédito! Hacemos milagros con el crédito.

¿Quién puede contra la fuerza de un dólar americano? La libra esterlina se desplomará junto con su imperio anacrónico y el águila norteamericana remontará el vuelo hacia parajes ignorados por el hombre.

Por eso Dios nos ha premiado, señores. Nos ha distinguido con el privilegio de perforar pozos creados por Él hace cuarenta millones de años, sí, señores, cuarenta millones de años tardó la tierra en producir petróleo y nosotros somos los beneficiarios de esa Suprema Invención.

Los consejeros se vieron entre sí sorprendidos. El *Mesías* estaba verdaderamente desbordado.

—Un indio idiota como Montoya no se podía interponer entre Dios y nosotros. Él nos legó en particular a nosotros ese tesoro sin ningún género de dudas y puso a trabajar las entrañas de la tierra, desde su formación para premiar mi imaginación en este mágico siglo XX.

Si Dios hubiera querido beneficiar a todos los Montoyas, desde luego les habría dado los instrumentos necesarios y la inteligencia para aprovechar semejantes manantiales, pero desde el momento en que ellos carecen de todos los medios para hacerlo, es válido aceptar la vigencia del Destino Manifiesto, la ley del más fuerte, del más apto y del más inteligente.

Dios —dijo finalmente— creó ese tesoro hace cuarenta millones de años y me ha iluminado a mí para descubrirlo en beneficio de toda la humanidad.

Cuando salió el último de los directores que habían comparecido a la reunión, se cerró la gran puerta con bajorrelieves tallados en madera preciosa de Madagascar, del siglo XVII. En la sala sólo McDoheny empotrado en su silla como un Dios abandonado en su templo.

Corría el mes de enero de 1908. José Guadalupe Montoya había decidido preparar con Lonchita 12 hectáreas para dedicarlas a la siembra del trigo, el cual pagarían muy bien en Tampico. Para ello había contratado 12 peones a quienes pagaba 23 centavos diarios por jornada de 10 horas, 6 días a la semana.

Meses después, José Guadalupe quiso preparar una nueva fracción de terreno para la siembra del sorgo, impulsado por el éxito obtenido en la cosecha del trigo.

Pese a todos estos triunfos, Eufrosina continuaba temerosa.

—Cada día estás más terca y desconfiada. Ti estás haciendo vieja —le decía irritado cuando ella traía a colación el tema de los mentados papeles—. Ya hace dos años de la firma de los papeles y tinemos más centavos qui nunca. Mira nuestros caballos, serían el orgullo de mi apá-abuelo. Si mi apacito viera cómo andamos dejando sus Limoneros, capaz qui lo revivo del gusto y tú ai andas a veces con esas carotas como la de orita, como si se hubieran muerto los marranos de golpe.

—¡Ta güeno, Guadalupe, ta güeno! A lo mejor es qui yo ando mal y tú bien. Yo sólo quero qui la Virgencita no nos abandone nunca, nunca, pos nosotros nunca hemos hecho nada malo y no debemos castigo al Siñor qui todo lo sabe y todo lo puede.

—Pos Él sí lo sabrá todo y lo podrá todo, pero asté no sabía que yo llegaba hoy.

Eufrosina volteó la cabeza con la velocidad del rayo al sentir aquella voz salida del fondo de sus entrañas. Vio en el umbral del jacal a Valente y se precipitó hacia él, repitiendo una y otra vez su nombre.

Las pequeñas manos prietas y ásperas de la india recorrían sin cesar la cara y la recia mata de pelo de su hijo.

José Guadalupe dejó su asiento donde aceitaba una escopeta recién adquirida, pero Valente no pudo desprenderse de su madre para besar la mano de su padre, tal y como indicaba la tradición de la Huasteca.

La emotiva reacción de Eufrosina y las lágrimas, poco usuales en ella, revelaron a Valente la existencia de algún problema. Bien sabía él que su retorno provocaría alegría, pero esa recepción le parecía exagerada. Intuía la necesidad de apoyo.

Valente fue informado de inmediato de los últimos acontecimientos así como de los términos del arreglo con Alfaro y Sobrino.

Preocupado por el patrimonio familiar, hizo todas las preguntas imaginables respecto a lo acontecido, pero al serle contestadas con rapidez y confianza por su padre, se mostró satisfecho con lo acordado. Aprobó la negativa paterna a vender la propiedad a ningún precio y coincidió en los beneficios reportados a través del arrendamiento si además podían permanecer en la tierra.

Eufrosina no perdió detalle de todo lo dicho por su hijo. Sus palabras, una a una le fueron devolviendo la paz, hasta que una leve sonrisa volvió a aparecer en su rostro marchito.

Ese día, obviamente de fiesta en Los Limoneros, la familia Montoya y los jornaleros comieron una cochinita sacrificada en honor a Valente, quien repitió una y otra vez, sin dejar de elogiar las "santas manos de mi madre en el metate y en el comal, porqui estas tortillas no las encuentras en ningún lugar de los Estados Unidos, ni de México mesmo".

Expuso con satisfacción sus conocimientos para injertar naranjos y producir fruta sin hueso.

—La venderemos como pan caliente en Tampico, pero ya no a través de don Nazario y de Alfaro, sino de un puesto nuestro en el mercado pa vender directamente nuestras verduras. Ya no necesitamos qui nadie, verdá de Dios, nos ayude a vender nuestras naranjas y menos las injertadas. Nosotros las sembraremos, las abonaremos, las cuidaremos, las cortaremos, las transportaremos a nuestro puesto y las venderemos. Todos los centavos serán pa nosotros los Montoya. Verá asté, apacito, si no hacemos lo mesmo o más qui los güeros del otro lado con Los Limoneros. ¡Nomás verá asté cómo va a estar esto en tres años más! —concluyó Valente, entusiasta y soñador.

—¿Te conté —preguntó finalmente Montoya a su hijo— qui Alfaro se separó de don Nazario y puso en Tampico su propia tienda de frutas y verduras?

—No, apá, no lo sabía. ¿Cuándo se separaron?

—Al rato de qui rentamos la finca, un par de meses despuesito.

—¿Y por qué se separaron después de tanto tiempo?

—Pos Alfaro ya quería jalar por su lado.

—¿Y tenía hartos centavos para poner el comercio?

—Sólo Dios sabe, Valente, pero ya no están juntos.

—¿Y le va bien a Alfaro?

—Muy bien. Yo lo veo cada rato; él mi compra toda mi fruta en su tienda de Tampico, en un puesto harto mejor que el de don Nazario...

Durante el mes de marzo de 1908, los puestos de periódicos de Nueva York se vieron saturados con la revista *Pearson's Magazine*, cuya espléndida portada contenía el siguiente anuncio en letras rojas mayúsculas:

LA HISTORIA CONMOVEDORA DEL PRESIDENTE DÍAZ, EL HOMBRE MÁS GRANDE DEL CONTINENTE, VISTO Y DESCRITO POR JAMES CREELMANN, A TRAVÉS DE QUIEN HABLA AL MUNDO[9]

La publicación de la famosa entrevista, realizada en una atmósfera naturalmente perfumada,* que el connotado periodista expresó a la perfección en su prosa poética, fue, en realidad, una de las primeras estocadas que condujeron a Porfirio Díaz a su propia destrucción.

---

* "Apartando rápidamente una cortina de flores, trompetas escarlatas y enredaderas de geranio rosa, al paso que avanzaba por la terraza hacia el jardín interior..." "El verde paisaje, la humeante ciudad, el tumulto azul de las montañas, el aire rarificado, exhilarante, perfumado, parecía excitarlo; el color llenaba sus mejillas, mientras cerraba las manos detrás de la espalda, echaba atrás la cabeza y se abrían las ventanillas de su nariz".

Teodoro Roosevelt, entonces Presidente de Estados Unidos, había decidido intensificar la lucha contra los trusts, temeroso de su gradual penetración en los asuntos de Estado, gracias a su creciente e incontenible capacidad económica.

Porfirio Díaz compartía con Roosevelt su preocupación por los grandes trusts y lo apoyaba cuando éste los llamaba "malhechores de gran riqueza",[10] pues no era ajeno a la capacidad de los gobiernos privados de desestabilizar cualquier régimen, incluso el suyo. De ahí que, ante la imposibilidad de controlarlos por la vía legal, Díaz intentara reducir su ingerencia en México por la vía de los hechos, es decir, invitando al capital europeo,[11] en particular al inglés, a compartir la riqueza patrimonial de México. Para ello, otorgó atractivos estímulos difícilmente superables por cualquier país, incluso los pertenecientes a la propia Commonwealth.

México no puede competir con los monopolios americanos, ni con los ingleses, pero sí puede crear rivalidades entre los dos gigantes, lucrar con ellos y asegurar así el equilibrio político del país —pensaba para sí el próximamente octogenario presidente mexicano.

Porfirio Díaz, siempre alarmado por el creciente acaparamiento de enormes sumas de dinero en unas cuantas manos y del peligro de apuntar todo ese poder contra la estructura de su propio gobierno, externaba constantemente su preocupación por la capacidad de maniobra de los trusts, en lo general más poderosos que los Estados anfitriones, por sus cuantiosas inversiones.*

Roosevelt vio en Díaz al hombre ideal para apoyar su propia política interna. Por ello envió a Creelmann con el objeto de entrevistarlo y darle oportunidad a través de un medio periodístico internacional de exponer con claridad su punto de vista político respecto a los trusts. Así reforzaría el presidente yanqui sus tesis reformistas en Estados Unidos.[12] Díaz, encantado con la idea, en parte por servir al presidente yanqui y en parte para hacer una especie de frente antimonopólico, dado que los trusts llegaban a México huyendo de la política de su colega, se pronunció públicamente contra ellos; los condenó y apoyó incondicionalmente a Roosevelt, quien, a su vez, se deshizo en halagos respecto a la formación política del Presidente de México, a quien reconoció como "el máximo estadista actualmente vivo y que ha hecho por su país lo que ningún otro contemporáneo ha hecho por país alguno".

—A mi juicio —declaraba el presidente mexicano a la prensa—, la lucha para restringir el poder de los trusts e impedir que opriman al

---

* México llegará a encontrarse en la misma situación que los Estados Unidos, donde las compañías ferroviarias han demostrado repetidas veces que tienen más poder que el Gobierno: Friedrich Katz, *La guerra secreta en México*, Vol. 1, Ediciones Era, 1983, pág. 48.

pueblo de los Estados Unidos, marca uno de los más significativos e importantes periodos de nuestra historia. Mister Roosevelt se ha enfrentado a esa crisis como un gran hombre. No cabe duda que mister Roosevelt es un hombre fuerte y puro, un patriota que comprende y ama a su país. El temor norteamericano por un tercer periodo de gobierno, me parece, por lo mismo, que no tiene razón de ser.[13]

Pero Díaz firmó su propia sentencia con la entrevista, tan exquisitamente tocada a base de coloridas descripciones. En ella cometió tres errores claves:

Declaró que México estaba finalmente listo para la democracia ante un representante periodístico de los Estados Unidos. (Díaz, se comentaba, era especialmente susceptible y accesible a la prensa extranjera, puesto que su vanidad mixteca se veía gratamente reconfortada.) Los aspirantes a la Presidencia de la República vieron con optimismo y sinceridad la apertura política del régimen, esperada por tantos años. Acto seguido, condenó a los trusts:

—¿Cómo puede un país como México, con tan vastos recursos pendientes de desarrollo, protegerse contra las multimillonarias alianzas industriales como las que han surgido en vuestro más cercano vecino los Estados Unidos?

—Acogimos y amparamos capital y dinero de todo el mundo en este país —contestó Díaz—. Tenemos un campo de inversión que tal vez no puede encontrarse en otras partes, pero bien que somos justos y generosos con todos. No permitimos que ninguna empresa perjudique a nuestro propio pueblo. Por ejemplo, expedimos una ley que prohíbe a todo propietario de terrenos petrolíferos venderlo a cualquier otra persona sin permiso del gobierno. No es que objetemos la operación de nuestros pozos petrolíferos por vuestro Rey del Petróleo, sino que estamos resueltos a impedir que se supriman nuestros pozos para sostener el precio del petróleo americano.

Y, finalmente, aclaró que su salud, la cual ni la Ley ni la fuerza pueden crear, "no la cambiaría ni por todos los millones de vuestro Rey el Petróleo".[14]

La entrevista de Creelmann abrió la Caja de Pandora en la vida política de México de principios de siglo.

Los círculos cercanos al poder se mostraron jubilosos por el fin pacífico de la dictadura y la posibilidad de cambio en los mandos a los máximos niveles del gobierno. Díaz no se reelegiría. Ello entrañaba posibilidades políticas muy promisorias para los auténticos aspirantes al mayor poder de la nación. La simpatía externada por Díaz de ver con buenos ojos el nacimiento de un partido político de oposición alimentó aún más las esperanzas de los futuros candidatos.

En la capital de la República se decía que "El Viejo, después de todo, no es tan perverso, desde el momento en que reconoce ya la madurez política de México y está dispuesto a abdicar en nombre y a favor de esa evolución". "Habíamos anticipado juicios equivocados en relación a su figura histórica". "Tomó el poder por muchos años, pero ahora lo entrega al aceptar la consolidación política de México y su integración como país soberano, después de las guerras del siglo pasado". "Probablemente los 30 años de dictadura eran necesarios para adquirir esa madurez que hasta ahora se nos reconoce". "El Viejo se retira como un caballero, cuando entiende satisfecha su misión". Los ánimos, pues, estaban encendidos. La hegemonía había sido perdonada.

En Estados Unidos también había revuelo: se acercaba la campaña presidencial. Los petroleros yanquis, junto con otros grupos económicos no menos poderosos, al entender y sufrir las jugadas de Roosevelt, habían decidido apoyar política y económicamente la candidatura de William Howard Taft.

Taft llegó a la Casa Blanca y tranquilizó a los "malhechores de gran riqueza", quienes comenzaron a hacer todo género de planes para garantizarse el crecimiento de sus negocios en el futuro.*

Los capitalistas americanos pensaron en provocar una entrevista entre Taft y Díaz. Porfirio Díaz debería garantizar la continuidad de los negocios americanos en México y abstenerse de extender beneficios a los ingleses. Asimismo, debería comprometerse con los Estados Unidos a aceptar, de una buena vez, el imponente poder de los trusts.

Si la reunión no reportaba los resultados esperados por los magnates, se daría un segundo paso: apoyar al candidato político más sobresaliente de la oposición mexicana. Apoyarlo con dinero, publicidad, armas y hasta con el envío de tropas norteamericanas a la frontera en el caso de desorden y de amenazas físicas y materiales contra las personas y bienes yanquis. "Si como candidato acepta nuestra ayuda, como Presidente de la República será nuestro".

Más vale que el bromista de Díaz se ponga de acuerdo con Taft —pensaba para sí McDoheny, el Rey del Petróleo, mientras se dirigía por una panorámica carretera de California hacia Pebble Beach. Ahí sostendría su tradicional encuentro anual de golf. Bajo sus guantes se encontraba la revista *Pearson's Magazine*. El Presidente del Consejo de la Tolteca Petroleum Co. sonreía.

Habían transcurrido más de cuatro años desde la firma de "los dichosos papeles", cuando Pablo Navarro Santiesteban visitó a su compadre José Guadalupe para narrarle a la familia Montoya algunos de los sucesos que estaban sacudiendo a la Huasteca.

—Verá asté, compadrito, a esos malditos güeros de verititas debemos tenerles cuidado. En el rancho Los Zapotes, de don Sabino Mo-

---

* Taft llegó a tener fama de ser el Presidente de los capitalistas. Ver Willi Paul Adams, *Los Estados Unidos de América*, Siglo XXI Editores, pág. 249.

rales, le vinieron con todo un cuento de la renta de su tierra, porque sólo querían sacarle jugo a lo de abajo de la tierra y a él lo dejarían sembrar y seguir con sus animales. Eso sí, compadrito, le pagaron hartos centavos qui él al ratito quiso devolver, pero ya ni lo quisieron oír.

Llegaron a Los Zapotes con aparatos bien raros; cercaron toda la finca con alambre de púas bien grueso, metieron hartos cuetes en el piso pa ver cómo temblaba o cómo se movía algo allá abajo. Después de la explosión apuntaban hartas cosas en los papeles y traiban luego carros con fierros, ganchos y mecate, pero no de henequén, compadrito, sino puro mecate de fibras de acero y ¿a qui no sabe asté lo qui más gusto les daba a esos malditos? Pos era cuando encontraban una chapopotera. Hasta decían que tendrían que trabajar menos.

Santiesteban continuó su narración con la mirada extraviada en el horizonte.

—Despúes arman torres con los fierros y empiezan a perforar la tierra con un tubo bien grande qui lo van hundiendo poco a poco. Si brinca un chorro de chapopote, ai los ve asté gritando y bailando. Imagínese asté si se volverán locos, qui se abrazan abajo del chorro y luego, negros como el carbón, salen corriendo pa contar todas sus diabluras.

Pos fíjese nomás, compadrito —continuó Santiesteban ajeno a los pensamientos de Montoya—, que don Sabino Morales fue una mañana a reclamar al jefe de todos los trabajadores y lo mandaron a Tampico pa qui hablara con quien él se había entendido, pos ellos sólo cumplían órdenes y no podían dejar de trabajar.

Mientras tanto toda su finca ya se andaba convirtiendo en una enorme chapopotera. Hartos camiones pisotiaron todas las cosechas y tiraron las milpas. Todo lo aplastaron en Los Zapotes, todo lo ensuciaron y todo lo desgraciaron, compadrito. Ahora ya no pueden vivir ni las mesmitas culebras.

Los pequeños ojos de Montoya, negros como la obsidiana, parecían encenderse por instantes.

Sabino —continuó Don Pablo— se jue a Tampico a visitar al qui le había dado la palabra. Nunca apareció el tal licenciado; y mientras su tierra se llenaba como de viruelas, hasta qui ya no se pudo sembrar ni un triste palo.

De Tampico lo mandaron a la mesmita Capital, donde según decían, se encontraban los qui mandaban sobre todos. Don Sabino nunca había ido a la Capital, pero tuvo qui ir pa tratar de salvar sus Zapotes.

Lo hicieron esperar día tras día en una oficina qui sólo tenía una mesa y una lámpara y luego ya ni eso, porque una mañana ya ni siquiera lo dejaron entrar a la empresa. Un uniformado li dijo qui no podía pasar sin una tarjeta a las oficinas. Sabino decidió esperarse en la puerta hasta qui apareciera el abogado; ai en las escaleras de la empresa durmió en la noche, porque ya no traiba centavos para la pensión. Ni se imaginaba los precios de la Capital. Su morral estaba ya más vacío que la panza de un perro milpero.

A la otra mañana, qui va llegando el abogado y Sabino salió como liebre pa hablar con él y contarle lo qui le pasaba y cómo lo habían tratado y ¿a qui no sabe asté qui le contestó el rotito del abogado? Pos nomás le dijo indio mugroso, y qui ya no lo andara fregando con disque sus pendejadas. Ya ti dimos más dinero del qui ti puedes gastar en tu vida. Jálate pa tu tierra de regreso y arréglatelas como puedas. Si ti vuelvo a ver por aquí di un chingado tiro ti mando pa sempre con tu Virgencita ésa de tu jacal, si no dejas de andarme jodiendo. Ai está el gobierno si algo no ti parece del contraito.

Luego, siguió caminando bien enojado, mientras qui Sabino no podía creer lo oído. Se llevó la mano al machete pa de una vez vengar el engaño con sangre. Sentía qui habían jugado con él. Ya veía perdida su tierra, su dinero y hasta su vida.

Los Montoya se vieron sorprendidos a la cara. Por lo pronto no encontraban una explicación satisfactoria ante la narración de don Pablo. En la Huasteca empezaban a escucharse cada vez con mayor frecuencia casos de traición, engaño, y hasta desapariciones físicas, paradójicamente de personas siempre propietarias o poseedoras de predios petroleros.

Los habitantes de la región comenzaban a atemorizarse al conocer las diversas versiones respecto a la serie de despojos, privaciones ilegales de sus bienes y hasta crímenes cometidos en perjuicio de vecinos conocidos de la zona.

Edward McDoheny comenzó la reunión mensual del Board of Directors de la Tolteca International Petroleum Company en sus elegantes oficinas ejecutivas de la ciudad de Nueva York en punto de las seis de la tarde. En aquella ocasión vestía un traje negro, sobrio, camisa blanca de seda y una corbata roja oscura para destacar un fistol coronado por una perla opaca, azul, rodeada de pequeños brillantes.

Sus mancuernas, del mismo juego, lucían su esplendor cuando se llevó ambas manos velludas a la cara para tratar de sacudirse el cansancio e iniciar, con mejores bríos, la última jornada de trabajo del día 1º de noviembre de 1909.

PUNTO PRIMERO. —Adquisición de la finca Los Zapotes, propiedad de Sabino Morales, en la Huasteca Tamaulipeca.

McDoheny demostró la necesidad de adquirir dicho predio petrolero al comprobarse unos yacimientos calculados en 95 millones de barriles, los cuales representaban unas ventas brutas por más de 180 millones de dólares. Esa riqueza no podía exponerse a una relación contractual, tan volátil como un vulgar arrendamiento. Se hacía imperativo su adquisición inmediata.

—Nos garantizaremos la riqueza de esos yacimientos mediante la compra del terreno —concluyó tajante.

—La operación de Los Zapotes ha sido enormemente redituable, por varias razones, entre ellas el precio de la renta pagado a los piojosos —nombre con el que McDoheny se refería a los campesinos mexicanos—. Les damos mil pesos anuales como a Montoya y no se cansan de agradecer su buena suerte a la Virgen de Guadalupe —expresó el magnate en su característico humor negro.

Por otro lado —continuó— como ventaja adicional tenemos los más bajos costos de extracción. En Los Zapotes, el petróleo aflora hasta la superficie para formar una inmensa chapopotera, como la llaman en la Huasteca, donde ya sólo conectamos nuestro equipo sin necesidad de incurrir en todo tipo de gasto, como sería el de perforación profunda y el de bombeo. Por si fuera poco —agregó, acostumbrado al silencio de su Consejo—, tenemos el Puerto de Tampico a un lado, lo que nos ahorra grandes sumas de dinero por concepto de transporte.

—¿Qué papel juegan los impuestos dentro de las utilidades de la Tolteca? —preguntó uno de los directores del Ferrocarril Nacional, donde la compañía petrolera tenía fuertes inversiones.

—No juegan ningún papel —repuso McDoheny entusiasmado, como si la pregunta hubiera sido previamente planeada—. En México pagamos sólo el impuesto del timbre,* algo así como una propina, poco generosa, por cierto, pagada al Gobierno de Díaz. Estamos exentos de todo tipo de gravámenes y de cargas fiscales, porque nuestra actividad es considerada como prioritaria para los intereses de México.

—¿Y regalías? ¿Se pagan regalías? —preguntó asombrado el ferrocarrilero.

—Por ningún concepto lo hubiéramos permitido, ni Díaz lo habría sugerido. Él sólo desea monedas fuertes como la nuestra para materializar el sueño mexicano, que ni el Gobierno, ni el sector privado han podido realizar, gracias a su tradicional incapacidad de generar ahorros.

Díaz, dentro de su apostolado económico, ha tratado de acaparar todos los capitales golondrinos del mundo a base de suprimir algunas condiciones internacionales gravosas, prevalecientes en otros países. En México no hay tropiezos. Las leyes porfirianas protegen siempre a los extranjeros por encima de los nacionales. ¿O no es así, Green? —preguntó McDoheny a su temible capataz, conocido en toda la zona petrolera de la Huasteca por su crueldad.

—Claro que sí, señor Presidente —a McDoheny le gustaba que sus subalternos se dirigieran a él, en público, con ese apelativo—. En México ninguno de los trabajadores se atreve a quejarse ante una autoridad laboral, si es que la encuentra en la sierra, en primer lugar. Ahora bien, si aún así insisten, yo podría lograr que la misma autoridad se dis-

---

* La ley minera de 1892, expedida por Porfirio Díaz, exceptuaba a las empresas petroleras del pago de impuestos federales, salvo los del timbre. Ver Artículo 14.

culpara ante mí y después procediera a ajustar cuentas con el traidor. En la zona petrolera nadie tiene más poder que la Tolteca o El Águila. El propio Gobernador de Tamaulipas en ocasiones nos llama para ver en qué puede servirnos... Si yo señalo a dos trabajadores rebeldes, ellos se encargarían hasta de desaparecerlos para evitar cualquier contaminación con los demás. Acuérdense ustedes de Cananea y Río Blanco. El mismo Gobierno les metió bala a los inconformes.*

—Bueno, bueno, —interrumpió McDoheny al indiscreto—. No necesitábamos tanta explicación, Green —concluyó molesto—. Pagar impuestos —continuó—, es siempre irritante y por eso nos los quitó Díaz por completo. Ahora no los pagamos, ni por concepto de importaciones ni de exportaciones ni por producción ni por consumo ni por ventas ni por utilidades. México es un paraíso fiscal, gracias a Porfirio Díaz. En ese orden de ideas —agregó sarcástico—, ¿piensan ustedes que nos van a gravar con regalías? Porfirio Díaz nos abrió generosamente las piernas de la nación mexicana para que los inversionistas extranjeros disfrutáramos a placer lo mejor de su país, ya que los piojosos no sabrían, ni podrían disfrutarlo... (McDoheny estalló en una carcajada como cuando suponía haber dicho algo ingenioso.)

El coro de consejeros petroleros se contagió con la hilaridad del magnate, más por temor que por convencimiento.

—No hombre —volvió McDoheny a la carga—. No hay regalías, no hay impuestos, no hay controles administrativos para conocer el número de barriles producidos por cada yacimiento, ni el número de buques que parten a Estados Unidos saturados de petróleo mexicano. No saben nada, ni les importa nada. A los funcionarios sólo les interesa saber la parte que les corresponde del negocio.

—¿Cuál puede ser entonces el interés del general Díaz para invitar al capital extranjero a México, si al país, finalmente, no le queda nada? —preguntó uno de los accionistas puesto por McDoheny para disfrazar la Asamblea.

—No, perdón, eso sí no es correcto —saltó el Director ferrocarrilero—. El tendido de vías férreas sí le ha reportado a México inmensos beneficios económicos, sociales y culturales, aun cuando ellos mismos hayan carecido de los recursos para financiar semejantes obras públicas. Hemos comunicado este país, gracias al ferrocarril, en los últimos 25 años. Ya es inimaginable lo que sería México sin los ferrocarriles construidos a lo largo de la Dictadura porfirista. Hicimos crecer el mercado

---

* Fueron fusilados Rafael Moreno y Manuel Juárez, Presidente y Vicepresidente, respectivamente, de la Sucursal del Gran Círculo de Obreros Libres en Santa Rosa, con cinco de sus cómplices, en los escombros calientes de la tienda de raya, sin formación de causa. Ralph Roeder, *Hacia el México Moderno, Porfirio Díaz*, Tomo II, Fondo de Cultura Económica, pág. 304.

interno y el externo y se logró repartir la riqueza al crecer el sector agrícola, así como el comercial, dinámicamente. En México no sólo se quedó el importe de la mano de obra contratada, sino que se generaron empleos permanentes a lo largo y ancho del país, impulsándose su modernización. El ferrocarril es símbolo de progreso.

—Pues en ese sector son válidos tus argumentos, pero en el petrolero tenemos concesiones a 50 años plazo sin pagar absolutamente nada. Bien decía mi difunta abuela: No se ha hecho la miel para la boca del asno —agregó McDoheny.

Cuando parecía a todos que el magnate no pronunciaría ya en esa ocasión su acostumbrada homilía petrolera, se acomodó repentinamente en el capitonado sillón tapizado en cuero rojo, para agregar con voz áspera:

—Señores, ha llegado el momento de confiar a ustedes ciertas reflexiones que me he resistido a externar en este foro por considerar inoportuno, todavía, su planteamiento.

Todos entendieron que no se trataba de un nuevo brote de megalomanía.

—El peso de los acontecimientos y el perfil claro de las intenciones del gobierno mexicano me llevan a abrigar las más oscuras dudas respecto al futuro de nuestros intereses en ese país.

Originalmente, el presidente Díaz abrió las puertas al capital norteamericano y lo invitó a participar en el lanzamiento de México a los niveles de crecimiento y prosperidad que el propio país demandaba. Nosotros aceptamos la invitación. Washington prefería, secundado por Wall Street, el crecimiento económico y la captación de nuevos mercados al crecimiento territorial, a la larga incontrolable.

No pretendamos dominar a base de más anexiones. Dominemos a través de los mercados. Cuando todo el mundo consuma productos norteamericanos, seremos el centro comercial y financiero del orbe a pesar de que carezcamos del control territorial en los centros de producción y de consumo. Ése lo podemos tener en cualquier momento con las fuerzas militares norteamericanas. Aprendamos del drama británico. No caigamos en la misma trampa. Por esa razón no nos anexamos de una buena vez por todas a México. ¿Qué hubiéramos hecho con cuatro millones de indios piojosos? Esa gente inútil constituye una bomba de tiempo, hasta ahora desactivada, gracias a la excelente labor administrativa y política de Díaz, quien ha sabido controlarla y manejarla como realmente se merece.

Cuando Díaz llega al poder y confirma el estado ruinoso de las finanzas públicas, después de 70 años de guerras e invasiones, busca en el Tío Sam la ayuda financiera para echar a andar al país. Promete estabilidad política a cambio. Acudimos a su rescate. Bien sabía el presidente Díaz de su urgencia en ejecutar obras públicas para afianzarse a la brevedad posible en el poder.

Nosotros apoyamos al *viejo* y construimos una enorme red de ferrocarriles, obras de infraestructura hidráulica para dotar a pueblos y ciudades de agua, luz y fuerza eléctrica, caminos y servicios públicos, existentes gracias a la generosidad de norteamericanos audaces que arriesgaron sus ahorros en beneficio de los mexicanos.

Dos o tres consejeros consultaron discretamente el reloj.

—También los ayudamos a aprovechar la riqueza del sector minero. La minería mexicana nunca hubiera crecido al ritmo conocido y el propio Díaz no hubiera podido manejar convenientemente la deuda pública mexicana, si el capital americano no hubiera respondido tan generosamente como lo hizo y si no hubiéramos construido una red ferroviaria que hiciera posible la exportación a los Estados Unidos de las materias primas extraídas con nuestros propios recursos. Les dimos el capital para transportarlos y nosotros mismos compramos sus metales.

Lo mismo ha sucedido, exactamente, con el petróleo. Como bien lo saben todos ustedes, nosotros invertimos en la investigación, luego en la explotación y extracción del crudo y luego se lo refinamos, se lo transportamos y se lo vendemos a todo el mundo sin la participación del Gobierno mexicano.

¿Y todo esto para qué? Sí, ¿para qué? —se preguntó con toda arrogancia y disgusto el antes sonriente Presidente del Consejo de la Tolteca International Petroleum Company, a punto de descargar, como era su costumbre, un puñetazo contra la brillante mesa de cedro—. El presidente Díaz entrega concesiones y más concesiones a los ingleses, mientras que a nosotros nos las cancela y nos las suspende y todavía nos impone gravámenes a la importación de gasolina, a sabiendas que sólo nosotros la importamos de Estados Unidos.[15] Se niega a que nosotros controlemos el mercado petrolero mexicano, temeroso, supuestamente, de la acumulación de demasiado poder económico en una sola mano.[16] Como prueba de ello, el gobierno mexicano ya manifestó su negativa a vendernos el control de sus nuevas reservas energéticas,[17] que hubiera significado un jugoso negocio de cara al abastecimiento de las reservas petroleras estratégicas de la Marina americana.

¿La razón? El Águila simplemente se negó a ello, por no convenir a los intereses supremos de la Corona. ¿Y en qué creen ustedes que descansa el fundamento de su negativa? Pues en que el propio hijo del presidente Díaz, Porfirito, es el director de la Compañía El Águila,[18] y si esta razón fuera insuficiente, el propio hermano del Presidente de Estados Unidos, señor William Taft, es también accionista y alto directivo de la empresa,[19] y por si aún faltara algún otro argumento, el propio Procurador de Justicia de Estados Unidos es socio, asimismo, de El Águila.[20] ¡De ahí proviene el desprecio de Díaz hacia nosotros! ¡De ahí su trato despectivo! Es obvio, se siente apoyado por el Rey de Inglaterra y por el Presidente de Estados Unidos. Su respaldo, entonces, no parece frágil.

Sin embargo, Taft se cuidará mucho de ignorar los intereses de los ciudadanos norteamericanos en el extranjero, aun a costa de los de su propio hermano, puesto que podría reportarle graves consecuencias a su política económica, ya que nuestro producto no es cualquier manufactura prescindible e irrelevante, sino un energético mágico que ya mueve a los Estados Unidos y al mundo.

Los trusts acabaron con Roosevelt, hartos de su política antimonopólica. Perdió el poder por enfrentarse al *gran capital*. Pues más fácil lo perderá Díaz si insiste en semejante torpeza. Sólo debe sentarse a estudiar la suerte de su querido colega americano.

En conclusión, señores —exclamó McDoheny con el ánimo de sacudir a la Asamblea—, solicito de ustedes su opinión para invitar a otros capitales norteamericanos con fuertes inversiones en diversos sectores de la economía mexicana para proponerles una visita a Washington con el objeto de concertar una entrevista entre Taft y Díaz para definir de una buena vez por todas la postura del Dictador.

No quisiera ni pensar en la posibilidad de vernos abandonados a nuestra suerte ante la indolencia de un Taft y la perspicacia de un Díaz. Si Taft no logra convencer al Dictador... De verdad no lo desearía...

Empezaron a sonar catorce golpes de pequeñas cucharas cafeteras en las tazas o en los vasos con agua, señal de inequívoca votación unánime, como ordenaba la tradición cuando algún punto debía ser aprobado de inmediato, clamorosa y determinante.

McDoheny sonrió. Pensó en su retrato de cuerpo entero con la indumentaria de los más elevados príncipes de la jerarquía imperial romana. Al fondo del cuadro, sus campos petroleros saturados de enormes torres junto con algún motivo que demostrara el agradecimiento de todo el pueblo norteamericano y del mundo entero por la industrialización del oro negro en las goteras del siglo XIX y comienzos del XX, que él mismo, fundamentalmente, había tenido el orgullo de iniciar.

Algunos instantes después, McDoheny se dirigía a su residencia a bordo de un automóvil convertible, obsequio de Henry Ford, su amigo de Detroit, quien "como yo un día llegará a ser uno de los hombre más poderosos de este país".

La vuelta del siglo XIX al XX había visto la transformación del capital extranjero, de fuerza constructiva que fue a influencia corrosiva que venía siendo, mediante la amalgama de capital bancario con el industrial y la formación de colosales monopolios.[21] Limantour, Los Científicos* y Porfirio Díaz vieron con preocupación la creciente penetración del capital norteamericano en la economía mexicana.

---

* Los Científicos era un grupo cerrado de políticos estrechamente vinculados a Porfirio Díaz, llamados así en función de la administración pública de carácter *científica* que se proponían.

Los yanquis, siempre insaciables, exigían airadamente la concesión de cualquier privilegio extendido a otros sectores de la economía y, en la mayoría de los casos, su obtención incondicional no dejaba plenamente satisfechas sus pretensiones que bien pronto empezaron a desbordar el marco estricto de los negocios hasta ingresar en el político, donde señoreaba el tirano.

Mientras la inversión extranjera llevó a cabo sus actividades sin pretender interferir en el ámbito político, reservado al clan porfirista, todo se desarrolló amistosamente, pero desde el momento en que los capitalistas ya no pidieron sino que exigieron, no propusieron, sino trataron de imponer su voluntad sobre la suprema autoridad del Dictador y sus Científicos, el temor se apoderó de los pasajeros del llamado Carro Completo.*

Limantour había confirmado sus inquietudes cuando conoció los planes de la Standard Oil Co. de Rockefeller y los de la Casa Bancaria Speyer y Cía., filial de V. P. Morgan, para crear un monopolio ferrocarrilero de las troncales del Ferrocarril Central y del Nacional y controlar así todos los mercados de México con Estados Unidos.[122]

El objetivo de Rockefeller y de Morgan, dos gigantes capitalistas norteamericanos, era, desde luego, monopolizar las vías de comunicación para controlar a la Dictadura en pleno, bajo la amenaza de proyectar al país al hambre, paralizando los transportes en caso de no acceder oportuna y favorablemente a todos y cada uno de sus requerimientos.

—¿Quién puede decir ¡NO! al dueño del dinero? ¿Quién puede decirle ¡NO! a quien establece el precio de los fletes, el costo indirecto de los alimentos de los mexicanos y el momento caprichoso de su embarque por atender otros menesteres similares al sabotaje?

El Porfiriato había llegado muy lejos con la inversión extranjera y muy alto sería el precio a pagar por haber permitido a los extranjeros, dueños de la industria, del comercio, de la banca y de los transportes, enriquecerse a costa del patrimonio del país y a costa de los propios trabajadores mexicanos en defecto de una legislación laboral imprescindible.

En un principio, Porfirio Díaz llamó la atención de los grandes capitales del mundo para concurrir a la gran aventura mexicana y obtuvo un resonante éxito a base de conceder siempre mayores canonjías, insuperables en comparación a las ofrecidas por otros países competidores.

---

* La política de Los Científicos, de administrar los bienes de la Nación para su propio enriquecimiento —y el progreso científico—, los obligaba a convertirse en un grupo cerrado, una política pronto motejada de carro completo —"no más asientos, no hay siquiera lugar para ir a pie"—. Este carro completo rodaría a través de los años de 1893 a 1910 con un creciente redoble del gran tambor de la prosperidad —para aquellos que iban en el carro. Carleton Veals, *Porfirio Díaz*, Editorial Domés, pág. 355.

El Dictador mexicano entregó sin limitaciones el suelo y el subsuelo sin ninguna contraprestación, sin imponer gravamen alguno que compensara al país por la explotación irracional de sus yacimientos no renovables, ni por el severo deterioro ecológico de los terrenos y aguas originado en la indolente extracción del crudo.

Tampoco los dueños de la tierra fueron debidamente indemnizados al verse privados de su patrimonio.

Nadie ganaba con la industria petrolera salvo los magnates, dueños del oro negro.

Aún así todo les era insuficiente. Porfirio Díaz trató de comprar la buena voluntad de los inversionistas norteamericanos y se equivocó, como se equivocó Moctezuma con los conquistadores. No sólo no compraron ambos la buena voluntad de sus huéspedes sino que estimularon el apetito de quien sabían que podía tener más, mucho más que objetos de oro y plata y piedras preciosas o jugosas concesiones petroleras, prácticamente eternas.

Quiso entonces el Dictador disminuir el grado de dependencia hacia los yanquis. Decidió, a falta de ahorro interno, financiarse a base de recursos europeos con el objeto de disminuir el grado de riesgo. Esta actitud no agradó a los norteamericanos, quienes, a pesar de haber gozado de todas las prebendas, entendieron el viraje europeo del tirano como un acto de mal agradecimiento y alta traición.

Eran las 14:30 horas en el restaurante El Globo. En una mesa discretamente aislada charlaban animadamente el señor Gastón Santos Paredes, Diputado por el Estado de Tamaulipas, y el abogado Eduardo Sobrino. Levantaban constantemente las copas de cristal de Baccarat, esmaltadas en oro amarillo y saturadas con *champagne*. Festejaban la realización de un nuevo negocio.

Santos Paredes, de aproximadamente 45 años de edad, delgado, de pelo ondulado, de hablar reposado y mirada inquisitiva, dueño de un patrimonio regular, heredado de su abuelo paterno, insistía en aclarar siempre en público el origen de su riqueza como si sus ingresos como representante popular fueran a todas luces insuficientes para justificar la tenencia de todos sus bienes.

De acuerdo a los términos propuestos por Sobrino, el negocio en esta ocasión consistía en convencer al Gobernador de su estado natal de que emitiera un *nuevo* decreto expropiatorio, como los ya expedidos anteriormente.

—Dile al Gober —señaló el abogado— que motive la acción con la misma leyendita ésa de la evidente concurrencia de perjuicios públicos, originados por la subutilización de bienes, de cuya correcta explotación depende el bienestar de la colectividad.

Santos Paredes ya conocía la mecánica. Trasladarse a Tampico, comunicarle al Gobernador los deseos de la Tolteca y después de firmado el decreto correspondiente, entregarle los mismos veinte mil dólares acordados para cada operación de esa naturaleza.

El ejército desalojaría a los antiguos propietarios de la finca en acatamiento a la decisión del Ejecutivo local, término durante el cual la empresa, desde luego, suspendería sus trabajos para evitar malos ejemplos.

Una vez enfriados los ánimos, se procedería a reubicar a los inconformes, con algunos pesos en el bolsillo, en el sureste del país; el resto sería contratado por la propia empresa o por cualquiera de sus filiales, con el doble del salario rural, para comprar su silencio y garantizar su neutralidad ante cualquier conflicto laboral. Al fin y al cabo se compensarían con las tiendas de raya.

Finalmente, el gobierno del estado procedería a rematar de inmediato, en subasta pública, la finca Los Zapotes entre "aquellos postores" dispuestos a cumplir los propósitos contenidos en el decreto, y así ayudar activamente "en la consecución de las elevadas metas establecidas con el gobierno local a efecto de incentivar el desarrollo económico del Estado".

El día de la celebración del remate, la Tolteca resultaría la ganadora. A ella le adjudicarían, sin ningún género de dudas, la propiedad, en primer lugar porque nadie podría competir económicamente con la empresa a lo largo de la puja y, en segundo, porque por un error en la publicación de los horarios de remate comparecerían todos los interesados al acto a una hora equivocada, en el entendido de que el martillazo definitivo e inapelable se daría a una hora muy diferente a la anunciada en los estrados.

El plan justificaba sobradamente el tintineo constante de las copas de Baccarat y el intercambio de miradas llenas de satisfacción.

Sabino Morales sería indemnizado con los recursos obtenidos en la subasta, después de pagar los impuestos correspondientes a la operación, claro está. Hasta el propio Ayuntamiento saldría ganando con la expropiación y serviría incluso para ensalzar la figura política del Gobernador tamaulipeco.

En caso de demanda judicial por parte de los afectados, Sobrino "platicaría" todavía con los abogados de la contraparte.

Habiendo llegado la hora de los cognacs, los dos reconocidos amigos se dispusieron a recordar las experiencias adquiridas en la compra y arrendamiento de las haciendas por parte de las compañías petroleras desde su llegada a Veracruz y Tamaulipas. Gracias a los efectos del alcohol, cualquier comentario producía en el otro una contagiosa hilaridad, subrayada con manotazos en la mesa.

—¿Te acuerdas cuando le dije al tipo aquél —recordó Sobrino— que él no era el verdadero Simón Sarto, sino el nuestro, el inventado por nosotros en mi oficina para presentarlo ante el notario como el auténtico dueño de los terrenos? Todavía me dijo: "Asté miente, siñor, ése qui trai asté ai no es Simón Sarto. Yo soy Simón Sarto".

—¿Ah, sí? —le contesté. Pos si tú eres Simón Sarto entonces de-
muéstramelo. ¿Tienes acta parroquial?

—No, siñor.

—¿Tienes fe de bautizo?

—No, siñor.

—¿Tienes acta de nacimiento?

—No, siñor.

—¿Tienes las escrituras del terreno a tu nombre?

—No, siñor, ni le entiendo a todo lo qui mi pide.

—Pos entonces, siñor —le contesté remedándolo—, ¿cómo carajos vas a demostrar que todo esto es tuyo si ni papeles tienes para saber
cómo te llamas? ¡No seas bruto!

—Pos es mío.

—Pos no es tuyo, porque aquí el siñor sí tiene papeles y tú no tienes nada. Él sí puede demostrar que es el verdadero Simón Sarto, el
único dueño y no tú, que no sabes ni quién eres.

Las carcajadas molestaron a varios de los comensales, pero ningún mesero se atrevió a llamar la atención al abogado petrolero. ¡Se trataba de un cliente de lujo!

—¿Y en qué acabó? —preguntó el legislador—. Ya no me acuerdo
del tipo ése —agregó mientras se retorcía el bigote como si quisiera ator-
nillárselo a la comisura de sus labios.

—Pos en qui le dimandamos la disocupación porque a McDoheny ya li andaba por perforar y lo echamos con la juerza pública —dijo,
recobrando la seriedad— ya que el estúpido piojoso obviamente no pudo,
en caso alguno, demostrar, no ya la propiedad de la hacienda documen-
talmente, sino que fue incapaz de acreditar su propia personalidad civil
ante el juez. Su mejor argumento consistía en llamar a los vecinos para
que ellos dieran fe de su identidad, pero con un guiño oportuno y un
billete en el cajón, se desistieron de abundar en la prueba que solicitaba
el pinche indio y lo largamos.

—¿Y no volvió luego?

—Sí, claro, pero pusimos unos guardias nuestros en la puerta y
les dijimos que si volvían a ver esa cara cerca de la reja le dispararan o lo
colgaran del primer laurel para escarmiento de la familia, y ya no intentó
nada. Luego, McDoheny insistió en darle unos centavos para consolarlo
y se los entregamos. Ya no volvimos a saber de él.

—Yo creo que de ahí fue a registrarse, a bautizarse y a inscribirse
en todas partes para que no le volviera a pasar lo mismo.

—¡Qué va! A esa gente se la puedes hacer una y otra vez y nunca
pasa nada, ni se preocupan de evitar nada.

—¿Cómo consiguieron las actas?

—El notario nos consiguió todo. Le dimos dinero para que un
cura nos extendiera una fe de bautizo y otro tanto para que el Registro Civil nos diera un acta de nacimiento como la necesitábamos. Ya

con esos papeles, nuestro Simón Sarto le vendió a la Tolteca su hacienda.

La Tolteca puede hacer hombres y desaparecerlos a su conveniencia.

Sobrino pidió otro cognac para recuperarse de la jocosa anécdota. Sudaba copiosamente.

—Yo me acuerdo —agregó el diputado— del caso aquel del viejo que convencieron para que titulara su rancho y contara con todos los papeles para acreditar su personalidad.

—¡Ah, sí! Samuel Juárez, el del rancho El Chapopote.

—Ése, exactamente ése. A él se la jugaron a la inversa. Me acuerdo muy bien. A ése le pidieron todos los medios posibles para demostrar su identidad de cara a la escritura de su predio y llevó a media indiada al notario, por si tres vecinos fueran insuficientes.

—La sala de Manuel, según me contó más tarde, olió a patas durante tres meses. Ese maldito olor es peor que el de los zorrillos. No lo quitas con nada. —Sobrino tenía su pañuelo en la boca, esperando un nuevo acceso incontrolable de risa—. Abría puertas y ventanas; echaba perfume y lociones y lavandas, pero parecía que los indios seguían sentados en la antesala. El olor era inaguantable.

Me acuerdo que en aquel caso el tal Juárez firmó pensando que sólo titulaba a su nombre su terreno, pero grande fue su sorpresa cuando el ejército le ordenó la desocupación inmediata a instancias del nuevo propietario. Eso les pasa por no saber leer ni escribir. Todas las pruebas de su personalidad operaron en su contra y, al haber vendido, lo largamos.

—¿Oye, Lalo, ése no fue el mismo caso del indio que se negó a sacar sus cosas y se las echaron todas a un carro junto con su familia, gallinas, cerdos, perros y demás hierbas también de olor, pero nadie se atrevió a sacar un altarcito con las estampas de una Virgen, más tiznadas que el comal de una tortillería?

—No, ése fue el que se balaceó con su hermano cuando le hicimos creer que su esposa se había metido con él. El hoy difunto se enfureció y nunca supo cómo perdió en la balacera. Al hermano le dimos el dinero y él nos arregló el resto, pero no hubo poder humano para convencer a ninguno de los macheteros de que sacaran las estampas, las veladoras y los escapularios del muerto. Nuestra gente sigue siendo muy supersticiosa, Gastón.

Ahora traigo el caso —agregó Sobrino— de un tal Montoya que debo sacar de su hacienda en máximo dos meses, porque se vence el contrato de arrendamiento y McDoheny quiere comprar antes de su vencimiento para garantizarse la propiedad.

—¿Ves algún problema?

—No, en realidad no. Él tampoco tiene papeles y ése será el camino. Imagínate si será bruto que piensa que ya terminamos de trabajar en el subsuelo, porque nunca lo molestamos y ya hasta nos fuimos.

¡Es un verdadero animal! Sabemos que a uno de los hijos le encanta el trago y está por volver. Nos podemos colgar de esa debilidad para decirles que el vicio de su hijo es un castigo del cielo, en caso de que se nieguen a firmar.

—Qué te duran, Lalo. Tú ya en esto eres una fiera y cuentas con todo para tener éxito. Apoyo de la autoridad, dinero, poder, relaciones…

—Así es, Gastón, pero nunca sabes a qué atenerte con un mexicano y menos con uno de estos piojosos.

—¿Y en qué acabó lo de don Sabino? —preguntó Montoya.

Don Pablo contó cómo el campesino había recorrido con insistencia toda la jerarquía burocrática del gobierno del estado para encontrar cerradas todas las puertas de todos los niveles. Sólo una se abrió. Sólo una lo acogió, para hacerle saber la cancelación de todas las alternativas. La única opción restante era la de firmar un papel y darse por recibido de $16,125 importe final por concepto de indemnización una vez deducidos los impuestos y derechos respectivos. Esa cantidad debía recogerla ese mismo día o correría el riesgo de perderla a la mañana siguiente por virtud de las prioridades contenidas en el plan de alfabetización de niños indígenas del Estado.

—El propio gobierno le quitó todo por la brava y ni siquiera los dijaron quidarse los días prometidos. Un día los echaron pa juera, mujer, hijos, piones y animales —concluyó Pablo Navarro Santiesteban, confundido entre el morbo y la angustia.

Lo peor es qui el gobierno pa nada usa la finca. Y son los mesmos güeros los qui la trabajan y la empuercan todos los días con su cochino chapopote. ¿Pa quí se la quitaron? ¿Pa dársela a los gringos? Ésa es una canallada, compadre, una canallada.

Sabino sólo piensa en Los Zapotes ya mí si mi afigura, verdá de Díos, qui se va a morir con esa palabra en la boca y con la del hijo de serpiente del abogado, ése qui tiene nombre de pariente bonachón.

José Guadalupe Montoya movía la cabeza lentamente de derecha a izquierda, lamentándose de la suerte del "buen Sabino", mientras recargaba los brazos en las piernas y hacía, como era su costumbre, figuras caprichosas con el polvo del suelo. Repentinamente soltó la vara que sostenía entre sus dedos marchitos y se quedó paralizado, cabizbajo, tal y como escuchara concentradamente el relato. Parecía que lo había partido un rayo y que en un momento más se desmoronaría. Sólo el barbiquillo de su sombrero continuó brevemente su ir y venir pendular, ajeno al trance de su dueño. Sin levantar la cabeza, sin distraer la mirada ni moverse del equipal, José Guadalupe preguntó:

—¿Cómo dijo, don Pablo, qui se llamaba el abogado qui no recibió a don Sabino allá en México?

—Pos parece qui Sobrino —repuso don Pablo indiferente y pensativo, mientras se llevaba la mano al mentón—. Sí, claro, Sobrino se llama la chingada sanguijuela qui le chupó todo el chapopote a la tierra y luego toda la sangre a don Sabino y a todos los de por aquí de la Huasteca.

En ese momento aceptó Montoya la posibilidad de haber caído él mismo en una trampa similar. Todo el caso era igual. Sin embargo, inexplicablemente, ni los técnicos ni su equipo habían llegado todavía a Los Limoneros para destrozarlo y dejarlo igual que Los Zapotes.

¿Por qué lo habían dejado con sus tierras por ya casi 5 años? No lo entendía. Sólo sabía que faltaban escasos meses para la extinción del término fijado en el contrato, el cual, una vez vencido le liberaría de toda obligación con Sobrino y la Tolteca y le devolvería de nueva cuenta la paz a Eufrosina, y ahora, también a él.

Todos los relatos en torno a la actuación delictuosa y prepotente de las compañías perforadoras resultaban válidos. Todos los rumores eran ciertos. Sintió de golpe una mano fría sujetándolo del cuello, una mano poderosa, una mano ya conocida por su crueldad y su dureza.

Esa noche José Guadalupe Montoya no durmió. La tenue luz de su jacal parpadeó hasta que el amanecer la hizo imperceptible. Pidió a la Virgen tiempo. Sólo tiempo. Substituyó una veladora por otra. Se trataba de cuatro meses sin que los bandidos pisaran sus tierras, sin que se acordaran de él, ni de las malditas chapopoteras, causantes de todos los despojos y las muertes. Sólo cuatro meses y ya no podrían reclamarle nada. Eufrosina, recostada en los costales de fibra de maguey, tampoco concilió el sueño, ni soltó un solo instante el escapulario humedecido por el sudor de entre las manos. Entendía el peligro. Lo había advertido oportunamente. Valente, confiado, dormía, ajeno aún a las preocupaciones de sus padres.

Hilario había llegado diez días antes a Tampico, en donde pensaba quedarse sólo una noche después de tan largo viaje desde Sinaloa. Poco había aprendido del cultivo de cítricos durante su estancia allá, pero por contra, en mucho se había acentuado su afición al alcohol.

Después de la primera noche decidió quedarse una más y luego otra, y así hasta agotar los ahorros hechos para el viaje.

Su regreso provocó poca alegría. La desesperanza y el miedo habían invadido Los Limoneros. José Guadalupe sabía a sus hijos vulnerables para efectos de las negociaciones propias de la Tolteca. Ellos utilizarían todo para convencer y ganar, aun a sus propios hijos. Hilario no ocultó su malestar por la escasa euforia demostrada por su regreso.

—Creíba qui les daría gusto mi regreso, pero con esas caras más mijor me jalo de nuevo pa Sinaloa.

Valente explicó a su hermano todo lo acontecido con voz lenta e inocente. José Guadalupe y Eufrosina no retiraban la mirada del recién llegado, a la caza del menor gesto que denotara comprensión.

Hilario se concretó a señalar que si ya habían transcurrido los cinco años pactados realmente no encontraba motivos tan alarmantes de preocupación. En los dos meses restantes poco o nada se podría ya hacer.

—Vamos tranquilizándonos y ya verán cómo Dios nuestro Señor no nos olvidará. La gente de por aquí es muy dada al chisme.

La luz volvió a parpadear toda la noche en el humilde jacal de los Montoya. Las veladoras se consumían una a una en su lento sangrado de cera. La angustiosa espera había sido declarada.

Una calurosa tarde de verano McDoheny jugaba golf en uno de los más selectos campos del oeste americano, acompañado por dos entusiastas directores de una de las *sub-holdings* del poderoso grupo petrolero. Eran seguidos muy de cerca por tres *caddies* quienes cargaban las pesadas bolsas, portadoras de los bastones confeccionados a base de madera. Se encontraban en el *fairway* del hoyo 18, sobre una enorme alfombra verde cuidadosamente regada y podada, circundada por lagos artificiales y gigantescos pinos frondosos, cuando la suerte de los Montoya y la de Los Limoneros fue resuelta.

¡Qué hermoso se veía el Océano Pacífico en lontananza!

La charla, a lo largo de todo el recorrido por ese reconfortante escenario natural y deportivo, había girado alrededor de la generosidad de los mantos petrolíferos de los terrenos adyacentes a Los Limoneros, productores de muchos millones de barriles y de un volumen igualmente significativo de utilidades, siempre ocultadas al fisco mexicano y, obviamente, al norteamericano. Los manantiales de la Huasteca prometían ser los más ricos del mundo, según se había demostrado siempre a la raquítica Asamblea de Accionistas de la famosa y temida Tolteca Petroleum Co.

Momentos más tarde, McDoheny, sonriente y con la piel suavemente bronceada, con pantalones amarillos y camisa de seda del mismo color, se jactaba frente a un vaso de cristal cortado, en el que se había escanciado whisky escocés y soda, en el Club House de Spy Glass Hill, California, Estados Unidos de Norteamérica, después de colocar sobre la mesa las oscuras gafas antisolares:

—¡Imagínense! —comentaba— si hicimos una buena operación en la Hacienda Chinampa[23] al pagar cincuenta pesos de renta mensual para extraer 75 millones de barriles. Ése sí será un gran negocio. En México está todo nuestro futuro, sólo nuestra imaginación puede limitarnos. Ése es el único obstáculo.

Green recordó el caso de la Hacienda de Amatlán[24] en la que se pagó una renta de $112.50 mensuales y en la que se calculaban depósitos de más de 7 millones de barriles.

—¿Y qué me dicen del campo de Juan Casiano,[25] donde pagamos mil pesos anuales de renta y estimamos yacimientos en 100 millones de barriles? Ningún accionista podrá quejarse de las sumas pagadas como dividendos —exclamó McDoheny.

El petróleo mexicano nos es altamente atractivo en función de la desgravación fiscal, de la ubicación geográfica de sus yacimientos para efectos de la comercialización en América del Sur y, sobre todo, en Estados Unidos, además del bajo costo de contratación de la mano de obra rural, casi insignificante —concluyó pensativo—. Sí, así es, en efecto, pero también lo es que los mexicanos son activos patrocinadores de nuestra gran causa petrolera y cooperan sin limitaciones por la obtención de nuestro éxito.

—¡Bromeas, Edward!

—Verás. Ellos no tienen inconveniente —continuó McDoheny— en vender a su cliente, si son abogados, o en tirar una escritura indebidamente, si el notario es bien remunerado con dólares, o en rendir un dictamen opuesto a la realidad o en alterar un plano topográfico o en expedir un documento que da fe de algo inexistente. Prestan su nombre, la virtud y la hermana a cambio de dinero.

La experiencia me ha demostrado su desprecio por la vida, su aprecio por el dinero y su frivolidad para cumplir con un mandato sin importar la calidad de la víctima, hombre, mujer, cura, niño o campesino al borde de la inanición.

En cada mexicano tenemos un aliado, y como los mexicanos están en todas partes, no es difícil hacer negocios. Menos lo será controlar al país.

—Exageras, Edward, exageras.

—Desde luego que no. Al igual que los ingleses, hemos comprado a varios Científicos. Ellos tuvieron, inclusive, el descaro de poner al propio Secretario de Relaciones Exteriores en funciones como Director General de El Águila.

—Eso sí ya es cinismo.

—Lo es. Nosotros tenemos también a varios de ellos en la nómina. También tenemos a otros funcionarios menores y, desde luego, a los diputados locales en los estados de la República donde tenemos nuestras inversiones.

—Eso también lo tenemos en Estados Unidos. Contamos con seis senadores en la nómina —le replicaron al Presidente del Consejo.

—Ni quien lo discuta. El dinero gusta en todas partes, pero en México, además, hemos comprado jueces, notarios, abogados, ingenieros, jefes políticos locales, presidentes municipales y, desde luego, gobernadores. Como verán, no exagero.

—Ningún gobernador americano resistiría la tentación de un cheque por cincuenta mil dólares.

—Yo comparto tu punto de vista, pero aquí hay otros mecanismos de control administrativo para supervisar nuestros negocios, otro régimen tributario y otro sistema político. En México, si te entiendes con Díaz ya triunfaste, mientras que aquí todavía hay un Senado que pesa y que nos cuesta mucho más dinero que en México. Los senadores americanos son más caros, porque quieren dólares y muchos; en México se conforman con pesos y muy pocos.

—El problema consiste en que si en Estados Unidos te sorprenden con un soborno a un secretario de Estado o a un senador, el escándalo es mayúsculo para todos los implicados —agregó Green—, pero en México nunca pasa nada. Si don Porfirio Díaz llama a los periódicos, la noticia no corre y sólo te expones, como máximo castigo, a un jalón de orejas del tirano. Pero nunca corres riesgos de cárcel ni de desprestigio. En los dos países hay corrupción, toda la corrupción, pero la diferencia estriba en las sanciones aplicables en uno y otro lugar cuando el soborno es descubierto.

—Es cierto —aceptó McDoheny—. Es más probable que le castiguen aquí en Estados Unidos por una falta cometida en México, que Porfirio Díaz resuelva encarcelar o sancionar a un extranjero. En México los extranjeros seguimos siendo dioses intocables, puesto que los Científicos entienden que significamos divisas y, claro está, también cañones para defenderlos. Por eso nadie se atreve a tocarnos. Significamos el rescate de México, pero también su integridad territorial. Por eso nos extienden certificados de impunidad, no pagas impuestos, no te controlan los barriles producidos, no pagas regalías y tienes de tu lado a los tribunales, al gobierno y al ejército para cualquier conflicto laboral en el que, de antemano, se nos concede la razón para que continuemos en México. Hasta parece un sueño, para ser verdad.

—Te falta un ingrediente importante, Edward.

—¿Cuál?

—Uno fundamental —comentó bromeando.

—¡Abre fuego!

—Un hombre como tú, con la capacidad, la audacia y el cinismo para aprovechar toda esa situación que has captado con tanta claridad.

¿De qué serviría todo eso si no hubiera una persona como tú, con la habilidad de explotar hasta la saciedad una coyuntura política como la que nos ofrece México?

—Les agradezco mucho, pero volvamos a Los Limoneros —exclamó sin el ánimo de recibir adulaciones, rasgo muy curioso en él.

Los terrenos —continuó después de un buen sorbo de *scotch*— que circundan a los famosos Limoneros han sido ricos en yacimientos, lo cual nos permite suponer que las chapopoteras localizadas ahí también deben ser manantiales muy generosos.

—Ni quién lo dude —saltó Green—. Estoy seguro que estamos sobre un manto gigantesco que bien puede abarcar Los Limoneros y dos haciendas más. Yo también sugeriría empezar a perforar por ahí.

—¿Quién más lo sugiere? —preguntó McDoheny inquieto.

—Nuestros técnicos, Edward. Sabemos que hasta las vacas se ahogan en las chapopoteras. Aquello está materialmente lleno y la verdad ya no resistimos la tentación de tirar la cerca y poner nuestras torres, sobre todo que sabemos que la finca es nuestra y sólo la tenemos como reserva.

—No, no es nuestra, Green —repuso McDoheny contundente.

—Pero Sobrino me dijo que sí.

—Ya sabes que Sobrino es un hablador y mete la lengua donde no debe y donde debe no se la mete.

Los tres soltaron la carcajada.

—Pues si no es nuestra, ya es hora que lo sea —agregó Green.

—Coincido contigo. Ya es hora, sobre todo porque El Águila está rondando nuestros terrenos y puede tratar de comprar antes que nosotros, a través de una maniobra cochina.

Es conveniente apurar el paso antes que la competencia nos madrugue. No sé cuándo se agotarán los pozos de los campos a que nos hemos referido —continuó McDoheny pensativo— ni cuándo empezaremos a trabajar en Los Limoneros. Lo único que sí sé es que debemos comprar la finca y pronto, porque yo mismo visité esos alrededores y, efectivamente, el petróleo aflora por todas partes y hay constantes emanaciones de gas.

Según Sobrino, el contrato está por terminar. El indio estará muy contento porque se quedó con todo ese dinero sin dar nada a cambio y es tan imbécil que piensa que ya trabajamos en el subsuelo. Nos está muy agradecido por haber cumplido con nuestra palabra, por no haberlo molestado nunca.

Todos sonreían.

—Hoy mismo telegrafiaré a Sobrino para que vea la forma de comprarle al piojoso ése su tierra. Cuando esté todo listo, lo informaré al Consejo.

Tres vasos chocaron delicada y sutilmente.

Horas después, en México, un telegrama informaba a Sobrino los términos del acuerdo inmediato al que debería llegar con el propietario de Los Limoneros.

Mientras tanto, McDoheny discutía de viva voz con Green cuántos golpes de ventaja le debería dar la próxima vez que jugaran en Pebble Beach, California, donde el viento desempeñaba un papel importante en el juego de golf.

José Guadalupe Montoya se negó a vender. En esta ocasión de nada valieron las recomendaciones y sugerencias de Sobrino y de Alfaro. El indio se resistía siquiera a iniciar el diálogo. Impasible, Montoya charlaba de todo menos de Los Limoneros. Atento en su trato, cortés y amable, escuchaba todos los argumentos a los que oponía un no suave y tímido, pero sin dejar lugar a dudas respecto a la irrevocabilidad de su decisión.

El indio no conoce las medias tintas. O bien es atento y delicado en el uso del lenguaje, respetuoso de las formas, discreto y cuidadoso socialmente, en especial con sus propios huéspedes, o bien es frío, violento y ciego, cuando las circunstancias lo colocan en el disparadero, momento final en donde las iniciativas y la acción son impuestas por las manos encallecidas por el trabajo.

Agotado por la infructuosa discusión, desanimado por el fracaso de su gestión y agobiado por el peso de la vergüenza ante sus superiores, Sobrino cometió el gran error, producto de su desesperación y de su suficiencia.

—Mira, maldito indio de mierda, he venido desde México en tren, luego en coche y luego a caballo en un viaje ingrato e inoportuno porque tenía mil cosas mejores que hacer antes de venir a discutir con un imbécil como tú. Te he tratado de convencer en todos los términos, por tu bien, de que nos vendas y te has puesto soberbio y estúpido sin medir fuerzas, ni consecuencias.

—Yo quiero —empezaba a hablar José Guadalupe.

—¡Cállate, imbécil, animal! Cierra ese maldito hocico del que no salen sino pendejadas que me hacen perder mi tiempo —interrumpió el abogado a gritos—. Ahora me vas a oír, infeliz demente, pues no sabes enfrente de quién estás, ni lo que vale mi tiempo. Por caridad me he sentado a platicar contigo como si fueras un ser humano (Montoya se empezaba a poner en pie) para que entendieras algo que desde luego te conviene. Pero eres tan idiota que no sabes distinguir entre lo bueno y lo malo. Y siéntate cuando yo hablo —tronó furioso e incontenible Sobrino, a quien la sangre se le agolpaba en la cara—. Debes saber, pedazo de piojo letrinero, que no tenemos necesidad de convencerte, porque tenemos la forma de quedarnos con tus mugrosas tierras sin que lo sepas y sin pagarte un quinto. Pero tú, grandísimo animal, no has entendido ese acto de generosidad.

Montoya miraba fijamente la cara del abogado mientras con la mano derecha, a tientas, buscaba su machete.

—Te vas a arrepentir por tu terquedad, tú y todos los tuyos que pululen por el mundo con el nombre de Montoya —terminó de decir el iracundo representante petrolero ya despojado de su piel de cordero.

El abogado se disponía a salir del jacal cuando José Guadalupe, en un esfuerzo espectacular por contenerse, disparó con precisión toda la réplica certera y bien hilvanada de argumentos que dejaron atónito al "especialista en derecho".

—Miren quién habla, el asesino y el ladrón de toda la Huasteca, ¿o creiba asté qui no lo sabíamos? Maldito cochino. Una vez nos engañó con su ropita y sus palabras, pero esta vez váyase a robar a otra parte —exclamó ya sin ningún recato Montoya. Sobrino se quedó perplejo. Su coraje crecía por instantes y parecía a punto de perder los estribos—. Todos los de por aquí ya sabemos lo di Los Zapotes, lo di la Chinampa, Amatlán y Juan Casiano, ¿o piensa qui no nos fijamos? Sabemos cómo su jefe, ese güero y asté mandaron matar a Lozano y a sus piones por no querer entregar sus tierras. Todo si sabe por acá en la Huasteca.

Sobrino hubiera dado todo a cambio de una pistola. Nunca esperó una respuesta de esa naturaleza de un campesino muerto de hambre.

—Nada querémos saber de asté, ni de su cochina empresa, ni de los güeros asesinos; ya me imagino cómo me habrían dejado mis Limoneros: pior, mucho pior qui el corral ése donde tengo mis marranos. Suerte me dio mi Santa Patroncita pa qui astedes no entraran en mi tierra y qui me enseñó qui asté es más peligroso que las culebras, porqui ésas sólo pican en el piso y asté mata, ensucia y envenena dondequera.

Lárguese de aquí, lárguense de mis terrenos, bandidos malditos —urgía Montoya—. En lugar de ayudarnos quesque con todo lo qui saben, sólo lo aprovechan pa quitarnos lo poquito qui nos queda a los probes. Lárguense de aquí antes qui se me acabe la poquita paciencia qui me concedió la Virgencita.

Dicho esto, se incorporó definitivamente y tomó amenazadoramente un pesado leño con la mano derecha que Eufrosina había dejado a un lado del comal, para calentar el café.

—Mañana mesmo iré con el Gobernador pa decirle qui si algo me pasa a mí o a alguien de mi familia asté será el culpable. El siñor me oirá y lo llamará a asté a cuentas y nos protegerá de sus malditos papeles y de sus cochinas manos. A mí el Gobernador si me oirá, como nos escuchó el día de su gira pa qui lo eligiéramos pal cargo.

Sobrino se envalentonó cuando supo ante quién iba a ser acusado.

—Si supieras, muerto de hambre, que entre los gobernadores que ha comprado la Tolteca está precisamente ese idiota ante quien pretendes acusarme. Para que mejor me entiendas y dejes de poner esa cara de chivo a medio morir, el gobernador ése con el que vas a acusarme recibe cada mes mucho más dinero de la Tolteca que de su sueldo como gobernador; prácticamente ya es empleado de la compañía. Con eso verás lo que se te viene encima, grandísimo pendejo. Ahora verás quién es Eduardo Sobrino. Tú serás el único responsable de mi enojo. Sólo tú pagarás las consecuencias y ésas ni te las imaginas.

Repentinamente, José Guadalupe Montoya, cegado por la ira, desamparado y humillado, se lanzó contra Sobrino con el tronco de madera firmemente sujeto entre las manos.

El abogado, asustado por la expresión del rostro del indio, trató de alcanzar rápidamente la puerta, golpeándose, por la precipitación de sus movimientos, en la frente con el marco de la misma. En esos momentos fue alcanzado por sendos golpes secos en los costados y uno sonoro en el hombro, que resintió con pánico y dolor, asestados todos con rabia incontenible. Alfaro, atemorizado también por la cara descompuesta de José Guadalupe y por los sonidos guturales que emitía, desvió el que iba dirigido certeramente a la cabeza del abogado.

Montoya quería vengar todas las afrentas, además de la propia, sufridas por todos los vecinos de la Huasteca.

Sobrino, tirado en el suelo, sucio por el polvo del piso, manchó la tierra del jacal y su presuntuoso chaleco de gamuza con la sangre que se precipitaba copiosamente de su cara.

Era la primera mancha de sangre de Los Limoneros. Alfaro lo ayudó a incorporarse. Tan pronto estuvo de pie, Sobrino se llevó el pañuelo de seda blanca a la frente, arrastró los pies rumbo a la salida y profiriendo maldiciones montó su tordillo y se alejó.

Alfaro permaneció unos momentos más en Los Limoneros, con el objeto de suavizar la situación y *ayudar* a Montoya a entrar en razón al magnificar las enormes ventajas que representaba la venta de las tierras y cómo podrían, con esos recursos, comprar otra propiedad mejor en otra parte del país, sin las chapopoteras que tantos problemas causaban. Don José Guadalupe no lo dejó concluir y pidió "antes de agarrarla también con asté, hágame el favor de irse, porqui siento qui el coraje me regresa y no vaya a ser qui asté pague todas las qui ya debe Sobrino".

Alfaro se sintió penetrado por la mirada opaca y grisácea del indio.

No reflejaba sentimiento ni vibración alguna. La ausencia de brillo en esos ojos negros como la obsidiana lo convenció que Montoya ya no se detendría por nada y, por lo mismo, sería capaz de todo. Era preciso iniciar el regreso a Tampico de inmediato. El miedo anuló todos sus planes.

Había perdido una jugosa comisión, ahora, por la venta de Los Limoneros.

Diez días después, José Guadalupe Montoya dejaba cinco gruesas de naranjas en el piso lodoso de su puesto en el Mercado Municipal de Tampico. En ese momento cuando de cuclillas soltaba los nudos de los huacales para hacer pequeños montículos con la fruta de Los Limoneros, advirtió una fuerte patada en la espalda que lo proyectó contra su fruta, perdiendo el sombrero con el impacto.

—Voltéate, cobarde Guadalupe —dijo una voz imperiosa y prepotente—. Tú no eres de los nuestros. Bien qui sabías qui yo tenía qui trabajar en la compañía de la hacienda de la Chinampa y quí dejaba el jacal solo y ahí ti juites a meter con mi esposa pa comprarla con todos los centavos qui ti dieron por rentar tus malditos Limoneros. Aquí tengo en el morral todavía algunos centavos qui ayer li dites pa qui si acostara contigo, maldito traidor de los dimonios.

—¿Quién es asté? —preguntó perplejo y atónito José Guadalupe, al tiempo que se reincorporaba sorprendido y se limpiaba las manos en su humilde camisa de manta—. Por Diosito santo, qui no me dejará mentir, le juro qui yo a asté ni lo conozco.

—A mí no, claro está, pero bien qui conoces a mi esposa, porqui tú vas a mi jacal cuando yo ni estoy.

—Qui va —repuso mortificado, percatándose que muchos marchantes y dueños de puestos se acercaban a presenciar un nuevo pleito en el mercado—. Yo ni conozco tampoco a tu esposa —dijo nervioso cuando percibió la posición extremista e intransigente de su agresor.

—¡Cobarde! Ti dije y ti lo repito, nomás niegas ahora todo lo qui haces. Acabates con lo qui más me importaba en la vida y pusites en vergüenza a mis hijos y a mí. Bien qui sabías qui es ley sagrada en nuestra tierra meterte con la esposa de cualquiera de nosotros. Bien sabes qui en la iglesia siempre nos repiten qui no desearás la mujer de tus iguales, y tú, malvado cabrón, no sólo la deseates, sino qui también la violates y la tuvistes contigo todas las veces qui si ti dio tu chingada gana.

—Yo ni te conozco, ni sé de lo qui mi hablas. Has de haber tomado mucho pulque y mi andas confundiendo, porque yo no tengo qui ver contigo ni con la qui dices es tu siñora. Aquí todos mi conocen y a mi edad ya ni puedo ni debo andar por esos malos caminos —se volteó para abrir un nuevo costal de naranjas y restar importancia al pleito callejero cuando escuchó el grito estremecedor de una mujer.

—¡Cuidado, José, ti va a matar! —la voz estridente rezumbó con eco trágico e insistente a lo largo y a lo ancho del mercado.

Con instintiva rapidez volteó para encontrarse con el viraje violento y veloz de un machete que fue a encajarse en su hombro derecho. José Guadalupe, profirió un grito desgarrador. Sin embargo, antes de que los vecinos del lugar pudieran intervenir, y ante el estupor de los concurrentes, el mismo brazo asesino descargó con certera violencia un segundo golpe que perforó con facilidad la camisa de manta del indio, así como su abdomen. El campesino, con los ojos llenos del azul del cielo, se sujetó desesperadamente al mango del arma, negándose a aceptar la fatal realidad. Su mirada era infinita. De su boca desencajada y floja ya no alcanzaba a salir palabra alguna. Lentamente cayó al piso encharcado y fétido del improvisado local.

El asesino aprovechó la confusión y huyó precipitadamente. Después de cabalgar por más de tres horas, se ocultó en una choza de pescadores, a un lado de Tampico, propiedad de uno de sus hermanos que trabajaba de capataz en una de las muchas haciendas petroleras de la región. Dos ojos sorprendidos lo persiguieron, primero al ritmo de un galope desaforado y después del trote confiado. Dos ojos suplicantes que en adelante lo perseguirían como su propia sombra.

Señores inversionistas y amigos —concluyó McDoheny su discurso ante un grupo de capitalistas norteamericanos reunidos a petición del poderoso grupo petrolero—, todos conocemos la dificultad de calcular con exactitud el importe de la inversión extranjera en cualquier país, pero más aún en México, donde no contamos con información actualizada y elemental, ni con controles para captar día a día el volumen de divisas que ingresan al país, destinadas a la inversión en general.

Por lo mismo, en estos casos es conveniente recurrir también al cálculo sin dejar de tomar en cuenta variables, en este caso, impuestas absolutamente por la ausencia de elementos.

Estimamos en este momento la inversión norteamericana en México por el orden de mil millones de dólares,[26] que significan el 75% del sector minero en su totalidad, el 72% del de fundiciones, el 68% en el hulero, el 48% en ferrocarriles y el 58% en el petrolero.[27] Probablemente los porcentajes pueden ser corregidos en algunos casos, pero desde luego es evidente el hecho de que tenemos prácticamente todo el control de la economía mexicana, aun cuando competimos en algunos rubros con Inglaterra, fundamentalmente, y con Francia, Alemania e Italia.

Sin embargo, hay dos ingredientes que deben ser cuidadosamente analizados por todos nosotros para evaluar la situación en que nos encontramos, así como las posibles eventualidades a las que muy posiblemente debamos hacer frente para defender correctamente nuestros intereses.

Las grandes potencias económicas europeas invirtieron durante mucho tiempo grandes sumas de dinero en México, porque se daba el clima político adecuado y porque la rentabilidad era bastante aceptable. Sin embargo, dichas potencias han preferido concentrar sus esfuerzos en el financiamiento del desarrollo de sus propias colonias en África o en Asia y le han concedido lógica prioridad a la consecución de esos objetivos que, por otro lado, han preocupado al gobierno mexicano que de tiempo atrás ha insistido en la concurrencia del ahorro europeo para ayudar al crecimiento económico de México. Díaz no ha querido el predominio de ningún sector de inversionistas, menos aún el nuestro, y al observar el decremento de la inversión europea se ha preocupado severamente de que nosotros, los norteamericanos, a quienes nos debe todo, vayamos a controlar la economía mexicana y, con ello, a controlarlo a él y a su gobierno.

¿Cuál ha sido la solución propuesta por los Científicos para que nosotros no nos quedemos con el control de las empresas y de los negocios? ¡Muy sencillo! Le han concedido al capital inglés, particularmente, y también al francés, una serie de canonjías, negadas a nuestras empresas; y no sólo eso, sino que en algunos casos, como el de la Tolteca, nos han retirado concesiones ya otorgadas, además de obstruir nuestra operación en general con el objeto de dar al capital inglés estímulos muy por arriba de los que gozaría en las propias colonias del imperio británico.

En síntesis, la política porfirista de diversificación de la inversión está orientada ahora a poner, equivocadamente, al país en manos de los ingleses, que reciben privilegios en los ferrocarriles, negados a nosotros, en el sector minero y en el petrolero, de un extraordinario valor económico en perjuicio del noble capital norteamericano.

Ya lo hemos platicado con el propio presidente y con el señor Limantour y sólo hemos recibido negativas y evasivas.

Señores, ha llegado el momento de recurrir a la más elevada jerarquía oficial del gobierno americano para gestionar una entrevista con el gobierno de Porfirio Díaz y obtener de ella una aclaración, así como un compromiso futuro para recuperar la tranquilidad en nuestros intereses mexicanos.

Estados Unidos obviamente estará de acuerdo en que la inversión norteamericana de mil millones de dólares le reportaba divisas, impuestos y estímulos directos a su aparato productivo. Nuestro propio gobierno entiende, como lo han entendido en otros países del hemisferio, que debe cuidar y proteger nuestras inversiones, porque si bien es cierto que nos reportan dividendos importantes, también lo es que el propio gobierno los obtiene de diversas maneras y cuenta con nuestros impuestos para satisfacer sus objetivos presupuestarios en el desarrollo nacional.

No nos deben defender a nosotros los inversionistas norteamericanos en México por el simple hecho de que somos norteamericanos, sino porque al gobierno de Estados Unidos le interesan nuestras ganancias y le preocupan nuestros resultados, porque de ellos depende —elevado a la generalidad de la inversión norteamericana mundial— el éxito económico del propio Estados Unidos en su objetivo de constituirse en una potencia de primer orden. Si nuestro gobierno no defiende el patrimonio norteamericano en ultramar, difícilmente podrá asegurar mercados y, en consecuencia, no se obtendrán nunca los recursos necesarios para acceder al lugar que demandamos en el concierto de naciones de primer orden.

Por lo tanto, si ustedes no disponen otra solución, sugeriría la integración de un grupo de representantes de inversionistas norteamericanos en México para solicitar una reunión con el Secretario de Estado Knox y obtener una audiencia con el Presidente Taft, con el objeto de plantearle la actitud mexicana respecto a los trusts ya enunciada en la entrevista Díaz-Creelmann, así como las políticas discriminatorias que el capital yanqui sufre en México en comparación con el inglés y en perjuicio del pueblo y gobierno de Estados Unidos.

Díaz fue claro con Creelmann; nosotros debemos serlo con Taft.

La fecha que con tanta ansiedad esperaba don Porfirio, finalmente apareció en el calendario. Su agenda de piel negra, en cuyo extremo superior derecho había sido grabada con una lámina de papel dorado un águila devorando una serpiente, emblema reservado al Presidente de la República, tenía en el mes de octubre un día específico con un círculo de tinta roja. Era el 16 de octubre de 1909.[28] En esa ocasión no había compromisos de desayuno, comida o cena. No recibiría en acuerdo oficial ni privado a ninguno de Los Científicos. No habría audiencias para ninguno de los embajadores extranjeros acreditados en México, ni siquiera para los de las grandes potencias económicas y militares. Ni recibiría, tampoco, a los dirigentes de las múltiples empresas transnacionales que operaban en México. En aquel día no escucharía ni a sus propios gobernadores, ni a los altos funcionarios de los otros poderes de la Unión. Es más, no estaría, lo cual era ya caer en los extremos, ni para los más altos jerarcas de la Iglesia Católica, Apostólica y Romana. Sólo estaba para una persona en obsequio de la cual había montado todo un aparato publicitario para dar un gran ejemplo de alta diplomacia al mundo y para sentar un precedente de convivencia cordial y civilizada entre una gran potencia desarrollada y un país en proceso de crecimiento.

Esa mañana se entrevistaría en El Paso nada menos que con William Howard Taft, superpresidente de todas las compañías transnacionales norteamericanas del mundo, máximo líder del capitalismo en el orbe y representante de las teorías políticas del Gran Garrote, del Destino Manifiesto y de la Diplomacia del Dólar.

Charlar con Taft era como si Díaz lo hiciera simultáneamente con el Presidente de la Standard Oil Co., de la Tolteca Petroleum Co., de la Mexican American Cable Co., de la Mexican Telegraph Co., de la Mexican Telephone Co., de la North Mexico Mining Co., de la Mexican Light and Power Co., de la Mexican Railway Co. y de la Green Consolidated Mining Co. (Cananea), etc., etc., etc.

Esa mañana Porfirio Díaz se vistió con toda lentitud, elegancia y dignidad de un hombre que había sabido dominar a ultranza a 14 millones de personas durante casi 30 años. Pidió la guerrera negra, la de las grandes ocasiones. Pidió sus condecoraciones consentidas y también pidió las de la buena suerte. Observó detenidamente su regio atuendo. Sentado en la cama, apoyados los codos en las rodillas y la barbilla en las manos oscuras, echó a andar su imaginación.

Recordó que en marzo de ese mismo año había sido publicada la inoportuna y temeraria entrevista de James Creelmann en el Castillo de Chapultepec, que tan satisfecho lo había dejado en un principio. Obviamente no contaba con que su séptima promesa de abandonar el Castillo de Chapultepec, ahora sí habría de causar un impacto notable entre los candidatos a heredar el poder presidencial.

—Yo no lo heredé. Nadie me lo regaló. Yo lo obtuve. Yo lo conseguí. Yo me hice de él. Luché por él. Lo obtuve y Dios me dio la fuerza y la voluntad para mantenerme en él. En beneficio de los mexicanos. Para ayudar a tanta gente jodida. Por eso me iluminó y me concedió su gracia para gobernar en un ambiente de paz, respeto y orden, imprescindibles para el progreso. No fallé. Desde luego que no fallé. Ahí están los ferrocarriles, el teléfono, el telégrafo, los caminos, la educación, la salud social, la industria, las minas, el petróleo, las exportaciones. Ahí está el peso, mi peso, nuestro peso, al dos por uno con la segunda moneda más fuerte de la Tierra, después de la libra esterlina. Y después de todo este esfuerzo titánico me sale un imbécil enano sietemesino, con barbitas de impúber, a escribirme libritos sobre la sucesión presidencial y a hablarme a mí de democracia. Viene este babosito a enseñarle al Papa a dar la bendición.

Todos los Madero conocieron la comida caliente gracias a mí. Durante mi gobierno amasaron su gran fortuna, para pagarme ahora con un librito en donde me señalan la hora de la renuncia en obsequio de la democracia. ¿Democracia en México…? ¡Ésa es una ilusión política!

Además, los mismos hermanos Flores Magón y sus secuaces han tratado de capitalizar toda la efervescencia en su provecho. Insisten en la rebeldía. Por lo visto han vuelto a olvidar lo que les pasó a sus bribones compañeros en la huelga de Cananea y en la de Río Blanco. Es mejor, siempre lo pensé, no tener cárceles políticas, porque en ellas se incuban la violencia y las represalias, junto con el desprestigio de los gobernantes. Lo óptimo es el paredón. La ejecución y el silencio eterno. Conozco el peligro de dejar enemigos políticos heridos que a la larga, cuando no a la corta, triunfan en su venganza. Es mejor el hoyo. Es el lugar más seguro para guardar enemigos.

Yo me equivoqué con Creelmann, pero aún es tiempo de reconsiderar mi conducta, sobre todo cuando veo aflorar en mis colaboradores sus ocultos apetitos políticos. Para ellos, el destierro. Una larga travesía por el Atlántico les hará olvidar sus tentaciones.

Ahora todo el país está convulsionado. Todos quieren la presidencia. Hasta en el círculo más íntimo de mis geniales Científicos lo he advertido ya. Si no tomo una medida drástica, muy pronto todos los potros abandonarán el potrero, y a ver quién es el macho que los vuelve a meter.

Taft. Taft es el hombre. Me verán retratado al lado de él. Me verán fuerte. Digno. Los mexicanos volverán a sentirse orgullosos de su presidente. Verán a quién sigue apoyando Estados Unidos. Le pediré a Taft que haga declaraciones públicas avalando mi gestión como presidente y que haga valer la seguridad que inspiro a la banca y a la industria norteamericanas. Nadie en México llegará a la presidencia o se mantendrá en ella sin la bendición de Estados Unidos. Yo les demostraré lo que represento para el mundo a diferencia del enano Madero. Él ni siquiera llegaría vivo a las elecciones. Su propia salud no se lo permitiría. Es imposible gobernar un país como México con su triste físico.

¿Quién es Madero en el medio político nacional? ¿Quién lo conoce en el extranjero? ¿Qué garantías implica para el pago de la deuda externa, siempre tan atendida por mí y para los efectos de la inversión extranjera? ¿Cuál es la perspectiva política de este muchacho adinerado? ¿Cómo va a poder enfrentar las grandes responsabilidades nacionales si su experiencia política se reduce al cultivo del trigo en sus haciendas de Coahuila? ¿Quién es este sujeto, desconocido en la administración pública, de tan pobre formación y tan grandes pretensiones? ¿Cómo va a controlar a un pueblo como el mexicano, si no conoce al detalle sus fibras? ¿Cómo va a resolver los conflictos del Gran Capital, de los indeseables trusts, sin haber entendido su fiereza, su falta absoluta de todo género de valores? ¡Nunca podrá lidiar con una pandilla de malhechores quien siempre ha vivido bajo las faldas de su madre, por mejor buena fe que tenga!

Madero no goza de confianza en el exterior. Yo sí. Taft no podrá negarlo. Significo la estabilidad de las instituciones de México. Estados Unidos lo ha constatado a lo largo de 30 años. Si ellos apoyan ahora la inexperiencia y la improvisación, pondrán en juego todos sus intereses como también se pondrán los de la deuda pública. México ha sido buen pagador por mí. En mi ausencia ya no lo será.

Si Taft decide no apoyarme en las elecciones del año entrante e intenta influir en mi contra y respaldar a Madero, el capital americano en México habrá cometido un grave error. Yo les extendí privilegios y seguridades y los dejé cortar sus frutos tranquilamente. Que se olviden de sus dividendos. Que se olviden de sus propiedades. Que se olviden de la jauja. Si no me apoyan me extrañarán. Juro que cualquier inversionista norteamericano pondrá en su Sala de Consejo una fotografía mía para pedir por mi regreso incondicional, y el de Madero, pero a sus haciendas del norte.

Gente como yo se da solamente en invernaderos. Soy la confianza. Soy la seguridad. Soy la garantía, la tranquilidad, el apoyo y la comprensión. Si dejo de ser, nadie en este país volverá a ser, ni los mismos gringos volverán a ser en México lo que ahora son. Les conviene mi permanencia en el poder. Mi existencia política está condicionada al desarrollo de sus intereses económicos.

Le explicaré a Taft el origen de mi declaración a Creelmann en contra de los trusts; deberá entender que fue para complacer a Roosevelt.

Traté de ayudar a Estados Unidos. Me deben ese favor; me lo deben pagar ahora. Por otro lado, Taft también debe comprender mi negativa a aceptar una exclusividad de los intereses norteamericanos en México, así como la necesidad de equilibrar siempre la inversión extranjera para no dar oportunidad a debilitar mi poder político. Lo contrario sería tanto como aceptar la preeminencia del poder económico sobre el político y en ese momento gobernarían los trusts y no yo. Como presidente dependo de un equilibrio de fuerzas económicas y políticas, cuya alteración podría significar mi desaparición pública, sobre la cual, obviamente, no puedo negociar. Nadie puede disputarme mi poder.

Todo lo que necesito es una fotografía de cuerpo completo con Taft y sus declaraciones oficiales concediéndome respaldo incondicional. ¡Oh, Dios, si estuviera Roosevelt para devolverme el favor que le hice! Al declarar en su favor y contra los trusts me puse el dogal al cuello. ¿Por qué recibí a Creelmann? ¿Por qué me expresé así ante un representante del Destino Manifiesto y la prensa internacional? Si yo hubiera declarado eso ante *El Imparcial*, ya hubiera yo detenido la edición y el director estaría tomando el sol y el fresco en San Juan de Ulúa...

Don Porfirio iba al encuentro con Taft seguro de sí. Su guerrera negra, repleta de condecoraciones, contrastaría más tarde con el sobrio traje negro del Presidente de Estados Unidos. Cuando saludaba a la gente antes de llegar a la línea fronteriza, recordó las intervenciones norteamericanas en el mundo en los últimos diez años. Recordó lo de las Islas Samoa en 1889, las Islas Hawai en 1898, Puerto Rico, Guam y las Filipinas en el mismo año. Se acordó de Cuba en 1901, de la revolución panameña para asegurar el futuro canal en 1903 y los semiprotectorados de Santo Domingo, Nicaragua y Haití. Intervenciones militares casi todas ellas promovidas por los grandes intereses económicos de las empresas transnacionales, ejecutadas abiertamente por Washington en defensa de las reclamaciones justificadas o no de cualquiera de sus súbditos, más allá de sus fronteras.

Taft se quedó impresionado por la majestuosa estampa imperial del Viejo. ¡Sí que su atuendo era regio e imponente! Eran inimaginables los altos honores recibidos a lo largo de su dilatada vida política. Su figura era incomparable con la del grueso de los mexicanos. Su frente alta y amplia llegaba oblicua hasta el cabello blanco y rizado, los ojos oscuros, amables y amenazadores que penetran en el alma, una nariz ancha y fuerte, cuyas aletas se dilatan a la menor emoción; grandes mandíbulas viriles, una formidable barba cuadrada y desafiante, boca amplia y firme, sombreada por el bigote blanco, el cuello corto y musculoso, los hombros anchos, el pecho profundo y viril, revelador de poder y dignidad.

Taft imaginaba, sorprendido, la pobre imagen que debería tener de sí el dictador mexicano, para adornar su pecho con tantas medallas.

"Cuando una persona recurre a tantos maquillajes", decíase, "en el fondo esconde tras de esos afeites muchas frustraciones e insatisfacciones. ¿Cuáles podrán ser las de un hombre que lo tiene todo, el poder, el dinero, el respeto y un lugar indiscutible en la historia de su país? En un individuo mimado por la vida parecen no tener cabida los vacíos y, sin embargo Porfirio Díaz parece tenerlos y enormes."

La reunión presidencial se llevó a cabo a puerta cerrada y no pudieron asistir, curiosamente, ni Mariscal, Secretario de Relaciones Exteriores de México, ni Knox, Secretario de Estado norteamericano, ni León de la Barra, embajador de México en Estados Unidos. Sólo Taft, Díaz y Creel, Gobernador de Chihuahua, en su carácter de traductor de ambos mandatarios. Los temas a tratar fueron estrictamente confidenciales. Ni los más allegados pudieron estar presentes. Lo ahí discutido sería un secreto eterno a guardar entre los tres asistentes.[29] Taft resumió a Díaz el memorándum que el Departamento de Estado le había confeccionado para la entrevista y que recogía, fundamentalmente, los puntos de vista de McDoheny, socios y colegas.

Díaz, a su vez, expuso sus temores respecto al predominio de los intereses norteamericanos sobre los propios mexicanos y los europeos. Citó valientemente todos los precedentes latinoamericanos recientes.

Explicó que tras cada dólar que se invertía en ultramar, se advertía la sombra de una bayoneta bien afilada. Explicó que era delicado dejar crecer los intereses de los dueños del dinero dentro y fuera de Estados Unidos, al extremo que ninguna fuerza fuera capaz de controlarlos.

—No estoy contra la inversión americana en México. Desde luego que no —aclaró a Taft—. Estoy en contra del nacimiento de un poder económico de dimensiones gigantes que pueda aplastarnos a su gusto y capricho. Yo mismo animé la llegada del capital norteamericano cuando mi pueblo me eligió la primera vez para Presidente de la República. Yo mismo propongo ahora para mi país un sistema de control. como los que ustedes imponen en su propio país para sujetar a los trusts.

Ustedes pueden legislar y hacer aplicar la ley. Yo también podría legislar en materia de control económico de los trusts, pero de poco me serviría ante la imposibilidad de hacer valer la propia ley. Yo no cuento con un aparato coactivo como el americano. Nuestros mecanismos de control son de orden práctico y descansan en el establecimiento de la libre competencia entre los inversionistas extranjeros. Nosotros no regulamos ese juego de fuerzas económicas mediante la promulgación de decretos, usted sabe, para equilibrar posiciones.

Taft no interrumpió. Díaz continuó:

—Mi preocupación es la de ustedes. Si a usted y al presidente Roosevelt les preocupan los monopolios y les alarma su poder y su crecimiento, contando, como cuentan, con una fuerza pública tan poderosa, imagínese nuestro caso ante nuestra debilidad policíaca y militar. Tenemos que buscar métodos diferentes para llegar a metas similares. Por ejemplo, en el caso del petróleo hemos ido un poco más lejos, no por las terribles experiencias de la Casa Blanca con la Standard Oil, sino porque en la compañía petrolera El Águila, de capital inglés, destaca como alto funcionario su hermano Henry, a quien hemos tratado de satisfacer en atención a ese vínculo familiar que tanto nos place, sobre la base de afectar lo menos posible algún interés norteamericano que nos interesa, además, tratar de contener en razón de lo ya comentado.

Taft dejó clavada la vista en las pupilas de Díaz, al extremo de que ni siquiera parpadeó durante los comentarios del Dictador.

—Tenemos en Estados Unidos el mejor concepto sobre su persona —señaló el Jefe de la Casa Blanca—. Hemos seguido de cerca el desarrollo de su gobierno y no podemos sino externarle nuestra sorpresa y nuestras felicitaciones. Como bien dijo el presidente Roosevelt, lo que usted ha hecho por México ningún líder del mundo lo ha logrado en su país. Nuestro respeto por eso, señor Presidente.

Nosotros —agregó luego—, en efecto, hacemos todo género de esfuerzos para controlar las actividades de los trusts en Estados Unidos.

Ellos constituyen desafiantes grupos de poder, seriamente preocupantes para la Casa Blanca, pero tratamos siempre de sujetarlos, como usted decía hace un momento, con arreglo a la ley. Es decir, no le damos a una empresa lo que le negamos a otra. La ley es objetiva y con arreglo a ella administramos justicia.

Porfirio Díaz no perdía detalle de las palabras traducidas por Creel.

—Por eso mismo, no puede darse el caso —continuó Taft— de que un funcionario administre veleidosamente una disposición y favorezca o perjudique con sus decisiones a quien, con un criterio sanguíneo o político, no es acreedor de todas las simpatías de un determinado grupo industrial. Estoy de acuerdo con usted en detener el llamado predominio norteamericano, pero siempre dentro de una posición legal, alejada del subjetivismo y de la arbitrariedad.

Díaz veía a Taft y a Creel indistintamente. Disimulaba su nerviosismo.

—Sabemos, por otro lado, que usted entiende y acepta el papel del gobierno de Estados Unidos en la protección del capital norteamericano invertido en el exterior. Los recursos obtenidos por nuestros negocios en otros países son vitales dentro de nuestras políticas domésticas de desarrollo y, por lo mismo, no pueden escapar a nuestra atención las quejas de nuestras compañías cuando aducen algún trato discriminatorio que afecta o puede afectar las finanzas norteamericanas o el ritmo de nuestros programas. Por lo mismo, quisiera yo insistir ante usted, con todo respeto y afecto, en el otorgamiento objetivo de las facilidades con que tradicionalmente ha distinguido usted a Estados Unidos. Nuestros negocios en México se elevan a la suma de mil millones de dólares en activos, cifra sin precedente en ningún otro país del mundo, en lo que se refiere a nuestras inversiones.

Si usted, señor presidente, administra los estímulos otorgados a cualquier industria, en términos de la ley, el Departamento de Estado americano no podrá objetar nada, si se comprueba que la ayuda concedida se ajustó a lo establecido o se negó en términos también de lo presupuestado. Fije usted las reglas y nosotros nos someteremos a ellas.

¿De qué me sirven las reglas si no las puedo hacer respetar? —pensaba Díaz en silencio—. Eso lo sabe Taft. Las quieren para impedir mi política de estímulos al capital europeo, pues ellos nunca se someterán a ellas, sino que continuarán exigiendo siempre el privilegio, ése sí, fuera de la ley. Si emito la reglas, me amarro de manos y si no, se me vendrán encima los americanos. ¡Qué amañados son estos devoradores de dinero, instalados siempre en su prepotencia! Si algún día hubieran conocido el hambre y las privaciones, serían más humildes y más comprensivos con las debilidades humanas. Sólo piensan en el garrote y en el dinero.

—En lo relativo a los intereses de mi hermano Henry y a los de mi Procurador de Justicia, le agradezco sus atenciones, pero debo, sin embargo, hacer dos precisiones vitales al respecto: en los Estados Unidos se aduce que las ayudas a la compañía El Águila se deben, entre otras razones, a que hay otro alto ejecutivo en la misma empresa inglesa a quien conviene ayudar igual o más que a mi propio hermano, y esa persona es precisamente su hijo Porfirio, quien, como todos sabemos, funge como Director, desde luego muy receptivo a cualquier favor de su gobierno.

Don Porfirio enrojeció. Taft continuó:

—Si bien es cierto que en nombre de mi hermano le agradezco su ayuda, también lo es que toda la acción administrativa oficial está dirigida a auxiliar y acrecentar la posición de su hijo, como corresponde a todo buen padre, pero como usted comprenderá, yo no podría anteponer los intereses de mi hermano a los de Estados Unidos, porque precisamente para eso fui electo, entre otros menesteres, para cuidar la integridad patrimonial de mi país y de mis nacionales, al igual que usted ha hecho lo propio con los de México, con ese sonado éxito, reconocido ya mundialmente.

Algunos grupos de inversionistas americanos se han quejado al Departamento de Estado por las tácticas discriminatorias de algunos miembros de su gobierno. Le suplico a usted su comprensión al respecto, porque esas empresas tienen sus matrices en Estados Unidos y nos pueden causar problemas internos, como los que nos está causando la Bahía de Magdalena.

—Eso no tiene ninguna importancia —interrumpió el Dictador.

—Pues a juicio del Departamento de Estado, parece que sí la tiene. Ellos alegan la existencia de un acuerdo secreto para arrendar parte de la Península de Baja California a los japoneses y eso ha molestado mucho en el orden interno.

—Ése fue un pasaje sin importancia que debe usted olvidar a partir de este momento.

—Le agradezco, señor presidente, su comprensión. A nosotros nos gustaría aprovechar la Bahía como área de práctica para nuestra marina a cambio de un contrato de arrendamiento.[30]

—No habrá inconveniente en volverlo a estudiar, señor Taft.

—En relación al presidente José Santos Zelaya, señor Díaz, nos quedamos sorprendidos cuando usted ayudó a semejante tirano a salir de Nicaragua en una cañonera mexicana a sabiendas que él es un enemigo declarado de Estados Unidos.[31]

—A nadie podemos negarle el derecho de asilo, señor presidente. La política exterior de México ha sido siempre firme en ese sentido —Díaz tenía ganas de decirle a Taft a la cara que Zelaya había sido derrocado por una compañía transnacional norteamericana, apoyada por el ejército yanqui y que él había ofrecido la cañonera para demostrar su inconformidad por semejante acción arbitraria, pero desistió del intento—. De cualquier modo le resolvimos un problema a él y otro a ustedes, porque los liberamos del ex presidente.

—Sí, señor Díaz, pero fue entendido como una intromisión en los asuntos internos yanquis. El problema era entre Nicaragua y Estados Unidos, y no con México.

—Se trataba de un colega latinoamericano, pero dígame usted, mister Taft, ¿cuál será —dijo, cambiando el tema hábilmente— la actitud de Estados Unidos con respecto a las próximas elecciones en México? Me quiero imaginar que apoyarán como siempre el voto de las mayorías nacionales.

—Desde luego, señor presidente. Siempre estamos con la democracia.

Díaz sonrió sutilmente.

—Nosotros queremos un orden en México —agregó Taft—, respetamos su gobierno y su obra. Si fuera mexicano, yo votaría por Porfirio Díaz.

—En caso de conflicto —concluyó Díaz— sólo le pediría cerrar la frontera para la venta de armas, salvo para las adquiridas por mi gobierno. En concreto, señor presidente, le agradeceré un manejo de la frontera favorable a mi régimen, tanto en lo que se refiere a la exportación de armamento como a la internación de delincuentes mexicanos a su territorio. Cierre usted la frontera y yo me ocuparé del resto.

Taft sonrió a su vez en forma apenas perceptible. Luego agregó:

—Cuente con ello, señor presidente, como yo contaré con su comprensión para el problema de mis empresarios, de Bahía Magdalena y de Nicaragua. Por lo demás, estoy listo para la fotografía a su lado y para las declaraciones acordadas a la prensa.

Eufrosina negó, envuelta en llanto a veces rabioso, a veces desamparado, los cargos que el asesino había hecho públicamente en el mercado para justificar el crimen.

—Mi José siempre me jue fiel y nunca salió de Los Limoneros sin mí —decía a todas las comadres que habían ido a presentarle sus deseos por el descanso del alma del difunto—. Todo lo hacíamos juntos y yo todo lo sabía de él. Yo lo veía cuando araba, cuando lavaba a los animales, cuando partía leña, cuando ordeñaba a las vacas y cuando se paraba por los blanquillos al gallinero. Todo, todito lo hacíamos juntos.

Yo le hacía todos sus gustos y le calmaba todas sus tentaciones de hombre hasta qui se acabaron. José nunca si hubiera llevado un solo centavo sin decírmelo; él pa todo alegaba qui el dinero era de todos, como Los Limoneros era de todos. Mienten los qui dicen di lotra siñora y del dinero. Él no tenía deseos, ni dinero, ni tiempo.

Quien mató a mi José ni siquiera lo conocía; él dijo qui nunca había visto al asesino y quí lo confundía por haber tomado harto mezcal.

¿Cómo supo el asesino qui mi marido era quien se había metido con la siñora si nunca los vieron juntos? A mi José me lo mataron a ciegas.

El asesino mejor debió arreglar las cosas con su mujer y matarla a ella por cochina.

Valente —decía afligida— se pasa los días buscando al asesino de su padre con la pistola en la mano. Si ora mi matan un hijo, sobre todo a éste qui nunca ha tronado ni un cuete, yo ya mejor mi muero, verdá de Dios.

Hilario se jue al pueblo quesque pa qui la polecía encuentre al asesino. Sólo me pide centavos y más bien creo qui son pa'l trago.

Ya endenantes vinieron unos desconocidos quesque vecinos de Tampico y mi dijieron qui mijor mi juera de aquí, de Los Limoneros, porqui en este rancho ya espantaban y qui desde la muerte de su dueño las almas errantes ya no dejarán qui crecieran las naranjas. Me pidieron qui Valente ya no le aduviera meniando al asunto de su padre o volvería el luto a Los Limoneros. Con una pena basta.

Las comadronas, plañideras y demás visitantes de Los Limoneros estaban en ese lugar para oír y, en su caso, para llorar, pero no para comprometerse ni para externar opinión alguna que pudiera afectarles posteriormente. Una a una, cuando consideraron haber escuchado y cumplido con la inconsolable viuda, se retiraron, no sin antes persignarse ante la Virgen del jacal que velaba por los Montoya, para no llevarse nada maligno de esa casa que pudiera atraer sobre ellos también la tragedia. Eufrosina estaba sola.

Alfaro se presentó en Los Limoneros, junto con su madre, a dar el pésame a la campesina. Astutamente pretendía darle un toque de afecto y sinceridad a su visita, oculto en el luto de las faldas maternas.

Una vez satisfecho el protocolo a base de llantos, lamentos y alabanzas al difunto, pasó al tema que en definitiva interesaba a Alfaro: los planes de la familia Montoya y el futuro de Los Limoneros.

Alfaro coincidió en la necesidad de vender Los Limoneros y en el comienzo de una nueva vida sin problemas económicos, fuera de la Huasteca.

—Como decía mi José, nosotros semos de aquí. Como los pinolillos. Y aquí hemos de morir —repuso Eufrosina resignada.

—Yo estaría de acuerdo con usted si la muerte de don José hubiera ocurrido en situaciones normales, pero si el asesino anda suelto y los cachorros lo andan buscando, es seguro que habrá sangre y yo espero de todo corazón que no vuelva a ser la de los Montoya.

Ambas mujeres se persignaron.

—Lo que está en juego es la vida de sus hijos —continuó Alfaro— y usted debe escoger entre ellos y Los Limoneros. Así de delicado veo el asunto, yo que he visto y velado siempre con cariño por ustedes.

Nunca se lo quise yo decir a don José Guadalupe, pero si la Tolteca nunca entró en Los Limoneros fue gracias a mí. Sobrino siempre quiso meter sus torres, su personal y su equipo, y ¿quién cree usted que lo convenció para que no lo hiciera? ¡Yo, Lonchita, claro que yo!

Por mí no los molestaron y les regalaron todo ese dinero. Yo me garanticé que nadie viniera a molestar a Los Limoneros y nunca le pedí a don José ni un quinto por mis servicios. Todo esto le demuestra lo que los quiero —la madre de Alfaro ya lo miraba con extrañeza— y, por lo mismo, mis consejos son sinceros y sanos.

El próspero comerciante de frutas y legumbres, conocedor de los planes de Sobrino para hacerse de Los Limoneros a la mayor brevedad posible, a cualquier precio y en cualquier forma, deseaba, por lo mismo, adelantarse al abogado para lograr una transacción por su parte que le reportaría una crecida comisión en dólares.

—Acompáñeme a Tampico —sugirió repentinamente Alfaro—. Conozco a un juez, a uno de esos señores que hacen justicia, para que le explique a usted lo que puede pasar con Los Limoneros si no los vende. Yo sé que los petroleros son capaces de todo con tal de quedarse con todas sus chapopoteras, sobre todo si no hay papeles para demostrar la propiedad de esta tierra, cosa que ya saben los malditos güeros. Venga conmigo a la capital y hablemos con quien sí sabe de papeles y nos pueda dar consejo. Él dirá lo mejor que hay que hacer y usted ya decidirá con sus hijos el camino a seguir.

Eufrosina lloraba copiosamente, pero sin dejar de escuchar cada palabra y cada argumento vertido por el comerciante.

Tenía razón Sobrino. Él sí sabe tratar a los indios —pensó Alfaro al salir de Los Limoneros—. Háblales bonito, nunca intentes con ellos nada por la mala. Apréndete bien lo que vas a decir, vístelo y ensálzalo antes de enfrentárteles. En ellos las palabras amables operan mágicamente. Explota en tu beneficio ese sentido de la cortesía que les impide negarse a las solicitudes educadas y así doblegarás su voluntad y se abrirá el camino hacia la gran riqueza.

Alfaro sintió que había representado correctamente su papel.

—La cosa funcionará…

Eufrosina se reunió con los cachorros y les manifestó su deseo de vender Los Limoneros. Apoyó todos sus razonamientos en la integridad física de la familia.

—No quero qui un día me vengan a decir, como me pasó con mi José, qui a cualquiera de astedes mi lo mataron también. Prefiero qui aquel qui haya matado a su padre le entregue las cuentas a Dios. Por esa razón, la semana entrante me voy pa Tampico, pa ver si podemos vender la finca.

Valente reaccionó airadamente y reprochó la falta de coraje para defender intereses tan suyos. Además, la memoria de su padre no podía quedar manchada. Pedía justicia.

—Debemos pelear, madrecita. Adonde vayamos seguirá siendo lo mesmo. Si no defendemos lo nuestro, lo perderemos todo, y será porqui no supimos merecerlo. Sempre nos hemos merecido Los Limoneros y como herederos de mi padre debemos pelear sin importar las consecuencias. Yo entiendo qui asté se quera retirar de todo este asunto tan desgraciado, pero nosotros, los hijos de José Guadalupe Montoya, debemos actuar como hombres qui somos. No se priocupe, las gentes de la Huasteca deben saber qui si se meten con los Montoya, se la juegan. Asté misma sabe qui si nos quedamos callados no tardará una invasión a sabiendas qui nosotros nunca nos defenderemos.

Valente confiaba convencer a su madre con el solo peso de sus palabras.

Por lo tanto, le sorprendió cuando ella negaba en silencio con la cabeza agachada, palabra por palabra, las pronunciadas por él. Se resistía furioso a aceptar la improcedencia de sus argumentos. No había lágrimas. Había convencimiento en la decisión. Quería sanos y salvos a sus cachorros. La búsqueda del asesino acabaría con los Montoya a la larga, cuando no a la corta. ¿Sus hijos o sus tierras? La respuesta era obvia. Deberían retirarse de Los Limoneros para vivir en paz el resto de sus días.

—Mire, madrecita —intervino Hilario como mediador—, mi hermano y yo queremos quedarnos aquí en Los Limoneros. Aquí nos trajo asté al mundo, aquí nos criamos y nos hicimos hombres y aquí están nuestras esperanzas y nuestro juturo. Entre los dos sabemos cómo trabajar esta tierra.

La charla había llegado al extremo deseado por Eufrosina para llegar al acuerdo que ella deseaba.

—Nos quedaremos si astedes queren, pero con una sola condición —advirtió en suspenso.

Ambos hermanos se tranquilizaron. Los dos hablaron de trabajar y los dos dijeron que sabían cómo hacer producir las tierras.

—Si dejan de andar por el cerro buscando al asesino, nos quedaremos a trabajar, si no, nos vamos pa Veracruz, después de vender. Ni quera Dios qui astedes encontraran al qui mató a su padre.

Valente salió impulsivamente del jacal. Su madre no había entendido el precio de la resignación. Los interesados en Los Limoneros la entenderían como cobardía y, por lo mismo, se animarían a tomar acciones más concretas para apropiarse de la finca definitivamente.

Hilario platicó con su madre respecto a otras posibilidades que ella, astutamente, siempre condicionó a la paz.

Dos días después se llegó a un acuerdo. Se quedarían en Los Limoneros a trabajar y a cumplir con el plan original, proyectado por José Guadalupe. Una condición quedó fijada por Valente: cualquier extraño que intentara invadir Los Limoneros a robarse una sola naranja, recibiría su castigo para demostrar la calidad de los Montoya.

Eufrosina había triunfado. Sin embargo, había descuidado un ingrediente fundamental del conflicto. Agobiados por su pena, olvidaron al rival más temido que merodeaba herido, los linderos de la finca, husmeando todas las huellas, interpretando todas las señales, preparado para cualquier movimiento intempestivo y listo para aprovechar la menor distracción de su presa.

McDoheny dio un sonoro golpe sobre su mesa de trabajo cuando Sobrino le confirmó personalmente la negativa de los Montoya a vender a pesar de la desaparición física del jefe de la familia. El golpe, que moviera todos los objetos del escritorio, era parte de la estrategia del presidente cuando deseaba impresionar a algún empleado.

McDoheny tenía muy estudiada esa actitud tan castrante y eficiente.

Sin embargo, mañosamente nunca se lastimaba los nudillos, sino que desataba toda la violencia del puñetazo sobre un libro de cacería, forrado en cuero café acolchonado, cuyo título rezaba: *Hunting in Africa* by Edward McDoheny.

El interlocutor, confundido y aturdido por los gritos, recibía sumisamente toda la invectiva y concentraba, lleno de culpa, su atención en la supuestamente adolorida mano del magnate, mientras éste cuidaba astutamente el efecto de sus palabras. Esta facultad histriónica había sido parte importante del éxito indiscutible de su vida profesional.

—No me interesa la maldita viuda ni sus hijos. Me interesa que me consigas ¡ya! Los Limoneros. Todos saben ahora que Montoya murió. Has abierto el apetito a la competencia y tú dejas desamparada esa propiedad en manos de débiles mentales.

Nos dejas desprotegidos y entregas todo nuestro trabajo a los otros petroleros. ¡Bravo! ¡Felicidades! Te voy a decir dos cosas, pasante de tinterillo —concluyó colérico—. Primera: Tienes lo que resta del contrato de arrendamiento para rescatar esa propiedad y escriturarla a nombre de la Tolteca, por si lo olvidaste, donde tú trabajas.

Segunda: Si no lo logras ya te puedes despedir de tu casa, de los coches, de la educación gratuita de tus hijos aquí en Estados Unidos, de tus vacaciones pagadas en dólares en este país y de tu sueldo, que no mereces porque mientras más se te enseña, menos aprendes, como todos los imbéciles piojosos. También te puedes olvidar del derecho de picaporte que tienes con los secretarios de Estado del gobierno mexicano, con los gobernadores de los estados, que tú conoces, con los tres ministros de la Suprema Corte y con los miembros del Congreso mexicano que te reciben, todos y cada uno de ellos, porque tienes una tarjeta de presentación de la Tolteca.

McDoheny paseó en silencio su mirada a lo largo y ancho del rostro sebáceo del abogado, verdaderamente compungido.

—Sabes muy bien las razones por las cuales te escuchan y no negarás que por ti mismo ni siquiera te aceptarían un escrito en la sección de correspondencia de cualquier dependencia oficial. Sólo tengo que comunicarme con ellos para informarles que ya no prestas tus "eficientes servicios" en esta compañía y ni siquiera te asearán el calzado los boleros de la Alameda.

Por otro lado, y fíjate bien, si me dan un solo periodicazo y dejo de aparecer como benefactor o bien me llama alguna autoridad mexicana para quejarse de algún exceso tuyo para asegurar Los Limoneros, el mundo entero será un pañuelo para ti, un triste pañuelo extendido en donde te podré localizar con la misma facilidad que a una gota de tinta negra en una hoja de papel blanco. De modo que apresúrate y trabaja, pero siempre en el subsuelo. Ya deberías haber aprendido mi lema, so imbécil.

Ahora lárgate. Desaparécete de mi vista y no vuelvas a venir a explicarme las razones por las cuales no pudiste cumplir con lo ordenado.

Me aburres y me hartas. Por lo pronto ordenaré en México la contratación de un nuevo abogado como previsión por tu próximo fracaso.

—Deme usted los tres meses prometidos, mister McDoheny —pidió desesperado Sobrino—. Emplearé mi mejor esfuerzo, lo óptimo de mí para volver a merecer de nuevo toda su confianza. Todo quedará arreglado de acuerdo a sus deseos. Seré un experto en el "subsuelo" —dijo nerviosamente al estirar la mano hacia el petrolero para despedirse, una vez secado el abundante sudor en la tela de su pantalón.

El petrolero se volteó para servirse un whisky escocés de una licorera transparente de cristal cortado.

—Nos veremos en tres meses y en ese momento analizaré los méritos que puedas tener para estrechar mi mano.

Cuando Sobrino cerró tímidamente la puerta, el petrolero volvió a acomodar, sonriente, su libro de cacería.

La entrevista Díaz-Creelmann produjo una incontenible efervescencia política y consolidó las esperanzas del Partido Antirreeleccionista para llegar al poder. Francisco Ignacio o Indalecio o Inocencio (la I se prestaba a muchas interpretaciones) Madero ganó la candidatura de su partido para la Presidencia de la República y, aun cuando Díaz había expresado ante el periodista norteamericano, amigo de Roosevelt y de Taft: "Me retiraré al concluir este período constitucional y no aceptaré otro", para agregar luego: "Yo acogeré gustoso un partido de oposición en México, si aparece lo veré como una bendición", tuvo que contender con el Dictador, cuando, ante la sorpresa generalizada, aceptó la reelección con Ramón Corral como Vicepresidente, hombre conocido por su crueldad, su riqueza y su incurable sífilis.

—Sí el general Díaz —advirtió Madero en su campaña—, deseando burlar el voto popular, permite el fraude y quiere apoyar ese fraude con la fuerza, entonces, señores, estoy convencido que la fuerza será repelida por la fuerza, por el pueblo resuelto ya a hacer respetar su soberanía y ansioso de ser gobernado por la ley.[32] Prometió, además, invertir el superávit de la hacienda pública en edificios escolares, en maestros y proponer reformas legales para aliviar la situación del obrero; fomentar la agricultura mediante la fundación de bancos refaccionarios e hipotecarios; promover la pequeña propiedad agrícola; sustituir la leva por la enseñanza militar obligatoria y procurar un reparto más justo de los impuestos. Al capital foráneo le daría toda clase de franquicias, pero ningún privilegio e iniciaría las reformas constitucionales conducentes a suprimir la reelección de mandamás y gobernantes.

En el año de 1909 aparece el cometa Halley, portador de futuras calamidades para México y el mundo. "Moctezuma cayó cuando surgió en el firmamento un cometa; así caerá de su pedestal don Porfirio", alegaban los optimistas, después de interpretar los movimientos de los astros.

Algunas semanas después de la convención antirreeleccionista, Madero fue encarcelado por Díaz durante las elecciones primarias y las secundarias, a pesar de ser considerado por el Dictador como un contrincante de poca monta. Otros miles de antirreeleccionistas, también en prisión, se lamentaron del "desollamiento que por sexta vez sufría el espíritu democrático, por culpa del mentiroso bigotudo que no había cumplido con la palabra dada en su entrevista con Creelmann".[33]

Un México infantil, juvenil y dependiente de los viejos, en donde sólo un 8% de la población pasaba de los 52 años, se enfrentaba a un conflicto político de incalculables consecuencias: oponerse a un tirano. dictador del país por treinta años. Díaz se reeligió.

Eufrosina estaba prácticamente dispuesta a ir personalmente a Tampico. Hilario se había ausentado de Los Limoneros hacia tres semanas y sólo tenía noticia de algunos vecinos que lo habían visto darse la gran vida en las cantinas de la capital del estado.

—Si mi José estuviera aquí, me llamaba al orden a ese malvado, pero abusa porque soy mujer y, además, vieja —decía apesadumbrada a Valente cuando su hijo no volvía de los centros de placer y de vicio, instalados estratégicamente en las nacientes ciudades petroleras por las propias compañías.*

—Siempre le dio por las copas —agregó consternada—. ¿Con qué vivirá por allá en Tampico si no tiene trabajo ni centavos pa' comer?

—Ya vio asté —dijo Valente—. Fui a verlo y me corrió a gritos, luego mi pidió qui no me metiera en donde no mi importaba; yo le dije

---

* Las compañías petroleras sólo recirculaban el dinero de la caja de una empresa a la de un burdel, a la de una cantina, propiedad de ellas mismas, o a la de una tienda de raya, para asegurar la dependencia de todos los empleados y obligarlos a seguir prestando sus servicios en sus instalaciones. Los sueldos se quedaban en cualquiera de las tres cajas y el dinero necesario para vivir se les concedía a través de créditos, cuyos intereses nunca alcanzaban a pagar.

qui asté me enviaba pa llevarlo de regreso a la casa. Se ablandó y nos juimos a una cantina a tomar unas copas y a platicar. Allá me jui con él, pero sólo si priocupaba de tomar y tomar, y no en resolver nuestro problema y venir pa acá con asté.

Luego mi dijo: "Mis amigos mi regalan esta poca diversión, no vengas a quitármela, Valente. Ellos sí entienden mis sufrimientos. Ellos no están rece y rece por mí, como si yo juera un perdido o un alma en pena pa rescatarme de manos del diablo. Ya no anden jodiendo con esas cosas. Aquí naiden se mete conmigo y por eso mijor me voy a quedar en Tampico".

—¿Tus amigos? —le pregunté—. ¿Quiénes son tus amigos?

—¿Vas a rajar si ti lo digo?

—Te juro qui no.

—Si vieras —repuso Hilario—. A su lado las penas no pesan y hasta ti acuerdas cómo reías antes, allá en Los Limoneros. Aquí hay siñoritas con sus caras bien preciosas, tienen vestidos requete bonitos, sempre andan alegres y con unas cinturitas qui parece si van romper en dos.

—¿Y pa qui las queres? —preguntó Valente vivamente interesado en la conversación.

—Pos no sias bruto. Pa qui va ser si no pa acostarte con ellas.

El rostro de Valente apenas reflejaba la magnitud de su asombro.

—¿Y cómo li haces pa convencerlas? —inquirió de nuevo sin dar todavía crédito a todo lo que escuchaba.

—Pos sólo si lo pido a mis amigos y ellos arreglan todo —repuso muy seguro de sí Hilario.

En ese momento Valente ya pensó que estaba soñando.

—Al principio ti ponen mala cara pos mi ropita no es tan buena, pero luego ti llevan a un cuarto toditito forrado de tela roja y lámparas como di oro. Mi meten sin ropa en una tinota grandotota llena de agua qui tienen en el mismo cuarto, en un piso más alto qui la calle, aunqui no mi lo queras creer.

Valente tenía los ojos para entonces más grandes que un huevo estrellado.

—Luego —continuó Hilario—, ti piden qui ti laves con harto jabón dentro de la tina y ti tiran cubetazos de agua, pa quitarte la espuma. Luego, quen sabe por quí debes volver a enjabonarte y a tirarte agua otra vez.

—Síguele, síguele, luego qui pasa —presionó Valente.

—Pos despuesito ti secas con unos trapotes bien grandotes, bien olorosos, como si jueran sarapes y ti dan una botella como di agua qui ti la untas en el cuerpo y empiezas a oler harto bonito.

Las pausas intencionales de Hilario incrementaban todavía más la curiosidad incontenible de su hermano.

—¿Qui pasa luego?, ándale tú no cierres el hocico orita —insistió Valente, presa de la mayor curiosidad.

—Pos luego ellas ti tienden en una cama blanca con telas retelisitas.

—Qui más, qui más, cuenta carajo.

—Les debes hablar voltiado pa'l otro lado; pero ti dejan qui agarres sólo un ratito todo lo que queras porqui sempre andan bien ocupadotas y con harta prisa.

Así las vas conociendo a todas pero no las puedes saludar en la calle; quién sabe por quí cosa sempre mis amigos mi las presentan a cambio de qui yo les toque la guitarra un ratito. Imagínate si me queren, qui en esta cantina no me cobran. Aquí en secreto —se acercó cautelosamente a su hermano— le ordenaron al cantinero darme gratis todo lo qui yo pidiera. Me queren mucho, Valente, verdá de Dios qui me regalan todo el trago y nunca pago nada por las mujeres.

Éntrale, hermanito y verás al rato cómo a ti también todo ti lo regalarán si aprendes a cantar y yo te acompaño con la guitarra. Nos darán harto dinero por trabajar aquí, comida, mujeres y todo el trago qui queramos.

—Qui va—dijo Eufrosina con una expresión saturada de miedo y de coraje, de desesperanza y de entereza—. Tú creibas que tu hermano saldría del trago y allí lo tienes, mil veces pior que un animal qui ya ni sabe lo qui hace, ni lo qui dice. Ya ves qui cuando lo trajimos aquí a la juerza, al prencipio ni me reconocía y después de cinco noches de sudores, fiebres y gritos, el pobrecito me reconoció y juró portarse bien, pero al ratito ya andaba de nueva cuenta tragando mezcal como burro sediento hasta qui escapó de aquí, pos decía qui no lo comprendíamos. Ya ves lo qui me vino a contar don Simón: "Hay veces qui ya amanece tirado en la calle, y ya ni juerzas tiene pa llegar al hotel ése tan bonito, donde dice qui vive".

Bien me decía algo mi espíritu el día qui tu padre firmó aquellos papeles qui quesque daban en arriendamiento mis Limoneros. Algo me decía qui ya nunca nada volvería a ser lo mesmo y Diosito lindo qui mi escucha, qui no mi equivoqué.

Quién sabe cuándo ofendimos a la Virgen, pero nos está castigando juerte, retejuerte, como si juera yo la pior de su rebaño. Y mira, Valente, más vale qui abramos los ojos antes de qui a ti y a mí nos los cierren pa sempre esa mano qui no se ve y qui ya me quitó a mi José y qui sigue sin verse y qui ya me quere quitar a Hilario, más bien crío qui ya me lo quitó. Más nos vale irnos de aquí, como dijo Alfaro, y qui nos den los centavos qui queran por Los Limoneros y nos vamos de aquí hoy mesmito.

El hijo, todavía con todo el orgullo de la familia a cuestas, no permitió que su madre continuara.

—Eso sí ni mi lo diga mamá. Esto no es nuestro, es di todos los Montoya. Asté bien qui lo sabe. Además aquí no espanta naidien, ésos son cuentos de todas sus comadres. Asté no si priocupe, todo saldrá bien mamá —exclamó Valente—, asté lo verá.

—Eso me dijites mesmamente con Hilario y nomás míralo cómo anda —repuso Eufrosina firmemente convencida de su actitud—. No, Valente, algo anda pasando aquí. Mijor vendemos Los Limoneros, recogemos a Hilario y jalamos pal sur, a buscar otras tierras sin chapopoteras, sin abogados como Sobrino, sin asesinos qui se equivoquen de muerto y sin tantas cosas tan raras qui están pasando en la Huasteca, desde qui llegaron esos malditos güeros a picar por todos lados.

Esos malditos güeros, y tú perdonarás —mientras se persignaba—, son como el chingao demonio qui donde llega prende fuego y acaba con todo. Ya vites todo lo qui pasó en Los Zapotes. Después de tanta suciedad, olores, los muertos por las explosiones y los gases, sacaron todo el chapopote y dejaron todo hecho un cochinero donde ya no crece ni la mala hierba, ni pueden vivir los mesmísimos pinolillos. ¿Quí no vites lo qui le pasó a la familia de don Simón y a él mesmito? ¿Qui no has oído todas las cosas raras que están pasando aquí en la Huasteca?

¿Qui no sabes qui las chapopoteras están volviendo locos a los güeros y qui las queren a como dé lugar? ¿Ya te fijates qui ya ni vecinos tenemos, sino puros gringos y compañías que vienen a chuparle la sangre a la tierra? ¿Ya vites qui ya no hay lugar pa nuestros animales? ¿Ya vites que el río amanece con pescados muertos? ¿Ya vites que naiden de los muchachos se quere ir a trabajar la tierra, la poquita qui queda libre por aquí, sino qui todos queren trabajar con los güeros porque pagan mejor? Atiende bien, Valente, abre los ojos y para las orejas qui pa eso te las dio Nuestro Señor y verás qui ya no hay nada como endenantes.

Valente se sintió sepultado, indefenso ante el alud de argumentos de su madre.

—¡Mira Tampico cómo ha crecido! Mira cuántas cantinas, cuántas mujeres escandalosas, cuánto borracho como tu hermano. Ya la gente ni cabe con tanta casota y tanta calle y todo por las chapopoteras. Algo deben tener esos malditos agujeros qui hacen qui la gente venga de lejos pa verlos y pa comprarlos.

Toda esa gente qui está llegando no es como semos nosotros, y tarde o temprano se van a meter con nosotros. Mejor vendemos, Valente, agarramos nuestros tiliches, recogemos a tu hermano y nos jalamos cerca de la capital, donde no haiga chapopoteras y podamos vivir en paz. A lo mijor en las nuevas tierras encuentran abajo de nuestros pies otra cosa qui también les guste, pero eso ya lo decidirá Diosito Santo.

Valente, disgustado por la posición inamovible de su madre y ante la impotencia de refutar los argumentos sostenidos por ella, prefirió retirarse sin decir palabra, rumbo al río, como lo había hecho toda su vida cuando tenía necesidad de estar solo.

Sólo quero —decíase— qui me dejen trabajar la tierra un par de años. Sé cómo hacerlo; verdá de Dios. Pero si no mi dejan me ocuparé en otra cosa y un día sabré toda la verdá y verán di lo qui somos capaces los Montoya. Lo juro por mi apá-abuelo qui yo tanto quise.

—Mire, señora, he pasado cuarenta años de mi vida en el estudio y la aplicación de la Ley. He impartido justicia durante todo ese largo tiempo —advirtió Machado, en su carácter de Juez de Distrito—. Tengo toda la experiencia de la cual usted obviamente carece y le puedo asegurar que algunas compañías muy poderosas —no conozco en lo particular nada de la que ha tenido tratos con usted— tienen muchos, muchísimos centavos más que usted y que yo, con los cuales pagar muchos abogados que los defiendan bien y hagan los juicios cansados y difíciles para agotar su paciencia y sus ahorros. Si esos señores que me cuenta han empezado a llegar a la finca y el contrato de arrendamiento está a punto de extinguirse, después de cinco años, entonces la ocupación del predio de ustedes a estas alturas es realmente preocupante.

Los petroleros que entraron a su rancho o han empezado a entrar no llegaron por sólo quince días, ya que en ese tiempo ni siquiera tendrían tiempo de construir su tienda de raya.

Creo poder vaticinar que la compañía no desocupará Los Limoneros al fin del contrato y pedirá cuando menos otros tres años adicionales de arrendamiento para poder recuperar su inversión.

Ahora bien, si al término del contrato, ya próximo por cierto, usted demanda la desocupación de su predio, le puedo garantizar que ganará y los sacará. —Eufrosina sonrió satisfecha—. Sin embargo, la pregunta que debe hacerse es: ¿cuándo? Yo le contestaría que cuando ya no le quede ni un solo limonero en pie, porque bien sabe que tienen que derribarlo todo para colocar correctamente sus torres de extracción del chapopote.

Cuando su rancho no sea más que un conjunto de lunares negros y malolientes, totalmente ulcerado por las enormes perforaciones que le practicarán. Cuando todas las milpas no sean sino caminos lodosos de acceso a los diversos pozos. Cuando toda la tierra y el agua queden envenenadas y contaminadas y no puedan sembrar ni un triste garbanzo.

Para aquel entonces ya de poco o nada servirá que gane el pleito porque habrán destruido todo lo suyo. Estará condenada al hambre ya que para nadie será atractivo comprar un charco podrido, donde no podrán vivir ni las culebras.

Si además tiene un hijo más explosivo que un cuete silbador, como dice el señor Alfaro, todavía se puede complicar aún más todo el panorama.

Tiene razón nuestro mutuo amigo Alfaro. Es mejor comprar un nuevo rancho con equipo, animales y una casa bien bonita, con muebles, baños y todos los servicios modernos.

Mire, puede perderlo todo si es tan terca.

—¿Por qué? —preguntó Eufrosina tímida y recatada.

—Porque no puede demostrar ni quién es, ni cómo se llama, ni si es la viuda de Montoya, ni si su esposo fue el dueño de esas tierras.

—Todos me conocen en la Huasteca.

—Eso no sirve para nada. No tiene un solo papel, ni una sola prueba que hacer valer en un juicio. Es más, si ellos quisieran, podrían quitarle todo. Nada ganará sin documentos y no tiene ni uno solo; por contra, ellos pueden fabricarlos y correrla de su tierra.

—Eso lo veríamos, porque nos defenderíamos. Pa eso tengo hijos.

—No sabe el tamaño de su enemigo, ni se lo imagina. Ni usted, ni mil hijos pueden con ellos. Arregle las cosas por las buenas y váyanse con su dinero a otro lado. Por las malas perderán.

—Pero, siñor, si nos están quitando lo nuestro, ¿por qui hemos de perder nosotros? Ellos son los qui deberían perder, por sinvergüenzas. A ellos debería asté castigarlos por meterse con los probes. A ellos, por tener tantas cosas y todavía querer nuestra tierra. A ellos porqui ni cumplen su palabra. Por mentirosos debe asté castigarlos y no pedirme qui abandone lo mío.

—Asté es el dueño de la justicia. Asté es el que la reparte. A asté lo respetan. Con asté no se meten y con nosotros sí, porqui no podemos defendernos. Pero pa eso venimos con asté. Pa que nos defienda.

Yo quiero que ya no me molesten; al fin y al cabo soy viuda, porqui me mataron a mi José, quén sabe quí borracho. Dígales qui eso es mío, qui no lo voy a vender. Dígales qui no quiero qui se metan con sus cochinos fierros en mis Limoneros. Asté tiene qui hacerlo, porque pa eso me dijeron que era mejor verlo a asté qui al siñor presidente.

Dicho eso, Eufrosina se levantó y empezó a meter los dedos entumecidos por las callosidades entre los mecates que juntaban los huacales y se proponía despedirse del juez, pero éste, inquieto, le pidió que tomara nuevamente asiento, mientras dirigía una mirada inquisitoria a Alfaro, al mismo tiempo saturada de malestar por la sorpresiva actitud de la mujer, dado que no era cierto que "faltara el empujón final" ni que "estaba prácticamente convencida para vender", ni se trataba de un mero formulismo. Se sentía engañado. Siempre había preferido firmar sus sentencias sin conocer a los interesados, ni a los afectados.

Así se alejaba del drama humano y se facilitaba toda su actividad. Sin embargo, la argumentación de la indígena, en este caso, lo colocó bruscamente ante el espejo.

—No me interprete mal —dijo mientras buscaba respuestas, todas ellas a su juicio inconsistentes—, todo lo que le quiero decir es que, desde luego, los sacaremos porque tiene la razón. Tiene la justicia de su lado. El problema consiste en que ellos alargarán un proceso que al final usted ganará. Es decir, alargarán el pleito. Pondrán todos los obstáculos posibles para hacer y deshacer, mientras tanto, en sus queridas tierras, usted sí tiene prisa, pero ellos intentarán que el juicio tarde veinte años y ya para entonces yo ya no estaré aquí para ayudarla cuando el asunto caiga en mis manos.

—Por eso mesmo, siñor juez, asté tiene la justicia en su mano; pos llámelos aquí, adelante de mí y castíguelos por meterse a la juerza en donde ni es suyo. Yo pa qué quero pleito si pa eso lo tengo a asté. Llámelos asté li digo y castíguelos harto.

Machado empezaba a desesperarse.

—Sí, yo soy el juez, pero no los puedo llamar aquí a mi oficina.

—Entonces —preguntó Eufrosina—, ¿quí clase de juez es asté qui no puede trair aquí a los pelioneros? ¿Cómo los va asté a castigar si no puede ni trairlos?

—No me empiece a ofender si ni siquiera sabe de lo que está hablando, ni entiende el papel que legalmente debe cumplir esta institución para hacer que prevalezca el orden en el país y menos si no acepta que es una mosca peleando con un gigante.

—Por eso mesmamente vine a verlo. Quero que asté nos cuide di los bandidos. Como asté bien dice, soy una mosca, pero pa eso está asté, pa cuidarnos a los probes de los ricos y pa qui no si acaben todito lo nuestro. Asté tiene el modo qui yo no tengo.

Machado, enfurecido y avergonzado, se dirigió a Alfaro:

—A mí Sobrino me dijo una cosa y ahora me salen con otra. No estoy yo para discutir sandeces y menos cuando tengo tanto trabajo pendiente. Arreglen sus problemas primero y luego me vienen a ver. Yo no tengo por qué negociar nada por ustedes; mi intervención se limitaría, según lo pactado, a dar una opinión para ilustrar a esta pobre mujer, pero no tengo por qué convencerla, ni negociar con ella, ni, mucho menos, hacer un trabajo que no me corresponde.

Al oír esto, Eufrosina experimentó un calosfrío que la recorrió y le encendió todos los poros de su piel tostada. Sólo había un nombre, que por el solo hecho de oírlo, lo asociaba a la catástrofe, a la muerte y a la sangre. Sólo había un nombre que podía aterrorizarla y hacerla sentir indefensa y temerosa. Sólo había un nombre que había dividido su vida en dos partes, la parte transcurrida hasta antes de haberlo escuchado y la posterior a ese infeliz y desgraciado momento: SOBRINO. SOBRINO. Había que huir de ese hombre, había que apartarse de él. Llevaba aparejada la desgracia. Si el juez había hablado con Sobrino respecto a Los Limoneros, estaba perdida. Alfaro estaba en contacto con Sobrino y con el juez, había caído en una trampa. Era todo un sistema para privarla de sus bienes. Si ya el juez había recibido instrucciones del propio Sobrino, todo quedaba aclarado. Vender, vender y vender antes de que esa serpiente volviera a clavar sus colmillos contra los Montoya. En ese momento se resolvió la suerte de Los Limoneros. Con una palabra clave. Con una palabra siniestra y elocuente. No había más que hablar. Estaba claro el futuro. Estaba clara su suerte. Su última jugada no había funcionado. Había hecho creer a Alfaro que estaba convencida en vender para tener acceso al juez y contarle de viva voz su problema y suplicarle su intervención.

Pero el telón se levantó sorprendiendo a los actores. Sintió la presencia de Dios. Había encontrado el camino. Ni siquiera se preocupó en pensar, ni analizar la posición de Alfaro. Sólo quería vender y mientras más pronto se alejara, sin remordimientos, tanto mejor. Sus negros ojos oscuros escondieron sus sentimientos, su sorpresa, su susto.

Sólo quería salir de esa oficina sin que sus interlocutores se dieran cuenta que ella ya lo sabía todo, así como el papel que a cada uno le tocaba representar. Nadie advirtió el movimiento de uno solo de los músculos de su rostro impasible. Quería salir de ahí y de Los Limoneros a la mayor brevedad posible. Ya no discutiría ni reclamaría nada. El precio que pagaran por sus tierras sería el bueno. Sus hijos, "mis hijos, mis cachorros, iré por ellos. Nos iremos, nos iremos donde no pueda yo ya oír ese maldito nombre emponzoñado, donde no nos alcancen sus mordidas ni sus palabras".

Valente no quiso ni ver el dinero. Cuarenta mil pesos menos los cinco mil que había recibido con anterioridad por concepto del arrendamiento de la propiedad. Sólo pensaba en la memoria de su padre, en la tradición heredada de sus ancestros, en la testarudez de los Montoya, que les había permitido disfrutar de Los Limoneros por casi dos siglos. También pensaba en los pinolillos, en las chapopoteras, en la noria, en el río, en las milpas, en los naranjos, en el huerto, en el gallinero, en los árboles donde había jugado con su hermano en su infancia, en las tórtolas, en el jacal. En su vida entera. No tenía contra quién vengarse, ni cómo ventilar su coraje y su desprecio.

Nunca la perdonaría. Sería imposible la convivencia con ella en una vida futura en donde sólo se le daría cabida al reproche, a la amargura y a la traición. Se iría de ahí muy lejos de su hermano y lejos, muy lejos de su madre. Al fin y al cabo podría irse del otro lado del río. Ahí olvidaría. Ahí podría trabajar en paz. Nadie lo conocería. Empezaría una nueva vida.

Eufrosina encontró a la salida de Los Limoneros brigadas de peones en largas filas interminables, que se agregarían a las que ya se encontraban ahí.

Encontró muchos camiones repletos de extraño equipo y complicada maquinaria, que levantaban una enorme polvareda. Había desocupado antes de lo previsto, porque no quería ver cómo se metían en su tierra, ni qué hacían con sus Limoneros. Advirtió que ellos también se habían adelantado. Entendió que el plazo de gracia concedido para la desocupación no había sido respetado. Ni siquiera volteó. Sólo pensaba en encontrar a Hilario aún con vida y llevarlo junto con ella adonde ya nadie lo pudiera tampoco alcanzar. Esperaba la reincorporación futura de Valente. "Ya volverá… Siempre volvió".

Tengo sus ojos en mis ojos. Los abro y los veo en lugar de la luz. Los abro y los veo en lugar de la noche, en lugar de las mujeres, en lugar del mar, en lugar de mis hijos, de la milpa, de la yunta, de los mercados, de las veredas; en lugar del fuego y de las estrellas. Sólo veo esos ojos que me ven y no me ven. Es esa mirada del moribundo que sabe inminente la pérdida de su vida en cuestión de instantes y todo lo dice a gritos con ojos silenciosos. Quiso preguntarme con aquellos ojos crucificados por qué lo había yo herido. Quiso encontrar un ser querido para hablar y despedirse. Quiso besar, comunicar un deseo, un mensaje. No pudo. Sabía que se iba y el miedo, la confusión y el coraje se agolparon en sus ojos. Se resistió hasta que ya no pudo defenderse. Se fue solo y desconsolado.

Esos ojos me despiertan a la mitad de la noche, suplicantes, eternos, sorprendidos; me han quitado la paz —se repetía el asesino de José Guadalupe Montoya a tres meses de haber dado muerte al dueño de Los Limoneros a cambio de unas monedas, que se encontraban en un saco de lona grisáceo, intocado, que olía intensamente a chapopote.

II. LA NOCHE QUEDÓ ATRÁS

Antes de 20 años, Norteamérica se habrá tragado a México. La absorción de ese país por el nuestro es necesaria e inevitable, por razones tanto económicas como políticas. Se efectuará de una manera natural y pacífica y significará la perfección de nuestro redondeamiento nacional como no podría conseguirse por ningún otro medio.

Para empezar, la absorción de México ha comenzado ya en el sentido comercial y ha realizado vastos progresos.

Las distintas políticas en México, que amenazan con una revolución, no dejarán de producir la intervención de los E. U. aunque sólo fuera para proteger nuestros vastos intereses en aquel país y baste saber cuál de los dos pueblos es más débil para comprender que se seguirá la absorción de aquella República, cuyos 27 estados y 3 territorios de la Unión así lo desearían. Nosotros no podíamos dejar de aprovechar oportunidad tan admirable de aumentar nuestra riqueza y nuestra importancia como potencia universal.

WILLIAM J. BRYAN, 1908

1910. Era el 15 de septiembre de 1910. Por aquellos días en México, Ciudad de los Palacios según Alexander von Humboldt, se celebraban dos extraordinarias efemérides.

La conmemoración de los cien años en que el Cura de Dolores convocara a los feligreses mediante el agrio tañido de su humilde campana parroquial para decirles: "Hijos míos, hoy nos llega un nuevo designio divino. ¿Estáis dispuestos a recibirlo? ¿Deseáis ser libres? ¿Os esforzaréis por recuperar de los españoles las tierras robadas a nuestros antepasados hace tres siglos?" Luego concluyó: "¡Viva la Independencia! ¡Viva para siempre América y mueran los malos gobiernos!" Los feligreses, tal vez sin entender las palabras del cura, contestaron a coro:

"¡Mueran los gachupines!" Las condiciones políticas existentes durante la conmemoración del Centenario de la Independencia impidieron al jefe del Ejecutivo mexicano cumplir con la tradición y repetir el pronunciamiento público de Miguel Hidalgo y Costilla en aquella tibia noche estival.

El titular de las instituciones nacionales sólo se concretó a decir:

"¡Viva la libertad! ¡Viva la Independencia! ¡Vivan nuestros héroes! ¡Viva el pueblo mexicano!"*

No preguntó al populacho si deseaba "ser libre" ni "si deseaba recuperar las tierras robadas" ni se invocó "la muerte de los malos gobiernos". Dichas expresiones estaban fuera del contexto eufórico propio de esa conmemoración tan singularmente augusta.

El segundo acontecimiento, celebrado por casi todos los invitados al ágape, lo constituía el prodigioso onomástico de José de la Cruz Porfirio Díaz, mejor conocido como Don Porfirio, quien realizaba la increíble hazaña de cumplir ochenta años de edad el mismo día en que, paradójicamente, su país festejaba cien años del "grito" que iniciara el camino hacia la libertad, entendida ésta estrictamente dentro de un contexto de independencia política de la corona española, sin avances en materia

---

* Según Vasconcelos, "una multitud imbécil levantó un clamor para refrendar la farsa (…) Nada hay más antipático que el entusiasmo patriótico de un pueblo envilecido." José Vasconcelos, *Ulises Criollo*, FCE, México, 1983, p.351.

de democracia doméstica, que sí hubiera justificado sobradamente los gastos de una celebración centenaria por veinte millones de pesos, impropio y aberrante en un país con las carencias económicas del México de principios de este "siglo de progreso y de las luces".

La administración porfirista, afrancesada, elitista y aburguesada, había invitado al fastuoso convivio, "esta inolvidable ocasión que tan inmensa importancia tiene para nosotros", a casi todos los gobiernos con los que México sostenía relaciones diplomáticas y de negocios.

Por doquier había fiestas, pompa, múltiples ceremonias para honrar la memoria de los héroes; desfiles militares en los que participaban marinos argentinos, alemanes, brasileños y franceses en visita de honor oficial en México, seguidos y custodiados por los temibles Rurales de Díaz, uniformados "con chaquetillas rojas, pantalones ceñidos y grandes sombreros". También se advertía la presencia de los cadetes del Heroico Colegio Militar "con sobrios uniformes bicolores y cascos empenachados", así como algunos veteranos de la guerra 1846-1848 con los Estados Unidos y de la de 1862-1867 con Francia.

Hubo procesiones donde se pasaba revista a la historia de México, desde la época precolombina hasta la Conquista y el Virreinato para finalizar, curiosamente, con la guerra de Independencia.[34] Esta última parte llamó poderosamente la atención de la concurrencia culta, ya que cuando hubo transitado el último caballo del Ejército Trigarante, terminó repentinamente el desfile, pudiéndose casi interpretar el hecho, de modo tal, que la historia de México comenzaba con don Porfirio y terminaba con él.

No había existido Iturbide con sus delirios imperiales, ni Guerrero con su idealismo político, ni Guadalupe Victoria, ni Valentín Gómez Farías, inspirado estadista, ni Mora, ni el desaprensivo y pintoresco Santa Anna, ni el iluso Maximiliano, ni, mucho menos, ¡claro está!, el recio e impasible indio de Oaxaca, ni ninguno de los grandes hombres de la Reforma y de las intervenciones extranjeras. El octogenario Dictador quería ser la única estrella refulgente del firmamento histórico de México. Nada podía ni debía brillar a su lado ni opacar su lustre natural. Él era la personificación de la patria, la concurrencia de la inteligencia nacional en una sola persona. La encarnación del honor, de la dignidad y de la eficiencia en un solo sujeto que aglutinaba los valores más caros de la idiosincrasia nacional. Era la paz, la justicia, el orden, la fuente de garantías para todos. Era la ley. Era el himno, o más bien, su propia oda. Era el Popocatépetl, al igual que el maguey, la tortilla y el tequila. Era la materialización mesiánica del subdesarrollo.

Durante la celebración del Centenario se inauguraron, para admiración de los invitados, edificios, monumentos, avenidas, cárceles y museos. Además, se colocaron innumerables "primeras piedras", para dejar, aún más testimonios irrefutables a la posteridad de los magníficos años dorados del Porfiriato.

Uno de los actos más sobresalientes fue la *fundación* de la Universidad Nacional que, aunque realmente fuera fundada en 1553 como la primera de América, estuvo cerrada en los últimos sesenta años, incluyendo, por supuesto, los treinta del Porfiriato. Se inauguró un manicomio en Mixcoac, una cárcel en San Jerónimo Atlixco, ampliaciones de la Penitenciaria, una fábrica de pólvora, un nuevo Ministerio de Asuntos Extranjeros, un nuevo Palacio Municipal, un centro de acción católica, el Parque de Balbuena, la línea de tranvías de Xochimilco a Tizapán, una nueva estación sismológica, nuevos faroles con 1,200 bujías para las calles de 5 de Mayo, San Francisco y 16 de Septiembre, así como para la Alameda.[35]

El enorme telón de 22 toneladas de Tiffany ya se encontraba en el Palacio de Bellas Artes, en proceso de construcción.

Adicionalmente y para la callada sorpresa de todos los invitados, con el objeto de destacar una característica imprescindible de todo Estado democrático, se colocó también la *primera piedra* de un nuevo y ostentoso recinto parlamentario, requerido en este caso sólo para disfrazar decorosamente la dictadura con los ropajes progresistas de los sistemas occidentales de organización política.

También se develó un monumento a George Washington. Otro a Pasteur, a Garibaldi, a Humboldt, a Isabel la Católica, y en la Alameda, uno a Benito Juárez, maestro y aliado en un tiempo del tirano y, después, enemigo recalcitrante de toda la obra política que el Benemérito defendiera a ultranza.

También se inauguró el monumento a la Independencia de la Corona Española en el Paseo de la Reforma, la enorme y bella vía de acceso al centro mismo de la ciudad, cuyo diseño fuera igualmente importado de los Campos Elíseos parisinos, para que la Ciudad de los Palacios, dotada de una arquitectura urbana de vuelo internacional, proyectara una realidad mexicana diferente, sin manchas vergonzantes, impropias de un país presidido por Porfirio Díaz, en virtud de la gracia divina según el clero mexicano y su enormísima caterva.

El reconocimiento a la alta investidura de José de la Cruz Porfirio Díaz traspasaba las fronteras establecidas por el Río Usumacinta y el tristemente célebre Río Bravo...

El Conde Tolstoi, contemporáneo del dictador, lo llamó "Prodigio de la Naturaleza"; Andrew Carnegie "en función de su talento, valor y dotes de mando", exigió se le admirara como "héroe de la humanidad"; Theodore Roosevelt lo consideró "como el más grande estadista actualmente vivo y que ha hecho por su país lo que ningún otro contemporáneo por país alguno".[36] Se le comparó en Europa y en Estados Unidos con Washington, Lincoln, Pedro el Grande, Federico el Grande, Bismarck y Aníbal,[37] personalidades políticas que, a juicio de prestigiados biógrafos de líderes políticos de todos los tiempos, compartirían un lugar en la historia de la humanidad al lado de don Porfirio, quien, en las fiestas de la Independencia contrató los trabajos de un maquillista francés para suavizar el oscuro color de su piel, que delataba las verdades de su origen mixteco y la formación cerril de la que no supo desprenderse a lo largo de su larga existencia política.

El momento culminante de las fiestas del Centenario lo constituyó, sin lugar a dudas, el baile en Palacio Nacional, la noche del 23 de septiembre, donde brillaba toda la espectacularidad de los eventos sociales propios de la Europa de Metternich.

Don Porfirio, quien fungía como anfitrión del cuerpo diplomático, de los altos dignatarios invitados, así como de miembros del Estado Mexicano, lucía en el pecho "veintisiete medallas y condecoraciones", trece de las cuales provenían de países que le admiraban con devota honestidad: Holanda, Rusia, China, España, Francia, Inglaterra, Japón, Venezuela, Persia y otros más. En su sobria guerrera negra, dorada y roja, destacaban las altas charreteras de oro que seguían en suaves líneas a lo largo de los hombros para ser rematadas por un elevado cuello rojo, almidonado y con laureles bordados en hilo de oro, que se repetían en los puños de las mangas del impresionante uniforme, de cuya parte superior colgaba, como una de sus favoritas, la condecoración de la Gran Cruz y el Collar de la Orden de Carlos III, además de otras cruces, placas, medallas y galardones, otorgados, en muchos casos, por diferentes jefes de Estado a petición de algunos diplomáticos mexicanos acreditados en el extranjero.

Finalmente, este coloso mexicano, también a los ojos de algunas compañías transnacionales, principalmente inglesas, lucía, como toque final y exquisito de su imponente indumentaria, una curvilínea espada plateada con empuñadura de oro, nácar y piedras preciosas, sostenida elegantemente de la cintura por un cordón entrelazado de fino terciopelo verde que dejaba ver discretamente el último botón dorado de su guerrera.

Los automóviles, todavía escasos a la sazón, así como algunos carruajes, eran recibidos en la puerta central del Palacio Nacional por altos cadetes vestidos con uniforme de gala y espléndidos penachos rojos, que se cuadraban al paso de los invitados y chocaban sus plateadas espadas en el aire para aparentar un túnel de acero refulgente, en cuyo extremo final aparecía imponente el patio central del Palacio, decorado con las mejores flores de Xochimilco, que saturaban con su aroma silvestre el engalanado recinto histórico. Las escaleras se encontraban cubiertas de alfombras rojas y, de la parte superior, pendían enormes estandartes con los colores vivos de la enseña patria.

Los pasillos, custodiados por los propios cadetes, habían sido cuidadosamente adornados con espléndidas pinturas europeas y mexicanas del siglo XIX y por esculturas de bronce y mármol de la misma época y del mismo origen.

Cuando la mayor parte de los invitados estuvo reunida y no habiéndose producido, como era de esperarse, ninguna precipitación pluvial, propia del otoño, en obsequio a las plegarias de doña Carmen, la joven y hermosa mujer de don Porfirio, a quien éste aventajaba por 35 años, súbitamente la Banda de la Marina de Guerra tocó un redoble muy largo para llamar la atención de la concurrencia, exactamente a las 10:00 de la noche, momento en el cual hizo su entrada triunfal don José de la Cruz Porfirio Díaz llevando del brazo a la esposa del embajador italiano, seguido por el embajador especial, Curtis Guild, que acompañaba a la señora Díaz. Luego siguieron otros embajadores, jefes de misión y miembros del gabinete presidencial.

Después de rendirse los honores a la bandera, el jefe de gobierno mexicano empezó el ágape con un riquísimo repertorio de valses de los Strauss, rociado con burbujeante champagne francés, servido en copas especialmente diseñadas para la ocasión por los mejores orfebres de cristal de Bohemia.

En el ala este del patio central se sirvió el suculento banquete, consistente en exquisiteces regionales, como las ostras de Guaymas, langostinos de Campeche, pescado de Veracruz, langostas de Baja California, jaibas de Tampico, jabalíes, faisanes, jamones varios, lechoncillos, quesos importados de Francia y Holanda y la mejor fruta del generoso trópico mexicano. Todo lo anterior servido con los mejores vinos alsacianos, de Burdeos y del Ródano, para mayor complacencia de los distinguidos invitados.

Los hombres, vestidos de frac, con las obligatorias condecoraciones, y las mujeres, con vestidos largos muy bellos, obsequiaban gastronómicamente su paladar al tiempo que "intercambiaban puntos de vista respecto a la caza de la zorra, entonces de moda, sin olvidar las casacas rojas o bien los atuendos propios para navegar en los yates, los *caps* británicos, compañeros del saco Norfolk, el *clac* de seda y el alto sombrero gris, que sólo se luce en las tribunas del *turf* hípico o tripulando un *mail coach*".*

En otros pequeños grupos se externaban preocupaciones respecto a la "imposibilidad de mandar planchar las camisas a Inglaterra y la necesidad de encargar con tiempo la ropa de verano e invierno a agentes venidos exprofeso de Londres y que garantizaban la exclusividad de los *home spuns* o de los *tweed*. Sin embargo, los pantalones a cuadros de los *leones* y de los *pekins* salían de las tijeras de Dubernard, Chauvet y Sarre, tres sastres franceses, cuyo reinado alcanzaba lo mismo a los viejos solemnes que a los «juniors» de su tiempo."[38]

Aquella feliz noche del baile de recepción, cúspide dentro de los actos conmemorativos del Centenario de la Independencia, Díaz se había calzado con delicadeza antes insospechada en él, sus gafas doradas

---

* Ver Fernando Benítez: *Lázaro Cárdenas y la Revolución Mexicana*. Vol. I., El Porfirismo, Fondo de Cultura Económica, México, pág. 38.

(a modo de ejemplo, su joven esposa le señalaba insistentemente la falta de educación cometida al limpiarse los dientes en público con un palillo) para atender cuidadosamente el desarrollo del ágape y evitar cualquier error que pudiera empañar el tratamiento que la prensa europea daría al evento.

Fue precisamente unos instantes después cuando, enfundado con toda dignidad en su exclusiva guerrera patriarcal, escuchó el clarín de un cabo del estado mayor, educado en West Point, que puso fin a la música, a las charlas, a los comentarios y al baile para centrar la atención en el Jefe del Estado Mexicano.

Había llegado la hora de acudir al balcón central de Palacio Nacional, dentro de un largo y elocuente redoble de tambores, para dar el "grito" y hacer votos por México, por sus héroes y por su futuro. Sintió la mirada de admiración y respeto de toda la concurrencia y notó cómo un intenso calosfrío le recorría suave y persistentemente todas sus extremidades y despertaba cada uno de sus poros. Era el melifluo elixir que paladean los guerreros infatigables cuando la madre patria corona sus sienes con gloriosas coronas de laurel de oro. Era el mismo elixir que gustaban los mesiánicos salvadores de pueblos irredentos.

Era el elixir de los vencedores, de los inmortales: el de don Porfirio.

Acto seguido le fue entregada marcialmente la bandera nacional, mientras la Banda de la Marina de Guerra empezaba a tocar el himno patrio, cuyas notas motivantes y saturadas de historia lo tornaron gradualmente a la ingravidez; en ese estado de euforia megalomaníaca, disimulada con tenaz esfuerzo, con la mirada fija en el firmamento, advirtió la presencia de decenas de querubines que lo envolvían en un gigantesco lábaro patrio y lo conducían con vaporosa lentitud, al ritmo de la oda porfiriana entonada por los mortales cadetes, hacia los confines reservados a la divinidad, seguido de innumerables listones tricolores, sacudidos graciosamente por el viento para significar, dentro de un marco celeste pintado por Tiépolo, la alegría divina por el ingreso de un nuevo elegido, próximo a entrar en la codiciada corte celestial, eterno jurado de toda la adolorida humanidad de ayer, hoy y mañana.

El otrora indio mixteca, originario de Oaxaca, como también lo fuera el propio Benito Juárez, observaba después, a través de uno de los breves cristales de sus gafas el rostro de cada uno de sus invitados, quienes al ser sorprendidos por la atenta mirada del anfitrión devolvían el saludo con un leve asentimiento de cabeza, cuando no con una marcada genuflexión. Sin embargo, por el otro cristal de sus anteojos se podía tener acceso a otra realidad brutalmente con trastante con el ostentoso lujo versallesco de aquella noche en el Palacio de Gobierno: la Fortaleza de San Juan de Ulúa.

Según se adentraba durante el baile por uno de los espejuelos del dictador hasta penetrar por la niña de sus ojos, es decir, según se acercaba a dicha fortaleza y se ingresaba sigilosamameme por cualquiera de sus troneras, se conocía de inmediato un espectáculo aterrador. La cárcel de Ulúa, que junto con la de Belem constituía el *non plus ultra* del régimen penitenciario del porfirismo. Era el penúltimo lugar que ocupaban en vida los presos políticos, así como los opositores de la dictadura, antes de ser arrojados sus restos al mar o depositados en un orificio calado irregularmente, para cubrirlos, posteriormente, con la suave arena del trópico veracruzano para el singular deleite de los cangrejos.

Este baluarte semisumergido en las aguas transparentes del puerto era el presidio militar más importante del Porfiriato. Estaba construido a base de tres niveles, identificados por los celadores como el cielo, el purgatorio y el infierno, según la gravedad de la infracción cometida, en los términos de la legislación draconiana emitida por la tiranía. Según se bajaba al "infierno", se tenía la impresión de haber ingresado a una mina abandonada y clausurada por décadas, donde prevalecía el aire enrarecido que muy pronto sofocaba al nuevo recluso, cuya epidermis de inmediato se poblaba de innumerables perlas de sudor. La oscuridad era total; el día y la noche pasaban inadvertidos, el miedo se acentuaba, sumado al oscuro ambiente negro de sofocación, cuando alguna rata famélica corría presurosa en busca de refugio al suponerse descubierta o bien cuando se desprendía del techo o de su red una tarántula para caer en el piso arenoso y húmedo, desgastado por los efectos del uso y de la erosión.

Según se bajaba a tientas, cuidando los pasos en falso y evitando apoyarse con las manos en las paredes de las húmedas tinajas submarinas para impedir el piquete de algún animal ponzoñoso alojado en la superficie húmeda y aterciopelada del musgo adherido a los muros, se advertía en la oscuridad el brillo retinoso y felino de los ojos sorprendidos de otros congéneres que esperaban resignados el colapso final, producido por una tos fatal.

Ahí estaban recluidos los directores de periódicos clausurados, los opositores del régimen, líderes obreros, principalmente los de las huelgas de Cananea y Río Blanco, o bien algún perseguido político, amigo de la democracia y enemigo de Los Científicos.

Dejemos en manos de uno de los infelices inquilinos de ese despreciable reclusorio la descripción del lugar y de los hechos que ahí se producían:

¿Es el infierno o una tumba?[39] Es una tumba infernal. Desde que se da el primer paso se nota un piso húmedo que hasta chasquea como si fuera un chiquero de puercos. Una atmósfera saliginosa y malsana invade los pulmones; la peste se hace inaguantable; la humedad es tanta y está el ambiente tan impregnado, que tengo escoriadas la laringe y la nariz; la oscuridad es completa; el gran nicho abovedado está rodeado por paredes de dos y tres metros de espesor, las cuales chorrean agua.

Jamás ha entrado aquí un rayo de luz desde que se construyó este mísero calabozo para deshonra de la humanidad. Las paredes se tocan y están frías como el hielo, pero es un frío húmedo, terrible, que penetra los huesos, que cala, por decirlo así. A la vez, el calor es insoportable; hay un bochorno asfixiante; jamás entra una ráfaga de aire aunque haya norte afuera. Las ratas y otros bichos pasan por mi cuerpo sin respeto, habiéndose dado el caso que me roen los dedos por la noche. Ahora procuro dejarles en el suelo migajas de pan para que se entretengan. Hay noches que despierto asfixiándome; un minuto más y tal vez me muera; me siento, me quito el sudor, me quito la ropa encharcada y me visto para otra vez empezar. Hace cinco meses que estoy aquí, enterrado vivo, virtualmente sin comer, enfermo del hígado inflamado, vomitando el poco alimento que tomo, casi todo líquido. ¿Estoy acabado? NO. Sabía lo que me esperaba. Entré en esta tumba el 5 de diciembre de 1906 y desde entonces me tienen incomunicado, vigilado de cerca y aunque quise escribir antes, fue hasta hoy cuando el azar me surtió de papel y lápiz. Mirabeau nos dice que los chinos inventaron las torturas más terribles para las sensaciones de los varios órganos del cuerpo. Tenemos que respirar fétidas emanaciones, una atmósfera húmeda y pesada que nunca se renueva porque no hay ventilación y a veces hasta la vela se apaga por falta de aire, sin mencionar los vapores mefíticos de la cuba, que es inmunda, podrida, vieja y nunca desinfectada. Los ojos sujetos al tormento de la oscuridad eterna. La boca llena de microbios y del sabor amargo de un hígado infectado. El silencio indefinido. Cuando el coronel vino a mi bartolina el día de mi llegada, me preguntó cómo había pasado la noche, cómo dormí. Le dije que muy bien, naturalmente porque era verdad. El coronel no pudo menos de sonreír porque le pareció imposible y es solamente ahora cuando he empezado a enfermar de sofocación. Éste no es un lamento ni una queja. Me dirijo al tribunal del pueblo para presentar una acusación terrible y espero el veredicto con calma, aquí donde me mantengo firme en mis convicciones.

McDoheny bailaba y charlaba animadamente con la esposa del embajador norteamericano en México. Su frac, hecho a la medida y para la ocasión, realzaba su recia y saludable anatomía, puesta a prueba muchas veces en los sofocantes calores de la Huasteca Tamaulipeca.

Momentos antes, McDoheny había acaparado la atención de la concurrencia al hacer su arribo a Palacio Nacional en un novedoso Ford dos puertas. negro, descapotable, modelo 1911. Muchos curiosos de inmediato rodearon el automóvil para admirar de cerca la última novedad de la industria automotriz norteamericana. Cuando finalmente el magnate descendió del vehículo, la vanidad prácticamente no cabía ya en él.

El famoso petrolero había discutido con el propio Henry Ford la posibilidad de aumentar el número de cilindros de sus automóviles para justificar un incremento importante en los precios de venta de los coches y provocar así un mayor consumo de gasolina en beneficio de los magnates del oro negro. Ambos ejecutivos se profesaban una admiración recíproca, sustentada en todas las alternativas que siempre diseñaban para incrementar conjuntamente sus utilidades.

Díaz observó a McDoheny y a la señora Wilson dirigirse, al final de una tanda de valses, rumbo a un grupo de norteamericanos radicados en México, quienes festejaban con contagiosa hilaridad anécdotas de la experiencia diplomática de Henry L. Wilson. Éste, como siempre, pretendía ocupar el centro de la plática en busca de homenajes a su ingenio.

Precisamente esa misma mañana se habían reunido junto con otras personas de igual nacionalidad y nivel económico para evaluar las perspectivas políticas del gobierno de Díaz.

Los influyentes representantes de los intereses petroleros, ferrocarrileros, mineros, eléctricos, bancarios e industriales, habían coincidido en que la administración del presidente Díaz ya no ofrecía las garantías de seguridad y de confianza imprescindibles para el buen desarrollo de sus negocios multimillonarios en México. McDoheny había recordado con su acostumbrada perspicacia, la entrevista Díaz-Creelmann, la cual le permitía vaticinar el futuro de sus negocios en el país.

—Nunca se retirará —había dicho horas antes el petrolero—. Mentira que México esté listo para la democracia. Díaz se morirá con el poder en la mano y muerto ya, pero bien muerto, tendremos que abrirle el puño para arrancárselo por la fuerza —agregó como buen conocedor de las inclinaciones del tirano—. Mentira que vea como bendición el surgimiento de un partido político de oposición. Mentira, mentira nuevamente que no hubiera deseado siempre la reelección. Siempre la quiso y ahora la tiene, con la consecuente amenaza para nuestros intereses.

Antes de veinte años los Estados Unidos se habrán tragado a México. La absorción de este país por el nuestro es necesaria e inevitable por razones tanto económicas como políticas. Se efectuará de una manera natural y pacífica y redondeará nuestro proyecto nacional, en forma tal que no podrá realizarse por ningún otro medio.[40]

El escepticismo y la duda surgieron inequívocamente en la mirada de cada uno de los asistentes. El petrolero captó de inmediato la reacción de su auditorio e intuitivamente motivó más sólidamente sus argumentos.

—La absorción de México ha comenzado ya —exclamó en el mismo tono prepotente— y ni Porfirio Díaz, ni nadie podrá contenerla. Él la empezó, él nos invitó a invertir y a participar en la gran aventura mexicana; entonces, ahora debe mantenerse y no imponer limitaciones a quien le debe el bienestar material de su país.

McDoheny manejaba a su juicio razonamientos contundentes y adoptaba gradualmente aires de triunfador, indigeribles para buena parte de la concurrencia.

—Por regla general, cuando México necesita algo que no produce nos lo compra a nosotros. El año pasado, dos terceras partes de sus importaciones procedieron de los Estados Unidos: setenta y dos millones y medio de pesos.[41]

Compramos en México enormes cantidades de productos tropicales, y ésta es la clave de la situación. Lo único que nos falta para nuestra perfección comercial es el territorio tropical contiguo. En Estados Unidos nos es dable producir todo lo que la imaginación puede abarcar, con la única excepción de ciertos artículos valiosos que se dan en la tierra y son productos exclusivos de la zona tórrida. Uno de ellos es el caucho, del que tuvimos que importar cincuenta millones de pesos el año pasado. Otra es la hierba sisal para la fabricación de cordaje y bramante, de la cual importamos quince millones, y otro es el café, cuyas compras se elevaron a dieciocho millones de pesos.

Los integrantes del reducido auditorio asentían brevemente. El magnate sentía próximo el momento para utilizar su argumento más demoledor. Arremetió entonces con mayor vehemencia.

—Las ventajas que obtendríamos de la absorción de este rico y maravilloso país son evidentes. Como provincia tropical de Estados Unidos, México se desarrollaría rápidamente y en gran escala. Invertiríamos nuestro capital por centenares de millones de pesos en este territorio, que pronto se vería completamente norteamericanizado. Inmensas extensiones de terreno se dedicarían a la producción del caucho; la del cacao se emprendería en no menos escala, y bajo la protección de altos impuestos al café, Estados Unidos se liberaría de la importación de este producto de otros países.

En 1906 adquirimos mucho más de quinientos millones de pesos en productos tropicales o semitropicales que podríamos obtener de México casi en su totalidad, si nos perteneciera este país. Sólo Brasil nos vendió doce millones de pesos de cacao, más de un millón de pesos en vainilla, y otros países, plátanos por casi cuatrocientos millones de pesos. No hay año en que nuestro consumo de este fruto baje de los cien millones de pesos.

Los asistentes se admiraban por la cantidad de información manejada por el magnate petrolero.

—Sólo deseo abrirles los ojos respecto a las posibilidades del gran negocio mexicano y crear conciencia de la generosidad de esta tierra. Pero calcular en quinientos millones de pesos anuales el valor que México tendría para nosotros, sería en verdad una estimación absurda, por lo bajo —continuó McDoheny—. Sus minas de oro y plata son enormemente ricas y hasta ahora no explotadas en gran parte. Cada doce meses importamos más de cien millones de esos metales preciosos. El año pasado nos proporcionó cobre por más de 18 millones. Tiene, además, yacimientos de diamantes hasta ahora explotados por los medios más primitivos.

Luego agregó en tono catedrático, cansado:

—Basta una ojeada al mapa de la América del Norte para comprender que México forma geográficamente un todo con los Estados Unidos. Sus ferrocarriles, que enlazan todos sus puertos y ciudades importantes, son en realidad una extensión de nuestra red ferroviaria. Sus costas, continuación sin interrupción de las nuestras, miden 1,727 millas en el Atlántico y 4,574 en el Pacífico. Por medio de líneas de vapores de primer orden se halla en comunicación regular y frecuente con Nueva York, Nueva Orleáns y San Francisco. La extensión de México es casi igual a una tercera parte del territorio de los Estados Unidos. Hermosa provincia tropical, en verdad, para adquirirla nosotros, ¿no lo creen así señores? —preguntó sarcástico.

McDoheny no se sorprendió por el silencio de todos los industriales.

Estaba acostumbrado a no escuchar réplicas durante sus intervenciones. Sabía a la perfección cómo cautivar a un auditorio.

—Finalmente, por lo que respecta al petróleo, todos sabemos que actualmente es un común denominador básico para cualquier actividad económica. Cada día se utiliza más en la industria mecanizada, en la agricultura y en la navegación; es un valiosísimo energético del cual ningún país podrá ya prescindir. Todo se accionará a base de petróleo —exclamó satisfecho—. ¿La industria automotriz? ¿La aviación? ¿Los transportes marítimos y de tierra? La Marina norteamericana y la inglesa cambian sus motores de carbón por los de petróleo. Ningún proceso de motorización se llevará a cabo sin petróleo. El combustible de hoy y del futuro. ¿Y qué sucede? Que México está flotando en petróleo, que necesitamos en Estados Unidos para no acabarnos el nuestro. Nadan en petróleo e ignoran su uso. Con decirles que en la Huasteca lo utilizan para curar a sus vacas de los forúnculos...

Los industriales se mostraban encantados por la locuacidad del petrolero. McDoheny sintió tener en ese momento preparado a su auditorio para la segunda parte de su alocución. Decidió emplearse a fondo.

—A Porfirio Díaz se le ha llamado Dictador. Algo fuerte el término, si bien el gobierno de México, modelado muy de cerca sobre el nuestro, está centralizado hasta tal extremo que el presidente ejerce en realidad un poder sin límites. Pero Díaz, que subió a la presidencia en 1877, ha ejercido esa autoridad desde entonces con un solo intervalo de cuatro años. La semana pasada cumplió ochenta años y como todos ustedes saben, se ha reelecto por otros seis años. Su nuevo mandato terminará en 1916 y pienso que difícilmente lo podrá concluir con vida, y cuando muera, ¿qué sucederá?

Había un silencio sepulcral en el recinto. McDoheny, plenamente satisfecho, decidió continuar:

—Los Científicos podrían quizás asumir y mantener la dirección eficiente de la cosa pública. Probablemente logren hacerlo, pero el temperamento latino es decididamente muy variable en lo que a política se refiere y sobran motivos para creer que las ambiciones encontradas de los rivales aspirantes a la Presidencia de la República precipitarán un conflicto.

Un representante en México de William Randolph Hearst, el famoso magnate periodístico, importante latifundista del norte del país y hombre clave dentro de los inversionistas americanos radicados en el país, para divulgar a través de la prensa en Estados Unidos su versión de las tendencias políticas de los diferentes gobiernos mexicanos, cuestionó a McDoheny:

—¿Piensa usted que los sesenta mil miembros del Partido Antirreeleccionista que Díaz metió en la cárcel el día de la votación, aceptarán tranquilamente su suerte después de haber perdido el poder en unas elecciones totalmente fraudulentas?

—¡Cierto! —repuso un McDoheny entusiasta—. Ellos no se resignarán. Por eso no me sorprendería que la violencia estallara antes de la muerte de Díaz; mucho antes, él abrió el apetito de la oposición al confesar a Creelmann su deseo de no reelegirse y de aceptar como una bendición el nacimiento de un nuevo partido político. Todos creyeron en la sinceridad de sus palabras y ahora deberá hacer frente al costo del engaño.

—¿Cuál es su conclusión? —increpó el Director de la American Smelting and Refinning Co.

—Yo creo que de todas formas habrá violencia, o bien para derrocarlo después de protestar la reelección o para impedir materialmente su consumación. Y en ese momento nosotros debemos aprovechar los disturbios políticos y la agitación para intervenir en México, con el pretexto de proteger nuestros intereses.

—En realidad —repuso un rico hacendado yanqui—, Díaz nos benefició con su política agraria.[42] Gracias a ella nos pudimos hacer, en Sonora, de un rancho de quinientas veinte mil hectáreas.[43] Las compañías deslindadoras siempre operaron en nuestro beneficio, por lo que yo no sugeriría una intervención norteamericana para derrocar a Díaz y quedarnos con México. Él es quien asegura nuestra presencia aquí. Por otro lado, un México sin Díaz es ingobernable. Nadie como él conoce los hilos de sus gentes. Por esto, considero que lo mejor es defenderlo.

—Coincido con usted, mister Thompson. Díaz benefició en su momento más a las empresas norteamericanas que el propio Presidente de Estados Unidos. Nos sirvió a placer, sin limitaciones. Díaz pasó por encima de todo a cambio de nuestros dólares. Él supo hacerlo. Nosotros supimos cumplir y todos hicimos buenos negocios y ayudamos a echar a andar este país. Ni hablar, pero Díaz está ahora con los ingleses y con los europeos en general, a ellos van encaminados todos los beneficios del régimen. Nosotros ya somos demasiado poderosos, y por lo mismo, motivo de preocupación "científica". Los tiempos pasados no volverán. Hoy los ingleses, principalmente, son los consentidos. Yo lo veo en la industria petrolera todos los días. A ellos les dan exenciones totales de impuestos, a nosotros no. A nosotros nos obligan a vender a un precio; a ellos les permiten los más bajos. A ellos les extienden concesiones en mejores términos y sobre mejores tierras que a nosotros. Y todo por acercarse al hermano del presidente Taft.

Cuando el nombre del presidente Taft fue pronunciado en el recinto varios de los concurrentes se acomodaron intuitivamente en sus asientos. ¿No estaría llegando la reunión demasiado lejos? La expresión de sus rostros ya empezaba a reflejar temor.

—Ahí se equivocó Díaz —suavizó de inmediato McDoheny—. Quiso quedar bien con Taft a través de su hermano Henry, Director de El Águila, aun a costa de pasar sobre nosotros. Pero olvida que el Departamento de Estado y la Standard Oil, por ejemplo, son una misma persona moral y se mueven de acuerdo a los mismos intereses. El Departamento de Estado es la Guggenheim, la Ford, todos los trusts. Ellos viven por nosotros y nosotros por ellos. El Departamento de Estado es el brazo ejecutor de nuestros designios. Taft nunca preferirá a su hermano en lugar de la inversión norteamericana en México.

—Sí señor —contestó Thompson cortante—. Así podrá ser en el caso del petróleo y en algún otro más, pero Díaz es un hombre inteligente y entenderá nuestros argumentos si solicitamos de él una reunión y su apoyo. Puedo asegurarle que nos lo dará.

—Yo no dudo que nos lo dé. Coincido que así lo hará.

—Entonces hagamos que el Departamento de Estado lo respalde también en caso de turbulencias políticas, como usted las llama.

—¿Por cuánto tiempo?

—Por el que sea necesario.

—No me refiero a eso —reclamó McDoheny—. Nosotros podremos probablemente convencer a Díaz, pero el conflicto subsistirá. Entendamos que él tiene ochenta años y puede morir de un momento a otro. ¿Para qué apoyamos a un sujeto que puede desaparecer en cualquier instante del escenario político? Ni pensar en Los Científicos. Ellos han sido útiles para decorar políticamente la fachada del Porfiriato, pero si Limantour llegara al poder, traería a otro príncipe europeo a gobernar México. Son amigos de la inversión extranjera, pero de la europea. A Díaz, mister Thompson, podremos convencerlo de variar su estrategia económica a Estados Unidos, pero nadie de los aquí presentes puede convencer a Dios para que Porfirio Díaz nos viva muchos años.

—¿Considera usted entonces que la presencia de Díaz es inconveniente, tanto por su edad como por su proclividad a lo europeo?

—En efecto. Díaz ya nos dio todo lo que podía darnos. Ahora es un peligro en el poder. Necesitamos estabilidad por otros treinta años, pero, claro está, estabilidad a nuestro favor —agregó sonriente el petrolero—. Porfirio Díaz sólo es ahora una cáscara de cacahuate; nosotros ya nos comimos lo mejor de él.

Nadie sonrió por el chiste de McDoheny. Existía una evidente preocupación en la sala de juntas. Si Díaz llegaba a morir en el poder ¿quién les garantizaría que el sucesor sería como el actual tirano? ¿Quién?, preguntó McDoheny muy dueño de sí. Limantour, uno de los candidatos más sobresalientes, tenía sangre europea. Sus tendencias, como las de la mayoría de Los Científicos, eran pues claras. Era menester contar con un nuevo Porfirio Díaz. Como el de los viejos tiempos, hecho exactamente a la medida de la inversión norteamericana. Nadie podría garantizar que si la revolución o la muerte terminaban con el largo reinado del anciano Dictador, el orden establecido continuaría igual, y ninguno de ambos espectros parecía remoto.

—De cualquier modo —concluyó McDoheny— hoy en la noche Porfirio Díaz nos invita a celebrar los cien años del "grito" de Dolores. Aquí estamos; pero nuestro 78% de control en el sector minero, 72% en fundiciones, e142% en petróleo, 52% en caucho, más nuestros crecientes negocios en la agricultura, en la construcción y en la banca ya no están debidamente garantizados por el Dictador. Hoy en la noche brindaremos por su salud, pero con nuestros votos no podremos alterar las decisiones supremas de la divinidad.

En 1910, México se encontraba seriamente convulsionado. El nuevo fraude electoral había calentado los ánimos y amenazaban desbordarse en cualquier momento. El descontento general y la desconfianza subían de nivel todos los días. Se acercaba la oportunidad esperada para el cambio en los altos mandos ejecutivos del país.

Porfirio Díaz había sido, durante sus treinta años de gobernante, amo y señor de México. Él designaba a los gobernadores, a los diputados y a los jefes políticos locales. Una hoja no se movía en el país sin su consentimiento ni su conocimiento, salvo cuando Los Científicos empezaron a ocultarle la realidad y la oposición despertaba una imponente efervescencia política que el anciano Dictador negaba furiosamente, aferrado al poder.

Los Científicos hablaban de ciencia y positivismo, pero su verdadero programa era el *robo científico*. Todos ellos tenían una gran influencia en todas las secretarías de Estado. En sus manos caían los contratos de alumbrado, ferrocarriles locales, caminos, pavimentación, obras de alcantarillado, agua potable y electrificación. Siendo abogados eran también en su mayoría representantes legales de las poderosas compañías extranjeras: arreglaban concesiones bancarias e industriales, conseguían favores especiales, facilitaban y aceleraban los procedimientos legales; en suma, ordeñaban a la nación sin ninguna consideración.

La política de Los Científicos, de administrar los bienes del país para su propio enriquecimiento y el progreso científico, los obligaba a convertirse en un grupo cerrado, una política pronto motejada de "carro completo": no más asientos, ni siquiera lugar para ir de pie. Este carro completo rodaría a través de los años, desde 1893 hasta 1910, con un creciente redoble del gran tambor de la prosperidad, pero sólo para aquellos que iban felizmente a bordo.

La dictadura suprimió, en algunos casos, por la fuerza, las ambiciones políticas de los que intentaban subir al promisorio carro; en otros, se prostituyó económicamente para consolar a los desposeídos del poder: "Perro con hueso no ladra", aclaraba sarcástico don Porfirio.

—La gente no le ha concedido importancia a la agitación originada con la aparición del libro *La Sucesión Presidencial*, ni a la fundación del Partido Antirreeleccionista. Cuidado, Lalo, cuidado, mi hermano. No hay enemigo pequeño. Mi general Díaz no podrá controlar a Madero como a los hermanos Flores Magón y a su Partido Liberal. Para mi gusto, se equivoca radicalmente. "Para que la cuña apriete, debe ser del mismo palo", decimos en mi tierra y a nadie escapa que Madero y su familia son agricultores e industriales muy poderosos de Coahuila, ligados firmemente a todos Los Científicos. Poseen, por lo menos, doscientas cincuenta mil hectáreas en el norte del país; tienen minas, fábricas, fundiciones, bancos y metalúrgicas hasta para darse el lujo de competir con los Guggenheim.[44] Yo veo con claridad un desgajamiento del grupo en el poder. Preocúpate cuando las desavenencias y los conflictos se presentan entre los que mandan, entre los que verdaderamente detentan el poder. ¡Nos vamos a estrellar, Lalo! Flores Magón es un muerto de hambre, sin dinero, ni apoyo político, pero Madero tiene los dos atributos: capital y prestigio, gracias a su libro y al deseo de la gente de liberarse de Porfirio Díaz.

Gastón Santos Paredes y Eduardo Sobrino se habían reunido como ya era costumbre en ellos en el restaurante El Globo. La amistad que los unía se remontaba a varios años y a los muchos negocios que habían logrado concertar y que empezaban a formar parte de la leyenda negra de la historia del petróleo en México. Como siempre, habían esperado los postres para abordar los asuntos realmente vitales de la agenda de ese día. Sobrino escuchó con suma atención las palabras del legislador, su muy dilecto amigo; retiró la silla de la mesa dejando al descubierto su voluminoso vientre; metió ambos dedos pulgares en las pequeñas bolsas de su chaleco de gamuza café y expiró humo blanco de un puro de San Andrés Tuxtla, especialmente elaborado para él, según constaba en la vitola color rojo.

—Mira, Gastonazo, todos los mexicanos somos emotivos de naturaleza y carecemos de la mente fría y calculadora de los sajones. Ellos analizan sus problemas a la luz de sus intereses, sin ningún género de complicaciones sentimentales, sin lamentaciones, ni dramas.

Ahora aparece que si Díaz saliera de su presidencia, para ti sería algo así como la pérdida de tu padre. Lo quieres, lo respetas, ha hecho mucho por ti y por todos nosotros. Ni hablar, estoy de acuerdo en que fue un buen presidente. Sin embargo, entendamos también que ya dejó de ser útil a México. Debe irse. Se acabó. Hasta para morirse hay que ser oportuno.

—No digas eso —interrumpió Santos Paredes—, bien sabes tú que la experiencia y los conocimientos que tiene el viejo sobre nuestro país no los tiene nadie, y que la paz con que nos obsequió por 30 años, permitió el florecimiento de México. Él podría seguir gobernando porque tiene todos los hilos. Porque nos conoce. Sabe quién se esconde atrás de cada mexicano y sabe cómo manejarnos para extraer lo mejor de todos nosotros. Mira el país que recibió y el que entregará antes de morir, si los maderistas no le dan un susto prematuro —arguyó con evidente malestar el diputado—. Estás siendo muy injusto y malagradecido; tú y tus gentes han recibido lo mejor del viejo y del país y ahora me sales con que ya debe irse. No le demos la espalda cuando más nos necesita —concluyó el legislador con aspereza.

—Mira, Gastón —dijo Sobrino envalentonado por el alcohol, mientras apuraba de un solo golpe otra pequeña copa globera de Cognac Martell, el preferido de McDoheny—, si hablamos de política apartémonos de los calificativos personales; si tú me llamas a mí malagradecido, en ese mismo instante me concedes licencia para poder llamarte yo a ti de otra forma, igualmente desagradable. No olvidemos esa regla de oro, ni personalicemos conceptos.

El Diputado Federal se arrellanó con dificultad en la silla de bejuco, no sin acusar una herida en su vanidad por esa llamada de atención.

—Te decía, mi querido congresista —continuó Sobrino—, todo en la vida se usa y se desecha al perder su utilidad o al no satisfacer los fines para los que fue creado. Cuando tú comes una fruta tiras la cáscara sin más y no empiezas con dramatizaciones estúpidas o infantiles. Simple y sencillamente, si ya no sirve, tíralo sin mojigaterías irrelevantes; cómprate uno nuevo y sácale todo el provecho. Eso es todo.

Precisamente esto está aconteciendo con Porfirio Díaz. Él sí es un malagradecido, porque ahora le pretende morder la mano a quien le dio de comer. Mentiras todas ésas de "mira qué país recibió y mira qué país va a entregar" —dijo en tono burlón como si quisiera ridiculizar a Santos Paredes—. ¡Pamplinas, puras pamplinas! Mira qué país recibió la inversión extranjera y mira qué país ha hecho la inversión extranjera. Eso es lo que debes decir. Ella es la verdadera forjadora del México moderno.

Díaz era un muerto de hambre sin un quinto en la Tesorería para pagar siquiera la nómina burocrática. La única forma de mantenerse en el poder era a base de ejecutar obras y crear empleos, porque el pueblo ya no resistía la miseria y demandaba a gritos el bienestar que las finanzas públicas tardarían en poder proporcionarle. Su carrera era contra el tiempo. Por eso llamó a los norteamericanos, a los ingleses, a los franceses, a los holandeses y a los alemanes. Por eso les puso el país en charola. Por eso se los vendió. Por eso no les puso casi ninguna condición en el otorgamiento de concesiones y exentó a muchas empresas del pago de impuestos, a cambio de que invirtieran en México. Por eso a los obreros extranjeros les conceden siempre la razón sobre los propios mexicanos. Por eso la legislación, en general, otorga beneficios y privilegios a los extranjeros, inaccesibles para nosotros mismos, los naturales de este país. Por eso el 90% de los jefes de familia campesinos se quedaron sin tierra y pasaron a ser simples empleados de las haciendas. Por eso Díaz no tuvo empacho en permitir la esclavitud, particularmente en Yucatán y en el norte del país. ¡Evidentemente que no deseaba en ningún caso y por ningún concepto disgustar a quien le debía la vida! Métete eso en la cabeza antes de decir que Díaz recibió un país y entregó otro.

El legislador, confundido, parecía no encontrar ninguna respuesta sólida para oponerla dignamente al abogado. ¿Qué acaso podrá tener Sobrino la razón?, se preguntaba ansioso y desesperado.

—¿Quién hizo los ferrocarriles? ¿Quién los escasos caminos que hay? ¿Quién los telégrafos, los teléfonos, la energía eléctrica, los sistemas de alcantarillado y agua potable? ¿De quién es el sistema bancario? ¿De quién son las minas? ¿De quién son los pozos petroleros? ¿De quién es la industria manufacturera? ¿De quién la textil?

El diputado Santos Paredes no podía cerrar los ojos, ni salía de su asombro ante un alud tan aplastante de argumentos, que le tocaron la piel viva.

—Escucha bien, Eduardo —replicó Santos Paredes como quien se lleva la mano a la cacha de la pistola, dispuesto a llegar hasta las últimas consecuencias—; nuevamente veo malagradecimiento en todos tus comentarios, y tú permitirás que te lo razone —dijo sin ninguna consideración a su interlocutor—. Todas esas empresas a las que tú te refieres, sí vinieron efectivamente a invertir, pero sin darle ningún contenido social a su inversión. ¿Qué le dejaron al país? En el caso mismo del petróleo, tú mejor que nadie sabes que no pagaron nunca un solo centavo en reciprocidad por sus canonjías. Sabes que hasta los terrenos federales baldíos, hasta los propios lechos de los ríos se les otorgaron en concesión gratuita para que extrajeran el petróleo, sin que el país recibiera nada a cambio. Ustedes se llevan el crudo sin refinarlo para luego vendernos gasolina hecha a base de nuestro propio petróleo a precios de vergüenza, sin pagar impuestos ni regalías, ni siquiera sueldos decorosos a los trabajadores descalzos y hambrientos —argumentó furioso el legislador para confundir a Sobrino—. Se han llevado lo mejor de lo nuestro y a cambio nos han dejado enormes lodazales ulcerados en lugar de sus ganancias. No sabemos cuántas toneladas de oro se extraen, ni de plata ni de cobre ni de nada. Ni sabemos a dónde van a parar ni a cuánto van a vender en el mundo nuestras materias primas, ya manufacturadas por nuestros malditos salvadores. Aquí siempre han lucrado con nuestra incapacidad administrativa y por eso nos pagan lo que quieren y cuando quieren. ¿Qué le dejó al país la minería y el petróleo, si tomas en proporción el volumen de extracción en ambos rubros? y como eso, todo —continuó enfurecido el diputado, mientras algunos comensales volteaban inquietos hacia su mesa.

Bien visto, la riqueza del país, la supuesta riqueza del país, en un 90% propiedad de extranjeros, es administrada al gusto y discreción de ustedes, ante la impunidad del mundo y la indiferencia del gobierno. Deberíamos haber impuesto sistemas de control en la explotación de todos nuestros recursos para participar oportunamente de los beneficios y no dejar que nos arrojen como un cascarón vacío a un bote de basura, como tú dices, cuando ya perdimos utilidad, sabor o aroma.

Sobrino volteaba inquieto a uno y otro lado de la mesa para darse cuenta si el resto de los comensales se percataba de la discusión.

—Son ustedes —dijo en plan de abierto sarcasmo— como las palomas de las plazas públicas; compras los granos del maíz para atraerlas y tan pronto como te ven, se precipitan golosas de los cuatro puntos de la plaza. En ese momento, con tal de saciar su apetito, se paran graciosas en tus manos, en tu cabeza, en tus hombros, hasta comerse la última ración. Cuando terminan, emprenden el vuelo en busca de un nuevo sujeto para satisfacer de nueva cuenta su glotonería. ¿Qué te dejó ese instante de placer? Cuando las palomas se van, estás adolorido por los picotazos, y tus hombros, tu ropa, tu cabeza y todo tú quedas lleno de lodo y mierda. Cuando ya no hay maíz, perdiste toda tu atracción —agregó sin darle oportunidad a Sobrino a que opusiera algún argumento—. ¿Qué pasará cuando se agoten las minas o los yacimientos petrolíferos o sobreexploten algunas tierras propias para la labranza? —prosiguió incontenible—. Yo te lo diré: dejarán las galerías subterráneas vacías, la tierra erosionada y se irán en busca de nuevas posibilidades para obtener nuevos recursos y enriquecerse más a costa del patrimonio y la ignorancia de terceros. Esas empresas ricas en capital, han lucrado con nuestra miseria y nuestra ignorancia, y con esas ganancias han construido en los Estados Unidos grandes universidades y fundaciones, que en la entrada ostentan una placa en bronce y un busto de mármol del benefactor, mientras que en nuestro país sólo construyen prostíbulos, cantinas y tiendas de raya para acabar de perder a nuestra gente.

—¡Gastón! —amenazó Sobrino al abogado.

—Déjame concluir, ¡ya es hora de que sepas la verdad! —prosiguió incontenible el legislador—. Aquí no dejan... Aquí no dejan fundaciones, ni institutos ni hospitales ni obras de caridad ni impuestos ni ganancias ni cooperaciones. Se trata de saquear a mansalva. De saquear al país. Y reinvertir sus utilidades en lugares diferentes de donde las extrajeron, sin correspondencia, ni reciprocidad de ninguna especie. Ahí faltó coraje. Faltó decisión en Díaz para sujetarlos, ya que les estaba vendiendo el país a cambio de nada. Debimos haberlos obligado a través de leyes a entregar algo de lo que se llevaban. No lo hicimos y ahora todavía me dices con cinismo que le debemos todo a la inversión extranjera.

Sobrino sentía el peso de todas las miradas sobre su rostro. Una mezcla de vergüenza y coraje se empezaba a apoderar de él. Nunca imaginó que la comida con su dilecto amigo y socio pudiera derivar en una discusión tan desagradable e irreversible.

—Mal hecho, perfectamente mal hecho el no haberlos controlado y no haberlos obligado a pagar para crear un ahorro público importante que, a la larga, hubiera sido la fuente de abastecimiento económico para empezar a financiar nuestro propio crecimiento. Si eso hubiera sucedido, hubiéramos construido escuelas, por ejemplo, para que no tuviéramos 85% de analfabetas que son, a su vez, carne de cañón para el programa de producción de las transnacionales. ¡Claro!, mientras más analfabetas haya, mejor para ellas.

Sobrino sudaba copiosamente, y exasperado por el radical cambio que estaba tomando la reunión, se retorcía incómodo en la silla. Algunos de los huéspedes empezaron a levantarse, otros solicitaron la presencia del gerente a quien externaron públicamente su malestar y su alarma por una complicación violenta en la discusión.

—Ahora me doy cuenta, Eduardo, de lo equivocado que he estado. Imagínate, hasta llegué a echarle bala a quien no pedía sino pan. (Santos Paredes se arrepintió de golpe de todo su pasado. Lamentó haber sido parte de un poderoso engranaje para despojar, para engañar e incluso para matar. Su arrepentimiento era intenso al igual que su coraje por haber vivido en estado de traición permanente con él mismo.)

Tienen ustedes razón en el fondo —continuó el legislador verdaderamente descompuesto—. Díaz debe irse. Pero debe irse al carajo y pronto, para que… para que venga un nuevo presidente que meta al orden a esas empresas que hacen más daño que un millón de delincuentes juntos. Llegó el momento de meterlas en el redil antes de que se lleven todo lo nuestro. No hay que temerle al cambio sino a la inmovilidad política que tan cara nos ha costado. Espero que Madero triunfe. Ése debe ser el objetivo de un mexicano que se quiera apartar de la reacción.

Sobrino golpeaba su habano contra la orilla del cenicero para retirar la ceniza que amenazaba desprenderse sobre su impoluto chaleco de gamuza café, mientras dejaba la mirada fija en el recipiente.

—No entiendes nada —dijo Sobrino al fin. Sus palabras eran amargas, indiferentes, carentes de cualquier signo que revelase el menor afecto o respeto por su interlocutor—. Nunca entendiste nada de política. ¿Qué acaso piensas, gran iluso, que las grandes compañías norteamericanas, que tienen invertidos en México mil millones de dólares, iban a permitir que las limitaran en sus privilegios a través de leyecitas emitidas por Díaz? ¿O piensas acaso negar que el Congreso, tu Congreso y todos los diputados como tú, sólo son figuras decorativas que siempre vendieron vilmente sus facultades constitucionales a cambio del favor político? Díaz sabía que no podía enemistarse con el verdadero poder que lo había sostenido siempre. Sabía que no podía ni debía emitir impuestitos como los que propones, puesto que le hubiera costado la cabeza. La entrada del capital era sin condiciones. Irrestricta. Amplia. Impune. Buen conocedor de esta situación, no se atrevió a cambiar el orden establecido, porque eso hubiera implicado una amenaza a su propia posición. No se te olvide que cuando se empezaron a construir los ferrocarriles en el siglo pasado, Estados Unidos quería hacerlo a su modo; Díaz pretendió hacerlo al suyo, a lo que se le contestó que en realidad todo era un problema de acero; o rieles o bayonetas.[45] Pues rieles, dijo el viejo, ¡claro que rieles!, y se trazaron de acuerdo al proyecto comercial norteamericano para promover las importaciones y las exportaciones sin tomar en cuenta las condiciones que en materia de comunicaciones requería el mercado nacional interior.

Sobrino empezaba a hablar atropelladamente. Profería sus palabras sin medida ni reflexión.

—¿Tú crees que iba a proponer leyes contra los magnates industriales, sabedor de su fortaleza? y si las hubiera emitido, ¿tú crees que los magnates las hubieran acatado? ¿Quién los hubiera obligado coactivamente a cumplir con una ley contraria a sus intereses, en caso de que ésta se hubiera llegado a promulgar, pues bien sabían los inversionistas norteamericanos que, como en el caso de los ferrocarriles, detrás de cada dólar venía una bayoneta? Si Díaz hubiera osado imponer por la fuerza una ley contra los intereses patrimoniales de Estados Unidos, al día siguiente habría llegado a México una fuerza persuasiva de cincuenta mil hombres para convencer al Dictador de la necesidad de un cambio de política económica.

¿Cuál fue la actitud de Díaz ante el creciente poder militar y económico de Estados Unidos? Fue bien claro. Buscó compensarlo con otros inversionistas y hacer de México un campo de batalla capitalista.

Nada más que los norteamericanos ganarán la guerra sin disparar un solo tiro. La penetración será silenciosa, perforará gradualmente hasta la última de las entrañas de tu anciano líder. A Estados Unidos no le gusta la rivalidad y menos en lo que considera su campo de acción comercial.

El rostro sanguíneo de Santos Paredes era apenas reflejo de su malestar.

—Díaz se mantuvo en el poder —continuó Sobrino— porque se asoció con los poderosos, quienes se repartieron el país, mientras el Dictador lo inmovilizaba militar y políticamente. Es el caso de un par de asaltantes —advirtió déspotamente—, de los cuales uno tiene la fuerza física y el otro la maña. Ambos caen sobre una víctima nocturna. Uno anulará cualquier intento de defensa, mientras el otro vaciará rápidamente los bolsillos de la presa. ¿Entiendes? Díaz es el hombre fuerte que supo tener un buen ejército, policía secreta nacional e internacional, rurales adiestrados para mantener el orden interno e impedir cualquier alzamiento. Fue una pieza clave en la inmovilización de la víctima: ¿qué significan los periódicos clausurados, las cárceles políticas, el secuestro, en caso necesario, o el paredón, en los extremos? Los famosos "bravos" no son sino herramientas para suprimir los estorbos políticos de Díaz. La Iglesia, al igual que todos los poderes federales, ayudó a la inmovilización nacional. (El diputado sentía perder la paciencia por instantes.) Díaz —continuó el abogado— se asoció con el demonio católico a cambio de la información que obtenía en los confesionarios y de la influencia del Clero a través del púlpito; muchos gobernadores, tú lo sabes, y miembros del Congreso, llegaron al poder por ingerencia directa de la mitra. Por eso también hay curas en la banca, en la industria, en el comercio, en el campo y en la prensa, como *El País*, *El Tiempo* y *La Nación*. Todos colaboraron en la inmovilización. Cada quien con sus recursos.

Gastón Santos Paredes sabía que los argumentos de Sobrino eran ciertos. Sin embargo buscaba razones que aligeraran su culpa o que le reivindicaran su honor. No las encontró. Miró a Sobrino vociferando.

Sintió asco. Asco de él, de Sobrino, de todos los que habían participado en postrar a México como una mujer indefensa ante un borracho callejero.

—¿Por qué nos quedamos todos observando cómo inmovilizaba al país, mientras otras manos lo saqueaban sin concederle nada a nadie? Por una sola razón, querido Gastón. Digámonos la verdad; en primer lugar, porque si te oponías al ataque podías salir lastimado, en el mejor de los casos, y en segundo lugar, y el más importante, porque a los que somos capaces de razonar nos llenaron los bolsillos de dinero o nos dieron un puesto político para distinguirnos, para enriquecernos y para asegurarse nuestra ayuda incondicional en caso de ataque. Mira cómo te ha ido a ti como Diputado Federal y mira cómo me ha ido a mí como representante de una petrolera internacional. Verdaderamente no podemos quejarnos. Díaz nunca se hubiera mantenido en el poder si no reparte consuelo y dinero a los ambiciosos políticos. A todos los compró. Y todo funcionó mientras no trató de administrar los apetitos económicos de nuestros primos del norte y prefirió a los ingleses, porque estaban más lejos.

El diputado federal estaba sentado en la orilla de su silla, como si estuviera próximo al disparadero.

—De modo que despreocúpate de tus materias primas. Tú llénate las bolsas de dinero y mándalo a Estados Unidos. Ten del otro lado una cuenta robusta de dólares que asegure tu vida y la de tu familia. Para el día que se acaben tus famosas materias primas, si alguna vez eso sucede, te vas junto con las empresas para el norte, donde, desde luego vivirás mejor que aquí. Tu futuro será siempre mejor que tu presente, pues te cambiarás a un país con más seguridad, más lujos, mejor organización, con verdaderas instituciones democráticas y con posibilidades económicas inmejorables para tus negocios. Estados Unidos será en breve la primera potencia del orbe. Para cuando esta caballeriza se extinga, yo me iré para allá de inmediato.

Sobrino tomó un buen trago de cognac consciente de haber descargado un golpe certero y definitivo en la moral y en la inteligencia de su interlocutor. Mientras bebía analizaba por el rabillo del ojo la expresión de su rostro fatigado.

—Por otro lado, sólo queremos que Díaz deje el poder. Su presencia ya afecta nuestro volumen de negocios. Sólo Madero puede resolver todos nuestros problemas —agregó finalmente el abogado petrolero.

—¡Basta! —exclamó furioso Santos Paredes—. ¡Basta! Eres el demonio mismo. ¿Cómo es posible que después de tantos años, hasta hoy me vaya dando cuenta de quién eres en realidad? Por mexicanos como tú tenemos este país. Eres capaz de violar a tu madre a cambio de un puñado de pesos. Por eso en la Tolteca te llaman *el Chacal*, porque no naciste de vientre de mujer, porque vives de la carroña y porque disfrutas siempre metiendo la cabeza en la mierda. ¡Qué bien te conocen todos los de tu ralea! ¡Qué hermoso nombre te pusieron! ¡Qué justificado!

Sobrino se puso de pie violentamente. El conflicto parecía próximo al estallido.

—¡Cállate, pedazo de gusano! Tú has hecho mil cosas peores de las que ahora me acusas. ¡Y por dinero! —gritó desaforado—. ¡Por dinero! engañaste y extorsionaste. Por dinero vendiste tu conciencia. ¡Por dinero! Escúchalo bien, maldito alacrán.

En ese instante, Santos Paredes, se levantó aventando violentamente su silla contra otra mesa. Se hizo un grave silencio en todo el restaurante.

—No me asustas… No me asustas, cínico de mierda. Si algo pudiera yo hacer por el país es liberarlo para siempre de tipejos como tú. Mucha gente me viviría agradecida con sólo romperte el hocico y los güevos —gritó airadamente el diputado—. Te haré polvo, miserable chacal, asesino a sueldo de los petroleros —gritaba para que todos los comensales conocieran la identidad de su interlocutor—. En todo México se sabrá muy pronto lo que haces a cambio de cumplir las consignas de tus jefes extranjeros. Se sabrá que matas, robas y falsificas a cambio de nuevos pozos, por lo que cobras, a base de llenarte las manos de sangre. Yo tengo mi culpa, pero la tuya no la pagarán ni cincuenta generaciones de Sobrinos.

Sobrino saltó pesadamente sobre Santos Paredes sujetándolo firmemente del cuello mientras la mesa se hacía astillas junto con las copas, tazas y botellas. Algunos de los comensales buscaron angustiosamente un lugar seguro anticipándose al momento, ahora sí muy próximo, de los disparos; otros se concretaron a observar la escena, de pie junto a la pared, atentos a cualquier posible complicación; los menos, acompañados de un par de meseros, acudieron a rescatar a Santos Paredes, quien yacía desesperado en el piso bajo el pesado cuerpo de Sobrino.

El abogado aún pateaba furioso el cuerpo de Santos Paredes, mientras era retirado de su víctima. Gritaba, amenazaba, insultaba, posesionado de una rabia incontrolable.

—Te sacaré los ojos con mis propias manos, maldita rata letrinera —alcanzó a gritar cuando ya lo sacaban entre jalones y empujones del restaurante. Ya en su coche lo primero que se le ocurrió fue ordenarle furiosamente al chofer que se dirigiera a toda velocidad a la embajada americana.

—Wilson debe manejar este asunto. Debo delatar a este traidor para que lo manden a San Juan de Ulúa… Porfirio Díaz debe saber la clase de cucarachas que tiene en el Congreso.

Francisco I. Madero logró escapar rumbo a Estados Unidos, desde donde publicó el Plan de San Luis —con fecha 5 de octubre de 1910— en clara respuesta a las nuevas elecciones fraudulentas. Porfirio Díaz había resultado vencedor. Según él "quien contaba los votos, ganaba las elecciones".

El 20 de noviembre, decía el Plan, desde las 6 de la tarde en adelante, todos los ciudadanos de la República tomarán las armas para arrojar del poder a las autoridades que actualmente gobiernan. Los pueblos que están retirados de las vías de comunicación lo harán la víspera.

A pesar de la insigne imprudencia de proporcionar la fecha y la hora del levantamiento, lo cual permitió al gobierno prepararse y caer sobre los sospechosos en acciones que ese día costaron la vida en Puebla a la familia Serdán, muchos respondieron al llamamiento, principalmente en el norte, donde los Arrieta en Durango, Pesqueira en Sonora y Villa y Pascual Orozco en Chihuahua, se alzaron en armas con elementos de origen campesino, magníficos jinetes y tiradores.[46]

Madero lloró amargamente la muerte de Aquiles Serdán. "No me importa —dijo—. Nos han enseñado cómo morir." En el intento murieron 158 soldados federales antes de que el propio Aquiles fuera delatado por su propia tos. Le volaron prácticamente la cabeza con un disparo a quemarropa.

Madero, instalado en San Antonio, Texas, planeó los pasos de la revolución. Allí decidió fechar el Plan de San Luis* con algunos días de

---

* Este Plan, como el libro de Madero y el programa electoral de su Partido, reflejaba esencialmente los deseos y aspiraciones del ala de la burguesía mexicana hostil a Díaz la ampliación del poder político, la introducción de la democracia parlamentaria y la limitación de los derechos de los extranjeros.

anterioridad, queriendo así significar que el Plan fue elaborado cuando aún se encontraba en México, para no infringir las disposiciones de neutralidad internacional entre los dos países.[47]

El apoyo del Departamento de Estado Americano empezaba a ser bien claro. Había coincidencia entre el programa político-económico del presidente Taft y los apoyos solicitados por la inversión americana en México respecto a la posición de Díaz. El acuerdo había sido tomado: Porfirio Díaz era inconveniente para los intereses de Estados Unidos. No debe, en consecuencia, extrañar que la fuerza policíaca secreta del Dictador, utilizada con tanta eficacia para repatriar revoltosos o para asesinar donde se encontraran los opositores de su régimen o sus enemigos, se estrellara ante la figura de Madero.[48]

El embajador León de la Barra insistió reiteradamente ante el Secretario de Estado Knox para lograr, en Texas, la aprehensión de Madero, con el objeto de repatriarlo de inmediato a México en acatamiento de los principios de neutralidad. El propio canciller mexicano, Enrique Creel, mandó mensajes, telegramas y notas de queja al gobierno del presidente Howard Taft, para detener la exportación de armamento a México e impedir el levantamiento generalizado del país.

El armamento llegaba en forma abundante a diversos puntos de la frontera. Estados Unidos alegaba, ante la sorpresa del gobierno mexicano, la procedencia del comercio de armas y la legalidad de los envíos.[49] A su juicio no había violación a las leyes de neutralidad. Era una señal clara que no sorprendió a McDoheny ni a su pandilla, pero si alarmó a Díaz y a su grupo.

Finalmente, el gobierno americano expidió la orden de aprehensión en contra de Francisco I. Madero por ciertas actividades ilegales en Estados Unidos. Los industriales, curiosamente, no mostraron sorpresa por la actitud de Washington y justificaron con risitas sarcásticas la satisfacción de don Porfirio. Ahora la jugada parecía ser a la inversa.

El Dictador no contaba con que dicha orden era muy parecida a las emitidas por el soberano español en turno respecto a la administración de sus territorios americanos: "Obedézcase, pero no se cumpla". Madero siguió tranquilamente en Estados Unidos para estructurar su programa militar hasta febrero de 1911, fecha en que decidió regresar a territorio nacional mexicano, cinco meses después de haber convocado a la revolución. Cinco meses durante los cuales coordinó los envíos de armas. Cinco meses en que no fue localizado por los servicios de seguridad americanos. Cinco meses en que tuvo contactos permanentes con los miembros de su Estado Mayor, que conocían perfectamente su paradero. Cinco meses en que ni la policía secreta de Díaz, ni sus famosos "bravos" pudieron echarle la mano encima. Cinco meses en que financió, con recursos propios, la compra de armas, con la ayuda incondicional y eficiente de su hermano Gustavo, quien, en su carácter de Tesorero de la Campaña, recurrió a préstamos directos con el respaldo del enorme patrimonio de los Madero. Intentó emitir bonos de la federación por valor de cinco millones de dólares a cambio del préstamo de un millón, con cierta garantía prendaria. Fracasó. Sin embargo, logró enajenar una concesión ferroviaria de Zacatecas a un grupo francés a cambio de trescientos mil pesos, para nutrir las arcas de la revuelta. Las finanzas eran un dolor de cabeza.

A McDoheny, por su parte, no escapaban las penurias económicas de la campaña maderista. Sólo esperaba ansiosamente el surgimiento de la asfixia económica para hacer acto de presencia, oportuna y desinteresadamente.

—¡Cuántas fortunas han nacido de las penurias financieras! Espero que sea mi caso. Esperaré. Esperaré a que se agoten las reservas económicas de la tesorería maderista. Con ellas se acabará la dignidad y se derrumbarán todos esos conceptos como el honor, la nobleza y la vanidad, que a la gente siempre le sobra mientras no tiene que demostrarlos y ponerlos a prueba. Cuando ya no tengan dinero ni para el pasaje en tren a la frontera, ni para enviar su propaganda subversiva a México, ni puedan comprar un solo cartucho más y esté apunto de abortar el movimiento de insurrección, entonces, antes de hundirse, voltearán desesperadamente la cabeza a uno y otro lado, como quien se precipita en las arenas movedizas y después de lanzar el cuarto grito de ¡socorro!, cuando ya no haya espacio para negociar condiciones, entonces haremos nuestra entrada triunfal con una cuerda en la mano, con dinero, con la salvación en la mano derecha, mientras en la izquierda mostraremos el contrato que nos dará carta abierta en la obtención de concesiones para cuando el grupo de Madero llegue al poder. En ese momento nos firmarán cualquier papel y se obligarán a todo sin importar la clase de compromiso.

Nosotros no les daremos el dinero a modo de préstamo, sino como ayuda secreta para el movimiento. Cuando triunfe la revolución, nuestra relación de negocios no se agotará con el simple expediente de pago. Esa mecánica desde luego no daría lugar al chantaje. Evidentemente, a Madero no le interesará que en México se enteren que la Standard Oil o la Tolteca dieron fondos secretos para sostener su campaña. He ahí la diferencia entre préstamo y ayuda secreta. He ahí el mejor camino a las concesiones y a los privilegios. Siempre he pensado en la conveniencia de ayudar. Mejor ayudar. Siempre ayudar.

Sobrino golpeaba con una cucharita un vaso grueso de vidrio en el restaurante La Parroquia, en la plaza pública de Veracruz, tal y como lo ordenaba la costumbre para llamar al mesero que debería verter, de dos recipientes que llevaba en ambas manos, café y leche, bebida que aliviaba los calores del trópico.

—Aquí la humedad y el calor se resisten más y mejor porque hay buenos elementos para combatirlos, a diferencia de la Huasteca. Ahí los moscos, los alacranes, las garrapatas y el medio ambiente hacen la vida irresistible. Si por lo menos hubiera estos abanicos y este café, todo sería más soportable —dijo Sherbourne Hopkins, especialista en la provocación de incendios políticos en Latinoamérica.[50]

La idea original de McDoheny había sido modificada y enriquecida cuando la planteó ante el Consejo de Administración. Se acordó, entre otras cosas, esconder la mano lo más posible. De ahí que se le hubiera pedido a Sobrino llevar a cabo el plan.

—Como le decía a usted, mister Hopkins —dijo Sobrino en un inglés lleno de tropiezos—, pensamos que ha llegado el momento de ayudar a una causa verdaderamente democrática como la de Madero. Hemos pensado en usted para hacerle llegar nuestro mensaje, pues no deseamos que nadie sepa que la Tolteca y la Standard Oil le ofrecen financiamiento directo.[51] No nos interesa que el Departamento de Estado conozca ninguno de estos detalles, como tampoco queremos que el gobierno del presidente Díaz llegue a saber de qué lado estamos realmente en este conflicto. Ya hemos tenido muchas diferencias con él y nos preocuparía que él viera en nuestra actividad una represalia que podría ser carísima para nosotros si Madero fracasa en sus intenciones.

—Mire usted, señor Sobrino, tengo una gran experiencia en estos casos adquirida a través de muchos años. En el reciente caso de Nicaragua tuvimos que iniciar todo el movimiento, desde inventar un líder, adornarlo, vestirlo, arrimarle masas de gente, dotarlo de carisma y estudiar bien lo que la gente quería oír y tener, para decirlo y proporcionarlo. Siempre podemos comenzar en alguna universidad, donde los estudiantes son el material ideal de trabajo. Las ideas progresistas y la emotividad propia de la juventud constituyen casi siempre la dinamita del cartucho, pero es vital seleccionar cuidadosamente a la persona indicada para prender la mecha con oportunidad, la mecha de la revuelta que, como usted sabe, requiere de enormes sumas de dinero. En otras ocasiones el estudiantado puede ser un conducto inadecuado, en cuyo caso podemos escoger algún sindicato u organización obrera opuesta a nuestro propio enemigo y tratar de hacernos del país con sólo subsidiar económicamente a los trabajadores del transporte, con lo que se inmoviliza a la gente y la dejamos sin trabajo, sin negocios y sin comida. El resto es muy fácil.

Sobrino escuchaba verdaderamente sorprendido y encantado las estrategias sedicentes del especialista.

—Siempre aprovechamos los vacíos de poder, es decir, capitalizamos a nuestro favor las diferencias de nuestro rival con sus enemigos naturales o con sus adversarios políticos. Nos unimos con los enemigos de nuestros "amigos". En el caso que usted plantea, señor Sobrino, Madero es el enemigo natural de Díaz. Ahí tiene usted el vacío de poder. Ya no necesitamos de sindicatos, ni de ligas estudiantiles. Simplemente apoyamos a Madero, aprovechamos su oposición al Dictador y nos vamos con la corriente.

—Madero, mister Hopkins,* es un hombre terco y está profundamente convencido de los motivos que lo mueven para derrocar a Porfirio Díaz. Estamos seguros de que él no va a claudicar en sus principios tan pronto llegue al poder. Él tiene todo para suceder a Díaz. Nadie reúne más requisitos que él. Nosotros le hemos estudiado hasta el cansancio, junto con otros supuestos candidatos, y él ha arrebatado en todas las expectativas. De modo que coincidimos con usted en alentar el movimiento a base de ofrecer recursos, para patrocinar su obra mediante la entrega de medio millón a un millón de dólares,[52] que deberán ser garantizados con la emisión de bonos de oro con interés del 6% anual, a cambio de determinadas concesiones petroleras a las que ya he hecho referencia, obviamente dentro del más absoluto anonimato.

—Usted hace tantas recomendaciones porque desconoce mi carrera y mi paso por los más altos círculos políticos latinoamericanos. Todas esas preocupaciones son pocas, además de las que yo personalmente debo tener en cuenta en su momento. Ellos deben advertir que algo se mueve, que algo se sale de su control, que acontecen cosas extrañas, que se quedan solos, que se quedan sin recursos, hasta que vuelan por el aire en mil pedazos junto con la estructura política que intentamos destruir. Eso se llama magia negra política.

Sobrino no alcanzaba a salir de su asombro y permanecía con la boca prácticamente abierta sin percatarse de su aspecto.

—Esté usted tranquilo. Yo, por mi lado, veo el camino ya muy recorrido y eso facilitará toda mi actividad. Por su parte, espero que haya quedado bien claro dónde quiero el dinero de mis honorarios tan pronto los señores Madero reciban el suyo. No me gusta reclamar lo que es mío, y si tengo que hacerlo, lo hago de muy mala manera, amigo Sobrino —amenazó veladamente el norteamericano.

—No se preocupe usted, mister Hopkins, todo ha quedado debidamente precisado. Todo. Sólo esperamos noticias de usted —comentó tímidamente el abogado.

—Cuando Madero tome la Ciudad de México, yo apareceré discretamente a un lado del revolucionario victorioso —concluyó Hopkins muy pagado de sí mismo—. Eso se lo prometo, abogado.

Dos horas más tarde, Sobrino regresaba victorioso a la Ciudad de México, no sin antes haberse abastecido de una buena dotación de puros de San Andrés Tuxtla.

Solamente después de tres contactos de medio nivel, Hopkins tuvo acceso a Gustavo Madero, hermano del presidente provisional de México,

---

* Vasconcelos cita a Hopkins repetidamente en su libro *Ulises criollo* fuera del contexto en el que aquí se le cita.

de acuerdo al Plan de San Luis, y Jefe de Finanzas de todo el proyecto político maderista.*

—¿Qué sucederá, señor Hopkins, si como dice mi hermano Francisco, nosotros podemos pagar anticipadamente el préstamo? Es decir, ¿deberá entenderse que en ese mismo momento quedarán sin efecto también las nuevas concesiones otorgadas y, en consecuencia, se habrá extinguido cualquier compromiso con ustedes?[53]

—Esa hipótesis, don Gustavo, no fue analizada por mi cliente, quien, por lo menos, desea concesiones por un término mínimo de 50 años, como las que Díaz otorgó a los ingleses en perjuicio de mis clientes —repuso Hopkins mientras sonreía esquivamente—. Diez años es un plazo muy corto para hacer inversiones importantes y lograr amortizarlas. Por otro lado, la Standard no ha podido operar directamente en México. Es decir, no la ha dejado la dictadura y ha tenido que hacerlo a través de filiales o subsidiarias. Queremos que sea precisamente la Standard la concesionaria directa de estas franquicias.

Sin embargo, hoy en la noche iré a Austin para consultar lo que usted me plantea. Será difícil, se lo adelanto, acceder a los deseos de su hermano, pero en principio informaré su conformidad con el otorgamiento del préstamo. Respecto a las concesiones, sólo señalaré que se estudian los plazos correspondientes. ¿Le parece, señor Madero?

—En eso estamos, señor Hopkins —repuso Gustavo desconfiado—. Pero, dígame ¿cuánto tiempo tardarán en entregarnos el dinero, tan pronto nos pongamos de acuerdo con las condiciones?

---

* En 1911 y 1912, políticos y periodistas norteamericanos y mexicanos acusaron repetidas veces a la Standard Oil de haber financiado la revolución maderista. Estas acusaciones fueron objeto de una investigación del Senado de los Estados Unidos en 1912. Véase *Revolutions in Mexico. Hearings before a Subcommittee of the Committee of Foreign Relations*. Senado norteamericano, 62º Congreso, 2ª Sesión, Washington, 1913, pp. 458-72. En una carta privada al presidente Taft y en sus memorias, el embajador norteamericano en México, Henry Lane Wilson, expresó convicciones parecidas (*Taft Papers*, Caja 448 H. L., Wilson a Taft, 17 de julio de 1911, pág. 206). El ministro austriaco en México estaba igualmente convencido de la existencia de tal relación. Véase carta del ministro de Austria en México al Ministerio de Relaciones Exteriores de Austria, HHSta. Wien, Pa., Berichte Mexiko 1912, 12 de diciembre de 1912. En 1912 la compañía alemana Bch, interesada en las tierras petrolíferas, escribió una carta confidencial al ministro alemán de México, Paul von Hintze, declarando que había una estrecha cooperación entre los Madero y la Standard Oil Co. Véase DZA Ptsdam AA II, n. 21600, *Petroleum Production und Handel in Amerika*, pág. 147. El ministro alemán en México estaba convencido de que la Standard Oil había apoyado a Madero. Véase Kenneth J. Grieb, "Standard Oil and the Financing of the Mexican Revolution", en *California Historial Society Quarterly*, Vol. XL, n. 1, marzo de 1971, pp. 59-71.

—De inmediato. Ustedes nos entregan los bonos y nosotros el dinero, en gran intimidad —sonrió Hopkins maliciosamente.

—No comente usted a nadie lo hablado en esta entrevista, señor Hopkins. Yo quería tener el gusto de conocerlo personalmente para no tratar con impostores —adujo Madero sin ocultar su inquietud—. Obviamente comunicaré a mi hermano nuestra conversación y espero muy pronto noticias suyas. Nosotros requerimos el dinero a la mayor brevedad posible —confesó todavía sin el menor empacho.

Dos situaciones, empero, alteraron los proyectos de los petroleros: el 14 de febrero de 1911 Madero cruzó finalmente la frontera para encabezar formalmente la rebelión. En esa ocasión el incendio amenazaba ser verdaderamente voraz. Chihuahua había prendido la mecha. Francisco Villa, Pascual Orozco y José de la Luz Blanco, entre muchos otros, habían tenido éxitos así como fracasos militares. Díaz no cedía; pensaba en su ejército, pero en realidad éste no pasaba de ser un tigre viejo, desdentado y aletargado, incapaz de defenderlo como en otros tiempos. Había más generales que soldados, y la gran mayoría, acostumbrados a lucir sus uniformes de gala y condecoraciones en las constantes *soirées* del Castillo de Chapultepec.

Díaz observaba con justificada angustia el avance del fuego, estimulado por vientos del norte. Vientos que de no controlarlos oportunamente podrían convertir al país en una pavorosa hoguera e, incluso, incendiar su amado solio dorado hasta convertirlo en vulgares cenizas.

Removió gobernadores; modificó su Gabinete; prescribió, el lo. de abril de 1911, la reelección; anunció la reforma del poder judicial, la autonomía de los estados y el cese de Ramón Corral, su Vicepresidente. El incendio continuó.

Se negaba todavía a renunciar. Vio en Los Científicos a las aves de rapiña, en vuelo lejano e indiferente, pero listas a lanzarse al banquete, con la sola percepción del primer hedor putrefacto. Se sintió Solo. Inmensamente solo. Débil, muy débil. Viejo, muy viejo. Cansado y terriblemente decepcionado.

El 18 de abril de 1911 las tropas rebeldes cercaron Ciudad Juárez. Washington observaba con suma atención el desarrollo de los acontecimientos. Taft ordenó la concentración de veinte mil soldados americanos en la frontera,[54] como una supuesta previsión en el caso de que Díaz no pudiera controlar la rebelión y se atentara contra las vidas y bienes de ciudadanos americanos… Díaz entendió la amenaza de una intervención armada, y cuando los barcos de guerra yanquis aparecieron en los horizontes de los principales puertos mexicanos, imaginó a su país[55] convertido en provincia tropical.

Madero insistía en negociar la caída de Ciudad Juárez. Sus asesores militares, por contra, aconsejaron la toma de la plaza por la fuerza de las armas. Una cuija le había vaticinado a Madero el fracaso si recurría a la violencia. Villa y Orozco desobedecieron a Madero y tomaron ese importante centro fronterizo que albergaba una buena parte del Ejército Federal. Cayó Ciudad Juárez a pesar de Madero, que hubiera preferido continuar en las negociaciones y acceder al poder por la vía del convencimiento.[56]

¡Cuánto se les debe a Villa y a Orozco por esa intrepidez militar ante la timidez de Madero!

Acto seguido a la toma de Ciudad Juárez, Estados Unidos reconoció de facto al gobierno provisional de Francisco I. Madero.[57]

¡Cuánto habían tardado en reconocer al propio Porfirio Díaz cuando llegó al poder gracias al triunfo del Plan de Tuxtepec!

Díaz sintió una puñalada en el cuello que le tasajeaba la yugular. Anunció su renuncia para ese mismo mes de mayo. Nada haría, bien lo sabía, sin el apoyo norteamericano. Mejor renunciar para no permitir el derramamiento de sangre por culpa suya. Ése sería un buen pretexto para dejar el poder con dignidad. La historia se lo reconocería como el último gesto desinteresado hacia su pueblo. Advirtió la mano de Taft. Advirtió la mano de Knox. La de McDoheny. La de todos los McDohenys a quienes él tanto había ayudado. Las tropas norteamericanas en la frontera, el indigerible reconocimiento diplomático, el país en la antesala de la revolución: todo estaba en su contra. Era el fin. Buscó una salida airosa. La encontró: renunciar.

Antes deberían firmarse los convenios de Ciudad Juárez, en donde Madero traicionaría el Plan de San Luis a un costo inmensamente elevado para él y para el país.

Francisco León de la Barra fungiría como presidente interino y no así el propio Madero, jefe rebelde victorioso del movimiento armado promovido por él mismo.

Autorizó el licenciamiento de las propias tropas revolucionarias que le habían conducido a él a la cumbre, para dejar a los mismos militares de Díaz con el control del armamento y de los medios de defensa del país, dentro de un contexto de venganza y malestar. Aceptó que se quedaran casi todos los gobernadores y los miembros de las dos cámaras legislativas. Todo el equipo político del Dictador, menos él.

Carranza sentenció esta concesión en un proloquio historicista: "Revolución que transa, es revolución que se suicida".

Una vez firmados los acuerdos de Ciudad Juárez, Porfirio Díaz redactó su renuncia; sin embargo, se resistía a firmarla. Suscribir su propia sentencia de muerte no le hubiera costado tanto esfuerzo, pero la pérdida del poder, ¡la pérdida del poder después de treinta años, treinta largos años…! Finalmente, su esposa Carmelita le tomó la mano derecha y guiado, letra a letra, como un dócil párvulo, el Dictador firmó con toda lentitud y profunda amargura:

El Pueblo mexicano, ese pueblo que tan generosamente me ha colmado de honores, que me proclamó su caudillo durante la guerra internacional, que me secundó patrióticamente en todas las obras emprendidas para robustecer la industria y el comercio de la República, fundar su crédito, rodearla de respeto internacional y darle un puesto decoroso entre las naciones amigas; ese pueblo, Señores Diputados, se ha insurreccionado en bandas militares armadas, manifestando que mi presencia en el Supremo Poder Ejecutivo es la causa de la insurrección.

No conozco hecho alguno imputable a mí que motivara este fenómeno social pero permitiendo, sin conceder, que puedo ser un culpable inconsciente, esa posibilidad hace de mí la persona menos a propósito para raciocinar y decidir sobre mi propia culpabilidad.

En tal concepto, respetando, como siempre he respetado, la voluntad del pueblo y de conformidad con el Artículo 82 de la Constitución Federal, vengo ante la Suprema Representación de la Nación a dimitir sin reserva al encargo de Presidente Constitucional de la República Mexicana con que me honró el voto nacional y lo hago con tanta más razón cuando que, para retenerlo, sería necesario seguir derramando más sangre mexicana, derrochando su riqueza, segando sus fuentes y exponiendo su política a conflictos internacionales.

Espero, Señores Diputados, que calmadas las pasiones que acompañan a toda revolución, un estadio más concienzudo y comprobado haga surgir en la conciencia nacional un juicio correcto que me permita seguir llevando en el fondo de mi alma una justa correspondencia de la estimación que, en toda mi vida, he consagrado y consagraré a todos mis compatriotas.

Con todo respeto,

PORFIRIO DÍAZ

Según redactaba y firmaba su renuncia el octogenario tirano, su hijo Porfirito, Director de la compañía petrolera El Águila, suscribía y firmaba a su vez una carta, ésta dirigida a Weetman Pearson, presidente y socio mayoritario de esa misma empresa petrolera en la que él fungía como Director, en donde culpaba a los petroleros norteamericanos, en particular a Henry Pierce, de la caída de su padre del poder presidencial mexicano.*

Gastón Santos Paredes leyó con extraordinario interés la prensa de aquella mañana que consignaba, en forma sobresaliente, los términos del Convenio de Ciudad Juárez.

---

* Lorenzo Meyer, *México y los Estados Unidos en el conflicto petrolero*, El Colegio de México, México, 1968, p.55.

Dejó caer, estupefacto, la primera sección de *El Imparcial* al piso y clavó una mirada glacial en los ojos del retrato presidencial que tenía en su despacho de la Cámara de Diputados, como todos los congresistas. ¡Maldito demonio!, dijo enfurecido. Ganará batallas aún después de muerto.

—¿Cómo es posible que haya podido arrebatar la bandera a los revolucionarios y lograr colocar todavía a un porfirista de viejo cuño, como Francisco León de la Barra, al frente de la presidencia interina, como si aquí no hubiera pasado nada?

Bajó repentinamente los zapatos del escritorio; sacó de un cajón una hoja membretada; acercó de un solo impulso la silla; tomó la pluma con decisión y se dispuso a escribir sin recurrir al lenguaje elegante de las entrelíneas. Vaciaría sus pensamientos en el papel al ritmo de su propio impulso. Sudaba; su mano derecha delataba, con las primeras huellas de sudor, la intensidad de su emoción.

(Escudo Nacional)

LIC. GASTÓN SANTOS PAREDES.
Diputado Federal por Tamaulipas.

Señor Don Francisco I. Madero.
Presidente Provisional. (Tachó este segundo renglón)

Señor Don Francisco I. Madero.
Distinguido amigo. (Volvió a tachar el renglón)

Señor Francisco I. Madero:

Los acontecimientos que se han producido en México, en los últimos 15 años, consumieron finalmente la generosa paciencia del otrora orgulloso y valiente pueblo de México.

Usted, señor Madero, pretendía terminar con una odiosa cadena de cargos que la historia enrostrará muy pronto a Porfirio Díaz para que responda por ellos y se le sentencie ante su pueblo, en función de su responsabilidad política.

El caciquismo y la insufrible tiranía local; la ley fuga o el asesinato político; la prohibición para expresarse libremente; la pérdida de todas las garantías ciudadanas; el peonaje, la servidumbre de los campesinos y sus deportaciones al trópico; el fabriquismo y la esclavitud virtual de los trabajadores industriales, además de las posiciones privilegiadas de los dueños de las fábricas; el hacendismo o la presión económica ejercida por la gran propiedad rural sobre la pequeña; el cientificismo o el monopolio financiero y comercial de los grandes negocios sobre los pequeños, apoyados por el privilegio político y, finalmente entre otros cargos, el extranjerismo que no es sino el predominio y competencia ventajosa sobre los nacionales.

Cuando aparece usted en la escena política de México como un acaudalado hombre de negocios, beneficiario innegable del sistema, que solicita cambios fundamentales para encauzar al país hacia una verdadera democracia, abandonando su familia, y se juega su inmenso patrimonio a cambio de la consecución de ese ideal, adquirió usted un gran tamaño a mis ojos. Usted me hizo recordar el valor de los ideales.

Nada supera la satisfacción de un ser humano que ejecutar con valentía y determinación su propio proyecto de vida, sin detenerse a consideraciones secundarias que lo aparten del camino.

Ése es un hombre, señor Madero. Usted lo ha podido demostrar.

Renunciar a los más caros objetivos de la existencia implica la negación propia del ser, no importa la justificación que se esgrima como defensa.

Yo leí la carta que su padre le envió a la sierra y a la cárcel para hacerle desistir de sus metas. Leí cómo le echaba en cara que usted ponía en juego todo el patrimonio familiar por las represalias que Díaz se encargaría muy pronto de tomar. No reparó usted en el patrimonio familiar ni el personal, y a que lo incautara el gobierno o que se agotara en el financiamiento de su campaña, sólo por satisfacer los apetitos democráticos de la nación. En una carta se jugó usted su patrimonio, su familia y hasta su propia vida que bien sabía usted se encontraba seriamente amenazada. Todo a cambio de la libertad, pero una libertad diferente a la que usted había gozado y podía seguir haciéndolo a costa de los intereses de los demás.

¡Le admiré, señor Madero! Admiré su decisión, su entrega, su fe en usted y en los más caros valores de México hasta el día de ayer, en que usted claudicó de sus principios y traicionó aquello en lo que usted había creído y por lo que usted había luchado, jugándose lo mejor de usted y los suyos.

En el Plan de San Luis, usted asumía el carácter de presidente provisional y declaraba la guerra a la tiranía para que tan pronto la mitad de los estados de la Federación estuviera en poder de las fuerzas del pueblo, se convocara a elecciones generales libres y legales, para entregar el poder a quien resultara triunfador en los comicios, no sin antes dar cuenta al Congreso de la Unión del uso de las facultades que le había conferido el propio plan.

La realidad fue muy otra. Ha dejado escapar el éxito que tenía usted en sus manos y con él las posibilidades de la reinstauración democrática y auténticamente republicana en nuestro país. No viene a cuento analizar aquí las razones que tuvo usted en lo personal para semejante dimisión. Usted enseñó hasta el cansancio cómo oponer la terquedad a cualquier respuesta ajena a los objetivos que ahora ha traicionado.

Porfirio Díaz renuncia a la Presidencia de la República con la toma de Ciudad Juárez sin derramamientos de sangre, es decir, sin que la mitad de los Estados de la Federación hubiera caído bajo el control de las fuerzas del pueblo, y después de este éxito histórico, cede usted graciosamente la presidencia interina a Francisco León de la Barra, uno de los hijos privilegiados del Porfiriato, en lugar de hacerse del cargo que le correspondía a usted y a nadie más que a usted, en su carácter de depositario de la confianza popular. Nadie más capacitado que usted, señor Madero, para controlar y conducir dentro del cauce constitucional las elecciones para nombrar titular del Poder Ejecutivo y sin embargo acepta que un aliado incondicional de Díaz, del ejército, del clero y del gran capital, miembro destacado de la dictadura, sea precisamente quien se encargue de administrar a su antojo su propia voluntad política. León de la Barra es Lutero, señor Madero; escúchelo bien, es Lutero. Ha puesto usted la Iglesia en manos de Lutero y por lo mismo no debería sorprenderle el aborto del movimiento o su indeseable asesinato. León de la Barra, con todo el ejército a su lado, podrá imponer todas sus condiciones en un brevísimo golpe de estado que frustrará su ingente esfuerzo.

Entienda, señor Madero; quien hace la revolución a medias, cava su propia tumba. Usted traicionó a la revolución. Puso en manos de un bandido el futuro y la seguridad de la nación. Al incumplir con su propio Plan ha traicionado usted sus propias convicciones y las del país en general. Su decisión no le acarreará sólo consecuencias personales. Temo decirle que serán nacionales, porque usted abrazó un proyecto de nivel nacional que nos involucraba a todos. Con su dimisión se fueron por el alcantarillado los más caros propósitos de los mexicanos.

Usted, don Francisco, había llamado a la insurrección, a las armas, a la revolución, al rompimiento de un orden impuesto a sangre y fuego durante el Porfiriato. Después de esta sana convocatoria declina usted los honores presidenciales apoyado en supuestos criterios legalistas que usted mismo había desconocido en el Plan de San Luis. Es la revolución, señor Madero. En ella no cabe la negociación, sino la imposición absoluta e incondicional de la voluntad que le llevó a usted al poder con el apoyo de la fuerza popular. Usted ha desperdiciado la fuerza, la autoridad y el poder que le dio la masa revolucionaria iracunda.

Aquí no se le debería haber dado cabida a otro presidente provisional que a Francisco I. Madero. Usted supo y pudo aglutinar una fuerza capaz de derrocar a un tirano inamovible, que parecía anclado para siempre en su sillón de Palacio Nacional. Cuando finalmente se logra la esperada renuncia, entonces pierde usted todo ese impulso renovador que le dio la revolución para cambiar definitivamente al país, y cede usted su lustrosa espada sobre un cojín rojo aterciopelado a la reacción que nos tuvo siempre con una bota en el cuello.

León de la Barra es Díaz. Se queda usted con el mismo ejército del Dictador, rodeado de traidores. Se queda usted con un Congreso porfirista, también rodeado de traidores. Se queda usted con el mismo gabinete que gobernó durante la tiranía, es decir, rodeado de traidores. Se quedan los mismos gobernadores, la misma gerontocracia oficial del Porfiriato.

Usted debió tomar el poder en los términos del Plan de San Luis. Fusilar a los grandes generales cabecillas del ejército que habían traicionado a la nación, sin piedad, sin criterios legalistas, ni justificaciones morales en esta hora de redención nacional. Son las armas las que hablan. Cada vez que truenen se estará forjando el México moderno. Usted las ha silenciado. Ha vendido usted la causa. Su causa. Nuestra causa. La más grande causa de México. Debió usted cerrar el Congreso y aprehender a los diputados y a los senadores más sobresalientes y fusilarlos. Fusilarlos, así como lo oye. Es la revolución, señor Madero. No estamos impartiendo un curso de ética gubernamental. Dispare. Cargue. Dispare. Cargue. Dispare contra los opresores y enemigos de México. No claudique en esta hora tan importante.

Barra usted con el gabinete y condúzcalo al paredón. Haga justicia. Aprese a los gobernadores y a todo prosélito del porfirismo. Dispare usted sin piedad. Limpie este país de todo vestigio de imposición, de latrocinio y de corrupción. Forje usted el México moderno, el México nuevo que todos queremos. Sin Porfirios, sin Científicos, sin Corrales, sin ejército opresor, sin clero traidor que comunique las confesiones a la policía, ni imponga gravámenes ni sea terrateniente, ni explotador, junto con los grandes trusts.

Haga un México para los mexicanos. Si puede. Si lo dejan sus convicciones morales en la hora de la revolución. Sus pruritos cuestan sangre, la de la gente que creyó en usted. en su energía, en sus convicciones y en su capacidad para ejecutar los más elevados designios de la voluntad popular que usted ha traicionado. Al pueblo de México le tocará, por su falta de coraje, someterse a una nueva dictadura o echar definitivamente las manos a las armas cuando León de la Barra se niegue, al final del interinato, a entregar el poder a quien resulte electo en las elecciones presidenciales, en caso de que éstas lleguen algún día a realizarse. Las dos alternativas anteriores son muy dolorosas para un país en donde las grandes mayorías no han conocido los enormes beneficios materiales del progreso, ni de la libertad, ni de la educación.

Suya fue la decisión.
Nuestro será el precio apagar.

GASTÓN SANTOS PAREDES

Pearson, principal depositario de los favores del Porfiriato, socio en algunas empresas con el Dictador, fundamentalmente en materia ferrocarrilera y petrolera, había llegado al extremo de nombrar a Porfirio, hijo de éste, Director de la Compañía Petrolera El Águila, así como a Enrique

Creel, Secretario de Relaciones Exteriores, Presidente del Consejo de Administración de la misma compañía. El grupo inglés, representado principalmente por él, había obtenido jugosos contratos para importantes obras públicas en el país, como el drenaje del Valle de México, la empresa pionera del Ferrocarril Mexicano, además de generosas concesiones petroleras, causantes de las rivalidades entre inversionistas americanos e ingleses. Las diferencias económicas surgidas como consecuencia de la explotación de los infiernos bituminosos y la lucha por el control de los ferrocarriles predispusieron, finalmente, al capital americano contra el propio general Díaz. Fue la gota que derramó el vaso. Fue el día en que la política se volvió a pelear con el dinero.

Pearson no lograba salir de su asombro. Sentía que había perdido la guerra a manos de los americanos, y con ella una codiciada condecoración que lo acreditaría como Lord del Imperio por sus negocios en ultramar. Se tranquilizó cuando advirtió que León de la Barra se encargaría de la presidencia interina, aun cuando había sido anteriormente el embajador de México en Estados Unidos.

Parecía que los americanos no se habían dado por satisfechos con derrocar a Díaz, que no había sido suficiente destituir al "Viejo Querido". También querían, en una última jugada, ubicar en la silla presidencial al propio embajador mexicano acreditado en Washington, a quien debieron haber preparado escrupulosamente, pensaba para sí, para entregar el país a los norteamericanos. "Ingeniosa audacia para que entendamos que México es la trastienda de los Estados Unidos. Esperemos que este golpe arteramente asestado no tenga mayores consecuencias."

Pearson, que había conocido con antelación la noticia de la renuncia de su mentor, se estremeció cuando tuvo acceso al texto. Entendió que probablemente un capítulo importante de la historia del capital inglés en América había concluido.

La tranquilidad, la paz y la alegría invadía a unos, mientras que la angustia, el malestar y la sed de venganza apaleaba a otros. Unos eran los miembros del Partido Nacional Antirreeleccionista; o sea, todos los prosélitos del maderismo y la inversión norteamericana, en especial los petroleros de esa nacionalidad. Otros eran, sin lugar a dudas, los tradicionales lactantes de la ubre porfirista, Los Científicos, en todas sus versiones y derivaciones: los hacendados intocables, el tradicional clero corrompido y ambicioso, el ejército revanchista, algunos sectores resentidos de la clase empresarial, en lo particular la inversión inglesa, que había conquistado a esas alturas de principios de siglo el control de los ferrocarriles, es decir los transportes y el primer lugar en extracción petrolera en México gracias a las generosas canonjías que le había dispensado el *good old man*.

Porfirio Díaz se había propuesto competir con cualquier país, aun con los miembros de la orgullosa *Commonwealth*, por la captación de las codiciadas libras esterlinas que en aquella época dominaban y movían al mundo. La condición impuesta por el soberbio león inglés era la desaparición absoluta de cualquier obligación legal y administrativa para sus inversionistas, en cuyo caso surcarían los mares a toda vela las fragatas saturadas del capital británico para participar en la gran aventura mexicana. Si por el contrario había tropiezos y obstáculos, todo el Mediterráneo oriental encerraba promesas inimaginables para saciar el apetito del gran felino. Por si fuera insuficiente, regiones de todos los continentes, que constituían un cuarto de la superficie del globo terrestre estaban bajo la dominación de la Reina Victoria de Gran Bretaña, quienes aceptarían, igualmente, todas las condiciones propias del coloniaje. Ya se sabía que la gran Persia poseía yacimientos bituminosos enormes que competían con los mexicanos, en particular, por los costos de transporte. Díaz debería estudiar detenidamente la *razonable* contraoferta para no desanimar al gran capital europeo, que entendía su papel como piedra angular de la supervivencia política de la dictadura. Aceptó. No habría obligaciones, sólo derechos. No se impondrían impuestitos. No habría territorios excluidos de la posibilidad exploradora y explotadora, ya fueran públicos o privados. No habría controles administrativos mexicanos. Los obreros ingleses tendrían todos los privilegios y prerrogativas sobre los nacionales. Las empresas inglesas podrían invocar la protección de su gobierno sin sujetarse a la jurisdicción de los tribunales mexicanos para dirimir cualquier tipo de controversia.

Esta patriótica política económica del cientificismo fue ampliamente acogida y aprovechada por los ricos tenedores de libras esterlinas, quienes, acostumbrados al privilegio, a la protección y al saqueo, sintieron en sus carnes fláccidas y pálidas el frío rigor cortante del acero cuando conocieron que su mentor, después de tantos años en el poder, lo abandonaba para siempre y que no sería sucedido por un Limantour o por un Corral o un Bernardo Reyes o un Félix Díaz.

El malestar quemaba con su estomacal acidez la delicada garganta acostumbrada al sherry del inversionista inglés, quien tenía una severa preocupación por las represalias que pudiera tomar en su contra el nuevo gobierno, en el caso de que hubiera llegado a constituirse con el apoyo del águila imperial norteamericana.

Pearson había puesto a disposición de don Porfirio su residencia en Veracruz para albergarlo, con sincero agradecimiento, en su paso rumbo a Europa a bordo del vapor alemán que tradicionalmente hacía la travesía entre México y el Viejo Continente. El conspicuo petrolero inglés pensó que sería una fina atención de su parte, y al mismo tiempo, una gran oportunidad histórica recibir en su propia casa al próximamente exiliado Dictador octogenario, así como para intercambiar puntos de vista íntimos, sin compromisos ni responsabilidades para una u otra parte.[58]

En aquella ocasión, a punto de abandonar para siempre el territorio nacional, don Porfirio asistió a la reunión que gentilmente le ofrecía su anfitrión, a la protocolaria hora del *tea*, en el jardín tropical de su residencia veraniega. El exdictador compareció vestido con sobriedad en un austero traje negro, corbata del mismo color y sin condecoración alguna, rodeado todavía del halo del gran poder que otorga el ejercicio de la autoridad presidencial. Se sentó con toda dignidad, amargura y curiosidad a intercambiar puntos de vista con uno de sus interlocutores consentidos.

—¿Piensa usted, señor presidente —inquirió con toda amabilidad el magnate al utilizar todavía el título que el movimiento revolucionario le había arrebatado— que Madero tiene la personalidad política que se requiere en términos populares para mover a las grandes masas y lograr hacer lo que hizo? —Pearson esquivó con astucia la utilización del término derrocamiento, para no herir al anciano tirano y le ofreció azúcar en terrones para endulzar su té, que fue elegantemente servido en un samovar de plata inglesa, labrada a mano.

—Mire usted, Pearson —repuso Díaz, sin vestir siquiera el apellido de su interlocutor con la palabra mister, lo que destacaría aún más las diferencias sociales entre ellos—, el pobre Madero realmente es un individuo desajustado mentalmente que ha soltado un tigre que ni él mismo podrá controlar más adelante.

Su repentino interés por la política, que se remonta a no más de 5 años, se debe a que en cierta ocasión, en una de las sesiones espiritistas a las que él concurre con singular frecuencia en compañía de otros colegas víctimas de la misma locura, uno de los santos difuntos con los que él solía comunicarse le hizo saber que él, Francisco I. Madero, sería Presidente de México. Tengo informaciones cercanas de su familia, del esfuerzo que hicieron todos para rescatarlo de la perdición mental en la que había caído; sin embargo, todos los esfuerzos resultaron inútiles. Su propio padre platicaba con Limantour, con quien siempre tuvieron relaciones de negocios, y le manifestaba la gran calidad humana de su hijo, su sensibilidad y su comprensión a todo tipo de problemas en particular los de su hacienda, en donde quiso siempre elevar la calidad de vida de los peones y enseñarles a leer y escribir. Decía que era un gran hijo, pero que su comunicación permanente con los muertos demeritaba severamente la relación entre ellos mismos. De ahí podrá usted comprender, Pearson, qué posibilidades le puedo ver al sujeto que quiere gobernar este país animado por el dicho de los muertos y que además carece absolutamente de una formación política sólida.

Gobernar —Díaz parecía ensimismado, perdido en un desconocido sentimiento de profunda soledad; no retiraba ni por instantes la vista de una ventana que daba al jardín tropical de la casa del magnate petrolero— presupone un profundo conocimiento de la mentalidad de los gobernados, de sus resistencias, de sus limitaciones, de la extensión de su fe, de su paciencia, de sus valores, de su concepto del trabajo, del esfuerzo, de su conciencia cívica y patriótica, de su sentido del humor, de su conciencia histórica y del porvenir. Y este pobre espiritista todo lo que quería era acabar conmigo y llegar a la presidencia sin percatarse de que al acceder al primer puesto de la nación sería acometido por un sinnúmero de problemas, zancadillas, traiciones, ambiciones personales disfrazadas, rivalidades políticas, intereses personales inmensos que su experiencia como granjero, o si usted lo desea, como hacendado, no le permitirá ni le ayudará a hacerles frente para resolverlos correctamente. A Madero, por su personalidad, le será imposible entender los juegos de fuerza que existen en la política de este país.

Pearson empezaba a conocer el ángulo íntimo y humano de Porfirio Díaz desprovisto ya del misterioso encanto del poder. Sus reflexiones personales eran vitales para entender la propia evaluación de la vida de un hombre que había logrado perpetuarse en la Presidencia de la República. ¿Cuál era su balance?

—Un mexicano, Pearson, es un ser complicado y difícil, pero catorce millones de mexicanos son muchos millones de problemas complejos de atacar sin una debida y previa capacitación. Yo dediqué toda mi vida a la política y le puedo garantizar que como militar tuve que entender y aceptar las causas por las cuales estaba dispuesto a dar mi vida a cambio. Después, en la guerra, conocí bien de cerca a mis compatriotas, ya fueran éstos mis subordinados, mis colegas, mis superiores o mis enemigos. Esos años fueron toda una escuela, muy formativa por cierto, de los problemas del país y de la mentalidad y del comportamiento del mexicano. Cuando finalmente llegué al poder sabía lo que tenía que hacer, con quién lo tenía que hacer, cómo lo tenía que hacer, y en cuánto tiempo lo tenía que hacer. Sin embargo, el pobre Madero después que se retrate en el Castillo de Chapultepec, sentado en la silla dorada, rematada con el águila nacional en el respaldo y la banda tricolor en el pecho, con la mirada aguda perdida en el infinito, deberá abordar problemas serios, como convencer a sus colaboradores mediatos o inmediatos que no todos pueden llegar a ser Presidentes de la República, y en segundo lugar, que la Tesorería de la Federación no es un botín de marginados políticos —Díaz, necesitado de desahogo, continuó sin detenerse. No pudo ocultar su amargura—. Muchas veces el conocimiento profundo de la estructura moral del género humano, de sus debilidades y tendencias, de sus actitudes frente a la vida, no hacen sino reportar decepciones y frustraciones cuya reiteración permanente sólo conduce en último grado a la apatía y a la indolencia.

El Himno Nacional no debería decir un soldado en cada hijo te dio, sino un presidente o un candidato y un ladrón en cada hijo te dio. El pobre enano, Pearson, no imagina ni remotamente lo que es el ejercicio del poder presidencial en México, sobre todo si nunca estuvo cerca de él. Madero fue preparado celosamente en Francia, en Estados Unidos y aquí en México para desarrollar y administrar negocios millonarios y en ningún caso para la política, en donde, le puedo garantizar, que la ausencia de formación y capacitación pueden costar muy caro no sólo a él, sino al país, porque en los negocios los problemas son de millones de pesos y en la política son de millones de hombres. Sí, Pearson, de millones de hombres —repitió entristecido—, y este ilustre espiritista piensa que después de derrocarme a mí todo será coser y cantar, pues estará en posibilidad de darle gusto a todos, y eso es materialmente imposible, ya que es imprescindible saber consolar a los perdedores para evitar los motines, y para eso hace falta saber navegar, tener capitán a bordo que sepa sortear los arrecifes, y mire usted que hay muchos, y saber llevar la nave a buen puerto cuando la tormenta esté próxima.

Díaz recurría constantemente a la metáfora para describir con más precisión las habilidades imprescindibles que debían concurrir en quien se dedicaba al ejercicio de la política, sin poder ocultar la comparación indirecta que siempre hacia en torno a la figura de Francisco Madero.

—Navegar, Pearson, navegar, nivelar, balancear, corregir rumbo, controlar el aire, la velocidad y saber cuándo son aguas profundas y cuándo advertir la presencia de los peligrosos arrecifes, además del control perfecto, como una maquinaria de reloj, de toda la tripulación. Eso se llama experiencia, Pearson —dijo el anciano mientras apuraba un poco de té en espera de las observaciones de su interlocutor.

—Estoy de acuerdo con los conceptos que usted maneja y que considero fundamentales para gobernar este y cualquier país. Gracias precisamente a su talento y a su perspicacia, usted logró siete veces que la gran mayoría del pueblo mexicano lo reeligiera para seguir gobernando. Usted supo demostrar las bondades de la paz porfiriana; por eso su pueblo nunca quiso que se fuera, por eso todos votaban por su permanencia en el poder y le ratificaban su confianza.

Pearson pensaba siempre lo que la otra parte deseaba oír y al captarlo lo expresaba maravillosamente bien. Atento observador, analizaba con cuidado las respuestas. Vigilaba los movimientos faciales, revisaba los mensajes del tamborileo de los dedos, escudriñaba con agudeza las miradas y verificaba constantemente los movimientos de las manos y de los pies, manifestaciones todas ellas inconscientes de sus interlocutores, que le indicaban si el camino recorrido era o no el correcto.

—Todos los que queremos a este país que nos recibió con los brazos abiertos estamos preocupados desde el momento en que fuimos informados de la presentación de su renuncia irrevocable ante la Cámara de Diputados. Todos entendimos, los que lo conocemos y respetamos, que si usted ya había dado un paso de esa naturaleza, nada lo haría cambiar de opinión.

Díaz agradeció silenciosamente las palabras de Pearson, pues bien sabía él que había renunciado contra su voluntad, obligado por las circunstancias.

—Ahora bien —dijo Pearson— volviendo al tema que usted trataba con tanto conocimiento y habilidad —cuidó que no se le moviera un solo músculo de la cara y apretó sus zapatos con polainas contra el piso—, ¿no cree usted que Madero es un individuo insignificante para llegar a donde ya llegó?

Don Porfirio no acusó ninguna señal respecto a esa pregunta tan clara. Optó, mejor, en comprometer al petrolero.

—¿No sería usted tan amable en precisar el punto, Pearson?, me temo que no comprendí bien su inquietud.

—Sí, señor presidente —dijo Pearson titubeante al sentirse descubierto—. Me intriga saber cómo pudo Madero, solo y con sus escasas huestes aburguesadas, llegar a tener éxito en sus objetivos sin la participación activa de terceros, interesados en la incomprensible salida de usted y en la llegada sorprendente de un hacendado inexperto al poder. Pienso, señor, que hay malagradecidos que todo se lo deben a usted, que pensaron, quién sabe por qué y apoyados en qué argumento, que ya era necesario un cambio de poderes en México, aun contra la voluntad popular. Respaldaron a alguien que les garantizara su permanencia en el privilegio que usted no estaba dispuesto a conceder con arreglo a sus fundados principios nacionalistas y patrióticos.

Pearson, gran conocedor del efecto del halago en la frágil personalidad de los políticos, echaba mano con evidente habilidad de ese recurso para captarse su simpatía inmediata.

—Ahí, señor presidente —continuó el inglés—, ahí es donde usted debe buscar las razones de este cambio tan brusco. No en Madero, sino en los que han escondido la mano para sustituirle a usted e imponerlo a él ahí.

Díaz se quedó impertérrito. Una leve sonrisa sardónica apareció en su rostro. Volteó su digna y recia cabeza hacia un palmar ubicado en la margen izquierda del jardín de la residencia veraniega del petrolero, tomó distraídamente una servilleta bordada en algún pueblito pintoresco de Bélgica, secó algunas gotas de té que pendían de su bigote blanco, bien peinado, e inquirió sin mostrar sorpresa y sí alguna ironía.

—Y bien, mister Pearson, ¿quién piensa usted, en caso de haberlo, que pueda estar apoyando a este enano demente en mi contra y, por lo mismo, en contra del propio país?

Pearson se ruborizó. No quería ser él quien diera los nombres.

Nuevamente el presidente había logrado comprometerlo. Temía complicaciones por una costosa indiscreción, una torpe derrapada a esas alturas de una relación que él había cuidado con más atención que el lecho de su propia madre agónica. Experimentaba sus reservas respecto a las represalias que algunos funcionarios leales al *good old man* pudieran ejercer contra sus intereses en México como parte de una póstuma consigna del presidente. Don Porfirio no era un cadáver. Probablemente nunca llegaría a serlo. Debería pronunciarse con extremo cuidado y atención.[59]

—Yo pienso, señor presidente, que cuando algo nos pasa debemos rápidamente repasar la lista de nuestros enemigos para intentar identificar a la persona o personas de las que pudo provenir la agresión. En este caso en particular creo que la respuesta se encuentra en los norte-americanos. En su insaciable avidez por tenerlo todo, dominarlo todo y absorberlo todo, ellos nunca aceptaron la soberanía y la independencia de México; siempre vieron al país como un simple proveedor de materias primas. Ésos son, señor, los culpables. Esos son —exclamó repentinamente el inglés sin haber razonado, como era su costumbre, cada una de sus respuestas—. Cuando se hablaba de petróleo, lo querían todo para ellos; si se hablaba de minería, lo mismo. No querían compartir nada con nadie. Si el punto eran los ferrocarriles, ellos querían el control; siempre han alegado que el verdadero dominio de los mercados no se da sin el control de los transportes; de ahí que desearan vigilar hasta el mínimo movimiento de una rueda de ferrocarril, señor presidente. Ellos nunca quisieron compartir los negocios a los que usted generosamente nos invitó en beneficio de México y cuando vieron su posición inamovible de repartir y compartir, se negaron a ello y se parapetaron en una tendenciosa interpretación de la doctrina Monroe aplicada a los negocios: México para los norteamericanos.

Ahí nacieron los conflictos, señor presidente: en el egoísmo. Bien lo sabe usted, la historia de Estados Unidos es la historia del dinero. En todos los capítulos y en todas las actitudes de la historia norteamericana sólo debemos buscar el papel que jugó el gran capital. No se debe, en ningún caso, extraer ese ingrediente de un análisis objetivo serio. En México, la hipótesis comprobada no podía fallar. Cualquier acontecimiento político interno debemos estudiarlo a la luz del dinero y del interés capitalista americano. Por eso no puedo desvincularlo en su dimisión.

Pearson optó a esas alturas de la conversación confesar honestamente sus sentimientos a Díaz:

—Al surgir la figura de Madero, ellos la aceptan y la promueven porque piensan que él implica una garantía para la inversión extranjera y una protección clara para la norteamericana, pues la ideología revolucionaria de Madero no llegaba más allá de solicitar un cambio en los más altos niveles del poder ejecutivo y una conservación precisa de los términos del *establishment* nacional.

Vea usted —agregó finalmente—, el texto del Plan de San Luis, cuando señala: "En todo caso serán respetados los compromisos contraídos por la administración porfirista con gobiernos y corporaciones extranjeras antes del 20 de noviembre". Los norteamericanos deseaban asegurarse la transición política sin cambios en el orden económico.

Porfirio Díaz dudó momentáneamente. Su instinto político le había enseñado a callar. Había aprendido a la perfección el difícil juego de la discreción; siempre se había arrepentido de algo dicho, pero muy pocas de algo no dicho. Sin embargo, se acordó de su situación personal y no tuvo ya mayor empacho en dejar ver las razones que a su juicio habían sido las causantes de su caída.

—Amigo Pearson, usted ha hecho un análisis objetivo de los hechos —dijo pausadamente el héroe del Plan de Tuxtepec, que derrocara a Sebastián Lerdo de Tejada, igualmente, de la Presidencia de la República—. Cuando se ha llegado a los niveles políticos a los que yo tuve acceso durante tantos años, gracias a la voluntad popular, aprende usted a conocer a sus amigos. Usted sabe quién puede hacerle daño y quién es incapaz de ello. También detecta usted quién tiene la personalidad política y económica para llegar a representar un peligro potencial significativo. Sabe usted a quién temer y a quién retar, así como con quién medir fuerzas y con quién no, ante la supuesta superioridad manifiesta del adversario.

Pearson encontraba fascinante la portentosa personalidad del octogenario exdictador, sobre todo cuando éste manifestó sin cortapisas la concepción que a su juicio los extranjeros habían tenido históricamente de México. Por algo este hombre logró sostenerse durante tres décadas al frente de la Presidencia de la República, pensó para sí.

—Cuando llegué al poder quise hacer de este país un ejemplo latinoamericano. No contábamos con ahorro interno y las finanzas nacionales estaban en quiebra. La moral nacional se arrastraba agotada por el piso después de indescriptibles años de violencia, sufrimientos y privaciones de todo tipo. Cuando llegaron los españoles y conquistaron la Gran Tenochtitlan, venían en busca de materias primas, tres en particular, de importante cotización en Europa: oro, plata y especies. Nunca nadie volvió a venir a México sin esos objetivos, más aún, ampliados a otras materias primas no menos importantes. España vivió artificialmente por muchos siglos gracias al oro mexicano, y digo artificialmente porque se confiaron en esa riqueza y, a diferencia de Inglaterra y Francia, no crearon una industria integrada que realmente fincara los cimientos del edificio manufacturero español que durara para la posterioridad. Vivieron gracias a nuestro oro, y cuando éste se acabó, ellos, que lo habían administrado en forma incorrecta, se quedaron sin él, sin industrias y sin imperio. En fin, usted ve, vinieron atraídos por nuestros generosos recursos naturales, que se utilizaron para financiar el desarrollo económico de otros países y no del nuestro.

El magnate inglés escuchaba azorado la exposición lúcida de Díaz.

Asistía, era perfectamente consciente, a una extraordinaria experiencia histórica, a una lección de alta política cuyo solo recuerdo sería suficiente para justificar su exitosa carrera de petrolero. ¡Cuántos periodistas hubieran dado gustosos todo su patrimonio a cambio de estar presentes en la trascendente entrevista!, decíase mientras trataba de ocultar una leve sonrisa que empezaba a aflorar en sus labios.

—Cuando nos liberamos de los españoles, a principios del siglo pasado, la historia, a propósito, recoge la administración virreinal como virtuosa por la enseñanza empeñosa del Evangelio y el respeto a los indios. Eso me parece una verdadera mentira, porque ellos, se dice, no vinieron a conquistar, sino a colonizar. ¿Usted cree que ellos no mataron a los indios por no sujetarse a los mandatos de la religión? ¿Usted cree que ellos no hubieran hecho de buena gana lo que hicieron los americanos con los pieles rojas? ¡Claro que sí!, pero en ese caso hubieran desaparecido dos millones de indios y ¿quién habría bajado a todas las galerías subterráneas a sacar el oro y la plata? ¿Quién habría sembrado y levantado las cosechas? ¿Gracias a quién se habría mandado a la Metrópoli tantos kilogramos de metales y toneladas de productos agrícolas? La mano de obra indígena sostuvo el imperio español. Sostuvo a Carlos V, a Felipe II y a Fernando VII. La mano de obra indígena permitió que España se sentara por mucho tiempo en el gran concierto de las naciones europeas. ¿Usted cree que iban a matar en ese caso a los indios? Fue mucho mejor que pasaran a la historia como virtuosos colonizadores que no como asesinos, aun cuando hubo muchos casos en que estos últimos calificativos se hubieran adaptado a la perfección a las conductas alevosas y ventajosas de muchos encomenderos.

Pero no me quiero distraer de nuestra conversación, disculpe usted la digresión —mordió una pequeña galleta importada, hecha a base de jengibre, y continuó—: Los extranjeros, decía, siempre han venido interesados en nuestros recursos naturales. Cuando yo llegué al poder eso fue lo primero que quise ofrecerles para llamarles nuevamente la atención respecto a las posibilidades que encerraba nuestro territorio.

Carecíamos de capital. El ahorro externo era nuestra única solución.

Guerra tras guerra, rivalidades políticas internas desde la guerra de independencia hasta finales de la década de los setentas. Intervenciones extranjeras, como la americana y la francesa, corrupción generalizada a todos los niveles del gobierno y guerras políticas fratricidas y deudas públicas exteriores extraordinariamente gravosas habían dejado al país al borde de la inanición. Sólo había un cabo suelto: la inversión extranjera. Fui a ella a sabiendas que solamente un estado político fuerte podría oponerse al poderío económico que aquélla podría alcanzar. Además, pensaba que la diversificación de inversionistas me daría a mí el control político para vigilar sus pasos, evitar el saqueo del país y asegurar mi estancia en el poder a base de impedir el predominio económico de ninguna potencia. (De los mexicanos me encargo yo, iba a agregar, pero se abstuvo del comentario.) El gobierno de Estados Unidos no es más que un conjunto de hombres de negocios verdaderamente voraces que carecen de escrúpulos políticos y de la más elemental escala de afectos.

Yo esperaba, absurdamente, poder controlarlos a base de aplicar mi teoría de la diversificación, pero fracasé totalmente. ¿Dónde reside el poder, Pearson? —preguntó Díaz repentinamente ante la sorpresa realmente inexplicable del inglés—. ¿Quién verdaderamente dispone de él si, por ejemplo, un reducido grupo de empresas controla la mayoría de los recursos petroleros del mundo y juntas asumen la naturaleza total de un gobierno? Insisto, Pearson, ¿dónde reside en estos casos el poder? ¿En la suprema voluntad del pueblo? Bobadas, sólo bobadas; eso va bien para los discursos en campaña por los municipios del país, pero la realidad es muy otra. La gigantesca concentración de poder económico amenaza al Estado y a los hombres o a las instituciones y al país en general. No buscan la filantropía con esos enormes recursos sino más negocios; no existe bien privado, ni estatal, ni federal, ni frontera alguna que los pueda detener cuando han encontrado una presa y una fuente importante de abastecimiento de dólares. Cuando he analizado mi información sobre la economía norteamericana, he caído en cuenta que el petróleo ha traído a las corporaciones la más grande concentración de riqueza privada y poderío económico en la historia de la humanidad. ¿Qué han hecho con ella? Pearson deseaba la presencia de algún alto funcionario del Foreign Office de Londres para que escuchara la charla histórica.

—Vea usted —continuó Díaz—, los diplomáticos propios de la industria petrolera americana confían plenamente en el apoyo de las embajadas de Estados Unidos, en las oficinas consulares, en el Departamento de Estado y en la presidencia misma. Las empresas petroleras yanquis tienen una estructura administrativa igual a la del gobierno americano, obviamente con nombres diferentes. El Secretario de Comercio es el Director de Ventas de la compañía privada; el Tesorero de los Estados Unidos es el Director de Finanzas; el Secretario de Industria es el Director Industrial. De esta forma, de cada puesto hay uno recíproco en el gobierno americano, un interlocutor capaz de entender los problemas y promover la solución al conflicto que impulse las actividades en ultramar. Todos ellos pueden proponer ante sus superiores el uso de la fuerza cuando algún abastecedor de materias primas pretende imponer condiciones para la operación de los grandes trusts.

Sí, Pearson, déjeme decirlo: creo que he sido la primera víctima política de los intereses petroleros en el mundo. Ya Estados Unidos no nos dejará en paz hasta haberse llevado la última gota de petróleo que la naturaleza nos concedió a lo largo de milenios. Ya no sé si en beneficio o en perjuicio de mi país. Entiéndame, a estas alturas ya no sé si es una bendición o una maldición tener petróleo, y no tener capital propio para extraerlo, ni una colosal armada para defenderlo.

Pearson tenía su mirada clavada en los ojos incendiados del ex presidente y no perdía detalle de sus palabras, esperadas por él con tanta ansiedad. Díaz, en su frustración, revelaba la fuerza y personalidad de sus mejores años.

—Yo supe de las andanzas de la Standard Oil en los Estados Unidos durante la época de Roosevelt, y ahora también durante la administración Taft. Me negué, me negué siempre a su participación directa en los negocios petroleros mexicanos. Imagínese usted: sí amenazaban velada o abiertamente al propio Presidente de Estados Unidos, no veo por qué razón no iban a pasar del pensamiento a la acción en mi caso.

¿Qué pasó? Ahí los tiene usted ofreciendo cientos de miles de dólares en efectivo o en armas al candoroso Madero, quien probablemente todavía ignora a estas alturas que un pacto con la Standard Oil es un pacto con Lucifer en persona. Lo sé, porque el Departamento de Estado norteamericano tiene toda la información y yo me las arreglé para saberlo también...

Quieren obtener compromisos con Madero para obtener concesiones que yo no les di y para obtener derogaciones de gravámenes específicos que impusimos a sus filiales en actividades que sabíamos que sólo ellas llevaban a cabo.

Ahí tiene usted también el caso de Pierce, filial de la Standard, su competidor, Pearson, que ofreció 685,000 dólares como ayuda a la campaña maderista ante la ausencia de préstamos que los insurrectos requerían con desesperación para financiar el movimiento. Los miembros del Consejo Directivo de la Standard son los mismos que los de los grandes bancos norteamericanos. Es claro que no le darían a Madero empréstitos, que, al pagarlos, liberarían los compromisos adquiridos. Quieren la dependencia y la sumisión a base del chantaje.

Saben que Madero ya nunca se librará tan fácilmente de ellos. Si aceptaba, se asociaba a la mafia, y si se negaba, se jugaba la suerte del movimiento y hasta su propia vida.

Madero estuvo en los Estados Unidos durante cinco meses y nunca le pudimos echar el guante. Curiosa paradoja: nosotros y los seguidores del maderismo sabíamos dónde estaba Madero, pero el Departamento de Estado lo desconocía oficialmente. Por otro lado, el gobierno de Estados Unidos estaba en contacto con él, si no, ¿por dónde cree usted que llegaban las armas para los revolucionarios en tan enormes cantidades? Por la propia frontera, Pearson, sí, por los propios puntos fronterizos. ¿Qué hizo el Departamento de Estado cuando suplicamos el embargo de armas? Se instaló en una lenta discusión bizantina para determinar si se habían o no violado las leyes de neutralidad internacional. ¿Cree usted que era hora de practicar análisis académicos?

Pearson sonreía y arrojaba un espeso humo blanco aromatizado por el hogar de su pipa. Había logrado conocer más información de la que esperaba.

—Finalmente, para demostrar lo obvio de mis comentarios, concentran en la frontera veinte mil hombres para defender y proteger las vidas y bienes norteamericanos en caso de que el conflicto saliera de nuestro control. Por si fuera poco o insuficiente, enviaron barcos de guerra a los principales puertos mexicanos del Golfo y del Pacífico con carácter de observadores.

Mentiras, Pearson, mentiras y sólo mentiras —dijo Díaz al tiempo que se levantaba y daba unos pasos presurosos para controlar su irritación y se entrelazaba los dedos de las manos en la espalda para no dar un golpe que descubriera el coraje que lo devoraba—. Los barcos y esos soldados estaban allí por mí. Me decían: "Vete Porfirio, vete a la mierda o te mandamos nosotros. Empaca y desaparece antes de que busquemos cualquier pretexto y entremos, como en el 47, hasta el mismísimo Castillo de Chapultepec y te larguemos al mar a punta de bayonetas".

¿Qué podía yo esperar, si había dinero, armas, apoyo militar y logístico contra mí, si el gran capital junto con el Departamento de Estado ya habían emitido su última palabra?

Si el problema sólo hubiera sido con mexicanos, los habría controlado pacíficamente, refundiéndolos en las tinajas más profundas de San Juan de Ulúa. Pero ellos fueron sólo el instrumento. Tras Madero vendría otro como Madero y otro más, hasta llegar a Smith, nombre del virrey de esta futura colonia tropical. Era inútil cualquier derramamiento de sangre, Pearson. El conflicto era conmigo. Si yo me retiraba, se retiraría la flota y también los soldados de la frontera. Eso sucederá exactamente. Los mafiosos del dinero volvieron a ganar la partida, una partida muy cara para los intereses de México. Ahora ya no vendrán por nuestro territorio: vendrán por todos los frutos que produce el suelo y el subsuelo. Ellos decidieron cuándo entrar y entraron; ellos mismos decidirán cuándo y cómo salirse. Un tímido hacendado se las habrá de ver con los trusts más poderosos del orbe. Pobre Madero. Pobre México. Hoy he sido yo. Luego seguirá Madero. Mañana será México.

Porfirio de la Cruz Díaz se embarcó rumbo a Europa, el 31 de mayo de 1911. Con él se iban 34 largos años de historia nacional. ¿Con él se irían las compañías deslindadoras? ¿Las campañas militares del Yaqui y de Yucatán para aplastar a los revoltosos indígenas? ¿Con él se irían la prensa amordazada, las persecuciones, las repentinas desapariciones de personas, los asesinatos, las condiciones de trabajo subhumanas a que eran sometidos los peones y los obreros? ¿Con él se iría el derecho de pernada y el hambre que privaba en el campo? ¿Con él se iría el analfabetismo y la ignorancia?

¿Al irse él volverían las libertades, la seguridad jurídica y las garantías individuales que se requieren en toda comunidad democrática?

Las últimas luces del *Ipiranga* cerraron un amplio capítulo de la historia de México. Muchos pañuelos se agitaban en el aire. Porfirio Díaz volvió a llorar cuando el Puerto de Veracruz se perdió en lontananza.

Ahora era un pasajero más en un vapor alemán.

Francisco I. Madero entró en la Ciudad de México en junio de 1911, dentro de una recepción multitudinaria. Pocos advirtieron la presencia de Sherbourne Hopkins cabalgando a su lado.

III. EL ORIGEN DEL SOL

Madero es un loco, un lunático que debe ser declarado mentalmente incapacitado para gobernar; la situación es intolerable y voy a poner orden. Madero está irremisiblemente perdido.

HENRY LANE WILSON,
Embajador de los Estados Unidos,
el 15 de febrero de 1913.

El acuerdo de Ciudad Juárez fue el último intento de aparición en escena del grupo porfirista. Francisco León de la Barra, Secretario de Relaciones Exteriores a la sazón, era quien, en los términos de la Constitución de 1857, debería suceder en el poder presidencial en defecto del presidente y del vicepresidente Corral, quien había tenido el honroso gesto, que en mucho lo distingue y en mucho más habla del respeto que tenía de sí mismo, de renunciar por telegrama al segundo puesto más importante del país. Limantour, en Europa, ya no quiso tampoco volver, a pesar de los reiterados llamados del anciano Dictador.

Con la renuncia de ambos dignatarios, De la Barra sería en términos legales —valga esta aseveración dentro de un contexto revolucionario— el sucesor para ocupar la primera magistratura del país. Se argumentaba que de no devenir una paz inmediata en el país, Estados Unidos llevaría a cabo sus planes de invasión, para asegurar las vidas y patrimonio de los ciudadanos norteamericanos radicados en México.

Madero, cauteloso y procediendo en contra del consejo y recomendación de la mayoría de los altos directivos del Partido Antirreeleccionista, cedió a De la Barra la presidencia interina para asegurar, según él, la no intervención armada americana. La paz y la llegada del gran líder antirreeleccionista al poder presidencial se llevaría a cabo a través del voto popular y no por la fuerza de las armas. El dinero y el poder político se miraron sorprendidos a la cara.

Hubo confusión en propios y extraños. Todo el país pensaba que no había obstáculo posible que impidiera el acceso de Madero al poder para desmantelar el aparato porfirista hasta dejarlo como un simple conjunto inocuo de piezas sueltas semi destruidas para proceder a la pacificación del país. Acto seguido, el propio Madero organizaría todo un proceso electoral de donde surgiría el presidente constitucional, encargado de ejecutar un amplio programa revolucionario para saciar los apetitos políticos, económicos y culturales de una nación supuestamente lista para el ejercicio real de todos sus derechos ciudadanos.

Los acontecimientos se produjeron en los términos esperados. La reacción, encabezada por León de la Barra, empezó una serie de agresiones persistentes y metódicas, tendientes a desprestigiar el ahora llamado "Enano de Parras", por una prensa porfirista mercenaria, acostumbrada a la subvención estatal, siempre y cuando sometiera el contenido informativo de sus páginas a la censura de las oficinas de prensa de la Presidencia de la República. Las opciones para la prensa siempre habían sido dos: el sometimiento irrestricto a cambio de dinero a la clausura definitiva del periódico, además de un viaje con los gastos pagados a Veracruz, al baluarte de San Juan de Ulúa. La prensa nacional comenzó a desdibujar la figura del derrocador de la dictadura. El dinero fluía. La ciudadanía cedía a todas las aseveraciones.

De la Barra buscaba el desprestigio de Madero para mantenerse en el poder. Aquél representaba el estado de cosas que precisamente se pretendía destruir.

En su carácter de embajador de México en Washington, hizo todo lo imaginable por aprehender a Madero en el territorio nacional norteamericano a través de las autoridades locales competentes. Denunció reiteradamente las violaciones a las leyes de neutralidad por el movimiento maderista. Denunció el envío de armas a México. Denunció la falta de cooperación del gobierno americano en la captura del enemigo político más importante de México radicado en los Estados Unidos. Denunció al propio presidente Taft el tortuguismo del Departamento de Estado y del de Justicia americanos. Denunció públicamente los planes de los revolucionarios para lograr una entrevista entre el presidente Taft y Gustavo Madero. Durante su gestión como embajador en los Estados Unidos, De la Barra siempre demostró claramente ser un opositor acérrimo del maderismo. ¿Qué podría esperarse de él como presidente interino en México, como sucesor directo del Porfiriato ante su enemigo natural? Bloquear, chantajear con toda la exquisita elegancia con que siempre supo destacar en su vida diplomática.[60]

León de la Barra había sugerido al candoroso Madero iniciar negociaciones con Emiliano Zapata, el terco Caudillo del Sur, para lograr la deposición de las armas. Estas conversaciones no sólo le costaron a Madero gran parte de su prestigio político por la sabida intransigencia del de Morelos, sino que, gracias a Victoriano Huerta, casi llegaron a costarle la propia vida.

Zapata quería tierras, no argumentos ni razones. De la Barra se ocupó, por su parte, de boicotear las negociaciones y de difundir, a través de la prensa porfirista, la incapacidad del "Enano de Parras" para sortear una situación tan intrascendente.

El dinero, el gran capital y las fuerzas políticas del país se vieron a la cara con los ojos inquisitivos y asombrados cuando, además de lo anterior, el propio líder de la revolución nombró a Bernardo Reyes, ex ministro porfirista, ex gobernador porfirista, ex candidato del porfirismo a la Presidencia de la República, para el Ministerio de la Guerra. Esta decisión sacudió violentamente a todo el equipo político maderista. El escepticismo empezaba a cundir desordenadamente por cada uno de los poros de su organismo.

—Todos pensábamos que el presidente provisional sería Madero y nos equivocamos. Luego pensábamos que el vicepresidente sería Vázquez Gómez y nos equivocamos. Después supusimos una nueva administración sin porfiristas, pero de corte igualmente capitalista, y nos volvimos a equivocar en la primera parte del pronóstico. Cada uno de nosotros pensó que Madero pacificaría al país para dejar a salvo nuestros bienes y fracasamos de nueva cuenta en el pronóstico.

Vean ustedes —dijo con preocupación McDoheny a la hora del cognac en el University Club, en compañía de otros colegas industriales—, Madero tomará posesión como Presidente de la República el 6 de noviembre de 1911 y a escasos meses de esa fecha sólo hemos recibido sorpresas y sinsabores, que comenzaron con el Convenio de Ciudad Juárez, en el que *nuestro gallo* renunció de hecho a la Presidencia de la República porque, según se comentó, las tropas americanas acantonadas en la frontera constituían una amenaza ciertamente peligrosa para las instituciones mexicanas y para la propia estabilidad del país. Cuentos, cuentos y sólo cuentos. Los preparativos para derrocar a la dictadura se hicieron en territorio norteamericano ante la complacencia de Taft y de la nuestra. Si se concentraron tropas fue para que Díaz entendiera que debería irse, ya que, al mismo tiempo, a Madero lo dejamos hacer y deshacer. Nosotros nunca hubiéramos intervenido, porque nuestro ingreso en el territorio mexicano hubiera sido tanto como retirarle la confianza a los maderistas, oponernos a ellos para colocarnos obstáculos nosotros mismos que en un futuro nos hubiera dificultado cualquier negociación respecto a nuestros intereses. De haber entrado en México lo hubiéramos hecho para apoyar a Madero y éste, por lo visto, no lo entendió, por ausencia de perspicacia política, lo que le sobraba al Viejo.

—Tienes razón, Edward, Madero es un pobre estúpido —repuso el embajador norteamericano también presente.

—Yo me pregunto, querido Henry, ¿qué seguridades nos puede representar Madero a nosotros los extranjeros si no ha podido contener a las hordas del Sur, ni ha logrado la deposición de sus armas y están a un paso del rompimiento a pesar de haberle ofrecido a Zapata la gubernatura del Estado de Morelos y viajes a Europa? ¿Podrá un hombre sin convicciones, carácter y temperamento, proteger intereses tan vastos si ya rindió su propia bandera y la entregó doblada a su propio enemigo, sin razón alguna? —preguntó perplejo McDoheny—. Ha perdido prestigio como vencedor de la revolución. Ya el tiempo nos dirá si sus cualidades son las necesarias para el momento histórico que vive el país.

McDoheny empezó a sonreír. El escepticismo respecto a la capacidad de Madero apareció por primera vez con sutileza en la comisura de sus labios.

Los petroleros ingleses, preocupados por la suerte de sus inversiones, visitaron al presidente electo para conocer de viva voz su proyecto de gobierno en relación a sus muy cuantiosos intereses.

Madero, para satisfacción de los empresarios, confirmó todos los derechos adquiridos durante el Porfiriato, les manifestó su deseo de incrementar sustancialmente sus inversiones en el país y les extendió las máximas seguridades políticas y jurídicas en relación a su patrimonio ubicado en territorio nacional. Asimismo, aprovechó la ocasión, para subrayar la importancia de la inversión extranjera dentro de su programa de desarrollo económico nacional.

Los petroleros ingleses, encabezados por Weetman Pearson, flemáticos como siempre, sin externar sorpresa alguna aseguraron a su vez al presidente el éxito de su gestión una vez confirmada su política económica. Acto seguido le prometieron apoyo y respaldo incondicionales, además del beneplácito de la Corona. Después se despidieron no sin volver a garantizarle el respeto y soporte de cada inglés radicado en México.

Madero pensó para sí que había ganado un aliado para su causa.

Sonrió. "En pocos días haré una declaración pública a la prensa para ensalzar las cualidades de Weetman Pearson", y, efectivamente, la hizo con toda amplitud.

McDoheny y Rockefeller enfurecieron al leer la nota.

El 6 de noviembre de 1911, cuando tomaron posesión como Presidente Constitucional de México, Francisco I. Madero, y Pino Suárez como Vicepresidente, empezó la gran pesadilla de la verdadera revolución. Las sesiones espiritistas no advirtieron la presencia de enormes manchas rojas, ni la presencia de incendios a lo largo y a lo ancho del territorio nacional. Ni los días de luto. Ni las banderas a media asta.

Ni escucharon los lejanos clarines de silencio, heraldos nuevamente del dolor y del duelo en otro capítulo sangriento de la historia de México.

Tan pronto McDoheny tomó el último trago de cognac, Gran Reserva Napoleón, servido en el comedor de la Tolteca Oil Holding Co. en Nueva York, despidió a sus comensales, y tras jalar una puerta corrediza, se dirigió a su lujosa sala de baño, a un lado de sus oficinas, donde tenía dispuesto un sillón de peluquería además de otros efectos personales. El petrolero esperaba ansiosamente las 13:00 horas de cada viernes para dedicar el resto de la tarde al *servicio completo*.

En esos días, el sastre le probaba eventualmente algún traje con los últimos cortes y modelos londinenses. Se dejaba cortar el pelo para lucir siempre la misma presencia física y se hacía arreglar manos y pies.

Acto seguido, entraba al vapor para sudar "los malos humores", en particular los ocasionados por las "constantes estupideces de Sobrino" y remataba la jornada sometiéndose a un masaje japonés en una plancha de mármol blanco, cubierta por una toalla color tabaco oscuro, donde aparecían las iniciales E.D., rodeadas por torres petroleras bordadas en hilo dorado que le recordaban a cada instante las dimensiones de su fortaleza económica.

Después del masaje y de una buena friega con lavanda inglesa, enfundado en una bata de baño del mismo color y decorado de las toallas, se dirigía con una copa de champagne en la mano rumbo a la "estancia nupcial", donde lo esperaba cada viernes una artista diferente de la industria cinematográfica norteamericana en ciernes, envuelta en un *negligé* del mismo color de su bata, el favorito del magnate.

En esta ocasión, una joven rubia esperaba con expresión de preocupación y timidez la entrada de McDoheny a la alcoba. Confundida, no entendía el motivo de su zozobra. No distinguía si su ansiedad era sexual o simplemente respondía al resultado de la entrevista, de la que dependía el futuro inmediato de su carrera, en virtud de los contactos que McDoheny tenía con los productores y directores de la industria del cine. "¿Me recomendará?", se preguntaba mientras secaba el sudor de sus manos al frotarlas delicadamente entre sí.

Su *manager*, un tal Robert Gibson, la había convencido respecto a la conveniencia de conocer al petrolero y empezar a codearse con el gran capital americano, en donde debería encontrar al productor cinematográfico idóneo para empezar a buen nivel su carrera. Accedió. Lo daría todo a cambio de la fama y de aparecer en las primeras páginas de los periódicos de la Unión; de obtener papeles estelares, de ver su nombre colocado en las marquesinas de los grandes cines y teatros del mundo. Todo a cambio de ser una estrella famosa y de aparecer en las portadas de las revistas con más circulación en los Estados Unidos.

Algún precio debería pagar a McDoheny para tener acceso al estrellato. No sabía si se trataba de un hombre bien parecido o no. Si era gordo o flaco, alto o bajo, simpático u odioso o si era un maniático sexual que la haría sufrir lo inenarrable. Tampoco sabía si sería educado o grosero, romántico o agresivo. Esas dudas la carcomían. Sabía que las tendría cuando aceptó la invitación del *manager*. Y se agudizaron cuando la secretaria de McDoheny le entregó un *negligé* usado para que se lo pusiera antes de su entrevista con el *boss*, después de un baño obligatorio y de ciertos toques estratégicos con el perfume favorito del petrolero.

Se encontraba hundida en un gran sillón al lado de la cama, semidesnuda y con 100 dólares en su pequeño bolso de mano, entregados previamente como parte del pacto, sin entender todavía que su malestar se encontraba en la traición a sus propias convicciones, cuando McDoheny se presentó con su cabellera canosa, perfectamente cepillada y peinada, su bata color tabaco y su copa de champagne. Las arrugas de su rostro endurecido aparecían más marcadas que nunca y reflejaban fielmente el perfil de su temeraria personalidad. Cada una era una cicatriz obtenida a lo largo de muchas batallas por la conquista de la industria petrolera y en los campos industriales, político y financiero.

Helen se sintió invadida por una gran inseguridad tan pronto vio los ojos inexpresivos del magnate y su rostro inescrutable.

McDoheny la miró a la cara. "Vaya, parece que Gibson se equivocó y se fue al *kindergarten* en lugar de Hollywood", dijo tan pronto la muchacha bajó la vista después de su ingreso en la alcoba.

No pudo contestar. Se sentía terriblemente incómoda, como una colegiala idiota. ¡Ay, las marquesinas!

—¿Qué dices? —preguntó McDoheny ante el silencio de la futura actriz, mientras colocaba las almohadas de la cama junto a la cabecera y procedía a descalzarse.

Había captado de inmediato la inexperiencia de Helen, lógica a su edad. Este descubrimiento lo excitó y lo llevó a hacer aún más difícil el papel de la futura actriz. Mientras más trabajo le costaba a ella vencer sus propios principios, sus resistencias morales, su miedo a lo desconocido, mucha más provocación y placer experimentaba McDoheny.

El famoso magnate disfrutaba cuando derribaba uno a uno los valores morales de las personas que encontraba a su camino. Gustaba introducir su mano grosera en las zonas más íntimas de la personalidad de quienes lo rodeaban, juguetear a su antojo con sus fibras más delicadas hasta hacerlas un nudo y probar cómo los más caros principios del individuo, donde reposaban los pilares de su estructura moral, no pasaban de ser simples soportes sentimentales endebles, susceptibles de ser derribados al menor soplido.

Se solazaba en desenmascarar a la gente para demostrarle la fragilidad de todos sus valores ante la sola aparición aplastante de los intereses materiales y políticos. "Todos tenemos honor y dignidad, mientras no tenemos necesidad de exhibirlos y ponerlos a prueba. La gente es basura, se decía siempre para sentirse bien. Todo es un juego de caretas y de nombres. Ofrécele dinero o la reelección al político. Cuando acepte verás que detrás de su careta no se escondía sino el rostro de la corrupción. Sus ropajes humanitarios con los que se viste todos los días no son más que un ropaje de oropel. Siempre antes la vanidad y el poder que la ejecución valiente de los principios. Siempre antes un monumento. O una página en la historia, que la aplicación de los ideales. Basura, sólo basura. Ve a la mujer que se desplaza inaccesible por todos los medios sociales con una imagen ejemplar; ofrécele poder, dinero y prestigio y será tuya. Quítale después la careta: ¿qué es sino una puta? Sí; mil veces puta. Sólo mentiras y basura. Por eso desenmascarar a la gente me produce placer, sobre todo cuando a través de su sufrimiento veo surgir gradualmente su verdadero rostro."

McDoheny se recostó sobre la cama y descansó la espalda y la cabeza sobre las almohadas hasta quedar cómodamente sentado, como quien se dispone a disfrutar de un gran espectáculo.

—Ponte de pie y desnúdate —tronó con voz cortante el petrolero sin dar posibilidad de discusión—. Quiero que camines sobre este lado de la habitación para que yo te vea y pueda constatar si vales o no la pena. Después te quiero desnuda, sin aretes siquiera, parada sobre ese sillón rojo de terciopelo y las manos sobre la cabeza. En ese momento decidiré si te vistes de nueva cuenta o te acercas para tener el privilegio de hacerme feliz —exclamó el industrial pudiendo apenas contener el arrebato libinidoso que lo devoraba. No podía siquiera contenerse. Quería saltar encima de la muchacha para violarla al modo cavernícola. Sentía en el cuello los apremiantes latidos de su corazón, que más bien parecían bombear semen, su semen, la semilla de la vida con la que muchos cientos de miles de mujeres desearían ser fecundadas para alimentar la esperanza de una descendencia capaz y próspera. "Si esta chica resulta embarazada y da a luz un varón, tendrá asegurado su futuro económico sólo con que el niño herede algo de mi inteligencia y mi capacidad", pensó para sí, mientras sonreía irónicamente.

Helen lo miró con ojos suplicantes y confusos. Esperaba ser despojada de su breve indumentaria durante la iniciación de las caricias. No esperaba una conducta tan cruel y poco comprensiva. Era ponerse frente a un espejo que reflejaría de manera atroz hasta el mínimo de sus defectos. Pensó desistir. McDoheny la hacía sentir lo que ella no era. No habían existido las palabras suaves y la conversación amable que anteceden a la relación amorosa para hacer las veces de conquista.

No hubo ceremonias previas. Se sintió humillada. No podía moverse del asiento. Quiso llorar. Recordó los cien dólares. Recordó las marquesinas, su rostro sonriente en una revista prestigiada...

Se puso de pie lentamente. Retó con la mirada a McDoheny. Lo vio con insignificancia. Se creció. Lo miró con desprecio tan pronto intuyó la actitud del millonario. Sin quitar los ojos desafiantes del rostro lúbrico del petrolero, se llevó la mano al pequeño listón que unía ambos lados del famoso *negligé*. Y cuando se disponía a soltarlo, el teléfono empezó a sonar.

—Continúa —ordenó McDoheny—. No te detengas. Aquí sólo me llaman cuando es algo verdaderamente grave. Debe ser un error.

Helen soltó el breve nudo. Ante los ojos ávidos de McDoheny aparecieron unos senos robustos, bien proporcionados y juveniles.

El teléfono siguió sonando. Molesto, McDoheny decidió contestar. Era Sobrino. Tenía urgentes noticias de México, dijo su secretaria.

—¿Qué noticia puede ser tan importante de cualquier lugar del mundo que no pueda esperar quince minutos? —contestó irritado. —Le urge, por eso me permití molestarlo —recalcó la secretaria.

—Que llame en 15 minutos más y dígale que si no es más que una de sus estúpidas preocupaciones que vaya haciendo las maletas, pero para irse a la mierda.

Colgó el teléfono con irreflexiva violencia.

Helen trató de sonreír. No se dejó impresionar. Sabía que la llamada lo había sacado del juego y ella ahora tenía las ventajas de las que había carecido antes.

—Si usted lo desea nos podemos entrevistar en otra ocasión, señor McDoheny. Tiene usted fama de ser un amante fogoso, pero me temo que esa llamada lo descompuso. En otra oportunidad podremos conocernos a plenitud.

Helen quiso retar al ejecutivo. "Si él hace su mejor intento para demostrar su virilidad y fracasa, me deseará volver a tener y ahí lo haré dependiente de mí." McDoheny siguió murmurando y apenas si escuchó a Helen.

—Ni hablar —exclamó—. Soy dueño de mí, mocosa, mil veces antes de que tú nacieras. ¡Acércate! —tronó.

Mientras arremetía cada vez con más ímpetu y después con evidente coraje, McDoheny pensaba sólo en Sobrino, en su alarmante incapacidad para tener la menor iniciativa brillante. Helen, por su parte, receptiva y difícilmente tolerante, sólo oía aplausos, todos los aplausos, inclusive los del graderío. Dejaba hacer al petrolero mientras ella se proyectaba fugazmente al estrellato. "Este idiota no podrá más que yo", se dijo, mientras McDoheny, a su vez, pensaba en Sobrino.

"¿Qué habrá pasado? ¿Estallaría otro pozo? ¿Nos habrán desfalcado?"

Madero estaba bajo la lupa. Era observado en cada uno de sus movimientos con singular atención, particularmente por los bandos americanos e ingleses, quienes no escatimarían la aplicación de cualquier recurso a cambio de la conservación y protección de sus intereses. La invasión francesa en México había constituido una seria advertencia para el imperio británico, aún por aquellos días en que gozaba la plenitud de su apogeo. En los 40 años que siguieron a los sucesos del Cerro de las Campanas y a la Guerra de Secesión norteamericana, Estados Unidos había advertido un crecimiento económico espectacular en comparación con el resto de los países del orbe, el cual sería constatado muy pronto. La historia de Norteamérica sería la historia del dinero, del capital. Toda la política de Estado sería diseñada en función de los negocios, es decir, trazada para detectar, desarrollar y proteger fuentes diversas de captación de recursos económicos para financiar el promisorio imperialismo americano. La especulación y la ganancia animaban a los gobiernos privados de las grandes corporaciones y al gobierno público de los Estados Unidos, firmemente vinculados uno a otro en la obtención de utilidades a través de dos polos de poder, mediante los cuales, en forma conjunta y combinada, tratarían de controlar el mundo para ejercer un nuevo concepto de hegemonía económica. El polo político era, sin lugar a duda, Washington. El financiero, Wall Street. Al correrse el telón del siglo XX comenzaría una gran función para un gigantesco auditorio que, sorprendido, asistiría a la primera gran representación práctica del capitalismo contemporáneo en su más pura expresión.

Todo el poder político y económico del Estado y todo el poder político y económico de las empresas privadas se había lanzado agresivamente a la conquista de mercados y a la obtención indiscriminada de ganancias.

Durante el maderismo, Inglaterra trataría de conservar su patrimonio y proteger sus intereses mexicanos, pero sin obrar impunemente, y no porque el gobierno mexicano fuera a sancionar su conducta, sino porque los Estados Unidos se encargarían de hacerlo, no precisamente porque tuvieran un respeto escrupuloso por la nación mexicana, sino porque, a su vez, ellos deseaban el control de las bridas de la economía de México. ¡América para los americanos!, sentenció Monroe. Inglaterra trataría siempre de negociar, no porque temiera un enfrentamiento con los Estados Unidos (del que mucho se cuidaría), sino porque podrían perder otros puestos de no menos importancia en el mundo, en los que ya hacía acto de presencia el gigante norteamericano. No eran convenientes los extremos. Había otros intereses que tutelar en el mundo. Mejor negociar.

Estados Unidos no le quitaba la vista de encima a Madero, mientras miraba con atención a Inglaterra y a Alemania. Por su parte, los estados europeos no retiraban la vista de los ojos inquietos del Tío Sam, mientras observaban con atención a Madero.

Además de estos espectadores, había otros no menos interesados en el evento político de México en los umbrales del siglo XX. Uno de ellos, el ahora retirado general Victoriano Huerta, charlaba animadamente con otros colegas respecto a la injusticia cometida por Madero al haberlo congelado prácticamente de toda actividad militar para permitirle el restablecimiento completo de la enfermedad de los ojos que le había afligido durante casi toda su existencia. Efectivamente, las cataratas le impedían proyectar el brillo natural propio de los humanos, para parecer más bien un viejo escualo extraviado en las profundidades del océano.

Los interlocutores se encontraban vivamente interesados en escuchar los puntos de vista políticos del soldado michoacano respecto a la salida del presidente Díaz y el acceso al poder de Franciso I. Madero. Siempre escuchaban a Huerta con respeto, en función de su carrera y de su genio militar. El hoy general había pasado los primeros años de su vida jugando en el río Colotlán, junto con otros niños huicholes y tecos de la región. Antes del castellano había aprendido a hablar el dialecto huchichil, que nunca olvidaría y al cual siempre recurría en las horas de arrebato, pues normalmente se desahogaba o hacía cuentas en su lengua natal. Había escalado meteóricamente, gracias a su extraordinaria vocación militar, los más codiciados puestos de la Secretaría de Guerra, gracias también al apoyo brindado por el general Bernardo Reyes.

—Cuéntanos, Victoriano, cuéntanos cómo viste durante tu viaje a Veracruz a nuestro general Díaz antes de abordar el *Ipiranga*. ¿Volvió a llorar, como ya era su costumbre, por sentirse incomprendido o estaba encabronado porque lo habían logrado derrocar sin disparar prácticamente un tiro? —preguntó, cómodamente instalado, uno de sus interlocutores del lujoso club de oficiales del ejército mexicano, decorado entre otros menesteres a base de enormes retratos de cuerpo completo de militares de carrera regiamente uniformados, cuya gloria originada en los éxitos de campaña, siempre quiso destacarse para efectos de la posterioridad en las paredes del selecto instituto.

—Nosotros no creemos que la revolución lo haya derrocado, sino que el viejo zorro de mi general algo vio que lo hizo desistir de cualquier intento de lucha.

—¿Por qué prefirió retirarse sin dar casi pelea?

—Nuestro ejército, por otro lado, ya sólo servía para ir a calmar a puro chingado indio encaprichado.

—¿Crees, Victoriano, que fue ésa la razón?

—Tú mismo —insistió otro de ellos— fuiste a poner en orden a los yaquis y luego a los malditos mayas. Mi general Díaz sólo usó el ejército para aplastar pequeñas revueltas regionales que terminaban al tronar el primer cuete, cuando todos corrían a esconderse en los jacales.

Sólo a los muy machos les metíamos bala para que los demás se quedaran quietecitos. Yo usé muchísimas veces más mi traje de gala que el de campaña.

—Eran más bonitas las fiestas en el Castillo de Chapultepec —agregó Huerta— que ir a echar bala a la Sierra y sufrir las incomodidades de la guerra. Por eso Madero pudo el año pasado tomar Ciudad Juárez, porque ya nadie de nosotros había estado en batallas, salvo las meras buenas cuando sacamos a patadas al tal Lerdo de Tejada del poder. Los pelados que defendieron Ciudad Juárez eran reclutas, nuevos casi todos; salvo Navarro y algunos de sus hombres que sí sabían de qué iba. El resto eran "novatos", muy mal adiestrados. Cuando mi general Díaz pacificó el país, supo que de nada le serviría un ejército de primera. Nunca lo utilizaría. Nada más que no contó con que se le iba a aparecer el "Enano de Parras" y que lo iba a lanzar de la silla presidencial.

—Eso nos pasa por no tener un ejército en condiciones, aunque no sirviera para nada, pues ya ves, Victoriano, que a la larga siempre nos hubiera sido útil. Ahora nadie de nosotros está en el poder y vete a saber qué programa traiga para nosotros Madero, si cuenta con dos ejércitos diferentes. El nuestro y el, quesque llaman, revolucionario. Lo que me preocupa es que no cabemos los dos. Si a ellos los meten a la nómina a nosotros nos van a licenciar. Por otro lado, tampoco me llama la atención entrar al restaurante del alto mando militar y tener que compartir mi lugar con un huarachudo que ya se dice general y que ni siquiera sabrá leer y escribir, ni mucho menos fue al Colegio Militar.

—Esos sujetos desprestigian nuestra institución sólo con el olor que despiden. Yo no voy a llamar "general" a un maldito robavacas que apesta a demonios y que su único mérito para tener el grado fue haber cabalgado media hora al lado de Madero. No voy a resignarme a que me licencien, ni voy a compartir el Club de Oficiales con cuentachiles que nunca han comido caliente. De modo que yo quiero acción, Victoriano, y además, la deseo de inmediato y bien acompañada.

Huerta sonreía maléficamente.

—Se ve, Hermenegildo, que andas caliente con el tema. Debes tomar en cuenta que son tan mexicanos como tú y yo…

Hermenegildo lo miró sorprendido. Huerta soltó una sonora carcajada.

—Mira, manito, mejor déjame contarte nuestro viaje a Veracruz aun cuando sea brevemente. Yo iba muy preocupado, porque temía que volaran la vía para agarrarnos luego a fuego cruzado. Las tropas que yo llevaba para proteger a la familia de don Porfirio y sus decenas y más decenas de baúles hubieran sido insuficientes si los maderistas nos hubieran tendido una emboscada bien estructurada. Para nuestra fortuna sólo tuvimos un tiroteo aislado sin mayor importancia. Don Porfirio estaba realmente demacrado. Todo se le juntó. La renuncia que tanto trabajo le costó firmar. La decisión en sí misma. La pérdida de su prestigio. Un asesino a sueldo. Alguna venganza pendiente. Ya sabemos que siempre se debe por ahí una que otra y en cualquier momento te puedes encontrar con el padre de la criatura que te viene a ajustar cuentas. Cuando llegamos al andén de Veracruz, no sabes cuánto descansé, no tanto porque se pudieran echar al viejo, sino porque en la refriega siempre hay muchas balas perdidas y un tren pegado al suelo es un blanco perfecto para un artillero. Pero aquí me ves, al frente de esta botellita de cognac.

"No podrá con ellos", decía don Porfirio moviendo negativamente la cabeza. "No podrá", repetía una y mil veces. "Él sacó a los potros del potrero, a ver quién es el macho que los vuelve a guardar. Sólo yo podía controlarlos, lo demostré por treinta y cuatro años. Yo sí sé cómo jalarlos para detenerlos antes de la estampida", repetía y volvía a repetir el viejo. Luego y después de ver un rato el paisaje, volvía a lo mismo, pero con otras palabras: "Madero soltó un tigre. Ha soltado un tigre que se lo va a comer a él mismo".

"No se ha dado cuenta de lo que hizo. Cuando me vino a ver para regalarme su librito de la *Sucesión Presidencial* todavía pensaba que yo me iba a levantar a abrazarlo por su valentía y agudeza política. Es un hombre bien intencionado, más emotivo que inteligente, pero no sabe lo que se le viene encima. Es un soñador, un iluso. Madero soltó un tigre. Pobre Madero. Pobre México. ¡Cómo me llorarán! ¡Cómo me llorarán! Madero soltó un tigre". Eso lo repitió mi general Díaz todo el trayecto. A veces lo decía aun solo. No lograba explicarse el futuro de México sin él. Nunca olvidaré sus palabras. Realmente me impresionaron. El viejo era un chingón.

—¿Pero, estaba triste?

—Muy triste. Hablaba solo y no dejaba de repetir lo mismo día y noche, con la vista fija en un solo punto.

—¿Y lloró mucho?

—Bueno —cortó Huerta—, ¿vinieron a confesarme o a hablar del pinche enano ése lunático?

—No, Victoriano.

—Pos claro que no. ¡Muévanse, carajo! Hablen con el presidente.

Nosotros tenemos formación académica, sentido de la disciplina y respeto por las instituciones nacionales que supimos tutelar durante treinta y cuatro años de gobierno de mi general Díaz. Ahí tiene la mejor muestra de la lealtad del ejército. Treinta y cuatro años de paz porfiriana. ¿Por qué no vamos a poder mantener seis de paz maderista? Nosotros, el ejército, somos los guardianes de las instituciones nacionales y las defenderemos con cualquier medio a nuestro alcance. Nunca debe olvidarse que somos profesionales de la guerra, milicianos de carrera y no forajidos de las milpas, llegados a generales. Deben licenciar a esos muertos de hambre, ponerlos otra vez tras de la yunta y dejarnos a nosotros cumplir con el negocio de la guerra y la seguridad del país.

—Ya sé, Victoriano —repuso entusiasmado Hermenegildo—, ya sé a quién veré para explicarle nuestra conversación. Según el resultado de mi plática te daré el nombre del contacto. No quisiera comprometerlo por ahora —agregó satisfecho.

—Nada más no me metas a mí en el ajo. Yo lo negaré todo. El presidente la trae conmigo. Piensa que yo puse en peligro su vida, que casi intenté matarlo cuando él se encontraba negociando con Zapata en Morelos. León de la Barra me había mandado a Cuautla para barrer con el zapatismo. El presidente creyó que Zapata podría haberlo fusilado ahí mismo por traidor. Desde entonces cree que yo comprometí su vida y el éxito de sus negociaciones. No me lo puede perdonar y por eso, con el problema de mi catarata, encontró pretexto ideal para sacarme de la jugada sin pensar que yo no tenía autoridad para mover un número tan importante de tropas.

Huerta tomó de nuevo la botella. Iba a beber de nuevo pero se detuvo. Miró cómo lo observaban boquiabiertos sus compañeros. Entonces apuró otro trago largo a pico de botella. Se rió y luego continuó.

Sus palabras tenían la malicia que siempre le reconocieron como fruto de su genio militar.

—Pero Madero no se equivocó. Efectivamente todos supusimos que Zapata lo fusilaría al sentirse traicionado y que se quedaría León de la Barra finalmente como presidente. Nos falló, pero yo no armé el plan. Lo armaron allá arriba —dijo al tiempo que señalaba al cielo con el dedo índice. Todos rieron esta vez por su ocurrencia mímica. "¡Ah, qué Victoriano!", exclamaron en coro.

—De modo que mi nombre ni lo cites. Digan ustedes que me retiraré para dedicarme a la agricultura porque considero extinguida mi carrera política.

—Todo se arreglará, Victoriano, si tocamos a la puerta correcta. ¿Ya viste, a propósito, el gabinete de Madero? Toda la familia está instalada en puestos clave. Volvieron Los Científicos, pero con otros nombres. Ve por favor esta lista:

PRESIDENTE DE LA REPÚBLICA: Francisco I. Madero.

—Hasta este momento —agregó Hermenegildo— no tengo ninguna observación, salvo que él nunca debió llegar a ocupar ese puesto, sino mi general Bernardo Reyes.

JEFE DEL GABINETE, SIN CARTERA: Gustavo Madero.

—Hermano del presidente. Como ustedes verán, es el pariente consentido quien manejará la política —aclaró el general.

SECRETARIO DE HACIENDA: Don Ernesto Madero.

—Primo del presidente. La segunda cartera más importante se la da a quien señaló que Limantour había dejado la Secretaría como un relojito bien aceitado. ¡Imagínate!

SECRETARIO DE GUERRA: González Salas.

—Otro primito, Victoriano. ¿No es el colmo? Otro primo en el gabinete. Éste controlará el uso de la fuerza y vigilará que hasta la última migaja de pastel sea para los Madero.

SECRETARIO DE AGRICULTURA, COMERCIO E INDUSTRIA: Don Rafael Hernández.

—Primo del presidente, ¡no faltaba más! Es conocido el parentesco de don Rafael con los Madero. En sus manos, los latifundistas del país podrán estar tranquilos: el nuevo Secretario es uno más de ellos y sólo por esa razón es de garantizarse la no repartición de un solo metro cuadrado de terreno a ningún campesino.

SECRETARIO DE RELACIONES: Manuel Calero.

—Este ilustre personaje, sin ser de la familia, fue, durante el gobierno de mi general Díaz, Presidente de la Cámara de Diputados.

—Ya ven ustedes, sólo cambiaron o de nombre o de puesto. Todo continuará exactamente igual. Sólo que en este caso Calero fue empleado incondicional de Edward McDoheny, quien es uno de los principales petroleros norteamericanos, dueño de enormes superficies de terreno y propietario de grandes yacimientos petroleros, además de accionista importante de los ferrocarriles mexicanos. Este hombre es una piedra clave para el comercio y la industria norteamericana; está cerca del Departamento de Estado norteamericano y es el que, se dice, ayudó en forma importante, junto con la Standard Oil, al financiamiento de la campaña maderista a través del abogado americano Hopkins, quien ha estado involucrado en buena parte de las revoluciones o movimientos políticos latinoamericanos, con arcones llenos de dólares para financiar los grupos de interés político del capital norteamericano.

Pues bien, este señor Calero, hoy Secretario de Relaciones Exteriores del presidente Madero, se dice que tiene tres teléfonos en su escritorio. Uno para hablar con el Presidente de México, otro para acordar con el Departamento de Estado americano y el otro para recibir instrucciones del tal Edward McDoheny, su jefe de siempre —sonrió sarcástico—. No me opongo a que un nuevo grupo de científicos se llene las bolsas de dinero a base de vender el país a los gringos. No. Que hagan lo que quieran a cambio de dos condiciones —sentenció el soldado—. Que no se metan con el verdadero ejército mexicano y que nos dejen hacer, aun cuando no nos den.

La violencia estalló prematuramente en contra del gobierno constitucional de Francisco I. Madero. Emiliano Zapata encabezó el movimiento a sólo tres semanas de haber accedido aquél al poder. Era el 28 de noviembre de 1911. El resultado de las negociaciones agrarias, sostenidas entre ambos líderes, fue publicado en forma abrupta por el intransigente Caudillo del sureste, ante la sorpresa de los espectadores interesados en los asuntos políticos de México. Zapata anunció a través del Plan de Ayala el desconocimiento de Francisco I. Madero como jefe de la revolución y como Presidente de la República, precisamente por traicionar el Plan de San Luis al no haber procedido en forma inmediata a restituir tierras a los campesinos, quienes lo habían apoyado a sangre y fuego para alcanzar la primera magistratura. Además, se le desconocía por haberse rodeado de miembros del porfirismo, opositores a los principios políticos sostenidos por el zapatismo.

Era un llamado a la violencia, inoportuno en un momento político en que el propósito fundamental del gobierno consistía en pacificar al país. Era un claro voto de desconfianza en el sector más extremista del movimiento realmente revolucionario. Era una llamada de atención para quienes veían en el nuevo régimen una extensión del sistema de canonjías y privilegios del Porfiriato, y una sonora campanada para el grupo en el poder y sus millonarios intereses.

El día de la publicación del Plan de Ayala, un Madero acongojado confesó sus sentimientos a Sarita, su encantadora esposa:

—Necesitábamos darles libertad y no pan. Ahora tienen libertad en todos los órdenes, como ellos lo desean, en los medios de comunicación que ellos escojan. No me opondré a la crítica periodística ni a la pública en cualquiera de sus manifestaciones. Cerraremos las cárceles políticas y terminaré con las persecuciones de aquellos que no coincidan con mis ideas. Existirán garantías democráticas para hacer valer las inconformidades políticas y evitar desde siempre el recurso de las armas. No quiero armas en mi gobierno. Para eso están los códigos, los jueces, la corte, la Cámara de Diputados, para que la sabia decisión nacional sea a favor de las mayorías, para que en ellas y sólo en ellas recaiga todo el bienestar material y cultural que el Estado pueda generar en su provecho. Como yo mismo le dije a Zapata: "¿Para qué quiere usted la tierra, si no goza usted de la libertad y de seguridad jurídica? Primero debe usted tener estabilidad y confianza. El pan vendrá luego, el pan es un accesorio de la libertad, es su consecuencia lógica. ¡Usted lo tendrá todo si no altera el orden de los acontecimientos!"

Ambos personajes habían charlado a la sombra de un enorme laurel de la India, sentados incómodamente en dos equipales improvisados rápidamente para efectos de la entrevista a un lado de Cuautla, en el próspero Estado de Morelos.

—Pero se negó, Sara. Se negó con una terquedad que hubiera irritado al negociador más accesible y piadoso y ahora me humilla con el Plan de Ayala, en donde me desconoce como Presidente de la República. No quiso que su causa se condujera a través de las instituciones federales. No creyó en ellas ni aceptó que fuera ésa la vía para satisfacer las pretensiones del noble grupo que abandera. ¿Qué me queda, Sarita? No quiero ni pensarlo. Tengo que empuñar, al igual que Zapata, las armas para que entienda y acepte la superioridad del Estado y se someta a sus designios. No quiero sangre ni violencia en mi gobierno. Sólo quiero el imperio de la ley. ¿Será posible que los seres humanos no podamos entendernos civilizadamente y tengamos que arrebatarnos por la fuerza lo que a nuestro juicio nos corresponde, sin darnos cuenta que caemos en un círculo vicioso, de donde saldrá siempre victorioso el más fuerte y siempre perdedora la razón? Son elementos distintos de defensa y yo he fracasado porque no logré llevar a Zapata al terreno de la razón. Ahora deberé someterlo por la fuerza de las armas. No te puedes imaginar el dolor que me ocasionaría la noticia de la muerte de Zapata en un combate. Es un individuo valioso, profundamente convencido del papel que representa para con los suyos.

Sara colocó sus pequeñas manos en la rodilla derecha del Presidente de la República sin pronunciar una sola palabra y sin apartar su mirada de los ojos inquietos de su marido.

—Entiende, Pancho, que les han robado su principal patrimonio, su tierra, y que nunca vieron la posibilidad de recuperarla. Creo que mientras no se vuelvan a asentar nuevamente en ella no abandonarán las armas. Su pretensión es la tierra. No han entendido tus ideas respecto a la libertad, sin la cual, desde luego, volverían a perder su patrimonio a manos de otro usurpador que ellos no puedan contener.

—Quiero por eso una tregua —exclamó Madero acongojado, vivamente necesitado de una negociación, de una transacción que le diera tiempo y margen de maniobra—. Yo les daré la tierra que ellos desean. Yo lo haré. Creo que podremos hacerlo tan pronto el país genere los recursos suficientes para satisfacer esa y todas las necesidades no menos importantes. Ahora bien —agregó Madero analítico, Madero el Presidente de la República—, si en lugar de dedicar todo ese esfuerzo de mi gobierno a desarrollar integralmente el país dentro de un ambiente de paz y prosperidad, con el que le daríamos gusto a don Emiliano, tengo que concentrar mi atención y escasa capacidad económica en someterlo, entonces esos dineros, destinados en principio a caminos, puentes, escuelas, puertos y riego, los deberé invertir en la matanza de mexicanos, de zapatistas, para quienes deberían ser todas esas obras y otras tantas que deberíamos hacer. ¿Te imaginas? En lugar de comprar pupitres para alfabetizar a los niños indígenas tengo que comprar cartuchos para matar a sus padres. Es una horrible paradoja del destino. Los escasos fondos que tenemos no podemos invertirlos en obras de interés social y económico para rescatar al país del hambre sino en cañones para someter a quien sólo pide pan y justicia. Quiero importar maquinaria, no máuseres —concluyó Madero, frustrado dentro de los estrechos límites de su impotencia.

—Si la razón está contigo, como de hecho está —le contestó Sarita con ternura—, Dios nuestro Señor que es justo, se encargará de dártela. No te dejará solo. Sólo por eso te puedo decir que debes estar tranquilo.

Madero volteó la cabeza y pudo ver a través de la ventana el viejo acueducto de Chapultepec.

—Espero que sea pronto —dijo abstraído mientras se alisaba las breves barbas.

Henry Lane Wilson también acostumbraba a ventilar sus puntos de vista políticos con su esposa, lo que sucedió muy a menudo en aquellos días de efervescencia.

—Siempre te lo dije. El sistema impuesto por el porfirismo era más conveniente para nuestros negocios. Si no hubiera sido porque Díaz se puso a coquetear con los capitales europeos y con Japón, además de sentirse líder latinoamericano, todavía estaría en el poder. Ése fue su gran error. Don Porfirio no debió complicar la situación. Él debió habernos dejado continuar con nuestro creciente ritmo de inversión, sin fantasías ni prejuicios. Somos sus vecinos geográficos y por la misma razón debemos ser, naturalmente, sus mejores clientes. Juntos habíamos ya hecho un gran papel. Pero ni hablar. Don Porfirio ya se fue y ahora este hombre sólo me da dolores de cabeza. Lane Wilson observaba la escasa atención que su esposa dispensaba a sus palabras; ésta se mostraba prácticamente indiferente.

—¿Sabes cómo veo a Madero?

—Ya me lo has dicho mil veces, Henry —agregó la señora sin soltar las agujas ni despegar la mirada de su tejido.

—Lo veo como a un niño de cinco años jugando con una pistola Colt 45 cargada y apuntando para todos lados sin darse cuenta del peligro —volvió a repetir sin escuchar aparentemente a su esposa.

—Mi querido Henry —dijo la señora Wilson cansadamente, con el ánimo de tranquilizar a su marido—, tu carácter nunca te ayudará a ser un buen político. Por todo te irritas. La serenidad en el análisis —agregó la señora Wilson como quien lee apáticamente un manual—, la objetividad en los reportes de un diplomático, son cualidades altamente apreciadas por los superiores. Tú di la verdad —dijo sin voltear a ver a su marido, quien difícilmente toleraba ese lenguaje doctoral y reiterativo de su esposa cuando ella analizaba su desempeño profesional—, estás enojado con Madero porque ordenó la cancelación de los dos mil dólares mensuales de ayuda que don Porfirio te entregaba con toda puntualidad.[61] Nos dijo que no y desde entonces no has podido reponerte.

La señora Wilson era una mujer de pocas palabras. Sus mensajes siempre eran concisos. Su marido apenas podía soportarla, en particular cuando ella decidía ser sincera.

—No me vengas ahora a decirme —reventó Wilson frenético— que mis convicciones respecto a Madero se fundan en la cancelación de esa ridícula ayuda que, además, no nos servía para nada.

—Di la verdad, querido —dijo la señora Wilson con tranquilidad, mientras dejaba su tejido en una mesa al lado de la fotografía de su marido con el presidente Taft—. Ese dinero, y tú bien lo sabes, nos salvó en más de una ocasión de los gastos de todas las recepciones que damos para obtener mejores posiciones de influencia dentro del Cuerpo Diplomático.

—Yo no manejo tus finanzas, ni me interesa. Probablemente te has administrado mal y ahora vienes a cargarme a mí con las culpas de tu ineficiencia —respondió Wilson queriendo agredirla. La señora Wilson no acusó ningún golpe. Analizaba detenidamente los últimos puntos de su tejido. Abrumado, Wilson continuó hablando más bien para justificarse—. Lo que yo pienso de Madero está debidamente apoyado en su política, que atenta claramente contra los intereses norteamericanos. Está jugando con fuego. Te lo voy a demostrar, como lo haré con el propio Knox, del Departamento de Estado. Así dejarás de llamarme irreflexivo.

La señora Wilson vio el techo, invocando paciencia, y suspiró.

—Analiza lo que ha pasado desde que asumió el poder. No pudo someter a un sombrerudo iletrado como Zapata, que nunca ha comido caliente en su vida. Sin embargo, tiene todos los sistemas a su alcance para mandar asesinarlo y pacificar al país. Tiene dinero para comprarlo. Tiene un ejército para derrotarlo. Tiene todavía una buena policía para secuestrarlo y mandarlo a San Juan de Ulúa. Y ¿qué hace? A ver, dime qué ha hecho. Sentarse a platicar con ese imbécil para convencerlo de los inconvenientes de seguir luchando.

La señora Wilson no externaba ninguna opinión. Guardaba un absoluto silencio.

—Si de cualquier forma Zapata se va a morir algún día pues que le meta un tiro de una buena vez entre ceja y ceja para descabezar el movimiento y pacificar inmediatamente al país. Pero no. No lo hace, aun cuando él prometió tomar en cuenta mis puntos de vista y mi experiencia política. Yo no llegué a sugerirle que lo matase, pero fui obvio —exclamó Wilson disgustado por haber sido desoído en sus consejos—. Por eso Díaz logró la paz, porque le metía bala al inconforme. Madero le acerca una silla, lo escucha como un buen padre de familia y luego aquél se le levanta en armas como respuesta a todas sus cortesías. Acuérdate de don Porfirio. "Mátalos en caliente." Zapata le va a costar prestigio y dinero a Madero. Dos elementos de los que no puede prescindir ningún político. Zapata es un foco de infección y una verdadera amenaza para la inversión agrícola extranjera. Si su ejemplo cunde en el norte, ante la ausencia de un sistema de sanciones para los sublevados, verás la respuesta de Estados Unidos cuando las haciendas americanas sean saqueadas y sus propietarios fusilados, mientras don Francisco negocia con los bárbaros bajo una palma fresca en Cuernavaca. Un día se nos va a acabar la paciencia a todos.

La señora Wilson pensaba en servir una compota de fresas para la cena; dudaba si agregarle o no algún licor francés.

—Pero, por si fuera poco, lee los discursos de algunos diputados, ya hoy, desde luego, maderistas. Lee los informes antes de hablar.

La esposa del diplomático no despegaba la vista de su tejido. Parecía abstraída en su favorita actividad manual.

—¿No leíste que un legislador, antes acendrado porfirista, hoy flamante maderista, se pronunció a favor de reincorporar el petróleo al régimen legal de los minerales, o sea, para que pasara a formar parte del patrimonio de la nación nuevamente? ¿Sabes lo que eso significa? ¡La expropiación petrolera! ¿Sabes cuántos barriles de petróleo se extrajeron en 1911 de los yacimientos mexicanos? Doce millones de crudo que, una vez refinados, se traducen en muchos millones de dólares. Fue un crecimiento de 300% en relación a 1909[62] —Wilson parecía hablar solo. Su esposa pensaba en su regreso a Estados Unidos—. El mismo diputado propuso un incremento sustancial en los impuestos a la industria petrolera y la derogación de las exenciones vigentes, lo cual supone una confiscación o una expropiación disfrazada. Todo esto lo pidió ante la Cámara, porque piensa que la Standard Oil de New Jersey está en tratos con la Compañía El Águila, de Pearson, para comprarle sus negocios petroleros y sus ferrocarriles en México, con lo cual se podría originar un inmenso monopolio petrolero que, a su juicio, crearía un inmenso monopolio ferrocarrilero que un día llegará a dominar al país. Por esa razón pretende cambiar los regímenes de tenencia de terrenos petroleros y aumentar los gravámenes para debilitarnos. Claro, para quitarnos de una manera velada lo que es legítimamente nuestro. Para eso es esa repentina política tributaria.

Este idiota todavía se burló de la cátedra de política americana del presidente Monroe: "Las tierras petroleras de México, para los mexicanos". ¿Ves ahora con más claridad a dónde van? —la señora Wilson se concretó a consultar su reloj—. Este tal Santos Paredes es un títere de Madero —sentenció Wilson—. Sólo preparaba el terreno, porque pocos días después del discurso los petroleros extranjeros fueron llamados por el propio presidente para explicarles la precaria situación económica del país, originada principalmente por los gastos de pacificación y el servicio de la deuda.

Madero pretende subir los impuestos a los petroleros para financiar sus campañas militares, originadas en su ineptitud como negociador y en su ineficiencia como político.

Sin replicar un solo argumento, la embajadora se levantó en busca de estambre azul claro. ¿Combinaría bien con el rosa? se preguntaba.

Cuando los representantes de W. Pierce,* de la Standard y de la Tolteca —pensó para sí Wilson— se acercaron a Madero ofreciéndole ayuda para el financiamiento de su campaña, se dio cuenta del poder económico de este sector industrial, capaz de sufragar los gastos de una revolución. Ahora sabe de dónde puede sacar dinero. Ninguno de los Madero ha cumplido con los compromisos adquiridos con nuestros petroleros. Y ahora viene a complicarlo todo con gravámenes evidentemente confiscatorios. ¡Qué desvergüenza!

La señora Wilson regresó a su asiento. "Ojalá lo llame McDoheny para que me deje en paz", pensó a su vez.

Wilson volvió a la carga, quería convencer y vencer como siempre.

—Analiza además, para que no te expreses con ligereza, otro dato no menos interesante. Hace algunas semanas, Luis Cabrera, el influyente ministro maderista, pidió la expropiación de todos los latifundios del país a lo que, afortunadamente, el ala porfirista del Congreso, que todavía controla la Cámara, logró oponerse con gran éxito. Ahí tienes a la vista otra agresión, otra señal objetiva y tangible con la que espero te convenzas de que no soy ningún fanático impulsivo. Nos quieren quitar el petróleo y las haciendas. ¡Nada más!

Madero, Madero, Madero. Política, política, política. Parece que en tu vida no existen otros temas de conversación. Es lo único que hablas todo el día. Todo este discurso que pronunciaste me lo gané por ser amable y por querer charlar contigo un rato. Pero eres imposible, Henry. Voy a preparar la cena. Te espero en el comedor —dijo al salir la señora Wilson—. Me hartas, Henry, me hartas —agregó cuando aventó el tejido en el sillón de la sala.

Frustrado, Wilson llamó por teléfono a McDoheny. "El sí me entenderá", dijo para sí mientras tomaba el auricular.

En aquellos días fríos del mes de diciembre de 1912 apareció en una calle de Tampico el cadáver de un muchacho de aproximadamente veinti-

---

* Henry Pierce dio a Madero 685,000 dólares más otras cantidades aportadas por la Standard. Merrill Rippy señala que a su triunfo, Madero pagó esos 685,000 dólares. En el Fall Comitte en 1920, se hizo mención de estos préstamos United States Congress. Ver Lorenzo Meyer, *México y los Estados Unidos en el conflicto petrolero,* El Colegio de México, México, pág. 54.

cuatro años de edad. Su ropa contrastaba con el corte indígena de su rostro y con el oscuro color de su piel.

En una de las bolsas de su saco había una botella de whisky, bebida aún poco conocida en la Huasteca. Las facciones hinchadas de su rostro, además del color y tamaño de su nariz, revelaron a la policía que se trataba de un alcohólico.

—Aquí los indios se visten con tela de manta y se emborrachan con pulque —comentó uno de los policías. Los demás voltearon a mirarlo irónicamente. Se trataba de un novato.

Fue enterrado, envuelto en una sábana blanca, en una fosa común del panteón municipal de esa localidad norteña.

Gastón Santos Paredes había fracasado reiteradamente en sus intentos para obtener apoyo en relación a sus posturas políticas en la Cámara de Representantes. Sus insistentes discursos no despertaban, en apariencia, ningún interés ni dejaban ninguna huella entre sus colegas, quienes abandonaban con cualquier pretexto irrelevante el recinto legislativo durante la lectura de sus trabajos. Fracasó también aquella mañana en que dio la voz de alarma nacional por las negociaciones entre las dos principales compañías petroleras, una norteamericana, de McDoheny, e inglesa la otra, de Pearson, para fusionarse y crear un monopolio petrolero de consecuencias catastróficas para la economía del país, en particular porque ambos grupos controlaban básicamente el transporte ferrocarrilero y, por lo tanto, la mayor parte de la economía de México.

Nadie había intervenido ni opinado ni secundado sus ideas cuando propuso la supresión inmediata de las exenciones tributarias del sector petrolero.

Propuso, además, la derogación del régimen de facilidades, la elevación sustancial de sus cargas fiscales, conclusiones todas ellas producto de sesudas investigaciones financieras dignas de aprovecharse de inmediato por su contenido político y económico.

—México —advirtió en la Cámara— solamente grava a los explotadores de una de las grandes riquezas nacionales con un ridículo impuesto del timbre, insignificante de cara a las enormes ganancias que las compañías petroleras obtienen en la extracción y comercialización de nuestro crudo. No nos pagan impuesto de importación ni de exportación ni cobramos un quinto por las enormes utilidades que reciben por disfrutar de un recurso natural no renovable. En fin, no nos pagan nada por llevarse lo mejor de nuestro patrimonio y del de nuestros hijos.

Santos Paredes quería provocar un histórico revuelo en el recinto legislativo. Empleaba lo mejor de él para lograr su propósito.

—Sin embargo, hay tristes paradojas, señores, realmente muy tristes, que nos deben enseñar a defender con sentido nacionalista todo lo que es tan nuestro. El impuesto que los petroleros no pagan al gobierno mexicano, gracias a la benévola legislación fiscal emitida graciosamente durante el Porfiriato, es pagado al gobierno de Estados Unidos, que sí grava, como una importante fuente tributaria, la importación del crudo mexicano. Con nuestro petróleo no sólo ayudamos a crear un enemigo poderoso de México, un amenazante monopolio que se nutre de nuestras propias esencias naturales y se alimenta con nuestros propios recursos, sino que también financiamos a través de un impuesto cobrado por el Gobierno de Estados Unidos, en nuestro defecto, la construcción de caminos, escuelas, puertos, ferrocarriles, todo ello en territorio norteamericano, siendo estas obras de extrema necesidad y exigidas por todos los mexicanos para que puedan gozar de los niveles de bienestar material requeridos por la más elemental dignidad humana.

Muy pocos representantes populares parecían concederle importancia a las palabras pronunciadas por el orador en turno.

—Señores diputados: Me pregunto, entonces, ¿qué le queda a México por la concesión de su riqueza petrolera, si dichos industriales exportan todas sus utilidades a sus países de origen y los impuestos que nosotros deberíamos cobrar, con toda justicia, se destinan, por nuestra ceguera, a la consolidación material del poderío yanqui?

El ala porfirista empezó a abuchearle, pero Santos Paredes arremetió a gritos firmemente convencido de sus ideales y de la realidad imperante.

—¡Metamos las manos en la operación y en las utilidades de los trusts para que no puedan volver a amenazar la precaria estabilidad nacional! —clamó furioso.

El abucheo adquirió más fuerza.

—¡Cobrémosles más impuestos para ayudar a financiar nuestro crecimiento, señores! ¡Disminuyamos a como dé lugar nuestra dependencia económica! —concluyó desesperado por no obtener la respuesta esperada de sus colegas.

El abucheo, por contra, se había convertido en rechifla y en un griterío vulgar e insultante.

—¡Son asesinos, delincuentes comunes! —alcanzó desesperado a decir—. Vengo a denunciarlos públicamente en esta Cámara —gritaba impotente ante la rechifla ensordecedora. Prefirió desistir.

Gastón esperaba una ovación cerrada. Los párrafos los había trabajado con insistencia hasta dejarlos bien pulidos y saturados de exaltación nacionalista. "Habrá otros caminos diferentes a las palabras para hacer entender a estos primates todo lo que está pasando en el país", pensó cuando bajaba impotente y furioso por la escalinata para dirigirse de regreso a su curul.

A las 10:30 de la noche de ese mismo día, un grupo de desconocidos se juntó furtivamente en las puertas de la casa número 27 de la calle 5 de Mayo. Era la casa de Santos Paredes.

La madre de Gastón, permanentemente vestida de negro, como si estuviera lista para hacer frente a la tragedia, escuchó el golpeteo del badajo contra la vieja campana patinada, anunciadora monótona de visitantes.

Corrió sigilosamente la cortina de la sala y contó a siete sujetos que esperaban respuesta a su llamado, guardando absoluto silencio.

Doña Laura quedó electrizada. Acto seguido, subió velozmente la escalera rumbo a la biblioteca donde trabajaba su hijo.

—Te lo dije, hijo de mis entrañas. Te lo dije. Te lo supliqué —dijo la madre en tono compungido—. Te dije que no criticaras a don Porfirio en público y menos en la Cámara donde todos son porfiristas.

Gastón volteó, asustado, en dirección a su madre.

—¿Qué pasa? ¿Qué te sucede?

—Ahí están abajo siete matones que vienen por ti. Huye por la ventana. Sal por ahí —dijo pálida y demacrada por el miedo.

—¿Quién llegó? Cálmate. ¿Cómo sabes que vienen por mí? —se acercó a la ventana y antes de constatar la identidad de los visitantes, recordó el discurso pronunciado en la mañana. Había corrido un riesgo y sabría hacerle frente. "Sobrino, ¡claro está! Maldito Sobrino, mil veces maldito. Había tardado mucho tiempo la venganza. Era obvio que no permanecería indiferente. Los chacales como él nunca enseñan los dientes. Deben ser sus matones." El color abandonó la piel de su rostro. Decidió, sin más, asomarse. No supo si tranquilizarse o no. Eran compañeros de la Cámara de Diputados que querían intercambiar puntos de vista. Descansó. Bajó raudo la escalera. En breves instantes entraron en materia. Doña Laura, orgullosa de la importancia de su hijo, les servía café.

—Miren ustedes —dijo satisfecho Gastón por haber encontrado respuesta a sus inquietudes—. La Tolteca Petroleum Co. debe ser en realidad propiedad de la Standard Oil de Estados Unidos, que es, con mucho, la principal compañía petrolera del mundo. Hasta al mismo gobierno americano le ha causado severas dificultades gracias a su indisciplina y ambición por el control del mercado energético, a través de las propias plantas refinadoras del crudo, de las compañías fleteras que controla y los oleoductos de su propiedad. Tuvo incluso la capacidad financiera para rescatar al gobierno americano de una crisis económica en la década pasada. Con eso les digo el poderío de ese trust, capaz de atropellarlo todo a cambio de incrementar sus intereses en el mundo —sorbió un poco de café. Pensó en aprovechar al máximo la inolvidable oportunidad que le concedían sus colegas—. La Standard Oil está en tratos con la Compañía El Águila, de Pearson, para comprarle todos sus negocios petroleros en México. De esa transacción, como dije en la Cámara, nacerá un monstruo que, gracias al acaparamiento del poder económico, tarde o temprano gobernará nuestro país.[63] Afortunadamente para nosotros, la Corona Británica no ha autorizado por el momento la operación, porque la haría dependiente, desde un punto de vista energético, de Estados Unidos, lo que condicionaría su autonomía en muchos órdenes de su vida nacional. La Corona no se dejará convencer, pero llegó el momento de sujetar de cualquier forma a esas compañías con todo y su prepotencia económica. Debemos obligarlas a pagar impuestos en México proporcionales a sus ganancias y al agotamiento de nuestras reservas no renovables. Esos impuestos nos serán de gran utilidad para financiar, sin dependencias del extranjero, nuestros proyectos más caros.

—Mira, Gastón, como tú sabes yo soy de Veracruz —aclaró Alfonso Valdez Frías—, y la semana pasada, cuando platiqué con el gobernador de mi estado, me di cuenta de la gravedad de la situación. Se llevan nuestro petróleo, no lo refinan aquí salvo en escasas proporciones; sus utilidades no se aprovechan en México sino que se exportan a Estados Unidos y, por si fuera poco, y como tú dices, todavía con nuestros impuestos financiamos la infraestructura norteamericana en lugar de la nuestra.

En Veracruz ya vamos a cambiar el tratamiento tributario a todas las compañías petroleras radicadas en el estado. El gobernador está dispuesto a correr los riesgos. Sólo quiere ver al presidente para dar el primer paso. De modo que cuenta con todo nuestro apoyo. Estamos contigo.

—Yo supe por diversas fuentes —dijo otro diputado— que una compañía petrolera holandesa quería construir en México un oleoducto para disminuir el costo de transporte petrolero en forma sensible.[84] Esa obra nos hubiera generado beneficios prácticos a corto y a largo plazo. ¿Qué pasó? —se preguntó a sí mismo—. La respuesta es muy sencilla. La misma Standard se opuso a la construcción del oleoducto porque suponía la competencia de otra empresa europea en el mercado petrolero y en los transportes, controlados por ellos.

El embajador norteamericano, Wilson, por instrucciones del Secretario de Estado Knox, y a instancias de la Standard, se quejó ante Calero en la Secretaría de Relaciones Exteriores y negó airadamente la viabilidad del proyecto, como si México estuviera obligado a consultar todo previamente con Estados Unidos. ¿Cómo se atreve el yanqui a quejarse por considerar siquiera la posibilidad de efectuar esa obra?

México no es Oklahoma. Ni tenemos, Gastón, por qué aceptar reclamaciones por pensar en las mejores conveniencias para nuestros intereses ni debemos permitir intervenciones groseras en nuestros asuntos internos. ¿Quién se cree Wilson para reclamarnos absolutamente nada? Él puede sugerir y probablemente solicitar en tono amable y respetuoso. Pero no puede reclamar. Carece de todo derecho para ello. México debe tomar sus decisiones con o sin el beneplácito de Estados Unidos.

—¿Pero, se hizo el negocio?

—Cuando el embajador se presentó en Relaciones Exteriores desaparecieron de inmediato las posibilidades de la Shell en México. Ahí murió todo. Ya habíamos oído que Calero cobraba antes en la Tolteca, y por lo visto el señor Secretario de Relaciones del señor Madero continúa siendo un burdo empleado de los petroleros.

A partir de esa fecha, Gastón Santos Paredes jefaturó un grupo de diputados convencidos de la urgencia de sacar más ventajas para el país, derivadas de la explotación de sus recursos naturales. Elevaron la iniciativa hasta la Presidencia de la República; hicieron declaraciones públicas y aprovecharon cualquier oportunidad para lanzar en la Cámara sus discursos antitrusts.

La guerra había empezado.

—En consecuencia, señores, es claro que los gastos de pacificación y los de la deuda pública, sumados a los administrativos, erosionan la capacidad financiera del gobierno a mi cargo, por la que me he visto ante la necesidad de buscar nuevas fuentes alternas de financiamiento del sector público, donde podremos captar recursos que ayudarán a la consecución de los objetivos trazados por mi administración.

Francisco I. Madero había convocado urgentemente a una reunión de gabinete en Palacio Nacional, severamente preocupado por el estado lamentable que guardaban las finanzas públicas en su gobierno.

—Advertimos con claridad que en 1909 se produjeron 2,713,500 barriles de petróleo y que, según se pudo constatar, correspondió una carga fiscal insustancial. Ahora bien, dos años después, o sea en 1911, la producción se elevó a 12,522,798 barriles, o sea, en un 500%, habiendo permanecido los gravámenes en una desproporción aún mayor que la que existía en el Porfiriato. No es difícil suponer que en 1912 se registrará un crecimiento similar, en cuyo caso existirá un desfasamiento todavía mayor que mucho nos perjudica. Por lo tanto, señores secretarios, informo a ustedes que aun ante la ausencia absoluta de cooperación de parte de los petroleros, a quienes convoqué a infructuosas reuniones para comunicarles mi decisión, fundada en elevadas razones de Estado, resolví emitir un decreto por medio del cual el erario público hará exigible un pago de veinte centavos por tonelada de petróleo extraído.[65] Estamos hablando, como ustedes podrán ver, de un impuesto realmente bajo, puesto que se trata aproximadamente de diez centavos americanos de dólar por tonelada, que, comparado con el impuesto que los Estados Unidos cobra a los productores de petróleo de su propio territorio, estamos muy lejos de poder suponer que el gravamen sacará a los yacimientos mexicanos del mercado energético por incompatibilidad en los costos de extracción. Tenemos un gran margen para asegurar el concurso del petróleo mexicano en el comercio internacional. Cuidamos estar por abajo de los gravámenes norteamericanos y no excluir a nuestro país de la competencia mundial.

De esta manera financiaremos con recursos propios nuestras necesidades y nos haremos de fondos para sufragar los gastos militares imprescindibles para sofocar los alzamientos de rebeldes, en particular el de Zapata, ya preocupante si el ejemplo cunde en el país. No tendremos toda la confianza necesaria para gobernar mientras no pacifiquemos totalmente al país y lo volvamos al cauce institucional y al de la Ley.

Como casi siempre sucede en los acontecimientos políticos, la promulgación del Decreto que gravaba la explotación de recursos naturales no renovables desató un nutrido aplauso de un pequeño grupo de legisladores de la Cámara de Diputados y, por otro lado, fusionó en un frente único a los sujetos del impuesto que, lejos, muy lejos de aplaudir, y menos de sonreír, se reunieron para analizar las medidas tomadas por el gobierno maderista.

Pearson aceptó sin ningún convencimiento, fundado en razonamientos sociales o económicos, la medida:

—Es mejor —dijo en tono respetuoso— darle al nuevo Presidente de México la oportunidad de constatar él mismo nuestra buena voluntad y nuestra disposición a colaborar con su política de gobierno. Yo pagaría el impuesto sin discutir y haría alarde de nobleza para con los intereses de México. Con esta jugada tendremos protección de cara a futuras medidas similares ante las cuales siempre opondremos este precedente de cuando si fue posible cooperar, frente a otros casos de imposible negociación.

Pearson cerró imaginariamente los ojos y esperó la detonación de la bomba. Conocía de antemano la respuesta de McDoheny. Necesitaba escucharla públicamente para aprovecharse de ella.

Efectivamente, McDoheny tronó. Estalló cuando Pearson terminó su planteamiento. El inglés sonreía en su interior. Intentaba diversas mecánicas para provocar y controlar al incendiario petrolero yanqui.

—Mira, Weetman, si aceptamos tu propuesta pondremos en manos del gobierno de Madero a toda la industria petrolera. La nobleza en política es un concepto discutible y más aún en el caso de Madero, de quien tengo sobrados motivos para condenarlo como un mal agradecido.

—¿Mal agradecido? —se cuestionó el inglés—. Me gustaría saber tus razones, porque probablemente esa ausencia de información me ha dado una idea equivocada de la realidad —dijo Pearson seco e irónico al recordar la plática que había sostenido con Porfirio Díaz en Veracruz.

—No es momento para ello, Weetman. Algún día te lo contaré con detalle —esquivó McDoheny el golpe—. Pero volviendo a nuestro asunto, si nos sometemos tranquilamente y pagamos el impuesto como tú pretendes, sin oponer resistencia, haciéndoselo tan fácil al gobierno, muy pronto, al enseñarles el camino, nos incrementarán la carga una y otra vez hasta llegar a la confiscación definitiva. ¡Neguémonos, señores, neguémonos! Tocar nuestros intereses tiene un precio. Madero debe pagarlo para desanimarlo en caso de reincidencia.

—En concreto, ¿qué sugieres, Edward? —cuestionó Henry Pierce, Presidente del Consejo de Administración de la Pierce Oil Co., subsidiaria de la Standard Oil en México.

—Pidamos el apoyo del Departamento de Estado y ustedes a la Corona para impedir la aplicación del nuevo impuesto. Por ahí debemos hacer transitar a Madero cuando trate de meterse con nosotros. Los problemas con la Tolteca son con la Casa Blanca también y los de El Águila deben ser con el Foreign Office.

La mayoría de los asistentes se percataba de la intención de McDoheny de meterlos en su juego para ejercer una presión mucho más efectiva ante cualquier autoridad. Echó mano de cualquier argumento con tal de vencer.

—No lo hagamos fácil —concluyó McDoheny— porque se acostumbrarán y más aún en el caso de un impuesto tan desproporcionado. Según mis cálculos, los diez centavos de impuesto por tonelada equivalen al 17% de mis dividendos anuales,[66] lo cual, como ustedes podrán entender, significa una verdadera confiscación de mi patrimonio.

Pearson vio a McDoheny a la cara para captar alguna señal, una mirada esquiva, la contracción de un músculo de su rostro u otra señal que delatara al magnate americano, quien mentía descaradamente, aun ante sus propios competidores, conocedores también de los márgenes de operación de sus empresas en México. "Qué estudiadas tiene todas sus actitudes", pensó para sí. "Se cree todas sus mentiras y las representa con tal aplomo que parece defender una realidad. "¡Qué capacidad de convencimiento tiene este hombre! ¿Cómo puede ser tan cínico de aceptar que diez centavos por tonelada de petróleo equivalen al 17% de sus dividendos? ¿Pensará que somos idiotas o que soy el tío de Madero en la Secretaría de Hacienda?"

—Me parece exagerado pedir una cita al Secretario de Asuntos Extranjeros en Londres para pedirle su intervención sólo por diez centavos por tonelada. Si por lo menos el impuesto fuera de diez centavos por barril, bueno —dijo levantando los brazos hacia el cielo—, podría yo pensarlo, pero por tonelada, ni hablar. No lo creo conveniente. Ya me imagino la cara del ministerio después de conocer el motivo de mi visita. McDoheny sintió cómo el control de la reunión se le iba de las manos. "Perderé la jugada y con ella mucho dinero".

—No, Weetman —repuso McDoheny—. Nosotros iremos directamente a ver a Knox al Departamento de Estado para mostrarle a Madero el calibre de nuestras relaciones. No puede promulgar los impuestos que le vengan en gana sin contar antes con nuestra aprobación. Es una pena no compartir el mismo punto de vista para integrar un frente único y oponerlo a los caprichos de Madero.

McDoheny volteaba a ver a sus colegas con una mirada alarmista, como si fuera inadmisible para él que los demás no se percataran con su misma claridad del riesgo que enfrentaban. Decidió entonces asustarlos y manejar el miedo en su provecho, terreno en el que era además un coloso especialista.

—Peor aún Weetman —agregó dirigiéndose al inglés—, nos verán desunidos y aprovecharán cualquier distanciamiento en nuestro mutuo perjuicio. Hoy son diez centavos por tonelada, mañana serán cuarenta, luego un peso, luego los yacimientos, y por último nacionalizarán nuestras empresas. Lamentablemente tengo razón. El tiempo me la va a dar. Ya hay una actitud radical de la Cámara de Diputados en nuestra contra. Se va a generalizar el conflicto y nos encontrará distanciados, Weetman.

Cuando Pearson disminuyó los alcances de la medida tributaria de Madero y negó la política confiscatoria a seguir por el jefe de Estado y su gobierno, McDoheny perdió los estribos y amenazó como si fuera el jefe del clan petrolero yanqui con la adopción de respuestas radicales por parte de su sector para defenderse de la agresión fiscal del Presidente de la República.

Pearson había logrado su propósito. Momentos después de la reunión se dirigió a la embajada inglesa para informar al ministro británico su conformidad con la promulgación del impuesto. Iré a ver a Madero para adherirme a él y aplaudir su política social y su interés por mejorar económicamente a la mayoría de los mexicanos…

Es imposible negarse a un propósito tan humano, le explicaré. Así me empezará a deber favores, unos hoy, otros mañana, y prepararé el terreno para pedirle, en su momento, aquellas franquicias y concesiones necesarias para controlar el mercado energético de México. Me conviene el escándalo que va a producir McDoheny contra el impuesto petrolero. Mientras más se distancie del gobierno de Madero, más cerca estaré yo del presidente.

"No cabe duda, la flema inglesa podrá siempre más que los temperamentos incendiarios. Hoy aprendí a manejar a McDoheny, al temido McDoheny. Al estúpido McDoheny."

Las empresas petroleras norteamericanas concurrieron en pleno al amparo contra el decreto tributario ante la Suprema Corte de Justicia de la Nación. McDoheny encabezaba la corriente de oposición contra el gobierno mexicano y también ante otros inversionistas extranjeros respecto a la trascendencia del nuevo impuesto.[67] —Hoy Madero nos agrede a nosotros los petroleros, mañana lo hará con los mineros, los huleros o los agricultores.

Washington, por su parte, reaccionó con inquietud, pues quería respaldar los intereses del poderoso sector petrolero para evitar, a su vez, represalias domésticas ante una supuesta indiferencia originada por falta de respaldo oficial. El Departamento de Estado obró cautelosamente y esperó a conocer la respuesta local de las empresas matrices radicadas en los Estados Unidos, respecto de sus inversiones petroleras en México, para medir con más precisión los alcances de la medida en el orden político e impedir la toma de decisiones precipitadas, indeseables para todas las partes.

Knox señaló en la intimidad de sus colaboradores del Departamento de Estado al concluir una reunión donde se habían analizado diversos aspectos de la política mexicana.

—El grupo petrolero ha acaparado más capital que ningún otro sector conocido en la historia de la humanidad. Nunca antes se había conocido una concentración tan abundante de recursos económicos y de poder político en un núcleo tan reducido de inversionistas, considerados intocables. Si, por ejemplo, aquí mismo en casa se les roza directa o indirectamente, consciente o inconscientemente, no tarda en presentarse un conflicto de imprevisibles resultados. Si, por contra, la diferencia no tiene origen doméstico y no se les presta apoyo inmediato, entonces ellos resuelven las diferencias por sus propios medios y, simultáneamente, a modo de venganza, nos crean problemas internos para recordarnos el peso de su poder.

El embajador Wilson y McDoheny, al igual que el propio Pearson, desconocían el objetivo final. El presidente resolvió ir más adelante ante la negativa de los petroleros norteamericanos a someterse al decreto que contenía las nuevas bases de tributación para la industria.

El segundo paso confirmó a Washington las inquietudes de los inversionistas. En esta ocasión las intenciones eran claras. El objetivo ya era manifiesto.

Era la señal esperada para actuar y actuaron.

Madero emitió con valentía un nuevo decreto sin efectos patrimoniales inmediatos en el sector petrolero. Trataría de obligarlos a inscribirse en un registro específicamente diseñado por su gobierno para contar con ciertos informes relativos al valor y composición de sus activos, con el objeto de poder determinar oportunamente el importe de la indemnización correspondiente, en el caso de una expropiación de todas sus inversiones. ¡El Presidente de la República había ido muy lejos!

Si las partes obligadas al registro patrimonial se negaban a acatar lo dispuesto por el decreto, se verían sancionadas con un 5% de la propiedad mantenida sin denunciar.[68] Madero actuaba con severidad para impedir a cualquier grupo o persona sustraerse caprichosamente de las decisiones coactivas de su gobierno y para obligarlos a liquidar el impuesto decretado, vital para hacerse de los recursos necesarios para financiar las necesidades del Estado.

McDoheny reventó cuando conoció la noticia y, peor aún, enfureció al saber del aplauso que produjo en las curules de la Cámara de Diputados.

Imaginó la cara de Pearson. Pensó en la respuesta de Washington. Prefirió dirigirse a la Embajada de su país y entrevistarse con Henry Lane Wilson, quien curiosamente desconocía los últimos acontecimientos.

—Edward —dijo sonriente al petrolero tan pronto ingresó a su oficina y estrechó, de pie, su mano con el ánimo de brindarle una gran recepción—. Mi esposa y yo te estamos enormemente agradecidos por el terreno que donaste a la embajada, tan necesario para asuntos oficiales y personales. Tú ya la conoces. Muy pronto esa propiedad será un verdadero vergel, que tú inaugurarás como padrino. La bautizaremos con el nombre de Teddy Wing, en tu honor.

—Claro, mi querido Henry. Para mí es un honor acudir a cualquier reunión en la embajada, en particular a una en donde he de ser el padrino a la mexicana. Estaré, Henry, estaré cuando tú lo indiques —dijo secamente el magnate, todavía con el sombrero en la mano.

Wilson captó de inmediato algo extraño en el rostro del petrolero y sin más preámbulos lo invitó a tomar asiento en unos cómodos sillones de cuero negro a un lado de su escritorio.

—¿Qué sucede, Edward? Te veo contrariado. No me digas que Madero se ha atrevido a meterse nuevamente con nosotros sin informarme previamente. Yo te juro que quedamos en hablarnos. Casi lo regañé la última ocasión —agregó el diplomático disculpándose de antemano.

—Mira, Henry, cuando el grupo porfirista convenció a Madero que renunciara a la presidencia interina, su actitud me pareció confusa y contradictoria. Él nunca debió negociar su poder ni su autoridad, si ya era verdaderamente el amo de la situación. Sin embargo, aceptó; cayó en el juego y estuvo a punto de destruir su propio movimiento. El momento histórico exigía la presencia de un hombre de otra talla, otras dimensiones, en fin, una personalidad más recia y definida. Ahí comenzó mi inquietud, Henry. Después, cuando el propio Zapata se levanta contra su gobierno, su antiguo aliado, y no logra convencerlo para deponer las armas, dudé francamente de sus facultades políticas. Ahora todos mis temores se confirman.

—¿Por qué? —cuestionó muy serio el embajador—. ¿Qué sucedió, Edward? ¡Por Dios!, dilo ya.

—Se habla con insistencia de un rompimiento frontal con Pascual Orozco, a quien el propio Madero le debe la toma de Ciudad Juárez —McDoheny jugaba evidentemente con la paciencia de Lane Wilson. Sabía predisponerlo—. Orozco no ve la materialización de las promesas hechas con antelación al triunfo de la revolución; no nos debe extrañar, entonces, otro levantamiento armado. Ahora serían dos, Zapata y Orozco. Luego ya quién sabe cuántos más. El mal ejemplo está cundiendo. Una nueva revolución se encuentra en la antesala y con ella una nueva amenaza contra nuestro patrimonio y la estabilidad del gobierno. Es muy difícil prever hasta dónde llegará la destrucción de un país a lo largo de una revolución.

Wilson se angustiaba por conocer los motivos de la visita. Intuía la presencia de alguna razón de peso que justificaba la presencia inopinada del petrolero.

—Lo de Orozco ya lo sabíamos, Ted. Eso no es nuevo. ¿Qué sucedió ahora?

—Verás, además de no poder pacificar este país, de no poder crear un ambiente de tranquilidad para el desarrollo de nuestras inversiones, grava nuestros negocios con impuestos desproporcionados en relación a nuestra capacidad de pago.

—También lo sabíamos, Ted —advirtió molesto el embajador—. Acaba, Edward. ¿Adónde vas con todo esto?

—Hoy en la mañana supe por una fuente confidencial de alto nivel, que la semana entrante Madero publicará un nuevo decreto.

—Eso es imposible, Edward, yo no supe nada. No se me ha informado nada.

—Pues verás la imaginación del enano —aclaró McDoheny—. El decreto nos obliga a valuar y registrar nuestras propiedades para el caso de una expropiación de nuestros intereses —tronó el magnate violento como siempre—. ¿Oíste bien, Henry? Una expropiación de nuestros intereses. Y Knox ahí sentado, esperando que nos den una patada en las nalgas para ver si nos duele o no. ¡Esto ya es intolerable! ¿Quién seguirá después de nosotros? ¿Qué actitud tomará Washington después de observar, observar y observar, mientras en México nos hacen girones? No podemos facilitarle a Madero una intervención directa en la industria petrolera. Proporcionar esos datos es tanto como darle una pistola al enemigo para que nos mate. Esa información, aquí entre tú y yo, no se la daría ni al propio Departamento de Estado. No lo permitiré. Debemos frenarlo. Este imbécil está loco.

Wilson enrojeció de ira. Se levantó y empezó a caminar agitadamente de un lado al otro.

—Habíamos quedado en consultarnos las decisiones que tuvieran injerencia en la inversión norteamericana —señaló el embajador—. Lo hizo con el Decreto Fiscal. Efectivamente, comentó sus necedades con nosotros, y para cubrir las apariencias dejamos a la corte mexicana decir la última palabra, para pagar o no el impuesto. Pero ahora, esto. ¡No se le puede pasar por alto! No podemos seguir demandando en los tribunales la nulidad de los actos del presidente, a sabiendas que le concederán siempre la razón. Sabemos cómo se maneja eso en México. Hoy mismo, Edward —amenazó furioso—, hoy mismo te prometo cablegrafiar a Washington, y en caso de aclaraciones adicionales yo mismo iré en lo personal a abrirle los ojos a los analistas del Departamento de Estado. ¿Cómo es posible que este lunático hable ya de expropiación? —concluyó perplejo. Luego reaccionó, saliendo de su estupor para cumplir sus funciones de consejero.

Por lo pronto, como en el caso de impuestos, niégate absolutamente a pagar y niégate a inscribirte. Niégate, a partir de hoy, a todo lo que diga o pida Madero —ordenó Wilson—. Ahora es claro que es un enemigo de los Estados Unidos y un delincuente político por intentar hacerse de un patrimonio ajeno. Nada menos que el petróleo. No permitiremos que avance para nacionalizar lo que es nuestro y entregárselo a cualquier conocido o desconocido, que bien puede ser cualquier competidor. Definitivamente Madero no es el hombre para conservar el sistema implantado por Díaz.

Taft debe convencerse de ello ¡Y pronto! Diré a Knox que hoy comienza por expropiar a los petroleros para continuar después quién sabe con quién. ¿Quién es el siguiente? ¿Hasta dónde pretende llegar este loco?

El golpe, Edward, no va dirigido, según me puedo percatar, exclusivamente al sector energético, sino también pretende arrebatarnos el control de las comunicaciones del país. Grave, Edward, muy grave el paso que quiere dar este orate. Veo con claridad su rumbo. ¿Qué seguridades puede tener en México un inversionista si con la publicación de un decretito lo pueden privar de todo lo suyo?

McDoheny se sintió comprendido. Era imprescindible actuar de inmediato y defender los intereses de los norteamericanos en México, país con el primer lugar en inversión foránea yanqui en el mundo.

Algunos días más tarde llegaba a la Secretaría de Relaciones Exteriores el primer ultimátum del siglo en curso, enviado por el gobierno de Estados Unidos a México.

Wilson había comunicado a Knox:

> En mi opinión, el objetivo de Madero es claro e inadmisible: arruinar los intereses norteamericanos en la industria petrolera de México a base de gravarlos con impuestos confiscatorios y registros inicuos orientados a preparar un movimiento final como lo sería la incautación. Después proseguirá a expropiar al resto de los inversionistas norteamericanos. Los petroleros serán sólo un inicio, una muestra.[69]

La respuesta de Knox fue una violenta nota de protesta.

> El gobierno de Estados Unidos, por mi conducto, pide la eliminación inmediata de la actitud hostil de su gobierno hacia las empresas norteamericanas, así como la suspensión del cobro del impuesto petrolero de diez centavos por tonelada. Se tiene conocimiento de que las empresas a que he hecho referencia son mal vistas por "ciertas partes" y que se les persigue y roba en cada oportunidad favorable.
>
> He de agradecer a Usted que se brinde a nuestros inversionistas la seguridad inmediata de que se pondrá remedio a tan anómala situación que ocasiona un malestar inconveniente entre ambas naciones.[70]

KNOX

Wilson entregó a Pedro Lascuráin (Manuel Calero ya había renunciado por serias discrepancias con el presidente) la nota del Departamento de Estado y le expuso la preocupación de su gobierno para la salvaguarda de las vidas y de los bienes de los americanos radicados en México. Siempre las intervenciones se justifican con ese argumento. Wilson aclaró que la inseguridad prevaleciente podría orillar a su gobierno a volver a concentrar precautoriamente, tropas en la frontera.

La situación revolucionaria estaba fundamentalmente controlada, repuso Pedro Lascuráin. Por otro lado, los proyectos tributarios eran facultad soberana del Estado mexicano y respondían a propósitos exclusivamente financieros, y en ningún caso, políticos.

Wilson precisó que el ejercicio de la soberanía de México no podía justificar los actos hostiles contra ciudadanos americanos y que ahí era donde se debería encontrar el límite jurídico a las facultades del Estado.

—En Estados Unidos no lo podemos entender de otra manera.

—¿Debo acaso entender —preguntó Lascuráin— que la soberanía de México termina donde comienzan los intereses de los Estados Unidos o bien donde comienzan los intereses de los inversionistas de su país, que, en realidad, son los mismos?

Wilson, sin ánimo de suavizar la situación ante una pregunta tan agresiva del Secretario de Relaciones Exteriores mexicano, se concretó a afirmar:

—Nadie tiene derecho, señor Lascuráin, a arrebatar a un tercero lo que es de su propiedad. El gobierno mexicano quiere legalizar, por medio de un decreto, un verdadero acto delictivo que mi gobierno no está dispuesto a tolerar. ¿Con qué seguridades puede contar el inversionista americano si con un documento firmado por su presidente pierde instantáneamente todo su patrimonio? Nosotros debemos velar por la vida y propiedades de los ciudadanos norteamericanos en el extranjero. Para eso fui nombrado.

—Señor embajador, el decreto del señor Madero no se propone expropiar, sino conocer el importe de las inversiones del sector petrolero en México —aclaró el Secretario.

—¿Ah, sí? ¿Y con qué objeto desea esa información? ¿No será para fines estadísticos, verdad?

—Bueno...

—Bueno nada, señor —se adelantó Wilson—. Con ese decreto desea conocer el tamaño de la indemnización en el evento, nada remoto, de una expropiación petrolera. Nadie tiene la menor duda de ello.

—Nosotros...

—Ustedes lo que necesitan, señor Lascuráin, es definir su posición. Washington, por mi conducto, le comunica la negativa de las empresas a proporcionar esos datos. Las empresas norteamericanas tienen el apoyo de la Casa Blanca para no cumplir con lo establecido en el decreto. Ahora bien, deseo la respuesta de su gobierno para que mis superiores evalúen la posibilidad de concretar tropas en la frontera y, en su caso, defender los bienes de nuestros nacionales.

La conclusión de la entrevista fue significativa: los impuestos derivados del decreto tributario fueron pagados al gobierno de Madero por las empresas petroleras norteamericanas sobre la base de un "protesto" condicionado a la suerte del proceso judicial iniciado ante la Corte Superior.

El decreto expedido para obligar a la inscripción de las compañías petroleras de los registros públicos quedó en el papel. Nunca se llevó a cabo por la negativa intransigente de las empresas, la incapacidad del gobierno para sancionarlas y la solapada protección de Taft para evitar su cumplimiento.

Wilson sintió el respaldo. McDoheny sonrió. Pearson descansó. Madero conoció los primeros límites del poder presidencial. Taft, en adelante, no permitiría la modificación, en ningún caso, del orden establecido para la inversión norteamericana en México. La reincidencia sería severamente reprimida. Había sido la primera ocasión en que ya se había tenido que hablar de la concentración de tropas en la frontera.

El estado de gracia que esperaba disfrutar Madero, durante los primeros tiempos del ejercicio de su alta investidura, amenazaba ser breve, muy breve, demasiado breve.

Los inversionistas americanos, más preocupados por las futuras medidas de la administración maderista que por las ya adoptadas como parte de su política económica, empezaron a celebrar reuniones generalmente en la sede de la misión diplomática presidida por Lane Wilson, con el objeto de estructurar mecanismos de defensa y oponerlos a las agresiones inexistentes del joven gobierno de la República.

Los pasos tímidos de Madero, tendentes a incrementar la carga tributaria del sector petrolero, así como el decreto subsecuente, emitido con el objeto de conocer el valor de los activos del mismo sector, prendieron la mecha de la reacción en contra de los programas presidenciales. Los petroleros se encargaron, entonces, de dar voces estentóreas de alarma y proceder a la concentración de esfuerzos, a la unión de poderes para compensar al incipiente del Gobierno Federal.

¡Madero desea desmantelar nuestra estructura de negocios en México!, gritaban desaforados ante la presencia de un par de decretos de insignificante trascendencia patrimonial y política.

Posteriormente, la estrategia obrera maderista condujo al nacimiento de sindicatos, uniones y, en general, de asociaciones de trabajadores, desde luego desconocidas durante la dictadura, en donde siempre fueron ignoradas las más elementales garantías obreras, y donde la inconformidad, como en los casos de Cananea y Río Blanco, fue siempre reprimida con balas.

Acostumbrados los capitanes de industria a recibir este tipo de apoyo oficial para dirimir cualquier conflicto laboral o para acallar la mínima petición de los trabajadores, se resistieron a aceptar el surgimiento de organizaciones obreras.

—Convocar a la creación de sindicatos en un país donde el 85% de la población es analfabeta —gritaba la reacción— es tanto como poner en las manos ignorantes de un niño una pistola de alto poder debidamente cargada. ¡Claro, se trata de la pistola con que juega Madero! —repetía la prensa.

¿Quién agita a las masas para llevarlas a solicitar prestaciones fuera de su imaginación, incosteables para la planta industrial de México, cuya satisfacción económica sólo excluirá al país de los mercados internacionales, altamente competitivos en precios? ¿Quién desea asustar a la inversión extranjera con semejantes pretensiones obreras, que erosionarán la mejor parte de nuestras utilidades?

¿Que trabajen los niños menores de 10 años? ¡Que trabajen! Al fin y al cabo jóvenes, adultos o viejos, siempre serán inútiles. ¿Las mujeres? ¡Lo mismo! ¿Condiciones de trabajo? ¡Son irrelevantes! ¿Garantías sociales? ¡Bah! ¿Derechos? ¡Ninguno! ¿Obligaciones? ¡Todas! ¡A trabajar! Lo mejor de México es su mano de obra barata.

Si la encarecen o la complican con organizaciones propias de economías avanzadas nos iremos del país o buscaremos la forma de anular esa política suicida, que sólo busca el perjuicio de los mexicanos.

Los capitales yanquis adquirieron periódicos al estilo de William Randolph Hearst, también poderoso terrateniente del norte del país.

Se dedicaron a destruir la política maderista, a desprestigiar a su líder y a erosionar dolosamente, a base de escarnio, la figura del Presidente de la República. Los ánimos empezaron a calentarse públicamente en contra del presidente. El gobierno perdió gradualmente credibilidad, respeto y adeptos. Los rumores se hicieron cada día más insistentes.

El objetivo verdadero del presidente Madero era ampliar, según decían, el poderío industrial de sus empresas y el de los bancos familiares, para quedarse con el control de las más importantes industrias y comercios, propiedad de inversionistas extranjeros.

¡Por eso impone gravámenes excesivos a la industria petrolera! ¡Por eso habla en sus decretos de expropiación! Porque quiere lo nuestro, lo ajeno, nuestro patrimonio, adquirido a lo largo de arduas décadas de trabajo. ¿Por qué las empresas de Madero no quebraron con el financiamiento de la campaña antiporfirista? Porque tan pronto llegó al poder las reembolsó generosamente con cargo al patrimonio de la nación. Pues bien, esos recursos públicos los desea para adquirir las acciones de las empresas extranjeras, pero sin dejar ningún beneficio al Estado, porque nunca ingresarían en sus haberes sino en los de la familia Madero, tan ávida de riqueza y con tantas posibilidades de obtenerla a través de la colocación de sus miembros en los más elevados cargos del gobierno.

¿Que Taft concentra tropas americanas en la frontera? ¡Que las concentre! Así podrá medir el Enano del Parral las dimensiones de su enemigo, concluía Henry Lane Wilson, ex empleado formal de la Guggenheim,[71] quien ahora presidía la mesa de consejos de la embajada norteamericana en México.

En una de esas reuniones, los Guggenheim, junto con los Aldrich y los Rockefeller, de la compañía American Smelting and Refining Co. y de la Compañía Mexicana Continental, propiedad de los dos últimos, resolvieron iniciar y financiar la primera revuelta contra el gobierno maderista, preocupados por la expansión de la industria metalúrgica, propiedad de la familia presidencial.

—No permitiremos la absorción de nuestras empresas a manos de los Madero. Si ellos usan los recursos del Estado para crecer y hacerse de los mejores contratos, también los usarán para sacarnos del mercado y luego quedarse con nuestras empresas. ¡No lo permitiremos! ¡Acabaremos con Madero!

—Miren ustedes, si no ha podido con Zapata, menos podrá con nosotros, que sí sabemos inyectarle recursos y armas a la gente —alegó Guggenheim.

—Y si no es Madero, ¿quién nos convendría como futuro Presidente de México? —preguntó Rockefeller.

—Pascual Orozco —aclaró rápidamente Aldrich—. Este hombre tuvo un papel relevante en el derrocamiento de Porfirio Díaz. Madero premió su esfuerzo no concediéndole un puesto decoroso dentro de su gobierno. Ni siquiera le dio la gubernatura de Chihuahua[72] y, por lo mismo, está terriblemente disgustado con el presidente. Debemos aprovechar su coraje, el arraigo y la popularidad de que goza en Chihuahua. Además, es un extraordinario soldado. Madero temblará cuando sepa del levantamiento de Pascual Orozco.

—¿No nos convendría algún otro apoyo doméstico adicional, para asegurarnos el éxito? —preguntó Rockefeller.

—¡Claro! Tenemos a la familia más influyente del Estado, aquella que alega que Chihuahua está dentro de su hacienda: Luis Terrazas, un hombre riquísimo del norte, temeroso también de una expropiación de sus tierras de Coahuila y de Chihuahua por parte del gobierno de Madero. Entre las dos familias norteñas ha habido rivalidades. Terrazas desea evitar que en estos momentos, gracias a la coyuntura política, los Madero resulten vencedores definitivos. Está dispuesto a soltar dinero y hombres antes que el gobierno local empiece a legislar en materia agraria y le priven de su gigantesco territorio. Quiere cerrar el Congreso local e impedir a cualquier precio las sesiones.[73]

Efectivamente, tiempo después el dinero empezó a fluir. Guggenheim, Rockefeller, Aldrich y Terrazas triunfaban. Días antes, Orozco había expresado:

—Tengo sobrados motivos para merecer el cargo de Gobernador de Chihuahua. Debió haber sido mío y sólo mío. Al presidente se le olvida que me debe la toma de Ciudad Juárez y que sin la caída de esa plaza Porfirio Díaz nunca hubiera renunciado. Ahí sepultamos para siempre a la dictadura. Al presidente se le olvida que antes de la batalla de Ciudad Juárez nos dijo a Villa y a mí que no deberíamos tomar esa ciudad en ese día, puesto que él se había comunicado con el espíritu de Don Benito y éste le había ordenado no tomarla en esa ocasión. Afortunadamente, mi general Villa y yo lo mandamos al carajo junto con el Benemérito, y sólo por esa razón don Francisco es hoy presidente. Se le olvida además que cuando se sintió desconsolado y falto de apoyo y se apagaba la chispa revolucionaria, yo, Pascual Orozco, le metí bríos para evitar que se acabara el movimiento.

Se le olvida también que un hombre bien nacido, como él mismo se dice ser, debe ser bien agradecido y no pagarme con la Jefatura Militar del Estado de Chihuahua, más cincuenta mil pinches pesos, que casi se los darían a cualquier oficial mediocre de la tropa.

No estoy dispuesto a guardar mi espada en un ropero, ni a resignarme al olvido, ni a aceptar órdenes de un tercero que no se jugó la vida como yo lo hice, ni participó en el movimiento revolucionario con mi dedicación y mucho menos corrió todos los riesgos que yo tuve que enfrentar. No es justo que yo me dedique a apagar incendios en la sierra, mientras otros cínicos, con menos merecimientos que yo, se pasean frente a mí llenos de honores, medallas y centavos. No, no lo permitiré. No pasaré por ahí por ningún concepto.

En marzo de 1912 fue publicado el Pacto de la Empacadora, que planteó un nuevo desconocimiento del gobierno constitucional de Francisco I. Madero, asimismo su derrocamiento por la vía de las armas. Era el tercero. Zapata fue el primero, en el mes de noviembre, luego fue Bernardo Reyes, en diciembre. Ahora tocaba el turno a Pascual Orozco.

En el caso del pacto, las manos de los verdaderos artífices de la proclama fueron escondidas magistralmente. En él se señalaba al gobierno maderista como una dependencia del gobierno de Washington y se afirmaba que la revolución se había hecho con el dinero de los millonarios norteamericanos, con filibusteros de esa misma nacionalidad, contratados para asesinar a mexicanos, indicando expresamente a la Compañía Petrolera Waters, Pierce and Co.,[74] como acreedora del gobierno por el financiamiento de los gastos de la revolución y se condenaba a Francisco I. Madero por haber puesto en manos del gobierno americano los destinos de la patria, por medio de complacencias y de promesas que afectaban su nacionalidad e integridad.

Se prosiguió en todo el proyecto con precisión cirujana al invitarse a suscribir el pacto al grupo radical de extrema izquierda, encabezado por los hermanos Flores Magón. El nuevo movimiento adquirió un tinte político obvio. No hubo confusión. Se logró el desconcierto previamente programado. Las condenas que el pacto estableció dejaron a salvo al capital norteamericano de cualquier sospecha respecto a su participación. Sin embargo, se incluyeron dos propósitos políticos fundamentales que, a su vez, podrían revelar la identidad de los verdaderos promotores de la Empacadora.

El pacto declaraba nulas todas las concesiones y contratos hechos por el gobierno usurpador a los miembros de la familia Madero o a parientes consanguíneos o políticos y a los llamados ministros de su gabinete y se reconocían los derechos de propietario a los poseedores pacíficos de tierras por más de veinte años, el caso de Terrazas; asimismo revalidaba y perfeccionaba todos los títulos legales sobre los fundos que detentaban ilegalmente desde los mejores años del Porfiriato.

Ambos propósitos quedaron consignados con claridad. Todos confiaron en Orozco. El dinero fluyó. El capital observó con detenimiento el desarrollo de los acontecimientos. Orozco tomó la capital del Estado de Chihuahua con suprema facilidad. El Congreso local lo aplaudió. La familia Terrazas descansó parcialmente. Acto seguido, Orozco se dirigió al centro del país con seis mil "leales" a sueldo. El capital empezó a contener la respiración. El maderismo echó mano de uno de sus mejores militares, también familiar del presidente. En la primera batalla fracasa y, acto seguido, se suicida. La inversión extranjera lo celebró en reducida intimidad. A continuación, el presidente buscó con desesperación a otro miembro de las fuerzas armadas para sofocar el incendio del norte, nuevamente estimulado por pertinaces vientos de allende la frontera. Se seleccionó a Victoriano Huerta. Sí, a Victoriano Huerta, quien aplastó fácilmente a Orozco tan pronto se le autorizó volver a la vida militar activa. Más tarde diría entre ciertos correligionarios: "Tuve que derrotar a Pascual, porque aun siendo militar no era miembro del verdadero ejército de México. Era necesario enseñarle con claridad quién controla el uso de la fuerza en este país."

La embajada de Estados Unidos no informó al Departamento de Estado la participación de los capitalistas norteamericanos en el frustrado golpe de estado. Se hubiera visto obligada a consignar sus nombres. Era menester ocultar la identidad de los involucrados, sobre todo la de Guggenheim, antiguo patrón del embajador Wilson, quien capitalizó la experiencia para deteriorar aún más la débil y confusa figura de Madero ante los ojos de Washington. "Nadie está en México de acuerdo con este lunático, por eso tanto levantamiento".

El embajador austriaco en México sí informó debidamente a Viena la paternidad y el nombre de los progenitores del Pacto de la Empacadora. Europa sí había sido informada.[75]

—No, Gustavo, no, no y no. Era muy riesgoso mandar a otro militar con menos capacidad que Huerta. Imagínate si Orozco también hubiera derrotado a mi segundo candidato. La propia Presidencia de la República hubiera estado en jaque —explicaba el Presidente Madero a su hermano, en la intimidad palaciega del Castillo de Chapultepec—. Zapata me ha dañado políticamente por no poder someterlo, gracias a su estrategia guerrillera. Pero piensa ahora en un Orozco que ya venció en Chihuahua. Viene por Durango. Unos días más se le podrá ver en Querétaro e inmediatamente después en la propia Ciudad de México. ¿Quién se iba a exponer a eso? Estoy de acuerdo contigo; Huerta no era el hombre más indicado, sólo que no había ningún otro más con su capacidad y conocimiento militares. La única alternativa posible para mí era la victoria. Gracias a él la tengo y por eso continúo en este lugar.

—¿También sabes qué tienes, Pancho? —preguntó Gustavo con perspicaz visión política—. Tienes a un hombre y a un ejército totalmente conscientes de su poder y de la dependencia absoluta de tu gobierno hacia ellos. Huerta sabe que este momento histórico es del ejército, en razón de todas las asonadas y levantamientos que se suceden, en donde ellos son los principales protagonistas. Mientras más dependamos del Ejército Federal para extinguir incendios regionales, más lo concientizaremos de su importancia dentro de la política nacional. Retira a todos los porfiristas del control de las armas y sustitúyelos por gente nuestra, leal a la causa. No es posible, Pancho, que el monopolio de la fuerza pública lo tengan ellos, nuestros propios enemigos y, menos aún, que utilices a alimañas como Huerta, quien ya trató de hacer que te mataran durante el interinato —Gustavo Madero era plenamente consciente del papel del ejército y aprovechaba cualquier oportunidad para externarle a su hermano sus preocupaciones y alcances de su amenaza militar—. A un cerdo como Huerta mándalo de agregado militar a nuestra embajada más lejana, donde no pueda oír ni ser escuchado.

—Hablas con mucha ligereza y superficialidad de nuestras fuerzas armadas, que supieron ser fieles a don Porfirio por treinta y cuatro años. Se te olvida que quien ha sabido ser fiel lo seguirá siendo en cualquier puesto o en cualquier circunstancia. O eres o no eres, Gustavo. Si le fueron fieles a don Porfirio, también lo serán conmigo. Respecto a Huerta, tienes razón, no se trata de un hombre confiable, pero sucede que todavía no hemos empezado a capacitar militarmente a los nuestros, y hoy por hoy nadie tiene su nivel de conocimiento para poder empezar el proceso de sustitución. Es cosa de tiempo.

Por lo pronto, espero, junto contigo, no volver a tener nunca la necesidad de echar mano de él. Le profeso la misma desconfianza que tú.

—No comparto tu concepto de fidelidad, Pancho. Mira —dijo Gustavo inspirado del ánimo más sincero para convencer a su hermano—, ellos fueron leales a don Porfirio porque él los compró uno a uno a través del otorgamiento de elevados puestos en el gobierno para satisfacer sus intereses de clase y para permitirles robar a placer y saciar así sus apetitos políticos. Tú crees en la lealtad en sí misma, Pancho, pero don Porfirio la compró y la pagó todos los días de su gobierno. Nunca fue un sentimiento de gratitud afectuoso y desinteresado como el que tú te imaginas. Tú sabes lo que haces, hermano, pero ten cuidado con tu argumento y con esa gente. ¡Cómprala o lárgala!

Y ya que hablamos de traidores, hoy decidí venir a Chapultepec para comentarte otra vez las andadas del embajador gringo —dijo Gustavo, tallándose discretamente su ojo de vidrio—. Supe que asistió a una reunión en donde públicamente se refirió a ti en términos verdaderamente majaderos. Ya sabíamos que en círculos íntimos se daba a criticar en forma grosera y sarcástica la obra de tu gobierno, pero nunca había llegado al extremo de exteriorizar sus conceptos públicamente, sin importarle las consecuencias.

—¿De dónde me tendrá tanto coraje este hombre? —preguntó cándidamente el presidente.

—No lo sé, Pancho, pero es una mierda el tipo ése. Imagínate, si ya en público habla sin recato, piensa entonces en sus informes a Washington. Taft y el Departamento de Estado deben creer todo lo que les comunica este maniático, y eso puede ocasionarnos represalias injustificadas, sustentadas en las mentiras de este malviviente. Ya ves que las notas diplomáticas de Knox trascienden cada vez más malestar; a veces sus exigencias son imposibles de satisfacer.

—Sí, sí, lo sé Gustavo; incluso he pensado en la posibilidad de pedirle a Taft la sustitución del embajador —agregó Madero.

—Ésa sería la salvación. Acuérdate que apenas había comenzado el mes de abril cuando Wilson te pidió autorización nada menos que para armar a los miembros de las colonias americanas, radicadas en diferentes centros urbanos de la República, en caso de una revolución.

Acuérdate que quería meter tres mil rifles y 1,250,000 cartuchos en el Distrito Federal, principalmente, y en Tampico, Guadalajara, Guaymas y algunos otros puertos mexicanos.

—Nunca supimos cómo logró obtener del presidente Taft semejante permiso.

—Sólo diciendo que estábamos a punto de una revolución y que tú eras incapaz de controlarla, con el consecuente peligro para las personas y para los bienes americanos. Taft debe pensar que el deporte nacional predilecto es el tiro al gringo y que no tenemos nada mejor que hacer que intentar las más variadas formas de perjudicarlos directa o indirectamente.

El presidente, escurrido en la silla, contemplaba los cientos de cristales tallados que integraban, saturados de luz, los candiles que anteriormente engalanaran el Segundo Imperio, en el siglo pasado, mientras alisaba el breve candado barbado que circundaba su mentón y su boca. Madero parecía no haber escuchado los puntos de vista de su hermano. Estaba ausente.

Gustavo, pensaba para sí, nuevamente llega a mí con sus fanatismos. Desde luego, el embajador es un individuo inquieto y alarmista, pero mi hermano adolece del mismo defecto. Me causó muchos problemas con los Vázquez Gómez y con el mismo Pino Suárez. En la propia campaña varias veces tomó decisiones financieras sin consultarme oportunamente, como cuando no pudo cumplirle a una compañía francesa concesionaria de una concesión ferrocarrilera. Ni siquiera he podido darle, por su temperamento, un puesto en el gabinete. Puede ser que haya llegado el momento de mandarlo a un viaje a Japón, para agradecer a ese país su participación en las fiestas del Centenario de la Independencia.

—Imagínate, Pancho —continuó Gustavo impaciente ante la ausencia de respuesta de su hermano—, la imagen que debe tener el embajador Wilson de nosotros como país, con el solo hecho de pretender armar a sus compatriotas para que puedan matar a cualquier mexicano supuestamente interesado en dañar su persona, su familia o sus bienes. ¿Qué respeto puede tener Henry Lane Wilson por la soberanía de México si al armar a sus paisanos nos está diciendo que las leyes, las instituciones y el país, en general, le importan un pito y dos flautas?

¿Qué, le íbamos a dar una autorización para matar impunemente a los nuestros en nuestra propia casa, Pancho? Wilson ve a México como un corral de Estados Unidos, y por eso desprecia y patea con su odiosa prepotencia nuestros valores sociales y políticos —continuó incansable Gustavo—. A sus ojos somos un subgrupo yaqui que ni siquiera supera a los pieles rojas. Si por él fuera, mataría a la mayoría de los mexicanos sin mayores preocupaciones ni temor a represalias ni sanciones, puesto que nos sabe impotentes e incapaces de levantar la mano contra los Estados Unidos, gracias a nuestra debilidad militar y a nuestra dependencia económica y política. ¿De qué sirve nuestra Constitución ante la superioridad de la fuerza militar?

Mientras Gustavo se crecía, el presidente permanecía mudo, escurrido en su silla dorada.

—¡Calma a ese miserable antes que sea demasiado tarde!

El Vicepresidente Pino Suárez asomó tímidamente la cabeza por la puerta de acuerdos. Madero lo llamó.

—Pasa, pasa, ya terminé con Gustavo. Cuéntame qué pasó con la Casa del Obrero Mundial.

Gustavo Madero bajó pensativo la escalera del Castillo de Chapultepec. "Mi hermano no me escuchó. Estaba ausente. A veces me da la impresión de que tiene una confianza ilimitada en la estructura moral del género humano. Difícilmente concibe la existencia de la maldad, de la traición y de la calumnia, hasta que éstas se le aparecen sentadas a la mesa. Esto siempre me preocupó en mi hermano. Mañana volveré a hablar con él. Debe entender quién es Huerta y quién es Wilson. Ya todos lo entendimos..."

La Porra. Así fue identificado en todos los medios oficiales el grupo de legisladores presidido por Gastón Santos Paredes, en razón del soporte político concedido invariablemente a la barra del gobierno del presidente Madero.

—Somos un bloque progresista a favor de las causas liberales y velamos por la supervivencia democrática de la actual administración. Nos negamos al regreso de los militares al poder. Nos opondremos siempre a esa casta fétida, hasta en sus últimas consecuencias —había advertido Santos Paredes en su último discurso en la Cámara de Diputados—. No nos importa que nos llamen lambiscones del maderismo. Preferimos, en todo caso, ser miembros de *La Porra* a serlo de la reacción, la verdadera enemiga de las causas nobles de México.

La Porra animaba a Madero a cumplir integralmente con el Plan de San Luis. Exigía el reparto de tierras, el fin del latifundismo, la aplicación estricta de la Constitución de 1857 y la exclusión absoluta de la Iglesia en cualquier actividad política. También respaldaba los propósitos nacionalistas dirigidos a limitar la explotación de recursos naturales por compañías extranjeras inescrupulosas. A ellas las culpaba de socavar el progreso del país y de atentar contra las más caras instituciones de México.

—También los virtuosos conceptos presidenciales relativos a la libertad de expresión, hoy realidad, antes vergonzosa quimera —comentaban siempre con fundado orgullo *los porristas* en la Cámara de Diputados.

Sin embargo, sus integrantes no podían negarse a aceptar la realidad existente. El país llevaba prácticamente dos años de inestabilidad política. En ese lapso, muchos capitales habían emigrado en busca de la atmósfera idónea para su crecimiento. México empezaba un penoso proceso de descapitalización.

Los levantamientos armados de Zapata, de Pascual Orozco y de Bernardo Reyes, magnificados por la lente morbosa y catastrofista de la prensa nacional y extranjera, proyectaron en México y en el mundo, en su afán sensacionalista mercenario, una nación en pie de guerra y a un país a punto de ser devorado por las llamas del infierno.

El sindicalismo creó, gracias a los empresarios extranjeros, una alarma política injustificada que favoreció aún más la contracción económica. El gobierno no podía invertir el gasto público en la reactivación del aparato productivo; en cambio, buena parte de los menguados recursos presupuestarios debían ser destinados a la importación de armas para sofocar la sedición, pacificar al país y provocar el regreso de la confianza.

Los fondos públicos se agotaban rápidamente. La producción era insuficiente, la inflación galopaba y el desempleo empezaba a causar estragos en las filas de los asalariados y en los índices de consumo nacional. La violencia creciente en el campo inmovilizó el arado y dejó a las yuntas pastando en los potreros. La producción agrícola también disminuyó. La prensa despedazaba, en muchas ocasiones sin justificación y sin piedad, el programa de gobierno de Madero.

La Iglesia, siempre oportunista, arrojó pesados leños a la pira. El ejército añoraba los días felices del Porfiriato, mientras el presidente Madero no resolvía los problemas e incumplía sus promesas. No había habido reparto agrario. El nepotismo maderista parecía una provocación y un aparente regreso al "cientificismo". La voz de *La Porra* perdía fuerza y empezaba a carecer de sonoridad.

Madero deseaba conciliar los intereses encontrados de la nación, como un buen padre de familia. Deseaba quedar bien con los latifundistas y bien con quienes carecían de tierra, quienes estaban dispuestos a dar su vida a cambio de obtenerla. Bien con los obreros, en la satisfacción de sus peticiones económicas y sociales, y bien con los empresarios. Bien con los soldados del porfirismo y bien con la opinión pública.

Los mismos miembros de *La Porra* aducían:

—La fraternidad con la que sueña Madero, entre los mexicanos, no es sino producto de una ilusión. Es un hombre idealista, inmensamente generoso y bueno, pero esa hermandad no puede darse mientras existan diferencias abismales como las existentes entre los mexicanos, desde el punto de vista económico y social. Madero se debe al país, a las mayorías y debe satisfacerlas de inmediato, aun a riesgo de rozar cualquier sector, mexicano o no.

El prestigio de Francisco I. Madero se escapaba con rapidez, como arena fina entre los dedos de un puño firmemente cerrado. Con ella se escapaban las esperanzas, el ánimo y la paciencia.

El presidente se iba quedando solo. Solo entre los militares. Solo con los grandes capitales. Solo con los Estados Unidos que ya volvían a hablar de invasiones y de concentración de tropas en la frontera.

La Porra le pidió su apoyo a Gustavo Madero, quien presentó a su hermano las propuestas del grupo.

Madero contestó:

—He decidido enviarte a Japón con carácter de embajador para agradecerles por tu conducto su concurrencia a las fiestas del Centenario de la Independencia. Veo que te haces eco de la alarma y del griterío. No quiero llegar a tener una diferencia insalvable contigo.

Gustavo enrojeció del coraje. El Presidente de la República abandonó su despacho del Castillo de Chapultepec.

Pensaba que en el ejercicio de la presidencia era particularmente difícil conocer y detectar con oportunidad la verdad oculta en los acontecimientos, y por lo mismo la familia, así como los colaboradores realmente cercanos, no deberían fanatizarse ni dogmatizarse políticamente, sino buscar siempre el terreno de la objetividad y estar así en posibilidad de proporcionar consejos centrados y serenos al Jefe de Estado, desprovistos, sobra decirlo, de pasión y de confusas emociones.

—Mi hermano nunca entenderá ese principio fundamental que nunca deben perder de vista ni los hombres públicos, ni las personas que nos rodean. Debe madurar este Gustavo. No está listo todavía para estar a mi lado.

McDoheny ordenó la compra de un collar de brillantes a su secretaria a principios del invierno de 1912.

—No me importa el precio. Quiero una joya impresionante. Tráigame cinco o seis charolas para escoger la mejor pieza. ¡Pronto! ¡Dése prisa! Las necesitaré para la fiesta que daré hoy en la noche a Callaghan y a lo mejor de Hollywood.

"Helen deberá estrenarla hoy mismo con su nuevo vestido. Estará deslumbrante. Ya veré la cara de mis colegas cuando la conozcan…" —pensaba para sí.

La secretaria, en su esfuerzo para ser amable con su jefe, subrayó:

—Nunca lo había visto tan ilusionado con una mujer. Parece usted un chiquillo travieso.

—¡Tengo prisa! —tronó—. Guarde sus comentarios para cuando yo se los pida. Quiero —agregó excitado— los collares en mi oficina dentro de una hora, o sea a las cuatro de la tarde. ¿Es claro?

La secretaria tomó nota sin perder detalle.

—A las cinco mande al chofer por Helen, a donde siempre, y que la traiga aquí a más tardar a las cinco y media. ¿Alguna duda? —preguntó mientras arreglaba los papeles de su escritorio—. Bien, comuníquese entonces con Sobrino. Mañana saldré para México. Telegrafié al embajador Wilson. Anúnciele mi llegada. Tomaré una ducha rápida en la suite.

Wilson, por su parte, hacía uso intensivo del telégrafo. Enviaba con insistencia al Departamento de Estado correspondencia confidencial sin perder, en cada caso, la oportunidad de desprestigiar al gobierno de Madero, apoyado casi siempre en hechos insustanciales, amplificados por su intolerancia política.

—Está loco, Edward. Es un hombre que no se da cuenta de lo que hace, ni se percata dónde pisa —decía el embajador norteamericano a Edward N. Brown, Presidente de los Ferrocarriles Nacionales de México y miembro destacado del grupo presidido por el representante diplomático norteamericano—. Mira que expulsar a los trabajadores angloparlantes, además de pretender que todos los empleados de los ferrocarriles hablen español. ¡Claro! Luego pedirá la mexicanización total. Allá va. Tenía razón McDoheny, Edward, este hombre, aparentemente pronorteamericano, se ha definido como un enemigo recalcitrante al que debemos detener. Yo ya he tomado providencias en el asunto y tengo a Washington informado con oportunidad. Mira, lee mi último despacho:

Del embajador de Estados Unidos de América en México al Departamento de Estado:
Sería conveniente llamar la atención del presidente sobre el creciente espíritu antinorteamericano del gobierno de Madero que, no sólo muestra una marcada preferencia por los mercados europeos en todos los artículos, sino también está persiguiendo y dis-

criminando a empresas norteamericanas, posición manifestada recientemente con la expulsión de los empleados norteamericanos de los Ferrocarriles Nacionales de México, en la persecución de la Associated Press y del único periódico norteamericano de México, en la discriminación y el impuesto confiscatorio con que se han gravado los productos del petróleo en Tampico. La embajada hará todo lo posible por impedir esos actos injustos, pero sugiere respetuosamente que conviene aceptar una posición positiva en las cuestiones mexicanas, en vista de los servicios que hemos prestado a México y nuestra paciencia para con el gobierno.[76]

—Es bueno tu despacho, Henry, pero convendría aclarar eso de la posición positiva —dijo el famoso empresario norteamericano—. Insiste en la reciprocidad de trato, dispensado por el gobierno de Estados Unidos a cualquier mexicano o empresa mexicana. Claro está, no puedes amenazar abiertamente con la intervención, pero sí puedes dejarla entrever para que estos desarrapados nos respeten.

Días después se recibía en el Departamento de Estado un nuevo informe de su embajador en México, fechado en el mismo mes de agosto de 1912.

Debe entenderse que este gobierno, aunque nominalmente pronorteamericano y perjudicándose hasta cierto punto ante la opinión pública, por supuesto pronorteamericana, está realmente conduciendo una campaña contra los intereses americanos, la cual parece estar dirigida a hacer que los miembros de la familia de Madero y sus partidarios políticos y personales de la misma sean quienes se beneficien con la pérdida estadounidense. No sé de ninguna empresa norteamericana en este país que esté siendo objeto de ataques por parte del Ejecutivo o de los Tribunales que no haya adquirido sus intereses en forma legítima y honorable, pero preveo la confiscación, la persecución y las expulsiones por medio de resoluciones judiciales arbitrarias de muchas de nuestras empresas importantes, a menos que haga ver claramente a este gobierno, a su debido tiempo, que todos los súbditos norteamericanos y todas las empresas norteamericanas en México esperan la misma justicia que un mexicano y una empresa mexicana recibirían en los Estados Unidos.[77]

Knox, Secretario de Estado, leyó el mensaje con detenimiento. Pensó que había llegado la hora de llamar la atención de Madero en otros términos. Convenció al presidente Taft de la conveniencia de convocar a una reunión a Pedro Lascuráin. Secretario de Relaciones Exteriores de México, para aclarar en la misma Casa Blanca algunos conceptos sobre la política económica del presidente Madero.[78]

—El diplomático mexicano palideció cuando escuchó las palabras del Presidente de los Estados Unidos:[79]

—Haga usted saber al señor Madero que quiero seguir pensando en su elevado sentido de la nobleza del que siempre he estado convencido. Él no podrá olvidar cuál fue el papel de mi gobierno durante su estancia de cinco meses en San Antonio, que antecedieron a la renuncia del presidente Díaz. Recuérdele usted las facilidades concedidas por mi gobierno a través de nuestra frontera común. Gracias a nuestra política fronteriza el señor Madero llegó al poder.

—Bueno —replicó Lascuráin—, podría ser exagerada esa última observación, señor Presidente. Parece ser, en este caso, que ningún mexicano tenía justificación suficiente para intentar derrocar a la dictadura, después de 30 años de tiranía y de contemplar pasivamente el enriquecimiento descarado del grupo en el poder.

—Es obvio —replicó Taft—. Había sobradas razones domésticas, por todos conocidas, para provocar la salida de don Porfirio, pero ése no es mi punto, señor Secretario. ¿Sabe usted cuántos personajes de la política mexicana fueron asesinados misteriosamente en los Estados Unidos por los esbirros de la dictadura? —Taft deseaba hacer sentir a Lascuráin la deuda moral que el maderismo había adquirido con su gobierno y evidentemente se la deseaba hacer efectiva en ese momento. Lascuráin prefirió no contestarle—. Muchos, señor Secretario, muchos más de los que usted se imagina. La policía secreta de don Porfirio tenía verdugos también en los Estados Unidos. Por esa razón sus enemigos peligrosos murieron o desaparecieron sin dejar rastro, sin tomar en consideración si violaban o no la soberanía americana. Sin embargo, curiosamente, su actual presidente nunca recibió ni un solo rasguño durante su estancia con nosotros. ¿Lo supimos proteger, no?

Lascuráin continuó callado.

—¿Pasaron o no armas a México sin tomar en cuenta las leyes de neutralidad? —preguntó nuevamente Taft—. ¡Todas, señor Secretario! Cruzaron la frontera todas las necesarias. Usted desde luego, lo sabía. —Taft volvió nuevamente a la carga con el ánimo de subrayar su carácter de acreedor moral del maderismo y hacer patente el mal agradecimiento del actual gobierno mexicano—. ¿Concentramos o no tropas americanas también en la frontera para darle a entender a Díaz nuestra posición?

—Sí, señor, así fue —masculló Lascuráin.

—¿Cuánto tardó la Casa Blanca en reconocer al gobierno beligerante de Madero, después de veintitantos años de relaciones con la dictadura, señor Lascuráin?

—Fue casi inmediata, en efecto, señor presidente.

—Y entonces, ¿debo entender que usted concuerda con el tratamiento dispensado por su presidente a nuestros hombres de negocios y a nuestros inversionistas en México?

—No hay tal agresión, señor. Pensamos que son exagerados los informes enviados por Lane Wilson desde México.

—¿Lo considera usted un embustero?

—Nunca dije tal cosa, señor Taft. Sólo pensamos que es un alarmista, muy imaginativo, pero en el fondo bien intencionado, si usted quiere.

—Mire, señor Secretario, en la Casa Blanca exigimos reciprocidad en nuestro trato con el señor Madero. No deseo cambiar la imagen que tengo hecha de él, y por lo mismo apreciaré el reconocimiento de mi conducta hacia su persona.

—Yo hablaré en México con el presidente Madero para aclarar los malos entendidos. Cuente usted con ello —concluyó Lascuráin abochornado—. Puede usted estar seguro, además, de la buena voluntad de mi gobierno para resolver cualquier conflicto entre los dos países.

—Nosotros —agregó Lascuráin— también le agradeceremos el retiro de las tropas americanas acantonadas en la frontera, así como el de sus barcos de guerra anclados en varios puertos mexicanos —arremetió Lascuráin abriendo la mínima brecha para atacar.

—Bien, señor Lascuráin —se levantó Taft de su asiento en el Salón Oval—. Hemos llegado a un acuerdo. Yo haré todo lo posible por retirar a nuestros hombres de la frontera y de los puertos, pero usted vea de tranquilizar a nuestros inversionistas en su país.

El absolutismo no acepta razones, pensó Lascuráin al abandonar la Casa Blanca. Le urgía telegrafiar desde la embajada. Había quedado bien claro el derrocamiento de Porfirio Díaz. Por esa razón había renunciado sin oponer prácticamente resistencia. Se abría un paréntesis para esperar el cambio de la política del presidente Madero.

A su vez, Taft comentó con Knox:

—Estoy llegando a un punto en que pienso que deberíamos colocar un poco de dinamita con el objeto de despertar a ese soñador que parece incapaz de resolver la crisis en el país del cual es presidente.*

El grupo de inversionistas americanos, presidido por el embajador Henry Lane Wilson, sesionaba. Era la primera de una larga serie de reuniones que se llevarían a cabo a puerta cerrada. Se escribía, de nueva cuenta, la historia de México. En este caso, el final político de otro Presidente de la República, el de Francisco I. Madero.

—En síntesis —sentenció Wilson en aquella ocasión— vimos que Madero comenzó con el impuesto a la explotación petrolera, luego promulgó el decreto con el que amenazaba la expropiación de esa industria vital para los intereses norteamericanos. No otorgó las concesiones adi-

---

* *Taft papers,* Biblioteca del Congreso de los Estados Unidos, Washington D.C. Taft a Knox, 16 de diciembre de 1912.

cionales prometidas. A continuación pretendió la mexicanización de los ferrocarriles y, con ella, su control, para beneficiar probablemente a los ingleses o a su propia familia.

Sí, primero fueron los petroleros, después los ferrocarriles y luego vamos a saber quién sigue en la inmoral lista de expropiaciones del presidente Madero. Se ha desatado una enorme serie de huelgas que antes ni siquiera se conocían y que han mermado severamente las utilidades de nuestras empresas. Madero ha sido incapaz de sujetar al sector obrero, en claro perjuicio nuestro. Hay violencia en el campo y en las ciudades y, por lo mismo, amenazas para la seguridad de los bienes y personas norteamericanas. No hay confianza en la actuación de la presente administración y son mil millones de dólares, es decir, la más grande inversión foránea de los Estados Unidos, 40% de la mundial, la que está precisamente en juego, y a mí, señores, precisamente a mí, me ha tocado históricamente velar por su integridad y su desarrollo —Wilson parecía seguir instalado en el monólogo que tanto odiaba su esposa—. Yo no permitiré que un fanático, que actúa de acuerdo al mandato que recibe de los muertos, desbarate toda una estructura industrial, comercial y bancaria, producto del empeñoso esfuerzo de muchas generaciones de americanos, que a mí me ha sido ordenado vigilar. De modo, señores, que ha llegado la hora de tomar cartas en este asunto y proceder a deshacernos de este débil mental que está al frente de los destinos de México.

Aldrich, de la Cía. Mexicana Continental, famoso legislador de los aranceles que llevan su nombre, gestor también de Rockefeller en los negocios huleros de Durango, sonrió. Su socio, a su vez, era el propietario mayoritario de la multicefálica Standard Oil de New Jersey.

Para ambos era inaplazable derrocar a un contrincante industrial de la talla de la familia Madero. Valía la pena un segundo intento después del fracaso orozquista…

Guggenheim, de la American Smelting & Refining Co., competidor también del grupo industrial Madero, quien ya había resentido perjuicios económicos por la política "tendenciosa" del presidente para favorecer sus intereses en perjuicio de los controlados, asintió, controlado, con un breve y elegante movimiento de cabeza. Tuvo un entendimiento inmediato con sólo ver a los ojos de Aldrich.

Edward Brown, Presidente de los Ferrocarriles Nacionales de México y Director del Banco Nacional de México, aplaudió abiertamente la decisión, en virtud de sus temores por la pérdida del control ferrocarrilero, fundamental para el comercio con su país y por las escasas posibilidades que concedía al gobierno de Madero de poder pagar oportunamente el importe de la deuda pública, en razón de los enormes gastos militares imprevistos a los que debía hacer frente.

"Mientras más gaste en la pacificación del país, menos podrá pagar. Lo único que veo es gasto, gasto y gasto. Todos los Zapatas acabarán con el Tesoro Público de México, con nuestras posibilidades de cobro y con nuestra paciencia" —agregó contundente.

George W. Cook, abastecedor mobiliario y de equipos durante la gestión de Limantour, vio caer su estrella con Madero y con ella la desaparición de sus utilidades. También apoyó al diplomático.

Edward McDoheny, en un discurso sin precedentes, previó con claridad las ventajas y beneficios que reportaría al capital norteamericano la salida del Enano de Parral.

Wilson contaba, lógicamente, con el apoyo incondicional del petrolero, pero no supuso que su intervención, siempre vehemente, fuera a definir la situación a su favor.

Pierce, de Waters Pierce Oil Co., poseído de un enorme sentimiento de culpa por el apoyo concedido a Madero en su lucha contra Porfirio Díaz, también acordó la medida. Sobrio, sin vacilar, sin hacer mayores comentarios, aceptó la presencia de Madero en la Presidencia de la República como un peligro en cuanto a su definición y, otro tanto, en cuanto a su indefinición.

Wilson propuso a Félix Díaz como el hombre idóneo para ejecutar exitosamente un certero golpe de estado en contra de Madero.

—Sería el presidente ideal. Él es sangre del dictador. Beneficiaría sin miramientos a toda la inversión americana. Nos daría la tranquilidad perdida y las necesarias canonjías requeridas. Goza de un excelente ambiente en los medios militares. Con él tendremos un interlocutor inteligente en el Castillo de Chapultepec, interlocutor que, desde luego, recordará en todo momento que quien le dio la fuerza también se la puede quitar...

En enero de 1912, Félix Díaz había abordado un barco rumbo a La Habana, para entrevistarse con un prominente banquero norteamericano y recibir una recomendación de la American Bank Note Co. para entregarla, a su vez, en el Departamento de Estado en Washington, de ser posible al propio Knox en persona.[80]

En la nota se hacía una verdadera apología de la figura política del sobrino de Porfirio Díaz y se exaltaban sus merecimientos y sus indiscutibles cualidades para ocupar la primera magistratura de México.[81]

Wilson pretendió con este movimiento ocultar a Washington la verdadera identidad de los integrantes de su pandilla. Knox creyó prematura la aparición de Félix Díaz en el nuevo escenario político de México.

No lo apoyó, pero tampoco lo detuvo ni hizo muchas preguntas. Aparentemente apoyó el proyecto con una sutil indiferencia.

Esa misma noche Díaz cenó con el Secretario americano de Marina.

Poco se supo de las gestiones del sobrino de Díaz en Washington. Los hechos posteriores arrojarían la luz necesaria para esclarecer las negociaciones. El levantamiento de Félix Díaz se fijó para el 16 de octubre de 1912 debiendo iniciarse en el Puerto de Veracruz.

Valente Montoya había llegado a Tampico para descansar unos días de las pesadas faenas agrícolas propias de los naranjales de Florida.

Fue a buscar de inmediato a Juan Alfaro, próspero comerciante de frutas y legumbres de Tampico, quien desde hacía tres años había puesto su propio negocio. Ahora gozaba de respeto y popularidad.

—Vine a buscar a mi jefecita, don Juan. Desde qui me jui de Los Limoneros, rumbo al norte, ya jamás volví a saber nada de ella. ¿No sabe usted quí si hizo? ¿No sabe usted adónde si jue?

—Pues no, Valente —respondió nervioso el comerciante—. En realidad ella se fue de aquí sin dejar rastro —dijo mientras abría, para esquivar la mirada del bracero, un pesado saco de fibra de henequén con frijoles negros para su venta. No se percató, en su precipitación, de la presencia de otro saco, medio vacío aún, al lado del mostrador, pendiente todavía de agotarse.

—Alguien debe saber, don Juan. Asté, tan amigo de la familia, era mí última esperanza. Asté la vio los últimos días de Los Limoneros. Se acordará qui jueron juntos a la capital a ver a quién sabe quién. Por eso pensé qui podría darme alguna razón de ella.

Alfaro sonrió forzadamente y colocó una pequeña pala de metal en el cajón donde estaba depositado el azúcar.

—Lo sé, Valente, pero desconozco dónde andará.

—¿Entonces terminaron enojados?

—Nada de eso, por Dios. Tus padres y yo siempre fuimos buenos amigos.

—¿Y si lo jueron, como asté dice, por quí si jue sin despedirse de sus amigos, si tanto los quería a todos? —expresó Montoya sin ocultar su confusión.

—Pues, probablemente yo no estaba en Tampico cuando ella se fue y por eso, aunque haya venido a visitarnos, no me encontró. ¡Eso es!, muchacho, ahí tienes la explicación —agregó nervioso—. En realidad eso pudo suceder —continuó el negociante mientras empezaba a limpiar el mostrador, recién lavado por uno de los ayudantes del almacén.

—Quí va, don Juan. Eso qui asté dice es imposible —replicó Valente sin ninguna timidez—. Voy de acuerdo con asté en quí ella haiga venido a saludarlo y no lo encontró, pero, dígame, ¿no debería saber por lo menos uno de todos sus amigos pa dónde jaló? ¿O el día qui se jue de plano no encontró a naiden?

Juan Alfaro ya no tuvo más remedio que ver a Montoya a los ojos.

—Te ayudaré muchacho, te ayudaré —dijo mientras se dirigía preocupado hacia la puerta de salida para despedir al hijo de Eufrosina.

—¿Qui sabe de mi hermano Hilario, don Juan? ¿Sabe si si lo llevó con ella antes de irse de la Huasteca?

—¿Tu hermano Hilario…? ¿Tu hermano Hilario…? ¡Ah! Creo, según dicen en la calle, que sí se lo llevó, pero no estoy seguro —contestó el comerciante, pálido y temeroso de incurrir en alguna contradicción—. Bueno, Valente —quiso cortar la conversación—, debo ir a la Alcaldía para ver unos problemas pendientes de resolver. Veré la forma de ayudarte. Te lo prometo —finalizó sin voltear la cabeza ni ver a Valente.

—Oiga, don Juan —el comerciante se quedó petrificado al oír la voz insatisfecha y exigente del campesino—. ¿Qui mi cuenta de su amigo Sobrino? ¿No piensa asté qui él sí sabe dónde están mi amá y mi hermano?

—Pues no sé. Mejor pregúntale a él.

—Iré a la policía pa ver si supieron quién mató a mi padre y pa ver si saben de mi madrecita y de mi hermano. Luego compraré un boleto de tren para irme a la Tolteca y saludar a su amigo Sobrino. Veré quién me informa de él.

Juan Alfaro cambió de ruta sobre la marcha. No sabía qué pensar. Prefirió entrar en la capilla municipal. El miedo, como siempre, lo llevó a comunicarse con Dios. Más tarde vería si mandaba un telegrama a la Tolteca, en la Ciudad de México. Volteó la cabeza antes de entrar en la parroquia. Pensó que lo seguía Valente Montoya. Era sólo su conciencia.

Al conocer la noticia del alzamiento de Félix Díaz en Veracruz, Madero experimentó un desagradable sobresalto.

—Los militares. Otra vez los militares. Malditos militares. Bernardo Reyes, Pascual Orozco y ahora este nuevo Porfirito.

Aquél se destruyó solo, aun cuando el propio gobierno americano informó de sus planes para poder desarmarlo oportunamente. Luego Pascual, mercenario al servicio del capital mexicano y extranjero. Y ahora Félix, que buscará la gloria de su tío a cualquier precio. Me pregunto, Sarita —dijo el presidente preocupado en la intimidad de su hogar—, ¿quién está detrás de Félix Díaz? ¿De dónde habrá tomado este cobarde el coraje para levantarse en armas contra mí? Él, por sí mismo, no se levantaría en armas ni en el ensayo de una obra de teatro, no digas ya en Veracruz. ¿Quién estará tras de este títere? —Madero, inquieto y reflexivo, no le concedía a Félix Díaz los tamaños para llevar por sí solo una iniciativa rebelde de semejantes proporciones. Constantemente buscaba los hilos que podrían estar moviendo a la marioneta para descubrir al responsable intelectual de la maniobra.

—Sólo ha de buscar —dijo Sara— regresar al poder; no veo por qué alguien pueda tener interés en dar un golpe de estado en tu contra. No hay razón, tranquilízate.

—De ningún modo, Sarita. Nada de tranquilizarme —repuso gravemente preocupado el presidente Madero—. Hoy mismo enviaré tropas suficientes para aplastar a este bellaco y darle un escarmiento definitivo. Si logro capturarlo le aplicaré la pena máxima, como a cualquier traidor a la patria.

En esos momentos de agotadora angustia por desconocer los alcances, los móviles y los verdaderos autores del alzamiento, el presidente pensó sólo en tener en sus manos al cabecilla y aplicarle sin tardanza el máximo rigor de la ley.

—Cuando lo tenga en mis manos lo haré fusilar de inmediato. No seré benévolo con los infieles a la República. Mi respuesta la encontrará en el paredón.

Los temores de Madero se confirmaron cuando las tropas federales apostaron su artillería apuntando en dirección del Puerto, específicamente al conjunto urbano donde se había producido el levantamiento, para destruirlo de un solo impacto de proyectil. En ese momento se recibió una comunicación de la embajada norteamericana en México.[82]

> Esta embajada se opone a un bombardeo del centro del Puerto de Veracruz, puesto que se verían seriamente dañados los bienes norteamericanos residentes en la localidad y se pondrían en peligro sus vidas, así como las de sus familias. En consecuencia, notifico a usted formalmente la oposición de esta representación del gobierno de Estados Unidos en relación a la estrategia militar que se propone usted adoptar para extinguir la sublevación en el Puerto mencionado.

Madero palideció. "¿Cómo es posible que la embajada norteamericana tuviera información tan oportuna de la logística militar de mi gobierno? ¿Quién les informó? ¿Cómo se atreve el embajador a intervenir con tan grosero cinismo en los asuntos internos de México? ¿Debo entender que le preocupa realmente la vida y el patrimonio de los norteamericanos o sólo desea apoyar el levantamiento en mi contra?

Nunca creí en los sentimientos humanitarios de Wilson y si protege a Díaz y le interesa su éxito, ¿lo hará a título personal o con la bendición de su gobierno? ¿Estará o no solo el embajador Wilson en esto? ¿Si no está solo, con quién más está? ¿Por qué Félix Díaz?"

Días más tarde, otro comunicado le arrojó la luz que necesitara. El día 20 de octubre, o sea, cuatro días después del levantamiento, llegó a Veracruz el cañonero norteamericano *Desmoines* y comunicó el mismo mensaje que días antes había hecho saber el embajador yanqui, ahora en términos amenazantes.[83] ¡No bombardear Veracruz! ¡No se le ocurra lastimar a Félix Díaz!

Madero lloró, lloró amargamente su impotencia. Lloró la imperturbabilidad del gobierno de Estados Unidos. Lloró su indefensión. Lloró su ingravidez política, su dependencia del exterior y la debilidad de sus fuerzas para contrarrestarla. Lloró desconsoladamente.

Sin embargo las fuerzas federales permanecieron fieles a Madero. Desarmaron con buen resultado la conjura. Félix Díaz fue aprehendido precisamente cuando pretendía refugiarse en el consulado americano. De inmediato fue puesto a disposición de la justicia mexicana. Madero suspiraba ampliamente mientras dormía en Chapultepec, después de conocer la noticia de la captura del nuevo traidor.

McDoheny había mandado colocar en lugar de un bajo relieve broncíneo del siglo XVIII, que hacía las veces de cabecera en su llamado "recinto nupcial", un tapiz persa, expresamente diseñado y fabricado para él. Se trataba de una colosal torre petrolera dorada, de 1.80 mts. de altura, con fondo color tabaco oscuro. Bajo la obra maestra, el petrolero, envuelto en las sábanas de satín del mismo color, se entregaba, en compañía de Helen Cliff, a los más atrevidos juegos amorosos. Le placía verla totalmente desnuda sobre las sábanas oscuras, las cuales destacaban con toda claridad la belleza de sus formas juveniles y la perfección de su anatomía lujuriosa.

—No puedo creer que seas mía, Helen, sólo mía —decía el petrolero mientras repasaba con las manos y la mirada cada pliegue o protuberancia del cuerpo de la famosa actriz cinematográfica.

McDoheny pensaba que había ganado una nueva batalla al conquistar a la hoy estrella. Helen pensaba lo mismo. Se sentía la ganadora y como prueba de ello explotaría sin medida su éxito y su momento. Por su parte, el magnate cabalgaba una y otra vez rumbo a las inmensas puertas que franquean la entrada del firmamento. Sentía cuando soltaba las bridas, luego cuando perdía los estribos para flotar después, con todo y cabalgadura, por una atmósfera perfumada, estimulado por los aromas, la prepotencia y la ensoñación.

Sonó el teléfono. En esta ocasión repiqueteaba angustioso. McDoheny lo oía a lo lejos sin aceptarlo. Buscó a tientas, con un brazo perezoso, el insistente auricular. Cuando lo hubo sujetado pensó en arrojarlo con violencia al otro lado de la habitación. Prefirió, sin remedio, escuchar la voz originada en el otro extremo del hilo. Era Sobrino. Su voz sonaba aguda en la lejanía, como si proviniera de una de las más recónditas galeras de los hornos del infierno.

—*Hi, boss* —escuchó McDoheny, como si hubiera recibido una fuerte descarga eléctrica. No dejó continuar la inoportuna voz.

—Maldito Sobrino. Sobrino de mierda. Algún día te sacaré personalmente los ojos con mis pulgares.

Helen sonreía. Receptiva, le acariciaba su cabellera ceniza.

Según *La Porra*, había llegado el momento esperado en materia de definiciones políticas para la administración maderista. Sin discusión alguna todos los integrantes coincidieron en solicitar la ejecución de Félix Díaz, después del juicio sumario incoado con los cargos de traición a la patria. El fusilamiento del Sobrino de don Porfirio robustecería la ya desnutrida figura del líder máximo de la revolución. La condena del sublevado devolvería al presidente la imagen perdida, la autoridad, el prestigio y la confianza necesarios para gobernar.

Gastón Santos Paredes mandó una breve carta al presidente:

Los que estamos con la Constitución, estamos con usted. Usted encarna la voluntad popular. La representa. Usted debe conducir al país por la ruta trazada por la mayoría de los mexicanos.

Usted es el intérprete del sentir nacional y ejecutor incondicional de los supremos deseos de la colectividad que lo llevaron a ocupar la primera y más elevada responsabilidad ciudadana. Por lo mismo, señor presidente, haciéndome eco de las manifestaciones populares, me permito respetuosamente recordarle que la única posibilidad existente respecto a la conducta de Félix Díaz, por haber arriesgado el carísimo y precario equilibrio de las instituciones nacionales, en perjuicio de doce millones de mexicanos, debe ser el paredón. *No hay opciones*. Recuerde el costo de hacer la revolución a medias. Recurra usted a las medidas ejemplares.

Quien juegue o atente contra lo mejor de este país, debe afrontar las consecuencias de cara a un pelotón de fusilamiento. Si usted no sanciona al provocador con la más elevada sentencia que puede recaer sobre un humano, proliferarán los Díaz, los Orozco, los Reyes, los Zapatas. No hay perdón. Hay tiro de gracia. No hay titubeos. Se trata de la supervivencia de la patria. Respete usted el sentir de las mayorías en nombre de las cuales usted gobierna y que piden ahora, ya afónicos, justicia. Justicia, señor presidente.

Malos ratos habrá pasado usted durante el interinato de León de la Barra cuando usted entregó el Plan de San Luis a la reacción. En esa ocasión todo el movimiento se puso en juego. Ahora no se trata del movimiento, don Francisco: se trata del país. Se trata de los mexicanos que exigimos, en esta hora histórica, la aplicación inclaudicable de la ley ante los intereses inconfesables de la reacción y del egoísmo. Si no ejecuta usted a Félix Díaz, él y los de su calaña privarán a este país de la vida institucional y de la libertad.

Oprima usted el gatillo, señor Madero. Todavía tiene la oportunidad de salvar a su país. Dispare.

Henry Lane Wilson y su grupo de inversionistas habían fracasado, aun con el apoyo de un acorazado que ostensiblemente se había presentado en el Puerto de Veracruz, con el objeto de respaldar las maniobras de Félix Díaz e impedir la destrucción prematura del embrión mismo de la rebelión. Era necesario dejarla nacer y adquirir fuerza. Por otro lado, el insolente capitán del navío de guerra tenía instrucciones de reconocer "de ipso" el movimiento felicista, si éste coronaba con éxito la toma del Puerto de Veracruz. Se repetía la misma historia, con el mismo estilo y la misma mecánica de aquella ocasión en que los Estados Unidos decidieron reconocer a Madero después de la toma de Ciudad Juárez si Porfirio Díaz se negaba a renunciar a la Presidencia de la República.

Wilson cayó en una profunda depresión. Ya se había hecho a la idea de gobernar México desde la embajada americana. Félix Díaz vendría al *tea time* todos los días a las cinco de la tarde. Se tomarían los acuerdos respectivos y volvería como el hijo pródigo, inflamado de orgullo, a su residencia en el Castillo de Chapultepec. "Yo gobernaré en beneficio de los Estados Unidos este país, donde un 80% son salvajes sin religión ni ideales, que desconocen lo que tienen y lo que los rodea." Había equivocado la estrategia y subestimado al enemigo.

La misma mañana en que se conociera la derrota de Félix Díaz y, por consiguiente, la de su representación diplomática en México, se convocó en la misma embajada a otra reunión a puerta cerrada.

La historia de México se seguiría escribiendo en el Salón de Consejos de la embajada yanqui.

—Las circunstancias —dijo Wilson, quien pasó la lengua por las encías sin quitar la vista de un cenicero de vidrio— no nos fueron favorables en esta ocasión. Haré todo lo necesario para evitar el fusilamiento de Díaz. Los abogados de una de nuestras compañías ven muchas posibilidades jurídicas si se logran evitar las presiones políticas sobre los jueces. En este caso, la estructura legalista de Madero puede jugar a nuestro favor. Muy pronto comunicaré a ustedes el resultado de nuestras gestiones. Sin embargo, todos aprendemos de nuestros fracasos.

—¿A qué te refieres? —preguntó el segundo de Rockefeller.

—Verás, los levantamientos regionales han sido sofocados siempre con buen éxito y relativa facilidad por las tropas federales, con excepción del caso de Zapata, por lo cual hemos decidido cambiar de estrategia e intentar ahora la misma operación, pero en el corazón de la capital de la República, en donde, si la acción es exitosa, el resto del cuerpo caerá por sí solo.

Madero no tiene asegurada la lealtad del ejército. Eso lo sabemos. Por algo tuvo que comprarla con dinero para evitar la defección de los generales enviados a Veracruz para sofocar la rebelión felicista y asegurarse el triunfo. En consecuencia, si nos aseguramos la adhesión de los militares encargados de la custodia de la capital, liberaremos a este país de la amenaza maderista.

—¡Vamos a la cabeza! —dijo repentinamente motivado McDoheny—. ¡Claro está! Demos duro a la cabeza. Quienes saben de esto niegan cualquier margen de error en esta nueva estrategia.

—Por mi parte —continuó Lane Wilson—, he seguido informando a Washington de cada paso de las acciones del gobierno de Madero y se ha tratado de inducir con suma discreción y cuidado a algunas personas del Partido Católico, a las del viejo régimen y a los comerciantes de la ciudad de la conveniencia de un cambio de gobierno. Es muy positivo mencionar que en la mayor parte de estos casos no ha sido necesaria una labor de convencimiento. La conformidad ha sido inmediata, gracias también a la imprenta ubicada en el sótano de la embajada, adquirida gracias al favor de ustedes.

—Es cierto, Henry. Los boletines han tenido buena acogida. La gente se pregunta quién los habrá redactado con tanta elegancia y en forma tan convincente.

Al terminar la asamblea, la suerte de la administración maderista quedaba nuevamente amenazada por los enormes grupos económicos extranjeros radicados en México, amedrentados mucho más por sus fantasías y su imaginación que por las propias medidas adoptadas en la práctica por el joven gobierno de la República.

Wilson mandó una nueva nota a la Cancillería mexicana.[84]

> El gobierno de Estados Unidos desea hacer saber al presente gobierno de México que con la consiguiente sorpresa y natural recelo ha sido informado de que ciertas partes, al parecer influidas por la avaricia y la malquerencia a las empresas norteamericanas, están persiguiendo y robando a dichas empresas en cada oportunidad que se les presenta. La Associated Press ha sido molestada innecesariamente en varias ocasiones por enojosas restricciones de las cuales no puede hacerse completamente responsable al gobierno. Las empresas petroleras norteamericanas de Tampico presentan pruebas indudables de que están siendo gravadas con impuestos locales y federales casi insoportables. El gobierno de Estados Unidos se ve obligado a insistir en que cese esta persecución que prácticamente equivale a la confiscación y espera recibir del gobierno la seguridad inmediata de que pronto se hará caso a la presente nota.
>
> En caso contrario, el gobierno que represento me ha instituido para que eleve a su superior conocimiento que ante la ausencia de respuesta a sus inquietudes, deberá tomar personalmente entre sus manos la solución de los problemas que le aquejan en este país.
>
> H. L. WILSON

Todos los miembros de *La Porra* no pudieron ocultar su decepción ni su coraje. La depresión hizo acto de aparición en el seno mismo del grupo liberal. Las almidonadas señoras esposas, acostumbradas a la molicie porfiriana, festejaron el acontecimiento con un té-canasta. Se llevaron a cabo, por parte de la Iglesia, varios *Te Deum* de gracias.

Henry Lane Wilson le guiñó el ojo a Edward McDoheny, quien aceptó que Sobrino, el abogado Sobrino, después de todo tenía alguna buena cualidad.

Gustavo Madero tuvo que contener la ira para no hacer comentarios hirientes respecto a la conducta seguida por su hermano. No entendía. No lo podía aceptar, no lo podía justificar.

Terrazas observó con simpatía las acciones. Los militares se envalentonaron aún más. El sentido de casta se reforzó intensamente. La ley ya no les alcanzaría nuevamente. Se consideraron intocables. Supieron al gobierno maderista preso del miedo. Añoraron con nostalgia sus años en el poder. Se animaron. Félix Díaz había salvado la vida. En los últimos instantes que precedieron a la ejecución, la Suprema Corte de Justicia de la Nación, compuesta por jueces nombrados por Porfirio Díaz, había ordenado la suspensión del acto reclamado. El traidor sería trasladado de las tinajas de San Juan de Ulúa a la cárcel de Belem en la Capital de la República, para tener un mejor control de su reclusión. Félix Díaz se quitaba el dogal del cuello y se lo ponía cínicamente a Madero y a su gobierno. Gustavo Madero lo captó. Su inquietud rayó en la desesperación.

En el mes de noviembre de 1912 culminaba la campaña política en los Estados Unidos y se convocaba a sufragios para elegir, en su caso, a un nuevo presidente de la Unión Americana. William Howard Taft, el hombre que con su influencia y autoridad orillara a Porfirio Díaz a la dimisión en favor de Madero, perdía las elecciones. Woodrow Wilson, el nuevo Presidente electo, tomaría el poder en el mes de marzo de 1913. El Partido Demócrata volvía al poder. Henry Lane Wilson experimentó el efecto de una puñalada en el bajo vientre. Madero aplaudía desde Chapultepec la sabiduría del electorado norteamericano. La inversión extranjera en México temió por la suerte del embajador de ese país ante el cambio de la administración pública norteamericana. El diplomático salió urgentemente en el mes de diciembre a Washington para entrevistarse con Taft y Knox.[85] Días antes, el general Manuel Mondragón había abandonado la residencia de la embajada yanqui con los bolsillos de su guerrera saturados de billetes con denominación de quinientos pesos mexicanos y se dirigía a La Habana, Cuba, con el objeto de entrevistarse con un alto representante de la American Bank Note Company. Se repetía el procedimiento para desvanecer las pistas. Se echaba a andar el plan fraguado en la embajada. Antes de marcharse, Lane Wilson había logrado precisar en secreto, con los encarcelados Félix Díaz y Bernardo Reyes, los detalles de la nueva estrategia para proceder al derrocamiento de Francisco I. Madero. Los vientos que recorren las aguas del mar Caribe, donde se funde la historia con la leyenda, estimularían aún más el apetito político del viajero militar.

"¡A la cabeza!" —decían—. "¡Ahora a la cabeza!"

Valente Montoya decidió a última hora entrar al menos por un momento a la cantina en donde había conversado las últimas veces con su hermano

Hilario. Disponía de algún tiempo antes de iniciar su viaje a la Ciudad de México.

Recordó con claridad la mesa alrededor de la cual Hilario le había contado sus increíbles hazañas amorosas. Valente en realidad nunca había logrado explicarse lo acontecido. Veía a su hermano sentado a su lado narrando entusiasmado sus experiencias. Lo recordaba ilusionado pero siempre con la copa en la mano.

En aquella ocasión y prácticamente sin buscarlo Valente enhebró una amistosa plática con el cantinero, quien bien pronto identificó al cantante aquel tan joven y simpático que amenizaba a diario la concurrencia del bar.

Valente se sintió conmovido. Deseaba obtener más información, mucha más, toda si era posible, respecto a la suerte de su hermano, misma que no tardó en conocer dentro de una atroz sorpresa que de inmediato se convirtió en rabia y en unos deseos ingobernables de venganza.

El cantinero explicó, ajeno a todo el drama de Valente, con la misma indiferencia que el sepulturero inhuma un cadáver ante el dolor conmovedor de los deudos, cómo dos o tres empleados de la Tolteca, de los cuales uno de ellos permanecía todavía en Tampico, habían recibido instrucciones de México consistentes en embriagar a diario a su hermano, a título gratuito hasta perderlo en el vicio en forma irreparable. La consigna era hacerlo desaparecer sin dejar huella. "Y era tan bueno aquel chamaco, verdá de Dios, que no fue justo lo que le hicieron", todavía concluyó sin leer siquiera la mirada rabiosa de su interlocutor.

Valente suspendió su viaje a la capital. Tenía en mente realizar una entrevista fundamental antes de su partida definitiva.

Henry Lane Wilson exponía sus ideas al presidente Taft y al Secretario de Estado Knox en la Casa Blanca, en diciembre de 1912.

—Siempre encuentran una evasiva para no contestar frontalmente mis notas —dijo el embajador—. Es imprescindible una acción directa antes de que usted, señor presidente, entregue el poder en marzo del año entrante. Es muy probable que yo también sea relevado de mi puesto en México y en ese caso dejaremos la principal inversión norteamericana fuera de los Estados Unidos en manos de un maniático que desde luego aprovechará el cambio de poderes para mexicanizar en beneficio de él mismo y de su país todo el ahorro norteamericano que han logrado consolidar ahí muchas generaciones de norteamericanos, por muchas décadas.

Knox aceptó que la administración del presidente Wilson se acomodaría en un año cuando menos.

—En ese periodo —dijo con oportunidad el Secretario de Estado—, los supuestamente pronorteamericanos, miembros del maderismo, desmantelarán el aparato industrial comercial y bancario que tenemos fincado en México. Sí, señor presidente, el periodo de desconcierto que precede a los meses posteriores al día de la toma de posesión podrían ser hábilmente aprovechados por los mexicanos en nuestro perjuicio. En este caso específico coincido con el embajador en que debemos tomar medidas inmediatas.

—Parece ser —dijo Taft a Knox, sacudiéndose alguna pequeña ceniza de su austero chaleco negro— que usted está conforme parcialmente con Henry, puesto que habla de un caso específico. ¿Cuáles son los conceptos en que hay desacuerdo?

—Señor presidente —Wilson calló por respeto a la jerarquía del Secretario de Estado—, el embajador sugiere, y yo creo que debo dirigirme a usted sin circunloquios, que es imprescindible se lleve a cabo una invasión armada en México por parte de nuestro país. Me he opuesto reiteradamente a una acción de esa naturaleza, en primer término por la imagen internacional de Estados Unidos, es decir, el ejemplo que daríamos al mundo y la inseguridad que infundiríamos a nuestros aliados y también a extraños. Creo que el momento histórico en que un país se podía adueñar de otro por el uso de las armas ha sido superado por la humanidad. Hoy se controla a los países a través de mecanismos económicos y no por el empleo de la fuerza militar.

—Señor presidente —interrumpió Wilson— quisiera…

—Henry, creo que el señor Secretario no ha terminado su intervención.

—En efecto, señor presidente —dijo Knox, no sin antes arrojar una mirada furtiva sobre el rostro húmedo de su subalterno—. En segundo lugar, desecho la idea de una intervención armada, puesto que necesitaríamos por lo menos quinientos mil hombres, además de distraer una buena parte de nuestra marina, lo cual nos haría incurrir también en un gasto desproporcionado en relación a la inversión que queremos proteger. Señor presidente, ¿cuánto nos costaría la movilización y el mantenimiento de un ejército con su respectivo equipo, como el que se requeriría para no hacer el ridículo y ser derrotados? ¿Además, por cuánto tiempo deberemos sostenerlos en los puertos y ciudades mexicanas mientras en otras partes del mundo nuestros enemigos aprovechan nuestra ausencia para afianzar, en perjuicio de los Estados Unidos, situaciones que ya teníamos ganadas y controladas? Perderemos bastiones que han sido difíciles de obtener. Sacrificaríamos, consecuentemente, plataformas internacionales, vitales para los intereses norteamericanos en el mundo; gastaremos cientos de millones de dólares en la campaña contra México, perderemos hombres y prestigio en derrocar a un hombrecito ingenuo, que por lo visto toma las decisiones en la sobremesa familiar, sin medir las consecuencias, todo ello en un momento político inconveniente para usted, señor presidente, que entregará el poder próximamente con una buena imagen en el interior y en el exterior.

Taft miró fijamente a la cara a Knox. El presidente estaba convencido exactamente de lo contrario. Él había aceptado en un principio la idea de la intervención armada en México para terminar con el conflicto económico que se le había planteado y para aleccionar a Latinoamérica de los riesgos de la autodeterminación, sobre todo si ésta implicaba una amenaza para los intereses yanquis. "Knox tiene razón, dijo para sí. Ya voy de salida. No debo jugar en una carta todo el éxito de mi gestión presidencial."

Taft fue arrancado de sus razonamientos y volteó perezosamente la cabeza sin retirar la vista de Knox hasta que Wilson comenzó a hablar.

—Yo no discutiría los sólidos argumentos de alta política exterior expresados por el señor Knox —señaló el embajador al no encontrar argumentos para refutar a su superior—. Sin embargo,* pudiera caber la posibilidad de apoderarnos de una parte del territorio mexicano, donde se concentra la mayor riqueza en recursos naturales, que acapara, junto con los ferrocarriles, la atención y preocupación de nuestros compatriotas del sur. Pienso que se podría acordar principalmente el área donde se encuentran los más grandes yacimientos petrolíferos de México, en los estados de Tamaulipas y Veracruz, además de otros estados fronterizos del norte, ricos en minerales, en agricultura y en ganadería. Bajemos sólo la línea fronteriza en forma paralela a la existente con una pequeña desviación al sur para incluir todo el Estado de Veracruz. El petróleo aflora a la superficie en esas regiones, señor. Son manantiales vitales para los Estados Unidos, de una generosidad inimaginable, como usted bien lo sabe, señor presidente.

Knox negaba persistentemente con la cabeza. Wilson empezaba a irritarse. Taft se sorprendía.

—No, señor embajador. No. Ése no es el camino. Ya lo he señalado con anterioridad. No hagamos uso de la fuerza militar. No invadamos. No. Sería un grave error. Es mejor recurrir a la amenaza. Si se sabe sembrar el miedo con inteligencia, se recogen frutos de la misma calidad de la que usted acertadamente pretende, sin el compromiso que implica su proposición. Descarte usted la fuerza. Utilice usted la amenaza. La incertidumbre y el desconcierto se encargarán del resto.

Wilson repuso con encubierta vehemencia que "el breve tiempo con el que contamos puede no ser suficiente para que fructifique la amenaza que puede ser una extraordinaria estrategia a largo plazo.

"Tomen ustedes en cuenta, y no oculto mi malestar al reconocerlo, que lamentablemente nos restan sólo dos meses de la administración Taft y que Madero, consciente de ello, opondrá evasivas a nuestras amenazas, para lo cual son especialistas los mexicanos, con el objeto de

---

* Ver el complot entre Henry Lane Wilson, Taft y Knox según Friedrich Katz, en *La guerra secreta en México*, tomo 1, Ediciones Era, 1983, págs. 116-119. Según Katz, Taft había estado dispuesto a apoderarse de una parte de territorio mexicano o a derrocar al gobierno de Madero antes de que llegara Woodrow Wilson a la Casa Blanca.

ganar tiempo y permitir que caiga el telón, con lo que perderemos el respeto que hemos ganado y las posiciones económicas que tanto nos interesa proteger." Taft se puso de pie y se dirigió lentamente hacia una ventana. Vio los jardines nevados de la Casa Blanca, el tradicional árbol de navidad decorado por la primera dama, algunas chimeneas humeantes, y se dirigió a Knox sin retirar la vista de los copos que caían en ese momento y que teñían de blanco el resto del paisaje.

—Pienso que el embajador Wilson tiene razón, señor Secretario. A través de sus palabras entiendo que no hay tiempo que perder. Ha llegado el momento de colocar un poco de dinamita en el conflicto mexicano para que el iluso Madero entienda con lo que está jugando. Creo, asimismo —dijo el presidente con las manos entrelazadas atrás de la espalda y sin retirarse de la ventana—, que el embajador Wilson tiene otra opción que someter a nuestra consideración. ¿O no es así, Henry?

—Desde luego, señor —carraspeó el diplomático—. La otra opción —dijo sin ambages— es derrocar al régimen de Madero veladamente.[86] Nadie podrá alegar desprestigio de los Estados Unidos. Nadie podrá alegar un costo económico a cargo de las arcas norteamericanas. No se descuidarán otras plataformas, como dice el señor Knox, en el resto del mundo. No morirá un solo compatriota. Se resolverán todos nuestros problemas y dejaremos a un gobernante mexicano que asegurará la protección de los intereses norteamericanos y que se podrá manejar desde la Casa Blanca a través de la embajada americana en México. Nadie podrá reclamar nada. Nos haremos del control político de nuestros vecinos y del control de su economía en nuestro provecho.

Se hizo un grave silencio. La nieve caía plácidamente en Washington. Knox y Wilson voltearon a verse mutuamente para enfocar después, simultáneamente, la figura pétrea del Presidente de los Estados Unidos, quien continuaba impertérrito viendo a través de la ventana, todavía con las manos entrelazadas atrás de la espalda.

—Vean ustedes por velar de la mejor manera posible por los intereses norteamericanos en México —repuso Taft.

Henry Lane Wilson volvió a la Ciudad de México en enero de 1913. Regresaba satisfecho. Entre los acuerdos que traía en su cartera diplomática el embajador de los Estados Unidos de Norteamérica se encontraba la "autorización" para provocar el derrocamiento del Presidente Constitucional de México. No había logrado convencer a sus superiores de las ventajas de una "pacificación mexicana" llevada a cabo a través de una invasión de las fuerzas armadas yanquis. Esta posibilidad debería manejarla solamente a modo de amenaza para alcanzar los propósitos convenidos. De inmediato llamó a McDoheny, Pierce, Aldrich, Brown, y les expuso todo lo acontecido.

McDoheny celebró eufóricamente la noticia.

—Por el momento, Henry, lo único que interesa con carácter prioritario es apartar a ese orate de Chapultepec y quitarle de la mano la pluma con la que firma los decretos que establecen los impuestos confiscatorios y las amenazas expropiatorias. Este país requiere una mano militar dura y, además, comprensiva de las bondades que representa el capital extranjero. A Madero le estallan huelgas por todos lados. Falta que se levante en armas su propia esposa. Se ha disgustado y alejado de los revolucionarios que lo llevaron al poder y confía en un ejército totalmente opuesto a su gobierno por el daño que él mismo les ha infringido. Todo será muy fácil, querido Henry. Todos tenemos un motivo poderoso para estimular y aplaudir la salida de este menor de edad que juega imprudentemente con lo mejor y más caro de su país.

—Afortunadamente —Henry Pierce aclaró a su vez— lograste convencer al presidente que no fuera a entregar el poder sin liberarnos de esta peligrosa situación. Menuda herencia nos iba a dejar Taft. Después de tantas batallas, sólo habríamos logrado empeorar sensiblemente la posición de nuestros negocios. Hubiera sido una regresión, una auténtica regresión.

De haber vaticinado el comportamiento de Madero hubiera sido mucho más conveniente quedarnos mejor con don Porfirio. Yo también, después de la experiencia maderista, concuerdo con Edward en la necesidad de que llegue otro militar al poder. Veremos si logramos que Félix Díaz se quede cuando menos cuarenta años y supere sobradamente a su tío.

El bigote del diplomático se ondulaba al admitir, como era su costumbre, el paso de su lengua por las encías de los dientes delanteros. No ocultaba el placer de sentirse salvador de los intereses de sus compatriotas y poder devolver los favores y ayudas recibidas en otro momento de sus ex patrones, los señores Guggenheim. Ballinger, Secretario del Interior del gobierno de Taft, y su hermano John Wilson, el influyente senador americano, tendrían sobrados motivos para confirmar el apoyo que dieron a su candidatura como embajador de los Estados Unidos en México, ante el Departamento de Estado.

"No los decepcionaré… Guggenheim, por su lado, deberá admitir que si sé ser agradecido y mi hermano será acreedor de honor eterno con esa fundidora internacional."

—Amigos —dijo finalmente Lane Wilson—, es hora de trabajar.

Hoy por la tarde vendrá Mondragón para informarme del plan y sus avances. Necesitaré dinero para seguir imprimiendo propaganda en el sótano de la embajada y para otros gastos propios. Estoy preocupado principalmente por saber cuál fue la respuesta de Victoriano Huerta a la invitación hecha para adherirse al programa por el que el país regresará al orden y al progreso. La ejecución del proyecto no puede pasar de febrero, porque en marzo entregamos la administración a Woodrow Wilson.

A propósito —advirtió finalmente Wilson en los umbrales de su guarida—. Olvidaba comentarles que don Pedro Lascuráin estuvo también en diciembre en Washington para pedir un último respiro, una nueva oportunidad, antes de la invasión. Se le concedió una última oportunidad, aun cuando la matanza de americanos proliferaba diariamente y peligraban sus bienes junto con sus vidas. Taft se comprometió a contener los ímpetus invasores por algún tiempo si era palpable el cambio en el gobierno mexicano; de otro modo no habría mayores alternativas. Knox desconoce que sólo van catorce muertos norteamericanos y no precisamente por la causa revolucionaria. Matemos ahora norteamericanos y carguémosle la culpa al lunático —dijo en tono bromista el embajador.

El coro festejó la ocurrencia.

—Se negó, mister Wilson, se negó categóricamente —informó Manuel Mondragón—. Dijo que el momento no era oportuno y que la Capital estaba bien guarnecida,* y que si el golpe no tenía un éxito rotundo inmediato, en pocos días Madero concentraría tropas suficientes para derrotarnos y ahora sí fusilarnos.

—No es posible llevar a cabo esta empresa sin uno de los generales más respetados del ejército. Si él se opone y confiesa el movimiento, entonces iremos directamente al fracaso. Escuche usted, general Mondragón. Muchas cosas nos pueden pasar, pero la única que no puede presentarse, ni siquiera como posibilidad remota, es la del fracaso. Entienda usted, no hay otra alternativa salvo el éxito.

—Conozco bien a Victoriano —alegó Mondragón—. Él no ingresó al movimiento porque se le invitó como segundo y, por lo mismo, quedaría bajo las órdenes de Félix Díaz. Eso no lo puede permitir su orgullo y su ambición. Si él hubiera encabezado el movimiento y participado en el diseño de los programas en un primer y distinguido lugar, hubiera advertido sólo las ventajas y ningún peligro. Él no delatará a nadie. Pero nadie debe confiar en Victoriano Huerta. Él esperará las definiciones según se vayan produciendo los acontecimientos y se sumará sin comprometerse con uno y otro bando, hasta que entrevea asegurada la victoria o la derrota. Él no puede ser un perdedor. Si a su juicio Félix Díaz puede ganar, entonces estará con Madero si esa postura le reporta mayores ganancias durante las negociaciones y viceversa. Huerta sabe caminar como nadie en el filo de la navaja. De modo que desconfíe usted del fracaso de nuestro movimiento. Félix Díaz y Bernardo Reyes ya aprobaron la estrategia a seguir. Huerta callará.

Cualquier argumento convencía a Wilson. Cualquier condición a cambio del derrocamiento. Félix Díaz le había jurado eterna lealtad.

---

* Efectivamente, según cuenta Michael Meyer en *Huerta, a political portrait*, University of Nebraska Press, 1972, pág. 47, Victoriano Huerta decidió esperar el momento más oportuno para garantizarse el éxito absoluto.

"Habrá en Washington una calle con mi nombre", pensaba Wilson.

La embajada norteamericana inició el año 1913 envuelta en una efervescente actividad. Las entrevistas se sucedían unas a otras en todos los niveles. Wilson buscaba el apoyo del cuerpo diplomático y, en representación de éste y en su carácter de Decano del mismo, se pronunciaba permanentemente en su nombre sin consultar siquiera con sus colegas a modo de elemental cortesía. Eran ostensibles, para el resto de los embajadores extranjeros acreditados en México, las intenciones de Wilson respecto a Madero.

En una ocasión, cuando el embajador cubano Márquez Sterling le preguntó si vería próxima la caída de Madero, contestó:

—Su caída no es fácil pero tampoco imposible.[87]

Mondragón nunca quiso comunicar a Wilson que en dos ocasiones se había tenido que aplazar el golpe porque Huerta, pieza determinante del proyecto, se mostraba renuente. La primera vez fue el 1o. de enero de 1913 y la segunda el día 17 de ese mismo mes y año. Todavía con un día de antelación al levantamiento, Félix Díaz negociaba desde la cárcel con un emisario de Huerta.

Finalmente se hizo del conocimiento de Wilson la fecha del levantamiento. Sería el 2 de febrero. Sin embargo, los servicios de inteligencia maderistas descubrieron el complot y tuvieron que precipitarse los acontecimientos para el día 9 del mismo mes.

Félix Díaz y Bernardo Reyes fueron liberados. Se tomó Palacio Nacional. Gustavo Madero fue hecho prisionero. Tropas leales al presidente lo liberan. Bernardo Reyes es muerto cuando éste se acercaba a Palacio Nacional en la creencia que había caído en manos de leales al golpe. Díaz se refugió en la Ciudadela. En ese lugar encontró Huerta la oportunidad para discutir con una mejor posición de fuerza. Supo que el sobrino de don Porfirio contaba solamente con mil quinientos soldados bien pertrechados. Madero nombra a Victoriano Huerta General en Jefe de las fuerzas federales para la defensa de la Capital, al ser herido el militar maderista encargado de la plaza. Esta decisión es aplaudida por la pandilla wilsoniana y rechazada por los revolucionarios antirreeleccionistas con furor y coraje.

—¿Para qué carajos estamos nosotros? —dijo Rafael Herrera Compean, soldado fanático del maderismo desde los sucesos de Ciudad Juárez—. ¿Por qué escogió a un porfirista para defender la ciudad y no a alguno de nosotros?

Los cañones huertistas no apuntaban hacia las posiciones rebeldes.

Huerta envió en descubierto, en primer término, a las tropas leales al presidente, para que tomaran por asalto la Ciudadela.

Fueron salvajemente acribilladas. Se tomaron las providencias para bombardear Palacio Nacional. Los días pasaban. Madero cambiaba del calor al frío a cada instante. Vino el tortuguismo militar. La confusión.

Díaz y Huerta no llegaban a un acuerdo que definiera la Jefatura del movimiento. Se negociaba la Presidencia de la República. Madero ya no contaba. Wilson temía que Huerta les arrebatara la bandera de la rebelión.

Victoriano Huerta habló con Wilson a instancias de este último.

—Mire usted, señor embajador, hablemos claro. A este imbécil de Díaz lo tengo alojado en la Ciudadela y no lo he vuelto ceniza porque he querido negociar todavía con él, pero no se percata que está totalmente perdido. Si yo oriento mis cañones y los de Felipe Ángeles a la Ciudadela, lo destruyo en menos de cinco minutos y no salvarían la vida ni las ratas letrineras que se encuentran en las cañerías de la fortaleza, la cual, además, volará por los aires tan pronto hagamos contacto con el arsenal dinamitero que sabemos tienen depositado en los sótanos.

Dígale usted a Díaz que yo tengo controlado a Madero, porque él confía en mí, y si no lo hiciera, tengo gente para someterlo de inmediato. El presidente será mío cuando yo lo disponga porque la mayoría del ejército federal está conmigo. Harán lo que yo disponga y cuando yo lo desee. Por otro lado, Félix también es mío porque lo puedo destruir con suma facilidad. Convenza a Díaz que o acepta lo que yo le ofrezco o lo aplasto, y que ya se me empieza a acabar la paciencia.

Wilson admitió que Huerta se había hecho dueño de toda la situación. Pasó repetidamente su lengua por las encías de sus dientes delanteros. No podía controlar el hábito, sobre todo en caso de nerviosismo.

—Está bien, general. Hablaré con Félix. Le haré entrar en razón. Por mi parte y como muestra de que estoy con usted y sus ideas, le entrego esta cantidad de dinero, destinada originalmente para los gastos de Díaz.* Ahora usted deberá llevarlos a cabo. ¡Suerte!

Victoriano Huerta lanzó una mirada glacial, gris, penetrante, al rostro de Henry Lane Wilson.

—Hagamos un pacto, embajador. Yo no daré el golpe de estado mientras usted no me garantice su absoluta adhesión y el reconocimiento de mi futuro gobierno por parte del suyo. Estados Unidos deberá reconocerme como Presidente de México. Ésa es la única garantía que yo le pido. Si el presidente Taft no me apoya y no me reconoce, estoy en lo cierto si pienso que duraré en el poder menos que el propio Madero. Apóyeme usted en Washington y yo aquí me encargaré del resto.

—De acuerdo —dijo Wilson sin titubeos—. Apoyaré enérgicamente su reconocimiento. Iremos juntos lo que reste del camino.

Horas después, Wilson enviaba un telegrama insólito al Departamento de Estado para intimidar a Madero, en el que solicitaba ser revestido de poderes generales en nombre del Presidente de los Estados

---

* Ver Friedrich Katz, *La guerra secreta en México*, Tomo I, Ediciones Era, 1983, págs. 129 y 130. Huerta tenía los bolsillos llenos de fajos de billetes de 500 pesos

Unidos para comandar las tropas acantonadas en la frontera, e instruir, a su juicio, a los capitanes de las flotas norteamericanas surtas en el Pacífico, en el Golfo mexicano. Knox se negó rotundamente a acceder a semejante petición absurda a cuatro semanas de entregar el poder a Woodrow Wilson.

El embajador Wilson visitó a Madero en compañía del embajador alemán, y personal, pública y cínicamente, lo amenazó con la intervención si no lograba la paz inmediata. El presidente desesperaba.

Días más tarde Wilson acuerda con Huerta que un grupo de senadores pida la renuncia a Madero, quien abandonó el salón donde recibió a los legisladores sin terminar de escuchar la proposición.

Wilson convenció también al embajador español para que pidiera a Madero su renuncia a nombre del cuerpo diplomático.

A las 9:00 de la mañana de aquel día 15 de febrero de 1913, el señor Cologan, Ministro de España en México, entraba a Palacio.

—Señor presidente —le dijo a boca de jarro, ambos de pie y estremecidos—. El embajador Wilson nos ha convocado esta madrugada a los ministros de Inglaterra, Alemania y a mí, de España, y nos ha expuesto la gravedad, interna e internacional de la situación y nos ha afirmado que no tiene usted otro camino que la renuncia, proponiéndome, como Ministro de España y por cuestión de raza, así dijo, que yo lo manifestara a usted.[88]

Madero enfurece. Cologan fracasa.

El presidente mexicano se queja en un telegrama con su homónimo norteamericano. Taft asegura que no habrá intervención y que tranquilizará a su embajador en México.

Gustavo Madero descubre que Huerta, encargado de la defensa de la ciudad, de la Constitución y de la seguridad de su hermano, negocia con Félix Díaz en secreto. Es clara la traición. Clarísima. El día 17 de febrero él mismo detiene a Huerta y lo lleva frente al presidente, quien es informado en presencia del apóstata de los planes del renombrado militar. Huerta, sin titubeos, explica las razones que tiene para no acabar con Félix Díaz. Madero desoye a su hermano de nueva cuenta.* Devuelve a Huerta su espada junto con su libertad y le da 24 horas para demostrar su lealtad al gobierno federal.

Al día siguiente, como prueba de la fidelidad solicitada, Madero es apresado en Palacio Nacional. Huerta se lo informa inmediatamente a Wilson, quien confiesa en privado que conocía de antemano la hora y el lugar en que se produciría el golpe.

---

* Efectivamente, Gustavo Madero descubrió el complot e hizo arrestar inmediatamente a Huerta y lo hizo presentar ante su hermano, el Presidente de la República, quien candorosamente lo exonera de toda culpa y le concede una nueva oportunidad. Ver Michael Meyer, Huerta, *A political portrait*, Nebraska University Press, pág. 57.

A su Excelencia el Embajador Norteamericano
Presente

El Presidente de la República y sus ministros se encuentran ahora en mi poder en calidad de prisioneros en el Palacio Nacional. Confío en que Vuestra Excelencia interpretará este acto mío como la manifestación más patriótica de un hombre que no tiene otra ambición que la de servir a su país. Suplico a Vuestra Excelencia que considere que este acto no tiene más objeto que restaurar la paz en la República y asegurar los intereses de sus hijos y los de sus extranjeros que tantos beneficios nos han producido.

Ofrezco a Vuestra Excelencia mis saludos y con el mayor respeto le suplico se sirva poner el contenido de esta nota en conocimiento de su Excelencia el presidente Taft.

También le suplico se sirva transmitirla a las varias misiones diplomáticas de esta Ciudad.

Si Vuestra Excelencia me honrase enviando esta información a los rebeldes de la Ciudadela, vería yo en tal acto un nuevo motivo de gratitud del pueblo de esta República y la mía personal hacía vos y el siempre glorioso pueblo de los Estados Unidos.

Con todo respeto soy de Vuestra Excelencia, su seguro servidor.

VICTORIANO HUERTA[89]

Wilson llama a McDoheny. Confirma los hechos de acuerdo a lo platicado. Gustavo Madero es asesinado con vesania. Primero le es extraído con un cuchillo el ojo en el que conservaba la visión. Luego, completamente ciego, recibe veintitrés puñaladas.

Wilson cita en la embajada a Huerta y a Félix Díaz. Este último todavía discute sus derechos a la presidencia. Le son negados. Debe aceptar la promesa de Huerta. Éste será el presidente interino y se ocupará de llamar inmediatamente a elecciones para la Presidencia de la República. Huerta no será candidato. Díaz prácticamente será el candidato único y ocupará, en su momento, la presidencia. Acepta. No ve otra posibilidad. Huerta, a su vez, acepta la designación de determinados felicistas en su gabinete a solicitud de Wilson, quien tiene urgencia en destapar al nuevo presidente para brindar con las botellas de champagne enviadas especialmente por McDoheny para celebrar la promisoria efeméride.

Después del "Pacto de la Embajada", Henry Lane Wilson descorre una cortina que separaba la Sala de Juntas de la de recepciones oficiales de la embajada, y ante la sorpresa del cuerpo diplomático en pleno, invitado a la ocasión, señala:

—Señores, tengo el inmerecido honor de presentar a ustedes al nuevo Presidente de México, para quien pido un caluroso aplauso.

—¿Y qué suerte correrá el pobre de Madero? —preguntó uno de los embajadores a Henry Wilson.

—¡Oh! Al señor Madero lo llevarán a un manicomio, que es donde siempre debieron tenerlo —respondió el diplomático norteamericano en una expresión que no cabía de gozo.[90]

Los convidados al ágape no sabían con precisión a quién aplaudían. Huerta asintió con una sonrisa sardónica. Hizo una breve genuflexión. Breve por cierto. Muy breve. Apenas podía sostenerse de pie por la cantidad de cognac ingerido. El cuerpo diplomático no se percataba que seguía aplaudiendo. Nada los rescataba del azoro.

Félix Díaz, entre tanto, desapareció por el vestíbulo. Se lo llevaba mister Wilson. En la puerta de la calle, les dijo riendo:

—¡Viva Félix Díaz, el ídolo de los extranjeros!*

Fue precisamente en la propia embajada americana cuatro días más tarde del golpe de estado, cuando Wilson y Huerta resolvieron la suerte de Madero.

El diplomático norteamericano permaneció con el nuevo Presidente de México por espacio de más de una hora en el lugar donde se había celebrado el Pacto de la Embajada.

—¿Señor, qué haremos con Madero.? —le preguntó Huerta a Wilson—. Exiliarlo es tanto como devolverle la libertad, aun cuando sea en el extranjero. Tarde o temprano tendremos en México una nueva rebelión capitaneada por él. Madero es un peligro en la presidencia y fuera de ella. En la cárcel tratarán de rescatarlo y nos expondríamos a todos los chantajes.

Wilson recordó las palabras de Howard William Taft.

—Señor presidente, usted debe hacer lo que considere sea lo mejor para México.

Esa misma noche, paradójicamente de la celebración del natalicio del libertador de los Estados Unidos de América, Madero fue villanamente asesinado junto con el vicepresidente Pino Suárez. Wilson se mostró indiferente a las incesantes súplicas recibidas del cuerpo diplomático para salvar la vida del presidente Madero, en especial de los embajadores alemán, español, cubano e inglés. De la propia señora Madero. Alegó que era una decisión soberana del gobierno mexicano y, por lo tanto. carecía de facultades como embajador para intervenir en los asuntos internos de México.

Huerta, quien había jurado salvar la vida de Madero, explicó que éste había sido victimado en una refriega por un grupo de partidarios fanáticos en su intento de liberarlo.

El *Mexican Herald* publicó sus declaraciones: *After a year of anarchy, a militar dictator looks good to México.*[91] (Después de un año de anarquía, un dictador militar parece bueno para México).

---

* Ver Manuel Márquez Sterling, *Los últimos días del presidente Madero*, Imprenta Nacional de Cuba, La Habana, 1960, pág. 259.

Victoriano Huerta, por su parte, después de todas las argucias legales para justificar, inútilmente, su acceso al poder, juraba:

> Yo juro, sin reserva alguna, defender y hacer cumplir la Constitución Política de los Estados Unidos Mexicanos, con sus enmiendas, las Leyes de Reforma que emanan de la Constitución, y cumpliré leal y patrióticamente los deberes como presidente interino que de acuerdo con la ley estoy obligado a desempeñar, aun sobre mí mismo, para el bienestar y prosperidad de la nación.*

Esta ceremonia constituyó en realidad el servicio fúnebre de la democracia maderista. Cuando terminó, México tenía ya un cuarto presidente en cuatro años escasos.

---

* Éste fue textualmente el juramento rendido por Victoriano Huerta como Presidente Interino de la República, según Michael Meyer en su libro *Huerta, a political portrait*, Ed. University of Nebraska Press, pág. 63.

IV. EL CORRIDO Y EL PETRÓLEO

A su Excelencia El Embajador Norteamericano
Presente.
El Presidente de la República (Francisco I. Madero) y sus
Ministros se encuentran ahora en mi poder en el Palacio
Nacional. Confío en que vuestra Excelencia interpretará
este acto mío como la manifestación más patriótica de
un hombre que no tiene más propósito que restaurar la
paz en la República y asegurar los intereses de sus hijos y
los de los extranjeros que tanto beneficio nos han
producido.

Ofrezco a vuestra Excelencia mis saludos y con el
mayor respeto le suplico se sirva poner el contenido de
esta nota en conocimiento de su Excelencia el Presidente
Taft.

También le suplico se sirva trasmitirla a las varias
Misiones Diplomáticas de esta Ciudad.

Si vuestra Excelencia me honrase enviando esta
información a los rebeldes de la Ciudadela, vería yo en
tal acto un nuevo motivo de gratitud del pueblo de esta
República y mía personal hacia vos y al siempre glorioso
pueblo de los Estados Unidos.

Con todo respeto, soy de vuestra Excelencia, su
seguro servidor.

VICTORIANO HUERTA

El rostro de McDoheny, inescrutable en ocasiones, delataba con fidelidad su inmenso regocijo. Lanzaba su habitual mirada saturada de omnipotencia y obsequiaba por doquier su sonrisa beatífica dibujada naturalmente por las arrugas de su cara que hablaban de un hombre duro, inconmovible y escéptico.

Vestido con ostentosa riqueza, forrado en sedas de día y de noche, levantó una copa de cristal cortado de tallo corto y amplio cáliz, regada momentos antes con burbujeante champagne francés.

—La noche quedó atrás, amigos. Finalmente terminó la confusión, la inseguridad y el vandalismo. Llega la confianza, la estabilidad y el orden. México no está listo para la democracia, ni lo estará en muchos años más. Es insostenible argumentar lo contrario —agregó con prepotencia— en un país en donde el 80% de la población es analfabeta y el 20% restante carece de identidad nacional.

Ante la presencia del analfabetismo masivo, de la apatía política, la flojera, la superficialidad en todos los órdenes y la indolencia empresarial de un grupúsculo doméstico, igualmente ignorante de las posibilidades que encierra su país, es evidente la necesidad de una nueva dictadura, para volver a conducir al país, como a un menor de edad, por el camino que se juzgue más conveniente para sus intereses —concluyó satisfecho.

McDoheny entendió al leer las expresiones en los rostros de sus colegas norteamericanos, que no era momento de discursos y prefirió ir directamente al tema que había justificado la reunión.

—Huerta, nuestro Victoriano Huerta, conoce a los suyos. Él sí los podrá guiar dócilmente, como don Porfirio, para que ya no cometan más tropelías al estilo Madero.

Al amparo de las insignias de nuestro general Díaz gozamos de treinta y cuatro años de paz y crecientes dividendos. Veremos si con las de mi general Huerta superamos la marca del Porfiriato.

Brindo por Huerta. Brindo por nuestro nuevo Porfirio Díaz, como el de los buenos tiempos. Por nuestro nuevo jefe del Castillo de Chapultepec —exclamó eufórico McDoheny—. Brindo por nuestro nuevo hijo de puta, nuestro en toda la extensión de la palabra —repitió el magnate mientras levantaba su copa y mostraba orgulloso su sonrisa mesiánica, antes de estallar en una contagiosa carcajada—. Salud, jóvenes colegas y amigos. Brindo por México, por los mexicanos. —Los asistentes se volteaban a ver sorprendidos por esa exagerada felicidad—. Brindo por los viejos tiempos, por las barras y las estrellas de nuestra bandera y por las barras y las estrellas de los uniformes de los militares mexicanos. ¡Salud! —gritó compulsivo. Sus ojos húmedos y vidriosos ya empezaban a anunciar el momento culminante del paroxismo.

—¡Salud!, respondieron al unísono, contagiados por la actitud del petrolero.

Henry Lane Wilson también apuró de un trago el contenido de su copa sin poder ocultar en su mirada la inmensa satisfacción que le invadía.

Huerta, mientras tanto, reunía a un grupo de notables mexicanos a encabezar su gabinete. Unos accedieron a la invitación porque, a su juicio, era una manera de salvar a la patria caída en desgracia en manos de un sanguinario. Ellos rescatarían a su país de la ignominia y del naufragio. Otros aceptaron sus cargos por miedo a una represalia en caso de negativa. Los más, cegados por la vanidad, el prestigio y la historia, se hicieron cargo de sus puestos sin reparar en la calidad humana de su superior.

Los menos, confesaron con honestidad y sin pretextos su presencia en el gabinete, convencidos de que Victoriano Huerta era la gran solución. La única solución. La gran esperanza. El único camino y la mejor alternativa.

Henry Lane Wilson empezó a invitar al "tea-time" al flamante Presidente de la República, en la residencia de la embajada de los Estados Unidos de América. Muy pronto ambos gobernantes de México identificaron algunas inclinaciones comunes, entre las que destacaba, principalmente, su adicción al alcohol, en especial al cognac francés. Dicha afinidad provocó, lógicamente, acuerdos más frecuentes de los originalmente convenidos.

En aquellos días, entre copa y copa, Victoriano Huerta externó al embajador su principal preocupación,

—Mire, mister Wilson, usted se comprometió a obtener el reconocimiento inmediato de mi gobierno ante el suyo y el presidente Taft todavía no nos contesta ni una palabra. Y lo que es peor, si la semana entrante Taft entrega la presidencia a Wilson* sin haber reconocido formalmente mi gobierno, correré un grave peligro, porque la nueva administración demócrata puede establecer condiciones imposibles de satisfacer y, en ese caso, me quedaré solo con nuestra causa y entre puros desconocidos, ignorantes del pasado...

---

* Madero fue asesinado el 22 de febrero de 1913, es decir 10 días antes de que Woodrow Wilson se hiciera cargo de la Casa Blanca el día 4 de marzo de 1913.

—El día de ayer recibí una comunicación de Knox realmente sorpresiva para mí —repuso el embajador, sin apartar la mirada del rostro de Huerta—. Curiosamente, me impone ciertas sugerencias a cambio del reconocimiento. Se la traeré de mi escritorio y usted mismo podrá leerla en la más absoluta intimidad.

Huerta esperó sentado. Sintió que le impondrían condiciones.[92] ¿Serían verdaderas o ficticias, con el único objeto de perder tiempo en las negociaciones y dejar la decisión final al gobierno de Woodrow Wilson? Volteó la cabeza y se dirigió al diplomático.

—No sé qué contenga la nota —exclamó Huerta— pero sí creo que los dos somos conscientes de que falta una semana para el cambio presidencial en Estados Unidos. A estas alturas o acepto las sugerencias, como usted las llama, sin objeciones o deberé esperar a negociar con Wilson después de la semana entrante.

El embajador esbozó su típica sonrisa sardónica mientras buscaba, de espaldas al usurpador y en silencio, la última comunicación de Washington. Desde luego ocultó a Huerta que las sugerencias de la Casa Blanca habían llegado al Departamento de Estado a petición expresa de él mismo, para fijar así las bases del reconocimiento del gobierno de Huerta. El mismo Wilson había solicitado a Knox que le pidiera a Huerta, como una idea propia del Departamento de Estado, el desahogo previo de la nota del 15 de septiembre de 1912, enviada al entonces presidente Madero, como condición irrecusable para nombrar embajadores e iniciar las relaciones diplomáticas.[93]

—No se preocupe usted, señor presidente —dijo mientras servía un poco más de cognac y de café a su colega de Chapultepec—. Todo lo solicitado por Knox en su nota es posible de satisfacer en veinte minutos. —Sonrió.

Huerta leyó con avidez. Fracasó. No entendía el inglés. Wilson acudió solícito en su ayuda.

—Knox quiere que se resuelva el problema de Tlahualillo. Que cesen las persecuciones a norteamericanos. Que se garanticen los bienes de sus nacionales en México y que se derogue el impuesto confiscatorio fijado a la industria petrolera, así como el decreto emitido por Madero que obliga al registro patrimonial de esta misma industria con fines expropiatorios. —Tan pronto Wilson terminó de leer empezó a explicar a Huerta en tono vago la realidad de la política del Departamento de Estado. Estudiaba atento cualquier expresión de su interlocutor—. Knox piensa que el petróleo mexicano es de los Estados Unidos. Probablemente por esa razón insistió en el desahogo de dicha nota. Yo, en lo particular —agregó—, desconozco las razones que llevan al señor Knox a exigir el acatamiento de semejante solicitud, pero al mismo tiempo no veo mayor dificultad en la satisfacción de sus pretensiones.

Huerta se levantó precipitadamente.

—Ése no es el camino correcto, señor embajador. Sus superiores me subestiman. ¿Piensan acaso que voy a quemar toda mi pólvora con una administración caduca y esperar luego a que Taft entregue a Wilson y usted sea llamado a Washington a consultas, mientras yo me quedo solo, y sin argumentos para negociar, con una nueva administración sin compromisos conmigo?

Henry Lane Wilson no pasó por alto la capacidad política del presidente mexicano. Deseaba aclarar algún concepto, pero Huerta se adelantó:

—Si accedo a las sugerencias del señor Knox perderé todas las posibilidades de negociación con Woodrow Wilson, quien podrá hacer de mí lo que desee si para entonces no he sido reconocido por la Casa Blanca agregó todavía Huerta en forma amable pero ruda, para no dejar la menor duda de lo inamovible de su posición.*

Conteste usted al señor Knox que accederé a todo lo que se refiere la nota del 15 de septiembre. Les entregaré el territorio de El Chamizal, a pesar de haber ganado México el pleito. Indemnizaré a los afectados por la compañía Tlahualillo y garantizaré a los extranjeros la compensación por todos los daños sufridos durante la revolución, pero ¡por favor!, que Taft me reconozca lo más pronto posible. ¡Cederé, cederé, pero que me reconozca pronto, señor embajador! No deseo ser el gran perdedor —concluyó Huerta secamente.

Wilson aceptó en silencio. A él le correspondía obtener el reconocimiento oficial del gobierno de Huerta. Ése había sido el compromiso. El militar había cumplido con su parte. Reconoció para sí haber ido muy lejos al exigir, vía Departamento de Estado, el desahogo de la nota del 15 de septiembre. Ahora era vital y urgente obtener el reconocimiento diplomático para evitar el peligro de que Woodrow Wilson desautorizara todo lo actuado, lo sustituyera como embajador y emprendiera una campaña contra el nuevo presidente mexicano sin tomar en consideración todas las ventajas obtenidas a favor de Estados Unidos durante la gestión del presidente Taft. La campaña presidencial de Wilson había sido rica en definiciones políticas al respecto.** El embajador hacía esfuerzos para disimular sus fundadas preocupaciones en la materia.

---

* El conflicto diplomático entre los Wilson y Victoriano Huerta está detalladamente estudiado por Kenneth Grieb en *The United States and Huerta*, University of Nebraska Press, 1969, pág. 70.

** Woodrow Wilson sostenía que los intereses materiales deberían subordinarse a los principios morales superiores. La moral, decía, está por encima de las leyes mismas. La política exterior debe interesarse más por los derechos del hombre que por el derecho de propiedad. Ver A. J. B. Duroselle, *Política exterior de los Estados Unidos, de Wilson a Roosevelt*, Fondo de Cultura Económica, 1965, pág. 49.

Edward McDoheny había tomado prácticamente la mitad de una botella de whisky en su día del "servicio completo", en compañía del senador Albert Fall, cuando repentinamente irrumpió Helen Cliff por la puerta, fascinante y cautivadora. Ya era su costumbre visitar al magnate petrolero tres o cuatro veces a la semana.

En aquella ocasión apareció enfundada en un vestido azul claro, de seda, cuyos ribetes blancos alcanzaban atrevidamente la mitad de la bien torneada pantorrilla. Su abundante cabello rubio rizado, recién cortado a la moda, el generoso escote enmarcado por dos largos collares de perlas grisáceas y su mirada felina y pícara despertaban en McDoheny intensos apetitos libidinosos, que la hoy estrella cinematográfica aprovechaba en su totalidad, plenamente consciente de sus estimulantes dimensiones.

McDoheny ocultaba a su amante sus verdaderos sentimientos y controlaba hasta el mínimo de sus impulsos emotivos, como cuando presidía las reuniones del Consejo de Administración de cualquiera de sus empresas.

El industrial se sintió turbado. Enrojeció y se levantó ágilmente para dirigirse al lugar donde se encontraba Helen. La tomó del brazo y la llevó precipitadamente a la recámara nupcial.

Albert Fall alcanzó a ver brevemente las extremidades de Helen, que pronosticaban, de acuerdo con su experiencia, una singular anatomía, más apetecible aún en razón de su ostentosa juventud.

McDoheny cerró la puerta tras de sí mientras oía a Fall decir irónicamente:

—Déjala pasar, Teddy, tú y yo siempre hemos compartido todo…

—¿Qué pasa? —preguntó Helen inquieta y no menos sorprendida.

—Debiste haber tocado la puerta o, por lo menos, anunciarte con mi secretaria —repuso en voz baja el petrolero.

—Pero, amor —aclaró la actriz—, si los viernes estás solo y nunca pido permiso para entrar —precisó en tono de adolescente reprendida.

—De acuerdo, cielo, pero hoy —comentó murmurando en el oído de su amante— recibí esta visita intempestiva de uno de los senadores más influyentes de los Estados Unidos. Fall tiene derecho de picaporte con varios miembros del gabinete y es un hombre cuya importancia es trascendental para mis negocios en México.[94]

—No te quise molestar ni interrumpir —dijo Helen, fingiendo no haber entendido nada de lo acontecido. Sabía que su representación de niña regañada rompería todo el sistema defensivo del industrial y le permitiría meter sus delicados dedos en las fibras íntimas de su indescifrable personalidad—. Sólo te quería enseñar la portada del *Pearson's Magazine*, donde aparezco como sólo a ti te gusta.

McDoheny, que había revisado todas las pruebas fotográficas, fingió sorpresa, admiración y felicidad. Dio un beso precipitado a

Helen, al tiempo que pasaba las manos por sus voluptuosas caderas y le indicaba:

—Vuelve a las seis de la tarde. Entra sin tocar. Sin anunciarte. En punto, Helen. No faltes. No te retrases.

Helen se fue sin replicar, pero sin ocultar su malestar.

La sonrisa de Fall fue más elocuente que mil palabras cuando McDoheny volvió al salón de descanso. Esquivó su mirada para no incurrir en comentarios íntimos. Fracasó. Cuando el senador advirtió la actitud disimulada e indiferente de su socio en algunos negocios petroleros, no pudo controlar la observación:

—¿Quién es, Teddy? —dijo burlonamente.

—¡Ah! Sólo una amiga, bueno, en realidad es una secretaria que busca trabajo, Albert.

—Bueno, en ese caso, y si *ése* es el problema, que venga conmigo a Washington y vivirá como una reina, sin trabajar.

—Se lo consultaré, Albert —contestó con sequedad mal disimulada el petrolero.

—Yo podría pagarle —agregó el legislador— mucho más de lo que nadie le pagaría y con la única obligación de hacerme inmensamente feliz todos los días.

—Se lo diré, Albert. Se lo diré —contestó molesto McDoheny.

—Yo... —iba a agregar sarcástico Fall, cuando fue interrumpido por el petrolero.

—No, Albert. No. Ésta es un activo fijo, propiedad exclusiva de la Tolteca, reservada únicamente para la Dirección General —expresó sonriente al fin McDoheny.

—Claro que sí —estalló en una carcajada el senador—. Sólo intentaba conocer el tiempo que tardarías en reconocerlo.

—Sí, Albert, sí. Tienes razón. Es mía y sólo mía. De eso estoy totalmente seguro. Tengo comprada su lealtad —dijo seguro de sí el petrolero—. Sabe, sin ambages, que a la menor desviación pierde su fortuna y se despeña en su carrera de actriz en un precipicio sin fondo. El día que me trate de engañar se queda en la miseria. Le puse casa, pero la mantengo a mi nombre, desde luego. Le doy mucho dinero cada mes, y luego la animo a gastarlo para que no pueda ahorrar y me sea totalmente dependiente. Sólo debo descolgar la bocina para que en Hollywood no la vuelvan a contratar ni para un papel de doble secundario.

Fall escuchaba con atención, dispuesto a cualquier comentario jocoso a la menor oportunidad.

—Además, tengo dos sabuesos todo el día tras ella. A sus ojos, para protegerla y cuidarla, pero en realidad, tú sabes, están para garantizarme el uso exclusivo de su saco vaginal. No quiero que piense —aclaró con mirada diabólica— en la menor posibilidad de engaño. Sería catastrófico para el atrevido galán y fatal para ella. Le quedaría la cara sólo para hacer películas de monstruos cavernícolas —dijo mientras apuraba un buen trago de whisky a la salud de su amada—. Con eso te demuestro, Albert, cómo sí es posible creer en la lealtad.

Fall introdujo la patilla de sus anteojos en el oído para rascarse y extraer el cerumen. No parecía sorprendido.

—Mira, Albert —continuó McDoheny—, son las grandes oportunidades que tengo para poder medir mi capacidad económica. ¿Cómo puedo saber lo poderoso que soy, si no es a base de rodearme de bienes y placeres de los cuales carecen las mayorías? Cuando paseo en mi Ford 1913 convertible constato que soy uno de los elegidos. Tengo lo que poca gente tiene. Compro lo que pocos pueden comprar. Me aparto de las masas. Los lujos y hasta las excentricidades me dicen al oído "qué fuerte eres, Teddy, qué poderoso eres. El éxito es tuyo. El futuro es tuyo". Por esa razón vivo en el lujo, Albert, porque el medio del que me rodeo me refuerza mis sentimientos de poder y me recuerda a cada instante quién soy y lo que valgo.

—Yo también abrigo los mismos sentimientos, Edward —intervino el legislador—. Cuando hago uso de la palabra en el Senado y me escuchan en silencio todos mis colegas. Sobre todo cuando al otro día mi discurso y mi fotografía aparecen en la primera plana de todos los diarios de la Unión Americana. Llego al éxtasis. Yo cargo mis energías vitales con las luces del manganeso que disparan los fotógrafos para imprimir sus placas y las descargo cuando sujeto con ambas manos el tubo del micrófono. Me percato de lo importante que soy cuando me deslumbran todos esos *flashes*. Esa ceguera momentánea debe ser el sentimiento que más se aproxima a la gloria. ¿Cuál otro puede ser, Edward? ¿Qué puede ser la gloria sino estos calosfríos que sientes cuando palpas el poder y el éxito?

—Es curioso —precisó McDoheny— pero necesitamos forzosamente del medio exterior para aquilatar nuestros valores. ¿Qué harías sin la Cámara de Representantes, sin la prensa y sin micrófonos, o yo sin coches, edificios, viajes, torres de petróleo y mujeres? ¡Ah!, Albert, ése es otro aspecto vital, es otro medio fundamental de contraste para mí —dijo McDoheny sorprendido, como si hubiera dejado la parte más importante de la charla en el tintero—. A través de las mujeres percibo quién soy—. Cuando tengo a una mujer bajo el peso de mi cuerpo y esa mujer resulta pertenecer a un elevado círculo social, político o económico y nadie es capaz de imaginar mi conquista, siento que tengo en la misma posición a su padre, a su hermano o a su marido, si es que alguna vez se midieron conmigo en el terreno económico. Siento que al poseer a sus mujeres los vencí, los derroté, los destruí también a ellos. Es el placer fascinante del éxito. Lo percibo intensamente cuando las poseo. Me siento el amo durante una eyaculación voluminosa, con la que arrollo a mis rivales a modo de una gran ola lanzada por mí como rey de los mares, mientras contemplo, entre carcajadas, el naufragio de una cáscara llena de ratones estercoleros.

—Edward, hoy sí te siento delirante. El whisky escocés, por lo visto, te inspira.

McDoheny hizo caso omiso respecto del comentario del senador y continuó:

—Lo mejor, lo mejor es que las mujeres realmente piensan en que el lance amoroso lo provocaron ellas con su físico y sus encantos personales y eso es más falso que un billete de tres dólares. Porque yo sólo pienso en sus maridos, en sus rostros estudiados y adustos y en la cara extasiada de ellas en el ir y venir pendular del amor. Las selecciono en función del nivel político y económico de sus esposos y, claro, en algo tomo en cuenta también su anatomía.

McDoheny confesaba sentimientos verdaderamente íntimos al legislador americano, quien agradecía la manifestación de confianza no menos sorprendido por el perfil psicológico del petrolero, que en aquella ocasión amenazaba ya con desbordarse.

—Pero es realmente en la cama donde satisfago mis venganzas, mis frustraciones y devuelvo los portazos recibidos para poder llegar a la cumbre. Por eso, cuando las amo oigo mis gritos que le dicen a sus hombres: ¡Te vencí, imbécil! ¡Te vencí otra vez! ¡Pude más que tú! ¡Profané tu tesoro! ¡Óyelo bien!, tu tesoro más querido, el más inaccesible de ellos —agregó dentro de un arrebato ya incontenible— sí, me oriné entre carcajadas sobre tu altar divino, sacerdote de la mierda! Estúpidos, estúpidos irredentos que todavía creen en la existencia de los valores humanos. Miren lo que hago con ellos...

McDoheny reía ya sin control. Fall sentía que en cualquier momento la euforia se traduciría en llanto; sin embargo, cuando esperaba la sorprendente definición, cesó la risa espasmódica gradualmente y se escuchó el suave rechinido del tapón de la botella de cristal de roca del scotch añejado. Mientras apuraba el último sorbo, Albert Fall, senador de los Estados Unidos, lo contemplaba atónito:

—Edward, my dear Edward.

McDoheny ya sólo pensaba ansiosamente en su entrevista amorosa con Helen.

En aquella ocasión los dos petroleros ya no hablaron de sus negocios en México.

Woodrow Wilson tomó posesión de la Casa Blanca como el primer presidente demócrata de los últimos veinte años el 4 de marzo de 1913, sólo diez días después del asesinato del presidente Madero y del vicepresidente Pino Suárez.

Caía una de las últimas nevadas del año en el noreste americano y la chimenea del Salón Oval se encontraba encendida para adecuar la temperatura ambiental al primer acuerdo que sostenía Wilson con el nuevo Secretario de Estado americano, William Jennings Bryan.

—Ésta es mi gran oportunidad —dijo entusiasmado el presidente frente a un logrado retrato de Thomas Jefferson— para demostrar al electorado americano que las palabras vertidas durante mi campaña política se traducirán en acciones efectivas durante mi gobierno. A lo largo de mi cátedra en la Universidad de Princeton, donde impartía el curso de sistemas políticos, siempre insistí ante mis alumnos en la validez de las medidas ejemplares que exitosamente se practicaban en Roma, en particular la de Adriano, emperador que, entre paréntesis, debo decirte aprendí a respetar como a ningún otro.

Wilson recordaba siempre con particular agrado sus felices años en el ejercicio de la docencia. Era evidente su satisfacción cuando abordaba el tema.

—A través de estas medidas, William, consistentes básicamente en un juicio público incoado contra el acusado, se hacía del conocimiento del populacho el ilícito cometido por él, quien después expiaba su culpa a manos de un verdugo en una plaza, a la vista de quienes habían conocido los cargos y el desarrollo del procedimiento, toda Roma conocía las consecuencias que se desprendían de las conductas indebidas. Todos aprendieron a temer las sanciones impuestas a través de la suprema majestad del Estado.

En el caso de México debemos aplicar la política de las medidas ejemplares. Yo me niego a reconocer a un gobierno de carniceros como el presidido por Victoriano Huerta.[95] Siempre he pensado que la mejor fórmula para lograr la estabilidad política y económica de los países latinoamericanos radica en una Cámara de Representantes eficaz y eficiente en lo jurídico y en lo político. Este equilibrio de fuerzas permitirá contrarrestar, en su caso, la ineptitud o la ambición de una figura presidencial oscura o prepotente.

Madero lo había logrado. Él estructuró democráticamente un poder legislativo, un Congreso que se pronunciaba con libertad, honestidad y seguridad, y que representaba las verdaderas fuerzas políticas de la nación mexicana. Fue valiente en ello. La fórmula de gobierno maderista era precisamente la idónea para todo el cono sur. Yo la hubiera defendido y apoyado a ultranza. El presidente Madero hubiera sido mi bandera en el resto de América Latina. Sin embargo, Wall Street también conocía mi punto de vista a la perfección y, por lo visto, los malos hombres de negocios se me adelantaron. Sepultaron en fango y sangre esa hermosísima promesa republicana antes de que yo pudiera llegar al poder.

Bryan sonrió sutilmente. Wilson captó inmediatamente la mueca.

—¿Exagero? —increpó el presidente.

—Bueno, en realidad —aclaró el Secretario de Estado, mientras se colocaba correctamente su mancuernilla derecha— tenemos sí algunos datos para llevar a cabo un buen número de hipótesis. Sin embargo, del supuesto a la afirmación del hecho encuentro diferencias muy importantes.

—¿Te parecen insuficientes los cables que puso a nuestra disposición el Departamento de Estado, enviados todos ellos por nuestro Embajador de México a Knox y al propio Taft? —interrumpió Wilson en tono de reproche—. Si pudieras graficar los tonos contenidos en las comunicaciones provenientes de nuestra representación en México, podrías advertir con claridad dónde comienza a pronunciarse la curva. No puedes dejar de relacionarla con la aplicación de determinadas medidas económicas del gobierno de Madero que afectaron a la inversión americana. Compara la nota en donde Henry Lane Wilson explica la creación de un impuesto a la producción petrolera con una de las últimas, donde el mismo embajador, sí el mismo embajador, pide al Presidente de Estados Unidos autorización para constituirse en General de División en México, con poderes ilimitados, para comandar una invasión con nuestras tropas situadas en la frontera, y nuestros barcos, surtos en los puertos del Golfo y del Pacífico mexicanos.[96] ¿Te es claro? Los mensajes diplomáticos de Lane Wilson —agregó— expresan en primer término sólo malestar, continúan con quejas y terminan con exigencias descaradas de intervención armada. Son endemoniadamente claros sus estados de ánimo en los textos, ¡William, por Dios, observa tú mismo!

—De acuerdo, Woodrow...

—Permíteme terminar, señor Secretario —advirtió el presidente a punto de perder los estribos—. ¿No te es reveladora la angustia en sus mensajes a partir del triunfo demócrata en las elecciones del año pasado? Precisamente en ese momento es cuando la curva tonal se dispara al infinito. El embajador revienta. Sabe que se va porque llega un nuevo Partido al gobierno. Conoce mis simpatías por la política de Madero y mi reconocimiento por la integración democrática del Congreso mexicano que él fomentó y logró con tanto éxito hasta traducirla en una realidad política, distinta de la existente en el Porfiriato, en donde el Congreso Federal era una institución decorativa de exclusiva proyección internacional.

—No te exaltes, Woodrow, podemos charlarlo reposadamente —dijo Bryan al darse cuenta que el presidente había caído en uno de sus habituales estallidos de violencia.

—¿Cómo demonios puedo verlo con tranquilidad si tú mismo, mi brazo derecho en política exterior, no te percatas de la urgencia y de la presión ejercida por nuestro embajador sobre la Casa Blanca para provocar la intervención armada en México y el consecuente derrocamiento de un presidente electo constitucionalmente, que satisfacía todos los requisitos de mi política exterior para poder vender su ejemplo en toda América? ¿No has advertido aún que Taft se negó a la intervención? ¿Que también se negó a la invasión y que pretendió dejar las cosas como se encontraban para que fuera yo quien tomara las decisiones?[97] ¿No te es claro que esa posición resultó inconveniente al embajador y a los representantes de Wall Street en México, quienes, a su vez, tomaron la suerte de Madero en sus manos? ¿No te parece curioso que lo hayan asesinado la semana pasada, si sabían, como lo sabían, cómo pensaba yo?

—Mira, Woodrow —aclaró Bryan—. Madero hubiera sido derrotado de cualquier forma, ganara quien ganara las elecciones aquí en Estados Unidos. Si los republicanos hubieran resultado vencedores, Madero ya era un enemigo declarado de la inversión norteamericana. Era un condenado. Si ganábamos nosotros, como sucedió, no iban a esperar cruzados de brazos nuestra llegada a la Casa Blanca para que lo apoyáramos contra ellos. Por lo mismo, debía ser sustituido a mes de que nosotros pudiéramos sostenerlo. Fue, por lo mismo, ejecutado. Además, Woodrow, el último cable enviado al Departamento de Estado por Henry Lane Wilson contiene una recomendación que por sí sola comprueba la posición adoptada por nuestro embajador en México, durante la breve gestión del presidente Madero. Léela, por favor.

Wilson sacó del bolsillo derecho un pequeño monóculo hecho con un arillo dorado, que colocó hábilmente en el ojo izquierdo:

El gobierno de Madero fue antinorteamericano en toda la duración de su ejercicio. Ni súplicas, ni amenazas encubiertas lograron efecto alguno en su actitud incomprensible. Aunque el nuevo gobierno (el huertista) surgió de una revolución militar, asumió el poder con arreglo a los usos constitucionales y, por lo tanto, tiene, en mi opinión, la forma de un gobierno representativo provisional. La nueva administración está evidentemente aprobada y aceptada por la opinión popular de México y, sobre todo, por la parte más respetable de ella.[98]

—Como verás —concluyó el Secretario de Estado—, Lane Wilson apoya a Huerta. Nos pide el reconocimiento, alegando cínicamente la constitucionalidad del nuevo gobierno y su aprobación por la parte más selecta de la sociedad mexicana, por lo visto enemiga de Madero y amiga de Estados Unidos.

—Entonces, si así piensas, ¿por qué sonríes y no hablas, maldito Jennings? Era claro que Wall Street no nos dejaría negociar con Madero. Lo lograron. Pues bien, yo no negociaré a mi vez con quien ellos quieren que lo haga. No hablo con matones. Seré un líder moral en lo interno y en lo externo. Si yo reconociera el gobierno sanguinario de Victoriano Huerta, derogaría de un plumazo la imagen que me trajo a la Casa Blanca e incentivaría los atentados contra la democracia en toda América Latina. Nunca he tratado con criminales. No lo voy a hacer ahora. Reconoceré sólo a un gobierno electo por las mayorías libres del pueblo de México y, en ningún caso, a un representante de Wall Street, llegado al poder, además, entre sangre y violencia.

Bryan prefirió no hacer comentarios.

—Estados Unidos no tiene nada que buscar en Centro y Sudamérica, excepto el bienestar permanente de los pueblos de ambos continentes, la seguridad de sus gobiernos instituidos para el bien colectivo y no para algún grupo o interés determinado, el desarrollo de las relaciones personales y comerciales entre los dos continentes que den como resultado ventajas y provecho para ambos, sin interferir con los derechos ni con las libertades de ninguna de las dos partes.

Wilson se encontraba firmemente convencido de sus ideales políticos y experimentaba una satisfacción realmente especial al contar con la oportunidad de poderlos llevar a la práctica en beneficio del mundo y de la humanidad.

—Defenderé en todo el orbe, con toda mi energía, los principios de la nueva libertad en los que se sostiene mi filosofía política e imprimiré, en lo internacional, un liderazgo moral de nuevo cuño, cuya base de sustentación será el derecho constitucional.

El nuevo jefe de la Casa Blanca deseaba empezar con la aplicación de sus principios políticos en América, es decir, **en casa**, para demostrar la realidad y la sinceridad de sus propósitos.

—En relación a México, y en el entendido de que es el primer conflicto exterior de mi administración, debemos llevar a cabo un esfuerzo especial para demostrar la validez de todas nuestras aseveraciones. Ha llegado el momento de demostrar con hechos todo lo dicho durante mi campaña. Tenemos enfrente la primera oportunidad. El primer gran reto se llama Victoriano Huerta. Están primero los derechos de los mexicanos oprimidos que los derechos de propiedad de mis conciudadanos.[99]

—¡Ah!, licenciado Sobrino —dijo su secretaria al darle los mensajes telefónicos del día y disponerse a abandonar la oficina del apoderado legal de la Tolteca Petroleum Co. en México—, olvidaba decirle que hoy en la mañana me llamaron de vigilancia para decirme que había un campesino que insistía en verlo a como diera lugar.

Sobrino siguió leyendo su correspondencia sin prestar mayor atención al comentario, para preguntar luego distraídamente, sin siquiera levantar la cabeza, mientras revisaba uno a uno los remitentes de los sobres, si tenía alguna referencia adicional para poder identificar al visitante.

—No, ninguna —dijo la secretaria—. Sólo dijo que quería verlo a usted. Los policías, desde luego, no lo dejaron entrar y entonces amenazó con volver a venir mañana en la mañana.

—Será otro apestoso más de los que hacen cola por aquí —contestó el abogado—. Déme un café caliente y evíteme todas las llamadas, salvo las de McDoheny y las empalagosas...

La secretaria cerró tras de sí la puerta, mientras miraba al techo, acostumbrada a ese rutinario comentario que indicaba el fin de la conversación y ordenaba, simultáneamente, la reincorporación al trabajo.

Mientras tanto, dos militares y un civil se unían para derrocar a Victoriano Huerta del poder presidencial. Los militares, Álvaro Obregón y Francisco Villa. El civil, Venustiano Carranza, quien, lento en sus movimientos, como siempre, finalmente se había levantado en armas contra el nuevo dictador.

Se esperaba una reacción inmediata, violenta, sanguínea, del hombre de Cuatro Ciénegas, Coahuila, al saberse la noticia del asesinato de don Pancho Madero, nombre con el que se dirigía a su ex Jefe. No la hubo en cinco días. Sí, por contra, hubo intercambio de emisarios entre Huerta y Carranza. Después, una negativa del centro.

La pérdida de alternativas, la cancelación de negociaciones, la intransigencia del dictador, su prepotencia y el levantamiento de armas del norte del país.

Carranza* abanderó su causa con dos principios que de inmediato le proporcionaron adeptos. El retorno del constitucionalismo como única forma de gobierno, fórmula que también agradó a Woodrow Wilson, así como la venganza por la sangre cobardemente derramada del presidente Madero.

Carranza publicó el Plan de Guadalupe con los propósitos del levantamiento y su propia justificación política.

En un país conocido por su humillante distribución de la riqueza, y por la miserable condición social de la mayoría de sus habitantes, dicho plan sorprendió por su pobreza ideológica y conceptual.

En el Plan de Guadalupe, carente de un profundo contenido emocional, indispensable para la inmediata movilización de las masas, en un momento de aguda depresión nacional, se concretó a desconocer a Victoriano Huerta como Presidente de la República, así como a los poderes Legislativo y Judicial Federales. Desconoció a los gobernadores de los estados que no secundaran el plan. Designaba al gobernador de Coahuila, don Venustiano Carranza, Primer Jefe del Ejército Constitucionalista, quien tendría la obligación de convocar a elecciones tan pronto se consolidara la paz y de entregar el poder al ciudadano que resultara electo.

Los grandes ausentes en el Plan de Guadalupe fueron los lineamientos agrarios, estímulo fundamental de las mayorías, así como las garantías políticas, las obreras, la absolución de deudas y abolición de tiendas de raya y fraccionamiento de los grandes latifundios.

---

* En ciertos aspectos Carranza era aún más conservador que Madero. No puede decirse que compartiera la fe de Madero en la democracia parlamentaria, la libertad de prensa, la tolerancia de la oposición o las elecciones libres. Sin embargo se distinguía de Madero en varios aspectos importantes que le permitieron desarrollar un papel preponderante en la revolución mexicana hasta 1920. F. Katz, *La guerra secreta en México*, Ediciones Era, 1983, pág. 155.

El plan fue personalista. Tuvo, además, serios vacíos en el orden político al no recoger las inquietudes sociales de la colectividad nacional e individualizar el conflicto entre personas sin reivindicaciones sociales. Tampoco establecía compromisos vitales para el bienestar de aquellos en quienes se buscaba apoyo para derrocar al usurpador.

El Primer Jefe contestó a estas críticas precisamente el día de la suscripción del plan y después de haber sostenido un par de combates contra las tropas federales en la misma Hacienda de Guadalupe.

—¿Quieren ustedes que la guerra dure dos años o cinco años? La guerra será más breve mientras menos resistencia haya que vencer. Los terratenientes, el clero y los industriales son más fuertes y vigorosos que el gobierno usurpador. Hay que acabar primero con éste y atacar después los problemas que con justicia entusiasman a todos ustedes, pero a cuya juventud no le es permitido escogitar los medios de eliminar las fuerzas que se opondrían tenazmente al triunfo de la causa.[100]

Las imágenes de la Virgen de Guadalupe volvían gradualmente a las oficinas de gobierno huertista, junto con las fotografías de José de la Cruz Porfirio Díaz. La Constitución de 1857, cuya promulgación había costado mucha sangre mexicana, seguía vigente. La Iglesia, a modo de acción de gracias, ofreció un *Te Deum* en obsequio del nuevo dictador mexicano.[101]

La oligarquía porfirista en pleno celebraba con incontenibles ¡albricias! el nuevo y promisorio acontecimiento político nacional.

Victoriano Huerta, en un anexo a su despacho en el Palacio Nacional, envolvía meticulosamente, sin pestañear —nunca pestañeaba—, unas hierbas oscuras en un pequeño papel de fumar. Acto seguido, fumaba la marihuana* en largas inhalaciones cuyo humo retenía en los pulmones mientras contemplaba, recostado, el candil francés de triste recuerdo, que decoraba la oficina del Presidente de la República.

A continuación, exhalaba el humo largamente contenido, mientras recordaba, en estado de ensoñación, los juegos que practicaba en el banco del Río Colotlán, en compañía de otros niños huicholes y tecas, al lado de quienes había transcurrido su muy penosa y paupérrima infancia. ¡Qué placer le producía expresarse en su lengua materna, el huichichil, [102] y sin embargo, qué pocas oportunidades de practicarlo!

—Sí, llegué al poder —decíase mientras se colocaba de nueva cuenta el carrujo en la boca— gracias al concurso norteamericano. No es difícil suponer que ellos mismos me mantendrán en él para poder dis-

---

* William Weber Johnson en su *México Heroico*, Plaza y Janés, 1970, pág. 157, habla de la proclividad del dictador a la ingestión recurrente de grandes cantidades de alcohol y de su afición al tabaco negro fuerte y a la mariguana.

frutar cómodamente de nuestros intereses recíprocos. Si desean ampliar sus inversiones en materia petrolera y obtener más concesiones de mi gobierno, así como más áreas susceptibles para su explotación, saben de antemano que las tendrán. Si el propósito es el otorgamiento de franquicias ferrocarrileras, así como la obtención de privilegios adicionales en la administración de las vías férreas, estoy dispuesto también a acceder. Todo, siempre y cuando se me reconozca como Presidente Constitucional de México. Si la idea es el petróleo, pues petróleo les damos. Si son ferrocarriles, lo mismo. Si son extensiones de terreno para la agricultura o la ganadería, las tendrán. Como también tendrán seguridad en su tenencia de la tierra. Seguridad en las relaciones obrero-patronales desde un punto de vista laboral. Les concederé a los norteamericanos y a toda la inversión extranjera un sistema de garantías y protecciones que les reporte confianza en México y en mi gobierno. Sólo pido —miraba fijamente un diamante del candil— el reconocimiento que supone mi supervivencia política. El carrujo empezaba a quemarle los dedos callosos y apenas si se percataba de la proximidad del calor. La mano colgaba desmayada sin advertir la inminencia de la combustión—. ¿Qué haré sin el reconocimiento? El embajador Wilson me ha enseñado los cables que ha enviado a Washington. La presión que ha ejercido a través de sus cónsules radicados a lo largo y ancho de la República. También ha insistido en su carácter de Decano del cuerpo diplomático, a efecto de que las otras potencias acreditadas en México extiendan el reconocimiento de mi gobierno para forzar aún más a la Casa Blanca.

He visto, además, crecer su desesperación ante el silencio de sus superiores en el Departamento de Estado. Estoy convencido de que Wilson ha hecho su mejor esfuerzo. Si Taft siguiera en el poder yo no estaría pasando estos ingratos momentos.

Si el gobierno de Wilson no me reconoce como presidente legítimo de los mexicanos, todas las ventajas las acaparará el traidor de Venustiano Carranza, que no ha hecho sino incendiar el norte del país en mi perjuicio. Si aquel día en que mandó sus emisarios para negociar su adhesión a mi gobierno, yo hubiera accedido a dejarle bajo sus órdenes, como él me lo pedía, las tropas federales que estaban radicadas en Coahuila, y le hubiera dado los fondos que me solicitaba, este burguesote revolucionario sería de los míos. Sin embargo, ¿quién es este anciano ganadero para ponerle condiciones a Victoriano Huerta? Se puede ir mucho al carajo.[103]

Tenía razón don Porfirio: "Perro con hueso en la boca, ni muerde, ni ladra". Ese viejo era un chingón. Le haré llegar hasta París mi deseo de que se incorpore de nueva cuenta al ejército mexicano. Me apoyaré mucho en él. Me aconsejará, me avalará. Seguro vendrá. —Sintió un pequeño calor en las yemas de los dedos índice y pulgar. Instintivamente llevó el cigarrillo a la boca; constató que restaba material para una última fumada, y aspiró profundamente, sin parpadear. Retuvo el humo—. Si

Wilson no me reconoce, continuó en sus reflexiones, ¿de dónde voy a sacar las armas y las municiones para fusilar a Carranza, a Villa, a Obregón, a Maytorena y a todos sus secuaces? Desde luego que no me las van a proporcionar gratis como a Carranza, sobre todo si no me quieren apoyar. Eso quedará para los malditos alzados. Yo tendré que pagar los pertrechos y para eso necesitaré dólares, y como no los tengo, tendré que obtenerlos por la fuerza o negociando en otro lado, lo cual no me gustará ni a mí ni a los gringos. Si tengo que llegar a esos extremos deberé entender que la guerra ha sido declarada.

Expulsó una gran bocanada de humo. Apagó el carrujo. Pensó en la posibilidad de que el Departamento de Estado llamara a cuentas a su embajador en México. En ese momento se quedaría definitivamente solo frente a los Estados Unidos. Pidió la presencia inmediata de Aureliano Blanquet.

Una muy grata sorpresa experimentaron los petroleros ingleses cuando confirmaron la política de Woodrow Wilson en relación al gobierno usurpador de Victoriano Huerta.

—No reconoceré a un gobierno de carniceros —insistía el Jefe de la Casa Blanca, en una actitud moralista incomprensible para los miembros del gran garrote y para los prosélitos de la Diplomacia del Dólar y del Destino Manifiesto.

Weetman Pearson, accionista mayoritario de El Águila, captó en la postura de Washington una ventajosa oportunidad económica y mercantil para los intereses ingleses, en particular, los petroleros. En consecuencia, ejerció todo tipo de presiones ante la Corona Inglesa para lograr el reconocimiento diplomático del gobierno huertista y captarse, de esa forma, la buena voluntad del usurpador.

La pérfida Albión reconocería la administración ilegal del general Huerta a cambio de los yacimientos petrolíferos mexicanos. Se trataba, pues, de un nuevo caso de "diplomacia petrolera".[104]

Pearson se trasladaría a Inglaterra de inmediato para convencer al Secretario de Asuntos Extranjeros de la necesidad del reconocimiento sin contar con el aval político de los Estados Unidos y abundaría en las ventajas económicas que le reportarían a la Corona adelantarse diplomáticamente a cualquier país que esperara pacientemente la primera señal de la Casa Blanca para enviar a su representante en México.

Londres se encontraba sepultada en una espesa neblina. Se escuchaban sonidos aislados de los motores de los coches que aparecían lentamente a través de la bruma como si fueran producto de un sueño para seguir su marcha y desaparecer en la misma forma hasta volverse inaudible su presencia. También se oían voces y pasos de transeúntes fantasmales que nunca surgían de la espesura, al igual que el ir y venir de carruajes tirados por caballos sobre las calles empedradas de la otrora ciudad fundada por Julio César.

Vestido con una impecable levita color gris Oxford, al igual que el resto de su elegante indumentaria, sombrero de copa, bufanda de seda coronada con una perla grisácea uniforme, zapatos negros excelentemente lustrados, guantes blancos y bastón hecho de maderas preciosas de Jacarta, rematado con una pequeña cabeza de búfalo blanco hecha con espuma de mar, Lord Cowdray,* presidente y socio mayoritario de la Compañía Petrolera El Águila, S. A., principal productor de crudo, con un 58% del mercado nacional, concesionario de aproximadamente medio millón de hectáreas petroleras en los estados de Veracruz, Tamaulipas, San Luis Potosí, Campeche, Tabasco y Chiapas,[105] accionista mayoritario de la Eagle Gil Transport Company, la flota petrolera más grande y eficiente del mundo en la época, con veinte buques-tanque, diez de los cuales tenían una capacidad de quince mil toneladas,[106] se dirigía a las oficinas del Ministro de Asuntos Extranjeros de Su Majestad, a efecto de tratar el reconocimiento del gobierno de Victoriano Huerta por parte de la Corona Inglesa.

Body, su brazo derecho en México, lo acompañaba en el automóvil.

—Efectivamente, visité en repetidas ocasiones al ministro de la Corona acreditado en México para conocer el tipo de información que había enviado a Londres respecto al gobierno de Huerta. Nunca me la mostraba y sin embargo aducía que él ya había sugerido su reconocimiento por parte del Rey. Siempre sentí tibios sus comentarios, escurridizos, como corresponden a un buen diplomático. Sin embargo, un día me mostró en la propia embajada los cables diplomáticos enviados a Londres. Debo reconocer, en honor a la verdad, que el señor Stronge es un individuo sereno y objetivo, puesto que el contenido de sus cables no podría ser más cercano a la verdad.

—Mi querido Body —explicó el alto miembro de la nobleza británica, sin voltear siquiera a ver a su colaborador—, estará usted de acuerdo conmigo en que no estoy sometiendo a la consideración de nadie la calificación profesional del señor Stronge. Es para mí totalmente irrelevante la calidad diplomática del enviado de Su Majestad. Lo único verdaderamente válido para mí, y mis intereses, es haber logrado, como en realidad se logró, que dicho embajador sugiriera a la Oficina de Asuntos Extranjeros el reconocimiento del gobierno de Huerta.

—De acuerdo, *milord*, simplemente comento a usted la historia completa para que usted...

---

* Weetman Pearson fue investido por la Corona Inglesa con ese título de nobleza en reconocimiento a sus méritos profesionales y su gigantesco desempeño económico.

—Quite la grasa, Body, quite la grasa de sus comentarios, en particular si con ello viene a ensalzar sus virtudes. Me gusta hablar con resultados. Puede evitarse los trámites. Es obvio que si el embajador pidió el reconocimiento expreso es porque ustedes en México supieron convencerlo. No le aplaudiré por ello, Body. Sólo cumplió usted instrucciones y por ello recibe un sueldo.

Body volteó la cabeza precisamente cuando pasaban por la Plaza de Trafalgar. Pasó por su mente la derrota española. Recordó el orgullo inglés inflexible y eterno.

—Así es, *mi lord*, repuso Body. Los telegramas se despacharon a la Oficina en los términos que usted ordenó. Debo decirle que indirectamente Lane Wilson también nos ayudó, porque a él le urgía más que a nosotros, por lo visto, que Inglaterra reconociera al gobierno de Huerta. No pensé que él pudiera ser nuestro aliado y lo fue.

—Mire usted, Body, si logro hoy que el gobierno de Su Majestad reconozca a Huerta, nos adelantaremos a Estados Unidos en la obtención de concesiones y de todo tipo de negocios. México volteará de nueva cuenta la cabeza hacia Inglaterra, dependerá otra vez de nosotros y volveremos a tener una ingerencia definitiva en América. Estados Unidos nos la disputará desde todas las líneas y trincheras. Pretenden lograr que al sur del Río Bravo todos los países constituyan un gran mercado que adquiera exclusivamente los productos manufacturados por ellos, en general, con materias primas latinoamericanas. Yo estoy contra esa hegemonía imperialista que pretende darle no sólo un concepto político a la doctrina Monroe, sino también económico. América, pero para los americanos del Norte.

—Tiene usted razón, *mi lord* —comentó Body.

—¡Claro que la tengo! —respondió el petrolero—. De cualquier forma, gracias por concedérmela.

Body no acusó ningún malestar y siguió hablando sin voltear a ver a su interlocutor.

—Tendremos muchas ventajas con el reconocimiento, porque podremos venderles armas y municiones. Les otorgaremos créditos con lo que los haremos más dependientes de la Corona. Intensificaremos nuestro comercio con México para que se compren más productos ingleses que americanos. Seguiremos alimentando con petróleo mexicano parte de la Marina Real y financiando energéticamente algunas de las necesidades del Reino Unido a un costo de extracción muy bajo y prácticamente sin ningún gravamen tributario que pudiera incidir en las utilidades que anónimamente remitimos aquí en su totalidad.

Lord Cowdray pareció no escuchar esta última parte. Sólo se concretó a mencionar que "si Inglaterra reconocía a Huerta antes que los Estados Unidos, se abrirían para el imperio inglés posibilidades económicas insospechadas. Victoriano Huerta pondrá a los pies del León Británico buena parte de la carne que necesita para alimentarse".

Body sonrió para acusar recibo del flemático humor inglés que caracterizaba a su superior.

—Tiene usted razón, *mi lord*. Si alguna duda hubiera al respecto, que se vuelvan a analizar los negocios que realizamos en México durante el gobierno de don Porfirio Díaz, padre putativo de Huerta, quien, desde luego, superará por agradecimiento y necesidad a su antiguo maestro.

—Body, lo que necesitamos es que el lunático de Woodrow Wilson no reconozca a Huerta o, por lo menos, se lleve mucho tiempo en tomar su decisión mientras yo convenzo al primer Ministro Asquith de que lo haga de inmediato. El reconocimiento son libras esterlinas para la Corona y para nosotros. Debemos aprovechar esta circunstancia, mientras Monseñor Woodrow Wilson imparte sus cursos de moral política en el mundo.

Lord Cowdray miraba fijamente hacia adelante. Había estirado los brazos y colocado ambas manos enguantadas en la cabeza blanca de espuma de mar del bastón oriental, cuya punta descansaba en el piso del automóvil.

Parecía ir solo, totalmente inmóvil, erecto, sin recargar el peso de su tronco en el respaldo del asiento. El chofer se detuvo, bajó, abrió la portezuela del vehículo y Lord Cowdray descendió sin agradecer la atención del chofer, ni despedirse de Body.

Algunos días después, el Rey de Inglaterra enviaba a Victoriano Huerta una carta mediante la cual le extendía el reconocimiento diplomático esperado por el golpista. Empezaba la legitimación internacional de la sangrienta usurpación.

Era una de las mañanas más tibias de aquella primavera de 1913 cuando Sobrino, en el mes de mayo, se despedía de algunos de sus colaboradores de la Tolteca Petroleum Co., antes de dirigirse a la estación de ferrocarril para abordar un tren con destino a Nueva York.

La revolución había estallado dos meses atrás.

Daba las últimas recomendaciones, recordaba las principales instrucciones y los más urgentes encargos. Se afirmaba el sombrero. Se lo volvía a afirmar. Repetía incesantemente las órdenes. Cambiaba la gabardina de un brazo al otro. Se llevaba la mano a la boca y con los ojos entornados buscaba en el cielo el recuerdo de algún punto pendiente. Miró a su derredor. Sólo transeúntes. Pensó en el exceso de café y tabaco como posibles causas del inusitado malestar. Abordó el automóvil y arrancó. No había depositado sus objetos personales en el asiento cuando advirtió la presencia de un extraño joven, como de 25 años, quien recargado contra una farola no le quitaba su mirada glacial, incluso cuando el automóvil se desplazó lentamente frente a él.

Todo el malestar de Sobrino se incrementó de inmediato. Algo había leído en esos fijos ojos negros, inconmovibles. En esa tez aceitunada, en ese cabello desordenado, azabache, en esa indumentaria inexpresiva.

Sintió temor. Pensó también en su mujer y en sus hijos; quiso volver, sin embargo, cuando imaginó la reacción de McDoheny ante semejante motivo de retraso, prefirió continuar con lo programado.

En realidad la sola idea de entrevistarse con el magnate petrolero, en sus propias oficinas en los Estados Unidos, era suficiente para descomponerlo anímicamente, y para saturarlo de todo género de inquietudes y temores.

—De regreso de Estados Unidos tomaré unas vacaciones. Ha llegado la hora de un descanso.

Sobrino llegó a su destino la noche de un jueves. El viernes se presentó en las suntuosas oficinas de la compañía petrolera.

—¿Qué no sabe este imbécil, después de casi diez años de estar a mi servicio, que el viernes es para mí un día ciego? —le gritó el petrolero a su secretaria cuando fue informado de la presencia de Sobrino.

—Que se bañe primero, se desintoxique y se dé una buena friega de alcohol antes de acudir a mi presencia —comentó bromista.

—¡Auch! —dijo repentinamente el magnate cuando la manicurista cortó un poco de cutícula estrechamente adherida a la uña—. Si no le agradó mi chiste, no me lo celebre, pero no me destroce el dedo —reclamó risueño, mientras la secretaria esperaba impaciente una respuesta definitiva.

Ante el silencio, McDoheny constató la falta de sentido del humor en las mujeres. Ninguna de ellas había sonreído.

—Cítelo para el lunes a las diez de la mañana y que por favor no me llame por teléfono a ninguna hora y por ningún concepto. Que, además, coma algo caliente. Lo va a necesitar.

Sobrino pasó un largo fin de semana, inquieto y angustiado. No había comprendido el diferimiento de la entrevista ni la orden de abstenerse de llamar por teléfono ni, mucho menos, aquello de que "comiera caliente". Además, la mirada penetrante de aquel sujeto no lo dejaba reposar.

Me despedirá —se dijo ya el lunes en la sala de espera—. Se va a deshacer de mí. Pero mi silencio le costará mucho dinero. Conozco hasta el último pliegue de la vida de McDoheny, y si divulgo el origen de sus negocios en México, el desprestigio le costará en Estados Unidos más millones de dólares que mi indemnización.

Repentinamente se abrió la puerta. El abogado sintió un latigazo que lo obligó a levantarse de inmediato del sillón.

—El señor presidente le espera —dijo con solemnidad una de las secretarias.

Sobrino tomó sus pertenencias e ingresó precipitadamente en el lujoso despacho.

—¿Qué hecho nuevo me cuenta usted de la Compañía El Águila, señor abogado? —preguntó McDoheny sin levantar la mirada del contrato que revisaba, ni saludar a su subordinado, ni ofrecerle asiento. Era la clásica táctica del petrolero para infundir desconfianza y temor en la gente y facilitar su manejo.

—Si te temen —aconsejaba siempre a sus ejecutivos íntimos—, si te temen haces dúctiles y maleables a tus interlocutores. Usa el miedo para manejar a las personas a tu antojo. Utilízalo para captarte el respeto de tus subordinados y las mejores posiciones dentro del mercado; apro-véchalo siempre para inmovilizar al enemigo mientras tú actúas. Si ma-nejas el miedo manejarás al género humano. Serás un hombre de éxito. Lograrás dominar.

Sobrino sintió que sus piernas no le sostenían. Sus manos se hume-decieron, su boca se secó y la confusión se apoderó de él. Solicitó autori-zación para sentarse. Le fue concedida con un "sí" lacónico y cortante.

—Yo pienso, señor —empezó a hablar Sobrino...

—Abogado —interrumpió el petrolero—, yo no le he pedido su opinión respecto a El Águila. Le pedí hechos. ¿Es claro? ¡Déjeme a mí las conclusiones!

Descompuesto, Sobrino juntó ambas piernas y colocó tímida-mente su sombrero sobre ellas.

—El reconocimiento de Huerta —continuó Sobrino, apocado y nervioso como un niño presentando su tarea— por parte de la Corona Inglesa le ha concedido a lord Cowdray todas las ventajas. El Rey, desde luego, la vendió a cambio de jugosas concesiones petroleras y de otros negocios no menos lucrativos para Inglaterra.

—Llámele Pearson, Sobrino. No conceda usted también títu-los de nobleza a la competencia —agregó McDoheny sin levantar la cabeza.

—Huerta está muy agradecido con el soberano inglés por haber dado el primer paso para legitimar su gobierno. Ese agradecimiento, *boss*, —Sobrino trataba de acercarse— se traducirá en muchos millones de barriles y de libras esterlinas, en varias toneladas de oro y plata de las minas mexicanas, en créditos, en comercio y en todo tipo de negocios. Huerta dará todas las facilidades, en reciprocidad al Rey.

Sobrino se había propuesto ver la cara del petrolero por lo menos una vez antes de dar por terminada la reunión y volverse a México. "Vol-teará", decíase en plan retador, "tarde o temprano lo haré levantar la ca-beza con algún comentario digno de consideración".

—Todas esas facilidades —continuó— se traducen en perjuicios para nosotros, ya que pienso...

—¡No piense! ¡Demonios! ¡No piense! —fue interrumpido con violencia.

—Ya que —continuó turbado Sobrino— esas concesiones debe-rían haber sido de la Tolteca o bien de los inversionistas norteamericanos respectivos, pero en ningún caso de los ingleses. Ahora los únicos bene-ficiarios de la política del presidente Wilson son nuestros propios com-petidores. ¿No es paradójico? Un presidente yanqui ayudando a los ingleses antes que a sus conciudadanos. La negativa del gobierno de Wilson le costará a la Tolteca y a otros colegas muchos millones de dólares que, en proporción, también deja de percibir el Tesoro.

McDoheny giró en su silla, se puso de pie y tomó el fiero *putter* de la chimenea y practicó, de espaldas a su interlocutor, el movimiento suave que sólo se practica sobre el *green* para embocar la bola en el hoyo.

—Lo sabía. Claro que sí. Eso es lo que sucedería. Los ingleses capitalizan el coraje antiyanqui de Huerta. Es obvio. La política de la Casa Blanca nos cuesta dinero a nosotros. Wilson pone en manos de los ingleses lo mejor de los intereses norteamericanos en México, apoyado en una moral estúpida. No estamos, ¡por los diez mil demonios! —gritó—, en un momento para vender ideologías religiosas, sino para ganar dinero.

Los gritos confundían terriblemente a Sobrino al extremo de impedirle ejecutar la más elemental suma aritmética, era como si su propio padre lo reprendiera severamente por no haber cumplido en sus años de niño con sus obligaciones escolares. McDoheny por su parte se crecía cuando veía cómo se escurría su colaborador en la silla por el efecto demoledor de sus palabras.

—Luchamos contra Díaz, luego contra Madero. Finalmente tenemos al hombre ideal en México y nos sale el presidente con sus tesis monacales. Es clara la alianza anglo-mexicana en contra del capital norteamericano; ha llegado la hora de contenerla... y de pedir una audiencia con el presidente Wilson —aclaró McDoheny sin percatarse de la presencia de Sobrino—. Nuestra inactividad diplomática nos es terriblemente cara.

—Exacto —brincó el abogado—. Henry Lane Wilson nos puede tramitar esa audiencia con la Casa Blanca a través del Departamento de Estado.

McDoheny aventó el *putter* contra la chimenea.

—Cómo se nota que usted no puede ver más allá de las pestañas de sus ojos. Por eso siempre será un mal tinterillo de juzgado —empezó a subir la voz el petrolero—. El embajador Lane Wilson, don Henry como usted lo llama, ya no es sino una cáscara de cacahuate.

—¿Cáscara de cacahuate? —preguntó sorprendido el abogado.

—¡Claro, estúpido! ¿No se ha dado usted cuenta que Lane Wilson proviene de círculos republicanos extremistas y que las elecciones del año pasado en este país fueron ganadas por los demócratas y Woodrow Wilson también es demócrata? Los mejores apoyos de "don Henry", eran su hermano, el influyente Senador, hoy fallecido, el ex Secretario del Interior, Ballinger, hoy sin cartera, y los Guggenheim;[107] según se ve, Lane Wilson se quedará solo pidiendo el reconocimiento de Huerta ante la negativa reiterada del Presidente de Estados Unidos. Si después de nuestra visita no logramos convencerlo de las ventajas de iniciar relaciones con México, los perdedores serán Lane Wilson y Huerta, pues lógicamente no voy a pelearme con el jefe de la Casa Blanca… Quiero negocios y no diferencias con la máxima autoridad de este país.

—Entiendo todo, señor —dijo Sobrino respetuosamente—, pero sigo sin captar eso de la cáscara de cacahuate.

—Henry Lane Wilson —tronó impaciente McDoheny— está solo. Sus mensajes y cables son archivados sin leer en el Departamento de Estado. El presidente lo asocia con el derrocamiento y el asesinato de Madero. Es un apestado político. Yo ya tuve lo que necesitaba de Wilson. Nos comimos la fruta y ahora vamos a tirar la cáscara a la basura, ¿entiende?

—Pero si él, en México, ha mandado informes avalados por toda la colonia norteamericana local pidiendo el reconocimiento de Huerta y se la ha jugado aun a sabiendas de que el presidente no quiere dar el paso —apuntó el abogado.

—Mientras más insista —acotó el industrial—, más se hundirá y más difícil será rescatarlo sin identificarse con el crimen de Madero y sin enemistarse con Woodrow Wilson. Necesitamos un nuevo interlocutor directo con Washington. Es decir, un nuevo cacahuate —agregó sonriente el petrolero.

—Es cierto lo que usted señala…

—¡Hombre!, gracias por su concesión. Estimo mucho que aprecie mi perspicacia —volvió a interrumpir irónicamente McDoheny.

Sobrino humilló aún más la cabeza y clavó la mirada en el piso con los ojos entornados como si esperara el estallido final. Sin saber en realidad de dónde volvió tímidamente a hacer uso de la palabra con voz apenas audible.

—En efecto, señor, el presidente envió a México a un tal señor Hale, William Bayard Hale,[108] quien va como los ojos y los oídos de la Casa Blanca para informar personalmente a Wilson lo acontecido durante la Decena Trágica. La confianza en el embajador Wilson se debe haber erosionado severamente desde el momento que envían a alguien para conocer la verdad en torno al asesinato de Madero en el mes de febrero.

—¿Cómo dice usted? —respondió el magnate, quien finalmente vio el rostro arratonado de su representante en México.

—Efectivamente, señor —respondió estremecido el abogado al percatarse de haber dado en la diana—, el presidente Wilson mandó a México a Hale, por lo visto su muy personal amigo, para que le cuente los detalles del golpe de estado.

McDoheny caminó nerviosamente a lo largo de la habitación. "Lane Wilson ya está muerto", se dijo. "Pero aún hay posibilidades a favor de Huerta. Todo dependerá de cómo se explique la llegada de Victoriano al poder, su participación en el crimen y las posibilidades que tenga de acabar con el movimiento carrancista, pero Wilson…"

Sobrino interrumpió a su jefe en sus razonamientos.

—Tengo una idea que puede funcionar, aun cuando es agresiva —agregó satisfecho.

—¿Idea? ¿Usted? —inquirió McDoheny, burlándose ostensiblemente.

—Sí, señor, usted debe proporcionar dinero a Huerta para comprar armas y municiones y poder aplastar al tal Carranza junto con sus secuaces. Los de la Waters Pierce también aportarían recursos para financiar esa campaña militar.

McDoheny lanzó sobre su subordinado una mirada glacial. Sobrino acusó el impacto dentro de una desagradable confusión.

—Déjeme ver si comprendo su idea —exclamó McDoheny.

Sobrino palideció.

—¿Usted sugiere que nosotros apoyemos a Huerta?

—Sí —contestó temeroso.

—¡Ajá! En ese caso, si Wilson insiste en no reconocer a Huerta y se define por los famosos Constitucionalistas, sólo le habríamos declarado la guerra al propio Presidente de Estados Unidos de América… Brillante, Sobrino, como siempre. La Tesorería de la Tolteca compitiendo contra la del gobierno de Estados Unidos. Las fuerzas armadas mexicanas apoyadas por nosotros contra las del Tío Sam.

Sobrino giraba nerviosamente su sombrero sobre las rodillas.

—No se me había ocurrido semejante idea —continuó McDoheny—. La someteré al Consejo. Ellos también se sorprenderán por su virtuosismo… —se hizo un pesado silencio ominoso—. Sí que es usted imbécil, Sobrino. ¡Imbécil redomado! —tronó finalmente el petrolero—. Por eso le digo que no piense, sólo apunte lo que ve y lo que oye. Luego repítamelo a mí. ¿Entiende? Es todo —cortó desesperado el magnate—. Nos vemos en México y, por favor, ¡no se vaya a perder el tren de regreso! —todavía alcanzó a agregar.

Sobrino, demudado, salió de la habitación sin despedirse. Dos días más tarde regresaba a México. Pensaba en sus vacaciones cuando recordó de nueva cuenta al extraño aquél… "¿Quién será ese desnalgado?" Luego recordó con terrible angustia que había olvidado comentarle a McDoheny algo verdaderamente sustancial. Victoriano Huerta había incrementado el escandaloso impuesto, establecido por Madero, de veinte centavos por tonelada a setenta y cinco centavos por tonelada, para satisfacer las necesidades presupuestales de la nación.[109] "McDoheny me matará cuando conozca por otro lado la decisión. Me matará. Estos nervios van a acabar conmigo."

Una semana más tarde, el proyecto de Edward McDoheny se ejecutaba en sus términos. Delbert J. Haff, antiguo abogado de McDoheny, a la sazón juez en Estados Unidos, presentó un memorándum a la consideración de tres de los más destacados inversionistas norteamericanos en México:

The Southern Pacific Railroad Co., Phelps Dodge and Company (minas de cobre) y Green Cananea Consolidated Copper Company.[110]

Julius Kruttschnitt, Presidente del Consejo de Directores de la Southern Pacific Railroad, fue electo entre los inversionistas para llevar el documento al Departamento de Estado. En el texto se solicitaba del gobierno americano la promoción de un armisticio entre Huerta y los Constitucionalistas y el reconocimiento de Huerta, siempre y cuando éste convocara previamente a elecciones.

El presidente mexicano, más presionado por el gobierno norteamericano que por el Pacto de la Embajada, por su parte ya había anunciado para el 26 de octubre de 1913 la celebración de comicios para la elección de Presidente y Vicepresidente de la República.[111] El resto del memorándum decía:

> Las naciones extranjeras se están volviendo ingobernables y tratan de socavar la influencia de los Estados Unidos en México. El gobierno británico ha reconocido a Huerta de manera señalada, mediante una carta autógrafa del Rey, a causa de los esfuerzos desplegados por lord Cowdray (sir Weetman Pearson), cuyos intereses en la República Mexicana ocupan el segundo lugar en importancia, después de los de Estados Unidos. También está empleando sus influencias para obtener un préstamo fuerte de Inglaterra y he sido informado que ha tenido éxito con la condición (que ya fue cumplida) de que el gobierno inglés reconozca a Huerta. Si las influencias de Alemania e Inglaterra ayudan a México a salir de sus problemas, el prestigio estadounidense en ese país y el comercio con los Estados Unidos se verán afectados.

Más adelante señalaba:

> Huerta es actualmente el presidente *de facto* y es un hombre enérgico con capacidad administrativa, mando en el ejército y, más que ninguno, está en condiciones de lograr tal arreglo.

Wilson siguió recibiendo por parte de importantes compañías mineras, petroleras, ferrocarrileras, así como de poderosas instituciones de crédito, urgentes recomendaciones para otorgar el reconocimiento al gobierno huertista. El presidente rechazó todas las sugerencias y las súplicas. Oponía entre otros argumentos el fin del imperio de la diplomacia del dólar.

> Las compañías americanas dejarán de gobernar el mundo, y el gobierno de Estados Unidos ya no será un mero instrumento para proteger al "gran capital", sino que representará a todos los americanos, sea cual fuere su capacidad económica, sus creencias religiosas, sexo o color.

Por otro lado, no sólo Wilson dudaba de la legalidad de las elecciones huertistas. Venustiano Carranza rechazaba también la legitimidad de un gobierno, cualquiera que fuera, sobre la base de unos sufragios controlados por un delincuente.

Cuando McDoheny conoció la respuesta negativa del Presidente de los Estados Unidos, aceptó con tristeza la muerte política de dos dilectos amigos, Victoriano Huerta y Lane Wilson. Había quedado claro. La Casa Blanca no quería nada con el "sanguinario carnicero", a pesar del reconocimiento de su gobierno por parte de la Corona Inglesa y de otros países. A pesar, también, de cumplir con el requisito de realizar elecciones constitucionales para votar un nuevo presidente. Wilson no tenía la menor confianza ni la mínima esperanza en Huerta. Sólo deseaba su renuncia incondicional.

El embajador yanqui también tembló al conocer la actitud de Washington. Ambos eran un par de condenados a muerte. Se conocía la sentencia y al verdugo. Sólo faltaba conocer la fecha exacta de la ejecución. Ésta la dispondría solamente el Presidente de Estados Unidos.

A continuación, McDoheny, siempre imaginativo e insaciable, echó a andar la segunda parte del plan, sin contar ya ni con Huerta ni con Lane Wilson.

Kruttschnitt presentó, en consecuencia, un nuevo documento al Departamento de Estado, suscrito por los mismos inversionistas. En éste se solicitaba al gobierno de Estados Unidos el uso de sus buenos oficios para mediar en la disputa entre Huerta y los Constitucionalistas, así como el compromiso del gobierno norteamericano de reconocer a quien ganara las próximas elecciones presidenciales. En la nueva proposición no se pedía el reconocimiento de Huerta. Él no podría presentarse ni siquiera como candidato en la contienda electoral. Se podría reconocer a su gobierno, pero no a él en lo personal. El "gran capital" norteamericano había aceptado desconocer a Victoriano Huerta.

El Secretario de Estado quedó convencido de la bondad de la solicitud y de la solución.

Por su parte, Woodrow Wilson decidió esperar a conocer los informes de William Bayard Hale, quien en su momento comunicó a la Casa Blanca:

> ...el movimiento contra Madero fue una conspiración y no una revolución popular, un cuartelazo, un golpe militar, el complot de unos pocos y no la sublevación de la gente ultrajada.
>
> La traición al presidente por sus generales fue una traición mercenaria y en ningún caso la respuesta de los sentimientos de la nación o siquiera de la ciudad... No hubo un momento, durante la Decena Trágica, en que no hubiera sido posible poner fin a la penosa situación y un alto a la matanza innecesaria con la sola severa advertencia de la embajada americana a la armada de oficiales

traidores, en el sentido de que los Estados Unidos no aceptarían
más que los métodos de paz constitucional y que no reconocerían
a ningún gobierno establecido por la fuerza. El presidente Madero
no fue traicionado y arrestado por sus oficiales sino hasta que éstos estuvieron seguros de que el embajador norteamericano no tenía objeción en la ejecución. El plan para la inmediata instalación
de la dictadura militar nunca se hubiera llevado a cabo si no hubiera sido por el patrocinio del embajador norteamericano y la
promesa del inmediato reconocimiento por parte de su gobierno.
Madero nunca hubiera sido asesinado si el embajador norteamericano hubiera hecho entender a fondo que la conspiración debería
detenerse antes de llegar al asesinato. No puede ser sino una fuente
de desgracia de que lo que es probablemente la historia más dra-
mática en la que se haya involucrado un diplomático oficial norteamericano, no sea sino la historia de la simpatía con la traición,
perfidia y asesinato en un asalto al gobierno constitucional.

Y es particularmente desafortunado que lo anterior haya tenido lugar en un país líder en América Latina, en donde, si nosotros tenemos un trabajo moral que hacer, es desalentar la violencia
y sostener la ley.[112]

Woodrow Wilson confirmó finalmente todas sus sospechas. Quedó descubierta a sus ojos la participación norteamericana en el asesinato del
presidente Madero y en la destrucción de su administración legalmente
constituida. El jefe de la Casa Blanca decidió rechazar todo lo relacionado
con el nuevo dictador mexicano. Se oponía a unas elecciones con Huerta y
sin Huerta y a un gobierno presidido abierta o encubiertamente por él.

Mientras el usurpador contara con el apoyo del ejército mexicano
sólo él mandaría en el país, aun cuando fuera tras bambalinas. Huerta
debería desaparecer definitivamente del escenario político mexicano. Su
presencia siempre sería una lacra y una amenaza. Wilson pensó de inmediato en los Constitucionalistas. "¡Ah, qué bonito nombre tienen los
opositores del carnicero...!"

McDoheny, al entender la política presidencial, decidió plegarse a
ella y volvió a llamar a Sherbourne Hopkins* para que le entregara a los
Constitucionalistas 900,000 dólares a cuenta de futuros impuestos.[113]

---

* Carranza también empleó. al igual que Madero, los servicios de Sherbourne
Hopkins, el abogado profesional de las revoluciones latinoamericanas según el
Ministro de Alemania en México, a pesar de estar enterado de su verdadero papel como agente financiero de los trusts, revelado en una sesión pública del Congreso norteamericano de 1912 y a pesar de saber que Hopkins trabajaba también
para Henry Pierce, accionista mayoritario de Pierce Oil Co. Ver a Friedrich Katz,
La guerra secreta en México, Volumen I, Ediciones Era, 1983, pág. 160.

El que se me ponga enfrente, me lo chingo —dijo Victoriano Huerta una mañana temprano, después de desayunar dos buenos tragos de cognac Hennessy—. Sea gobernador, diputado, senador o ministro, me vale madre. Te juro que me lo chingo —comentaba el dictador a Aureliano Blanquet, quien saboreaba un par de huevos rancheros picantes y rebosantes de salsa de tomate.

—Acuérdate de Abraham González —dijo el dictador, mientras apuraba de un sólo golpe el cognac, servido en un pequeño vaso mezclador—. Andaba muy girito porque había sido Secretario de Gobernación con Madero y luego gobernador de Chihuahua. Cuando el agua le llegó a los aparejos y mataron a Madero los que querían rescatarlo —señaló con toda seriedad—, entonces desconoció mi gobierno y hasta llegó a pedir la intervención armada de Estados Unidos. Pero fíjate nada más que cuando fuimos por él, le pasó lo mismo que a Madero y a Pino Suárez...

Blanquet esperaba ansioso, mientras comía, la oportunidad de intervenir y provocar una carcajada del Presidente de la República.

—Según me contaron Benjamín Camarena, Hernando Limón y Federico Revilla, un grupo de rebeldes[114] atacó a fuego cruzado el tren en el que viajaba don Abraham rumbo a México para ser juzgado por traición, por no querer adherirse como el resto de los gobernadores del país, al reconocimiento de mi gobierno. Parece que murió en la confusión de la refriega. Pobrecito, ¿no?

Blanquet esbozó una escéptica sonrisa.

—Habla claro, Victoriano —dijo riéndose—. Tú te chingaste a don Abraham para que todos los gobernadores se alinearan contigo, y ya ves, te salió bien el tiro, pues casi todos te reconocieron tan pronto supieron la suerte de González. Por la misma razón que te reconocieron los gobernadores, pudimos derrocar con tanta facilidad a Madero a lo largo de catorce días en que trece millones de personas observaron, sumisos e impasibles, cómo mil quinientos soldaditos nos hacíamos del mayor poder existente en este país.

—¿Cuál fue la razón, Aureliano? —preguntó Huerta para escuchar lo que quería oír.

—Ya la sabes, Victoriano, conoces mi punto de vista. México es un país de castrados. El golpe no se llevó a cabo en dos horas, ni fue repentino, ni fulminante. Diez largos días, que van desde el levantamiento hasta el arresto de Madero, eran suficientes para aguijonear la moral nacional. Sin embargo, nunca hubo respuesta. Nos dejaron hacer y deshacer hasta que mandamos al enano al carajo.

Blanquet suspendió la charla para comer un totopo cargado con frijoles refritos y copeteado con queso chiapaneco derretido. Huerta, por su parte, esperaba atento el final de la narración, vivamente interesado, como si no hubiera sido el protagonista.

—¿Quién vino a ayudar? —continuó Blanquet con la boca llena—. ¿Quién? ¿Quién concentró armas, gente, voluntarios para rescatar a Madero tan pronto se supo de su arresto, sobre todo porque era el presidente elegido por las mayorías y supuestamente representaba quesque a la legalidad? Nunca hubiéramos podido contra una respuesta masiva, Victoriano. Es más, el mismo Félix Díaz se había echado una soga al cuello y ni así supieron aprovechar la oportunidad. Al imbécil de Díaz lo pudieron haber dejado aislado en la Ciudadela, sin necesidad siquiera de bombardearla, solamente sitiada, sin agua ni alimentos. Se hubiera muerto solitito de hambre y Madero hubiera podido resolver el problema sin recurrir a ti. Un buen día se hubiera abierto la puerta y uno a uno se hubieran entregado a cambio de un poco de frijoles charros.

El Presidente de la República disfrutaba inmensamente la compañía de Aureliano Blanquet, en particular su humor negro y el enfoque sarcástico que siempre proyectaba en relación a los más delicados problemas nacionales.

—Te preguntaba la razón, porque me gusta cómo lo dices. Yo no le temo a nada ni a nadie… Ni siquiera al tal Woodrow Wilson. Por eso estamos aquí, Aureliano, porque no somos de la borregada. Yo estaba tranquilo durante el levantamiento. Nunca experimenté ningún peligro, salvo que el embajador americano insistiera en apoyar a Félix Díaz. Sin embargo, cuando entendió que si yo quería podía hacer volar en mil pedazos la Ciudadela y con ella a su candidato, en ese momento me di cuenta que yo sería el presidente.

—Pues por lo mismo los gobernadores se te alinean —respondió Blanquet, tan pronto entendió llegado el momento de soltar una de sus ocurrencias—. Ya saben que el que se salga de la raya se sale del desfile, y en ese momento se les olvida la dignidad y el honor y por eso te vienen a besar las manos y a agradecerte que hayas sido tú el elegido de violar a todas sus hijas.

Huerta no acusó mayor respuesta respecto al comentario de su querido e inseparable interlocutor.

El pellejo es canijo, Victoriano. Mientras no te metas con él ni con el dinero ni con el poder de la gente, estarás muy contento de tus segundos pero cuando ya se habla de perder la vida o la autoridad, el prestigio o el dinero, las virtudes se las lleva el carajo en ese preciso instante —concluyó risueño Blanquet.

—Yo puedo tolerar a un lambiscón oportunista, pero nunca a un opositor de mi gobierno —sentenció un Huerta amenazador—. Los enemigos salen o se escapan de la cárcel, pero del hoyo nunca —exclamó emulando a Porfirio Díaz—. Todavía nadie ha salido del hoyo con tres tiros en la cabeza y, por contra, he visto salir mucha gente de las prisiones, en algunos casos hasta disfrazados de muerto. Si los gobernadores ya lo entendieron, ahora debe comprenderlo el país entero: no se pongan enfrente de Victoriano Huerta porque de seguro se encuentran una bala en el camino. Adviérteselo a los legisladorcitos ésos que juegan al Congreso y a la democracia y a esos ministros de mi gabinete, más retorcidos que un sacacorchos.

—Estás en lo correcto, Victoriano. Acuesta al rebelde antes que reclute gente y haga ruido. Acuéstalo porque nunca sabes con quién vas a contar para defenderte en situaciones críticas. No hay lealtad. El único mexicano derecho es aquel que está tres metros bajo tierra, y dentro de un cajón para no enchuecarse —agregó Blanquet con el ánimo de volver a hacerse el gracioso—. La historia de México —continuó— está hecha a base de traiciones, traiciones y sólo traiciones. —Iba a agregar que en México los traidores son los que fracasan, porque los que triunfan se llaman presidentes, pero prefirió no hacer su chiste con sólo imaginar la respuesta de su gran viejo amigo.

Huerta se encontraba totalmente relajado y receptivo a los comentarios de Blanquet, quien no perdió la oportunidad de narrar hechos históricos del gusto particular del dictador, descritos cada vez con más gracia e ironía para reafirmar su confianza y su amistosa dependencia.

—Como un detalle curioso de la mentalidad del mexicano, me acuerdo del caso de Maximiliano, el príncipe austriaco a quien yo tuve el honor de darle el tiro de gracia, allá en el Cerro de las Campanas —continuó Blanquet—. Él pidió que no le tiraran a la cara, para que su rostro llegara intacto a Europa. Pues bien, la mayoría del chingado pelotón cumplió su promesa, pero ¿dónde crees que le apuntaron? —preguntó a Huerta cuando vio su expresión de sorpresa—. Sí. Victoriano, ahí le tiraron casi toda la descarga —le confirmó al presidente sus pensamientos—. A los mismísimos güevos. Por eso, cuando yo llegué a rematarlo, todavía se retorcía del dolor el pinche francesito.

El Presidente de la República estaba apunto de soltar la carcajada esperada por Blanquet, quien pensaba para sí: ¡Sólo le falta un empujoncito!

—Eso les pasa a los güeros por meterse con los mexicanos. Los prietitos somos cabrones, Victoriano.

—Maximiliano nunca entendió las reglas con las que funcionamos los mexicanos. No comprendió cómo opera el fenómeno de la traición entre nosotros.

—¡Mira que tirarle a los güevos al Emperador austriaco! Sólo en México, Victoriano, sólo en México… Yo me tardé todavía un rato en rematarlo, porque de veritas que le dolía un chingo al güerito…

Victoriano Huerta ya no pudo más y reventó en ese momento contagiando de paso al general Blanquet, quien acompañó a su jefe en las risotadas que bien pronto se hicieron audibles en el exterior del sobrio recinto presidencial.

Victoriano Huerta se vio en la necesidad de soportar, en un principio, la oposición cerrada de un grupo de legisladores federales, electos democráticamente durante la breve gestión del presidente Francisco I. Madero.

Se opusieron siempre, tenazmente, a toda la política de gobierno del dictador. Lo criticaron velada, abierta y públicamente, incluso en los propios recintos legislativos.

Los representantes populares rechazaban enérgicamente el derrocamiento de Victoriano Huerta por obra y gracia de la Casa Blanca, sin la participación valiente y definitiva de los verdaderos afectados por el sanguinario golpe de estado. Había sido indigna la llegada de Huerta al poder, vergonzosa la llegada de un nuevo tirano al Castillo de Chapultepec, pero más penosa resultaría su salida sin mediar la intervención determinante de los mexicanos para salvar, por lo menos, su responsabilidad y lavar de alguna forma su honra y su dignidad.

Por otra parte, el presidente yanqui finalmente había llamado a cuentas a su embajador Henry Lane Wilson, a mediados de 1913.[115] La colonia norteamericana dio por descontado el fin de la carrera diplomática del conocido intervencionista. Los mexicanos amantes de la libertad festejaron al ver desaparecer entre la bruma al verdugo de las instituciones nacionales. Su repatriación debería significar el retorno de la soberanía y el respeto a la autonomía de México. El fin de Lane Wilson estimuló a muchos y deprimió a otros, entre estos últimos a Victoriano Huerta, quien soñó despeñarse por un gigantesco acantilado junto con su sanguinario cómplice.

El usurpador cumplió al pie de la letra su promesa de meter bala, látigo o cárcel, según la gravedad de la infracción cometida, a quien osara criticar el origen de su poder o la marcha de su gobierno. Y como en los mejores tiempos del Porfiriato, los desaparecidos hicieron temblar todos los niveles del aparato sociopolítico de México. Los asesinatos, las persecuciones, los fusilamientos, volvieron a hacer acto de presencia como un paisaje costumbrista, provisionalmente olvidado. La sangre manchó las curules honradas de las cámaras de representantes, las prisiones, las calles, los paredones. El sector liberal de México fue ahogado en su propia sangre, en una poza vieja y maloliente, donde los cadáveres en estado de descomposición flotaban con rostros macabros, congestionados de dolor, cuando el último latido se perdió en la nada al degollarse la democracia.

Gastón Santos Paredes tenía los ojos inyectados de sangre durante la acalorada discusión que sostenía con otros colegas no menos vehementes que él, respecto a la actuación de Victoriano Huerta como Presidente de la República. En repetidas ocasiones secaba el abundante sudor de su rostro, fiel reflejo de la tensión que vivía en compañía del grupo cerrado de diputados federales. Preguntó airado y descompuesto a Serapio Ramírez, con su conocida voz estridente:

—¿Vamos a dejar que el Presidente de Estados Unidos sea el que nos venga a dar lecciones de moral? Wilson se ha opuesto a entablar relaciones con un gobierno de asesinos llegado al poder gracias al uso de la fuerza y sostenido en él con arreglo a la misma mecánica impositiva. No es posible que un individuo, mitad hombre mitad bestia, monopolice el uso de la fuerza física en su particular beneficio e imponga arbitrariamente sus caprichos a una población pasiva de trece millones de personas.

Si, por lo menos, en ese sujeto concurrieran sólo algunos de los más elementales principios morales, nuestra situación sería ciertamente menos comprometida, pero no, señores, estamos en manos de un asesino que desconoce toda regla de convivencia democrática, en donde la opinión ciudadana constituye un atentado contra el poder político establecido. —Después de volver a secarse el sudor, el enconado legislador continuó—: ¿Vamos acaso a permitir a un vicioso como Huerta endeudar gravemente al país para poder adquirir los pertrechos bélicos necesarios para matar a los opositores de su gobierno cavernícola? ¿Vamos a financiar nuestro propio exterminio al pagar la deuda externa contratada por un criminal que no es sino el brazo ejecutor del "gran capital" yanqui? ¿Vamos a tolerar la desaparición gradual de cada uno de nosotros hasta ver desmantelada por completo la oposición, sin rescatar ya nunca a este país de la indignidad? ¿Tenemos realmente el gobierno que nos merecemos? —preguntó rabioso el legislador.

Serapio Ramírez apoyó incondicionalmente las palabras de Santos Paredes:

—Gastón tiene razón, toda la razón. No vamos a permitir que caiga Huerta como parte de la política del presidente yanqui ante una aparente inmovilidad o indiferencia política interna, que bien podría ser entendida como cobardía por parte de todos nosotros.

El legislador quiso entonces ir más lejos con el propósito de recordar o en su caso revelar buena parte de la cadena de crímenes perpetrados por Victoriano Huerta a lo largo de su carrera militar y política.

—¿Qué sucedió a partir de que decidió ceñirse en el pecho la banda tricolor el otrora exterminador de indios yaquis y mayas? Asesinó arteramente a Francisco Madero y a Pino Suárez, con quienes enterramos las incipientes posibilidades democráticas de este país. Asesinó también a Gustavo Madero y a Abraham González.[116] Ahí está también el asesinato de Adolfo Bassó, el de Pablo Castañón Campoverde, el de Juan Izabal, Juan Pedro Didapp, José Llanes Abregó y el de Juan González Antillón. Por si fuera poco, no olvidemos los asesinatos de Emilio Palomino, José María Ramos, Francisco José Menocal, Alfonso Pereda, Daniel Hubert, Carlos Rangel, Manuel H. Torres y don Artemio Herrera.[117] ¿Bastan? ¿O desean ustedes que siga insultando sus memorias con la muerte de más hombres notables, cuya desaparición física nos humilla al igual que nuestra pasividad ante la podredumbre huertista?

Adolfo Gurrión, saltó aguijoneado:

—¡Medidas, señores, medidas urgentes para reventar a este asesino usurpador! Llegó al poder ante nuestra inmovilidad. No continuemos instalados en ella durante su gobierno. Sé, por una indiscreción diplomática, que Hale, enviado de Woodrow Wilson para conocer la realidad imperante en México, decapitó a Henry Lane Wilson en su segundo informe a la Casa Blanca a mediados de julio, puesto que el presidente americano había logrado confirmar todas sus sospechas respecto a la participación del embajador en el asesinato de Madero. Ahora Lane Wilson se ha marchado para siempre. Su gestión diplomática deja tras de sí cadáveres, una nueva dictadura, pérdida de garantías y de libertades, miedos y temores, un país convulsionado y amenazado por la revolución, originada en su intervención oficiosa, orientada siempre a defender los intereses materiales de sus compatriotas, sin detenerse a pensar en el derramamiento de sangre ni en el surgimiento de la violencia ni en la destrucción generalizada de su país de miserables ignorantes. Nada importó al embajador, a cambio de garantizarse la explotación de nuestros recursos naturales y hacer suyas las riquezas de nuestro suelo. Él prefirió el petróleo a la sangre.

Gastón Santos Paredes, más sereno, intervino de nuevo para revelar la ingerencia de ciertos industriales, principalmente norteamericanos, en los asuntos internos, institucionales, de México. Era el momento oportuno para significar su desempeño en los recientes delitos políticos mexicanos.

—Conozco los detalles de la actuación de los petroleros yanquis en todo esto. Primero forzaron la salida de Porfirio Díaz, porque a su juicio entregaba el país, en charola, a los petroleros ingleses. Recuerden la carta de Porfirito enviada a El Águila, donde culpaba a los petroleros norteamericanos del derrocamiento de su padre —agregó—. Comentó también cómo ese grupo había tratado de sostener a Madero con sus recursos económicos, después que la Casa Blanca le había permitido fraguar los planes de la revolución desde Texas. Señaló la intención de los mineros, los ferrocarrileros y los petroleros en respaldar a Madero, con quien posteriormente se disgustaron por el supuesto incumplimiento de determinadas promesas, así como por el incremento en el pago de impuestos y la cancelación de concesiones adicionales de todo tipo. Un tal Edward McDoheny había encabezado el sabotaje contra la administración maderista. Él sabía de sus actividades y de su estrecha relación con Henry Lane Wilson, por lo que aceptaría cualquier anécdota proveniente de semejante individuo.

Adolfo Gurrión se encontraba más satisfecho que sorprendido: no desprendía la vista de Gastón Santos Paredes.

—La renuncia obligada del Embajador Wilson fue un no categórico del Presidente de Estados Unidos al huertismo —continuó Gastón Paredes—. La política exterior de los yanquis, respecto a México, quedó bien clara al dejar las relaciones entre ambos países solamente a nivel de encargado de negocios. —Gastón, profético a los ojos de sus colegas, se puso de pie, retiró la silla y amenazó con el dedo índice como si blandiera una espada—. Veo claro el principio del fin del dictador. Se va quedando solo. La repatriación de Lane Wilson constituye la pérdida de un aliado determinante en el golpe de estado al que, indiscutiblemente, le debe la Presidencia de la República. Sabíamos que Huerta consultaba a diario con el embajador yanqui durante los días de la Decena Trágica.

Para algunos de los legisladores presentes las palabras de Santos Paredes constituían una verdadera revelación de trascendental importancia para los anales de la historia política mexicana.

—La embajada americana fue el centro de inteligencia donde se decidió la suerte del maderismo. El hoy ya famoso Pacto de la Embajada será un acto infamante para toda la historia política de México —continuó Santos Paredes—. Cualquier mexicano que haya vivido este episodio nacional tiene justificada razón para vivir avergonzado. Toda la generación del periodo huertista ha quedado manchada para siempre, porque permitimos a un traidor a la patria y a un embajador americano, apoyado por la "diplomacia del dólar", asesinar a nuestro presidente constitucional para administrar a su antojo nuestra riqueza, nuestra cultura y nuestro destino nacional.

—Tenemos una responsabilidad histórica que debemos honrar plenamente —saltó Edmundo Pastelín, otro de los legisladores que en aquella ocasión se habían reunido a petición de Santos Paredes, junto con Serapio Ramírez y Adolfo D. Gurrión—. Alguien tiene que dar la voz de alarma y dejar una clara constancia de inconformidad en el seno de la Cámara de Diputados. Con la Cámara de Representantes de esta nación, electa legítimamente durante el gobierno del presidente Madero, no jugará Huerta, como lo ha hecho con todo su gabinete de hombres deshonrados, autorizados por el Pacto de la Embajada y que al día de hoy, 13 de septiembre, han sido ya vergonzosamente sustituidos.

Las instituciones políticas nacionales existían sólo para cubrir la apariencia de todo Estado democrático contemporáneo —comentaron los legisladores amigos—. El poder judicial se había doblegado hasta la indignidad, como todos los miembros del gabinete y los gobernadores locales. No podía ocurrir lo mismo en la Cámara de Diputados. La XXVI Legislatura no debería pasar a la historia por su indignidad y cobardía al sancionar resignadamente todos los actos vandálicos del huertismo.

—No, señores, en las paredes de nuestra Cámara quedará para siempre grabado nuestro grito, un grito de denuncia, un grito de rechazo, un grito de coraje, vergüenza e impotencia —clamó Pastelín—. No seremos cómplices del huertismo con nuestro silencio, ni seremos la generación manchada por nuestra cobardía ante el villano. No, señores. No. Mientras tengamos vida y voz, papel y lápiz, no habrá silencio ni sometimientos. Tendremos todo para escupir al traidor a la cara hasta que se acabe la saliva, se agote la tinta o se nos prive del papel y de la vida. Alguien en el Congreso tiene que rescatar la bandera de la dignidad. ¡Seamos nosotros!

Santos Paredes se acercó tambaleante, con los ojos humedecidos y los labios trémulos. Abrazó y besó a Pastelín. El precio del honor era caro. Habían decidido pagarlo.

Semanas atrás, el Presidente de Estados Unidos había enviado a México a John Lind, como observador y negociador especial. De hecho sustituía a Hale, quien supo en Veracruz de la nueva propuesta a Huerta por parte de Woodrow Wilson. Los cuatro puntos que Lind plantearía a Federico Gamboa, Secretario de Relaciones Exteriores del dictador, eran fundamentalmente los contenidos en el segundo memorándum enviado por Kruttschnitt a la Casa Blanca y que había sido elaborado por las principales compañías americanas radicadas en México e inspirados en la idea de McDoheny.

Los objetivos que perseguía el documento y que habían satisfecho los pruritos constitucionales y políticos del presidente americano eran:[118]

a) Cese inmediato al fuego, acompañado por un armisticio general.
b) La promesa de una elección pronta y libre en la que participaran todos los partidos.
c) La seguridad de que Huerta no sería candidato en esas elecciones.
d) El acuerdo de todos los contendientes de cumplir con el resultado de esas elecciones.

—Blanquet, carajo, que venga Blanquet —gritó Huerta totalmente fuera de sí.

—Mi general, es que no lo hallamos por ningún lado.

—¿Ya buscaste en su casa?

—Fue el primer lugar.

—¿Ya buscaste en casa de Serapiona?

—Fue el segundo lugar.

—¿Buscaste también con Margarita?

—Sí, señor, pero ya no se me ocurrió ningún otro lugar.

—Pinche Blanquet —tronó el presidente—. Se habrá ido de putas. ¡Nuevamente de putas! Este cabrón siente que se le va a acabar y anda de pitoloco por toda la ciudad. ¡Búscalo en un nuevo burdel en la colonia Roma, a tres cuadras de mi casa! Segurito lo encontrarás por allá. Desde que lo descubrimos no sale de ahí.

El auxiliar del presidente deseaba seguir la íntima conversación.

—¡Muévete, carajo! Pones cara de vaca maicera cuando habla uno de cosas de hombres. Óyeme —ordenó al jefe de ayudantes cuando ya se disponía a salir—. Si en quince minutos más no encuentras a Blanquet, me comunicas con Carden, el nuevo embajador inglés. Si llega Blanquet antes que Carden, le dices a Aureliano que sólo quería felicitarlo por su nuevo nombramiento. Si llega después, le dices que a partir de ahora será también diplomático, nada más que lo mandaré a la mierda... —tronó furioso el dictador. El jefe de ayudantes salió apresurado del despacho. Corrió al teléfono:

—¡Busquen a Blanquet en todos los burdeles de la colonia Roma! Parece que está a una o dos o tres cuadras de la casa de mi general Huerta. Tienen una hora para traerlo aquí o yo me encargaré de renovar todo el equipo de auxiliares de la presidencia.

Momentos más tarde, Aureliano Blanquet hacía un apresurado acto de aparición en Palacio Nacional. Palideció cuando conoció el recado de su amigo.

—No estará usted hablando en serio —repuso contrariado y amedrentado—. Victoriano no me puede hacer esto a mí. Yo no bombardeé la Ciudadela porque él me lo pidió. Fui siempre su más fiel amigo y servidor. Juntos llegamos al poder.

—Pues el señor presidente me dijo que le comunicara yo a usted su alegría por la distinción de que acaba usted de ser objeto. Se va usted de embajador, por lo visto, pero a un lugar muy lejano, cuyo nombre no retengo. Usted me disculpará.

—Yo aprehendí a Madero jugándome la vida y tuve que soportar que me llamara traidor enfrente de todo mi batallón. "¡Blanquet, es usted un traidor a la Patria!"[119] Y no estrangulé ahí mismo al maldito enano ése, sólo por Huerta. Me jugué por él la vida, el prestigio y el honor y como premio me larga del país como cualquier calzonudo.

—¡Sáaanchez! —volvió a gritar el dictador. El auxiliar voló al despacho.

—¿Qué pasa con Blanquet? Sólo te digo esto: o me lo traes aquí en una hora o te mando fusilar. Eres un inútil de mierda. Quiero a Blanquet. ¿Me oyes?

—Mi general...

—¡Cállese, canijo! No hable. No quiero ninguna explicación. Quiero a Blanquet. ¡Ahora! ¿Está claro? ¡Ahorita!

—Pero, mi general, él...

—¡Cállese, con un carajo! ¡Quiero a Blanquet! ¡Tráiganmelo aquí, aunque sea en cueros!

La puerta se cerró tímidamente. El tirano veía a través de la ventana las torres coronadas en forma de campana de la Catedral Metropolitana, mientras sus manos se encontraban sólidamente engarzadas atrás de la espalda. Los ojos entornados delataban la presencia de las dolencias ópticas que lo habían acompañado buena parte de su existencia.

—A tus órdenes, Victoriano —gimió en forma apenas audible el hombre de confianza del dictador.

Huerta giró al instante sobre sus talones.

—¿Adónde carajos has estado dos días? —inquirió rabioso el presidente.

—Tuve gripa y me quedé en casa, Victoriano.

—Ahora sí que empezamos con sorpresas —repuso Huerta, llevándose ambas manos al mentón, instalado de regreso en el escritorio presidencial—. Resulta que además de mujeriego eres mentiroso. Menudos colaboradores tiene que tolerar el Presidente de México. Puros hijos de la chingada. ¡Como tú, Aureliano!

—Mira, Victoriano.

—No vengas con cuentos a quien no te parió, porque me equivoqué de puerta —interrumpió el presidente—. Volteamos tu casa de arriba a abajo, a todas horas. Tu santa señora ésa, con la que vives ahora, ya hasta nos sueña. Y tú me sales con que tuviste gripita.

—Victoriano...

—Siéntate. Aureliano, siéntate y déjalo de ese tamaño. Ya no quiero explicaciones. Haz lo que quieras hacer, pero avísame a mí en dónde estás todo el día —advirtió el presidente un poco más sereno.

—¿Es cierto —dijo recuperándose Blanquet— que me mandas de viaje como a tus dos ministros Mondragón y Garza Aldape?

—Claro que no, Aureliano. A veces digo cosas para presionar a la gente. Tú bien sabes que te reconozco como a un hermano. Pero eso sí, nada más avísame dónde demonios andas todo el día y no vengas más con mentiras de puta corriente.

Blanquet suspiró imperceptiblemente. La tranquilidad invadía su organismo por cada uno de sus poros.

—Hay veces que nadie sabe si hablas en serio o en broma —dijo Blanquet ya casi normalizado.

—Ése es mi estilo. El día que me agarren la medida estoy jodido. A partir de ese momento harán conmigo lo que hicieron con Madero. Soy imprevisible, Aureliano. Salgo por donde nadie se imagina.

—Me di cuenta —dijo Blanquet.

—¿Cuándo? —preguntó gozoso el dictador.

—Cuando leí la dedicatoria que le pusiste en una fotografía tuya a Garza Aldape. No cabe duda que sabes jugar con los sentimientos.

—¿Por qué? —preguntó el tirano a sabiendas de que Blanquet contaba con un humor negro insuperable las anécdotas políticas más cómicas de su carrera.

—Mira que recibir una foto del Presidente de la República es un honor. Recibirla autografiada aún más, y, sin embargo, dicen que cuando el Ministro empezó a leer la dedicatoria que le escribiste, la sonrisa no le cabía en la cara hasta que ésta se le congeló para siempre.

Huerta reía abiertamente.

—¿Te pareció ingeniosa la dedicatoria?

—Debo reconocer que cuando la empecé a leer, me dio envidia, pero luego sentí lástima. Mira que ponerle: "A mi dilecto amigo... el único mexicano capaz de sucederme en la Presidencia de la República y a quien le doy 24 horas para abandonar el país".*

Firmado, Victoriano Huerta.

Ambos generales reían a plenitud. Huerta disfruta de la risa contagiosa de Blanquet y la naturalidad festiva de sus carcajadas.

Aurelio Blanquet todavía resollaba cuando se dirigió a la pequeña mesa de cedro, donde se encontraban invertidas las copas de cognac. Tomó un buen trago cuando Huerta se disponía a hablar.

—Te buscaba, Aureliano, porque traigo muchas preocupaciones en el cuerpo y aun cuando tú mejor que nadie sabes que yo no le temo a nadie, quiero compartirlas contigo para conocer tu opinión.

—Estoy a tus órdenes —contestó Blanquet, listo para asistir a una de las escasas ocasiones en que su temerario amigo dejaría ver algo de lo que se agitaba en su mundo interior.

—Yo me pregunto —continuó el dictador— de dónde sacará Carranza para financiar toda su campaña contra mí. De acuerdo —se contestó él mismo—. Gran parte de los recursos los obtiene de la emisión de su propio papel moneda de curso obligatorio en las zonas dominadas por el Ejército Constitucionalista. A la tropa la pagan con el dinero impreso por ellos mismos y fusilan a quien se niega a aceptarlo, aun cuando es más falso que la esperanza de un maderista.

Huerta conocía sobradamente la respuesta, sin embargo deseaba provocar en Blanquet una inquietud gradual para despertar en él la reacción que él había previsto anticipadamente.

Además, saquean bancos federales y se llevan los pesos de plata que nosotros ya estamos retirando de la circulación para comprar armas, puesto que nadie en el exterior reconoce el valor del dinero consignado en su papel. Si quiere comprar algo en el extranjero, debe ser con billetes locales o con oro y plata de aceptación internacional. Ahí está el problema, Aureliano. Si Carranza no tiene oro ni plata suficiente ni se acepta su moneda en Estados Unidos, ¿con qué estará comprando tantas armas y municiones?

—Con los préstamos forzosos que exigen a los hacendados y a los mineros —contestó Blanquet—. Sé que obtiene muchos centavos.

—Sí, claro, Aureliano, son muchos centavos, pero ésos no te los aceptan los gringos para venderte armas. Ellos te reciben sólo dólares y Carranza no los tiene ni los puede imprimir y, sin embargo, compra enormes cantidades de armamento en Estados Unidos. ¿De dónde carajos sacará los dólares? ¿Quién se los surte con tanta generosidad? ¿Tú lo sabes?**

---

* El pasaje se encuentra narrado por Miguel Alessio Robles en *Historia política de la Revolución*, 3ª. ed., Ediciones Botas, 1946, pág. 110.

** Según J. B. Duroselle, Woodrow Wilson le ofreció a Venustiano Carranza armas y consejos sobre los métodos propios para democratizar al país. Carranza

Blanquet, por toda respuesta, dio un buen trago a su cognac.

—Cuando se levantó en armas en Coahuila —continuó Huerta—, lo hizo porque yo me negué a abastecerlo de dinero para subsidiar el presupuesto de su estado. Carranza y Coahuila estaban en la miseria, como casi todo el país, y ahora recluta ejércitos y está bien armado con equipo americano. ¿Quién le da las municiones o los dólares? ¿Quién, Aureliano? Si cuando comenzó su movimiento eran cinco desnalgados que largamos de Coahuila, asustándolos con la explosión de un cuetón de feria. Ahora tienen carabinas americanas, parque, caballos, artillería y un buen número de soldados. ¿Qué te imaginas?

Blanquet dudaba y no se resolvía a externar su opinión. Carranza no se atrevería a falsificar billetes americanos y al no haber sido reconocido como beligerante tampoco tendría acceso al crédito internacional.

—No se me ocurre, Victoriano. Déjame pensar.

—No te esfuerces demasiado, mi general Blanquet. Hace tres meses supe que los petroleros norteamericanos estaban con Carranza y hasta la fecha le han entregado, entre dinero en efectivo y otras ayudas en especie, alrededor de un millón de dólares.[120]

—¿Un millón de dólares? ¿Tú sabes lo que significa un millón de dólares en manos de esos forajidos? —preguntó asombrado el interlocutor huertista.

—Claro que lo sé —contestó rápidamente el presidente—. Esos cabrones se aliaron a Carranza cuando vieron que el Presidente Wilson no quería nada conmigo. Se fueron como las putas, siempre al lado del de los centavos. Sólo que el dinero así obtenido por Carranza no es gratis. Esos millonarios se lo entregan como ayuda, sujeto a muchas condiciones. Una de ellas, que las entregas no se entiendan como donativos desinteresados para financiar la causa Constitucionalista, sino siempre como pago anticipado de impuestos a su cargo.[121]

—¿Le pagan a Carranza los impuestos por adelantado y también a ti como Gobierno Federal, Victoriano?

—Qué me van a pagar a mí, Aureliano. No seas pendejo. Ésa es la manera como las empresas americanas reconocen, *de facto*, la beligerancia del movimiento carrancista; cuando el presidente Wilson siga el ejemplo, nosotros estaremos medio muertos.

—¿Bueno, Victoriano, y si nosotros ganamos la revolución y aplastamos a Carranza, quién le devolverá a los gringos lo pagado?

—Ahí sí nadie, Aureliano. Ése es el riesgo que corren, pero ahí también está mi principal preocupación: si la Casa Blanca autorizó o no esas ayudas. El dinero me preocupa, pero no tanto. Si llegara a ganar Carranza, los impuestos pagados se le tomarán en cuenta en sus futuras

aceptó las armas, pero rechazó los consejos. Ver su libro *Política exterior de los Estados Unidos*, Fondo de Cultura Económica, pág. 79.

obligaciones; si lo derrotamos, ellos perderán todo el dinero entregado y se las verán conmigo.

Huerta vivía una constante preocupación por el financiamiento del movimiento Constitucionalista e investigaba sus fuentes permanentemente para poder anularlas o reprimirlas en su momento.

—Todo parece indicar —continuó Huerta— que el dinero lo entregan con la bendición de su presidente. Ya sabes, los malditos gringos no dan paso sin huarache. Por eso no pagarán impuestos por adelantado así porque sí, ésos de madre de la caridad no tienen ni el olor. Tan no lo son que el otro día supe que le habían pedido a Carranza, a cambio de sus dólares, la entrega de todas las concesiones petroleras entregadas por mí a los ingleses.

—Nunca me esperé una jugada por ahí, Victoriano —comentó Blanquet sorprendido.

—Pues ya ves —contestó el presidente—. Ellos ponen el dinero, las balas y las bombas y nosotros ponemos el petróleo y todos los muertos. Todo el ejército está conmigo y yo podría aplastar a los pedantes constitucionalistas con suma facilidad, si no fuera porque la Waters Pierce Oil Co. y la Mexican Petroleum Co. ya armaron el brazo rebelde.[122]

—¿Qué piensas hacer, Victoriano?

—De eso es de lo que yo quería charlar contigo —repuso ceremonioso el dictador. A continuación se acordó cuando perseguían a los constitucionalistas hasta la frontera, donde se escondían después de cruzar la línea de neutralidad, para volver más tarde a la carga por otro punto fronterizo—. Por otro lado —explicó—, si el Ejército Federal se metía a los Estados Unidos, todos los *rangers* hacían presos a los soldados, quienes volvían a México después de un juicio muy largo por haberse internado ilícitamente en ese país. Los enemigos regresaban de inmediato bien comidos y armados, mientras a los soldados federales se les aprehendía por delincuentes.

Huerta identificaba dos enemigos poderosos: el Gobierno norteamericano, en razón de su política fronteriza, y las grandes empresas norteamericanas, principalmente las petroleras, por el apoyo económico concedido a los carrancistas para la adquisición de armamento que la policía fronteriza no veía en manos de los maderistas al cruzar la frontera pero que sí descubrían cuando la cruzaba el ejército federal.

—Sólo Europa nos proveerá de dinero para comprar equipo y frenar el avance de los carrancistas —continuó Huerta pensativo—. Tú mejor que nadie sabes que están a punto de tomar Torreón y que si lo logran nos bloquean medio país. Nos ganarán la guerra si no obtenemos crédito para comprar armas. Que Wilson no me reconozca es una cosa, pero que nos derroten los bandidos ésos es otro problema diferente.

—¿Y si no consigues los créditos en Europa, Victoriano, estaremos solos frente a Wilson y a los carrancistas?

—Efectivamente. Sin embargo tenemos a la Corona Británica de nuestro lado, al igual que al káiser alemán. Los dos gobiernos están vivamente interesados en nuestro petróleo y contamos con agentes en Inglaterra que trabajan con ahínco para lograr el otorgamiento de un crédito a nuestro favor, condicionado a una serie de concesiones de las que un día te platicaré. Ya nos dieron 54 millones de pesos en mayo, de un crédito total de 16 millones de libras esterlinas. Sólo que de ahí tuve que pagar 40 millones a la Casa Speyer de Nueva York, para liquidar préstamos contratados por Madero y por el interinato, o no me prestaban ni un centavo en Inglaterra. Total, que entre una y otra cosa me quedaron escasos 12 millones para hacer frente a todas las responsabilidades presupuestarias de la nación y para matar a pedradas, aunque sea, a los rebeldes.[123]

—Tú estas en desventaja, porque tienes obligaciones y servicios públicos que atender con muy poco dinero, mientras los carrancistas dedican todos sus recursos a la compra de armamento, sin preocuparse por el desprestigio político. Si tú, como presidente, no satisfaces las demandas del pueblo, muy pronto te acarrearás el disgusto generalizado y ayudarás, sin quererlo, a los alzados. O sea, que no puedes descuidar tu imagen política ante la ciudadanía —concluyó Blanquet con el ánimo de usar el lenguaje elegante cuando menos una vez en su vida.

—Así es, Aureliano. Por eso me gusta hablar contigo —repuso el presidente—. Todas las pescas al vuelo. Pero yo no me voy a acobardar —prosiguió Huerta, quien a esas alturas ya había ingerido toda una botella de Hennessy, sin que su comportamiento delatara la presencia del alcohol en su organismo—. ¿Sabes qué voy a hacer?

—Cuidado, Victoriano, cuidado, un traspié a estas alturas es muy serio y tú eres muy terco —comentó alarmado el lugarteniente.

—No me voy a quedar cruzado de brazos mientras Wilson apoya a los constitucionalistas y los industriales arman a mis enemigos, Aureliano. Voy a decretar el aumento del impuesto de barra a la actividad petrolera que Madero estableció en el orden de veinte centavos. Yo lo subiré cinco veces. Cobraré un peso para financiarme con aquellas empresas petroleras que no estén aún dentro de las áreas controladas por los rebeldes.[124] Esos recursos serán míos y los destinaremos a financiar nuestro presupuesto público, mientras que el préstamo que firmamos en París, gracias a nuestros agentes ingleses, lo dedicaremos a la importación de armamentos.

—No te lo van a permitir, Victoriano. Acuérdate de cómo protestaron cuando Madero impuso el santo gravamen ése del que pareció depender la supervivencia misma de las empresas y del propio Estados Unidos.

—Lo sé, mi general —dijo el presidente—. Pero la mejor defensa es el ataque y si me salen con alguna jugarreta, le he pedido a Querido Moheno, nuestro diputado incondicional, que pida en la propia Cámara la nacionalización de la industria petrolera.[125]

—¿Vas a expropiar el petróleo si no te pagan?

—Lo haré. Quiero que los petroleros yanquis entiendan que si no se pasan a mi bando y logro ganar la guerra contra los carrancistas, haré todo lo posible por destruirlos. Si yo expropio todas las empresas de ese giro y me hago del control de las que están dentro del dominio militar de la Federación, entonces el gobierno venderá en dólares el petróleo a los ingleses o alemanes y constituiremos, con estos últimos, una empresa naviera para controlar la producción petrolera y manejar así el mercado energético.[126]

—Los petroleros ingleses entenderán tu actitud como alta traición. Ellos te ayudaron a obtener la primera parte del préstamo de 16 millones de libras esterlinas, según dices. Cuando ellos te reconocieron, dieron el paso que necesitabas para que otros países siguieran el ejemplo británico. Les debes el reconocimiento de tu gobierno por la mayor parte del mundo y les debes la supervivencia económica de tu administración. Perdón, Victoriano, pero me parecería una chingadera que expropiemos a quien te tendió siempre la mano.

Huerta sonrió por la ingenuidad de su amigo y por la exclusiva licencia que se tomaba en dirigirse en forma soez al amo de México. "Lo hace con cariño", decía para sí.

—Mira, Aureliano, el decreto expropiatorio que estoy preparando incluye una cláusula que otorga facultades al Presidente de la República para que éste, a su vez, otorgue concesiones y extienda facilidades a aquellas empresas que a su juicio satisfagan los requisitos necesarios. Como tú entenderás, las condiciones siempre las van a cumplir unos, mientras que otros nunca podrán con ellas. Todo legalito, Aureliano, todo legalito.* Esto lo tengo bien platicado con el nuevo embajador inglés Sir Lionel Carden, quien se encuentra encantado con la idea —prosiguió Huerta—. Por cierto, un día de éstos lo voy a invitar para que trates a este nuevo representante del gobierno inglés, de quien ya me había hablado Pearson, el dueño de El Águila. Viene muy recomendado y con conocimiento de las relaciones México-Estados Unidos. Es un diplomático de carrera, habla muy bien el español y tiene la sensibilidad política en las yemas de los dedos. Ha tenido experiencias fantásticas con las empresas norteamericanas y con el propio gobierno yanqui.[127]

Victoriano Huerta planteaba así un aspecto fundamental de las relaciones exteriores de México, terreno en el que pretendía demostrar sus conocimientos y la agudeza de su talento diplomático.

—Pues sí que has avanzado en tus razonamientos, Victoriano. Lo que empiezo a entrever es que el verdadero enemigo de Estados Unidos

---

* Ver *El Imparcial*, de noviembre 4 de 1913. El Artículo 111 establecía las facultades del Presidente de la República para suscribir contratos con determinadas compañías para la explotación de las reservas petroleras después de haber declarado éstas como patrimonio de la nación.

no es Victoriano Huerta sino la Corona Inglesa. Mientras Europa nos soporte y, en particular, por lo visto, Inglaterra, entonces habrá Huerta para buen rato. Pero si Estados Unidos sabe que sobrevivimos gracias al crédito y a las exportaciones europeas, alinearán sus baterías en dirección a Europa, en especial hacia la Gran Bretaña. Woodrow Wilson tratará de golpearnos donde más nos duele y al hacerlo se tendrá que enfrentar a los ingleses.

Ambos militares se acercaron y continuaron la plática en tono más íntimo. A nadie hubiera podido escapar que nuevamente confabulaban.

—Así es, Aureliano, por eso yo tengo que ofrecerles a los británicos atractivos negocios e insuperables posibilidades económicas que no encontrarán en nínguna de sus colonias[128] para que realmente les valga la pena la confrontación con Estados Unidos. Si yo me pongo difícil con los ingleses no tendrán nada que perder y seré una ficha más en el tablero de negociaciones imperialistas. Tengo que abrirles el apetito, mi general, tengo que engolosinarlos para que peleen con valor su presa.

—Tienes razón, señor presidente. Al que se agacha se le ven los calzones. No te conviene ceder ante las presiones americanas. Además, creo que para como andan las cosas, la expropiación petrolera será un éxito a tu favor, puesto que los gringos son muy mal vistos en México, sobre todo desde que se les complicó el asesinato de Madero. Por eso pienso que tu medida podría tener respaldo popular y reforzaría tu imagen pública. Ahora bien, por otro lado me preocupan los ingleses, puesto que si Wilson llegara a desistir, lo cual considero difícil, entonces te quedarías solo con los ingleses y la verdad que ni a cual de los dos irle, ya que ambos son capaces de todo a cambio de un puñado de dólares y de libras esterlinas.

—Cierto, Aureliano, pero yo sólo tengo dos opciones: Inglaterra o Alemania. Me la tengo que jugar antes de que los carrancistas se metan con todo y caballos por la puerta central de Palacio Nacional.

—El tiempo corre en tu contra, Victoriano.

—¿Por qué no hablas en plural? Me haces sentir que el problema es sólo mío, ¡carajo!

—Bueno, señor presidente; lo hago así porque te respeto mucho.

—Qué respeto ni qué la chingada. Identifícate con mis problemas y métete en la bronca conmigo.

—De acuerdo, Victoriano, pero no te enchiles. Ya sabes que con que me lo digas no se repite.

—Bien, mi general. Ahora escucha otro problema que no he podido controlar con esos chingados diputaditos maderistas. El senado, como sabes, fue aliado mío desde el derrocamiento del "enano", pero penetrar la otra Cámara me ha sido más difícil que alcanzar la entrepierna de una madrecita. Si meto a la cárcel a los periodistas alborotadores, saltan desde sus curules y se atreven todavía a criticarme, llegando al extremo de acusarme por violar sus malditas garantías. Yo, por mi parte, la única garantía que quiero concederles es la de que si no cierran el hocico no lo volverán a abrir en su perra vida.

—Claro, mi presidente, lo que hace falta para que eso no te suceda es tener comprado su agradecimiento. Todos los diputados te la tienen que deber a ti, tal como lo hacía don Porfirio. Los que están ahora en la Cámara de Diputados se la deben a Madero, quien a estas alturas ya estará acabando de rendir sus cuentas al señor —agregó en un alarde de ironía.

Huerta sonrió, negando con la cabeza: "¡Qué carota tiene mi compadre Blanquet!", dijo para sí. —Ahora bien —continuó—, si cierro la Casa del Obrero Mundial, donde se reunía un grupo de patanes dedicados a promover huelgas y desórdenes, me atacan por no respetar las libertades, mientras otros, los inversionistas nacionales y extranjeros me exigen seguridad y estabilidad en la marcha de sus negocios, puesto que si se altera el ritmo de trabajo, por conflictos laborales, se afectará la producción de las empresas. Si por contra, apoyo a los trabajadores, se me echan encima los empresarios y al revés. Por eso, mejor respaldar a los dueños del dinero y del capital aunque tenga que soportar las críticas de los santos diputados.

—La gente en México, Victoriano, siempre ha de andar repelando. Si tratas con mano blanda, no te bajan de maricón y, si por el contrario, gobiernas con mano de hierro, entonces eres un soberano hijo de la chingada. Yo prefiero, verdad de Dios, lo último que lo primero. No tienes por dónde ganar aquí con tanto cabrón azteca.

Huerta se puso de pie frente a la ventana. Sonreía por dentro "Que carota tiene mi compadre Blanquet", dijo para sí, disimulando su satisfacción. Su escaso cabello cortado a la mejor usanza militar, más blanco que cenizo, sus espejuelos con patillas de alambre plateado, las profundas arrugas que circundaban su boca, y su estatura, apenas normal, de pronto le hablaron a Blanquet de la tozudez de su amigo y superior.

—Los diputados han hecho grandes escándalos por algunas personas que han desaparecido o han sido asesinadas o recluidas en alguna cárcel. Todo lo negativo que sucede en el país me lo quieren achacar a mí. Hasta me hacen responsable de la muerte del poeta nicaragüense Solón Argüello* y del periodista Alfredo Campos Martínez.[129] Pues ya estoy harto de que me desprestigien —tronó el dictador—. ¿Me entiendes, Blanquet? No permitiré que me desprestigien ni que se burlen de mí, ni que contaminen con sus opiniones tendenciosas a otras personas

---

* Solón Argüello pagó con su vida la publicación de su poema "Viva Madero", en donde denunciaba los crímenes del huertismo. Ver Michael Meyer, *Huerta, a political portrait*, Nebraska University Press, pág. 138.

sin criterio político. Dentro de las fronteras que limitan a este país nadie se expresará mal de Victoriano Huerta y el que se atreva a retarme que se prepare a las consecuencias. Te juro por los huesos de mi madre que el que le ande meneando, lo acuesto entre cuatro velas.

—Pero, ¿por qué te enciendes tan rápido, Victoriano? ¿Pasó algo nuevo que nos puede perjudicar? —preguntó sorprendido e inocente Blanquet, ante la inesperada explosión de Huerta.

—¿Qué, qué? Desde luego que pasó algo y bien grave, Aureliano. Pero claro, como te la pasas de puta en puta no tienes tiempo para informarte de lo que sucede en los altos asuntos de Estado.

Blanquet no respondió y prefirió mirar al fondo de su copa al apurar de un sólo trago el resto del licor francés.

—Hace dos días, Belisario Domínguez, Senador por Chiapas, me acusó ante su Cámara en términos profundamente ofensivos y palabras más, palabras menos dijo que durante mi gobierno no sólo no se había logrado pacificar al país sino que la situación era infinitamente peor que antes; que el crédito público sufría y que la moneda iba a la baja; que la prensa nacional estaba amordazada, los campos abandonados, los pueblos destruidos y que el hambre y la miseria, en todas sus formas, amenazaban extenderse en toda la superficie de este desafortunado país.[130]

—Hiiiiijo… de su pelona —murmuró Blanquet, francamente pasmado por el atrevimiento del senador.

—Espérate, espérate, Aureliano, a que conozcas todo lo que soltó ese grandísimo cabrón. Domínguez dijo que el motivo de aquello era que el pueblo mexicano no podrá resignarse a aceptar como presidente a un soldado que se adueñó del poder por medio de la traición y cuyo primer acto, al asumir la presidencia, fue asesinar al presidente legalmente elegido por sufragio popular, un presidente que había acumulado ascensos, honores, distinciones sobre mí y a quien yo le había jurado públicamente lealtad e inquebrantable fidelidad.

—¡Victoriano! —alzó la voz enfurecido el general Blanquet—. No podemos tolerar que un maldito senador infeliz, ni nadie que viva en México, te llame asesino sin pagar un precio. Nadie nos tendrá respeto si permitimos que ya desde la misma Cámara de Senadores, que siempre estuvo con nosotros, se nos llame delincuentes. Tenemos que cortarle la lengua a ese hijo de puta para que aprenda a cuidar sus palabras. Si no sancionamos a estos irresponsables, luego cualquier pelado te dirá tu precio cara a cara y nos enfrentaremos a un país ingobernable.

—No he terminado. Siéntate cómodo, Aureliano, para que veas cómo acabó el angelito su discurso. Dijo que yo debería ser repudiado porque yo era un militar sanguinario y feroz que no vacilaba en matar cuando alguien se me oponía y que la patria les exigía el cumplimiento de sus obligaciones aunque eso implicara un peligro que supusiera la certeza de la pérdida de la vida. "¿Van a permitirle, por miedo a la muerte, que continúe en el poder? Examinen sus conciencias y respondan a esta pregunta", dijo el muy cabrón. —En ese momento Huerta se levantó pesadamente y se dirigió a su escritorio en busca de un papel. Tan pronto lo tuvo en sus manos leyó: "¿Qué dirán ustedes de la tripulación de un barco que durante una violenta tempestad escogiera como piloto a un carnicero que careciese de todo conocimiento de navegación y cuyo único mérito fuera el de haber traicionado y asesinado al capitán de la nave? El mundo aguarda y la patria espera que la honren ante el mundo, librándola de la vergüenza de tener como primer magistrado a un traidor asesino."

—Es inaceptable que cualquier pinche desconocido pueda meter sus manos cochinas en lo más íntimo y delicado de nuestro honor militar —repuso airado Blanquet, mientras se ponía a su vez de pie sin dejar de gesticular y murmurar la más amplia gama de expresiones soeces—. Nadie tiene derecho a tocar nuestra dignidad y nuestro prestigio, Victoriano. Vayamos tras estos impostores que buscan la fama a base de calumniar a los más altos representantes del poder público y popular. Son unos mal agradecidos de mierda.

El dictador, satisfecho por la encendida respuesta de Blanquet, regresó al sillón de su escritorio esbozando apenas una sonrisa de placer y temor.

—Tú debes saberlo, Aureliano, sólo tú debes conocer lo que me sucedió. —Blanquet captó el tono de la voz, el gesto, la mueca de su amigo. Conocía sus estados de ánimo. Entendió que se trataba de un día particular en su vida y de un momento relevante de la Historia de México. "Yo soy parte de ella", díjose gozoso, al volver a encajar su mirada en el rostro impertérrito de Huerta para intentar desprender algún dato adicional que le permitiera un mayor reconocimiento por parte del dictador.

—Mi yerno, Alberto Quiroz, junto con otros tres colaboradores suyos —dijo Huerta con fingida preocupación y orgullo—, Gilberto Martínez, José Hernández y Gabriel Huerta,[131] no pudieron resistir los insultos y las calumnias. Te juro, Aureliano, que intenté tranquilizarlos en todas las formas posibles y orillarlos a que se desistieran en sus propósitos de vengar la ofensa de que yo había sido víctima.

—No, mi general —contestó furioso mi yerno—. Hay daños graves en el honor de las personas que sólo se reparan con sangre. Sí, mi general, sólo con sangre. Sobre todo en el caso de usted que ha dado todo por este país de malagradecidos.

Le tomé del brazo paternalmente para intentar detenerlo y me lo retiró con tal cortesía y afecto que ya no me quedaron fuerzas ni razones para hacerlo cambiar de opinión:

Blanquet miraba fijamente a la cara a Huerta.

—¿Qué pasó después, mi presidente?

—Pues imagínate que fueron al Hotel del Jardín, adonde se hospedaba el senador; hicieron que los acompañara en un automóvil en dirección a un cementerio cercano en donde habían cavado una fosa. Parece que lo golpearon —dijo Huerta volteando la cabeza hacia una de las ventanas que daba a la Plaza de la República.

—¿Qué más, carajo? —preguntó ansioso Blanquet—. No te quedes callado ahorita.

Pesadamente retomó la palabra el Presidente de México y como si arrastrara la voz, expresó:

—Después parece que le pasó aquello que se te ocurrió a ti al principio.

—¿Le cortaron la lengua, Victoriano?

—Así es, mi general —asintió Huerta con la cabeza—. Parece que hasta allí llegó la ira de mi yerno.

—Pues, carajo, sí que se las trae tu yernito —repuso Blanquet.

—Después de golpeado y mutilado, alguno de los muchachos perdió el control. Balacearon al senador. Después, lo arrojaron a una fosa.

—¡Qué barbaridad! —dijo Blanquet pensativo—. Qué barbaridad, pero ni hablar, mi presidente, tu yerno tiene por lo visto mucha iniciativa e intuición política, además del amor que te profesa —Blanquet empezaba a esbozar una leve sonrisa.

—¿Qué quieres decir con tu carita de pendejo, mi general? —inquirió el Presidente de la República.

—Quiero decir que desapareció para siempre a un enemigo político tuyo y reafirmó sus sentimientos para contigo. Mató dos pájaros de un tiro. Yo quisiera que alguien me quisiera a mí como tu yerno te quiere a ti.

—Bueno —comentó Huerta—, debes sembrar en él comprensión, afecto y respeto para cosechar reconocimiento y admiración —agregó satisfecho el presidente en tono monacal.

—Mira, Victoriano, llevamos muchos años de conocernos y no viene al cuento eso del amor de tu yernito —confesó con impulsiva sinceridad Blanquet—. Tú te chingaste al tal Belisario ése y no me vengas con sentimentalismos. Además, él la buscó a pulso y se la encontró en la puritita entrada.

—¡Aureliano!

—Sí, mi presidente. Te conozco y me conoces. Ya sabemos de qué pie cojeamos. El que se ponga frente a Victoriano Huerta se lo lleva el tren ya ése lo centraste en la pura jeta.

—Bueno, sí y qué. ¿Esperabas que me quedara quietecito tras de que me mienta la madre en el Senado?

—Claro que no, Victoriano, ni yo pretendería que lo hicieras. Pero ¿cómo permitieron que Domínguez leyera su discurso en la Cámara?

—No lo leyó, Aureliano. El Presidente del Senado pidió que el documento no fuera leído, puesto que no tenía "ninguna proposición concreta", y si se conoció el contenido fue porque el cabrón senador se puso a distribuirlo como boletín y lo que realmente me preocupa no es el legislador, porque ése ya no sale del hoyo, sino la actitud que asuma la Cámara de Diputados cuando adviertan la ausencia de Domínguez.

—Yo considero que si las cosas se complican, lo mejor sería disolverla y volver a elegir a los representantes en las elecciones presidenciales de octubre 26. Estamos a escasas tres semanas —agregó Blanquet.

—¿Disolver el Congreso? Eso mismo me ha aconsejado Carden.[132] Él sostiene que es imposible gobernar con una mayoría legislativa en contra y que, por lo mismo, debo proceder a disolver el Congreso para que sus nuevos integrantes me sean adictos. De modo que Carden y tú coinciden en el camino a seguir —dijo para sí—. Sin embargo, Woodrow Wilson tiene un concepto diferente y espera la próxima renovación de poderes federales para exigir mi desaparición política definitiva. Si yo disuelvo ahora el Congreso —agregó— mi decisión puede precipitar la de Woodrow Wilson y, en ese caso, tendríamos a los soldados americanos en el Zócalo en tres semanas.

—Por contra, Victoriano, si no disuelves el Congreso, los diputados se encargarán de capitalizar el escándalo en tu contra, y al echarte encima a toda la opinión pública no harás sino el ridículo en las elecciones. Los carrancistas aprovecharán cualquier coyuntura política que les sea favorable para engrosar aún más sus filas rebeldes. Y Woodrow Wilson tendrá la mejor oportunidad para llevar a cabo su política exterior intervencionista.

—Es cierto, mi general. Con esta Cámara de Diputados es imposible seguir gobernando y sin ella veremos ondear la bandera de las barras y las estrellas en Palacio Nacional. Necesito, en consecuencia, disolverla y anunciar de inmediato la integración de una nueva a partir de las elecciones del 26 de este mes, nada más que de ser así, la próxima legislatura será hecha a mi medida para gobernar como Dios manda, según dicen en el norte.

—¿Y cómo harás, mi presidente, con las elecciones si, como dices, el señor Wilson impuso como condición que tú no fueras candidato a la Presidencia?

Victoriano Huerta rechazaba con justificado malestar la cínica intervención del Presidente de Estados Unidos en los asuntos privados de México. En los pasos que daba siempre, se veía obligado a pensar en la reacción del Jefe de la Casa Blanca.

—¡Qué güevos tiene este maldito Wilson! ¿Cómo se atreve con su actitud de curita municipal venir a imponer condiciones en la vida institucional interna de otros países? A fin de cuentas ¿a él qué le importa si en México hay dictador, rey o presidente? Wilson no tiene por qué calificar a ningún tipo de gobierno, ¿quién se considera que es él para juzgar? ¿Acaso se cree el poseedor de la Suprema Verdad Política? ¿Cómo carajos sabe él cuál es el tipo de gobierno que conviene a cada país? No es posible aceptar que una misma forma de organización del Estado sea aplicable universalmente a todas las naciones, desconociendo los momentos históricos por los que atraviesan los pueblos. Estados Unidos tendrá su fórmula. Nosotros tenemos la nuestra y no es posible que se nos desconozca y se nos sancione por el sólo hecho de no adoptar el mismo sistema de gobierno que considera aplicable a su pinche juicio el señor Wilson. Cada quien —continuó Huerta— debe vestirse y arreglarse como mejor le venga en gana, sin que nadie pueda arrogarse facultades para intervenir en las decisiones de las personas y, ya ves, eso mismo debería entender el mentado presidente yanqui. Todavía cree que soy un salvaje medio desnudo y manchado de sangre, con un machete en una mano y una botella de aguardiente en la otra —agregó rabioso—.* Él no es nadie para juzgar y menos para ejecutar sus propias sentencias en perjuicio de todos nosotros.

—Todavía no he visto ninguna sentencia —dudó Blanquet.

Huerta desesperó repentinamente y colérico dirigió una nueva catilinaria sobre la figura intimidada de Blanquet.

—¿Te parece irrelevante que para nosotros sí opere el embargo de armas americano y para los carrancistas no? ¿Te parece irrelevante que sus famosas leyes de neutralidad nos las apliquen a los soldados federales y a los carrancistas los dejen hacer y deshacer? ¡Eh! ¿Te parece poco que no hayamos podido disponer del resto del crédito de los 16 millones de libras esterlinas porque Wilson nos quiere bloquear económicamente, al extremo de presionar a los ingleses y franceses para hacerlos reconsiderar respecto a los riesgos políticos del empréstito?[133]

—¿Cuáles riesgos? —se disculpó el Ministro de la Guerra.

—Muy sencillo, Aureliano. El tal mister Wilson solamente les dijo a los banqueros que él desconocía al actual gobierno mexicano y que, por lo mismo, cualquier trato o negociación con nosotros sería negado por la Casa Blanca. Eso supone que los banqueros europeos piensan que si soy derrocado no volverán a ver sus 16 millones de libras esterlinas, porque Estados Unidos nunca apoyará una redocumentación de ningún banco suyo en relación a ese empréstito. Pero, por si fuera poco, Carranza publicó un decreto en el que ya desde ahorita desconoce cualquier trato que cualquier país haya firmado con mi gobierno.[134] Los europeos piensan que si pierdo la guerra no cobrarán nada y, por otro lado, no pueden menos que observar que el presidente Wilson apoya a Carranza y eso los llena de frío. ¡Obviamente no ha habido préstamo! ¿Te quedan claras las sanciones, mi general? Nos vamos quedando solos y veo que todos humillan la cabeza cuando Wilson mira a los ojos a toda Europa.

---

* Efectivamente, según William Weber Johnson, *México Heroico*, Plaza y Janés, pág. 156. Huerta se había comprado una mal cortada levita y una chistera que se proponía usar cuando fuera invitado a Washington para no parecer "un salvaje medio desnudo", etc.

—Pero ¿qué harán con las elecciones? ¿Tú también humillarás la cabeza ante el presidente yanqui?

—Si yo renuncio será para procurarme un lugar para descansar en paz dos metros abajo del suelo. Cuando tú oigas que Huerta ha muerto, cuando tú veas que mi cuerpo está en un ataúd y vengan los sacerdotes a decir su misa, entonces podrás decir a los periódicos que Huerta ha renunciado.*

—Pero, Victoriano, si Wilson no te quiere con Congreso ni sin Congreso, ¿cómo harás para quedarte?

—Muy fácil, Aureliano. Veré si me opera esta idea. Como ves, faltan tres semanas para las elecciones a las que yo ya he declarado que no me presentaré como candidato. Días antes haré saber por abajo del agua que la gente podrá votar para sostener mi mandato. Claro, yo no apareceré en las planillas, sino en las boletas donde dice OTROS.

—Entonces te quedarás como dictador y Wilson te largará a patadas.

—No, mi general, no. Yo estoy seguro que todos van a alegar que las elecciones fueron una burla al pueblo y que por lo mismo deben ser anuladas. En ese momento yo daré satisfacciones a mi pueblo echándole la culpa a los partidos contendientes y anularé, efectivamente, las elecciones para que se vuelvan a llevar a cabo, unas nuevas, en el mes de abril de 1914. Eso me dará el tiempo que yo necesito, Aureliano. Todos clamarán la nulidad, inclusive el propio Wilson, y yo les concederé a todos la razón, haciéndome de tiempo en lo que se rehace el procedimiento electoral. Así todos quedarán contentos.

—¿Tú piensas que la Casa Blanca aceptará seis meses de prórroga?

—Claro que sí. Por lo menos eso espero. Yo le diré a Wilson que desde luego sí me voy, pero que ¿a quién carajos le entrego si nadie resultó electo en las elecciones? Tendremos que esperar al próximo vencedor de los comicios, en abril, para entregarle formalmente los poderes. ¿Les gusta jugar legalito? Pues ahí les voy con sus leyecitas. Dime, ¿a quién carajos le entrego? No hay otra opción legal, salvo la espera.[135]

—A ver si no calientas aún más al güerito del norte con tus chicanas, mi presidente.

—Sólo le quedará venir a México a destituirme y entregar a Juan de la Chingada los máximos poderes de la República, y con eso sólo logrará una condena internacional y manchará la imagen de niño mimado bostoniano, con zapatos bien lustrados por mamá.

La junta del presidente Huerta y su futuro vicepresidente, el C. Aureliano Blanquet, concluyó cuando un mesero, elegantemente vestido,

---

* Esta cita histórica está contenida en el *New York Times* y en el *New York World* de octubre 19 de 1913.

entró y entregó a ambos personajes sendos menús de la comida preparada en obsequio del Presidente de la República para ese día.*

Huitre Casino
Consommé Brunoise
Royale Suprême
Barbue a L'Espagnole
Vol-au-vent à L'Estrasbourg
Tournedos aux cèpes
Dinde Roti Crèsson
Gateâux Bavarois Vanille
Glace a la Pistache
Café, Thé

Días después, Huerta llevaba a cabo un nuevo golpe de estado al disolver el Congreso de la Unión y encarcelar a 108 diputados, enemigos de su gobierno. [136] Washington alegó que la disolución del Poder Legislativo era un acto de mala fe hacia Estados Unidos. [137] Una rara interpretación política, por cierto, puesto que parecía implicar un tipo de acuerdo. Inglaterra consideró que se trataba de un paso inevitable que debió haber sido tomado con anterioridad. Todavía agregaron en la Gran Bretaña que se trataba del 18 brumario mexicano.

Al día siguiente del golpe de estado, el 10 de octubre de 1913, sir Lionel Carden presentaba, paradójicamente, sus cartas credenciales como el nuevo embajador de Inglaterra en México.[138] Era un nuevo éxito de lord Cowdray, quien había recomendado ampliamente a Carden ante la Corona Inglesa.

Del nombramiento del nuevo embajador inglés se desprendían, curiosamente, dos hechos de particular trascendencia política y económica: Carden era reconocido como un recalcitrante antiyanqui y, por otro lado, era socio importante en los negocios de su protector, lord Cowdray, en México. Carden se encontraba en la nómina del famoso lord petrolero. Woodrow Wilson conocía las características del nuevo embajador y experimentó dos sonoras bofetadas en la cara. La primera cuando conoció el nombre de la persona en la que había recaído el nombramiento diplomático por parte de la Corona. La segunda cuando supo que el nuevo representante había entregado sus cartas credenciales precisamente al otro día de la disolución del Congreso mexicano. Inglaterra avalaba a Huerta en cualquier circunstancia y prefería el petróleo mexicano a las relaciones entre los dos países. Aquella mañana, los gritos de Wilson en la Casa Blanca cruzaron el Atlántico. Era indispensable la aplicación de nuevas medidas.

---

* Ver el periódico *El Independiente*, octubre 2 de 1913. La comida fue servida en honor del gabinete en funciones.

McDoheny y su pandilla también gritaban. "¿Un petrolero anti-yanqui declarado toma posesión como embajador inglés ante la tercera potencia petrolera del mundo? No es difícil imaginar nuestra suerte si los británicos ya mandan en este país, mientras el santo Wilson da cátedra de moral política a toda la humanidad. Es imposible que un presidente americano anteponga sus prejuicios emocionales a la formación de capital. Mientras este nuevo franciscano discute la calidad constitucional de un gobierno, otros hacen enormes negocios al amparo de su política evangelista". ¿Quién sacudirá a Wilson? ¿Cuándo aplastará Carranza a Huerta para definir la situación? ¡Mandar más dinero a Carranza! —parecía gritar el cónclave petrolero americano. "No nos quedemos a la mitad, ahí, desde luego, nos arrollará el tren".

Por otro lado, la revolución mexicana cobraba un tremendo ímpetu. Las plazas federales caían una a una, con la consecuente preocupación del tirano. Carranza y Obregón empezaban a distanciarse de Villa. Comenzaba la escisión en las filas constitucionalistas. Carranza no confiaba ya en su Jefe de la División del Norte, quien día a día adquiría más prestigio político y militar.

A partir del 26 de octubre, la madre de Gastón Santos Paredes esperó inútilmente a su hijo. Pasó un día tras otro sin que el controvertido legislador hiciera acto de presencia. En la madrugada del 30 de octubre se detuvo un automóvil frente a la puerta de la casa del diputado y de él fueron arrastrados cuatro cuerpos desmayados. Uno de ellos era Gastón. Había sido asesinado a puñaladas, junto con sus colegas, por la policía secreta del usurpador. También se les había cortado la lengua, como firma de la casa.

Huerta había aprovechado la disolución de la Cámara de Diputados para proceder a la aprehensión de ciertos legisladores del ala liberal y deshacerse de ellos de una vez por todas.

El usurpador basculó muy bien las consecuencias políticas del asesinato: "Serán tres o cuatro días de malestar y de ruido, luego todo se olvidará. Los mexicanos no tienen memoria", se repetía en silencio, "ni tampoco otras muchas cosas más".

En una de las primeras mañanas frías del mes de diciembre de 1913, Eduardo Sobrino sintió en la lengua la presencia de la Santa Hostia y humilló dócil y lentamente la cabeza ante el sacerdote de la iglesia del Sagrado Corazón de Jesús hasta depositarla sobre sus propios antebrazos que descansaban cómodamente en un reclinatorio antiguo forrado de terciopelo verde. Acto seguido cerró los ojos y se entregó con aire monástico a la oración. Al concluir una plegaria aparentemente interminable, a lo largo de la cual pidió y suplicó que McDoheny no lo cesara en su puesto de Apoderado Legal de la Tolteca Petroleum Co., abrió pesadamente los ojos con expresión beatífica y lastimosa, recibió la imprescindible bendición y se dirigió satisfecho, a pie, como era su costumbre diaria una vez cumplidos sus deberes religiosos, a su oficina. Se detuvo en el primer puesto de periódicos que se encontraba dentro de su itinerario, compró la edición de *El Imparcial*, recién adquirido por el influyente grupo periodístico americano encabezado por Randolph Hearst, y continuó pensativo su rutinario camino.

Sólo había caminado unos pasos cuando un fuerte golpe en la cabeza lo derribó sin sentido sobre el empedrado de las calles del centro de la ciudad. Su lujosa indumentaria se manchó de agua sucia y lodo mientras su rostro empezaba a teñirse de sangre.

Dos jóvenes lo levantaron con dificultad, pero con rapidez, y lo arrastraron hasta un vehículo, en el que desaparecieron a toda prisa.

Entre las huellas del lodo encontraron después una gruesa cadena de oro de la que pendía un clásico reloj suizo al estilo ferrocarrilero, parado a las 9:15 de la mañana.

Volvía en sí con un tremendo dolor de cabeza. Había sangrado copiosamente, según lo delataban las enormes manchas desplegadas sobre una áspera manta grisácea de algodón crudo, además de las costras localizadas a lo largo de su pronunciada papada.

—¿Quiénes son ustedes? —preguntó asustado y adolorido.

—A partir de hoy ya nunca olvidará asté nuestros nombres y nuestras caras, grandísimo cabrón asesino —Sobrino con hipócrita actitud y no sin arrastrar con mucha dificultad las palabras, inquirió respecto al origen de la acusación y de la venganza.

—Por lo visto ya se le olvidó todo el daño que hizo en Los Limoneros, por allá en la Huasteca. Y también se le olvidó el nombre de los Montoya —dijo Valente poniéndose de pie—. Y también se le olvidó —subía de tono su voz— lo que le hizo a mi padre José Guadalupe, a mi hermano Hilario y a mi madre y a nuestras tierras —gritó al tiempo que se abalanzaba sobre la figura exangüe del abogado.

Fue detenido por su compañero.

—¡Quieto, Valente, quieto! —increpó el otro—. Quedamos que no se lo haríamos tan fácil. Espérate a que despierte bien pa que sepa lo que le va a pasar…

Valente consintió.

Sobrino, consciente del peligro, débil por la hemorragia, adolorido y preso de una terrible soledad, contestó impulsivamente, sin pensar en la solidez de su respuesta:

—No, no, no, yo soy inocente. Yo no hice nada. Sólo cumplía órdenes —dijo sentado en un breve catre ubicado en una esquina de la lóbrega habitación. La presencia de un nuevo mareo agónico lo indujo al vómito.

La escena no conmovió a ninguno de los dos sujetos, quienes más bien parecían disfrutar la disminución física de su adversario.

—¿Son ustedes campesinos? —preguntó recostado, mientras advertía en su cabeza la presencia de un trapo anudado con el objeto de detenerle el abundante sangrado.

—No se haga el muerto, licenciado Sobrino; bien sabe asté quiénes somos, de dónde venimos y pa quí venimos.

Sobrino trató de incorporarse para identificar los rostros de sus dos captores. Vio sus caras deformes, como si surgieran de la niebla. Se desplomó de nueva cuenta, no sin acusar un agudo dolor. Cuando se llevaba las manos a la cara, preso de la desesperación, quiso llorar, pero permaneció pensativo e inmóvil durante unos breves instantes.

—No, no, no —estalló ahora sí en un llanto compulsivo—. Lo sabía, claro, lo sabía. Tú, tú, el de la derecha. Lo sabía, lo sabía.

Valente Montoya se acercó a Sobrino y trató de retirarle ambas manos del rostro.

—Tú me estuviste vigilando. Tú me espiabas el día que salí de viaje. Nunca olvidaré tu mirada cuando estabas recargado en un poste. Me siguió y me martirizó durante todo el tiempo. Temí por mis hijos, por mi familia y por mí. Sabía que era un mal presagio. Lo sabía —volvió a decir Sobrino.

Montoya trató de retirar de nuevo las manos de la cara del abogado.

—No, no, no quiero verte —contestó descompuesto Sobrino.

Valente se las retiró violentamente de un jalón y colocó una botella en la boca de Sobrino.

—Yo tampoco quiero que me vea, maldito asesino. Lo que quiero es que se trague asté esto pa que se acuerde de mi hermano Hilario.

Sobrino volteó la cabeza con los globos de los ojos como si fueran a estallarle; al derramarse el tequila, mojó aún más la ya ensangrentada manta.

—Ayúdame, Donaciano. Cuesta más trabajo purgar a estos chacales que a los burros de la Huasteca.

Donaciano se subió al tórax del abogado y le inmovilizó los brazos mientras Valente le detenía la cabeza, con la mano izquierda, sujetándosela firmemente del pelo. Con la derecha colocaba la botella en la boca del apoderado petrolero. Retiró, sin embargo, la botella por la aparición de un nuevo vómito y porque el abogado se había atragantado por la enorme cantidad de alcohol ingerido.

Sobrino suplicaba y movía la cabeza negando con escasas fuerzas su suerte. Sus ruegos y lamentos fueron ahogados con una fuerte dosis de tequila corriente, distinto del Centenario que él acostumbraba beber en El Globo.

—Beba, beba, beba, así se acordará de José Guadalupe Montoya a quien asté mandó matar en el mercado municipal de Tampico.

—No, no, yo no lo maté —dijo Sobrino escupiendo el alcohol. Su papada se limpiaba de costras. El dolor que acusaba en la cabeza era insoportable.

—Claro que asté lo mató, pero ¡qué tal! lo mandó matar con un machete pa que además bien que se diera cuenta mi viejo que se moría. Tráguese toda esa botella porque me gasté mis ahorritos en invitarle toda una caja de tequila; así como asté invitaba a mi hermano, ahora lo invito yo, pa que vea que yo también aprendí a ser generoso —gritó Valente fuera de sí.

Sobrino, inmovilizado de cabeza y tórax, tosía impotente. El tequila ingresaba por la boca y por la nariz. El ardor de los ojos era insufrible. Valente tiraba con rabia de la cabellera de Sobrino. Su rostro se encontraba empapado de alcohol, al igual que su ropa.

Como el abogado cerrara la boca, Valente le presionó con las manos las mandíbulas a la altura de los dientes para abrírselas y terminar de vaciar gran parte de la primera botella.

—¿Tampoco se acuerda asté de Los Limoneros, nuestra tierrita, el orgullo de mi viejo y de mis abuelos? —preguntó Montoya cuando se dirigió al otro catre en busca de una nueva botella. Sobrino lloraba, suplicaba y negaba con la cabeza. Donaciano sacó entonces un afilado puñal de la parte baja de su camisa de manta y colocó la punta en la papada de la víctima.

—No, no, no me maten —gritó desesperado Sobrino—. Les daré dinero, joyas, tierras, mujeres. Por Dios, por lo que más quieran. ¡No me maten!

—Además, marica —dijo Donaciano—. Lo que pasa es que a Valente le está costando trabajo abrirle el pinche hocico y con esto o lo abre o le meto el tequila por el agujero que le voy a abrir en el pescuezo.

Regresó Valente con una nueva botella y luego con otra y otra. Sobrino vomitaba y vomitaba, prácticamente ya inconsciente.

—Mejor lo sentamos —dijo Donaciano—. Así le cabrá más en el estómago.

En la nueva posición le metieron el cuello de una nueva botella por la boca, mientras que lo sujetaban firmemente por el pelo y orejas por la parte de atrás y con el cuchillo por la delantera. Siete botellas le hicieron ingerir al abogado antes de volver a hacer nuevos intentos. Al final ya no sabían qué parte del tequila se derramaba sobre el chaleco de gamuza café y qué otra penetraba en el organismo de Eduardo Sobrino. Resolvieron dejarlo descansar. Valente lo empujó con el pie derecho hasta ver cómo el abogado petrolero se golpeaba, de nueva cuenta la cabeza contra el piso, sin oponer la menor resistencia.

—Ya déjalo, Valente. Mañana le daremos lo que nos falta.

Sobrino amaneció en la misma posición en que lo habían dejado. Ciertas sustancias nauseabundas habían formado un charco alrededor de su cara. Estaba muy pálido. Donaciano fue el primero en verlo. Llamó precipitadamente a Valente, quien de inmediato lo reincorporó con mucha dificultad. Sobrino no reaccionaba. Le acercaron el oído al pecho, a la altura del corazón. Nada escucharon. Montoya fue por un espejo. Lo colocó enfrente de la boca y nariz del abogado.

—Ya se nos peló este cabrón —dijo Valente—. Ya no respira. Con la barrigota que tiene yo pensé que le entrarían las doce botellas, pero no aguantó nadita. Maldito puerco, hoy en la noche vamos a aventarlo en la puerta de la Tolteca pa que mañana se desayunen con la noticia. Ahora sí espero qui mi apacitó se sienta contento, pues nadien juega con un Montoya. Pobre de Hilario, pero ya está vengado al igual que mi madrecita. No cabe duda, Chano, que si aquel día no le meto el fierro al que emborrachaba a mi hermano nunca hubiera sabido la verdá de Los Limoneros. Hoy en la noche nos vamos pa Tampico a quemar la tienda de Alfaro, porque él me la debe igual que Sobrino. Después nos volveremos a unir a mi general Villa en Durango pa seguir matando a tanto cabrón alevoso como se pueda. Es la revolución, Chano. Es la hora de la venganza.

McDoheny mordía con ternura el lóbulo de la oreja de Helen y aspiraba tibiamente a través del canal auditivo de su amante mientras le murmuraba palabras procaces y expresiones libidinosas. Entornaba los ojos y pensaba en Rockefeller, el amo de la Standard Oil, la compañía petrolera más importante e influyente del mundo. "Con todos sus millones nunca tuvo ni tendrá bajo el peso de su cuerpo a una yegua tan recia y entera como ésta".

—Ven, ven, nena, ven —McDoheny envolvía su cabeza entre los cabellos dorados de Helen—. Piensa en la cara que pondría Rockefeller si viera todo lo que estoy haciendo… Sujétate de mi cuello para llevarte a un viaje a donde John no tiene acceso. Sólo yo te puedo transportar a todas las galaxias —decíase goloso mientras apresuraba el paso…, ocultando en la oscuridad su sonrisa embelesada. Sudaba copiosamente. El placer carnal lo debilitaba. Su pulso se aceleraba. Perdía la audición. Se acercaba a la ingravidez, a la euforia sádica e incontenible. Estaba a punto de dar un salto gigantesco cuando escuchó en la lejanía el sonido inconfundible del timbre telefónico.

Quedó petrificado. "Sobrino, debe ser Sobrino con una nueva estrategia para que mi empresa le declare la guerra al Presidente de Estados Unidos. Si es otra vez ese imbécil hoy mismo lo mando liquidar de La Tolteca. Estoy harto de sus impertinencias." Cuando intentó descolgar el auricular, Helen trató de impedírselo, invitándolo a continuar el recorrido unos instantes más, sólo unos breves pasos, sólo eso…

McDoheny retiró la tierna mano suplicante, sin consideraciones. Debía ser algo importante. Ella volteó frustrada la cabeza hacia la ventana, cubierta elegantemente a base de telas de tul y organza con las que el petrolero gustaba decorar sus habitaciones íntimas.

—Debe ser algo de México —dijo el magnate a su amante en tono de resignado cansancio—. Nunca entenderá Sobrino que hasta para morirse hay que ser oportuno…

Una voz chillante y aguda informó a McDoheny de todo lo ocurrido.

—¿Cómo? ¡Qué barbaridad! —Se incorporó desnudo en la cama—. ¿Quién fue?

—¿Cuándo sucedió?

—¿Dónde sucedió? ¡Qué barbaridad! ¿Se tratará de un lío de faldas? —preguntó el petrolero.

—No lo sabemos todavía, señor. Ayer hablé con el Ministro de Gobierno para hacer de su conocimiento los hechos y prometió girar instrucciones al Jefe de la Policía para aprehender de inmediato a los culpables.

—¿Lo balacearon?

—No, señor —aseguró la voz—. Lo encontraron totalmente alcoholizado y con un golpe muy fuerte en la cabeza.

—¡Claro!, se habrá emborrachado hasta morirse, ese...

—No, señor. La autopsia demostró que falleció como consecuencia de una intoxicación alcohólica y por las heridas que tiene en la boca. Todo indica que fue forzado a beber contra su voluntad.

—¿Quiere usted decir que lo envenenaron con alcohol?

—Así es, señor. Nadie puede tomar las cantidades de tequila que indican las pruebas de sangre sin perder el conocimiento de inmediato. Todo indica que aún inconsciente fue obligado a beber hasta morir.

—¿Se le ocurre a usted algún responsable?

—Por el momento pensamos que por el tipo de crimen se puede tratar de alguna venganza de tipo sexual, puesto que la perversión en estos casos es bien clara, según dijo el forense. Por lo mismo, están interrogando a su secretaria para conocer los pormenores de su vida amorosa y poder ampliar las investigaciones.

—¿Quién manejará en México, en ausencia de Sobrino, toda la negociación secreta con los agentes de Carranza para la importación de armas, municiones y dinamita a México?

—No lo sé, señor. Esos asuntos los manejaba directamente el abogado con usted.

—¿Ya llegó a México el señor Sherbourne Hopkins?*

—Parece que no, señor. No tenemos ninguna noticia al respecto.

—Salgo para México en cinco o seis días. Si llega Hopkins dígale que me espere, que no regrese a Estados Unidos sin haberse entrevistado conmigo. Es muy importante que así sea y urgente que así se haga.

---

* Sherbourne Hopkins fue el representante de Madero en Estados Unidos. También fue de Henry Pierce, el Presidente de Pierce Oil Co., quien prestara a Madero 685,000 dólares como ha quedado expresado. Más tarde el propio Hopkins sería contratado por Carranza como su representante en Estados Unidos a pesar de su identidad y de sus ligas con los petroleros. *Revolutions in México*, audiencia ante un subcomité del Comité de Relaciones Exteriores del Senado de los Estados Unidos, 62a. Sesión, Washington, 1913, pág. 748. Ver a F. Katz, *La guerra secreta en México,* pág. 161.

McDoheny colgó el auricular. Enmudeció. No explicó nada ni emitió palabra alguna ni externó la menor emoción. Sintió que había sido tocado. Se dirigió pensativo a la sala de baño sin contestar siquiera las reiteradas preguntas de Helen. —¿Quién se atreve a tocar a la Tolteca o a cualquiera de sus funcionarios en ese mugroso país de ratones? ¿Quién mató a Sobrino tan perversamente? ¿Matarlo? ¿Llegar al extremo de matarlo y con esa sed de venganza? ¿Quién, por Dios? ¿Qué acaso no saben que puedo abrir la puerta de la oficina del Presidente de México con una patada? ¿Y si lo saben aún así se atreven? ¿Vendrán por mí? Yo creo que debe ser Huerta que se encuentra enfurecido por la participación que hemos tenido en el financiamiento de la campaña carrancista. A los gringos nos debe odiar porque no le concedimos el apoyo público ni el respaldo económico. Su soledad sólo debe ser superada por sus deseos de venganza. —Se frotaba la cara con lavanda inglesa y mirándose al espejo arreglaba sus desordenados cabellos cenizos—. No, no, no. Huerta nunca escogería ese camino. Es un hombre audaz pero no suicida. Sabe que nosotros aceptaríamos incondicionalmente sus reglas de juego y de inmediato se constituiría en el candidato idóneo para encontrarse con la bala perdida. Huerta será un asesino inescrupuloso pero no tiene un pelo de idiota. Bien sabe al detalle con quién se mide y con quién se mete. Es un hombre agudo y perspicaz que sólo asesta el golpe cuando tiene garantizada la impunidad y anulada toda posibilidad de respuesta. Nunca se arriesgaría a un cambio de golpes de esa naturaleza con la inversión extranjera. Bien sabe él que tocar a cualquiera de nosotros es tocarnos a todos.

McDoheny continuó en sus reflexiones sin dejar de contemplarse en el espejo, buscaba ávidamente una explicación y con ella su tranquilidad.

Los carrancistas carecían de justificación para ello, puesto que los hemos dotado de recursos para financiar la revolución. Les hemos facilitado la compra de armas y dinamita en los Estados Unidos y les hemos llevado el equipo hasta el frente a través de nuestros agentes especiales, como Sommerfeld,* Carothers y Hopkins. Somos aliados contra Huerta y no veo qué interés podrían perseguir en matar a un funcionario petrolero de segundo nivel.

Cowdray, los de El Águila y los ingleses en general, se cuidarían mucho de una acción de esa naturaleza, ya que conocen nuestros canales de información y sabrían que tarde o temprano les devolveríamos el servicio, pero con una utilidad superior para nosotros. Además, ésa no

---

* Félix Sommerfeld había sido el jefe de los servicios de inteligencia de Madero en los Estados Unidos, monopolizaba la importación de dinamita en las zonas controladas por Villa y mantenía estrechas ligas con la Standard Oil Co. Ver F. Katz, *La guerra secreta en México*, volumen I, Ediciones Era, 1983, pág. 173.

es una regla entre petroleros. Las diferencias entre petroleros las pagan por lo general los políticos, que perjudican con sus decisiones interesadas a un sector que no acepta con facilidad la pérdida de concesiones, pozos o mercados. En la muerte de Sobrino no entreveo la mano de la competencia, no es nuestro estilo.

Finalmente llegó McDoheny al terreno de las conclusiones.

Sólo me quedan, en ese caso, tres posibles explicaciones: se trata de un problema personal que yo desconozco, como puede ser una deuda de juego o una riña entre homosexuales, aun cuando nunca advertí en Sobrino ninguna actitud rara que me permitiera suponer una desviación de ese tipo; o bien se trata de un lío de faldas, o, finalmente, de la venganza de un maldito indio mezcalero que se me olvidó mandar matar. Pronto sabré la verdad y haré escarmentar a los asesinos hasta el delirio, no por vengar a Sobrino, sino para evitar que un día se metan con alguien más o hasta conmigo mismo por haber sido cobarde en la respuesta.

—¿Qué pasó? —preguntó Helen cuando apareció el petrolero envuelto en su bata de seda color tabaco con su torre dorada grabada en el extremo superior izquierdo.

—Ah, sí. Bueno, sólo era un problema técnico. Se perdió una pieza importante que debo reponer de inmediato. Eso es todo.

Cuando se recostó, Helen empezó a masajearle delicadamente el cuello.

—Descansa, Teddy. Mañana será otro día. Hoy eres sólo mío…

McDoheny ya no pudo dejar de pensar en Sobrino.

Woodrow Wilson pidió su abrigo. Eran los primeros fríos que anunciaban el fin del invierno y el principio de la primavera de 1914. Deseaba caminar por los jardines de la Casa Blanca. Al salir se encontró con William McAdoo, su futuro yerno y Secretario del Tesoro.[139] Juntos salieron al paseo.

Charlaban con relación a la enfermedad de la señora Wilson y del matrimonio de McAdoo con su hija Eleonor. Pasaron a la huelga minera de Colorado, al nombramiento de los miembros de la Reserva Federal, sin faltar, obviamente, el tema de Huerta, de Victoriano Huerta, el sanguinario dictador mexicano.

—Ya empieza a afectar mi propia imagen política —Wilson quería acercarse a McAdoo en el terreno familiar y externó ciertas intimidades respecto a sus pensamientos y reflexiones en materia política—. Mira, William —éste miraba con atención al formidable pino que la primera dama de los Estados Unidos había decorado alegremente con motivos navideños—, cuando me hice cargo de la Casa Blanca, me prometí no negociar ni reconocer a Huerta, porque él significaba y significa la amoralidad en el orden interno de México, así como la venalidad de los intereses norteamericanos en América Latina. Huerta es un producto político del "gran capital" norteamericano que me niego a admitir y a reconocer. Sin embargo, el tiempo y las circunstancias comienzan a afectarme: las potencias europeas se aprovechan de mi posición, que no pienso alterar, ciertamente. Saben que no quiero nada con el carnicero de Madero y, al mismo tiempo, se sorprenden porque lo he dejado en el poder durante nueve meses. No encuentran explicación en ello.

Los ingleses recientemente se plegaron a todas mis sugerencias y ahora con más razón me piden todos juntos, justificadamente, definiciones políticas para evitar daños patrimoniales y personales, principalmente de la colectividad petrolera.

McAdoo guardó silencio con el ánimo de hacerse de la máxima información posible antes de intervenir.

—Los analistas sostienen provocadoramente que Huerta puede más que yo, porque no he podido con él o que hay algún pacto secreto para asustar al capital europeo y hacernos de las riquezas naturales de México. Todo ello es falso. Honestamente, es falso. Quiero imprimir un nuevo concepto de moral en América Latina y no pienso que la forma de hacerlo sea la de mandar al ejército americano invadir México para largar a Huerta con todos sus artilugios. Ignoro si todos los mexicanos son igual de tramposos y arteros, pero lo que este dictador amañado y desalmado me ha enseñado difícilmente lo podré olvidar.

—¿Te refieres a las elecciones del mes pasado? —inquirió el Secretario del Tesoro.

—Evidentemente, William. Le dije a Huerta a través de Lind[140] que en las elecciones no debería presentarse él como candidato y que mi gobierno reconocería al presidente que resultara electo, además de concederle un préstamo para rehabilitar la economía mexicana.[141] Me contestó por el mismo conducto que la Constitución Política de México prohibía expresamente la reelección y que, además, el famoso Pacto de la Embajada, en que participó tan activamente nuestro embajador Henry Lane Wilson, también contenía la cláusula en que se establecía que Victoriano Huerta sería solamente presidente provisional. Realmente eran dos argumentos de peso que nos hicieron cantar victoria prematuramente por confiar en la palabra de los mexicanos y en la validez de su orden jurídico.

—Sí que lo creo —aclaró McAdoo—. Yo también hubiera pensado que ambas normas contenían obligaciones y limitaciones tales que su incumplimiento hubiera sido suficiente en cualquier país para provocar un desorden social.

—No en México, William. No en México. En ese país no hay mayor orden legal que la voluntad política del Presidente de la República. Él ordena con un guiño cuándo la norma debe ser aplicable y cuándo no. La ley carece de vida propia, de eficiencia, de eficacia, si políticamente no se le concede la dinámica que exige su aplicación. De tal modo que si el presidente resuelve incumplir una disposición legal sancionada por el Congreso Federal, precisamente en ese momento está legislando y esa norma que hace es la única que gozará de eficacia jurídica, puesto que todo el orden legal habrá sido derogado impunemente por disposición presidencial. De modo que la única ley que cuenta con nuestros vecinos mexicanos es la originada en los estados anímicos de su presidente. Huerta se burló abiertamente de su Congreso, de todo su país y del gobierno de Estados Unidos que yo presido. Ahora me siento en una vitrina donde Europa observa risueña y escéptica mis relaciones con el antropoide mexicano.

El malestar del Jefe de la Casa Blanca era evidente, por otro lado no intentaba ocultarlo frente a su futuro yerno.

Si las elecciones se llevaban a cabo, Huerta debería retirarse, situación que a todas luces deseaba evitar. ¿Qué hizo para quedarse, mi querido William? Muy sencillo. No hizo nada. Dejó que las fechas de los sufragios se le vinieran encima sin haber ordenado en tiempo y forma todo el complejo proceso electoral y a última hora pidió verbalmente que el voto fuera en el sentido de que el pueblo pidiera su permanencia al frente del país, obviamente violando las urnas y pasando por encima de la voluntad popular.

—Parece que Huerta no nos teme —comentó McAdoo en espera de una respuesta.

—Pues así es por lo visto —repuso secamente el presidente—. Inclusive ha llegado hasta a manifestarlo públicamente.

—Entonces es un cínico peligroso.

—Desde luego que lo es. Su estrategia ha sido bien clara en estos meses —apuntó el Jefe de la Casa Blanca—. Convocar a unas nuevas elecciones declarando nulas las anteriores en virtud de las irregularidades cometidas durante el proceso. Mientras tanto, dado que nadie ganó y nadie perdió y no tenía a quién entregar legalmente la Presidencia de la República, era menester que él permaneciera hasta abril, en que se llevará a cabo el nuevo procedimiento electoral.

—Sí que es un atrevido descarado —contestó el futuro yerno del presidente—. Sin embargo, debo decir que la mecánica fue ingeniosa, porque se cuidó mucho de violar la ley para evitar tu coraje y las represalias y le dio la vuelta a la solicitud de Lind para que no se reeligiera como presidente.

—Así es, William. Huerta no se reelige y, sin embargo, se queda como presidente. La comunidad europea observa y yo me quedo como imbécil ante el mundo entero.

—Bueno, Woodrow, yo no hablaría así.

—Claro, William. Huerta se burla de mí ostensiblemente. Debo decirme la verdad, yo no me voy a engañar. Sólo que ya me cansé y puesto que mide fuerzas conmigo es hora de cambiar de estrategia y de demostrarle la seriedad de mi actitud. Hasta hoy mi política hacia México ha fracasado. Ha llegado la hora de emplear a fondo la presión, incluso la fuerza. Es mi primera experiencia internacional y debo salir airoso.

El Presidente de los Estados Unidos no es un idiota como cualquier indio mexicano que acepta pasivamente el resultado electoral que se le presente. Ya entendí con claridad sus reglas de juego. Se equivoca si piensa que soy uno más de los indolentes sombrerudos que admiten toda clase de cuentas. Ni soy mexicano ni me llamo Félix Díaz o Federico Gamboa para no pelear hasta el último momento por lo que considero la solución ideal de los problemas de México.

Haré que ese títere, impuesto por el imperialismo yanqui, para vergüenza de todos nosotros, reviente por las costuras antes de lo que él se imagina. No llegará a abril, William, no llegará a abril. Como te lo acabo de decir, estoy dispuesto a llegar hasta la fuerza física, pero a ese corrupto miserable lo corro de la silla presidencial de México.

Caminó sigilosamente unos pasos, después agregó —Lo asfixiaré financieramente y lo bloquearé comercialmente. Si aún así resiste, entonces nuestros muchachos deberán ir a México por él, para tomarlo por la cola, arrastrarlo hasta la costa y arrojarlo de una patada al mar. Después llegaré a un acuerdo con los constitucionalistas, que me agradecerán eternamente mi acción.

—Creo contigo —agregó prudente el Secretario del Tesoro— que, efectivamente, llegó el momento de tomar medidas definitivas en torno al asunto mexicano.

Ambos funcionarios emprendieron el regreso a la Casa Blanca.

—Traje, por coincidencia, a mi acuerdo del día de hoy, el texto de una carta enviada por Huerta a un hombre de negocios alemán, realmente sorprendente, puesto que define con claridad su política económica antiamericana.

El presidente leyó con gravedad el primer párrafo de dicha carta:

Como usted sabe, es mi intención y el objetivo de mis esfuerzos y el de mis colaboradores, reducir la influencia del capital norteamericano en este país e interesar al capital europeo en México, tanto más que Europa nos ha manifestado en muchas ocasiones su amistad hacia nosotros y su sentido de justicia.[142]

Una vez que hubo terminado de leer, el presidente retiró el documento de su vista y continuó la marcha sin externar opinión alguna.

—Es cierto que gracias a la permanencia de Huerta en el poder —dijo al rato— empiezo a pagar un elevado precio en el orden político internacional. Soy consciente que la tensión se ha originado le cuesta dinero al tesoro americano, puesto que nuestros negocios en México no prosperan por la incertidumbre política que priva en función de mi negativa a reconocer el gobierno de un asesino. También me han comentado que los ingleses serán los grandes vencedores de la crisis, porque han sabido lucrar con ella, como es su costumbre, al irse apoderando gradualmente de las materias primas mexicanas, principalmente de sus enormes yacimientos petroleros que el tirano les concesiona sin condiciones ni controles a cambio de la obtención de los recursos económicos que él destina a la adquisición de armas y equipo militar para derrotar a los constitucionalistas, pacificar al país y negociar su deuda pública exterior.

—Sin embargo, a este paso Huerta entregará el control de la economía mexicana a los europeos y cuando ya se vea forzado a retirarse, los ingleses y los alemanes tendrán asegurado jurídicamente el control del mercado de materias primas en México y podrán demostrar legalmente su derecho en las concesiones otorgadas y en las propiedades adquiridas. Cuando llegue al poder un nuevo presidente mexicano, la inversión norteamericana se tendrá que contentar con los mendrugos ante una Inglaterra robusta y satisfecha. De modo, Woodrow, que o los detienes ahora y se larga Huerta o la competencia nos ganará un territorio que difícilmente podremos recuperar ante la existencia de títulos con los que ampararán legítimamente sus derechos patrimoniales. Es más —terminó McAdoo—, tengo información precisa de que los alemanes desean adquirir acciones y practicar inversiones en el ramo ferrocarrilero mexicano y, como es bien sabido, de lograrse su proyecto controlarán las comunicaciones y con ello el comercio, la industria y en consecuencia todo el país.

Wilson sonreía sin disminuir el lento ritmo de la marcha.

—El Presidente de Estados Unidos cuenta con un enorme caudal de información que le permite tomar decisiones y adoptar estrategias que muchas veces sorprenden a los gobernados, a quienes resulta imprescindible ocultarles la realidad, puesto que se colocarían en grave riesgo las negociaciones y se comprometerían sus resultados. Además, no debemos olvidar el creciente poder e influencia de la Casa Blanca en el mundo entero. Muy pronto este país dará muestras de su fortaleza económica y de su autoridad política.

—Comprendo el punto de vista, Woodrow, pero insisto en que los títulos jurídicos que ostenten los europeos no los podremos derogar por la vía política para recuperar el terreno perdido en el orden económico.

—¿Quién dijo que no, William? Ahí radica precisamente el poder político. En la posibilidad de influir directamente en los asuntos internos de un país para que se produzcan los acontecimientos que tú mismo deseas. ¿Es claro? Para explicarme mejor, te daré un ejemplo real: yo mismo ordené a Bryan que hiciera llegar una nota a todos los gobiernos que habían reconocido a Huerta —manifestó satisfecho el presidente.

—¿Una nota? —preguntó el Tesorero—. ¿Es posible saber qué decía la nota?

—Por supuesto que sí, William: "El presidente considera ilegales y nulos todos los contratos firmados desde que Huerta asumió el poder despótico y todas las leyes aprobadas por el Congreso mexicano como inexistentes y por lo mismo parece aconsejable informar de esto a los concesionarios potenciales".[143]

Asombrado, McAdoo detuvo el paso y preguntó ansioso al presidente:

—¿Debo entender acaso que derogaste de un plumazo toda la legislación aprobada y sancionada por el Congreso mexicano?

—Sí.

—¿Y cuál fue la reacción?

—¿De quién?

—De los mexicanos.

—Ah, ésa es irrelevante.

—¿Y la de Europa?

—Hacia ellos fue dirigida fundamentalmente la nota. Ahora los inversionistas europeos ya saben que si Huerta pierde la guerra, y puedes estar seguro que la perderá, todos sus recursos invertidos en México quedarán automáticamente comprometidos y amenazados. De modo que mientras más contratos suscriban con Huerta y más capitales inyecten en México, más riesgos tienen de perderlo todo y de debilitar sus propias finanzas en nuestro provecho, ahora ya en este caso.

—Pero, contéstame, ¿cuál fue la reacción europea? Estoy azorado.

—Doblaron las manos, envainaron sus espadas y humillaron la cabeza ante el titular del Gran Poder, ante el auténtico vencedor. Los ingleses eran los que más me preocupaban, puesto que cuando ellos reconocieron a Huerta provocaron una reacción política internacional que animó a muchos países a seguir su ejemplo. El Rey reconoció a Huerta por la influencia que los petroleros hicieron ante la Oficina de Asuntos Extranjeros. Era claro que la política exterior de la Gran Bretaña, en relación a México, se dictaba en función de sus intereses petroleros.[144] Su flota militar atlántica la pensaban mover con petróleo mexicano, bajo en costos de extracción y seguro en su abastecimiento, si Huerta se mantenía en el poder y continuaba como su incondicional. Además, intentaban recuperar de nueva cuenta el lugar que llegaron a ocupar en América Latina el siglo pasado en materia de inversiones. Eso acabó para siempre, William. No quiero a los europeos en América. Lo deben entender por las buenas o por las malas. Se acabó definitivamente.

Por segunda vez apareció una sonrisa en el rostro del Presidente de Estados Unidos.

El famoso rey del petróleo inglés, Lord Cowdray, que influyó definitivamente en el reconocimiento de Huerta y que ya se frotaba las manos por el alud de concesiones que le ofrecía el tirano, fue llamado a cuentas hace una semana por el Secretario Grey cuando se negó a aceptar que la Corona Inglesa abandonara a nuestra suerte al gobierno mexicano. A modo de represalia, Cowdray todavía lanzó una nueva ofensiva a través de Colombia, Costa Rica y Nicaragua, de donde sólo obtuvo que nuestra Standard Oil ganara, curiosamente, el contrato de exploración de mantos petrolíferos en Colombia, ya que este último gobierno se negó a ratificar el convenio que ya había sido, inclusive, suscrito por el pobre Lord Cowdray.[145] ¿A qué crees que se debió, yerno?

—Veo claro a qué se debió, Woodrow. Es claro que el propio Ministro inglés lo convenció de la inutilidad y el peligro de nuestras posibles represalias. Ya te entiendo, ya. ¿Pero entonces debo entender que se trata de un hecho que la Corona Inglesa ha abandonado a Huerta a cuatro meses de su reconocimiento?

—Así es, yerno. En efecto, así es.

—¿Todo eso lo lograste con la nota que dices?

—Bueno, no, William. Hubo otros ingredientes no menos importantes... —Dieron una nueva vuelta rumbo al enrejado que circunda los jardines de la primera residencia de los Estados Unidos—. Fíjate cómo todo jugó a nuestro favor: Inglaterra empezó a tener cuatro meses atrás, diferencias que amenazan ser graves con el gobierno del káiser alemán. Sus relaciones se endurecen cotidianamente al extremo que no sería imposible un conflicto grave en Europa por las tensiones que ya existen con Alemania. A partir de esta situación, los ingleses se encontraron frente a una alternativa muy delicada: el petróleo mexicano, por el que tanto han luchado, o la amistad, la comprensión y el apoyo de Estados Unidos en un momento amenazante para el archipiélago inglés.

—Ni hablar, Woodrow. Sólo un débil mental abandona lo más por lo menos. Ese punto operó claramente en favor nuestro.

—Por si todavía fuera poco, la suerte se sumó a nuestra voluntad política —agregó suspicaz el presidente—, ya que de pronto el Almirantazgo se percata de que el petróleo con el que pretendían abastecer su flota no reunía los requisitos energéticos y, por lo mismo, los contratos con Cowdray, su abastecedor, quedaban automáticamente sin efecto.

—¿Fueron cancelados?

—¡Curiosamente, sí!

—¿Con qué mueven entonces sus barcos?

—Con petróleo.

—Ya lo sé, me lo supongo —dijo risueño McAdoo.

—Adivina quién es el proveedor.

—Me lo imagino.

—No es difícil, ¿verdad? Es Edward McDoheny, propietario de una empresa petrolera en México, rival de Lord Cowdray[146] —precisó el Presidente—, y nos ha informado en detalle cada paso que da Huerta para favorecer a los ingleses, muy en especial a los petroleros. Su empresa, a su vez, es propiedad de la Standard, o tiene sólidos nexos con ella. El hecho real es que una de nuestras compañías surte ahora al Almirantazgo ante la sorpresa de Lord Cowdray, quien no puede dar crédito de lo que ve, ni de lo que oye.

—No me cuesta ningún trabajo entender su frustración, Woodrow. Por lo visto se trata de un hombre inteligente que supo hacer negocios y defenderlos audazmente hasta el extremo de comprometer a la

Corona Inglesa en sus proyectos, que ella, a su vez, apoyaba por conveniencia recíproca. El tal Lord Cowdray debe estar despedazado.

Más le molestará —continuó el presidente— cuando sepa que Lionel Carden, el embajador que el propio Lord Cowdray logró colocar en México como máximo representante de la Corona, será llamado a consulta próximamente a Inglaterra. Carden es un fanático antiyanqui, socio de Cowdray, como dice McDoheny, y que tiene hipnotizado a Huerta al extremo de que este último no da un solo paso sin consultarlo. Imagínate la fuerza que ya tenían los ingleses en México y a dónde hubieran llegado si yo no intervengo. No es difícil ni atrevido suponer que hubieran instituido un protectorado, precisamente en nuestras fronteras. La posteridad política de este país me hubiera condenado al fuego eterno.

Ya hacía fresco cuando el presidente prefirió continuar la charla en su despacho y al lado de la chimenea, como era su costumbre en época de frío.

—Al famoso Cowdray lo tenemos controlado; su socio, el embajador Carden, será destituido. Nuestros petroleros recuperarán sus negocios y harán otros más importantes. Huerta se queda solo. Inglaterra lo abandonará, quedará condenado a la muerte, puesto que logramos cortar el cordón umbilical de donde el antropoide se nutría financieramente.

—¿Tuviste que echar mano de otro recurso para convencer a la Corona.

—Sí, William. Creí que era necesario el exceso en el uso de la fuerza para extinguir cualquier tentación futura, sobre todo de parte de los ingleses, y solicité al Congreso un aumento de la tarifa que establece el derecho de paso a través del Canal de Panamá, que nosotros administramos, como tú bien sabes. Previamente investigamos cuántos barcos ingleses cruzaban el Canal y cuántos podrían hacerlo en el futuro, dado que ellos poseen la flota mercante y militar más grande del mundo y requieren, forzosamente, el tránsito por nuestra vía marítima para evitarse costos adicionales que disminuirían severamente su competitividad en el comercio internacional.

—Claro —dijo emocionado el Tesorero—. Conozco la enmienda a la perfección, sólo que siempre pensé que respondía a intereses internos de los Estados Unidos.

—Y estabas en lo correcto, William. ¿Qué acaso no es un interés directo de la Casa Blanca defender los negocios de las empresas americanas en lugar de favorecer a nuestros competidores de cualquier parte del mundo?

—Claro, eso es evidente, pero no pensé que urdieras toda una maniobra tarifaria con una elevación substancial de derechos de tránsito por el Canal de Panamá para sacar a Inglaterra de los mercados sólo por no someterse a tu política mexicana.[147]

—Bueno, eso fue para asustarlos, pero en realidad la ley ya no será aprobada —aclaró el presidente—. Algún miembro importante del

Congreso propuso su diferimiento y creo que los ingleses deben estarle muy agradecidos por haberlos rescatado del naufragio.

—Sí, claro, Woodrow, claro —repuso irónico McAdoo—. Tú no influiste nunca en el Senado para que se archivara el proyecto e impedir su discusión en esta Legislatura ¿verdad? Lo único que sí me parece curioso es que el Congreso americano acordara el diferimento del incremento tarifario tan pronto Inglaterra te comunicó su deseo de abandonar su política petrolera y diplomática en México. Ésa es toda una casualidad, ¿o no, Woodrow?

—Así es, William, pasan cosas muy curiosas en el Congreso —repuso el presidente sarcásticamente.

Ambos funcionarios sonreían mientras el presidente arrojaba un pesado leño más al hogar incandescente. Volvió a su apoltronado asiento y concluyó la plática:

—Inglaterra prefirió el apoyo y la continuidad en las relaciones angloamericanas al petróleo mexicano, también curiosamente en el momento en que la fiera alemana rasca golosa con sus garras la tierra del suelo y se dispone, aparentemente, a dar un salto espectacular. Nada tontos, los ingleses nos prefieren como aliados. Como verás, no es difícil distinguir al gran vencedor. Huerta perdió la jugada. Cowdray también perdió la jugada cuando lamentablemente se descubrió que el petróleo requerido en especial por el Almirantazgo era, paradójicamente, el de McDoheny. Ahora los ingleses nos han pedido representar y proteger sus intereses en México como si fueran nuestros, compromiso que cumpliré exhaustivamente —agregó orgulloso el presidente.

Huerta se encuentra ahora cara a cara conmigo. Él es el enemigo público número uno de la Casa Blanca. Ahora ya nadie invertirá en México sin el aval político de Estados Unidos, sobre todo si corren el riesgo de perder sus capitales. Nadie cooperará con Huerta si ello implica captarse mi enemistad y la de mi gobierno. Llegó el momento de levantar el embargo de armas contra México porque el clandestinaje ha encarecido a los constitucionalistas el precio de las municiones con el consecuente perjuicio financiero. Por primera vez veo mis manos llegar al cuello del dictador y cuando lo tenga, apretaré sin piedad. Woodrow Wilson, para entonces, habrá impuesto en el mundo un nuevo concepto de moral republicana, sin perder el respeto y el prestigio que me trajeron a la Casa Blanca.

—¿Qué ha dicho Huerta de todo esto, Woodrow?

—Está enfurecido —repuso el presidente—. Cuando conoció que sería abandonado a su suerte por la Corona, le ordenó a Carden se abstuviera de asistir a su informe presidencial, a modo de represalia, a pesar de haber presentado sus cartas credenciales apenas un mes y medio antes y de ser *vox populi* el apoyo inglés al golpe de estado urdido por Huerta en nuestro perjuicio. Entonces se sintió desesperado y me hizo saber que en las elecciones de abril de 1914 no figuraría él como candidato pero que a cambio yo debería aceptar su nombramiento como Ministro de la Guerra en el futuro gabinete.

—¡Pero, qué cara del tipo éste, Woodrow! Todavía se atreve a poner condiciones.

—Por esa razón —continuó Wilson vivamente interesado en la narración—, y con la obvia intención de humillar a Huerta, instruí a Bryan para que negara cualquier posibilidad de negociaciones con el usurpador, quien se deberá retirar forzosa e incondicionalmente. Le quitaré a Victoriano Huerta esa ridícula banda que los presidentes mexicanos se colocan en el pecho y ante la cual se arrodillan religiosamente todos sus gobernados, para largarlo, a continuación, a patadas del país. Obviamente, William, no voy a poner la institución nacional monopolizadora del uso de la fuerza en México en manos de un asesino reconocido como la vergüenza latinoamericana.

Por otro lado —finalizó el presidente—, John Lind, mi enviado personal, me sugirió que tomáramos militarmente las aduanas de Veracruz y de Tampico, por donde se lleva a cabo la mayor parte del comercio internacional mexicano y se cobran impuestos de importación y exportación en dólares, mismos que los gobiernos mexicanos otorgan en garantía para la obtención de créditos internacionales. De ahí se nutre Huerta de dólares para comprar armas y equipo de guerra.

Nadie le prestará dinero a Huerta, me decía Lind, ante la clara oposición de Estados Unidos; menos lo harán todavía, si los bancos europeos saben que los impuestos aduaneros mexicanos no se podrán ofrecer ya como garantía al quedar congelados por nosotros y menos aún le prestará Europa ante el enrarecimiento alarmante de su propia atmósfera política. Nadie prestará un solo centavo mientras no se aclaren las peligrosas diferencias surgidas con Alemania, imposibles ya casi de resolver por la vía pacífica. De modo que no tendrá ni libras esterlinas ni francos franceses y, menos, mucho menos, los dólares que el usurpador necesita aún más que sus tragos coñaqueros matutinos.

—Woodrow, tomar las aduanas como propone Lind sería tanto como invadir militarmente México, ese es un paso muy delicado —aclaró McAdoo.

—Estoy de acuerdo contigo, yerno. Esperaré un breve tiempo para estudiar el desarrollo de los acontecimientos. Quiero impedir una invasión, salvo que las circunstancias me obliguen a ello. Pero, por otro lado, quiero sujetar por la garganta a Huerta y la forma más rápida es tomar las aduanas de Tampico y Veracruz.

William McAdoo regresaba a su sillón después de colocar un nuevo leño en la chimenea, cuando el presidente le preguntó:

—¿Bueno, ya fijaron Eleanor y tú la fecha de la boda para vestir de gala la Casa Blanca?

El Secretario del Tesoro americano sonrió con satisfacción:

—Mañana la fijaremos, Woodrow. Mañana cumplimos un aniversario como novios y Eleanor quiso que hasta entonces fijáramos definitivamente la fecha. Ya ves, así son las mujeres…

Del otro lado del Atlántico y en otro orden de ideas, Jean Ives Limantour había sido invitado a comer al famoso restaurante parisino Au Grand Véfour por un alto ejecutivo del poderoso grupo financiero norteamericano de Morgan. La cita fue a las 12:30 del mediodía en la Place de la Comédie Francaise. El ex Secretario de Hacienda porfirista condujo presuntuosamente a su anfitrión del brazo, por la parte trasera del edificio, hacia el patio del Palais Royal, a un lado de los que fueron los jardines de los Cardenales Richelieu y Mazarino en el siglo XVII para señalarle el lugar exacto donde el periodista Camille Desmoulins arengó a tres mil parisienses para tomar por asalto la prisión de la Bastilla, símbolo de la tiranía, que habría de concluir con la revolución de 1789.

Limantour se cuidó mucho de hablar de las tinajas de San Juan de Ulúa, símbolo también de la dictadura porfirista; prefirió, en su lugar, impresionar aún más al representante de Morgan con su enorme información de la historia francesa y su conocimiento de las calles de París.

Desde el ángulo donde estaban ubicados, el ex líder "científico" veía la Avenida de la Ópera, rematada por la Escuela Nacional de Música o Gran Ópera, al que el arquitecto Garnier diera en la segunda mitad del siglo XIX ese sello inconfundible de la arquitectura de la época. Al fondo de la avenida, a mano derecha, Limantour señaló la Alcaldía, donde Napoleón y Josefina contrajeron matrimonio.

El banquero de la casa Morgan no ocultaba su sorpresa ante semejante curso de historia urbana.

Convergiendo en ese mismo ángulo, desde el cual se veía el Palacio del Louvre, la rue Saint Honoré, saturada de historia, apareció ante ellos y Limantour señaló la casa donde naciera el autor de *La Malade lmaginaire* y del *Misántropo*, el célebre dramaturgo Molière. Más allá indicó la presencia de una placa conmemorativa del lugar en que Juana de Arco atacara la puerta de Saint Honoré del conjunto urbano de Charles V y resultara lesionada.

—Esta calle —comentó el famoso financiero mexicano— hechiza casa por casa. Ahí tiene usted la del hotel donde nació el general Lafayette, uno de los grandes de la Independencia de Estados Unidos. Más abajo se encuentra la de Robespierre, que siempre me recuerda su ejecución en la cercana Plaza de la Concordia. Si camináramos al fondo de esta misma calle veríamos la casa donde murió el célebre doctor Guillotin, autor de la máquina destinada a decapitar a los condenados a muerte y evitarles mayores sufrimientos. Recordó en silencio cuando don Porfirio ordenaba matarlos en caliente.

A un lado atrás, Limantour advirtió la presencia de la iglesia de Saint Roch, donde descansan Corneille, Bossuet, el Abbé de Leppee,

creador del lenguaje con las manos para sordomudos, e incluso Duguay
Trouin, filibustero del rey y aventurero singular.

Después de la Iglesia, ambos caminantes se encontraron la rue de
Rivoli, donde se reunió la Asamblea Nacional para establecer la igualdad de los derechos humanos, momento en que el banquero pidió con
todo disimulo a Limantour suspender por esa ocasión la cátedra de historia urbana y dirigirse al restaurante, por lo congestionado de su agenda
vespertina.

Momentos más tarde se sentaban frente a una cómoda mesa, previamente reservada. Tomaron, a modo de aperitivo, una bebida especial
de la *maison*, confeccionada a base de champagne seco. Acto seguido les
fueron presentados los menús redactados en caracteres góticos para resaltar,
aún más, la tradición histórica del famoso restaurante. El Maitre d'Hotel,
con una estudiada mueca aprobatoria, no externó sorpresa alguna cuando
el ex Secretario de Hacienda mexicano hombre fuerte del Porfiriato y habitual cliente del lugar, se concretó a ordenar "lo de siempre":

Le boudin de caille et le foie
d'oie cuit a la vapeur
Le gratin de Lotte et de Langouste
aux pistils de safran
Fromages
Les profilteroles glacés au chocolat
Café

Después de repetidos homenajes a la insuperable calidad culinaria francesa y de elogiar el sabor de los vinos del Ródano, con los que habían
acompañado el exquisito evento gastronómico, Limantour apartó ligeramente su silla de la mesa, pidió una copa de Armagnac de la reserva
Napoleón III y sintetizó la plática con su anfitrión americano:

—Huerta no podrá resistir financieramente la presión que Estados Unidos ejerce sobre el menguado tesoro mexicano —dijo reposadamente—. Tienen ustedes toda la razón en dudar respecto al otorgamiento
de nuevos empréstitos por parte de los bancos que ustedes poseen aquí
en Europa. No los recuperarán nunca.

—Así es, señor Secretario —dijo empalagoso el banquero—. Nosotros no podemos prestarle al gobierno de México directamente, pero
podríamos hacerlo a través de nuestras filiales europeas. En realidad, ése
no es el problema, como usted podrá ver, sino el grado de riesgo económico ante la probable insolvencia de la administración huertista.

—Analice usted los acontecimientos —continuó Limantour, después de ordenar agua mineral de los manantiales Perrier—. El gobierno
mexicano no cuenta en la actualidad con un solo centavo en sus reservas. Han retirado de la circulación el dinero metálico hecho a base de
oro y plata y lo han destinado a la compra del armamento ambos ban-

dos beligerantes, puesto que es la única moneda mexicana aceptada en el extranjero. El papel moneda mexicano goza de tal desprestigio en el mundo actual, que dentro del mismo país es rechazado por nuestra propia gente; de ahí que sea imposible siquiera sugerir cualquier intercambio internacional a base de pesos no metálicos.

—Exagera usted, querido amigo Limantour. El dinero mexicano siempre será aceptado por los mexicanos.

—Desde luego que no exagero —repuso el famoso financiero—. Mire usted lo que acontece en estos momentos en mi país. Asumamos que Torreón, una ciudad norteña, se encuentra hoy bajo control huertista y, por lo tanto, la moneda válida en circulación no es sino la emitida por el propio gobierno de Huerta. Pero un buen día Torreón cae en manos de Francisco Villa, un bandido más dentro de las tropas carrancistas, quien, a su vez, carece de papel moneda emitido legalmente por el Gobierno Federal.

—Bueno, ahí es bien claro el procedimiento que seguirán Villa y sus huestes —aclaró ufano el banquero norteamericano.

—¿Es claro? —inquirió sorprendido Limantour por el supuesto nivel de información de su interlocutor—. ¿Qué harán entonces al tomar Torreón y vérselas sin dinero para alimentar a la tropa?

—Muy fácil, Ives: asaltarán todos los bancos de esa población y se harán del dinero necesario para financiar sus gastos, y si aún así les hace falta, buscarán a los hombres locales más ricos y les sacarán hasta el último centavo bajo amenaza de fusilamiento inmediato. Eso es lo que siempre sucede en las revoluciones.

—Es buena su respuesta y desde luego lo que usted advierte debe producirse, de hecho, en México. Sin embargo, en este caso nuestra revolución, en el orden financiero, sería igual a todas las demás, sin ninguna connotación pintoresca y eso no lo permitiría ningún mexicano verdaderamente respetable.

—¿Piensa usted que hay otra vía más fácil y expedita para hacerse de dinero que no sea el robo, el asalto y el chantaje?

—¡Claro que sí! ¡Desde luego que sí! En México los constitucionalistas se financian en el interior del país con su propio dinero. Por ejemplo, si Villa llega a Torreón y su tesorero le notifica la ausencia de fondos para la satisfacción de todas las necesidades de la tropa, entonces mi general Villa, como le llaman todos los prosélitos, ordenará la impresión de dinero propio, es decir, el del Ejército Constitucionalista.

—¡Ah!, ¿entonces ya ni se molestan en robar bancos?

—Evidentemente. ¿Para qué roba usted un banco si puede usted hacer el dinero en su propia casa?

—De acuerdo, sólo que yo, como comerciante, me negaré a aceptar otro dinero que no sea el autorizado por el gobierno.

—¿En la revolución? ¿En México? —Limantour soltó una carcajada—. ¡Vamos hombre! Si está usted detrás de un mostrador en su tienda de comestibles y repentinamente hace acto de aparición un forajido sombrerudo, como los que integran la División del Norte, arrastrando sus enormes espuelas como si se tratara de pesadas cadenas y ese sujeto, con una barba de diez días, la dentadura incompleta, sin haber visitado un baño ni probado el agua cuando menos en un año, con la piel tostada por el sol, maloliente y con un hálito como si hubiera metido la boca por las letrinas del infierno, le dice a usted que quiere comprar frijoles para sus muchachos y a la hora de pagar, sólo por no quedar mal con la Guadalupana, usted no acepta el dinero con el que pretende liquidarle, porque ignora la existencia de ese papel moneda y duda justificadamente de su legitimidad, entonces le colocarán a usted una bayoneta en el cuello y lo sacarán a empujones hasta la misma calle, en donde tres de los bandidos le instruirán un juicio sumarísimo, como de dos minutos, del que saldrá usted declarado culpable. Después de una descarga completa contra la pared de su propia tienda procederán a entrar en ella y se robarán mercancía y todo lo que se encuentren a su paso y no gastarán siquiera su dinero ilegal, habiendo acabado tranquilamente con la vida de usted.

—¿Y las máquinas impresoras? —preguntó perplejo el banquero.

—Ésas las llevan en los trenes y las ponen a trabajar en las noches hasta que le dan a Villa la cantidad de dinero que se necesita. ¡Pobre de aquel desgraciado que se niega a aceptar su dinero!

—¿Y si, por ejemplo, vuelve a caer Torreón bajo la esfera de dominio huertista?

—En ese caso el dinero que se utilizará será el del gobierno, por lo que vale la pena guardarlo y no deshacerse de él. Es obvio que si los villistas lo encuentran, también se lo cargarán, de modo que hay que esconderlo lo mejor que se pueda.

—Probablemente lo mejor sería que el comerciante negara la existencia de sus mercancías para no verse en la dificultad de recibir dinero artificial.

—Ni se le vaya a ocurrir a un comerciante cometer una locura de ésas.

—No es locura, Ives, el comerciante sólo declara que se le agotaron los comestibles.

—Puede declarar lo que quiera. Nadie creerá que no las tiene, sino que las oculta en favor del bando enemigo. Ésa es razón suficiente para el ajusticiamiento público.

—¿Entonces, qué conviene?

—Irse. Cerrar. Desaparecer del mapa, porque siempre perderá o por no aceptar el dinero o por negarse a vender sus productos. Eso le puede dar a usted una idea de cómo se encuentra deteriorado el comercio del norte del país y en manos de quién está la recaudación tributaria federal y la local, para que imagine usted con facilidad el estado que guardan las finanzas públicas del gobierno. Sin embargo, se me escapaba mencionar a usted que independientemente del dinero emitido por el propio gobierno y el del Ejército Constitucionalista, según acabo de manifestarle, los distintos gobiernos estatales también imprimen sus propios billetes, como también lo hace el Ejército del Noroeste y otros grupos militares menores.

—Si existen en México seis o más entidades que emiten papel moneda sin medida, ni limitación alguna, ¿quién puede controlar las finanzas del Estado?[148]

—Nadie, claro está, nadie —repuso Limantour, satisfecho—. Es evidente que Huerta ya no maneja ni dirige las finanzas nacionales, como corresponde a todo jefe de cualquier ejecutivo. Las grandes empresas extranjeras pagan sus impuestos, inclusive por adelantado, al primer Jefe Constitucionalista. Al respecto, es bien conocido el caso de los petroleros norteamericanos. Huerta sólo recibe dinero de los préstamos que le han hecho en México los bancos extranjeros, radicados en mi país, por cincuenta millones de pesos,[149] y el que recibe de la aduana de Veracruz.

—¿Y las otras aduanas del país?

—Básicamente están todas las más importantes bajo control carrancista y las exportaciones que se llevan a cabo no le dejan a Huerta, por esa razón, ni un solo dólar. Es más, el mismo Villa, que ha expropiado enormes fincas, ha exportado, por ejemplo, algodón por 800 mil dólares[150] y sus legítimos dueños, unos inglesitos soñadores, sólo vieron pasar de ida los furgones llenos con el producto de su trabajo y de regreso armas y municiones adquiridas precisamente con los dólares obtenidos de la venta de sus fibras. Al gobierno mexicano no le llegaron los dólares ni por la exportación ni por los impuestos respectivos.

Imagínese usted el cuadro que enfrenta Huerta en el orden político y financiero —comentó con gravedad Limantour, después de pedir otra copa de Armagnac Gran Reserva Especial—. Por lo menos seis entidades diferentes emiten papel moneda sin ningún control global. Se inunda, en consecuencia, el mercado con pesos de todo tipo, color y sabor, lo cual, a su vez, proyecta al país a una espiral inflacionaria inmanejable. Como resultado de todo ese procedimiento, el peso mexicano se devalúa, ya que en enero de este mismo año de 1913 valía 0.4955 de dólar y doce meses después, sólo 0.3650 centavos.[151] Toda la población sufre los efectos del pánico y empieza el retiro masivo de dinero de las instituciones de crédito, amenazándose todo el sistema bancario nacional con una quiebra generalizada, razón por la que se autoriza que los bancos emitan más papel moneda con el objeto de convencer a la gente de lo infundado de sus temores y pagarles sus ahorros al contado. Por lo tanto, se inyecta más dinero, más masa monetaria fresca, se estimula aún más la inflación. Los revolucionarios avanzan hacia el centro. Cruje la estructura política huertista. Estados Unidos bloquea a México financieramente como parte de su estrategia de desconocer la existencia política del dictador y usurpador. Huerta se va quedando sin armas y sin dinero para adquirirlas. Inglaterra, su principal aliada, repentinamente lo abandona también. Ningún capital extranjero quiere nada con México y los que ya se encuentran invertidos sólo desean salir. Es la revolución. El temor a la pérdida de bienes. La inseguridad nacional y patrimonial. Surge el desempleo generalizado, la desaparición de la vida institucional, se suprimen todo tipo de garantías ciudadanas. No hay crecimiento económico. La deuda interna que contrató el gobierno no es para incentivar la inversión y promover el desarrollo, sino para la adquisición forzada de armamentos para proseguir con la destrucción.

Jean Ives Limantour no cambiaba el timbre de su voz. Se concretaba a observar desde las alturas el desarrollo de los acontecimientos, instalado en una notable frivolidad. El banquero norteamericano, por su parte, delataba con su silencio que había escuchado todo aquello que deseaba saber.

—En conclusión, como usted entenderá, los días de Victoriano Huerta están contados, porque Estados Unidos, en particular Woodrow Wilson, así lo ha dispuesto. Bien sé yo, que conozco las tripas de mi país, que el Ejército Federal hubiera derrotado con suma facilidad a Carranza si no hubiera sido porque éste contó con el apoyo de la Casa Blanca. Huerta se hubiera comido vivo por las patas a Carranza, pues es un verdadero militar de carrera que demostró hasta el cansancio su capacidad profesional. El ejército le es leal y si bien no ha podido con Carranza, quien no sabe ni de qué lado está la boca de un cañón, ha sido porque Wilson nunca aceptó a Huerta. En otros términos, amigo mío, si Huerta y Wilson hubieran gozado de relaciones diplomáticas normales, Carranza no hubiera llegado a levantar en armas ni siquiera a los habitantes de Cuatro Ciénegas sin que hubiera sido colgado precipitadamente de un frondoso fresno.

—En la historia política, la verdad se conoce cuando ya es demasiado tarde —contestó el banquero americano en actitud defensiva por los cargos vertidos por la actitud de su presidente.

—En este caso conocemos la verdad a tiempo y de nada le servirá a Huerta. Wilson lo derrocará porque, además, la comunidad financiera internacional se conmoverá cuando en fecha próxima el presidente mexicano anuncie la suspensión de pagos del servicio de su deuda pública exterior.

—¿Piensa usted que sea inminente la medida?

—Yo no creo que Victoriano, a quien conozco muy bien, pueda pagar los intereses de la deuda, porque ya prácticamente no tiene manera de hacerse de dólares. Sólo le quedan, como ya le mencioné a usted, los de la aduana veracruzana y ésos los destinará a comprar armas como su más inmediata prioridad. Salvo que usted piense que los bancos ingleses o los franceses o ustedes mismos estarían dispuestos a admitir como forma de pago los pesos al vapor, emitidos por el gobierno huertista.

—¿Pero quién va a aceptar esa basura? —respondió sorprendido el banquero norteamericano—. Sólo aceptaremos dólares o libras esterlinas.

—Pues mientras Victoriano Huerta no contrate los servicios del grabador de Francisco Villa y se dedique a la falsificación e impresión de esos billetes que ustedes pretenden, no veo la forma cómo ustedes recuperarán sus intereses y su capital. Insisto: los pocos dólares que le quedan a Huerta a estas alturas de su mandato presidencial, preferirá destinarlos a matar constitucionalistas con las armas que compre, que a saldar una deuda pública que bien sabe él nunca podrá amortizar. La suspensión de pagos de la deuda es inminente. Huerta es sólo un cadáver insepulto. En esos momentos, lo que dure la aduana de Veracruz será el tiempo que él podrá resistir a la embestida Constitucionalista. Cuando le corten a Huerta el cordón financiero jarocho, se precipitará al suelo como una paloma herida por un escopetazo en la cabeza. Tiene esa opción o la otra, consistente en que Carranza lo cuelgue anticipadamente del asta-bandera del Palacio Nacional. Yo creo —continuó Limantour— que ha llegado la hora en que Victoriano debe hacer sus reservaciones en el *Ipiranga*. Cuando la comunidad financiera conozca la suspensión de pagos, no aceptará resignadamente la pérdida de sus capitales invertidos en México y presionará a través de sus gobiernos al dueño de la situación para que extienda garantías, seguridades y emprenda acciones inmediatas, y bien orientadas al aseguramiento de sus cuantiosos recursos.

—Creo que no es usted del todo claro, señor Secretario.

—Bueno, en realidad lo que pretendo señalar es que tan pronto Huerta anuncie al mundo la suspensión de pagos, todos los banqueros irán en procesión a buscar, no al presidente mexicano, que es irrelevante, sino a Woodrow Wilson, para que precipite los acontecimientos, es decir, el derrocamiento que tanto ha promovido, para que así se regularice de nueva cuenta el equilibrio financiero de México y surja un gobierno ahora sí apoyado y avalado por el de Estados Unidos para empezar las negociaciones de los empréstitos. Todo esto lo ha propiciado Wilson, el dueño de la situación y consecuentemente a él le pedirán las definiciones que aporten la seguridad y las garantías, como único responsable de la crisis. Wilson, presionado por toda Europa, hundirá, antes de lo pensado, el hierro en el cuello de Huerta.

—Tiene usted razón. Yo haría eso de inmediato también. En caso de suspensión de pagos, es claro que la antesala de Wilson y Bryan estará llena de banqueros ávidos de acciones y garantías. Entre ellos, yo mismo.

Limantour pidió su sombrero negro de copa, sus guantes blancos y su bastón; prefirió caminar de regreso a su departamento, a pesar de la insistencia en contrario del banquero. Bien pronto, en la calle, recordó la excelencia de los platillos que había comido. Sin lugar a dudas, en el Au Grand Véfour se comía como en ningún otro lugar en París. "La próxima vez pediré el Brioche au Fois Gras, para saber si lo hacen mejor en Maxims o en la Tour d' Argent". Momentos más tarde paseaba por las Tullerías. Anochecía. "Los días en el invierno son más cortos", decíase mientras abotonaba correctamente su redingote de seda negra. "Pobre Victoriano, bien pronto lo tendremos por aquí. Tampoco él logró negociar nada con Estados Unidos". Cuando en lontananza apareció el Arco del Triunfo, se sintió ya muy cerca de casa.

El presidente Wilson recibía constantes solicitudes para decidir finalmente la suerte de Victoriano Huerta. Los inversionistas yanquis insistían en la ocupación como única fórmula viable para recuperar todas las canonjías entregadas a los ingleses a lo largo de la usurpación huertista. Por otro lado, Inglaterra deseaba regularizar tan pronto fuera posible su situación con México, como fuente determinante de abastecimiento petrolero, en particular por las crecientes tensiones originadas en Alemania y que podrían desembocar en una pavorosa conflagración continental, en donde el petróleo jugaría un papel definitivo.

Alemania, por su parte, deseaba impedir por todos los medios un acuerdo que le proporcionara a Inglaterra la estabilidad energética imprescindible para mover su marina mercante y la de guerra. El káiser deseaba encontrarse a los ingleses, si algún día llegaba el caso, desprovistos de petróleo. Consciente de la ubicación geográfica de México, había seleccionado a un conspicuo diplomático de carrera, de toda su confianza, como embajador acreditado ante el gobierno mexicano. La estatura política de Paul von Hintze bien le hubiera permitido desempeñar ese puesto ante la Casa Blanca. Su habilidad negociadora había sido demostrada reiteradamente y su prestigio en el medio era innegable. Vio que el petróleo mexicano podría jugar un papel determinante para Inglaterra y previó la necesidad de empezar a sabotear las líneas de abastecimiento petrolero de su muy probable enemigo. A todos preocupaba por igual la destrucción masiva de México, víctima de una violencia contenida a lo largo de treinta años de dictadura que, finalmente, hizo volar en astillas por el aire todo el aparato político porfirista.

Woodrow Wilson estaba ya urgido de resolver el pantanoso asunto mexicano: por la situación de sus inversionistas, por la situación internacional y por el grave deterioro de su imagen sufrida a partir de haber declarado públicamente su negativa a reconocer a un gobierno de carniceros, el cual muy pronto cumpliría ya un año en el poder, un año que ya pesaba en su prestigio y en su imagen internacional.

Bien pronto todos los factores se unieron en contra de Huerta. El avance revolucionario, la deuda externa, el embargo de armas en su contra decretado por Wilson, la repentina traición de los ingleses, la cancelación del crédito exterior, el caos nacional, la ausencia de recursos económicos para la ejecución de obras sociales y materiales de apremiante necesidad colectiva, el éxodo de capitales, la asfixia financiera, la desmoralización y, finalmente, el temor a una invasión armada yanqui.

Huerta temía la intervención yanqui, pero al mismo tiempo esperaba capitalizarla en su provecho si lograba unir las fuerzas revolucionarias y las federales en contra de los invasores y esperar el momento para arrebatarle la bandera a los constitucionalistas. Algo así como lo acontecido en los aciagos días de la Decena Trágica. Esperar hasta el último momento para hacerse de la situación al menor descuido.

—¿Cuál sería la actitud de Villa, Carranza y Obregón si nos invaden y los invito a aliarnos en contra del agresor? —se preguntaba el sanguinario tirano—. ¿Me apoyarían? ¿Caerán en la trampa? ¿Serán mis nuevos Félix Díaz? Si se meten los yanquis sabré la verdad; habrá llegado la hora de las exaltaciones patrióticas y de orientar las armas contra el enemigo común. "La Patria es primero", alguien dijo por ahí. Ésa será mi razón y así los tendré a todos en el puño de la mano.

Lionel Carden había sido llamado a consultas por la Oficina de Asuntos Extranjeros de su gobierno, con el objeto de comunicarle su nuevo nombramiento ahora ante el gobierno de Brasil, designación que materializaba, por otra parte, muchas aspiraciones del destacado diplomático petrolero. Algunas conclusiones de su breve estancia en México las había dejado consignadas en su diario.

Noviembre 24 de 1913
El hombre de la perspicacia política en el maderismo fue Gustavo Madero, quien al término del mandato de su hermano, en 1916, se hubiera lanzado a conquistar la Presidencia de México por los siguientes seis años, a cuyo término seguramente habría buscado la manera de reelegirse o de proyectar al poder, para eternizarse en él, a otro miembro de su nutrida familia. Francisco hubiera acabado sus días en cualquiera de sus propiedades de Coahuila y Gustavo con el poder en la mano o con un tiro en la cabeza.

El hombre fuerte, el verdadero político conocedor del medio y de las fibras de sus compatriotas fue, sin lugar a dudas, Gustavo. Él no soñaba ni idealizaba ni confiaba en la palabra de quienes lo rodeaban. Sabía que los apetitos políticos sólo se satisfacían por medio del acaparamiento de poder y que para mantenerse en él, dentro de su medio, era necesario recurrir a la mentira, al soborno, al servilismo, y al asesinato, al secuestro y a la calumnia. De ahí que conociera también a los que vivían del medio político.

Noviembre 29 de 1913
La política tiene sus propias reglas en cada país y quien no las conoce o no está dispuesto a jugar con ellas, debe desistir de cualquier intento de desarrollarse dentro de ella para no lastimarse en forma innecesaria.

En México también existen reglas locales. Nadie puede aspirar al poder en este país si previamente no entendió el papel que juega la traición en cada momento de la vida nacional. En México el indio traiciona por un pan y el citadino por una curul. Los políticos mexicanos traicionan el voto popular, instalados en un lastimoso servilismo, a cambio de una sonrisa del Presidente de Estados Unidos, fuente de emanación del verdadero poder en México y de muchos otros países latinoamericanos.

El poder político en México radica originalmente en el Jefe de la Casa Blanca. De modo que si este último no está de acuerdo con el planchado de las camisas de su colega mexicano, la nación entera lo padecerá. A modo de ejemplo: Woodrow Wilson no ha aceptado a Huerta. De hecho no lo aceptó nunca y por lo mismo se hunde como una canica de plomo en el agua. ¿Qué poderes políticos concurrirán en la persona de un presidente mexicano mientras el de Estados Unidos no le toque suavemente la cabeza con su varita mágica y se los conceda? Sin embargo, no sólo el presidente americano dota al mexicano de poderes políticos. También el embajador yanqui goza de facultades para ello a través de una participación política directa en los asuntos internos de México. Henry Lane Wilson simplemente decidió que Madero era un loco que debería ser recluido en un manicomio, y a partir de ese momento el pobre presidente cayó en desgracia hasta la consumación de su asesinato, a manos de un par de esbirros de la embajada. Lane Wilson, el mismo embajador yanqui, privó al presidente mexicano del poder, auspició su derrocamiento, fomentó y colaboró en el financiamiento del golpe de estado y toleró su cobarde asesinato.

La historia de la presidencia mexicana quedó manchada para siempre a partir de aquella noche de febrero de 1913, cuando Henry Lane Wilson tuvo el atrevimiento de presentar, orgulloso, al cuerpo diplomático a su nuevo presidente mexicano, en el propio domicilio de la embajada de los Estados Unidos.

Diciembre 1o. de 1913

Carranza ha tenido muchas dificultades para negociar abiertamente con Estados Unidos gracias a la actitud de Lane Wilson, pues su futuro prestigio político dependerá de que pueda vencer a Huerta sin el apoyo evidente de los norteamericanos quienes, desde luego, no son bien vistos aquí desde la Decena Trágica, gracias a su conocida participación en el crimen político más escandaloso y lamentable de la historia mexicana.

Presentar a Huerta en la embajada norteamericana fue una grosera bofetada en el rostro de la dignidad mexicana. Wilson quiso demostrar quién mandaba verdaderamente en este país y, en un acto de exhibicionismo político, al presentar su nueva adquisición despertó el coraje y el resentimiento de todos los mexicanos contra Estados Unidos.

Diciembre 2 de 1913

Los norteamericanos cuidan celosamente la existencia de su propia vida democrática interior y la eficiencia de sus propias instituciones. Sin embargo, fuera de su país no predican el mismo ejemplo, ya que imponen y derrocan dictadores con el único objeto de asegurarse mercados para sus productos o de garantizar a sus inversionistas la obtención de concesiones, permisos o franquicias, para explotar los recursos naturales de aquel país en el que han impedido el juego de las fuerzas políticas naturales que probablemente aportarían las mejores soluciones colectivas. Ellos quieren entenderse con su hombre en el trono, quien debe tener la habilidad suficiente para sostenerse con su apoyo, mientras las ávidas manos del imperialismo norteamericano saquean, sin pudor, lo mejor de su patrimonio.

Los yanquis imponen y sostienen en el poder a sus incondicionales locales para vender sus productos manufacturados a precios siempre ventajosos. Pobre de aquel que niegue algo a un yanqui de aquellos que celebran cada día en la iglesia el vigor de sus instituciones democráticas internas. Los he visto persignarse con el cañón de la pistola. Cuando algún país desea sacudírselos, justificadamente, he visto cómo proporcionan armamentos a ambas partes beligerantes que se destruyen una contra la otra, y apoyar ilimitadamente, en el último momento, a la que resulte más conveniente de cara a sus inversiones. De esta manera, al quedar el sector triunfante comprometido con ellos deberá someterse a una explotación indefinida y humillante de todos sus recursos.

Diciembre 5 de 1913

Todos conocemos y hemos padecido la ausencia de respeto y consideración de Estados Unidos en sus relaciones con terceros, sobre todo si estos últimos son inferiores militar y económicamente a ellos. Hoy en día constituyen una potencia irresistible y una amenaza para el resto de la humanidad indefensa.

Diciembre 10 de 1913

Los norteamericanos han jugado desde 1847 con la intervención y la invasión armada. Los mexicanos tuvieron una experiencia traumática en esa ocasión al perder la mitad más rica de su territorio. No han convalecido todavía de esa profunda herida. Los norteamericanos, sabedores de esa situación y conocedores del temor que les inspira a sus vecinos la repetición de un acontecimiento tan lamentable como el que vivieron, explotan y lucran exitosamente con sus pánicos y temores.

La palabra invasión produce en México efectos realmente sorprendentes. Es la palabra prohibida, la palabra mágica para doblegar a sus gobernantes, preocupados y atemorizados siempre por la pérdida definitiva de su identidad nacional.

Porfirio Díaz prefirió retirarse ante la sola amenaza de una invasión de veinte mil hombres, por la frontera y puertos mexicanos.

Madero fue a su vez constantemente amenazado con una invasión por parte del propio Henry Lane Wilson, a base de telegramas, notas y ultimátums, hasta que logró que Madero, desesperado por la intervención americana, se echara a llorar como un crío indefenso.

Dos presidentes mexicanos, dos amenazas de invasión y dos derrocamientos, en lo que va de este siglo. Díaz se fue sin que prácticamente se disparara un solo tiro. Vio a los cadetes norteamericanos nuevamente en Palacio Nacional, la sangre, el desprestigio y la vergüenza y prefirió renunciar. A Madero tuvieron que matarlo después de cientos de amenazas intervencionistas. Con Huerta continúan con el conocido procedimiento de intimidación. O'Shaughnessy ya habló de invasión, Lind también. Bryan ni hablar y Wilson lo ha repetido en todos los tonos. Sin embargo, no creo que la invasión se realice. Asustar con ella ha sido siempre suficiente.

Se calcula que los Estados Unidos requerirían cuando menos medio millón de hombres para extinguir la revolución, destruir los ejércitos de las partes beligerantes e imponer al que resulte su mejor candidato. En consecuencia, la intervención en estos momentos les llevaría mucho tiempo, mucho dinero y buena parte de su prestigio internacional, puesto que Wilson ha sostenido ideas pacifistas y profesado un respeto escrupuloso a la soberanía de las naciones. La invasión convertiría en letra muerta toda la política de nueva libertad, proyectada al mundo por la Casa Blanca.

Debemos aceptar sin embargo que los norteamericanos son impredecibles. La más remota posibilidad puede traducirse en una dolorosa realidad si ellos administran la política. Es más, hasta la misma invasión puede ser factible dentro de su concepto de nueva moral imperialista, que ha resultado inentendible en Europa, donde los máximos expertos en política internacional pronosticaron un largo gobierno en manos de Victoriano Huerta, quien había accedido al poder por obra y gracia del poder yanqui. Los eruditos del Foreign Office vieron encumbrar a un dictador hecho a la medida del gran capital norteamericano y observan ahora su declive, con inconfesable sorpresa, a manos de él mismo.

Nadie ha creído en la sinceridad de Woodrow Wilson, ya que desde un punto de vista económico y comercial nos resulta inaceptable su desconocimiento del gobierno de Huerta. Nadie ha creído que el presidente Wilson tenga la personalidad para oponer su nueva moral política a los negocios de sus compatriotas. Sólo debe ser un disfraz para excluir al capital europeo de México. Si me equivoco y el rechazo de Wilson a Huerta responde a una auténtica intención de cambio político, veremos a Wilson recurrir a las armas para alcanzar paradójicamente las metas democráticas incluidas en su nueva moral imperialista. ¡Ése sería el espectáculo político del siglo!

Enero 10 de 1914

Cada presidente norteamericano tiene una justificación para invadir un país, intervenirlo, desconocer sus instituciones políticas, matar e imponer estilos de vida apoyado en pretextos personales ajenos a la voluntad política de las víctimas. Un presidente derroca porque a su juicio los intereses patrimoniales de sus compatriotas están amenazados en apariencia; otro lo hace porque considera inmoral y decadente que alguien llegue al poder por una vía distinta a la aceptada por sus convicciones políticas. Cada uno encuentra un motivo debidamente fundado. El hecho real es que los mexicanos han tenido que pagar caras las veleidades de sus vecinos, por lo que me resultan del todo irrelevantes los argumentos en que se pretenda apoyar cualquier futura invasión, independientemente de la causa o motivo que le den origen.

Enero 4 de 1914

Los intereses ingleses podrán sufrir un severo perjuicio si los americanos llegan a controlar todo el país, porque nos devolverían lo que les viniera en gana o nos lo pagarían al precio que su moral delirante considerara justo. Si se produjera una invasión nuestros intereses petroleros podrían pasar a manos norteamericanas. Ahora bien, tampoco nos conviene el triunfo carrancista, ya que el primer jefe ha desconocido todos los contratos, convenios o leyes emitidos por el gobierno de Huerta. Nadie negociará nada con México si antes no se consigue el aval moral de Estados Unidos. Cualquier país que preste dinero a México, a partir de la advertencia de Wilson, corre riesgos severos, puesto que cuando aplasten finalmente a Huerta, el sucesor recibirá del Tío Sam las instrucciones precisas para cancelar definitivamente los pasivos por insubordinación económica en territorio reservado para los negocios norteamericanos.

Enero 8 de 1914

Estados Unidos nuevamente resultará vencedor. Huerta se retirará y los constitucionalistas derogarán todo lo que hemos obtenido legalmente del dictador. Zapata no tiene los tamaños para la presidencia. La invasión norteamericana, como siempre, sólo beneficiará a los norteamericanos, que se apropiarán de nuestras inversiones más rentables. Sólo queda una solución realmente inaccesible: un nuevo interinato en la presidencia mexicana que negocie el armisticio y promueva la celebración inmediata de elecciones sin un Huerta, sin un Carranza, sin un Zapata y sin una invasión yanqui. Pero ésos son sueños y yo nunca he creído en los sueños.

Enero 17 de 1914

Si Lord Cowdray convence al embajador yanqui en Londres respecto a las ventajas de una intervención armada mixta entre Estados Unidos y Gran Bretaña, para repartirnos entre los dos lo mejor del país, principalmente en materia petrolera,[152] podría cambiar el aspecto de la presente situación mexicana. Lo contrario podría ser el final.

En otro orden de ideas, a Alemania le interesa que Inglaterra, ante sus repetidos fracasos exploratorios en Irán, se quede sin el petróleo mexicano. Nosotros no queremos una Inglaterra sin petróleo. Estados Unidos no tiene objeción en que Inglaterra lo tenga, siempre y cuando se respeten las jerarquías políticas y económicas en el continente americano. Inglaterra no quiere que los problemas en Europa, en particular con Alemania, se agraven mientras ella no encuentre una fuente confiable y permanente de abastecimiento energético. Es claro que, de haber guerra en Europa, la ganará el que tenga petróleo. En este contexto México juega un papel significativo. Por esa razón el káiser desea que se nacionalicen los transportes petroleros en México y se invite a Alemania a participar en la nueva empresa naviera subsistente. Precisamente para controlar hasta la última gota de petróleo que se mueva en México y tratar de anular de esa forma cualquier movimiento inglés.

Enero 20 de 1914
Bryan pidió mi destitución desde la Casa Blanca, cuando conoció mi creciente influencia en Huerta, así como el número de concesiones petroleras que había logrado obtener a nombre de El Águila, S.A., desde mi presentación de cartas credenciales. Soy una víctima más de la diplomacia petrolera americana. Supe el otro día que Tyrrell, secretario particular del Ministro Grey, comentó durante una cena en la embajada italiana en Londres, lo que le había dicho a Bryan en Washington en relación a los problemas mexicanos.

—Señor Secretario de Estado, habla usted como un alto funcionario de la Standard Oil.[153] Parece que usted propone lo mismo que ellos para resolver el conflicto político mexicano.

Entrado el mes de enero de 1914, Carden e Hinze le exigieron al presidente mexicano su renuncia. Huerta suspendió el servicio de la deuda internacional de México.[154] Se derrumbaba. Limantour había acertado. Bien pronto todas las comunicaciones ferrocarrileras con Estados Unidos fueron controladas por los constitucionalistas.

Ya en su poder Matamoros se hicieron de Piedras Negras, Ojinaga y Nuevo Laredo. Las aduanas de Tampico y de Veracruz cobraron gran importancia por su elevada capacidad tributaria en dólares y por ciertos cordones que todavía ligaban al huertismo con el comercio exterior. Ambos blancos se tradujeron en prioridades definitivas. Después tomaron Torreón, centro del rico distrito agrícola de La Laguna e importante enclave ferrocarrilero conectado con Chihuahua, Durango, Monterrey y Zacatecas.

Victoriano Huerta sólo se sostenía por el clero, los terratenientes y el ejército, además de la compañía petrolera El Águila, S. A., representada por Lord Cowdray y el embajador Carden.

El avance constitucionalista era incontenible. Villa, impetuoso e irreflexivo, obtenía buenos logros. Obregón, segundo hombre del carrancismo, se constituía en un colosal estratega, siempre triunfador.

—¡Ratas![155] —Ésa fue la respuesta que Woodrow Wilson anotó personalmente en el reporte que el Encargado de Negocios de la embajada norteamericana en México envió a Bryan con el objeto de comunicarle los temores que abrigaba respecto al triunfo Constitucionalista, el cual sólo reportaría al país, a su juicio, anarquía y la comisión indiscriminada de atrocidades. Bryan hizo acto de aparición en la Casa Blanca con el objeto de trasladar al presidente Wilson un comentario respecto al conflicto chino, cuando éste le pidió su opinión respecto al reporte de O'Shaughnessy.

—Sí, Woodrow. Lo leí esta mañana con detenimiento.

—Ratas, son auténticas ratas esos mexicanos. Nos oponemos a Huerta porque resulta que es un sanguinario usurpador y apoyamos a una facción que se ostenta como defensora del orden y de la Constitución, opuesta al tirano asesino, y ahora resulta que los mismos que proclamaron el respeto a la ley y el retorno de la democracia son precisamente aquellos de los que tememos la comisión indiscriminada de atrocidades. ¡Ratas, William, sólo ratas! Ya no tenemos con quién negociar en México. Villa parecía ser el hombre capaz de mantener el orden nacional en ausencia de Huerta, puesto que todos sus soldados le profesan un reconocimiento y sumisión casi religiosos. Sólo que sucede que Villa no es confiable por su escandaloso desequilibrio emocional. Igual sabemos que fusila irreflexivamente dentro de uno de sus conocidos arrebatos, que llora abundantemente ante una experiencia sentimental con sus superiores, amigos o subordinados.

¿Cómo vamos apoyar y a controlar en una segunda instancia a un sujeto como Francisco Villa en el Palacio Nacional de México si sabemos que se conduce a base de prontos, rabietas y venganzas impulsivas? No debemos olvidar, querido William, que fue Villa quien precisamente inició las expropiaciones agrarias masivas* desde que comenzó la revolución y que fue el primero en atentar contra la propiedad privada territorial en términos prácticos y efectivos.[156]

Por lo que hace a Zapata, su formación cerril le impedirá superar la etapa de salvajismo que lo ha descalificado para cualquier tarea política de verdadera envergadura.

---

* El 21 de diciembre de 1913 Villa, nombrado poco antes gobernador de Chihuahua por los generales de la División del Norte emitió un decreto que tendría profundas consecuencias, ya que anunciaba la expropiación sin compensación de las propiedades de la oligarquía mexicana en el estado. Véase F. Katz, *La guerra secreta en México*, Vol. I, pág. 164.

Como verás, sólo me quedan dos candidatos con la personalidad necesaria para ocupar la presidencia de México a la salida del usurpador: Venustiano Carranza y Federico Gamboa.

—Yo, por mi parte —dijo Bryan—, pienso que debe ser Gamboa, toda vez que tiene experiencia política y diplomática, aun cuando es hombre del huertismo, pero nos podría ser de mucha utilidad por su arraigo en México y por sus convicciones religiosas.

—Es válido, Bryan, es válido lo que dices —dijo el presidente, al tiempo que arrojaba la pluma sobre la carpeta de informes de las diferentes embajadas de Estados Unidos en el mundo y se ponía de pie—. Sólo que he reflexionado un buen rato al respecto y tengo algunas conclusiones que quiero comentarte:

Hemos tenido muchos fracasos y diferencias con Carranza, por lo que he llegado a analizar la posibilidad de invadir México para largar, de una vez por todas a Huerta e impedir que Carranza llegue al poder, cediéndoselo a Gamboa. Sería, como ves, un triple movimiento.

—Suena lógico, Woodrow, sólo que no esperes una respuesta amable de Carranza, de quien ya sabemos que es un terco intransigente que no parece haber comprendido la superioridad económica y militar de Estados Unidos. Es claro que nos meteríamos en una guerra larga con México, ya que los carrancistas se opondrán a viva voz. Ahora bien, por la vía de la negociación es claro que ni Huerta entregará el poder a Gamboa ni Carranza cederá todas las ganancias militares, ni siquiera en favor de un connotado huertista ni de nadie en particular. Él espera ser el único beneficiario de su esfuerzo.

—Ése no es mi principal obstáculo. Carranza no me serviría ni para un diente si yo me fuera encima de él. Hay otros inconvenientes que le favorecen en esta coyuntura política internacional. Mira: yo me he proyectado como el campeón de la autodeterminación en el mundo y resulta que ahora demuestro la invalidez práctica de mi tesis política al invadir a mi vecino sin mayores contemplaciones. No puedo hacerlo. Quedaría como un auténtico embustero.

Por otro lado, para como veo las cosas en Europa, no es de descartarse una conflagración continental que podría sorprender a nuestro ejército ocupado en la extinción de salvajes y no en la defensa de nuestros aliados y de nuestros mercados en el viejo continente.

—Creo que Japón y Alemania nos darán serios dolores de cabeza, Woodrow —comentó el Secretario de Estado—. Y viéndolo bien no sería conveniente que nada ni nadie nos sujetara las manos. El caso de Haití y el de la República Dominicana tenían otro grado de dificultad logística y mucho menos compromiso político internacional.

Wilson sólo deseaba justificaciones morales para intervenir.

Ahora bien —continuó el presidente sin comentar la respuesta de su subordinado—, a cambio de que no llegue Carranza al poder no puedo reconocer repentinamente a Huerta. Sería mi suicidio político. Sin embargo, debemos aceptar que los revolucionarios ya controlan prácticamente medio país, mientras Huerta se encuentra en plena retirada, asfixiado financieramente y sin el apoyo europeo. Siento decirte que es tarde para detener por la vía de las negociaciones a los constitucionalistas. Ellos son los vencedores. Tendría que imponer a Gamboa por la fuerza de las armas. No puedo. Tendría que detenerlos a ellos mismos por medio de la violencia. No puedo. Tendría que reconocer a Huerta. No lo haré. Huerta y Carranza deberán ceder a favor de Gamboa. No lo harán. Nadie podrá detener a los rebeldes y por lo mismo debemos jugárnosla con ellos hasta el fin, ante la imposibilidad política y militar de su contención. Por lo mismo, he decidido levantar el embargo de armas y reconocer a los constitucionalistas como parte beligerante.[157] No tengo otro remedio que jugármela con Carranza.

—¿No te parece peligroso dejar tan clara y vulnerable la posición de Estados Unidos?

—Siempre ha sido clara, William. Todos saben que consideramos a Huerta como un auténtico indeseable. Para nadie será una sorpresa.

—¿La decisión también significará que los federales pueden comprar armas en Estados Unidos al igual que los constitucionalistas? —preguntó Bryan.

—En efecto, así será, pero con dos salvedades a favor de la causa rebelde. La primera, que el clandestinaje elevaba los precios y por ende mermaba los recursos constitucionalistas. Con esta medida se abaratarán las armas en su beneficio. En segundo término, muy pronto quedarán tomados por los carrancistas los puntos fronterizos que comunican a los Estados Unidos con México. Los huertistas también podrán comprar armas, pero se les dificultará sensiblemente su transporte hasta territorio mexicano. Por otro lado, nuestros agentes especiales nos han informado que los objetivos prioritarios carrancistas consisten en hacerse, a la brevedad posible, de Tampico y Veracruz, con lo cual se le dará el tiro de gracia al huertismo.

—Lind siempre nos recomendó la toma de los puertos del golfo mexicano para que el dictador cayera por su propio peso —señaló Bryan—. Es cierto que llegó la hora de hacerlo y de precipitar los acontecimientos puesto que en el mes de marzo entrante cumplimos ya un año de pesadilla huertista, que causa serios estragos en la imagen del gobierno de Estados Unidos ante las potencias europeas y ante nuestros propios petroleros que no entienden nuestra aparente inmovilidad dentro del conflicto y, por contra, desesperan por las jugosas concesiones otorgadas a los ingleses y se angustian por el giro de las hostilidades hacia el Golfo de México, donde radican sus instalaciones más costosas y los yacimientos petrolíferos más abundantes.

—¿Te han seguido acosando? —preguntó el presidente, sin mostrar mayor sorpresa.

—Sí, Woodrow, permanentemente tengo a sus representantes en el Departamento de Estado. Un grupo de cinco petroleros, presidido por

Edward McDoheny, me ha solicitado con insistencia una entrevista contigo para plantearte la creación de un *buffer state* en los estados de Tamaulipas, San Luis Potosí y Veracruz.[158]

—¿En qué consistiría en la práctica?

—Sostienen ellos, junto con el Departamento de Guerra, que el petróleo mexicano es vital para los intereses de Estados Unidos, razón por la que consideran conveniente aislar los yacimientos, instalaciones y puertos de embarque de la violencia revolucionaria a través del establecimiento de una línea fronteriza vigilada por nuestras tropas, para impedir la destrucción y el sabotaje de todo ese patrimonio que ya no es propiedad de México, sino de toda la humanidad.

—¿Quieres decir que proponen la creación de un estado petrolero dentro del propio país?

—No sólo ellos, Woodrow. Los consejeros militares de la Casa Blanca proponen exactamente lo mismo, al igual que el grupo influyente del Senado, presidido por el Senador Fall, íntimo amigo de McDoheny, quien, además, solicitó en el Congreso que nuestra Marina vigilara y observara tanto los puertos de embarque como las zonas petroleras en sí, con el objeto de que nuestra armada apoyara nuestras actividades en el propio territorio mexicano.

El presidente alisó silencioso su generoso bigote y miró fijamente a la cara de Bryan, quien, al no comprender la actitud del Jefe del Ejecutivo, pensó que había cometido una carísima equivocación. Wilson se dirigió, a continuación, a la ventana, como era su costumbre. Bryan descansó.

—Me parece una idea ingeniosa —dijo el presidente satisfecho—. Esos bárbaros mexicanos son capaces de extraerse los ojos mutuamente, de inferirse daños irreparables y de destruir todo su país con tal de obtener la victoria. Creo que hasta en las revoluciones deberían existir ciertas reglas éticas de comportamiento patriótico, pero los mexicanos ignoran en estos momentos cualquier lenguaje distinto al que escupen las bocas de los cañones. Me gusta tu argumento del *buffer state*. Estúdialo más a fondo, con una salvedad, no quisiera dejar un destacamento permanente de nuestra armada en México. Cuida ese aspecto.

—Lo haré, Woodrow —contestó sonriente el Secretario de Estado—. Creo que protegeríamos una fuente importante de abastecimiento energético, tranquilizaríamos a nuestros militares y, lo más importante, la inversión norteamericana recuperaría la calma al recibir finalmente el apoyo y la comprensión tan insistentemente solicitados. En realidad, el sector de la economía mexicana que ha crecido más aceleradamente ha sido el petróleo. Los datos de su dinámica evolutiva indican en 1901 una extracción insignificante de 10,345 barriles que, comparados con los 26 millones de barriles extraídos en todo el país, sólo trece años después, reflejan fielmente el interés de nuestra gente y explican el desmedido interés británico por la política mexicana.[159]

—Veo que manejas información actualizada —repuso con picardía el presidente.

—Bueno —contestó Bryan sonrojado—, como Secretario de Estado tengo que tener en las yemas de los dedos los intereses que mueven la política mundial. La información oportuna es la mejor herramienta en la toma de decisiones para la consolidación del poder norteamericano.

Una actividad económica que capta ingresos anuales del orden de treinta millones de dólares creo que merece nuestra consideración, Woodrow —agregó Bryan con el ánimo de justificarse.

—Bromeaba, William, bromeaba. Es conveniente tranquilizar a los petroleros, pues ya empiezan a molestarme en el Congreso y su oposición declarada me puede resultar muy gravosa y desagradable.

Al despedirse, Bryan sintió no haber agotado el tema de los constitucionalistas.

—Sería bien conveniente encontrar la forma idónea de controlar a Carranza. Comparto tu punto de vista. Él es el ganador. Sus existencias en material bélico no se extinguirán antes de largar a Huerta. En este momento los constitucionalistas ya no tienen obstáculo y se dirigen presurosos a coronarse con los laureles del éxito.

—Cierto —refunfuñó molesto el presidente—. Es urgente encontrarla, puesto que el famoso don Venustiano me ha dado muestras claras y directas de una insolencia y terquedad insospechadas.

Acuérdate del caso Benton.[160] Carranza obligó a los ingleses a negociar con él y al evitar exitosamente nuestra intermediación impidió la aplicación de la doctrina Monroe en México. Obligó al agraviado a dirigirse directamente a él para resolver el conflicto. Nosotros fuimos ignorados a pesar de que nuestra presencia ha sido determinante en el soporte de su movimiento. Te repito: ¿qué hubiera sido de Carranza si nosotros lo dejamos solo con sus escasas huestes frente a un dictador militar de la talla de Victoriano Huerta?

—Así es, Woodrow. Claramente me acuerdo del disgusto que nos dio a la sazón; sin embargo —agregó Bryan—, creo que fue aún más lejos el Primer Jefe cuando nosotros accedimos a las sugerencias del clero mexicano, del ejército y de los terratenientes en el sentido de apoyar a Federico Gamboa como Presidente de la República a la salida o renuncia de Huerta.

—A nosotros nos convenía la propuesta dado que permanecería intacta la estructura porfirista, incluido el ejército, sin un Huerta, sin un Carranza y sin un Villa. Gamboa sabe comer en una mesa, no escupe, no asesina, habla tres idiomas y nos respeta escrupulosamente. Era la fórmula ideal. Pero de nueva cuenta el famoso don Venustiano se negó en términos definitivos. Para hacerlo cambiar de opinión era menester el empleo de una fuerza invasora y tuvimos que desistir. Negó nuestra intervención rotundamente. Sin embargo —concluyó el presidente—, cuando le sugerí a Carranza a través de nuestro agente especial la conveniencia de una ocupación norteamericana en los territorios ya controlados por los constitucionalistas para permitir que éstos concentraran todos sus esfuerzos en un golpe final en la espina dorsal de la dictadura, me salió este típico mexicano malagradecido con una franca y declarada oposición a lo que él llamó, elegante y cínicamente, una intromisión norteamericana en los asuntos internos de México. Por si fuera todavía poco, no sólo impidió nuestra participación directa y rechazó nuestra colaboración desinteresada, sino que tuvo los arrestos y la osadía de amenazarnos con una lucha sin cuartel contra nuestras tropas si osábamos poner pie en territorio mexicano.[161]

—No es difícil imaginar la conducta que observará Carranza respecto a Estados Unidos cuando llegue al poder si ya en estos momentos de su campaña militar nos enrostra una ostentosa insolencia y una independencia inadmisible —agregó Bryan.

—Ésa es precisamente mi preocupación —dijo el presidente cuando ya se dirigía a su silla y el Secretario de Estado, de pie, se aprestaba a despedirse—. Sólo que tengo una idea verdaderamente promisoria, de cuya factibilidad se desprenderá una solución global, sorpresiva e inesperada a estas alturas del conflicto.

—¿Se puede saber cuál es el as que escondes en esta ocasión? —inquirió curioso y suspicaz Bryan.

—Todo el concepto está en proceso de maduración. Tan pronto fructifique lo haré inmediatamente de tu conocimiento —contestó Wilson sonriente.

Bryan cerró la puerta sin ocultar una mirada saturada de admiración y reconocimiento al talento creativo de su jefe. "Sus intrigas y misterios, en mi caso personal, se traducen en insomnio", pensó.

Wilson volvió a sus reflexiones. "Todo lo que necesito es una provocación".

Las sugerencias de los petroleros norteamericanos habían recibido el apoyo del Presidente de los Estados Unidos. Barcos poderosos de la marina de guerra americana vigilaban atentamente los menores movimientos en las instalaciones petroleras yanquis, principalmente las de Tampico y Veracruz. Los navíos justificaban la violación jurisdiccional, apoyados en el sobado argumento de la protección de los intereses y personas de nacionalidad norteamericana. Válido o no, los bajeles armados se encontraban surtos en aguas nacionales mexicanas. El ejército rebelde concentraba buena parte de sus esfuerzos en una implacable campaña en el noroeste del país. La toma militar del puerto de Tampico constituía un objetivo prioritario, tanto por su importancia económica y comercial como por su estratégica localización fronteriza al sur de Estados Unidos. Victoriano Huerta empezaba a tambalearse política y financieramente. Wilson observaba los acontecimientos con satisfacción. Villa y Obregón avanzaban al sur. La pólvora había sido cuidadosamente colocada. Faltaba una chispa, faltaba sólo un pretexto al Presidente de Estados Unidos y lo encontró en un momento, a su juicio, oportuno para influir en los acontecimientos. Este pretexto infantil y cómico pudo haber sido consignado en el libreto de una ópera bufa de no haber sido por el sangriento desenlace sufrido dramáticamente por varios cientos de jóvenes mexicanos y sus humildes familias.

Una mañana del mes de abril de 1914, en Tampico, en una pequeña lancha para abastecerse de gasolina, un grupo de marinos yanquis desembarcaba. Al no llevar consigo la autorización portuaria respectiva, son aprehendidos un par de horas y liberados inmediatamente por instrucciones precisas de la capitanía militar del puerto. Las explicaciones turnadas al comandante norteamericano fueron desechadas groseramente por éste, considerándolas del todo insuficientes. Se solicitó, a cambio, que los cañones mexicanos saludaran con 21 salvas a la bandera norteamericana en señal de desagravio por la vejación sufrida por el gobierno y el pueblo norteamericanos, representados en las personas de los marinos yanquis.

Toda solicitud fue rechazada. Los cañones mexicanos no se humillarían ante la enseña de las barras y las estrellas. El incumplimiento a la satisfacción requerida conduciría al desembarco masivo en Tampico a modo de represalia para sancionar a los presuntos secuestradores y a sus superiores.*

Entre tanto, el famoso *Ipiranga* volvió a hacer acto de presencia en el escenario histórico de México, al aproximarse a Veracruz, cargado, en esta ocasión, de armamento adquirido en Estados Unidos y triangulado a través de Europa.[162]

Súbitamente se olvidó la afrenta. Se olvidaron los honores gravemente mancillados, las reclamaciones vindicatorias apoyadas en la indefensión, los cañonazos, los himnos y las amenazas. El gobierno norteamericano, presidido por Woodrow Wilson, con toda su dignidad empañada por la privación momentánea de la libertad de sus seis marinos en el municipio de Tampico, ordenó a sus barcos, ante el asombro del mundo, dirigirse a Veracruz para impedir el desembarco del material bélico del glorioso *Ipiranga*.

La nueva irrupción del carguero alemán en el escenario político mexicano dejó al descubierto las verdaderas intenciones del Jefe de la

---

* Según Kenneth Grieb, *The United States and Huerta*, pág. 147, Wilson insistió en el saludo para rescatar la dignidad nacional y el Congreso norteamericano le concedió amplios poderes por 323 contra 9 para realizar una intervención armada en México. (Véase F. Katz, *La guerra secreta en México*, Vol. I, pág. 228.) Desde luego Albert Fall, socio petrolero de Edward McDoheny, desarrolló una importante labor de convencimiento en el Congreso.

Casa Blanca. Quedó entonces claro que la reparación del daño moral sufrido en la dignidad norteamericana podía esperar... El silencio insolente de los cañones mexicanos ya no ofendía a las altas jerarquías democráticas del gobierno yanqui. La intolerable infracción cometida, al verse privada mágicamente de sus agravantes, bien pronto se desvaneció en la nada. El ridículo hizo acto de presencia junto con el escarnio diplomático. Los objetivos finales norteamericanos quedaron expuestos a la intemperie. Consistían en privar al gobierno mexicano de sus dos fuentes restantes de abastecimiento sustancial de divisas, captadas a través de los gravámenes impuestos al comercio exterior y recaudados por las aduanas marítimas de los puertos de Tampico y Veracruz. "Sin dólares y sin libras esterlinas conoceremos finalmente a un Huerta desarmado, puesto que en México no se fabrican ni siquiera cartuchos de juguete".

Cuando Huerta confiscó los impuestos aduaneros destinados a la amortización del servicio de la deuda pública exterior de México, suspendió los pagos respectivos y utilizó los recursos confiscados en la compra de material bélico, Woodrow Wilson se vio forzado a dar un paso más. Los navíos yanquis de guerra pusieron proa a Veracruz. Los pretextos ya eran irrelevantes. No medió declaración de guerra aun cuando el Congreso norteamericano concedió amplísimas facultades al presidente para intervenir en México. Las sonrisas sarcásticas bien pronto se congelaron en los rostros de los diplomáticos extranjeros que concurrían gozosos al *big show* de la nueva moral imperialista. Los defensores de Veracruz volaron por los aires al detonar los obuses norteamericanos, lanzados desde el mar por la marina de guerra norteamericana. La comedia se convirtió en drama. La amenaza se materializó en forma de destrucción y muerte. El acero yanqui volvió a perforar las carnes oscuras, fláccidas, del México independiente.

Cayó Veracruz en manos de extranjeros; más tarde caería Tampico en manos constitucionalistas. Carranza se niega furioso a colaborar con Wilson en el derrocamiento del usurpador. Villa vende la causa y externa sus deseos de aliarse a Estados Unidos con tal de ganarse su buena voluntad y perjudicar a Carranza.[163] Huerta pensó en el *Ipiranga*. Sólo estaba el Dresden. El asesino de un Presidente de la República y de un Vicepresidente, de notables figuras políticas de la época, de legisladores, periodistas, poetas, indios yaquis y mayas, presentó su renuncia el 14 de julio de 1914, ante el acoso incontenible de Álvaro Obregón.

> Dejo la Presidencia de la República llevándome lo mejor de las riquezas humanas, pues declaro que he depositado en un Banco, que se llama la conciencia universal, la honra de un puritano al que yo, como caballero, exhorto a que se me quite esa propiedad. Que Dios bendiga a ustedes y a mí también.[164]

Nuevamente el frágil choque de las copas de champagne se escuchó del otro lado de la frontera norte.

A bordo del buque del káiser se escuchaba también un tintineo distinto al cristal. Victoriano Huerta contaba uno por uno medio millón de marcos de oro, además de los cheques por cantidades importantes, mucho mayores al efectivo, y otros valores.

Huerta y el general Blanquet estaban abundantemente provistos de dinero para el viaje, lo mismo que las damas con sus joyas.* Blanquet, después de depositar sus vastísimos "ahorros" en las cajas de seguridad del barco, esperó en cubierta a Victoriano Huerta. Ambos empezarían a diseñar la estrategia militar para recuperar el poder, ahora no con el apoyo de los dólares, sino de los marcos alemanes. El káiser alegaba asfixia dentro de sus fronteras, advertía la proximidad inmediata de una conflagración europea y deseaba excluir a los norteamericanos de su participación, por lo menos en la primera etapa del conflicto.

México jugaría un primerísimo papel por su riqueza petrolera y por su apetitosa colindancia con Estados Unidos.

"¿Quiénes son los enemigos irreconciliables de los Estados Unidos?", se preguntaba Federico Guillermo II en su ostentoso Palacio de Verano en el sudeste bávaro.

---

* El capitán del *Dresden* a Guillermo II, 26 de julio de 1914. Véase F. Katz, *La guerra secreta en México,* Vol. I, Ediciones Era, pág. 286.

V. LA LEYENDA NEGRA DE TLAXCALANTONGO

...ningún país debe intervenir en ninguna forma y por ningún motivo en los asuntos interiores de otro. Todos deben someterse estrictamente y sin excepciones al principio universal de no intervención.

Venustiano Carranza
lo. de septiembre de 1918

"Corresponde a la Nación el dominio directo —inalienable e imprescriptible— del petróleo y todos los carburos e hidrógeno..."

Artículo 27 de la Constitución de 1917

Victoriano Huerta llevaba tres largos meses en Europa junto con Blanquet, dedicado integralmente al despilfarro del dinero robado de las menguadas arcas nacionales y a precipitarse en un acelerado proceso de alcoholización más intenso en cantidad y en calorías que el de sus mejores días en México.

Recibía constantemente visitas, en particular enviados del káiser, quienes le habían hecho el ofrecimiento formal de financiar todo un movimiento revolucionario para volver a colocarlo al frente de la Presidencia de la República.[165] ¿Justificaciones? México jugaba un papel fundamental dentro del programa bélico del káiser por dos razones básicas: la vecindad con los Estados Unidos y su riqueza petrolera de la que dependería Inglaterra y de la que podría también prevalerse la propia Alemania. En ese orden de ideas era muy importante para el gobierno alemán contar con un títere accionado desde Berlín para envolver, en caso dado, a los Estados Unidos en un conflicto con México en el evento de una guerra europea.

Huerta ya había recibido del káiser varios cientos de miles de dólares para la compra de armas y el reclutamiento de tropas en México.[166] Sólo perfeccionaba algunos detalles de logística con el alto mando alemán, para echar a andar el programa de inmediato.*

Por su parte, la inteligencia americana seguía todos los pasos de Huerta en Barcelona y registraba meticulosamente la identidad de las visitas recibidas. El gobierno yanqui estaba al tanto del proyecto alemán y esperaba la oportunidad idónea para desbaratarlo de un solo golpe. Nuevamente, Pascual Orozco, el mercenario Pascual Orozco, fue invitado también a la jugada.

La tensión en Europa era cada día más creciente y un pretexto nimio podría desatar las hostilidades en cualquier momento.

---

* Los alemanes habían depositado, efectivamente, 895,000 dólares en diferentes cuentas a favor de Huerta y habían asegurado el envío de importantes volúmenes de municiones y rifles que los submarinos alemanes (U-Boats) deberían depositar en las costas mexicanas para armar la revolución en contra de Carranza y volver a colocar a Huerta en la Presidencia de la República. Ver nota no.166.

Mientras tanto, en México surgía una irreparable escisión entre los vencedores de la revolución. Villa se separaba del grupo en el poder. Los celos y la desconfianza del Primer Jefe hacia su persona lo aislaron del mando y del primer plano del constitucionalismo victorioso. Una lucha intestina por el poder, entre los triunfadores, hacía retemblar el piso como la estampida de mil caballos. La destrucción del país parecía no haber llegado a su fin. Surgían dos grupos igualmente poderosos, convencidos de sus merecimientos políticos para ocupar la Presidencia de la República. Ambos empezaron a jalonearla como a una prostituta barata. El país pagaría las consecuencias.

Por su parte, Estados Unidos nunca había reconocido diplomáticamente a Huerta y había elegido incluso la intervención militar para derrocarlo. Por si fuera poco, Wilson no veía ahora tampoco en Carranza las calificaciones necesarias para ocupar la Presidencia Mexicana y se negaba también a concederle su aval político. La estrategia económica carrancista había preocupado a los inversionistas americanos, en particular a los petroleros y, en consecuencia, al Jefe de la Casa Blanca, quien muy pronto confirmaría sus suposiciones en torno a la figura del Primer Jefe Constitucionalista.

Venustiano Carranza había preferido cabalgar durante tres semanas para entrevistarse en Sonora con Álvaro Obregón, que hacer el viaje en tren desde Coahuila a través de territorio norteamericano con el consecuente ahorro de tiempo y de incomodidades. Deseaba demostrar en cualquier circunstancia su autonomía y su sentido de la independencia ante el gobierno de Estados Unidos.

Los dos destacados jefes rebeldes, sentados improvisadamente al pie de un frondoso roble, disfrutaban la generosa sombra de su copa y mitigaban la sed y el calor con agua de un manantial cercano.

—Veo la mano del presidente yanqui a cada momento, con el menor pretexto y en cualquier ocasión. La veo vestida elegantemente con un guante de terciopelo o disparando los cañones de sus barcos de guerra —advirtió Carranza dentro de un profundo malestar—. La veo intervenir en la firma de contratos, en la toma de las decisiones vitales, en las máquinas impresoras y hasta en nuestros periódicos.

Esa mano ciega busca por todos los medios sujetarme de la garganta para no soltarme jamás. Si esto llegara a suceder alguna vez —sentenció sobriamente— será bien difícil volver a retirarla de la tráquea del país. La he pateado, la he arañado, la he esquivado, la he, incluso, mordido y sin embargo vuelve tras de mí incansable, mecánica y fría. A lo largo de toda la revolución he tenido que combatir también con ella.

Carranza vivía permanentemente preocupado por la política intervencionista de la Casa Blanca, siempre capaz de cambiar el rumbo de los acontecimientos internos de México. Buena parte de su atención la acaparaba el diseño de una estrategia para impedir la participación americana abierta o encubierta en los asuntos del país.

—¿Lo dices por lo de Veracruz, Venustiano? —preguntó inmutable Obregón.

—Desde luego que sí. Wilson ya me había ofrecido su apoyo militar, siempre incondicional, a su estilo, tú sabes, en las plazas tomadas y controladas por nosotros, a lo cual me negué terminantemente. Si se meten, nunca los sacas, salvo que les entregues la otra mitad del país, y si por contra cometieras el gravísimo error de dejarlos entrar, entonces los gritos de traidor se oirían en todo el país a lo largo de todas las generaciones venideras de mexicanos.

Si hubiéramos aceptado la ayuda militar yanqui para precipitar el derrocamiento de Huerta, el día de hoy nos hubieran impuesto tales condiciones leoninas para retirar sus tropas que hubiéramos tenido que hipotecar México para siempre —sentenció Carranza sereno.

—No tengo la menor duda que hubieran saboteado cualquier negociación con tal de no evacuar al país para salirse con la suya y fundar simultáneamente ante el mundo nuestra intolerancia, Venustiano. Ésos son los gringos —concluyó Obregón pensativo—, son verdaderos costales de culebras amañadas.

—Cuidado con los yanquis, siempre tengamos cuidado con ellos —advirtió el Primer Jefe del Ejército Constitucional, con la tez enrojecida por el efecto del sol y con los ojos escondidos tras unas gafas oscuras que ya empezaban a ser famosas—. Ellos son como los erizos, por donde los tomas te pican.

Obregón festejó con una sonrisa la expresión de Carranza, puesto que su lenguaje sobrio le impedía expresarse a base de metáforas.

—Todos los jefes de estado mexicanos —continuó diciendo—, interinos, sustitutos, incluso usurpadores, dictadores y hasta los miembros de juntas de gobierno, todos, Álvaro, todos —tronó cortante—, han de haber tenido siempre dos preocupaciones centrales: retener el poder a través del control militar e impedir una invasión armada originada en las políticas económicas internas.

Álvaro Obregón se recostó en el suelo sobre su silla charra y apoyó la cabeza en un colorido sarape desgastado. Disfrutaba escuchar en boca de su jefe los planteamientos respecto a su política exterior.

Carranza continuó verdaderamente motivado al confirmar el vivo interés de su interlocutor.

—Es una farsa hipócrita la que utilizan para amenazarnos con las bayonetas. Siempre el argumento infantil de la protección de las personas y bienes de los ciudadanos mexicanos. ¿Quién se los va a creer, Álvaro? ¿Cuándo has comprobado que a Estados Unidos le importen los hombres? —preguntó irritado el Primer Jefe—. Sólo los bienes, su patrimonio y sus intereses —se contestó solo—. Ésa es la verdad y ninguna otra más —exclamó convencido—. El dinero. La formación y protección de su capital, eso es todo lo que les preocupa. Cuando los Estados Unidos externan inquietud por sus ciudadanos en sus ultimátums, en sus notas diplomáticas y en sus reclamaciones, sólo pretenden vestir sus verdaderas intenciones con una indumentaria humanista, sin la cual carecerían de justificación moral para atropellar y cometer todas sus arbitrariedades y vejaciones —concluyó hastiado—. Primero —agregó incontenible—, se les apeteció la riqueza territorial de México. Se hicieron de más de la mitad de ella. Ahora dedican sus mejores esfuerzos a explotar, desde luego a título gratuito, nuestros recursos naturales, como si fuéramos una colonia bananera más.

Obregón ocultaba su sorpresa ante los comentarios espontáneos del líder del Plan de Guadalupe, quien era conocido por su hermetismo. Decidió no interrumpir.

—Taft apoyó a don Pancho Madero porque Díaz, a su juicio, entregaba el país a la inversión europea. Don Porfirio vio venir el fin de sus días paradójica y curiosamente con el surgimiento de México como una prometedora potencia petrolera. Llega después don Pancho Madero al poder y hasta los periódicos señalaron cómo la Standard Oil financió su campaña militar, mientras Taft proporcionaba el apoyo político.

—¿Por qué siempre los petroleros americanos resultan involucrados al plantearse un problema político en México? Existen otros sectores en la economía, ¿o no, Venustiano? —preguntó interesado Obregón.

Carranza repuso, con la vista clavada en el horizonte, que era imprescindible analizar si alguna concentración importante de riqueza había sido rozada con cierta medida de política económica para encontrar la repercusión en las instituciones mexicanas. Luego agregó:

—No es remoto que la Standard Oil haya desarrollado su mejor esfuerzo para comprar a don Pancho. Sin embargo, la honorabilidad del Presidente Madero no ha sido cuestionada, independientemente de que nunca pasó aprietos financieros como los nuestros. —En seguida se cuestionó para fundar su aseveración—. ¿Cuántos integrábamos su ejército? ¿Cuánto tiempo duró activa su campaña militar? En razón del costo y de la duración del movimiento maderista, dudo que haya necesitado dineros ajenos para financiarlo. Ese argumento tira por el suelo la acusación.

Obregón también dudaba que la campaña revolucionaria de Madero hubiera sido financiada por la Standard Oil, sin embargo insistía con vehemencia: "¿Por qué la prensa acusa entonces sólo a los petroleros y no a cualquier otro sector de la inversión yanqui en México?

Si en México se produce un acontecimiento político importante, debemos buscar sus raíces en algún conflicto económico de gran envergadura. Busca siempre la explicación en las grandes fortunas", volvió a aconsejar Carranza.

—La Standard no se iba a resignar a perder los ricos campos petroleros mexicanos mientras Díaz graciosamente se los entregaba a los ingleses. Es claro que estaban dispuestos a todo. Cuando cae don Porfirio los petroleros pusieron en don Pancho sus mejores esperanzas para realizar grandes negocios, porque a su juicio hablaban el mismo idioma, dado el patrimonio y la formación industrial de Madero. Pero se equivocaron, todos lo sabemos: el presidente nunca entró en componendas con ellos ni cedió a las presiones ejercidas en su contra; antes bien, se enfrentó a ellos con valentía y patriotismo y por eso acabó con un tiro en la cabeza. Todo por el dinero, Álvaro. El dinero —señaló Carranza con un dejo de tristeza.

Obregón deseaba por su parte externar sus puntos de vista y su nivel de información para no dejar la entrevista a nivel de un mero monólogo doctoral de Carranza. El sonorense deseaba consolidar en todo momento su imagen política ante su superior.

—La mejor prueba de lo que dices la tienes en Tampico —agregó Obregón—. El Presidente de los Estados Unidos no envió una poderosa escuadra armada hasta los dientes sólo para proteger la vida del Cónsul o la de los treinta norteamericanos residentes. Desde luego desearían asegurarse los yacimientos petroleros de la costa del Golfo entre otros objetivos. Por eso están aún en Tampico, porque el patrimonio norteamericano a tutelar es muy superior al costo de la movilización militar.

—Desde luego que sí —repuso Carranza terminante—. Querían correr a Huerta y demostrarles a sus inversionistas locales el apoyo invencible e incondicional de la Casa Blanca. A nosotros, los constitucionalistas, querían intimidarnos. Mira Álvaro —se movió el Primer Jefe para dar unos breves pasos—, si los dejamos que nos saqueen nos llenarán el pecho de medallas como a Don Porfirio, y si no los dejamos, preparémonos para el sabotaje, la destrucción masiva del país y para nuestra propia desaparición física —advirtió el Primer Jefe plenamente consciente de las dimensiones de su responsabilidad histórica.

Acuérdate bien —continuó Carranza con las manos puestas en la cintura— cuando don Pancho trató de obligar a las compañías petroleras a declarar el importe de sus inversiones y fijó el onerosísimo impuesto de veinte centavos —exclamó dentro de un tibio sarcasmo—. Los trusts se imaginaron que era la expropiación de sus intereses, cerraron filas entre ellos mismos y con el apoyo de su embajador y el consentimiento del Departamento de Estado se negaron a acatar el decreto, pagaron los impuestos bajo protesta y en ningún caso proporcionaron la información requerida por el gobierno mexicano. El embajador Wilson se convirtió en instrumento de los trusts y ya sabes cómo terminó todo. Luego Huerta intentó la misma vía por resentimiento contra los Estados Unidos. Incluso llegó a amenazar abiertamente con una expropiación petrolera en términos más claros y definitivos que los de Madero, pero algún tiempo después la Cámara de Diputados archivó curiosamente el proyecto sin mayores explicaciones.

Obregón se incorporó sorprendido por la información proporcionada por su superior.

—Nunca imaginé la fuerza de ese grupo en México: si bien había oído algunas prácticas viciosas de la Standard Oil en los Estados Unidos —dijo sin disimular su extrañeza.

—Los tenemos aquí dentro de la casa, Álvaro, como las moscas que sobrevuelan apetitosas el estiércol. Si no tuviéramos las inmensas riquezas naturales que por lo visto encierra nuestro país, no tendríamos ninguna diferencia con los malditos güeros. El resto de la superficie de nuestro territorio ya no les interesa sino por lo que subyace en él. Pero yo no los dejaré pasar ni permitiré que destripen al país como los buitres. El suelo y el subsuelo son nuestros y juro que nos pagarán por cada gota de aceite o por cada gramo de oro extraídos. Recuperaremos la autonomía política y administrativa perdida en el Porfiriato, en el maderismo y en el huertismo. Nadie podrá tener el mando político en este país si la economía nacional la controlan los extranjeros —declaró como si ya estuviera leyendo con vehemencia su discurso de toma de posesión.

Álvaro Obregón, sentado al filo de una raíz sobresaliente y endurecida, agregó sin perder detalle de la conversación.

—¿Y crees que te van a dejar así de fácil? ¿No pondrías en juego el éxito de la revolución si intentas mexicanizar de golpe nuestra economía, sobre todo si los americanos deciden invadirnos, ahora sí masivamente, como una respuesta clara a tu política? ¿Adónde quedaría entonces el sacrificio de esta generación ensangrentada de mexicanos?

—Tienes toda la razón, Álvaro. Deberé ser muy cauto políticamente para no terminar como mis antecesores y ceder el paso involuntariamente a otro Huerta en el Castillo de Chapultepec. Buscaré la mejor forma de aplicar mis ideas, pero las ejecutaré. ¡Eso te lo aseguro! —amenazó categórico.

Por otro lado, es importante no olvidar que llego al poder contra los deseos del Presidente de los Estados Unidos[167] y esta desventaja ya opera en mi contra desde un principio.

—Pero si nos apoyaron eficazmente desde la frontera para ayudarnos a derrocar a Huerta —exclamó Obregón—. Levantaron el embargo de armas[168] y aprehendían siempre a los federales por violar las leyes de neutralidad, mientras nosotros gozábamos de todo género de facilidades. Se comportaron como nuestros aliados, Venustiano —repuso Obregón con ánimo de obtener la mayor información posible.

—Lo eran mientras existió Huerta. Estaban de nuestro lado porque teníamos un enemigo común que por diferentes razones nos interesaba a ambos destruir —admitió Carranza, todavía de pie—. Sin embargo, la prepotencia no admite condiciones. La mano yanqui busca mi garganta y mi resistencia es entendida como una provocación. Wilson es incapaz de resistir una negativa y las mías lo han colocado más de una vez al borde del disparadero. Los norteamericanos nunca te darán un apoyo desinteresado; su auxilio, según ellos, les confiere derechos ilimitados para lucrar a su gusto con lo mejor de lo nuestro.

Woodrow Wilson efectivamente recibió serios reveses del primer jefe de la revolución a lo largo de toda la campaña para derrocar al gobierno huertista. El presidente yanqui entendía la actitud de Carranza como una manifestación de altanería, insolencia y ceguera política. Los altos funcionarios cercanos a Wilson comentaron durante mucho tiempo la ira del jefe de la Casa Blanca cuando Carranza negó terminantemente la mediación americana por el asesinato de un inglés, William Benton a manos de Francisco Villa, con el objeto de demostrarle al presidente americano la interpretación del jefe de las fuerzas constitucionalistas en torno a la doctrina Monroe.

Otro hecho no menos notable se presentó cuando Carranza se negó a ceder, a petición de Wilson, la Presidencia de la República a Federico Gamboa, acordándose siempre de los Tratados de Ciudad Juárez. Wilson proponía un armisticio en el que Huerta, junto con Carranza, renunciarían a la presidencia para ceder el paso al candidato idóneo según el criterio norteamericano. Carranza se opuso violentamente. Wilson desesperó.[169]

Cuando finalmente se produce la invasión yanqui en Veracruz y precipita la salida de Huerta, antes de llegar los carrancistas a la Ciudad de México, el Primer Jefe pide a Wilson el retiro inmediato e incondicional de sus tropas del Golfo de México. El presidente americano no salía de su asombro ni entendía la postura de Carranza.

—¿Que me vaya? Pero si lo estoy ayudando… Definitivamente no entiendo a los mexicanos —diría más tarde.

—En la Conferencia de Niágara entre Argentina, Brasil y Chile —continuó Carranza firmemente convencido de su actitud—, le hice saber a Wilson que ignoraríamos cualquier acuerdo al que se llegara en dicha asamblea. Retiré, Álvaro, como tú sabes, a nuestros delegados y aduje que no se trataba de una mediación política para resolver un conflicto internacional, sino de una clara intervención directa en los asuntos de México. Escéptico y confundido volvió a enfurecerse hasta que impuso el nuevo embargo de armas para impedir el triunfo constitucionalista. Sólo que se le ocurrió tarde. Huerta ya era nuestro.

—¿Piensas que la invasión a Veracruz era para ayudarnos? —cuestionó Obregón para conceder a su jefe una oportunidad adicional de lucimiento.

—Falso. Falso. Álvaro. Con la invasión, Wilson buscaba tres objetivos: derrocar a Huerta, imponer a Gamboa y excluirnos a nosotros del poder.[170] Pensó que yo me asustaría al suponer que la fuerza invasora podría destruir también nuestro propio ejército constitucionalista. Pero se equivocó. Álvaro. se equivocó otra vez. No nos aliamos con Huerta en contra de los Estados Unidos y a cambio tomamos Tampico violentamente, ante la sorpresa de Wilson. No detuvimos, como tú mejor que nadie sabes, la campaña militar. No mostramos miedo por la invasión masiva que amenazaba el triunfo, ya eminente de la revolución, y sobre todo, no depusimos las armas cobardemente en beneficio de Gamboa —la satisfacción de Carranza por el éxito de su estrategia se advertía en todo su rostro—. Continuamos la revolución y al hacernos de Tampico ganamos la guerra económicamente. Huerta se quedó sin los impuestos aduaneros de Veracruz y Tampico, se consolidó nuestra posición financiera y se precipitó el colapso de la tiranía.

—Si los yanquis ya habían invadido México, o sea Veracruz, ¿por qué razón no iban a hacerlo también en Tampico, con el objeto de desalojarte de los centros productores de petróleo? —preguntó Obregón al hombre que sólo respetaba en función de sus conceptos nacionalistas.

—¡Nos amenazaron!, Álvaro. Nos amenazaron en todos los tonos y fracasaron de nueva cuenta. Me percaté de su interés por nuestros yacimientos petroleros, de la dolorosa experiencia que vivió Madero con ellos, de las diferencias que tuvieron los ingleses y los americanos por el petróleo mexicano, de sus posibilidades como fuente de recaudación y de su importancia política en nuestras relaciones con los Estados Unidos. Sencillamente, no podíamos dejar de tomar Tampico. Era una sólida carta en la mesa de negociaciones. Por lo que respecta a tu inquietud, les dimos una respuesta muy clara: ustedes entran a Tampico y nosotros volamos por los aires los pozos y las instalaciones. Obvio que se detuvieron. Su silencio y acatamiento me demostraron la fuerza política del petróleo. No dieron un paso más. De haber sido irrelevante mi respuesta nos hubieran destrozado junto con todo y la supuesta riqueza. Paramos el cañoneo. Detuvimos la invasión de una potencia mundial que no quiso jugar con un gran tesoro.

Venustiano Carranza retiró sus gafas, las limpió con un pañuelo y caminó pendularmente a unos pasos de Obregón. El Primer Jefe, calculador y reflexivo, poseído de un alto sentido de honor y del orgullo nacional, había llegado a la conclusión esperada por el Jefe de la División del Noroeste.

—Modificaré con una serie de adhesiones el Plan de Guadalupe. Modificaré toda la política de recursos naturales del país y, en particular, la petrolera. Recuperaremos este colosal patrimonio nacional que Porfirio Díaz puso en manos de extranjeros y les permitió explotar gratuita e ilimitadamente sin reportar ningún beneficio al país —sentenció Carranza de viva voz después de golpear la palma de su mano izquierda con el puño de la derecha.

Por su parte el Primer Jefe de la revolución había decidido meses atrás empezar a financiar su obra política con recursos obtenidos de los petroleros mediante comunicaciones secretas a través de los agentes especiales designados por la Casa Blanca en cada sector beligerante de la revolución, a falta de un embajador acreditado oficialmente ante el gobierno mexicano. Dichos agentes tramitaron en nombre y representación de Carranza, entre los petroleros de su país, el cobro adelantado del impuesto sobre producción y exportación de petróleo con el objeto de poder pagar las apremiantes necesidades del movimiento constitucionalista, en particular las relativas a la importación de armamento y equipo militar. El Primer Jefe requería el pago anticipado forzosamente en oro, pues los fabricantes de pertrechos de guerra se negaban a aceptar, generosamente, papel moneda, incluso dólares y libras esterlinas y, todavía más, rechazaban, desde luego, cualquiera de los 22 diferentes tipos de dinero mexicano existentes en el mercado como producto lógico del caos monetario surgido como consecuencia del desconocimiento de las autoridades federales.

Carranza negó asimismo la validez de los enteros hechos por esas empresas al gobierno usurpador y las amenazó con nuevos cobros al triunfo del movimiento constitucionalista. No sentía ninguna consideración ni compromiso de su parte hacia los trusts petroleros, causantes, en su concepto, según llegó a externar públicamente, de la caída y asesinato de Madero* a más de otros males no menos graves.

—Los petroleros han operado siempre en nuestra contra al amparo de las fuerzas armadas de sus países. Los tribunales mexicanos siempre fueron incapaces de hacer cumplir sus determinaciones con los barcos de guerra anclados en Veracruz o en Tampico. ¿Qué fuerza tiene la Ley frente al poder de los cañones? —inquirió impotente y furioso Carranza.

—México —interrumpió Obregón— se ha agotado con estos años de violencia revolucionaria y se encuentra prácticamente desangrado. Estamos casi a disposición de las fuerzas armadas extranjeras y, por lo mismo, tu plan de recuperación patrimonial lo veo muy difícil de lograr. Podrás rescatar formalmente toda esa riqueza, pero aplicar la ley con los cañones encima, lo veo punto menos que imposible. Están ahí en Veracruz, sentadotes. Es cierto. Venustiano. puede más un cañón de 70 milímetros que 100 páginas de un código —concluyó Obregón, siempre ocurrente—. Por eso mismo vayámonos con cuidado.

Carranza, acostumbrado a la perspicacia de su interlocutor, contestó sin dejar escapar, como era su costumbre, la menor emoción:

—Me verás modificar la legislación petrolera, y si la suerte nos ayuda, también verás orientarse los cañones norteamericanos hacia blancos diferentes del Castillo de Chapultepec.

—¿Pero cómo lo lograrás, si la Guadalupana ya se olvidó de los mexicanos? ¿Te parece poco la revolución?

Carranza se concretó sólo a sonreír. Luego agregó:

---

* Inmediatamente después del golpe de Huerta, el cónsul norteamericano en Saltillo se entrevistó con el Gobernador por órdenes del embajador para pedirle su reconocimiento al nuevo régimen. Carranza, además de negarse, le hizo saber su opinión contraria respecto al papel desempeñado por su embajada en los recientes sucesos. José Mancisidor, *Historia de la Revolución Mexicana*, 4a. ed., Libro Mex Editores, 1964, pp.236-237.

—Alemania se asfixia dentro de sus fronteras políticas actuales, la posibilidad de una guerra europea ha retirado de los puertos mexicanos a todos los barcos de bandera extranjera para que se concentren en sus países de origen, con todo y sus amenazantes proyectiles. Si Inglaterra demanda el apoyo yanqui ante el poder aplastante del káiser, México volverá a recuperar su soberanía, puesto que los Estados Unidos irán al rescate de sus primos. Será el momento del gran cambio. Ahí radica mi gran esperanza, Álvaro. La guerra europea nos dejará actuar. Los petroleros deberán reintegrar al país lo que le corresponde naturalmente y sobre nuevas bases empezarán a sujetarse al tratamiento tributario que dicte mi administración. Esa coyuntura internacional puede jugar a nuestro favor y nos debe ayudar a alcanzar los objetivos más caros de la revolución —exclamó Carranza dentro de un entusiasmo conservador.

—Por lo pronto —concluyó finalmente Obregón optimista y pensativo— tomaremos esta misma semana la Ciudad de México. Nos dedicaremos entonces a pacificar al país, si Villa, Zapata y los Estados Unidos nos lo permiten.

Carranza nuevamente no devolvió el comentario. Frío y críptico, sólo mencionó:

—Primero la ley. Así contaremos con el respeto internacional. Con la ley en la mano les cobraremos impuestos a esos bastardos, luego nacionalizaremos el petróleo.*

Días más tarde, el Varón de Cuatro Ciénegas, don Venustiano Carranza, vencedor absoluto del más catastrófico y sanguinario movimiento armado en la historia de México, hacia su entrada triunfal en la capital de la República mexicana entre vítores, vivas y confeti. Como un hecho verdaderamente significativo, de indudable trascendencia histórica, Sherbourne Hopkins montaba a su lado, como en su momento lo hiciera con el propio Madero. El comerciante de armas y dinero se sentía con las calificaciones políticas necesarias para participar de nueva cuenta en el desfile, pues no en vano también había obtenido de las empresas petroleras pagos de impuestos por anticipado, además de otras ayudas para financiar la importación de armamento, cuando los magnates del oro

* Para poner en práctica su política petrolera, Carranza se valió en primer lugar de la política fiscal, los permisos de perforación, la cláusula Calvo en los títulos y concesiones, etc. Por otra parte, intentó ir más al fondo del problema y sustituir los antiguos títulos de propiedad de las compañías petroleras por concesiones gubernamentales, esto último a través de un proyecto de ley que nacionalizaba el petróleo. Estas medidas fueron el motivo de una fuerte disputa —1913 y 1917— entre el gobierno de Carranza y los intereses petroleros y sus gobiernos. Lorenzo Meyer, *México y Estados Unidos en el conflicto petrolero*, El Colegio de México, pág. 91.

negro se convencieron de la intransigencia del Presidente de los Estados Unidos en reconocer a Huerta y advirtieron las carencias económicas del movimiento Constitucionalista.

Helen Cliff se encontraba en su concurrido vestidor, sentada en un breve taburete capitonado en terciopelo rojo, frente a un espejo en forma de herradura rodeada de diez a quince bombillas de luz amarilla.

Tenía anudada, distraídamente, una bata ligera, a través de la cual se podía ver su delicada ropa interior, confeccionada a base de pequeños encajes hechos con hilos finos de satín de seda.

Una incipiente protuberancia anunciaba el nacimiento de unos maduros senos turgentes, atractivo femenino que escocía el rostro del petrolero americano. Sus piernas, cruzadas frente al tocador, asomaban bien torneadas y vanidosas por la bata entreabierta y tolerante.

Helen, con ambas manos recargadas en las esquinas posteriores del taburete, advertía la mirada huidiza de su joven peinadora, mientras conversaban en relación a los apetitos lujuriosos de los hombres.

Faltaban quince minutos para la próxima llamada a escena cuando el cepillo parecía esforzarse en obtener las mejores tonalidades en los dorados bucles de la nueva figura de Hollywood.

—El amor carnal no existe, Carie, y de existir, es transitorio, breve, muy breve. Todos desempeñamos un rol amoroso de acuerdo a nuestros intereses, pero es imposible mantener el atractivo sexual de una pareja por más de cierto tiempo. La inspiración y la atracción se secan por la rutina y la pareja se deprime ante la incapacidad moral de contemplar otros horizontes, quizás más ricos en experiencias y sensaciones.

—¿Se requiere, entonces, sustituir continuamente a los amantes para disfrutar nuevas emociones? —preguntó Carie llena de picardía.

—Ésa sería una opción, pero a la larga también genera vacíos terriblemente deprimentes. A la larga, cuando no antes, la sustitución permanente de amantes sólo te dejará malestar. El placer sexual por sí mismo, sin un rico contenido emotivo, sólo te endurece y te enfría. Unos van y otros vienen y te van haciendo impenetrable a los sentimientos. Eso se llama vacío sentimental. Si no te comprometes amorosamente, vives en la superficie; sin pasiones ni sufrimientos. Eso se llama frivolidad.

—¿Cuál es entonces la solución —preguntó Carie, curiosa y aguda—, si la inspiración sexual se agota en una relación permanente y, por otro lado, el desfile interminable de hombres sólo te reporta vacío?

—Yo no he encontrado la solución o el mal menor y más me vale encontrarla antes que se agote mi juventud y se acaben mis atractivos físicos que, por lo visto, son los únicos que pueden cautivar a un hombre. A ellos les importa un bledo la plática, los sentimientos o tu carácter. A la fiera sólo la calmas con carne. No olvides que nosotras entramos en los hombres por sus ojos y ellos por nuestros oídos.

—Somos jóvenes las dos —advirtió Carie mientras tomaba un listón azul para hacer un moño en los bucles de la artista—. Tenemos tiempo para encontrar la mejor de las soluciones.

—Los días pasan rápidamente y no debemos confiarnos —replicó Helen—. Yo, en mi caso personal, estoy llegando a un punto difícil de manejar en mi relación con Edward. Al principio no me importaba que no pensara en mí durante todo el acto amoroso, me tenía como un objeto de placer. Lo soportaba por conveniencia y hacía el juego a mi manera al no pensar tampoco en él sino en su dinero, sus influencias en la industria, en mi fama y en mi carrera. Ninguno de los dos pensábamos en nosotros. Nos transportábamos uno al otro a un mundo en el que cada quien quería estar. Resulta ahora que ya me cansé del juego porque ya no lo necesito.

—¿Ya no necesitas a Edward?

—No, ya no necesito de las alucinaciones. Mis fantasías sexuales se materializaron. Soy artista, soy famosa y solicitada, no por mis relaciones sino por mi importancia económica en la taquilla. Ya no necesito a Edward para soñar ni tengo por qué soportarlo en la cama. Su presencia física ya no me dice nada y me empiezan a aburrir sus caricias, sus palabras y sus interminables pláticas en relación al dinero, la política y el petróleo. Para mí, Edward ya se agotó como cualquiera de sus pozos petroleros, y no encuentro la manera de deshacerme de él sin rencores ni venganzas. Yo ya puedo volar por mí misma. El empujón que necesitaba ya lo recibí. Yo le di a cambio mi cuerpo todas las veces que me lo solicitó. Estamos en paz. Ahora quiero mi libertad.

—No veo difícil la solución, Helen —dijo sonriente y altiva Carie, mientras la actriz giraba sobre sí rápidamente, impresionada por la seguridad de su peinadora.

—Di, Carie, di —casi ordenó Helen, después de quitarle a su ayudante el cepillo que arrancaba lustre a su cabello.

—Un insaciable devorador de mujeres como Edward utiliza el sexo para confirmar su poder económico, su fortaleza física y también para afirmar su masculinidad y sentir que está vivo todavía. Las mujeres en sí no cuentan para él como seres humanos, sino como objetos de uso.

—Continúa, Carie, continúa.

—Bueno, ya no es muy difícil la solución, ¿o no?

—No te entiendo, Carie.

—Claro, mujer, hazte acompañar distraídamente de mujeres más guapas que tú, con más personalidad que tú, estén o no en el cine. Hazlo con toda indiferencia y mostrando celos inteligentes cuando adviertas los primeros coqueteos y las primeras galanterías. No tardarás en recibir pretextos y cancelaciones de su parte. Véndelo a tus amigas como fruto prohibido, maréalo con abundancia de mujeres. Por tu parte, enfríate simultáneamente, pierde voluptuosidad durante tus eventuales encuentros amorosos con él. Automáticamente empezará a comparar. Disminúyete a sus ojos, desencántalo físicamente y el resto caerá por sí solo.

—Carie —dijo Helen sorprendida, poniéndose de pie—, no te conocía esas mañas. Pareces una mujer de mundo. Me dejas helada, qué lógico es…

—No es tal, Helen, siéntate. Un insaciable es víctima de su propio apetito. Sus debilidades son muy obvias y su manejo muy sencillo. Tú ya las conoces. Adelante, pues. ¿Me devuelves el cepillo? Se hace tarde —dijo Carie sonriendo satisfecha.

—Diez minutos, señorita Cliff —alguien gritó atrás de la puerta del camerino.

A mediados del otoño de 1914, con más precisión, durante el mes de octubre, Edward McDoheny discutía acaloradamente con su socio y amigo, el influyente Senador por Arizona, en la residencia campestre de Albert Fall, ubicada en su estado natal.

El Senador había insistido permanentemente en el Congreso americano, a solicitud de los petroleros yanquis, en la necesidad imperiosa de invadir militarmente México[171] para asegurarse sus pozos petroleros, fundamentales como reservas energéticas para los Estados Unidos.

Fall recibía enormes cantidades de dinero negro para presionar a la Casa Blanca a través del Congreso o directamente por medio de comités de política exterior, que siempre concluían en el uso de la fuerza como única alternativa para resolver el delicado problema mexicano.

Fall patrocinó siempre las invasiones,[172] unas veces con éxito, otras sin él, pero nadie desconocía su filiación antimexicana y sus ligas con los grandes grupos petroleros norteamericanos.

—¿Invasión, señor legislador? ¿Tú eres capaz de calificar la pantomima política de Veracruz como una verdadera invasión? ¿A eso llaman ustedes los políticos una invasión?

—La Marina de los Estados Unidos mandó lo mejor de su flota del Atlántico para controlar la operación —explicó un Fall a la defensiva, preocupado por la locuacidad y el coraje de su temerario interlocutor.

—¿Y qué demonios me importa que manden, como tú dices, lo más selecto de nuestro ejército si después de disparar tres cañonazos y de matar solamente a doscientos estúpidos indios mexicanos, tu colosal armada se sienta a esperar la consolidación militar de Carranza y a contemplar la destrucción total del aparato huertista?

—Con nuestra invasión provocamos la salida de Huerta. No resistió ni dos meses la presencia de nuestras tropas.

—Falso. Mil veces falso.

—¿Pero, por qué falso, Edward? —preguntó Fall pálido y furioso.

—Ustedes no provocaron nada, Albert. ¿Me entiendes? Nada. Carranza continuó su campaña como si nuestras tropas no hubieran invadido México. Tan siguió adelante que, si Huerta no hubiera huido, Obregón lo habría fusilado en la Ciudad de México. Ellos fueron los que ganaron la guerra y tomaron la Capital de la República, mientras tus tropas geniales reducían su gloria al asustar con dinamita a cuarenta empenachados en la toma de Veracruz.

Invasión, Albert, invasión fue la de 1847 en que nuestros soldados sí se metieron hasta Chapultepec y aventaron por los aires a quien se quiso interponer en su camino. Aquello sí fue en serio. Ahí se hizo patria, la patria norteamericana tal como existe territorialmente hasta el día de hoy. Pero ésta...

—Edward...

—Permíteme terminar. ¿Qué logró Wilson? Sólo una cosa: empeorarlo todo. La idea de la invasión era derrocar a Huerta, dejar intacto su aparato político y militar, impedir la coronación de Carranza por su grosera rebeldía ante el propio Wilson y poner en Chapultepec a un hombre que se pudiera manejar con hilos desde Washington. No se trataba sólo de largar a Huerta, quien siempre estuvo con nosotros hasta que Wilson llegó con sus pruritos morales.

El Senador permaneció callado.

—Cuando finalmente —continuó el petrolero—, encontramos en Victoriano Huerta al hijo de puta perfecto para realizar buenos negocios, tuvimos que renunciar a él porque Wilson nunca lo aceptó, y como premio a nuestra obediencia, ahora debemos ventilar nuestros asuntos con un intransigente nacionalista, enemigo declarado de la inversión norteamericana.

—Uno de los propósitos de la invasión consistió efectivamente en detener a Carranza porque Wilson se había percatado de la imposibilidad de dominarlo políticamente —dijo Fall.

—Así es, Albert, sólo que si ése fue el objetivo y al invadir Veracruz te percatas que continúa su campaña militar, sin distraer ninguna fuerza en repeler a nuestros soldados y, además, adviertes que Huerta pierde plaza por plaza y que su derrota es inminente, ¿qué demonios haces? ¿Por Dios, Albert, qué haces?

—Pues detenerlo con una invasión masiva.

—¿Y por qué no lo propusiste también en el Congreso, si sabías cómo proceder?

—Claro que lo propuse —repuso colérico el legislador—. Insistí reiteradamente ante la Casa Blanca. Lo pedí en mis discursos hasta que se dio la invasión; sólo que nadie imaginó un alcance tan limitado.

—Si Wilson hubiera reconocido a Huerta —agregó adolorido McDoheny—, no hubiera habido revolución y Huerta nos habría concesionado los mejores terrenos petrolíferos de México en lugar de entregárselos a los ingleses.

Carranza se levanta y se le apoya en el orden militar, en el económico y en el político. Sabe que si los Estados Unidos no aceptan a Huerta, a falta de opciones lo apoyarán a él. ¡Ahí tienes la revolución con todos los riesgos para nuestros negocios! Si Huerta hubiera sido reconocido oficialmente como Presidente de México, a Carranza lo hubieran hecho *sandwich* en la frontera entre las leyes de neutralidad, nuestras tropas y las de Huerta.

—¿Y qué demonios quieres que yo le diga al Presidente de los Estados Unidos? ¡Yo recomendé una invasión en forma y no un juego de niños! ¿Qué piensas cuando ves partir a las escuadras norteamericanas rumbo a México? ¿Que van a desembarcar seis soldados? ¿Que es una broma? Edward, yo no soy el presidente, y cuando Wilson pidió la autorización al Congreso para invadir México, todos pensamos que sería como la de 1847 y no esta estúpida burla.

—El hecho real —dijo McDoheny— es que antes teníamos a un hombre como Huerta con quien podíamos negociar, aun cuando Wilson no simpatizara con los medios utilizados por él para llegar al poder. Ahora ya nadie quiere saber nada del tal Carranza; ni el presidente ni nosotros.

—Wilson se equivocó en la invasión, pero conoce la forma de controlar a Carranza. Lo verás, Edward. Lo verás.

—Mentiras, sólo mentiras —gritó McDoheny—. Si así fuera ya hubiera reconocido a Venustiano Carranza como Presidente Provisional. Si no lo ha hecho, aun cuando ya hace cuatro meses que zarpó Huerta rumbo a Europa, es porque tiene las mismas dudas y temores que nosotros y desea volver a presionar a través del reconocimiento diplomático, con objeto de que Carranza doble las manos. Desde el momento que no lo ha reconocido, es porque no se han logrado poner de acuerdo. Veo una nueva amenaza sobre todos nosotros.

—Eres muy impaciente y catastrofista, Edward. Dale tiempo a Wilson y no pienses que Carranza sólo desea privar a los petroleros de sus negocios en México.

—¡Impaciente y catastrofista! ¿Eso llamas tú a un individuo realista que se adelanta a los acontecimientos? —McDoheny prendió un puro habano, pero lo arrojó al jardín ante la ausencia repentina de ánimos para fumarlo—. No estás informado, por lo visto, del decretito que expidió el gobernador de Veracruz, casualmente yerno de Carranza, en el que nos obliga a recabar autorización del gobierno del estado para comprar, arrendar o subarrendar cualquier terreno que esté dentro de los límites del estado[173] con el objeto de evitar supuestas maniobras con los propietarios o poseedores de predios petroleros. Ahora se requiere autorización hasta para el arrendamiento de predios rústicos.

—No lo veo tan dramático como para que te alteres de esa forma.

—No, claro, como que no son tus intereses. Lo mismo pensarás, me imagino, del decreto del famoso Primer Jefe, en que revive toda la legislación petrolera emitida por Madero.[174]

—No la conozco —aclaró sorprendido el legislador.

—Tampoco lo encontrarás dramático —exclamó McDoheny, cuando ya no resistió la necesidad de beber alcohol y se sirvió un buen trago de whisky con hielo.

—No es momento para burlas, Edward.

—El mes pasado, para tu información, ordenó la valuación de todo nuestro patrimonio, así como el análisis de las posibilidades tributarias de la industria petrolera, con el objeto de conocer mejor, dijo además cínicamente, la riqueza nacional de México y distribuir más equitativamente los impuestos federales. Se repite la historia antes de lo programado. Madero exigió la misma información para utilizarla en caso de una expropiación. Carranza heredó la escuela de Madero y por lo visto quiere aplicar las ideas de su maestro. Espero —dijo sarcástico— no ser pesimista con mi comentario.

Albert Fall miró a McDoheny fijamente a la cara. Guardó silencio. Comprendió que no era un hombre de bromas, ni era el momento para ello. Sólo se concretó a decir tímidamente "¡Demonios!".

—¿Demonios? ¡Claro que demonios! Volvamos el reloj para atrás. Tú sabes que con el apoyo del Departamento de Estado nos negamos, durante la administración de Madero, a proporcionar dicha información. Taft nos ayudó. Knox nos comprendió. A ti te toca pedirle ahora a Wilson y a Bryan que ambos nos respalden enérgicamente en nuestra negativa a someternos al decreto y a la voluntad de Carranza.

Si cumplimos con lo requerido y manifestamos el valor real de nuestra propiedad, sólo le abriremos el apetito a la Tesorería del Gobierno Mexicano para gravar el único sector industrial verdaderamente próspero que no ha sido perjudicado por la revolución dentro de una economía nacional en bancarrota.

Vendrán por nosotros, porque ya saben lo que tenemos y quieren saber cuánto nos quitan. Si todo o una parte vía impuestos. Carranza, Carranza, Carranza… ¡Vaya al demonio! Este hombre no ha sido investido formalmente como Presidente de México y ya se permite arremeter contra nosotros. Imagínate nada más nuestro futuro cuando llegue a la presidencia.

¿Por qué vino Wilson con sus conceptos de madre de la caridad a destruir toda nuestra labor con Huerta? —se preguntó lamentándose.

—Yo también creo que Carranza llegará a la presidencia, Edward.

—Y sólo Wilson puede detener a Venustiano Carranza por medio de una invasión masiva, pero no la llevará a cabo por temor a que una guerra europea lo sorprenda degollando indios en la Huasteca.

—Ya no intervendrá, Edward. No lo hará. Carranza tiene libre acceso a la presidencia.

—Claro que lo tiene. Ésa es precisamente mi preocupación y para que midas mejor mi catastrofismo, debes saber que Carranza giró órdenes a la Secretaría de Fomento, Colonización e Industria para la elaboración de un proyecto de ley para devolver a México sus combustibles minerales. Luis Cabrera, por su parte, desde la Secretaría de Hacienda ha defendido públicamente el proyecto con el argumento de que "sólo se busca aumentar los beneficios del Estado en la explotación de los hidrocarburos".[175]

—Mentiras, Albert —volvió a estallar repentinamente McDoheny—. Quieren beneficiarse de nuestro trabajo, de nuestra inteligencia, de nuestras técnicas de investigación y explotación. Quieren todo nuestro petróleo, nuestras instalaciones, todo el fruto de nuestro esfuerzo. Por esa razón quieren valuar nuestro patrimonio, para medir su capacidad financiera de cara a una indemnización. Somos ricos y Carranza sabe que si las exportaciones petroleras fueran del Estado, rescataría a su país de la miseria. Vienen por nosotros. Sólo que los más perjudicados serán los aliados y los propios Estados Unidos si estalla la guerra y la pierde Inglaterra por la falta del petróleo mexicano del que depende en un 90% su flota. La guerra la ganará el que tenga petróleo suficiente. Di eso a Washington. Alega que el petróleo mexicano es fundamental para las causas de la libertad y que debe defenderse, no para ayudar a un grupo de audaces inversionistas norteamericanos e ingleses, sino para rescatar a Europa de la catástrofe. Veo que Carranza va directo a la expropiación y nadie lo podrá detener. Tú tienes la palabra —agregó apenas conteniéndose.

—Pediré una audiencia con el presidente y me haré acompañar de un buen grupo de senadores para dar más personalidad y fortaleza a la entrevista —resucitó Fall aparentemente optimista—. Le pediremos que amplíe las fuerzas destacadas en México para tratar de obstruir a Carranza el camino al poder. Tú...

—No, no, no, no, Albert. Ya no será por allí la jugada en este caso. Sabemos que Wilson ya no aumentará el contingente militar radicado en Veracruz. Además, nosotros no confiaremos nuestro patrimonio a una armada americana insuficiente, que nos puede abandonar en el proceso de rescate por eventualidades internacionales.

Fall parecía no entender.

—¿No quieres a las fuerzas de los Estados Unidos para proteger los yacimientos petroleros?

—Sí las deseo, pero ellas nos serán negadas en el número necesario.

—¿Entonces, a quién piensas recurrir para detener a Carranza y para defender los pozos?

—A Carranza ya no lo detendrá nadie. Vuela directo al éxito. Por lo que respecta a los pozos, hemos acordado con los ingleses que nadie los cuidará con mayores atenciones y diligencia que nosotros mismos, ante la ausencia o insuficiencia de tropas norteamericanas.

—Sigo sin entender, Edward.

—Verás. Deseamos crear nuestro propio ejército con nuestros propios recursos para vigilar personalmente todo el territorio petrolero e impedir el acceso de las tropas y de las leyes constitucionalistas en nuestros fundos privados. Nadie pasará por ahí. ¡Nadie! Ni la arbitrariedad constitucionalista. Crearemos un verdadero estado petrolero fuera del alcance de los ladrones carrancistas. Tenemos el dinero y los hombres. Sólo nos falta otro ingrediente que tú sabrás aportar.

—¿Cuál?

—El apoyo militar del Departamento de Estado y del presidente Wilson en caso de que Carranza pretenda violar territorialmente nuestras fronteras y destruir nuestros sistemas de protección para imponer su ley.

—Realmente no me imagino la opinión de Wilson. Probablemente descartará la idea por su audacia y por significar una intervención permanente en los asuntos de México.

—Ése no es el enfoque, Albert. Fracasarás si lo intentas por ahí. Debes vender la idea de la imprescindible necesidad del petróleo mexicano para la obtención del éxito en la guerra europea. Recuerda a Clemenceau, "Una gota de petróleo vale más que una de sangre".* Cita la proclividad carrancista hacia todo lo germano. Son bien conocidas sus relaciones estrechas con el gobierno del káiser. Haz valer el interés de los alemanes por romper las líneas de abastecimiento petrolero de México hacia Inglaterra, así como el interés estratégico de Alemania en función de las tendencias germanófilas de Carranza. Si sólo utilizas como argumento para justificar la creación de nuestro estado petrolero, la defensa patrimonial de nuestra industria, fracasarás y te exhibirás como un alto funcionario más de la Tolteca.

Querido Albert —dijo McDoheny en tono amable y más reposado—. Te he dado todas las herramientas del éxito. A Wilson no le conviene una Inglaterra ni una Francia perdedoras. Los Estados Unidos serían los siguientes dentro de los planes de las potencias centrales. Reforzar a Inglaterra, ayudarla y cuidar la ingerencia alemana en México es indispensable. No perderás con esos argumentos. Desde luego que no.

—Tienes razón en tus análisis. Los veo lógicos, sin embargo no te oculto que tu audacia me sacude. Un estado petrolero autónomo, dentro de México, fuera del alcance jurisdiccional del propio México y de los Estados Unidos me parece la concepción de la impunidad más cínica que he visto en mi vida y, al mismo tiempo, la más defendible. ¿Qué haría Wilson si los petroleros americanos trataran de aislar una parte de Oklahoma o de Texas para la creación de un estado petrolero independiente dentro del territorio de los Estados Unidos?

---

* Vale la pena analizar la expresión del famoso "Tigre", pues revela con toda claridad la importancia irrefutable del papel del petróleo en el primer conflicto universal motorizado en la historia de la humanidad. Véase Henry Berenger, *Le petrole et la France*, París, 1920, pág. 60.

—No te martirices ni te compliques la existencia. Ni se trata de Wilson ni de Oklahoma ni de los Estados Unidos ni de los ciudadanos norteamericanos. Se trata de un barbudo revolucionario fanático, de Veracruz, de Tamaulipas, de México y de apaches ignorantes, cobardes y traicioneros. De modo que no te amargues la existencia y piensa en los candidatos que te acompañarán a tu entrevista con Woodrow Wilson. Yo, por mi parte, volveré a México y precisaré los detalles correspondientes con los ingleses para conocer el costo de sostenimiento de nuestras guardias blancas. Tengo entendido, además, que ellos mismos para estas fechas ya habrán hablado con el Secretario de Asuntos Extranjeros de la Corona para que empiece a influir en Wilson respecto a la justificación de la existencia de un estado petrolero en México.

Disculpa si me exalté, pero prefiero seguirme llamando McDoheny y no Von Doheny, si Europa pierde la guerra —concluyó sonriente para no dejar tensas las relaciones con su amigo y socio—. Pero, por otro lado, me sería mucho más barato derrocar a Carranza con determinada cantidad de dinero que pagar todos los impuestos que pretende cobrarnos.[176] Empujó un último trago de whisky no sin precisar, rumbo a la salida y con el sombrero en la mano, que en su próxima entrevista le traería un cheque en dólares por los honorarios devengados durante el último bimestre.

Fall sonrió. McDoheny desapareció.

"Es un hombre incontrolable", dijo el legislador para sí.

Sarajevo fue el detonador de la guerra europea. Cuando el príncipe heredero de la Corona Imperial Austriaca, Fernando, murió asesinado por la explosión de una bomba durante un paseo en un coche descubierto, el 28 de julio de 1914, a la vista del público, el Viejo Continente se convirtió en poco tiempo en un colosal campo de batalla. Había llegado finalmente la oportunidad esperada. Alemania ya no se asfixiaría en sus fronteras. El mundo contemplaría atónito la primera guerra motorizada en la historia de la humanidad, en donde las reservas petroleras y el aprovisionamiento oportuno de combustible jugarían un papel determinante.

Los Estados Unidos eran los principales productores de petróleo en el mundo con la temeraria Standard Oil a la cabeza y 265 millones de barriles anuales. El segundo lugar lo ocupaba Rusia con 67 y el tercero era para México con 26. Persia, con sólo 2.5 millones de barriles, quedaba relegada a sólo un séptimo lugar.[177]

Inglaterra, aterrorizada ante el ímpetu incontrolable del káiser, midió sus recursos militares y fijó sus esperanzas en los pozos petroleros americanos, sin experimentar la menor calma.

En México la revolución había vuelto a estallar. Ahora por diferencias entre los grandes líderes triunfadores.

Villa, enemistado abiertamente con Carranza, alimentaba sus esperanzas de llegar a adueñarse de la Presidencia de la República a través de una convención revolucionaria que manejaría entre candilejas. El Presidente de los Estados Unidos tampoco había reconocido al gobierno carrancista y el famoso general de la División del Norte veía en la actitud de la Casa Blanca un apoyo tácito a su candidatura. Washington, por otro lado, no advertía en Villa tendencias germanófilas, ni éste había externado la necesidad de llevar a cabo prácticas tributarias confiscatorias ni expropiatorias. Finalmente, veían en él al hombre capaz por su prestigio y temperamento de pacificar al fin al país.[178]

"Si los Estados Unidos no han reconocido a estas alturas a Carranza, es por algún motivo", se repetía Villa. "Todas las posibilidades que él vaya perdiendo las iré ganando yo. La decisión está entre los dos."

Carranza no aceptó la decisión de una convención celebrada en Aguascalientes, manipulada por manos extrañas aparte de las de Villa. Se instalaron en los extremos y se ordenó a las tropas respectivas volver a sacar las carabinas de los roperos. Un clarín, todavía afinado y potente, llamó a filas a los mexicanos para volverse a matar entre ellos.

Wilson volvió a saber de la matanza sin inmutarse. Su atención estaba en Europa. Decidió no reconocer diplomáticamente a ninguno de los dos bandos. A Villa por iletrado, bandolero y salvaje y, además, por haber empezado a expropiar latifundios en el norte, y a Carranza por intransigente, inflexible y por ser enemigo de los Estados Unidos, según su política económica.

Las partes beligerantes sabían que quien gozara antes del reconocimiento diplomático tendría cartuchos, rifles, cañones, créditos en dólares y apoyo militar fronterizo. Sin embargo, nunca llegó el telegrama esperado de Washington, ni sus agentes destacados en ambos bandos comunicaron nunca la esperada bendición wilsoniana. La destrucción generalizada del país continuó, salvo en la industria petrolera.

En ese sector, los magnates del oro negro acordonarían toda la zona donde se encontraban sus yacimientos y sus inversiones para protegerla de la ira revolucionaria. Crearían su propio estado petrolero, inviolable a carrancistas, zapatistas, villistas, convencionistas, etc., etc. McDoheny había sido claro.

"Por aquí no pasará ningún sombrerudo, ni entrarán las leyes constitucionalistas, ni los políticos carrancistas. Nadie, absolutamente nadie. Éste será un coto cerrado, propiedad exclusiva de la inversión extranjera y defendido por ella misma con su propio ejército y su propio armamento. Los mexicanos, en su afán suicida, podrán acabar hasta con lo mejor que tienen."

Inglaterra descansaba, mientras el *buffer state* funcionaba apoyado por la marina yanqui desde las costas del Golfo de México; no había motivo de preocupación. El abastecimiento estaría asegurado; Carranza no intentaría nunca violar esa frontera fijada por los petroleros. Bien sabía él, alegaba Pearson, que el enemigo a vencer no era el ejército petrolero, sino el Departamento de Estado y el Foreign Office.

Luego agregó: "El día en que Carranza reconozca todos los actos de gobierno de Victoriano Huerta y convalide todas las concesiones petroleras y mineras otorgadas por éste, además de reconocer la deuda pública adquirida por el llamado 'usurpador' y deje de amenazar con estúpidas posturas expropiatorias, ese día nos sentaremos a hablar del reconocimiento diplomático de su gobierno."

Manuel Peláez había recibido, en el verano de 1914, a un cerrado grupo de representantes petroleros en un lugar secreto, a un costado de la laguna de Mandinga. Habían comido camarones gigantes de la zona y el tradicional huauchinango a la veracruzana, sazonado con aceitunas, alcaparras, cebollas, limón y jitomate.

Peláez, hombre ampliamente conocido en la Huasteca veracruzana, anticarrancista recalcitrante, opositor declarado de la política nacionalista del Primer Jefe y fanático convencido de las bondades de la inversión extranjera, finalmente había pactado con los apoderados petroleros los términos del levantamiento armado en contra de Venustiano Carranza[179] para despojarlo de sus poderes políticos y aislar de la República a toda la zona petrolera demarcada por McDoheny y su pandilla.

—Necesitaré aproximadamente 35,000 dólares* mensuales sólo para cubrir el importe de las nóminas —repuso Peláez, petrolero también, pero de mínimas dimensiones si se le comparaba con un McDoheny o un Cowdray—. Quiero decirles, además, que mis muchachos son muy nerviosos y no aceptan, al término de la quincena, ningún argumento que no sea el del dinero contante y sonante. En este renglón no caben ni se entienden los retrasos.

Los petroleros se vieron uno al otro a la cara, sorprendidos por el chantaje de Peláez. Nunca habían pensado gastar tanto dinero, ni que el acreditado general les vendiera tan cara la protección.

—Por otro lado, quiero dejar bien aclarado que esa insignificante cantidad no incluye desde luego todos los pertrechos de guerra. Ustedes deberán abastecernos, además, de municiones, rifles y todo género de armamento, por separado.

---

* Los cálculos sobre las cantidades que los petroleros pagaban a Peláez difieren. Daniels, en 1917, decía que la suma ascendía a 85,000 dólares al año. E. David Cronon, *The cabinet diaries of Josephus Daniels*, p. 214. La League of Free Nations Association sostuvo que la cantidad verdadera era 200,000 dólares mensuales, NAW, carta de la Asociación al Departamento de Estado, 15 de agosto de 1919, 812.6363/508. Un informe enviado desde el barco de guerra *Nashville*, el 26 de enero de 1917 al Departamento de Estado, anotaba que Peláez recibía 10,000 dólares mensuales de la Huasteca y otro tanto de El Águila, NAW, 812.6363/259. Lorenzo Meyer, *México y Estados Unidos en el conflicto petrolero*, El Colegio de México, pág. 100.

—De acuerdo, señor Peláez, de acuerdo. Sólo que sentimos exagerada la suma que usted pretende —señaló inmediatamente Body.

—Es bien importante que ustedes comprendan con claridad mis conceptos para abreviar y facilitar esta decisión lo mejor posible —precisó Peláez—. No me voy a levantar en armas contra un municipio, ni contra el gobierno del Estado de Veracruz. Me propongo hacerlo contra el Ejército Constitucionalista que venció al Federal, encabezado por uno de los mejores militares de su historia, como lo fue, sin duda, mi general Victoriano Huerta. Carranza, inexplicablemente, logró vencerlo y hoy por hoy su ejército representa la mayor fuerza militar en el país, a la cual no voy a oponerme con cuatro cuatreros armados con carabinas destartaladas. Si yo debo cuidar este carísimo patrimonio mexicano debo contar con recursos suficientes o no aceptar la responsabilidad. Además, la gente leal a Félix Díaz, a Zapata, a Guillermo Mexueiro o a los hermanos Cedillo, es gente cara y hay que pagarla bien. Si quieren buen equipo hay que pagarlo bien y a tiempo. Un ejército para proteger los pozos petroleros no puede ser de muertos de hambre, sino de militares de carrera…

—¿Cuántos soldados piensa usted tener bajo sus órdenes y cuánto piensa pagarle a cada uno para justificar una nómina tan voluminosa? —preguntó Benigno Machado, sustituto de Eduardo Sobrino y anteriormente alto funcionario del Poder Judicial Federal.

—Ustedes quieren que Carranza se estrelle en la zona petrolera. No desean que el ejército de sus países desarrolle la labor que yo voy a ejecutar y quieren asegurarse que ningún constitucionalista tenga acceso a las llaves de los pozos, ni a las de los oleoductos, ¿verdad? —contestó Peláez—. Yo puedo cumplir cabalmente con esa misión y mantener a raya a quien intente violar las fronteras establecidas en el levantamiento; ahora bien, si ustedes no aceptan ni mis términos ni mis condiciones y se niegan a proporcionarme los recursos requeridos para asegurar el éxito de la misión, mejor hablemos de la guerra europea o de los peces del Golfo de México —precisó irritado Peláez—. ¿No le parece a usted, señor Body, que el huauchinango está bien jugoso? —preguntó cáustico e ingenioso.

—Disculpe usted la brusquedad del licenciado Machado —dijo el inglés—. Siempre va directo al punto sin voltear a los lados. Realmente lo que él quiere decir…

—No me explique, mister Body, lo que él quiere decir me ha quedado perfectamente claro —interrumpió Peláez—. El licenciado Machado no ha entendido que no sólo me enfrentaré al ejército más poderoso del país para proteger la riqueza más importante de México, sino que, además, me jugaré la vida todos los días después que Carranza me identifique y conozca mis propósitos. Este último concepto tiene un valor enorme para mí y si ustedes me lo permiten, no lo voy a someter a su elevada consideración en esta mesa. De modo que o aceptan mis términos, señores petroleros, o hablamos, como dije, de otro tema. Peláez apuró un buen trago de cerveza fría. Body miró furiosamente a los ojos del ex ministro de la Corte. Machado, por su parte, prendía un puro de San Andrés Tuxtla y esquivaba la mirada del inglés.

Un silencio comprometedor parecía sepultar todas las expectativas. Cualquier comentario parecía inapropiado y fuera de lugar. Parecían haberse agotado de golpe todos los temas de conversación. Ninguno de los comensales hacía uso de la palabra para no complicar aún más la delicada situación. Machado, bromista, optó por esta estrategia para aflojar la tensión.

—Exagera usted, amigo Peláez. Exagera. El ejército convencionista, nacido en Aguascalientes, puede ser más poderoso que el antes constitucionalista. Veremos en un futuro quién resulta vencedor. Por otro lado, México ha sido de los primeros productores de plata en el mundo, de donde resulta discutible que el petróleo sea la mayor riqueza de este país y, finalmente, con las tropas que usted recluté podrá estar a salvo de cualquier mano malintencionada que intente lastimarlo.

Peláez se levantó bruscamente de la mesa ante la sorpresa desagradable de sus invitados. Machado enmudeció.

—Señores, dado que ustedes piensan que mi actividad no entraña a sus ojos la significación que a mí sí me merece, les suplico tengan la gentileza de informar, principalmente al señor McDoheny, que a partir de esta fecha doy por cancelados todos los tratos y acuerdos a los que habíamos llegado. Buenos días, señores. Me haré cargo de la cuenta al abandonar el restaurante.

Body, furioso y descompuesto por la imprudencia del abogado y por haber facilitado tanto las cosas al veracruzano, no tuvo otra opción que aceptar. McDoheny y Cowdray lo deberían entender.

—De acuerdo, don Manuel, de acuerdo con usted. Tome asiento. Hágame el favor de tomar asiento.

Machado, boquiabierto y pálido, no entendía la respuesta de Peláez ni, mucho menos, su actitud. Sintió un gran alivio cuando éste accedió a volver asentarse a la mesa con ellos. El petrolero inglés ya no discutió las condiciones impuestas por Peláez.

—Sólo necesito saber la fecha exacta y algo de la mecánica que usted ha pensado para bloquear íntegramente la zona.

Peláez, satisfecho, señaló un día de la primera quincena de noviembre. Probablemente sería el 14 de noviembre de 1914.

—Esta fecha será recogida para siempre —dijo gozoso— por la historia de México como el día de la salvación del recurso más útil de mi patria.

Su plan había funcionado. Su estrategia había sido coronada por el éxito. "Desde los extremos, decía para sí, siempre se ganan las discusiones. Lo importante es saber identificarlos."

—Ahora bien —precisó concluyente—, por lo que respecta a la mecánica a seguir, procederemos, billete en mano, a convencer a los campesinos locales de las verdaderas intenciones políticas de Venustiano Carranza, de su peligrosidad como enemigo potencial común y de la necesidad de detenerlo y, posteriormente, destruirlo. Sí, señores, por lo pronto deberemos detener a este intolerable fanático nacionalista. Acto seguido, procederemos a su destrucción definitiva. Eso se lo asegura a ustedes Manuel Peláez.

Semanas después, precisamente el día 4 de noviembre de 1914*, Manuel Peláez segregó del resto del país una enorme fracción territorial saturada de yacimientos petrolíferos, apoyado por guardias blancos armados que hacían las veces de escudo contra la política legislativa del carrancismo. El Primer Jefe reaccionó frente al impacto como un tigre herido. Villa festejó, por su parte, todo lo negativo que le pudiera acontecer a su anterior jefe, aun cuando se tratara de una ocupación extranjera o de la más canallesca profanación de lo mexicano.

Venustiano Carranza recordó en críptico silencio el fracaso de la política petrolera de Francisco I. Madero cuando intentó aplicar los mismos ordenamientos de trascendencia política y económica. Recordó impotente a la poderosa marina de guerra americana surta en los puertos de Tampico y Veracruz, resuelta a apoyar los dictados del Departamento de Estado, originados generalmente en las propias peticiones de sus inversionistas en el extranjero. La superioridad de las armas yanquis volverían a impedir la aplicación de las leyes mexicanas.

"Si rompo las líneas de Peláez", decíase, "sólo provocaré una nueva invasión y comprometeré todo lo ganado por la revolución."

El Varón de Cuatro Ciénegas sólo pensó en la eliminación o en el control de esos inversionistas, cuyo poder mueve ejércitos, provoca revoluciones y guerras y cuenta con la facilidad de irritar, cuando lo necesita, al huésped en turno más importante de la Casa Blanca. "Todavía no sé si felicitarme económicamente por la existencia del petróleo en México o lamentarme políticamente por su descubrimiento."

De la Convención de Aguascalientes, Villa surge como indiscutible vencedor; a Carranza le es exigida la presentación de su renuncia. Éste niega jurisdicción de la Convención y se traslada, en busca de seguridad y de los impuestos aduaneros pagaderos en dólares, a Veracruz. Obregón telegrafiará más tarde en términos enérgicos: LAMENTO CON

---

* Desde entonces, Peláez, que pagaba sus tropas con el dinero de las compañías, controló la mayor parte de la citada zona y estuvo al servicio, durante cerca de seis años, de las empresas que explotaban el petróleo de México y que ponían en juego todos sus recursos para sustraerse a la legítima intervención del gobierno de la República. Éste es un cargo del que jamás podrán defenderse las subsidiarias de la Standard Oil Company de New Jersey y de la Royal Dutch Shell. Miguel Alemán, *La verdad del petróleo mexicano*, Editorial Grijalbo, 1977, pág. 78.

DOLOR QUE (CARRANZA) NO HAYA PODIDO SUBORDINAR EL AMOR PROPIO AL PATRIOTISMO.[180] El Primer Jefe nunca lo olvidará.

Finalmente salen las tropas norteamericanas de Veracruz, después de agotadoras y arbitrarias negociaciones. Villa vio en sus arcas todos los dólares captados a través de esa aduana marítima. Deseaba que el importante puerto le fuera entregado a él. No logró su objetivo. Carranza entrevió la coyuntura política esperada. Pide papel y lápiz. Aprovecha la salida de los invasores para redactar con sus asistentes las adiciones necesarias al Plan de Guadalupe: Disolución de latifundios; leyes fiscales encaminadas a obtener un sistema equitativo de impuestos a la propiedad raíz; revisión de las leyes relativas a la explotación de minas, petróleo y demás recursos naturales del país.

Con la ley en la mano, exhibiría en el mundo entero la grosera rebeldía de los petroleros al desconocer la soberanía del Estado mexicano y sus instituciones jurídicas. Todos los petroleros adivinan en las adiciones al Plan de Guadalupe un futuro económico inestable y accidentado. Poderosos vientos vuelven a agitar nerviosamente las banderas extranjeras colocadas en la parte superior de las torres petroleras. McDoheny piensa que el levantamiento de Peláez sólo será un paliativo. "La verdadera solución definitiva consiste en la desaparición política de Venustiano Carranza."

La conflagración europea cobraba un ímpetu depredador, cuyas consecuencias finales serían difícilmente previsibles. Austria había declarado la guerra a Servia; Alemania a Rusia, Francia y Bélgica; Inglaterra a Alemania; Austria a Rusia y Francia e Inglaterra a Austria. Por otra parte, Italia empieza a gestionar la cesión del Trentino y Trieste a lo cual Austria no accede a pesar de las sugerencias alemanas. Entra en negociaciones con los aliados, donde éstos se comprometen a satisfacer sus aspiraciones territoriales. Acto seguido, el 23 de mayo de 1915, Italia declara la guerra a Austria. Se abría de este modo un nuevo frente de quinientos kilómetros. Dos millones de hombres fueron movilizados inmediatamente.

La marcha de la guerra europea no podía ser más favorable para los imperios del centro. Los ataques francoingleses sobre el frente occidental habían producido modificaciones territoriales ínfimas a costa de ingentes sacrificios de hombres y materiales. Rusia, a su vez. veíase arrojada más allá de Polonia, Lituania, Curlandia y Galitzia.

Servia y Montenegro, conquistadas, abrían camino a las comunicaciones con Turquía, cuya moral estaba en alza por el triunfo de los Dardanelos. Para los aliados, el año de 1915 es periodo de vacilaciones, de pruebas y de dispersión de fuerzas, repartidas en Occidente, los Dardanelos y Salónica, en Asia y en África. Esto obligó a los aliados a una cooperación más estrecha. Joffre, nombrado en diciembre generalísimo de los ejércitos franceses, propone que se ataque simultáneamente a los centrales por los frentes de Rusia y Francia, de manera que, entre otras ofensivas, los alemanes, gracias a sus líneas interiores, no pueden trasladar sus reservas de un frente al otro al verse obligados a luchar en dos frentes a la vez.

Esta circunstancia iría gravitando severamente en el ánimo del emperador alemán quien recordaba en su fuero interno una de las razones más sobresalientes del fracaso estratégico de Napoleón: haber tenido abiertos precisamente dos frentes.

Sin embargo, el mismo káiser no olvidaba la ubicación geográfica de México y no ocultaba su preocupación por el eventual ingreso de los Estados Unidos en la guerra al lado de los aliados. Confiaba en la participación de Victoriano Huerta para ayudarlo a ejecutar la contrarrevolución mexicana. Buscaba afanosamente una nueva fórmula para envolver a los Estados Unidos en otro conflicto ajeno al europeo y diferir su ingreso en la actual guerra. Tiempo —pensaba para sí el káiser—. Sólo necesito tiempo.

Una lámpara quedó prendida hasta muy altas horas de la noche en las oficinas del Departamento de Estado americano el 10 de octubre de 1915. Lansing, el segundo Secretario de Estado del Presidente Woodrow Wilson, redactaba algunas conclusiones personales en su diario diplomático. Otras las consignaba al Presidente en un informe confidencial relativo a las ventajas de un reconocimiento diplomático del gobierno del Presidente Carranza.

La Corona Inglesa se negaba a que los Estados Unidos reconocieran al gobierno de Carranza, mientras éste no aceptara la validez de los contratos petroleros suscritos durante la gestión de Victoriano Huerta. La misma oposición habían adoptado los inversionistas americanos en territorio mexicano. La paciencia del Presidente Wilson llegaba a su fin: "Ya estoy harto de la insistencia de los petroleros yanquis para invadir México. Han sido incapaces de resolver sus problemas y piensan que toda la Armada norteamericana está a su exclusiva disposición para defender sus intereses patrimoniales." Deben existir otras consideraciones diferentes a las de los petroleros para normar en esos momentos nuestras relaciones con México.

Lansing dejará constancia por escrito de su postura: "Alemania desea mantener vivo el conflicto con México hasta que los Estados Unidos se vean obligados a intervenir. *Por lo tanto, no debemos intervenir.*

"Alemania no quiere que haya una sola facción dominante en México. *Por lo tanto, debemos reconocer una sola facción dominante en México.*

"Cuando reconozcamos a una de las facciones como gobierno, Alemania procurará indubitablemente crear un conflicto entre ese gobierno y el nuestro. *Por lo tanto, debemos evitar todo conflicto, independientemente de las críticas del Congreso y de la prensa.*[181]

"Todo se reduce a esto: nuestras posibles relaciones con Alemania deben ser nuestra primera consideración y nuestras relaciones con México deberán conducirse de acuerdo con esto.

"Los petroleros desean una intervención directa en México, una guerra abierta para repartirse toda la riqueza del subsuelo mexicano. Sin embargo, dada la guerra europea, las peticiones petroleras chocan con los objetivos estratégicos del gobierno de los Estados Unidos. Acceder a ellos es tanto como caer en la tentación y en la trampa que nos tienden los alemanes. La política internacional de los Estados Unidos hacia México no se dictará en función de los intereses petroleros por más que el Congreso y la prensa veladamente así lo deseen.

"El famoso Peláez lleva casi un año al frente del *buffer state* y la producción y exportación del petróleo hacia Europa, a través de nuestro conducto, se ha desarrollado con toda normalidad. No veo la justificación para tomar medidas más agresivas a fin de proteger el patrimonio petrolero norteamericano en México.

"Sólo Villa me preocupa. El presidente está satisfecho por el anuncio de una nueva Constitución política mexicana. Su promulgación le dará al gobierno carrancista el perfil democrático que exige Wilson para todos los países latinoamericanos. Estamos en vías de conceder, además, un crédito a favor del gobierno carrancista para la consolidación de su economía. A los petroleros norteamericanos e ingleses los convenceremos respecto a la necesidad de reconocer diplomáticamente a Carranza. Sólo Villa no entenderá la decisión. Se intensificará la violencia en México y los alemanes aprovecharán cualquier pretexto para provocar la guerra. Es pues necesario destruir el villismo, consolidar el carrancismo con todo y las dudas que nos inspira su trayectoria nacionalista e impedir cualquier oportunidad de maniobra del gobierno alemán."

El 22 de octubre de 1915, Woodrow Wilson otorgó el reconocimiento diplomático al gobierno de Venustiano Carranza, quien festejó en críptico silencio su trascendental victoria: Wilson decidió sacrificar a Villa y trató de entenderse con Carranza. Villa estalló en uno de sus acostumbrados arrebatos. Alegó la enajenación total del país por parte de Carranza a los Estados Unidos. La campaña militar, dirigida por Obregón, avanzó en su contra. Quedó arrinconado en la frontera, donde Wilson autorizó a las tropas carrancistas el paso a través del territorio norteamericano. Villa fue tomado en forma sorpresiva por la retaguardia y se le infligió una derrota catastrófica y definitiva.[182] Ahí quedó enterrada la experiencia militar del Centauro del Norte.

Casi simultáneamente, la inteligencia americana sorprende a Victoriano Huerta cuando pretendía cruzar la frontera mexicana desde Texas e internarse en territorio nacional, en ejecución de los acuerdos llegados con el káiser alemán.

Pascual Orozco también es arrestado junto con el asesino del presidente Madero, acusado de violar las leyes de neutralidad, aplicadas en este caso con toda precisión, a diferencia del caso de Madero y en igualdad de circunstancias con Ricardo Flores Magón.

El emperador alemán enfurece con el fracaso. Poco tiempo después los dos ínclitos mexicanos pierden la vida por diferentes razones. Orozco a manos de los *rangers* en un frustrado intento de huida... Huerta, por su parte, la pierde víctima de un alcoholismo galopante. Al ser operado en sus cinco sentidos, por negarse a ser cloroformado, le encuentran el hígado del tamaño de una nuez. Semanas después fallece dentro de un impactante *delirium tremens*.

Ese mismo año de 1915, otro mexicano había muerto en la capital del mundo, en el París de sus sueños: José de la Cruz Porfirio Díaz.

La inversión americana radicada en México desconfiaba de la política exterior del presidente Woodrow Wilson, acusándolo de inestable moralista y soñador. Seguían sin entender su actitud hacia Victoriano Huerta.

"Si al fin teníamos un presidente mexicano hecho a la medida de nuestras necesidades, ¿por qué destruirlo, por qué derrocarlo, si significaba la mejor garantía para nuestros negocios? Wilson nunca debió haberse opuesto a Victoriano Huerta, nuestro hombre, pero menos aún reconocer a Venustiano Carranza con sus estúpidas ideas patrioteras."

El clan de inversionistas se había opuesto al reconocimiento diplomático de Carranza en virtud de los decretos emitidos en campaña, tendentes a regular la explotación de los recursos naturales no renovables del subsuelo mexicano. Nada querían con el Primer Jefe de la revolución y, sin embargo, sus súplicas nuevamente no fueron escuchadas, pues repentinamente la Casa Blanca reconoció a un gobierno enemigo de los negocios extranjeros.

Los petroleros convocaron a un "aquelarre" secreto y resolvieron dar un nuevo golpe de estado contra el líder victorioso de la revolución.

Para tal efecto decidieron aprovechar las fuerzas diezmadas del villismo y volver a armar al Centauro del Norte en contra de Venustiano Carranza. Manuel Peláez, en su carácter de titular del estado petrolero, cerraría la pinza desde el sur para reventar al Varón de Cuatro Ciénegas. Al triunfo de la insurrección verían la forma de deshacerse de Villa y del propio Peláez, para colocar en la Presidencia de México a un heredero de la familia imperial de Agustín de Iturbide, quien ya había aceptado cualquiera condición necesaria para la realización de los multimillonarios negocios petroleros.[183] Eduardo Iturbide, como sus antepasados, sólo deseaba ver coronada su cabeza con ramas de laurel sin reparar en ninguna otra consideración.

Por otro lado habían entablado pláticas con Agustín Canova, destacado funcionario del Departamento de Estado, encargado de asuntos latinoamericanos, para lograr el apoyo del Secretario Lansing para la causa. El plan se estructuraba con todo cuidado. McDoheny había incorporado al grupo de trabajo a un antiguo subordinado suyo, ex Secretario de Relaciones Exteriores en el gobierno maderista, radicado a la sazón en Washington, Manuel Calero. Este agente petrolero secreto deseaba para sí nuevamente la cartera de asuntos extranjeros mexicanos al triunfo del nuevo golpe de estado.[184]

Todo estaba preparado, el dinero, las armas y la gente, pero Wilson se negó a seguir el plan tan pronto lo conoció. Se negó a jugar con pólvora mientras no pudiera medir la evolución de la guerra europea. Era menester dejar a México en toda calma para no hacerle el juego al káiser. El plan de los petroleros permitiría de inmediato la intervención alemana y el conflicto podría escapar del control de sus manos.

—¡No! —dijo—, no es el momento. Tendremos que resignarnos a vivir con Carranza. Por lo pronto no hay otra opción. ¡Ah!, si no hubiera guerra en Europa el Primer Jefe aprendería a respetarme.

Más tarde comentaría a Tumulty, su secretario particular:

—Algún día el pueblo norteamericano sabrá por qué vacilé en intervenir en México. Ahora no puedo decirlo, porque estamos en paz con la gran causante, la gran potencia, cuya venenosa propaganda es responsable por las terribles condiciones actuales de México. Hay allí propagandistas alemanes que fomentan el conflicto y los problemas entre nuestros países. Alemania está ansiosa de vernos enfrascados en una guerra contra México para que nuestras mentes y nuestras energías se distraigan de la gran guerra que se libra allende el mar. Ella desea una oportunidad sin interrupciones de llevar adelante una guerra submarina y cree que la guerra contra México nos atará de manos y le dará, así, libertad de acción para hacer su voluntad en alta mar. Comienza a parecer que la guerra contra Alemania es inevitable. Si llegara, y ruego a Dios que no sea así, no quiero que las fuerzas y las energías de los Estados Unidos estén divididas, ya que necesitaremos hasta la última onza de reservas que tengamos para derrotar a Alemania.[185]

Los petroleros decidieron someterse. La guerra era un negocio muy próspero para ellos como para jugar con Wilson. Nunca habían vendido tanto combustible, en particular McDoheny, quien abastecía a la Corona, junto con El Águila, triangulando los envíos a través de los Estados Unidos, país con el que Alemania no deseaba tener conflictos por lo pronto.

Por otro lado, si las empresas petroleras americanas deseaban exportar a Inglaterra sus productos refinados o semirrefinados, deberían primero dejar bien satisfecho el mercado americano doméstico y generar determinadas reservas para sólo exportar el excedente. Así pues, para cumplir con ese requisito fue vital importar de México, pues de otra manera hubiera sido imposible abastecer el mercado europeo. Inglaterra dependía críticamente del petróleo mexicano, por lo que el 95% de las importaciones americanas provenían de México.[186]

Villa también se resignó, aun cuando parcialmente. En el mes de marzo de 1916 sus fuerzas invadieron los Estados Unidos hasta llegar a un pueblito fronterizo llamado Columbus, donde masacró a tiros a un grupo de norteamericanos locales. Deseaba vengarse de los americanos y de Carranza y para ello deseaba ocasionar un conflicto entre los dos países para que sus enemigos se destrozaran uno al otro. Estuvo a punto de lograrlo.

Albert Fall pidió enloquecido la invasión masiva desde su curul en el Congreso americano. "Es tu oportunidad", le había tronado McDoheny al oído. "Si después de matar a los nuestros en nuestro propio territorio no responde la Casa Blanca, ¿qué hemos de esperar de ella? ¿Qué?"

—Si Washington no tiene éxito en la represalia contra México —dijo Fall ante la Cámara de Senadores—, yo me encargaré de efectuar tal bombardeo en el Congreso, que las anteriores revoluciones de México aparecerán como inocentes celebraciones del 4 de julio.[187]

Los petroleros incendiaron a la prensa con miles de dólares para provocar una intervención armada, o cuando menos, la anexión de los estados petroleros junto con otros fronterizos a los Estados Unidos.

—Tracemos una línea paralela al Ecuador, desde la punta de Baja California Sur y quedémonos con todo ese territorio mexicano, junto con Veracruz —se desgañitaba Fall en el Congreso.

Una de aquellas noches de insomnio del presidente Wilson en el trágico mes de marzo de 1916, mientras se revolvía inquieto en la cama de las habitaciones de Abraham Lincoln, pensaba para sí:

—No le concedo a Villa la suficiente inteligencia para urdir desinteresadamente el ataque a Columbus. Él solo no pudo idearlo. Tengo que buscar la respuesta entre los que se beneficiarían con una guerra entre mi país y México. Identificó claramente dos grupos con diferentes justificaciones y propósitos similares: uno, los petroleros norteamericanos.

Son capaces de todo. Ha quedado evidenciado su interés indiscutible por apropiarse de toda la riqueza petrolera mexicana. A ellos les conviene la provocación y la consecuente ocupación. En segundo lugar, al káiser Federico Guillermo también le conviene un incidente de esa naturaleza. Afortunadamente no caí en la trampa.

¡Qué difícil es conocer la cara oculta de las cosas! Los intereses políticos y económicos tienen todos los disfraces a la mano. ¡Qué hermoso y grave es el ejercicio de la presidencia! Bien pronto sabré quién fue el artífice intelectual de lo de Columbus. Por lo pronto no le daré gusto ni a los petroleros ni a los alemanes. No habrá invasión. Simplemente mandaré a Pershing al frente de una expedición punitiva para sancionar al bandolero de Villa.

—Sí, siempre fui fiel a mis superiores en las buenas y en las malas, en las duras y en las maduras y a todos consta que nunca dejé de jugármela por la patria y por nuestra causa con coraje y audacia. Mi lealtad, mi dignidad militar y mi valentía como hombre siempre estuvieron a prueba de fuego. Podré ser acusado de muchas cosas pero nunca de traidor, ni de cobarde. Todos saben que Francisco Villa está hecho de una sola pieza, fundida en el mejor de los aceros —decía el famoso Centauro del Norte, malherido y refugiado improvisadamente en una cueva de sus dominios en la intrincada Sierra de Chihuahua.

No iba a permitir que me patearan como a una cabra loca que quieren meter a un corral. No, no y no, carajo. ¡No! —explicaba vehemente y apasionado Pancho Villa a dos de sus lugartenientes más fieles, quienes le escuchaban sentados, cabizbajos y pensativos, alrededor de una pequeña hoguera, donde todos clavaban la vista en búsqueda inútil de alguna explicación satisfactoria o de algún probable consuelo.

¿Quién apoyó incondicionalmente a don Pancho, siendo ya Presidente de la República? Villa, claro, Villa. ¿Quién destruyó prácticamente a todo el ejército huertista? Villa.[188] ¿Quién —decía desesperado el magnífico caudillo norteño— le reconoció a Villa su participación en la renuncia de Díaz? Nadie, Cartucho, nadie. ¡Absolutamente nadie! ¿Y quién, finalmente, llevó al poder al traidor de Carranza? Villa, sí, Villa. El bueno o el imbécil o el fiel Villa. Y todo, ¿para qué? Para que Carranza vendiera, como todo canalla, la mitad del país a los Estados Unidos a cambio del reconocimiento diplomático de su gobierno y para quedar yo precisamente como un animal apartado, apestoso y perseguido por el peligro que represento.[189]

No, Chicote, no, esto no podía continuar —comentó decepcionado el héroe de la Batalla de Torreón.*

El Chicote contestó sin separar la mirada de las breves llamas producidas por la fogata:

—Voy de acuerdo con mi general, a usté le han pagado mal, sólo que no acabo de comprender por qué razón nos metimos en los Estados Unidos a matar güeros sin ton ni son.

—Ya te lo dije, Chicote. Acuérdate de Agua Prieta. Esperábamos a Obregón por el Sur y estábamos listos para darle batalla cuando se nos apareció también por el Norte. ¿Cómo pudo llegar por el Norte? Sólo porque alguien le abrió la puerta de la frontera. ¿Quién se la abrió? Únicamente una persona: el presidente yanqui. Ya no nos necesitaba y permitió que nos apuñalaran por la espalda. Eso mismo le dije a su agente especial, el maldito Carothers, que sólo buscaba la manera de enriquecerse con la importación de armas chuecas y con la exportación a Esta-

---

* El 5 de noviembre de 1915, Francisco Villa había publicado un manifiesto en Naco, Sonora, en el que se hacían grandes acusaciones contra Wilson y Carranza. Entre otros argumentos alegaba la venta del reconocimiento diplomático del gobierno de Carranza a cambio de 500 millones de dólares y el permiso de que las tropas constitucionalistas cruzaran el territorio americano. Por esa razón Villa advirtió: "El precio de esos favores es, simplemente, la venta de nuestro país por el traidor Carranza". Ver nota 189.

dos Unidos de cosechas confiscadas a otros extranjeros agricultores del Norte. ¡Ningún pinche gringo da paso sin huarache!

—Eso está claro, mi general, pero, ¿qué culpa tenían esos cobardes maricas que llenamos de balas allá en Columbus? Ellos eran inocentes. ¿Por qué teníamos que echárnoslos?

La cara de Villa resplandecía con los colores caprichosos que despedía el fuego. Su rostro, en aquella ocasión no delataba emociones. Tras de su recio bigote parecían ocultarse todos sus sentimientos y sus frustraciones.

—Los inocentes, como tú los llamas, no cuentan, Chicote, ¿o crees que todos los que mueren en las guerras son soldados? La guerra es la guerra y tiene sus propias reglas morales independientes. Cada quien impone sus normas. Lo que cuenta, finalmente, es el éxito y el control de la prensa y de los pelotones de fusilamiento. Todos los demás se agacharán y te respetarán, o por conveniencia o por miedo a la bala o a la cuerda.

Matar a esos infelices, que de cualquier forma de algo se iban a morir, no me iba a quitar el sueño si, por contra, lograba yo quitárselo a Wilson y al traidor de Carranza. ¡Y ya ves, funcionó a las mil maravillas! La bronca que armamos en Estados Unidos al atacar a esos perfumaditos la va a pagar Carranza. Esos muertitos no cuentan. Lo que realmente cuenta —dijo mientras arrojaba un pequeño ocote a la hoguera— es desenmascarar a Carranza.

—¿Matando güeros iba usté a desenmascarar a Carranza?

—No seas pendejo, Chicote. A veces creo que hablo con un humano y a lo máximo que llegas es a tener nuestra forma.

—Bueno, pero no se enoje usté, pues…

—Pues fíjate, pedazo de bruto. Ya te lo expliqué hasta borracho y ni así entiendes. Al atacar Columbus pateábamos, en donde te conté, el honor americano. ¿Qué iban a hacer?

—Corretearnos, como nos corretearon hasta la frontera.

—Sí que eres bruto, Chicote —interrumpió el Cartucho—. Lo que mi general dice es que los gringos buscarán la venganza e invadirán todo el país con el pretexto de encontrarnos.

Villa albergaba un odio profundo contra Carranza que se remontaba a la campaña militar para derrocar a Victoriano Huerta. La rivalidad entre ambos no parecía tener salvación.

—Vaya —dijo el Centauro—. Hasta que alguien entiende lo que digo y lo que hago. Necesitábamos una invasión para desenmascarar a Carranza, porque si éste hubiera aceptado la invasión quedaba entonces en claro su pacto con el presidente Wilson. Mediante el cual siempre pensé que se había vendido la patria a los extranjeros, razón de sobra para fusilarlo.

Si por contra no existió pacto alguno con Wilson, ni con los petroleros que querían al famoso Iturbide como presidente, según me vinieron a decir sus agentes, entonces Carranza deberá enfrentar en cualquier forma la invasión y esa lucha significará su fin. En su caso, nosotros nos hubiéramos hecho cargo de Carranza por traidor, en el otro, los mismos gringos se ocuparán de él.

Los gringos querían su propio presidente mexicano para ellos solitos y yo pensé que Carranza había entregado la patria a los Estados Unidos para que no le pusieran a Iturbide en su lugar. Creo que me equivoqué, porque Carranza no apoyó la intervención y en este caso de cualquier forma le costará cara su actitud con Wilson.

El Cartucho volvió a intervenir cuidadosamente:

—¿Quién iba a decir que Carranza iba a ser apoyado y reconocido por los propios yanquis, si sólo les mentaba la madre y los amenazaba todos los días con expropiaciones? No lo entiendo, mi general. No me cabe en la cabeza.

—Ni yo tampoco, Cartucho. Verdad de Dios que algo muy importante les habrá entregado Carranza a los gringos para lograr que lo reconocieran después de todo lo que les ha hecho. Ese secreto lo sabremos algún día. Nunca entendí los decretitos de Carranza, ni sus actitudes con los norteamericanos. Algo raro debe pasar que no conozco. Raro, muy raro...

La leña empezaba a agotarse y el fuego se extinguía. La cabeza del Cartucho había desaparecido escondida bajo un gran sombrero. Dormía sentado como cuando practicaba sus guardias nocturnas.

—Oiga, mi general, ¿y si las tropas éstas del tal Pershing que nos busca por toda la sierra crecen en número y al oponerse Carranza a ellas también lo tumban, usté piensa que lo llamarán a usté al lugar de don Venustiano o que aprovecharán la oportunidad para meter al tal Iturbide?

—Yo ya no creo que a mí me llamen para nada, Chicote, —comentó Villa desilusionado y pensativo—. Yo tuve la necesidad de expropiarles muchas tierras a los gringos y de aumentarles los impuestos en territorios que yo controlaba y de pedirles créditos forzosos a los hacendados ricotes para pagar todas las deudas y compromisos militares. Ahora los yanquis deben pensar que pronto podrán dedicarse a explotar en paz y con la gracia de Dios las riquezas del suelo mexicano. Yo lo que quiero ahora es salvar la independencia de México y acabar de una vez con el dominio de los extranjeros en el país.

—Si usté cree, mi general, que a usté ya no lo llamarán por como usté piensa y si lo que queríamos era sacudirnos de encima a los gringos, ¿pa qué demonios nos fuimos a meter en los Estados Unidos pa chingarnos a los perjumaditos?

—Pensándolo bien, creo que la regamos, porque si se truenan a Carranza pondrán a Iturbide y, en ese caso, les habremos entregado el resto del país y el gran ganón será el almidonado ése descendiente de Jesús.

—Yo no sé, Chicote. Hay veces que mi odio a Carranza me ciega y con tal de acabar con él volvería a atacar mil veces Columbus. Otras veces pienso que la matanza de güeros sólo provocará exactamente aquello que deseo impedir. Ya no sé qué pensar. No sé, estoy confundido. Por lo pronto debemos empezar a juntar gente, porque veo muy cerca la guerra con los Estados Unidos.

—Ya me ando cayendo de sueño. Voy a descansar un rato —dijo Francisco Villa—. ¿Tú haces la guardia hoy?

Como era su costumbre, se recostó en un sarape, mientras el Chicote se dirigía, murmurando, a la entrada de la cueva. "Pinches gringos. Ya nos veremos las caras junto con mi general."

La idea de modificar sustancialmente el *status* de la industria petrolera empezó a cobrar forma en la realidad. En abril de 1916 la Comisión Técnica sobre la Nacionalización del Petróleo, formada por órdenes de Carranza, presentó un informe que concluía:

> ...Por todas las razones expuestas, creemos justo restituir a la nación lo que es suyo, la riqueza del subsuelo, el carbón de piedra y el petróleo.[190]

Los términos de una terrible controversia quedaban firmemente planteados entre los Estados Unidos y el gobierno carrancista.

"La Administración Pública se encuentra prácticamente en bancarrota", decíase Carranza.

"La nómina burocrática, como dice Obregón, pesa más que la losa del Pípila."

La derrota de Villa había significado un paso definitivo en materia de pacificación, entendido como el momento de iniciar la reconstrucción económica del país.

Carranza deseaba consolidar la revolución, robustecer las finanzas públicas, estimular nuevamente el comercio y la industria del país y, por otro lado, materializar a nivel constitucional su concepción del ideario político del movimiento armado.

—La próxima Constitución fortalecerá mi gobierno y dejará sentado el marco de actuación política de los subsecuentes. Nadie se saldrá ya con interpretaciones personales ante un texto expreso que establezca en lo particular las reglas de explotación de las riquezas de nuestro subsuelo.

La legislación porfirista había obsequiado a los extranjeros valiosísimas materias primas, fruto de milenios de silenciosos procesos subterráneos, que la propia naturaleza tardaría millones de años en reponer en sus casi inaccesibles entrañas.

Los ingleses habían convencido a Díaz de la procedencia lógica de unir el destino del suelo al del subsuelo y de consignar ese principio en normas legales con el objeto de dejar clara constancia a los propietarios de los predios de las dimensiones de sus bienes. A través de esas normas el dictador había derogado hasta las Ordenanzas de Aranjuez de 1783, que establecían la propiedad de las minas a favor de la Real Corona, "pudiendo, si, concesionarse a particulares interesados".

De esta forma, al acordar Díaz que los depósitos de combustibles minerales, bajo todas sus formas y variedades, serían de la exclusiva propiedad del dueño del subsuelo, venía a derogar de un plumazo toda una larga tradición jurídica nacional e internacional.

Venustiano Carranza, plenamente consciente de la legislación porfirista y de la importancia económica y política de los hidrocarburos, había decidido convocar a un Congreso Constituyente para promulgar una nueva Constitución, similar a la de 1857, pero con adecuaciones fundamentales respecto al régimen patrimonial nacional.

Entre otros objetivos se proponía nacionalizar la industria petrolera a pesar de las consecuencias internacionales que su iniciativa pudiera originar a cambio del aprovechamiento de toda esa inmensa riqueza en beneficio del país.[191]

—Yo necesito hacerme de recursos para pagar y financiar mi obra, pero también exijo ver elevadas a nivel constitucional buena parte de mis adiciones al Plan de Guadalupe. Los dos propósitos debo satisfacerlos para hacerme de respaldo político y poder concluir el proceso de pacificación nacional.

Por su parte los ingleses y los norteamericanos no estaban dispuestos a permitir gratuitamente que el régimen vigente de propiedad pasara a ser sólo un frágil régimen de concesiones.

Algunos miembros del gabinete carrancista veían "el futuro de la legislación petrolera más oscuro que la boca de un cañón de los que bombardearon Veracruz, señor presidente".

Carranza temía justificadamente una invasión militar y el sabotaje de las sesiones del Congreso Constituyente para impedir la promulgación de su ley, la Ley Suprema de la Unión; ocultaba generalmente su preocupación por su desaparición física, por el derrocamiento de su gobierno o porque fuera más barato comprar la voluntad política de los constituyentes que armar todo un ejército para derrocar al gobierno de Carranza.[192]

Sin embargo, el Presidente de la República insistía en promulgar la nueva Constitución a como diera lugar y para tal efecto intentaría apalancarse políticamente en el conflicto europeo.

La guerra europea era su esperanza para distraer a sus enemigos. Mentiría, negaría y disimularía hasta que la nueva Constitución hubiera sido sancionada por el Congreso. Nada impediría su promulgación, aun cuando después la práctica misma discrepara de la teoría legal. Alguien, algún día ejecutaría la máxima ley de los mexicanos. Por el momento sólo podría dar ese primer paso.

El Presidente de la República intentaba ocultar el verdadero contenido del Artículo 27 a través del cual pensaba establecer que el suelo y el subsuelo serían propiedad de la Nación. Anticipaba astutamente la reacción de los afectados, principalmente de los petroleros y pensaba distraer su atención a base de disminuir la trascendencia de ese dispositivo para lograr coronar con el éxito la gigantesca obra constitucionalista, condenada a los sabotajes más profesionales, a las presiones políticas más temerarias y finalmente al desvergonzado chantaje.

Los petroleros sostenían que de promulgarse el 27, éste no podría afectar las inversiones hechas con anterioridad a la publicación de la nueva Constitución.

"Una Constitución surgida de una revolución debe romper los moldes jurídicos del pasado y aplastar cualquier argumento opuesto a su promulgación por medio de la fuerza", sentenciaba siempre Carranza.

Los hombres más influyentes en la redacción del artículo y más cercanos al presidente, como Pastor Rouaix, Molina Enríquez, Lugo y Macías, Rafael de los Ríos y Francisco Múgica, le habían sugerido declarar públicamente la no retroactividad del 27 para evitar en la medida de lo posible una efervescencia lógica y dar tiempo simultáneamente a la redacción y promulgación del ordenamiento constitucional. En su momento la ley reglamentaria respectiva sería el instrumento jurídico idóneo para establecer las bases de aplicación y para fijar los alcances en el tiempo del propio dispositivo constitucional.

Cuando finalmente Carranza encontró junto con sus colaboradores la salida legal necesaria para llevar a cabo sus propósitos, siempre despersonalizados a través del Congreso Constituyente y posteriormente a través del Congreso de la Unión, no esbozó como era su costumbre ni una leve sonrisa ni expresó satisfacción por la ingeniosa solución política y jurídica. Tenía otra grave preocupación en su mente: la expedición Pershing continuaba todavía en territorio nacional a pesar de haberse diluido ya sobradamente el conflicto que le había dado origen.

En una de aquellas reuniones celebradas a piedra y lodo, Carranza llegó a romper su silencio críptico para comentar cáusticamente:

—Sabemos que Lansing ha impedido el retiro de las tropas norteamericanas mientras no se garantice a los petroleros que mi gobierno no confiscará su patrimonio.[193]

Estos malditos norteamericanos son muy desmemoriados; lo son hasta el extremo de olvidar a qué mandaron a México a la expedición Pershing.* Muy probablemente los soldados norteamericanos no permitirán sesionar al Congreso Constituyente para impedir la promulgación de leyes contrarias a sus inversiones.

---

* En las reuniones sostenidas por los enviados de Carranza y los representantes de la Casa Blanca en 1916 y principios del 17, en Atlantic City y New London, para acordar los términos de la evacuación de las tropas expedicionarias, los Estados Unidos insistieron en obtener, a cambio de la desocupación, un compromiso que obligara a México a proteger las propiedades norteamericanas, no sólo de ataques armados, sino de posibles medidas confiscatorias. Ver nota 193.

Sólo debemos esperar que la situación europea se complique más todavía. Sólo así tendremos posibilidades de que Wilson retire forzosamente a la expedición de aquí. Yo me he negado a firmar convenios o a llegar a ningún acuerdo en la medida en que las tropas se encuentren en México —agregó el presidente—. Mientras más territorio y victorias vayan obteniendo los alemanes, más pronto se largarán de aquí los yanquis para rescatar a sus aliados del desastre.

Llegaron incluso a proponerme —concluyó con sequedad— la firma de un convenio sobre la base de que mi gobierno reconociera los derechos adquiridos de los petroleros, a cambio del retiro de las tropas. Ya imaginarán ustedes la respuesta que les di: Lárguense del país y hablamos. Ésa siempre ha sido mi primera condición.

De "sin alcance y sin sinceridad" calificaron los aliados el ofrecimiento de paz que el 12 de diciembre de 1916 hizo Alemania. Conscientes de sus inmensos recursos, deciden en la Cuarta Conferencia de Chantilly imponerle una paz dictada por la fuerza de las armas. Alemania decide, entonces, iniciar la guerra submarina sin restricciones para cambiar, en un plazo de seis meses, la actitud intransigente de Inglaterra, afrontando los riesgos políticos consiguientes y mantener la integridad de los frentes, evitando en todo lo posible comprometerse en nuevas batallas. El káiser decide iniciar las pláticas diplomáticas con Venustiano Carranza, a sus ojos el enemigo natural de los Estados Unidos, con el objeto de instalar bases alemanas de submarinos en territorio mexicano, de cara a una muy probable inclusión de aquel país en una ya muy próxima guerra mundial.

—Napoleón fracasó por tener abiertos dos frentes —señaló agitado e inquieto el káiser Federico Guillermo II, durante una protocolaria reunión con su alto mando, en su ostentoso castillo de verano en el sureste bávaro—. Yo no cometeré el mismo error. Debo cerrar en primera instancia el frente ruso e impedir hasta donde sea posible el ingreso de los Estados Unidos en la guerra para que no puedan reforzar el del Atlántico —manifestó el káiser a finales de 1916.

Por lo que respecta al primer caso, procede analizar dos hipótesis para evaluar su factibilidad. La primera de ellas consiste en intensificar la campaña militar en los Urales hasta derrotar totalmente a los rusos y cancelar definitivamente el peligroso segundo frente. Esta alternativa es poco convincente porque debilitaríamos el frente del Atlántico y facilitaríamos a los aliados el camino a Berlín. Cualquier soldado que retiremos de las líneas occidentales, para reforzar las orientales, aumentará las dificultades para coronar nuestra causa.

Tengo pensada una mecánica para destruir Rusia sin sacrificar a un solo soldado alemán.

Los miembros del Alto Mando alemán se vieron sorprendidos a la cara. ¿Habrá enloquecido el káiser? ¿Será mago? ¿Tendrá una bomba nueva de gran alcance?

—Suena muy atractivo lo que usted dice, pero no veo cómo va usted a destruir Rusia sin el apoyo de nuestro ejército —replicó el Ministro de la Defensa Imperial.

—A nadie debe escapar la convulsión social y política prevaleciente en Rusia en estos momentos. Nosotros debemos estudiar con todo detenimiento el curso de los acontecimientos y, en su oportunidad, tratar de influir en ellos en nuestro beneficio. Nada convendría más a Alemania en estas circunstancias que el estallido de una revolución en Rusia, una guerra intestina, que tenga como consecuencia la destrucción total del aparato zarista.

Se produjo un espectacular silencio en la asamblea ultra secreta. Sólo el jugueteo del viento en los gigantescos pinos bávaros fue escuchado por los asistentes.

—Rusia quedará agotada —agregó el káiser—después de una devastadora lucha civil en donde los propios rusos realizarán todo nuestro trabajo al despedazarse los unos contra los otros. Mientras esto acontece, haremos lo conveniente con ingleses y franceses hasta dejar controlados y sometidos a todos los enemigos del frente occidental.

Después apuntaremos los cañones nuevamente hacia los Urales, hacia un Moscú desamparado y exangüe que, desde luego, no resistirá ni el menor soplido de las fuerzas victoriosas del imperio alemán.

Ningún miembro del Alto Mando pestañeaba, ni siquiera se acomodaba en el elegante sillón forrado con telas bordadas a mano con motivos épicos que recordaban las glorias de Germania.

—Quiero someter a su atenta consideración el nombre de un personaje con la personalidad suficiente para cambiar el rumbo de la historia en nuestro beneficio.

El káiser leía los rostros inquisitivos de sus altos jerarcas militares.

—Invito a todos ustedes a no olvidar el nombre de Vladimir Illich Ulianoff —anunció finalmente el káiser—. Este hombre, en su momento, puede llegar a ser indirectamente nuestro gran aliado. Por lo pronto debemos esperar.

El rumor surgido como consecuencia de la noticia se extinguió cuando Federico Guillermo II volvió a hacer uso de la palabra:

—Inglaterra y Francia serán controladas por las fuerzas del Imperio, siempre y cuando no intervengan los Estados Unidos en la guerra al lado de los aliados. Ahí radica mi segunda gran preocupación. Debemos lograr entretener a los Estados Unidos en un conflicto similar al ruso. Ellos salieron hace medio siglo aproximadamente de su revolución, por lo que no es posible insistir en ese sentido. Sin embargo, en México, su indomable vecino, resentido y ávido de venganza por todas las vejaciones y arbitrariedades sufridas como consecuencia de la prepotencia militar yanqui, radica nuestra solución.

Todos sabemos —el káiser continuó— que Wilson nunca quiso a Victoriano Huerta como presidente mexicano e hizo todo lo posible por reventarlo y asfixiarlo. Ahora bien, según las notas de nuestro embajador en México, Wilson reconoció al gobierno de Venustiano Carranza prácticamente contra su voluntad, pues el nuevo presidente mexicano se ha negado a ser manejado desde Washington reiteradamente —concluyó satisfecho.

—Precisamente en esa coyuntura política —agregó el emperador muy dueño de sí—, he encontrado la mejor posibilidad de provocación para encender una nueva guerra entre los tradicionales vecinos antagónicos. La paz entre los dos países es verdaderamente precaria y frágil. Abriremos el apetito de Carranza en el sentido de reconquistar buena parte de los territorios mexicanos perdidos durante la guerra con los Estados Unidos en el siglo pasado, mediante una alianza militar méxico-germana. Tomemos partido al lado de los amigos de nuestros enemigos. Carranza, adolorido por la actitud de Woodrow Wilson, muy probablemente nos concederá la personalidad económica y militar necesaria para ayudarle a sacudirse el pesado yugo yanqui. Habremos de lograr que los Estados Unidos declaren la guerra a México para que sofoquen definitivamente esa dañina actitud vengativa.

Si Wilson destina cuando menos trescientos mil soldados a una nueva guerra con México, esos hombres ya no podrán concurrir como aliados a la guerra europea y, entonces, Inglaterra y Francia, al carecer del apoyo anhelado, se las verán a solas con el imperio alemán. Al quedar afianzado el frente occidental podremos ir tras los Estados Unidos y por aquello que reste de los sombrerudos y sus fantásticas riquezas petroleras. Una guerra México-Estados Unidos nos proporcionará el tiempo que necesitamos mientras los rusos se destruyen entre sí. Tiempo, tiempo, tiempo...

Federico Guillermo II, nervioso, volteó a ver repentinamente un pesado reloj de piso, chapado en oro y decorado con motivos renacentistas. Se detuvo pensativo y dijo mientras tomaba sus guantes blancos de la lustrosa mesa negra con incrustaciones de oro, plata y piedras semipreciosas:

—Señores, ha llegado la hora de mis ejercicios hípicos. Agradeceré a ustedes la máxima discreción respecto a la reunión de hoy.

A continuación abandonó el recinto. Las sonoras pisadas, producidas por sus botas, se escucharon durante el largo descenso por la escalinata principal, hasta que el káiser se adentró en los floridos jardines veraniegos del majestuoso palacio bávaro.

En el mes de enero del año de 1917 se repetía dolorosamente la historia mexicana. Hubo ciertas variaciones en lo relativo a la identidad de los protagonistas. El lugar del conciliábulo era como siempre la embajada norteamericana. El embajador ya no se llamaba Henry Lane Wilson, sino Fletcher. El presidente mexicano ya no era, evidentemente, Francisco I. Madero, sino Venustiano Carranza. Los adinerados conspiradores nuevamente sentados en la mesa eran los mismos de siete años atrás. Los mismos de seis, de cinco, de cuatro, de tres años atrás. Los mismos enemigos de Porfirio Díaz. Los mismos de Francisco I. Madero. Los mismos que en un momento fueron los aliados de Victoriano Huerta y luego sus más recalcitrantes opositores. Los mismos enemigos de Venustiano Carranza en la actualidad.

Aparecía, sentado a la diestra del embajador, la figura de Edward McDoheny, como siempre el más intransigente de los petroleros y del resto de los inversionistas extranjeros radicados en México.

Precisamente en aquellos últimos días de enero de 1917, la nueva Constitución Mexicana estaba a punto de ser promulgada. El Congreso Constituyente llevaba un par de meses sesionando. Había una gran efervescencia nacional por la aparición de la nueva Carta Magna, en particular dentro del grupo de afectados. Woodrow Wilson, sin mayores opciones, sin haber localizado a Francisco Villa y sin haber obtenido ninguna ventaja de Carranza a cambio de retirar la expedición Pershing, había tenido que reclutarla en los Estados Unidos por el terrible recrudecimiento de la conflagración europea. Estados Unidos pronto declararía finalmente la guerra a las potencias centrales. La conflagración adquiría dimensiones mundiales. La guerra submarina del káiser, al lado de otros argumentos igualmente sólidos, no dejaba alternativa.

Para colmo de males, la Cancillería inglesa había telegrafiado a Washington en términos alarmantes:

> Tenemos información definitiva de que Carranza ha concluido un acuerdo con agentes enemigos. Sin duda estos últimos esperan interrumpir nuestro abastecimiento de petróleo.
>
> Nuestra escasez de petróleo es tan grave que el cese del suministro mexicano podría tener entre sus efectos directos e indirectos dañar nuestros planes de ofensiva aérea en momentos en que el enemigo está recibiendo mayores suministros de Galitzia y, posiblemente de Rumania. Esto también podría afectar seriamente nuestra acción naval y militar y disminuir grandemente nuestros prospectos de éxito en la guerra.[194]

—Al retirar incondicionalmente a la expedición Pershing, Wilson nos ha abandonado a nuestra suerte. No logró que Carranza firmara un solo documento donde constara un compromiso para no confiscar nuestros bienes y salvarlos de una inminente nacionalización —comentó McDoheny en la sede de la misión diplomática.

Carranza quiere reasumir todo el control posible sobre el sistema económico mexicano que en un 70% se encuentra en manos extranjeras y no cuenta con un triste peso siquiera para pagar la indemnización que nos correspondería, porque el Tesoro mexicano está en quiebra por la revolución.

Antes de continuar, McDoheny acomodó sus mancuernas de rubí estrella, rodeadas de brillantes, y entrecruzó los dedos de las manos sobre la mesa.

—Carranza no es tonto —continuó—. Se ha dado cuenta que puede patear al Presidente de los Estados Unidos y no le pasa nada, absolutamente nada. Lo hizo en innumerables ocasiones durante la revolución. Lo hizo durante la invasión de Veracruz. Lo hizo durante la reunión del A.B.C., lo hizo con muchas sugerencias del Departamento de Estado y lo volvió a hacer con la Expedición Pershing.

Nos encontramos frente a un Carranza ensoberbecido porque logró el retiro de la expedición en los términos intransigentes que él había anunciado. ¿Quién —se preguntaba tratando de ocultar la cólera— podrá con él, coronado por el éxito político y militar, ante la ausencia de nuestras fuerzas?

El petrolero no soltaba sus manos para no dar un golpe contra la mesa de ébano de la embajada.

—Es claro que nosotros representamos la salvación, porque somos de los pocos sectores de la economía mexicana que no fuimos mutilados durante la revolución y que crecimos ininterrumpidamente hasta poner el petróleo en el primer lugar dentro del cuadro de exportaciones mexicanas. La guerra europea, como es bien sabido, expandió notablemente el mercado. Actualmente se encuentran 174 pozos perforados con una producción de 3,700 barriles diarios, en promedio, cada uno, lo cual arroja una producción bruta diaria de 643, 800 barriles que, elevados al año, dejan ventas por aproximadamente 170 millones de dólares.

McDoheny empezaba a ponerse de pie. Una oportuna señal de Fletcher lo hizo volver a su lugar.

—¿Saben ustedes lo que hará Carranza con un ingreso, por concepto sólo de exportaciones petroleras, de 400 millones de pesos? ¡Quedará ante los ojos de los mexicanos como el máximo líder político de todos los tiempos! Juárez, a su lado, será un estúpido eunuco. Y nosotros, claro está, nosotros seremos también premiados por invertir audazmente, por resolver problemas técnicos, políticos y financieros, y por reinvertir nuestras utilidades, con un oficio expropiatorio de manos del Ministro de Fomento. Esa suerte correrá todo nuestro esfuerzo y ese premio recibiremos a cambio de nuestras úlceras, mientras el presidente norteamericano carece de tiempo para dedicarlo a nuestros asuntos, inmerso en la guerra europea. Sólo en el sector minero tenemos 250 millones de dólares de inversión que perderemos dentro del gran naufragio carrancista. ¡No, señores! —empezaba a subir la voz de McDoheny—. ¡No, señores!…

Fletcher volvió a poner la mano sobre su brazo en forma por demás indicativa. Se disponía a hacer uso de la palabra. El petrolero entendió el gesto y contuvo todas sus conclusiones.

—Tengo confidencialmente en mi poder —dijo con extrema sobriedad el embajador Fletcher— el proyecto constitucional del Artículo

27, que bien pronto será famoso por lo que se refiere al tratamiento de la inversión extranjera en este país. Si ustedes no disponen otra cosa y con el ánimo de no caer en suposiciones y elucubraciones irreales, me permitiré darle lectura.

McDoheny se arrellanó en su asiento. Algunos colocaron sus codos sobre la mesa de ébano; otros no pestañeaban, el resto había recargado sus espaldas en los respectivos respaldos de cuero negro de sus sillones y esperaban, con aquella actitud que adoptan quienes van a recibir una sentencia condenatoria irrevocable.

> La propiedad de las tierras y aguas comprendidas dentro de los límites del territorio nacional, corresponde originalmente a la nación, la cual ha tenido y tiene el derecho de transmitir el dominio de ellas a los particulares, constituyendo la propiedad privada. Las expropiaciones sólo podrán hacerse por causa de utilidad pública y mediante indemnización.

McDoheny ni siquiera solicitó el uso de la palabra y se dirigió a los latifundistas norteamericanos, a los mineros y a sus colegas:

—¿Lo ven? ¿Es claro? Las tierras y aguas son propiedad de la nación. Perdimos todo mediante un simple oficio expropiatorio. ¿Con qué tranquilidad voy a perforar un nuevo pozo?

—¡Edward! —dijo tonante el embajador...

—Lo que todos debemos entender... —continuaba el petrolero.

—¡Edward! —repitió el diplomático, al tiempo que proyectaba una mirada penetrante al rostro del explosivo magnate.

Fletcher continuó:

> La nación tendrá en todo tiempo el derecho de imponer a la propiedad privada las modalidades que dicte el interés público, así como el de regular el aprovechamiento de los elementos naturales susceptibles de apropiación, para hacer una distribución equitativa de la riqueza pública y para cuidar de su conservación.

—¡Ahí lo tienen! Usan la palabra *apropiación*. Cínicos, son unos cínicos, porque se van a apropiar de lo nuestro para repartírselo a ignorantes que no saben ni leer ni escribir. Si no supieron crear la riqueza, menos sabrán mantenerla.

—¡Edward! Exclamó Aldrich, representante y socio de Rockefeller en México—, creo que sería mejor si el señor embajador lee todo el texto y luego hacemos las observaciones pertinentes. ¿Te parece?

Fletcher volvió a tomar la nota entre sus manos:

> Con este objeto —prosiguió no sin antes estudiar el rostro de sus compatriotas—, se dictarán las medidas necesarias para el fraccio-

namiento de los latifundios, para el desarrollo de la pequeña propiedad agrícola en explotación, para la creación de nuevos centros de población agrícola con las tierras y aguas que les sean indispensables para el fomento de la agricultura y para evitar la destrucción de los elementos naturales y los daños que la propiedad pueda sufrir en perjuicio de la sociedad. Los núcleos de la población que carezcan de tierras y aguas o no las tengan en cantidad suficiente para las necesidades de su población, tendrán derecho a que se les dote de ellas, tomándolas de las propiedades inmediatas, respetando siempre la pequeña propiedad agrícola en explotación.

Aldrich palideció. Speyer, representante de Randolph Hearst, propietario de inmensas extensiones territoriales en el norte del país, no retiró los ojos de los del embajador, en busca de una explicación satisfactoria. McDoheny veía a la mesa y negaban todo con la cabeza. Brown tomaba notas. Reed, de la International Harvester, no salía de su asombro. Finalmente, Smith, representante de la American Smelting & Refining Co., preguntó ante el silencio de Fletcher:

—¿Debo entender que todos nuestros terrenos se fraccionarían para entregárselos a indios mugrosos que sólo malentienden las palabrotas de mi capataz? Por Dios, esa gente no tiene iniciativa ni voluntad ni conocimientos de ninguna naturaleza; es incapaz de conducirse sola. Forzosamente tiene que ser dirigida y administrada. Sólo entiende la voz del látigo y las palabras soeces. Son animalitos. Se les debe conducir como a una yunta de bueyes a lo largo del surco y aún así es factible el fracaso. Esa disposición, independientemente de nuestros intereses, es la ruina de este país. ¿Cómo pueden ser tan idiotas de poner la tierra, la alimentación de los mexicanos, en manos de zánganos ignorantes, felices con su miseria y con las posibilidades encantadoras de un juicio final? ¡Esa ley es un suicidio!

—¡Mister Aldrich! —dijo repentinamente Brown, Director de los ferrocarriles—. Yo no concedo tan fácil aquello de "que independientemente de nuestros intereses". Edward tiene razón. Sin tomar en consideración el destino que quieran darle a la tierra, la mía me ha costado mucho trabajo obtenerla y no dejo de preguntarme lo que sucederá a todos los terrenos sobre los que descansan mis durmientes y mis vías férreas. ¿Si el suelo también es de la nación, toda mi inversión ferroviaria pende de un hilo?

—Creo que así es, John —repuso McDoheny con el objeto de intranquilizar aún más a sus colegas inversionistas—. Sin embargo, me temo que ustedes no captaron integralmente el párrafo que nos hizo favor de leer el embajador.

—¿Por qué no, Edward? —preguntaron casi al unísono.

—Porque el texto dice que si algunos indios se quedaran sin tierras y sin agua, podrían sencillamente, tomarlas de las propiedades inmediatas.¿Es claro ahora, señores? Están invitando a esos semisalvajes a la invasión de todo lo nuestro y Woodrow Wilson jugando a la guerrita europea.

—Edward —dijo Aldrich, todavía condescendiente—, la ley dice que se les dotará y no que la tomarán.

—Es lo mismo —dijo el petrolero sin ver siquiera a su interlocutor, sentado en el filo de la silla—. Es igual que ocupen la tierra y luego regulen legalmente la tenencia, si es que se puede hablar de legalidad en este caso. El gobierno te la expropia y después de pagarte con pesitos transparentes de la Tesorería mexicana, la entrega.

Como ves, es lo mismo. El hecho real es que te llenarán de cobrizos apestosos las propiedades que has logrado adquirir con inteligencia.

—Señores —dijo el embajador—. Volvamos a la lectura del texto que nos ha reunido en esta ocasión tan importante.

Se produjo silencio.

Corresponde a la nación el dominio directo de todos los minerales o substancias que en vetas, mantos, masas o yacimientos constituyan depósitos, cuya naturaleza sea distinta de los componentes de los terrenos, tales como minerales de los que se extraigan metales y metaloides utilizados en la industria, los yacimientos de piedras preciosas, de sal de gema y de las salinas formadas directamente por las aguas marinas; los productos derivados de la descomposición de las rocas, cuando su explotación necesite trabajos subterráneos; los yacimientos minerales u orgánicos de materias susceptibles de ser utilizados como fertilizantes; los combustibles minerales sólidos, líquidos o gaseosos. La capacidad para adquirir el dominio de las tierras y aguas de la nación se regirá por las siguientes prescripciones:

Sólo los mexicanos…

—¿Vamos a seguir leyendo como si no hubiera pasado nada, señores? ¿Cómo que sólo los mexicanos? ¿Qué acaso no quedó claro que estamos siendo expropiados? Fletcher acaba de leer que corresponde a la nación el dominio directo de todos los minerales, vetas, mantos y yacimientos, incluido, obviamente, el petróleo.

Nuestras vetas o nuestros yacimientos ya no son nuestros, señores. Ahora necesitaremos permiso del gobierno. Esa maldita Constitución nos priva de lo nuestro, de todo nuestro patrimonio y seguimos aquí sentados en una amable plática de café. Cincuenta años nos costó adquirir la posición que hoy tenemos. ¿La vamos a perder de un plumazo después de tanto endemoniado esfuerzo?

—Edward, oigamos todo y contrólate. A ningún lugar nos conduciría la adopción de una actitud generalizada como la tuya. La situación es bien grave. Gravísima. Sin embargo, debemos conocerla e informarnos de todo antes de tomar ninguna decisión.

Sólo los mexicanos —continuó molesto el embajador porque Mc-
Doheny se había dirigido a él por su apellido sin tomar en consideración su jerarquía diplomática—, por nacimiento o por naturalización
y las sociedades mexicanas tienen derecho para adquirir el dominio
de las tierras, aguas y accesorios o para adquirir concesiones de explotación de minas o combustibles minerales de la República Mexicana. El estado podrá conceder el mismo derecho a los extranjeros,
siempre que convengan ante la Secretaría de Relaciones Exteriores
en considerarse como nacionales respecto de dichos bienes y en no
invocar, por lo mismo, la protección de sus gobiernos por lo que se
refiere a aquéllos, bajo la pena, en caso de faltar al convenio, de perder en beneficio de la nación los bienes que hubieran adquirido en
virtud del mismo. En una faja de cien kilómetros a lo largo de las
fronteras y de cincuenta en las playas, por ningún motivo podrán los
extranjeros adquirir el dominio directo sobre tierras y aguas.

McDoheny volvió a intervenir:

—Es cierto lo que están pensando, señores. A partir de ahora,
para poder seguir trabajando en lo nuestro, necesitaremos que el gobierno nos extienda graciosamente una concesión.

McDoheny intentaba concientizar afanosamente a los inversionistas
americanos de los alcances de la disposición constitucional, pero no sólo
eso, también perseguía sacudirlos, levantarlos y conducirlos a la sedición,
a la oposición violenta desde diferentes trincheras en donde serían válidas
la utilización de todos los instrumentos de ataque a cambio del triunfo.

Pero, por si fuera poco, una vez aceptado el régimen de concesiones, si cualquiera de nosotros elevara una queja ante el Departamento
de Estado para reclamar un derecho legítimo o un exceso de autoridad
del gobierno, con ese simple hecho perderemos, en beneficio de la santa
nación mexicana, nuestro patrimonio.

—¿Ése es el alcance, embajador Fletcher? preguntaron casi al unísono los inversionistas.

—Tiene razón McDoheny —contestó el diplomático con la misma
expresión fría e irreverente del magnate—. Todo se cambia a un mero
régimen de concesiones, y si ustedes piden la protección del Departamento de Estado, por ese simple hecho perderán todo en beneficio de la
nación mexicana.

—Es increíble —dijo Aldrich—. ¿Eso significa —dirigiéndose a
McDoheny— que debemos esperar que nos quiten todo para que nos
paguen en los términos que juzguen convenientes y con la sola inconformidad presentada ante nuestro gobierno, perderemos todo en beneficio de quien nada hizo para ganárselo?

Con el objeto de predisponer aún más al grupo de capitalistas, en
particular a los representantes del sector petrolero, McDoheny expresó
con voz apenas audible, contrastante con sus anteriores actitudes:

—El último parrafito que nos leyó el embajador tiene una dedicatoria especial para los que trabajamos en el sector energético, puesto que la mayoría de los campos petroleros están localizados en la costa del Golfo de México. Si los extranjeros no podemos adquirir las tierras dentro de la franja costera de 50 kilómetros, es obvio que perderemos todo nuestro patrimonio junto con los yacimientos que logramos descubrir.

—¿Cómo nos defenderemos de este atropello? ¿A través de los tribunales mexicanos? ¡Eso es basura! ¡Pura basura, sólo basura! —dijo un Aldrich descompuesto—. Todos sabemos que únicamente hay dos tipos de mexicanos: los corruptos y los muertos. Los tribunales sentenciarán en los términos que instruya Carranza o los jueces perderán el empleo y verán destruida su carrera política. Ninguna autoridad judicial discutirá una orden de Carranza por conveniencia propia. De modo que lo que resuelva el imbécil barbón será definitivo y más definitivo todavía si nos atrevemos a elevar una queja a través de nuestros senadores o del Departamento de Estado. ¡Estamos en manos de un maniático nacionalista! Nos lleva a nosotros a la ruina junto con su país.

McDoheny sonreía. Había logrado enardecer al reducido público multimillonario.

—Si ustedes invocan la protección de su gobierno —señaló Brown— y Carranza recibe una nota del Departamento de Estado, en ese momento y por la sola nota habrán perdido su patrimonio, mismo que sólo recuperarán a través del uso de las bayonetas norteamericanas que muy pronto estarán en Europa, ocasión que Carranza desde luego aprovechará para aplicar estas leyes nacionales.

—¿Qué sugiere usted hacer, embajador Fletcher? —preguntó Aldrich, realmente angustiado.

—Yo sugiero —McDoheny no dejaba de sonreír sarcásticamente mientras Fletcher hablaba— que todos ustedes, reunidos como el día de hoy, se opongan a cualquier decreto de Carranza. Yo, por mi parte, veré la manera de obtener del Departamento de Estado una autorización para dejar de cumplir las leyes mexicanas. Ese apoyo será manifiesto. Lansing deberá amenazar con invasiones para que el gobierno carrancista derogue esa política de latrocinios legalizados. Me preocupa que el Secretario sólo preste atención a los asuntos europeos, pero me apoyaré en que la armada británica se mueve gracias a que México proporciona el 90% de su combustible y esa razón será suficiente para obtener la nota que necesitamos.

—A Carranza no lo detiene nadie —dijo McDoheny—. Ni Wilson, ni Lansing. Además, sabemos que ha estrechado sus lazos con el káiser alemán y no es difícil prever la existencia de una alianza mexicano-germana.

—Cierto —dijo el diplomático—. La Constitución será promulgada indefectiblemente, pero lo que nosotros debemos lograr es el diferimiento eterno de su aplicación práctica. Ya nadie podrá impedir la promulgación de la Constitución. Sin embargo, y para la tranquilidad de ustedes, debo informarles que Lansing me ordenó entrevistarme con Carranza para que me explicara los alcances de la Constitución y éste me aclaró que no tendría efecto retroactivo. De tal forma que las inversiones realizadas al amparo de otras leyes u otra administración política serán respetadas y que, evidentemente, sólo se legislará a futuro, por lo que todo lo ganado y obtenido no está en juego.

—Eso es una farsa, Fletcher. Una vil farsa para que los dejemos en paz trabajando en su estúpido proyecto. No creas nada a un mexicano. Nosotros llevamos buen tiempo aquí y los conocemos. Después de publicada la Constitución, los verás discutir. Te espantarás y enfurecerás por su cinismo y por sus nuevos argumentos. Cuando se haya publicado la Constitución habremos perdido la mitad de la jugada. No pierdas de vista lo que te digo. Todo es una maniobra. No hay mexicano que diga la verdad y menos, mucho menos, si es de la especie política —concluyó sarcástico y rabioso McDoheny.

El embajador, todavía molesto por la actitud asumida por McDoheny, deseó precisar el ámbito de intereses afectados independientemente de los reunidos aquel día en la representación diplomática. Deseaba crear una conciencia belicosa de grupo.

—Hay otros sectores afectados por la Constitución. Uno muy importante es la Iglesia. Hay un artículo, de los primeros, que les afecta fundamentalmente al especificar el tipo de educación que se impartirá. Estoy informado de su malestar y de las medidas que pronto tomarán para defender su patrimonio y su poder. Otro sector es el empresarial mexicano, puesto que la política obrera, aun cuando no sea propia de Carranza, les ocasionará un perjuicio patrimonial importante. En la próxima reunión les haré saber las posibilidades de una alianza con dichos grupos. Veremos la forma de oponernos a la Constitución y de impedir su aplicación antes de tomar medidas más severas.

La reunión se levantó silenciosamente. No hubo pequeños grupos, ni súplicas de audiencias privadas con el embajador. Los hombres de negocios salieron del recinto con la misma actitud que se adopta al velar a un difunto.

Venustiano Carranza se dirigió a Querétaro a caballo para hacer acto de presencia el día de la promulgación de la nueva Constitución Política de México, el día 5 de febrero de 1917. Su consabida terquedad e intransigencia una vez más se habían impuesto a la opinión de sus consejeros sobre la conveniencia de realizar el viaje cómodamente en ferrocarril.

—He dicho que iré a caballo y ustedes me acompañarán también a caballo, como corresponde a todo revolucionario que se respete. ¿He sido suficientemente claro?

En ese orden de ideas y ya encaminado el paso rumbo al Bajío, Carranza, circunspecto e introvertido como siempre, se hundió en profundas reflexiones.

¡Maldita sea, cómo he padecido el espionaje norteamericano en todos los niveles de mi gobierno! ¡Cuántas veces he discutido en privado un proyecto "secreto" y días más tarde Fletcher pide cínicamente audiencia con el Secretario de Relaciones Exteriores para "intercambiar puntos de vista" sobre el mismo! El resto lo conozco bien. La confirmación de lo acordado en la más supuesta intimidad provoca un alud de notas diplomáticas y la llegada de silenciosos barcos de guerra al Golfo de México, según la trascendencia de la medida adoptada. El último paso rutinario lo constituye la llegada de los "ultimátums" para orillarnos a derogar nuestra política.

La historia de México está saturada de "ultimátums" norteamericanos. ¿Cuántos habrá recibido don Porfirio al principio y al final de su estancia en el poder? ¿Cuántos don Pancho, sobre todo los originados en la pesadilla humana de Henry Lane Wilson? ¿Y Huerta? Huerta los recibió todos los días y logró torearlos por poco más de un año.

Carranza aprovechaba cualquier ocasión para hacer un viaje a caballo porque de esta forma se tranquilizaba y encontraba otro momento adicional para la meditación.

Yo, por mi parte, ya sufrí dos invasiones. Veracruz y Pershing. Al igual que mis antecesores, he padecido al acantonamiento de tropas en la frontera y la presencia grosera de media flota yanqui en Tampico y Veracruz —pensó impotente y frustrado.

La prepotencia norteamericana me predispone a la violencia. ¿Quién detenta finalmente el poder en este país, si los norteamericanos impiden la formulación de leyes vitales para México a través de los cañones o del soborno a diputados, miembros del gabinete o chantajes a la economía nacional? Ante el fracaso de estas gestiones pacíficas, todavía subsiste el recurso infalible de la intervención armada. Ningún presidente mexicano puede, ni debe, sustraerse nunca al permanente espectro de la invasión armada yanqui.

Carranza cruzó ambos brazos y continuó el recorrido como un ídolo petrificado rumbo a su nicho divino.

No debo exponer mis planes de gobierno ni mis proyectos de reconstrucción nacional al peligro de otra intervención americana. Nunca debemos olvidar los tristes resultados de la de 1847, pero tampoco debo olvidar mi programa político-económico para regresar al país a los niveles de prosperidad alcanzados en los mejores tiempos del Porfiriato.

Si renunciara al apoyo norteamericano no podría desarrollar al país, y si lo aceptara incondicionalmente comprometería la soberanía nacional. ¿O acaso hay soberanía nacional cuando el propio Estado es incapaz de hacer respetar sus propias decisiones? Es claro. Sin la inversión yanqui se produciría, además, un estancamiento indeseable en estos momentos de asfixia económica.

No puedo olvidar cuando el impertinente embajador Fletcher me mandó la nota aquella del Departamento de Estado, donde se me informaba del otorgamiento condicionado de un préstamo de emergencia solicitado para reconstruir económicamente al país después de la revolución, a cambio del aplazamiento indefinido de la promulgación de la Constitución y la derogación de toda mi política económica, fundamentalmente la petrolera. Vayan a la mierda.

Carranza no acusaba malestar físico alguno, especialmente durante esas jornadas agotadoras. Ocasionalmente soltaba las riendas y se recargaba con ambas manos en las ancas del animal. Nunca manifestaba dolor, temor o preocupación. Encerrado en un silencio críptico y poseído de una terca autosuficiencia, no delataba emociones ni comunicaba sus reflexiones personales.

—Necesitamos hacernos de un contrapeso político para oponerlo a los endemoniados yanquis. Díaz lo buscó y lo obtuvo fundamentalmente de los ingleses, en particular de los petroleros y de los ferrocarrileros británicos. Yo lo tendré de los alemanes. En mi nota del mes de noviembre pasado, le ofrecí al Canciller alemán Zimmerman la instalación de una base secreta de submarinos en el Golfo de México y todas las facilidades para los inversionistas alemanes que desearan traer sus capitales a México, en especial los que estuvieran dispuestos a canalizar sus recursos al sector petrolero y al de la industria militar. ¡Con qué felicidad acogería yo la construcción multimillonaria de una fábrica de municiones para no volver a depender nunca jamás del armamento norteamericano! ¡Cuántas veces me chantajearon con el embargo de armas fronterizo! Te doy armas si respetas al sector minero. Te doy cartuchos sólo si no aplicas tu legislación petrolera. Si haces esto o aquello aplico o no aplico las leyes de neutralidad. Los norteamericanos siempre han tratado de regular sus relaciones con México a través de su frontera común. Desde ahí ejercen todos los chantajes o proporcionan todas las ayudas.

Carranza experimentaba una extraordinaria urgencia de actuar antes de que el tiempo y las circunstancias pudieran atropellarlo junto con su promisorio proyecto político.

Tengo que nivelar la dependencia económica del exterior para adquirir realmente poder político interno. La solución se llama Alemania, pero no podré prescindir, ni sería conveniente hacerlo, de otros capitales extranjeros. Nosotros carecemos de los recursos necesarios así como de la tecnología, de la experiencia comercial, de la influencia política y de la capacidad de transporte para penetrar en los jugosos mercados del mundo. ¡Cuándo, con qué y cómo tendremos acceso, primero a los productos y luego a su comercialización, si nuestro país no genera ahorro y es analfabeta en un 80%! Ahí está la mejor prueba de que necesitamos de los extranjeros, pero siempre controlándolos, y para controlarlos hay que oponerlos entre sí.

Ocasionalmente se tranquilizaba con el hecho de recordar la existencia de una herramienta particularmente útil y eficiente para ejecutar sus planes.

Esta misma Constitución, ideada entre otros propósitos para rescatar los recursos naturales, me proporcionará un mecanismo político de defensa para oponerlo públicamente a la prepotencia norteamericana. Con la Constitución regularé la llegada y el comportamiento del capital extranjero —concluyó satisfecho, firmemente convencido de las posibilidades jurídicas y políticas de la nueva legislación.

Los maizales, a lo largo del camino, habían sido cortados y reunidos en pequeños montículos para llenar los ojos del caminante con la belleza de un típico paisaje mexicano. Carranza volvía a sus reflexiones después de contemplar aquella inmensa planicie árida y descolorida propia del invierno.

Lo que no entiendo es cómo demonios no pude controlar las desviaciones que sufrió la Constitución, principalmente en materia agraria y laboral. Yo mismo me negué a la redacción de varias de sus disposiciones sociales. Por eso les mandé apagar la luz varias veces a algunos grupos de diputados constituyentes fanáticos. ¿Adónde van los diputados constituyentes dotando a los campesinos analfabetas y muertos de hambre con tierras, si no saben cómo trabajarlas ni tienen con qué hacerlo? La hacienda es el único medio probado y realmente eficiente para obtener una satisfactoria producción agrícola. ¿Quién va a controlar a los campesinos sin un capataz?¿Quién va a financiar sus trabajos? Nadie. Se desplomaría el campo si yo entregara parcelas. Para no lanzar al país al hambre no entregaré una sola —se confesó a sí mismo dentro de sus profundas convicciones agrarias—. En cambio, los latifundios, aunque constituyan blancos políticos, producen eficientemente, por lo general, y hasta generan dólares. Por esa razón le devolveré a Luis Terrazas, en Chihuahua, buena parte de lo que le expropió Villa… En sus manos estará mejor, además de que me convienen más los hacendados como aliados que como enemigos.[195]

Nadie podía ingresar en el terreno de las más íntimas reflexiones del Primer Jefe, menos, mucho menos, en esos instantes de análisis personalísimos.

Ese Artículo 123 me sacó todas las canas que me faltaban. Los obreros serán incapaces de administrar toda la fuerza y el poder que se les otorga y podrán, incluso, llegar a condicionar la existencia misma de las empresas a través de huelgas y otras conquistas obreras de esa naturaleza. ¡Gran error haberles concedido tanto poder a estos ignorantes citadinos! Las fórmulas porfirianas demostraron su eficiencia reiteradamente.[196]

En fin, me opuse hasta donde fue posible, sin ostentarme como enemigo de las causas revolucionarias, y ahí está la Constitución con todos sus defectos y todas sus cualidades. Entre estas últimas espero haberme hecho de un arma poderosa para controlar política y económicamente a los petroleros y a los mineros norteamericanos e ingleses. No podemos prescindir de ellos porque no estamos preparados para manejar todas las industrias que ellos tienen en México, pero tampoco deseo que controlen políticamente mi gobierno a través del Departamento de Estado.

Carranza no podía apartarse de su principal preocupación: la respuesta del exterior ante su política económica y patrimonial.

—Ellos esgrimen permanente y amenazadoramente el arma de la invasión. Yo ahora cuento con un escudo para hacerles frente: la nacionalización de sus industrias con apoyo en la Constitución y una peligrosa alianza mexicano-germana, que afectaría sensiblemente a los aliados en el renglón petrolero. Si insistieran en la invasión para asegurar nuestros pozos petroleros con el propósito de impedir la parálisis del ejército y la marina ingleses, entonces incendiaríamos la región petrolera. ¡Nada para nadie!

Les costará muy cara una invasión, porque comprometerían a un aliado sobresaliente. Inglaterra no vivirá sin el petróleo mexicano y nadie ganará si lo quemamos.

Es muy difícil negociar cuando se tiene una bota en la nuca y la cara contra el polvo.

Carranza casi no se percató de su llegada a Tula, donde le sería servido un refrigerio, tras del cual continuarían su viaje a Querétaro. Después del breve descanso, continuó el lento recorrido inmerso en sus reflexiones.

—Son tan importantes los pozos petroleros mexicanos en el orden económico y en el político internacional que debo estar prevenido para un eventual golpe de estado o para una emboscada traidora. En un momento puedo ser una amenaza para todos los que quieren hacer de México su botín.

Si finalmente no llego a la alianza económica-militar con Alemania, el káiser puede intentar con suma facilidad deshacerse de mí con el objeto de apoyar a un incondicional del imperio germano al frente de la administración de nuestra riqueza petrolera y para distraer la atención de los Estados Unidos de la guerra europea. Tengo que cuidarme de no contrariar a los alemanes y seguirles el juego en provecho de mis relaciones con los Estados Unidos.

Obregón tiene razón, los alemanes hacen las veces del sacerdote que a un lado de la cama encomienda al moribundo a Dios. Así nos abandonarán a nuestra suerte si los Estados Unidos nos declaran la guerra. Este Álvaro siempre tan irónico...

En un principio creí en el telegrama de Zimmerman. ¿A qué mexicano no se le iba a antojar recuperar todos los territorios perdidos en la guerra contra los Estados Unidos en el siglo pasado? ¿Texas nuevamente mexicano, gracias a Carranza? ¿Arizona, Nuevo México y California? ¿Quién olvidaría mi nombre, no sólo en México sino en el mundo? Pero ésta es una carnada que no debo morder, por más apetitosa que sea, porque si pierde Alemania la guerra, los norteamericanos no sólo retendrán lo que ya tienen, sino que se abalanzarán sobre las Californias, Sinaloa, Chihuahua, Sonora, Coahuila, Nuevo León y Tamaulipas y se agregarán ocho estrellas más a la bandera yanqui.

Yo me cuidaré de aportar, aun involuntariamente, una nueva condecoración a ese paño de ingratos recuerdos.

A Villa le ofrecieron ser Presidente de una República integrada con esos estados norteños, financiada por el capital norteamericano.* Quién sabe de dónde le salió un hálito de patriotismo para no prestarse a la desintegración de México. ¡Cuántas veces han intentado dividirnos como nación, absorbernos, anexarnos o destruirnos para continuar su colorida frontera hasta el Suchiate!

¿Pero y si Alemania llegara a ganar la guerra? México se convertiría en un protectorado alemán con la consecuente desaparición de nuestra nacionalidad. Así de fácil. ¿Quién se lograría oponer exitosamente a un país vencedor de Inglaterra, Francia, Rusia y los Estados Unidos? ¡Nadie! Entonces, nosotros menos y mucho menos si no hemos terminado totalmente con la violencia en México y estamos agotados después de siete años de guerra entre nosotros mismos.

Carranza consideraba todas las opciones y analizaba todas las alternativas dentro de su conocida frialdad y aguda perspicacia, en particular respecto a la problemática exterior. Deseaba ardientemente no dejar ningún cabo suelto a lo largo de sus delicadas reflexiones.

Los alemanes me podrían mandar asesinar si no les hago su juego con los Estados Unidos, pero también Inglaterra podría hacerlo en un momento de desesperación para asegurarse el abastecimiento petrolero de su marina.

El futuro de Inglaterra depende del subsuelo mexicano y éste de mis políticas económicas. Soy un blanco apetitoso. No estarán dispuestos a titubeos. Sin embargo, una bala en el aire disparada del infinito puede acabar con mi vida, pero no con sus problemas.¿Quién les garantizará que muerto yo no se desatará la violencia y el incendio, precisamente en los terrenos que ellos mismos tratan de proteger? ¿Quién les

---

* Efectivamente, Francisco Villa fue invitado por Charles Hunt para reunirse con Albert Fall, el fanático senador petrolero antimexicano, para precisar los términos de la constitución de una República en el norte de México, integrada por los estados de Baja California, Sonora, Chihuahua, Nuevo León, Coahuila, Tamaulipas y la parte norte de Veracruz. Según Hunt, Villa había rechazado la proposición contenida en una carta interceptada por los agentes norteamericanos y publicada en el *New York Times*. Ver nota 202.

garantiza el *status* que persiguen con mi desaparición física? Estas preguntas garantizan mi supervivencia —se contestó con el ánimo de darse a sí mismo esperanza y tranquilidad.

Por otro lado, mi muerte no convendría, por las mismas razones, a los Estados Unidos. El sentimiento antiyanqui que existe en este país puede reventar en cualquier instante y destruir sus negocios multimillonarios sin que nadie pueda impedirlo, gracias a la guerra europea.

Todos pueden tener un pretexto justificado para matarme, pero todos deben aceptar los inconvenientes de una alteración tan inoportuna y peligrosa en el máximo nivel de la política mexicana.

Ahora es el momento de legislar, aun con la oposición del Departamento de Estado, pues no hay a la vista peligro efectivo de una invasión. Legislaré mientras Alemania no pierda o gane la guerra y entretenga a nuestro enemigo común.

Cuando sintió haber dejado satisfechas sus preocupaciones internacionales, lanzó sus reflexiones al Estado de Morelos, en particular sobre la persona del famoso Caudillo del Sur, motivo permanente de preocupación por su terca e inagotable rebeldía.

—Por otro lado, me ocuparé de Zapata de una buena vez por todas y para siempre, si no, nunca pacificaré el país. No hay forma de convenir con él, ni de negociar absolutamente nada. Todo lo niega, nada le convence, todo lo escupe y lo rechaza. Platicaré con Pablo González… A Villa encontraré la manera de convencerlo y espero lo mismo con Felipe Ángeles. Debo apagar los incendios para poder reconstruir el país cuanto antes y hacerme de recursos públicos lo más pronto posible.

La inmensa planicie mexicana queretana ya aparecía a sus pies. El recio calor de la comarca enrojeció la tez del Presidente de la República, quien continuó al paso sin externar la menor señal de disgusto. Realmente montaba indiferente, hundido en sus pensamientos.

—El sector petrolero es el más rico del país y apenas paga impuestos al Estado. Las leyes reglamentarias de Artículo 27 establecerán regalías, derechos e impuestos para ayudarnos a salir del desastre económico. Las inmensas exportaciones petroleras, las enormes utilidades que obtienen, la constante presencia de buques-tanque en Tampico, el crecimiento permanente de sus inversiones y de sus instalaciones, el inusitado consumo petrolero internacional, originado por la guerra europea, todo ese conjunto atractivo me indica dónde tengo que encajar el diente.

Son ellos los que deben pagar —pensó irritado—. Sólo ellos no se han percatado en ningún aspecto de que en México hubo una revolución. Ellos han visto, por contra, crecer los fajos de billetes en las arcas de sus tesorerías y a diferencia nuestra no han sufrido ni daños materiales en sus empresas ni en su patrimonio personal. ¡Claro está! Se aislaron a través de ese vergonzoso estado petrolero, del alcance de mis tropas y de la ley. El dinero petrolero, el abundante dinero petrolero, ha sido utilizado nuevamente para burlarse de las instituciones nacionales. Por tierra protegen los yacimientos con un ejército financiado por magnates del petróleo, y por mar, los buques de guerra yanqui nos hacen desistir del intento de tomar las instalaciones.

Puedo con Peláez, pero no puedo con lo que Peláez representa. Por lo pronto ellos tienen el control de la producción pero yo tengo el de los puertos de embarque y por ahí cobraré, vía Tampico y Veracruz, los impuestos que sean necesarios. A todos nos conviene la estabilidad a lo largo de la guerra, sólo que ellos la pagarán con cada barril que extraigan y exporten. ¡Estoy hundido sin los recursos fiscales petroleros! En febrero modificaré sustancialmente su situación tributaria —sentenció con todo el coraje de la impotencia.

No se llevarán gratis lo mejor de nosotros cuando Inglaterra entregaría a su mismísimo Rey a cambio de un barril de petróleo.

Una copa de burbujeante champagne recién servida aparecía en la parte superior de cada una de las patas de un elefante cazado por McDoheny en el África Septentrional y que ahora las utilizaba a modo de decoración a ambos lados de la cama de su "suite" nupcial en California.

Helen Cliff, enfundada en un provocativo "negligé" rosáceo, semidesnuda y sonriente, recordaba cuando el magnate petrolero humedecía con champagne sus labios y su lengua y la introducía lúbricamente en su canal auditivo. Ella, retorcida y estremecida, rechazaba juguetona los estímulos de su amante, a la vez que estrechaba su cuerpo al de él para experimentar una mayor sensación de placer.

Helen yacía soñadora en la cama mientras esperaba al petrolero, quien sesionaba en una reunión extraordinaria en la sala de juntas anexa, curiosamente en viernes, el día del "servicio completo".

—Deberá ser algo bien importante, probablemente relativo al "imbécil barbón", pensaba soñadora para sí.

La piel blanca de la actriz contrastaba con el color negro de las sábanas de seda que parecían destacar en exquisito relieve los menores detalles de su voluptuosa belleza. Su perfumada cabellera rubia, colocada sensualmente en forma de abanico alrededor de los finos cortes de su cara enmarcada por el fondo oscuro de la rica tela, aquel rostro soñador y cautivante que había logrado acaparar por tantos años la atención, el tiempo, el dinero y los pensamientos del poderoso petrolero, constituían atractivos magnéticos insuperables para él.

La consumación del acto amoroso, en particular con McDoheny, estimulaba sus ambiciosos sentimientos de poder y despertaba su insaciable apetito de grandeza.

—A través del erotismo intuyo la verdadera dimensión de mis facultades, experimento un ánimo optimista y vigoroso al desarrollarlo a plenitud y disfruto a base de fantasías musicales la llegada a la cúspide, al igual que con la solicitud multitudinaria de autógrafos y fotografías, el aplauso, el interés por mi vida, las entrevistas y todo aquello que significa el reconocimiento fanático de mi sensualidad —pensaba siempre para sí Helen cuando analizaba inconscientemente su concepción del poder.

El erotismo es la plenitud de mí misma. Me lleno de mí. Me embriago de mí. Expulso el fracaso. Me siento llamada a la conquista de cualquier meta y de todas las metas. Me siento llamada a la acción, a la cumbre, al poder y a la fama.

Soy capaz de todo después de un orgasmo intenso y Teddy, sólo Teddy, mi Teddy, es capaz de proyectarme a otros niveles infinitos de ensoñación y realidad. Y yo que me había cansado de él. ¡Qué tonta…!

En el salón anexo McDoheny había invitado al grupo más prominente de petroleros norteamericanos con inversiones en México a celebrar una reunión de emergencia, fuera de territorio mexicano, para evaluar la situación de sus negocios en ese país.

Helen lo esperaba desnuda, envuelta en las tibias sábanas, juguetona y provocativa.

A todos les impresionaban siempre las cuatro banderas norteamericanas colocadas en los extremos de la elegante mesa de juntas, de caoba oriental tallada a mano, donde, como era costumbre, habían sido colocadas carpetas de cuero negro con los respectivos nombres de los petroleros grabados en caracteres dorados, frente a los asientos que ocuparía cada invitado.

—La Constitución Mexicana ha sido aprobada gracias a la inmovilidad del Departamento de Estado y de la marina. Finalmente Carranza cuenta con una herramienta legal y política con la que piensa poder desarmar nuestra estructura de negocios en México. Bien pronto se dará cuenta de lo equivocado que está. Es cierto, señores, sin embargo, que perdimos la primera batalla. Así es. La promulgación de la Constitución implicó un indiscutible triunfo político del carrancismo, pero no nos equivoquemos: la promulgación de la ley no garantiza en modo alguno su eficacia jurídica —advertía McDoheny.

Todos ustedes estarán de acuerdo conmigo en que existe una diferencia fundamental entre decir y hacer. Carranza ha dicho, pero no ha hecho, señores.

El objetivo de la presente reunión, como todos ustedes lo saben, consiste en establecer una estrategia política y económica para impedir la ejecución de la nueva Constitución carrancista que tiene, entre otros propósitos deleznables, legalizar oficialmente el hurto y el latrocinio en lo que a nuestras inversiones y propiedades se refiere.

De pronto McDoheny se percató de la ausencia de uno de los magníficos rubíes estrella de sus mancuernillas; discretamente se llevó la mano izquierda al puño derecho de su camisa. "¿Cómo se pudo saltar la piedra? ¡Por Dios!" Se ausentó mentalmente de la reunión para analizar los posibles lugares donde pudo haberla perdido. Varios petroleros, al advertir el repentino silencio, voltearon la cabeza en dirección de quien hacía uso de la palabra. McDoheny se sintió descubierto. No podía detenerse. Experimentaba la misma ingrata sensación de quien ofrece una conferencia, desnudo, ante un auditorio vestido elegantemente. Tuvo que continuar:

—Todos sabemos la cantidad de dinero que entregamos a determinados legisladores en Querétaro para que hicieran abortar el proyecto constitucional.[197] Temimos, ya entonces, el peligro ante un Congreso estúpidamente dogmatizado.

Nos encontramos, como ya ustedes saben, con grupos dispersos, casi todos ellos integrados por fanáticos, en su mayoría ignorantes y tercos, sin ningún coordinador de los trabajos con la personalidad suficiente para influir en los congresistas en un sentido o en otro. Casi podría decir que buena parte de la Constitución se promulgó sin el consentimiento de Carranza, quien perdió, en repetidas ocasiones, el control de las sesiones y luego se vio obligado a aceptar textos legales divorciados de sus propósitos políticos.

Luis Cabrera, uno de los padres del proyecto rechazó los honorarios ofrecidos a cambio de defender nuestro caso, exclamó con inaudita sorpresa. El Ministro de Fomento, aunque parezca inverosímil, se negó a aceptar cualquier ofrecimiento de nuestra parte, razón por la que tuvimos que descender de nivel político.

"¿Quién demonios tendrá acceso a mis mancuernillas?", volvió a preguntarse en silencio el famoso petrolero. "Probablemente la piedra no se cayó sino que alguien intencionalmente la desprendió. ¡Ladrones de mierda! ¿Por qué me han de robar lo que a mí me cuesta tanto trabajo ganar? ¡Qué fácil es todo para los ladrones! ¿Quién mierda podrá ser?

—Edward —dijo unos de los petroleros en tono inquisitivo—. ¿Qué sucedió con el diputado Palavicini? A él sí lo surtimos con una buena cantidad de billetes para que inclinara la balanza a nuestro favor.

McDoheny no alcanzaba a salir de sus pensamientos. "Las piedras fueron compradas en Nueva Delhi. ¿Quién demonios? ¿Quién?"

—Ya te lo he contado —contestó pensativo y ausente—. No tuvo ninguna capacidad para influir ni en el contenido ni en la redacción de los textos finales, como tampoco la tuvieron ninguno de los otros sobornados que, por otro lado, si fueron increíblemente efectivos en cobrar su dinero. Todos nuestros dólares se estrellaron en la puerta del Congreso Constituyente de Querétaro. En nada logramos influir para alterar o modificar la voluntad política de esa gente.

Señores —McDoheny parecía ser nuevamente dueño de sí—, la nueva Constitución Política de México es ya una realidad, con el consecuente peligro para nuestros intereses y los de los Estados Unidos. Ante esta situación de hecho desafortunada, propongo la siguiente consideración.

Hasta este momento nuestra desunión nos ha costado cara, tan cara que si no sumamos esfuerzos en esta hora crítica muy pronto veremos desmanteladas nuestras empresas en México.

Se produjo un grave silencio.

—¿Qué sugieres, Edward? —preguntó un petrolero del Estado de Veracruz—. ¿Acaso no es suficiente la barrera militar y política defendida y protegida por nuestro Peláez, en casi toda la Huasteca?

—Obviamente no —repuso McDoheny, sin soltar el puño derecho de su camisa.

—Toda esa basura legislativa a la que los mexicanos llaman Constitución se estrellará a su vez contra la muralla defendida por Peláez. Nadie se atreverá a violar la línea fronteriza trazada por nosotros para delimitar nuestra propiedad particular —insistió el de Veracruz.

—Eso crees tú, porque llevas relativamente poco tiempo en México. Todo el país es un gran pantano, una gran arena movediza donde el macizo rocoso más próximo que puede significar la salvación, repentinamente se convierte, con el solo tacto, en arena mojada. Hoy Peláez es nuestro, mañana ya no lo es, porque recibió una mejor oferta que la nuestra. Hoy te prometen algo, mañana lo cumplen o no lo cumplen. Hoy está, mañana ya no está y nunca sabrás la verdad ni encontrarás responsables. Todavía no conozco en México a alguien responsable de algo. ¡Nadie da la cara en ese país, donde lo único seguro es la inseguridad!

—Aquí tienes un caso en que sí sabemos a qué atenernos, puesto que nos quieren expropiar nuestras industrias —replicó el petrolero jarocho con verdadero humor negro.

—Eso parece —respondió McDoheny—, pero tampoco podría afirmarlo. Bien sabe Carranza que la expropiación declarada del petróleo mexicano ocasionaría una invasión en los centros de producción. En este momento, ni Estados Unidos ni Europa pueden prescindir del petróleo mexicano. Por otro lado, si decidieran expropiarnos sin más, lo cual me resulta indigerible, ¿quién va a comprar el petróleo mexicano en Estados Unidos si nosotros nos oponemos a su importación fundados en el atropello sufrido? Nadie de ustedes abrigará dudas al respecto. El Departamento de Estado presionaría al de Comercio para cerrar la frontera norteamericana al petróleo mexicano y Carranza se quedaría, no ya sin las utilidades que nosotros sí obtenemos y él desea, sino también sin los impuestos que actualmente recauda por concepto de extracción y exportación de crudo. De modo que si Carranza expropiara, se condenaría a la asfixia económica y acto seguido a la muerte política.

—¿Entonces, qué quiere Carranza? —preguntaron al unísono dos asistentes.

McDoheny sentía un infinito placer cuando encabezaba las reuniones y se le permitía adquirir una posición de líder, que él vestía con su consabido lenguaje doctoral.

—Quiere expropiarnos, sí, pero entiende y acepta sus limitaciones. Sin embargo, se propone sentar las bases para dar el paso en forma gradual. Ya intentó apropiarse teóricamente de nuestros yacimientos a través de la Constitución; continuó con la imposición de gravámenes a la producción y a la exportación. Ahora enfoca sus baterías al cobro de regalías por los derechos de uso de nuestro propio subsuelo, ¡vamos, hombre! Por lo visto Carranza se ha propuesto que nosotros, los petroleros, rescatemos a su país del hambre y de la perdición. A ningún otro sector de la economía mexicana le ha impuesto gravámenes confiscatorios como a nosotros.

Henry Clay Pierce había prestado atención a las palabras con las que McDoheny había comenzado su intervención.

—Probablemente Edward quisiera concluir la idea original inicial si ya no lo interrumpimos.

—Sí, desde luego; perdón por la digresión. He mencionado detenidamente todo lo anterior con el objeto de demostrar la imperiosa necesidad de construir una asociación para defender sistemática y conjuntamente nuestros intereses. Lo de Peláez han sido acciones aisladas que deben seguirse apoyando y financiando con su presupuesto propio. Gracias a él, ni la guerra mundial ni la revolución mexicana ni la Constitución carrancista pasaron nunca por nuestros pozos. Sin embargo, debemos emprender otras bien meditadas y articuladas acciones, como podría ser la iniciación de una campaña periodística en los Estados Unidos con el propósito de desprestigiar a Carranza y exhibirlo como un verdadero delincuente político en virtud de las disposiciones contenidas en la Constitución de Querétaro.

Yo no me siento obligado a someterme a lo que establece el Artículo 27, por lo que propongo nuestra más terminante oposición, en todas las formas imaginables, a su aplicación. Por esa razón me permití convocar a la reunión del día de hoy.

—¡Ladrones! —gritó repentinamente el Director de la Transnational Petroleum Co.—. Tiene razón Edward. Defendámonos de ellos. Formemos un fondo común para financiar nuestra causa a todos los niveles de Estados Unidos y México.

—Señores —dijo sonoramente otro de los petroleros.

McDoheny no levantó siquiera la cabeza. Miraba con agudeza hacia una ventana. "Helen, sólo Helen pudo tomar mi mancuernilla. ¿Será posible? ¿Helen? ¡No es posible, no!"

—Nadie está peleado con su dinero, ni con sus intereses, sin embargo no quisiera dejar de aclarar en estos momentos que precisamente en los Estados Unidos existe ya una legislación petrolera similar a la carrancista. No olvidemos que en nuestro país, mientras el petróleo no es extraído, el Estado es también el poseedor de los derechos de propiedad de todo el subsuelo.

El comentario surtió los mismos efectos que una bomba en un mercado.

—Eso es aquí en los Estados Unidos —tronó Pierce—, donde priva un escrupuloso respeto a la ley, una bien ganada confianza institucional y existe una auténtica democracia tutelada por poderes públicos independientes que funcionan sin compromisos políticos deshonrosos. Creo que no viene al caso discutir en esta mesa las diferencias entre los Estados Unidos y México. Ya Edward ha descrito suficientemente el terreno en el que nos movemos. ¿Propone usted acaso, en función de la identidad legislativa descubierta por usted, que debemos esperar resignadamente a que nos den una patada en el culo y nos larguen de México esos indios temerarios?

McDoheny todavía alcanzó a proponer una moción de orden antes del estallido general. Había funcionado a las mil maravillas su detonador. Sabía que con observaciones candorosas contrarias a la corriente sostenidas durante la reunión, calentaría los ánimos de los asistentes, por lo que un adiestrado colaborador anónimo de la Huasteca había soltado, con toda oportunidad, el obligado comentario que había desquiciado a Pierce. Había sido una jugada magistral.

McDoheny logró controlar la explosión causada por el premeditado comentario. Una vez sofocada la discusión y enfriados los ánimos, agregó con mal disimulado control:

—Woodrow Wilson declaró seis meses atrás la guerra a Alemania, después de una ilimitada lucha submarina. Nuestras tropas aún no se trasladan íntegramente a Europa. Se habla de casi medio millón norteamericanos que irán a hacer desistir al káiser de sus pasiones anexionistas y a defender las mejores causas de la libertad. ¿Cómo trasladarán a Europa medio millón de soldados? Con barcos y con aeroplanos, claro está. Con equipo de autotransporte. Detroit era hasta hace unos pocos meses una próspera industria civil, hoy día es una industria de guerra, igualmente próspera, en toda la extensión de la palabra. ¿Cómo se moverán los aviones, los barcos, los camiones y automotores militares? Con petróleo. Sí señores, con petróleo. Con nuestro petróleo. Es obvio que a nuestro gobierno le interesará más agotar primero los pozos mexicanos que los norteamericanos. Esa sabia decisión se traducirá en mayores ganancias para nosotros.

Ninguno de los asistentes retiraba la mirada del rostro de McDoheny. Sus palabras parecían despertar magnetismo. Sus interlocutores habían caído en apariencia en estado hipnótico.

—Una guerra motorizada se gana con petróleo. Nunca antes la humanidad había contemplado la escenificación de una guerra motorizada, así como nosotros nunca habíamos siquiera contemplado la posibilidad de vender las cantidades inimaginables que deberían consumirse durante el desarrollo del acontecimiento bélico más importante de la historia universal.

La guerra la ganará quien tenga más soldados, equipo de transporte, armamentos y, sobre todo, petróleo. No se moverá ni un triste cartucho sin petróleo. Los ferrocarriles son los blancos ideales para el sabotaje. Las otras alternativas están en el automóvil, la aviación y la marina, sin que nadie pueda prescindir de nuestra necesarísima materia prima.

Sólo quien haya entendido lo anterior deberá preguntarse si hay suficiente petróleo disponible y, en caso afirmativo, si se encuentra asegurado su abastecimiento. Y, curiosamente, es en esta parte donde se estrellan todos los vaticinios.

A su juicio los recursos energéticos de un país determinarían la inclinación de un lado o de otro de la balanza de las hostilidades. Mc-Doheny y sus industrias se sentían la parte determinante de la preservación o de la pérdida del equilibrio bélico.

—El petróleo mexicano, del que, como es bien sabido, se abastece la flota británica, se encuentra precisamente en estos momentos de emergencia mundial en una precaria situación de inestabilidad y de inseguridad, como todo lo mexicano. Resulta que Venustiano Carranza no sólo intenta arrebatarnos nuestra industria, de la que depende la supervivencia de la moribunda economía mexicana, sino que, además, con su cínica política confiscatoria se ha aliado veladamente en nuestra contra con el enemigo de los Estados Unidos.

Todo México está infestado de agentes y de espías alemanes, de agentes y espías norteamericanos y de agentes y espías ingleses. Por un lado, porque Wilson obviamente no desea un segundo frente al sur del Río Bravo y se cuida de las provocaciones de Alemania en territorio mexicano. Por otro lado, porque el káiser intentará, por todos los medios, aprovechar la ubicación geográfica de México así como su importancia energética para producir un conflicto a Inglaterra y a los Estados Unidos, y créanme, sabe cómo lograrlo: asociándose a Carranza o incendiando los pozos petroleros mexicanos. Ésos son unos de los propósitos claros de Alemania junto con el del abastecimiento de armamento al gobierno de Carranza. Si el káiser logra que los pozos petroleros mexicanos ardan, logrará paralizar en buena parte a los ingleses, de ahí que México sea un centro internacional de espionaje.

¿Quiénes pagaremos el incendio de nuestra industria? Nosotros, señores. Nosotros. Nadie podría indemnizarnos por el sabotaje alemán mientras tengamos en Chapultepec a un enemigo intransigente, dispuesto a llevar al terreno de los hechos su estúpida ideología bolchevique.

—¡Acabemos con Carranza! —gritó el petrolero veracruzano—. Un tiro en la cabeza y la Constitución nacionalista valdrá menos que un peso emitido por la dictadura huertista y menos todavía que la temida alianza méxico-germana. Siempre lo dije, Victoriano Huerta era el hombre. La soberbia wilsoniana pagará bien pronto su precio por no haber respetado a nuestro hombre en Chapultepec. Con Huerta hubiéramos vuelto a los mejores tiempos del porfirismo y no estarían en juego nuestras inversiones, ni las utilidades provenientes del abastecimiento de petróleo a Europa. Wilson es el culpable por su terca ceguera moralista.

Ahí están las consecuencias de haber llevado a la Casa Blanca a un diácono frustrado.

—Calma, calma, Hughes. Calma, señores —interrumpió Pierce—. Nada resolveremos con matar a Carranza si no tenemos asegurada la llegada de un hombre que garantice nuestro *status*. ¿Cómo sabremos que el nuevo Gran Jefe o Primer Jefe, o como se llame pedantemente Carranza, no será peor, mil veces peor que éste? Nadie quería a Venustiano Carranza después de Huerta, ni el mismo Wilson quería nada con él. A todos nos consta que no hubo forma posible de impedir su acceso al poder. De modo que cuidado con los cambios y más si éstos son violentos. Y todavía más, si éstos se llevan a cabo en México, donde todo es imprevisible. Si llegamos a perder el control de la situación, como sucedió con Carranza, podríamos ver ante nuestro asombro mayúsculo la llegada al poder de un hombre peor que el Primer Jefe, Villa y Zapata juntos.

¿Quién nos dice que los propios mexicanos, inspirados por un apetito insatisfecho de venganza, no se inmolarán junto con sus pozos al descubrir a los responsables del asesinato de su máximo líder? En Chapultepec, en el 47, se tiraban al vacío con las banderas con tal de no cederlas ni entregarlas a nuestras tropas. Perderemos nuestros pozos al grito de nada para nadie. Yo discrepo de la propuesta de Hughes, por peligrosa y poco promisoria; además, invito a la reflexión del siguiente razonamiento.

Dieron las seis en punto de la tarde. Las tranquilas campanadas sordas del reloj de pie prusiano de la Sala de Juntas le recordaron de inmediato a McDoheny su anhelada cita con Helen.

"¡Dios! ¡Buen Dios! ¡Helen!"

Tocó el timbre aterciopelado debajo de la mesa. De inmediato se abrió una puerta e ingresó una secretaria al inaccesible recinto. McDoheny pareció darle breves instrucciones inaudibles para los demás. Ella, a su vez, acercó la cabeza para informarle:

—Señor, la señorita Cliff llegó desde las cinco de la tarde al anexo de su oficina y nos indicó no anunciarle su llegada.

—Que espere —repuso el petrolero—. Indíquele que espere. Déle algo para leer. Entreténgala de alguna forma. En un momento más estaré con ella. ¿No dijo por qué se había adelantado? —preguntó intrigado.

—No, señor. Sólo nos pidió que no le informáramos de su llegada.

Todos los asistentes observaban en silencio la escena. Pierce también interrumpió su exposición, no sin manifestar su inconformidad con un tamborileo de sus dedos en la mesa. Finalmente, pudo continuar cuando la secretaria abandonó el salón y McDoheny trató de incorporarse a la reunión.

—El presidente Wilson nos devolvió, después de todo, el control del petróleo mexicano al rescatarlo de manos inglesas. Con Porfirio Díaz y Huerta lo habíamos perdido, como todos saben, y el presidente no sólo logró excluir a Inglaterra del juego, sino que además obligó al Foreing

Office a consultar al Departamento de Estado todo lo relativo a sus políticas en relación a México, para evitar decisiones contrarias a los objetivos político-económicos de la Casa Blanca. De modo que no todo es catastrófico. Pienso —concluyó Pierce— que lo conveniente es observar prudentemente el desarrollo de los acontecimientos sin precipitaciones ni prontos que nos impidan disfrutar de las jugosas utilidades que nos promete la guerra. Carranza sabe hasta dónde puede tirar de la cuerda sin reventarla. A él tampoco le conviene un desenlace violento, por lo que nosotros deberemos contestar con palabras a sus palabras. Si Carranza deseara llegar al terreno de los hechos, en ese momento nosotros deberemos hacer lo propio. En conclusión, propongo que naveguemos mientras la tormenta lo permita. Cuando lleguemos a puerto seguro haremos los ajustes necesarios...

—Sólo que cuando despertemos, probablemente habremos perdido nuestras posiciones actuales y habremos dado a Carranza, gracias a nuestra inactividad, las ventajas de que hoy disfrutamos —señaló Hughes.

—Nadie habló de dormirnos, amigo Hughes. Yo no creo haber dicho eso, ni siquiera algo que se le pareciera, ¿o yo lo dije? —preguntó al resto de los asistentes un Pierce disgustado—. Yo únicamente propuse una cuidadosa observación de los acontecimientos con el objeto de diferir decisiones inoportunas, producto de un nerviosismo injustificado o torpe y para tomar medidas en el caso de que Carranza intentara materializar en alguna forma el Artículo 27 y, simultáneamente, armar todo un aparato defensivo para el caso de un enfrentamiento inevitable. Nunca propuse una conducta apática e indiferente ante la amenaza de nuestros intereses. Sugerí una técnica política transitoria mientras termina la guerra europea, de donde todos deseamos salir vencedores; esperar a que el presidente Wilson vuelva a dedicar la atención que normalmente concede a los asuntos latinoamericanos, en particular a los mexicanos, y proceder posteriormente a un ajuste de cuentas con el carrancismo. Nunca sugerí el abandono, ni mucho menos una resignación; propuse únicamente oponer palabras a las palabras y hechos a los hechos y ceder a Carranza todas las iniciativas para contestarlas en sentido contrario y con la misma intensidad. Espero haber sido lo suficientemente claro, señor Hughes —concluyó Pierce.

"Helen es capaz de irse para provocarme y hoy se saldría desde luego con la suya. Necesito verla a como dé lugar. Me dirá que se retiró para no presionarme en la junta, puesto que tantos hombres juntos en viernes sólo podría responder a una situación de emergencia. He esperado toda la semana con ansiedad este momento para estar con ella. No puedo perderlo, no", repetíase incesantemente McDoheny.

Hughes empezaba a responder a Pierce cuando repentinamente se levantó McDoheny y salió del elegante Salón de Juntas precipitadamente.

—Continúen, señores, en un momento más estaré con ustedes. Tengan la amabilidad de disculparme por unos instantes.

El magnate petrolero abrió la puerta trasera de roble blanco, diferente a la utilizada por la secretaria, y se dirigió inmediatamente a la "suite nupcial". El resto de sus colegas se miraron momentáneamente sorprendidos a la cara y volvieron a sus asuntos sin conceder mayor atención al hecho.

—¿Heeelen? ¿Helen? —preguntó sediento a lo largo del pasillo. Harto desagradable fue su sorpresa cuando llegó a la sala donde ambos siempre se encontraban y la encontró desierta—. ¡Lo sabía! ¡Demonios! ¡Lo sabía! ¡Mierda, mil veces mierda! Sabía que se iría —dijo rabioso. Pensó en llamarla telefónicamente, pero de inmediato entendió que se encontraría camino de regreso a su casa.

Con toda su frustración a cuestas empezaba a dirigirse de nuevo rumbo a la Sala de Juntas, cuando intentó buscarla, como último recurso, en la misma recámara. Al pensar en la posibilidad remota para él de encontrar dormida a su amante, abrió tímidamente la puerta, encontrando para su sorpresa encendida la lámpara colocada sobre una de las patas de elefante, así como corridas todas las cortinas de la perfumada estancia para impedir el menor acceso de luz mortecina. Entró despacio sin hacer el menor ruido para constatar el sueño de su amada, su gran posibilidad de volver a la reunión.

Helen había medio cubierto su cuerpo con las sábanas de seda negra y su cabeza reposaba con los ojos cerrados sobre la almohada del mismo color.

McDoheny iniciaba el cuidadoso regreso a sus asuntos, cuando una voz tibia y acariciadora lo llamó:

—Teddy, Teddy.

Su nombre parecía haber sido pronunciado por diez querubines juguetones. McDoheny volvió risueño a la cama y se sentó a un lado de ella, al tiempo que besaba y acariciaba voluptuoso su rostro y sus caireles dorados.

—Mi amor, vuelvo en un momento contigo, sólo…

Dos brazos débiles y desnudos surgieron de la tibieza de la cama Una mano cubrió delicadamente la boca del petrolero, la otra se posó en la parte trasera de su cabeza y después de perderse en la abundante mata de pelo cenizo del magnate, Helen lo atrajo hacía sí para asfixiar totalmente sus palabras.

El petrolero, encendido de inmediato, aceptó gozoso y ávido la invitación al amor. Su reacción instantánea halagó y estimuló a Helen.

Ya empezaba McDoheny a retirar con el mentón y la boca las tibias sedas del cuerpo de Helen, preguntándose lúbrico si encontraría algún obstáculo inoportuno propio de cualquier prenda íntima femenina, cuando recordó a Pierce, a Hughes, a Carranza y al 27 Constitucional. Prefirió abstenerse. Era mejor disfrutar detenidamente las excelencias del amor a fuego lento, como la buena cocina, que precipitarse en un acto irreflexivo y torpe del que no extraería los aromas ni las esencias de la entrega amorosa.

Los ardientes senos de la actriz despertaron al solo contacto de la barba del petrolero, quien gozoso y sonriente paseaba su rostro, una y otra vez, por aquella piel blanca, turgente y perfumada que, al erizarse, acusaba de inmediato la respuesta al intencionado estímulo amoroso.

McDoheny recorrió con la lengua húmeda el cuello estremecido de la estrella, buscó luego su hombro derecho, su brazo y, finalmente, la misma mano a base de caricias similares, antes de separarse con empeñoso esfuerzo de aquel atractivo cuerpo que lo enloquecía.

El magnate quería asegurarse con su actitud la permanencia de su amante en la "suite nupcial" hasta el final de la importante reunión.

Ella, resignada y picaresca, sólo le suplicó al oído su pronto regreso.

McDoheny volvió de inmediato a su oficina; sintió que la cara le estallaba cuando intentó abrir la pesada puerta de la Sala de Juntas. Un calor intenso le recorría el rostro. La agitación lo sofocaba al ingresar en el recinto. Sólo esperaba que nada delatara sus sentimientos ni la justificación de su breve ausencia. El aire se cortaba con la mano cuando pasó a presidir nuevamente la influyente junta. Sentía los latidos de su corazón en la yugular y sudaba abundantemente. Ya no se acordaba de su rubí estrella.

Quien anteriormente se había mostrado ausente, confuso y distraído, ahora retomaba las bridas de la reunión con su acostumbrada vehemencia y sus vigorosas exaltaciones extremistas, sin tomar en consideración los puntos discutidos durante su ausencia.

—El señor Pierce tiene la razón. Debemos sujetarnos a su propuesta y jugar con las mismas cartas que escoja Carranza.

¿Recuerdan ustedes lo que sucedió cuando fuimos a visitar al Presidente Wilson? ¿Acaso no le pedimos abiertamente la intervención armada ante la promulgación del Artículo 27? ¿Recuerdan ustedes lo que nos contestó?: "Mi intención" —dijo imitando al jefe de la Casa Blanca—, "no es parecerme en nada al káiser alemán en relación a Bélgica. Mi gobierno tiene una moral diferente y no incurrirá en el mismo error que yo tanto he criticado." A partir de ese momento supimos que Wilson no recurriría por tercera vez a las armas contra México.

Casi podríamos decir que Wilson fracasó en la invasión aVeracruz, pues aun cuando a la larga Huerta renunció, no se logró imponer ninguna condición a los Constituyentes, quienes, como dijo Pierce, llegaron al poder contra la voluntad del Jefe de la Casa Blanca. Después volvió a fracasar con la expedición Pershing al no alcanzar ninguno de los requisitos fijados por el Departamento de Estado. Washington, señores, reducirá su participación en el conflicto mexicano al apoyo diplomático y al abastecimiento de información confidencial a través del servicio de espionaje anglo-americano. Nosotros deberemos ocuparnos del resto.

—¿Qué entiendes por ocuparnos del resto, Edward? —preguntó animado Hughes.

—En estos momentos, todo menos matar a Carranza, para contestar categóricamente tu pregunta. Una vez en México escuché una expresión popular que vale la pena recordar ahora: nunca cambies de caballo a mitad del río.

Todos festejaron con una sonrisa el oportuno comentario de Edward McDoheny.

—Pierce tiene razón. Negociemos, negociemos y negociemos, mientras termina la guerra. Luego las aguas volverán a su lecho natural y se podrán tomar las medidas conducentes.

A lo largo de la reunión se recordó también cuando Albert Fall, el congresista petrolero, presidió un comité del Senado americano para estudiar los efectos de la inversión yanqui a la luz del Artículo 27 Constitucional. El informe rendido calificó a Carranza como a un ladrón, bolchevique corrupto y a su régimen proalemán y nacionalista como una verdadera amenaza para los Estados Unidos.

También se analizaron los decretos petroleros reglamentarios del mismo Artículo 27 que establecía la aplicación retroactiva de la Constitución, el cobro de regalías y las severas sanciones para quien no las pagara, que bien podrían llegar a la pérdida de los propios yacimientos betuminosos.

McDoheny consultó el reloj. "Helen, otra vez Helen y yo sin poder terminar esto."

Después, impulsado quién sabe por qué motivo, casi saltó sobre la mesa de Consejos y gritó intempestivamente:

—¿Dónde se metió Carranza sus decretos, señores? En el mismo lugar en que se meterá siempre su famosa Constitución. Sí, señores, por el culo —perdió los estribos el petrolero. Su ansiedad era ya incontrolable. Luego agregó: —Qué ha hecho sino ceder y ceder a las presiones del Departamento de Estado y concedernos prórroga tras prórroga para no aplicar sus leyes reglamentarias. Fracaso tras fracaso hasta hacérselos tragar totalmente.

—No veo por qué se los tragó —dijo Hughes.

—¿Te parece poco el decreto de agosto de este año en que libera de los alcances de la ley todos los terrenos adquiridos antes de entrar en vigor la Constitución? Esta vez nosotros ganamos la partida sin cañones.

McDoheny no dejaba de pensar en Helen. El recuerdo de su piel perfumada lo arrastraba a la "suite nupcial". No podía ya contener su imaginación ni su angustia. Sólo esperaba la conclusión de la reunión por ese día, si algún terco no lo impedía.

La sesión continuaría por unos momentos más, utilizados por Hughes, ante la mirada glacial de McDoheny, para relatar cómo se había defendido de las leyes carrancistas, relativas a las autorizaciones para perforar nuevos pozos.

—Nos fuimos a la corte, donde nadie nos esperaba y obtuvimos del mismo Carranza, a lo largo de los juicios, prórroga tras prórroga para no declarar ninguna nueva perforación y diferir así, otra vez indefinidamente, la aplicación de la ley. Por su parte, el Departamento de Estado comunicó al Presidente de la República que los trabajos se harían con su autorización o sin ella, porque de otra forma equivaldría a renunciar a nuestros derechos adquiridos. Carranza prometió la expedición de permisos provisionales si nos sometíamos a la ley reglamentaria. Nadie aceptó y aquí estamos, obviamente con los permisos provisionales y sin habernos comprometido a acatar ninguna ley.

—Carranza volvió a guardarse sus decretos... en el lugar que mencionó Edward —dijo Pierce conteniendo apenas la risa.

McDoheny, complacido, volvió a enhebrar la aguja, no sin agradecer, sonriente, la celebración de su comentario.

—Ustedes lo ven: no perdimos un solo pie cuadrado de terreno, no pagamos un centavo de regalías, no se alteró ni un solo momento el proceso de extracción, ni se detuvieron las obras nuevas, ni dejamos de embarcar el petróleo rumbo a Europa y los Estados Unidos, ni dejamos de ganar dinero con la amenaza de toda esa basura legislativa carrancista.

—De cualquier forma —intervino Pierce cáustico— no debemos confiarnos. ¿Saben ustedes cuándo va a publicar Carranza su ley reglamentaria del Artículo 27 Constitucional? Nunca.

McDoheny prefirió quedar callado.

—Nunca, Edward, nunca, señores. ¿Saben ustedes cuándo será sancionada la ley por la Cámara de Diputados? Nunca, señores, nunca, nunca, nunca. ¿Saben ustedes, igualmente, a qué se reducirá el famoso Artículo 27, el temido 27, sin su respectiva ley reglamentaria?

McDoheny volvió a guardar un silencio cada vez más irónico, mientras repasaba el rostro inquisitivo de la mayoría de sus colegas.

—A la nada jurídica, queridos amigos. Oyeron bien: a la nada jurídica. Si nosotros logramos impedir la promulgación de aquellas leyes reglamentarias que afecten nuestra esfera de negocios habremos dejado, de hecho, sin efecto la Constitución carrancista al no darse las bases legales de su aplicación. ¿Saben ustedes cuándo serán promulgadas? Nunca, señores, nunca. No temamos. Continuemos con nuestros negocios apoyados en Peláez y pensemos que lo de Querétaro no pasó de ser una junta de rancheros mediocres, reunidos para preparar un documento político sin valor práctico alguno.

McDoheny observó el reloj. Eran las 7:10 P.M. Helen estaría desesperada. Anunció un resumen de lo acordado para señalar el término de la poderosa asamblea petrolera, sin comentar en lo absoluto el argumento vertido por Henry Pierce, ante la sorpresa de éste. El presidente de la Huasteca se concretó a decir:

—Primero: es claro que no podremos apoyarnos en la Marina de guerra norteamericana para convencer a Carranza de la inoperancia de sus ideas. Wilson ya no nos respaldará por el momento en ese sentido.

Sin embargo, el recurso de la amenaza estará siempre a nuestra disposición, según el Departamento de Estado y Fletcher.

Segundo: impediremos la aplicación de cualquier ley carrancista en nuestro perjuicio, apoyados en Peláez y en nuestra Embajada.

Tercero: hoy nace la Asociación de Productores de Petróleo Mexicano, de la que Carranza muy pronto tendrá noticias a través de la prensa norteamericana y mexicana. Me felicito por esta fabulosa alianza.

Caballeros —concluyó precipitadamente—, tengan ustedes la amabilidad de disculparme. Son ustedes mis huéspedes en todo aquello que se les ofrezca. Por mi parte debo retirarme de inmediato. Tengo una reunión realmente ya inaplazable.

Abandonó discreta, pero apresuradamente la Sala de Juntas por la misma puerta por donde lo había hecho momentos antes.

Helen, en esta ocasión, dormía.

En el año de 1919 la paz reinaba nuevamente en Europa y en el mundo entero. Los cabizbajos representantes de las potencias centrales firmaban, al lado de los orgullosos aliados, la famosa Paz de Versalles. El káiser, por su parte, había huido tan pronto entrevió la derrota y la vergonzosa rendición incondicional. Woodrow Wilson había viajado también a Francia para proponer sus puntos y condiciones en los históricos acuerdos y tener que escuchar al Tigre Clemenceau referirse cáusticamente a él: "Míster Wilson me aburre con sus catorce puntos. Dios Todopoderoso sólo tenía diez."[198]

El viaje desgastó a Wilson en el orden político y en el físico, particularmente para efectos de la campaña presidencial, ya en ciernes.

Los planes del káiser en relación a Rusia habían funcionado parcialmente bien. La revolución bolchevique había estallado oportunamente y con ella se había cerrado el frente de los Urales, de conformidad con el sueño logístico del emperador alemán.

Vladimir Illich Ulianoff se había hecho dueño de la situación a la caída del zar y se había apresurado a firmar la paz con el káiser.

El frente occidental, poderoso en recursos humanos, financieros, militares y sobre todo energéticos, había inclinado la balanza a favor de los aliados, quienes finalmente, gracias a la ayuda de los Estados Unidos, se habían coronado la frente con ramas de laurel.

Federico Guillermo II había fracasado en sus intentos de hacer estallar la guerra entre México y su coloso vecino del norte.

La Inteligencia norteamericana había seguido paso a paso los movimientos del káiser, de Victoriano Huerta, de Pascual Orozco y sus secuaces, hasta desbaratar de un solo golpe el complot imperial para desbancar a Venustiano Carranza. La invasión a pequeña escala se había producido sin mayores consecuencias, a cambio del desprestigio militar de Pershing, quien había lavado su honor en virtud de su victoriosa campaña europea.

En México también se acercaban las fechas para designar candidatos a la primera magistratura del país. Faltaba un año largo todavía para el término del mandato constitucional de Carranza, en noviembre de 1920. Obregón, decepcionado ante la falta de una señal del Primer Jefe de la revolución para distinguirlo como el mejor heredero de la causa, lanzaba su candidatura independiente. Con ello creaba otra pavorosa escisión entre los mismos triunfadores del movimiento armado. Antes habían roto Carranza y Obregón con Villa, ahora llegaban a su término las relaciones políticas entre los máximos supervivientes políticos. El rompimiento entre todos era ahora total y definitivo.

—¿De modo que fue en este salón donde aprehendieron al Presidente Madero durante la Decena Trágica? —preguntó interesado Alberto Pani, Secretario de Hacienda, a Venustiano Carranza en Palacio Nacional.

—Así es, señor licenciado. Aquí estaban los impactos causados por algunas de las balas que dispararon sobre su primo, quien murió al proteger con su cuerpo al Presidente de la República.

—Imagine la escena a título personal —continuó Carranza—. Un pariente verdaderamente querido y respetado, al ver amenazada la vida de usted, se interpone entre las balas, consciente de que perderá su vida a cambio de salvar la de usted. Después de la refriega él yace en el suelo, inmóvil, encima de usted. Su primo, como era el caso, no responde a sus palabras ni se incorpora ni profiere lamento alguno. El cuerpo de aquel hombre vigoroso, valiente, que momentos antes gritara: "¡Cobardes, cobardes!", se redujo repentinamente a un organismo inanimado que sólo alcanzó a balbucear el nombre de usted antes de morir.

—Esos momentos dolorosísimos deben invitar a los políticos a desistir de su carrera. No puedo imaginar el sentimiento de culpa del Presidente Madero. Su malestar debió ser infinito —repuso Pani sobriamente—. ¿Piensa usted, señor presidente, que la pérdida de un ser querido, como en el caso de Madero, lleve a un presidente a evaluar la conveniencia de retirarse de la dirección del país a cambio de no sacrificar a más familiares inocentes o de llegar a perder su misma vida? ¿Quién lo consuela en el caso de una pérdida injusta como la del primo del presidente Madero? En el rostro de toda la familia podría usted leer: "Tu ambición política ya le costó la vida a uno de los nuestros. ¿Cuándo saciarás tus apetitos y a qué costo?" —inquirió curioso Pani.

Venustiano Carranza bajó la vista. Enmudeció. Parecía afectado por la pregunta. Cruzó los brazos sobre el tórax. Sin emitir palabra alguna levantó la cabeza y miró fijamente hacia la ventana como si de la luz que ingresaba a través de ella fuera a encontrar la respuesta.

—Probablemente ha olvidado usted la muerte de mi hermano Jesús a manos de las tropas huertistas. A él lo habían hecho prisionero y yo mandé por él. Quería que lo rescataran. Quería tenerlo a mi lado y me la jugué.

Fui advertido respecto a la inconveniencia de continuar en el intento, puesto que si nuestras tropas se acercaban, él sería fusilado de inmediato. Insistí. Siempre he ido a donde estallan los cañones.* Hacia allá fui en ese entendido. El resto lo conoce usted. Me fusilaron a Jesús.

Puedo decirle —continuó Carranza— que ha sido uno de los peores momentos de mi existencia. Quise llorar como un niño. Eso sólo me hubiera servido para bajar la moral de mi gente. Lo lloré en la más íntima soledad. Nada me devolvería a mi hermano. Nada. Mi coraje creció contra Huerta. Deseé con mayor intensidad el derrocamiento del mayor criminal de toda la historia de México. Bien pronto el dolor se convirtió en rabia; la culpa en deseos de venganza; las lamentaciones en maldiciones. El poder político, lejos de despreciarlo o de intentar abandonarlo, adquirió forma de garrote. Lo acaricié. Nunca había deseado tanto la destrucción de la dictadura huertista como cuando supe de la ejecución sumaria de mi hermano. Lejos de desmotivarme, me estimuló. Nunca pensé en retirarme. Todo lo contrario, señor Secretario. Se crece uno al castigo…

Carranza se percató de inmediato que podría estar hablando en exceso. Los excesos verbales de un presidente pueden ser costosísimos, pensó para sí, al tiempo que hacía girar diametralmente la charla.

—Ahora, si usted no tiene inconveniente, dado que tengo una reunión con el embajador Fletcher, le agradeceré me informe de su charla con los petroleros.

—¡Ah!, sí, disculpe usted, señor presidente. Estaba embebido con la plática y aprendía de su experiencia política. Mire usted, su solicitud, como siempre, fue indigna e intransitable. Mi respuesta fue bien clara. Preferí hablar de la firma del armisticio en Europa y de los términos de la capitulación alemana en lugar de analizar proposiciones ridículas.

Carranza no se inmutó.

—En concreto, señor Secretario, ¿cuál fue la solicitud, por más descabellada que haya sido?

—Los petroleros nos piden la conservación de todos sus derechos adquiridos en materia petrolera a cambio de la cancelación de sus relaciones con Peláez[199] o su liquidación, según quiera usted entender.

—¿Eso significaría dejar de aplicar la Constitución y volver al régimen de privilegio autorizado por Díaz? ¿Es correcta mi interpretación?

—En efecto, señor.

---

* La mayor parte de los biógrafos y cronistas de Carranza coinciden en afirmar lo contrario al advertir que trataba evitar la mínima escaramuza Obregón y Villa fueron los artífices militares del éxito Constitucionalista.

—¿Se da usted cuenta del atrevimiento? —cuestionó Carranza sin mostrar mayor sorpresa.

—Sí, señor —contestó Pani—. Casi me atrevería a comentar que todavía no han tomado en serio la Constitución, aun cuando ya entró en vigor hace dos años y medio.

—No hemos podido con ellos, señor Secretario. Ésa es la verdad. El Departamento de Estado norteamericano ejerce sobre mi Gobierno una presión constante y asfixiante. Ha sido imposible sacudírmela. Desde que Villa invadió los Estados Unidos para asesinar a los norteamericanos, no he podido sostener relaciones normales con el Presidente Wilson. El crédito de quinientos millones de dólares ofrecido nunca nos llegó y no llegó porque las condiciones impuestas por el gobierno yanqui eran insalvables.

—Así es, señor —dijo Pani—. El propio embajador Fletcher me comunicó en las últimas entrevistas las enormes posibilidades existentes para obtener el préstamo, si accedíamos nada menos que a derogar el Artículo 27 o a redactarlo en términos menos amenazantes.[200] Por sí fuera poco, otra de las condiciones exigidas a cambio del otorgamiento del financiamiento consistía en la abrogación de los impuestos petroleros y en la posibilidad de dejarles estudiar anticipadamente, para su calificación, todos los proyectos legales respecto al tratamiento patrimonial y tributario de las inversiones petroleras.[201]

Carranza guardó silencio. Analizaba en detalle las palabras y la información vertida por su Secretario de Hacienda.

—Lo que usted no llegó a saber, señor Secretario, es que al rechazar sus pretensiones provocábamos una invasión. Nuestra negativa a aceptar el crédito en los términos propuestos por ellos no sólo ha diferido mi proyecto de reconstrucción nacional sino que lo ha sepultado indefinidamente.

—Ya conocemos a los yanquis, señor presidente. Los Estados Unidos son una organización política orientada integralmente hacia un propósito único: la generación de ganancias. Todos los norteamericanos de todos los estratos, de todos los niveles, de todos los sectores, sólo piensan en las utilidades y en los negocios. El propio gobierno yanqui no es sino una poderosa estructura política y militar dirigida a apoyar, preservar y estimular los negocios de sus gobernados y a crear capital dentro y fuera de los Estados Unidos para nutrir vigorosamente su presupuesto público y fortalecer su capacidad económica para penetrar en todos los mercados del mundo. No hay diferencia alguna cuando usted discute con un Lansing o con un McDoheny. No observará usted ninguna diferencia en su lenguaje. Ambos son hombres de negocios y se conducen como tales. Es igual hablar con el Secretario de Estado que con el Presidente de la Standard Oil.

—Es cierto, licenciado Pani. Es cierto. Sin embargo, por una razón o por otra nos quedamos sin el apoyo financiero y militar alemán.

Los Estados Unidos salieron de esta Guerra Mundial como los grandes vencedores absolutos; han dejado a sus aliados despedazarse contra Alemania y luego llegan ellos a coronarse sobre las cenizas de Inglaterra, Francia y Alemania. Los Estados Unidos no se despeinaron siquiera durante la guerra, mientras que sus aliados quedaron agotados y dependientes del coloso financiero yanqui. Ahora Europa consumirá todo lo norteamericano y su industria crecerá a niveles insospechados. La guerra la ganaron los yanquis porque se quedaron con todos los mercados. Los préstamos concedidos a Europa para su rehabilitación se gastarán en buena medida, a su vez, en el consumo de productos norteamericanos. Ni Alemania ni Inglaterra ni Francia podrán prestarnos en un futuro cercano. Las posibilidades porfirianas han sido canceladas en un momento crítico para los intereses económicos de México. Debemos concretarnos a lo poco que podamos obtener de Wilson y esto gracias a las condiciones exigidas por el Departamento de Estado en nombre de sus petroleros.

—Tengo una esperanza, señor presidente —dijo el Secretario de Hacienda al acomodarse el fistol de su corbata.

—¿Cuál, licenciado Pani? Yo ya no entreveo ninguna posibilidad, y el año entrante deberé entregar la presidencia a quien resulte vencedor en las elecciones.

—Precisamente a eso me refiero, señor. En los Estados Unidos habrá también elecciones presidenciales.

—¿Y en qué funda usted su esperanza?

—En que la parálisis y el estado de salud de Wilson impedirán que se reelija para un tercer período de gobierno. Todo parece indicar que los republicanos volverán a la Casa Blanca y con ellos nuevas esperanzas.

Recuerde usted que en septiembre de este año se agravó seriamente la salud del presidente yanqui y aun cuando no está prevista la causa de incapacidad física en la Constitución norteamericana, el enemigo número uno de México, el Senador Fall, pidió en el Congreso norteamericano la renuncia de Wilson al cargo de Presidente de los Estados Unidos. Fall es un legislador influyente, vocero ultrarreaccionario de los petroleros, quienes no han logrado convencer a Wilson de las ventajas de una invasión definitiva con la anexión de todos los estados fronterizos mexicanos del norte. A ellos les conviene la salida de Wilson por otras razones, obviamente diversas de las nuestras. Nadie les garantiza a ellos el éxito, como a nosotros tampoco, la llegada de un nuevo Jefe de la Casa Blanca; sin embargo, todo cambio implica una nueva posibilidad. La muerte o el retiro de Wilson podrían jugar a nuestro favor.

—Probablemente, licenciado Pani. Sólo que yo entregaré mi administración en diciembre de 1920 y por lo mismo tengo escaso un año para cumplir con mis programas. Al cambio de gobierno de los Estados Unidos, en marzo de 1921, yo ya no estaré en Palacio Nacional. No pierda usted de vista el concepto. En lo que resta de mi gobierno siempre negociaré con Wilson, sano o moribundo. Por otro lado, un presidente demócrata como el actual o uno republicano como Taft o Roosevelt, es exactamente lo mismo. ¿Cuál es la diferencia entre el Director de la American Smelting y el de la Ford Motor Co.? Ninguna, licenciado Pani. Lo único que puede y debe usted esperar de un cambio de poderes en la Casa Blanca es un deterioro más severo en nuestras relaciones con ellos. El nuevo presidente deseará superar las ganancias y los éxitos de su antecesor. Es un reto para ellos. Usted mismo sostuvo hace un momento, en otras palabras, que los presidentes norteamericanos se sostienen en el poder en virtud de la capacidad que tengan para incrementar la captación de utilidades de los negocios de sus gobernados.

—Olvídelo, licenciado Pani. Su optimismo está mal fundado —terminó desairado el Presidente de la República.

—¿No piensa usted que intentarán dejarle al presidente entrante las menores cargas políticas y económicas posibles y por eso dejarán estables las relaciones con México? A eso iba dirigida la pregunta —repuso Pani.

—Sí lo creo, señor Secretario. Sólo que cuidarán su prestigio así como el costo político de un préstamo otorgado sin el consentimiento del grupo económico más poderoso de los Estados Unidos, como es el petrolero. La enemistad entre ellos y la Casa Blanca se traduciría en una mala prensa y en una cerrada oposición en el Congreso Federal. En los Estados Unidos todo se mide, según hemos visto y platicado, en términos de dinero, de modo que olvide usted esos pruritos políticos. No se la jugarán.

—Volviendo a Peláez —agregó Carranza—, los propios petroleros, inquietos ahora, no saben cómo deshacerse de él, ni cómo manejarlo y controlarlo en el futuro y les ha parecido ingenioso sacrificarlo como prueba de buena voluntad a cambio de la conservación del *statu quo* patrimonial. Peláez, como corresponde a la estructura mental de todo agusanado traidor, conoce perfectamente la dependencia de los petroleros hacia él, por lo que pretende lucrar con la situación. Los yanquis merecen eso y más, mucho más. Ahora Peláez les exige cada día más dólares con el pretexto de sostener su ejército de guardias blancas y para nutrir más generosamente sus cuentas de ahorro en los Estados Unidos. Por eso ya no lo quieren, señor Secretario. Peláez se les ha vuelto incosteable e inmanejable. Desconfían de él. Debido a esas circunstancias nos lo ofrecen ahora en charola de plata a cambio de sus privilegios.[202]

Carranza se irguió en la silla presidencial de enorme respaldo tapizado a base de terciopelo verde, colocada frente a una ventana para que los visitantes del Presidente de la República tuvieran que verlo siempre a contra luz, con los ojos entornados, como si se tratara de un dios griego emergiendo lenta y vaporosamente de la bruma.

—Si Peláez —continuó el presidente— se hubiera levantado en armas para defender a un grupo de mexicanos, no lo hubiera permitido igualmente, pero lo habría entendido sin lugar a dudas; pero un mexicano que se levanta en armas contra su gobierno, un gobierno democrático, opositor de la tiranía, para defender los intereses económicos de un grupo de extranjeros prepotentes, enemigos de las instituciones nacionales, saqueadores del más caro patrimonio material de México, merece no sólo mi desprecio sino mi más nauseabundo sentimiento de asco. Si todavía luchara para defender lo nuestro, algo mexicano, bueno; pero luchar por facilitar a los norteamericanos e ingleses el saqueo de su país es tanto como amenazar a su propia madre con dispararle un tiro en la cabeza por negarse en su presencia a ser violada por sus mejores amigos de correrías.

El Secretario de Hacienda ya no quiso agregar nada respecto al comentario vertido por el presidente. Sintió que los argumentos esgrimidos habían sido más que suficientes.

—Espero —agregó Pani— que Obregón o quien resulte electo puede negociar con los norteamericanos la liquidación de Peláez en términos más convenientes para nuestro país. No podemos ocultar que el aislamiento territorial auspiciado por los petroleros en la zona de la Huasteca, constituye un foco de infección para efectos de la pacificación nacional.

De golpe el secretario Pani sintió justificado hacer una breve evaluación de la labor desarrollada por Carranza al frente de la Presidencia de la República. Sus palabras acusaban sinceridad, deseaba en el fondo conmover y agradecer a Carranza su desempeño oficial.

—Usted, señor presidente, sentó las bases de un nuevo México con la promulgación de la Constitución. Nadie podrá dar marcha atrás en lo que a sus principios fundamentales se refiere sin pagar un altísimo costo político y social en el intento. La Carta Magna del 17 es la bandera de todos los mexicanos; recoge el sacrificio de quienes amanecían colgados de los postes telegráficos y sus cuerpos hacían horizonte en lontananza; de quienes yacían adoloridos en la tierra, con la cara contra el polvo, después de la mortífera descarga del pelotón de fusilamiento y recibían el piadoso tiro de gracia; de quienes caían en campaña con una bala en la cabeza —Pani se crecía ante el recuerdo de quienes ya no tendrían la oportunidad de contar nada de lo sucedido. Venustiano Carranza lo escuchaba dentro de su acostumbrada sobriedad.

—Ahí ha dejado usted, en ese supremo ordenamiento legislativo, las reglas de convivencia de todos los mexicanos y quedarán debidamente honrados aquellos que perdieron la voz y la vida a cambio de un México mejor. Ahí tiene usted a los nuevos campesinos, sin tiendas de raya, sin deudas generacionales, sin derecho de pernada, víctimas de una esclavitud disfrazada. Ahí tiene también usted al futuro sector obrero con derechos sociales de verdadera vanguardia latinoamericana.

Ya pueden oponer el derecho de huelga a las arbitrariedades patronales y esgrimir sus argumentos jurídicos ante la autoridad competente sin temor a morir en una letrina putrefacta como la cárcel porfiriana en San Juan de Ulúa.

Carranza nunca había visto a su Secretario de Estado defender tan elogiosa y emotivamente la trascendencia de la Constitución. Prefirió dejarlo continuar.

—Todo el capítulo de las garantías individuales consigna derechos fundamentales reñidos todos ellos con cualquier género de dictadura presente o futura como los derechos de asociación, de libre expresión y el famoso debido proceso legal que impone limitaciones progresistas y civilizadas a la acción y al poder de la autoridad. Ha dejado usted clara, bien clara, la participación de la Iglesia en la educación y en los elevados asuntos de Estado. Usted, señor presidente —Pani parecía incontenible— ha cumplido sobradamente con su responsabilidad política de dimensiones históricas al promulgar la Constitución General de la República; al haber dejado a salvo la integridad territorial de México amenazada en innumerables ocasiones por la manifiesta superioridad militar yanqui y por haber regresado a nuestro país a la democracia, después de destrozar el sanguinario aparato opresor instalado por Díaz y mejorado brillantemente por el más desalmado criminal que haya parido mujer alguna en la historia antigua y moderna de México. Todo mexicano bien nacido tendrá suficientes motivos de agradecimiento con usted ya sólo por el hecho de haber despedazado a la más vergonzosa tiranía destructora de los mejores hombres y de las mejores causas de México.

Disculpe usted si me exalto, señor presidente, pero he acumulado por mucho tiempo dentro de mí esos pensamientos que mucho le agradezco me haya concedido la amable oportunidad de habérselos podido externar —dijo Pani, mientras se esforzaba en recuperar la compostura.

—No diga eso —interrumpió el presidente—. Yo soy quien le agradece todos los conceptos vertidos en función de mi responsabilidad política como Primer Jefe y posteriormente como Presidente de la República. Todavía recuerdo el escepticismo de algunos de los nuestros cuando criticaron justificadamente la ausencia de contenido ideológico y revolucionario del Plan de Guadalupe. Hoy opondría a sus argumentos la Constitución política vigente. Gracias nuevamente por sus apreciaciones, Secretario Pani. No he de olvidarlas nunca.

Carranza iba a agregar que las sentía inmerecidas, pero prefirió abstenerse de hacer el comentario. ¡Qué lejos estaba Pani de imaginar las verdaderas concepciones constitucionales de Carranza!

—Sin embargo, mencionó usted al principio que veía en Obregón a mi posible sucesor en la presidencia y por mi parte debo confiar a usted que veo otros candidatos con igual o superior número de posibilidades de éxito para ganar en los próximos comicios, arguyó suavemente el Presidente de la República.

—He seguido el desarrollo de la campaña política obregonista desde que el general Obregón anunció su candidatura el primero de junio de este año y he observado la simpatía del ejército y de alguna parte de los gobernadores de favorecer y apoyar su candidatura —respondió Pani.

Carranza deseaba a todo trance filtrar su posición respecto al futuro político del sonorense, entre los más altos miembros del gobierno federal. Deseaba desvanecer las esperanzas del grupo de seguidores de Obregón y hacerles sentir en todo momento las escasas posibilidades de éxito que acompañarían a su empresa política.

—Aun así, señor Secretario, es prematuro adelantar juicios como el de la simpatía del ejército que yo considero inexistente e infundada. Además —agregó molesto—, falta algún tiempo para las elecciones y en ese lapso puede salir a la luz pública la verdadera personalidad de los contendientes, así como buena parte de sus antecedentes políticos que podrían inclinar, en su caso, para uno y otro lado la balanza de las decisiones —señaló el presidente con inesperada acrimonia.

—Su visión política, señor presidente, le permite ver con más claridad y acierto los acontecimientos políticos venideros, por lo que prefiero razonar sus argumentos con más detenimiento y profundidad antes de emitir una opinión. Muy probablemente le asista a usted la razón —acabó Pani con no poca sorpresa y enorme prudencia.

Carranza no reaccionó ante la adulación. Los severos músculos de su rostro permanecieron impertérritos. Por un lado hubiera preferido continuar la esgrima mental con su Secretario de Estado; por la otra, entendía la inconsecuencia de permitir el acceso a un extraño al terreno de reflexiones íntimas del Presidente de la República. Necesitaba externar sus sentimientos y sus reflexiones, compartirlas con alguien para aliviar la presión, un desahogo.

"Un Presidente de la República no puede confesar ni sus opiniones personales ni sus verdaderas intenciones a nadie. Vive en la soledad como el capitán del barco en el puente de su nave", decíase el otrora gobernador de Coahuila. "Mis palabras pueden costar miles de vidas y afectar enormes intereses económicos. En mi hermetismo subyace la seguridad del Estado. La discreción de un presidente es una cualidad imprescindible para cumplir las difíciles tareas de un buen gobierno, toda vez que al evitar compromisos, muchas veces innecesarios, se amplían gradualmente los márgenes de maniobra política. El silencio es una virtud en los gobernantes: proyecta la sombra de misterio requerida para el ejercicio de la autoridad; intimida, confunde y castra. Sin embargo, independientemente de toda esa teoría", pensó para sí, "¡qué ganas, inmensas ganas, tengo de decirle en su cara a Álvaro Obregón sus verdades! ¡ Qué ganas de poderlo decir, de poderlo gritar sin consecuencias! ¡Qué descanso poder llamar al traidor para gritarle eso, traidor, traidor, mil veces traidor!"

Pani observó a Carranza ausente y extraviado en sus reflexiones y entendió llegado el momento oportuno para retirarse.

—Señor —dijo el Ministro con fingida indiferencia—, si usted no tiene inconveniente quisiera retirarme para terminar con algunos otros asuntos.

Carranza levantó lentamente la vista sin denotar la menor sorpresa por haber sido descubierto en sus cavilaciones Asintió apático con la cabeza. Su mirada opaca era indescifrable. Pesadamente se puso de pie y condujo a su Secretario de Estado hacia la puerta doble de madera de nogal, en cuya parte superior sobresalía de cada una de sus hojas el tallado de un águila que devora a una serpiente.

El Jefe de la Nación volvía a su escritorio cuando, al experimentar una agradable sensación de soledad, se dejó caer en uno de los sillones del histórico despacho del Ejecutivo mexicano sin oponer resistencia. Vio el retrato al carbón de don Benito Juárez, colgado de la pared entre dos banderas mexicanas. Le pareció escuchar su voz; también la de Lerdo de Tejada, la de Porfirio Díaz, la de Madero, la de Victoriano Huerta. Volvió a medir las dimensiones históricas de su obra y su elevadísima responsabilidad política. Se sintió visto por millones de miradas, señalado por igual número de dedos índices y juzgado por un jurado de notables infalibles, poseedores de la verdad. Aun así, sus reflexiones superaron a sus fantasías.

—Nunca le cederé el poder a Álvaro Obregón. Es un traidor. Ha propiciado mi renuncia en cuanta ocasión se le ha presentado. En la misma Convención de Aguascalientes se alió a Villa, mi peor enemigo, y ambos tuvieron la osadía de pedir mi dimisión después de haber derrotado a Victoriano Huerta. Ése iba a ser el premio por mi esfuerzo: la renuncia a la Presidencia de la República, después de haber lidiado con un Wilson, con un Bryan, con un Lansing y con todos los inversionistas norteamericanos radicados en México. Ése era mi premio después de haber salido exitoso de dos invasiones yanquis sin haber perdido un solo metro cuadrado de territorio nacional ni haber cedido a ningún título la riqueza natural de México.

Vayan al carajo —dijo en su intimidad—, si creían que abortarían todos mis esfuerzos en favor de un tercero con ínfimas credenciales políticas comparadas con las mías. Yo no me sujeté al Plan de Guadalupe en lo que respecta a la entrega del poder revolucionario, porque nadie goza de más merecimientos que yo y porque habría traicionado la confianza de todos los seguidores de la causa.

Venustiano Carranza negaba de antemano, cualquier argumento tendente a privarlo del poder y condenaba a quienes los utilizaron con los peores epítetos de su repertorio.

¿Traidor por haberme negado a constituirme en presidente provisional, con facultades sólo para convocar a nuevas elecciones presidenciales? Eso no es traición: es respetar el Movimiento y continuarlo. ¿Quién iba a ser el beneficiario de mi esfuerzo, de mi tesón, de mi disciplina y de mi inteligencia? ¿Álvaro Obregón, que hizo campaña para sustituirme desde que se enfrentó a Pascual Orozco? ¿Que intentó aliarse a Villa para desposeerme? ¿Que apoyó con el ejército controlado por él la continuación de las sesiones del Constituyente de Querétaro? Si yo, en lugar de Obregón, hubiera contado con el poder militar, la famosa Constitución nunca hubiera sido aprobada en esos términos absurdos ajenos a la idiosincrasia mexicana, a la ignorancia centenaria que padecemos, a la apatía y a la embrionaria formación política del 90% de los mexicanos. ¿Adónde vamos con una Constitución que nunca podremos administrar? ¿A abrirle el apetito a quien no es posible satisfacérselo ni política ni social ni culturalmente? No es posible legislar y olvidar todas nuestras dramáticas carencias, lucrar políticamente con ellas sólo para obtener respaldo popular para derrocarme del poder.

Obregón —díjose postrado en una engañosa calma— pagará muy caro si este país se incendia por el libertinaje concedido a los campesinos y a los obreros. Dije que le devolvería sus tierras a Terrazas y se las regresé. El latifundio es la mejor solución para los problemas del campo mexicano. No ha llegado el momento de la pequeña propiedad. No he repartido un solo metro cuadrado de tierra a los indios, quienes la abandonarán por no poderla trabajar, por no contar con los recursos económicos necesarios para explotarla convenientemente o por carecer de la voluntad y disciplina para su labranza a cambio de asustar al sector verdaderamente productivo del campo con expropiaciones inútiles que sólo provocarán el pánico y el caos. Limitaré aún más, a base de un nuevo decreto, las facultades expropiatorias en materia agrícola de los gobernadores radicales.

Volveré a cerrar tantas veces sea necesaria la Casa del Obrero Mundial para demostrar la diferencia entre la palabrería y la realidad imperante. Tampoco permitiré la paralización del país originada en demandas y peticiones sociales infundadas e insalvables, que sólo benefician en el orden político a líderes obreros corruptos cuya prosperidad depende de su capacidad para desestabilizar a las empresas a través de los sindicatos que presiden sin legítima representación. ¡A la cárcel!, sí, meteré en la cárcel a todo aquel que piense en la huelga, la aliente, la patrocine o la promueva.

De cara a la sucesión presidencial Carranza parecía dispuesto a recurrir a cualquier instrumento con tal de impedir el acceso de Obregón al poder, situación que a su juicio haría caer precipitada y definitivamente el telón sobre su todavía promisoria carrera política.

Esta vez no cederé a las presiones que ejercieron sobre mí durante la promulgación de la Ley Agraria de 1915 de parte del grupo de Obregón y de toda su caterva de jacobinos mercenarios. Las banderas serán mías. No tendré que arrebatar ninguna a nadie, agrarista o no agrarista. En México no habrá más poder político que el presidencial, más poder que el mío. Este país requiere un gobierno central poderoso, sólido, temido. No se puede dejar jugar a los mexicanos a la democracia. Ya ví los resultados en la Convención de Aguascalientes. Sólo lograron producir el caos y la anarquía, propios de cuatreros dedicados a hacer política. Lo volví a constatar con la Constitución del 17, cuando los diputados incorporaron normas legales importadas de otros países, imposibles de aplicar momentáneamente en México. No se les puede dejar solos. Todos los funcionarios públicos deberán ser carrancistas incondicionales. Obviamente también los miembros del Congreso, y de la Suprema Corte cuya indisciplina e irreverencia me desesperan.

Venustiano Carranza se puso de pie y se dirigió pesadamente a su escritorio. Ahí se arrellanó en su sillón verde favorito que ostentaba, bordado en hilos dorados, en el ángulo superior izquierdo, el emblema nacional. Continuó en sus reflexiones.

—No estoy arrepentido por haber suspendido el periódico *Gladiador*, vocero oficial de uno de los partidos políticos manejados por Obregón. Debo controlar a la prensa y orientar su influencia. Largaré una y cien veces del país a Gerardo Murillo y a todos los calumniadores opositores de mi gobierno. ¡Claro que volveré a alterar el recuento de los sufragios en las urnas locales! De otro modo cedería gradualmente a la oposición mi poder político. ¡Quien cuenta los votos gana las elecciones! Ya lo decía don Porfirio.

En lo que respecta a Obregón, que se siente el verdadero héroe nacional por sus éxitos militares, lo complicaré con un acto de sedición nacional, lo desprestigiaré públicamente y lo mandaré a la cárcel. Yo no podré, lamentablemente, reelegirme, pero Ignacio Bonillas ganará las elecciones... Claro está, corro el riesgo de que se me compare con Porfirio Díaz y el famoso Manco González, pero no perderé el control de la Presidencia Mexicana y menos lo cederé a la corriente política estimulada artificialmente en favor de Obregón.

El malestar de Carranza parecía desbordarse. Era consciente en el fondo de su posición y de la fortaleza política del candidato más sobresaliente de la oposición.

Yo cuento con el poder ejecutivo de la nación, con el control del ejército, de las comunicaciones, de los fondos públicos y la lealtad de la policía metropolitana. Si Obregón quiere el poder, tendrá que arrebatármelo por la fuerza de las armas. O Bonillas es mi sucesor para garantizarme el ejercicio de la autoridad presidencial o seguiré siendo yo, pero Obregón ¡nunca!, en ningún caso y por ningún concepto. Sería el fin de mi carrera política y la conclusión de todo mi esfuerzo para rescatar a tanto mexicano de la ignorancia y de la miseria. Jamás podría reconstruir el país. ¡Jamás! Lanzaré la candidatura de Bonillas el mes entrante.

Se escuchó un golpe sordo contra el escritorio del ex Primer Jefe del Ejército Constitucionalista. El sólido puño no fue retirado de la mesa hasta que Carranza se resolvió a caminar a lo largo y ancho de su oficina.

—¿Quién es Obregón, finalmente? —se preguntaba el Presidente de la República al detenerse exactamente debajo del candil francés ubicado en el centro del recinto—. Obregón carece de un plan de gobierno, no ha entendido los problemas nacionales y no posee, siquiera, las más elementales virtudes para gobernar. Es falsa su devoción por un gobierno civil.

¿Cuánto tiempo tardaré en desacreditarlo como supuesto héroe militar si empiezo por controlar el Estado de Sonora, donde se origina fundamentalmente su fama y su poder? Será conveniente mandar tropas con la consigna de someter a los indios yaquis, pero con el propósito de controlar y castigar las actividades de Obregón, de Calles y de De la Huerta. Siempre he vivido con la preocupación de un levantamiento armado encabezado por Obregón que yo no hubiera podido resistir, puesto que él prácticamente monopolizaba el uso de las fuerzas constitucionalistas después de la Convención de Aguascalientes. Mejor, mil veces será encerrarlo y desprestigiarlo masivamente. En la campaña contra el traidor de Huerta no podía prescindir de Villa ni de Obregón. Hoy ya no necesito de ninguno de los dos ni de su apoyo militar.

Todos los razonamientos concluyeron cuando Carranza se confesó a sí mismo, honestamente, todos sus méritos para mantenerse abierta o veladamente en el poder.

—Será Bonillas el presidente o me retiraré a Veracruz para hacerme de los impuestos aduanales en dólares e iniciar toda una nueva campaña militar. Es injusto, muy injusto, volver a comenzar a mi edad y después de todos mis merecimientos y credenciales ya históricas. Soy digno del respeto de los mexicanos y creo merecerme sobradamente una estancia más larga al frente del país y en beneficio de quienes confían en mí. No pasaré por alto esta oportunidad ni permitiré la llegada de Obregón a la Presidencia de México apoyado en el prestigio y en las distinciones que yo mismo propicié.

¡De modo que Bonillas a la presidencia y Obregón a la cárcel! —concluyó terminante el Presidente de la República.

Mientras los dos grandes líderes de la revolución se distanciaban públicamente y se empezó a temer un nuevo estallido social y político, los petroleros americanos desearon participar, a su muy especial manera, en la futura contienda electoral de México. También ellos advirtieron la presencia de una nueva oportunidad. ¿Su camino para cumplir con tal propósito? Sencillo: el mismo de siempre. Buscaban un pretexto para que los Estados Unidos declarara la guerra a México. Otro pretexto, uno más, que ahora sí funcionaría para anexarse los ricos campos de Sonora, Sinaloa, Chihuahua y los petroleros de Tamaulipas y Veracruz. No tardaron mucho tiempo en encontrar el pretexto…

Hicieron secuestrar al cónsul norteamericano en Puebla, William Jenkins, para demostrar la falta de garantías imperantes en México, inclusive hasta para los propios diplomáticos. ¡Era intolerable el secuestro de un representante distinguido del gobierno norteamericano!*

"¡Escarmienten de una puñetera vez a Carranza! ¿Nos dejaremos cachetear por cualquiera?", gritaban en su acostumbrado tono paroxístico.

McDoheny pidió la declaración formal de guerra. El Secretario Lansing lo apoyó e insistió ante la Casa Blanca: ¡Vayamos a los cañones, a las armas, a los buques! ¡Acabemos con esta amenaza continental! El presidente no cayó en el garlito y pidió su renuncia a Lansing. Días después aparece Jenkins en una nevería. Los petroleros habían vuelto a fracasar. El odio crecía.

A principios de 1920, Francisco Villa, aparentemente retirado de la actividad militar y política, dedicaba su tiempo a la agricultura junto con algunos de sus otrora "Dorados", quienes igual que su jefe habían cambiado los máusers por el arado. Prosperaban conservadoramente. Unos se encontraban satisfechos por haber reencontrado la paz en compañía de su familia y bajo la dirección del ya casi legendario coloso de la famosa División del Norte; sin embargo, otros, acostumbrados a la violencia, la rapiña y a la acción en todas las manifestaciones propias de una revolución, rechazaban en silencio la reducción de sus ambiciones a una tediosa domesticidad frustrante.

Uno de los inconformes, Valente Montoya, villista declarado, no había satisfecho personalmente su sed de venganza, aún después de siete años de integrar pelotones de fusilamientos y de largos años de lucha cuerpo a cuerpo, de vandalismo, persecuciones, ataques y retiradas, dolor e insomnio.

—Siempre andas solo y pensativo, Valente —exclamó Donaciano González, el inseparable compañero de Montoya cuando lo vio sentado sobre las raíces sobresalientes de un enorme fresno, como acostumbraba su padre, José Guadalupe Montoya.

Valente siguió mal tocando una harmónica mientras le hacía una señal con la cabeza a "Chano" para que se acercara.

—Ya nunca estás con nosotros, ni nos divertimos como antes, matando pelones. Hace ya casi un mes desde el último santo de la Gua-

---

* William Jenkins, entonces cónsul norteamericano en Puebla, fue secuestrado por un grupo rebelde que exigió rescate; el Departamento de Estado, McDoheny y la prensa norteamericana —especialmente la de Hearst— pidieron al gobierno mexicano que obtuviera su libertad y se le criticó severamente por su incapacidad para proteger a los extranjeros. *New York Times*, 17 de diciembre de 1919. González Ramírez sospecha con cierto fundamento que se trató de un autoplagio destinado a "fabricar" el incidente. Lorenzo Meyer, *La revolución social de México*, nota 131, El Colegio de México, pág. 144.

dalupana en que ni siquiera nos emborrachamos. Cuéntame lo que te trais, Valente. Verdá de Dios que yo nunca te había visto tan contento como el día aquel en que pa vengar a tu hermano agarramos en la calle al perfumadito petrolero pa que se tragara más de media caja de tequila. Ese día sí que brindamos hasta cairnos de borrachos entre las carcajadas. Pero desde entonces, ni hablar, Valente, ya no has vuelto a ser el dendenantes. ¿Qué te pasa? ¡Déjame ayudarte!

Valente retiró la harmónica de su boca:

—Tienes razón, Chano. Gracias por priocuparte por mí. Hay algo que no me deja en paz y que creiba se me iba a quitar con los ajusilamientos que nos hemos echado o con chingarnos a Sobrino.

Pero no si mi quita con nadita. Ya ves, a tanto pobre cabrón que hemos colgado de los árboles, pos ya no me dice nada. Ni siquera perseguir a las viejas de los pueblos pa llevárnoslas a la Sierra y hacerles su hijito. Ni eso, Chano. Ni robar las haciendas ni los bancos ni el zumbar de las baladas ni el explotar de las bombas. Nada. Nada, Chano. Siento que me voy haciendo viejo o que me estoy muriendo aquí tras un arado.

Donaciano anudó sus brazos en el pecho y soltó una carcajada.

—Tú no estás ni loco ni muerto. Lo que estás es pendejo, Valente. Mira que decir esto a los veintiocho años. Sí que estás pendejo. Búscale bien porque algo te traes y mientras no te lo quites de encima no volverás a ser el Valente que yo conocí.

Montoya volvió a guardar silencio mientras trataba de esconder sin éxito una sonrisa reveladora. Donaciano observó la expresión en el rostro de su compañero.

—Tú ya sabes, cabrón, y no me quieres decir. Mira qué guardadito te lo tenías. Échalo —exclamó animado Donaciano—, échalo de una buena vez. ¿Por qué la risita?

—Es que ya no me la vas a creer.

—¿Qué, que...?

—Pos es que yo...

—¿Tú, qué?

—Yo...

—Habla ya, ¡carajo!

Valente jugaba indeciso con la harmónica.

—Yo...

—Bueno, ¿vas a hablar o no? ¡Suéltala!

—Yo, no, Donaciano, yo... no me quedé contento con la muerte de Sobrino.

Donaciano sintió un rudo golpe en la boca del estómago. Tardó en contestar.

—¡Ah, cabrón! ¿Te estás rajando como las pinches viejas? ¿Después de todo lo que le hizo a tu familia el perfumadito?

—No seas tarugo —exclamó de inmediato Valente—. Claro que no. Lo que pasa es que sólo he podido cumplir mi promesa a la mitá, porque dejamos a Alfaro vivo y Dios me castigará si miento al decirte que tiene la misma culpa que Sobrino. Igualita, Chano. Igualita culpa que Sobrino.

—¿Y por eso has estado tan jodido todo el tiempo?

—Sí. Siento que no he vengado a los míos y que me lo reclamarán allá en el otro mundo.

—¿Pos qué hacemos que no nos lo chingamos de una vez, Valente?

Ya sabes que conmigo cuentas pa todo. Si tú sabes dónde está esi hijo de la chingada, pos pa luego es tarde pa meterle un cuchillo cebollero en el mero pescuezo. Pero eso no es pa andar triste. Si lo único que ya no tiene remedio es la muerte y ser maricón.

Valente sonrió.

—¡Ay, Donaciano, si yo un día tengo un hijo, lo llamaré Guadalupe Donaciano pa honrar a mi santo padre y pa hacerme tu compadre pa siempre!

—Ni me lo digas. Ya sabes que yo haré lo mesmo. ¡Manos a la obra! Si sabes dónde vive el tipo ése, mañana mesmo le decimos a mi general Villa que vamos a Durango y degollamos a quien te robó el sueño. Yo no me pierdo otra borrachera como la que nos pusimos con lo de Sobrino.

—¿De veras, Chano? ¿De veras me acompañarías? —preguntó Valente sin percatarse que una ilusión inundaba de nuevo su cara de felicidad.

—Desde luego, Valente. Así mi gusta, sonriente y contento. Si quieres más pruebas de que iré, ahorita le avisamos a mi general Villa y nos pelamos pa donde tú digas.

Valente saltó ágilmente. Limpió su sarape del polvo del piso y abrazó a su amigo.

—Mañana, pues. Mañana mesmo nos jalamos. Gracias, Chano, mil gracias. Dios te lo pagará.

—Creí que Carranza entendería mi actitud respetuosa y pacifista. No ocupé ningún puesto público durante su gestión como presidente y me dediqué durante su gobierno, como es bien sabido, a la siembra de garbanzos para no proyectar sombras ni crear agitaciones desleales —comentaba Álvaro Obregón a Plutarco Elías Calles, en su finca sonorense llamada, como correspondía al sentido del humor del héroe militar revolucionario, La Quinta Chilla.

Calles escuchaba.

—El viejo —continuó Obregón— se equivocó de cabo a rabo. Yo pensé que él apoyaría mi candidatura aunque fuera por agradecimiento. Si Carranza está donde está es gracias a mí. Acuérdate que durante toda la campaña militar contra Villa se concretó a refugiarse en Veracruz para gozar de las delicias del trópico y a recibir partes de guerra para, a su vez, enviar la felicitación correspondiente —Obregón, por su parte, deseaba disminuir los méritos políticos y militares del Presidente de la República—. ¿Dime qué batalla vital dirigió personalmente Carranza durante la revolución contra Huerta o Villa que hubiera determinado el éxito de nuestro movimiento? ¡Ninguna! —dijo antes de que Calles pudiera contestar—. ¡Ninguna! Yo lo llevé a la presidencia. Yo tengo el mérito militar. Me la debe a mí. Lo dejé ejercer su mandato sin interferencias ni intromisiones, suponiéndome el heredero de sus designios políticos como correspondería a todo bien nacido. La Constitución del 17 no hubiera pasado de ser más que una enmienda más a la Constitución de 1857, si no hubiera sido por mi patrocinio y protección al grupo radical. Ahora resulta que me ignora, me desconoce y hasta me agrede. ¿Es éste el precio que recibiré como vencedor absoluto de la revolución, después de derrocar a Huerta, desbaratar las huestes villistas y quedar mutilado? No, Plutarco, no.

Ambos sonorenses hacían un recorrido a caballo para que Calles conociera las novedades agrícolas de "La Quinta Chilla".

—Mira, Álvaro —comentó Calles—. Tú llegarás a la presidencia. Cuentas con el prestigio militar y político necesario. Despiertas entusiasmo en las multitudes. El ejército te es leal. Muchos gobernadores te son leales y, por si fuera poco, dominas al Congreso.

—Sí, Plutarco, pero Carranza debería entender eso igual que nosotros —interrumpió Obregón.

—¿Crees que no lo sabe? ¡Claro que lo sabe! ¿Piensas acaso que no sabe además de tu influencia definitiva en los dos partidos políticos más importantes en el país ni de la que tienes en el movimiento obrero, o de la que gozas con las masas campesinas? Claro que lo sabe, pero no quiere soltar el poder. Tú mismo lo dijiste: "¿Quién nos libertará de nuestros libertadores?"

—Tienes razón, Plutarco. Sólo que todos los apoyos que mencionaste son insuficientes si Carranza insiste en Bonillas. En ese caso no habrá campaña política que valga y tendremos que recurrir a las armas.

—Empuñémoslas en ese caso —dijo Calles, dentro de su conocido arrojo—. Carranza no retirará voluntariamente la candidatura de Bonillas. Es hora de echar mano de todas nuestras fuerzas. Se repite, desgraciadamente, la historia de un Porfirio Díaz enamorado del poder y a quien fue necesario arrebatárselo por la fuerza de la revolución. A Huerta hubo que lanzarlo a punta de bayonetazos de Palacio Nacional. Ahora, por lo visto, toca el turno a Venustiano Carranza. No lo dejemos imponer a un estúpido monigote —agregó Calles vivamente animado también de tomar cualquier acción para respaldar la llegada al poder de su paisano—. Acabemos con él, Álvaro. Tenemos todo para demostrarle que la presidencia será tuya. Y lo será. Sólo de ti depende dar la señal para echar a andar la maquinaria y poner a Carranza en el lugar que le corresponde.

—Así es, Plutarco, en efecto, así es. Llegó la hora de Carranza. Yo soy el bueno. Si no me la da él, me la tomaré yo mismo.

No olvides, además, que cuando fui a Estados Unidos, a vender mis garbanzos y a que me curaran, aproveché para entrevistarme con el propio presidente Woodrow Wilson, quien me llenó siempre de honores y atenciones ¡Qué Carranza nunca olvide ese viaje!, porque le costará más caro aún —concluyó amenazante el Caudillo sonorense.

Plutarco —todavía agregó Obregón confiado—, la señal la dará el propio Carranza si por el ridículo juicio contra Cejudo[203] pretende complicarme con Peláez en un complot infantil.

En el momento en que Carranza intente aprehenderme, le arrojaré a la cara todo el peso de mi poder y lo largaré por la fuerza de las armas; eso sí, sin matarlo, puesto que al privarlo de la vida le haré, sin querer, el último servicio de su vida al convertirlo en mártir y canonizarlo políticamente para la eternidad. Siempre le dejaré abierta la puerta del exilio.*

McDoheny había pasado una larga temporada en Nueva York, de regreso de su viaje a Francia, en particular a Versalles, donde había asistido en su carácter de representante de los intereses petroleros extranjeros en México, para solicitar una condena mundial en contra de la política energética nacionalista de Venustiano Carranza "a quien era menester denunciar en todo el mundo en virtud de sus arbitrariedades contitucionalistas". El propio presidente Wilson había conocido de antemano la intención de su visita y no se sorprendió cuando escuchó las palabras del magnate petrolero en el histórico Foro Mundial de la Paz en 1919.**

---

* La rebelión sonorense contra Carranza comenzó el 11 de abril de 1920, fecha en que Obregón se escondió en la casa del ferrocarrilero Margarito Ramírez. Para el 15, la rebelión era respaldada por el gobernador de Zacatecas, general Enrique Estrada y en el sur por el gobernador de Michoacán, general e ingeniero Pascual Ortiz Rubio, firme partidario de Obregón, que había tenido algunas diferencias con Carranza. Se acostumbraba acompañar las sublevaciones armadas con "planes" o proclamas que intentaban explicar y justificar lo que ocurría. Quienes en Sonora estaban desafiando los esfuerzos de Carranza por controlar el estado, expidieron su "plan" el 23 de abril de 1920 en Agua Prieta, Sonora, junto a la frontera con los Estados Unidos. La proclamación del Plan de Agua Prieta se debió principalmente al gobernador de Sonora. John W. F. Dulles, *Ayer en México*, Fondo de Cultura Económica, México, pág. 37.

** La Organización de Productores de Petróleo en México envió una delegación encabezada por McDoheny a las negociaciones de paz en Versalles. El mismo McDoheny explicó los objetivos de su viaje con las siguientes palabras "Sólo vamos a hacer una pregunta. Esperamos que la Conferencia de Paz tenga a bien contestarla. ¿Hasta dónde pueden llegar los nuevos gobiernos en su actitud de

El Presidente de los Estados Unidos admiraba, en el fondo, el entusiasmo y la perseverancia de sus Compatriotas en la retención y obtención de negocios. Tocaban insistentemente todas las puertas posibles en busca de apoyo y comprensión, desde las de la mismísima Casa Blanca hasta las de la elevada Conferencia Internacional de Versalles, donde se habían reunido los representantes de lo países más importantes del orbe para darse las nuevas bases de una futura convivencia internacional pacífica.

Helen Cliff no se había cansado de repetir a McDoheny el éxito de su intervención en la trascendental reunión y lo orgullosa que se había sentido a lo largo de todo su discurso.

Después de los acuerdos de la Paz, permanecieron unos meses en Europa.

Después de un maravilloso viaje en barco trasatlántico, regresaron a Nueva York.

Corría la última semana de abril de 1920 y desaparecían los últimos fríos de un invierno benigno en el noroeste americano.

Una mañana, la famosa actriz tomaba un tibio baño en la tina de la suite presidencial del hotel On the Hudson e imaginaba su esperado debut teatral en Broadway, "uno de los máximos sueños de mi vida".

—Teddy —le gritó Helen al magnate—, acércate a que te dé un beso espumoso.

Nadie contestó.

—Teddy, te estoy hablando, mi vida. Me urge darte un beso…

Nadie contestó.

—¿No me oyes?

Nadie contestó.

—¿Teddyyy? ¡Teddy!

Helen se cubrió instintivamente el busto desnudo con ambos brazos. Pensó en un asalto, en una venganza, en una represalia. Aguzó el oído. Trató de alcanzar su bata de toalla color caoba con torres petroleras bordadas con hilos de oro. Sólo oyó un murmullo. Se levantó cuidadosamente y, después de enfundarse en la bata de baño, se dirigió a hurtadillas a la recámara. Encontró a McDoheny con la bocina del teléfono atornillada en el oído mientras escuchaba una voz chillona, muy probablemente originada en sus oficinas de San Francisco. No advirtió siquiera la llegada de Helen.

---

desconocer o confiscar los derechos creados de los residentes extranjeros y de los extranjeros en los países en donde se han establecido los nuevos gobiernos?"[204]
Friedrich Katz, *La guerra secreta en México*, Vol. II, Ediciones Era, pág. 232.

—¿Cuándo lo supo usted, licenciado Machado? —preguntaba escéptico McDoheny.

—Hace tres días, señor.

—¿Y hasta ahora me lo avisa?

—Ha sido imposible la comunicación. Inclusive pensé en ir a buscarle personalmente para informarle.

—¿Quién se lo dijo?

—Palavicini, señor McDoheny.

—¿Está usted seguro?

—Totalmente. Parece que Carranza sale para Veracruz la semana entrante. La noticia se confirmó a través de nuestro contacto en los ferrocarriles, quien opina que el número de viajeros debe ser muy grande porque el convoy va a ser muy largo.

—Hijo de perra. Cómo hubiera yo deseado que esto pasara tres años antes...

—Dígame, señor McDoheny. No lo escuché.

—No, nada, Machado. Nada, pensaba en voz alta. ¿Quién lo acompañará hasta Veracruz?

—Pensamos que irá Luis Cabrera, su candidato a la presidencia, el tal Bonillas, Urquizo, Morales y Molina y muchos colaboradores más.

—¿Carranza se dirige a Veracruz para tomar algún barco y escapar al exilio o sólo irá a hacerse fuerte ahí como durante la campaña huertista?

—Parece que sí...

—¿Que sí qué? —preguntó tonante el petrolero.

—Digo que sí se quedará en Veracruz. Ésa es la intención, por lo visto.

—¡Maldito barbón de mierda! Éste sólo dejará de patalear cuando esté muerto.

—No le comprendo, señor McDoheny. La comunicación es mala. Pensó en decirle: "Vete a la mierda por sordo e imbécil."

—Hoy salgo para allá en el primer barco o ferrocarril que pueda. Machado, tenga todo listo. Todavía espero llegar antes de que salga Carranza para su destino final.

—Teddy...

—¿Cómo?

—Nada. Que tenga todo listo. En cinco días estaré por ahí si tengo suerte en las conexiones.

—Teddy —dijo finalmente Helen. Mi debut es hoy.

McDoheny se llevó el dedo índice a la boca.

—¿Algo más, señor?

—No, sólo deseo que cite a una reunión a los de siempre en mi oficina para el tres o cuatro de mayo. ¿Está claro? Cite a Manuel Peláez en mi oficina el día cinco a las diez de la mañana. Sin excusa. Es muy importante esto último también.

—Pero Teddy...

—¿Está claro?

—Sí, señor, a sus órdenes. Así se hará.

McDoheny colgó sin despedirse, como era su costumbre.

Helen suplicó en todos los tonos y recurrió a todas las caricias imaginables. Lloró amargamente. Luego increpó e insultó desde su raquítica impotencia.

McDoheny hacía la maleta y se concretaba a responder cada argumento de Helen con un "Luego te explico. Luego te explico".

—Pero si esperamos tanto tiempo esta fecha. Con tanta ilusión. Me preparé con tanto esfuerzo y dedicación por halagarte y complacerte y hoy te vas por otro de tus estúpidos negocios. ¡Farsante! ¡Te odio! ¡No creo nada, embustero!

Sólo se oyó un:

—Dejo pagado todo y llévate lo que me falte. Finalmente un "luego te explico", seguido de un portazo que fue contestado con un rabioso llanto impotente.

McDoheny había desaparecido. Nunca había tenido más angustia de llegar a México.

Ni siquiera había guardado celosamente, contra su costumbre, su bata color caoba de seda con dos torres petroleras entrelazadas. En esta ocasión, dicha prenda se encontraba al pie de la cama desordenada, todavía tibia, de donde se escurrían indiferentes sus sábanas negras favoritas.

Ya era de noche cuando Peláez apareció en Chapultepec, a un costado de los que fueran los baños del Emperador azteca Moctezuma. McDoheny había consultado en repetidas ocasiones el reloj para constatar la hora precisa de la cita y sonrió al advertir la llegada puntual del capitán de su ejército petrolero.

—Buenas noches, don Manuel.

—Es un honor verle personalmente, señor McDoheny. ¿Estaba usted en los Estados Unidos?

—Así es, don Manuel. Llegué anteayer. Tome asiento en esta banca. Tenemos espacio los dos para charlar un rato.

A unos pasos se advertía el lento caminar de algunas parejas de enamorados; ellas, invariablemente de vestido largo; ellos con un traje oscuro, sobrio, en el que, desde luego, no faltaba el chaleco. Ocasionalmente circulaba algún anciano instalado en un pensativo peregrinaje precedido, en algunos casos, por la presencia de su fiel perro.

—Estoy a sus órdenes, señor McDoheny. Me pidieron estar aquí el día de hoy a como diera lugar y, como siempre, me pongo a su disposición. Debe usted traer algún asunto importante.

—En efecto, don Manuel. Bien importante. Verdaderamente importante. Se trata de un negocio muy delicado que exige la máxima intimidad, confianza y discreción.

Peláez vio fijamente al rostro al petrolero.

—Usted dirá.

—Me refiero a los planes de Venustiano Carranza, general.

El rostro de Peláez se contrajo como quien escucha un nombre maldito, o se le recuerda una enfermedad incurable.

—Me lo imaginaba, señor McDoheny. Ese maldito viejo atravesado es un verdadero suicida. Perderá finalmente el poder contra Álvaro Obregón. Ya nadie está con él. Todo el pueblo, todo el país se le volteó. Es un traidor. Ha sido traidor toda su vida y morirá como traidor. Ha traicionado a los mismos Constituyentes, a su gente, a Villa, a Obregón, a su gabinete. Intentó estrangular al país a base de no explotar la única riqueza en la que descansaba su propia salvación.

Sólo un nombre podía despertar el arrebato en Peláez. Sólo el nombre de Carranza era capaz de descomponerlo y de estimularle el rencor y el coraje hasta lo ingobernable de su fanática personalidad.

—No hay nadie en la Huasteca —continuó Peláez animado siempre de justificar su actitud política— capaz de extraer una gota de petróleo del subsuelo que no hable inglés. Imagine usted entonces qué hubiera hecho Carranza si lo hubiéramos dejado continuar con sus planes de nacionalizar la industria. Él mismo se hubiera picado los ojos y se habría inmovilizado económicamente sin los dólares originados en las exportaciones y en los impuestos petroleros. ¡Ay, cómo le ha hecho daño al país este remedo de dictador germanófilo! Su peor error fue subestimar a mi general Obregón y tratar de meterlo en la cárcel para lesionar su imagen y sacarlo de la carrera presidencial.

—Bueno, don Manuel, de eso precisamente venía yo a hablarle —exclamó McDoheny suavemente, con el propósito de tranquilizar a Peláez y poderle exponer el motivo de la entrevista—. Coincido con usted en que Carranza políticamente es sólo un cadáver insepulto; también sabemos con toda certeza sus planes en el sentido de abandonar la Ciudad de México el siete de mayo, acompañado de diez mil hombres, su gabinete y sus colaboradores de confianza. Sabemos que…

—¿Adónde va, señor McDoheny? —interrumpió curioso y excitado el general Peláez.

—Si usted me lo permite, se lo explico —contestó cortante el petrolero.

Peláez calló. Se encontraba tenso y extremadamente nervioso.

—Sabemos —continuó el magnate— que se dirige precisamente a Veracruz.

—¿A Veracruz? —tronó gozoso el militar, al tiempo que se ponía de pie como si no quisiera perder más tiempo en explicaciones estériles. Sabía el resto. Iría en ferrocarril. Él conocía la ruta a la perfección. Los puentes, las subidas, las bajadas, los sitios estratégicos para una perfecta emboscada al convoy. Un vagón loco suelto a toda velocidad, cargado de dinamita, chocaría de frente contra la máquina delantera de la caravana del traidor y volarían por los aires, vías, equipo y esperanzas. Su gente se encargaría de los pasajeros. En especial de uno... Su mente trabajaba en silencio a toda velocidad.

—Serénese, don Manuel. Serénese. Todavía no he acabado. Tome asiento, se lo suplico.

—Señor McDoheny —dijo todavía de pie Peláez—. Sé cuáles son mis obligaciones y lo que conviene a mi país.

—Sí, pero déjeme usted terminar —exclamó McDoheny, sin externar la satisfacción que lo invadía por el éxito de su idea—. Quería agregar solamente una suposición personal, desde luego infundada —agregó todavía el petrolero. Se relamía en su interior. Calló para atizar aún más fuego en la mente calenturienta de su interlocutor.

—Pues dígala, don Edward, dígala, por favor —suplicó Peláez ansioso.

—Bueno, yo no sé en realidad si don Venustiano desea dirigirse a Veracruz con el ánimo de tomar un barco rumbo a Europa o bien para volver a organizar una nueva revolución con el propósito de destrozar todo lo ganado por el señor general Obregón. De modo que vale la pena averiguar bien los planes primero.

—No, don Edward. ¡Qué barbaridad! Nada de averiguar nada. Ya no necesitamos averiguar nada. Todo lo que necesitamos es que ese maldito viejo se suba al tren. Lo demás lo haré yo. Me ocuparé junto con mi gente —amenazó pensativo y ansioso Peláez.

—¿Y qué hará usted? —preguntó inocente McDoheny:

—Salvar a mi país de una buena vez por todas de la amenaza de esta sanguijuela humana.

—¿Cómo?

Manuel Peláez repentinamente cayó en cuenta del juego del petrolero. "Este gringuito", pensó en silencio, "quiere que yo tome la decisión y me orilla a ello. No me había dado cuenta por animal. Ya es hora de que ajustemos cuentas pues yo ya estoy de acuerdo con mi general Obregón de entregarle la Huasteca tan pronto haya presidente provisional o él gane las elecciones. Por otro lado, no soporto ya más los manipuleos ni la dirección ni la terquedad de estos güeros desconfiados, marrulleros e interesados."

—No nos hagamos, don Edward. No nos hagamos y menos entre usted y yo.

McDoheny parecía no entender.

—Usted lo odia igual o más que yo y advertirá igualmente —continuó el militar— la necesidad de deshacernos lo más rápido posible de semejante alacrán.

—Yo no me hago, como usted dice, don Manuel. Estamos de acuerdo en todo. Lo que pregunté es cómo lo hará y cuánto costará, para informar a mi gente. Nosotros pensamos que una bala perdida le daría la paz eterna tanto a él como a nosotros. ¿Usted qué piensa, don Manuel?

—Yo me encargaré de eso. Por lo demás, en este caso no habrán honorarios. Tómelo como una galantería de la casa. Habemos muchos que nos sentiríamos muy aliviados si viéramos al viejo ése barbas de chivo en un cajón de cuatro tablas. Más gente de lo que usted se imagina me lo agradecerá. Y ese reconocimiento vale más que muchos dólares —cortó Peláez terminantemente—. Buenas noches, don Edward. Bien pronto tendrá usted noticias mías. Acuérdese que no estoy acostumbrado a dar malas noticias, más aún si éste es tan idiota de meterse precisamente en la boca del lobo. Si Carranza fuera vivo debería huir rumbo al norte o al Pacífico.

McDoheny no alcanzó a despedirse de Manuel Peláez. No vio justificada la agresión hacia su persona ni el repentino cambio en la actitud de su subordinado. Más aún, le sorprendió la negativa de un mexicano a recibir dinero a cambio de un servicio. "No cabe duda que somos razas diferentes." No intentó alcanzar a su interlocutor. "Espero que no falle. Yo tampoco estoy acostumbrado a recibir malas noticias."

Venustiano Carranza confirmó, en escasos diez días, las amargas verdades de la naturaleza humana. La abyección en todas sus dimensiones, los acuerdos proditorios, la apostasía, la traición en quien adivinaba la misma sangre, a quien le había dado de comer con las mismas manos y en quienes entendía innegable y justificada la lealtad a modo de reciprocidad. Había rechazado reiteradamente los salvoconductos ofrecidos por Obregón para concederle un exilio decoroso. Todos voltearon el rostro cuando él volteó el suyo en busca de ayuda y apoyo. No había eco, no había respuesta, no había un puente, ni una soga, ni un escudo, ni el ánimo y la vergüenza de entregárselo a quien se le debía la personalidad, la carrera y el prestigio. Sólo había pistolas, sólo habían balas, sólo habían zumbidos, ayes y gemidos, niebla, lluvia, oscuridad, frío, cobardía, miedo y sentimiento de traición. Eso y muchos gritos de ¡Viva Obregón! ¡Viva mi general Manuel Peláez! Fue todo lo que vio y oyó Venustiano Carranza hacia la madrugada del 21 de mayo de 1920. Tres balas, cuyo zumbido no oyó, se alojaron certeras en su tórax esa madrugada.[205]

Los gritos afuera persistían en Tlaxcalantongo. ¡Viva Peláez! ¡Viva Villa! Quien más gritaba, sin lugar a dudas, era el general Rodolfo Herrero, nombrado General Brigadier por Francisco Villa y por Manuel Peláez. No eran verdaderos soldados federales los que dispararon. Era una tropa de soldados de Manuel Peláez, supuestamente adheridos al ejército federal. Rodolfo Herrero siempre fue conocido por ser el segundo hombre en el ejército petrolero de la Huasteca.[206]

Aquella noche de Tlaxcalantongo, el lodo del piso, la sangre derramada y la atmósfera tenebrosa olían a petróleo. Carranza pretendía cruzar por una zona rebelde, por el estado petrolero controlado por yanquis e ingleses enardecidos por su política nacionalista.

McDoheny y su pandilla entrevieron la oportunidad de deshacerse finalmente de otro presidente mexicano opositor de sus intereses y ordenaron jalar el gatillo tan pronto se internara en sus dominios el vencedor de la revolución.

La esperada ley orgánica, imprescindible para llevar a la práctica el Artículo 27 de la Constitución, diseñado al efecto por el Varón de Cuatro Ciénegas, también cayó abatida a tiros en aquella proditoria madrugada de Tlaxcalantongo.

Por contra, las acciones de las empresas petroleras norteamericanas, radicadas en México y cotizadas en Wall Street, subieron escandalosamente cuando en la bolsa de valores americana se conoció la muerte del presidente mexicano.*

Félix Díaz, socio de Manuel Peláez, incrementaba su lista de responsabilidades políticas, históricas e intelectuales al sumar el nombre de Carranza.

No cabe duda que Carranza les hizo amplias promesas a los intereses norteamericanos y al gobierno de Wilson en 1913 y 1914, así como a los alemanes en 1917 y 1918 a cambio de su apoyo. Pero nunca las cumplió ni parece haber querido hacerlo.

Cuando fue expulsado de la presidencia en 1920 dejó tras sí una trayectoria histórica de suma ambigüedad. Había impedido sin duda alguna la realización de las transformaciones sociales por las cuales habían luchado y muerto tantos mexicanos en la tormentosa década de 1910. Pero también había hecho otro tanto para mantener la independencia de su patria frente al creciente intervencionismo de las grandes potencias.**

El petróleo mexicano era la maldita razón por la que el imperialismo estaba empeñado en desgarrar al México nacionalista y revolucionario.[207]

---

* Cable remitido por la Oficina de El Universal en Nueva York, publicado en la Ciudad de México el 24 de mayo de 1920.

** Friedrich Katz, La guerra secreta en México, Volumen II, "La Revolución Mexicana y la Tormenta de la Primera Guerra Mundial", Fondo de Cultura Económica, pág. 284.

VI. RETÓRICA Y CAÑONES

O nosotros le madrugamos bien al Caudillo —decía Oliver— o el Caudillo nos madruga a nosotros; en estos casos triunfan siempre los de la iniciativa. ¿Qué pasa cuando dos tiradores andan acechándose pistola en mano? El que primero dispara mata. Pues bien, la política en México, política de pistola, sólo conjuga un verbo: madrugar.

MARTÍN LUIS GUZMÁN,
La sombra del caudillo

El negocio de Juan Alfaro se encontraba ubicado en una céntrica esquina, utilizada familiarmente como referencia citadina por los vecinos del lugar para orientar a los forasteros que visitaban el puerto.

Tampico se había desarrollado vertiginosamente, gracias a la bonanza petrolera. Se advertía un agitado crecimiento, el nervioso dinamismo propio de la prosperidad. Las construcciones se multiplicaban por doquier; la electrificación constituía una realidad que, junto con las comunicaciones en general, despertaba la envidia de buena parte del resto de los tamaulipecos. La depredadora revolución, sangrienta y cruel, producto entre otras razones de rivalidades por el acaparamiento del poder a título personal, parecía no haber pasado por allí, uno de los puertos petroleros más importantes del mundo entero a mediados del año de 1920.

Alfaro era sin duda alguna uno de los más destacados comerciantes de la ciudad. Su nivel económico le había permitido escalar gradualmente posiciones hasta convertirse en un honorable miembro de la sociedad local. Como una muestra de ello, el párroco más popular de la arquidiócesis se había dignado impartir la bendición a Los Limoneros desde el mismo día de su inauguración, ¡claro está!, siempre a cambio de víveres, "en el nombre sea de Dios".

Había transcurrido un mes desde los impactantes sucesos de Tlaxcalantongo y Tampico vivía la calma de la paz y de la abundancia.

A lo largo de algunos días de ese mes de junio, dos hombres habían observado cuidadosa y discretamente el movimiento de Los Limoneros, confundidos entre una colorida clientela principalmente pueblerina.

El risueño comerciante no se despegaba ni un solo instante de la impresionante caja registradora importada de Texas. Cada campanilleo arrancaba de su gentil rostro una sonrisa; simultáneamente acomodaba los billetes e inquiría por la salud y bienestar de los parientes del cliente en turno.

Dos noches vieron los forasteros cómo los empleados bajaban las cortinas metálicas cuando las visitas de los compradores se hacían esporádicas y luego inexistentes. Posteriormente, por una pequeña puerta de la trastienda salían irregularmente, sin hora fija, seis trabajadores. Al final, un par de horas después, salía Alfaro acompañado siempre de un muchacho no mayor de quince años.

Siempre colocaba el brazo sobre sus hombros mientras platicaban animadamente. En la primera esquina doblaban y continuaban la charla hasta que las palabras se volvían inaudibles después de unos segundos de espera.

Valente Montoya sudó frío la primera vez que volvió a ver a Juan Alfaro y recordó las cándidas palabras de su madre: "El compadre Alfaro sólo quería ayudarnos, Valente, sólo quería protegernos. El malvado es Sobrino."

—Ay, madrecita —decía Valente para sí—, siempre juites inocente y nuca vítes la maldad en naiden, pero yo te juro que verdá de Dios, donde te encuentres, te vengaré a ti, a mi apacíto, a mi hermano Hilario y a nuestros Limoneros. Ya verá este maldito traidor lo que la revolución nos enseñó a hacerle a los cobardes...

—¿Nos lo chingamos ahorita, Valente?

—No, no —contestó con brusquedad Valente—. No, espérate, pa que sepa como Sobrino por qué le metemos el cuchillo en el pescuezo.

—De una vez —dijo ansioso el impulsivo "Dorado"—. Ahí mesmo le platicamos y luego luego nos lo chingamos.

—Te digo que no. ¡Espérate! Tú dijistes que harías lo que yo te dijera...

—Voy de acuerdo. Pero, entonces, ¿cuándo?

—Mañana, mañana en la noche haremos que Alfaro recuerde algo de su pasado. Hoy vámonos a la "Ciuda de los Espejos" pa echarnos unas. Ya mañana volveré a ser el Valente de siempre. El que tú queres que yo sea.

La rutina en Los Limoneros se repitió exactamente igual, sin variaciones ni cambios, como si todo hubiera sido previamente programado. Contaron uno a uno la salida de los trabajadores. Valente se echaba la mano constantemente al cinto para percatarse de la presencia del acero. Bien pronto salió el último empleado. El impacto en la cabeza de un pesado tronco lo proyectó inconsciente contra el piso, cuando intentaba cerrar la puerta.

Ya iba a rematarlo cuando fue detenido por una voz murmurante de Donaciano:

—Déjalo ya, ése ya no vuelve a hablar. ¡Vámonos pa dentro! —todavía urgió a su acompañante.

Entraron sigilosamente al establecimiento. De inmediato escucharon la voz de Alfaro al fondo de la tienda, sentado tras el mostrador. Una lámpara cónica de metal que pendía indiferente del techo lo iluminaba.

Valente se llevó el dedo índice a la boca.

—Juanito —dijo Alfaro—, guarda este fajo de billetes atrás del saco de frijoles y ven luego por este otro para meterlo abajo del huacal de naranjas.

—¡Es su hijo! —exclamó Donaciano.

—¡Cállate! —dijo Valente, mientras cerraba la puerta cuidadosamente—. No vaya a ser que nos madrugue. Tenemos que cairle de golpe antes de que nos muerda. Acuérdate que éste es como las malditas víboras. Hay que agarrarle la cabeza, lo primerito.

Se acercaron a hurtadillas. Casi se escuchaba la respiración de Alfaro mientras contaba febrilmente una y otra vez los billetes y acomodaba las monedas.

Siguieron avanzando cuando Valente entendió llegado el momento. Saltó con la agilidad de una pantera sobre su presa. Había podido ocultarse al caminar por la cara exterior del mostrador sin percatarse que Alfaro tenía una pistola sobre la mesa apolillada donde cerraba sus cuentas.

El comerciante se aterrorizó cuando vio venir sobre él la figura salvaje de Valente. Pretendió tomar la pistola. Todo fue inútil. El "Dorado" cayó sobre él con la fuerza y el peso de un tigre herido. Rodaron por el piso polvoso. Bien pronto el comerciante fue inmovilizado. La juventud, la habilidad y la potencia física de Valente pudieron más que la sedentaria vida pueblerina. Alfaro fue inmediatamente atado y amordazado.

Mientras tanto, Donaciano sometió con toda facilidad al niño. Le metió la cabeza en un costal de harina hasta provocarle casi la asfixia.

Alfaro pateaba desesperado, pálido y con los ojos desorbitados. Valente fue seguro e indiferente a garantizarse que la puerta estuviera bien cerrada. Cuando volvió, escuchó:

—Mejor los colgamos de una de las vigas del techo, Valente. Mira que están rebuenas...

En ese momento Alfaro clavó de inmediato los ojos aterrorizados en el rostro inconmovible de Valente. Lo entendió todo. Recordó todo. Supo a qué venía el único sobreviviente de los Montoya. Había temido ese día. Nunca creyó que la muerte de Sobrino hubiera sido producto de un pleito. Había sido asesinado por una de las muchas que debía... La impotencia lo devoraba. Ni siquiera podía hablar, ni mucho menos invocar la inocencia de su hijo. Era imposible defenderse o defenderlo.

Se revolcó en el piso como una víbora en una superficie incandescente. Valente lo jaló de los cabellos hasta la pared. Fue en ese momento cuando vio por primera vez el acero en la mano de su enemigo.

—¿Se acuerda asté de mí, don Juanito? —preguntó Valente, acercando su cara casí hasta tocar la del comerciante.

Alfaro asintió repetidas veces con la cabeza, al tiempo que emitía solamente sonidos guturales.

—¿Se acuerda asté de Los Limoneros?

Alfaro repitió la misma mecánica, más angustiado aún, enrojecido y lloroso.

—¿Se acuerda asté de Hilario, de Eufrosina, doña Lonchita? ¿Se acuerda asté de sus visitas a Los Limoneros con el tal Sobrino?

El hijo de Alfaro hizo un intento por acudir a auxiliar a su padre. Donaciano lo controló sin ninguna dificultad y lo amenazó con meterle de nueva cuenta la cabeza en la harina.

—Papá, papá, papá… —estalló en llanto el muchacho.

Donaciano iba a golpearlo pero Valente lo atajó mientras se dirigía hasta donde estaba su compadre con el muchacho. Desanudó del cuello de Donaciano el paliacate ranchero y procedió a amordazar al adolescente, quien intentó inútilmente defenderse.

Alfaro volteaba sudoroso para todos lados como si pretendiera buscar algún instrumento para salvarse. Todo fue inútil. Montoya regresó a su lado con el cuchillo en la mano. Colocó la punta de la afilada hoja en la papada de su víctima.

—¡Acerca al muchacho! —tronó imperativo Valente—. Quiero que sepa quién es este hijo de la chingada a quien llama papá.

—Don Juanito —prosiguió Valente al tiempo que empezaba a hundir el cuchillo en el cuello de Alfaro—, desde luego se acordará asté de Los Limoneros y de cómo jueron a matar en el mercado a mi apacito con tremendo machete que le encajaron en el estómago porque ya no quería venderle al maldito Sobrino sus tierras. ¿O no? —preguntó sarcástico Valente—. También se acordará asté que todavía mi apá trató de sacarse el machete.

Alfaro trataba de impedir la entrada lenta de la hoja del cuchillo en su garganta y se revolvía en el piso, convulsionado, golpeándose con la cabeza a diestra y siniestra.

Cuando Valente trató de incorporarse para inmovilizar al comerciante, escuchó un golpe seco y sordo seguido de un agudo lamento. Alfaro se agitó con mayor virulencia.

Donaciano le había asestado una patada en los testículos.

—Estese quieto, cabrón, sea hombre cuando menos pa morirse.

—Acerca más al muchacho, Chano —ordenó Valente sentado ahora en el pecho del próspero comerciante—. ¿Se acuerda asté de todo, verdá? ¿Sabe asté cuándo volverán Los Limoneros a ser de los Montoya? ¡Nunca, maldito cochino!, gracias a asté. Asté hizo que nosotros perdiéramos nuestras tierras como todos los vecinos de la Huasteca.

El cuello y el delantal del comerciante se empezaron a teñir de rojo.

—¿Sabe asté cuándo volveré a ver a mi padre, a mi madre y a mi hermano? ¡Nunca, nunca, nunca!

—Acábatelo ya. Este niñito se me está poniendo nervioso y ya me anda calentando —dijo Donaciano.

Repentinamente Valente se quedó quieto. Volteó a ver al niño. Los ojos suplicantes de Alfaro parecían saltar fuera de sus órbitas.

—¿Qué trais? —dijo Donaciano.

—Que no sé qué sea más castigo, si mandar pal otro lado al chamaquito o a este cabrón.

—No, Valente, el chamaquito es hijo de la víbora, pero no tiene vela en el entierro.

—Yo tampoco la tenía —replicó furioso Valente— y tuve que pagarla completita por culpa de este traidor cobarde.

—Sí, compadre, pero al niño no.

—Yo también era niño, compadre, cuando me pasó todo y me mataron a mi familia y me quedé sin tierras. Cuando mucho tendría yo cuatro o cinco años más que éste —dijo Montoya dirigiéndose al niño.

—Como tu queras, Valente, pero verdá de Dios que al niño mejor lo dejamos en paz.

—Tá güeno, compadre, tá güeno. Veremos si el muchachito sabe salir de la lumbre como yo salí. —Se volteó de inmediato a verle la cara a Alfaro, quien buscaba una señal piadosa en los ojos de Montoya; éste, a cambio, hundió con fuerza el puñal en la papada de Alfaro y, al encontrar resistencia ósea, se apoyó con más fuerza todavía con la otra mano.

—Esto es lo que sintió Guadalupe Montoya en el mercado. Esto, esto, esto y esto —decía enloquecido cuando hundía una y otra vez el cuchillo.

El muchacho cerraba los ojos mientras que Donaciano trataba de abrírselos.

—Mira cómo mueren las culebras. Míralas. Eso es lo que le pasa a los traidores.

Bien pronto se formó un charco de sangre oscura. Los tacones de Alfaro dejaron poco a poco de golpear desesperadamente el piso.

El silencio hubiera vuelto a Los Limoneros de no haber sido por el llanto gutural, incontrolable, del joven Juan Alfaro. Valente desató las manos tiesas del comerciante y procedió a amarrar las de su hijo ante la mirada inquisitiva de Donaciano.

Acto seguido, metió al chamaco en un huacal de naranjas y fue a buscar el kerosén, que desde luego vendería Alfaro en la tienda para consumo de los pueblos circunvecinos. El kerosén era uno de los productos que comercializaba la Tolteca Petroleum Co. en forma masiva en aquellos lugares en que se carecía de luz eléctrica.

En un instante quedó la tienda totalmente empapada de kerosén. Donaciano miraba sorprendido.

—Ahorita veremos lo güeno que eres pa salir del fuego. Yo me quedé sin nada cuando la lumbre, el lodo y las explosiones convirtieron en un lodazal mis Limoneros. Como todo lo mío, esto se convertirá en cenizas. Veremos sí sabes salvarte como yo me salvé —exclamó Montoya satisfecho.

Unos minutos más tarde, "Los Limoneros" ardían en llamas y dos jinetes nocturnos se dirigían rumbo a Durango intercambiando, entre carcajadas, una botella de tequila adquirida previamente en "La Ciudad de los Espejos".

En la Ciudad de México se habían celebrado las multitudinarias exequias fúnebres de Venustiano Carranza. El vencedor del Plan de Agua Prieta, Adolfo de la Huerta, ex gobernador del estado de Sonora. se ceñía en el pecho la ambicionada banda presidencial para gobernar interinamente al país hasta completar el mandato constitucional correspondiente al presidente asesinado.

Álvaro Obregón había optado, con tino político e información jurídica. Permitirle el acceso al poder a su paisano. Así cumplía con lo establecido por la Constitución y abortaba cualquier posibilidad de un golpe de Estado o un levantamiento. Era clara la llegada de los sonorenses al poder federal: Adolfo de la Huerta, Álvaro Obregón y Plutarco Elías Calles.

Adolfo de la Huerta posaba sobriamente, como la protocolaria ocasión lo demandaba, para un retrato histórico, junto a todo su gabinete. Recordó la misma fotografía, tomada a su vez con idénticos efectos, de Porfirio Díaz con su último equipo de trabajo, al igual que las de Francisco I. Madero, Victoriano Huerta y Venustiano Carranza.

Es increíble —decíase pensativo—. Cinco presidentes en sólo diez años. La capacidad de resistencia de este país y su fortaleza para tolerar el sufrimiento son cualidades vitales para la supervivencia de nuestra nacionalidad. Hemos invertido eficientemente tiempo, atención y muchos millones de pesos, además de otros tantos millones de dólares, en nuestra autodestrucción masiva y todavía no asoma el agotamiento ni la resignación en el rostro enjuto de los mexicanos. Yo, como Presidente de la República, hubiera experimentado un gran consuelo si la mitad de los caídos hubieran sido por lo menos extranjeros muertos durante una nueva invasión a México.

Pero desgraciadamente no ha sido éste el caso —pensaba en silencio el joven Presidente Interino.

Cuando hemos volteado muchos de los cuerpos inmóviles, ensangrentados, con las caras encajadas en los surcos de las milpas, el color oscuro, cobrizo de la piel, siempre nos habló rápidamente del verdadero origen del difunto.

Lo mismo nos pasaba cuando descolgábamos a un ahorcado de cualquiera de los pirules del Bajío. La indumentaria de los ajusticiados siempre me conmovía porque delataba fielmente la humilde extracción social de las víctimas. Las grandes causas las pelean con su vida los miserables para coronar a los poderosos.

La sensibilidad de De la Huerta le impidió superar el espectáculo del derramamiento de sangre entre mexicanos, sobre todo si éstos eran humildes. Su delicadeza natural le hacía abrigar pensamientos y sentimientos todos ellos inaccesibles para la mayoría de los líderes del movimiento revolucionario.

—Señores, sírvanse voltear todos hacia mi mano —exclamó el fotógrafo oficial—. No cierren los ojos en los próximos instantes.

Una llamarada de magnesio abrió un nuevo capítulo de la historia de México.

El presidente De la Huerta saludó de mano a todos sus colaboradores y después de felicitarlos, les dirigió unas breves palabras, orientadas a establecer los lineamientos claros de su gobierno:

—Señores secretarios de Estado, el día de hoy los aquí presentes hemos sido convocados por la patria para cumplir una tarea histórica inaplazable y definitiva. Las designaciones de ustedes no responden a la casualidad. Su vocación de servicio al país, su lealtad a las instituciones, su comprobada honestidad, sus convicciones políticas y su acrisolado amor a nuestros más caros valores nacionales, fueron analizados evidentemente con objetivo detenimiento.

Es por ello que he identificado en ustedes —agregó satisfecho—, las cualidades necesarias para acometer dos propósitos fundamentales, de cuya consecución oportuna depende la supervivencia de nuestra personalidad y de nuestro patrimonio nacional.

En el recinto histórico privaba un silencio sepulcral. Nadie apartaba la vista del rostro del Jefe de la Nación ni perdía detalle de su exposición.

—Estos dos propósitos fundamentales consisten en la pacificación y, posteriormente, en la reconstrucción del país. No quiero más guerras fratricidas —agregó amenazante—, ni quiero más muertos ni quiero batallas históricas con miles de caídos ni generales galardonados con coronas de laurel por su habilidad en el aniquilamiento de los de su raza. No más colgados ni fusilados ni perseguidos. No más, señores. No más saqueos ni asaltos ni violaciones. No más hambre ni pánico ni destrucción. No más endeudamiento público ni parálisis económica ni desempleo masivo rural y urbano. ¡Pacifiquemos nuestro país y reconstruyámoslo!

Se iba a producir un nutrido aplauso pero el presidente continuó su breve discurso sin permitirlo, como si al concluir fueran a quedar simultáneamente satisfechos sus propósitos patrióticos.

—Deberemos recuperar la confianza interna y externa. La confianza en la actuación política y administrativa de los grandes líderes nacionales. Cambiaremos el máuser por el azadón, las balas por las palabras, el cañón por el arado. A partir de hoy la hombría y el coraje se demostrará en el escritorio, en el laboratorio, en la oficina, en el campo y en la industria.

Acto seguido, agregó que Venustiano Carranza no había aceptado con elegancia la llegada del fin de su mandato y había pretendido perpetuarse mañosamente en el poder a través de interpósitas personas como en los inicios mismos del Porfiriato. Lo acusó por haber violado la Constitución al agredir militarmente al Estado libre y soberano de Sonora; por haber alterado el recuento de los sufragios en varios estados de la Federación para imponer arbitrariamente a sus propios candidatos, desconociendo la suprema voluntad popular. Además no había llevado a la práctica las recientes disposiciones consignadas en la Carta Magna, ignorando el esfuerzo, la sangre y la destrucción del país a través del pavoroso movimiento revolucionario.

—Me propongo restablecer la paz entre los mexicanos como el propósito prioritario del interinato y desde luego sentar las bases del titánico esfuerzo de reconstrucción nacional a través del reforzamiento de nuestras instituciones. Todos nosotros, los aquí reunidos, deberemos cumplir con esos objetivos para los cuales fuimos designados y alcanzarlos dentro de una atmósfera de paz y comprensión, sin pausas ni dilaciones, antes que la necesidad impaciente e intolerante vuelva a armar la mano sangrienta de la revolución. ¡Cumplamos con nuestro deber!

Después de recibir una cálida ovación de parte de sus colaboradores, el Presidente Interino de la República se retiró a su despacho, no sin antes solicitar la compañía de Plutarco Elías Calles, su paisano sonorense, en quien había recaído el cargo de Secretario de Guerra y Marina.

—Bien, Adolfo, estuviste soberbio. Tu capacidad de síntesis es asombrosa. Toda tu política de gobierno la dejaste resumida en esos dos propósitos —dijo Calles mientras se dejaba caer, en señal de evidente confianza, en uno de los sillones del despacho presidencial en Palacio Nacional.

—Así es —repuso el presidente—. Sólo que el éxito de nuestra tarea no depende exclusivamente de nosotros.

El Secretario de Guerra y Marina volteó sorprendido hacia donde el presidente. Escudriñaba su rostro.

—No, Plutarco, no te alarmes. No hay nada nuevo en mis preocupaciones. Obviamente me refiero a la postura que adoptarán los Estados Unidos en relación a las políticas económicas de mi gobierno. Estoy más convencido que nunca que el problema petrolero es el asunto clave para la prosperidad de las relaciones entre ambos gobiernos.

—Los americanos —exclamó Calles, ya parcialmente tranquilizado— sólo piensan en términos de dólares, y para ser más precisos, en términos de petróleo. Su política exterior está basada en la defensa inescrupulosa de sus intereses en el mundo. Por eso la llamaron "la diplomacia del dólar". Más bien creo que ahora debería llamarse la "diplomacia del petróleo".

—Lo platicamos Álvaro y yo muchas veces durante el gobierno de Carranza —agregó el presidente—. Estos sujetos, al acaparar el poder económico y militar, detentan el político y con él avasallan a media humanidad. Si tú decides impedir la continuación de las actividades corruptas y lesivas de los americanos y pretendes detenerlos por la vía legal, automáticamente sientes la boca fría del cañón de su pistola en la nuca para ayudarte a encontrar el rumbo perdido.

Los petroleros americanos son iguales —continuó De la Huerta— a esos matones que proliferan actualmente en la ciudad de Chicago. Sólo que no operan abiertamente ni se presentan con la ametralladora en la mano, pero sí con una indumentaria multimillonaria y una actitud prepotente e insultante, amparada siempre por el Departamento de Estado, su eterno abogado y defensor de las causas humillantes y aviesas —expresó De la Huerta apesadumbrado—. Por eso tengo dudas respecto a la posibilidad de poder llevar a cabo sin su intervención mi programa de gobierno.

Yo me sentí animado cuando la terrible administración de Woodrow Wilson empezaba a llegar a su fin, Plutarco. Sentía que junto con ella concluiría un largo periodo de arbitrariedades —exclamó De la Huerta dentro de un frustrado optimismo—. Sin embargo, como Wilson había llegado a la Casa Blanca como representante de una nueva moral, de supuesto respeto a las decisiones soberanas de otros gobiernos, ciertos sectores liberales mexicanos también se sintieron alentados y esperanzados por esos promisorios principios de autodeterminación política. Poco tardarían en desengañarse los ilusos. Bajo esa bandera ideológica se escondía el interés en derrocar a otro presidente mexicano. En aquella ocasión se trataba de Victoriano Huerta, bueno o malo, legal o ilegal, popular o no, pero al fin y al cabo presidente mexicano, nuestro Presidente.

—Pero ya ves —agregó Calles en tono apático—, ese supremo pontífice de la mentira, de la nueva moral, nos sorprendió con la invasión de Veracruz y luego con la expedición Pershing. Imagínate nada más si el señor no hubiera respetado la soberanía de otros países.

De la Huerta escuchaba impertérrito, mientras separaba y juntaba las yemas de los dedos de una mano contra los de la otra. Calles continuó. De la Huerta conocía sobradamente su capacidad política. Prefirió escuchar a su paisano.

—Pero, ¿puedes imaginarte lo que debemos esperar de la futura administración presidencial de los Estados Unidos si llegan a ganar los republicanos, quienes han tildado a Woodrow Wilson de tibio, cobarde e indigno defensor de los intereses americanos en México? —Por esa razón, Wilson se abstendrá de reconocer mi gobierno y de tomar decisiones comprometedoras para efectos de su sucesor —apuntó inmediatamente De la Huerta—. Mira, Plutarco —continuó el presidente sin ocultar su grave preocupación—, esa situación me inquieta mucho más en función de Álvaro, que en lo que a mí se refiere. Si Wilson, además de no reconocer a mi gobierno, pierde las elecciones, Álvaro pasará muy malos ratos frente a la próxima administración republicana, eso te lo aseguro —todavía sentenció firme en sus convicciones.

De la Huerta fue a sentarse a un lado de Calles, mientras éste analizaba los puntos de vista vertidos por su paisano, dentro de un grave silencio.

—Es cierto —concedió finalmente Calles, convencido de las perspectivas diplomáticas—. Si logramos que te reconozcan le quitaremos a Álvaro un gigantesco peso de encima.

—Sin duda alguna, Plutarco —repuso el presidente mientras se levantaba nuevamente de su sillón movido por un impulso incontrolable—. ¿Pero cuál será el precio a pagar? ¿Cuál será el límite de nuestra flexibilidad? —preguntó con insistencia para agregar de inmediato con justificada vehemencia—: No nos humillaremos. No lo haremos en ningún caso y bajo ninguna circunstancia. No venderé el reconocimiento por unas monedas. Resistiré sin él durante todo el interinato hasta el límite de mis fuerzas pero nunca proyectaré a mi gabinete ni a mi gobierno a la indignidad histórica ni a mi país a la esclavitud —amenazó airado.

Calles apoyó con tal fanatismo los puntos de vista del presidente, hasta sentirse éste halagado, no tanto por su posición política sino por la absoluta incondicionalidad de su Ministro de Guerra.

De la Huerta sintió llegado el momento del brindis con el resto del gabinete, personajes del poder judicial y legislativo, además de otros políticos, miembros del ejército y del mundo diplomático y representantes poderosos de la prensa y de la banca que en su conjunto esperaban el momento oportuno de la felicitación para subrayar personalmente su presencia.

Ya entrado el verano californiano, dos hombres navegaban estimulados por una animada conversación y salpicados por la refrescante brisa del mar, a las puertas de la imponente bahía de San Francisco, rumbo a Monterey, California, a bordo de un velero blanco de cincuenta pies, propiedad de la Sinclair Oil Co., para sostener el tradicional encuentro anual de golf entre petroleros exclusivamente, en uno de los campos de esa famosa localidad deportiva. Era una de aquellas mañanas calurosas, con vientos moderados, que significaban las máximas delicias de cualquier navegante.

McDoheny, Edward McDoheny, uno de los distinguidos pasajeros, había trepado por el mástil hasta recostarse en la cara cóncava de la vela mayor, donde se encontraba suspendido en el aire gracias a la acción del viento que lo proyectaba contra las lonas del barco. El petrolero recibía gustoso las amables caricias del sol, flotando risueño, con las piernas y brazos abiertos, abandonado a las fuerzas insuperables de la naturaleza.

—¿De qué te ríes, Teddy? —gritó Sinclair mientras metía otra botella de champagne en un recipiente de plata labrada, saturado de hielo.

McDoheny continuó con los ojos cerrados.

—¿Te imaginas si logramos meter a Albert Fall como Secretario de Estado con Harding como presidente? —contestó a gritos—. Seremos todo un puño sólido con el que aplastaremos a Obregón y a quien se nos ponga enfrente. Yo puedo ordenarle a Fall. No es que pueda sugerirle, Henry. Le puedo ordenar. Mi dinero me cuesta, pero él me pertenece… Bueno, nos pertenece.

—¿Te refieres probablemente a aplastar a De la Huerta?

—No, De la Huerta no cuenta, es sólo una formalidad jurídica para que Obregón pueda ser presidente durante cuatro años. Con Obregón es con quien deberemos entendernos finalmente. A De la Huerta debemos mostrarle el problema que habrá de enfrentar su sucesor para que éste vaya buscando las decisiones idóneas. En México no hay reelección. De la Huerta es una figura decorativa de transición, que bien vale la pena para unas vacaciones como éstas.

—Figura decorativa o no, De la Huerta no aceptó abrogar los decretos carrancistas de 1918, ni mucho menos modificar el maldito Artículo 27 de la Constitución. Ha seguido con la política de denuncios y, por si fuera poco, sigue otorgando concesiones petroleras en las zonas federales anexas a nuestros campos y perforando nuestros manantiales. Si a eso le llamas figura decorativa, ¿cómo será el verdadero mandamás?[208]

—Todos sabemos —contestó McDoheny, sin alarmarse por el comentario de su colega— que Obregón es el poder tras el trono y, junto a todo eso que tú dices, el mismo De la Huerta ya nos ofreció la no retroactividad de la Constitución y reconocernos todos los derechos adquiridos hasta antes de mayo del 17. No olvides que también nos ofrecieron desistirse en los pleitos entablados en la Corte para que nosotros los ganemos y redactar los reglamentos respectivos en los términos de los fallos.[209]

Como ves, ya dan marcha atrás. Sus famosas conquistas petroleras sólo constan en el papel, pero en la realidad todos sabemos que una Constitución por definición es retroactiva, sobre todo si se origina en una revolución. Nosotros, Henry, ya logramos que declararan por escrito la no retroactividad de la mexicana.[210]

—¿Sabes, Henry? —continuó McDoheny—, aquí arriba me siento como un dios griego. Vuelo silenciosamente encima del mar. Eso mismo deben sentir las gaviotas cuando se desplazan por el aire.

—Baja un momento, Teddy, te daré algo que no han probado nunca las gaviotas: el verdadero elixir de los dioses.

Momentos después, McDoheny limpiaba sus lentes oscuros de la sal marina y chocaba delicadamente su copa contra la de Sinclair. Sujetándola del tallo con las yemas de los dedos índice y pulgar para probar la excelsitud de la fina cristalería francesa.

—¡Brindo por Harding! —anunció orgulloso el titular de la Sinclair Oil Co., al tiempo que levantaba su copa rebosante de satisfacción—. Finalmente tenemos a un presidente petrolero, un presidente de Ohio en la Casa Blanca.

—¡Salud! —repitió McDoheny—. Espero ver coronado tu sueño bien pronto.

Sinclair apuró su copa de un golpe y la arrojó por encima de su hombro derecho al mar.

—No hay mejor manera de asegurar un voto o cerrar un trato después de un brindis que romper la copa para impedir el conocimiento de nuestros deseos secretos —arguyó misterioso y risueño.

McDoheny se apresuró a seguir el ejemplo.

—No es un sueño la llegada de Harding al poder, Teddy. Woodrow Wilson desacreditó a los demócratas, sobre todo después de su ridículo en las conferencias de Versalles. Ahora toca el turno a los republicanos, es decir, toca el turno a los petroleros.

Como un exceso de precaución, Sinclair acercó su cabeza al oído de McDoheny.

—No olvides, Teddy, que me gastaré entre cinco y ocho millones de dólares en donativos especiales para sufragar los gastos de la campaña republicana.[211] Esa cantidad ayudará definitivamente a lograr el éxito electoral de Harding, quien por agradecimiento o, si tú quieres, por compromiso, pondrá a nuestra disposición las reservas petroleras de la marina americana y nos ayudará en forma implacable a controlar a esos miserables ladrones mexicanos, a los que siempre les gustó lo fácil. Vieron que el petróleo es buen negocio y ahora lo quieren todo para ellos.

—Dijiste, Henry, que le darás cinco millones de dólares o más al partido republicano ¿como cooperación?

—Sí, Teddy. Los he venido dando para sufragar sus constantes déficits, pero algo me hace presumir que si me quedo con la reserva de la marina me recuperaré sobradamente —exclamó irónicamente.

Sinclair no podía ocultar el placer de la aventura consistente en comprar prácticamente al mismísimo Presidente de los Estados Unidos. La sonrisa ocupaba todo su rostro.

—Tenemos hecha la mancuerna, Henry. Si Harding es tuyo, Fall es mío. Tenemos hecho el uno dos —agregó McDoheny—. Las reservas de la marina serán un gran negocio, pero los pozos mexicanos parecen ser inagotables, al igual que los venezolanos. Sobre todo si estamos seguros de contar a nuestro lado incondicionalmente a toda la diplomacia norteamericana, junto con los cañones de nuestra querida armada.

La euforia de McDoheny se desbordó cuando entre carcajadas se designó a sí mismo Secretario de Estado sin cartera y a Henry Sinclair Presidente de los Estados Unidos.

Sinclair se puso de pie y con toda solemnidad pidió:

—Mejor llámame *super-boss*.

Ambos volverían a estallar en estruendosas carcajadas, incontenibles y contagiosas motivadas también por el efecto del alcohol.

El envidiado Black Gold, nombre con el que Sinclair había bautizado a su velero, no se apartaba de las costas y parecía estirarse como una gata retozona cuando el viento inflaba sus velas.

—Mientras tanto —continuó McDoheny, recuperando la compostura—, no permitiremos a Wilson reconocer diplomáticamente a De la Huerta, si no se firma un convenio entre ambos jefes de estado, debidamente ratificado por el Congreso mexicano, que nos conceda todas las garantías jurídicas y patrimoniales relativas a nuestras inversiones.[212]

—¿Piensas exigir el cumplimiento de lo establecido por la Comisión Fall? —preguntó Sinclair.

—Así es, Henry. Me preocupa la posición del nuevo Secretario de Estado de Wilson, ya que a Lansing lo habíamos hecho nuestro incondicional. Tú sabes…

—No veo problemas con De la Huerta. Él sabe de la transitoriedad de su cargo. El presidente Wilson no tomará ya decisiones y eso ayudará aún más a su destrucción política, porque seguiría mostrando tibieza. La inmovilidad de Wilson la lograremos a través de las amenazas y ataques vertidos a lo largo de la campaña republicana.

—De cualquier modo —agregó McDoheny—, el Congreso, manipulado por Fall, impedirá el reconocimiento del gobierno mexicano si no cumplen las condiciones que nosotros precisemos, junto con Fall, en los documentos respectivos, bajo amenaza de intervención armada ante su rechazo o incumplimiento.[213]

En primer lugar —continuó McDoheny, incorporándose después de una bordada—, tenemos que obligar a De la Huerta, como primera condición, a meterse la famosa Constitución del 17 por el culo.

—¡Qué barbaridad, eso sí será un gran esfuerzo! —comentó Sinclair, sarcásticamente.

—Todo se puede hacer si lo sabes hacer, Henry —aclaró McDoheny doctoralmente—. Debemos lograr la derogación total del Artículo 27 antes de que otro maniático carrancista pretenda aplicarlo a ultranza.

—Es cierto, Ted, los fanáticos no faltan —acotó Sinclair—. De la Huerta llevó a su gabinete a muchos de los diseñadores de la política petrolera de Carranza y éstos insisten en el cobro de regalías y en la inclusión de impuestos respecto a la expedición de permisos de perforación. Además, intentan dividirnos invitando a empresas europeas a extraer petróleo, siempre y cuando se sujeten a las disposiciones legales establecidas por el gobierno mexicano con el ánimo, claro está, de exhibirnos ante no sé quién…[214]

—Es exacto, Henry, no lograrán nada, ni siquiera asustarnos. Cuando Harding llegue a la Casa Blanca —todavía amenazó—, los mexicanitos conocerán el verdadero filo de la navaja.

Ambos petroleros se habían propuesto exigir a través de Washington, como condiciones previas al reconocimiento diplomático, la abrogación inmediata de todos los decretos petroleros carrancistas, la supresión de la obligación de denunciar los predios petroleros, el desahogo expedito de permisos de perforación, el fallo favorable a todos los amparos en donde se hubiera alegado la no retroactividad del Artículo 27, el establecimiento de una política tributaria justa, además del compromiso irreversible de que ninguna ley futura modificaría una anterior en su perjuicio.*

—¿No estaremos imponiendo condiciones insalvables, Teddy? No jalemos mucho de la cuerda porque se nos puede romper.

—Claro, Henry, claro. No vamos a perder el control de la situación, pero si tienes el marro, úsalo, ¡úsalo sin piedad! Cuando tú ya no lo tengas te darán a ti con él sin ningún género de pruritos. Golpea, pues, mientras lo tengas en la mano y gana posiciones —señaló con evidente firmeza—. Acuérdate cuando el Presidente de Venezuela, Juan González, no sólo no autorizó sino que nos pidió que nosotros mismos redactáramos las leyes petroleras de su país. ¿Te acuerdas? —preguntó McDoheny sobrado de sí.[215]

Eso fue un éxito claro, Henry. Ahora bien, si en México no logramos consideraciones de esa naturaleza, por lo menos debemos dejar bien establecida la incapacidad del Estado mexicano de emitir leyes contrarias al interés patrimonial de los Estados Unidos —concluyó McDoheny honestamente convencido de sus principios políticos.

McDoheny introdujo su mano velluda en la champañera de plata y se refrescó la cara con agua helada. Después, recostándose cómodamente en un colchón de lona blanca instalado al lado izquierdo de la proa, continuó con sus razonamientos. Sinclair, por su parte, repasaba con la vista la línea de la costa californiana sin descuidar el sentido de las palabras de su interlocutor.

—Nuestras condiciones son las mismas impuestas por Fall al Departamento de Estado, Henry, para que sea posible reconocer a cualquier gobierno mexicano, ya sea el presidido por De la Huerta, por Obregón o por cualquier otro indio maloliente del sur del Río Bravo —repuso en tono irónico de disculpa.

---

* La posición de la Casa Blanca en 1920 quedó perfectamente establecida en un memorándum que entregó el Departamento de Estado a un agente de De la Huerta. Los puntos contenidos en el documento eran los siguientes: 1) derogar los decretos petroleros de Carranza; 2) suprimir la exigencia de los "denuncios" de las propiedades petroleras; 3) dejar sin efecto las concesiones dadas a terceros sobre las propiedades de las compañías no denunciadas; 4) no rehusar ni retardar los permisos de perforación; 5) modificar la posición del Ejecutivo en los juicios de amparo interpuestos por las compañías, permitiendo una solución favorable de estas; 6) acabar con las concesiones en las zonas federales; 7) establecer una política impositiva justa; 8) derogar el Artículo 27 Constitucional; 9) reconocer y restituir sus derechos a los ciudadanos extranjeros afectos por éste, y 10) asegurar que la legislación futura no se apartaría de los 9 puntos anteriores. Lorenzo Meyer, *México y Estados Unidos en el conflicto petrolero*, Colegio de México, pág. 160.

—¿Y Wilson? ¿Qué dice el presidente a todo esto? —inquirió Sinclair, un poco más cauteloso que su colega.

—Ya está convencido de la procedencia de nuestro argumento. En realidad, Wilson ya no sabe cómo sacudirse la presión política ejercida por el Congreso a través de Fall, cuyo programa hemos apoyado públicamente en la prensa norteamericana y constituye la piedra angular de la plataforma política del partido republicano, gracias a tu valiosa influencia. —Como siempre, McDoheny no parecía identificar ningún obstáculo respetable a lo largo de su camino—. El Presidente Wilson ya no sólo se halla ahora paralizado físicamente, sino también políticamente —agregó satisfecho—. En este momento puedo decirte que lo tenemos totalmente acorralado y maniatado por el peso de la opinión pública. En realidad —finalizó el petrolero—, Woodrow Wilson debió renunciar a la Presidencia de los Estados Unidos cuando enfermó la primera vez. Fall le pidió desde el Congreso Federal su dimisión por incapacidad,[216] según nuestras propias instrucciones. Ahora sólo le queda enfrentar la inmovilidad política y, con ella, el ridículo. Y todo ello gracias a su terca insistencia en ignorarnos.

—Cuando se trata de petróleo, Teddy, la guerra es a muerte. La Constitución del 17 será atacada y criticada mucho más por su inoperancia e ineficiencia que por su radicalismo —admitió Sinclair.[217]

Cuando, gracias a la guerra europea —continuó el petrolero—, Carranza pudo promulgar su famosa Constitución, me sentí perdido, hasta que mis abogados me explicaron que el Artículo 27 sería letra muerta mientras no se emitiera la respectiva ley reglamentaria para fijar las bases legales y los alcances de la disposición constitucional. En ese momento descansé y todo ya fue más fácil.

—No nos confiemos de un mexicano, Henry, y menos, mucho menos, de todos ellos. Esos fueron éxitos notables de la diplomacia petrolera, pero los mexicanos deberán abrogar el Artículo 27 o enfrentar la vergüenza política de su desconocimiento diplomático mundial. Si los Estados Unidos Norteamericanos, en su carácter de máxima potencia económica y militar, no reconocen la existencia legal del gobierno mexicano, considerándolo espurio, De la Huerta y su gabinete serán considerados internacionalmente como una partida de bandidos sin derecho a disfrutar los beneficios que brinda la comunidad de naciones civilizadas. Recaerá sobre ellos la vergüenza de la excomunión diplomática y más tarde la asfixia comercial y financiera ante la imposibilidad de nuestros países socios de negociar con delincuentes. Tarde o temprano serán nuestros. Nuestra mejor arma es la negación del reconocimiento. Y ante su remota ineficiencia, los cañones, los cañones de la marina de guerra norteamericana.

—A propósito, Teddy, algún día haré producir una ópera épica en donde se ensalce con justicia mi agradecimiento al elocuente lenguaje de nuestros cañones.

McDoheny no cabía dentro de sí. Las enormes posibilidades de un futuro económico promisorio le impedían distinguir la presencia de riesgos y peligros. Nada podía significar un obstáculo de cara a la captación de un dólar más, de otro dólar que ya no cambiaría en nada su vida, ni su imagen, ni su personalidad. Sin embargo, ese mismo dólar era necesario para halagar su vanidad y para mantenerse en el mundo de lo irracional. Deseaba fervientemente continuar siendo el héroe de lo absurdo.

—Ya estás muy musical, Henry. Antes de que continúes quisiera tratarte un problema áspero de tu personal interés.

Sinclair dejó de sonreír, acostumbrado a la agudeza y a la sobria personalidad de McDoheny.

—¿Qué sucede, Ted? —preguntó con mal disimulada indiferencia Sinclair.

—No sé, Henry. No sé cómo abordarlo. No sé si mejor esperar a llegar a tierra.

—Di, Ted. Di de una buena vez. Viniendo de ti no debo preocuparme, lo sé de sobra.

—Gracias, Henry. En esta ocasión quiero verdaderamente recurrir a tu comprensión.

—Tú dirás, Teddy. ¡Pero dilo ya!

—Mira, Henry, debes saber —dijo con suma gravedad McDoheny—, debes saber que estoy mal, muy mal…

—Con qué, Ted, por Dios…

—Con mi *pitching wedge* y necesitaré tres golpes más de ventaja por vuelta —terminó precipitadamente el petrolero mientras reventaba en otra carcajada por haber engañado a su colega.

—¡Vaya con la gravedad! —exclamó Sinclair de regreso a la vida, mientras apuraba el último trago de champagne—. No sé si echarte al agua o darte los golpes, pero ahora mismo, y no los de ventaja.

Ya aparecían en el horizonte las primeras casas de Monterey. McDoheny golpeaba con la mano abierta la rodilla de Sinclair, mientras advertía a su poderoso interlocutor con su irritante sonrisa mesiánica:

—No temas, Henry, no te preocupes. Yo nunca aviso.

—Con Fito me rendiré.[218] Es un verdadero caballero de gran corazón. Todo en él es buena fe y verdadero amor a la patria. No tengo ninguna duda en deponer las armas ante un Presidente de la República de los tamaños morales de Adolfo de la Huerta.

Nunca hubiera yo entregado las armas al traidor de Carranza. Siempre me tuvo miedo, por eso no me quería dejar tomar Zacatecas. La División del Norte fue vital en el derrocamiento de Victoriano Huerta y Carranza nos desconoció al final. Cuando se tomó la Ciudad de México ni siquiera nos dejó tomar parte en el desfile, a nosotros, los verdaderos vencedores.[219] Nunca dio las tierras prometidas por la revolución[220] ni nos permitió confiscarlas ni quería tocar a los ricos ni, mucho menos, dejar el poder. Además, él mandó asesinar a Zapata[221] y fusilar a Felipe Ángeles,[222] traicionó la revolución por matar a sus mejores hombres para no dejarlos cumplir con el movimiento.

Pero Fito es otra cosa —decía Francisco Villa en la Plaza de Salinas, Coahuila, en julio de 1920 ante Eugenio Martínez, representante personal del Presidente de la República. Los frondosos laureles de la India que circundaban la plaza eran el hogar de innumerables pájaros que con sus trinos hacían un ruido semejante al producido por miles de chicharras juntas.

Estoy conforme con él —agregó satisfecho—. Ha llegado la hora de la paz entre los mexicanos. Denme una pluma para firmar el acta ésta de rendición, que necesita mi general Martínez.

—Mi general Villa, creo que sería mejor que la leyera usted antes —acotó el representante federal.

—Entre hombres de buena fe hay confianza, mi general —repuso Villa.

—Lo sé, mi general, lo sé —repuso agradecido el interlocutor—. Sin embargo, para conocimiento de todos los aquí presentes, daré lectura personalmente al acuerdo sustentado entre el Presidente de la República y el señor General de División Francisco Villa. A continuación leyó, dentro de un silencio pocas veces escuchado.

PRIMERA. —El general Francisco Villa depone las armas para retirarse a la vida privada.

SEGUNDA. —El Ejecutivo de la Unión cederá en propiedad y con los requisitos legales al señor general Villa, la hacienda Canutillo, ubicada en el Estado de Durango, haciéndole entrega de los títulos traslativos de dominio. Además, en dicha hacienda deberá tener su residencia el general Villa.

TERCERA. —En el mencionado lugar tendrá el señor general Villa una escolta formada por cincuenta hombres de su confianza que él mismo designará y dependerán de la Secretaría de Guerra y Marina, pagándoseles los haberes correspondientes. Dicha escolta no podrá ser removida ni podrá distraérsele de su único objetivo, que es el de la seguridad personal del referido general.

CUARTA. —A las demás personas que formen parte actualmente de las fuerzas del general Villa, se les dará por el Gobierno el importe de un año de haberes, según el grado que ostenten a la fecha. Además, se les darán tierras en lugar que indiquen los interesados para que en ella se dediquen a trabajar.

QUINTA. —A las personas que deseen continuar en la carrera de las armas, se les incorporará en el Ejército Nacional.

El general Villa protesta, bajo su palabra de honor, no tomar las armas en contra del gobierno constituido ni en contra de sus compatriotas. Por su parte, el señor general Martínez protesta velar con lealtad porque las bases anteriores sean puntualmente cumplidas y porque el señor general Villa y las personas que han constituido sus fuerzas gocen, en general, de garantías efectivas.

Para constancia se levanta la presente, firmando ambas partes de conformidad a fin de que quede garantizado el cumplimiento de lo estipulado.

Todos los presentes aplaudieron calurosamente mientras Villa estrechaba la mano de Eugenio Martínez.

Valente Montoya también aplaudía con verdadera alegría. "Tierras otra vez. No me importe dónde me las den, yo las llamaré Los Limoneros. No cabe duda que Diosito sabe ser justo y por eso me premia. Ahora sí que trabajaré mis tierras pa que mi apacito, que me ve, esté bien contento de mí. Sólo espero que mi madrecita esté viva pa cuando yo la encuentre."

—Dígale a Fito que el Canutillo bien pronto será el orgullo de Durango. Dígale también que igual de bueno que soy para la guerra lo soy para trabajar con mis muchachos, y que muy pronto lo invitaré a que venga a ver los avances de mi hacienda. ¿Verdad muchachos?

—Sí, mi general —contestaron todos al unísono.

Acto seguido, Eugenio Martínez se dirigió de regreso a caballo a la Ciudad de México.

Villa, por su parte, se dirigió con su gente a tomar posesión de la hacienda Canutillo.[223] Así se cerraba una etapa más de la revolución mexicana y se cumplía uno de los más caros proyectos dentro de la política de pacificación del gobierno federal interino.

Álvaro Obregón se había opuesto al perdón concedido a Villa. Exigía castigo, principalmente por ser Villa el único responsable de la expedición Pershing. Sin embargo, Adolfo de la Huerta continuó exitosamente hasta sus últimas consecuencias con su política pacificadora.

En cierta mañana, Manuel Peláez, se presentó inopinadamente en el despacho del Presidente Interino. También había depuesto las armas. Solicitaba una audiencia.

—Nadie puede negarle a usted nada —comentó Peláez—. Yo abandoné las armas cuando entendí que los destinos de la patria estarían asegurados en sus manos. Usted profesa un contagioso amor por México. El mejor patrimonio de mi país, el petróleo, fue rescatado del incendio carrancista. Si hubiéramos dejado a Carranza aplicar todas sus políticas petroleras, hoy día no se exportarían los millones de barriles anuales que nutren con dólares e impuestos al Tesoro nacional. Con Carranza nos hubiéramos quedado sin petróleo y sin recursos económicos para financiar este país. Espero que esté usted orgulloso de mi actuación.

Adolfo de la Huerta se negaba a discutir la actitud asumida por Peláez durante la existencia del estado petrolero, jefaturado por él mismo durante siete años. El Presidente de la República sólo buscaba su rendición incondicional y de ahí que esquivara cualquier discusión, que bien podría ser comprometedora y riesgosa.

—Mire usted, mi general Peláez —contestó el Presidente—, la política de pacificación ya empieza a rendir dividendos. Anoche me anunció Genovevo de la O, en su carácter de General en Jefe del Ejército Zapatista, también la deposición de las armas a cambio de la paz y de tierras para trabajar. En esta ocasión sí habrá reparto agrario, a diferencia de los regímenes maderista, huertista y carrancista, donde no se repartió absolutamente nada.

—Le felicito, señor presidente. Debo decirle, por mi parte, que la región petrolera también ha quedado en paz —señaló Peláez en clara búsqueda de reconocimiento.

—Eso mismo pretendo para todo el país —repuso el presidente—. Ya ve usted, cuando Carranza mandó matar a Zapata, sentó un grave precedente: al enemigo se le aniquila de cualquier forma. Esa actitud es la que debemos desterrar. No más muertes ni traiciones ni violencias.

De la Huerta recordó a Peláez el tratamiento que la prensa había concedido a don Pablo González al sentenciársele a muerte por insurrecto. Explicó que posteriormente lo había perdonado por su destacada actividad como militar y por su fidelidad a la verdadera causa constitucionalista.

De la Huerta le había conmutado a Pablo González la pena de muerte por el destierro, en virtud de no haber aparecido como candidato en la siguiente campaña presidencial, haber endosado a mayor abundamiento el voto de todos sus prosélitos y por haber puesto bajo las órdenes del Gobierno Federal el 50% de la fuerza militar que él representaba.

—Sus habilidades, señor presidente, su calidad moral y su capacidad de convencimiento quedaron al descubierto cuando vi a Pablo González conversando con Genovevo de la 0, aun cuando este último sabía que González había sido el autor intelectual de la muerte de su jefe —concedió Peláez.

Ya lleva usted, don Adolfo, grandes éxitos en su haber. Tiene usted controlado el movimiento zapatista. Francisco Villa, Pablo González y Manuel Peláez estamos ya comprometidos con usted. Sólo le falta Félix Díaz —repuso el otrora incondicional de los inversionistas petroleros—. Yo puedo ayudarle a…

—No, mi general, no se moleste. Tengo todo arreglado para convencerlo y, de hecho, ya lo logramos. El exilio ha sido aceptado por él. No quiero aprehenderlo ni juzgarlo ni fusilarlo. Dije que la paz, y la paz tendremos. Con la salida de Félix Díaz habré logrado prácticamente la pacificación total y me encontraré de frente con la etapa de la reconstrucción. En seis meses no podré hacer más.[224]

—Será suficiente, don Adolfo. Este país —dijo seguro de sí Peláez— le vivirá eternamente agradecido por dos razones de verdadero peso: la primera, a usted se le debe el derrocamiento de Carranza, el máximo traidor de la historia de México; y la segunda, por haber aportado aquella paz que sólo conocimos en el Porfiriato, después de diez años de sangrienta locura revolucionaria.

—Son excesivos los calificativos que usted vierte sobre la figura de Carranza —replicó con gravedad el presidente—. Su máximo error fue no haber aceptado el fin de su gestión oficial y, consecuentemente, el de su poder político. Trató de desconocer a las verdaderas fuerzas políticas de este país y pereció aplastado por ellas en su terca ceguera.

Peláez guardó un estratégico silencio y sonrió. Prefirió no hacer ningún otro comentario al respecto. Se concretó a recomendar la necesidad de tener mano dura con los petroleros.

—Señor presidente, esa gente es capaz de todo por un dólar o por un barril de petróleo. ¡Créame! Los conozco después de seis años.

—Me supongo, general Peláez, que si alguien conoce a esa gente de sobra, ése es usted. —Inmediatamente se puso de pie el joven Primer Mandatario—. Le agradezco mucho la visita y le suplico tenga usted la amabilidad de hacer correr la voz en relación a la deposición de todos los generales carrancistas y del licenciamiento de sus tropas, aproximadamente cincuenta mil hombres. Ha llegado la paz. Dígalo usted en todas partes.

Peláez casi cerraba la puerta del despacho presidencial, cuando De la Huerta le dijo:

—¡Ah, mi general! Tengo un buen motivo de agradecimiento con usted.

Peláez sonrió vivamente. Tenía la perilla de la puerta en su mano. Volteó satisfecho pensando en su gestión al frente del estado petrolero.

—Usted dirá, señor presidente.

—Le reconozco su participación activa en el desfile de adhesión al cargo de Presidente de la República con el que los representantes populares me distinguieron.

—Sí señor, sí —comentó desilusionado Peláez—. Estoy a sus órdenes.

De la Huerta volvió a su escritorio. En él aparecía, ahora, una sonrisa sardónica.

Como era previsible, Álvaro Obregón ganó sobradamente las elecciones presidenciales. En los últimos días de 1920 se preparaba a tomar posesión del cargo en la Ciudad de México, donde había sido invitado a un amistoso desayuno en casa del presidente saliente, su paisano, Adolfo de la Huerta.

Desayunaban en una soleada terraza situada al fondo del jardín de mediano tamaño, en una mesa cuidadosamente arreglada, sobre la cual destacaba una pesada base de metal que contenía una selección de la más rica fruta mexicana, tal como chicos zapotes, mameyes, chirimoyas, tunas, nísperos, chabacanos, manzanas, peras y dominicos.

Ambos comensales paladeaban detenidamente los distintos sabores y carnosidades de las frutas.

—Mira, Adolfo —decía el Presidente Electo—, si quieres vivir muchos años, come fruta, fruta y sólo fruta. Desde pequeño aprendí a apreciar todas sus virtudes.

—Me da mucho gusto haber acertado en la primera parte del menú, porque en ese caso ya no tengo la menor duda de que me coroné con el plato fuerte —comentó grato y obsequioso De la Huerta.

—No me digas que tu mujer nos preparó machaca —dijo ilusionado Obregón.

—Así es, querido paisano. Hoy quise honrar y recordar algo de nuestra tierra. Espero que no la encuentres muy picante. También te mandé hacer tortillas de harina.

—No te preocupes, Adolfo, bien sabes que me gusta lo picante… hasta en la política.

El Presidente Interino, al constatar el estado de ánimo de su comensal, decidió empezar de inmediato la plática por la cual había convocado al desayuno.

—Debo confesarte, Álvaro, que mi gestión al frente del país durante el interinato me reportó inmensas satisfacciones. Hace algunos días platicaba yo al respecto con un anticarrancista de hueso colorado, quien se había levantado en armas simultáneamente a la caída de Victoriano Huerta. Ni siquiera esperó a las nuevas elecciones. Nunca quiso oír nombrar a Carranza…

—Entre los que se me ocurren con esas características, sólo puede ser Manuel Peláez, exclamó Obregón, mientras colocaba entre una servilleta doblada, bordada a mano, una tortilla "bien caliente".

—Cierto, Álvaro, lo que no sabes, lo adivinas. Pues curiosamente ante él hice un fugaz balance de mi campaña de pacificación para lograr una más rápida divulgación de sus alcances.

En su orden el triunfo más sobresaliente del Interinato lo constituye la transmisión pacífica del poder a quien verdaderamente representa la voluntad política mayoritaria de este país. Un cambio civilizado de poderes federales en México, sin levantamientos peligrosos, ni asonadas, ya es una efeméride digna de tomarse en consideración en los últimos 50 años. Don Porfirio le arrebató el poder a Lerdo de Tejada; a don Porfirio se lo quita Madero, a Madero, Victoriano Huerta, a Huerta, Venustiano Carranza y nosotros a este último por su insaciable voracidad política y desconocimiento de la idiosincrasia y de las instituciones nacionales.

Yo te lo entrego a ti —Obregón dejó de desayunar, casí diríase de masticar, esperando una repentina condición proditoria— en la paz y en la tranquilidad, sin la amenaza del carrancismo, es decir, sin un fuerte grupo de oposición que aun cuando acéfalo, pudiera ser peligroso. Puedo decirte que ha quedado enterrado el carrancismo con sus virtudes y sus defectos.

Obregón continuó con el desayuno para aparentar poca atención a las palabras de su interlocutor. Dejar de comer se traduciría en un excesivo halago. Volvía a respirar.

—Pero no sólo eso, Álvaro —continuó De la Huerta sin probar bocado—. El villismo, como tú bien lo sabes, ha sido totalmente desmantelado —continuó orgulloso De la Huerta—. El movimiento zapatista también quedó desarticulado al quedar satisfechas las peticiones de Genovevo de la O. Pablo González vive en paz en el exilio, al igual que el intransigente incendiario de Félix Díaz.

No había la menor duda de que el Presidente Interino deseaba dejar una clara constancia de sus logros al frente del poder Ejecutivo. Obregón se preguntaba en silencio las razones de semejante proceder.

—Finalmente —concluyó De la Huerta—, entregó las armas el general Peláez y recuperamos a la soberanía nacional su "Estado Petrolero", que tamos dolores de cabeza causara a Carranza. Como ves, creo que podrás enfundar tranquilamente tu espada y proceder en paz a la reconstrucción de nuestro país.

Obregón le contestó con su conocido sentido del humor:

—Mira, Fito, si tuviera dos manos me habría comido todos los tacos de machaca. Pero al tener sólo una, tardo el doble de tiempo en la preparación y sólo por esa razón te quedó algo de desayuno.

El presidente saliente se sintió agredido por el viraje en la conversación.

—Sin embargo —continuó Obregón—, ahora cambiaremos de papeles...

De la Huerta esbozó una forzada sonrisa y prefirió protegerse en el suculento desayuno.

—Eso es, Fito. A eso me refiero. Ahora a mí me toca hablar y a ti escuchar y comer.

De la Huerta descansó. Obregón nunca captó el sobresalto.

—Buena atención puse durante mi campaña en el desarrollo de tu gobierno. Lo dejas sólido, con una buena imagen y sobre todo en la paz. La gente te respeta y todos te estamos muy agradecidos. Yo no podría pensar en iniciar la reconstrucción nacional si tú no hubieras preparado el terreno con tanta oportunidad y tino.

Tú me ahorraste tiempo, mucho tiempo, dinero y desgaste político. Te estoy muy agradecido por tu gestión, por tu lealtad y por tu patriotismo —comentó Obregón sin retirar la mirada del rostro de De la Huerta para estudiar la menor contracción muscular.

—Por todas esas razones —continuó Obregón satisfecho— y por toda la experiencia política y financiera adquirida por ti durante el Interinato, he llegado a la conclusión de impedir tu regreso a nuestra tierra, es decir, a la gubernatura de Sonora.

De la Huerta miró con ansiedad a Obregón.

—Eres más útil al país —continuó el Presidente Electo— desde la perspectiva federal que desde la local. En estos momentos, Fito, en esta coyuntura política por la que atravesamos, son mucho más convenientes tus servicios a nivel nacional que estatal, por lo que he resuelto nombrarte, si tú no tienes inconveniente, Secretario de Hacienda. Sin recursos financieros y sin habilidad política no lograré reconstruir México —exclamó Obregón con el ánimo de halagar a De la Huerta—. Tú tienes la capacidad para obtener los primeros. Conociste a las autoridades norteamericanas y a los dueños del dinero durante el Interinato. Respecto al segundo requisito, la opinión pública puede dar buena fe de tu sensibilidad.

—Pero, Álvaro, mi estado natal me espera y me necesita.

—El país también te necesita. ¡Yo también te necesito!, de modo que te suplico seas tan gentil de aceptar mi oferta.

De la Huerta aceptó. Una sonrisa incontenible apareció en sus labios para ocupar, posteriormente, todo su rostro.

Obregón estaba honestamente convencido del desempeño político de De la Huerta. Deseaba retenerlo a su lado además por su lealtad y honestidad demostradas.

—Tengo todos los motivos para distinguirte con ella. Estimo fundadamente tu capacidad negociadora; los grandes banqueros norteamericanos y el Departamento de Estado no se imaginan la calidad del enemigo con quien ventilarán nuestros graves problemas financieros.

—De ellos depende el éxito de nuestro programa de reconstrucción —dijo el Presidente Interino—. Los norteamericanos dicen cuándo se presta y cuándo se paga. Los únicos proveedores de dinero para financiar la reconstrucción se encuentran en Estados Unidos.

—Eso debemos entenderlo con claridad. ¿Estoy en lo cierto, Fito?

—Tú mejor que nadie lo sabes, Álvaro. El punto es indiscutible.

Un mesero se acercó a servir café en la taza del Presidente Electo, quien contemplaba la maniobra atusándose pensativo el poblado bigote. Ambos políticos guardaron un cuidadoso silencio y volvieron a la conversación cuando se sintieron nuevamente solos. De la Huerta volvió a enhebrar la aguja:

—En Estados Unidos existe toda una organización perfectamente vertebrada e integrada para lograr el sometimiento incondicional de nuestro país a las exigencias económicas de ellos. En pocas palabras, el propósito de los norteamericanos consiste en convertirnos en un engrane más de su imponente maquinaria capitalista, ante la cual nadie de mediana inteligencia debe oponer la menor resistencia, ni esgrimir argumentos emotivos, como podrían ser los patrióticos, en su defensa. Los norteamericanos son hombres de negocios.

—¿A qué viene toda la explicación, Fito?

—A que nosotros necesitamos préstamos en dólares y ellos no estarán dispuestos a entregártelos ni permitirán que un tercero lo haga mientras no se les garantice legalmente el saqueo de nuestros recursos naturales.

—Los préstamos fluirán cuando haya sido reconocido oficialmente tu gobierno por ellos, es decir, cuando hayas renunciado a las grandes conquistas de la revolución y enajenado la soberanía nacional.

—Es muy agresivo tu punto de vista —exclamó Obregón, mientras secaba el café de su boca con una elegante servilleta bordada—. El reconocimiento diplomático para ellos, por lo visto, es sólo una mercancía más.

—En efecto, Álvaro, para ellos no es otra cosa. Ve mi propio caso. El Departamento de Estado, coordinado con el Senado norteamericano y con los prepotentes hombres de empresa, resolvió negarme la gracia de la existencia legal de mi gobierno, mientras no dejara yo a sus chicos meter sus cochinas manos bajo las faldas de nuestra patria. Obviamente no lo permití y mi gobierno —advirtió sin ocultar su irritación— pasará a la historia como ilegal, sólo porque una banda de poderosos comerciantes no se dignaron descubrirse la cabeza para saludarme. Falso, Álvaro, falso. Yo soy quien le da o no la legalidad a mi gobierno, no ellos. Nadie tiene la capacidad moral para erigirse en juez de mi gobierno, ni ellos —terminó airado, De la Huerta.

—Lo vital, Fito, es lograr que el pueblo constate nuestro esfuerzo y capacidad, que pueda palpar materialmente los avances dentro del proceso de reconstrucción.

De la Huerta enmudeció.

—¿A cambio de qué? —preguntó de inmediato—. ¿A cambio de renunciar a las conquistas de la revolución? ¿Y sólo por un puñado de dólares que te instalarán en la indignidad histórica? Cuidado Álvaro, cuidado.

—No, Adolfo. No es ésa mi intención.

"Cuántas cosas podría hacer un político si no lo detuviera vanidosamente la historia", pensaba para sí. "El temor de los políticos al juicio histórico es la mejor garantía de seguridad para los gobernados. ¡Ah de los países cuyos líderes no temen la condena irreparable de la posteridad!"

—Mira, Fito, tranquilízate para que podamos entendernos más rápidamente. La verdadera habilidad política consiste en la consecución de tus propósitos con el mínimo desgaste posible de tu imagen, de tu poder y de tu personalidad. Nosotros, tú y yo, deberemos obtener el reconocimiento diplomático de los Estados Unidos y, en consecuencia, del resto del mundo, sin sacrificar nuestro prestigio ni inmolarnos con leña verde ni, mucho menos, comprometer a la patria con pactos económicos inamovibles y catastróficos para las generaciones subsecuentes.

Adolfo de la Huerta se tranquilizaba lentamente.

Durante mi campaña electoral conocí aún más de cerca las carencias de nuestro país. En la guerra era más comprensible la miseria y la destrucción. Ahora debemos educar a la gente y progresar en el terreno económico.

El Presidente Interino deseaba escuchar en voz de Obregón la verdad de su política económica. Decidió en consecuencia no interrumpirlo.

—No quiero caer en la indignidad, como tú dices, pero tampoco deseo ver a nuestra gente en el hambre, ni siquiera ver a mi gobierno etiquetado como ilegal o instalado vergonzosamente en el exilio, gracias al apoyo concedido por los Estados Unidos a mis enemigos ante mi intransigencia y mi incapacidad política. No quiero los extremos, Fito. Sujetémonos a los beneficios de la negociación decorosa y perspicaz. Negociemos. Para eso contamos con inteligencia y habilidad.

—Sí, Álvaro, sí. Sólo que los petroleros siempre repiten: abrogación del 27 igual a reconocimiento; no abrogación, no reconocimiento. Debemos entender que ellos son los que dictan la política exterior de los Estados Unidos, sobre todo en el caso de la próxima administración republicana. Antes que discutir con las autoridades diplomáticas norteamericanas, debemos charlar con los petroleros.

—Ellos tienen una sobrada capacidad para provocar severos problemas internos al Presidente de los Estados Unidos —agregó De la Huerta sin el menor intento de detenerse—. Todo el poderío militar yanqui del gobierno de los Estados Unidos estará siempre orientado a proteger a ultranza a sus polluelos en el extranjero, se atropelle a quien se atropelle, se golpee a quien se golpee, con razón o sin ella.

—No olvides, Fito, que como Presidente Electo fui a una breve gira por Texas para mover algunas fuerzas políticas en favor del reconocimiento de mi gobierno. Ahí me recibieron los petroleros en pleno y tuve la oportunidad de conocerlos en lo personal. Me percaté, por primera vez, de las dimensiones de la feroz lucha político-diplomática que deberemos enfrentar por la temeraria intolerancia de esos industriales —exclamó Obregón sereno, con el ánimo de demostrarle a su futuro Secretario de Hacienda el nivel de conciencia que tenía respecto a su posición política—. Estoy contigo, Fito: son hombres peligrosos con picaporte en la Casa Blanca. Son reaccionarios, egoístas e intransigentes. Pero, como dicen por allá en el norte —advirtió humorísticamente Obregón—: Para uno que madruga, uno que no se acuesta.

Obregón prefirió no hablar más del tema y concluyó:

—Espero, muy pronto, que el señor Secretario de Hacienda mexicano me vuelva a convidar a una machaca tan suculenta… Me voy satisfecho por la charla, contento por la aceptación de tu nombramiento y optimista por la iniciación inmediata de las negociaciones en los Estados Unidos del servicio de nuestra deuda pública.

—Estás loco, verdaderamente loco, Edward —repuso Helen descompuesta por el coraje—. ¿Tú de veras crees que te voy a permitir que mi cara y mi vientre se me desfiguren? ¿De verdad lo piensas? —preguntó la famosa actriz enfundada en una bata azul clara de seda que dejaba ver su exquisita ropa interior mientras se desplazaba de un lado a otro de la habitación.

Edward McDoheny guardaba un silencio desconcertante. Era imposible saber si preveía o no semejante respuesta de su amante.

—¿De verdad piensas —continuó Helen sin bajar el tono de voz que voy a subir quince o veinte kilos de peso sólo por tu caprichito de tener un bebé? ¡Ni muerta! Edward, ¿me oyes? ¡Ni muerta! ¡Mira mi figura! ¡Mírala! —gritó mientras se abría la bata impúdica y rabiosa.

McDoheny la observaba unas veces con mal disimulada indiferencia, otras con un coraje que por momentos parecía ya ser incontrolable.

—Tú mejor que nadie conoces mis sufrimientos con mis dietas. Sabes las horas que paso encerrada en el sauna y luego en el fastidio de la gimnasia; las horas frente al espejo al lado de las cremas y afeites, para luego dormir incómoda, boca arriba, para no embarrar las almohadas con los maquillajes.

¡Ésa no es vida, Edward! y tú lo sabes. Por eso me sorprende que te hayas atrevido siquiera a sugerírmelo.

—Pero mi amor —empezaba McDoheny su labor de convencimiento haciendo acopio de paciencia.

—A ti no te son ajenas todavía —interrumpió Helen— mis abstinencias ni mis represiones para poder gozar de un físico envidiable y seguir acaparando la concurrencia del público a las taquillas y tú, precisamente tú, vienes a proponerme que destroce mi vida, mi futuro y mi mejor patrimonio —concluyó sin voltear a ver al petrolero mientras se servía un whisky en las rocas al tiempo que su bien torneada pierna derecha asomaba atrevida fuera de la bata.

—Tú no tienes más patrimonio que yo —respondió McDoheny, ahora sí disgustado.

—¿Tú mi patrimonio?, ja, ja, ja —exclamó la estrella cinematográfica sarcásticamente—. Tú no eres sino un pozo de petróleo en mi vida y cuando te seques buscaré otro con un manantial más rico que tú.

—¡Helen!

—¿Qué?

—¿Te has vuelto loca?

—Obviamente no. —El tono de su voz delataba con fidelidad un grado de coraje desconocido en ella—. ¿Alguna vez yo te he pedido el endoso a mi favor de las acciones de tus empresas?

—¡Claro que no!

—Entonces, ¿cómo intentas disponer de lo mejor de mí? Cuando todo mi público me vea retratada con una panza horrorosa y las fotografías con mi cuerpo deformado recorran todo el país, no volveré a recibir una llamada de Hollywood y mi público buscará un nuevo ídolo para amarlo y adorarlo.

—¿A mí qué mierda me importa tu público? Yo quiero un hijo, un varón.

—Para ti será una mierda, para mí es la única justificación de mi existencia, ¿lo entiendes? —preguntó en plan cada vez más retador—. Mi público lo es todo. Cuando nadie se acerque a una taquilla para verme en la pantalla habrá terminado mi vida.

—¿Y yo?

—Tú, Edward, eres mi halo y nada más. Sirves para decorar más o menos mi imagen y contribuyes al comentario respecto a mi persona. Me ayudas a mantenerme en la boca de la gente. Eres la fuente del morbo que requiere toda actriz dentro de su vida privada para provocar la envidia sexual y el rumor dentro del estrellato. Solamente ayudas a decorar mi vida. Entenderás mi necesidad de contar públicamente con un galán, ¿o no?

—Eres una bruja. Me has usado durante todo este tiempo.

—No vengas ahora con inocentadas ni con candores hipócritas. Tú me has usado de igual forma. ¿O crees que yo no sé cómo visto tu imagen ante tus socios y clientes? ¿Crees que no me doy cuenta cómo me miran? ¿Crees que al verme no te envidian como envidian tu dinero y tu éxito? ¿Crees que no te envidian porque eres el dueño exclusivo de mi sexo? No te engañes, querido, te soy especialmente útil para coronar toda tu riqueza. Te convengo y me convienes. Ésa es la realidad.

—Tú no tienes alma Helen, eres…

—Mira, Edward, no insistas en las cursilerías. Créeme, no es el momento.

—Siempre pensé que la máxima ilusión de una mujer era la de tener un ser humano en sus entrañas, pero tu crueldad y tu narcisismo algún día acabarán contigo, Helen.

—Mi máxima ilusión está en los aplausos cada vez más estruendosos y más nutridos —comentó en tono de ensoñación saturada de sarcasmo—. Mi máxima ilusión radica en aparecer en las portadas de las revistas, en acaparar la atención de los periodistas y en firmar miles de autógrafos. ¿Te es claro? ¿Y tú crees que yo voy a renunciar a todo esto por darte un bebé que me desfigure los pezones y destruya mi cuerpo, mi cuerpo, mi mejor patrimonio? ¡Vamos, hombre!

—Bueno, Helen preciosa, tranquilicémonos —exclamó repentinamente el magnate petrolero mientras se soltaba brevemente la corbata—. Seamos más reflexivos y prudentes. Todo lo dicho en un momento de arrebato no se olvida. —McDoheny procedió a sentarse en el brazo de uno de los sillones de la sala nupcial donde Helen se había dejado caer. El magnate jugaba a hacer círculos concéntricos con el dedo índice sobre la rodilla doblada de la actriz.

—Mira, amor —continuó McDoheny—, en la vida unas veces se gana y otras se pierde. Los años pasan inadvertidamente y en ocasiones lo inentendible se vuelve entendible y lo imposible, factible. Tú debes tener una perspectiva diferente de la vida —comentó con carácter monacal—. Hoy, evidentemente, no necesitas un niño, pero según pase el tiempo irás teniendo la necesidad de verte en alguien y a ese alguien le daré todo, absolutamente todo para ser feliz. ¿A quién vas a entregar la estafeta y el resumen de tus experiencias, de tu éxito? ¿Se va a desperdiciar? ¿Nadie lo va a aprovechar?

—Sí, Teddy, pero yo...

—Déjame terminar, mi amor —interrumpió suavemente el petrolero—. Tú disfrutarás a un hijo cuando, gracias a tu ejemplo, tus consejos y tu dirección, sea un triunfador en el camino que haya deseado seguir. Tu vejez será una vejez plena y refrescante. Debes hacer un esfuerzo, mi amor, en función de tu futuro y el mío. Yo, por mi parte, también estoy dispuesto a hacer el esfuerzo.

—¿Tú? ¿Cuál? Si yo soy la que padeceré la ruina y la burla.

—Por eso mismo yo deseo compensarte de todo tu malestar.

—No me digas ahora que deseas casarte conmigo, Edward.

—No, mi amor, no. Eso ya lo tenemos muy hablado —exclamó sonriente el magnate, echando mano de sus más refinadas cualidades histriónicas.

—¿Entonces, Teddy? —preguntó más sorprendida que tierna.

Helen se resistía a quedar embarazada de McDoheny para evitar un vínculo de dependencia aún mayor del existente. En realidad, muchas veces no lograba ya entender las ligas que le sujetaban tan firmemente al petrolero. Unas veces podía sentir la agonía ante la ausencia prolongada del magnate; otras, deseaba estar sola en su residencia, sola en su más íntima soledad.

—Mira, Helen, he pensado en depositar un millón de dólares en una cuenta a tu nombre en Nueva York. Para tus alfileres, claro está. Yo quiero además que tú también sepas a qué sabe el petróleo mexicano.

Helen se levantó como lanzada por un resorte. Se dirigió a la cómoda *bull* para servirse otro vaso de whisky con el ánimo de calmarse. Parecía descontrolada. Acto seguido se dirigió con la bata semiabierta hacia el petrolero.

¿Quién resiste una oferta de un millón de dólares?, se preguntaba ansioso.

Helen, ya fuera de todo control, arrojó sin más el contenido del vaso sobre el rostro de McDoheny, quien de inmediato se llevó ambas manos a los ojos, presa de la confusión, producida por la desagradable sorpresa.

—¡Eres un cerdo! Venir a sobornarme a mí para que te dé un hijo. Venir a comprarme como si yo fuera uno de tus politicotes. ¡Eres un cerdo! —gritaba desaforada y fuera de sí—. Y tú diciendo que yo no tenía alma. Pues óyelo bien, tú no eres un ser humano, eres una basura, ¿me entiendes? ¡Basura! Sólo basura. A un hijo se le engendra por cariño y con amor, no con dólares, maldito cochino. ¿Crees acaso que yo voy a traer al mundo a un niño para que vea el medio y la vida donde viven su padre y su madre? —McDoheny se limpiaba lentamente el rostro—. Tú quieres un administrador de empresas, pero no un hijo. ¡Cómpraselo a otra puta, a mí ya me prostituiste y tu dinero ya sólo me sirve para despreciarte más!

De pronto el vaso de Baccarat se hizo astillas contra la repisa de la chimenea, al tiempo que una sonora bofetada sonaba en el rostro de la afamada actriz, quien salió proyectada violentamente al piso, donde un tapete color caoba contrastaba con su cabellera rubia desordenada.

Al instante McDoheny se llevó la mano a la frente. Su rostro angustiado reflejaba su arrepentimiento. No sabía cómo consolar a Helen ni cómo explicar su conducta. Estaba paralizado y poseído de una gran ternura. Recordó su soledad, sus sentimientos inconfesables hacia Helen, sus únicos momentos de felicidad, los extremos confusos de su pasión hacia ella, unas veces escasa, otras desbordada. ¿Qué hacer? ¿Salir dando un portazo y continuar la jugada? Era una carta riesgosa y cara. ¿Arrodillarse y pedir perdón? ¿Él? ¿El famoso magnate temido por su influencia en la Casa Blanca, en el Congreso americano y en el Castillo de Chapultepec? No, no se disculparía. ¡Eso nunca!

Repentinamente, movido por el instinto, actitud extraña en él, se inclinó sobre ella y empezó a murmurarle al oído con los ojos llenos de lágrimas.

—Perdón, Helen, perdóname.

—Bestia —le dijo ella dentro de su llanto compulsivo—, eres una bestia —repuso mientras rodeaba el cuello del petrolero con sus brazos, como quien se resigna a una muerte lenta—. Bestia. ¡Mil veces bestia! —repetía mientras balbuceaba y lloraba con amargura.

McDoheny acusó la respuesta besando sin detenerse todo el rostro de la actriz, como si quisiera absorber todas las lágrimas de un solo movimiento. Sólo encontró la boca húmeda de Helen, suplicante, ciega. Al besarla, su mano recorrió vertiginosamente su cuerpo, despertándolo, excitándolo, provocándola agresivamente.

—Yo que había jurado destruirte, maldita perra de los infiernos. Ven, ven mi amor. Acércate. Soy yo, Teddy. Tócame también tú…

Adolfo de la Huerta entregó el 1o. de diciembre de 1920 la banda tricolor al general Álvaro Obregón, quien fiel a su promesa concedió al presidente saliente la cartera de Hacienda, a Plutarco Elías Calles, su otro paisano, la de Gobernación y a Pascual Ortiz Rubio la de Comunicaciones y Obras Públicas.

Entre los hombres de su equipo original faltaba la designación de uno de ellos, elegante escritor, culto y popular: José Vasconcelos, designado, según se especulaba, con la cartera de Educación Pública.

Vasconcelos hacía constantes visitas al Secretario de Hacienda para intentar hacerse de recursos económicos y financiar así una ambiciosa campaña educativa que sentía justificadamente inaplazable en función del ínfimo nivel de alfabetización prevaleciente en el país, heredado por aquellos años de la larga dictadura y de la devastadora decena revolucionaria.

—Tú sabes —insistió ante el ex presidente— la importancia de la educación en cualquier país, pero más, mucho más en éste donde el 80% de su población es analfabeta.

El general Obregón ha reconocido esta situación al restablecer el Ministerio de Educación, abolido, con torpeza inaudita, por Carranza. Al concederle el rango de Ministerio, le acredita la trascendencia política que tiene —subrayó ufano el escritor.

—Cuenta conmigo, Pepe, en todo aquello que se encuentre a mi alcance. Comparto tu punto de vista y lo apoyaré presupuestalmente hasta donde me sea posible. Siempre he pensado que nuestro país se hubiera evitado muchos tropiezos, mucha sangre, represión, violencia y vejaciones internacionales, de haber contado con ciudadanos educados, con una cultura media, con una profesión, por lo menos en un 40% de la población económicamente activa.

—¡Claro, Adolfo, claro! —respondió entusiasta Vasconcelos—. ¿Quién fabrica las máquinas ferrocarrileras? Desde luego quien tiene la tecnología y los recursos económicos para financiar ese tipo de proyectos. ¿Qué es la tecnología? ¡Es educación! Sin educación no hay tecnología y sin tecnología no hay evolución; pero sin evolución estás en manos de terceros que te explotan sin ningún sentimiento de compasión y todavía te precipitan más en el imperio dantesco del hambre y de la ignorancia.

La libertad se adquiere a través de la educación. No es posible independizarse de nada ni de nadie, sepultado en la ignorancia. Sólo el saber nos hará libres. El nivel de cultura te indica el grado de civilización de un país y el tipo de gobierno necesario de acuerdo a su grado de información. El analfabetismo va de la mano con la esclavitud y con la dictadura. La democracia sólo se da donde hay cultura y educación. La cultura conduce a la libertad y sólo en la libertad es posible el progreso y el desarrollo —agregó vehemente el recién nombrado Secretario de Educación.

—No hay necesidad de convencerme, Pepe. Estoy contigo.

Sin embargo, Vasconcelos parecía dispuesto a todo. Disparaba un argumento tras otro para no dejar dudas respecto a su desafiante actitud ni mucho menos respecto a la trascendencia del problema planteado.

—De acuerdo, Adolfo. Sin embargo, yo no sólo necesito tu apoyo político sino también el económico. Necesitas concederle una prioridad presupuestal a la educación nacional antes que a ninguna otra actividad gubernamental. No haré nada sin dinero y tú eres el dueño del dinero. Es inaplazable empezar un programa masivo de construcción de escuelas a lo largo y ancho del país. Escuelas rurales, municipales, citadinas. Escuelas tecnológicas, normales, agropecuarias. Escuelas de arte, música, danza y poesía; primarias, elementales. Escuelas, escuelas, todas las escuelas. Sensibilicemos a nuestro país. Editemos a los griegos. A Homero, Esquilo, Eurípides, Platón; también a Dante y a Goethe. Tendremos que repartir cientos de miles de ejemplares de sus obras, para lo cual necesitaré dinero.

—Te daré todo lo que racionalmente pueda —repuso sonriente De la Huerta—, pero ya ves que Obregón dice que en lugar de darles a leer al tal Eurípides o Esquilo, mejor les damos de comer tortillas y frijoles.

—No le hagas caso al presidente, siempre anda con sus bromas, pero en el fondo reconoce mi labor —agregó tangencialmente Vasconcelos.

No sólo de pan vive el hombre —continuó el Secretario de Educación—. Tú gasta tu dinero en mi Ministerio. En ningún lugar estará mejor invertido, aun cuando sea un proyecto a largo plazo. Compara la Tesorería de países como los nuestros, contra la de los Estados Unidos. Te podría vaticinar —concluyó seguro de sí mismo— que si hay bancarrota crónica hay ignorancia masiva, analfabetismo, instituciones políticas embrionarias, apatía por la cosa pública y viceversa.

—Asómate ahora mismo a las finanzas europeas, explicó De la Huerta.

—Es una situación especial de la postguerra. Yo fui claro al señalar una bancarrota crónica. Sin embargo, en ese mismo orden de ideas puedo decirte, ¿cuánto tiempo piensas que tardaremos los mexicanos en volver siquiera a los niveles del Porfiriato, en donde la miseria acompañaba permanentemente a un 80% de la población?

—Tu comparación no es válida.

—¿Por qué, si ambos partimos de la destrucción total? Europa también quedó semidestruida —adujo Vasconcelos.

—En efecto, José, pero no partimos de igualdad de circunstancias. Ellos ya fueron potencias y nosotros no.

—Sí, pero ahora están hechos polvo, igual que nosotros.

—En Europa existe otra conciencia del trabajo, otra imagen de su país, otro concepto de la identidad nacional, en fin, José, otra idea de la solidaridad, otros principios cívicos —adujo De la Huerta, decepcionado.

—¿Y cuál es el común denominador de todo ello, Adolfo? Educación. Educación —tronaba Vasconcelos con vehemencia—. ¿Cómo pretendes enseñarle a un indio yaqui las teorías cívicas de la identidad nacional si no sabe leer ni escribir? Su panorama general de nación se reduce a sus milpas.

¿Cuál conciencia patriótica vas a invocar para efectos de la reconstrucción nacional si ni siquiera sabes la composición ni la integración ni la extensión del país en donde vives? ¿Cuál concepto de nación manejan los yucatecos o los yaquis o los rancheros de la Huasteca o los peones de las haciendas de Chihuahua? La identidad nacional, ingrediente imprescindible para cumplir con las tareas de reconstrucción, exige en forma fundamental e inequívoca la inserción de la educación para sensibilizarnos. Por eso los europeos saldrán antes que nosotros de su pavorosa crisis. Ellos se conocen y saben con lo que cuentan y lo que quieren.

Ahora —concluyó—, ve y pregúntale a un pescador de Veracruz, ¿qué es ser mexicano?, ¿en qué consiste el orgullo nacional?, ¿y qué grado en su escala de preocupaciones le concede a esas inquietudes? —cuestionó el Secretario de Educación.

—Yo te podría contestar... —repuso De la Huerta.

—Si no hay conciencia de nuestra identidad nacional —interrumpió Vasconcelos sin detenerse, sin disculparse—, si estamos desintegrados y dispersos sin una meta colectiva que alcanzar, si no estamos convencidos de la importancia de la reconstrucción y de sus beneficios, porque no nos comunicamos y porque el propósito sólo es conocido por las capas superiores cultivadas o, por lo menos, alfabetizadas, fracasaremos, Adolfo, fracasaremos. Necesitamos que todos participen en todos nuestros propósitos, convencerlos y prepararlos para el esfuerzo. Sólo así lograremos el éxito y todo ello se resume en una palabra: E D U C A C I Ó N —casi deletreó Vasconcelos.

—Lo sé. No son necesarios más argumentos —repuso con simpatía, pero no menos cansado De la Huerta—. Te prometo mi mejor esfuerzo. Te lo aseguro. Yo, por mi parte, debo contar con tu comprensión. La postguerra mundial ha producido una terrible depresión internacional que, junto con nuestra desastrosa situación económica particular, nos ha ubicado a un paso del colapso económico.

Vasconcelos se preparaba para una negativa fundada; negaría cualquier argumento aun cuando estuviera sólidamente motivado.

De la Huerta explicó pacientemente algunos detalles de la depresión.

—Los braceros regresan de los Estados Unidos en millares sin trabajo y sin dólares y a nosotros nos toca darles empleo cuando enfrentamos una deserción masiva en el campo y desinversión en las industrias. Por otro lado, asistimos también a una caída vertical de los precios de las materias primas que México tradicionalmente ha vendido en el extranjero. 1920 fue todavía un buen año, pero 1921 verá el descenso en los precios de la plata, del cobre, del plomo y su efecto en el crecimiento de las minas, en el propio empleo y en las finanzas públicas. Esperamos una disminución entre un 60 y un 70% en nuestras exportaciones por esos conceptos, y otro tanto en ganado, ixtle, pieles y henequén. Dependeremos fundamentalmente de nuestro petróleo. Nuestra política energética será determinante dentro de nuestros planes de recuperación. El petróleo ha reducido el tamaño del planeta y los Estados Unidos lo tienen sujeto en un puño.

—Yo necesito escuelas —insistía terco Vasconcelos.

—Sí, José, pero te doy una explicación de la situación económica en general —exclamó molesto De la Huerta.

—Te lo agradezco —dijo sonriente Vasconcelos—. Pero más te agradecería si viniera acompañada de un cheque para empezar a comprar tabique, pizarrones y pupitres. ¿No piensas que es mejor dejar de pagar a los acreedores de México, sobre todo a los que le prestaron a las dictaduras, para aumentar los sueldos y las plazas de los maestros rurales? Yo te propongo las mejores inversiones del mundo, con una rentabilidad inimaginable.

—No se puede contigo, José —cedió bromista el alto financiero—. Todo ha sido un monólogo precioso. Has hablado sólo tú, de tus problemas, de tus necesidades, de tus propósitos, de tus agobios, de tu concepción del futuro. Tú, tú, tú, yo, yo, yo —agregó risueño—. Eso me gano por meterme con artistas.

—Y artistas verás, Fito. Verás pintar a Rivera, a Orozco, a Siqueiros. Verás también a Montenegro y al Dr. Atl. Vaciaremos nuestra historia en los murales, y ayudaremos por la vía plástica a la creación de nuestra identidad nacional. —Vasconcelos parecía incontenible—. En Pittsburgh se acaba de inventar la radio. ¿Te imaginas si tuviéramos en México tres o cuatro millones de aparatos? Yo haría una verdadera revolución cultural. Nadie se apartaría del radio durante mis transmisiones. El procedimiento sería más rápido y efectivo. No soy profeta, pero verás el cambio económico y social de los Estados Unidos gracias a ese descubrimiento. Penetrarán en todas las capas sociales con la velocidad del rayo y podrán orientar el rumbo del país con suma facilidad. Mientras que nosotros llegaremos en burro a la sierra, para enseñar primero a leer y a escribir, paso que me podría evitar con el uso de la radio.

—No cuento con esas ventajas —concluyó— pero sí con una gran fuerza de voluntad y con el apoyo económico de mi amigo el Secretario de Hacienda —concluyó infatigable el Secretario de Educación.

—Si los acreedores de México fueran igual de convincentes que tú, mañana mismo le presentaría mi renuncia al presidente —señaló De la Huerta en tono de amable reconocimiento.

—Tú no te irás nunca de aquí, Adolfo. En ti tengo un gran aliado de mi causa. En mí tienes, tú lo sabes, a un admirador que aplaudiría a rabiar la sola emisión de una nueva serie de timbres fiscales.

Cuando De la Huerta despidió cordialmente a Vasconcelos y volvía a su escritorio, pensaba para sí: "¡Qué difícil es negociar cuando los hombres están convencidos de sus ideales! Más difícil aún compartir sus puntos de vista y no poderlos ayudar como sería justo y necesario."

El gobierno de Álvaro Obregón encaró desde un principio los efectos de una parálisis económica internacional, agudo fenómeno depresivo originado en el exterior como el subproducto financiero más importante y delicado de la postguerra. En el orden interno recibió un país pacificado, sí, pero agotado, escéptico y en bancarrota.

El máximo héroe militar de México llegaba a la cúspide del poder precedido de una sólida popularidad política además de un indiscutible prestigio liberal, acreditado durante el proceso constituyente al lado de los "jacobinos" mexicanos.

El famoso sonorense productor de garbanzos debía su atractiva reputación en buena parte a sus comentadas hazañas en el terreno militar.

En un principio, Venustiano Carranza les había entregado de hecho, tanto a él como a Francisco Villa, la administración de las estrategias de guerra. El Primer Jefe había decidido permanecer lejos de los frentes, sobre todo a raíz del fracaso de la Convención de Aguascalientes, donde el abierto rompimiento con Francisco Villa lo llevó al Veracruz intervenido, con el objeto de reordenar su gobierno, su programa bélico y de hacerse de los frescos impuestos aduaneros para financiar su campaña.

Con el derrocamiento de Victoriano Huerta surgió la descomposición intestina entre los propios triunfadores del Plan de Guadalupe y estallaron las hostilidades en las filas del ejército constitucionalista. Obregón se vio obligado a empuñar las armas para destruir la facción que gozaba de mayor arraigo y simpatía popular, pero menos nivel de cultura, de representación y de preparación política para encabezar al gobierno vencedor de la revolución. Villa, temerariamente audaz, pero obvio y reconocido en sus planes de combate, rápido y agresivo, y sin embargo, transparente en sus movimientos, perspicaz e ingenioso, fue presa fácil para quien, sin ser militar, contaba con intuición logística y preciara inteligencia, fría y serena.

Obregón fue coronado día a día con uno y otro éxito logrado en el campo de batalla. Su renombre empezó a despertar los celos en el rígido mundo interior del Varón de Cuatro Ciénagas; la resonancia militar se convirtió en indiscutible prestigio político, sólidamente reafirmado a través de la postura progresista adoptada a lo largo del proceso constituyente, donde se convenció y convenció de su indisputable jerarquía como heredero de las supremas causas revolucionarias.

Carranza, al frente del poder, contemplaba a su otrora subordinado tejer y tejer pacientemente toda una red para facilitar el acceso a la Presidencia de la República al término de su mandato. Organizaba partidos políticos para aglomerar a su favor las diferentes corrientes de opinión con capacidad de influencia al cambio del mando presidencial; defendía con entusiasmo vanguardista, durante una encubierta campaña política, la materialización efectiva de toda la ideología revolucionaria consignada en la Constitución del 17 en contra de la postura oficial intransigente del Primer Jefe. Es decir, capitalizaba políticamente en su beneficio la actitud reaccionaria de Carranza en torno a la ejecución del "supremo mandato del pueblo".

El Presidente de la República observaba con esmerada atención todos los pasos provenientes de Sonora; analizaba con detenimiento la actuación de Adolfo de la Huerta, de Plutarco Elías Calles y de Álvaro Obregón, obviamente. Entendió que la llegada del grupo norteño a la Presidencia de la República significaba no sólo el fin de su carrera política sino el fin de su pretendida influencia tras el trono. Maldecía el odioso postulado del "Sufragio efectivo. No reelección".

El desconocimiento de esa sentencia comprometía su bien lograda figura de estadista: se veía proyectado a la ignominia histórica como uno de los más grandes farsantes de la revolución. Era insostenible la reelección, pero también era insostenible la pérdida del poder.

Ante la ausencia de opciones, trató de desmantelar a como diera lugar la incontenible maquinaria sonorense y se lanzó, cegado por la vanidad y la ambición insaciable, a la retención de una autoridad que se le escapaba como fina arena entre los dedos de sus puños crispados por la angustia y la impotencia. Buscó su habitual refugio en Veracruz para encontrar sólo perfidia, ingratitud y hasta la muerte, ya finalmente anhelada, a manos de sus eternos enemigos.

Se repetía la historia del maderismo. Otro presidente mexicano sucumbía a manos de un prepotente oligopolio extranjero, dispuesto a emprender o a iniciar cualquier acción, desde el magnicidio hasta la intervención armada, a cambio de conservar un patrimonio ahora ajeno, en términos de las disposiciones legales aplicables.

—Quien sostenga que yo mandé matar a un presidente prófugo de sus poderes, no sólo no me conoce sino que además me califica de imbécil —comentaría más tarde Obregón.

Carranza cargaba con una muy buena parte del prestigio revolucionario como vencedor de la dictadura huertista y como inspirador fundamental del proyecto constitucional del 17. Esos eran sus dos más grandes valores ante el populacho. ¿Matarlo, matarlo, cuando yo era ya el único dueño del poder?* Eso es una locura —pensaba inquieto Álvaro Obregón en su despacho presidencial en Palacio Nacional en los primeros meses de 1921, mientras contemplaba el escaso tránsito citadino desde la ventana.

---

* Carranza, como presidente, actuó exactamente contra los deseos de los diseñadores de la Constitución. Como gobierno central no intervino mucho para cambiar los modelos socioeconómicos, sino que por el contrario, frecuentemente trató de retardar los esfuerzos en ese sentido de los gobernadores en varios estados de la República; no obstante, Carranza trató de apoderarse más y más del control político, usando al ejército y al sistema de comunicaciones y ganándose con ello la enemistad de muchos revolucionarios y del pueblo mismo. Obregón. Quien a los ojos del pueblo era el contrapeso del poder de Carranza y el defensor de la libertad de los delegados, era, por tanto, el candidato obvio para convertirse en el campeón de las masas para derrocar a Carranza como presidente. Por esta razón y como su sucesor. Sería un anatema para el propio Carranza. Linda B. Hall, *Álvaro Obregón, power and revolution in Mexico*, Texas University Press, pág. 183.

Al lado derecho, la churrigueresca catedral metropolitana le recordó de pronto el *Te Deum* ofrecido por la Iglesia para celebrar la llegada al poder de Victoriano Huerta, a sabiendas de su responsabilidad en el magnicidio de Francisco I. Madero. "Ya son 8 años del asesinato y todavía me parece que fue ayer. Todo parece más fresco aún, probablemente porque el principal criminal, el tal Cárdenas, se suicidó hace un mes en Guatemala. Al otro, Pimienta, lo mandamos a un Consejo de Guerra."

También recordó que precisamente en septiembre de ese mismo año se celebrarían los cien años de la consumación de la Independencia, mismos que deseaba festejar en grande una vez ya reconocido diplomáticamente por el gobierno de la Casa Blanca encabezado por Warren Harding.

Al lado izquierdo vio un modelo Ford convertible, parado a un costado del edificio de gobierno del Distrito Federal. "Probablemente es el coche de mi general Celestino Gasca". Un primitivo autobús público de pasajeros hizo su aparición, lentamente, por la calle de Plateros, casi al centro del Zócalo capitalino. "El tiempo pasa, ¿quién sabe lo que será de esta ciudad en veinte años más?"

Me pregunto —continuaba Obregón en sus reflexiones— cómo verán las generaciones venideras la muerte de Carranza. Espero que ni lo canonicen como al San Martín de México ni me endosen a mí una responsabilidad histórica de la cual carezco. Evidentemente yo no tenía ninguna necesidad de matarlo, pero mucha menos necesidad tenía yo de proyectarlo, a través de su muerte, a las grandes alturas donde sólo navegan los inmortales.

¿Cuándo me sacudiré estos pensamientos que tanto me desgastan?

Carranza perdió la última oportunidad de pasar a la historia de México elegantemente, como uno de sus grandes próceres, al apoyar a don Nadie Bonillas para la Presidencia. No entendió que era yo, el que arrojó a Huerta del poder, el que tomó la Ciudad de México, el que negoció con Pershing la retirada de la insultante expedición, el que destruyó a Villa. Yo soy el del arraigo. Yo soy el de la popularidad. La gente me quería a mí. El agradecimiento era para mí y yo era el depositario de la mayoría de las voluntades nacionales.

Si Carranza me hubiera entregado públicamente la banda y se hubiera retirado al anonimato, a estas alturas ya hubiéramos honrado su nombre con calles, placas y estatuas como revolucionario inclaudicable, con sus debidas proporciones. Pero se equivocó y me declaró la guerra a mí, al líder del poder militar, líder del Congreso federal y de la mayoría de los gobernadores para efectos del apoyo a mi causa.

Nada vio, nada imaginó, nada supuso. Sólo pensó en el poder. Se suicidó políticamente. Y Álvaro Obregón no va a cargar con la muerte de un terco reaccionario. Juzgaremos a los asesinos, aun cuando al juzgarlos a ellos dejaremos libres a los verdaderos responsables.

Herrero ya carecía en esos momentos de justificación política para asesinar a Carranza. Eso me pone a pensar en dos supuestos: o me querían hacer daño a mí, inmiscuyéndome en el asesinato o alguien más tenía interés en la muerte de Carranza.

Cuando Herrero lo encontró en la sierra para conducirlo a Tlaxcalantongo estaba acompañado nada más de 25 hombres. Carranza ya era un hombre indefenso, en manos de la casualidad. Ya nadie lo seguía. Carecía de fuerza política respetable y de un apoyo militar amenazante. No constituía una preocupación ni un estorbo en mi camino. Eso lo digo yo en mi carácter de titular del poder político. Entonces, si yo no lo ordené, ¿por qué lo mataron? Le ofrecí insistentemente un salvoconducto para salir del país, pero siempre, terco y obcecado, me lo rechazó.[225] ¿Qué temía Herrero de Carranza? ¿Qué insalvable rivalidad impulsó a este rufián a asesinarlo?* ¿Quién temía el regreso de Carranza?

El Presidente de la República fue sacado de sus reflexiones por su secretario particular, quien le indicó la llegada puntual del Ministro de Gobernación a su acuerdo semanal.

—Señor, el general Plutarco Elías Calles ya se encuentra en la antesala.

Sin acusar la menor emoción y sin retirar la cabeza de la ventana, Obregón respondió secamente:

—En un momento más estaré con él.

Acto seguido continuó atusándose el poblado bigote con la mano izquierda mientras la manga del brazo derecho colgaba fláccida ante el vacío de la extremidad. Un coche descubierto, tirado por un caballo, pasó ante aquella ventana que parecía contemplar toda la vida de la República. Reconoció a uno de los banqueros franceses del Banco Nacional de México.

Carranza está muerto y con él se enterraron valiosos reconocimientos diplomáticos de gran importancia económica para México. ¿Cómo vamos a negociar una deuda exterior si los acreedores se niegan

* La interpretación aquí adoptada es que Obregón se afectó auténticamente al conocer la muerte de Carranza, al lesionarse sus esfuerzos para la consolidación política que estaba tratando de efectuar. Por lo tanto, parece razonable que él no tenía por qué mandarlo asesinar y perjudicarse con ello. Algunos de los testimonios que mantienen este punto de vista pueden encontrarse en las siguientes fuentes: Manuel de J. Solís Androaga, entrevista PHO/1/17, p. 27; Daniel Cosío Villegas, entrevista COHC; *El Universal*, Ciudad de México, mayo 9 de 1920, volvió a imprimirse en Luis N. Ruvalcaba (ed.), *Campaña Política del C. Álvaro Obregón, candidato a la Presidencia de la República 1920-1924*, 4:131; Obregón a Sánchez, mayo 8, 1920, Sánchez a Obregón, mayo 11,1920, Obregón a Sánchez, mayo 11, 1920, todo en PHS/72. Linda B. Hall, *Álvaro Obregón, power and revolution in Mexico*, Texas University Press, pág. 285.

a reconocer la legalidad de mi gobierno? Si no redocumento y actualizo todos los créditos contratados, me veré en la imposibilidad de pactar nuevos empréstitos en dólares, marcos o francos, y sin ellos no tendré acceso al mercado de granos ni al de maquinaria ni al de armamento. Necesito estar bien pertrechado para enfrentar cualquier levantamiento. Los carrancistas resentidos no tardarán en prender el fuego, mientras esos malditos banqueros se pasean descaradamente en mi propia nariz.

Álvaro Obregón deseaba negociar los nuevos términos de la deuda pública en México, propósito con el que coincidían evidentemente los bancos acreedores. Sin embargo, la Casa Blanca, ocupada por un nuevo mandatario, Warren Harding, se negaba, en apoyo a las insistentes solicitudes de los petroleros norteamericanos con inversiones en México, a extender el reconocimiento diplomático requerido, salvo que el también nuevo gobierno mexicano accediera a cumplir ciertos requisitos. Obregón pensaba que un enfrentamiento entre los banqueros y petroleros yanquis beneficiaría a México. Insistía por el lado de la negociación de la deuda —a lo cual se negaban los petroleros— para iniciar de inmediato los pagos de la misma y ponía inteligentemente a prueba a ambos sectores para conocer el grado de influencia de uno y otro en la Casa Blanca.

Si logro documentar en otros términos la deuda, por la presión de mis acreedores ante Washington, entonces el reconocimiento de mi gobierno será inminente, sin necesidad de derogar ni modificar ningún párrafo de la Constitución, como exigen los petroleros. Espero ver firmar pronto a Adolfo de la Huerta los términos de los nuevos contratos, porque de otra manera sabré que quienes más pesan en el ánimo de Harding son los petroleros y no deseo tener enfrentamientos con uno de los grupos más poderosos y, por lo mismo, más reaccionario e intransigente de los Estados Unidos. Que Fito presione a los banqueros, el resto caerá solo.

Durante el mandato de Woodrow Wilson, los petroleros habían gozado de mucha influencia en la Casa Blanca, prueba de ello es que casi todos los decretos emitidos por Carranza, emitidos para regular la explotación petrolera carecieron de validez práctica.

Salvo uno que otro impuesto pagado bajo protesta, toda su política petrolera en realidad había fracasado. No le había sido posible ejecutarla. Sus disposiciones no trascendieron más allá del papel. El escandaloso caso de los denuncios no pasó de la amenaza. Ante la presión ejercida por la Casa Blanca, Carranza autorizó prórroga tras prórroga; retrocedió forzado por las circunstancias hasta reducir a la inaplicación sus propias decisiones. La previa autorización exigida por el gobierno para proceder a nuevas exploraciones no pasó de ser un sano deseo. El pago de regalías nunca prosperó. Nunca se llegó a recaudar un centavo por ese concepto. El otorgamiento de concesiones federales para la explotación de mantos petrolíferos fue burlado hasta la ironía. El contenido de la fracción IV del Artículo 27 quedó consagrado como una valiente política vanguardista y como una auténtica conquista revolucionaria, pero que permaneció inoperante en la práctica ante la ausencia de las leyes reglamentarias, saboteadas o archivadas en el Congreso de la Unión por el peso del chantaje diplomático.

Todo hacía indicar que la aplicación del Artículo 27 constituiría en el futuro el principal conflicto internacional de México. Sólo las manifestaciones de fuerza, pero no los argumentos de derecho, podrían impedir su ejecución. México no alcanzaría la verdadera soberanía nacional mientras no se lograra aplicar efectivamente el Artículo 27. Únicamente así se adquirirá internacionalmente respeto y personalidad.

Obregón entendía con claridad la regla en el orden externo. En lo relativo a la política interior, comprendía el carácter irreversible de la disposición constitucional. El reto era claro.

Nadie podrá dudar de la influencia de los petroleros yanquis en Washington durante la triste y deplorable gestión de Woodrow Wilson. Harding al frente de la Casa Blanca significa una posibilidad diferente, aun cuando a lo largo de su campaña electoral dejó bien sentada su proclividad a favorecer a los grandes "trusts". Espero que decida cooperar con los banqueros y no con los petroleros. Ésa es mi carta fuerte para refrendar internacionalmente la Constitución. Si yo decidiera modificarla para satisfacer las cínicas exigencias de los petroleros, mis compatriotas me pondrían un precioso dogal en el cuello. Me colgarían justificadamente como traidor a la patria.

Ahora bien, como no me propongo alterar la Constitución, veré la forma de evitar que los Estados Unidos sean mis verdugos, aun cuando hablen inglés. —Obregón sonrió mientras decía para sí: "La política es el arte supremo de la conciliación".

—¡Torreblanca! ¡Torreblanca! —llamó optimista el presidente a su secretario particular.

—A sus órdenes, señor —se escuchó de inmediato.

—Pásate a Plutarco. Ya andará nervioso.

El año de 1921 apuntó desde sus inicios ser el año de la paz. Se depusieron las armas y los mexicanos volvieron a sus faenas normales para ganarse otra vez la vida en un trabajo civil cotidiano. Sin embargo, aún animados por los mejores propósitos, se vieron en la necesidad de enfrentar el dramático panorama proyectado por la desoladora realidad nacional, cuando el polvo levantado por las mil batallas comenzó a asentarse lentamente. Ya no había cadáveres vestidos con uniformes ni con tela de manta ni cañones humeantes ni grupos aislados de heridos y mutilados ni dolorosos ayes de moribundos ni lamentos ni consuelos.

Tocaba ahora a toda la nación encarar los efectos de la devastación, de la depredación y de la violencia sufridas por la economía y la moral nacionales. La industria se encontraba en coma, en un verdadero trance agónico; el campo, tradicionalmente depauperado, empezaba a acoger de nueva cuenta a sus hombres, a los sobrevivientes de la "debacle", para aportar a la alimentación del país solamente los frutos del abandono y de la deserción. El comercio había contemplado el saqueo de sus escasos inventarios o bien los había enajenado coactivamente con arreglo a diferentes tipos de papel moneda, en cada caso, de curso legal obligatorio emitido por algunos de los grupos beligerantes o por los gobiernos de los estados o por la propia Federación. El crédito externo se encontraba peligrosamente deteriorado. Su restablecimiento requería de una labor titánica, en particular por las amenazantes disposiciones del Artículo 27 Constitucional, relativas a la inversión extranjera. Los capitales golondrinos proseguían su vuelo del norte rumbo a Venezuela y Brasil. México observaba angustiado el incontenible peregrinaje.

Los enemigos de los actuales vencedores vivían algunos momentos de paz, sospechosa a los ojos de los laureados. El país empezaba a moverse pesadamente como las ruedas de las locomotoras de vapor al iniciar un nuevo viaje. El escepticismo y el cansancio gravitaban en el ánimo de los mexicanos. El miedo al hambre y a la enfermedad acicateaba los ijares de la moral nacional. El camino sería largo y difícil.

La historia de México registra en sus anales hechos paradójicos en ciertos años terminados, curiosamente, en 21. En efecto, en 1521, 1821 y 1921, después de cruentas guerras devastadoras, siempre se volvieron a iniciar los arduos trabajos de la reconstrucción nacional.

En 1521, el bergantín mandado por el capitán García Holguín captura una soberbia canoa en la que Cuauhtémoc y su familia tratan de llegar a tierra firme. Con la captura, termina la resistencia de los mexicanos. Cae definitivamente la gran Tenochtitlan. La Ciudad de México había quedado totalmente destruida. Llega finalmente la paz, impuesta, pero al fin la paz. Un mes después, en el mes de septiembre, precisamente en 1521, por disposición de Hernán Cortés se funda el Ayuntamiento de Coyoacán. Se hace la traza y se inicia la reconstrucción de la Ciudad de México.

1521. Curioso 1521. Tres siglos después, en 1821, termina exitosamente la Guerra de Independencia, termina otro periodo de diez años de sangrienta lucha. México es libre. Llega nuevamente la paz. Es imperativa la reconstrucción del país sobre la base de la autonomía política y económica. Se inicia un largo y difícil proceso, saturado de dolorosas efemérides. 1821 como 1521 marcó profundamente las carnes de la nacionalidad mexicana. Fueron años de reconstrucción.

1921, sólo un siglo después, constituye una nueva fecha igualmente significativa, puesto que da la campanada, la señal para iniciar de nueva cuenta las fecundas faenas de reconstrucción nacional, después de diez años de barbarie revolucionaria. Era imprescindible tener todos los hilos del país en la mano para lograr ese objetivo. Todos los hilos. Todos. Nada podría lograrse sin un rígido control central.

—Los mexicanos, políticamente hablando, siempre han vivido bajo las faldas maternas; su formación embrionaria ha demandado siempre la existencia de un gobierno central poderoso —sentenció Calles durante su acuerdo con el Presidente de la República.

Ya les dimos durante el interinato la mejor oportunidad a los rebeldes carrancistas para negociar y deponer las armas, Álvaro. Los tratamos de convencer con miel en la mano. Con unos tuvimos éxito y con otros fracasamos, aun cuando el día de hoy todo parece muy tranquilo.

Yo viví con Adolfo de la Huerta todo el proceso de pacificación —agregó Calles para fundar más sus argumentos—. Le reconozco a Fito su templanza y su capacidad negociadora. Te confieso: yo, en muchos casos habría terminado el conflicto por la vía rápida.

—Coincido contigo, Plutarco —respondió secamente Álvaro Obregón, firmemente convencido de la necesidad de evitar cualquier incendio en el país. Sobre todo después de las generosas oportunidades que se les habían concedido a los inconformes a lo largo del interinato—. Quien a partir de este momento pretenda oponerse por la vía de los hechos a mi gobierno, encontrará una respuesta terriblemente violenta. No permitiré levantamientos ni negociaré con los cabecillas. Bala. Bala y sólo bala. Plutarco se cerró el ciclo de discusiones y gratificaciones. En eso fue exitoso el interinato. Mi gobierno es de cuatro años y yo los terminaré en el puesto, con las cárceles vacías y sin enemigos amenazantes.

—Así me gusta, Álvaro, con garra, con coraje, con definición.

—Nada de que la ley, el juicio, la apelación y la sentencia definitiva. ¡A las armas! ¡Pues a las armas! Ellos escogieron. Nosotros respetamos la decisión. ¡Las armas, entonces! —repuso encolerizado el presidente Obregón ante la sola posibilidad de una nueva convulsión social.

No podemos aceptar las medias tintas. Ya he aprendido lo suficiente —agregó un Obregón contundente—. Sólo espero poder contar en caso dado con el dinero suficiente para sofocar cualquier levantamiento. Necesitamos capital también para importar alimentos, maquinaria, equipo y armamento. Ya ves —agregó sarcástico—, en todos los casos las prioridades nacionales giran alrededor del dinero.

—Mantenernos en el poder también es prioritario —acotó Calles.

—Claro que lo es. Sólo te señalo la necesidad del dinero, nuestra principal carencia.

—En ese caso debemos aceptar la existencia de prioridades sobre prioridades.

—¿Sí? —inquirió irónico el presidente—. Ya me imagino…

Obregón conocía muy bien a su paisano, al extremo de poder casi adivinar lo que pensaba, lo que diría y lo que callaría. En aquella ocasión, prácticamente hubiera podido predecir cada palabra de las que pronunciaría su Secretario de Estado.

—Claro, Álvaro, ninguna prioridad puede estar por encima de aquella que te asegure tu sostenimiento en el poder, porque si nos logran echar a tiros, tu sucesor colocará tus famosas prioridades en el orden que considere más conveniente para él, y en ese caso te aseguro que la adquisición de armas será la prioridad. Nosotros necesitamos los pertrechos para defender las instituciones, porque sin éstas no habrá ni libros ni frijol ni sufragios ni estabilidad para cumplir con un programa de gobierno tan ambicioso como el tuyo. Si vamos a proseguir con tu proyecto de reparto de tierras, tocaremos intereses cuantiosos y nuevamente deberemos estar bien armados para poder mantener la paz. Como verás, mi querido Álvaro, Fito deberá inventar, allá en Hacienda, algo bueno y rápido para hacernos de centavitos.

—En el norte hablamos claro, ¿verdad paisano? —preguntó sonriente Obregón.

—Yo no voy a venir con cuentos contigo —contestó Calles—. No me llamaste a un puesto de esta trascendencia para contarte cuentos.

—Sigue pues, Plutarco.

—De verdad, Álvaro. Busquemos el dinero y busquémoslo rápido.

Obregón entendió la sobriedad de su Secretario de Gobernación. Adoptó la misma posición.

—Yo pienso, Plutarco, que sólo un grupo apoyado por Estados Unidos podría derrotarnos. Estoy consciente de que en el orden interno nadie tiene la capacidad militar para siquiera asustarme.

Los gringos sí podrían hacerlo si comprueban poca flexibilidad política de tu parte; no se resignarán a seguir perdiendo negocios gracias a la falta de reconocimiento de tu gobierno —apuntó Calles perspicazmente.

¿Quién va a invertir en México si se corre el riesgo de perder el capital ante la ausencia de relaciones diplomáticas? Acuérdate de Huerta con Wilson —exclamó el Secretario de Gobernación.

—En eso pensaba antes de recibirte, querido Plutarco. Me encanta tu agudeza. El peligro que corremos es que al no estar el capital con nosotros puede estar con nuestros enemigos. Me urge el reconocimiento diplomático para establecer la alianza militar y para hacerme de dinero.

—¿Pero no vas a modificar la Constitución para acelerar el reconocimiento, o sí?

—No, obviamente no.

—¿Entonces?

—Subiremos los impuestos a la producción y exportación de petróleo y daremos como garantía a los banqueros toda esa recaudación que promete ser jugosa, a cambio de nuevos créditos.[226]

Calles no pudo ocultar la satisfacción por la noticia. Era tanto como golpear a los enemigos permanentes y más peligrosos de México. Él no podía sino aplaudir rabiosamente la medida.

—¿Siempre sí irás tras los petroleros?

—No hay opción, Plutarco. Ellos no sólo no han sufrido perjuicios económicos sino que además todo parece indicar que este año romperán el récord de producción mundial y que México ocupará cualquiera de los tres primeros lugares con una recaudación ridículamente despro-porcionada con los volúmenes de riqueza manejados por esos magnates intransigentes, además no contamos con otra fuente alternativa de fi-nanciamiento.

—Pero si son los niños consentidos de Washington, querido Ál-varo —adujo Calles para provocar al presidente y conocer el grado de firmeza en la decisión.

—En ese caso dejémosles saquear a su antojo nuestro país, mien-tras nos morimos de hambre o nos reduce a la impotencia y al fracaso una asonada. Me la tengo que jugar, Plutarco. Les debo subir los im-puestos de exportación a los petroleros para darlos como garantía en la renegociación de la deuda o caeremos en la suspensión de pagos y con ello en los peligros de la intervención armada, abierta o encubierta. Si no subo los impuestos petroleros no podré renegociar la deuda y en ese caso no me podré sostener en este sillón.[227]

—¿Firmarás el tratado de amistad y comercio que desean?* —in-quirió Calles mañosamente.

—En ningún caso, Plutarco. Les hemos ofrecido a los petroleros y al Departamento de Estado el mismo *modus vivendi* vigente antes de 1917. Es decir, no puedo modificar la Constitución, pero sí puedo darles garantías no escritas respecto a su no aplicación. Es indigno firmar el tratado. No somos menores de edad.

—Claro —repuso Calles—. No la modificas, pero tampoco la aplicas.

—Así es, todo continúa como si no hubiera habido cambios cons-titucionales. Los petroleros no han resentido ningún daño patrimonial. No lo sufrirán durante mi mandato. Tienen la garantía de mi palabra. A cambio pediré el reconocimiento diplomático de mi gobierno. Si yo intento avanzar aún más en la política petrolera de Carranza, me con-

---

* El tratado se refiere a las condiciones fijadas por la Casa Blanca para proceder al reconocimiento diplomático de Álvaro Obregón, que básicamente consistía en la derogación o modificación de determinados artículos de la Constitución Mexi-cana, inconvenientes con toda certeza para efectos, principalmente, de los inte-reses petroleros. McDoheny y Pierce habían sido los inspiradores del mencionado tratado. Albert Fall, por su parte, en acatamiento de sus instrucciones, había lo-grado constituir y presidir un comité para estudiar en el Senado americano las relaciones mexicano-norteamericanas y lograr de esa forma presionar política-mente a Woodrow Wilson y luego a Warren Harding, con el objeto de impedir exitosamente el sitado reconocimiento con todos los riesgos inherentes para el gobierno mexicano, en particular, porque se podría repetir toda la experiencia huertista que conduciría al triángulo sonorense a un final prematuro de su exis-tencia política.

vertiré en un foco rojo, en una amenaza pública para ellos y no sólo no me reconocerán sino que aprovecharán cualquier coyuntura para dejarme igual que a don Venustiano, a Madero o a Huerta. De modo que consolidemos, Plutarco, consolidemos todo lo actuado, pero sin comprometer a México por escrito en ningún tratado. No podemos maniatar políticamente a las generaciones futuras. Esos convenios de amistad y comercio sólo se terminan con sangre, pero la de nuestros hijos. Ellos deberán pelear con las armas mi incapacidad política.

—Aprendo mucho de tu experiencia, Álvaro —comentó con notoria honestidad Calles—. Sin embargo, se antoja lógico y justo un premio para este país después de una lucha devastadora de diez años.

—¿Cuál premio? —inquirió amable el presidente.

—Su emancipación política. El derecho a su soberanía. No deja de sorprenderme que tengamos obligación y necesidad de pedir permiso a la Casa Blanca para aumentar unos impuestos de nuestra más clara competencia. Es una facultad nuestra, consagrada en nuestras leyes, después de años de sacrificio, revoluciones, intervenciones y destrucción. Nos la hemos ganado.

—Sí, Plutarco, la merecemos a nuestros ojos, pero no a los de los extranjeros prepotentes. En la práctica, el número de cañones, de soldados y de acorazados determina el grado de soberanía ganada por un país —exclamó Obregón dentro de un descarnado pragmatismo—. La soberanía no pasa de ser un bonito concepto teórico, útil sólo para exaltar a las multitudes en los discursos políticos, si no la puedes respaldar por la fuerza de las armas.

No hay soberanía cuando no hay cañones para defenderla. Los extranjeros políticos en función del tamaño de nuestro ejército y por extranjeros deben reconocer nuestros merecimientos políticos en función del tamaño de nuestro ejército y de nuestro poderío económico y no en función de nuestros sufrimientos por las guerras intestinas.

—No me expliqué, Álvaro. Sólo dije que se me antojaba lógico y justo. ¡Obviamente los sentimientos no tienen cabida ni en la negociación política ni en la económica! —insistió el Secretario de Gobernación para borrar cualquier malentendido en la mente del presidente—. Yo mismo te lo mencioné al principio de la reunión respecto a los futuros levantamientos militares en México.

—Correcto Plutarco, correcto, coincidimos en el punto de vista —agregó Obregón para no herir la susceptibilidad de Calles—. Nosotros no tenemos cañones, pero sí tenemos lengua.

Calles miró sorprendido el rostro de Obregón y de inmediato advirtió que se trataba de una nueva broma del Presidente de la República.

—Sí hombre, mi querido Secretario. Lo que debemos hacer es negociar. Te aseguro que a ellos tampoco les debe interesar un conflicto internacional. No olvidemos que Estados Unidos, antes que militar, es un país de comerciantes. Vamos a regatear sin tener que llegar a la fuerza —agregó Obregón con un evidente aire persuasivo.

Calles guardaba silencio como si presintiera las intenciones del presidente. Difícilmente podía ocultar su inconformidad pero era imprescindible hacerlo. Eran inconfesables los calificativos en su mente.

—¿Y cómo piensas negociar, Álvaro? —preguntó Calles suave y prudente.

—Muy sencillo —repuso Obregón, como quien había decidido el camino tiempo atrás—. Mandaré una carta a Harding y palabras más, palabras menos, le diré: "Si el problema es el petróleo y por esa razón no reconocen mi gobierno, tómalo, toma el que desees, pero no me obligues ni me condiciones a modificar la Constitución. ¿Quieres el petróleo o mi desaparición política? Yo te doy gusto y tú me lo das a mí."

Warren Gamaliel Harding recibía por primera vez a la primavera en la Casa Blanca como 29º Presidente de la Unión Americana. Se había formado en Ohio, uno de los centros productores de petróleo más importantes de los Estados Unidos, de ahí que se le identificara ocasionalmente como el "presidente petrolero". Su administración enfrentaba los efectos de la recesión mundial y disfrutaba el surgimiento estelar de las artes, las letras y la música norteamericanas.

La cinematografía advertía una expansión notable, al extremo de empezar a ocupar un lugar destacado dentro del sector industrial yanqui. Los productores Cecil B. de Mille y David Griffith bien pronto pasarían a la historia del cine junto con actores de la talla de Mary Pickford, Charles Chaplin, Douglas Fairbanks, Bill Hart, Peter White y Helen Cliff. Hollywood se convertía en la Meca de los artistas.

Después de los "años líricos", las interpretaciones literarias conquistan un nuevo y destacado lugar al lado de Harriet Monroe. Ahí estaba Carld Sandburg, Vachel Lindsay, Amy Lowell y Conrad Aiken. En Inglaterra, tres norteamericanos, Ezra Pound, T. S. Elliot y Robert Frost, publican sus primeras obras. Destacan también Ernest Hemingway, Scott Fitzgerald y Eugene O'Neill.

En el terreno musical, George Gershwin, Jerome Kern, Benny Goodman, Duke Ellington y Louis Armstrong, hacían las delicias de una nueva generación ávida de nuevos satisfactores artísticos.

En el aspecto político había también nuevas caras. Sólo algunas sorpresas en el gabinete de Harding habían llamado la atención de los expertos observadores del partido republicano al otorgar a Charles Evans Hughes la Cartera del Departamento de Estado y no al controvertido senador Albert B. Fall, quien tuvo que resignarse a aceptar, junto con sus socios petroleros, la Secretaría del Interior. Por otro lado, Herbert Hoover fue designado, a su vez, Secretario de Comercio de los Estados Unidos.

En su fuero interno Harding deseaba junto con el vice presidente Calvin Coolidge, ex gobernador del estado de Massachussetts, seguir como política de gobierno la tesis central de la filosofía fisiocrática: un *laissez faire* a la americana, que en la práctica hizo del gobierno un eficaz instrumento manipulable por las grandes empresas. Era clara la declinación del incipiente liberalismo y el resurgimiento de un acendrado nacionalismo, ardiente y fogoso. La vieja guardia republicana había decidido llamar a un hombre maleable sin deseos de imponer su voluntad al Congreso y lo encontraron en la figura de Harding, antiguo profesor de escuela, linotipista, periodista y senador, hasta antes de aceptar la candidatura presidencial. Harding proponía: "No a los experimentos sino al equilibrio, no a la inmersión en el internacionalismo sino al sostenimiento de un triunfante nacionalismo" y clamaba por la recuperación del desgastado prestigio exterior de los Estados Unidos, originado en la indolencia política de Wilson, demostrada en el caso mexicano, donde la exasperante tolerancia presidencial había costado muchos millones de dólares a las empresas norteamericanas radicadas allende el Bravo. Además de erosionar la recia figura del Tío Sam en el orbe.

Desde un principio, el poderoso grupo petrolero hizo sentir el peso de su influencia en la Casa Blanca. Hughes, el flamante Secretario de Estado, era visitado permanentemente en sus oficinas de Washington por los magnates del oro negro. En su correspondencia destacaban las mismas notas repetitivas, las peticiones reiteradas y las insistentes solicitudes de intervención en México por parte de esos opulentos industriales, quienes apoyados por una prensa vendida y sobornada y un Congreso manipulado por una mayoría republicana, pretendían reducir el margen de maniobra política del presidente y de su equipo. Para orientar los acontecimientos en el sentido programado en el secreto aquelarre de los prepotentes petroleros.

Finalmente lograron imponerse por encima de la voluntad de los grupos, particularmente de los banqueros. La decisión había sido tomada. El gobierno obregonista, electo por suscripción popular, no sería reconocido oficialmente por el gobierno de los Estados Unidos, presidido por Warren Harding, mientras no se modificara la nueva Constitución Política, votada por los mexicanos en el año de 1917. Más concretamente, mientras no se adecuara el Artículo 27 a las exigencias y necesidades de los petroleros yanquis.

—Esta carta me la mandó el presidente Obregón[228] y me ha invitado a pensar en la posibilidad de acceder a su solicitud, toda vez que el hombre muestra disposición y buena voluntad para resolver los problemas bilaterales con nosotros.

Hughes tomó entre sus manos, en el Salón Oval, la carta que le extendía Harding y leyó con atención:

Excelentísimo señor Warren Harding, Presidente de los Estados Unidos de América.*

Después de la lectura, Hughes guardó silencio. Ambos altos funcionarios se vieron a la cara. Harding ardía en deseos de conocer la opinión de su Secretario de Estado.

Hughes se expresó con prudencia y reposo:

—Encuentro dos objeciones de peso en esta comunicación. En primer lugar, dudo mucho que McDoheny, Sinclair y compañía acepten la propuesta del general Obregón si ésta no consta por escrito en el Tratado de Amistad y Comercio y éste es debidamente ratificado por la Cámara de Senadores de México. En segundo lugar, a mí no me basta la palabra de un mexicano, aun cuando sea el Presidente de la República. Puede desdecirse con suma facilidad y dejarnos a ti y a mí exhibidos con toda crudeza ante la nación.

Mira, Warren —agregó el Secretario de Estado con el ánimo de fundar más sus argumentos—, si nosotros reconocemos a Obregón sin que se haya anulado el famoso 27 Constitucional y sin que se hayan reconocido los derechos petroleros de acuerdo a las leyes de 1884, 1892 y 1909, recibiremos en un día más insultos y vejaciones que todas las recibidas por Wilson en toda su carrera. Todos los republicanos se sentirán traicionados. Me han pedido insistentemente y te lo han pedido también a ti, incluso a través del propio Congreso, una intervención armada en México para terminar con la política de confiscaciones. Imagínate, entonces, si no sólo no invadimos, según nos exigen, sino, además, establecemos relaciones con Obregón sin haber dejado satisfechas las condiciones mínimas exigidas para su reconocimiento diplomático. Eres un hombre de buena fe y probablemente estás en lo correcto en el caso de Obregón, pero no siento procedente apartarnos de la línea del Congreso.

---

* El 21 de julio de 1921, el presidente Obregón escribió a Harding haciéndole saber que sus declaraciones al *World*, en las que se comprometió a interpretar el Artículo 27 en el sentido que Washington demandaba, constituía "el compromiso moral más fuerte que, en mi carácter de jefe del poder Ejecutivo de México, pueda yo contraer no solamente ante mi propio país sino ante el mundo", y le aseguro que los poderes Legislativo y Judicial actuarían de conformidad con ese punto de vista, No consideraba Obregón, por tanto, que hubiera motivo para condicionar su reconocimiento. El 1º de agosto volvió a comunicarse con su colega norteamericano para informarle, entre otras cosas, que "pronto se llegará a definir el carácter no retroactivo y no confiscatorio del Artículo 27 Constitucional" Obregón se refería a la ley reglamentaria a dicho Artículo que, finalmente, no llego a promulgarse, Lorenzo Meyer, *México y Estados Unidos en el conflicto petrolero*, nota 71, El Colegio de México, pág. 173.

Harding tenía como costumbre no responder de inmediato en sus conversaciones. Siempre prefería meditar unos momentos antes de contestar. Esta actitud, muy de él, le había evitado muchos problemas a lo largo de su vida.

—Pero si Obregón se retracta, yo publicaría su carta y lo exhibiría en todo el mundo como a un embustero —advirtió el Jefe de la Casa Blanca, firmemente convencido de su posición.

Además, el propio Presidente de la República nos asegura el sometimiento incondicional del poder judicial y del legislativo y, no sólo eso, sino, además, nos garantiza la emisión de cinco resoluciones de la Suprema Corte de Justicia para sentar jurisprudencia respecto a la no retroactividad del Artículo 27 en aquellos terrenos en los que se hubiera hecho ya alguna inversión o alguna obra o trabajo, esto es, los terrenos ya en explotación[229] —concluyó el Presidente de los Estados Unidos.

—Aún así, Warren, los petroleros desconfían y quieren un tratado previo por escrito, firmado y ratificado. Ellos llevan tiempo de trabajar en México, y, por lo visto, conocen a la gente.

—Pero los mexicanos consideran indigno la firma de un tratado previo.

—A nosotros nos toca convencerlos de que es mejor la indignidad que la intervención.

Harding meditaba.

—Por otro lado, querido Charles, tenemos la presión de los banqueros. Si los mexicanos no pagan sus deudas, ni les permitimos negociar sus pasivos, bien pronto la misma banca norteamericana también pedirá la intervención para asegurar los empréstitos y por ningún concepto deseo invadir México. Mi política es de las fronteras norteamericanas para adentro. Nuestra carrera es contra el reloj. Mientras más tiempo pasemos sin relaciones con México, más aumentarán las posibilidades de invasión y más me orillarán a tomar una decisión que a todas luces deseo evitar.

Dicho lo anterior, Harding se echó para atrás en la silla, y después de colocar sus manos con los dedos entrecruzados sobre su sobrio chaleco negro, se concretó a escuchar la respuesta de Hughes.

—No necesitamos reconocer a Obregón para redocumentar la deuda pública de México —exclamó Hughes—. Autorizaremos a los bancos en este caso específico para que negocien con el gobierno mexicano. Ellos, de cualquier forma, han iniciado pláticas extraoficiales. Conozco un acuerdo preliminar para lograr la redención de ciertos bonos mexicanos, basada en un aumento de impuestos a la exportación de petróleo. Es decir, los banqueros cobrarán sus capitales con el alza impositiva acordada.[230]

—¿Acordada por quién? —inquirió Harding preocupado.

—Obviamente por el gobierno mexicano y los banqueros. Así tendrán éstos asegurado el pago.

¿Y no se te ha ocurrido pensar en la posición de quien deberá absorber el alza y ver disminuidas sus utilidades?

—Los petroleros no tendrán inconveniente, por lo menos eso espero —agregó al tiempo que levantaba la cabeza hacia el techo en busca de una aparente señal divina—, mientras no sea un incremento fiscal confiscatorio, mientras no se reconozca a Obregón y sobre todo si se les resuelve el problema a unos colegas no menos importantes que ellos —adujo Hughes sin ocultar su inseguridad.

—Ahora eres tú el que pecas de buena fe, Charles —repuso risueño el presidente. Los petroleros rechazarán el mínimo aumento tributario como confiscatorio, criticarán cualquier negociación con un gobierno enemigo de la inversión norteamericana mientras no se derogue el Artículo 27 y criticarán abiertamente el hecho de haber concedido prioridad a la solución del conflicto bancario y no del petrolero, Charles —agregó reposadamente Harding, con un dejo de sarcasmo y desafío—. McDoheny y Sinclair no desean resolver ningún conflicto. Su único propósito es complicarlo todo hasta que las tropas norteamericanas crucen la frontera mexicana o se derogue la famosa Constitución carrancista.

Harding y Hughes continuaron discutiendo las alternativas diplomáticas del conflicto mexicano. Fueron abordadas todas las posibilidades y analizadas las consecuencias políticas, económicas y militares. Finalmente, el Jefe de la Casa Blanca extendió a su Secretario de Estado un documento preparado por el propio presidente, el cual contenía siete puntos, a su juicio insalvables, para resolver el caso mexicano.

Hughes dejó a un lado la carta de Álvaro Obregón y leyó detenidamente, sin ocultar su sorpresa por la jugada de Harding:

I. Conceder al problema petrolero con México carácter de alta prioridad nacional.

II. Obregón no debe ser reconocido por haber participado en el golpe de estado que derrocó a Carranza.

III. Porque el gobierno obregonista no asegura el bienestar de los norteamericanos.

IV. Por aplicar retroactivamente el Artículo 27.

V. En consecuencia, no se le venderán armas para continuar con sus tareas de pacificación.

VI. Se le hará saber nuestra actitud de apoyar a los enemigos de su gobierno por su inflexibilidad.

VII. Se le comunicará la posibilidad de una intervención armada con el ánimo de proteger las personas y el patrimonio norteamericanos.

Estos puntos demuestran una actitud preconcebida de tu parte, Warren.

—Desde luego —repuso el presidente. Sólo quería conocer a fondo tu punto de vista respecto a la carta de Obregón. Estoy satisfecho por nuestra coincidencia.

Hughes entendió que Harding lo había puesto a prueba y decidió él a su vez poner a prueba el sentido del humor del presidente.

—Qué bueno —agregó el Secretario de Estado— que sólo escribiste siete puntos y no catorce como los de Woodrow Wilson en el Tratado de Paz de Versalles.

—Bueno, Charles, es un problema de diferentes dimensiones.

—No me refiero a eso.

—¿Entonces a qué?

—Cuando Clemenceau, el famoso Tigre, leyó los catorce puntos de la Conferencia de Paz, atacó mordazmente al liberalismo wilsoniano al decirle: "¡Mister Wilson me aburre con sus catorce puntos, Dios Todopoderoso sólo tenía diez".

Warren Gamaliel Harding acusó de inmediato el golpe y sólo contestó a Hughes:

—Como ves, yo soy más modesto que el Todopoderoso...

En el mes de abril de 1921, la maquinaria capitalista norteamericana se echaba a andar a toda su capacidad para intervenir nuevamente en los asuntos internos de México, con el sobado argumento de "la protección de personas y de intereses norteamericanos". Las apremiantes necesidades financieras habían obligado al gobierno obregonista a aumentar los gravámenes a la industria petrolera, puesto que la recesión mundial había deprimido los precios de las materias primas exportadas por México y, consecuentemente, había disminuido sensiblemente la respectiva recaudación fiscal en momentos cruciales para el país. Sin otras opciones viables, Obregón se apoyó en la capacidad tributaria subgravada del único sector verdaderamente pujante y capitalizado de la economía mexicana.

Como resultado de esa iniciativa obregonista, originada en un problema financiero real y de solución inaplazable, los magnates petroleros desconocieron públicamente, por ilegal, la legislación tributaria mexicana aplicable a sus industrias y exigieron la confirmación de todos sus derechos adquiridos antes de mayo de 1917.

Acto seguido, al considerar insuficiente e inocua la posición adoptada a través de una sola declaración pública, recurrieron al sabotaje para ejercer una presión política todavía más severa y extremista. En esta ocasión decidieron cerrar las válvulas para impedir la extracción de una sola gota de petróleo más, con el objeto de cancelar la producción y con ella la recaudación federal por exportación de crudo, plenamente conscientes de que oprimían la garganta de un gobierno muy próximo a la asfixia económica.

Independientemente de lo anterior, empezaron a liquidar masivamente a la planta obrera contratada, fundamentalmente en Tampico, donde los despidos se elevaron al número de cinco mil. La delicada situación adquirió de inmediato tintes comprometedores, puesto que se empezaban a dar los supuestos de un nuevo estallido social, ahora en el corazón mismo donde estaban depositadas las esperanzas nacionales para lograr la reconstrucción del país y salvarlo del colapso económico.[231]

Por si fuera poco, junto a esos negros nubarrones aparecieron también en el horizonte los acorazados de guerra norteamericanos para hacer acto de presencia, prepotente e intimidatoria, en el puerto petrolero de Tampico.[232]

Después de una reunión con el presidente Harding, los cinco petroleros norteamericanos más importantes de México habían reservado un privado en uno de los mejores restaurantes de Washington para analizar la entrevista sostenida en la Casa Blanca e intercambiar puntos de vista. Como siempre, McDoheny inició la conversación.

—El presidente, lamentablemente, nunca aceptará el viejo proyecto de Henry Lane Wilson de paralelo 22. Ahora contamos con una buena oportunidad para llevarlo a cabo.

Si ya tenemos nuestros barcos en Tampico, se debería expedir la última orden: el desembarco, seguido por la declaración de guerra.

Sinclair apuntó lo peligroso del proyecto.

—En este momento estamos bajo el control fiscal y administrativo del gobierno mexicano. Si procediera la anexión, como tú dices, Edward, tus utilidades así como tus ventas al exterior serían controladas de inmediato. En los Estados Unidos serías un sujeto fiscal cautivo y ahí vivimos en realidad como en el paraíso tributario.

W.C. Tagle de la Standard Oil observó que no veía motivo de preocupación en trabajar dentro de la esfera jurídica de acción del gobierno yanqui:

—Es obvio que aquí también sabemos cómo manejárnoslas para distraer al fisco norteamericano.

V. W. van Dike de la Atlantic Refining Co. coincidió con Sinclair en depender mejor del gobierno mexicano que del americano:

—No vas a comparar los controles administrativos de uno y otro país, ni la eficiencia en las visitas de inspección fiscales, ni la facilidad de un soborno, ni el escándalo público y político seguido a algún mal entendido o alguna susceptibilidad —señaló irónico—. En México todo es más manejable. Aquí en Estados Unidos las cosas se van poniendo más difíciles cada día. Vemos a los poderes legislativo y judicial rechazar la ingerencia del presidente en los asuntos de su competencia. Esta separación de poderes dificulta los arreglos de carácter político.

—El presidente Harding —continuó Sinclair— nos invitó a negociar con el gobierno de Obregón. Con el respeto de ustedes, pienso que tiene razón. Nos participó la plena disposición del presidente mexicano en no dar efecto retroactivo a la Constitución y, en general, complacer nuestras solicitudes. No tensionemos más la situación y vayamos todos a México a probar nuestra capacidad de convencimiento. Aprovechemos en esos menesteres la calidad tribunicia de Edward McDoheny —concluyó el petrolero volteando a ver a su colega como si hubiera pedido para él una ovación plenaria.

El Presidente del Consejo de Administración de la Tolteca Petroleum Co. sonrió sutilmente.

—Yo conozco México mejor que ustedes y por esa razón insisto en la necesidad de tomar medidas drásticas —agregó mientras dejaba caer la voz lenta y amenazante.

Todavía podríamos lograr la anexión en este momento sin causar mayor escándalo en el orden internacional. No olviden ustedes, y sólo quiero dejarlo aquí asentado para no parecer un fanático, que el proyecto consistía en la cancelación en primera instancia del pacto federal de los estados mexicanos fronterizos con el gobierno central. Acto seguido, esos mismos estados pedirían la anexión a los Estados Unidos de Norteamérica. Sería necesario algo de dinero y probablemente algún apoyo militar. Contamos con varios mexicanos influyentes convencidos de la generosidad de la idea, dispuestos a ayudarnos a cambio de cierto entendimiento…

—Edward —volvió a interrumpir Sinclair amablemente—: centrémonos en la posibilidad de negociar con Obregón. Lo del paralelo 22 lo podríamos abordar en asuntos generales.

McDoheny respetaba a Sinclair en razón de sus poderosas influencias en el Congreso y en la Casa Blanca.

—Ahora bien —continuó McDoheny, como si no hubiera escuchado nada—, volviendo a la visita a México, debemos llevar en la cartera un acuerdo fundamental para nosotros entre la Casa Blanca y los banqueros. Albert Fall nos ha ayudado a convencer a Hughes y a Harding en el sentido de no reconocer al gobierno de Obregón mientras no se ratifiquen los tratados de amistad y comercio por el Senado mexicano, redactado íntegramente por todos nosotros. Eso sí, no podremos ir a negociar nada mientras los banqueros no se alineen con nosotros. Si los créditos comienzan a fluir sin el reconocimiento, de nada habrá servido el cierre de nuestras válvulas en Tampico, ni los ceses masivos, ni la presencia de media flota norteamericana frente a las costas tamaulipecas. La postura de los Estados Unidos debe ser sólida y unificada. Todo o nada.

—Es correcta la posición de Edward. Poca presión podemos ejercer si de entre nosotros surge alguien con los billetes en la mano y anula toda nuestra estrategia —concluyó Sinclair.

—Vayamos a México, pero con las manos llenas de barajas: muy bien, nosotros retiramos nuestros buques de guerra; ustedes derogan el Artículo 27 y el maldito 33 de la Constitución. Entre paréntesis, ahora los mexicanos pueden largar de su país a cualquier extranjero en el momento que deseen. Además —continuó McDoheny en su carácter de líder—, ¿quieres que vuelva a abrir mis llaves para volverte a pagar los impuestos de producción y exportación?, pues te sometes y me derogas los impuestos confiscatorios que pretendes cobrarme. ¿Quieres que vuelva a contratar a la gente?, pues te comprometes por escrito a no subir los impuestos en diez años.

—Vamos, vamos, Edward, no es bueno llegar a los extremos.

—¡Sí es bueno, Henry! ¡Claro que lo es! Los extremos te dan la velocidad necesaria para convencer y vencer —replicó a su vez, deseoso de conducir la reunión objetivamente.

Obregón no desea modificar la Constitución. Nos ha dado todas las facilidades de actuación, como si ésta no existiera; ha desconocido en la práctica una de las grandes conquistas de su revolución a cambio de que no presionemos por el lado de la Constitución. Nos deja el campo abierto. Lo ha manifestado por escrito.[233] ¿Cierto o no? —preguntó con suavidad. De inmediato se contestó él sólo sin dejar intervenir a nadie.

—Entonces, no lo pongamos contra la pared, ni le pidamos servicios que lo destruirían políticamente. ¿Qué hace un hombre cuando ya no tiene nada que perder? Echa mano, desesperado, de todos los recursos imaginables. Y yo Edward no quiero negociar con un hombre en esas circunstancias.

—¿Entonces, qué sugieres, Henry?

—Sugiero que vayamos a México, sí, pero para lograr una sustancial disminución de los impuestos. Ésa es la medida a atacar. A nadie de nosotros nos han impedido extraer petróleo ni exportarlo. Ni nos han sometido a controles administrativos insalvables. En la práctica todo sigue como en la época de don Porfirio.

Pienso, en conclusión, que si todo el teatro armado responde a los aumentos fiscales propuestos, con desaparecerlos debemos darnos por satisfechos. Dejemos a Hughes el resto. Él deberá impedir el reconocimiento y el flujo de dólares y de negocios a México mientras se firmen los tratados.

—No debemos tampoco confiarnos, Henry —comentó Van Dyke—. Si sólo nosotros hacemos los buenos negocios y otros no pueden hacerlos en razón de la suspensión de relaciones, desde luego pelearán en Washington el reconocimiento para cuidar sus intereses. No estamos solos, ni somos el único interés digno de protección para Harding y Hughes.* Mucha gente pierde dinero por la falta de relaciones diplomáticas y podrían desesperarse.[234]

—¡Qué desesperen! —tronó como siempre McDoheny—. Vivimos en la era del petróleo. La aviación prospera gracias a nuestro

---

* En 1920, México había adquirido de los Estados Unidos 267 220 366 dólares y estos últimos le habían comprado 154 993 154.

petróleo, al igual que la industria automotriz y la marina. Todos dependen de nosotros. Todo se mueve por nosotros. Somos el eje del mundo. Cada día se descubren más derivados del petróleo, se abren nuevas industrias, se crean nuevos empleos, se abren nuevos negocios, se pagan nuevos impuestos, se crean más capitales, se beneficia más a la banca, al comercio y al país.

McDoheny había aprendido que levantar la voz en el momento oportuno, lanzando una catarata de argumentos, intimidaba a su auditorio, o por lo menos a una buena parte de él. No deseaba perder el control de la reunión pero tampoco deseaba quedar como un fanático intratable. De inmediato moderó el tono con astucia y habilidad.

—Todo debe sacrificarse a cambio de la industria petrolera. Harding así lo ha entendido, Van Dike. No te preocupes por eso...

—Bueno, bueno —interrumpió Pierce—, creo que hay consenso. Ir a México y lograr la derogación del aumento tributario a cambio de la retirada de los buques, de la continuación de los trabajos de extracción y la recontratación del personal.[235]

McDoheny se concretó a acomodar sus hojas sin retirar una mirada mezclada de simpatía y coraje del rostro de su colega. Luego le dijo:

—Me debes un paseo en yate, Henry, sólo por lo de hoy.

—Te lo debo, Teddy, te lo debo.

Los cinco magnates petroleros sostuvieron diferentes series de entrevistas con los representantes del gobierno mexicano, quienes se vieron en la necesidad de aceptar los términos propuestos por los petroleros, gracias a las repetidas amenazas veladas. La situación financiera era apremiante. La imagen del país se deterioraba gradualmente en el orden internacional y la inversión extranjera no fluía hacia México. Adolfo de la Huerta podría redocumentar buena parte de la deuda pública, pero sin obtener un centavo más para financiar el proyecto obregonista. El país no salía del estancamiento. Marchaba, pero no se desarrollaba. Vegetaba, pero no crecía. Era imprescindible engranarse al sistema financiero internacional y recuperar los mercados perdidos. El cerrado clan presidencial temía una cancelación de las compras de materias primas mexicanas diferentes al petróleo y un bloqueo comercial por parte de los Estados Unidos.

La decisión mexicana no se hizo esperar. Se decretó una baja significativa en materia tributaria.[236] El gobierno mexicano propuso una fórmula ingeniosa de pago altamente conveniente para ambas partes. Los petroleros liquidarían sus impuestos con los Bonos de la Deuda Pública Federal, emitidos en Nueva York. México, interesado en su redención, los tomaría al 100% de su valor nominal original, aun cuando se cotizaban en el mercado a sólo un 40% de su valor de colocación. Pagarían con cuarenta lo que valía cien, pero México sacaría esos bonos de la circulación. Era un negocio atractivo para los petroleros, pero no para los banqueros...[237]

Wall Street reclamó en nombre de sus clientes, puesto que éstos deseaban vender sus bonos a su precio de adquisición sin absorber la pérdida del 60% y echaron por tierra ante Washington el acuerdo petrolero. México pretendió, entonces, recibir el pago en oro. Fracasó. En dólares. Fracasó. Sólo pudo cobrar sus impuestos disminuidos parte en pesos y parte en dólares, siempre pagados bajo protesta y amparados los contribuyentes ante la Corte contra la ley respectiva. Habían triunfado los petroleros. Habían salido los buques, se había recontratado a los trabajadores cesantes y se habían vuelto a abrir las válvulas. Tampico volvía a la normalidad. Los petroleros pidieron garantías para nuevas zonas. México accedería siempre y cuando los petroleros pagaran 25 millones de dólares de impuestos por adelantado. No hubo acuerdo. La Constitución seguía sin aplicarse. Los magnates continuaban instalados en los extremos y capitalizaban en su provecho la crítica situación mexicana.

La presencia de los buques de guerra yanquis difirió la publicación de las leyes petroleras e impidió a Obregón efectuar la reglamentación del propio Artículo 27. La Historia se repetía como en el caso del Presidente Carranza.

Un año más tarde, el Secretario de Hacienda regresaba de Estados Unidos con nuevos acuerdos sobre el impuesto de exportación petrolera, así como valiosos convenios en materia de deuda pública, pero sin préstamos adicionales ni reconocimiento diplomático. Todo marchaba de acuerdo a la estrategia diseñada por Hughes. De la Huerta conocía a Harding y lo invita a cenar a su vagón de ferrocarril. El presidente no acepta, pero agradece con enorme simpatía. De la Huerta llega poseído de un optimismo desbordante.

Empieza una luna de miel entre el gobierno obregonista y los petroleros. A Edward McDoheny le es permitido explorar inmensos yacimientos en el lote de Juan Felipe. Las relaciones mejoran sensiblemente. El magnate petrolero entrega cinco millones de dólares por concepto de impuestos, pagados por adelantado en 1922.[238] Hughes no lo ve con buenos ojos, pero calla. Era facilitar las cosas a los mexicanos... Los acuerdos privados entre ambas partes dejan preparado gradualmente el terreno para un futuro reconocimiento diplomático. Obregón ha gobernado sin él durante dos años, periodo a lo largo del cual no ha dejado de observar en detalle el mapa político mexicano, con la intención de detectar con oportunidad la menor convulsión social.

Calles mira también con lupa cualquier movimiento sospechoso. Hay una aparente cordialidad con los petroleros. Hay paz.

Para fines de 1922, catorce estados de la Unión Americana solicitaron a Harding el reconocimiento.[239] Obregón había hecho movimientos estratégicos a través de los comerciantes de la frontera sur de los Estados Unidos. Les había abierto el apetito en función de los negocios susceptibles de realizarse de contar con las relaciones diplomáticas. Enamora, asimismo, a William Randolph Hearst, acaudalado hombre de negocios en los Estados Unidos y México, además de ser un influyente manipulador de la opinión pública norteamericana a través de su poderosa cadena periodística. "Es el mejor hombre para manejar ese país", dirá más tarde a través de la prensa.

Todos los anteproyectos de reglamentación del Artículo 27 son sometidos previamente a la consideración del Departamento de Estado por conducto del encargado de negocios de la Embajada Americana en México. Pani, el nuevo Secretario de Relaciones Exteriores, le envía a Hughes, a la Casa Blanca, el proyecto definitivo de la Ley Petrolera, donde no se contemplan ni disposiciones retroactivas ni confiscatorias. Pani insistió en aceptar de Hughes cualquier "crítica sana".[240]

Mientras el texto final viajaba con carácter confidencial a los Estados Unidos, los cinco ejecutivos petroleros ya se oponían a su contenido, aun antes de que el Departamento de Estado tuviera conocimiento de su existencia y ante la sorpresa indigerible del gobierno mexicano por la increíble fuga de información.

Se había consumido la mitad del año de 1923 y el reconocimiento diplomático de los Estados Unidos a México no llegaba todavía a Palacio Nacional. Solamente se habían iniciado una serie de pláticas en un edificio de las calles de Bucareli, entre representantes del gobierno norteamericano y del mexicano en torno a la reanudación de relaciones siempre y cuando se dejaran a salvo los intereses petroleros. Habían transcurrido dos años y medio y todo parecía indicar que el gobierno obregonista estaría condenado a pasar a la historia como "ilegal", desde un punto de vista internacional.

Álvaro Obregón y Plutarco Elías Calles discutían constantemente las eventualidades de la sucesión presidencial. A ambos les preocupaba esa coyuntura política. Los petroleros y los Estados Unidos podrían aprovechar el cambio de poderes en México para apoyar económica y militarmente a quien garantizara gobernar al amparo de la Constitución de 1857.

Los norteamericanos verían la forma de comprar a un candidato a la presidencia con quien pudieran garantizarse la derogación del Artículo 27. Un gobierno en quiebra no podría enfrentar exitosamente a un aspirante respaldado por el gran capital y por la potencia de los cañones del país vencedor de la Primera Guerra Mundial.

Obregón y Calles paseaban tranquilamente por los jardines del Castillo de Chapultepec, floreados y perfumados como acontecía en los meses de julio en plena temporada de lluvias en el Valle de México.

El Presidente de la República, con el rostro adusto y el mirar severo, preguntó a su Secretario de Gobernación:

—¿Leíste la entrevista que Hernández Llergo hizo a Villa en el Canutillo?[241]

—Sí.

—¿Qué piensas?

—La agricultura parecía absorber todas las energías de mi general Villa, pero, por lo visto, me equivoqué —repuso Calles con una ironía inoportuna.

—Yo no me equivoqué. Siempre me negué a entregar la hacienda y el perdón concedido por Fito. Ese bárbaro nunca se quedará quieto. ¿Cómo es posible que se haya atrevido a decir aquello de "pobre raza... Yo todavía puedo servir en una noche oscura"? Ese cabrón siempre será una amenaza para México. Lo fue y lo sigue siendo, Plutarco.

—Yo traje el artículo, Álvaro —comentó ahora sí con sobriedad Calles—. Debo reconocer que en esta ocasión ya fue muy lejos Villa. Ve aquí cuando se atreve a decir que la mayoría está a favor de Adolfo de la Huerta y que él en lo personal cuenta con diez o veinte mil votos. ¡Habrase visto!

Calles, prefirió leer en voz alta:

Eso le demostrará a usted el gran partido que tengo. Esos votos son de mexicanos agradecidos, que saben que he luchado por mi raza. A mí me quiere mucho mi pueblo. Y yo tendría más votos, pero hay miles de mexicanos partidarios míos que están silencitos porque saben que no estoy metido en política. Ellos nomás esperan que yo les autorice, señor, para entrar en las elecciones y aplastar a los demás... pero eso no será... porque yo sé muy bien que soy inculto. Hay que dejar eso para los que están mejor preparados que yo... Fito —diminutivo de Adolfo— es muy buen hombre, y si tiene defectos, señor, son debidos a su mucha bondad... Fito es un político que le gusta conciliar intereses de todos, señor, y el que logre esto hará un gran bien a la patria. Fito es buena persona, muy inteligente, muy patriota y no se verá mal en la Presidencia de la República.[242]

—Hijo de perra —gruñó Obregón.

—Villa sabía perfectamente de mi candidatura a la Presidencia de la República —reventó Calles—. Conocía de siempre tu decisión, Álvaro, y no tuvo el menor empacho en manifestar públicamente su preferencia a favor de De la Huerta, a sabiendas de que sus declaraciones implicarán un enfrentamiento irreversible entre nosotros.

Obregón esquivó una rama que colgaba húmeda sobre el camino hecho a base de recinto poblano:

—Ha llegado el momento de vengar la pérdida de mi brazo derecho —sentenció en un dramático sarcasmo el Presidente de la República—. Ésta es la oportunidad esperada por Estados Unidos con verdadera ansiedad. El surgimiento de un cacique a nivel federal, ignorante, estúpido y venal. Si dejamos vivir a Villa, él no nos dejará vivir a nosotros.

Obregón, espontáneo y suelto como siempre en sus conversaciones con Calles, volvió a confesar su concepción respecto de Villa.

—No pasa de ser un vándalo borracho. Un siniestro asesino de inocentes, aun de los de su propia estirpe, un criminal conocido por su amor a la sangre, sin una causa definida; durante la invasión norteamericana del 14 estuvo dispuesto a vender a su propia patria. Si por Villa hubiera sido, se hubiera aliado a los gringos en contra de Victoriano Huerta y luego contra el propio Carranza. Fue el único de nosotros que fue a saludar personalmente a Fletcher y casi a ponerse a sus órdenes.[243]

Villa es un hombre más producto de la leyenda que de la realidad. Yo lo conocí de cerca. Es un inestable emocional. Igual llora que manda asesinar. Se casa tantas veces como sea necesario, sin divorciarse. Incendia toda una población a cambio de arrancar risotadas de reconocimiento o idolatría de su tropa. Igual te abraza que te escupe o invade los Estados Unidos con tal de provocar una guerra que hubiera destruido su país sólo por vengarse de Carranza. Es un maniático irreflexivo, verdaderamente peligroso.

—Me descansa oírte hablar así, Álvaro —comentó Calles ya más relajado.

—Hay decisiones que se toman solas, Plutarco, y hoy nos encontramos frente a una de ellas. A Villa lo dejaremos silencito, como él dice, junto con todos sus partidarios... Palacio Nacional no volverá a ser una especie de antesala del cementerio.

Villa no debe pasar a la historia como un pintoresco mexicano, como un macho simpático, atrevido y frívolo. Es un maldito carnicero vende patrias. Lamento mucho tenerle que hacer un favor al proyectarlo como mártir, pero al hacer sus declaraciones a Hernández Llergo firmó su propia sentencia de muerte —concluyó terminante Álvaro Obregón.

Calles guardó discretamente el recorte periodístico en un bolsillo y continuó la lenta marcha sin emitir palabra alguna. Una vez logrado su propósito, pensó en hablar de los nuevos cactus sembrados en los jardines presidenciales, pero lo sorprendió el presidente con un comentario realmente novedoso.

—Este mes o a más tardar el entrante, habrá una merecidísima fiesta en la Casa Blanca. Nuestros vecinos festejarán en la más íntima sociedad un acontecimiento histórico que no desean compartir ni siquiera con sus queridos vecinos del sur...

—¿Otra celebración aparte de la de su independencia? —preguntó candoroso Calles.

—No, hombre, eso ya pasó, ahora les toca una por la que nosotros brindaremos hasta agotar las reservas alcohólicas de palacio. Es más, hasta los honraremos con fuegos artificiales.

—Caray, Álvaro, ¿cómo puedo estar tan ajeno a un acontecimiento de esa naturaleza?

Obregón no contestó la pregunta.

—Uno de los peores enemigos de México —agregó—, uno de los más venenosos, de los más ponzoñosos, se encuentra a punto de pasar el resto de sus días en una prisión federal norteamericana.

—¿Y eso merece un brindis como el que propones?

—Sí, se trata de Albert Fall.

—¿Fall? Mira nada más. Este cerdo estuvo apunto de provocar la guerra entre México y Estados Unidos varias veces, sobre todo cuando Villa asaltó Columbus durante la presidencia de Woodrow Wilson.

—Este mismo, Plutarco. Fall declaró en aquella ocasión que si las tropas norteamericanas se retiraban sin haber capturado a Villa, él efectuaría en el Senado un bombardeo tal que haría aparecer a las anteriores revoluciones en México como una inocente celebración del 4 de julio. Ahora puedo afirmar sin temor a equivocarme que los fuegos artificiales, con motivo de la celebración, se llevarán efectivamente a cabo, pero en México, y Fall los podrá ver, desde la cárcel…

Obregón siempre encontraba una ocasión para salpicar con humor cáustico una anécdota política.

—Pero no sabes lo mejor —continuó el presidente ante el rostro más sorprendido aún de Plutarco Elías Calles—. El máximo escándalo de la administración Harding adquiere perfiles novelescos. Los patrocinadores de Fall han salido a la luz pública y son, nada menos que nuestros amigos, Edward McDoheny y Henry Sinclair. Ahora se sabe todo. Ellos dos sobornaron* al Secretario del Interior y al Secretario de Marina a cambio de que les fueran entregadas las reservas de petróleo de la marina americana. McDoheny recibió las de Elk Hill en California y Sinclair las de Teapot Dome en Wyoming. Fall recibió, según mi informante, por lo menos cien mil dólares de McDoheny y trescientos mil de Sinclair. Eso significa que Fall, Sinclair, McDoheny y Denby; pueden ir a dar juntos a la cárcel. Juntitos, Plutarquito.

El Secretario de Gobernación detuvo sorprendido el paso; Obregón, habiéndose adelantado unos metros, sólo volteó para constatar el efecto de la noticia en Calles, quien bien pronto compartió su alegría con el Presidente de la República.

---

* Fall, con el consentimiento del Secretario de la Marina, Denby, entró en una alianza corrompida con los intereses de McDoheny y Sinclair, para darles el control de las reservas navales de petróleo, inmensamente valiosas. La reserva de Elk Hill, en California, fue arrendada a la compañía de McDoheny; la reserva del Tea pot Dome en Wyoming, a Sinclair, a cambio, Fall recibió al menos 100 mil dólares de McDoheny y 300 mil de Sinclair. Las investigaciones dirigidas por el Senador Thomas Wash, de Montana, obligaron a renunciar a Denby y a Fall. Samuel Eliot Morrison, Henry Steele Commager y William E. Leuchtenburg, *Breve historia de los Estados Unidos*, Fondo de Cultura Económica, México, 1980, pp. 699-700.

—Miserables alimañas de mierda. Así deben terminar estos alacranes —exclamó gozoso Calles—. ¡Cómo nos perjudicaron estos malditos bichos, Álvaro! Si te dijera que lamento su suerte mentiría como cualquiera de ellos; ojalá que muy pronto se refundan en la oscuridad de la cárcel, si ya no les puede tocar un buen paredón.

Pues sólo espero —agregó Calles inmensamente satisfecho, mientras volvía a iniciar la marcha— que el descrédito de nuestros enemigos se traduzca en beneficios palpables para México. Ya no podrán ejercer en los Estados Unidos la misma presión sobre nosotros si como el presidente Harding, todo su gabinete está descalificado o, por lo menos, tocado moralmente...

—Eso espero —contestó Obregón—. Por esa razón las reuniones llevadas a puerta cerrada en Bucareli pueden conducir al reconocimiento diplomático. Nunca como ahora tuve confianza en la suerte de las pláticas. Ahí está la solución, Plutarco. Tu gobierno iniciará sus gestiones el año entrante, dentro de un claro concepto de legalidad y dignidad internacionales, sin los descarados sabotajes, ni los cínicos ardides sufridos a lo largo de mi administración.

—Pecas de optimista, Álvaro. Las pláticas, según tengo entendido, se desarrollan con toda cordialidad y buena voluntad, pero aún no ha caído el telón.

El presidente sorteó un pequeño charco por el arroyo izquierdo en donde caminaba él.

Por lo que se refiere al fin de los sabotajes y de los ardides, no veo cómo terminarán si tratamos con malhechores, como algún presidente yanqui los llamó alguna vez; eso por un lado, y por el otro, tampoco veo cómo se desistirán de cualquier acción futura en mi contra sí, como me has informado, no piensas modificar el 27 Constitucional, origen de toda la discordia, misma que yo heredaré.

—Estos tipos bien pronto estarán en la cárcel, por lo menos eso espero y deseo, junto con dos miembros del gabinete del Presidente de los Estados Unidos. Eso nos ayudará. Ahora bien, en lo relativo a la reanudación de relaciones, tan pronto terminemos los acuerdos de Bucareli, tendremos embajador mexicano en Washington y norteamericano en México —adujo Obregón misteriosamente.

—¿Firmarás el tratado para lograrlo?

Obregón detuvo la marcha.

—¡Eso nunca! Tú lo sabes. Jamás firmaré un tratado teniendo como condición el establecimiento de relaciones. Me parece verdaderamente indigno.

Empezaba de nuevo a caminar, cuando exclamó:

—Lo haremos a la mexicana, sobre bases informales y sin compromisos por escrito. Los petroleros seguirán trabajando con toda normalidad y nosotros esperaremos una mejor coyuntura para apretarles las clavijas.

—¿Cómo venderás políticamente los tratados de Bucareli para no perjudicar tu prestigio? —preguntó Calles con el ánimo de conocer toda la mecánica mental del presidente Obregón.

—Mira, la idea es la siguiente.

La bruma producida por la lluvia impedía ver al Secretario de Gobernación todo lo largo del acueducto de Chapultepec.

No hemos alcanzado un acuerdo definitivo en relación con el Artículo 27, ni creo que lo alcancemos. Me he conformado con algunos principios fundamentales, como que los títulos de propiedad absoluta sean convertidos en simples concesiones confirmatorias.

—Ésa es una gran ganancia.

—Ganancia es la aplicación de la Constitución, señor Secretario.

—Pero no es posible, no nos dejarían…

—Por eso digo que me conformaría con algunos principios.

—¿Y la retroactividad?

—No habrá retroactividad en los casos de aquellas personas físicas o morales que hayan llevado a cabo o hayan tenido la intención de hacerlo un acto positivo, o sea una construcción, una obra para extraer petróleo. En esos casos tendrá la preferencia quien efectivamente haya realizado el acto y no sólo haya tenido la intención de hacerlo.

—¿Eso significa que quien haya ejecutado una obra o haya tenido la intención de hacerla en un terreno petrolero, se le mantendrá en todos sus derechos de propietario?

—No, Plutarco, se le mantendrá en sus derechos de concesionario. El petróleo del subsuelo será propiedad de México. Ellos continuarán con la extracción y enajenación del crudo; nosotros retendremos la propiedad de los yacimientos subterráneos.

Calles prefirió no preguntar si cobrarían regalías a los concesionarios o cuáles serían las verdaderas ganancias para el país, independientemente de no obligarse por escrito[244] a través de un tratado que comprometería, no ya a las futuras generaciones, sino a su propia administración, la siguiente, la de Plutarco Elías Calles. Sus preguntas probablemente hubieran ofendido al presidente y prefirió dejarlo como un éxito de él.

—Como ves —continuó Obregón—, los petroleros continuarán con el mismo *modus vivendi* y nosotros reanudaremos las relaciones sin derogar ni modificar el 27.

Pero, claro —pensó—, no modificarás la Constitución, ni la derogarás, pero tampoco la aplicarás. Es decir, renunciarás al sacrificio de toda una generación de mexicanos, sólo para mantenerte en el poder; bueno, en realidad —pensó más prudente—, para mantenernos en el poder. Si Álvaro aplica la Constitución nos echarán a los dos de la presidencia, y si no la aplicamos quedaremos como traidores al movimiento. En todo caso, la indignidad histórica por Bucareli caerá sobre Álvaro, yo veré la forma de reglamentar el 27 durante mi administración; por ahora seré complaciente y comprensivo con él.

—¿Y la prensa? —preguntó Calles suavemente.

—La prensa la manejaremos para dejar caer con cuentagotas la información, siempre sobre la base de presentar los tratados como un éxito de mi administración, coronado con la designación del embajador yanqui. Te dije que era a la mexicana, Plutarco; se trata de un tratado sin tratado, porque yo no lo firmaré, ni lo ratificará el Senado y todo lo plantearemos como un éxito rotundo.

Calles sonrió. Ahora él calló mientras rodeaba un pequeño charco transparente con el fondo lodoso. No habló de la Constitución, ni de su ley reglamentaria. "Yo sí hubiera publicado la Ley, se decía a sí mismo. Todo parece indicar que en lugar de reglamento tendremos un acuerdo oral, sin divulgación. ¿Cómo le habrá hecho para convencer a los gringos de la validez de su palabra? Si logra la reanudación de relaciones, es porque le creyeron. ¿Qué argumento habrá usado o qué habrá dado a cambio?"

—Ahora bien —dijo el presidente engolosinado—, necesitaré tu apoyo político en la Cámara de Senadores para efectos de la ratificación de la Convención General de Reclamaciones.

—Con la Convención, ¿justificaremos la reunión de Bucareli y la presencia de Warren y Payne durante cinco meses en México?

—En efecto, Plutarco. Con la ratificación por parte del Senado, de la Convención de Indemnizaciones a los extranjeros por los daños causados a lo largo de la revolución, vendrá el reconocimiento diplomático y con él los empréstitos y la alianza militar, que en realidad también es un compromiso no escrito, en donde los Estados Unidos se comprometen a apoyar mi gobierno en el caso de un levantamiento ocasionado a raíz de tu candidatura a la Presidencia de la República.

—Sabíamos que la reanudación de relaciones traería de la mano la alianza.

—Bien pronto podremos estar tranquilos. Los petroleros continuarán sus trabajos de extracción con seguridad y confianza. Nosotros tendremos garantizada la recaudación derivada de todo ese proceso productivo. Recibiremos los préstamos para la compra de armas y el apoyo yanqui a nuestras decisiones, es decir, no apoyarán a nuestros enemigos. Tú podrás desarrollar una campaña política tranquila y Harding y Hughes, sin dolores de cabeza originados en México, podrán dedicarse en cuerpo y alma a evitar la renuncia de Fall y de Denby y su futura reclusión en la cárcel de Alcatraz, con vista a la Bahía de San Francisco.

—Siempre tú con tus bromas intempestivas.

—La vida en sí ya es difícil como para vivirla con tanta seriedad, Plutarco.

—En ese orden de ideas, ¿no crees que te excediste el otro día con Fito de la Huerta?

—¿Cuándo?

—¿Cuándo? Cuando me dijiste delante de él, "Tú y yo, Plutarco, no debemos dejar nunca la política, porque nos moriríamos de hambre, en cambio Adolfo sabe cantar y dar clases de solfeo". En esas condiciones, todavía te atreviste a preguntarle: "¿Quién crees tú que debe seguir después de mí en la Presidencia de la República?"

Después de todo, Fito contestó con voz apenas audible, como si saliera del fondo de un pozo, "Bueno, después de ti, Álvaro, debe seguir Plutarco."[245]

Obregón empezó a reír de buena gana. Sabía agradecer cuando festejaban sus anécdotas. Como si sintiera insuficiente todo lo acontecido, agregó:

—Fito también tiene sentido del humor, por eso se lo dije. Ya ves, ni siquiera se enojó…

Algunos días más tarde, el 20 de julio de 1923, los periódicos de Parral publicaban una fotografía impresionante. Francisco Villa había sido asesinado, junto con su chofer y algunos adictos ex dorados, cuando llegaba en su famoso Dodge de su rancho del Canutillo. El famoso Centauro del Norte colgaba con medio cuerpo de su automóvil, después de haber recibido múltiples impactos de bala en la cabeza y en el pecho. Fue materialmente acribillado a tiros en una emboscada diseñada con precisión matemática. Terminaba un sangriento capítulo de la historia de México con un suceso igualmente sangriento. El gobierno obregonista, "sorprendido" por el atentado, prometió públicamente hacer justicia y no descansar hasta encontrar a los culpables del artero crimen…

Los acontecimientos necrológicos se sucedían unos a otros. El siguiente de trascendencia internacional sacudió momentáneamente al mundo entero. Warren Gamaliel Harding, Presidente de los Estados Unidos de Norteamérica, dejaba de existir el 3 de agosto de ese mismo año, aparentemente intoxicado por la ingestión de unos cangrejos en descomposición. La desaparición física de un individuo opaco, llegado a la presidencia, entre otras razones no menos válidas, gracias a su aspecto físico, tipo Hollywood, muy en boga en aquellos días, conmocionó a todo el orbe por la trascendencia del deceso, pero no por la pérdida irreparable de un estadista de altos vuelos. Harding carecía de formación para resolver los complejos problemas propios del ejercicio del liderazgo político y económico adquirido por su país como consecuencia de su victoria en la primera conflagración mundial. Hasta antes de llegar a la Casa Blanca su nombre era escasamente conocido más allá de Ohio.

Ese día se suspendieron las pláticas en Bucareli para honrar la elevada jerarquía del difunto.

Sin embargo, el nuevo Presidente yanqui, Kelvin Coolidge, hombre igualmente gris, no obstruye las negociaciones ni dicta nuevas directrices. El 8 de agosto de 1923 se firmó el tratado sobre la Convención

General de Reclamaciones, sin la ratificación del Senado. Los petroleros niegan la validez de los tratados de Bucareli y manifestaron de inmediato su inconformidad. No son escuchados. El 1o. de septiembre de 1923, casi tres años después de la toma de posesión, Álvaro Obregón anuncia en el Congreso de la Unión, en su informe presidencial, la reanudación de relaciones con los Estados Unidos. El Jefe del Ejecutivo ordena sean echadas a vuelo las campanas de la Catedral Metropolitana para distinguir tan fausto acontecimiento. El gobierno mexicano pide de inmediato un préstamo de veinte millones de dólares. Los petroleros logran bloquear la solicitud, mientras no se satisfagan nuevas exigencias. Obregón estalla rabioso. Acusa públicamente a los petroleros de desestabilizar políticamente a México y de sabotaje crediticio.

Se niega de nueva cuenta a modificar la Constitución y a promulgar una ley reglamentaria redactada por los petroleros y sancionada por Washington.

En el Senado mexicano surgen los problemas. Un grupo de legisladores ataca a Obregón por haber vendido la soberanía del país a los norteamericanos, en razón de los tratados de Bucareli y por considerar indigna la Convención General de Reclamaciones. Obregón, urgido de la ratificación de la Convención no acepta la negativa del Senado. Recurre al crimen. Manda asesinar a Francisco Field Jurado, líder del grupo opositor y aprehender el resto de los legisladores irreverentes.

La sangre vuelve a flotar. Obregón desconoce el pacto federal e intenta imponer a diversos gobernadores leales, en diferentes estados de la Federación. Comete el mismo error de Carranza. ¿Quién nos libertará de nuestros libertadores?[246] Destapa abiertamente a Plutarco Elías Calles como candidato a la Presidencia de la República.

En diciembre de 1923, Adolfo de la Huerta, después de haber renunciado al cargo de Secretario de Hacienda, se levanta en armas, porque Obregón, a su juicio, había enajenado la soberanía nacional en los Tratados de Bucareli. En realidad, la insurrección encuentra su origen en la designación de Calles. En su plan ni siquiera justifica su acción por las supuestas traiciones a la patria cometidas por Obregón.

El gobierno hecha mano de todos sus recursos financieros para aplastar la rebelión delahuertista. Obregón se felicita por su perspicacia política. Efectivamente, Estados Unidos no interviene. Prefieren apoyar a un Obregón ya conocido, que a un De la Huerta impredecible, y respaldan militarmente al presidente mexicano.*

---

* En opinión de ciertos autores norteamericanos, si México no hubiera aceptado el acuerdo de 1923, el gobierno norteamericano muy posiblemente hubiera dado su apoyo a una rebelión de carácter contrarrevolucionario o invadido el país para poner fin a un "impasse" que era una amenaza constante a los intereses de sus ciudadanos. Los acontecimientos de 1924 demostraron que la preocupación de

Hay desapariciones masivas de opositores de Calles, persecuciones, ahorcados, fusilados; las traiciones se repiten, como siempre, a lo largo de la historia de México.

Perecieron los viejos generales, aquellos que habían ayudado a Obregón a escalar el poder, gracias a muchas batallas exitosas. Los cadáveres de gente valiosa surgen por doquier. La sangre vuelve a teñir el suelo provinciano de México. La crueldad aniquila todos los sentimientos. Sólo ella reina. La lucha por el poder no conoce la piedad ni la amistad, ni la nobleza ni cualquier otro valor superfluo.

En las montañas de muertos se encaja la bandera de la patria. Los más abominables asesinatos y los más despreciables crímenes se cometen en nombre de ella.

El régimen de Álvaro Obregón, manchado de sangre, se anota las muertes de García Granados, de Lucio Blanco, de Francisco Munguía, Francisco Villa, Manuel Diéguez, Field Jurado, Ramón Treviño, Manuel Chao, José Rentería, Rafael Buelna, Fortunato Maycotte, Che Gómez...[247]

México vuelve a ser parte de un espectáculo dantesco a ojos de la humanidad.

Aparecen las fotografías sangrientas de cadáveres con macabras expresiones de dolor en sus rostros. Los mexicanos y las balas. Los Estados Unidos y México. El dinero y el petróleo.

Obregón ante la posibilidad de que la transmisión del poder a Calles condujera a una rebelión en cuyo caso la actitud de Washington sería decisiva, no era infundada En las elecciones de 1924 era necesario el apoyo de Washington para asegurar la continuidad del grupo obregonista en el poder.

Daniel James, *Mexico and the americans,* Nueva York; Henry Bamford Parkes, *op cit,* p. 378. Ver Lorenzo Meyer, *México y Estados Unidos en el conflicto petrolero*, El Colegio de México, pág. 204.

VII. OTRA GUERRA, EN EL NOMBRE SEA DE DIOS

Debemos sacar a muchos muertos del panteón y arrojarlos al basurero, comenzando por Porfirio Díaz y terminando con Álvaro Obregón y Calles, aunque quizá debamos preguntamos si el subdesarrollo no puede dar más que héroes subdesarrollados. La Revolución no es la falacia que describieron los generales norteamericanos —casi todos estúpidos—; los reaccionarios de casa o los cristeros y tampoco es el admirable modelo descrito por sus beneficiarios. En un país religioso la Revolución es un mito, generador de mitos. Nosotros hemos de aceptar sus mitos —la única forma válida de contar la historia— y no sus falacias ni sus mentiras.

Fernando Benítez,
Lázaro Cárdenas y la Revolución mexicana

En 1924 nadie en el hemisferio occidental deseaba acordarse de las atroces calamidades sufridas durante la guerra mundial. La mística del trabajo ocupaba las mentes esperanzadas de millones de seres humanos, ávidas de bienestar material, de seguridad política y de novedosos satisfactores culturales. Las artes florecían por doquier. La novela literaria de la posguerra lograba tirajes sin precedentes. El surrealismo hacía acto de aparición en Europa por conducto del poeta francés André Breton, quien, a través de un manifiesto, invitaba a los escritores y artistas a expresar lo subconsciente, los sueños, la libre asociación de imágenes, el funcionamiento real del pensamiento a través del automatismo psíquico prescindiendo de cualquier norma estética o moral.

Los pintores y los poetas surrealistas, Breton, Aragón, Éluard, Desnos, en parte García Lorca, Rafael Alberti y Vicente Aleixandre, daban rienda suelta a sus fantasías dominadas por mucho tiempo por la razón e intentaban en su lírica entrar en contacto con zonas desconocidas del yo para buscar la verdad fuera de la realidad. Influye poderosamente en el movimiento el neurólogo y psiquiatra austriaco, Sigmund Freud. Surgen a la fama o la consolidan a través de esta tendencia artística, De Chirico, Max Ernest, André Masson, René Magritte, Chagall, Klee, Picasso, Miró y Dalí.

Es una nueva eclosión artística, un nuevo renacimiento en pleno siglo XX. Una original y caudalosa corriente de pensamiento, cuyo *leitmotiv* radica en el interés por encontrar otra realidad, una suprarrealidad, sin los traumatismos bélicos y sus imágenes dantescas. Nadie quiere recordar la barbarie ni el cataclismo ni el asesinato masivo. Es mejor la fuga de artistas y espectadores a un mundo irreal en donde los pinceles, la tinta y los sonidos hacen las veces de bálsamo en las heridas causadas por la pavorosa devastación.

En el ramo de las comunicaciones, el teléfono acerca a la humanidad hasta convertirla en una gran colonia multinacional, donde todo se conoce al instante y al detalle. La radio consolida las nacionalidades, unifica internamente a los países y acentúa los perfiles de su personalidad. La prensa escrita resiente el embate de una feroz competencia. Los diversos hechos originados en el mundo, al conocerse de inmediato, inciden negativamente en el temperamento de la gente. Ya no sólo deben soportarse y asimilarse las noticias locales; ahora las internacionales pueden ser igual o más importantes.

Las fábricas de automóviles proliferan en Europa y en Estados Unidos. Ford alcanza la cifra increíble de cuatro millones de coches producidos desde su fundación. Esta acaudalada industria genera un poderoso efecto multiplicador en la economía, en particular en los ramos hulero, textil, eléctrico, acerero y petrolero. El consumo de gasolina alcanza niveles sin precedentes. Es necesario construir una red interminable de carreteras para unir al país. El comercio prospera con el mismo dinamismo y los vientos de la prosperidad hacen ondear rítmicamente y orgullosamente las otrora baleadas banderas ensangrentadas de los aliados. El charleston, los blues y el jazz enmarcan musicalmente a esta nueva generación optimista. ¡Son los veintes, los fabulosos veintes!

El cine, ¡oh el cine! Se hacen titánicos esfuerzos por superar el cine mudo. Mary Pickford sigue siendo la "Novia de América". Helen Cliff le disputa la distinción.

Las relaciones amorosas entre Helen Cliff y Edward McDoheny continuaban estrechándose dentro de una atmósfera confusa y tensa, donde el amor y la ternura, así como el odio y el rencor, aparecían instintivamente sujetando, consciente unas veces, inconsciente otras tantas, a ambos protagonistas.

Cada uno percibía a lo largo de un día los más contradictorios sentimientos respecto al otro. Alguna liga todavía indescifrable para ellos los unía sólidamente en algunas ocasiones y frágilmente en algunas otras. Parecían víctimas de una incontenible inercia irracional, sensualmente suicida, frustrante y atrayente, pero siempre exquisitamente constructiva, aunque pudiera encaminarlos al mismísimo despeñadero.

—¿De verdad piensas que Edward sería capaz de abandonarte?

Se produjo un silencio mientras Helen pasaba incansable el cepillo a lo largo de su rubia cabellera.

—¿Qué piensas, Helen?

—No sé, Danny, no lo sé —contestó la actriz sin retirar la mirada del espejo para detectar con oportunidad la presencia de cualquier arruga y atacarla con todos los cosméticos y técnicas existentes.

—Esa duda me es muy indicativa —repuso sarcástica miss Watson—. Probablemente te quiere y se niega a perjudicarte. Ésa sería una explicación. De otro modo no puedo entender su actitud. Él tiene todos los medios a su alcance para encumbrar a cualquiera y para despedazarlo si así lo deseara. ¿De verdad no sabes?

—No sé, Danny, te juro que no lo sé.

—¿Y cómo te explicas que no te haya abandonado después de tanto tiempo?

—Estoy confusa. Te insisto que estoy confusa.

—O estás confusa o te niegas a ver la realidad.

Helen esbozó una sonrisa.

—Tú me engañas o me cuentas sólo la mitad —exclamó Danny Watson, la íntima amiga de tiempo atrás de la famosa estrella.

—Te juro que no, Danny —replicó Helen sin poder contener una risa que ya le cubría toda la cara.

—Dime la verdad. McDoheny nunca te abandonará porque bien sabes que está enamorado de ti.

Helen, pensativa, respondió mientras sostenía el cepillo en la mano derecha y veía a través del fiel espejo a su interlocutora:

—Yo ya no sé lo que significa estar enamorada, ni sé si Teddy lo esté de mí a estas alturas.

—¿Crees que él lo estuvo alguna vez?

—Puede ser, Danny, sólo que a su manera. —La actriz se acomodó en el taburete—. Edward se encaprichó con mi físico y nunca quiso soltarme. Yo entré a su vida por el ojo y a estas alturas ya debería haberlo hecho por el oído.

—¿Nunca te escuchó?

—Él quería tenerme, poseerme, morderme, bañarme, perfumarme, vestirme y decorar su vida. Al principio me decía que lo mejor de mí era mi silencio. Recuerdo una noche cuando le pregunté coqueta y atrevida: ¿cómo quieres que te haga el amor el día de hoy?

—¿Qué te contestó?

—"¡Callada! Quiero que lo hagas callada. Tus mejores atributos son tu cuerpo y tu silencio…" Yo me molesté. Sólo me contestó con el ánimo de suavizar el comentario: "El juego amoroso tiene su propio lenguaje. No desperdiciemos la oportunidad de disfrutarlo."

—Es la historia de siempre —repuso Danny—. La historia de la carne. Cuando ha cambiado de sabor y consistencia, simplemente los hombres piden otro platillo.

—Ahí está la habilidad de una mujer, Danny, en acaparar primero la atención de un hombre a través de sus instintos primarios. Ahora bien, si durante tu relación no logras hacerte oír, entonces prepárate para el fracaso. Pero si lograste conquistar su oído, ya puedes tranquilamente resignarte a ver disminuidos tus atractivos físicos. Habrás vencido, Danny, habrás vencido cuando tu hombre no pueda prescindir de la necesidad de escucharte.

—¿McDoheny te escucha, Helen?

—Creo que me escuchaba —dijo resignada—. Por eso no ha querido apagar mi voz ni mi alegría de vivir.

—Si te escucha, está enamorado.

—Probablemente, Danny. Sin embargo, volvemos al terreno de los intereses. ¿Me quiere o me necesita? Para mí es muy difícil distinguir dónde se encuentra la frontera entre la necesidad, la costumbre y el amor. Yo, por mi parte, pienso que una mujer se enamora de un esquema de requisitos y necesidades y luego se enamora del hombre mismo cuando ve materializadas sus ilusiones. Una mujer es mucho más cerebral que un hombre. Yo siempre imaginé a un tipo como Edward, poderoso, inteligente, experimentado en la vida y en el amor, millonario, influyente y con la capacidad de ayudarme en mi carrera. Cuando lo conocí a él…

—Entonces tú estás enamorada de McDoheny.

—Él no me dejó. Nuestra frivolidad nos condujo a un juego para satisfacer necesidades recíprocas. Yo pensé en mis intereses y él en mi cuerpo. Él no iba a andar con cualquiera. Yo estaba encantada, pero no por su amor, sino por su ayuda. El intercambio prosperaba armónicamente.

—¿Tu agradecimiento nunca se convirtió en amor?

—Sí, le estoy agradecida, pero no sé si el vacío que siento por su ausencia responde a la costumbre o al amor.

—Entonces te contradices, Helen —exclamó Danny al ponerse de pie y dirigirse a un sillón apoltronado tapizado a base de telas de algodón decoradas con enormes girasoles. Al dejarse caer cómodamente, continuó—: Hablas de un esquema. De un inventario de necesidades y requisitos mínimos con los que debe contar el hombre anhelado.

—Sí. ¿Dónde está la contradicción?

—En el propio famoso esquema. Si tú eres tan cerebral y frívola como dices y te imaginaste al hombre ideal con todas sus cualidades, ¿por qué no te enamoraste de Edward si él te daba todo lo que tú necesitabas? Por lo visto todo debería ser automático y no lo fue…

—Bueno… —iba a replicar Helen.

—No me vengas con cuentos ni noveles tus relaciones amorosas con Ted. Una mujer puede imaginarse al príncipe azul —dijo Danny Watson—, sin embargo puede enamorarse en un abrir y cerrar de ojos de un sujeto sólo con que te ayude a cambiar un neumático a media carretera de Los Ángeles a Hollywood. De una mujer de la calle te convierten en paloma doméstica, de atea en católica y viceversa, de actriz en madre de familia. Ellos tienen un poder de convencimiento del que nosotras carecemos y si son conscientes de él, lo pueden explotar hasta hacer de ti una mujer totalmente distinta de lo que tú misma te imaginas que eres o quisiste ser.

—Estás hablando de la animalidad, Danny.

—No, Helen. Sólo hablo de la fortuna. De enamorarte de un hombre maduro y sano con el interés de ayudarte a descubrir todas tus facultades para desarrollarlas a plenitud. Ninguna animalidad. Te puedes enamorar de un hombre que sólo haga emerger lo negativo de ti o, por el contrario, lo positivo. Pero tú no escoges a ese hombre dentro del esquemita ése, propio para quinceañeras. El día menos pensado te lo encuentras y se derrumban todas las concepciones infantiles. Caerás sin oponer la menor resistencia aun cuando no reúna ni el mínimo de las calificaciones exigidas por ti.

—En relación a Edward…

—En relación a Edward —interrumpió Danny—, estás enamorada de él porque te ha hecho feliz en la cama, porque te gusta su físico, su virilidad, su brusquedad y su ternura oculta. Después, porque sin él nunca te hubieras realizado profesionalmente ni volarías a las alturas a que hoy lo haces. La felicidad está en la acción y él te dio la acción. La tranquilidad, la paz y el éxtasis se obtienen en la cama y él te las dio con generosidad, además de dinero, fama y un lugar en la sociedad. Tu vacío es por amor, tu agradecimiento es amor y tus risitas sólo esconden el amor, Helen. No te mientas más: con McDoheny has alcanzado las dos grandes metas a que puede aspirar una mujer ambiciosa que huye de los horrores de la domesticidad: el placer amoroso y el éxito profesional. No te los niegues.

—Lo que pasa, Danny…

—Lo que pasa, Helen…

—Déjame hablar, Danny…

—Déjame terminar Helen. Lo que pasa es que ustedes dos son soberbios y se niegan a reconocer la importancia de cada quien en la vida del otro, porque lo contrario significaría falta de fortaleza emocional, imposible en el caso de gente autosuficiente. ¡No existe la gente autosuficiente! y si existiera, estaríamos frente a una monstruosidad de ser humano a quien yo no quisiera nunca llegar a conocer. Ábrete, Helen, entrégate no sólo de cuerpo sino del alma. Tú que estás frente al espejo, reconoce las carencias propias de los seres humanos. ¿Qué escondes tras esa barrera de acero aparente? ¿Debilidad? Pues confiésala a quien sepa entenderla, manejarla y disfrutarla de buena fe, con cuidado y amor. Eso es entregarse, querida amiga.

Helen clavó su mirada en la de Danny, quien esperaba en silencio una respuesta de su amiga. No la hubo. La actriz pensó en continuar con el cepillado de su cabellera. Todos sus sentimientos buscaron al unísono una salida a través de su garganta. La presión se hacía insostenible. La muralla que defendía su dignidad parecía desplomarse.

La puerta del camerino se abrió repentinamente. Ambas se asustaron; pensaron en y McDoheny.

—A escena, señorita Cliff. Cinco minutos para su entrada en escena.

Acto seguido desapareció el intempestivo extra del teatro, un hombre joven con una cachucha de *tweed* color marrón.

Helen buscó de inmediato sus maquillajes. Una idea relampagueante ocupó de improviso su mente susceptible… ¿Cómo sabría Danny de la ternura oculta de Teddy? Ésa sólo la advierte quien ha vivido cerca de él… pensó para sí. No era normal la vehemencia de sus expresiones; probablemente había fracasado en sus relaciones con el petrolero. Decidió preguntarle.

—¿Cómo sabes que Teddy oculta su ternura. ¿Es más, cómo sabes siquiera que la tiene? El rostro de Danny Watson se ruborizó al instante y acusó de inmediato el impacto.

—¿Por qué me preguntas eso?

—Por curiosidad, amiga, por curiosidad. En un momento pensé que sabías muchas cosas de mi más íntimo patrimonio sentimental.

La sorpresa de Helen se convertía en inexplicable rabia.

El general don Plutarco Elías Calles juró en 1924 respetar y hacer respetar la Constitución Política de los Estados Unidos Mexicanos, en su carácter de Presidente de la República. Llegaba a la primera jefatura del país con la fundada intención de materializar socialmente el contenido de las disposiciones constitucionales, ineficientes desde su promulgación en 1917. Habían transcurrido prácticamente ocho años, a lo largo de los cuales la nación no había podido disfrutar de las conquistas políticas de una terrible revolución coronada, en apariencia, por el éxito. Venustiano Carranza las había dejado consignadas exclusivamente en el papel. Pero por otro lado no constaban en sus haberes políticos los esfuerzos progresistas por llevarlas a la práctica. Álvaro Obregón tampoco pasaría a la historia como el gran ejecutor de la Constitución. Su gestión al respecto se redujo a modestos intentos, por lo general infructuosos e inocuos. El "Turco", como apodaban al general Calles, accedía a la presidencia con el ánimo de aplicar valientemente lo dispuesto por los Artículos 3º, 5º, 27, 33, 123 y 130 de la nueva Carta Magna mexicana. Deseaba justificar y respetar el sacrificio de toda una generación de mexicanos y destruir de una buena vez por todas y para siempre los restos todavía amenazantes del aparato porfirista.

Calles, quien había sido Secretario de Estado con Carranza, con De la Huerta y con Obregón, significaba el ala izquierda de los vencedores de Agua Prieta. Su posición anticlerical, su ferviente nacionalismo, sus deseos de recuperar el control de la economía y de los recursos naturales para los mexicanos, su inclinación sindicalista de gobernar al lado de los obreros y para beneficio de los campesinos, le reportaban magníficos dividendos en materia de popularidad.

Heredaba un país en bancarrota. Había sido necesario extraer dolorosamente de las arcas nacionales los últimos sesenta millones de pesos, no para satisfacer intereses primarios de la colectividad sino para aplastar hasta la absoluta inmovilidad las aspiraciones presidenciales de Adolfo de la Huerta, quien a falta de oportunidades democráticas y seguridades civiles para sostener una contienda electoral dentro de un marco de libertad y garantías constitucionales recurrió a las armas para oponerse a la nueva élite revolucionaria, detentadora de un poder que ya se negaba claramente a compartir.

El presidente Calles, triunfador indiscutible en las recientes elecciones presidenciales en términos del recuento oficial de la votación, pero no en los de la voluntad política de las mayorías ciudadanas que apoyaban a De la Huerta, había ideado una serie promisoria de reformas fiscales, bancarias y financieras, además de la educativa y la agraria. Su programa carretero, ferrocarrilero e hidráulico, rebasaba el más audaz optimismo. Finalmente, intentaría consolidar todo el poder político a través de una férrea centralización de la autoridad para no encontrarse con tropiezos desagradables a la hora de ejecutar su revolucionario programa de gobierno.

En otro orden de ideas, en Estados Unidos Calvin Coolidge ganaba las elecciones presidenciales. El partido republicano se quedaba cuatro años más al frente del máximo poder yanqui.

Jamás había pisado la Casa Blanca un hombre tan negativo y de tan respetable mediocridad. "El genio de Coolidge para la inactividad se ha desarrollado hasta un punto muy alto", observaba con agudeza Walter Lippmann. "Lejos de ser una actividad indolente, es una actividad sombría, determinada, alerta, que lo mantiene constantemente ocupado." Sin embargo, su frugalidad y falta de pretensiones satisfacían a una generación extravagante, presuntuosa y voluble. Su carácter taciturno, su figura seca, abstemia, sin imaginación, no era una serenidad filosófica. Su sencillez no tenía profundidad.[248] Poseído de un concepto extraterritorial del nacionalismo, bien pronto había de chocar con el de su vecino del sur, convencido también de las bondades de un ideario nacionalista, aun cuando de proporciones meramente locales.

"Silent Call", como llamaban al presidente norteamericano en los altos círculos políticos de Washington, capitaneaba la nueva era de los negocios llamada "Age of Business" por los titulares del gran capital. Su política exterior no se le identificaría como "Dollar Diplomacy", sino por la de "Diplomacy of the Dollar".[249]

El atractivo perfil de Calvin Coolidge, como estadista, realmente dejaba escasas posibilidades de imaginación a quien no ostentara pasaporte norteamericano. Apasionado conservador, intransigente opositor al menor movimiento progresista, protector fanático de cualquier interés norteamericano en el exterior, rechazaba con singular cinismo y audacia toda legislación, aun la emitida en ejercicio de los poderes soberanos de una nación, si aquélla era contraria a la vigente en Estados Unidos. Todavía más. Era celoso admirador de Porfirio Díaz y su acalorado defensor. "Silent Call" nunca se cansaba de repetir:

"Debemos estar preparados para una intervención armada en cualquier parte del Globo en donde el desorden y la violencia amenacen los pacíficos derechos de nuestro pueblo."[250]

Las relaciones entre ambos gobiernos durante los primeros meses de sus respectivas administraciones se habían desarrollado sin mayores incidentes. Warren, el embajador yanqui en México, advertía una inconcebible moderación.

En la mente inquieta del presidente Calles se agitaban con angustia toda sus fantasías políticas; consciente de la brevedad de su mandato y de la incertidumbre del futuro, se propuso materializarlas de inmediato. Era el pleno verano de 1925.

El próximo periodo de sesiones del Congreso deberá promulgar, finalmente, la famosa Ley del Petróleo, saboteada con éxito notable por los petroleros, el Departamento de Estado y la Casa Blanca hasta el extremo de impedir no sólo su publicación sino su estudio mismo en los recintos parlamentarios —pensaba Calles, ya instalado en el Castillo de Chapultepec.

Carranza se estrelló contra los petroleros al intentar llevar a la práctica su política energética, cuya aplicación difirió una y otra vez por virtud de las presiones y amenazas yanquis, hasta verla reducida a la inoperancia.

La Ley Petrolera se quedó archivada en una gaveta del Congreso cerrada con la llave de McDoheny. Los petroleros habían descansado a placer con el asesinato de Tlaxcalantongo. La brevedad del interinato impidió el rescate del proyecto. Obregón, con su *modus vivendi* también fracasó en sus intentos por decretar la Ley. Ahora el turno es mío. No desaprovecharé nunca esta oportunidad histórica. Yo sí los meteré en cintura. Publicaré la Ley en este periodo de sesiones. En esta ocasión me encargaré de los regalos de navidad para el Tío Sam.

Ocho años sin poder siquiera promulgar la Ley... Esto es una burla a México, pero sabré esquivar a los espías petroleros instalados en el Congreso de la Unión, disfrazados de diputados federales. Mandaré tres proyectos diferentes firmados por diversos representantes camarales para tener siempre una explicación de cara al embajador yanqui, quien no tardará en personarse con Aarón Sáenz en Relaciones Exteriores. Sáenz dirá: "Señores míos, en una representación popular se ventilan todo tipo de problemas y proyectos. No veo el motivo de su preocupación mientras no se dé un acto concreto que realmente afecte sus intereses." Mientras tanto avanzaremos en el desconcierto y cuando esté a punto de concluir el periodo de sesiones, cuando ya no haya posibilidad de discusión, mandaré el verdadero proyecto para que sea aprobado sin chistar por las Cámaras. ¡Ay de aquel diputadito que lo pretenda sabotear!

Los petroleros se quejaron ante Washington por su impotencia al no conocer el texto verdadero. "Uno de los proyectos es muy agresivo, otro conservador y, finalmente, el último es favorable a sus intereses." Los poderosos industriales desean una definición legislativa para poder discutir sobre una "litis" concreta. Coolidge y el Secretario de Estado, Kellog, resuelven sustituir al embajador Warren por James Rockwell Sheffield, nuevo representante de la "Diplomacy of the Dollar". Warren había demostrado ser tibio y conservador.

Sheffield, destacado discípulo de la escuela de Henry Lane Wilson, incondicional, asimismo, de las empresas norteamericanas y del "gran capital norteamericano", siempre decía:

—México es incapaz de gobernarse por sí mismo. En esto tenía razón Lane Wilson y por eso la embajada nuestra durante el gobierno de Victoriano Huerta fue el verdadero centro de decisiones presidenciales en la República Mexicana.

Sheffield, al llegar a México acusó al régimen de asesino, ladrón y violador de su palabra de honor, en virtud, entre otras razones, de sus intenciones de no respetar los Tratados de Bucareli.[251]

—Firmemos un tratado, el de la amistad y comercio. Pongamos en negro y blanco lo acordado en Bucareli —dijo a Aarón Sáenz en su primera visita de cortesía.

El Secretario mexicano de Relaciones Exteriores contestó:

—Los asuntos entre los dos países marchan con toda cordialidad dentro de un marco obvio de amistad. Siento innecesario el tratado.

—Pero si en la Cámara circulan versiones distintas de la Ley Petrolera y todo indica que no se respetará lo acordado en Bucareli.

—Son suposiciones, Su Excelencia.

—Pero si he visto los proyectos.

—Caray, tiene usted mejores fuentes de información que yo. Por un momento pensé que las iniciativas se discutían a puerta cerrada.

—Bueno... usted sabe —aclaró Sheffield mientras limpiaba su garganta—, como diplomático debo estar interiorizado de todo lo que acontezca en relación a las vidas y patrimonio de los norteamericanos radicados en este país.

—Lo entiendo, señor embajador. Sólo le pediría, como en su momento se lo planteé a su colega Warren, tenga usted la amabilidad de esperar un hecho concreto para no discutir sobre hipótesis inciertas, sino sobre realidades demostrables.

—Firmemos entonces el Tratado de Amistad para protegernos de cualquier posibilidad adversa a nuestros intereses. De cualquier modo, su presidente ya ratificó lo acordado en Bucareli.[252]

—Le insisto a usted, señor embajador, que no veo ningún motivo de preocupación ni veo comprometidas las relaciones de amistad entre nuestros países. Por lo que toca a ratificar los Tratados de Bucareli, usted, como destacado abogado, sabrá mejor que nadie de la fuerza legal de esos, entre comillas, tratados —advirtió Sáenz mientras se recargaba en el sillón de su escritorio y rasgaba el aire con los dedos índices y medios de cada mano, dibujando esos signos gramaticales en el espacio.

—¿Pretenden ustedes desconocer los Tratados, señor Ministro? —preguntó airado James Rockwell Sheffield.

—Señor embajador, se trata de acuerdos de buena voluntad solamente, sin ninguna fuerza legal.

—Usted me disculpará, pero lo tratado sí obliga a nuestros países.

Sáenz, satisfecho de haberlo colocado en una clara posición de tiro, disparó sin piedad:

—¿Qué acaso fueron ratificados por el Congreso de los Estados Unidos y por el de México?

—No, señor, pero...

Sáenz agregó con suavidad:

—Entonces carecen de fuerza legal y se limitan a describir un convenio amistoso al que llegaron dos gobiernos en este momento ya desaparecidos.

—Todo me indica sus intenciones de revocar lo convenido, señor Ministro.

—En ningún caso. No lo vea usted con ese dramatismo.

—No lo veo con dramatismo. Simplemente estamos indefensos sin el Tratado de Amistad mientras los rumores de una legislación petrolera contraria a los intereses de mis compatriotas crecen todos los días. Recuerde usted que la Suprema Corte mexicana ya acordó que no podrá haber retroactividad tratándose de la aplicación del Artículo 27.

—Así es, señor embajador —sonrió por dentro nuevamente Aarón Saenz—. Ése fue el caso de la Texas Petroleum, pero ése fue un solo hecho aislado y no llegó a constituir jurisprudencia para obligar a la Corte a resolver todos los casos siguientes en el mismo sentido del precedente.

—¡Señor Ministro! Discúlpeme usted —exclamó Sheffield apenas conteniéndose—, veo negros nubarrones en el futuro de nuestras relaciones.[253] Mi gobierno evidentemente se reserva todos sus derechos para hacerlos valer en caso de un atentado contra nuestros intereses. Me ha pedido el Secretario de Estado comunicarle a usted lo siguiente en caso de su desacuerdo como el de hoy.

—No veo el desacuerdo, señor embajador. Pero usted dirá —exclamó el Secretario de Relaciones sin inmutarse.

Sheffield, molesto, repuso sin hacer mención del comentario de Sáenz:

—Mi gobierno sostiene que nadie puede alterar los derechos de propiedad adquiridos legalmente en este país por los ciudadanos norteamericanos, porque es violatorio de la ley y atenta contra los intereses patrimoniales de Estados Unidos. Mi gobierno no permitirá pasivamente la ejecución de los planes confiscatorios del presidente Calles a través de una legislación petrolera ostensiblemente violatoria de los más elementales principios del Derecho Internacional.

—Usted toma los rumores como realidades, señor embajador. Ésa es una confusión peligrosa que sí puede afectar nuestras relaciones. Lo invito a usted a meditar tranquilamente respecto a la actividad de nuestro Congreso y a tomar las medidas y decisiones procedentes tan pronto un hecho concreto roce su esfera de intereses. Mientras tanto, es inútil continuar desgastándose en hipótesis inciertas.

—Señor Ministro, se habla de una inminente rebelión contra el presidente Calles y formalmente hago de su conocimiento que los Estados Unidos de Norteamérica respaldarán al gobierno de Calles solamente si cumple con sus obligaciones internacionales.[254]

Sáenz guardó silencio sin retirar la mirada del rostro de Sheffield.

—Desconozco absolutamente todo lo relativo a la rebelión que usted menciona. El gobierno del señor presidente Calles goza de una inmensa base popular y fue electo democráticamente; su estancia en el poder, Su Excelencia, responde a la voluntad soberana de las mayorías, situación que me permite negar las menores posibilidades de éxito a cualquier levantamiento, si éste es patrocinado por mexicanos estrictamente. Insisto, con todo respeto, mister Sheffield, que discutimos fantasías…

—¿Y Bucareli?, señor Secretario, ¿también es una fantasía? —preguntó el Embajador en plan de burla.

—¡Señor Embajador! —dijo Sáenz en tono severo—. ¿A algún petrolero le ha sido cerrada una válvula en sus terrenos o le han confiscado un barco, una cuenta o un embarque?

—No señor, pero puede suceder.

—Pues cuando suceda será conveniente volver a retomar el tema.

—Buenos días, señor Ministro.

—Buenos días, señor Embajador.

Volvió a aparecer la tensión en las relaciones de México y los Estados Unidos, originada de nueva cuenta en el petróleo. La sangre mexicana había corrido abundantemente en este siglo por culpa del petróleo. Todo hacía prever un nuevo derramamiento. En esta ocasión, el Presidente de la República intentaría, además, aplicar la Constitución en lo relativo a la tenencia de la tierra y a los límites de la actividad de la Iglesia. Ambos propósitos coadyuvarían a la tirantez, a la amenaza y al peligro intervencionista. Calles desecha los proyectos legislativos del régimen anterior. Crea una comisión mixta para reglamentar las fracciones I y IV del 27 y lanza al Congreso su propio proyecto de la IV con la consigna de lograr una aprobación inmediata.

"Donde Carranza y Obregón no pudieron, yo sí podré."

Los contactos petroleros de alto nivel en el Congreso mexicano funcionan con toda oportunidad. Algunos diputados mexicanos revelan a cambio de dinero la trascendencia de los planes presidenciales. Los petroleros a su vez informan a Sheffield, quien rabioso y sorprendido comunica a Kellog y a Coolidge la proximidad de la medida expropiatoria y la realidad del juego político de Calles.

El Presidente de los Estados Unidos, desde el Salón Oval sentencia: El gobierno de México está ante el juicio del mundo.[255]

El presidente mexicano, indignado, respondió en tono enérgico, después de recordar para sí: —Estoy dispuesto a caer, pero no a transigir:

Si el gobierno de México se halla, según usted afirma, sujeto al juicio del mundo, en el mismo caso se encuentran tanto el de los Estados Unidos como todos los demás países, pero si se quiere dar a entender que México se encuentra en juicio, en calidad de acusado, mi gobierno rechaza, de una manera enérgica y absoluta semejante imputación que, en el fondo, constituiría una injuria. Para terminar, declaro que mi gobierno, consciente de las obligaciones que le impone el Derecho Internacional, está resuelto a cumplirlas y, por lo mismo, a impartir la debida protección a las vidas e intereses de los extranjeros; que sólo acepta y espera recibir la ayuda y el apoyo de los demás países basados en una sincera y leal cooperación y conforme a la práctica de la amistad internacional; pero de ninguna manera admitirá que un gobierno de cualquier nación pretenda crear en el país una situación privilegiada para sus nacionales, ni aceptará tampoco ingerencia alguna que sea contraria a los derechos soberanos de México.[256]

Surge el temor por un rompimiento inmediato de relaciones entre ambos países. Calles cita en su despacho a Luis N. Morones, su Secretario de Industria y Comercio, poderoso representante del sector obrero, líder de la Confederación Regional Obrera Mexicana (CROM), amante del boato, del lujo, de las mujeres y de las joyas. Ambos funcionarios intercambiarían puntos de vista en torno al conflicto internacional en ciernes, derivados de la inminente publicación de la Ley Petrolera. Morones, hombre de acendradas convicciones nacionalistas, a pesar de su manifiesta proclividad al dinero fácil y a sus extravagancias públicas, había sido llamado por el Presidente de la República para abocarse al estudio y redacción de la citada ley.

La iniciativa presentada a la atención de Calles recogía los elementos imprescindibles para dejar bien definida la titularidad de los derechos de propiedad de los yacimientos petrolíferos del país.

El Presidente de la República tenía la pluma en la mano y se disponía a firmar la histórica iniciativa.

—Esto será como detonar una bomba en una vidriería, querido Luis —comentó preocupado el presidente.

—Sí, será una bomba, Plutarco; ¡Y en qué forma! Pero ya es hora de hacerles saber a los señores petroleros y a sus abogados del Departamento de Estado que México no es un corralón en donde pueden venir a hacer sus necesidades fisiológicas.

Calles sonrió sutilmente para agregar:

—En su país tampoco pueden hacer lo que les venga en gana, Luis. He seguido de cerca el juicio instruido a McDoheny y a Sinclair en los Estados Unidos y, por lo pronto, debo decirte que el propietario de la Sinclair Oil Co. ha sido condenado a purgar una pena corporal no menor de quince años en una prisión federal americana. Y no sólo eso, se lleva entre las patas a la cárcel a Albert Fall, Secretario del Interior del gobierno de Harding y a Denby, el Secretario de la Marina.

—Estamos informados —replicó el Secretario de Industria callista—. Lo único lamentable es que el tal McDoheny todavía ande suelto. Ese individuo nunca debió haber salido siquiera del vientre materno.

—Álvaro Obregón me llamará por teléfono desde su rancho de Sonora tan pronto encarcelen al tal Sinclair. Eso te lo puedo apostar

—sentenció Calles optimista—. Esos sujetos, Fall y McDoheny, han sido los peores enemigos de México en los últimos treinta años y cuando los vea retratados tras los barrotes nos tocará a nosotros brindar largamente por su perdición, espero, irreparable.

A veces no sé si el petróleo sea una bendición o una maldición. Esos criminales capitalistas han impedido por todos los medios la consolidación de nuestras instituciones y ellos, ¡sólo ellos!, son los responsables del fracaso constante de nuestras relaciones con los Estados Unidos y de una buena parte de nuestras desgracias —concluyó Calles pensativo.

—Cierto, Plutarco —exclamó Morones—. Mira nada más cómo se ha despeñado la recaudación en el renglón de la producción petrolera. Compárala con el primer gobierno de Álvaro y con el primero tuyo y te sorprenderás.

—Retengo las cifras —repuso el presidente, informado de la situación financiera—. En 1921 rompimos todos los récords con 193 millones de barriles y nos ubicamos como el primer país exportador de petróleo en el mundo. Recaudamos sesenta y tres millones de pesos, casi una quinta parte del presupuesto federal de egresos pagados por un solo sector productivo.[257]

Morones calló en señal de admiración y respeto.

Por eso abusaron, Luis, porque conocían de sobra nuestras carencias presupuestarias, nuestra dependencia financiera de la recaudación petrolera y lucraron políticamente con ella, como siempre lo han hecho. ¡Imagínate tú, las finanzas nacionales dependiendo de malvivientes de la peor ralea! —concluyó Calles angustiado.

El presidente todavía explicó por qué a su juicio la actual baja de la producción petrolera no se debía al agotamiento gradual de los manantiales* sino a un deliberado intento de reducir los ingresos federales provenientes del petróleo para asfixiar financieramente al país.

—Acuérdate cuando a Álvaro le bloquearon aquellos veinte millones de dólares —agregó Calles—. Recuerda también cuando Pani amenazó a los banqueros yanquis con destinar los impuestos petroleros a obras de irrigación si se seguían negando a renegociar nuestra deuda.**

—Sí, Plutarco, conozco las andanzas de los petroleros y de los banqueros.

—Pues si meten a la cárcel al tal Sinclair, ya sólo nos quedará un enemigo, Luis. En Washington los petroleros están totalmente desprestigiados por el escándalo y la corrupción.

---

* La producción petrolera de 1925 se había reducido en un 45% en relación a la de 1921.

** Pani logró refinanciar la deuda en octubre de 1925.

—Entonces, Plutarco, éste es el mejor momento para promulgar nuestra ley reglamentaria —comentó optimista Morones—, sobre todo si de por sí se bajó la producción y se dice que esos tipos ya prefieren los pozos venezolanos a los nuestros.

—Desde luego —admitió Calles en tono paternalista—. Cuando des un paso, da rápidamente el otro o te caes. Yo ya di el primero cuando ordené la aprobación de la ley, y, o doy el siguiente o quedaré en ridículo y en un peligroso entredicho. Nos creceremos al castigo, Luis. Gravaremos con un 10% el valor del combustible extraído; desconoceremos todo aquello del acto positivo; confirmaremos a través de concesiones los derechos para extraer nuestro petróleo y cobraremos finalmente regalías. Si aceptan nuestro régimen implícitamente aceptarán que el subsuelo es propiedad de la nación y con ello habremos cumplido con lo dispuesto por la Constitución —señaló entusiasta, contra su costumbre, el presidente Calles,[258]

—Ése va a ser un punto explosivo a pesar de que ellos saben que en los Estados Unidos los yacimientos son propiedad del Estado y el petróleo sólo ingresa al patrimonio de los particulares hasta que es extraído a la superficie.

—¡Claro que lo saben, Luis! Pero aún así negarán nuestro derecho a hacer lo mismo en México. Debemos estar preparados para resistir los ataques por el lado de la cancelación de sus supuestos derechos a perpetuidad sobre los mantos y por el de la Cláusula Calvo.*

Calles alegaba que los petroleros debían someterse a las leyes y denunciar sus tierras petroleras para extenderles sus respectivas concesiones o se les cancelarían sus privilegios en beneficio de la nación si en el plazo establecido por la ley no solicitaban la confirmación de todos sus derechos.[259]

—Es un desplante de optimismo, mezcla de audacia y temeridad, Plutarco.

Calles tomó la pluma y firmó la iniciativa legal.

—Adquieres dos compromisos con el Presidente de la República, Luis.

—A tus órdenes —contestó de inmediato el Secretario de Comercio.

—El primero: es imprescindible la aprobación de la Ley en el actual periodo de sesiones, de preferencia el último día de este 1925.

—Todo lo tenemos dispuesto el Secretario de Gobernación y tu servidor en la propia Cámara. No te preocupes en ese aspecto. ¿Y el segundo? —preguntó interesado Morones.

---

* Herramienta jurídica doméstica que establece la posibilidad de la pérdida de los bienes de un extranjero radicado en México por el solo hecho de apelar diplomáticamente a su país para que se le imparta justicia.

—Probablemente necesitaremos organizar una gran concentración obrera en el Zócalo para apoyar mi política petrolera. Si manejas y controlas dos millones de obreros en tu confederación, me deberás reunir cuando menos, en caso dado, unos cincuenta mil. Es bien conveniente utilizar a las grandes masas para revelar a nuestros opositores el tamaño del enemigo a vencer y evitar personalizaciones peligrosas. Los petroleros deberán estar conscientes del respaldo concedido por mi pueblo a mi programa de gobierno. Nada ganarían con mi desaparición física. Mi sucesor tendrá las mismas ideas o ejercerán sobre él presiones imposibles de contener sin poner en juego la estabilidad del país. Cuando descubramos con esta ley al enemigo común, todos los mexicanos seremos uno o, por lo menos, con esa bandera asustaremos a nuestros detractores. ¡Quiero que sepan que no estoy solo!

La publicación de la Ley Petrolera causó un tremendo impacto en el ánimo de los magnates del petróleo. Recurrieron de inmediato a las tres vías tradicionales: llueven los amparos contra la Ley Petrolera ante la Suprema Corte de Justicia de la Nación; llueven las quejas ante el embajador de los Estados Unidos en México y, finalmente, llueven las notas, las exigencias y las solicitudes directamente en el Departamento de Estado o a través de algunas comisiones del Congreso norteamericano para ejercer una mayor presión política. El Secretario Kellog pretende dar a Bucareli la fuerza de un tratado internacional. Fracasa. Álvaro Obregón había cuidado precisamente ese aspecto para no maniatar a su sucesor. Sheffield alega que la ley es confiscatoria y por sí misma constituye el acto concreto a que había hecho referencia Sáenz. Recuerda el representante diplomático los tiempos de Henry Lane Wilson y pretende utilizar el sótano de la embajada a su cargo[260] como depósito de armas para la defensa de sus compatriotas, es decir para iniciar la sedición.[261]

La actuación de Calles empieza a preocupar a la Casa Blanca. Se empieza a hablar también de su política agraria y del peligro de expropiaciones masivas de los latifundios propiedad de norteamericanos. Varios hechos más se agregan al malestar existente entre los dos países. La posición anticlerical del gobierno callista tiene su eco en los Estados Unidos. Los colegas ensotanados y empurpurados de los curas mexicanos le exigen al presidente yanqui la intervención directa para que ningún ser humano pueda obstaculizar la obra de Dios y Calles pretende hacerlo, alegan. Calles es un enemigo del Todopoderoso.

Por otro lado, el gobierno mexicano había visto con simpatía la actitud rebelde y patriótica de César Augusto Sandino en Nicaragua, país en donde Estados Unidos sostenía a Adolfo Díaz, quien otorgaba todo género de concesiones a los empresarios yanquis para llevar a cabo los más diversos negocios, principalmente agrícolas.

El presidente mexicano envió armas a Sandino para respaldar su causa democrática; obviamente el Tío Sam no ocultó su desagrado ante semejante acto intervencionista patrocinado por el gobierno de Calles. La tensión creció aún más en los altos círculos políticos cuando se hizo correr el rumor de que México pensaba ceder Baja California a los japoneses. Se desempolvaba aquel viejo proyecto frustrado durante el Porfiriato, inaceptable para los yanquis, con el único objeto de deteriorar a los ojos de la Casa Blanca la imagen lapidada del presidente mexicano.[262]

"¿Qué acaso don Plutarco Elías Calles ha decidido colocarse a la mitad de mi camino para obstaculizar siempre mi marcha?, se preguntaba escéptico, pero aún tranquilo el Tío Sam, mientras atusaba sus luengas barbas, sentado en su solio de oro macizo. Los petroleros ven en el Clero a un robusto e imponente aliado de su causa y provocan, por tanto, reuniones para estructurar un frente único contra el demonio callista.

Por aquellos días el embajador americano había convocado a una reunión en el domicilio de la representación diplomática para analizar los pormenores de la situación general creada por la política del general Calles. A uno y otro lado de la sobria mesa de encino tallado, barnizada y pulida hasta parecer un espejo, se encontraban los opositores tradicionales de los programas del gobierno mexicano. Desde luego, James Rockwell Sheffield presidía la asamblea, elegantemente vestido en traje oscuro, como el resto de la concurrencia. Si se hubiera llevado a cabo una evaluación de la capacidad económica de cada uno de los asistentes, en función de su indumentaria, nadie hubiera podido garantizar la justicia del resultado.

Salvo la presencia de algunos nuevos miembros del aquelarre, todo parecía exactamente igual a los tiempos de Lane Wilson y su famosa pandilla de petroleros o a los tiempos de Fletcher y sus "malhechores de gran riqueza". Ahora tocaba el turno a Sheffield. Sin embargo no se escapaban algunas variantes realmente sobresalientes de esa última reunión. La primera: en James Rockwell Sheffield había recaído el honor de inaugurar la nueva residencia de la embajada del gobierno de los Estados Unidos de Norteamérica, obsequiada "desinteresada y gustosamente"[263] por Edward McDoheny. "Recibe este terreno como muestra del amor que siento por mi patria y a modo de reconocimiento por tu exitosa gestión al frente de la embajada de nuestro país", dijo el petrolero en 1912 al entonces embajador Henry Lane Wilson. Palabras más, palabras menos, McDoheny repitió el mismo texto, pero curiosamente apático y desganado, el día de la inauguración de la nueva casa de la representación norteamericana.

Otra diferencia no menos notoria la constituía, sin ningún género de dudas, la colorida presencia, ostentosa y llamativa, de un alto prelado del clero católico norteamericano. George Daugherty tenía varios puntos en cartera dignos de la atención de los presentes. Asistía invitado a la reunión por McDoheny, vestido con una distinguida sotana confeccionada en seda color púrpura, reveladora de su alta jerarquía eclesiástica. La atractiva prenda era partida en dos por un ancho listón negro, aparentemente anudado en el lado derecho de la cintura y rematado por dos negros cordeles tejidos, también a base de hilos de seda, que caían sueltos e indiferentes a la altura de la pantorrilla. Del cuello del Cardenal pendía una gruesa cadena de oro y de ella, a su vez, una imponente cruz del mismo metal, decorada con grandes rubíes engastados a lo largo y ancho de la alhaja para contrastarlos, aún más, con los tonos monacales de la vistosa prenda franciscana. El anillo cardenalicio, sobra decirlo, destacaba más que una gota de tinta negra en una hoja de papel blanco.

La tercera gran diferencia, no menos notable, se encontraba en el rostro rígido, cetrino y esquivo de Edward McDoheny. El tono de su piel no delataba en esta ocasión ninguna de sus frecuentes visitas al mar; no contagiaba salud ni optimismo ni hacía los comentarios sarcásticos propios de su personalidad ni lanzaba aquellas acotaciones inyectadas de pasión y temeridad. Su ropa, sus mancuernas y su reloj de pulso, última moda de la sastrería francesa y de la joyería suiza, seguían formando parte decorativa de su atuendo, tras del cual no podía esconder ni su cara ni su estado anímico.

Cuando el petrolero fue informado del arresto de Henry Sinclair, profirió un terrible y doloroso lamento; el grito parecía haber surgido de lo más profundo de su persona; había sido tocado en el corazón. Sus miedos eran insoportables, su angustia intolerable y sus agudas depresiones parecían extinguirlo por instantes. No se reconciliaba con nada. Era presa de fantasías catastróficas, deshonrosas e infamantes.

La cárcel, por Dios, la cárcel no. Prefiero el suicidio —pensaba Edward McDoheny mientras el resto de los asistentes discutía acaloradamente los puntos del Orden del Día—. ¡Dios mío, qué poco me dejas de mi mundo! Un día vendrán por mí también. ¿Habré ido demasiado lejos con el arrendamiento de las reservas navales? Nada hubiera sucedido si el imbécil de Fall no hubiera ostentado el dinero con la compra de su rancho en Arizona. Todos empezaron a sospechar. Ahí comenzó la investigación. ¡Lo cómodo que yo estaría si Fall siguiera como Secretario del Interior y Denby como Secretario de Marina! Todo sería cobrar y cobrar.

Si me llovió el petróleo cuando descubrimos el pozo de Cerro Azul en Tampico, más dólares me hubieran llovido con la concesión de las reservas navales. ¡Cómo fue Fall a enseñar las nalgas de esa manera! Lo traicionó la vanidad. No se sintió suficientemente poderoso como Secretario de Estado de Harding; también tenía que revelar poder económico. ¡Demonios! Los hombres son insaciables. Nunca pueden enseñarse las cartas así. Yo, como industrial, acredito cierta personalidad económica. Basta. El poder político lo debo manejar por debajo del agua. Si él ya gozaba del poder político como Secretario del Interior, le urgía, a falta de un curriculum económico, disimular su patrimonio. Los hombres débiles tienen necesidad de adornar públicamente sus vidas para recibir aprobación social y sentirse merecedores de respeto y consideración. En esos sentimientos de rechazo viven escondidos los apetitos concupiscentes de la víctima a quien la vanidad toma de la mano para conducirla al abismo, llámese cárcel o cámara de gases.

¡Henry Sinclair en la cárcel! ¡Quién se lo iba a decir aquel día en que flotábamos en la vela de su Black Gold y tomábamos champagne! Si Harding viviera, él se acordaría de quién financió con cinco millones el déficit de la campaña republicana. Ese país no tiene memoria y olvida con facilidad el esfuerzo honrado de la gente de trabajo.

¿Qué le diré a Henry? ¿Cuánto tiempo tardarán en venir por mí, por Edward McDoheny, cariátide del gran templo norteamericano? Mis oficinas, mis cosas, mis aviones, mis mancuernas, mis pozos, mis empresas, mis mujeres… Helen, por Dios, Helen. ¿Qué pasará con Helen? Iré por ella, venderé mis empresas y me retiraré a vivir al extranjero. ¿La cárcel? ¡Nunca! No puedo recibir ese premio por mi esfuerzo. Luché toda mi vida honradamente por hacerme de un prestigio, de un nombre, de un capital para tener un buen nivel de bienestar. ¡Me niego a terminar mis días recluido en una mazmorra, escupido y orinado!

—¿Edward, tú también piensas que ya no debemos insistir en impedir el otorgamiento de nuevos créditos de Wall Street a México? —alguien le preguntó.

"¿Con qué cara puedo pedirle yo a Coolidge o a Kellog ningún favor, si estoy descalificado para siquiera sugerir nada en la Casa Blanca? Esos imbéciles aprovecharían la ocasión para solicitar que se ponga en mi lugar a un representante petrolero, ése sí digno y honesto… ¡No lo toleraré, hijos de perra!"

—Edward, parece que no fui claro con la pregunta —insistió Teagle de la Standard Oil, ante el silencio del petrolero.

—No debemos desaprovechar oportunidades de ejercer presiones —contestó finalmente, insensible y desganado.

Todos observaban en McDoheny un comportamiento extraño y nadie desconocía el origen del mismo: *Tea pot dome.*[264]

Probablemente llegó la oportunidad para comprarle a este intransigente —pensó en silencio Teagle—. Sería mejor usar por el momento el mecanismo ideado para desbaratarlo, ahora que bajó marcadamente la producción en México y Ted está metido en un terrible lío judicial. Debemos aprovechar la coyuntura para quedarnos con todo lo suyo a un precio razonable. Es nuevamente la hora de la Standard…

—Siempre nos fue de gran utilidad la alianza con el sector bancario porque era la otra pata de la pinza puesta en los testículos del presidente mexicano —comentó McDoheny, saliendo pesadamente de sus reflexiones.

Pero Calles no ha sido tonto —agregó McDoheny—. Él ordenó continuar con los pagos de la deuda para que la suspensión de pagos y la aplicación del Artículo 27 no pareciera una declaración de guerra contra los Estados Unidos. Y acertó. Lamentablemente no fueron escuchadas nuestras peticiones por el Departamento de Estado para impedir la renegociación.

—Cierto —intervino Teagle, sutil y sarcástico, dirigiéndose a McDoheny—. Algo sucede efectivamente en Washington, desde el momento en que nuestras solicitudes no son desahogadas de inmediato y con la máxima prioridad. ¿Qué pasará? ¿Alguién lo sabe?

"Hijo de puta, no me lo cobres en esta mesa delante de todos. Maldito seas mil veces." Experto en el arte teatral, McDoheny no acusó exteriormente el impacto de las palabras de Teagle.

—Es mejor pensar en otra posibilidad para presionar; de cualquier manera Calles ya redocumentó la deuda. Debemos mejor ver sólo para adelante —repuso McDoheny conteniéndose con dificultad.

Teagle volvió a la carga.

—Esa nueva posibilidad debe ser una carta muy nueva dentro de la baraja, Edward, porque en el Congreso americano nuestros bonos tampoco ya son buenos. Acuérdate que Borah y La Follete no son de los nuestros. Tan no lo son que reconocieron públicamente el derecho de México a dictar su propia política petrolera en términos del mejor interés público y aun en contra de nuestros propios intereses. El mismo Congreso coincide con la política patrimonial y tributaria del gobierno de Calles y hasta se manifestaron a favor de que fuera la corte mexicana la autoridad competente para emitir la última palabra en relación a nuestro problema.[265]

—Ésos son un par de bribones desorientados y bien pronto la industria y la banca norteamericana los pondrán en su lugar. Esos cerdos reciben dinero de algún sector influyente con algún interés económico inconfesable —exclamó McDoheny.

—Cerdos o bribones —aprovechó Teagle la oportunidad brindada, tirándose a matar—, esos senadores metieron a la cárcel a Fall, a Denby y a nuestro querido y dilecto amigo, Henry Sinclair. Si privar de la libertad a dos ex secretarios de Estado y a un acaudalado petrolero, influyente además en política, no nos indica la fuerza de esos "desorientados", entonces nosotros somos ciegos.

McDoheny iba a saltar como una pantera herida sobre el cuello de Teagle, cuando Beaty, de la Texas Petroleum Co., preguntó:

—¿Te refieres a que estamos desprestigiados, no sólo en la Casa Blanca, sino ahora también en el Congreso por el escándalo de *Tea pot dome*?

Se oyó un manotazo sobre la mesa. El rostro sanguíneo de McDoheny parecía próximo al estallido. Todos los asistentes no ocultaron su sorpresa. Daugherty, siempre con una mirada educada para proyectar paz interior, permaneció impertérrito con las manos cruzadas sobre el voluminoso vientre, sosteniendo la ostentosa cruz con ambos dedos pulgares. Las venas de la frente de McDoheny surgieron de inmediato hinchadas en su rostro congestionado. Por los ojos inyectados parecía desbordarse la rabia ya incontrolada.

—¿Esto es un complot o de qué mierda se trata? ¿Hay entre los presentes un hombre que me conteste la pregunta? Tú, Teagle, tú, Beaty. ¿Qué consigna traen? ¿Adónde quieren llegar? Hablemos claro: si es una emboscada, disparen. Tengo argumentos de sobra para responder de lo de *Tea pot dome*… ¡De sobra! ¿Me escuchan? ¡De sobra!

—No es hora de insultos, McDoheny —respondió encendido Teagle.

—Tampoco es hora de celadas ni de pleitos estériles entre nosotros. ¡El que tenga algo conmigo, aquí, a la cara, ahora mismo, venga!

—Señores, calma, señores, la violencia sólo engendra violencia y destrucción —intervino pausada y serenamente Daugherty—. Éste es un momento para estar unidos y no divididos, como lo desearía el gobierno de Calles. Él aplaudiría gustosamente esta circunstancia, hijos míos. Nosotros debemos guardar la calma para poder pensar y obrar en consecuencia con un generoso margen de acierto. No discutamos para no debilitarnos en nuestro propio perjuicio y en beneficio de los desheredados de Dios…

McDoheny retiró violentamente su mano de la cubierta resplandeciente de la mesa sin percatarse de la huella de sudor dejada en la superficie durante la breve intervención del cardenal. Su rostro humedecido indicaba también el grado de su descomposición interior.

Sheffield decidió participar, aún sorprendido por la ferocidad del petrolero. Aprendió a respetarlo. Aceptó todos los comentarios y perfiles realizados sobre su persona y prefirió continuar sobre la línea trazada por el clérigo, sin advertir la menor falta de respeto en la actitud de McDoheny, a quien en adelante se refirió buen rato sin despegar los ojos de su rostro, como si ambos estuvieran solos en la reunión. Teagle sabía que había dado en el blanco, pues la intención encubierta de excluir a McDoheny del grupo en un futuro cercano era ya manifiesta. "Es un apestado en la Casa Blanca. No nos conviene la compañía de un sujeto mal visto por el presidente Coolidge, su gabinete y el Congreso. Aceptar su compañía y patrocinio es tanto como avalar su conducta. Nosotros no somos iguales; no, no lo somos…"

—Se debe reafirmar la negativa a solicitar las llamadas concesiones confirmatorias —dijo el embajador.

—Claro que no las solicitaremos —volvió a tronar McDoheny con todo el coraje retenido—. No nos cancelarán ningún derecho por no pedir las concesiones petroleras. Esa ley de diciembre no la aplicarán, como tampoco pudieron aplicar las suyas Huerta, Carranza u Obregón. Esas leyecitas, James, son el clásico "bla-bla-bla" de los mexicanos. Calles cederá, como cedieron todos los anteriores, cuando vean una mañana la boca oscura de uno de nuestros cañones apuntando a Chapultepec —arguyó McDoheny creciéndose al castigo.

¿Qué pasó cuando promulgaron su famosa Constitución y nos espantaron con el maldito 27? ¿A quién de nosotros le quitaron una gota de petróleo o le impidieron seguir trabajando el subsuelo, supuestamente propiedad de esta nación de harapientos, desde 1917 al día de hoy, 16 de abril de 1926? Yo lo contesto. ¡A nadie, jóvenes, a nadie¡ Si, como dijo un querido amigo mío, logramos que los mexicanos se metieran su Constitución en la parte más oscura de su organismo, con mayor razón impediremos la aplicación de leyes que carecen del estruendo de una Constitución.

Además —finalizó McDoheny—, el mismo día en que nosotros aceptemos una sola concesión habremos negado nuestros derechos de propiedad a perpetuidad sobre el subsuelo y les habremos reconocido a los mexicanos la titularidad que alegan en el Artículo 27.[266]

—No hay enemigo pequeño, Edward —todavía aclaró Teagle—. Ahora ya no contamos con los cañones con sólo apretar un botón. Y eso lo sabe Calles.

—Cañones o no cañones, Teagle. ¿Qué pasó con los tres proyectos que ya nos propusieron para suavizar los efectos de la Ley Petrolera? No aceptamos ninguno y mandamos a Calles, a su gabinete y a sus leyes al mismísimo demonio y no nos pasó nada. Nada, Teagle, absolutamente nada. Ya ves que con cañones o sin cañones a estos mexicanos nos los merendamos vivos. Tienen miedo y viven en el miedo, porque saben lo que tardarían en perder sus puestos si el Tío Sam se enoja; eso, del Presidente de la República al más humilde cartero municipal.

—En realidad —agregó Sheffield haciéndose el gracioso para bajar los ánimos—, si hablamos de oscuridades he visto en el gabinete presidencial muy poca sangre blanca. Calles es armenio e indio. León casi totalmente indio y torero "amateur"; Sáenz, el Secretario de Relaciones, es judío e indio; Morones tiene más sangre blanca, pero no la mejor de ella; Amaro, Secretario de Guerra, indio de pura raza y muy cruel.[267]

Nadie hizo el menor comentario ni celebró la ocurrencia desafortunada del diplomático.

Beaty volvió a enhebrar la aguja y comentó las ventajas de la política petrolera de Calles en los Estados Unidos:

—Un vocero de Calles comentó en una conferencia de prensa en la frontera que si todos los mexicanos tuvieran mayor poder de compra, gracias a su política petrolera, los Estados Unidos podrían venderle más a México.[268]

—Sí, más, ¿cuánto más? —dijo un McDoheny invencible—. Ellos —agregó con la intención de corregir—, ¿qué harían con una industria como la nuestra en sus manos, si ni siquiera saben cultivar maíz y eso que sobreviven gracias a la tortilla? Fracasarían, jóvenes amigos —siguió diciendo McDoheny como en sus mejores épocas de tribuno.

¿Cuánto piensan ustedes que se robará el gabinete de Calles de los impuestos pagados por nosotros, si el propio Secretario de Industria y Comercio, padre de las leyes confiscatorias, estandarte del nacionalismo más acendrado y líder máximo de la central obrera más poderosa del país, la famosa CROM, no es más que un vulgar corrupto que comete un peculado cada vez que respira?

¿No saben ustedes lo que significa CROM en el argot popular?

—Todos sonrieron mientras McDoheny se recuperaba y continuaba con la ya larga diatriba—. Sí, señores, "como roba oro Morones, más oro roba Calles". ¿Y ésos son los enemigos a vencer? ¿Los impolutos y geniales administradores mexicanos de quienes no sabemos si les es más cara la corrupción o la ineficiencia? Tranquilos entonces, colegas, tranquilos. Estamos viendo a los grandes próceres de la revolución convertirse en latifundistas ante la mirada atónita de una tropa de campesinos muertos de hambre que ya empiezan a someterse resignadamente a las sabias sentencias de las leyes de eterno retorno y del Destino Manifiesto. Mientras más rápido se pudran en dinero estos indios zaparrastrosos, que nunca vieron dos billetes juntos, más cerca estarán de nuestra chequera y, por lo tanto, más próximos a ingresar en nuestra esfera de dominio. ¿Acaso no han oído del nuevo rancho que se compró Obregón en el norte, aparte del de La Quinta Chilla?*

Van Rike, de la Atlantic Refinning, había permanecido callado a lo largo de la acalorada discusión. Frío y cerebral como siempre, esperó la mejor coyuntura para intervenir a la hora de las conclusiones. Era enemigo de todo desgaste durante las polémicas. "Prefiero", decía, "ahorrarme todo el largo proceso del debate y poner los acentos en las síntesis del lado más útil a mi causa. Debemos ser eminentemente prácticos para ganar dinero, salud y tiempo, pero no se puede ser práctico sin ser inteligente y sabiamente desprendido."

—Edward está en lo correcto —dijo—, porque carecemos de opciones más efectivas.

McDoheny asintió con la cabeza sin sonreír.

—Con cañones o sin cañones debemos oponernos abiertamente a la política petrolera de Calles. Veamos hasta dónde es capaz de llegar; arrinconémoslo; pongámoslo contra la pared; neguémonos a aceptar sus leyes y a respetarlas. ¿Qué va a hacer Calles si exige el denuncio obligatorio de nuestros yacimientos para extendernos las concesiones y nosotros no denunciamos nada, no solicitamos nada y seguimos extrayendo

---

* Obregón, tan pronto afianzó su dominio sobre el Estado de Sonora, se apoderó de los ferrocarriles y los empleó exclusivamente para fomentar sus propias empresas comerciales, sobre todo la cosecha de venta de garbanzos en la región del Río Yaqui. Mediante el control de los ferrocarriles pudo evitar que los productores llevaran sus cosechas al mercado y los obligó a vendérselas a precios ridículos. De esta manera logró amasar, en el negocio de los garbanzos, un capital de varios millones de pesos. Friedrich Katz, *La guerra secreta en México*, Vol. I, Ediciones Era, pág. 293.

petróleo como si nada hubiese pasado? ¿Qué quiere decir con que perderemos todos nuestros derechos si al 31 de diciembre de este año no hemos solicitado las concesiones?[268] ¿Nos mandará al ejército para incautarnos nuestras empresas? ¿Se atreverá a patear así al Tío Sam? Bien sabe Calles que los Estados Unidos intervendrán, no tanto por defendernos —ustedes disculparán— sino por cuidar su prestigio e impedir la proliferación del ejemplo confiscatorio en otros países con iguales o mayores volúmenes de inversión norteamericana.

El seseo de una mosca hubiera sido perfectamente audible en el nuevo recinto diplomático. La inmovilidad de los asistentes era casi fotográfica.

—Si Calles no nos manda al ejército por miedo a una intervención armada, entonces, ¿nos meterá en la cárcel a todos nosotros? O bien, ¿dará las facilidades a cualquier tercer denunciante para tomar posesión de nuestros terrenos si nosotros no solicitamos las concesiones? ¿Cómo le dará posesión a ese concesionario de nuestros bienes, sino sacándonos a nosotros? ¿Cómo, señores? ¿Cómo? Insisto, ¿qué hará Calles si incumplimos todas las leyes y hacemos caso omiso de su existencia política y la de su Constitución?

Nada, queridos colegas, no hará absolutamente nada —sentenció Van Rike—. Nuestra sola nacionalidad, sin cañones, lo convencerá de desistir de cualquier intento de agresión militar. Dejémoslo legislar todo lo que quiera, al fin y al cabo nosotros no cumpliremos con nada al tener asegurada la impunidad.

—¿Y si resolviera en un desplante torero, de esos mexicanos, mandar a la tropa? —preguntó Sheffield.

—Tenemos una muy buena respuesta a todo ello. Simplemente cerraremos las válvulas de los yacimientos, suspenderemos la extracción y con ella el pago de impuestos. El resto lo dejo a su inagotable imaginación y a la de Wall Street.

—Nuestro amigo Van Rike ha utilizado la palabra clave para enfrentar toda la política callista, hijos míos —dijo el purpurado incorporándose en el pesado asiento de cuero negro, ribeteado con botonaduras. Daugherty, hombre obeso, seboso, con una calvicie incipiente, rostro redondo y sereno, mejillas color carmín, como si hubiera terminado de ingerir una gran taza de chocolate caliente, había disimulado con buen éxito sus emociones a lo largo de la ingrata discusión—. "No podréis nunca proyectar paz interior a vuestro rebaño si carecéis de un elemental control de vuestras emociones. Entendedme, no pretendo deciros que carecéis de emociones, ello sería una monstruosidad, sólo os digo, hijos míos, aprended a manejarlas para poder convencer", comentaba comúnmente en el seminario.

—La palabra clave es la suspensión de actividades.

—Eres el primer cardenal experto en asuntos petroleros que se sienta en esta oficina, querido George —comentó McDoheny con el propósito de hacerse grato y borrar cualquier imagen negativa de la mente de sus colegas—. "No debo dejar trascender mis estados de ánimo, porque ello daría lugar a suspicacias poco constructivas y muy costosas de cara a clientes y a bancos. ¡Ay, si en realidad supieran lo cerca que estoy del abismo!", pensó para sí el petrolero.

Hubo una carcajada generalizada. La ocurrencia había funcionado. Hasta Daugherty la había celebrado con una risa poco convincente, en espera de una disminución de la hilaridad para continuar con su planteamiento.

—Soy cardenal petrolero, minero, banquero, industrial, comerciante, porque soy cardenal de todos los norteamericanos trabajadores y entusiastas. Por ellos pido a Dios todos los días, por vosotros, para que les conceda su santa gracia en la suerte de sus negocios.

Una atronadora ovación siguió a esas palabras. McDoheny estaba encantado con la habilidad del sacerdote. Sabía sacarle partido a las bromas y a la adversidad.

—Hijos míos —continuó Daugherty, colocando los codos en los descansos del sillón, mientras oponía las yemas de los dedos de una mano contra los de la otra—, cuando digo suspensión, no me refiero sólo a la de la industria petrolera, me refiero también obviamente a la de la actividad religiosa. Esa palabra resolverá este nudo gordiano. Hay ciertas similitudes con el conflicto petrolero hoy detectado por mí —dijo en tono apostólico—. A ustedes, hijos míos, los obligan a registrar sus propiedades, o sea a denunciarlas ante el gobierno para recibir a cambio una concesión para poder operar. Pues bien, a nosotros el gobierno mexicano nos exige también un registro personal de cada sacerdote para poder oficiar la misa o correr el riesgo de un encarcelamiento. Como ustedes podrán entender, no nos someteremos a semejante barbarismo ni consentiremos un rebajamiento de nuestra dignidad a esos extremos. Nosotros no nos registraremos bajo ninguna circunstancia y la consecuencia lógica será la suspensión de la misa y con ella todas sus consecuencias civiles y políticas.

Ustedes desean volver a la Constitución Mexicana de 1857. Nosotros también, con algunas variantes importantes, claro está.

México es un país católico. A lo largo de toda su existencia ha sido una nación intensamente religiosa, hasta llegar al fanatismo. Recordemos los sacrificios sanguinarios de los aztecas, remontándonos a un pasado histórico de quinientos años. No podemos desconocer esa herencia ni el lugar que la Iglesia debe tener, ni el papel que debe desempeñar social y políticamente dentro de una colectividad religiosa.

Porfirio Díaz, al principio, se opuso a nosotros, pero gracias a Dios encontramos la manera de hacerlo desistir de sus deseos de aplicar la Constitución de 1857 en lo que nos afectaba, desde luego, pues el gran líder de México por treinta años entendió que a nosotros no nos gobernaba nadie salvo Dios[270] y por eso nunca se aplicó la Constitución durante todo su mandato. Antes bien, logramos adquirir una posición bien merecida en las altas decisiones del Estado —es mejor gobernar con la Iglesia que sin ella— como corresponde a las necesidades religiosas de una grey creyente como la mexicana. Y no sólo se respetó en el nombre de Dios el santo patrimonio eclesiástico en México, sino, además, se recuperó buena parte de lo perdido por las aviesas Leyes de Reforma. El clero mexicano le vivirá siempre agradecido a don Porfirio. Ése fue un gran mexicano.

Por lo que respecta a Madero, Huerta, Carranza, si no todos se aliaron a nosotros, por lo menos nos dejaron en santa paz en nuestros divinos oficios. Los Artículos 3 y 27 de la nueva Constitución nos preocuparon al principio, pero como nunca se intentó llevarlos al terreno de los hechos la amenaza quedó al nivel del papel. Sin embargo, todo comenzó a complicarse con la llegada de Obregón y sus reiteradas exigencias para abastecerlo de dinero. Nos negamos. Nos negamos siempre hasta que intentó militarizarnos y mandarnos al frente a combatir a Villa en la sierra.

Hubo algunas sonrisas aisladas. Daugherty continuó:

A pesar de todo, lo de Obregón no tuvo mayores alcances y dejaron en paz su Constitución demoníaca.

El Cardenal se persignó dos veces y luego besó la cruz de oro y rubíes mecánicamente.

Ahora debemos enfrentar a don Plutarco, quien desconoce la suprema razón divina e insiste en someternos a condiciones indignas y arbitrarias.

Nadie hablaba ni hacía apuntes. Todos se concretaban a escuchar. Solamente Teagle había entendido ya la justificación de la presencia de Daugherty en la reunión. "McDoheny sí que es el demonio mismo. ¡Qué barbaridad! ¡Qué audacia de hombre!", pensó.

Calles ya empezó con la clausura de conventos, escuelas católicas romanas y la confiscación de sus respectivos edificios y predios[271] para convertirlos, en algunos casos, en librerías marxistas, como la iglesia de La Soledad. Además —continuó el purpurado sin percatarse de la presencia de unas enormes manchas en cada una de las axilas de su elegante sotana reveladoras de emociones no controladas, que lo hubieran hecho ruborizarse hasta la descomposición—, ha seguido con la expulsión de monjas y sacerdotes extranjeros, a quienes sólo les aceptó la permanencia en el país a cambio de la renuncia de sus actividades religiosas.[272] ¿No es insólito y atrevido y…?

—¿Y qué? Dilo, —exclamó risueño McDoheny.

—Edward, no me tientes.

—No te tiento, pero desahógate.

—Tú sabes que yo sólo me desahogo con Dios, aun cuando hay días, como hoy, en donde realmente es imposible contenerse.

—Dímelo a mí —contestó McDoheny con una risotada estudiada y convincente.

Todos disfrutaron de las limitaciones del alto jerarca de la Iglesia.

—Pero ustedes saben lo demás. Nos ha prohibido criticar al gobierno por escrito, en público y en privado, bajo apercibimiento de cárcel hasta por cinco años, en caso de incumplimiento.[273] Por si fuera poco nos ha impedido usar los hábitos en público, enseñar la religión en las escuelas y ha limitado el número de sacerdotes en cada estado en función del número de habitantes, para impedir la sedición. ¡Habráse visto cosa semejante!

—Dilo —volvió a insistir McDoheny, risueño y farsante—, dilo. Daugherty finalmente agregó.

—No deseo cansarlos, pero les agradecería su ayuda económica para financiar nuestra obra a través de la Liga Defensora de la Libertad Religiosa. En el momento oportuno les haremos saber, ya que contamos con su amable aquiescencia, el importe de su aportación y el grupo escogido por nosotros para beneficiarse de ella. Ya les hemos pedido a nuestros feligreses, a través de ese conducto, que limiten sus compras diarias a lo estrictamente indispensable para propiciar, en la medida de lo posible, un estancamiento del comercio. También les hemos exigido la compra de periódicos de orientación religiosa exclusivamente y hemos prohibido la compra de lotería y la asistencia a escuelas laicas, para crear problemas familiares y sociales.[274] ¡Tenemos la razón, Dios mío! Debemos pelear por ella, pero sin someternos a tribunales civiles, ignorantes y heréticos.

El clero mexicano no necesita ayuda; ha comprendido bien su papel histórico y el mensaje de Dios. Nuestros feligreses están dispuestos a defender a cualquier costa su derecho a la fe y su santo ingreso en la eternidad. Darán todo a cambio, pero no despreciarán nuestra ayuda ni la de ustedes.

México está apunto de convertirse en una gran ergástula en donde, obviamente, se encontrarán ausentes las más elementales libertades propias de una civilización desarrollada dentro de un contexto democrático como el que busca actualmente la humanidad.

Quiero, finalmente, sugerirles una visita a Washington para pedir al presidente Coolidge su intervención ante la inminencia de una nueva matanza en México. Todos la vemos venir, señores, no nos engañemos. La violencia vuelve a tocar a la puerta. Dios no la ha mandado, pero sí nos ha enviado para defender su fe.

Daugherty tomó la cruz en su mano derecha mientras acariciaba los rubíes con el pulgar.

Ahora bien, la visita debe ser aprovechada para que Coolidge también resuelva integralmente y de una buena vez todo lo relativo al Artículo 27, incluido, obvio es decirlo, el problema que a ustedes les atañe.

Momentos más tarde, después de acaloradas discusiones, la reunión terminaba con un acuerdo unánime hacia la posición solicitada por Van Rike y Daugherty. Sólo hubo un hecho curioso: Teagle buscó la compañía de McDoheny para invitarlo a tomar una copa y "limar asperezas" en el University Club del Paseo de la Reforma. Allí se decidiría la venta de la Tolteca a la Standard Oil Co. McDoheny sería víctima de las circunstancias en la parte más delicada de su personalidad. Intentarían comprarle todo su patrimonio, precisamente cuando su imagen, su prestigio y los resultados de sus empresas se encontraban en sus niveles más bajos. El negocio de Estados Unidos son los negocios.

La resistencia clerical a cualquier forma de sumisión a la autoridad civil del gobierno de Calles adquiere proporciones de lucha armada en la Ciudad de México. Los sacerdotes de todas las jerarquías se niegan a someterse al máximo ordenamiento jurídico de México. En 1926, 185 curas extranjeros son expulsados del país. Se cierran 129 escuelas católicas, 42 iglesias, 7 conventos y 7 centros de propaganda religiosa. Se confiscan edificios y monasterios propiedad del clero. Se invita a quince obispos a abandonar el país y gran número de sacerdotes empiezan a ingresar masivamente a las cárceles federales por desacato a la ley.

Los religiosos vuelcan trenes, colocan bombas, emiten propaganda contraria a la política del gobierno y, finalmente, empuñan y hacen empuñar las armas para defender la sagrada causa de la fe. ¡Todo en el nombre de Dios! El tumor religioso incrustado en el plexo del organismo nacional durante los años paradisíacos del Porfiriato será de difícil extracción y la grave amenaza de sangrado comprometerá la supervivencia del mismo cuerpo mexicano.[275]

Por aquellos días empezaban a causar conmoción las publicaciones periodísticas de un joven escritor, valiente, objetivo y vanguardista que practicaba críticas demoledoras, pero centradas, respecto de la gestión del gobierno de Calles. Su popularidad empezó a crecer rápidamente por la audacia de sus escritos, su información histórica, su sensibilidad política y su tendencia liberal que parecía representar a la parte más madura de la ciudadanía.

Plutarco Elías Calles había escuchado sólo algunos comentarios respecto a los artículos firmados por "Martinillo", hasta que una mañana llegó a sus manos uno que leyó con toda atención, pues el autor abordaba la posición de la Iglesia dentro del cuerpo social mexicano.

Los sacerdotes vienen a prostituir a nuestra niñez en las escuelas a través de una educación religiosa alejada de la realidad social vivida por el país; vienen a socavar desde los púlpitos, todos los días, a una comunidad de fanáticos creyentes; a explotarlos con limosnas destinadas a la compra de armamento o a utilizarlos como carne de cañón en la defensa de los supuestos designios de un Dios incapaz de rescatarlos de un estado de miseria heredada de generación en generación. La Iglesia ha logrado controlar a sus feligreses ofreciéndoles una eternidad edénica inexistente, perfumada y alegre sostenida en el dogma, muy diferente al infierno de perros en que viven.

Lucrar con el hambre de los depauperados me parece una ruindad humana, pero mucho más lo es la ya conocida asociación perversa entre el Estado y el Clero para someter física y espiritualmente a los miserables, mediante el empleo simultáneo del poder del ejército y de técnicas macabras, como son la superstición y el miedo a lo satánico manejadas profesionalmente por los sacerdotes.

Las guerras religiosas se han caracterizado a lo largo de la historia por su salvajismo y su crueldad. La imposición de los conceptos dogmáticos siempre se logró con sangre, mutilaciones y muerte en el nombre de Dios. Los horrores de la Santa Inquisición superan "la imaginación" de cualquiera de los escritores y pintores renacentistas, cuando intentaron representar las monstruosidades del infierno.

Para terminar, amables lectores —decía el comentarista—, les invito a pensar en la bondadosa suerte que correría el general Calles si la rebelión cristera llegara a verse coronada hipotéticamente por el éxito. Nadie desea una nueva revolución, pero ésta puede llegar a justificarse si se pone en juego la identidad progresista y libertaria de nuestro México.

No sería difícil suponer la ejecución pública del general Calles en un Zócalo pletórico de morbosos católicos, donde aparecería el Presidente de la República atado de cada una de sus extremidades a cuatro briosos caballos, los cuales, a la voz del verdugo y por la acción de un golpe fuerte en las ancas, arrancarían repentinamente hasta desintegrar el cuerpo habitado por el Mefistófeles mexicano. Desde luego, en el nombre sea de nuestro Dios misericordioso e infinitamente generoso.

Señor presidente Calles, esta rebelión debe ser sofocada de inmediato en beneficio del progreso y de la evolución del país, porque si pierde la causa liberal, los representantes de Dios en la tierra, en su venganza sanguinaria, harán parecer los pasajes de la Santa Inquisición como burdos cuentos de niños.

Calles dejó el texto pensativamente sobre una mesa al lado de una lámpara de pie. Clavó la mirada en su retrato oficial como Presidente de la República y pensó para sí:

Debo aplastar estas malditas cucarachas ensotanadas. Esa hipócrita suavidad feminoide, esa intransigente defensa de los bienes terrenales en nombre de la Divinidad, esa férrea lucha por conservar todos los privilegios políticos a cambio de homilías mercenarias dictadas desde el púlpito, en contubernio político con el gobierno, son agravantes insoportables de estos hijos de Dios o de quién sabe quién...

—No sé quién sea este tal Martinillo, pero escribe como príncipe —comentó Calles al general Álvaro Obregón, convencido de la profundidad conceptual del periodista.

—Probablemente sea un poco extremista, Plutarco.

—¿Leíste el artículo del día de hoy?

—Sí, y creo que es un poco exagerado —contestó risueño Obregón.

—¿Dudas acaso de que si perdemos contra los cristeros me descuartizarían hasta hacerme pinole en el Zócalo?

—Te conviene, Plutarco. Como dice Vasconcelos, en este país hacemos éxitos de las derrotas y héroes de los pendejos —comentó Obregón, ingenioso como siempre.

—Hablo en serio, Álvaro —cortó con su acostumbrada sequedad exánime el presidente—. Esa gente es terriblemente peligrosa, traidora y reptante. No podemos confiarnos porque en sus manos nos iría muy mal y mucho peor al país.

—Yo los metí en orden cuando tomé la Ciudad de México, mientras Carranza tomaba el sol en Veracruz —agregó Obregón—. Les exigí una aportación económica similar a la entregada al gobierno de Victoriano Huerta, después del asesinato de Madero. Te acordarás que se negaron a participar en nuestro programa de ayuda a los pobres y les ordené, en su carácter de mexicanos, alistarse para pelear en el frente. Yo sabía lo que les pedía y conocía también de antemano la respuesta negativa. Entonces, al alegar incapacidad física, les mandé un doctor para revisarlos y nos encontramos que de 150 sacerdotes, cincuenta tenían enfermedades venéreas.[276] Los amenacé con difundir el colosal hallazgo y rapidito llegaron los centavos, Plutarquito.

Calles enmudeció insatisfecho.

—Pero, hombre, si te traigo la alegría norteña para animarte y me sales con una cara más larga que un desfile.

—Mira, Álvaro, la revolución pasa por una etapa crítica. Voy a aplicar la Constitución y a meter en cintura a los grandes conspiradores de México: al Clero y a los petroleros. O los sometemos nosotros o ellos nos someten a nosotros y, en ese caso, ya podemos olvidarnos de tu reelección, de la presidencia y del país para toda la vida. ¡Ay de México si ganan los cristeros! Tendremos a un cura petrolero aquí en el castillo por lo que resta del siglo.

Obregón adoptó una posición adusta cuando escuchó lo de la reelección. Prefirió abandonar las bromas y aprovechar cabalmente la reunión. El ex presidente había decidido "porque me lo piden y me lo demandan todos mis partidarios" volver al poder para sostener el rumbo de la revolución. Era necesario modificar la Constitución en lo referente a la "no reelección" y al aumento del término de cuatro a seis años del mandato presidencial.

—Podemos aprovechar la rebelión cristera para modificar la Constitución. En este momento la gente tiene circo y la enmienda se puede ir como mantequilla, Plutarco. Yo no tengo preocupación por los alcances del movimiento.

—Yo tampoco la tengo, porque no tienen tamaño ni organización para enfrentarse a nuestro ejército. Hoy en la tarde pensaba en la posibilidad de aplastarlos como cucarachas. Pero mi preocupación va más allá. Es la misma que tú tenías cuando decidiste entregarme a mí el poder. Temías por el apoyo que podían recibir nuestros enemigos de parte de los Estados Unidos y te cuidabas de cualquier brote sin dejarlo llegar a mayores.

—No tengo la menor duda de la necesidad de aplicar mano dura a los rebeldes, Plutarco.

—Allá iba yo. Al que agarre lo voy a fusilar de inmediato. Cualquiera de los ensotanados o de sus representantes pueden darnos un verdadero susto.

El presidente Coolidge, por su parte, se encontraba furioso por la mañosa promulgación de la Ley Petrolera callista, por su política agraria, por la amenaza de expropiaciones masivas, por la actitud de su colega mexicano hacia el gobierno nicaragüense, por los escasos acuerdos en materia de reclamaciones y pagos por daños a propiedades norteamericanas a lo largo de la revolución. La Casa Blanca observaba además con todo detenimiento el desarrollo de la rebelión cristera y ya tachaba por todo concepto de marxista y comunista a la administración de Calles. La preocupación por la adopción de una postura más radical del gobierno mexicano crecía en los Estados Unidos por instantes.

—Corremos el peligro de una nueva intervención armada, ahora con el pretexto de reestablecer el orden otorgando el respaldo incondicional a cualquier cristero más o menos despierto —adujo Calles preocupado. Obregón intentaba intervenir. Calles no había terminado—. Los fusilaré uno a uno, Álvaro. Cada cura es una amenaza y un probable aliado de Coolidge. El clero no tiene patria. Sólo quieren un gobierno amable que no entorpezca sus actividades y que, como decía Martinillo, los deje lucrar con la superstición y enriquecerse con el miedo y la ignorancia de los miserables. Ellos se venderán a Estados Unidos si reciben la oferta y, para como están las cosas, la recibirán y bien pronto.

—Comparto todos tus puntos de vista. No hay enemigo pequeño. Cualquiera de los sublevados puede recibir dinero, armas y apoyo militar. Tu Ley Petrolera es lo suficientemente confiscatoria a los ojos de los afectados. No tendrán el menor empacho en financiar la revuelta con tal de deshacerse de ti.

—Es cierto, Álvaro, por eso, sin previo juicio ni procedimientos complicados, los pondré contra la pared. Un cura muerto es un enemigo menos. Los sacerdotillos municipales los meteremos un tiempo en la cárcel; sin embargo, observaré tras una lupa la menor humareda que se produzca en cualquier rincón de la República para sofocarla sin tardanza.

—La historia te juzgará con severidad por todo esto, pero como Presidente de la República juraste imponer el orden y defender la ley. Tardarán varias generaciones en entender la magnitud de tu obra, pero quien conozca la historia de la Iglesia en México y se sumerja en la realidad de este momento político, te aplaudirá a rabiar. ¡Mano dura! —dijo Obregón cerrando el único puño con firmeza.

Nuestra generación de políticos sonorenses dejará una huella profunda en este país; debemos mantenernos al frente de él con determinación y con el dedo índice puesto en el gatillo. No hay miramientos, Plutarco. Si tú los tienes, ellos no los tendrán y perderemos para siempre el Castillo de Chapultepec.

—Me tranquiliza tu apoyo y te agradeceré si lo externas públicamente.

—Tu lealtad me obliga, Plutarco.

—En lo relativo a la Constitución —agregó satisfecho el presidente—, a sus modificaciones, tú muy bien sabes que cuentas con todo mi respaldo y, además, el del Congreso.

—Lo sé, Plutarco, sin embargo puede ser innecesaria toda la reforma si partimos de una interpretación muy simple del texto legal.

—Creo que es bien clara la ley y prohíbe expresamente la reelección —repuso sorprendido Calles.

—Sí, la prohíbe claro está, pero al presidente en funciones…

—¡Álvaro!…

—De verdad, Plutarco —agregó Obregón sonriente—. Más o menos la ley dice que ningún presidente podrá ser reelecto y sucede que yo no soy presidente y, por lo tanto, puedo ser electo sin caer en la reelección.

—Tú bien conoces el sentido de la disposición. No nos arriesguemos a una condena pública ni pongamos en tela de juicio nuestra imagen histórica. Hagamos las cosas bien y llevemos a cabo la reforma correcta y legalmente.

—Estoy de acuerdo contigo sólo por contar con un mayor margen de seguridad, pero en estricto derecho, la modificación es innecesaria.

—Es la primera vez —comentó irónico Calles— que veo a un sonorense terco; no me los imaginaba yo así…

—Es la primera vez —respondió Obregón— que yo veo a un sonorense comprensivo; yo tampoco me los imaginaba así.

Después de acompañar a Obregón hasta su coche, Calles regresó a su despacho. Pensó en la charla que sostuvo con su paisano.

—Si antes pensaba yo en apoyar a Morones para la presidencia o anteriormente a un Francisco Serrano para sucederme, hoy estoy convencido de que no tengo otro sucesor distinto a Álvaro Obregón. Si yo intentara respaldar a cualquiera de mis candidatos, se repetiría una matanza parecida a la provocada por Adolfo de la Huerta y en esta ocasión sí la podrían aprovechar los Estados Unidos, estimulados por sus petroleros para sostener económica y militarmente a nuestros enemigos, de donde no sólo Álvaro perdería el poder, sino yo también, si no es junto con la vida. Cualquier división intestina la capitalizarán los yanquis. Debo mantener un frente unido aun cuando el mismo Álvaro sea mi sucesor, muy a pesar mío...

McDoheny veía tras la ventana de la "suite nupcial" el ir y venir de todos los viandantes.

—Nueva York es una de las ciudades más hermosas del mundo por su tamaño, por su arquitectura, su ubicación geográfica, su gente... ¿Cómo es posible que yo nunca me haya dado cuenta de la simpatía de la gente de la costa Este de los Estados Unidos? ¡Cuántas cosas he perdido! No me casé. No tuve hijos. ¿Amigos? Vayan a la mierda. Estuvieron conmigo cuando esperaban algo de mí o para lucirse con mi amistad. No tengo un hogar. Mi única afición es el dinero. ¡Cuánto placer reporta el dinero, pero cuánto enfría los sentimientos de una persona! Todo palidece frente al poder resplandeciente del dinero. Todo es insípido, incoloro y tibio. Me he olvidado de todo, hasta de mí y de Helen. Con el dinero he podido comprar todo lo efímero, pero no lo más valioso para un ser humano, como es lo perdurable. A los 62 años de edad, esa conclusión dolorosa me deprime y me destroza. ¿Qué he hecho de mi vida? Todo en mí es efímero, salvo mi desgracia.

Edward McDoheny ya había asistido a varias audiencias públicas en relación al caso *Tea pot dome*. En varias ocasiones se había visto obligado a confesar sus posiciones radicales en contra de los diversos gobiernos mexicanos, así como su complicidad con algunos miembros del Congreso americano y con los diferentes gabinetes yanquis para desestabilizar al vecino país del sur de la frontera.

Los juicios en su contra se iniciaron no por su participación en la comisión de diversos delitos políticos en México, sino por los cometidos en su país de origen. Albert Fall se encontraba ya en la cárcel junto con Denby y Henry Sinclair. La opinión pública reclamaba el ingreso a prisión del último defraudador del patrimonio energético de la armada yanqui, Edward McDoheny, quien, apesadumbrado por esa posibilidad real, intentaba aprender a vivir, a extraer las grandes esencias de la existencia, a disfrutarlas y a gozarlas, como si se tratara de un desahuciado, condenado por los médicos a un plazo fatal, imprevisible, pero, desde luego, corto.

Con la angustia padecida por quien se sabe con los días contados, la mente desconsolada del famoso petrolero era dominada por tres ideas agobiantes, imposibles de excluir en ningún momento: Helen Cliff se había casado una semana atrás con un ilustre desconocido y todo Hollywood se había sorprendido con la repentina decisión de la artista.

Ya no tengo fuerza para iniciar una nueva relación perdurable con ninguna mujer. No tengo el interés ni la energía y, probablemente, tampoco el tiempo necesario para sembrar y dejar florecer los sentimientos —decíase.

McDoheny volteó a ver la "suite nupcial" y encontró la cama todavía desordenada y tibia, según la había dejado la actriz en turno, puesto que se trataba de un viernes, el famoso día del "servicio completo". Sólo rechazo había experimentado el petrolero en esta última experiencia amorosa además de una alegría fingida, prisa, disimulo, artificio e interés por su dinero.

Un razonamiento en particular lo acicateaba insistentemente: —Helen me engañó durante toda nuestra relación con el hombre con quien finalmente se casó o se trata de un torpe movimiento compulsivo y confuso que ni ella misma entiende. Las mujeres son incomprensibles e indescifrables. Prefiero darme esta explicación y no aceptar la primera posibilidad, pero la perdonaré, le perdonaré todo a cambio de volver a tenerla entre mis brazos. La quiero aquí conmigo, a mi lado, al precio que sea; no me importa su historia; quiero su sonrisa, sus palabras, su mirada, sus caricias, su piel, su voz y su presencia... ¡Helen!...

Inexplicablemente McDoheny experimentó un sentimiento de asfixia, sus ojos empezaban a nublarse, un escalofrío recorría en perfecto detalle toda su piel. Sudaba. Las imágenes citadinas se volvieron borrosas, más borrosas, apretaba su mano contra el alféizar de la ventana. Pronto se aclaró su vista para volver nuevamente a nublarse. Su corbata gris clara apareció manchada. "¡Demonios! ¡A mi edad!" Las imágenes de un pelotón de fusilamiento aparecieron en su mente. Los pasos insistentes resonaban interminables.

Parece que me estoy despidiendo. ¿De quién? Ya basta —se enfureció consigo mismo—. ¿Adónde voy a ir con melancolías infantiles? Sólo me haré más daño. Debo mejor pensar en mi futuro y olvidarme de Helen. Si ya no vino, después de leer en los periódicos todo lo de mi proceso penal, es que ya no sentirá nada por mí, pero la haré venir aun cuando sea lo último que haga en mi vida.

¿Futuro? ¿Cuál futuro? ¿La cárcel, la soledad, la indiferencia? Sinclair nunca se recuperará. Todo el territorio de los Estados Unidos será insuficiente para encontrar un lugar para vivir lejos de la mirada morbosa de millones de norteamericanos que ven vengadas, de esa manera, las frustraciones de su inútil existencia. Yo espero no pasar a formar parte del alimento de esas fieras fracasadas.

Por lo pronto, disfrutaré los 120 millones de dólares que me dio la Standard Oil por las acciones de mis empresas en México.[276] Ese dinero lo dejaré a buen cubierto, fuera del alcance de los fiscales norteamericanos. Podrán tocarme a mí, pero no a mi dinero —pensó McDoheny en un intento de recuperar los ánimos perdidos—. Todavía pienso que la libertad personal es de los privilegios sociales que se pueden comprar con dinero. Lo tengo y líquido para hacer frente a cualquier acusador y modificar las evidencias. Si mis abogados fracasan en la defensa, yo echaré mano de un instrumento más fuerte que todos los argumentos legales: mi chequera, mi amiga leal e incondicional, cargada toda ella de magia.

Estoy solo, sí, pero más solo estaría sin mi dinero. Dejo México después de 27 años de trabajos, la mitad de mi vida activa en la política mexicana. Ellos defendieron sus intereses. Yo los míos.

¿Qué haré con 120 millones de dólares? ¡Cuánto dinero y no poder comprar con él lo que verdaderamente necesito!

El año de 1927 se presentó con una recaída, todavía más acentuada, de la producción petrolera y con un obvio decremento proporcional de la recaudación federal. Todo parecía indicar que el país entraba a una nueva crisis financiera y política. La rebelión cristera se había recrudecido. Muchos sacerdotes habían sido fusilados, encarcelados y muchos prosélitos colgados de los postes de la campiña mexicana.

La vigorosa actitud del gobierno callista y los castigos ejemplares a todos los miembros de la curia eclesiástica dejaron en claro la respuesta oficial a la violencia provocada por la intransigencia religiosa en contra de la aplicación de la Constitución política del país. Las fotografías de los ahorcados en los postes telegráficos, los fusilados, los descarrilamientos, las bombas, las expulsiones y la clausura de muchas instituciones clericales, ocuparon nuevamente los encabezados periodísticos de la prensa europea.

El Papa Pío XI deterioró aún más la ya triste imagen del país al lanzar todo género de anatemas en contra de la conducta asumida por un gobierno primitivo de carniceros.[278]

Calles reformaba integralmente al país mediante la creación de instituciones financieras, como el Banco de México, el Banco Nacional de Crédito Ejidal, abastecedor de recursos económicos de un creciente sector ejidal. Se creó la Comisión Nacional de Irrigación con el objeto de surtir de agua, fundamentalmente, a los nuevos ejidatarios, surgidos de la política de expropiaciones agrarias llevadas a cabo efectivamente por su gobierno. Además, diversas escuelas rurales aparecían como lunares a lo largo y ancho del territorio nacional.

"Démosle tierra al campesino, a ella se deben los hombres del campo, pero démosla con crédito, con agua y con capacitación agropecuaria. De nada servirá entregar tres millones de hectáreas si la tierra permanecerá ociosa por incapacidad, indolencia o ignorancia."

Con arreglo a esas inquietudes, Calles publicó la Ley de Tierras Ociosas, para tratar de impedir el estancamiento de la actividad agrícola. La red carretera, ferrocarrilera y telefónica empezaba a comunicar al país eficientemente. La reforma bancaria y fiscal aportaba cuantiosos recursos al erario, lográndose reducir sustancialmente la dependencia tributaria del sector petrolero.

Se legisla en un sinnúmero de materias. Se publica un nuevo Código Civil y con el nacimiento del Partido Nacional Revolucionario se sientan las bases de la reforma política. "El que quiera hacer carrera política tiene que alinearse a través de un partido oficial, capaz de aglutinar todas las corrientes de opinión y de saciar los apetitos políticos de los mexicanos dentro de una atmósfera de paz."

—¿Y quien no se someta al Partido? —preguntaba el propio Martinillo a Calles durante una entrevista privada a propósito de la creación del PNR.

—No podrá ejercer la política.

—Pero eso es tanto como tener que aceptar una corriente del pensamiento concreta y definida o renunciar a sus propias ideas.

—Aquí no hay más ideas que las del gobierno. Nosotros pensaremos por todos.

—¿Y si las organizaciones obreras y campesinas no se someten?

—No es que no se sometan, simplemente ingresan al Partido, como de hecho ya están.

—Eso significa que usted o el gobierno dirigirán la fuerza política obrera en el sentido que sea conveniente, sin dejar aflorar democráticamente los verdaderos y legítimos propósitos de un sector tan importante para el país. El Partido impondrá la línea a seguir y desconocerá la opinión de las mayorías.

—No será el caso, porque ellos ejercerán su influencia por medio del voto en el Partido. Éste se producirá en términos de los deseos de las mayorías y las respetará en todo trance, sin dirigir la voluntad colectiva.

—Disculpe usted, por un momento pensé que el Partido se constituiría en una democracia dirigida al estilo soviético, en donde el Estado dicta la pauta y todos se someten a ella aun en contra de sus propias intenciones.

—Me place su comprensión y su sagacidad.

—Me tranquiliza, señor presidente. Hubiera sido una regresión democrática dirigir a través de un Partido la voluntad política de diversos sectores de opinión e impedir el libre juego de fuerzas de la colectividad. Las democracias controladas un día estallarán por los aires, señor.

—Los periodistas perspicaces se ganan a pulso el prestigio.

—Así es, señor.

—Pero también es muy cierto que luego se ganan el derecho al silencio...

La política interna estaba controlada; la exterior se complicaba a cada instante, en especial por las relaciones de México y los Estados Unidos, el codicioso vecino inconmovible. No era difícil imaginar el origen del problema de los dos países: El petróleo. Más concretamente, la aplicación del Artículo 27 de la Constitución no dejaba de significar un dolor de cabeza para la Casa Blanca, para Chapultepec y para los petroleros.

Ambos gobiernos dedicaban buena parte de su atención, como los anteriores, a la solución del eterno conflicto. La riqueza energética de México, la avaricia yanqui, y el lógico interés del gobierno en protegerla, eran los ingredientes para originar la rivalidad.

El presidente Calles contempló con desagradable ansiedad el vencimiento del plazo a diciembre de 1926 para que los petroleros solicitaran las concesiones confirmatorias de sus yacimientos petrolíferos. Por toda respuesta obtuvo un no más grande que las torres de la Catedral Metropolitana.

—¡Cómo carajos voy a permitir que los malditos yanquis no cumplan públicamente con las leyes mexicanas en mi propio país, durante mi mandato presidencial! Cundirá el ejemplo entre toda la inversión extranjera. ¡Soy el Presidente de la República y tengo facultades para obligar coactivamente a acatar las leyes, pero carezco de la fuerza pública necesaria para hacer cumplir mis disposiciones! ¡Todas las leyes son inútiles sin la fuerza de las bayonetas! Estos miserables pretenden exhibirme políticamente con sus retos.

Kellog, muy satisfecho, había aplaudido la actitud original de Calles de consignar ante la Procuraduría General de la República los expedientes de los petroleros rebeldes para evitar el uso de la fuerza y disminuir la tensión entre los dos países. Los petroleros entendieron la estrategia penal del presidente como signo de debilidad y declararon la suspensión indefinida y completa de todas sus actividades con el objeto de presionar presupuestalmente al gobierno.

"Ya tengo otra estructura fiscal en el país. Por eso disminuí la dependencia tributaría de mi gobierno del sector petrolero. No me pondrán de rodillas provocando una asfixia financiera. La deuda pública de México se ha renegociado y, aun con tropiezos, se pagan las amortizaciones. La suspensión de actividades era antes un fantasma; hoy ya no asusta ni al más humilde cajero de la Tesorería de la Federación. Han equivocado la vía", pensaba Calles.

Los petroleros, ahora encabezados veladamente por la Standard Oil, constatan con verdadera sorpresa la resistencia financiera y política del gobierno. El golpe no había hecho daño y deciden ir aún más lejos. En una reunión solemne, a puerta cerrada, resuelven levantar la suspensión de los trabajos y continuar con la extracción del crudo en todos sus pozos, aun en aquellos en donde era exigible un permiso previo de perforación por tratarse de un nuevo yacimiento. El embajador Sheffield avala la decisión.[279] Los petroleros hicieron nuevamente caso omiso de las leyes mexicanas vigentes.[280]

—Me siento dentro de una gran vitrina a los ojos de propios y extraños. No tengo otro remedio que jugármela o perderé el respeto de toda mi gente y de la comunidad extranjera radicada en México. Siento millones de miradas clavadas en mí, unas invitándome a la represalia, otras, llenas de suficiencia y despotismo, indicándome las ventajas de la resignación. Ha llegado la hora de saltar a la arena y demostrar coraje y determinación o acabaré como Madero. Mañana mismo ordenaré la imposición de fuertes multas por la violación a las normas aplicables y la colocación de sellos en las válvulas de los pozos perforados sin autorización. No es posible medir las consecuencias de mi decisión, pero sí lo es prever la suerte de mi gobierno ante mi claudicación.[281]

Ordenaré a Morones que cierre las válvulas y revoque todos los permisos provisionales de perforación concedidos.

Y yo, por mi parte, ordenaré a la Corte que sea decretada la nulidad de las autorizaciones de perforación concedidas.

En abril de 1927 vuelven a reunirse los petroleros en su representación diplomática. Todos comentan la colocación de sellos en las válvulas de sus pozos y sonríen ante las multas impuestas por el gobierno mexicano.

—¿Quién va a ser el macho, como dicen por aquí, para venir a cobrarlas? No cabe duda que Calles es un gobernante candoroso e iluso —se comentaba en el hermético cónclave petrolero.

Todos deciden ir más lejos. El esfuerzo ha sido insuficiente, por lo que acuerdan arrinconar a Calles para demostrarle la más cínica rebeldía a sus disposiciones. Han decidido llegar a los extremos para no dejar en el ambiente una idea equivocada de tibieza o de duda. Es un reto franco de un poderoso grupo de industriales extranjeros contra el gobierno Constitucional de México.

Días después son rotos todos los sellos y abiertas todas las válvulas sin importar las consecuencias económicas ni políticas.

El presidente Calles estalla y, en un arrebato, se lastima la mano derecha al dar un sonoro golpe contra la cubierta de su escritorio.

—Nunca hubiera querido llegar a dar este paso —comentaría a Morones—, porque es la antesala de la intervención armada yanqui, pero las circunstancias me han obligado. Mañana mismo enviaré a Tampico al ejército para que cierren todas las válvulas.[282] Cuando la razón y los argumentos fracasan; cuando las instituciones carecen de significado y el Presidente de la República parece un triste payaso en un estrado, no hay más remedio que la imposición del orden por cualquier medio, aún a riesgo de perder la propia piel. Tenemos que romper este cerco de dependencia del gobierno yanqui, representado por sus petroleros, o jamás lograremos la emancipación política y económica de México.

Los petroleros no salen de su asombro. El ejército mexicano ha cerrado las válvulas por instrucciones del Presidente de la República.

Sólo serán abiertas si el Primer Ejecutivo revoca la orden o si los marinos norteamericanos hacen desalojar el área, gracias a una invasión militar.

Las discusiones son cada día más acaloradas en la embajada. Sheffield, desconcertado, bombardea Washington con notas, telegramas e informes al estilo Lane Wilson y Fletcher: suplica la intervención armada a sus superiores como única vía de solución al problema mexicano.

Edward McDoheny ya no asistió a esas reuniones de 1927. Sin embargo, había sido substituido por hombres de su propia escuela, iguales o superiores al maestro. Todos exigen acción a Sheffield, quien finalmente es llamado a la Casa Blanca. El Presidente de los Estados Unidos, sin poder digerir la osadía mexicana, resuelve recurrir a las armas, pero enfrenta una oposición interna muy sólida y costosa de cara a su imagen. Aún así decide insistir.[283]

Se abre entonces un compás de espera, mientras "Silent Call" decide cómo resolver con carácter definitivo el constante conflicto con México. Las fuertes presiones políticas opuestas entre sí lo instalan finalmente en la confusión.

Mientras el presidente Coolidge sopesa las posibles consecuencias, llega una comunicación de México en donde Calles propone el arbitraje de la Corte Internacional de La Haya.[284]

—¿Adónde van los mexicanos con ideas tan torpes? —Coolidge pensará mientras practica un plácido recorrido en barco a lo largo del Potomac—. En primer lugar no puedo permitir a nadie constituirse en árbitro de los derechos de propiedad perpetuos de mis compatriotas y, en segundo lugar, si los mexicanos se vieran favorecidos por el laudo, carecerían de recursos para pagar todas las indemnizaciones petroleras.

Niega la propuesta de Calles. También descarta la del rompimiento de relaciones y el levantamiento del embargo de armas destinadas a México, solicitados en ambos casos por los petroleros a través de Sheffield.

Sin embargo, "Silent Call" aprueba un plan secreto con todos los pormenores de una invasión a México. El Presidente Calles, sin saberlo, ordena a Lázaro Cárdenas, jefe de la zona militar petrolera, incendiar los pozos petroleros en caso de una eventual intervención armada e informa de su decisión a la Casa Blanca. Simultáneamente, comunica a la Gulf y a la Transcontinental Petroleum la pérdida de todos sus derechos por incumplimiento de sus obligaciones legales.

La posibilidad de un conflicto armado adquiere caracteres reales.[285] Todo está a punto para iniciar la invasión. Coolidge califica la acción de Calles como una temeraria osadía y, contra su voluntad, reúne al estado mayor del ejército norteamericano para precisar los detalles de la estrategia intervencionista.

En el Castillo de Chapultepec, algunos días más tarde, Plutarco Elías Calles brindaba risueño y gozoso con su Secretario de Industria y Comercio, Luis N. Morones. La escena dentro del temerario contexto más bien parecía incomprensible.

—¿Cómo lo hiciste, Luis?

—Uno se las arregla, señor presidente.

—No te hagas el gracioso conmigo —respondió Calles con expresión de satisfacción y agradecimiento.

—Es la historia de siempre, Plutarco. A una amiguita mía le di dinerito para que me consiguiera todo el plan de invasión de la embajada norteamericana y ahí lo tienes.

—¿Tú te das bien cuenta de la importancia de contar con el plan secreto del gobierno yanqui para invadir México? ¿Realmente te percatas?

—Desde luego que sí, pero también me imagino la cara de Coolidge cuando le hagas saber que cuentas con toda la información aprobada por él para intervenir militarmente en nuestro país.[286]

—En estos momentos ya lo sabrá. Le he hecho saber que publicaré en la prensa europea y en la norteamericana todos los pormenores para exhibir su cobardía ante el mundo si decide llevar a cabo el plan. El peligro a una condena internacional lo hará desistir del intento.

—¿Crees que sí nos hubieran invadido?

—¡Claro que sí! Creo que era una cuestión de horas, Luis. Nunca olvidaré ni permitiré que el país olvide tu afortunada participación en el rescate de nuestra nacionalidad.

—Coolidge debe estar enfurecido porque logramos interceptar su plan secreto de desembarco.

El secretario particular de Calles asomó por la puerta sin tocar siquiera, como era su costumbre y como obligaban todos los cánones protocolarios. Inclusive, los dos altos funcionarios volvieron repentinamente la cabeza sobresaltados y urgidos de una explicación.

—El Presidente de los Estados Unidos está en la línea, mi general.[287]

—¿Coolidge? —volteó Morones a ver a Calles para conocer la respuesta.

—Sí, señor, Coolidge. Él mismo está en el teléfono.

Calles fue al auricular con paso firme. No parecía sorprendido.

—¿Señor presidente Coolidge?

—¿Señor presidente Calles?

Esa llamada telefónica cambió la historia. Salvó muchas vidas inocentes y permitió conservar intacto el patrimonio energético del país que, desde luego, se hubiera perdido con la sola orden de Calles al comandante Cárdenas, quien la hubiera ejecutado con estricta disciplina militar y, además, en su caso, plenamente convencido del origen de la decisión presidencial, Lázaro Cárdenas, encargado de la guarnición militar tamaulipeca, había hecho los arreglos logísticos necesarios para incendiar los pozos petroleros con la sola voz de Plutarco Elías Calles.

Días después de la comunicación telefónica se conoció el relevo de James Rockwell Sheffield.* México tendría un nuevo embajador norte-

---

* Sheffield, por su parte, había pedido un buen número de revólveres para guardarlos al estilo Lane Wilson, en siniestros sótanos de la embajada norteamericana, [289] obsequiado en su totalidad por Edward McDoheny "como un servicio totalmente desinteresado a su patria".[290]

americano. Era, finalmente, destinado otro abanderado de la "Diplomacia del Dólar", del "Destino Manifiesto", del "Gran Garrote", representante
de los intereses petroleros, racista fanático, defensor incendiario de los
supuestos derechos de sus compatriotas en México. Llegaba Dwight Morrow, prominente financiero[288] no sólo conocido por sus conocimientos
profesionales adquiridos después de muchos años en la Casa Morgan,
poderoso grupo bancario de los Estados Unidos, sino por su extraordinaria capacidad negociadora, su don de gentes y su gran conocimiento
de la conducta y las reacciones humanas. "¿Cómo es posible vivir entre
humanos si no nos conocemos nosotros mismos?", parecía ser su "slogan"
profesional.

Eran los primeros días del mes de octubre de 1927 cuando Kelvin
Coolidge recibió en la Casa Blanca a Dwight Morrow, su antiguo compañero de escuela, Coolidge había aprendido rápidamente de la experiencia y por esa razón descartó de antemano la intervención armada,
otra guerra con México u otra matanza que pudiera aumentar el desprestigio internacional de Estados Unidos, sobre todo si el conflicto tenía nuevamente su origen en la eterna inconformidad de los temidos
petroleros norteamericanos.[291]

Coolidge había escogido finalmente la vía de la negociación y nadie a su juicio más apto para conciliar que Dwight Morrow, en quien
concurría la capacidad necesaria para sustituir los cañonazos al estilo de
los demócratas por el "diálogo constructivo" de los republicanos.

Quiso ver repentinamente a los mexicanos como a sus socios y no
a sus tradicionales enemigos, tercos y veleidosos del sur de la frontera.
Buscaba en esta ocasión un representante diplomático que permitiera la
realización de jugosos negocios sin recurrir a la violencia ni al vergonzoso exhibicionismo internacional.

—Haré mi mejor esfuerzo —dijo el recién nombrado embajador—.
Puedes matar muchas más moscas con miel que con vinagre. Ésa puede
ser una síntesis de mi concepción del problema mexicano. —Coolidge
sonrió cuando captó la idea del futuro diplomático—. He estudiado detenidamente mi tarea y conozco, sólo en la teoría, los cuatro problemas
básicos para recuperar la armonía de nuestras relaciones con México. Uno
—señaló con el dedo pulgar erecto de su mano derecha—, el petróleo;
dos —levantó el índice—, el pago de las deudas y reclamaciones originadas en la revolución. Tres —anunció con el dedo medio—, el problema
de las indemnizaciones por las expropiaciones agrarias y cuatro —admitió
satisfecho al sacar el dedo anular—, la solución del conflicto cristero.

—Me tranquiliza tu conocimiento de la problemática local —exclamó el presidente.

—Mi experiencia me indica que para resolver un problema es indispensable conocer el punto de vista de la contraparte y no sólo conocerlo, sino sentirlo. Si no lo sientes no serás capaz de convencer. Creo
tener la información de lo que a nuestro lado conviene, pero carezco de

los puntos de vista de los mexicanos. Por ellos voy; cuando los entienda y los sienta estaré en posibilidad de negociar, no antes.

—No te vayas a convertir en un aliado de Calles —advirtió el presidente, risueño y bromista.

—Tengo en la frente —repuso Morrow— una estrella norteamericana, obviamente más chica que la tuya, pero al fin y al cabo es una estrella...

En México la situación, mientras tanto, no era fácil para Calles ni para Obregón. Se acercaba el cambio de poderes y con éste la posibilidad fundada de una revuelta para desarticular todo el aparato nacionalista o confiscatorio a juicio de los inversionistas extranjeros. En el rostro de ambos sonorenses era fácil advertir las señales de una profunda preocupación. La experiencia cercana del movimiento delahuertista no podía escapar a su memoria. Observaban en detalle cualquier viento proveniente del norte.

Finalmente, el 3 de octubre de 1927, Calles y Obregón conocen los detalles de un golpe de estado para derrocarlos. Confirmaban todos los supuestos. Se conoce el nombre de los conspiradores: Francisco Serrano y Arnulfo Gómez; ambos precandidatos a la presidencia de la República, legítimos contendientes de Obregón, quien profesaba un gran afecto por Serrano debido a que le había salvado la vida cuando Francisco Villa estuvo a punto de fusilarlo en Chihuahua.

El rumor del golpe llegó acompañado de los nombres de sus patrocinadores financieros en uno de los momentos más álgidos de las relaciones entre Estados Unidos y México: los petroleros.* Con Calles no había una segunda ocasión; su mano dura le había reportado inmensos beneficios. Obregón había olvidado el sentimiento de la piedad y el del agradecimiento. El poder había endurecido las fibras de ambos hombres, quienes, al conocer el complot, ordenaron la desaparición física de sus opositores.

---

* Nathaniel y Silvia Weyl mencionan en su artículo "La reconquista de México" (Los días de Lázaro Cárdenas), en *Problemas Agrícolas e Industriales de México*, Vol. VII (octubre-diciembre de 1955), pág. 17, un telegrama de la embajada norteamericana que hacía referencia a un compromiso entre el general Gómez y ciertos intereses estadounidenses. Otros autores mencionan las ligas de este general con las empresas petroleras, son: Ludwell Denny, *We fight for oil*, Alfred A. Knoph, New York, 1928, pág. 73; Frank C. Hanighen, *The secret war*, The John Day Company, New York, 1934, pág. 127; William English Walling, *The mexican question, mexican and american relations under Calles and Obregón*, New York, Robin Press, 1927, pág. 15; Federico Bach y Manuel de la Peña, *México y su petróleo (síntesis histórica)*, México, Editorial México Nuevo, 1938, pág. 19; Berta Ulloa, *Revolución mexicana, 1910-1920*, Secretaría de Relaciones Exteriores, México, 1963, pp. 431-455. Tomado de Lorenzo Meyer, *México y los Estados Unidos en el conflicto petrolero*, El Colegio de México, 1968, pág. 257.

Como en el caso de Francisco I. Madero, la Standard Oil Co. había hecho el intento, nuevamente infructuoso, de hacerse indirectamente de las riendas de la Presidencia de la República. Serrano había recibido dinero petrolero para la compra de cartuchos, rifles y otros pertrechos, pero Calles, atento al menor intento de subversión, la había sofocado con exceso de violencia para convencer a cualquier otro "antojadizo" de los riesgos de una intentona contra los poderes constituidos.

En la carretera a Cuernavaca fueron salvajemente asesinados la mayoría de los involucrados.

—¡Divórciate! Yo compraré al Presidente de la Suprema Corte de Justicia de los Estados Unidos, pero ven conmigo —exigió McDoheny.

—Estás mal, Teddy —repuso Helen Cliff. Sus palabras eran difícilmente entendibles y revelaban sin duda un nuevo estado de ebriedad—. Ya verás, querido, como todo te va a salir muy bien. ¡A ti todo te sale siempre bien!

—Me he defendido en la vida, pero esto es diferente —repuso el magnate, como quien se niega a aceptar una realidad evidente—. Aquí no tenemos la impunidad de los años dorados del Porfiriato.

—¿Y qué te importa el tal don Porfirio a estas alturas? —preguntó la actriz mientras se dirigía tambaleante y risueña a la mesa de cristal donde McDoheny tenía los vinos y los licores.

—Claro que don Porfirio no me importa, Helen, no seas tonta...

—Entonces, si no te importa —volvió a preguntar ella sin voltear la cabeza mientras se servía un par de hielos en un nuevo vaso de whisky—, ¿para qué te preocupas y menos de ese viejo idiota?

—No entiendes, Helen, no entiendes nada.

—Sí entiendo, querido.

—¡No entiendes! —tronó finalmente McDoheny—. Desde que te dedicas a beber todo el día tú eres la que se ha idiotizado. Ya es imposible hablar contigo.

Helen giró sobre sus talones como una pantera herida.

—Ni bebo todo el día y sí entiendo todo lo que se me dice y todo mundo puede hablar conmigo —repuso la estrella cinematográfica sin percatarse de la dificultad que le implicaba expresarse.

—Entonces piensa, por favor —aclaró McDoheny con más suavidad, sin el ánimo de tener un nuevo pleito.

Helen regresó tarareando una canción al moderno sillón italiano donde estaba sentada. Se cuidó de no dejar caer el whisky mientras se dejaba caer risueña.

—Medio Congreso de los Estados Unidos está contra nosotros, en particular contra mí ahora. La prensa ha hecho el escándalo de siempre para vender a mi costa muchos periódicos todos los días, mientras las audiencias en el juicio cada vez son más frecuentes y comprometedoras. Tienen tantas pruebas y me molestan tanto con sus preguntas y sus sonrisitas, que me dan ganas de patearlos, de escupirles, ¡bueno!

—Pero todo se arreglará, querido. Tú siempre has sido muy desesperado.

—¿Pero cómo se arreglará, Helen? Sí, puedo comprar a uno, dos o cinco, pero son tantos y por lo visto nos tienen tanto coraje que será difícil. Además hay una opinión pública vivamente interesada en mi ajusticiamiento.

—¿Y no se te ocurre otra salida? —preguntó Helen, arrastrando las palabras.

—En este momento ya ninguna. Cada paso de los jueces se analiza detalladamente y a la menor desviación la prensa los latiguea o el Congreso los amenaza. Ya ves la suerte de Henry y de Albert. Nada se pudo hacer.

—Tú eres mucho más que ellos, Teddy.

—No hay enemigo pequeño y mi jurado no es precisamente pequeño —concluyó McDoheny ya cansado de analizar un tema tan delicado con quien no podía seguir sus razonamientos ni sus sentimientos más íntimos—. Pero hoy no vinimos a hablar de eso, Helen. Quiero que te divorcies y saberte sólo mía —cortó el magnate.

—Tú sabes que soy tuya y seguiré siendo tuya, mi amor —le contestó ella mientras sorbía un buen trago de licor—. ¿O qué hace rato no estuvimos contentos como siempre?

—Sí, Helen, sí, pero saber que vives con otro hombre me quita el sueño todos los días. ¿Es muy difícil entender eso? ¿De verdad lo es? —preguntó un McDoheny suplicante.

—Ésa es una travesura, Teddy. Me casé con ese muchacho que es muy simpático, una noche después de una fiesta en que un grupo de amigos apostó que no éramos capaces de casarnos si nos habíamos conocido un par de horas antes.

—¿Y por esa razón te casaste?

—Ay, sí, mi amor. ¿Qué tiene? Fue algo divertido cuando todos entre copa y copa nos fuimos elegantemente vestidos al Juzgado y pedimos a un juez, cerca de Los Ángeles, que nos casara. ¡Y, claro, nos casó! Eso es todo —terminó entre carcajadas que el ex petrolero no compartía.

McDoheny prefirió servirse una copa. A él también ya le hacía falta un trago.

—¿Pero vives o no con él? —preguntó sorprendido.

—Claro que sí. Te repito que él es muy divertido y me hace compañía. Lo que más me divierte y a él también es llevarlo a comprar ropa de hombre. No sabes qué elegante es y cómo lo disfruta.

—¿Pero, tú lo mantienes?

—Ésa es una palabra muy fea, Teddy —repuso Helen sin controlar su risa y siempre esquivando la mirada de McDoheny—. Además, eso no cuenta. Lo que realmente cuenta es que te distraigan y pasar un buen rato. Tú siempre estás tan ocupado…

—¿Te acuestas con él?

—No seas infantil —estalló Helen en una carcajada irrefrenable que irritó a McDoheny.

—Te hice una pregunta.

Helen trató de guardar compostura con grandes esfuerzos.

—No, nunca me ha tocado ni con el pétalo de una rosa —repuso mientras iniciaba otra risotada.

—Te hablo en serio —volvió a tronar el ex petrolero.

—Yo también —repuso Helen, disimulando hasta lo imposible.

—¡Contesta entonces!

—Bueno, Teddy, ¿pero no te enojas? —repuso juguetona.

—Contesta, he dicho.

—Bueno, sí, a veces los domingos nos metemos a la bañera llena de espuma y allí nos hacemos el amor muy divertidos, pero sin chiste.

—¿Sin chiste? —preguntó McDoheny como si fuera a perder los estribos.

—Sí, Teddy, nos reímos. Él pasa un buen rato y yo también, pero sin más —agregó la estrella de cine presa de una repentina seriedad.

—Yo no le veo lo gracioso.

—Sí, hombre, yo no siento nada con él, no te pongas ceremonioso.

—A ti y a mí —exclamó McDoheny— nos une el amor y por eso no entiendo qué tienes que hacer con un chamaquito idiota que, por lo visto, sólo te divierte mucho —preguntó ansioso, imitándola vulgarmente.

Helen no se dio cuenta de la burla y como si sus razonamientos le salieran espontánea y libremente, confesó:

—En realidad yo no sé qué nos ha unido a nosotros, Edward. Hay veces que pienso que te quiero, otras que sólo es atractivo físico o la cama, otras que es la costumbre. No sé, Edward, no sé. Nunca he entendido por qué estamos juntos, o sea, ¿qué nos une a ti y a mí? —preguntó mientras apuraba de un trago los restos del whisky.

McDoheny iba a contestar con la misma espontaneidad, pero prefirió detenerse ante la ausencia de una respuesta contundente. Se percató que su silencio lo delataba.

—Yo sí te he querido, Helen.

—¡Qué me vas a querer! ¿Crees acaso que no sé que los viernes que no te veo te visitan otras mujeres? No has cambiado, ni yo he cambiado en nada tu vida. Todo sigue igual.

El multimillonario calló.

—Si me quisieras ya nos hubiéramos casado y te dejarías de ver mujerzuelas. Viviríamos juntos y yo sería tu mujer de cara a la sociedad.

—Eso tú nunca lo hubieras permitido. Es más, tu carrera no te lo hubiera permitido.

—Por esa salida te fuiste siempre. Te convenía, me convenía y así lo dejamos, pero nunca insististe en darme tu nombre y una imagen decorosa de señora, de gran señora ante nuestros amigos y nuestro medio.

—Yo respeté tu vida.

—¡Claro! Y te lo agradezco, pero eso mismo te convenía, Teddy. Tú, en tu vida, sólo has hecho lo que te conviene y sólo lo que te conviene. Yo no podía ser una excepción —agregó mientras se disponía a servirse otro whisky.

La inclinación de Helen al alcoholismo era ya enfermiza. De tiempo atrás McDoheny la observaba preocupado e impotente de poderla ayudar. Veía cómo se precipitaba en el vicio irremediablemente.

—Bueno, Helen, lo que no quiero en estos momentos es que me dejes solo tantos días seguidos. Ven a visitarme más, llámame más, hazme saber que piensas en mí. No necesariamente tenemos que hacer el amor cada vez que nos vemos.

—Sí, mi amor, lo haré, te lo juro.

—Gracias, Helen, ahora es cuando te necesito. Búscame más, mucho más.

Dwight Morrow sometió a una rigurosa prueba su conocida habilidad negociadora, de la que había salido airoso al lograr enamorar a Plutarco Elías Calles. La relación entre ambos políticos cobraba día a día una mayor fortaleza y el presidente mexicano la cuidaba con enorme consideración.

Morrow no intentaba discutir en el terreno jurídico la razón o la sinrazón de cada una de las partes. Buscaba soluciones pragmáticas, efectivas y útiles.

El financiero, hoy diplomático, era de estatura media, delgado, de cabello canoso, rostro seco y transparente propio de su esbeltez. Poseedor de una cortesía y de una suavidad de trato convincente y demoledora, había derruido en poco tiempo las lógicas barreras populares levantadas en México contra cualquier embajador yanqui.

Su novedosa escuela desconcertó al mundo político que bien pronto olvidó todo aquello de: "Después de Morrow los Marines".[292]

Calles escuchaba más aún al embajador cuando se trataba del conflicto petrolero.

—¿Qué sugiere usted, mister Morrow?

—No le contestaré en términos legales, pero la solución radica en legislar en términos de la sentencia emitida por la Corte en relación al caso de la Texas Petroleum durante el gobierno de Obregón.

—¿Considera usted que ésa es la solución? —volvió a preguntar Calles, satisfecho de la compañía del embajador durante una visita presidencial al norte del país para inaugurar algunas obras hidráulicas y mostrar a los enemigos de Calles la simpatía de los Estados Unidos hacia su gobierno y desincentivar cualquier movimiento militar con el apoyo del coloso del norte.

—Yo entiendo que sí, señor presidente. Si usted emite un reglamento en los términos de esa sentencia, yo me encargaré del resto.

La presencia de Dwight Morrow coincidió con un giro progresivo, constante y dinámico del gobierno de Calles hacia el extremo derecho de la política. Disminuye el ritmo de distribución de tierras, los hombres de la revolución se convierten gradualmente en latifundistas,[293] aparece el espectro de la corrupción en casi todo el gobierno callista* y la violencia cristera empieza a disminuir, no así los ávidos deseos de venganza. La ejecución de la obra revolucionaria se detiene.

—Señor embajador, si usted piensa que al revivir la sentencia y vaciarla en un texto legal se extinguirán las diferencias, procederé de inmediato a ejercer mi influencia en la Corte.

Escasas tres semanas después, los petroleros constatan con inaudita sorpresa un dictamen de la corte mexicana conteniendo casi todas las modificaciones sugeridas por Morrow. A un mes de distancia de su llegada al país, obtiene lo que cualquier otro embajador sólo hubiera logrado a través de un desembarco de "Marines" en Tampico.[294]

La reacción de Washington no puede ser mejor ni más favorable. Los amparos pendientes en la corte contra las nuevas perforaciones se resuelven a favor de los petroleros. Las actividades de la conflictiva industria se reanudan normalmente y la ley de 1925 es amenazada con la derogación sin haber sido realmente aplicada, efectiva y materialmente.

La vergüenza incendia los rostros de muchos diputados mexicanos.

Por primera vez se habla de que el embajador Morrow ejerce poderes hipnóticos en la persona del Presidente de la República y obtiene todo de él, hasta renunciar a su propia ideología. Charles Lindbergh viene a México en visita de buena voluntad, invitado por la embajada de su país en México. La cordialidad es evidente entre los dos países. El viraje político de Calles también lo es.

Cuando la Suprema Corte de Justicia de la Nación decreta la inconstitucionalidad de la ley petrolera, en acatamiento de una orden del Presidente de la República, el poder judicial se instala en la reacción: Se convierte en cómplice de las acciones del Ejecutivo y con la renuncia a su independencia jurídica contenida en la Carta Magna, prostituye políticamente la organización del Estado mexicano.

---

* Mauricio Magdaleno, *Las palabras perdidas*, Fondo de Cultura Económica, México, 1956, pág. 105. Posiblemente Calles, en lo personal había mostrado cierta moderación en la acumulación de riqueza, pero no fue ése el caso de sus colaboradores, Morones y el Grupo Acción, dirigentes de la poderosa CROM, Aarón Sáenz, Abelardo Rodríguez, Alberto Pani, Luis León, Puig Casauranc y otros más, eran poseedores de importantes intereses económicos.

En cualquier dictadura, en la porfirista a modo de ejemplo, salta a la vista la clara ausencia de una división de poderes. Díaz era la máxima trinidad política. En él aparecen reunidos el poder ejecutivo, el legislativo y el judicial, simultáneamente, y aun cuando las diversas autoridades constan de facultades jurídicas para someter al Ejecutivo, son incapaces de ejercitarlas políticamente. La política deroga todo un orden jurídico establecido y al caer en el libertinaje permite todos los excesos, desviaciones y atropellos en contra de la sociedad y de los gobernados.

La impunidad de los gobernantes delata de inmediato la presencia de una dictadura, la inexistencia de un estado democrático, la ausencia de instituciones jurídicas eficaces, además de un embrionario desarrollo político de los gobernados o una manifiesta incapacidad de darse un gobierno libre adonde todos se sometan al rigor de la ley.

La regresión política de Calles, advertida a raíz de la llegada del embajador Morrow, se confirmó con los dictámenes emitidos por la Corte que, al renunciar a sus facultades constitucionales en obsequio de los deseos del Presidente de la República, entregaba también al país en los férreos brazos de la reacción.

La sentencia dañó severamente a las instituciones nacionales, acabó con muchas esperanzas revolucionarias y etiquetó políticamente a Calles de cara a la historia.

La decisión del máximo tribunal mexicano decía que: a) Los derechos de las compañías sobre el subsuelo no eran simples expectativas, sino derechos adquiridos. b) La fijación de un límite a las concesiones confirmatorias tenía un carácter retroactivo. c) La negativa de las compañías a pedir confirmación de sus derechos no había revestido un carácter ilegal y, por tanto, no había incurrido en sanción alguna y, d) A pesar de lo anterior, seguía siendo necesario que bajo nuevas condiciones, las compañías obtuvieran de la Secretaría de Industria la confirmación de sus derechos.[295]

El presidente Coolidge no oculta su satisfacción por el papel desarrollado por su embajador y Kellog considera terminado el largo y tedioso conflicto con la promesa de Calles de modificar la Ley Petrolera en el sentido del dictamen de la Corte. Todos los esfuerzos por ejecutar el Artículo 27 de la Constitución abortan con la promesa de Calles, al igual que todos los intentos por reglamentar esa costosa disposición constitucional. El giro al Porfiriato es claro. La reforma petrolera había fracasado con Madero, con Carranza, con De la Huerta, con Obregón y ahora con Calles, la mejor promesa nacionalista mexicana.

La vergüenza y el coraje vuelven a incendiar el rostro de muchos mexicanos cuando conocen que la nueva iniciativa de ley ya se encontraba en el Congreso de la Unión para su lectura y aprobación inmediata.

Pero, ¡oh sorpresa! Todo es insuficiente para los petroleros. Morrow, sorprendido, escuchaba en una de las periódicas reuniones en la embajada yanqui los argumentos de los petroleros en contra del proyecto de ley, cuyo texto tenía cada uno frente a su carpeta negra de acuerdos, junto a un lápiz.

—¿No es bastante la emisión de una nueva ley íntegramente a nuestro favor? —preguntaba Morrow en la asamblea plenaria—. ¿No es suficiente la derogación del régimen petrolero anterior?

—¡No! —respondieron en coro—. Queremos todo o nada... ¡Es innecesaria la confirmación citada en el texto legal para tener asegurados nuestros derechos! Ya son nuestros derechos, lo han sido siempre y no necesitamos confirmación alguna para disfrutar de ellos. Iremos a ver a Calles —rugía el coro de magnates— para modificar sustancialmente el articulado del nuevo proyecto de ley.

El Departamento de Estado no coincide y Morrow, sin estar convencido, promete rescatar el proyecto ya firmado por el Presidente de la República y modificarlo en los términos solicitados por los petroleros.

Morrow alegaba que los petroleros habían confundido al propio embajador de Estados Unidos con su abogado cooperativo. Él no era el representante legal de nadie y mucho menos de un grupo de niños malcriados, acostumbrados permanentemente a que el Tío Sam les cumpliera siempre sus caprichos. Insiste en varias reuniones en precisar su papel, en advertir su negativa e inconformidad en recibir consignas particulares diferentes a las de Coolidge.

—Ni soy su asalariado ni, mucho menos, un mensajero de los petroleros. Soy el embajador de todos los norteamericanos —aclara cada vez que lo juzga necesario.

Morrow convence a Calles de la necesidad de que el Congreso le extendiera facultades extraordinarias en el caso del petróleo,* pero las compañías prefieren hacer constar las reglas del juego en un paquete legislativo. Se agrega a "concesión" la palabra "confirmatoria". Todos parecen estar satisfechos. Se vuelve a firmar la iniciativa y se publica la ley en enero de 1928.[296]

Pero todo es insuficiente para los petroleros. Ahora les molesta la palabra "concesión" por el riesgo de que cualquier gobierno pudiera sustituirla por otra. Todos los petroleros se niegan a someterse a la nueva ley so pretexto de que sea cambiada o recurrirán al amparo, para dejar a salvo sus derechos.

---

* Las iniciativas de reforma pueden verse en el *Boletín del Petróleo,* Vol. XXV, enero-junio de 1928, pp. 256 y ss. El 20 de diciembre Morrow informó a los petroleros que si lo deseaban podía hacer que Calles retirara su proyecto y pidiera únicamente al Congreso "poderes extraordinarios" en el ramo del petróleo. Las compañías decidieron que era preferible obtener de una vez por todas la mejor legislación posible. NAW, Morrow a Mellon, 11 de abril de 1928, 812,6363/2445. Tomado de Lorenzo Meyer, *México y Estados Unidos en el conflicto petrolero,* nota 220, El Colegio de México, pág. 273.

Morrow piensa avergonzado en la soledad de la representación diplomática: "Calles puede pensar que abuso de él. No puedo ir con nuevas modificaciones. Me parece poco serio para un diplomático como yo, pero si no insisto, ellos lo harán directamente a través del Departamento de Estado y bien pronto seré desconocido como embajador. Afortunadamente, ya lo convencí de no insistir más en las expropiaciones agrícolas y en 1928 creo que ya no veremos muchas más. La rebelión cristera ha tocado a su fin y pudimos correr a Calles de un extremo político al otro. Sólo me falta el problema del petróleo."

El Secretario de Industria, Morones, discutió con los petroleros y el embajador los términos del nuevo reglamento. No logran convencerlo de retirar el término "concesión confirmatoria", pero a cambio logran la exclusión de la cláusula Calvo.[297] La apelación diplomática vuelve a cobrar vigencia. Los petroleros tendrán la facultad de acudir a sus propios gobiernos en busca de protección y apoyo, sin recurrir a la jurisdicción de los tribunales mexicanos. La sorpresa deja inmóvil a la opinión pública.

Finalmente, en el propio reglamento se sostiene el concepto de acto positivo, aceptado en los acuerdos de Bucareli. Con ello se declara la no retroactividad de la Constitución y la confirmación de todos los derechos adquiridos por los petroleros. Nunca soñaron los magnates tantas concesiones por la vía pacífica.

La voz del pueblo truena furiosa por conducto de la pluma de Martinillo, quien consigna en su ya famosa crítica dominical su parecer respecto a la derogación en la práctica del Artículo 27 Constitucional, que tanta sangre había costado su promulgación.

El último párrafo del artículo decía así:

Pero si una revolución es un rompimiento de estructuras, de compromisos, de acuerdos y de situaciones y por definición debe afectar retroactivamente derechos adquiridos, lo contrario es inaceptable y contrario a toda lógica jurídica. El país gira vertiginosamente a la derecha, todos los esfuerzos por mexicanizar nuestra economía han fracasado y asistimos a una nueva entrega de nuestro patrimonio en manos extranjeras que siempre han intentado nuestro estrangulamiento como nación.

Calles revienta. Morrow se molesta por la impertinencia.

Pero, ¡oh sorpresa! Nuevamente todo es insuficiente para los petroleros. También la renuncia de México a su propia protección y soberanía, gracias a la exclusión de la cláusula Calvo. Los magnates se niegan ahora a cambiar sus títulos de propiedad por concesiones.

El mismo Morrow se ve en la necesidad de defender su propio proyecto ante los petroleros. El embajador de Estados Unidos no se encontraba conforme con la nueva reclamación, dado que todos habían participado y habían externado su complacencia con la redacción del reglamento ya vigente.

—Este capítulo está cerrado, señores. Tengo el deber de informarles que ni el Presidente Coolidge, ni el Secretario de Estado, ni un servidor estamos dispuestos a dar un solo paso más. Consideramos que sobradamente hemos rebasado nuestras más caras expectativas y no encontramos en el nuevo reglamento nada digno de llamar la atención del gobierno mexicano. La ley actual prácticamente es una calca de la existente en los Estados Unidos.[298] Y con eso nosotros nos damos por satisfechos. Ahora bien, si lo que ustedes desean es un seguro contra cualquier contingencia, debo comunicarles que éste no es el domicilio correcto para discutir este tipo de contratos. No abusemos de nuestros amigos mexicanos y démosles una salida decorosa.

—Pero Obregón será el futuro presidente y no sabemos si coincidirá o no con el nuevo texto —dijo el coro petrolero.

—Está visto, distinguidos compatriotas. Ya hemos solicitado la bendición de Obregón y nos la ha extendido sin limitaciones. Podemos estar tranquilos en ese sentido. Obregón también es de los nuestros.

McDoheny, desde su más íntima soledad, instalado en el ostentoso lujo de su "suite nupcial", reconstruía mentalmente el encarcelamiento de su querido colega y amigo, Henry Sinclair,[299] acusado de venalidad y corrupción junto con Albert Fall, ex Secretario del Interior del gobierno de Harding, ex senador y enemigo fanático de México.

—¿Cómo es posible despeñarse desde una altura tan majestuosa? Hemos sido unos consentidos por la vida. Tuvimos mujeres, dinero, poder, prestigio, posición social y, de repente, la vergüenza, la nada, el derrumbe más catastrófico. ¡Qué final! ¡Qué tragedia! Su Black Gold, anclado en San Francisco; sus relojes, sus juegos de mancuernillas, sus trajes, su ropa en un closet forrado con piel de cebra; sus oficinas, desiertas; su magnífico despacho, vacío; sus mujeres, dispersas ahora en brazos de otros; sus chequeras, inmóviles; sus automóviles, parados en una absurda oscuridad. Parece como si Henry hubiera muerto, como si hubiera desaparecido para siempre. ¿Para qué tanto esfuerzo? ¿Para qué, con mil demonios? ¿Quién disfrutará ahora todo su éxito? ¿Qué pensará de su suerte y de su destino a estas alturas de su existencia, donde ya todo es irreparable?

La Corte Federal Americana había condenado a Henry Sinclair a pasar quince años recluido en prisión, acusado de haber intentado apropiarse ilegalmente de las reservas petroleras de la marina de guerra americana. Edward McDoheny también había quedado involucrado en el escándalo político más sobresaliente de la corrupta administración de Warren Harding. El ex presidente de la Tolteca Petroleum Company había hecho todo género de esfuerzos y de chicanas para evadir la cárcel, pero todo indicaba un fin adverso a sus propósitos.

El Comité instalado en el Senado para seguir la causa era, en este caso, inalcanzable para la robusta chequera del petrolero. Su aprehensión podría producirse en cualquier momento por cargos ajenos a la larga cadena de delitos cometidos en contra de México, entre los que destacaban una serie de incontables asesinatos, despojos, chantajes, financiamientos de golpes de estado, de levantamientos, de asonadas, sobornos a legisladores federales y locales, a gobernadores, a jueces, a Ministros y Secretarios de Estado e, inclusive, participación intelectual en el derrocamiento de cuatro presidentes mexicanos y en el asesinato de dos de ellos.

Ni McDoheny ni Sinclair habían sido juzgados por tribunales mexicanos; alguna autoridad diferente, aun cuando fuera la americana, cobraría indirectamente los daños causados por ambos malhechores, por cargos ajenos a los que les instruiría el poder judicial mexicano.

McDoheny, el rey del petróleo, el designado por los dioses para explotar un tesoro de la humanidad, incubado a lo largo de cuarenta millones de años, el favorecido para disfrutar las más caras esencias de la tierra, el hombre que derribaba montañas para construir canales interoceánicos, que alumbraba ciudades, comunicaba capitales y movía al mundo entero con su combustible, bien pronto sería recluido en la prisión federal de Alcatraz, en San Francisco, California, alrededor de la cual siempre había navegado con el Black Gold, suspendido en el aire, proyectado contra la lona del velero por efectos del viento mientras bebía, tostado por el sol, una copa tras otra de champagne, que luego arrojaba una a una al mar para que nunca nadie conociera sus secretos.

En aquellos días, el rostro de McDoheny ya no proyectaba sonrisas, ni su mirada mesiánica indicaba ni siquiera los restos de la megalomanía de aquellos años, cuando había participado en las reuniones para derrocar a Porfirio Díaz o intentar sobornar a Gustavo Madero, en su carácter de jefe financiero de la campaña militar maderista. Tampoco sus ojos comunicaban el júbilo aquel cuando se apresó y luego se asesinó al Presidente Madero, para presentar posteriormente en un cocktail al nuevo Presidente de México, Victoriano Huerta, en la residencia de la embajada americana, de acuerdo a lo planeado. Su rostro agrietado tampoco reflejaba la tranquilidad de aquel 20 de mayo de 1920, cuando se le anunció finalmente el asesinato de Venustiano Carranza a manos de gente de Manuel Peláez, el mercenario general mexicano, contratado y financiado por las grandes compañías petroleras yanquis y El Águila, S. A.

Repentinamente recordó la mañana en que gritó vehemente y descompuesto por la ira: —¿Saben ustedes por dónde se meterá Carranza su Constitución? ¡Por el culo! Sí, señores, por el culo. Ahí mismo se guardará su ley petrolera. Esa Constitución nunca entrará en vigor mientras los petroleros americanos tengamos nuestras torres ancladas en territorio mexicano. Que apliquen su Constitución cuando nos hayamos ido del país y el mundo haya disfrutado de esa riqueza mexicana y los saldos de mi chequera vuelvan a reflejar el acierto de mi gestión y la generosidad de mis empresas.

Pero Edward McDoheny no reaccionaba. Su rostro cenizo, cetrino, delataba una inmensa amargura y una agobiante preocupación. —¿Y Helen? Vaya a la mierda como todas las mujeres. Tenía razón el infeliz Sobrino, son como las palomas de las plazas europeas. Cuando se acaban el maíz del turista se alejan nuevamente y sólo dejan en los hombros, en las manos y en la cabeza, heces fecales, además del dolor de los picotazos, en la disputa por la comida.

Helen se ha ido. Fui un trampolín en su carrera. Otro más. Como ella dijo, fui para ella sólo un pozo de petróleo en su vida y cuando me sequé buscó un manantial más generoso y gratificante. Además desde que la recluyeron en aquel centro antialcohólico de Pasadena, ya no era sino un triste animalito, una verdadera débil mental, incapaz de pensar, de decir y de vivir en estado de lucidez. Ya en la cama sólo era un deforme bulto de papas. Nunca volverá a tener otro como yo. Después de mí se aburrirá con cualquiera. Ése será su castigo —dijo para sí sepultado en una profunda depresión el supuesto responsable del caso *Tea pot dome*.

Mis amigos, por otro lado, están en la cárcel y yo a punto de ir. Perdí la última instancia. Si huyo me encontrarán. Tienen confiscado mi dinero. Estoy en sus manos.

La tristeza invadía gradualmente al petrolero. Sus arrugas parecían más marcadas que nunca. Su depresión parecía aplastarlo en cualquier momento. ¡El gusto que le daría a sus enemigos cuando lo vieran retratado, finalmente, tras de las rejas en la primera plana del *Walt Street Journal*!

Quería patearlos a todos. Sacarles los ojos lentamente a uno por uno. Ahora odiaba a todos, amigos y enemigos. La gente era basura, la amistad no contaba, las mujeres eran interesadas, el amor inexistente, los subalternos lo respetaban por su dinero y sus familiares hacían diarios votos, a base de insistentes golpes de pecho, para lograr su defunción por cualquier medio y pasar a disfrutar, sin costo alguno, del febril esfuerzo de su trabajo. "Todo el mundo es un bote de basura pestilente y enmierdado."

¿Qué me pondré cuando vengan por mí? ¿Mis trajes de seda, mis corbatas italianas, mis pijamas francesas? ¿Para qué quiero mis colonias, mis alhajas, mis relojes? ¡La cara de mis empleados cuando me vean salir esposado de la oficina! Los periódicos. El radio. Las revistas. ¡El escándalo!

En esos razonamientos se encontraba cuando, repentinamente, se abrió la puerta y entró a tropezones su secretaria, lívida del susto:
—Señor, están aquí afuera.
—¿Dónde?

—¿Usted es Edward McDoheny? —preguntó uno de los policías vestidos de azul, acompañado de un par de uniformados que habían corrido tras la secretaria para impedir una fuga tan pronto se conociera su presencia.

—Sssí, señores —contestó el petrolero con el rostro aceituno.

—Pues venga con nosotros —tronó uno de los gendarmes—. Tenemos una orden de aprehensión en su contra.

—No creí que fuera a ser tan rápido.

—Pues ya lo ve usted… ¡Hutchinson! —tronó el oficial.

—Sí, señor.

—Esposa al tipo éste.

—No veo por qué deba esposarme.

—¿Se resiste? —inquirió gozoso el jefe de la comitiva.

—No, señor. No me niego, pero siento fuera de lugar la grosería… —todavía alcanzó a decir.

—Hoy no es día de misa. Hutchinson, y menos en voz de un delincuente.

La secretaria lloraba con la cara totalmente enrojecida y desfigurada… Parecía que en cualquier momento se engulliría el pañuelo, ya totalmente mojado.

—Quisiera llevarme un par de libros —pidió el magnate.

—¡Ponle las esposas! —estalló ya irritado el comandante.

Mientras el uniformado colocaba los arillos en cada muñeca y McDoheny estiraba dócilmente ambos brazos, el policía todavía agregó:

—No me vengas a decir ahora que eres maestro de escuela. Todos los tipos como tú siempre se quieren adornar hasta el último momento. Ahora resulta que eres un tímido curita parroquial.

Dicho esto se sacó una enorme bola de tabaco que mascaba y escupió lateralmente un chorro amarillento por entre los dos dientes frontales. La saliva cayó en el tapete persa, color tabaco oscuro, precisamente sobre una de las torres entrelazadas que rodeaban las iniciales del petrolero. Acto seguido se volvió a colocar el tabaco en la boca y tomó a McDoheny de la hombrera de su saco y casi a empujones lo empezó a sacar de la oficina. McDoheny hizo un último esfuerzo instintivo por resistirse.

—¿Quieres una patada en los huevos, fulanito? Ésa es gratis y no consta en el expediente. Así te estarás quietecito.

McDoheny prefirió guardar silencio. Él era el gran perdedor. El policía, deleitado por tener en su poder a un pez gordo, de ésos que todo lo arreglan por teléfono, aprovechó íntegramente la oportunidad para vengarse de todos los atropellos cometidos por esos influyentes.

Entonces fue cuando tomó a McDoheny de la corbata de seda guinda y lo jaló, como a un apestado que no se le toca la piel por miedo al contagio, a través de las oficinas del ex petrolero. Todos los "Sobrinos" ahí presentes vieron cobradas todas sus deudas de un golpe.

McDoheny hubiera querido desaparecer. Cada jalón de la corbata parecía asfixiarlo. Cuando la aguja del elevador indicó *roof-garden*, la puerta se abrió y ahí fue empujado y jalado ante la mirada atónita del ascensorista, elegantemente uniformado.

—¡Planta baja! —ordenó el comandante—. Vamos a llevar a su jefe a la cárcel. ¿Qué le parece?

Un guante blanco apretó el botón indicado. Un momento después las puertas del elevador se cerraban y con ellas un capítulo más de la historia de Estados Unidos y de México.

Edward McDoheny fue recluido en una prisión federal para cumplir una condena de 10 años por los delitos cometidos[300] gracias a los cuales se había logrado hacer de una inmensa fortuna en conturbenio político con el Departamento de Estado y la Marina americana, cuyos altos directivos, los Knox, los Bryan, los Jennings, deberían haber acompañado a McDoheny hasta el fin de sus días en el mismo calabozo húmedo, saliginoso y degradante.

También habría espacio, desde luego en la misma mazmorra, para los Taft, los Wilson, los Harding y los Coolidge…

El petrolero gastó muchos millones de dólares en su defensa; vomitó mucho del dinero mal habido de Los Zapotes, de Los Limoneros, de Dos Bocas, de Cerro azul, de México. Toda esa riqueza robada del subsuelo mexicano fue insuficiente para devolverle la paz y la libertad. Por el petróleo había ganado esa riqueza y por el petróleo la había perdido.

—¿Cuando salga de la cárcel, tendré todavía fuerza y entusiasmo para disfrutar de mi dinero? Los últimos días, las últimas horas de mi vida sexual se extinguirán en prisión, en un nauseabundo desperdicio de mis facultades…

Calles, como era bien sabido, había dado un giro a la derecha a partir de la llegada de Morrow. El movimiento obrero se había detenido seriamente y con ello se atentaba contra la filosofía del Artículo 123 de la Constitución y abortaba otro propósito revolucionario. Aun cuando el reparto agrario había sido considerable durante el gobierno de Calles, éste se detiene a partir de 1928.

La mexicanización de la economía se quedó como en el Porfiriato.

Su término presidencial ya tocaba a su fin. Su rostro impenetrable no acusaba ninguna emoción; por contra, el de Dwight Morrow proyectaba una inmensa felicidad y satisfacción, compartidas por Coolidge y, medianamente, por los petroleros.

Pero la rebelión cristera no había llegado a su fin. Un hombre poseído por la Divinidad no olvidaba a los colgados de los postes telegráficos de las vías férreas; no olvidaba la clausura de monasterios, ni de conventos, ni el fusilamiento de curas rebeldes. Al sentirse instrumento de Dios, asesinó con su mano y en su Santo Nombre al Presidente Electo de México, el general Álvaro Obregón, quien había asegurado sus deseos de no compartir la silla presidencial con Plutarco Elías Calles. Dios, pues, cobró su última víctima en la persona de Obregón.

Dios, representado por los sacerdotes aquí en la tierra, había dispuesto defender su patrimonio, al igual que los petroleros defendían el suyo, dentro de un aparato porfirista reacio a la desintegración, a pesar de la revolución, de la destrucción masiva del país y de un millón y medio de muertos.

Sin embargo, Martinillo y algunos otros mexicanos fueron más allá de la aparente evidencia con el ánimo de buscar la verdad oculta en el asesinato de Obregón. Aquella ocasión el periodista tomó la pluma y empezó a redactar como podría hacerlo un profeta cansado ya de repetir sus conocidas sentencias.

Cuando un acontecimiento político sacude en México hasta el centro mismo de la Sierra Madre, busquemos de inmediato y sin titubeos una primera explicación en el rostro del Gran Capital. ¿Cómo podemos encontrarla en este nuevo hecho de sangre que vuelve a enlutarnos y a exhibirnos frente al mundo?

¡Muy sencillo!

Plutarco Elías Calles, nuestro ínclito Presidente de la República, sabía, como lo sabe en este momento, que el regreso de Obregón al poder, en este caso, por un periodo de seis años significaba el final irremediable de su carrera política. En esos seis años el presidente electo se haría cargo de todo el tiempo y los instrumentos necesarios para consolidarse largamente en el Castillo de Chapultepec con el apoyo incondicional de la fuerza militar, imprescindible para poder desarticular cualquier aparato que pudiera amenazar su ambicioso proyecto político a largo plazo.

Don Plutarco también sabía que si Obregón ya se había atrevido a modificar la Constitución para poderse reelegir, derogando con ello cínicamente una de las grandes conquistas de la revolución, con mayor razón derribaría cualquier obstáculo que se interpusiera en su camino. Era obvio entonces, que el gran jefe norteño venía dispuesto a todo, inclusive a designar a Calles agregado militar de México ante el gobierno nicaragüense, en razón de la evidente admiración del presidente en funciones por ese fraterno país centroamericano...

Amable lector, ¿usted imagina a don Plutarco Elías Calles en una segunda posición o en una tercera todavía más degradante? ¿Verdad que no? ¿Verdad que usted tampoco se lo imagina sentado en una humilde silla de bejuco sin el águila dorada aterciopelada a sus espaldas como parte ya de su indumentaria?

¡No nos engañemos! Calles nunca pensó honestamente en soltar el poder y menos en cedérselo gratuitamente a un heredero que en nada se parecía ni al Manco González ni, mucho menos, claro está, a un Ignacio Bonillas.

Así las cosas, era menester impedir a como diera lugar el regreso de Obregón a la Presidencia de la República. Por esa razón intentaron asesinarlo aquel domingo cuando se dirigía en su convertible a la Plaza de Toros. Salvó la vida milagrosamente. Pero la suerte ya no lo acompañó en La Bombilla como en tantas batallas militares que le reportaron el prestigio y la gloria.

¿Pero cuál es la explicación económica, se preguntará el amable lector? Aquí la tiene usted: los petroleros norteamericanos habían encontrado finalmente a un hombre a su medida.

Las pruebas son tan abundantes que saltan a la vista. Baste sólo comparar la promisoria Ley Petrolera del 25, hoy ya derogada, con el régimen energético vigente actualmente. Nadie con dos dedos de frente puede negar la norteamericanización del régimen callista y la intervención descarada de Morrow en los más delicados asuntos de Estado. La llegada del diplomático extinguió el radicalismo de Calles de un solo plumazo.

Resulta claro entonces que Calles no quería irse y el Gran Capital deseaba retenerlo a cualquier precio. Era el matrimonio perfecto. Estaban planteados sin lugar a dudas los supuestos de un grave conflicto de intereses políticos y económicos. Obregón se enfrentaba a dos enemigos de gran fortaleza dispuestos a defender rabiosa y furiosamente sus posiciones al precio que fuera, donde fuera, cuando fuera y con quien fuera.

Sólo faltaba un ingrediente final no menos importante y delicado. La ejecución del plan, es decir, la selección del verdugo para proceder a armar de inmediato su brazo asesino.

Por esa razón se buscó entre los enemigos de Obregón, en un círculo de extremistas religiosos y se seleccionó cuidadosamente al más fanático de ellos para revelarle la conveniencia de la desaparición física del hijo predilecto de Mefistófeles y la forma de obtener el eterno perdón Divino tan pronto llevara a cabo su generosa acción.

De esa forma, León Toral, firmemente convencido de ganarse la eternidad en el cielo al privar a los mexicanos de la presencia del diablo en su país, disparó a quemarropa toda la cartuchera sobre la cabeza de Obregón, mientras oía el canto angelical de los querubines que ya le anunciaban su ingreso en la Corte Celestial al lado de la Santísima Trinidad.

Calles, a su vez, también se eternizaría, pero en la silla presidencial y los inversionistas norteamericanos, en particular los petroleros, en el saqueo indiscriminado de México. Los sectores más poderosos del país optaron por no correr ningún género de peligro en cada sucesión presidencial, en particular si Obregón regresaba al Castillo de Chapultepec y decidieron accionar el gatillo a través de Toral, ignorante de los verdaderos móviles del magnicidio y de ser sólo un instrumento político en manos de la misma reacción.

Los que conocemos a Calles identificamos de inmediato su estilo, así como la presencia de aquella mano helada, aquella mano que en otro momento acabó con la vida de Madero y la de Carranza, aquella mano que apesta a dólares y a petróleo.

Los que verdaderamente amamos este país festejaremos con inmensa alegría y satisfacción el día en que un mexicano logre desarmar para siempre esa mano asesina e instale a Calles en el banquillo de los acusados, frente al gran tribunal del pueblo, para que su veredicto se inscriba en enormes letras doradas en los anales de la historia de esta triste nación depauperada y explotada.

VIII. EL NACIMIENTO DEL FUEGO

Nadie ignora tampoco cómo en distintas épocas posteriores a las que señalamos y aun contemporáneas las compañías petroleras han alentado casi sin disimulo, ambiciones de descontento contra el régimen del País, cada vez que ven afectados sus negocios, ya con la fijación de impuestos o con la tolerancia acostumbradas. Han tenido dinero, armas y municiones para la rebelión. Dinero para la prensa antipatriótica que las defiende. Dinero para enriquecer a sus incondicionales defensores. Pero para el progreso del País, para encontrar el equilibrio mediante una justa comparación del trabajo para el fomento de la higiene en donde ellos mismos operan o para salvar de la destrucción las cuantiosas riquezas que significan los gases naturales que están unidos con el petróleo en la naturaleza, no hay dinero, ni posibilidades económicas, ni voluntad para extraerlo del volumen mismo de sus ganancias.

Tampoco lo hay para reconocer que una sentencia les define, pues juzgan que su poder económico y su orgullo les escuda contra la dignidad y la soberanía de una Nación que les ha entregado con largueza cuantiosos recursos naturales y que no pueden obtener mediante medidas legales la satisfacción de las más rudimentarias obligaciones.

GRAL. LAZÁRO CÁRDENAS
Manifiesto a la Nación respecto a la Expropiación
Petrolera, 18 de marzo de 1938

El asesinato de Álvaro Obregón cimbró en sus cimientos la estructura política de la élite revolucionaria en el poder. La aguda suspicacia del mexicano hizo de inmediato acto de aparición al dejar caer sobre la figura del Presidente de la República el peso de la responsabilidad histórica por la muerte prematura del más destacado miembro del triángulo sonorense. "¿Quién mató a Obregón?" Se preguntaba un populacho escéptico y dispuesto a creer de antemano cualquier comentario relativo a la conducta de sus gobernantes. "¡Cálle-se! ¡Cállese, por favor!", rezaba desde el graderío un murmullo colectivo a modo de respuesta.

El público se acomodaba para disfrutar el siguiente acto de la comedia política en turno y se entregaba gozoso y vengativo a los placeres de la crítica morbosa, con el objeto de descargar buena parte del coraje y del resentimiento ancestrales acumulados a lo largo de muchas generaciones aplastadas e ignoradas políticamente.

Los mexicanos ante la imposibilidad de lograr reivindicaciones en el terreno político y en el institucional, compensan sus sentimientos de impotencia, originados por el humillante desconocimiento de su personalidad histórica, mediante el uso del rumor o vengan el desprecio y las vejaciones a través del chiste para deteriorar, siempre desde el anonimato, la figura de quien los oprime o los daña.

Obregón, poseedor de un ingenio tan poco común como su memoria, había criticado a los "primeros jefes", políticos insaciables, por sus deseos de perpetuarse en el poder y se cuestionaba con una sarcástica agudeza: "¿Quién nos libertará de nuestros libertadores?". A su vez, el propio ex presidente y después de nueva cuenta presidente electo de la República, había derogado uno de los principales postulados de la revolución al modificar la Constitución con el propósito de permitir su reelección a la máxima candidatura del país. ¡Habráse visto! —iniciaba Martinillo uno de sus famosos editoriales—. Al igual que Carranza, una bala asesina cegó su vida y liberó a México de la amenaza de una nueva dictadura.

Aquella bala también frustró las esperanzas de todos los prosélitos del obregonismo, quienes, dentro de la confusión y la desesperanza, culpaban a Calles del asesinato de su máximo líder: "Un miembro fanático de la iglesia católica consumó el acto pero fue Calles quien veladamente lo inspiró aprovechando la rivalidad prevaleciente entre el clero y el obregónismo…" La "diarquía" Calles-Obregón había demostrado hasta la saciedad el tratamiento que concedía a sus opositores políticos, a quienes mandaba asesinar sin el menor empacho tan pronto les reconocía la suficiente capacidad para disputarles el poder por la vía democrática o por la de la fuerza militar. La respuesta infalible siempre fue la misma: El estrangulamiento, la certera puñalada, el disparo perfecto, el fusilamiento masivo, la repentina desaparición física hasta lograr descremar políticamente a México en todos los ámbitos institucionales, en donde debía reinar la autoridad indiscutible de los sonorenses. Con el sometimiento incondicional al supremo poder presidencial, volvió a hacer su ingreso en el escenario político el totalitarismo en su versión a la mexicana y con él la arbitrariedad, la persecución, el enriquecimiento de los grandes líderes revolucionarios, el privilegio, la impunidad, el desconocimiento de la voluntad política nacional y el surgimiento de un intérprete de estos propósitos, por lo general siempre ávido de acaparar el mayor poder posible, repartiéndolo proporcionalmente entre una camarilla de subalternos controlados a base de grandes cantidades de dinero, obtenido del Tesoro Nacional para compensar sus frustrados apetitos presidenciales.

Calles, como Obregón, ignoraron las garantías individuales consignadas en la Constitución del 17. Aplastaron la libertad en nombre de la libertad y la democracia en nombre de la democracia. Si Francisco Field Jurado, Francisco Serrano o Arnulfo Gómez, entre muchos, muchos otros, hubieran opuesto como argumento en su defensa la aplicación de las garantías individuales, la sujeción a un debido proceso legal instituido ante un tribunal competente que fundara y motivara la causa legal del procedimiento antes de su sentencia, las carcajadas sonoras y contagiosas provenientes del Castillo de Chapultepec se hubieran escuchado a lo largo y ancho del país.

Calles, en su alianza con el gran capital, rompió con el movimiento obrero, detuvo la reforma agraria, impidió la repartición de los latifundios, se olvidó de nacionalizar la economía dejándola en manos extranjeras como en la época del Porfiriato, acentuando la dependencia del exterior, obstaculizó el avance de la revolución e imprimió sus mejores esfuerzos en la consolidación del poder, de su poder, a cualquier precio, para lo cual ya contaba con grandes aliados, poseedores de una fortaleza económica y militar prácticamente insuperables: el gobierno de los Estados Unidos, sus poderosas empresas transnacionales y su hábil embajador, extraído de las profundidades fangosas de Wall Street.

Dwight Morrow había sugerido insistentemente al presidente mexicano, la conveniencia de permanecer en el poder al término de su mandato constitucional.[301] A partir de la derogación de la promisoria Ley Petrolera emitida por Calles en 1925, después de la solución del problema cristero, de la cancelación de la política agraria del régimen y de su radical viraje a la derecha, Morrow se sintió con la influencia necesaria para convencer al presidente Calles hasta del más atrevido despropósito, como era el del golpe de Estado a su favor.

Dwight Morrow, en una tibia tarde estival, de 1928, ingresó normalmente en el famoso recinto presidencial en su ostentoso automóvil y se dirigió familiarmente al despacho de Calles, como si se encontrara en la propia residencia de su representación diplomática. No tuvo, como era de esperarse, necesidad de anunciarse ni de hacer la protocolaria antesala; unos instantes después, el secretario particular le suplicaba su presencia en el despacho oficial.

—No habrá ningún problema con Emilio Portes Gil —expresó el primer mandatario mexicano al embajador, después de los saludos convencionales—. Conozco bien a mi sucesor y a pesar de su juventud y aparentemente escasa experiencia política, estoy seguro que siempre se sujetará a mi autoridad, porque es un hombre inteligente y leal.

—Yo también lo creo —repuso el embajador—. Emilio es un buen chico que todo lo hará muy bien sin causarnos ningún problema, pero, insisto, querido Plutarco, en que fuiste muy generoso el día de tu último informe presidencial —advirtió Morrow, sentado a la vera del presidente, mientras se oprimía el dedo índice izquierdo con el pulgar de la mano derecha hasta hacer tronar las falanges, como era su costumbre—. Si Washington te manifestó por mi conducto su absoluta disposición a apoyarte en cualquier circunstancia, debiste haber continuado un sexenio más en el poder para consolidar toda tu obra, en la inteligencia de que con las armas y el dinero norteamericanos, habríamos podido sofocar con toda facilidad cualquier levantamiento proveniente de opositores ignorantes o irresponsables.[302]

—Gracias, Dwight, siempre te estaré agradecido y nunca olvidaré tu ayuda.

—Ni lo menciones, Plutarco. Un levantamiento contra ti lo hubiéramos entendido también contra el gobierno de los Estados Unidos. Bien sabían tus escasos enemigos que un conflicto contigo nos hubiera implicado a todos nosotros y se cuidaron de cualquier intentona. Nunca hubiéramos tolerado un atentado contra las sólidas instituciones mexicanas…

"¡Qué hábil es este hombre! ¿Cuáles instituciones? México es un país de un hombre y en ningún caso de instituciones. Morrow lo sabe y por eso cuida todos esos aspectos con gran tino", pensó Calles para sí.

—Contar con ustedes es toda una garantía para mi país, pero yo, antes que nada, debo respetar y hacer respetar la Constitución. Políticamente era inmanejable una nueva reforma para reelegirme, después de la que llevamos a cabo cuando Obregón volvió al poder. No, Dwight, no, por respeto a mi pueblo debo retirarme y dejar el paso a nuevas generaciones de políticos mexicanos con mejores calificaciones para gobernar que las mías.

"No cabe duda que los mexicanos son capaces de creerse sus propias mentiras. Nadie le creyó a Calles cuando advirtió la necesidad de ponerle fin al caudillismo, ni de su propósito de retirarse definitivamente de la política al fin de su mandato. En México, el presidente hace como que está convencido y los gobernados hacen como que creen todas sus afirmaciones", pensó a su vez para sí el diplomático.

—Es difícil —reaccionó el embajador—encontrar hombres de tu talla y de tu nivel de experiencia. Tu salida del poder político es un desperdicio para el pueblo de México.

"Dwight insiste porque él no conoce el barro del que están hechos mis paisanos. Si yo hubiera anunciado mi reelección después del asesinato de Álvaro, me hubieran metido un tiro en la cabeza antes de la conferencia de prensa y todos me habrían etiquetado como el auténtico asesino de Obregón para los restos de los restos", iba a agregar Calles.

—Siempre estaré a las órdenes de Emilio Portes Gil por lo que pudiera ofrecerse, Dwight. De modo que mi experiencia no se perderá —aclaró satisfecho el presidente.

—Todos esperamos que se le ofrezcan muchas cosas y que recurra a ti en busca de consejo permanentemente.

Calles esbozó una leve sonrisa.

—Despreocúpate —agregó—. Emilio lo hará bien, conozco sus aficiones, sus inclinaciones y sus intenciones…

—Estoy muy tranquilo porque tú lo seleccionaste cuidadosamente y más lo estaré cuando lo vea ajustarse a tus políticas de gobierno. Anunciaste en tu informe que dejabas normalizada la situación internacional de México después de 20 años de inestabilidad.[303] Yo me siento participe de ese éxito y quisiera compartirlo siempre con los futuros Presidentes de México.

—Con Emilio Portes Gil lo compartirás y también con todos sus sucesores mientras yo viva, Dwight.

El embajador escuchó lo que quería oír. En realidad, comenzaba una nueva era de caudillismo en México. Lo anunciado por Calles en su informe presidencial era una nueva burla hacia las instituciones nacionales. El último líder del triángulo sonorense, al igual que Victoriano Huerta, Venustiano Carranza y Álvaro Obregón, deseaba, desde luego, perpetuarse también en el poder. Para tal efecto y con el ánimo de no jugarse la vida, había seleccionado a un sucesor maleable, de clara estirpe obregonista, para no contrariar el acéfalo clan de fanáticos del difunto Manco de Celaya. Emilio Portes Gil gobernaría, pero Plutarco Elías Calles tomaría las decisiones trascendentales.

El ex gobernador de Tamaulipas entendió la jugada del Caudillo y no sólo consintió, sino que solicitó constantemente la intervención del máximo líder de la revolución en los más diversos y delicados asuntos de Estado. Otra lección aprendió Portes Gil de inmediato: Su gobierno interino se desarrollaría sin ningún conflicto en el orden interno, ni externo, en la medida que se abstuviera de rozar siquiera los poderosos intereses económicos de las empresas norteamericanas radicadas en México. Cuando Calles renunció a su ideario político, se extinguieron los conflictos con los petroleros, terminaron en consecuencia, las amenazas intervencionistas y los peligros de una anexión masiva de los estados norteños fronterizos para dar lugar al advenimiento automático de la paz. La nacionalización de la economía estaba reñida con la estabilidad y con su concepto del proyecto político de México. Las bases de una convivencia "feliz" habían sido dadas. México debía ceder prácticamente, a título gratuito, sus recursos no renovables a cambio de captarse el respeto internacional y lograr la permanencia de sus presidentes en el poder. Portes Gil, curiosamente, había optado por el *statu quo* en materia de inversiones extranjeras y esa era una garantía suficiente para llevar a buen puerto su gobierno interino.

—No olvidemos, Dwight —volvió a tomar la palabra el Caudillo—, que Portes Gil estará en el poder hasta febrero de 1930 y que en un par de meses más se abrirá la campaña política para elegir al futuro Presidente de México.

—Pero me imagino, conociéndote, que a estas alturas ya sabrás quién sucederá a Emilio para los cuatro siguientes años.

—Desde luego que sí. Ese no es el problema. Tengo una carta nueva, muy nueva, que sorprenderá, pero no molestará y, sin embargo, gobernará sin olvidar nunca el origen de su poder, ni la espada que pende sobre su cabeza. Creo que ese asunto ya lo tengo resuelto.

—¿Entonces? —inquirió curioso el diplomático.

—Mira, nadie discutió la designación de Portes Gil, porque aparentemente se trataba de un político de extracción obregonista, sin embargo, para el periodo 30-34 sí encontraremos con toda seguridad oposición y es de preverse la aparición de la violencia.

—Si tú contabas con el apoyo de Washington para la reelección, con más razón recibirás todo género de ayuda militar para aplastar cualquier revuelta. Si quieres armas, cartuchos, bombas, cañones, barcos, etc., ¡pídelos! y te los surtiremos con toda prioridad y a buen precio.

—Coolidge me prometió, efectivamente, todo su apoyo, pero no olvides que tu nuevo presidente se llama Herbert Hoover.*

Dwight sonrió sarcásticamente:

—Gracias por recordármelo, pero Hoover está enterado al día de nuestras pláticas y de nuestras necesidades. Como buen republicano, nos ayudará en todo lo necesario. Él sólo espera el momento de poder demostrártelo a la mayor brevedad posible.

---

* Hoover gana las elecciones para el periodo 1929-1932.

"La verdad, pensaba el diplomático, Hoover sabe que mientras Calles ejerza el control del país, el acuerdo Calles-Morrow sobre la cuestión petrolera seguirá vigente y esa atmósfera política prevalecerá entre los dos países y permitirá finiquitar los asuntos pendientes por conducto de Portes Gil a quien apoyaremos en función de Calles."

—Pues creo que llegó ese momento, Dwight.

El embajador perdió de inmediato su sonrisa amable y comprensiva.

—¿Qué quieres decir?

—Que necesito equipo de guerra.

—¿Ya hubo un levantamiento?

—No, pero lo habrá y muy pronto. Es claro que Vasconcelos o Villarreal recurrirán a las armas cuando sean derrotados legítimamente en las elecciones, al final del interinato. Además hay algunos miembros del ejército que me preocupan enormemente y en cualquier momento pueden provocar el primer estallido.

—Hazme saber las necesidades para comunicarlas a Washington.

Calles le alargó una hoja conteniendo todos los requerimientos militares. Morrow leyó con detalle:

Siete millones de cartuchos.
Rifles.
Obuses de artillería.
Bombas para la aviación.
Uniformes.
Monturas.
Ametralladoras.
Dos piezas de artillería.
Aviones y vehículos de transporte.
Morteros.
Refacciones para armas.
Dos mil caballos.
Cebada, maíz y alfalfa.
Alambre de púas.
Pólvora.
Reflectores y otros artículos similares.
Ametralladoras antiaéreas.[304]

—Pues sí que es grande el pedido —repuso el embajador.

—Así es, Dwight, tan grande como el posible problema. Debo estar prevenido. Sólo un detalle más —agregó finalmente el Caudillo ante la mirada incierta del diplomático.

—Tú dirás —repuso disimulando su inquietud.

—Es vital que ustedes sólo le surtan armas al Gobierno Federal de México y cierren la frontera a cualquier otro pedido de cualquier otro grupo beligerante. Nosotros debemos ser el único sector perfectamente armado. Sabemos que hay algún petrolero insatisfecho que podría todavía financiar un movimiento opositor, pero fracasará si se limita la venta de armas a nuestra causa y se prohíbe, además, su exportación a México.[305]

—Hoy mismo haré del conocimiento del Departamento de Estado tus necesidades —dijo Morrow poniéndose de pie—. Serás abastecido de inmediato y además limitaremos la exportación de armas a las compras que haga exclusivamente el Gobierno Federal y ¡despreocúpate, Plutarco! Nosotros no te dejaremos solo; tú lo sabes…

Acto seguido el embajador guardó un silencio misterioso. Aparentemente acomodaba cada una de sus palabras.

—Yo también tengo un punto final que comentarte.

—A tus órdenes —repuso indiferente el Caudillo.

—¿Quién es el sucesor de Emilio?

Calles guardó a su vez silencio. Se concretó a sonreír, mientras jugaba con una herradura de plata que tenía como pisapapeles sobre su escritorio. Los yanquis son insaciables, pensaba para sí. Nunca entenderán lo que debe entenderse por generosidad.

—Tú sí debes saberlo, Dwight. Lo destaparemos en la Convención de Querétaro en el próximo mes de marzo. Se trata de mi ex embajador en Brasil.

—¿Tu ex embajador en Brasil? ¿Quién es tu embajador en Brasil? —preguntó Morrow confundido y perplejo.

—Se llama Pascual Ortiz Rubio. Me será totalmente dependiente, especialmente por el miedo que siente de llegar a la presidencia.

—¿Y crees que lo aceptarán los obregonistas?

—Bueno, él es conocido en el sector y no molestará.

Para convencer a todos los demás candidatos, como Aarón Sáenz y Morones, despersonalizaré la decisión para que sea el Partido y no yo quien escoja al futuro Presidente de México. La selección en la próxima Convención de Querétaro será democrática, pero yo dirigiré y orientaré las corrientes de opinión en su tiempo y forma. Respecto a los tercos, la receta la tienes en la hoja que te entregué.

Morrow disfrutaba ostensiblemente la fina ironía del Caudillo así como el humor negro mexicano tan distinto del sajón.

—Entiendo, Plutarco, entiendo perfectamente —respondió Morrow, sonriente mientras detenía su portafolio colocándolo bajo la axila del brazo derecho y presionaba con la misma mano su dedo índice izquierdo hasta hacer tronar la misma falange. Momentos después se despedía inmensamente satisfecho de su acuerdo. Había confirmado la política de no ingerencia de Portes Gil en los intereses extranjeros, el nombre del futuro Presidente de México, su dependencia política del Caudillo y el dominio que éste se proponía ejercer sobre el futuro de México en beneficio de la inversión norteamericana radicada en el país.

No cabía la menor duda que su jornada de trabajo había sido totalmente exitosa y fructífera.

Cuando descendía la escalinata del Castillo de Chapultepec, pensó en intervenir directamente en la solución del problema cristero mediante la reunión de las altas autoridades eclesiásticas de los Estados Unidos y Portes Gil. Era desde luego una buena oportunidad para conocer de cerca al primer gobierno "pelele", como ya se conocía en la jerga política a los presidentes del caudillismo.

—Veremos, veremos —decía cuando ya su automóvil rodaba colina abajo, rodeado de ahuehuetes centenarios que custodiaban su paso hasta llegar al famoso acueducto de Chapultepec.

Calles se encontraba tranquilo en lo relativo al comportamiento de los temerarios petroleros extranjeros:

Sus peticiones habían sido concedidas en términos acordados con el Gobierno de Washington, aun cuando los dueños del oro negro se habían quedado cínicamente insatisfechos con la promulgación de una ley que les reconocía casi los mismos derechos otorgados durante el Porfiriato. Las preocupaciones del Caudillo estribaban básicamente en las dificultades que habría de enfrentar para sentar a Pascual Ortiz Rubio en la silla presidencial con la menor violencia posible. El ex embajador designado, por su parte, reunía el mayor índice de cualidades para hacerse merecedor del elevado cargo y de la insuperable distinción.

Martinillo comentó la designación en un periódico clandestino.

No cabe duda que el flamante Caudillo mexicano verdaderamente goza de una sensibilidad política exquisita, la cual ha puesto a todas luces de relieve con la designación de Pascual Ortiz Rubio como candidato a la Presidencia de la República.

Calles parece practicar un tipo de caudillismo diferente del ejercido por Porfirio Díaz o del que pretendían imponer Carranza y Álvaro Obregón.

Calles realmente ha llegado a la sublimación política al parapetarse en el Partido Nacional Revolucionario, de su propia creación, desde donde pretende llevar a cabo todas sus fechorías, agazapado en una multitudinaria agrupación que aparentemente aglutina todas las fuerzas políticas de la Nación en su máxima representación popular.

Bien sabe el general Calles que el Partido Nacional Revolucionario es un gran casco populachero diseñado a prueba de opositores para exhibirlos políticamente antes de asesinarlos como enemigos del pueblo, como enemigos de México, por no someterse a la suprema voluntad política del país, consagrada religiosamente en la infalible decisión del Partido, inspirada en su máximo sacerdote.

Casi lo oiría yo decir: "Quien no está con Dios está con el demonio"… "¡Quien no esté con el Partido merece la excomunión política, la expulsión del país o el fusilamiento en cualquier paredón municipal!"

En realidad, la existencia del Partido responde a la necesidad de vestir las disposiciones del Caudillo con los ropajes propios de una democracia. El Partido carece de autonomía de gestión, de verdadera representación popular. Recoge, en trágica apariencia, los verdaderos propósitos de la Nación, pero no son ejecutados por los responsables de la administración de los recursos públicos, porque la molicie burguesa en que vive la nueva élite revolucionaria, no permite distraer la atención para rescatar de la miseria a los que la llevaron al poder.

Asistimos, señores, a una de las más grandes mentiras de la política mexicana de este siglo, a uno de los más grandes engaños a una nación de analfabetas desvalidos, a quienes se les impide educarse para evitar la posibilidad de tener una opinión y poder proponer opciones y decisiones.

Los grandes líderes de la Revolución se han prostituido con la riqueza del erario y se han fortalecido con la fuerza de un ejército mercenario, disciplinado con la amenaza del cese y del paredón.

Pascual Ortiz Rubio, "Don Nadie", fue seleccionado por Calles gracias a su desconocimiento absoluto de la realidad nacional, después de seis años de gestiones diplomáticas en el exterior, en virtud de sus ligas inexistentes con grupos políticos del país, en virtud de su temperamento maleable y conformista y, en consecuencia, en las posibilidades advertidas por el Caudillo de manejar a su gusto al nuevo Presidente de México hasta convertirlo en el segundo "pelele" de un movimiento revolucionario que cada día despide más olores fétidos propios de la descomposición.

Bien decía Bertrand de Jouvenel: "Las revoluciones, o sirven para centralizar y concentrar el poder o no sirven para nada."[306]*

Plutarco Elías Calles, como Porfirio Díaz, conocía con precisión las fibras sensibles del mexicano, sus reacciones, sus sentimientos, sus impulsos, sus capacidades e incapacidades, así como los diversos y complejos caminos y vehículos a que recurrían para llevar a cabo sus propósitos. El Caudillo no se había equivocado en sus pláticas con Morrow. Se habían levantado en armas Escobar, Topete y Valenzuela en contra de la

---

* Bertrand de Jouvenel, *Du pouvoir. Historie naturelle de sacroissance*, Hachette S.C.D.M., París.

Convención de Querétaro y de su candidato.[307] El Plan rebelde de Hermosillo, redactado por Gilberto Valenzuela, decía:

> Pasiones bastardas, ambiciones desenfrenadas, imposturas delictuosas y cínicas, concupiscencias criminales y actuaciones sistemáticas de farsa y de comedia, han hecho del Gobierno y de las instituciones una escuela de mercantilismo y de corrupción y de bajezas… El majestuoso recinto de los poderes públicos se ha convertido en mercado vulgar, en donde se cotiza todo, desde la moral y la ley escrita, hasta el honor y la dignidad del ciudadano y el sentir, el pesar y el querer del pueblo. El alma máter de esta corrupción, de esta fuente de vicio que se desborda, de esa sed insaciable de poder y de riqueza, el gran maestro de la mistificación y de la farsa, el administrador supremo de este mercado maldito de los valores morales, el diabólico inspirador de persecuciones inhumanas y salvajes, el inventor de instrucciones cavernarias de la delincuencia y de los crímenes es: PLUTARCO ELÍAS CALLES, el judas de la REVOLUCIÓN MEXICANA…[308]

El Caudillo no se inmutó y se hizo cargo de la Secretaría de Guerra[309] para dirigir personalmente la campaña militar y comprobar el sometimiento definitivo de los alzados. Los aplastó en nombre de las instituciones de México y de la democracia.

Este nuevo intento de los rebeldes por alcanzar la libertad en el país empantanado en la ya tradicional crisis económica, costó $13.800,000.00 más $25.000,000.00 en daños materiales, principalmente causados en las vías férreas.

Martinillo, ya temido por Calles y conocido como la voz del pueblo, se hizo de la pluma como quien empuña desafiante un arma para sentenciar en su artículo semanal:

> Desde la entrevista Díaz-Creelmann ya se cuestionaba si México estaba o no preparado para la democracia, pero nunca se cuestionó si los grandes líderes de México estaban o no listos para gobernar dentro de un contexto democrático sin esgrimir argumentos ingrávidos para aferrarse al poder. Una de las enseñanzas del divino príncipe renacentista, consistía en no subestimar ni culpar, ni acusar a los gobernados de las catástrofes ni de los fracasos ocasionados por los gobernantes.
>
> La mayoría de los grandes líderes del país se han hecho de la máxima responsabilidad nacional sin una experiencia política previa, sin una sólida formación administrativa, sin un proyecto de gobierno producto de un ideario político propio, digno de ejecutarse fielmente a su acceso al poder. Por lo general, han llegado a la presidencia gracias a su intuición militar natural, mediante la

traición o, simplemente, gracias al favor político del Caudillo en turno como premio a una lealtad reconocida a través de muchos años de campañas castrenses.

Pero, curiosamente, quien ha criticado la madurez política del pueblo mexicano, ha llegado al poder por medio de la violencia sin escalar gradualmente una carrera administrativa saturada de ricas experiencias propias de los hombres de estado, respetuosos de las instituciones y convencidos de su utilidad.

Curiosamente también, quien ha alegado la misma impreparación de sus gobernados se ha perpetuado en el poder, o por lo menos, lo ha intentado, apoyado precisamente en ese tipo de justificaciones ingrávidas para instaurar una dictadura. ¡Cuántos pretextos es posible esgrimir para mantenerse en el Castillo de Chapultepec y a cualquier precio! ¡Cuántos! Qué fácil es señalar la inmadurez política de un pueblo cuando los opositores al régimen viven recluidos en tinajas subterráneas o han sido pasados por las armas amordazados, atados de pies y manos y de espaldas al pelotón de fusilamiento, como se fusila a los traidores.

¿Quién habla? ¿El maduro? ¿El maduro, el líder, el Mesías, el que utiliza a diario el patíbulo para silenciar a los rebeldes?

¿El que vende el país a la inversión extranjera y cede todos sus recursos naturales a cambio de mantenerse en el poder? ¿Maduro es el que permite el enriquecimiento ilícito de sus subalternos para calmar sus insaciables deseos de llegar a la presidencia o sostenerse en ella? ¿Maduro es el que corrompe, el que asesina, amordaza, persigue y castra? ¿Quién habla de preparación? ¿El que viola las urnas para desconocer la voluntad popular? ¿El que instruye al juez respecto al sentido de la sentencia aun cuando sea contraria al texto legal?

¿Esos hombres con esos conceptos de "madurez", son los que acusan de inmadurez política a la nación mexicana para poder justificar su eternización en el poder?

Los propios líderes políticos de México han culpado tradicionalmente a la propia nación de lo que ellos mismos han carecido y al subestimar las capacidades políticas del pueblo y desconocer sus habilidades de autogobierno, han caído en un círculo vicioso regresivo de pavorosas consecuencias civiles y económicas —concluía incontenible Martinillo ante la ira del gobierno y el aplauso del pueblo.

La comunidad política de México, por otra parte, se continuaba descremando con la derrota de Vasconcelos, Villarreal, Valenzuela, Topete y Escobar. Su derrota consolidaba al máximo líder de México en el poder, siempre apoyado por las proditorias armas norteamericanas. Los yanquis lo apuntalaron a cambio de petróleo y dotaron de vida al Maximato, institución novedosa dentro de la historia del caudillismo mexicano.

Dwight Morrow no podía estar más satisfecho por su gestión al frente de la Embajada del Tío Sam en México, en particular aquella mañana del 30 de junio de 1929 en que repiquetearon las campanas de todas las iglesias del país, para celebrar la reanudación de los servicios religiosos y el fin del movimiento cristero.

Morrow se encontraba eufórico durante el "lunch" que le fue servido en el jardín de la residencia diplomática junto con su esposa.[310] Charlaban animadamente bajo la sombra de un paraguas amarillo que cubría toda la mesa y protegía de los efectos del sol veraniego sus delicadas pieles acostumbradas a las temperaturas de Londres, París, Nueva York, Wall Street y los interiores de la Casa Morgan.

—México coronará mi carrera como financiero y como político puesto que el prestigio ganado en este país lo utilizaré para ganar la senaduría en los Estados Unidos. En mi proyecto de vida ya no existía esta posibilidad y esta embajada me la ha venido a proporcionar.

—No sólo eso —repuso su esposa, quien con las manos enguantadas colocaba un terrón de azúcar en el té con crema que acostumbraba tomar—. Hemos casado a nuestra hija Anne con uno de los grandes héroes americanos de todos los tiempos, también gracias a esta embajada, donde afortunadamente se conocieron. Todavía no puedo creer que nuestra hija se haya casado con Charles Lindbergh, querido.

Morrow entrecruzó y tronó los huesos de sus manos.

—Dwight, me pones nerviosa con tus tronidos —dijo la dama.

El embajador ignoró a su esposa:

—¿Lo ves? Todo ha sido buena fortuna desde que pisamos México. Llegué cuando faltaban dos minutos para iniciar una invasión masiva a este país, originada principalmente en la incapacidad de mis colegas anteriores de manejar el espinoso problema petrolero, en su falta de imaginación, en la prepotencia de Coolidge y del Departamento de Estado y en la intransigencia de los petroleros de no ceder ni un ápice de su *status* histórico, sumado todo esto a la necesidad de Calles de colocarse algunas medallas revolucionarias en el pecho.

—No cualquiera hubiera podido combinar todos esos elementos para obtener un resultado feliz, querido.

—Lo sé y lo saben en Washington. Por eso han crecido inmensamente mis posibilidades para la senaduría. Tengo dominado a Calles y mando más en él de lo que nunca siquiera soñó Henry Lane Wilson poder hacerlo con Victoriano Huerta. Una muestra adicional de mis poderes la tienes en el repiqueteo de las campanas que hoy anuncian el fin de un conflicto sangriento y anacrónico en pleno siglo XX.

Así me gusta tener a mi esposa, totalmente atenta de mi voz, de mi pestañeo, de mis ojos, de mi aliento. Me admira, me necesita, me quiere y la fascino cuando hablo y le cuento el *know-how* de mis éxitos.

—¿Te acuerdas cuando el arzobispo Ruiz y Flores regresaba de Roma después de ver al Papa Pío XI y me entrevisté con él en los Estados Unidos[311] junto con Pascual Díaz, el otro jesuita salido de Tabasco cuando se decretó que sólo podían oficiar la misa sacerdotes casados?

—Sí, claro que lo recuerdo. Nunca había visto en mi vida un sacerdote tan enjoyado como el tal Arzobispo Ruiz y Flores.

—Bueno, pues ese día sentamos las bases de la solución del problema cristero y, posteriormente, a base de negociaciones con Calles, Portes Gil, el Padre Walsh, el Padre Burke, Ruiz y Flores y Díaz llegamos a un feliz final. Yo abrí de nuevo las iglesias en México. Yo y nadie más que yo.

Mi gestión pasará a la historia como "el armisticio Morrow".[312] Nadie, con el mínimo de información podrá negar mi participación definitiva en la solución del conflicto cristero. Y no sólo eso: Yo puse a México de pie y le di un gobierno fuerte* les enseñé finanzas a los Secretarios de Hacienda mexicanos así como la forma de comportarse en los grandes mercados de capitales del mundo."[313]

La señora Morrow se caló cuidadosamente sus gafas oscuras y se arrellanó con los brazos cruzados en la confortable silla del jardín de la embajada, al advertir que su marido había caído en una de sus recurrentes evaluaciones respecto a su talento y capacidad.

"Afortunadamente es breve dentro de sus repeticiones. Horror me da pensar en la necesidad de aguantar por largo tiempo tantos cantos, tantos auto elogios, con esta sonrisa permanente, tras la cual debo esconder el malestar y el aburrimiento para proyectar admiración y complacencia."

—Si la economía mexicana llega a estabilizarse y Calles suspende definitivamente las expropiaciones agrícolas, que Portes Gil ha iniciado de nueva cuenta a pequeñísima escala, en contra de mis sugerencias, entonces logrará la renegociación definitiva de la deuda pública de México y podremos regresar a los Estados Unidos sin ningún pendiente en mi nueva cartera de diplomático. Sin tener la experiencia de mis antecesores, les he enseñado cómo manejar un país, a sus gobernantes y a su gente para lograrlo todo sin violencia, sin armas, sin intervenciones ni amenazas.

—¿No te preocupa la política que adoptará Pascual Ortiz Rubio en relación a los Estados Unidos y a todo lo que tú has hecho con tanto éxito?

—Bobadas, mujer. Mientras Calles sea el jefe máximo, el Presidente de la República será una figura decorativa a la mexicana. Calles escogerá a cada sucesor y lo controlará por medio de hilos a la distancia. Tú preocúpate cuando Calles falte. Entonces los Estados Unidos deberán desperezarse y volver a poner atención en todos los acontecimientos.

---

* John W. Dulles, *Ayer en México*, Fondo de Cultura Económica, pág. 460.

Por ahora, a todos los Portes Gil, Ortiz Rubio o los que vengan en un futuro próximo no se les ocurrirá siquiera rozar los intereses yanquis, ni intentar siquiera aplicar sus curiosas tesis expropiatorias que sólo hunden más en la miseria a este país. Mientras más expropien menos posibilidades tendrá México en el plano de las potencias industrializadas.

La señora Morrow suspiró profundamente.

—A los seres humanos nos mueve el lucro. El gran motor del mundo es el dinero. Nadie resiste la fuerza del capital y, sin embargo, estos campesinos mexicanos, ya dotados de tierra, no piensan en la generación de riqueza. Se resignan con tener suficientes mazorcas para hacer tortillas todo el año —comentó ufano el diplomático en una evidente postura docente—. Por eso convencí a Calles que repartir tierra era repartir miseria al campesino y a la sociedad en general, a cambio de gozar de un reconocimiento como líder revolucionario.

La esposa del embajador se concretaba a responder inconsciente y monótona: "Realmente, Dwight, lo que te has propuesto, lo has logrado."

—No, mi amor, qué más hubiera yo deseado —contestó Morrow sin captar el tono expresivo de su mujer—. Por ejemplo, Vasconcelos rechazó mi oferta para ser rector de la Universidad de México.*[314]

—¿Y tú cómo te atreviste a sugerirle semejante cargo? —repuso ahora sí sorprendida.

—Yo le ofrecí a Calles mis servicios como mediador, pero el orgullo de Vasconcelos lo cegó y rechazó mi oferta.

—Yo lo entiendo, Dwight. Imagínate que el embajador soviético en Washington te ofreciera la senaduría que tanto buscas, ¿qué cara pondrías, querido? —preguntó la señora Morrow, dueña de una exquisita ironía.

—Así no operan las cosas en México. No seas torpe, querida —contestó Morrow sin saber si le molestaba más la forma o el modo en las palabras de su esposa—. El embajador de los Estados Unidos en este país es como un Ministro Plenipotenciario sin Cartera, con derecho de picaporte con el Jefe Máximo, con el Presidente de la República y con todo el gabinete.

Si te contara cómo reaccionan los diputados o senadores cuando les anuncian que en la antesala se encuentra en persona el primer representante en México de la Casa Blanca, no lo creerías... El embajador yanqui siempre es temido por el poder que representa, sobre todo después de las hazañas, de mi colega Lane Wilson.

Un elegante mesero, vestido totalmente de blanco, se acercó al embajador y le extendió, con una inclinación de cabeza una pequeña charola de plata en la que se encontraba un sobre blanco, descansando

---

* John W. F. Dulles, *Ayer en México*, Fondo de Cultura Económica, pág. 437.

sobre una pequeña carpeta, también blanca y tejida a mano. Morrow, despreocupado, extrajo una pequeña cartulina donde aparecía el escudo nacional norteamericano y las siguientes palabras:

El señor Arzobispo de México, señor Ruiz y Flores* desea hablar con usted. ¿Lo reporto más tarde?

—Ahora voy —dijo el diplomático, mientras se ponía de pie—. El padre Ruiz y Flores me llama, probablemente para felicitarme por la reanudación de la misa y para comunicarme que el repiqueteo de las campanas en todo el país es en mi honor. Ya conozco a los mexicanos. Te veré más tarde, querida.

La señora Morrow sintió un agradecimiento inmenso por la oportuna llamada, misma que aprovechó para buscar sus utensilios de jardinería y huir para cortar unas azaleas similares a las que tenía en su casa de Cuernavaca.

Por otro lado, allá en el norte, donde se originan casi siempre los más pavorosos incendios, donde el viento retoma sus más vigorosos ímpetus para soplar en dirección al sur con la máxima violencia, había llegado a la Casa Blanca Herbert Hoover, presidente republicano, sin experiencia en cargos de elección popular pero muy acreditado como excelente administrador y promotor de negocios durante la gestión de Calvin Coolidge, en su carácter de Secretario de Comercio, plataforma política desde la que se proyectó hacia la Presidencia de los Estados Unidos, a la cual llegó en 1929. Los hombres de negocios le otorgaron toda su confianza, no así ciertos lobos de Wall Street.

—En los Estados Unidos —declaró mientras acaparaba todos los aplausos de la campaña política— estamos cerca del triunfo final sobre la pobreza.

Luego agregó:

No hemos alcanzado la meta, pero si se nos da una oportunidad, pronto y con la ayuda de Dios llegará el día en que la pobreza será abolida de esta nación.

El optimismo generado por su elección destapó los precios en la Bolsa de Valores; todo mundo hablaba de auge, de enormes ganancias, de fantásticas utilidades. Era el empujón que finalmente necesitaba Estados Unidos. El valor medio de las acciones comunes subió en un año de 117 a 225. Los prestamistas aumentaron sus préstamos de 3,500 millones de dólares en 1927, a 8,500 en 1929. Se incrementó el empleo en las fábricas; en las cargas de ferrocarriles; los contratos de construcción

---

* Delegado Apostólico en México, el Arzobispo Ruiz y Flores fue un agente definitivo en la solución del conflicto cristero. Ver nota 309.

se multiplicaron, al igual que todos los negocios; los préstamos bancarios se dispararon al estrellato; la economía creció aceleradamente, junto con la confianza y la esperanza de ganancias nunca vistas.[315] La bandera de las barras y las estrellas ondeaba, orgullosa, en todos sus pabellones.

Nadie advertía la aparición de oscuros nubarrones en la línea remota del horizonte donde se confunde el cielo infinito con la línea de la tierra.

Los inversionistas sagaces, aquellos que cuentan con la capacidad de ver con inaudita anticipación y toda claridad lo que otros ni siquiera imaginan, empezaron, cautelosamente, a vender todas sus posiciones bursátiles, a deshacerse con indiferente suavidad de sus valores, acciones, bonos y certificados cuando se dieron cuenta de que la mecha había sido encendida y calcularon el tiempo en que tardaría en llegar la explosión al inmenso almacén donde se encontraba depositada toda la pólvora. La ciudad de Nueva York, para ser más precisos, en el propio corazón de la Urbe de Hierro: En Wall Street.

Los que se retiraban del mercado habían analizado detenidamente el auge artificial de los valores bursátiles norteamericanos, inflados con arreglo al optimismo, pero no de cara a la realidad económica y financiera por la que atravesaba el mundo. "No podemos negar las más elementales reglas de teoría económica. Hoover no es quién para subir los índices de negocios en este país en la forma en que se han movido. Las utilidades deben subir, sí, pero respaldadas por incrementos en las ventas, en las exportaciones, en la captación de nuevos mercados. Todo lo contrario a esto es artificio y maquillaje y, por lo mismo, damos vaticinios de un desplome inminente", pronosticaban.

La situación de la economía mundial no era más promisoria. Las deudas de guerra resultaban incobrables, el comercio exterior había declinado precipitadamente y continuaban sin cobrarse los intereses de los miles de millones de dólares de las inversiones privadas. La agricultura se hallaba en depresión y las industrias del carbón y textil no participaban del bienestar general. Gran parte de la nueva riqueza había ido a parar a los pocos privilegiados. El 5% de la población disfrutaba de un tercio del ingreso total. Las empresas cosechaban ganancias desproporcionadas que se traducían en dividendos y no en aumentos de salarios. Y mientras la industria produjera montañas de artículos, pero negara a los trabajadores el poder adquisitivo para comprarlas, era inevitable un desplome. Entre tanto las deudas públicas y privadas habían alcanzado cifras estratosféricas: demasiados norteamericanos estaban viviendo del futuro y cuando se esfumó la confianza en el mismo, el futuro se desplomó.[316]

La quiebra ocurrió en 1929. La chispa subió precipitadamente las escaleras de Wall Street y fue en ese momento cuando su presencia fue advertida en el mismo piso de remates. Los valores sufrieron en un día una declinación promedio del 40%. El edificio completo volaba por los aires. Los gritos desesperados de: "Vendo, vendo, por Dios, vendo", se escuchaban en todo Manhattan y bien pronto en las frías aguas que lavan las playas del norte de Europa. Los suicidios, los infartos, las clausuras, las suspensiones de pagos, se producían por doquier. Sólo un sector de la economía norteamericana estaba, como siempre, al margen del conflicto: el petrolero. Ahí escasamente se resintieron los efectos de la Gran Depresión que entró con la fuerza devastadora de un huracán por la puerta grande, para despedazar inmediata e irremediablemente el largo reinado de los republicanos y dar fin a la fiesta de celebración del fin de la miseria.

Herbert Hoover, en su Salón Oval, con los brazos entrecruzados depositados sobre el escritorio y la cabeza descansando sobre ellos, lloraba desesperado su desgracia, sin alcanzar a medir el desastroso efecto generacional de su gestión presidencial. Los Estados Unidos enfrentaban su peor crisis desde la Guerra Civil.

En México apareció un letrero pintado en los muros del Castillo de Chapultepec que describía con toda claridad la concepción mexicana del Maximato:

AQUÍ VIVE EL PRESIDENTE. EL QUE MANDA VIVE ENFRENTE

Tan pronto Pascual Ortiz Rubio asumió la máxima responsabilidad nacional, el pueblo, socarrón y bromista, echó a andar su imaginación lanzando piedras, siempre desde el anonimato, para dañar la imagen del "pelele" en turno.

La contienda electoral para elegir Presidente de la República había concluido al estilo callista, es decir, con el asesinato de algunos de los seguidores de la oposición, presidida por José Vasconcelos, cerca de Cuernavaca, como aconteciera también en el caso de Francisco Serrano. Los hechos sucedieron a la usanza huertista, de acuerdo a la experiencia de Belisario Domínguez. A los detenidos, acusados del delito de conspiración contra la Patria, se les obligó a cavar su propia tumba donde, después de ahorcados, fueron sepultados sin dejar el menor rastro. Días después un perro encontraría los restos y dejaría al descubierto, a la intemperie, el incalificable delito. Pero ya nadie se sorprendió o, mejor dicho, nadie siquiera se atrevió a sorprenderse. Todas las protestas fueron acalladas; la prensa fue silenciada. El caso se había cerrado antes de iniciarse siquiera la investigación, no se diga el juicio.[317]

El Senado de la República, con una conducta que hubiera sacudido al más humilde tribuno perteneciente a ese órgano colegiado en la época de las bárbaras legiones, prefirió retirarse en pleno a los toros, a ver una corrida de Rodolfo Gaona, mientras los parientes de las víctimas se rompían las manos en la puerta de la representación nacional, exigiendo justicia. El Senado de la República, con todo y su retumbante nombre, había hecho de la traición a los gobernados un "modus vivendi". Nadie quería correr la suerte de los Vasconcelistas; era mejor, mucho mejor, aplaudir a Gaona en cualquiera de sus "gaoneras" de antología.

Bien sabían Pascual Ortiz Rubio, los senadores, los diputados, el Procurador General de la República y el Jefe de la Policía, que el solo planteamiento para iniciar una investigación, les podría costar el puesto, o un lugar en la larga lista de misteriosos desaparecidos, o una fosa oscura y húmeda perdida en las inmediaciones de Cuernavaca, de acuerdo a la costumbre inveterada del Caudillo. Cada tirano tenía un lugar predilecto para enterrar sus verdades: Porfirio Díaz seleccionó las tinajas de San Juan de Ulúa y la cárcel de Belem; Victoriano Huerta en realidad no tenía predilecciones, cualquier lugar reunía las necesidades propias para un buen asesinato. Calles tenía preferencia por la carretera a Cuernavaca, por donde transitaba continuamente cuando se retiraba a su casa de descanso y decidía ponerse nostálgico con los recuerdos del paisaje...

Una mañana del mes de marzo de 1931, Pascual Ortiz Rubio tuvo conocimiento del insultante letrero.

—¿Quién puso eso? —preguntó con su voz cascada a sus oficiales.

—Señor, si lo supiéramos ya lo habríamos sujetado por el cuello y lo tendríamos en un calabozo.

Instintivamente, el presidente mexicano se llevó con toda precaución sus manos al cuello. Casi se le antojó pedir que se alejaran de todo tipo de rudeza.

—El general Calles es un gran patriota y no oculto que le pido consejos ocasionales, pero, señores —dijo Ortiz Rubio sin creerse lo que decía—, aquí el que manda soy yo y nadie más que yo.

Parecía que una tos repentina le impedía seguir hablando, pero todavía pudo continuar:

—Son unos malagradecidos los que atacan a Calles, después del amor que le ha profesado a su pueblo.

Los oficiales no hablaban, no opinaban, no externaban ninguna impresión; parecían autómatas en espera de órdenes para ejecutarlas ciegamente.

—¿Ustedes me entienden, verdad?

Silencio.

—¡Hablen!

—Bueno, yo entiendo por qué se callan, pero por lo menos quisiera que estuvieran conformes con lo que digo. ¡Asienten siquiera con la cabeza!

Absoluta inmovilidad.

—¡Bah! Parece que estoy solo en la presidencia y no podré compartir con nadie mis planes de gobierno. El gabinete de Calles viene a acuerdo sólo para cumplir con un ritual, pero nunca se acata siquiera lo poco que ordeno. Yo nunca tengo la última palabra. ¿Lo consideran ustedes justo?

Silencio:

—Me dicen que la depresión norteamericana golpeará la economía mexicana. ¿Y yo qué puedo hacer? ¿Qué hacer cuando me informan que las exportaciones de México se derrumbaron y que junto con los ingresos vitales para el país, se desplomó nuestro querido peso? También alegan que la economía no crecerá, que el empleo caerá, que la deuda pública nos comerá, que el hambre puede surgir y con él la violencia social. —Ortiz Rubio parecía lanzado a un monólogo interminable—. Que la parálisis económica es inminente puesto que los impuestos recaudados por exportaciones se verán disminuidos sin más y todos ustedes ahí parados, mudos, como si nada pasara.

Nadie pestañeó ni comentó ni dijo una sola palabra. Los oficiales parecían incluso contar con la capacidad de no respirar en los momentos comprometedores.

—¿Qué haría yo sin Montes de Oca? Es el mejor Secretario de Hacienda que he conocido. Si por lo menos yo entendiera la mitad de lo que dice. Paso muchas vergüenzas cuando debo apuntar todo lo que comenta para luego buscar a alguien que, discretamente, me lo traduzca al castellano.

En ese momento, el presidente Ortiz Rubio se llevó la mano al mentón y advirtió de inmediato la presencia de la venda que le rodeaba la cabeza y su mandíbula.

—¿Pero, qué hago yo aquí? —se preguntó para sí, ya sin externar sus pensamientos, convencido de que nunca obtendría respuesta de sus oficiales—. Vengo a mi país invitado para ser nombrado Presidente de México, sin tener la preparación ni los conocimientos ni la energía ni el carácter ni el equipo de trabajo necesario para emprender una empresa de esta envergadura. ¡Lo bien que me la pasaba yo en Río de Janeiro, sin presiones, sin telefonazos, sin llamadas ni juntas urgentes ni asambleas ni discursos ni mítines, ni conferencias de prensa! ¡Oh, las plácidas tardes en Copacabana, al lado de una buena taza de café concentrado y una bella vista de la bahía! Pero no, aquí me encuentro con la cabeza despedazada[318] por una bala y montado en un caballo al revés, sujeto de la cola y a pleno galope. Ni siquiera le encuentro la cabeza al maldito animal, ni sé de dónde sujetarme.

Por si fuera poco, las constantes visitas de este estúpido embajador yanqui, con sus risitas hipócritas y su insistencia en querer tener siempre la razón en cualquier circunstancia. Mucha razón han tenido los que me comentaron que era la mismísima encarnación del demonio.

Todavía no promulgamos la Ley Federal del Trabajo y ya no me quito a la embajada yanqui de encima. El embajador parece un perro mordiendo furiosamente mi pantalón.

Lo que haré será muy sencillo; yo no sé por qué llegué aquí, pero lo que sí sé es que no tengo facultades, pero sí responsabilidades y todas las culpas de lo que aquí acontezca; y, o me dan todas las facultades para que yo admita todas las responsabilidades, o aquí mismo lo dejo todo. Comunicaré hoy mismo a Calles que lo dejaré proceder y actuar en los términos que sean necesarios y conducentes con la gente que él designe a su lado, pero yo ya no admitiré la responsabilidad de actos que no son míos.

Ortiz Rubio sentía lastimada alguna parte de su personalidad, sin saber precisar en realidad qué aparte de su sentido del honor le impedía continuar con el elevadísimo mandato republicano. Su temperamento, por otro lado, en poco le ayudaba a cumplir con sus altos deberes presidenciales particularmente difíciles en razón de las intromisiones constantes del jefe máximo.

Ese maldito acuerdo Calles-Morrow es tan intocable o más que cualquiera de los faldones de la Virgen de Guadalupe. ¡Ya estoy harto! Aquí sí, por allá no, mire, comprenda usted… Que dice el general Calles, más bien, que sugiere mi general Calles… Y ahora, de pilón, otro movimiento cristero que yo debo controlar matando cristianos y, no sólo eso, sino peleándome con mi esposa cada noche porque está metida con los curas hasta el puritito chongo. En fin, problemas con mi herida, la cabeza me estalla y todavía siento la bala en la mandíbula. ¿Cuándo me darán otro tirito, ahora sí en la pura frente? Problemas con Calles, con el gabinete, con la economía en general, con la depresión norteamericana, con los malditos petroleros y su embajadorcito y, para rematarle, con mi esposa y sus dichosos cristeros. Ya basta. Prefiero Copacabana.

Plutarco Elías Calles explotó cuando conoció la actitud de su nuevo Presidente de la República. "Yo lo quería blandito y moldeable, pero no maricón y pendejo. ¡Caray, todo junto! ¡Qué manera de tener puntería!"

Efectivamente, el señor Ing. don Pascual Ortiz Rubio dejó a Calles toda la responsabilidad de sus actos y facultó al máximo jefe para que procediera en la forma que considerara más conveniente.[319] El Caudillo de inmediato ordenó a todos sus colaboradores —que no eran pocos— se abstuvieran de prestar sus servicios en el gabinete y fuera el propio Presidente de la República quien respondiera de sus actos para no dejar al descubierto la realidad del Maximato.

Calles entendió con toda claridad que su Primer Magistrado no podría terminar con su mandato y, de antemano, empezó a buscar un substituto digno de conferirle la primera investidura del país. Después, claro está, de la máxima jefatura, presidida por él. En algún momento pensó en la posibilidad de mandar poner un letrero en el Castillo de Chapultepec con esta leyenda: "Se solicita Presidente de la República con las siguientes características…" No hacía falta haber iniciado otra vez el movimiento cristero para impedir la consolidación en el poder de Ortiz Rubio —pensaba para sí Calles—. Este "monigote" se hubiera desestabilizado solito; si es claro que ni siquiera puede poner sus dos manos de acuerdo para juntarlas en un aplauso… El movimiento cristero lo utilizaré para frustrar el afianzamiento de Pani, Amaro o Abelardo Rodríguez en la presidencia.

Como era de esperarse, el 3 de septiembre de 1932 se hizo efectiva la renuncia del Ing. Pascual Ortiz Rubio al "honroso puesto" de Presidente de la República por razones de salud y "para que con mayor unidad de acción en el futuro se logren plenamente las altas finalidades que todos perseguimos".

Ortiz Rubio ni siquiera redactó el proyecto de su renuncia. Puig Casauranc se hizo cargo de la distinguida misión. Sin embargo, una huella dejaría el ex embajador de México en Brasil, una huella, firme por cierto, en el panorama del derecho laboral mexicano: la expedición de la Ley Federal del Trabajo Reglamentaria del Artículo 123 Constitucional, que a pesar de haber sido promulgada catorce años después de la Carta Magna, se quedaron sin aplicar durante todo ese tiempo los principales postulados laborales, consignados en el máximo dispositivo jurídico de México. Bien pronto las futuras generaciones de políticos se felicitarían por la existencia de la Ley y le reconocerían todo el mérito de su concepción a Emilio Portes Gil, quien no la pudo publicar durante su interinato por rivalidades políticas, propias de la sucesión presidencial.

Con la dimisión del presidente electo se cerraba un capítulo y se abría otro en la historia política del Maximato. Era necesario que el Congreso de la Unión "designara", sin convocar a elecciones generales, a un nuevo Presidente de la República para terminar el mandato iniciado por Ortiz Rubio. Alberto J. Pani, el primer favorecido por la suprema voluntad del Caudillo, rechazó la oferta valientemente.

—No acepto, mi general —contestó al Caudillo.

—¿No acepta usted ser Presidente de México?

—No.

—¿Por qué no?

—Porque no me agradaría ser favorecido para ese cargo, simplemente por tratarse de una orden de usted a un rebaño de ovejas congresistas.

—Entiendo. Entonces, ¿qué sugiere usted hacer?

—Tengo entendido que Abelardo Rodríguez está interesado en el cargo.[320]

Al salir Pani de la casa del Caudillo en Cuernavaca, encontró en la antesala nada menos que al propio Abelardo Rodríguez, quien días después fue electo por el Congreso de la Unión en substitución de Pascual Ortiz Rubio.

El nuevo primer mandatario gozaba de un fuerte temperamento y desde el principio trató de imponer infructuosamente las debidas limitaciones a la autoridad del Caudillo. Trató de dignificar la Presidencia de la República y de canalizar la influencia de Calles por su exclusivo conducto, advirtiendo a los miembros de su gabinete, si bien callistas pero no fanáticos, de los peligros de las visitas recurrentes a Cuernavaca o a la Colonia Anzures.

Los trabajos de los petroleros, mientras tanto, se desarrollaban sin ninguna preocupación adicional a la promulgación de la Ley Federal del Trabajo. Sus relaciones a lo largo del Maximato habían sido excelentes y marchaban sobre ruedas. Tan buena recepción les concedía Calles, que durante la crisis económica de 1931 financiaron al gobierno de Ortiz Rubio con un préstamo de 7 millones de dólares, concedido directamente a la Tesorería mexicana por ellos, aun contra las sugerencias y deseos del embajador Morrow, quien se oponía al empréstito para poder ejercer las máximas presiones en la negociación de la deuda exterior de México con el gobierno de los Estados Unidos.[321]

Los petroleros pensaban que el Presidente de la República podía llamarse Pascual, Emilio, Abelardo o Lázaro; los nombres, las figuras, las tendencias políticas y los antecedentes revolucionarios de todos ellos eran irrelevantes. Lo único realmente importante era la presencia de Calles al frente del Maximato.

Más tarde argüían:

No queremos saber de elecciones libres, salvo las que sabe administrar exitosamente Calles para asegurarse el triunfo. Definitivamente, este país no está preparado para la democracia. Sólo nuestro Calles entiende al pueblo de México. Nadie mejor que él comprende que de haber elecciones libres, éstas terminarían desde luego a balazos y permitirían la llegada a la presidencia sólo a quien más balas tuviera en la cartuchera.

La única solución práctica consiste en imponer al bueno sin imponerlo, es decir, convencer a las mayorías, llámalas borregadas, de que la mejor opción es la del Partido Oficial y que a ella todos deben someterse.

A los opositores tercos, que se nieguen a someterse a la inapelable decisión del Partido: la bala, bala norteamericana por cierto. —Después terminaban diciendo—: ...A partir de la experiencia callista, ya todos sabemos cómo calmar el radicalismo y el nacionalismo económico de los líderes políticos mexicanos: Sólo debemos enseñarles a comer caliente y descubrirles todo lo que pueden comprar con dinero en el mundo. Mientras más propiedades tenga Calles a título personal, menos ideas locas, de esas expropiatorias y confiscatorias, tendrá en su cabecita...

Abelardo Rodríguez llegó a la Presidencia de la República con escasos meses de anticipación a Franklin D. Roosevelt, a la de los Estados Unidos. La incapacidad de Herbert Hoover para liquidar la depresión, colocó a los republicanos en una situación sumamente vulnerable que permitió proyectar meteóricamente, en 1932, al Gobernador de Nueva York a la Casa Blanca.[322] Roosevelt, nacido en la riqueza y de muy buena posición social, había llegado en 1914 a ocupar el puesto de Subsecretario de Marina al lado del Secretario Josephus Daniels, durante la administración de Woodrow Wilson. Ambos altos funcionarios habían coordinado los detalles de la invasión y del bombardeo a Veracruz, durante la oprobiosa dictadura huertista, por lo que la elección podía parecer un mal presagio para los mexicanos.

Roosevelt accedía al poder como representante de una nueva política externa e interna. Proponía una "Buena Vecindad y un Nuevo Trato al Hombre Olvidado." Se rodeó de un "trust" de cerebros de las más destacadas universidades norteamericanas que, sumados a la magia de su apellido, su talento y su personalidad, harían de él un líder valioso y promisorio.

En su electrizante discurso de toma de posesión, anunció: "En el campo de la política mundial, yo dedicaré esta nación a la política del buen vecino y desautorizaré toda intención de intervenir en los asuntos internos de las naciones latinoamericanas."[323]

En México, Abelardo Rodríguez aplaudió el discurso y, un tanto cuanto escéptico, decidió poner a prueba la sinceridad de las palabras presidenciales para estar así en condiciones de medir los verdaderos alcances de la nueva política de "buena vecindad" y para evaluar de una buena vez el futuro de las relaciones entre los dos países.

"Si Roosevelt miente, lo sabré muy pronto. Tengo entendido que cuando algo disgusta o preocupa a los americanos, el embajador llama de inmediato a la puerta con lujo de insolencia. Modificaré la legislación petrolera y veremos si la regla sigue vigente o no."

El Presidente de la República, hombre emprendedor y dinámico, insistió en la procedencia de su decisión cuando conoció, con singular sorpresa, las declaraciones del nuevo representante de la Casa Blanca en México, Josephus Daniels:

—Soy un embajador de buena voluntad. Hay igualdad jurídica entre los Estados Unidos y México. Estoy conforme con los experimentos sociales de la Revolución Mexicana. Los amos de las finanzas, monopolizadores del producto del trabajo de la comunidad no cuentan con mis simpatías ni en Estados Unidos ni en México. En relación a la industria petrolera expresó: "Esos recursos pertenecen al pueblo en general y no deben ser secuestrados, transferidos y monopolizados con el fin de enriquecer a un grupo."[324]

Abelardo Rodríguez era consciente de la brevedad de su gobierno. Bien sabía él que a mediados de 1933 empezaría la campaña política del futuro Presidente de México, con lo cual perdería de inmediato casi la totalidad de su escasa luz propia y de su autoridad.

"Entre Calles y el nuevo presidente, nadie se acordará siquiera de mi existencia."

Josephus Daniels había llegado a México en la primavera de 1933, con la debida oportunidad para permitir a Abelardo Rodríguez llevar a la práctica su proyecto político en relación al petróleo. En efecto, para el 15 de mayo de 1933, el Presidente de la República extendió las reservas petroleras nacionales a 100 kilómetros de las fronteras y de las costas y consideraba, asimismo, como reservas, las subyacentes en el estado de Baja California, en los cauces de los ríos, arroyos y esteros; en las lagunas, islas baldías, así como aquellos terrenos cuyos términos de concesión hubieran vencido. ¡Fue un aguijonazo!

Los petroleros voltearon furiosos sus coronadas cabezas en dirección a Washington. Recordaron las palabras del discurso de toma de posesión de Roosevelt. Prefirieron no desgastarse y decidieron efectuar su primera embestida ante el representante de la Casa Blanca en México.

—Intervenga usted, señor embajador, ante el gobierno de Rodríguez para que se deje sin efecto el decreto y cambie su política petrolera —exclamaron todos los McDoheny al unísono.

—No es función de un embajador intervenir en los asuntos privados de ustedes y menos para pedir la abrogación de una ley.

—Bueno, no lo mire usted con tanto dramatismo. Nuestro interés radica en obtener las máximas seguridades de parte del gobierno mexicano para que el decreto no sea aplicado. En realidad, en México usted se convencerá con el tiempo que los presidentes emiten leyes y más leyes temerarias o, si usted quiere, progresistas, pero sólo con el objeto de obtener apoyo político y respaldo popular a sabiendas de que sus disposiciones jamás serán aplicadas. Nosotros tenemos inversiones en todo el mundo y no conocemos ningún país con la capacidad legislativa del mexicano. Cuentan probablemente con las mejores leyes del planeta, pero también con las más acendradas convicciones para no aplicarlas. De modo que nosotros nos consideraremos satisfechos si usted obtiene para nosotros la garantía de inocuidad de la política y del decreto.

—Me parecen muy atrevidos y agresivos sus comentarios, señor.

—¿Atrevidos? Ya conocerá usted a los mexicanos, señor embajador. Mire usted, la Constitución vigente se publicó en 1917. ¿En qué proporción cree usted que se aplica en materia social, económica, educativa, política o de administración de justicia?

Daniels no contestó.

—Ni en un 10%, señor embajador. Para comenzar, prácticamente no existen leyes reglamentarias y las que existen no se aplican. De modo que si la propia Constitución es ineficiente, ya se imaginará usted las normas de jerarquía inferior.

—No se confíen. Verán ustedes cómo la Ley Federal del Trabajo sí será eficaz.

—¡Qué va! ¿Verdad, señores?

El coro perfectamente ensayado contestó afirmativamente.

—Probablemente Abelardo Rodríguez, en su fuero interno, desearía aplicarla, pero Calles detendrá cualquier intento. Esas leyes son estandartes publicitarios para redecorar la imagen del Caudillo y presentarla con ciertos rasgos progresistas y liberales, pero a ningún inversionista nos preocupa. ¿Verdad, señores?

Al unísono se oyó la respuesta afirmativa.

—¿Entonces, señores, si en realidad ustedes ya saben todo lo que va a pasar, por qué desean mi intervención? Simplemente dejemos empolvar la Ley del Trabajo, junto con los decretos petroleros que, según ustedes, sólo sirven para maquillar el rostro del Caudillo. No veo el motivo de su preocupación. Esperemos, señores, esperemos.

Se produjo un silencio críptico entre los petroleros americanos.

Luego una voz del coro volvió a tomar la palabra:

—Probablemente no fuimos claros en un concepto, señor embajador. Los mexicanos emiten leyes y las aplican sólo si nosotros no mostramos oposición. Si nos callamos, nos pulverizan, pero si hablamos oportunamente, nos respetan. Ellos saben sobradamente los riesgos y consecuencias de los pleitos con nosotros y por eso nos escuchan siempre con suma atención. Por esa razón deseamos agotar con usted esta primera instancia.

—¿Hay otras instancias, señores? —preguntó sarcástico Daniels.

—Señor embajador...

—¿Hay otras, insisto? —volvió a cuestionar el diplomático.

—Bueno, señor, en realidad...

—En realidad —interrumpió el representante de la Casa Blanca, deben ustedes saber que sus exigencias ya no serán atendidas como antaño. Todos llegamos a conocer en su momento las hazañas de Poinsett, luego las de Lane Wilson, Fletcher y Sheffield; de ahora en adelante será bueno que acepten la llegada de una nueva era en las relaciones de Estados Unidos y el resto del mundo. Quedaron atrás los años del "Gran Garrote" y de la "Diplomacia del Dólar". Ya no manejaremos los asuntos externos de los Estados Unidos con cañonazos, ni con intervenciones armadas, ni con expediciones punitivas. Eso pertenece a la historia.

—Pero, señor embajador, si usted fue el Secretario de Marina de Woodrow Wilson y durante su gestión de nuestras fuerzas armadas tomaron el Puerto de Veracruz en 1914, lo bombardearon y mataron a muchos mexicanos para defender, entre otras cosas, los carísimos intereses norteamericanos.

Daniels palideció cuando se abordó el tema del bombardeo de Veracruz, parecía haber sido tocado en una parte verdaderamente frágil de su personalidad.

—En efecto, señores, así fue. Pero pocas veces en mi vida he sentido peor malestar que cuando conocí la muerte de esos inocentes. Esa razón, señores, precisamente esa razón ha constituido en mí una inmensa deuda hacía este país. ¡He venido a lavar mis culpas! ¡Se lo he prometido a Rossevelt, ahora se los prometo a ustedes! —concluyó cortante el nuevo representante de la Casa Blanca.

—¿Eso significa que nuestros intereses económicos y, en consecuencia, los de los Estados Unidos se verán afectados en razón de sus insalvables conflictos emocionales, ciertamente anacrónicos, señor embajador?

—No, señor —repuso Daniels, sereno, dueño de aquella paz y de aquella paciencia que sólo dan los años y la experiencia—, no se verán afectados sus intereses por mis principios morales, si es a lo que usted se refiere. Yo velaré por el patrimonio de mi país dentro de un marco de estricta legalidad y por lo tanto les recomiendo con toda oportunidad, ventilar sus querellas ante los tribunales mexicanos competentes y no ante la embajada de su país. Yo soy embajador de todos los norteamericanos y no abogado de los petroleros. ¡No lo olviden nunca!

Nadie sonrió, ni habló dentro del coro. Todos empezaron a consultarse inquisitivamente con los ojos. La confusión reinaba en el recinto diplomático. Nadie parecía entender nada. Algunos pensaron que se habían equivocado de domicilio. Otros, que vivían una alucinación.

Los más supusieron la presencia de desórdenes mentales en la persona de Daniels. Pronto, empezaron a salir calladamente los petroleros hasta que el último desapareció por la puerta y, cambiándose el desgastado libreto de mano, lo cerró con sumo cuidado y se retiró. El rumor de pasos y voces se perdió en la nada.

Daniels había asestado el primer golpe. El cambio de actitud sería, desde luego, insoportable para los prepotentes industriales. Pero debía insistir hasta el cansancio en una nueva política exterior yanqui, en una nueva era de respeto entre los dos países, una nueva fórmula de convivencia con otro contenido moral, en concordancia con el siglo XX. Sin embargo, estas nuevas tesis del Nuevo Trato y de la Buena Vecindad, ¿eran compartidas en el resto del mundo?

¡No! Japón acababa de marchar sobre China. Un nuevo partido fascista llegaba al poder en Alemania. Eran los nacionalsocialistas, encabezados por Adolfo Hitler, quien, de entrada, le extendió firmemente la mano a su colega italiano, Benito Mussolini. Alemania y Japón condenaban la existencia de la Sociedad de Naciones. El orden establecido después de la Primera Guerra Mundial, se desplomaba. Los alemanes empezaron a disminuir sus tasas de desempleo mediante la contratación masiva de trabajadores en su creciente industria militar.

Los vecinos europeos escuchaban con preocupación los relampagueantes discursos del nuevo Canciller alemán y buscaban en el cielo una señal de esperanza. Roosevelt veía con profunda preocupación el surgimiento fanático de los estados militares y entendió con sencilla lógica que la fabricación masiva de armas sólo pedía conducir a su utilización. Se negaba a aceptar la posibilidad de un nuevo conflicto armado en Europa: "Yo, en cualquier caso, sólo velaré por los intereses norteamericanos y nos mantendremos alejados de cualquier otra devastadora guerra."

Abelardo Rodríguez aceleraba los trabajos para la inauguración del Monumento a la Revolución y del Palacio de Bellas Artes. Creaba el salario mínimo en todo el país y veía, preocupado, la caída de los índices de producción de petróleo y el recrudecimiento de la crisis económica en México. La redistribución de la tierra advertía su baja más pronunciada desde 1922.

Alrededor de una mesa elegante y soleada, ubicada en el centro de un florido jardín de la residencia de descanso, propiedad del Jefe Máximo de la Revolución, desayunaban altos funcionarios del Gabinete de Abelardo Rodríguez, gobernadores de varios estados norteños y jefes políticos locales con la candidatura y la votación aseguradas para hacerse cargo a corto plazo de alguna entidad federativa. Los distinguidos comensales, seis en total, vestidos con toda distinción, disfrutaban las diversas variedades de frutas mexicanas colocadas dentro de una colosal fuente de plata, labrada, ubicada estratégicamente en el centro mismo de la alegre mesa.

Las frutas carnosas más sólidas y resistentes habían sido depositadas en la base para no dañar a las pequeñas y frágiles, como zapotes, higos, uvas y guayabas. Alrededor del recipiente, los mangos del generoso trópico llamaban la atención de los convidados. Los constantes viajes de los tenedores grabados con las iniciales del Caudillo, retiraban de la fuente apetitosas rebanadas de papaya, sandía y melón.

Los invitados, en amena charla, aparentemente tranquila y relajada, abordaron temas de carácter político, sin dejar de estudiar con verdadera ansiedad cada uno de los movimientos, las miradas, los gestos y la conducta, en general, de Plutarco Elías Calles, de quien dependían su carrera y su porvenir.

Todos deseaban agradar al Caudillo, ser ellos, en lo individual, los portadores de noticias desconocidas, de chismes ilustrativos, de comentarios jocosos o de ocurrencias inteligentes para acaparar la atención del máximo jefe de los mexicanos. Todos deseaban llevarse la reunión y hacerla inolvidable para escalar posiciones, jerarquía y respeto en la mente de quien decidía su futuro.

Calles hablaba poco, pero cuando lo hacía un silencio nunca escuchado se apoderaba de la reunión, en donde hasta el tiempo parecía detenerse junto con toda la algarabía de la mesa. Si hacía un comentario serio, los aplausos y el reconocimiento a su ingenio se producían a modo de una bárbara explosión si, por contra, se trataba de una broma, las carcajadas hubieran hecho sentir al mejor mimo del mundo algo así como un ridículo payaso fracasado, extraído de una maloliente carpa municipal.

En el Caudillo concurrían todas las virtudes, las mejores cualidades, las insuperables ideas, las visiones preclaras, el talento más agudo, el ingenio más desarrollado, el humor más probado, el conocimiento más profundo de sus paisanos, además de la inspiración infalible como supremo y vitalicio conductor de todos los mexicanos.

¿Si con la adulación era posible destruir a los dioses omnipotentes del Olimpo, qué no acontecería con un humilde mortal, cuyas palabras y cuya conducta son sacralizadas diariamente por la religión política?

En aquel desayuno, el grupo de cortesanos lisonjeadores estaba integrado por el príncipe Rodolfo Elías Calles, gobernante del "principado de Sonora", Plutarco Elías Calles Jr., quien encabezaba el "principado de Nuevo León" y el tercer hijo, Alfredo, destinado a hacerse cargo del "principado de Tamaulipas", donde ejercía tanta influencia que el Gobernador actual, semana tras semana, solicitaba su consejo y sus órdenes. También se encontraban Fernando Torreblanca, el "príncipe consorte", a cargo de Relaciones Exteriores y el duque Francisco Elías, Secretario de Agricultura.[325]

Los ilustres comensales prefirieron hablar de la inminente sucesión presidencial con el objeto de conocer el perfil político del próximo inquilino del Castillo de Chapultepec que sacar a colación el tema del último artículo circulado clandestinamente por Martinillo, quien gozaba de tiempo atrás de la rara habilidad de descomponer anímicamente al Caudillo. El famoso periodista poseía, por lo general, información confiable. En aquella ocasión la explotó íntegramente:

Se acerca nuevamente la sucesión presidencial y el supremo hacedor de presidentes a estas alturas debe estar instalado en el centro del exclusivo aquelarre, preparando todo género de brebajes y de pócimas humeantes y pestilentes para hacérselas ingerir, como condición previa, al próximo ungido antes de aceptar su candidatura oficial a la primera (?) magistratura del país.

¿Quién será el nuevo favorecido por los designios "divinos"? ¿Acaso Sáenz, "el paupérrimo" Aarón Sáenz, dueño, junto con Calles, de buena parte de la industria azucarera nacional? Los dos grandes líderes de la Revolución, extraídos de las grandes masas campesinas al borde de la inanición, hoy viven exactamente igual que los herederos de quienes dieron su vida y su sangre a cambio de un México mejor. La Revolución ha triunfado, señores, Calles vive al mismo nivel de los "Científicos" porfiristas y el pueblo comparte esa riqueza y ese bienestar. El esfuerzo de la guerra fratricida no ha sido estéril. El ingreso se ha repartido proporcionalmente en todo el país y la mayoría de los habitantes cuentan con las mismas posibilidades para alcanzar una vida material digna y decorosa como la del Caudillo.

La economía se ha mexicanizado y los bienes de producción se encuentran igualmente en manos de mexicanos. Los latifundios han desaparecido y la Reforma Agraria ha sido un éxito colosal, porque contamos con parcelas productivas que satisfacen las necesidades alimenticias de la Nación y hasta generan excedentes exportables.

Señores, la paz ha llegado al campo y con ella el bienestar similar al que disfrutan los mineros en materia de seguridad social, junto con los trabajadores petroleros que se juegan invariablemente la vida al perforar un pozo, cuya explosión los puede proyectar al aire hasta hacerlos caer totalmente desintegrados.

Hoy, las condiciones laborales de la planta obrera del país, a 23 años del fin del Porfiriato, son radicalmente distintas a las prevalecientes durante la Dictadura, ésta si, por lo menos, con el mérito de haber sido pública, reconocida y cínica y no oculta, disfrazada y engañosa.

Ahora hay seguridad pública. No hay persecuciones. Ni asesinatos políticos. Ni cárceles llenas de opositores. Las famosas garantías constitucionales se aplican con toda eficiencia, sujetándose con todo rigor a la Ley, como acontece en todo estado de derecho. La reforma electoral prospera velozmente. Se respetan, a diferencia del Porfiriato, los sufragios y solamente llegan al poder los legítimos depositarios de la voluntad popular.

Por otro lado, la libertad de prensa y de opinión, vigente en el Maximato, se demuestra con esta circular que ningún periódico se ha atrevido a publicar.

Sin embargo, el verdadero éxito del reinado Callista radica en la exitosa y honesta administración de los recursos públicos, tanto por parte del Caudillo, durante su gestión presidencial, como por la de sus súbditos en todos los gobiernos subsecuentes.

Si partimos del supuesto de los ingresos demostrables, obtenidos por el Caudillo a través del erario público en razón de las responsabilidades oficiales adquiridas a lo largo de su carrera política, veremos con sorpresa el agudo ingenio financiero de Calles y su innegable capacidad para multiplicar sus ahorros, ya que, gracias a ellos, se logró hacer de posesiones como Soledad de la Mota, Santa Bárbara, La Hormiga y residencias palaciegas para cortesanas impúdicas, como la de Anzures y el Fraccionamiento Hipódromo, sin olvidar su residencia veraniega de estilo Hollywood en Cuernavaca, ubicada en la hoy famosa "Calle de Los cuarenta ladrones", ni su retiro rural de El Tambor en su rancho de Sinaloa.

Por lo demás, ni hablar del resto de la familia política enriquecida gracias a los erarios públicos locales, al federal o al bolsillo sin fondo de su padre. Por lo que toca a Aarón Sáenz, el magnate azucarero, socio del Caudillo, sobran los comentarios; como también los relativos al actual Presidente de la República, uno de los doce hombres más ricos del país, dueño de casinos, casas de juego y promotor de múltiples operaciones agrícolas en el Estado de Baja California.

¿Qué acaso el máximo jefe, dueño supremo del poder político de México, agradecido incondicional del gobierno yanqui por haberlo ayudado a consolidarse en el poder desde que permitió a nuestros insaciables vecinos del norte el saqueo de yacimientos petrolíferos mexicanos, volverá a señalar con el dedo flamígero a otro pelele incapaz de volver a encauzar al país por la ruta marcada por la Revolución? ¿Qué acaso México no merece una figura presidencial digna y respetable en el ámbito nacional y en el internacional?

Calles, con su proditorio viraje a la derecha, ha traicionado las mejores causas de la revolución y al desconocer las verdaderas fuerzas políticas naturales del país, ha ignorado criminalmente los anhelos ancestrales de su patria. En las próximas elecciones, debe presentarse un candidato de ideas progresistas, ciertamente riesgoso para el Maximato, pero desde luego la mejor opción para su subsistencia política, antes de que este pueblo sepultado en la injusticia, vuelva a tomar las armas para reinstalar al país en el camino de la democracia y del bienestar colectivo.

Sólo queda una opción, señor general Calles: O usted piensa en el país o el país tomará las providencias para no volver a pensar nunca más en usted.

El Caudillo había ordenado, sin consultar a nadie, huevos rancheros, bien picantes, para todos, servidos con una espesa salsa de jitomate y pimientos morrones que él gustaba saborear al final con un pedazo de pan de telera, que humedecía en los restos de la salsa, para comerlo generosamente untado con frijoles chinos, cocinados al horno con cebolla bien picada.

El primogénito esperó hasta el final del desayuno para iniciar las preguntas de rigor. Antes de comenzar había observado cómo era sustituido el enorme frutero de plata por una gran charola del mismo metal con el típico pan dulce mexicano, lo mejor de la tradicional repostería nacional. Había conchas, mamoncitos, garibaldis, cuernos, panqués y flautas, que cada quien sopeaba en el espumoso chocolate o en el café chiapaneco con leche.

—Papá, Portes Gil ha empezado a manifestar en público la posibilidad de que Lázaro Cárdenas sea el sucesor de Abelardo Rodríguez.

Así es —repuso Calles anticipándose a todas las consabidas preguntas restantes—. Todo parece indicar que el general Cárdenas tiene un buen ambiente en los medios políticos y creo que vale la pena apoyar su candidatura.

Al conocer la respuesta tan directa y espontánea los comensales controlaron sus impulsos y omitieron los comentarios. Todos hubieran querido lanzarse al primer teléfono para comunicar *urbi et orbi*, la identidad del futuro Presidente de la República.

—¿Es ya una decisión tomada?

—No entiendo tu pregunta —exclamó casi con disgusto el Caudillo.

—Sí, papá, quiero decir si lo podemos tomar o no como un hecho —agregó sin percatarse todavía de la imprudencia cometida, ni de las miradas condenatorias que caían al unísono sobre su persona.

—Bueno, hijo, no sé si prefieras considerarlo como un eco, cuando el Partido Nacional Revolucionario lo elija como su candidato, en los términos de sus estatutos, o hasta que el general Abelardo Rodríguez le transmita la banda presidencial el año entrante…

—Pero, papá, si estamos en familia —repuso desconcertado ante el silencio penoso del resto de los comensales.

—Pues, por lo mismo, creo que deberemos esperar que las fuerzas políticas del país se manifiesten abiertamente y el Partido pueda identificar al hombre idóneo con mayor número de requisitos políticos para ocupar el cargo —contestó Calles sobriamente.

—Pero, papá…

El "junior" recibió una oportuna patada por debajo de la mesa, lo suficientemente clara como para indicarle el fin de sus intervenciones por ese día. En ese momento dejó de insistir.

—Lázaro Cárdenas es un hombre íntegro, reconocido por su valentía y su honradez en el ejército y por su gestión como gobernador de Michoacán, donde goza de un prestigio como protector de los indios y campesinos y como promotor de la reforma educativa del estado. Ha sido un hombre leal al Partido y fiel a Abelardo Rodríguez, por lo que esperemos que el voto mayoritario de los delegados el día de la Asamblea, lo favorezca —admitió Rodolfo Elías Calles con el ánimo de interrumpir a su hermano y calmar a su padre, quien ya intentaba retirarse para dar por concluido el desayuno.

El Caudillo repuso, una vez obtenida la satisfacción esperada:

—Finalmente alguien habla como Dios manda —agregando a continuación—. Yo conocí al general Cárdenas cuando sólo era un oficial del ejército. Yo mismo lo ascendí a coronel. Para mí siempre era "el chamaco". Cuando publicamos el Plan de Agua Prieta e iniciamos la rebelión contra Carranza por intentar perpetuarse en el poder, Cárdenas se encontraba en la Huasteca Veracruzana, y como casi todos los militares, se pasó a nuestro bando. Poco después lo ascendimos a general por sus méritos en la campaña anticarrancista y, claro está, fue el general más joven de nuestro ejército.

Nadie hablaba. Todos, atentos, escuchaban las palabras del jefe máximo. Sólo alguna que otra mosca pasajera, sentada golosa en algún pan, distraía a algún miembro del cerrado clan.

Más tarde, durante la revolución delahuertista, fue gravemente herido y hecho prisionero, salvándose milagrosamente de ser fusilado. Luego, a mediados de los años veintes, pudo observar en el terreno de los hechos las operaciones de las compañías petroleras extranjeras. Precisamente, cuando Cárdenas era jefe militar de las Huastecas, le mandé un telegrama en donde le ordenaba incendiar de inmediato todos los pozos petroleros cuando el primer marino americano tocara cualquiera de las playas de Tampico. Aquello sí que fue una decisión política —comentó Calles, todavía emocionado—. Afortunadamente no fue necesario llegar a esos extremos, pero Cárdenas siempre mostró lealtad, confianza y seguridad en la ejecución de las instrucciones oficiales.

El general Calles disfrutaba inmensamente cuando acaparaba la atención de los concurrentes al narrar sus experiencias revolucionarias.

Después ocupó la gubernatura de Michoacán, como dijo acertadamente Rodolfo, a partir del 28. Luego lo distrajimos para misiones militares contra los cristeros y finalmente, contra el general Gonzalo Escobar, cuando se levantó en armas en señal de protesta por la candidatura del Ing. Ortiz Rubio. El resto ya todos ustedes lo saben. Fue presidente del Partido y entre una y otra cosa llegó hasta el Ministerio de Guerra de Abelardo Rodríguez.

—Papá, sin embargo sabemos que es un hombre de ideas de extrema izquierda.

—Probablemente, hijo, pero en este país puedes gobernar a la derecha o a la izquierda, pero siempre dentro de los extremos de nuestra propia idiosincrasia nacional. Los mexicanos aceptamos sólo un tipo de gobierno y a él nos sujetamos y nos sujetaremos por largo tiempo. Ya no es posible torcer el robusto tronco de un árbol centenario. Es falso que un presidente gobierna sin limitaciones. Yo padecí en mi momento las mías, las internas y las externas. Cárdenas también conocerá y sufrirá las suyas. El mando no se ejerce como se quiere, sino como se puede.

Calles iba a referir como ejemplo de su dicho el caso de su famosa Ley Petrolera de 1925, que tantas esperanzas despertara, así como su inmediata derogación dos años después, en virtud de sus negociaciones con Morrow, pero prefirió evadir el tema.

Tampoco quiso insistir en la urgencia de llevar a la Presidencia de la República a un hombre con arraigadas ideas de vanguardia y reconocida honestidad, necesario para conciliar a la nación con la ideología de la Revolución y para procurar la consolidación de la autoridad política del Maximato.

—Tú, Plutarco, y tú, Rodolfo, se ocuparán de hacer correr la voz de la identidad del candidato, para provocar las adhesiones necesarias y orientar la votación en la Asamblea del Partido. Tú, Plutarco, lo harás en la Cámara de Diputados y tú, Rodolfo, orientarás a tus colegas, todos los gobernadores de los estados norteños, en el sentido que acordamos, para que tanto el pleno del Congreso de la Unión, como los gobiernos locales se pronuncien a favor de Cárdenas.

En seguida apuntó con un claro sentido paterno:

—Con el sólo hecho de ser portadores del nombre mágico, ustedes adquirirán respeto y poder.

Yo, por mi parte, filtraré el nombre en las centrales obreras y campesinas y bien pronto veremos robustecida la figura del general Cárdenas, quien ya sólo necesita el empujón final. El resto de ustedes podrán dar el nombre a partir de pasado mañana. Aprovechen inteligentemente la fuerza de la información. Distingan con cuidado a quien se la proporcionen y cobren con suavidad el costo de oportunidad. Un verdadero político sabrá apreciar el servicio y recompensarlo en su momento. —"Mientras esté yo", pensó cáustico para sí.

Finalmente, como un entendido implícito, los asistentes dieron por agotados los temas a tratar y se retiraron precipitadamente a sus oficinas, urgidos de intercambiar puntos de vista, sin rendir siquiera el debido homenaje al opíparo desayuno servido en su honor.

Días después, Emilio Portes Gil recibía la distinción para lanzar la candidatura del general michoacano.[326]

En diciembre de 1933, Lázaro Cárdenas aceptó ser nominado candidato por el Partido Nacional Revolucionario a la Presidencia de la República para el periodo 1934-1940. En el acto prometió solicitar consejo a los dirigentes del Partido (promesa interpretada por muchos como el aseguramiento del continuismo del Maximato), pero luego añadió que la responsabilidad de sus acciones le correspondía a él mismo.

Acto seguido, efectuó una campaña electoral con una energía y un apasionamiento nunca vistos. Aun cuando nadie dudaba de su triunfo en los comicios y se sabía de antemano "que los mexicanos acuden a las urnas con el mismo entusiasmo con que van a las corridas de toros y con la misma certeza del resultado final", visitó 28 estados y recorrió más de 27 000 kilómetros en tren, automóvil, a caballo y a pie. No se limitó a las bien organizadas y programadas reuniones de entusiastas políticos, sino que llegó a los más remotos pueblos de indios, desde las montañas de Chihuahua y Sonora en el Noroeste, hasta las selvas de Tabasco y las áridas llanuras de Yucatán.[327]

Prometió sujetarse al Plan Sexenal, elaborado por el Partido, pero planteó fundamentalmente tres objetivos capitales dentro de su futura política de gobierno con grave voz y firme convencimiento:

—Restauraré los ejidos dentro de un enérgico programa agrario para combatir en todo momento el dominio de las haciendas. Mi preocupación central se encuentra en el campo y mi objetivo prioritario es la incorporación de los campesinos mexicanos al desarrollo económico de México.

Modernizaré los sistemas educativos nacionales con el objeto de impartir exclusivamente una enseñanza socialista. Combatiré eficazmente el fanatismo eclesiástico y a sus agentes altamente perturbadores de la mentalidad infantil. Elevaré a rango constitucional este propósito vertebral de mi gobierno, vital en la formación de las futuras generaciones de mexicanos.

Gobernaré, si el voto popular me favorece, al lado de los obreros y de los campesinos. Crearemos un frente popular sólidamente unido e impulsaremos la formación de las más diversas cooperativas para combatir el capitalismo industrial.

Debemos liberarnos del capitalismo que explota, que hace de México una economía colonial y que deja atrás de él, ruina, subsuelo empobrecido, hambre y malestar; condiciones que preceden siempre a la intranquilidad pública.

En síntesis, mis propósitos de gobierno descansan sobre un común denominador: combatir sin descanso a la reacción en todas sus manifestaciones y en cualquier parte del país donde se encuentre.[328]

Calles y sus hijos quisieron aceptar el discurso político cardenista como parte de una campaña electoral de vanguardia, pero en el fondo empezaron a abrigar temores, muchos temores respecto a la posibilidad de que el futuro presidente intentara realmente llevar a la práctica sus "irracionales ideas socialistas, desconectadas de la realidad nacional".

En algunas de esas charlas vespertinas que Calles sostenía siempre con algunos de sus hijos en la ciudad de la eterna primavera, le llegaron a manifestar de nueva cuenta sus preocupaciones respecto a las tendencias políticas del próximo Presidente de la República:

—Papá, acuérdate de las expropiaciones masivas ejecutadas por Cárdenas durante sus gestiones como gobernador[329] de Michoacán. Se atrevió a desafiar tus instrucciones y llevó a cabo los repartos como si no existiéramos en el mapa.

Calles se mostraba siempre seguro de sí mismo, de su inmenso poder, de su prestigio, de su alianza con Estados Unidos. Por esas razones no concedió ninguna importancia a la posición política de Cárdenas. Esa y otras muchas tardes transcurridas en su casa de Cuernavaca, las advertencias y avisos cayeron en el olvido y en el vacío.

—Eso fue como gobernador, hijo. La Presidencia de la República implica otras responsabilidades, otra clase de riesgos, otra perspectiva histórica y un género de limitaciones inimaginables para Cárdenas.

—¿Podremos con él, papá?

—Tranquilízate, hijo, el general Cárdenas se someterá y se disciplinará a las exigencias del Partido…

—¿No te preocupa que el Plan Sexenal, aprobado en Querétaro por la Asamblea del Partido, no sea el sancionado por ti, sino otro muy distinto, con un contenido radical, extremista, acorde con las ideas del candidato y opuesto totalmente a las nuestras?[330]

—Ésa fue una jugarreta de Abelardo Rodríguez.

—Sí, papá, jugarreta o no, se aprobó un Plan de Gobierno distinto al autorizado por ti. Ellos, si tú quieres, ganaron la partida…

—Coincido contigo, hijo. Molestó mucho el plan de gobierno hasta el extremo de que los petroleros yanquis me exigieron una satisfacción, pero cuando les hice saber que sólo se trataba de la campaña electoral en donde es lógico que siempre se levante un poco de polvo, se tranquilizaron. Me creyeron, hijo, pero acepto junto contigo que me madrugaron con el famoso plan. Ahora bien, es muy distinto programar a ejecutar…

—Me tranquilizas —repuso el hijo, en realidad poco convencido.

Las personas cercanas a Calles analizaban con sombría preocupación cada declaración pública del candidato, medían cada paso y vaticinaban su desempeño ya al frente de la Presidencia de la República. Unas no encontraban motivos de alarma, otras, las menos, empezaban a abrigar negros temores sobre la futura gestión presidencial de Lázaro Cárdenas.

—No hay motivo de alarma, pero no nos confiemos. ¡Claro que observaremos con lupa los pasos del futuro presidente!

—¿Te figuras, papá, si Cárdenas empezara a materializar sus ideas y, por ejemplo, intentara nacionalizar el subsuelo tal y como lo establece en el propio plan?[331] En ese momento no sólo él pagaría las consecuencias de cara a los Estados Unidos, sino que nos llevaría a nosotros mismos entre las patas. Abelardo Rodríguez y Cárdenas fueron muy lejos en la Convención, no te oculto mi preocupación. No en balde se dice en los corrillos políticos que el Plan Sexenal te sujetó a ti y no al candidato.

—¡Ay, ay!, hijo —repuso disgustado el Caudillo—, de eso yo sé un poco más que tú. Veremos quién sujeta a quién en el futuro...

El presidente Abelardo Rodríguez utilizó el Plan Sexenal como programa de gobierno del último año de su administración y expidió una circular a sus colaboradores con el objeto de lograr su aplicación obligatoria.

Como el plan ordenaba la reanudación del reparto agrario, Rodríguez empezó a asignar, en 1934, cientos de miles de hectáreas a miles de jefes de familia[332] y trató de habilitarlas a base de empréstitos para hacerlas producir, a pesar de la crisis financiera del país. Las organizaciones obreras adquirieron mucha fuerza por virtud de la Ley Federal del Trabajo y por el apoyo presidencial recibido. Vicente Lombardo Toledano desgarró a la CROM de Morones con su salida y con la fundación de su propia Confederación General de Obreros y Campesinos. Calles recibió un primer gran golpe con la pérdida del poder político de un buen sector de las masas obreras.

Las huelgas empezaron a azotar a grandes sectores de la economía nacional, hasta llegar, obviamente, a las puertas mismas de la industria petrolera, la industria intocable y codiciada.

Abelardo Rodríguez había fracasado en sus diversos intentos de asociación con los petroleros para extraer conjuntamente la riqueza del subsuelo y siempre se estrelló ante la más intransigente negativa.

—¡Sí, como no!... —le contestó al unísono el coro de productores de petróleo—, vamos a entrar en una sociedad, nada menos que con el Gobierno Federal, para enseñarles minuciosamente todas las tripas del negocio. Vamos a meter al enemigo en nuestra propia casa, transmitirle todos nuestros conocimientos tecnológicos, revelarle el número verdadero de barriles extraídos diariamente, mostrarle la cuantía de nuestras exportaciones, la realidad de nuestras ventas y de nuestros costos y el importe exacto de los impuestos omitidos durante 30 años al fisco mexicano, ¡cómo no!

¿Además, vamos a abrirles el apetito con utilidades inimaginables para capitalizar al gobierno y proporcionarle los recursos económicos necesarios y hacernos a nosotros mismos la competencia?

¡Nunca aceptaremos una asociación con el gobierno mexicano porque siempre ha querido robarse nuestro patrimonio y no seremos nosotros mismos quienes le concedamos la anhelada oportunidad, servida en charola de plata!

Ante la negativa, Abelardo Rodríguez intentó otro camino: Fundar una empresa nacional productora de petróleo, PETROMEX, S. A. El resultado fue el mismo de la anterior experiencia: el fracaso.[333] México no contaba con el suficiente capital para financiar una empresa de esa envergadura. Morrow, el gran financiero, expresó a la distancia:

—Es claro que no podrán prosperar, el gobierno no cuenta con recursos, ni siquiera para perforar un pozo de agua.

Pero el Presidente de la República insistió en la imperiosa necesidad de compartir la riqueza de las compañías petroleras entre todos los mexicanos o, por lo menos, entre algunos de ellos, y cuando estalló, finalmente, la huelga en la Compañía Petrolera El Águila, aceptó con felicidad la llegada del momento esperado. El propio presidente se hizo nombrar árbitro del conflicto entre empresa y trabajadores, en lugar del Jefe del Departamento del Trabajo, y con su decisión final, ganaron todos los empleados de la compañía: reducción de la jornada a 46 horas semanales; pagos obligatorios del día de descanso semanal; numerosos beneficios adicionales, tales como el aumento de los días feriados con derecho a sueldo, revisión de la política de vacaciones y jubilaciones e incremento en los salarios de los trabajadores. Aún más, estableció los métodos que debían usarse al conceder ascensos, a base de antigüedad y competencia.[334]

En octubre de 1934 estalló otra huelga, ahora la de la Huasteca Petroleum Company, en donde el Presidente de la República, instalado en árbitro, volvió a beneficiar generosamente a toda la planta obrera.

Los petroleros resintieron los impactos recibidos y entre discusiones y alegatos de Calles, Abelardo Rodríguez y Cárdenas, llegó la fecha esperada por el ex gobernador michoacano: el 30 de noviembre de 1934, día de la transmisión de los poderes presidenciales.

La tremenda personalidad del general Cárdenas, de inmediato se hizo sentir en todas las esferas del gobierno, del sector privado, de las organizaciones campesinas y sindicatos obreros.

Con una voz apenas audible, vestido siempre con toda sobriedad, de civil, dueño de un lenguaje refinado y alejado siempre de las palabras altisonantes, empezó a impartir, con toda suavidad, determinadas instrucciones, entendidas por los observadores políticos agudos como la llegada innegable de una nueva era.

El presidente Cárdenas, a modo de ejemplo, redujo a la mitad su propio salario, rehusó a seguir viviendo en el ostentoso Castillo de Cha-

pultepec y lo convirtió en museo; suprimió los altivos toques de orde-
nanza a su llegada en la mañana a Palacio Nacional, cerró el elegante bar
en Bellas Artes y mandó clausurar las casas de juego, una de ellas propiedad de su antiguo amigo, Abelardo Rodríguez, y otras tantas como el
Casino de la Selva y el Foreign Club. Proscribió, además, el uso del frac
en las recepciones oficiales, ordenó la desaparición inmediata de cincuenta bustos con su esfinge en todas las oficinas públicas. Permitió a
los gobernados enviar telegramas gratuitamente a una hora del día a Palacio Nacional e invitó al "México cafre", como lo llamara Limantour,
es decir, a los campesinos "malolientes, con los enhuarachados pies llenos de costras lodosas", a hacer antesala, breve por cierto, en las oficinas
del Presidente de la República:

La señora Cárdenas, por su parte, no jugó, como era la costumbre, el bridge con las esposas de los ministros y renunció a sus dietas
como esposa del Primer Magistrado de la Nación.

En otro orden de ideas, apoyado en modificaciones legales, logró
la renuncia de todos los jueces del poder judicial, incluidos los de la Suprema Corte y los del Tribunal Superior* y envió al Congreso de la Unión
sus propias listas para asegurarse la impartición de una justicia objetiva
y expedita.[335]

Calles acusó de inmediato este segundo golpe, pero prefirió no
manifestarlo públicamente hasta ver con más claridad el desarrollo de
los futuros acontecimientos. Se retiró a Los Ángeles, California, para
atenderse una dolencia física.

Pasadas las fiestas navideñas de 1934, Lázaro Cárdenas se encerró
una noche en su despacho a piedra y lodo, como si deseara impedir la
fuga de cualquiera de sus reflexiones por cualquier mínimo intersticio
de las puertas y ventanas.

He respetado más allá de la lealtad al general Calles; he resistido
sus imposiciones; he atendido sus súplicas y he observado sus instrucciones, pero también he presenciado con decepción y disgusto la pérdida
gradual de su radicalismo inicial, su renuncia a los principios revolucionarios, su negativa a vivir dentro de una auténtica democracia con la legítima representación nacional, su resistencia a reconocer la fuerza política

---

* Cárdenas había conocido el caso del presidente Madero y Félix Díaz, cuando
este último pretendió dar un golpe de estado y fue aprehendido vergonzosamente
en Veracruz cuando se disponía a aislarse en el Consulado de Estados Unidos en
Veracruz. El idealismo democrático de Madero le costó muy caro. Dejó en manos
de la Suprema Corte de Justicia la solución del caso tan sonado y controvertido.
El máximo tribunal mexicano, integrado totalmente por ex porfiristas confesos,
conmutó la pena de muerte y se ordenó el traslado del frustrado golpista a la cárcel de Belem en la Ciudad de México, desde donde apoyó y estimuló el derrocamiento del gobierno maderista, en donde perdiera la vida finalmente el apóstol
soñador. Cárdenas, evidentemente, había aprendido de la historia.

de obreros y campesinos como agentes indispensables para lograr la reivindicación social del país. Probablemente la edad de Calles y su inmensa riqueza han hecho del Maximato un aparato político retrógrada, donde sólo tienen cabida los miembros más destacados de la élite revolucionaria a quienes ya sólo les interesa mantenerse en el poder para acrecentar sus fortunas personales.

Yo no me prostituiré, ni humillaré mi inteligencia, ni mi dignidad; tampoco traicionaré mi propia ideología, ni renunciaré a mis auténticos propósitos.

Yo constaté el sufrimiento de dos campesinos en Michoacán, sus hambres, sus penurias, su ignorancia, sus inhumanas condiciones de vida. Conocí las reglas de convivencia en las haciendas y sus inauditos regímenes de explotación. La revolución no terminó con la esclavitud, ni cambió la mentalidad de los hacendados, y el odioso Maximato, al detener la reforma agraria, permitió a los latifundios gozar de los mismos privilegios que disfrutaron a lo largo de la dictadura porfirista, a expensas de la miseria campesina.

Cárdenas se dirigió lentamente a la chimenea, su rostro reflejaba la profundidad de sus reflexiones.

También viví al lado de los trabajadores petroleros la insalubridad y los peligros de extracción del crudo y padecí con ellos sus primitivas condiciones laborales, sus salarios de hambre, su explotación como seres humanos al lado de la riqueza ostentosa de sus "cocktails", donde deberían festejar los bajos costos de producción del petróleo mexicano comparados con el resto de sus empresas instaladas alrededor del mundo, claro está, a costa de los obreros mexicanos.

Mientras en los Estados Unidos parte del dinero petrolero se destina a fundaciones culturales y educativas, en México y en América Latina lo destinan a la subversión, a los golpes de estado y a la desestabilización política de los gobiernos de sus anfitriones.

Debemos combatir al capitalismo, a la escuela liberal capitalista que ignora la dignidad humana de los trabajadores y los derechos de la colectividad.[336]

Yo no seré un "pelele" más, ni mi gobierno pasará a la historia etiquetado junto con las perversas desviaciones del Maximato. No fui electo para ello, ni llegué, finalmente, a la Presidencia de la República para abdicar de mis principios, ni para renunciar a las normas morales que han regido mi existencia. Nunca me perdonaría desaprovechar esta oportunidad única para hacer algo por todos los míos. Ni yo me lo perdonaría, ni la historia podría ocultarlo a las generaciones que vengan después de nosotros.

Tomó en ese momento un par de pesados leños y los colocó en el hogar. Buscó entonces unos cerillos y los encontró al lado de la misma chimenea, junto a un bastón de mando de algún grupo indígena del estado de Michoacán.

Respeté siempre al general Calles; a él le debo mi carrera política.

Yo me hice dentro de su gobierno y posteriormente dentro del mismo Maximato. Seré un producto de él, pero no su consecuencia lógica. O cumplo con Calles y traiciono mis ideales y a mi patria o cumplo conmigo y con México y termino con el Maximato y sus aberraciones. Sólo tengo dos opciones y no me resulta difícil escoger la procedente.

Prefiero rescatar a la mayoría de los mexicanos de la indignidad material, que sujetarme a conceptos corruptos de lealtad, agradecimiento y amistad. Mis preferencias son claras; el origen de mi malestar también lo es. Prefiero una condena como traidor, a ser acusado por mi pueblo de perjurio y felonía.

Desarmaré todo el aparato callista con el mismo exagerado cuidado de quien desactiva una bomba de tiempo. Propiciaré el estallido de huelgas en todo el país para mostrar a los trabajadores de México mi lealtad hacia ellos. Sólo con hechos podré convencerlos. La fuerza de las palabras se agotó durante el Maximato. Opondré la fuerza política de las organizaciones obreras a la del ejército.

Yo nunca podré solo contra Calles, pero él tampoco podrá nunca contra un frente obrero unificado, patrocinado veladamente desde la Presidencia de la República. Ahora bien, si las decisiones de mi Gobierno son las respuestas a las peticiones de los trabajadores y de los campesinos, las mayorías del país estarán conmigo y Calles caerá del estrellato. Si el Caudillo, en ese caso, todavía intenta atacar mi política obrera, deberá enfrentarse no a mí, sino a todos los trabajadores de México y en ello sólo encontrará su desprestigio y su propia destrucción.

Cuando Calles critique a un solo obrero por ejercer su derecho de huelga y tenga el atrevimiento de defender al capital, en ese momento habrá caído irremediablemente en la trampa y el país será mío. No compartiré mi autoridad con nadie. Enfrentaré al Caudillo con la historia. Si intentara asesinarme, me convertirá de golpe en una figura más respetable que la Guadalupana y mi fama y mi calvario alcanzarán cualquier generación en donde alguien se ostentara con el nombre de Calles. Su vanidad no le permitirá matarme como a todos sus enemigos políticos; mi muerte sólo le arrebataría el lugar que él desea para sí en la historia. Además, sólo provocaría el surgimiento inconveniente de miles de seguidores probablemente más radicales que yo.

Calles se apoyó en la fuerza del ejército para gobernar, yo en las organizaciones obreras, cuyo poder nadie supuso hasta hoy. Quien agreda mis políticas se etiquetará como reaccionario y como enemigo del bienestar material de los mexicanos.

Se retiró en ese momento de la chimenea. La madera empezaba a arder. Clavó entonces la mirada en el fuego. Como si de él fuera a obtener la inspiración y la fuerza necesarias para tomar la decisión final.

Debo precipitar los acontecimientos y hacer estallar las huelgas en las piedras angulares del edificio callista, en las partes precisas en donde descansa su estructura de poder: en la industria petrolera.

Calles renunció a aplicar la Constitución a cambio del apoyo militar, económico y político de Estados Unidos que le permitió mantenerse en la presidencia y pretender eternizarse en el poder a través del Maximato. Les debe agradecimiento a los yanquis, a ellos les debe quien es. Mucho le dolerá cuando esos ingratos intocables se vean reemplazados por las masas obreras. Exhibiré ante los petroleros la falta de autoridad del Caudillo. Él tratará de ejercer su poder. ¡Se estrellará! De la impotencia pasará a la agresión pública y ahí morirá, tanto si la toma conmigo como si lo hace con los trabajadores. Los dos somos uno mismo.

El presidente Roosevelt, por su parte, me podrá pedir la derogación de un decreto perjudicial para los intereses yanquis, pero nunca me podrá pedir el encarcelamiento o el fusilamiento de quienes se niegan a trabajar a falta de pan y techo.

Aquella noche Lázaro Cárdenas se encontraba listo para iniciar el discurso más enérgico de su carrera.

Prefirió la acción que las palabras.

Días más tarde estallaba una huelga en El Águila que paralizaba a la empresa y a sus filiales. Una de las peticiones contenidas en el pliego, consistía en la compensación de medio millón de pesos por horas extraordinarias no pagadas durante los años de 1906 a 1933,[337]

La Huasteca y la Pierce Oil Co. bien pronto escucharon el llamado de los obreros a la puerta de sus suntuosas oficinas corporativas con exigencias que ni siquiera podían ser escuchadas por los intransigentes empresarios.

Escaseó la gasolina y se desató una ola de huelgas entre chóferes de taxi y otros sectores de transportistas. Los electricistas[338] se sumaron a sus compañeros de la industria petrolera y se paralizaron las actividades en Tampico, Puebla, Celaya, Uruapan, León, Mérida, San Luis Potosí y algunas regiones de Jalisco.

Las exigencias de los trabajadores alcanzaron también las oficinas de la compañía telefónica, de la de tranvías, autobuses, empleados de cine y fábricas de papel.

Los petroleros acudieron de inmediato a ver al Caudillo para exigirle el sometimiento de Cárdenas a lo dispuesto por los acuerdos Morrow-Calles.

—No es posible que cualquier Presidente de la República se le salga a usted de control —pensaron decirle al Caudillo.

El Gobierno de Lázaro Cárdenas no cedió.

Los petroleros, a continuación, viajaron a Washington en busca de apoyo. En la oficina del Secretario de Estado de Roosevelt, Cordel Hull, alegaron:

—Pero, señor Secretario, si todo el movimiento huelguístico en México está orientado contra nosotros para que suspendamos operaciones y así poder quedarse con nuestras instalaciones.

—¿Hablaron con Daniels?

—No.

—Pues deberían haberlo hecho antes de venir a verme. Los conductos diplomáticos proporcionan al Departamento una visión general de la situación.

—Nosotros queríamos verle a usted a título personal y exponerle de viva voz un planteamiento realista.

—¿Cuál?

—Es conveniente levantar el embargo de armas decretado contra México para que quien las necesite pueda adquirirlas sin mayores tropiezos.

—Entiendo —dijo Hull, mientras sonreía sardónicamente. Eso es ir muy lejos por lo pronto, señores. ¿Qué contestó Calles durante la entrevista con ustedes?

—Que él sabía la manera de controlar a Cárdenas y que esperaba el momento oportuno para hacer sentir su peso.

—Pues no le neguemos al general Calles su ascendiente. Ni su fortaleza política. Es prudente concederle tiempo para ordenar sus ideas y ejecutarlas.

—Eso haremos, señor. Ése fue el acuerdo, pero pensamos en la conveniencia de advertirle al presidente Cárdenas algunos de los riesgos que corre al impedirnos perforar más pozos y echarnos encima a nuestros trabajadores. Ningún conducto es mejor que el del Departamento de Estado.

—Hablaremos con Daniels —repuso preocupado y cortante el jefe de la política exterior del presidente Roosevelt, pero mientras tanto no tomaremos otras medidas. Siento fundados sus juicios, pero igualmente prematuros. Cárdenas lleva apenas tres meses en el Gobierno. Esperemos. Todo parece una crisis típica de oportunismo político durante el inicio de una administración. Tiempo, señores, tiempo. No quiero, insisto, externar ninguna opinión antes de hablar con Daniels. Me urge su punto de vista. Ya nos entrevistaremos...

—Ni los comerciantes ni los industriales, ni la inversión extranjera creerán en mí si no logro detener la ola de huelgas que ya está paralizando al país —pensaba Calles para sí—. Yo represento la mejor garantía de prosperidad de México y, por lo mismo, represento el orden. Sólo yo puedo volverlo a poner y ésa, desde luego, ya es una esperanza nacional —pensaba Plutarco Elías Calles, esta vez en su rancho El Tambor, mientras caminaba en los inmensos pastizales con el sombrero en la mano derecha y la izquierda en el mentón.

Expondré públicamente mi punto de vista respecto a la conducta seguida por las organizaciones obreras y veladamente le recordaré a Cárdenas el triste episodio de Pascual Ortiz Rubio… Él entenderá la amenaza junto con su clan de políticos suicidas. Quieren incendiar al país para impresionarme con un movimiento obrero artificial e ilegítimo armado desde la Presidencia de la República. Se les olvida que yo soy su padre, el padre de todos ellos. ¡Nadie sabe mejor que yo cómo se manipula una organización! ¿Quién les enseñó ese caminito a partir de la fundación de la CROM? ¿Quien manipuló a los cristeros con Ortiz Rubio, Abelardo Rodríguez y ahora mismo con Cárdenas en el poder? ¿Entonces? La pirotecnia no vale conmigo. Llegó la hora de hacer sentir todo el peso de mi autoridad. Le recordaré a Cárdenas el origen de su investidura y le daré un breve plazo para enmendar todas sus desviaciones.

Si los petroleros convencen a Roosevelt y a Hull de mi incapacidad en el manejo de las huelgas, habré perdido a un aliado valiosísimo que siempre me apoyó a la hora de las crisis militares y políticas. No puedo permitir que me substituyan, ni que me saquen de la jugada.

Le demostraré a Cárdenas y a los yanquis quién sigue al frente del poder en México. El mando es mío y nunca lo compartiré con nadie más. Es mío y lo seguirá siendo por muchos años. Sólo debo llamar a cuentas al presidente por medio de una declaración a los periódicos. Lo pondré de rodillas junto con todo su Gobierno.

Momentos más tarde, Ezequiel Padilla hacía su arribo a los cuarteles generales del Maximato para precisar con el Caudillo los términos de una entrevista. Se intitularía "El General Calles señalando rumbos" y se publicaría en el *Excélsior* y en *El Universal*.[339]

El país tiene necesidad de tranquilidad espiritual. Necesitamos enfrentarnos a la ola de egoísmo que lo viene agitando. Hace 6 meses que el país está sacudido por huelgas constantes, muchas de ellas enteramente injustificadas. Las organizaciones obreras están ofreciendo, en muchos casos, ejemplos de ingratitud. Las huelgas dañan mucho menos al capital que al gobierno, porque le cierran fuentes de prosperidad. De esa manera, las buenas intenciones y la labor incansable del señor presidente están constantemente obstruidas y lejos de aprovechar los momentos actuales, tan favorables para México, vamos para atrás, para atrás, retrocediendo siempre; y es injusto que los obreros causen este daño a un Gobierno que tiene al frente a un ciudadano honesto y amigo sincero de los trabajadores, como el general Cárdenas. No tienen derecho de crearle dificultades y de estorbar su marcha. Yo conozco la historia de todas las organizaciones, desde su nacimiento, conozco a sus líderes, los líderes viejos y los líderes nuevos. Sé que no se entienden entre sí y que van arrastrados en líneas paralelas por Navarrete y Lombardo Toledano, que son los que dirigen el desbarajuste. Sé de lo que son capaces y puedo afirmar que en estas agitaciones hay apetitos despiertos, muy peligrosos en gentes y en organizaciones impreparadas. Están provocando y jugando con la vida económica del país, sin corresponder a la generosidad y a la franca definición obrerista del Presidente de la República.

En un país donde el Gobierno los protege, los ayuda y los rodea de garantías, perturban la marcha de la construcción económica y esto no es sólo una ingratitud, sino una traición, porque estas organizaciones no representan ninguna fuerza por sí solas. Las conozco. A la hora de una crisis, de un peligro, ninguna de ellas acude y somos los soldados de la Revolución los que tenemos que defender su causa. Y no podemos ver con tranquilidad que por defender intereses bastardos estén comprometiendo las oportunidades de México.

Cárdenas, a su vez, contestó públicamente los cargos y salió en defensa del sector obrero y de su política. Calles abundó en declaraciones condenatorias, mientras el presidente esbozaba una cálida sonrisa interior.

—Nada detiene el egoísmo de las organizaciones obreras y sus líderes. No hay en ellos ética, ni el más elemental respeto a los derechos de la colectividad.

El Presidente de la República entendió que tenía al Caudillo en sus manos y que las mayorías populares respaldarían a partir de ese momento cualquier decisión suya.

Así pues, sintiéndose fuerte, en la reunión del gabinete, de junio de 1934, pidió la renuncia a todos los miembros del mismo, se deshizo de los elementos callistas, incluido Rodolfo Elías Calles, Secretario de Comunicaciones, en respuesta a la crisis política planteada a su gobierno por las declaraciones del Caudillo.

Después de la renuncia del gabinete y del cambio en la presidencia del Partido Revolucionario Nacional, el ala izquierda del Congreso alcanzó la mayoría. Se robustecía el gobierno cardenista.

Calles, sorprendido hasta la última vértebra, decepcionado y confundido, decidió regresar a su rancho de Sinaloa con el objeto de madurar más sus reflexiones y esperar, simultáneamente, ser llamado de nuevo por su pueblo agradecido, para volver a conducir los destinos de la nación.

—Esto ya no tiene remedio, desgraciadamente; he tomado la determinación de ausentarme de la República, retirándome para siempre de toda actividad política. A mis amigos —dijo con toda dificultad—, les recomiendo que ayuden al presidente y que procuren servir al país con toda lealtad.[340]

Lázaro Cárdenas, por toda respuesta, puso a su disposición de inmediato un avión especial Electra y el 19 de junio de 1934, Plutarco Elías Calles volaba hacia su exilio voluntario.

El presidente Cárdenas recibía miles de telegramas felicitándolo por su actuación, firmados, curiosamente, por quienes habían felicitado a Calles por sus enérgicas condenas contra el movimiento obrero.

Cárdenas externó siempre preocupación y malestar y en ningún caso alegría por lo acontecido. Siempre guardó la misma imagen pública. Sólo cuando recibió en una ocasión próxima a los hechos la visita del general Francisco Múgica, ya en su carácter de Secretario de Comunicaciones y Obras Públicas, Cárdenas le permitió a su querido amigo el ingreso al ámbito de sus reflexiones más íntimas:

—Ya nos quitamos de encima a quien se creía dueño de México.

—No Pancho, todavía no. Volverá, te lo puedo asegurar. El general Calles no podrá resignarse voluntariamente a perder el poder y su prestigio.

—¿Y qué piensas hacer?

—Desde luego, no esperar a que vuelva, Pancho. Desmantelaré todo el aparato callista durante su ausencia.

¿Y Plutarquito?, tu nuevo gobernador en Nuevo León según las elecciones al estilo de su padre —preguntó irónico Múgica para medir los alcances de la decisión presidencial.

—Por ejemplo, ése es un buen caso, Pancho. Allí desconoceré su triunfo electoral, anularé las elecciones por ilegales y luego reconoceremos el triunfo de Anacleto Guerrero. Veremos la cara de Calles cuando otro de sus hijos se quede sin chamba.

—Eso lo entenderá todavía más, mucho más —repuso Múgica satisfecho, pero no menos preocupado.

—Pues entonces, imagínate cuando, además, desaparezcan legalmente los gobiernos presididos por los gobernadores callistas. —¿Ése es tu siguiente paso? —volvió a preguntar Múgica sorprendido y alentado por la temeridad de Cárdenas.

—Desde luego, Pancho. Desapareceremos los poderes de ciertos estados de la Federación con arreglo a sus propias constituciones y meteremos sólo gente de nuestro equipo —agregó cortante el presidente sin dejar de alisarse el bigote con el dedo índice.

—¿Y con nuestros colegas militares?

—Tenemos gente cerca de Calles que nos informa de las visitas y las llamadas que recibe de todos los miembros del ejército. Iremos sustituyendo a los leales al Caudillo, según confirmemos sus nexos con él.

Lo mismo haremos con la gente que tiene incrustada en el Partido. Uno a uno los extraeremos con pinzas.

—¡Caray, Lázaro, estás haciendo un verdadero trabajo de joyería!

—Sólo me preparo para que cuando Calles regrese se encuentre solo y se resigne a aceptar su derrota. No quisiera tomar medidas más agresivas, es mejor dejar las cosas en el estado en que se encuentran.

—Veo difícil que se queden como están, Lázaro; coincido contigo en que intentará jugar su última carta.

—Pues si insiste, largaré a Calles del país, y si aún así no entiende, le aplicaré todo el rigor de la ley, acusándolo de sedición y pasará el resto de sus días o, por lo menos, de mi gobierno, en una prisión federal —concluyó Cárdenas con un tono de voz que no dejaba la menor duda respecto a la sinceridad de sus propósitos.

—¿Y qué has pensado de la respuesta a los petroleros cuando se queden sin su protector?

—Ellos no tienen el apoyo de Washington en razón de la misma política de Roosevelt y por la situación europea. Ya viste que el tal Hitler ha hecho una fraternidad con su colega Mussolini. El fascismo es una amenaza real y verdadera en Europa. Alemania se ha rearmado a una velocidad insospechada y nuevamente Francia e Inglaterra abrigan todo género de temores y sospechas respecto a las verdaderas intenciones de su belicoso vecino. Y Washington no quiere jugar con la estabilidad de México, ni con sus pozos petroleros. Todos están a la expectativa de los acontecimientos europeos.

—Además —repuso Múgica—, sé por el agregado militar de la embajada de Estados Unidos que Hull se ha negado a levantar el embargo de armas contra México, porque el propio Roosevelt apoya tu política. Ya saben lo que intentarían hacer los petroleros con un mercado libre de armas.

—¿Lo ves? Ellos serían sospechosos a los ojos de Washington de cualquier hecho trágico que se produjera en México. Se cuidarán de alterar el orden porque enfrentarán serias consecuencias políticas y hasta económicas de carácter mundial.

Cárdenas armaba detenidamente sus planes dentro de una grave seriedad. Deseaba impedir que cualquier hilo suelto echara por tierra su proyecto político.

—Por lo mismo, Lázaro —exclamó Múgica entusiasmado—, apliquemos la Constitución del 17. Ésa debe ser tu gran bandera, tu estandarte político. Pronto cumpliremos veinte años de vergüenza. La revolución ha sido incapaz de llevar a la práctica las conquistas vertidas en la Constitución. Cuando redactamos en Querétaro, algunos diputados constituyentes y yo, el Artículo 27 lo hicimos imbuidos de una verdadera mística nacionalista. Pensábamos que al rescatar los recursos naturales y la riqueza del subsuelo le proporcionaríamos a México recursos inmensos para salir finalmente de la miseria.

—Tienes razón, Pancho, tenemos una extraordinaria oportunidad histórica. No la desaprovecharemos —comentó Cárdenas optimista mientras salía de sus reflexiones.

—Es la oportunidad, Lázaro. Tenemos finalmente inmovilizados a los petroleros —advirtió Múgica consciente de su momento.

—Ésa era mi idea, Francisco —repuso Cárdenas como si estuviera a punto de tomar otra decisión trascendental.

—Entonces mandaremos al Congreso de la Unión la iniciativa de la Ley de Expropiaciones y demos un paso más rumbo a la nacionalización de la industria petrolera —presionó todavía más Francisco Múgica.

—No tengo la menor duda de lo que propones —repuso con una sonrisa el presidente.

—¡Lázaro! —casi saltó de alegría el Secretario de Estado.

—Claro que sí, Pancho; en el próximo periodo de sesiones se discutirá la Ley y se promulgará de inmediato con todos los disfraces posibles, para no causar la alarma entre los petroleros.

—Para tu conocimiento, ayer firmé la iniciativa de la Ley de Expropiaciones.[341] Agregó Cárdenas sin proyectar la menor emoción ni dar cabida a la de Múgica.

Daniels no tardará en tocar mi puerta. Ya lo sé. Pero por toda respuesta le explicaré que se trata sólo de una medida para rescatar el patrimonio improductivo del país y se irá satisfecho…

Múgica captó de inmediato que el presidente ya había tomado la decisión días atrás y que con su conocida habilidad sólo quería conocer y confirmar sus puntos de vista políticos. Esta circunstancia en nada enfrió sus ánimos. Él sólo tenía una idea en la cabeza.

—Así se hace justicia a los caídos, Lázaro. A los que ya no pueden hablar para contarlo. Así se honra su esfuerzo y su patriotismo. No podía ser. Tanta sangre derramada para volver a un porfirismo disimulado, con latifundistas poderosos e industriales extranjeros insaciables dueños del país. Nadie rescató a México del coloniaje, Lázaro —insistió Múgica fanatizado—. Tú lo harás cuando nacionalices la economía y termines con los latifundios. No es posible que quien nació en la tierra y vive en ella, ni siquiera tenga la necesaria para su propia sepultura.

—Calma, don Pancho —llamó Cárdenas a la prudencia—. Sabes que llevamos buen ritmo a escasos ocho meses de llegar a la presidencia. Roma no se hizo en un día —exclamó el presidente conocedor de las debilidades de su flamante Secretario de Comunicaciones quien se encendía explosivamente cuando abordaba el tema de "su" Artículo 27.

Tengo además una idea que probablemente no te he expresado —agregó el presidente.

—¿Ése es el trato que dispensas a tus amigos? —exclamó bromista Múgica sin ocultar su satisfacción.

—No, claro que no, Pancho —repuso Cárdenas sonriente—, por eso quiero comentártela. He decidido promover la fusión de todos los sindicatos de trabajadores petroleros en uno solo. Es más fácil controlar una organización que 15 grupos diferentes. Se llamará Sindicato de Trabajadores Petroleros de la República Mexicana.

—No quiero ser inmodesto, pero yo mismo pensaba sugerirte el paso.

—Me lo imagino, Pancho, pero probablemente me ibas a vender la idea sobre la base de sindicato independiente.

—Claro, Lázaro, desde luego.

—Pues no, don Pancho, no será independiente, sino que lo incorporaremos a la CTM de Lombardo Toledano y así el gobierno monopolizará la fuerza política de todos los sindicatos petroleros para oponerla, en su momento, a los consentidos de Calles.

—Ésa ya es una filigrana, mi general.

—Lo es, pero sólo parapetados en el movimiento obrero unificado lograremos la expropiación petrolera. Mientras tanto, promulgaremos la Ley que te dije y uniremos los sindicatos.

La plática entre dos queridos compañeros terminó con el tema de la madre Conchita. Francisco Múgica insistió en traerla para acentuar el desprestigio de Elías Calles.

—Yo platiqué muchas veces con ella en la cárcel de las Islas Marías y te puedo garantizar que su regreso aquí a la Capital molestaría mucho a Calles y dañaría aún más su ya triste imagen. Nuevamente echarías sobre él las sombras del asesinato de Obregón, inconveniente para él por todo concepto en este momento político.

—Ay, Pancho, ay, Pancho, qué bien sabes por dónde vamos...

Las huelgas se repitieron una a una a lo largo y ancho del país. El desacreditamiento político de Calles crecía junto con el fanatismo propio de las conquistas obreras. El Caudillo, sintiéndose deshonrado, resolvió cometer el peor tropiezo de su carrera y volvió a México en busca de su autoridad perdida, en vista de que nadie, salvo los petroleros extranjeros, los banqueros y los latifundistas, insistían en que regresara a su país.

A su llegada a México, todavía alcanzó a declarar:

—He venido a defender al régimen callista de las calumnias de que ha sido víctima en los últimos meses.

Al comprobar Cárdenas el motivo de su regreso, apretó un botón para echar sobre Calles una pesada maquinaria que lo aplastaría para siempre.

El Presidente de la República giró instrucciones a la PIPSA para no vender papel periódico a los diarios que publicaran una sola declaración del general Calles;[342] si otro medio se encargara de difundir cualquiera otra aseveración pública del Caudillo, las cuadrillas de obreros deberían invadir la imprenta y destrozar las prensas en escarmiento por la desobediencia.

—¡Que traigan a la madre Conchita! ¡A los familiares de Francisco Serrano y a los del crimen de Huitzilac!

—¡Desaforen a los senadores que fueron a recibir al Caudillo y desaparezcan los poderes de los gobernadores desleales a mi gobierno!

—¡Que busquen las ametralladoras en la casa de Morones y acúsenlo, junto con Calles, de contrabando de armas y sedición! ¡Juzguénlos por traidores!

—¡Investiguen la riqueza del general Calles y descubran el peculado cometido en perjuicio de la nación!

—El error más grave —declararía Calles a la prensa extranjera,* única posibilidad de externar su opinión públicamente— que está cometiendo Cárdenas es llevar este país al comunismo, porque juzgo que ésta escuela filosófica y este sistema económico-social no ha comprobado hasta el presente sus bondades y, por otra parte, ni nuestras condiciones geográficas, ni nuestras condiciones étnicas, ni por la cultura de nuestro pueblo, ni por su psicología, estamos preparados para esta transformación social, ni hay tampoco un grupo director bien preparado para poder implantarla y llevarla a cabo... Podrá haber un sector entre las clases trabajadoras que, indiscutiblemente no tiene ningunos nexos conmigo, porque estamos enteramente opuestos en criterio: El sector comunista, que siempre está dispuesto para ejecutar cualquier acto de desorden, ya que de eso vive y ésta es su táctica, puede ser, pero los otros sectores obreros están agitados artificialmente.[343]

El gobierno respondió con una bien organizada manifestación pública. El sector culto alegaba que: "Calles debe morir como Robespierre".

El sector inculto dibujó la cara de Calles, le puso grandes orejas y un letrero que decía: "Se vende esta mula".

Cárdenas disparó el tiro de gracia contra el callismo con el discurso pronunciado durante el acto de apoyo a su política:

—Acabamos, en primer término, con los centros de explotación y de vicio. ¿Y quiénes estaban alrededor de estos centros de vicio?

Se refirió también a las medidas concretas de su Administración en el campo del agrarismo y habló de la restitución de las tierras y bosques que antes eran explotados por miembros del régimen anterior. No dejó de advertir a sus oyentes que el general y sus amigos no eran problema ni para el gobierno ni para las clases trabajadoras; "convengan las clases trabajadoras en que es aquí en el territorio nacional donde deben de dar los elementos delincuentes o tránsfugas de la revolución para que sientan la vergüenza y el peso de su responsabilidad histórica". [344]

Calles estalló de rabia, y todavía dueño de sí, alcanzó a contestar:

—Es un discurso en que campea la pasión política y el odio personal. El señor Presidente de la República desciende a terrenos que por su nivel oficial le están vedados. No es un discurso para un Jefe de Estado, sea del país que sea.

Plutarco Elías Calles insistió en su actitud y con ello se hechó a andar la última parte del programa cardenista: la expulsión del Caudillo del territorio nacional.

En abril 10 de 1936, el temerario Caudillo que había amenazado en convertirse en un nuevo Porfirio Díaz volaba plácidamente en un

---

* Calles procedió a declarar a la *United Press* y a *Universal Service* que su única fuerza era moral. Véase a John W. Dulles, *Yesterday in Mexico*, Austin University of Texas Press, 1961, pág. 607.

confortable avión de la Fuerza Aérea Mexicana, rumbo a San Antonio, Texas, donde no fue recibido siquiera por los petroleros yanquis por quienes había hecho y dado tanto.

Acababa otro largo capítulo de la Historia de México, nuevamente salpicado de sangre y de petróleo. El nacimiento de un México de instituciones y no de hombres parecía surgir de las entrañas mismas de la tierra con un grito doloroso y valiente.

El Club de Petroleros se encontraba reunido en una asamblea extraordinaria en las oficinas de la Standard Oil y analizaba la situación política de México y el futuro de sus negocios en ese país. Decían:

"De Washington debemos esperar poco y de Lázaro Cárdenas todo", pretendía ser la primera conclusión de la jornada. Esa Ley de Expropiaciones publicada en octubre, es un torpedo disparado en la oscuridad. Cuando logremos identificar su estela será ya demasiado tarde. Explotará de repente en nuestra cara".

—No, no, señores —intervino Henry Pierce, el veterano petrolero—. Ni es torpedo ni fue disparado en la oscuridad ni, mucho menos, nos explotará en la cara. Cuando se legisló la Constitución en 1917 sí llegamos a preocuparnos, porque se trataba de una expropiación directa y, sin embargo, no pasó nada. Ahora, por una leyecita confusa y genérica, no debemos preocuparnos en lo interno aun cuando exteriormente sí debemos rechazar escandalosamente la medida.

—De acuerdo, Henry, pero estamos hablando de Cárdenas en este momento.

—En aquella época también hablábamos de Carranza. ¡Oh! El ogro Carranza, ¡el ogro maldito! y lo mandamos al carajo con todo y su Constitución —repuso muy dueño de sí el petrolero.

—Eran otros tiempos.

—Pues para otros tiempos, otros hombres y otras medidas.

—No nos confiemos.

—No nos confiamos. Hablo con arreglo a los hechos y a mi propia experiencia —adujo todavía prepotente Pierce—:

La Ley señala como causa de utilidad pública para justificar una expropiación, el abastecimiento de artículos de consumo necesario en las ciudades y también la riqueza monopolizada con ventaja exclusiva de una o varias personas y en perjuicio de la colectividad en general o de una clase en particular.[345]

—Escucha bien, Henry —dijeron otros petroleros al percatarse que el Director de la Pierce Oil Co. intentaba interrumpir—. ¿Te percatas que no hay tal equitativa distribución de la riqueza? ¿Que monopolizamos con ventaja exclusiva para nosotros y para los ingleses y que podrían expropiarnos si se determinara que nuestro monopolio puede afectar a la colectividad? Es más, Henry, con el solo hecho de que rechazáramos las peticiones del sindicato petrolero, podrían alegar el perjuicio a una clase en particular y expropiarnos. Caemos exactamente dentro de los extremos de la ley. Casi te diría que esa fracción la redactaron en función de nuestros intereses —advirtieron a modo de un llamado a la cordura al líder en cuestión.

—También caíamos, como tú dices, dentro de los extremos de la Ley cuando el Constituyente redactó el Artículo 27. ¿Te parece poca la trascendencia de la disposición, cuando se estableció: "El suelo y el subsuelo son propiedad de la Nación"? A partir de ese momento los yacimientos dejaban de ser de nuestra propiedad y nos dejaban sólo las torres y nuestro equipo de transporte. ¿Te parece suficiente? Pues el año entrante cumplimos veinte años de la promulgación de la Constitución y todavía no ha pasado nada, absolutamente nada. En este país sólo pasa lo que tú permites que te pase.

—¿Entonces, tampoco te preocupan las huelgas, ni el sindicato único? Cárdenas es un presidente distinto y parece dispuesto a llegar a todo. No lo pierdas de vista.

—Hubieran visto cómo llegó Calles al poder. Hagamos memoria alguno de los presentes. Todos pensamos que era el fin y miren ustedes cómo salió, como tierno corderito. Debemos, sí, hablar con el presidente y externarle nuestras preocupaciones, al igual que a Daniels —concluyó Pierce con un cierto donaire docente— ¿y si aún así nos volvieran a emplazar a huelga con pretensiones estúpidas?

—En ese caso nos negaremos a discutir. Perdimos mucho tiempo anteriormente cuando pensamos que Calles nos resolvería los problemas a través de su influencia con el presidente. Nos equivocamos y cedimos. Ahora no. Ahora les haremos frente a los trabajadores y Cárdenas verá lo que es un país sin gasolina, sin luz y sin transportes. Un país paralizado. Nosotros tenemos muchos otros negocios en el mundo, muchas filiales, los trabajadores sólo tienen una fuente de trabajo, una fuente de ingresos, la carrera es contra el tiempo. Vamos a la quiebra nosotros o al hambre los obreros y el país al carajo. Veremos quién resiste más...

—De acuerdo, pero caeremos precisamente en la Ley de Expropiaciones por afectar a la colectividad.

—Sí, pero ésa nunca la aplicarán. Antes habrá una negociación definitiva. Yo, por mi parte, sugiero empezar a devolver los golpes al gobierno, vía sus mismos trabajadores, enviados como carne de cañón. ¿Ésas son sus infanterías?, pues quitémosles el pan para desarmarlas. El gobierno carece de medios para financiar la huelga y los empleados deben comer junto con sus familias todos los días. El tiempo dirá la última palabra. La caída de Calles inició pues, la revancha de la oligarquía y de la burguesía contra el cardenismo.

Una nueva huelga, promovida por el Sindicato de Trabajadores Petroleros de la República Mexicana, hizo acto de aparición en el escenario político mexicano. Se solicitaba un incremento salarial considerable para todos los empleados sindicalizados. Obviamente, el pliego petitorio les sería presentado por igual a todas las empresas afiliadas; cada una de ellas debería pagar a sus obreros el aumento indicado.

—¡Adelante, Lázaro —gritaba Múgica—, no tardarán en reventar!

Cárdenas alegaba para tranquilizar a la opinión pública:

—Cuando las huelgas se salgan de los marcos de la ley y sus demandas sobrepasen las posibilidades económicas de las empresas, podrán considerarse como dañinas a la sociedad.[346] Mientras tanto, continuaremos la política de apoyo a las causas obreras.

Los petroleros se vieron entre sí. Recordaron lo pactado, cerraron filas y se negaron a pagar lo exigido en el pliego petitorio.

—¡No cederemos! —repetía el coro con ciega insistencia—. ¡No cederemos! Pondremos a prueba tres capacidades: la del gobierno para soportar la crisis económica y el caos político por la paralización de la producción petrolera; la de los trabajadores, para no morir de inanición, y la de las empresas, para no llegar a la quiebra. ¡No cederemos! ¡No cederemos!

Fracasó la Convención Obrero-Patronal. Los empresarios se negaron a pagar más de 14 millones de pesos.[347]

—Ni un quinto más, pase lo que pase.

—Si no están de acuerdo los señores petroleros —advirtió Cárdenas— con las demandas obreras, los propios trabajadores o el gobierno mismo se pueden hacer cargo de sus intereses. Si no se ponen de acuerdo, intervendrá el Estado.

La respuesta de los petroleros no se hizo esperar:

—¡No cederemos!

Y la huelga estalló en todo el país con todas sus consecuencias.

Poco tiempo después, la Confederación de Trabajadores de México, previa conformidad del presidente de la República, pidió a la Junta Federal de Conciliación y Arbitraje que el litigio fuera declarado "conflicto económico", para permitir, antes que nada, el retorno de los trabajadores a sus centros de empleo, sin ocasionar mayores perjuicios al país. Mientras tanto, una junta de peritos estudiaría la capacidad económica de las empresas para dictaminar la procedencia o improcedencia de las demandas obreras y conceder a uno o a otro la razón, por medio de un dictamen de carácter coactivo.[348]

—Ya reculan, ¿lo ven? Reculan, porque ni los trabajadores pueden quedarse sin dinero, ni el gobierno puede permitir que el país se quede sin gasolina. ¡Cobardes! Aquí no cuentan ni la CTM ni el sindicato de trabajadores. Son sólo títeres. El pleito ya es cara a cara con Cárdenas. Verán lo que tardaremos en comprar la voluntad de los miembros de la junta de peritos.

Múgica por su parte, le preguntaba a Cárdenas:

—¿Y si pasados los treinta días de plazo para rendir el dictamen los petroleros no se someten por considerarlo contrario a sus intereses?

—Tendré que echar mano de la mayor fuerza política que un presidente mexicano haya utilizado en este siglo.

El dictamen de 2, 700 cuartillas puso de relieve el divorcio entre las empresas y la economía nacional, al dejar al descubierto irregularidades fiscales y políticas de las empresas, de gran significación.

Se revisaron sus libros de contabilidad, obviamente los oficiales —los negros ya los tenían en los Estados Unidos—, la situación en los mercados internacionales, los antecedentes de la industria, sus condiciones técnicas, los problemas de transporte, la situación entre trabajadores y empresarios y su rentabilidad, entre otros objetivos de estudio.[349]

En el capítulo de conclusiones se destacó que las principales compañías petroleras que operaban en México formaban parte de grandes unidades económicas norteamericanas e inglesas, que sus intereses siempre se habían opuesto al interés nacional y en más de una ocasión habían influido en acontecimientos políticos, tanto nacionales como internacionales, sin cooperar nunca al progreso social de México.

Que habían impedido la capitalización de la industria por la constante exportación de utilidades y habían agotado los yacimientos sin continuar los trabajos de nuevas posibilidades de exploración, como parte de la política de las empresas.

Que la gran mayoría de los trabajadores petroleros percibían ingresos inferiores a los de la industria minera o a los de los ferrocarriles o a los de los obreros en general.

Que los petroleros vendían los mismos productos más caros en México que en el exterior, por lo que sus empresas constituían un obstáculo para el desarrollo económico de la nación.

En síntesis, rezaba el dictamen, las compañías demandadas han obtenido en los últimos tres años (1934-1936), utilidades muy considerables; su situación financiera debe calificarse de extraordinariamente bonancible y, en consecuencia, puede asegurarse que, sin perjuicio alguno para su situación presente y futura, por lo menos durante los próximos años, están perfectamente capacitadas para acceder a las demandas del Sindicato de Trabajadores Petroleros de la República Mexicana, hasta por una suma de 26 millones de pesos.[350]

—¿Veintiséis millones de pesos? ¡Imposible! Nosotros tuvimos utilidades por 22 y no por 55 como dice el dictamen. ¡No cederemos! Refutemos ante nuestra propia prensa —que sí es prensa— todas las conclusiones apasionadas de la junta de peritos. ¿Qué son, al fin y al cabo, 12 millones de pesos más? Lo realmente peligroso es la proliferación del ejemplo mexicano. Luego, cualquier país, también de monigotes, deseará hacer lo mismo con nuestras inversiones. Bien pronto todo el mundo tendrá los ojos puestos en la experiencia mexicana y por lo mismo, debemos demostrar con claridad y rudeza las consecuencias que resultan de tocar los intereses petroleros en cualquier parte del planeta.

Sin embargo, la sorpresa fue mayúscula cuando Cárdenas expresó públicamente su absoluta conformidad con el contenido del dictamen.

En el salón de asambleas de la Standard Oil Co., donde se reunían siempre los magnates capitaneados por esa empresa, se escuchó:

—¿Lo ven ustedes? ¿Los ves, Henry Pierce? Lo de la junta de peritos no fue sino una táctica dilatoria. Los trabajos se desarrollan con toda normalidad. Los obreros cobran regularmente sus quincenas, Cárdenas no ha tenido que enfrentar ningún caos nacional y, sin embargo, toda la maquinaria se viene lentamente encima de nosotros.

—¡Suspendamos hoy la venta de gasolina!

—¡No! Ésa será, en todo caso, la última medida.

—Entonces paguemos. Los 26 millones divididos entre todos nosotros no cuentan.

—Eso es entregarse como una mujer barata. Démosles sólo veinte millones en virtud de que Cárdenas ya se alió a ellos públicamente y ahora los empleados están ensoberbecidos. Bien pronto se sentirán intocables. Veinte millones será nuestro límite.[351]

La voz de la Standard Oil Co. resonó como un trueno en el recinto:

—No, señores, no podemos pagar y no pagaremos ni un quinto más de lo ofrecido. ¿Qué más quisiera el gobierno que dividirnos en estos momentos? El gobierno mexicano ha cedido siempre a lo largo de su historia. Lo hemos repetido en estas reuniones hasta el cansancio. En esta ocasión volverá a ceder. El paso siguiente del gobierno ante nuestra negativa será la intervención y no la podrá llevar a cabo por falta de personal capacitado. No podría exportar por falta de transporte y porque los asfixiaríamos al cerrar de golpe todos los mercados internacionales al petróleo mexicano. Ésa es la realidad.[352] Todo lo demás son bravuconadas del gobierno. Si entran en nuestras empresas no sabrán ni siquiera encender la luz. Se concretarán a cobrar los impuestos atrasados y a pagar probablemente los salarios que nosotros nos negamos a pagar.[353] Después, se sentarán a esperar su agonía y la quiebra masiva.

—Paguemos —insistió un sector de la mesa—. No contamos ahora con un Henry Lane Wilson, ni con un Fletcher o un Morrow en la embajada, ni con un Taft, un Woodrow Wilson o un Coolidge en la Casa Blanca. Por contra tenemos a un Roosevelt que pregona tesis parroquiales de buen vecino y a un Cárdenas que le vienen como anillo al dedo para llevar a cabo impunemente sus políticas delictivas. ¡Paguemos, señores! Lo que el presidente desea es una oportunidad para quedarse con lo nuestro. ¡No se la demos!

—De nada le servirá quedarse con lo nuestro, si no sabe cómo manejarlo y si lo supiera, no lo dejaríamos aprovecharlo. Nosotros, en la Standard Oil Co. hemos sido más afectados que ustedes. A nosotros se nos canceló la semana pasada, como es del conocimiento público, una concesión de 350,000 acres que se remontaba a 1906 y a 1930 y aún así no pretendemos bajar la guardia. Nosotros tenemos más motivos que ustedes para negociar, pero nos mantendremos firmes y unidos.

Afortunadamente, los señores de El Águila, aquí presentes, rechazaron la oferta de Cárdenas para explotar conjuntamente con el gobierno los yacimientos de Poza Rica, el segundo depósito de petróleo más grande del mundo.

Si ustedes —dijo dirigiéndose a los ingleses— se hubieran llegado a asociar con el gobierno y hubieran aceptado el pago de regalías del 15 al 20%, sugerido por la explotación de los yacimientos, a estas alturas ya no resistiría nuestro frente petrolero y les habríamos reconocido a los mexicanos los derechos del subsuelo que siempre les hemos discutido hasta la saciedad.[354]

Era una trampa mortal perfectamente urdida por Cárdenas, pero la unión nos salvó,[355] como nos salvará ahora si no pagamos.

La Standard Oil Co. perdió la discusión y Cárdenas inició, con los representantes de las empresas petroleras, las reuniones de mediación para resolver el conflicto, con la condición, sugerida a las empresas, de no recurrir a la apelación diplomática para litigar el peritaje presidencial. Finalmente, Cárdenas rechazó la oferta de veinte millones de pesos.

En diciembre de 1937, la Junta Federal de Conciliación y Arbitraje rindió su laudo en los mismos términos del dictamen formulado por la junta de peritos. El aumento salarial sería de $ 26,332, 756.00.*

—¡Vayamos al amparo!, tronaron los petroleros! ¡Vayamos al amparo! Esto es denegación de justicia. En los Estados Unidos ya habríamos pedido la renuncia del propio presidente por intromisión en los asuntos privados de las empresas. Es imposible dar cumplimiento al contrato colectivo más extremista que jamás se ha dado a trabajadores de cualquier industria en este país. No podemos permitir la injerencia del gobierno en nuestros asuntos financieros y en nuestra política, en general. ¡Nunca fuimos escuchados!

—¿Para qué el amparo? Se les olvida que cuando Cárdenas entró al gobierno logró obtener la renuncia de todo el Poder Judicial, inclusive de los Ministros de la Corte y nombró a su vez funcionarios de nula filiación callista, que le deberían a él los elevados nombramientos. ¿Saben

---

* De acuerdo con la Ley, la JFCA debía estudiar el informe del Comité de expertos y esperar 72 horas para oír las objeciones de las partes conflictivas (en este caso el plazo fue superior) y dar su decisión. En caso de protesta, se procedería a una audiencia con las partes afectadas, después de la cual se daría el fallo. La JFCA tenía autoridad para decretar un aumento o disminución del personal, fijar las horas de trabajo, cambiar la escala de salarios y, en general, modificar las condiciones de trabajo. Si el patrón no aceptaba la decisión, se declaraba terminado el contrato de trabajo, en cuyo caso los empleados debían recibir 3 meses de sueldo como indemnización. Tomado de Lorenzo Meyer, *México y los Estados Unidos en el conflicto petrolero*, El Colegio de México, pág. 327.

qué resultará del amparo? Que tendremos que pagar los 26 millones de pesos. Si ya en realidad estamos dispuestos a pagar veinte millones, pues paguemos los otros 6 y no disintamos con quien tiene la mejor intención y la manera de hacernos daño.

—El problema no son los veinte, los treinta o los cuarenta millones. Lo que intentamos es no dar esta lección en el orden internacional, no queremos enseñarle a cualquier país bananero como éste, los pasos a seguir para robarnos nuestro patrimonio. Estamos en un escaparate ante el mundo. No lo perdamos de vista. Lo que nos suceda en México, nos empezará a pasar en todo el planeta.

—¿Entonces?

—¡Entonces, la guerra, señores! ¡La guerra sin cuartel! La guerra ha sido declarada y ya todas las reglas son válidas. El amparo se resolverá en contra de nuestros intereses si no le enseñamos a Cárdenas a lo que se enfrentaría si interviene nuestras empresas.

—¿Qué sugieres? —le preguntaron al encendido portavoz de la Standard.

—¿Qué sugiero? ¡Ataquemos al peso! Hagamos polvo al peso mexicano. A ver si así reacciona Cárdenas e instruye a sus Ministros de la Corte con nuevas directrices para resolver el amparo que presentaremos.

A partir de hoy retiraremos todos nuestros depósitos en dólares de nuestras cuentas mexicanas y nos llevaremos todos nuestros recursos a los Estados Unidos. Las cuentas en pesos las traduciremos a dólares y también las repatriaremos. Le daremos una verdadera puñalada a las reservas del Banco de México. Por otro lado, provocaremos una reunión de inversionistas americanos en México y les suplicaremos, por solidaridad, continuar con nuestro ejemplo. Saquearemos el Banco Central y pondremos a Cárdenas a nuestros pies. Finalmente, iniciaremos una campaña de rumores, en donde promoveremos la inminente devaluación del peso, para que los mexicanos se asusten y nos ayuden a mandar dinero afuera.

Los mexicanos no tienen identidad nacional, como tampoco la tiene el dinero, por lo que a la voz de alarma, al "sálvese el que pueda", vaciaremos las arcas de México.

—Es cierto. Yo ya veo con claridad que el gobierno ha estructurado toda esta maraña para quedarse con nuestros bienes y, aún más, pienso que si pagamos, pronto buscará otro pretexto para intervenirnos. Por eso coincido con la Standard en declarar la guerra y convencer a Cárdenas de lo riesgoso de agredir al capital norteamericano.

—Si provocamos la escasez de divisas, no podrán importar ni materias primas para la industria, ni maquinaria, ni alimentos. Nosotros somos los dueños de las divisas y de ellas depende también el gobierno mexicano, como cualquier otro gobierno. Iniciaremos una depresión mexicana, una parálisis económica, en donde la inflación de los precios erosionará la menor posibilidad de progreso. No se podrá importar ni un tornillo, ni un grano de maíz si no tienen divisas. Sólo así podremos llegar a poner nuestras manos en el cuello de la economía mexicana.

—Hay más —levantó la voz otro encendido petrolero en un extremo de la mesa—. No sólo debemos provocar la salida de los capitales, sino impedir su entrada. México es exportador de oro y plata y otras materias primas, principalmente a los Estados Unidos. Hablemos con el Departamento del Tesoro y con el de Comercio para que no compren ni una onza más, ni un gramo de otros materiales. Sólo así estará completo el bloqueo.

—Perdón —se escuchó otra voz—, pero faltaría otro elemento más, muy importante para cerrar el cerco. Hablemos con los banqueros para que no presten un solo dólar más a México.

Si logramos convencer a Wall Street, como desde luego lo haremos, en ese caso México ya no contará con ningún margen de maniobra. Los tendremos contra la pared.

—Es más —sentenció el último de ellos—, pienso que si los trabajadores no llegaron a la huelga fue porque el gobierno temía los efectos de una paralización del país por la falta de combustible. Pues en ese orden de ideas, suspendamos la venta de gasolina y provoquemos exactamente aquello que el gobierno mexicano ha tratado de impedir con tan buen éxito.

En Palacio Nacional, Lázaro Cárdenas acordaba con Eduardo Suárez, su Secretario de Hacienda. Ambos analizaban las más diversas alternativas financieras a que podían recurrir para asegurar el éxito de la política presidencial.

—Tenemos que insistir ante el Departamento de Estado sobre la improcedencia de la cancelación de las exportaciones de plata mexicana a Estados Unidos. El problema del petróleo no tiene que ver con la plata.

Suárez contestó:

—Desde luego, la decisión es grave y preocupante, señor presidente, pero veo muy difícil la ejecución de la medida por parte del gobierno norteamericano.

—Yo no lo dudo tanto, porque se la pueden comprar a cualquier otro país y dejarnos con nuestra plata en las bóvedas.

—Eso es cierto, señor, pero también lo es que los principales productores de plata en México son inversionistas norteamericanos y lo que es más, la industria está en sus manos, al igual que el mercado y si cancelan las importaciones de México, la primera afectada, desde luego, sería la inversión norteamericana que armaría un escándalo mayúsculo ante el Departamento de Estado. ¿Por qué se les perjudica a ellos por culpa de la intransigencia petrolera? La industria minera continuará exportando porque Estados Unidos no desea afectar a sus propios nacionales y porque Estados Unidos necesita la plata mexicana. No olvidemos que ocupamos el primer lugar como productores del metal en el mundo.

—Me tranquiliza usted, señor Secretario. Sus argumentos son verdaderamente contundentes. ¿Qué piensa usted, por otro lado, respecto a la fuga de capitales?

—Señor, si no hay más remedio, debemos retirarnos del mercado de cambios para impedir el agotamiento de nuestras reservas. De cualquier forma, nuestro peso difícilmente podrá resistir una embestida de estas proporciones. Si continúan las presiones sobre nuestra moneda, bien pronto deberemos impedir que la gente gire alegremente contra el Banco Central, retirándonos del mercado. Ésa sería la única solución para impedir el saqueo.

Simultáneamente Josephus Daniels daba en la Embajada de Estados Unidos los últimos toques a un informe solicitado por Cordelio Hull, Secretario de Estado, en torno a la situación de las empresas petroleras norteamericanas y la política del presidente Cárdenas.

—En síntesis, señor Secretario —concluía Daniels—:

a) Las empresas petroleras se hicieron, en forma sucia, de inmensas extensiones territoriales de México que fueron explotadas exhaustivamente sin dejar ningún beneficio social al país.

b) Obtuvieron, durante treinta años, enormes utilidades; pagaron impuestos muy bajos y, desde luego, más bajos, todavía, salarios a sus trabajadores.

c) Desde luego pueden pagar los salarios, pero se niegan constantemente a hacerlo pues les significa una pérdida de *status*. Deben entender de una buena vez por todas que la época del "Gran Garrote" y de la "Diplomacia del Dólar" ha quedado definitivamente superada por la del Nuevo Trato y el Buen Vecino, presididas por el señor presidente Roosevelt.

d) La industria petrolera está obligada, por virtud de los beneficios obtenidos anteriormente, a reportar mayores beneficios a la economía mexicana. El campo mexicano ha sido explotado sin piedad y llegó la hora de pagarle, por lo menos, algunos de sus frutos en las personas de sus trabajadores.

e) A diferencia de usted, señor Secretario, me permito discrepar de la posibilidad remota de una expropiación petrolera. El presidente Cárdenas, personalmente, me ha negado esas intenciones que los propios petroleros infundadamente han propalado. Los mexicanos sólo desean un mayor beneficio colectivo en la explotación de su riqueza petrolera y en eso coincido con ellos. No abrigue usted dudas respecto a propósitos ulteriores del gobierno de México.

El día 1o. de marzo de 1938, Lázaro Cárdenas se jugaba su última carta en el conflicto petrolero. Al jugarla, se cerraba todas las opciones para un entendimiento y clausuraba todas las salidas posibles, inclusive las de emergencia, utilizadas siempre con tanta eficiencia por Madero, Carranza, Obregón y por Calles. A partir de esa decisión se mediría cara a cara con la temible hidra de las mil cabezas. Canceló todas las escapatorias factibles, incluso la suya propia, y se colocó valientemente en un callejón sin salida.

Ese mismo día, la Suprema Corte de Justicia negó el amparo solicitado por los petroleros en relación a la demanda interpuesta relativa al laudo dictado por la Junta Federal de Conciliación y Arbitraje. La Corte se ajustó, como era de esperarse, a la política establecida por Cárdenas y habiendo preparado dos sentencias, una a favor y otra en contra, esperó la señal para emitir aquella autorizada por el Presidente.

El 1o. de marzo de 1938 llegó la señal esperada y su fallo, inapelable, sólo dejaba una posibilidad abierta a los petroleros: pagar los 26 millones de pesos de incrementos salariales. La negativa a someterse a una sentencia expedida por el máximo tribunal no significaría un desafío al poder judicial en sí, sino un desafío al Estado mexicano.

La soberanía de México quedaría en entredicho, la autoridad del presidente totalmente erosionada, el prestigio internacional del país devastado y las instituciones nacionales no tendrían más valor que el del papel en que constara su existencia legal.

¿Qué sucede cuando un Estado es incapaz de hacer cumplir sus propias disposiciones, emanadas de cualquiera de los poderes legalmente constituidos? ¿Qué se puede entender por orden jurídico, cuando el Poder Ejecutivo es incapaz de hacer cumplir una sentencia decretada por el Poder Judicial en cualquiera de sus niveles? ¿Qué significaría la palabra soberanía, la palabra poder? ¿Qué recurso le quedaría al propio Presidente de la República, ante la franca rebeldía de un poderoso grupo de prepotentes industriales, dispuestos a todo, incluso a no someterse a la autoridad del país anfitrión de sus inversiones?

El presidente Cárdenas recibió a un grupo de campesinos de Yucatán, mientras esperaba la respuesta de los petroleros a la sentencia emitida por la Corte.

—¡Nos declararemos en rebeldía! Si ya logramos que todos los presidentes mexicanos renunciaran a aplicar su santa Constitución por más de veinte años, no veo por qué no hemos de lograr que cualquier otra autoridad similar o inferior no renuncie también a hacerlo —insistió todo el coro petrolero rabioso y al mismo tiempo temeroso.

¿Qué le va a quedar al gobierno? ¿Intervenirnos? ¿Confiscarnos? ¿Expropiarnos o asociarse con nosotros a estas alturas? Ya llegaron muy lejos. Vayamos pues a los extremos. Ustedes dan un paso, nosotros damos otro. ¡Atrévanse a mandar a sus actuarios a embargar nuestras propiedades para asegurar los intereses obreros! ¡Atrévanse a tocarnos! Esa sentencia de la Corte se la meterán por el culo, como se metió Madero sus gravámenes a nuestra industria, como se metió Victoriano Huerta su intento de expropiación, como se metió también Carranza bien metidas, junto con sus otros decretos en materia petrolera, como se metió Obregón su política nacionalista y Calles sus leyes petroleras. En el culo se las metieron y en el culo se meterá Cárdenas sus decretos y sus sentencias. Somos los amos de México, como lo hemos sido siempre. No le vamos a permitir a un estúpido indio michoacano intervenir por cualquier conducto en la vida económica de nuestras empresas. ¡De modo, mi general Cárdenas, que nuestra respuesta es la rebeldía! ¡A ti te toca la siguiente jugada!

Sin embargo, todavía la prudencia y la mesura pegadas con alfileres, enmarcaron una serie de reuniones, presididas por el presidente Cárdenas en persona, sus Secretarios de Hacienda y del Trabajo y los magnates petroleros.

Al único acuerdo al que se llegó en las primeras sesiones, consistió en la solicitud de una suspensión del fallo de la Corte hasta el día 12 de marzo de 1938. Cárdenas autorizó la medida, mientras se llevaban a cabo las negociaciones.

El día 7 de marzo, Lázaro Cárdenas sufrió probablemente el peor insulto de su carrera.

En una de las reuniones con los petroleros, señaló:

—Señores, es conveniente asegurarles a ustedes que los 26 millones de pesos se concretarán a esa cantidad y en ningún caso se verán incrementados con pretexto alguno.

—¿Y quién o qué nos garantiza que se respetará esa promesa?

Cárdenas, seguro de sí, respondió:

—Se lo garantiza a ustedes el Presidente de la República.

Se produjo un largo silencio. Una voz lo rompió:

—¿El Presidente de la República y quién más?

Cárdenas se puso de pie. Cerró su carpeta sin ninguna violencia y, antes de retirarse, comentó:

—Señores, hemos terminado.

Los pasos, no apresurados, del presidente se escucharon en el Salón Panamericano de Palacio Nacional. Cuando sonó el pasador de la puerta, los asistentes entendieron que empezaba una nueva época en la historia de México.

El día 8 de marzo, Cárdenas reunió a su Gabinete con el objeto de analizar conjuntamente las posibilidades de una expropiación petrolera. La mayoría de los argumentos vertidos destacaban el grado de peligrosidad de la medida, las revanchas internacionales, la estabilidad del país, el acentuamiento de la crisis económica y la integridad misma de la nación. Se hizo un llamado a la cordura y a la prudencia. El presidente no pudo contar con un respaldo unánime.

Esa misma noche, encerrado de nueva cuenta en la soledad de su oficina, se entregó, sin límite de tiempo, a analizar la decisión más temeraria de su existencia.

—Supe cómo les quitaron a los campesinos su tierra, abusando de su ignorancia y de su incapacidad de demostrar su identidad civil. Para hacerse de los yacimientos, los petroleros mataron, suplantaron, alteraron, confundieron y robaron sin piedad lo poco que, ya de por sí, tenían los nuestros. Después, convirtieron las áreas de cultivo en charcos negros, lodosos y malolientes, inútiles ya para producir de por vida, porque cuando se secó el manantial, el terreno había sido seriamente perjudicado. Ésa fue la gran herencia de estos malditos ladrones explotadores. Arrebatarnos nuestra tierra para dejarla podrida e inservible. ¡Qué generosidad!

A pesar de haber chupado durante muchos años la sangre de la tierra y de haberse enriquecido hasta lo insospechable a costa de nuestro patrimonio, nunca hicieron una sola obra social cerca de los pozos y de los centros de trabajo. ¿Una escuela? ¿Un hospital? ¿Un dispensario, siquiera? ¿Servicios sanitarios para un pueblo? ¡Nada! ¡Absolutamente nada! ¿Que los trabajadores se mueren de paludismo? ¡Que se mueran; que traigan más! ¿Que no tienen casa? ¡Que duerman todos juntos, hacinados en el piso en una promiscuidad inhumana! ¡No importa! Al fin y al cabo apenas rebasan la categoría de animales… ¿Qué no saben leer y escribir? ¡Mejor, si los queremos para cargar brocas y perforar el piso! ¿Que los sueldos son insuficientes? Eso es irrelevante de cara a sus necesidades. Además, debemos asegurarnos su constante dependencia hacia nosotros. Los petroleros nunca pensaron que trabajaban con seres humanos, sino con pequeñas bestezuelas indispensables para su enriquecimiento personal.

Por si fuera poco, han intervenido en la vida política nacional desde la época de Porfirio Díaz. ¡Cómo me impresionó aquella carta en que el hijo del Dictador acusaba al capital petrolero norteamericano de haber sido el causante directo de la renuncia de su padre!

Luego continuaron con Madero, sin permitirle nunca cumplir con sus propósitos de incrementar la carga fiscal del sector petrolero. ¡Siempre bajísima! Se negaron cínicamente a aceptar la legislación maderista y desconocieron la soberanía de México hasta que se hartaron del presidente Madero y decidieron su desaparición política primero y luego la física desde la embajada de Estados Unidos en México. A nadie escapa ya que Henry Lane Wilson, influido por el grupo de empresarios más destacados de México, decidió el asesinato de Francisco I. Madero por resultarles inconvenientes sus concepciones económicas.

El mismo embajador apoyó económica y políticamente al traidor de Victoriano Huerta, a quien se negó a sostener la Casa Blanca, presidida por Wilson y dio lugar a rivalidades terribles con los ingleses, nuevamente por el petróleo. Siempre el petróleo. El hipócrita de Huerta ya había anunciado, inclusive, un proyecto para expropiar el petróleo, pero claro, sólo el norteamericano, porque él ya se entendía con los ingleses y recibía todo tipo de ayudas a cambio de jugosas concesiones petroleras.

Cuántas veces pensé durante las campañas militares que si la inversión extranjera, encabezada por Lane Wilson, no hubiera asesinado al presidente Madero e impuesto a Victoriano Huerta, nunca hubiera estallado en realidad la revolución. El detonador de la revolución fue el magnicidio del presidente y el crimen lo ejecutaron principalmente los petroleros norteamericanos. Probablemente la revolución se habría producido de cualquier forma en otro momento y por otra circunstancia; la distribución de la riqueza, la miseria y la ignorancia originadas en el Porfiriato eran razón más que suficiente para un conflicto armado. Pero ellos lo precipitaron. Ellos desbarrancaron al país en una lucha fratricida, donde murieron un millón y medio de mexicanos.

¿Por qué se levantó Carranza en armas y estalló la revolución? Por la llegada ilegal de Huerta al poder. ¿Y por qué llegó Huerta ilegalmente al poder? Porque Madero fue asesinado cobardemente. Con nada podrían pagar estos miserables el daño causado a México, con nada.

Carranza logró promulgar la Constitución, porque las armas norteamericanas estaban ocupadas en Europa defendiendo intereses diferentes a los petroleros. ¡A buena hora iban a permitir la aparición de un Artículo 27 que lesionaba a los petroleros, a los mineros y a los latifundistas norteamericanos, a lo más selecto y granado de la inversión americana, si no hubiera sido porque era muy riesgosa e inmanejable una invasión a México en esos momentos.

Don Venustiano Carranza también intentó reglamentar la Constitución y aplicar su política petrolera, sin haberlo podido lograr nunca.

¡Cuánto asco y cuánto coraje habrá sentido Carranza contra los petroleros! Lo que sí encontró fue la muerte en su huida de la Capital, muerte muy sospechosa por cierto, casi en territorio petrolero norteamericano. ¡Qué conveniente era la desaparición física de Carranza para la inversión norteamericana en México! ¡Cómo habrán festejado lo de Tlaxcalantongo! Los norteamericanos habían creado su propio estado petrolero dentro de territorio nacional y allí fue a caer Carranza con todo y su Constitución.

Después, Obregón no pudo legislar en materia petrolera y todo fue dar marcha atrás con la Constitución, que ya sólo era decorativa. El mismo Calles tuvo que renunciar a ejercerla por las presiones sufridas por el gobierno y los industriales yanquis. En el Maximato, el conformismo, la molicie burguesa, la riqueza y el placer hicieron que se olvidara la Revolución.

No puedo permitir que las conquistas de la Revolución sean destruidas debido a la codicia y a la tozudez de las empresas transnacionales del petróleo.

No pagan impuestos o, por lo menos, no los suficientes en proporción a la riqueza irreparable que se llevan. No han contribuido en nada al bienestar social de la colectividad. Remiten sus utilidades al extranjero, no capitalizan a la industria, ni pagan convenientemente a los obreros. Son un foco de infección. Agitan al país, matan presidentes o participan en su asesinato y en los golpes de estado. Se oponen a la evolución social y política del país con el propósito de reducirnos a un coloniaje afrentoso y desgraciado que nunca nos permitirá emerger de la miseria.

Ellos son los enemigos de México. Yo fui electo para respetar y hacer respetar la Constitución y para cuidar el máximo patrimonio de los mexicanos. Yo sabré hacerlo. La decisión no es difícil. No tengo otras opciones y, en consecuencia, no hay razón para dudar. Sólo hay un camino: la EXPROPIACIÓN. Si me asesinan, tendrán que hacer lo mismo con mis seguidores y en ese caso la sangre mexicana ensuciará para siempre la imagen de Roosevelt en las páginas de la historia mundial. Él no permitirá que los petroleros yanquis empañen su brillante carrera, ni ensucien su bello nombre. ¡Expropiaré!

Algunos días después, el presidente Cárdenas caminaba a pie en el campo morelense, acompañado de Francisco Múgica.

—Los acontecimientos europeos, querido Lázaro, están de nuestro lado como, en su momento, estuvieron del de Carranza. Ayer, 12 de marzo de 1938, Adolfo Hitler entró con todas sus tropas en Austria y se hicieron de Viena en un par de horas. Lo lamento por la pérdida de las democracias europeas, pero lo celebro por la oportunidad que la ocasión le presenta a México.

Ahora más que nunca Inglaterra se cuidará mucho de intervenir en México y los Estados Unidos, a la expectativa, tampoco querrán jugar con la estabilidad petrolera de México, ni mucho menos mandarnos tropas si tú expropias. Además, Roosevelt ha descartado siempre el uso de la fuerza para resolver los problemas.

—Parece mentira —repuso el presidente, caminando lentamente con los dedos de las manos entrelazados tras de la espalda— que nada menos un fascista venga a ayudarnos indirectamente. No quiero tener nada que agradecerle al asesino de la democracia española. Este vándalo del siglo XX ha hecho de España un laboratorio para probar las armas que posteriormente desea detonar en toda Europa. Tú lo verás, Francisco, este hombre es verdaderamente peligroso y temerario. Pero, como tú bien dices, acapara la atención de Estados Unidos e Inglaterra y eso nos ayudará.

Ambos continuaron la marcha en silencio unos pasos más. Múgica, entusiasta como siempre, enhebró de nueva cuenta la aguja y volvió sobre un Cárdenas pensativo y profundamente conmovido por la magnitud de la decisión que estaba ya listo a tomar.

—Llegó el momento, Lázaro. Todo nos lo indica. Ahora también nos lo indica el *Anschluss* de Austria. Expropia, Lázaro, expropia. Ésta es la coyuntura que hemos esperado tanto tiempo. Pon a prueba la política del Nuevo Trato y exhibe, si es preciso, la falacia y la hipocresía de

Roosevelt ante toda la humanidad, si es que después de la expropiación nos invaden los marinos yanquis.

—Francisco… —dijo pensativo el presidente Cárdenas.

—A tus órdenes, Lázaro —contestó inquieto Múgica.

—Redacta hoy mismo un manifiesto a la nación a través del cual anunciaré mi decisión de expropiar la industria petrolera.[356]

Una mano fuerte y confiable estrechó la de Cárdenas. Un abrazo rubricó la escena, curiosa por cierto, dado que Cárdenas, necesitado de ir al campo, caminaba con traje de civil, su traje sobrio de siempre y su corbata oscura.

—Lo tendrás mañana, Lázaro. Te puedo garantizar que sólo dos redacciones han justificado mi existencia —comentó Múgica vivamente emocionado y consciente de la trascendencia histórica del mandato.

Cuando redactamos en Querétaro en 1917 el Artículo 27 de la Constitución y ahora que redactaré el decreto de la expropiación petrolera. Veintiún años tuve que esperar para ver cumplidos los propósitos de la Revolución. Afortunadamente llegué con vida y salud para presenciar la destrucción de la alianza de empresarios más poderosa del mundo. Si tienes éxito, Lázaro, pasarás a la historia, si no tienes éxito porque un tiro acabe con tu vida, pasarás con más certeza a la historia, arguyó Múgica ya con verdadera urgencia de sujetar la pluma entre sus dedos de la mano.

—Eso es vanidad, Francisco; lo único que cuenta es rescatar al país de la miseria y del coloniaje heredado por Díaz y Calles. Tenemos que nacionalizar la economía para aspirar a un grado decoroso de bienestar para los nuestros. ¿De qué les sirve que yo ocupe un lugar en la historia, si el pueblo carece de pan y de instrucción? Resolvamos los problemas sin vanidad ni presunciones, apuntó Cárdenas hundido en una inmensa preocupación por la suerte del país.

Ayer, como sabes, la Corte resolvió la improcedencia de la suspensión —continuó el presidente. Múgica afirmó con la cabeza sin voltear—. Hoy he sabido que los petroleros se han negado ya a acatar el fallo de nuestro máximo tribunal. No tenemos opción, Francisco, debemos expropiar y defender la validez de nuestras instituciones.

Ahora el mundo tiene los ojos puestos en mi gobierno. Los petroleros han dicho: No reconoceremos, ni nos someteremos a tu autoridad, ¿y qué? ¿A ver, qué? —comentó Cárdenas verdaderamente encolerizado.

—Hasta en eso me subestiman. No saben que si a estas alturas yo me desdigo de lo actuado, me escupirá en la calle hasta el más humilde de los boleros de la Alameda. ¿Quién volverá a respetarme? ¿Y cómo dejaré a las futuras generaciones? Quien intente expropiar en un futuro tendrá muchas más dificultades que yo. Sólo habré dificultado el camino, gracias a mi cobardía por no enfrentar riesgos, inclusive, personales. De ningún modo puedo dañar a mi país en esa forma —agregó el presidente Lázaro Cárdenas para fundar aún más su decisión.

Múgica ya no escuchaba las reflexiones de Cárdenas. Sólo pensaba en la hazaña, en la hora política de la venganza, en las vejaciones padecidas, en el chantaje y en la impotencia sufrida por el crimen y la destrucción sembrados por los cañones americanos. Recordaba a los cadetes de Veracruz, también la vergüenza de la expedición Pershing y hasta en la invasión del 47.

—¿Mandarás al ejército a tomar las empresas? —preguntó con avidez.

—No. Mandaré a los verdaderos dueños de ellas, a quienes las conocen y dependen, junto con México, de su prosperidad y subsistencia. Enviaré a las plantillas obreras a que ocupen las plantas y evitaré los hechos de sangre. Quiero evitar la violencia en cualquiera de sus versiones. Yo no me ensuciaré las manos con sangre inglesa, ni con sangre norteamericana. Ni daré la oportunidad de que devuelvan el juego matando soldados mexicanos u obreros. Ellos irán a tomar las plantas pacíficamente; si disparan contra nosotros, Roosevelt será el primer responsable, Roosevelt, Roosevelt, Roosevelt y sólo Roosevelt.

El día 16 de marzo de 1938 los petroleros se reunieron ya no en el domicilio de siempre. Ahora lo hicieron en el de la Standard Oil.

—Paguemos, paguemos, siempre dije que pagáramos. Por seis millones de pesos, estúpidos seis millones de pesos, nos quedaremos sin 1,768 títulos de concesión y 7.389,550[357] de hectáreas de terrenos petrolíferos, saturados de yacimientos insospechados. Sólo con la devaluación del peso podríamos pagar la diferencia que nos exigen. Tenemos una utilidad en pesos por los dólares que nos llevamos; paguemos con ella y olvidémonos del asunto. Estamos ya en los extremos, hemos desconocido el orden jurídico mexicano; nosotros estamos quedando como malhechores ante el mundo, por negarnos a pagar un aumento salarial y declararnos en rebeldía ante la inapelable autoridad de la Corte mexicana. Estamos dando lugar a lo peor con una muestra infantil de orgullo mal fundado. Los seis millones de pesos los recuperamos en un par de días, sobre todo si estalla la guerra en Europa. La movilización militar masiva hará que podamos vender millones y millones de barriles de petróleo en donde los seis millones de pesos ni siquiera se podrán tomar en consideración.

No seamos torpes. Tenemos mucho más que perder si no pagamos los seis millones de pesos, sobre todo si los impuestos que pagamos no pasan de ser una penosa limosna.

—Hemos puesto al presidente Cárdenas contra la pared y un hombre en esas circunstancias recurre desesperadamente a cualquier herramienta para defenderse. Todo a cambio de salvar la vida, entonces, ¿por qué orillamos a Cárdenas a que nos saque un ojo antes de que nosotros se lo saquemos a él?

Insisto, señores. No abusemos de la paciencia del presidente y dejémoslo salir del rincón antes de que nos golpee con lo primero que encuentre a la mano.

—¿Y el precedente internacional?

—¡Al diablo con él! Lo que cuenta ahora es salvar el pellejo. Y a quien se atreva en otro país a copiar el ejemplo mexicano, le romperemos oportunamente los huesos, pero en este momento todo opera funestamente en nuestra contra.

Los petroleros fueron con Cárdenas a manifestarle su conformidad final con los 26 millones de pesos el día 18 de marzo, pero el Presidente de la República rechazó determinadas condiciones impuestas a cambio de su aceptación. Luego les dijo:

—Ya es muy tarde, señores. Ya es muy tarde. De cualquier manera he pensado en que es preferible destruir los campos petroleros con tal de que la industria deje de ser un obstáculo para el desarrollo del país, como lo ha sido hasta el día de hoy.

Los petroleros se vieron perplejos unos a otros a la cara. No entendieron la actitud del presidente.

—¿Qué significa eso de que ya es demasiado tarde, señor?

En la noche de ese mismo día, todos pudieron comprender con claridad las palabras de Cárdenas, cuando todos reunidos en la Sala de Consejo de la Standard Oil Co. escucharon por la radio un mensaje enviado a la nación por el Presidente de la República.

Antes de tomar el micrófono y pronunciar las siguientes palabras, Cárdenas le había dicho a Múgica:

—Si no expropio, la soberanía nacional quedará a merced del capital extranjero.

—¡Compatriotas! —empezó Cárdenas a leer preso de una disimulada emoción—: La actitud asumida por las compañías petroleras negándose a obedecer el mandato de la justicia nacional que por conducto de la Suprema Corte las condenó en todas sus partes a pagar a sus obreros el monto de la demanda económica que las propias empresas llevaron ante los tribunales judiciales por inconformidad con las resoluciones de los Tribunales de Trabajo, impone al Ejecutivo de la Unión el deber de buscar en los recursos de nuestra legislación un remedio eficaz que evite definitivamente, para el presente y para el futuro el que los fallos de la justicia se nulifiquen o pretendan nulificarse por la sola voluntad de las partes o de alguna de ellas mediante una simple declaración de insolvencia como se pretende hacerlo en el presente caso, no haciendo más que incidir con ello en la tesis misma de la cuestión que ha sido fallada. Hay que considerar que un acto semejante destruiría las normas sociales que regulan el equilibrio de todos los habitantes de una nación así como el de sus actividades propias y establecería las bases de procedimiento posteriores a que apelarían las industrias de cualquier índole establecidas en México y que se vieran en conflictos con sus trabajadores o con la sociedad en que actúan, si pudieran maniobrar impunemente para no cumplir con sus obligaciones ni reparar los daños que ocasionaran con sus procedimientos y con su obstinación.

Por otra parte, las compañías petroleras no obstante la actitud de serenidad del gobierno y las consideraciones que les ha venido guardando, se han obstinado en hacer, fuera y dentro del país, una campaña sorda y hábil que el Ejecutivo Federal hizo conocer hace dos meses a uno de los gerentes de las propias compañías y que éste no negó y que han dado el resultado que las mismas compañías buscaron: lesionar al país respecto al problema planteado y poner de relieve la actitud perversa, intransigente y torpe de las empresas petroleras; dañar seriamente los intereses económicos de la Nación, pretendiendo por este medio hacer nulas las determinaciones legales dictadas por las autoridades mexicanas.

Ya en estas condiciones no será suficiente, en el presente caso conseguir los procedimientos de ejecución de sentencia que señalan nuestras leyes para someter a la obediencia a las compañías petroleras, pues la sustracción de fondos verificada por ellas con antelación al fallo del Alto Tribunal que las juzgó, impide que el procedimiento sea viable y eficaz; y por otra parte, el embargo sobre la producción o el de las propias instalaciones y aun en el de los fondos petroleros implicaría minuciosas diligencias que alargarían una situación que por decoro debe resolverse desde luego e implicaría también la necesidad de solucionar los obstáculos que pondrían las mismas empresas, seguramente, para la marcha normal de la producción, para la colocación inmediata de ésta y para poder coexistir la parte afectada con la que quedaría libre y en las propias manos de las empresas.

Y en esta situación de suyo delicada, el Poder Público se vería asediado por los intereses sociales de la Nación que sería la más afectada, pues una producción insuficiente de combustible para las diversas actividades del país, entre las cuales se encuentran algunas tan importantes como las de transportes, o una producción nula o simplemente encarecida por las dificultades, tendría que ocasionar, en breve tiempo, una situación de crisis incompatible no sólo con nuestro progreso sino con la paz misma de la Nación; paralizaría la vida bancaria; la vida comercial en muchísimos de sus principales aspectos; las obras públicas que son de interés general se harían poco menos que imposibles y la existencia del propio gobierno se pondría en grave peligro, pues perdido el poder económico por parte del Estado, se perdería asimismo el Poder Político produciéndose el caos.

Es evidente que el problema que las compañías petroleras plantean al Poder Ejecutivo de la Nación con su negativa a cumplir la sentencia que les impuso el más Alto Tribunal judicial, no es un simple caso de ejecución de sentencia, sino una situación definitiva que debe resolverse con urgencia. Es el interés social de la clase laborante en todas las industrias del país el que lo exige. Es el interés público de los mexicanos y aun de los extranjeros que viven en la República y que necesitan de la paz y de la dinámica de los combustibles para el trabajo.

Es la misma soberanía de la Nación que quedaría expuesta a simples maniobras del capital extranjero, que olvidando que previamente se han constituido en empresas mexicanas, bajo leyes mexicanas, pretende eludir los mandatos y las obligaciones que les imponen autoridades del propio país.

En tal virtud se ha expedido el Decreto que corresponde y se han mandado ejecutar sus conclusiones, dando cuenta en este manifiesto al pueblo de mi país, de las razones que se han tenido para proceder así y demandar de la Nación entera el apoyo moral y material necesario para afrontar las consecuencias de una determinación que no hubiéramos deseado ni buscado por nuestro propio criterio.

La historia del conflicto de trabajo que culminará con ese acto de emancipación económica, es el siguiente:

Lázaro Cárdenas continuó con la lectura de los antecedentes del histórico Decreto dentro de una atmósfera tensa que bien podía cortarse con la mano. Todo el país escuchaba por la radio el mensaje presidencial. Los petroleros también lo escuchaban llenos de azoro. Martinillo también oía gozoso cada palabra, cada acento, cada silencio, seguido de la respiración acompasada del Presidente de la República.

Martinillo imaginaba la cara de Calles, de Fletcher, de Sheffield, de Morrow. Imaginaba también la de los McDoheny, Pierce y Rockefeller. La de Madero y la de Venustiano Carranza. ¡Ah! Venustiano, pensó irreverente, ¡qué no hubieras dado por vivir este momento y ver la cara de tus asesinos! Pensaba ya en su próximo editorial.

De golpe, el presidente Cárdenas se detuvo como si buscara hacerse de fuerzas y dar un brinco verdaderamente espectacular. Retiró la mirada desafiante de las históricas cuartillas y la fue a clavar en los ojos del general Manuel Ávila Camacho, su Secretario de Guerra. Hizo una breve pausa, se acercó al enorme micrófono de nueva cuenta, volvió a encajar la vista en el texto y continuó:

Lázaro Cárdenas, Presidente Constitucional de los Estados Unidos Mexicanos, en uso de las facultades que al Ejecutivo Federal concede la Ley de Expropiación vigente, y

CONSIDERANDO

Que es del dominio público que las empresas petroleras que operan en el país y que fueron condenadas a implantar nuevas condiciones de trabajo por el Grupo Número 7 de la Junta Federal de Conciliación y Arbitraje el 18 de diciembre último, expresaron su negativa a aceptar el laudo pronunciado, no obstante haber sido reconocida su constitucionalidad por ejecutoria de la Suprema Corte de Justicia de la Nación, sin aducir razones de dicha negativa otra que la de una supuesta incapacidad económica, lo que trajo como consecuencia necesaria la aplicación de la fracción XXI del Artículo 123 de la Constitución General de la República en el sentido de que la autoridad respectiva declara rotos los contratos de trabajo derivados del mencionado laudo.

CONSIDERANDO

Que este hecho trae como consecuencia inevitable la suspensión total de actividades de la industria petrolera y en tales condiciones es urgente que el Poder Público intervenga con medidas adecuadas para impedir que se produzcan graves trastornos interiores que harían imposible la satisfacción de necesidades colectivas y el abastecimiento de artículos de consumo necesario a todos los centros de población, debido a la consecuente paralización de los medios de transporte y de las industrias productoras; así como para proveer a la defensa, conservación, desarrollo y aprovechamiento de la riqueza que contienen los yacimientos petrolíferos y para adoptar las medidas tendentes a impedir la consumación de daños que pudieran causarse a las propiedades en perjuicio de la colectividad, circunstancias todas estas determinadas como suficientes para decretar la expropiación de los bienes destinados a la producción petrolera.

Por lo expuesto y con fundamento en el párrafo segundo de la fracción VI del Artículo 27 Constitucional y en los Artículos 1º, fracciones V, VII y X, 4, 8, 10 y 20 de la Ley de Expropiación del 23 de noviembre de 1936, he tenido a bien expedir el siguiente:

DECRETO

ARTÍCULO 1º. Se declaran expropiados por causa de utilidad pública y a favor de la Nación, la maquinaria, instalaciones, edificios, oleoductos, refinerías, tanques de almacenamiento, vías de comunicación, carros tanques, estaciones de distribución, embarcaciones y todos los demás bienes muebles e inmuebles de propiedad de la Compañía Mexicana de Petróleo "El Águila", S. A., Compañía Naviera San Cristóbal, S. A., Compañía Naviera de San Ricardo, S. A., Huasteca Petroleum Company, Sinclair Pierce Oil Company; Mexican Sinclair Petroleum Corporation, Stafford y Compañía, S. en C., Penn Mex Fuel Company, Richmond Petroleum Company de México, California Standard Oil Company of México, Compañía Petrolera el Agwi, S. A., Compañía de Gas y Combustible Imperio, Consolidated Oil Company of México, Compañía Mexicana de Vapores San Antonio, S. A., Sabalo Transportation Company, Charita, S. A. y Cacalilao, S. A., en cuanto sean necesarios a juicio de la Secretaría de la Economía Nacional para el descubrimiento, captación, conducción, almacenamiento, refinación y distribución de los productos de la industria petrolera.

ARTÍCULO 2º. La Secretaría de la Economía Nacional, con intervención de la Secretaría de Hacienda como administradora de los bienes de la Nación, procederá a la inmediata ocupación de los bienes materia de la expropiación y a tramitar el expediente respectivo.

ARTÍCULO 3º. La Secretaría de Hacienda pagará la indemnización correspondiente a las compañías expropiadas, de conformidad con lo que disponen los Artículos 27 de la Constitución y 10 y 20 de la Ley de Expropiación, en efectivo y en un plazo que no excederá de 10 años. Los fondos para hacer el pago los tomará la propia Secretaría de Hacienda del tanto por ciento que se determinará posteriormente de la producción del petróleo y sus derivados, que provengan de los bienes expropiados y cuyo producto será depositado mientras se siguen los trámites legales, en la Tesorería de la Federación.

ARTÍCULO 4º. Notifíquese personalmente a los representantes de las compañías expropiadas y publíquese en el *Diario Oficial* de la Federación.

Este Decreto entrará en vigor en la fecha de su publicación en el *Diario Oficial* de la Federación.

Dado en el Palacio del Poder Ejecutivo de la Unión a los dieciocho días del mes de marzo de mil novecientos treinta y ocho.- Lázaro Cárdenas. Rúbricas.- El Secretario de Estado y del Despacho de Hacienda y Crédito Público, Eduardo Suárez.- Rúbrica.- El Secretario de Estado y del Despacho de la Economía Nacional, Efraín Buenrostro. Rúbrica.- Al C. Lic. Ignacio García Téllez, Secretario de Gobernación.- Presente.

—¡Mierda! —le gritaron en su casa y a la cara a los representantes de la Standard Oil Co.—. ¿Ahora qué? ¿Cuál extremo sugieren adoptar ahora? ¿Tomaremos los fusiles para matar a quien intente meterse en nuestras empresas? ¿Además de desconocer al Estado mexicano, ahora vamos a empezar a matar a los mismos mexicanos?

—¡Calma, señores, calma! Hasta estos momentos Cárdenas ha estado en sus terrenos. Él movió y dirigió el aparato obrero, el político y el judicial, a través de la Corte. Nosotros no teníamos posibilidades de intervenir, porque ésas son herramientas reservadas al Presidente de la República y él las manejó, por demás, perfectamente bien. Pero sucede que ahora él está en nuestras manos y bien pronto deberá vomitar con sangre el decretito que promulgó.

—¿Que ya tienes otra vez a los *Marines* en Veracruz?

—No, ésa no es la idea. Roosevelt no cooperaría con nosotros por la vía de los hechos. Si él no nos apoya, aplicaremos medidas domésticas para hacerlo entrar en razón.

—Pues entonces, sólo que tengas una varita mágica como en los cuentos.

—¡La tenemos!

Se produjo un silencio sepulcral.

—¿Se puede saber cuál es? —preguntó el coro perfectamente adiestrado, al unísono.

—Tenemos algunas ideas que quisiéramos someter a su consideración, si ustedes me conceden su paciencia y un poco de atención y calma.

Otra vez el silencio.

—Antes que nada, conviene presentar, dentro de los términos legales, un amparo en contra del Decreto que leyó el presidente ahora mismo, en donde alegaremos todas y más que todas las violaciones de carácter constitucional. Ustedes mismos oyeron que no hay indemnización previa, según ordena la propia Constitución, lo cual, por otro lado, habla del estado de insolvencia del gobierno mexicano. La presentación del amparo tendrá una buena aceptación interna y externa y nos vestirá de domingo de cara a los observadores y a la prensa.

Nosotros ya le habíamos adelantado al Departamento de Estado nuestros temores respecto a una expropiación y, por lo mismo, debemos exigir a Washington que solicite la devolución inmediata de nuestras propiedades.

—Vayan a lo práctico; eso es sólo "bla-bla-bla", que igual funciona o fracasa —gritó un inconsolable industrial, desde el graderío.

—La Casa Blanca apoyará la quiebra de México y la caída de Cárdenas —contestaron los de la Standard.

—La Casa Blanca podrá decir también misa los domingos. Insisto: ¿qué haremos nosotros sin Roosevelt y sin Hull?

—En nuestras plantas —vino la respuesta— no hay una sola refacción para reparar ni una cerradura. Cuando se empiece a descomponer el equipo, que, todos sabemos, no es de lo más moderno, se irá paralizando la industria petrolera, porque nosotros no les venderemos ni un tornillo. Obviamente, tampoco mandaremos a nuestros técnicos, quienes saldrán hoy mismo del país y sin tecnología, tendremos un ingrediente más para conducir al país a la parálisis. ¿Qué hará Cárdenas cuando se quede sin gasolina y no se puedan transportar los alimentos a los centros de consumo?

—Importarán la gasolina.

—¿Tú se la venderás desde tu matriz en los Estados Unidos?

—No.

—Pues nosotros tampoco. Entonces se quedarán sin gasolina y sin todas las materias primas para que ellos la puedan refinar. En México no se produce el tetraetilo y sin él no hay gasolina posible. Estoy, entonces, en lo cierto si afirmo que ninguno de nosotros se lo venderá, ¿verdad?

—¡Claro que no!

—Si ya le quitamos las refacciones, los técnicos extranjeros calificados, las materias primas vitales para echar a andar la industria y, además, no cuentan con medios de transporte para mover el combustible dejado en los depósitos, ¿qué nos queda por hacer?

—Advertir a nuestros clientes y proveedores de todo el mundo para que en el caso de que México llegue a producir, aun cuando sea, un galón de gasolina o a extraer uno de petróleo, se abstenga de comprarlo. Demandaremos a la compañía extranjera que lo haga, pues estará comprando petróleo robado, robado a nosotros, porque no hemos sido debidamente indemnizados.

—¿Y si rentan buques-tanque?

—Los embargaremos en los puestos de descarga por órdenes judiciales expedidas por los tribunales de los países compradores. Bien pronto, todo el mundo sabrá que comprar petróleo mexicano es comprar un problema serio.

—Yo sé quién les comprará todo el petróleo mexicano sin problemas legales de ninguna naturaleza y se nos caerá todo el teatrito del bloqueo.

—¿Ah, sí, quién?

—Muy fácil. Adolfo Hitler, Benito Mussolini y el Emperador Hirohito. Ellos fletarán los barcos porque necesitarán todo el petróleo del mundo, independientemente del origen del combustible. Ellos no están para pruritos políticos, sino para extenderse territorialmente a costa de lo que sea y al precio que sea.

—Bien pensado. Sólo que si Cárdenas vende petróleo a las potencias del Eje, en ese momento le estará declarando la guerra a Inglaterra e, indirectamente, a Roosevelt. ¡Será muy fácil atacarlo a través de la prensa y del Congreso como abastecedor de los países fascistas! ¡Muy bonito! "El vecino de los Estados Unidos resulta ahora un aliado de las dictaduras fascistas europeas. México financia con su petróleo la destrucción definitiva de las democracias europeas. Bien pronto intentará hacer lo propio con la norteamericana." Roosevelt no permitirá, por ningún concepto, que Cárdenas venda petróleo al Eje. ¿Te parece suficiente?

—Me convence parcialmente. Antes se dijo que un hombre desesperado es capaz de asirse de cualquier cosa a cambio de salvarse. Pues bien, yo creo que Cárdenas, en ese estado de angustia, puede cambiar refacciones petroleras por crudo, o crudo por alimentos. Con lo cual, no sólo nos afectaría a nosotros, sino que dañaría a los productores norteamericanos que, normalmente, abastecen a México con los bienes que trocará con petróleo. Es decir, quien le venda trigo a México ya no lo podrá seguir haciendo, porque Alemania se lo habrá surtido a cambio de petróleo.

No nos conviene por ningún lado el trueque de México con las potencias del Eje.

—Evidentemente no —repuso la Standard—, pero al que menos le conviene es al propio Presidente de los Estados Unidos, a quien pondremos del asco por tener relaciones con un gobierno fascista, anexo a nuestra frontera.

En otro orden de ideas, ahora sí impediremos las ventas de plata mexicana a los Estados Unidos, aun cuando los mineros norteamericanos se afecten. Es claro que el interés nacional es primero y los Estados Unidos no pueden comerciar con un país amigo de las potencias del Eje Roma-Berlín-Tokio. La definición ya es de carácter nacional, en donde no cuentan los intereses de los particulares, en este caso, los rascacuevas.

Por lo que respecta a la propaganda, sugerimos lo siguiente: antes creamos exitosamente el pánico en relación al peso para que todos los mexicanos sacaran su dinero del país y nos ayudaran a erosionar las reservas del Banco de México. ¿Sí? Pues bien, ahora sugiero que subamos el nivel y lancemos una campaña publicitaria para crear el terror en México.

Tenemos un experto en publicidad, Steve Hanngan,[358] quien puede desatar una campaña en los Estados Unidos y en México a través de la prensa, para demostrar que la decisión expropiatoria, de contenido altamente comunista, es contraria al interés nacional de los Estados Unidos y que el precedente afectará seriamente los intereses norteamericanos en el planeta.

Además, Hanngan venderá la imagen de un gobierno mexicano de ladrones, que bien pronto atacará otros sectores de la economía en donde existe inversión extranjera. El "slogan" deberá ser: ES LA HORA DE SALIRSE DE MÉXICO Y ES EL MOMENTO DE NO VOLVERSE A ACORDAR DE ESTE PAÍS DE BANDIDOS.

El *Times* de Londres, el *Washington Post*, el *Wall Street Journal* y el *Foreign Affairs* se ocuparán de todo lo demás.

Finalmente —concluyó el representante de la Standard—, podríamos rematar toda la estrategia con el siguiente paso: México no contará, gracias al bloqueo petrolero y a su incapacidad para producir combustible, con los recursos económicos suficientes para pagar los incrementos salariales ordenados por la Corte en su sentencia. Si nuestras empresas ya no producirán, es lógico que la ausencia de ingresos conduciría a la industria a la suspensión de pagos, incluidos los de los trabajadores.

—Es lógico —gruñeron a coro.

—Pues bien, la oportunidad se nos presenta inmejorable. Paguemos nosotros con nuestros propios recursos, obviamente por abajo del agua, los sueldos de los obreros para lograr su ausencia permanente de las refinerías y de los centros de extracción y con ello paralizaremos la industria petrolera y al país por falta de combustible.*

---

* De acuerdo con un informe de una Secretaría de Estado, fechado el 29 de julio de 1940 y citado por Silva Herzog, la Standard Oil y El Águila establecieron contacto con ciertos líderes petroleros a quienes ofrecieron apoyo económico a cambio de su oposición a los planes de reorganización trazados por el gobierno. Según el informe, uno de los dirigentes se comprometió ante los representantes de las empresas a organizar la huelga en caso de que el gobierno pretendiera seguir adelante

La pregunta es: ¿estamos de acuerdo en financiar la huelga que deberá estallar ante la incapacidad del gobierno mexicano de liquidar los incrementos salariales que nos quería imponer a nosotros mismos?

Todo el tiempo que logremos tener retirados a los trabajadores de nuestras empresas, pagándoles nosotros sus sueldos, será tiempo que México se quedará sin combustible con todas las consecuencias que ello implica.

—Eso no se lo imagina Cárdenas.

—Claro que no. Las prestaciones a que nos obliga la sentencia no podría pagarlas ningún sector de la economía mexicana, salvo el petrolero. Ahora entenderán estos bandidos a lo que nos estaban obligando. El que a hierro mata, a hierro muere, como dicen por aquí.

Todos parecían haber aceptado religiosamente los argumentos de la Standard y, de hecho, empezaban a dar por terminada la reunión cuando Henry Pierce intervino y todos permanecieron sentados en sus lugares.

—Hemos abordado esta noche muchos temas y perfilado diferentes mecánicas para recuperar nuestras empresas e impedir la consumación práctica de la expropiación de la industria petrolera, pero yo todavía desearía proponer un par de alternativas, propias de la vieja escuela y de especial eficacia en este tipo de eventos.

Sabemos —continuó, mientras todos le concedían lo mejor de su atención, el gran veterano—, que Saturnino Cedillo, hoy miembro del Gabinete cardenista, ha estado siempre en contra de la actitud fanática anticlerical de Cárdenas y que juró en privado vengar las afrentas sufridas por la Iglesia, en particular durante la gestión de Garrido Canabal, cuando éste hacía llamar a los toros, Dios y a las vacas, Vírgenes. Él fue quien dijo en alguna ocasión durante un discurso: "Si Dios existe, que me parta en dos con un fulminante rayo. ¿Ya ven?", dijo cuando pasaron cinco minutos sin que nada hubiera sucedido, "Dios no existe; si no, ya me hubiera matado".

La intolerancia religiosa de Cárdenas lo ha encendido y hoy puede ser un aliado nuestro. Buscaremos palancas de acercamiento con Cedillo y veremos si está dispuesto a recibir aviones y todo género de arma-

---

con sus planes. En otro informe similar, fechado el día 30, se mencionó un acuerdo entre la Standard, de New Jersey, la California y El Águila, con objeto de formar un fondo de ayuda para el SPRM en caso de que éste decidiera ir a la huelga; los ingleses contribuirían con el 50% y los americanos con la otra mitad. Además, se mencionó también en ese informe un plan de agitación en los campos petroleros. Varios de los accidentes ocurridos entonces tuvieron las características del sabotaje. El propio Silva Herzog renunció en agosto de 1940 a la gerencia de la Distribuidora, tras de haber sido sustraídos varios contratos secretos por los empleados de esa dependencia y publicados en Estados Unidos. Jesús Silva Herzog, *Petróleo mexicano*, pp. 274-284, Lorenzo Meyer, *México y los Estados Unidos en el conflicto petrolero*, nota 85, El Colegio de México, pág. 366.

mento para levantarse contra el gobierno de Cárdenas.[359] De proliferar el movimiento tal y como esperamos, meteremos a estos rateros malvivientes en un verdadero problema. El presidente desearía utilizar todos sus recursos en el rescate de la industria petrolera, pero nosotros haremos que los destine a la compra de balas para apagar todos los incendios que bien pronto cundirán en todo el país. Quitémosle todos los medios para echar a andar la industria petrolera, pero también privemos al país de la paz pública para cobrarle a la Nación el costo de la política petrolera de su presidente suicida.

Todos los asistentes iban a golpear sus tazas con la cucharita de café en señal de aclamación por las palabras de Henry Pierce, cuando sintieron insuficiente el homenaje y prefirieron el aplauso.

Cuando se hubo serenado el ambiente, todavía agregó:

—Señores, lo de Cedillo puede o no funcionar, pero lo intentaremos de cualquier forma. Pero la mejor oportunidad se nos presenta el año entrante, cuando Cárdenas tenga que designar a su sucesor a la mexicana y dé comienzo un nuevo Maximato en este país. Obviamente, nosotros no toleraremos nunca, en ningún caso y bajo ninguna circunstancia, un Maximato de izquierda. Toleramos el de Calles porque era de derecha, pero nunca consentiremos uno al estilo cardenista.

En ese orden de ideas, si el sucesor hereda, no sólo el Poder Político, sino también las ideas comunistas, nosotros financiaremos la campaña de la oposición, pero antes debemos agotar las arcas nacionales para impedir la competencia publicitaria requerida con antelación a los sufragios.

—Oye, Henry, yo sugiero que apoyemos de cualquier forma a quien resuelva oponerse al candidato oficial. Ésa es nuestra mejor garantía.

—¡Cierto!, ésa debe ser la medida de todas las cosas. No cabe duda que los conocimientos de la vieja escuela siguen siendo vigentes.

¿Estamos de acuerdo en financiar a Saturnino Cedillo y a quien resulte ser el opositor del candidato cardenista?

La respuesta afirmativa, poderosa y amenazante, en forma de eco reverberaba todavía algunos días después en el Salón Panamericano del Palacio Nacional, donde el Presidente de la República, rodeado de su gabinete, también planeaba cuidadosamente cada uno de sus movimientos en su caso defensivos, para sostenerse en su decisión.

El Secretario de Guerra y Marina, general Andrés Figueroa externó su preocupación por una invasión armada que podría llevarse a cabo en las costas del Golfo de México, precisamente en las instalaciones petroleras de Tamaulipas o Veracruz.

—Repetiremos —repuso de inmediato Cárdenas— la estrategia carrancista. Si el petróleo no va a ser de México, no será de nadie. ¡De eso me ocuparé yo! —terminó contundente.

Todos se vieron entre sí, confundidos.

—Sí, señores, incendiaremos los pozos para que nadie pueda aprovecharse de ellos. Andrés —ordenó Cárdenas—, pondrás abajo de cada torre petrolera una buena carga de dinamita y las detonarás simultáneamente cuando veas aparecer la primera chimenea de un barco de guerra yanqui o inglés en el horizonte. Esta primera decisión se la haremos saber a Daniels para que él la comunique como considere conveniente a todos los interesados, sean quienes sean.

La mayoría del gabinete sentía admiración por la forma tan peculiar de hablar del presidente, por su lenguaje siempre moderado y por su voz templada y perfectamente controlada.

Después agregó, dirigiéndose a su Secretario de Gobernación, Silvano Barba González y al de Guerra y Marina:

—Debemos prevenir los levantamientos armados financiados por los petroleros y decapitarlos de inmediato. Es muy conveniente repasar las listas de quienes ocupan posiciones políticas en el interior de la República y pudieran ser acreedores a una grave sospecha como la presente. Los movimientos subversivos deben abortar antes de producirse y eso implica contar con una información actualizada y oportuna. No quiero combatir los alzamientos, sino la subversión y ustedes dos me deberán entregar buenas cuentas al respecto.

—Despreocúpese usted, señor presidente —repusieron con sobriedad ambos altos funcionarios.

—Por otro lado —comentó otro Secretario de Estado—, las informaciones recientes llegadas de las empresas petroleras nos revelan no sólo la falta de refacciones para reparar los desperfectos de la maquinaria, sino la ausencia total de herramientas para poder practicar cualquier género de compostura. Los petroleros se llevaron las piezas claves en el bolsillo.

Múgica saltó:

—No nos alarmemos por eso. Los mexicanos siempre hemos sido extraordinarios remendones, por eso hemos logrado sobrevivir. De una lámina oxidada y semidestruida sacamos un arado y de unos calcetines rotos y desgastados, de lana, nuestras mujeres son capaces de obtener todavía una humilde chambrita. De modo que recordemos a nuestros trabajadores sus habilidades para no dejar caer en el vacío la más trascendental decisión tomada por Presidente de la República alguno en lo que va de este siglo.

Múgica deseaba impedir el acceso del pesimismo en la sala de juntas. Ningún obstáculo podría echar por tierra la divina realidad expropiatoria. Estaba dispuesto a defenderla por todos los medios y a cualquier precio.

Si no hay desarmadores, que los fabriquen y si falta una pieza más sofisticada, que recurran a la talacha, a nuestra talachita. Ésa es la mística de trabajo a adoptar si el señor presidente está de acuerdo. Éste es un momento de imaginación, de echar mano de lo mejor de lo nuestro, lo mejor de los mexicanos y de su sentido patriótico. Necesitamos el mismo espíritu de unión que requeriríamos en caso de producirse una invasión. Convenzamos a los trabajadores petroleros que el problema de la expropiación petrolera no es un problema del gobierno, es un problema que nos atañe a todos los mexicanos y sólo a nosotros deberemos el éxito o el fracaso de la medida. Una mujer mexicana, al borde de la miseria, es capaz de hacer rendir mágicamente la olla de frijoles para alimentar, no sólo a su familia, sino a los amigos de su familia y al batallón en campaña. Hoy más que nunca necesitamos de ese aliento tan nuestro en los pozos petroleros.

Múgica inyectaba un ánimo evidente en la reunión. Cárdenas observaba complacido la estrategia de su querido colaborador. Su admiración por él creció por instantes.

—Señor, algunos trabajadores ya nos hicieron saber que irán a la huelga si las empresas expropiadas ahora se niegan también a pagar los incrementos salariales ordenados por la Corte.

—Yo me ocuparé de ese punto —replicó el presidente—. El camino está a través de la CTM. Lombardo Toledano conoce cuáles botones tocar para subordinar a quienes no han entendido los alcances de la decisión. Vivimos un momento de esfuerzo y verdadera dedicación. No es hora de cortar la fruta del árbol, sino de sembrar la semilla. Las organizaciones obreras hicieron posible la expropiación. No podemos esperar traiciones del principal aliado de la Nación. Afortunadamente —pensó para sí— Lombardo cuenta con un control férreo sobre los sindicatos dependientes y él está a mi lado en términos absolutos.

En estos días, señores, se organizará una manifestación enorme, en donde obviamente participarán los trabajadores petroleros para demostrar la adhesión de todo el país a las políticas adoptadas por mi gobierno. Nadie, después de este acto multitudinario, dudará de nuestra fuerza y respaldo popular. Nadie pensará que estamos solos en la expropiación petrolera, ni mucho menos que se trató de una medida individualista. Todos los mexicanos resolvimos expropiar, todos los mexicanos nos sabremos enfrentar a las consecuencias de nuestras decisiones. De modo que los trabajadores petroleros esquiroles, bien pronto serán sometidos por su propia organización.

Por mi parte debo informar del creciente número de visitas recibidas en la Cancillería de los embajadores de Japón, Alemania e Italia.

Todos ellos interesados en adquirir nuestro petróleo a partir de que supieron que los Estados Unidos y Europa se abstendrán de comprar petróleo a México.

—¿Es una manera más de agredir a Inglaterra y a los Estados Unidos? —alguien preguntó.

—Desde luego que sí, pero, además, suponen la oportunidad de comprar combustible barato ante la imposibilidad mexicana de venderlo en otras plazas y ante nuestra necesidad económica de seguir haciendo frente a los gastos de la industria, aumentada además por una monstruosa indemnización a pagar por la expropiación.

—¿Quieren lucrar con nuestra necesidad?

—¿Conocen ustedes a un solo fascista que no sea traidor, hipócrita o embustero?

—No.

—Entonces debemos aceptar que conocen nuestras urgencias y buscan explotarlas. Necesitamos seguir vendiendo, porque lo contrario supone la quiebra del país y además necesitamos liquidar la indemnización lo más pronto posible para no quedar como delincuentes.

Enviaré una carta a Roosevelt —continuó el presidente—. En ella le haré saber el rechazo de mi gobierno a vender una sola gota de petróleo a las potencias del Eje. No nos identificamos con los fascistas. El petróleo mexicano no ayudará nunca a la causa hitleriana, salvo que la sobrevivencia del país me obligue a ello. ¿Qué haremos, le preguntaré, si necesitamos los ingresos del petróleo y se nos impone un bloqueo comercial perverso y se nos priva de toda posibilidad de pago de nuestras obligaciones?

Pagaremos, señores, y eso mismo le diré al Presidente de los Estados Unidos. México no desea quedarse con ningún bien ajeno, pero si una parte del mundo se niega a respetar su soberanía, no me quedará más remedio que defenderla a capa y espada por cualquier conducto.

Cárdenas hablaba con su acostumbrada cadencia. Deseaba dejar clara constancia de la inamovilidad de su decisión pero también de la gravedad de los riesgos a enfrentar. Disimulaba a la perfección sus emociones al extremo de desconcertar a su propio gabinete por la paz interior que reflejaba su conducta.

Roosevelt debe entender la buena disposición mexicana de hacer frente a sus compromisos, y que nos negamos a aceptar un complot generalizado en contra de nuestros intereses. México, antes de la asfixia financiera, traficará con los nazis y si eso llegara a suceder, deberán buscar a los culpables entre los petroleros y el Departamento de Estado, pero no acusar nunca a México por algo que ellos mismos provocaron. Eso debe quedar claro al presidente Roosevelt —concluyó Cárdenas, en una actitud contundente y definitiva.

—Yo desearía hacer alguna precisión —exclamó Múgica, quien jugaba con un lápiz al resbalar los dedos de la mano desde la goma hasta tocar el grafito y después repetir la operación con el lápiz invertido—. No subestimemos la capacidad de compra de nuestro mercado interior. Gran parte de la producción petrolera puede ser consumida en el mismo país y sólo buscaremos colocar el sobrante en el exterior, llámese como se llame. El boicot en nuestra contra es deshonesto, juguemos las mismas barajas que el enemigo. ¿O acaso nos esperaremos a ver abortar todo el proyecto económico nacional porque un grupo de delincuentes ha decidido interponerse en el camino de México? ¿Verdad que no? —preguntó con ímpetu convincente—, pues no vengamos ahora con pruritos políticos con quien carece del más elemental sentido de la ética, del respeto y de la dignidad. Ellos nos han declarado una guerra comercial en donde ha quedado a criterio de las partes beligerantes la selección de las armas. Recurramos a las que sean antes de que nos aplasten y tengamos que renunciar a lo verdaderamente nuestro.

El presidente Cárdenas, ciertamente conmovido, volteó a estudiar las caras de los miembros de su gabinete. Ya no esperaba ninguna réplica, había sentido contundentes los argumentos de su querido Secretario de Comunicaciones y consideró dar por concluido el periodo de audiencia. A partir de ese momento ejercería la autoridad presidencial.

—¿Y si nos solicitan un arbitraje internacional para dirimir la controversia petrolera?

—La soberanía de México es incuestionable —expuso terminantemente—. Nuestros tribunales tienen la última palabra en materia de administración de justicia y de interpretación de la Constitución. Ya nos propusieron la tesis del arbitraje y la rechacé. La rechazaremos permanentemente. Nunca negociaremos la suprema voluntad de México.

—Hemos escuchado también la posibilidad de una asociación con los petroleros para una explotación conjunta de nuestros yacimientos.

En efecto, así ha sido, señores. Yo no me niego a una asociación —aceptó con cierto aire conciliador—. Nos es útil por todos conceptos, pero ellos, los magnates de nuestro patrimonio, se han negado a aceptar nuestras condiciones.[360] Les ofrecí la realización de un avalúo y se negaron porque no les convenía que se hablara del valor aproximado de sus propiedades. Les ofrecí mi conformidad siempre y cuando el Estado mexicano gozara del control dentro del capital social de las empresas, aun cuando ellos llevaran a cabo la administración siempre bien vigilada por nosotros. Se negaron a concedernos el control y someterse a la vigilancia, para impedirnos conocer el importe real de sus utilidades y el monto de sus enormes defraudaciones impositivas. Les ofrecí asociarnos con ellos siempre y cuando se incluyera como acuerdo la sujeción a la Cláusula Calvo y se negaron a aceptar la competencia de nuestros tribunales para dirimir cualquier tipo de controversia. Siempre insistieron en la vigencia de la apelación diplomática, insostenible ya dentro de nuestro concepto de soberanía. Como ven, señores, hemos sido razonables, pero no así nuestros enemigos —agregó con el ánimo de exhibir su inocencia y su interés negociador.

Por lo mismo, insisto, los mexicanos debemos echar mano de nuestras reservas económicas, de las morales, de las materiales. Estamos poniendo a prueba la fortaleza de nuestras instituciones y nuestra madurez política. Si los mexicanos nos mantenemos unidos en este trance, ¿quién dudará de nuestra madurez y del aprendizaje que recibimos de la Revolución? Si salimos victoriosos, habremos conquistado nuestra dignidad;

de lo contrario, un grillete sujetará nuestro cuello por muchos años y muchas generaciones.

—¿Pero cómo cumpliremos con nuestras obligaciones si no hay capacidad de pago y se nos viene encima una parálisis nacional por falta de gasolina?

—Ya hablamos de las exportaciones para generar recursos económicos. Venderemos a quien nos compre todo lo que nos compre. Rentaremos buques-tanque y venderemos nuestro petróleo en los mercados no controlados o sea, si ustedes quieren, entraremos en el contrabando internacional del petróleo. Hay países que desean comprar sin que se conozca su identidad. Pues nosotros podemos vender sin que se conozca la nuestra.

Por lo que respecta a la gasolina, es bien probable que podamos empezar a producirla a corto plazo. Un técnico mexicano, después de un lamentable fracaso, ha logrado en apariencia encontrar la fórmula y todo parece indicar que bien pronto contaremos con el tetraetilo de plomo.

—Mandémosle una prueba a los laboratorios de la Standard Oil para preguntarles si eso era lo que no querían que tuviéramos, ¿o no? —sugirió sonriente Múgica.

El Secretario de Comercio, a su vez, hizo uso de la palabra y confirmó buena parte de lo hablado con datos que dejaron a todos los presentes con un sabor optimista.

El general Sánchez Tapia informó que el encargado de negocios alemán había ofrecido equipo petrolero alemán de primera a cambio de crudo mexicano; el italiano rayón, el japonés frijol, los suecos y los suizos maquinaria, el argentino trigo y los uruguayos arroz:

—Esto resuelve en buena parte nuestra angustiosa situación de divisas. No necesitaremos dólares para pagar nuestras importaciones, las pagaremos con petróleo. Nuestros propios clientes nos han sugerido la idea del trueque.

Múgica fue el primer entusiasta en acreditar el mérito al Secretario de Comercio.

—Ése es el camino, señores. Si tuviéramos que cambiar petróleo crudo por gasolina, valdría la pena, transitoriamente, el sacrificio. Ya tenemos equipo y refacciones. Quiero ver la cara del que se atreva a embargar el petróleo de un carguero alemán anclado en Hamburgo o en Okinawa o en Nápoles. Tenemos asegurados los alimentos y casi también la gasolina. ¡Ánimo, señores, ánimo!

Sin embargo, desde un punto de vista económico, pocas eran las esperanzas de contar con un optimismo fundado. El déficit presupuestal crecía abrumadoramente, el ritmo de inversión privada había disminuido en virtud de la política izquierdista del presidente Cárdenas; se había producido una fuga masiva de capitales y una caída sensible en la recaudación de impuestos al oro, a la plata y al petróleo.

Además se había advertido una clara disminución del volumen de exportaciones de esos recursos no renovables. El desempleo flagelaba la capacidad de compra de la familia mexicana en dolorosa combinación con un agresivo proceso inflacionario, tiro de gracia en los sectores depauperados del país.

Por lo que hacía a la inversión extranjera, ésta se había retraído evidentemente desde la salida del Caudillo. Los nuevos inversionistas buscaban un país con una atmósfera política más confiable y la ya radicada en el país había detenido su crecimiento en atenta observación a la suerte de sus colegas. El turismo internacional continuaba su peregrinaje hacia otras playas, menos bonitas, pero más tranquilas, a pesar de una devaluación del 39% del peso mexicano, que hacía más atractiva la visita al país del día sin nubes y arena de talco en sus costas.

Los esfuerzos de la administración cardenista para evitar un estallido social derivado de la crisis económica, ampliamente aprovechable por los enemigos del régimen, fueron inmensos y ciertamente fecundos, pero no menos desgarradores y tortuosos.

Sin embargo, faltaba un punto fundamental de análisis: La impresión personal de los acontecimientos por parte del presidente Franklin D. Roosevelt y el tradicional clan retardatario del Departamento de Estado.

Roosevelt era consciente del apoyo interno popular a las medidas del presidente Cárdenas. Lo veía fuerte y firmemente sentado en el Palacio Nacional mexicano. Además, por su parte, deseaba demostrar a los prepotentes petroleros americanos y a la inversión yanqui en general, la necesidad de iniciar una nueva etapa en la historia del sistema interamericano. ¡Qué mejor que aprovechar la experiencia mexicana para demostrar la validez y consistencia de sus ideas políticas!

—México tiene el derecho soberano a expropiar por las causas de utilidad pública establecidas en la ley, siempre y cuando indemnice oportuna y justamente a los afectados patrimonialmente.[361] El asunto petrolero mexicano está tan muerto como Julio César y por mi parte acepto la expropiación como un hecho irreversible —admitió serenamente Roosevelt.[362]

La respuesta en forma de ataque llegó inmediatamente a la Casa Blanca. Los periódicos no sólo etiquetaban a Cárdenas como el más grande ladrón del siglo XX, junto con Lenin, sino también a Roosevelt, a quien acusaban de no defender los intereses norteamericanos en el mundo. "¿Qué debemos esperar de un presidente que paralizado del cuerpo por una enfermedad, ahora parece tenerla también en la cabeza, pues contempla con inaudita tranquilidad e indiferencia claros atentados contra el patrimonio de los Estados Unidos, contra las reservas petroleras de los Estados Unidos, sin emitir el menor sonido ni adoptar el menor movimiento defensivo? ¿Qué clase de presidente tenemos que no intenta siquiera defender lo suyo?"

Pero Roosevelt tenía preocupaciones más graves que la expropiación petrolera mexicana. El delirio totalitario de Alemania, Italia y Japón constituía una amenaza directa contra la libertad del mundo, foco rojo de alarma constante en Norteamérica.

—El entendimiento totalitario tiende un cerco general en torno de las naciones libres; la democracia en Europa parece condenada al exterminio. La República Española sucumbe en los horrores de la Guerra Civil estimulada desde Berlín y Roma, que hacen de la Península campo experimental de sus nuevas armas y de sus terroríficas formaciones de asalto. Comienza a ponerse en duda que Inglaterra y Francia puedan solas hacerle frente al desbordamiento bélico fascista. El militarismo japonés despliega en Asia actos de constante agresión al iniciar las hostilidades contra China; la Italia de Mussolini invade Etiopía y Alemania que se había anexado Austria, desintegraba Checoslovaquia para anexarse los Sudestes.

Los Estados Unidos se mantendrán al margen de esta locura anexionista. "Como país civilizado no nos anexaremos un solo pedazo de tierra, ni invadiremos ninguna nación."

Cárdenas descansa y aplaude la medida.

Pero los petroleros norteamericanos no comparten la preocupación del Jefe de la Casa Blanca y ven en el conflicto mundial que se avecina, una extraordinaria oportunidad para hacer negocios, jugosos por cierto, bien jugosos.

Los trusts petroleros se aprovechan sin escándalo de los avances totalitarios: venden a los militaristas japoneses gasolina para su aviación y sus barcos; alimentan a la *Luftwaffe* y a las poderosas divisiones blindadas hitlerianas; abastecen los *fascio di combatimento*; mantienen atento el oído a las negociaciones, dudas y rumores que se originan en la Casa Blanca; vigilan sus intereses sin definirse, ni comprometerse, pero si condenan, públicamente a México al intentar vender una gota de aceite a los alemanes y llaman a Cárdenas amigo incondicional del Tercer Reich, enemigo de las democracias y de los Estados Unidos. El Jefe de la Casa Blanca manda llamar a su ex jefe cuando Daniels fuera Secretario de Marina y Roosevelt su subsecretario.

—Yo soy en México un auténtico representante del "New Deal" —decía el diplomático a Roosevelt y a Cordel Hull en el Salón Oval de la Casa Blanca—, y he defendido con insistencia un nuevo concepto de capitalismo con un sentido de respeto a las naciones radicalmente opuestas al vigente en este país en los gobiernos anteriores. Me he sujetado siempre a la política y he propuesto abiertamente compartir la riqueza en general, la del subsuelo en particular, en beneficio del poder de compra de las mayorías. Si hay una mayor oferta de dinero en el país, se generará un mayor poder adquisitivo y se elevará sustancialmente el nivel de vida de los mexicanos. Pero si sólo hay un grupo que acapara toda la riqueza, sólo ese grupo gozará de sus beneficios.

Cordelio Hull no hablaba. Tampoco sonreía. Roosevelt escuchaba con simpatía y suma atención.

—La buena vecindad, sobre todo en estos momentos debe estar por encima de los intereses petroleros. La expropiación no debe derivar por ningún concepto en una invasión, ni en una intervención armada. Constituye la prueba de fuego de la solidaridad latinoamericana y la prueba de fuego de la validez de la política del Nuevo Trato en el mundo. Si nos anexamos México a modo de indemnización, como alguien ha sugerido, nadie creerá, en esta nueva política norteamericana y nos habremos asimilado a los totalitaristas. Seremos iguales a ellos y nos desacreditaremos en todo el planeta.

—Yo propongo, Franklin, que no pongamos a Cárdenas contra la pared, porque lo único que sacaremos de ello será un hombre más inflexible y fanatizado. Él sólo trata de que su pueblo tenga una mejor proporción en la explotación de su patrimonio territorial. Por otro lado, veo totalmente inconveniente romper las relaciones con México y bloquearlo económicamente, porque todo lo que lograremos será arrojarlo en los brazos de Hitler y de Mussolini. Ya sabemos que Alemania aplaudió la expropiación aun cuando no coincide con ese tipo de políticas y que Japón de inmediato propuso la construcción de un oleoducto del Golfo de México a Salina Cruz, Oaxaca, para abastecer toda su flota en el Océano Pacífico.[363]

Seamos prudentes —terminó Daniels—, los petroleros deberían haber pagado los seis millones de pesos; ésa ya era una cantidad insignificante que hubiera evitado todo el conflicto. Pero fueron intransigentes, Franklin, altaneros, groseros y muy confiados en que la Casa Blanca respaldaría, como siempre, su conducta. ¡Y se equivocaron! Siempre les sugerí apartarse de las viejas prácticas imperialistas y no me escucharon.

—Bueno, señor embajador —repuso Hull—, creo entender de sus argumentos la necesidad de apartarnos de los extremos y tan extremo es invadir, como lo es abandonar a su suerte a los petroleros.

Roosevelt no parpadeaba.

—En efecto —repuso el diplomático.

—Yo por mi parte sí sugeriría la adopción de ciertas medidas para hacer escarmentar a Cárdenas y su gobierno y desde luego sugerir, a través de ellas, la inconveniencia de continuar con ese tipo de prácticas comunistas.

Es preciso recomendar a los países latinoamericanos y algunos europeos, que se abstengan de comprar petróleo mexicano para señalar, por lo menos de esa forma, nuestra inconformidad contra la medida, sobre todo porque no hubo, ni habrá una previa indemnización a los petroleros por sus instalaciones en México y por sus yacimientos.

Costa Rica estaba comprando petróleo mexicano a precios mucho más bajos de lo que nosotros se lo vendíamos desde aquí en los Estados Unidos.[364] Costa Rica ya sabe ahora que le reduciremos sustancialmente su cuota de importación de azúcar, si insiste en hacernos la competencia y comprarle a quien no nos ha pagado, señor presidente.

Daniels compartía en el fondo las ideas de Hull, pero temía vivamente las sanciones que propondría para llamar la atención del mundo en relación al gran reo mexicano.

Daniels sólo escuchaba.

Argentina también compraba petróleo mexicano y todo lo que le dijimos fue que si compraba una sola gota más, nosotros también le venderíamos trigo a Brasil más barato que el de ellos y podrían guardar el argentino en sus bodegas a esperar nuevas oportunidades para sus granos.

Y eso mismo hicimos en otros casos, como el de Japón. No queremos que México compita con nosotros en la venta de petróleo a Oriente.

Además, no nos interesa una potencia del Eje amiga íntima de México aquí al Sur del Río Bravo y, sobre todo, nos interesa seguir ejerciendo presión sobre México para que paguen o devuelvan sus bienes a nuestros inversionistas. Por otro lado le negamos a Petróleos Mexicanos la autorización para construir sus depósitos y bodegas en Nueva York. ¡Faltaba más!

Hull sabía de las tendencias liberales de Daniels y de sus ligas amistosas con el presidente. De ahí que aprovechara la ocasión para ubicar a su embajador con cierta energía en el terreno de la realidad, su realidad.

Presionamos también al Departamento de Comercio para que la gasolina importada por México no goce de ninguna reducción fiscal y pague el 100% de la tarifa y al Departamento del Tesoro en dos diferentes vías: Una, reducir drásticamente las compras de plata en México, se afecte o no a nuestros mineros. Antes está el interés nacional. Y otra, pedimos la cancelación de créditos a México por parte del Eximbank para importar maquinaria propia para ingenios, fundiciones y oleoductos.

—Yo sugeriría, señor Secretario —admitió Daniels—, la inconveniencia de arrinconar a Cárdenas. Sólo lo haríamos más inflexible.

Dicho esto, esperó la respuesta tonante de Hull. Sabía que al mostrarse terco y negar sus razonamientos frente a Roosevelt produciría un rompimiento inevitable entre ellos. A pesar de todo ello, insistió en su posición.

—Probablemente sugiere usted que nos quedemos de brazos cruzados mientras se priva a los nuestros de su patrimonio y ni siquiera se les paga indemnización tal y como establecen las mismas leyes mexicanas. Piense usted en la Constitución Mexicana y no se atenga sólo a la Ley de Expropiaciones —contestó Hull con acrimonia.

—De cualquier forma, mientras más presionemos, menos posibilidades tendremos de cobrar, porque estamos privando a México de la única forma de hacerse de ingresos para liquidarnos.

—Eso no es exacto, señor embajador. Cuando han tenido dinero tampoco nos han pagado. ¿Usted ha sabido de un solo centavo que haya ingresado en la Tesorería norteamericana por concepto de reclamaciones de guerra durante la Revolución? ¿No, verdad? Destruyeron todo lo nuestro y nunca nos indemnizaron.

Roosevelt se mantenía al margen sin perder detalle. Daniels había adelantado la actitud agresiva de su jefe directo.

Después comenzaron con otra política expropiatoria. Ahora la agraria y no han pagado nada que, digamos, deje lavado el honor mexicano. La indemnización por expropiaciones agrarias está tan atrasada como la cultura, la educación y la dignidad de México.

Y ahora, finalmente, confiscan la industria petrolera, no nos pagan, no sabemos cuando lo harán o si lo harán y usted sugiere que no arrinconemos a quien daña impunemente nuestro patrimonio y no se preocupa siquiera por reparar el daño.

—Bueno, bueno, señores —interrumpió el presidente, claramente interesado en concluir la discusión entre sus colaboradores—, he escuchado bastante y espero una llamada de Chamberlain para discutir un asunto más agudo que éste. Quiero decir lo siguiente: me interesa, por sobre todo argumento, la unidad hemisférica para impedir cualquier género de infiltraciones fascistas. Debemos contrarrestar en toda América los medios de influencia alemanes y asegurarnos el no abastecimiento de submarinos alemanes en México. Eso sí no lo toleraría por ningún concepto y en honor a la verdad, el presidente Cárdenas me ha manifestado por escrito su repudio a la ideología nacionalsocialista, pero alega, al mismo tiempo, que la voracidad de los petroleros lo orilla a tomar medidas totalmente divorciadas de su verdadera voluntad política. Cárdenas, tengo la impresión, no está mintiendo y parcialmente le asiste la razón. Si vende petróleo a los nazis será por absoluta necesidad. Para evitarlo y para dejarlo entrar en el mercado, tiene razón el señor Hull, debe indemnizar de inmediato a los inversionistas afectados, para lo cual nosotros mismos debemos buscar la forma de ayudarlo.

El Secretario de Estado sintió como una sonora bofetada en plena faz. Un buen rato permaneció sordo por el efecto, pero Roosevelt continuó:

No permitiré ninguna revuelta en México,* ni toleraré que el capital norteamericano vuelva a financiar la subversión en México, ni en ninguna otra parte. Si se desestabiliza el gobierno de Cárdenas, automá-

---

* En abril de 1938, Daniels señaló a Hull la necesidad de hacer comprender a los petroleros que su negativa a entablar negociaciones con Cárdenas no favorecería ni sus intereses ni los de Estados Unidos. La expropiación era un hecho consumado y no se daría un paso atrás, excepto si los petroleros fomentaban una revolución. Según Daniels, Roosevelt tuvo una entrevista con los representantes de las compañías en junio, ocasión en la cual les manifestó que: a) debían aceptar el derecho de México a expropiar; b) debían negociar con el gobierno mexicano

ticamente se abre una deliciosa oportunidad para los fascistas de intervenir en México. Nada menos que en nuestra frontera. Es inadmisible su presencia en América, pero todavía lo es más si los tenemos a un lado, al sur del Río Bravo, allí inmediatamente.

Ambos funcionarios escuchaban atentos cada palabra pronunciada por el Jefe de la Casa Blanca. Uno, desde luego, enfurecido, el otro, agradecido por la inmensa oportunidad de reconciliación con México.

Los intereses americanos sí se verían seriamente amenazados con la ingerencia nazi en los asuntos mexicanos. Eso sí es un peligro para nuestro país, para nuestra democracia y para nuestra nación. El sueño americano anhelado podría estrellarse contra un muro. Nosotros no nos enfrascaremos en una guerra contra México por culpa de los petroleros o, mejor dicho, para defender su patrimonio. ¡Qué más quisiera Hitler, que nosotros invadiéramos México y mandáramos media Marina a las costas mexicanas! No caeremos en el juego nazi y por lo mismo protegeré al gobierno de Cárdenas hasta sus últimas consecuencias. Nadie duda de la fuerza popular de ese hombre. Es un auténtico líder en su país. Su gente lo seguirá y lo seguirá en el sentido afortunadamente deseado por los Estados Unidos en contra de la dictadura totalitaria. Él representa la mejor garantía de que Hitler no tendrá cabida dentro de la política mexicana y, como ustedes aceptarán, yo no me voy a picar un ojo atacando a quien también defiende mi punto de vista en estos momentos de peligrosísima convulsión mundial.

Les haremos saber a los petroleros que socavar al gobierno de Cárdenas y hacerle el juego a los nazis es atentar contra la propia integridad de los Estados Unidos. No permitiremos infiltraciones alemanas en México y Cárdenas es la mayor y mejor garantía de este elevado propósito norteamericano.

Alemania compró petróleo mexicano, compró todo el que pudo para saturar ingentemente sus reservas. En algunos casos lo hizo a través de empresas americanas que adquirían el petróleo mexicano a precios bajos y lo revendían a los de mercado.

Cárdenas advirtió, en la misma codicia de los petroleros norteamericanos, la solución del conflicto expropiatorio. Intentó romper el frente estructurado por ellos mismos. Ya lo había intentado con El Águila, infructuosamente, antes de la expropiación. La asociación anglo-mexicana fracasó porque los ingleses tuvieron temor de ocasionar un conflicto peor

y la forma de pago de la indemnización; c) no permitiría ninguna revuelta en México. JDP, caja 750, Daniels a Hull 2 y 9 de abril y 24 de junio de 1938. Lorenzo Meyer, *México y los Estados Unidos en el conflicto petrolero,* nota 186, El Colegio de México, pág. 395.

aún de carácter internacional, como el ocurrido en la época de Victoriano Huerta, si traicionaban la causa y se aliaban a Cárdenas.

Ahora, el Presidente de la República no podía recurrir a esa opción. Había roto relaciones diplomáticas con los ingleses por el envío de una nota grosera y ya no podían ser tomados en consideración para una probable negociación. Se había cerrado esa puerta. Sin embargo, cuando supo que Sinclair, ya nuevamente en libertad, había roto el frente cuando discutió con Stalin en Rusia los términos de la indemnización de sus empresas, también expropiadas por el Estado, entendió que la posibilidad se abría por ese conducto. Lo invitó a negociar.

En las negociaciones mexicanas Sinclair aceptó una indemnización de trece millones de dólares, pagaderos: ocho en efectivo y cinco en barriles de petróleo a bajo precio.[365]

Todos los colegas petroleros de Sinclair enfurecen y le vuelven a llamar traidor, además de recordarle su experiencia carcelaria y su formación como delincuente nato.

Cárdenas hizo la debida publicidad: el 40% de la inversión norteamericana ha sido debidamente indemnizada. Sinclair significaba el 15% de la inversión total extranjera. Al pagar, México demostraba su interés en cumplir con su palabra.

En las tradicionales reuniones en las oficinas de la Standard Oil en México, empiezan a aparecer vacantes algunas sillas. Washington precipita la negociación porque el conflicto europeo requiere de la instalación de puertos y pistas en territorio mexicano y Cárdenas no lo autoriza, mientras no se normalicen las relaciones entre los dos países.

Múgica y Cárdenas se abrazan. Se va cerrando un nuevo capítulo de la Historia de México.

La Guerra Mundial, en este caso la segunda, viene a ayudar enormemente a la consumación de los mejores propósitos revolucionarios.

Alemania bombardea Polonia sin ningún género de piedad. Inglaterra y Francia declaran de inmediato la guerra a Alemania. Revienta en mil pedazos Europa y el conflicto demanda el abastecimiento creciente de petróleo. La Standard Oil compra combustible mexicano clandestinamente a través de una subsidiaria, por veinte millones de dólares. Después alegará que aún así esperará el cambio de gobierno en México para negociar su indemnización. Todavía tiene esperanzas en la devolución de sus intereses. El consumo petrolero se dispara al infinito. Alemania invade Dinamarca y Noruega, aun con los pactos de no agresión. Roosevelt convoca a un *good neighbor agreement*.

Los petroleros habían solicitado una indemnización de quinientos millones de dólares que el mismo Departamento de Estado siente desproporcionada y totalmente fuera de lugar. Lanza, a su vez, una declaración definitiva, aplastante, contundente: acepta como pago la cantidad de cuarenta millones de dólares ofrecida por México. Sinclair sonríe. Había ganado. Los petroleros no tienen puerta de salida. El propio go-

Finalmente, alguien había degollado al pavoroso monstruo. Las herramientas políticas usadas por Cárdenas, como la monopolización de la fuerza obrera, había sido especialmente útil para lograr sus propósitos nacionalistas; ese recurso fue imprescindible para ese caso de emergencia nacional. La enajenación de la autonomía jurídica de la Suprema Corte de Justicia de la Nación también jugó un papel determinante en el éxito de la arriesgada empresa. El silencio del Congreso Federal o su apoyo incondicional no obstaculizaron la titánica tarea. El Presidente de la República materializó uno de los grandes ideales políticos de la revolución, especialmente útil en el diseño y en el lanzamiento de la política económica mexicana de corto y largo plazo. ¡Qué agradecimiento le tendría el país entero a Cárdenas por haberle librado para siempre de esas insaciables sanguijuelas que parecían ser eternas!

¿Pero los sucesores políticos de Lázaro Cárdenas, los herederos del gran poder mexicano, entendieron que las armas políticas usadas por él, necesaria e inteligentemente para el éxito de la causa, como la tremenda concentración de poder en una sola persona, sólo debería utilizarse en casos de emergencia y nunca como un sistema de vida? ¿Se entendió que la desaparición de la vida institucional de México, la desaparición de los tres poderes federales, fundidos ahora en uno solo, la derogación de esas garantías políticas, sólo era aconsejable en un trance de esa magnitud, es decir para casos concretos en donde la soberanía nacional se encontrara en juego?

Mientras tanto, Martinillo, el azote de Calles, terminaba otro de sus artículos periodísticos, ahora ya rescatado nuevamente del clandestinaje:

Finalmente los corruptos norteamericanos, que de cada tres palabras pronunciadas una es dólar, se estrellaron frente a un indio recio, de ésos que nunca conocieron ni imaginaron, uno de ésos que nacen cada siglo, el que nos tocó vivir a nosotros: Lázaro Cárdenas.

San Ángel, México
Invierno de 1985

Notas

1. Carleton Beals, *Porfirio Díaz*, Editorial Domés, p. 105.
2. *Ibid.*, p. 167.
3. *Ibid.*, p.112.
4. Friedrich Katz, *La guerra secreta en México*, Tomo I, Ediciones Era, p. 40.
5. Antonio Rodríguez, *El rescate del petróleo*, Ediciones El Caballito, p. 22.
6. *Ibid.*, p. 45.
7. *Ibid.*, p.46.
8. Bruno Traven, *La rosa blanca*, Ediciones Aguilar.
9. Ralph Roeder, *Hacia el México moderno*, Vol. II, Fondo de Cultura Económica, p. 364.
10. Teodoro Roosevelt llamaba "malhechores de la gran riqueza" a los altos funcionarios de los grandes trusts. Ver Morrison, Commager y Leuchtemburg, *Breve historia de los Estados Unidos*, Fondo de Cultura Económica, México, 1980, p. 631.
11. Friedrich Katz, *op. cit.*, Vol. I, p. 40.
12. Ralph Roeder, *op. cit.*, Vol. II, p. 368.
13. *Pearson's Magazine*, 1908.
14. *Pearson's Magazine*, 1908.
15. Lorenzo Meyer, *México y los Estados Unidos en el conflicto petrolero*, El Colegio de México, p. 53.
16. Daniel Cosío Villegas, *Historia moderna de México: El Porfiriato, vida política exterior*, Segunda Parte, Editorial Hermes, 1963.
17. Gobierno de México, *El petróleo de México*, México, pp. 12-13.
18. Lorenzo Meyer, *op. cit.*, p. 48.
19. *Ibid.*, p. 54.
20. *Ibid.*, p. 54.
21. Ralph Roeder, *op. cit.*, p. 327.
22. *Ibid.*, p. 327.
23. Gabriel Antonio Méndez, *McDoheny el cruel*, p. 54.
24. *Ibid.*, p. 55.
25. Antonio Rodríguez, *El rescate del petróleo*, p. 23, Ediciones El Caballito, México, 1975.
26. Raymond W. Goldsmith, *The finantial development of Mexico*, Organization for Economic Cooperation of Development, París, 1966, p. 73.
Charles Cumberland, *Mexico. The struggle for modernity*, Oxford University Press, New York, 1968, p. 233, citado por Lorenzo Meyer en *México y los Estados Unidos en el conflicto petrolero*, p. 44.

27. Carleton Beals, *op. cit.*, p. 373.

28. El 16 de octubre de 1908 se llevó a cabo, efectivamente, la famosa entrevista Díaz-Taft.

29. Carleton Beals, *op. cit.*, p. 443.

30. Daniel Cosío Villegas, *op. cit.*, Vol. 7, Primera parte, pp. 629-733, Segunda parte, pp. 298-320.

31. Friedrich Katz, *op. cit.*, p. 51.

32. José Fuentes Mares, *Biografía de una nación*, Editorial Océano, México, p. 231.

33. *Ibid.*, p. 232.

34. William Weber Johnson, *México Heroico*, Editorial Plaza y Janés, México, p. 25.

35. *Ibid.*, p. 19.

36. Carleton Beals, *op. cit.*, p. 413.

37. William Weber Johnson, *op. cit.*, p. 19.

38. Fernando Benítez, *Lázaro Cárdenas y la Revolución Mexicana. I. El Porfirismo*, p. 56.

39. Ralph Roeder, *op. cit.*, pp. 279-280.

40. Carleton Beals, *op. cit.*, p. 363.

41. *New York Times*, editorial del corresponsal en Washington, citado por Ralph Roeder, *op. cit.*, p. 361.

42. Moisés González Navarro, *Estadísticas sociales del Porfiriato 1887-1910*, Dirección General de Estadística, México, 1956, pp. 40-41 y 217-219.

43. *Ibid.*, p. 326.

44. Friedrich Katz, *op. cit.*, p. 35.

45. El representante diplomático de México en Washington, Manuel de Zamacona, escribió confidencialmente a Díaz que si no entraban los rieles norteamericanos en México, entrarían las bayonetas. Ralph Roeder, *op. cit.*, p. 327.

46 José Fuentes Mares, *Biografía de una nación*, p. 231.

47. William Weber Johnson, *op. cit.*, p. 65.

48. Anita Brenner, *The wind that sept Mexico. The history of the mexican revolution, 1910-1942*, Harper and Brothers, 1943.

49. Peter Calvert, *La revolución mexicana, 1910-1914*, Ediciones El Caballito, México, p. 9.

50, Friedrich Katz, *op. cit.*, p. 68.

51. Daniel Cosío Villegas, *op. cit.*, pp. 404-409.

52. Lorenzo Meyer, *op. cit.*, p. 54.

53. Daniel Cosío Villegas, *op. cit.*, pp. 404-409.

54. Friedrich Katz, *op. cit.*, p. 113.

55. M. S. Alperovich y B. T. Rudenko, *La Revolución Mexicana de 1910-1917*, Ediciones de Cultura Popular, México, p. 88.

56. Fernando Benítez, *op. cit.*, p. 113.

57. M. S. Alperovich y B. T. Rudenko, *op. cit.*, p. 89.

58. Carleton Beals, *op. cit.*, p. 484.

59. Charles C. Cumberland, *Mexican revolution. Genesis under Madero*, University of Texas Press, Austin and London, 1974, p. 151.

60. F. Katz, *op. cit.*, p. 39.

61. *Ibid.*, p. 67.

62. Lorenzo Meyer, *op, cit.*, p. 20.

63. *Mexican Herald*, 18 de noviembre de 1911.

64. Lorenzo Meyer, *op. cit.*, p. 64.

65. Secretaría de Industria, Comercio y Trabajo, *Legislación Petrolera, 1783-1921*, México.

66. Mexican Petroleum Co. y Huasteca Petroleum Co., *Los Impuestos sobre la industria del petróleo*, 1912.

67. Lorenzo Meyer, *op. cit.*, p. 62.

68. J. Reuben Clark Jr., *The oil settlement with Mexico, foreign affairs*, Vol. VI, No.4 (July 1928), p. 600.

69. Wilson to State Department, August 28, 1912, FR, 1912, pp. 828-832, tomado de Charles Cumberland, *op. cit.*, p. 201.

70. *Copias*, nota 4 del Cap. 3 del Vol. I de Katz. Además, cita al final p. 117.

71. M. S. Alperovich y B. T. Rudenko, *op. cit.*, p. 71.

72. Manuel Bonilla Jr., *El régimen maderista*, Biblioteca de Historia Mexicana, Editorial Arana, México, 1962, p. 144. Respecto al financiamiento del levantamiento orozquista, ver F. Katz, *op. cit.*, p. 181.

73. Peter Calvert, *op. cit.*, p. 92.

74. *Fuentes para la historia de la Revolución Mexicana*, Fondo de Cultura Económica, 1974, p. 99.

75. F. Katz, *op. cit.*, p. 69.

76. Ver *Papers relating to the foreign relations of the United States, 1912*, pp. 826-827; Alperovich y Rudenko, *op. cit.*, p. 123. Además, véase Berta Ulloa, *La Revolución intervenida*, El Colegio de México, 1971, p. 45.

77. *Papers relating to the foreign relations of the United States, 1912*, p. 82. Ver también Berta Ulloa, *op. cit.*, p. 62.

78. F. Katz, *op. cit.*, p. 117.

79. *Ibid.*, p. 117.

80. *Ibid.*, p. 69.

81. *Papers of Leonard Wood*, Biblioteca del Congreso, Washington, D.C., Caja 60, Brooks a Wood, 4 de enero de 1912. Ver F. Katz, *op. cit.*, p. 377.

82. Manuel Bonilla Jr., *El régimen maderista*, Biblioteca de Historia Mexicana, Editorial Arana, México, 1962, p. 81.

83. F. Katz, *op. cit.*, p. 70.

84. Kenneth Grieb, *The United States and Huerta*, Nebraska University Press, pp. 36 y 55.

85. Peter Calvert, *op. cit.*, p. 149.

86. F. Katz, *op.cit.*, p.117.

87. Manuel Márquez Sterling, *Los últimos días del presidente Madero*, Porrúa, México, 1975, p. 183.

88. *Ibid.*, p. 229.

89. *Ibid.*, p. 256.

90. R. H. Murray, *Huerta y los dos Wilson*. Ver Márquez Sterling, *op. cit.*, p.257.

91. Lorenzo Meyer, *op. cit.*, p. 66.

92. Berta Ulloa, *op. cit.*, p. 103.

93. Jorge Vera Estañol, *Historia de la Revolución Mexicana*, Editorial Porrúa, México, 1976, p. 288.

94. Lorenzo Meyer, *op. cit.*, p. 80.

95. Arthur S. Link, *Woodrow Wilson and the progressive era, 1910-1917*, Harper and Row, New York, 1963, p. 109.

96. Henry Lane Wilson al Departamento de Estado, febrero 11 y 14 de 1913. Véase Charles Cumberland, *op. cit.*, p. 236.

97. Michael C. Meyer, *Huerta, a political portrait*, Nebraska University Press, 1972, p. 110.

98. Kenneth Grieb, *The United States and Huerta*, Nebraska University Press, p. 36. Este autor trata con detalle las comunicaciones Wilson-Knox.

99. Michael Meyer, *The life of Woodrow Wilson*, p. 187.

100. Jesús Silva Herzog, *Breve Historia de la Revolución Mexicana*, Vol. 2, p. 24.

101. F. Katz, *op. cit.*, p. 143.

102. Michael Meyer, *op. cit.*, p. 92.

103. Charles C. Cumberland, *La Revolución Mexicana*, Fondo de Cultura Económica, México, 1980, pp. 26-28.

104. Para una descripción detallada de los pasos seguidos en el reconocimiento británico del régimen de Huerta, véase Peter Calvert, *The Mexican Revolution*, pp. 56-66.

105. Archivo del Departamento de Estado, Washington, D. C. 812, 6363/27, O'Shaughnessy a Knox, *Diario Oficial*, 16 de mayo de 1906.

106. Spender, *Weetman Pearson*, p. 156.

107. Alperovich y Rudenko, *op. cit.*, p. 70.

108. Charles Cumberland, *op. cit.*, p. 91.

109. Lorenzo Meyer, *op. cit.*, p. 73.

110. Michael Meyer, *op. cit.*, p. 113.

111. Ray Stannard Baker, *Woodrow Wilson, live and letters*, 4 Vols., Londres, 1931, Vol. 4.

112. Michael Meyer, *op. cit.*, p. 115.

113. Lorenzo Meyer, *op. cit.*, p. 53.

114. Michael Meyer, *op. cit.*, p. 135.

115. Charles Cumberland, *La Revolución Mexicana. Los años constitucionalistas*, Fondo de Cultura Económica, México, 1980, p. 75.

116. Michael Meyer, *op. cit.*, p. 139.

117. *Ibid.*, p. 139.

118. George M. Stephenson, *John Lind of Minnesota*, University of Minnesota Press, Minneapolis, 1935, pp. 216-217.

119. Manuel Márquez Sterling, *op. cit.*, p. 351.

120. Lorenzo Meyer, *op. cit.*, p. 80.

121. F. Katz, *op. cit.*, pp. 159 y 160.

122. *Ibid.*, p. 160.

123. Michael Meyer, *op. cit.*, p. 186. Ver también Jan Bazant, *Historia de la deuda exterior de México*, El Colegio de México, México, 1981, p. 179.

124. Lorenzo Meyer, *op. cit.*, p. 73.

125. Peter Calvert, *op. cit.*, p. 173 y Michael Meyer, *op. cit.*, p. 172.

126. Memorias de García Naranjo. Ver Michael Meyer, *op. cit.*, p. 172.

127. F. Katz, *op. cit.*, p. 200.

128. *Ibid.*, p. 201.

129. Michael Meyer, *op. cit.*, p. 139.

130. William Weber Johnson, *op. cit.*, p. 161.

131. Michael Meyer, *op. cit.*, p. 138.

132. F. Katz, *op. cit.*, p. 210.

133. Burton J. Hendrick, *The life and letters of Walter H. Page*, Vol. I, Nueva York, 1923, p. 206.

134. F. Katz, *op. cit.*, p. 210.

135. Berta Ulloa, *La Revolución intervenida*, p. 127; F. Katz, *op. cit.*, p. 197.

136. Berta Ulloa, op. cit., p. 127 y Michael Meyer, *op. cit.*, p. 147.

137. *Arthur S. Link and the progressive era*, New York, 1954, p. 108.

138. Charles Cumberland, *op. cit.*, p. 102.

139. J. B. Duroselle, *Política exterior de los Estados Unidos 1913-1945*, Fondo de Cultura Económica, 1965, pp. 72 y 139.

140. Jorge Vera Estañol, *Historia de la Revolución Mexicana*, 3a. edición, México, 1976, p. 335.

141. Arthur S. Link, *op. cit.*, pp. 112 y 114.

142. Archivo de la Legación Alemana en México. Folder 10, Huerta a Holste, 22 de enero de 1914. Ver F. Katz, *op. cit.*, Vol. I, p. 189.

143. F. Katz, *op. cit.*, p. 210.

144. *Ibid.*, p. 201.

145. A. Spender, Weetman, Pearson, *First Viscount Cowdray*, Londres, 1930, p. 210.

146. Cónsul de Tampico al Ministerio alemán de Relaciones Exteriores, 2 de junio de 1915, citado por F. Katz, *op. cit.*, p. 208.

147. Burton J. Hendrick, *op. cit.*, Vol. I, p. 209.

148. Michael Meyer, *op. cit.*, p. 183.

149. Edgar Furlington, *Mexico and her foreign creditors*, Nueva York, 1930, p.258.

150. F. Katz, *op. cit.*, p. 225.

151. Jan Bazant, *op. cit.*, p. 178.

152. F. Katz, *op. cit.*, p. 222.

153. B. J. Hendrick, *op. cit.*, Vol. I, p. 203.

154. Michael Meyer, *op. cit.*, p. 188.

155. Kenneth Grieb, *The United States and Huerta*, Nebraska University Press, p. 140.

156. F. Katz, *op. cit.*, pp. 163-164.

157. A. S. Ling, *op. cit.*, p. 121, citado por F. Katz, *op. cit.*, p. 214.

158. Lorenzo Meyer, *op. cit.*, p. 21.

159. *Ibid.*, p. 21.

160. Jesús Silva Herzog, *op. cit.*, Vol. II, pp. 70-71.

161. Isidro Fabela, *Documentos Históricos de la Revolución Mexicana*, Vol. 2, p. 354.

162. Kenneth Grieb, *op. cit.*, p. 151.

163. *Ibid.*, p.157.

164. Fernando Benítez, *op. cit.*, p. 210.

165. Michael Meyer, *op. cit.*, p. 217.

166. El alcance de la implicación alemana y el papel que tuvieron varios funcionarios, lo trata Meyer en su *La conspiración México-alemana de 1915*, pp. 83-85; Rausch en su *Exilio y muerte de Victoriano Huerta*, pp. 136-137 y Friedrich Katz en su *Alemania, Díaz y la Revolución Mexicana: La política alemana en México, 1870-1920* (Berlin: Veb Deutscher Verlag der Wissenochaften, 1964), pp. 339-349. Una evaluación, bastante cautelosa, pero concebida cuidadosamente se puede ver en el libro de Grieb, *Los Estados Unidos y Huerta*, pp. 183-186. La evidencia me indica que Huerta discutió el movimiento México-americano-exilio en la frontera, con sus protectores alemanes. Las líneas progresivas del famoso telegrama Zimmerman parecen empezar con la declaración de noviembre hasta llegar al Plan de San Diego. La idea de regresar las tierras perdidas durante la guerra mexicana en una mínima parte se encontraba en la idea del exilio México-americano que los alemanes, subsecuentemente, se apropiaron. Un reciente artículo de Allen Gerlach corrobora estas conclusiones, aunque Gerlach no conocía el documento de Álvarez Tostado de 1914. Ver su libro *Condiciones a lo largo de la frontera: El Plan de San Diego*, New Mexico Historical Review 43 (julio de 1968), pp. 195-212; Michael C. Meyer, *Huerta. Un Retrato Político*, Ed. UNP, p. 217.

167. Isidro Fabela, *Historia Diplomática de la Revolución Mexicana*, 2 Vols., Fondo de Cultura Económica, México, Vol. I, p. 244.

168. A. S. Link, *op. cit.*, p. 121.

169. *Ibid.*, pp. 127-128.

170. F. Katz, *op. cit.*, Vol. I, p. 231.

171. *New York Herald*, 18 de junio de 1918. Véase F. Katz, *op. cit.*, Vol. I, p. 195.

172. A. S. Link, *op. cit.*, pp. 124-125.

173. Lorenzo Meyer, *op. cit.*, p. 94.

174. J. Reuben Clark Jr., *The oil settlement with Mexico, foreign affairs*, Vol. VI, No. 4, julio 1928, p. 600. Citado por Lorenzo Meyer, *op. cit.*, p. 95.

175. Lorenzo Meyer, *op. cit.*, p. 93.

176. F. Katz, *op. cit.*, Vol. II, p. 175.

177. A. S. Link, *op. cit.*, p. 131.

178. F. Katz, *op. cit.*, p. 361.

179. Charles C. Cumberland, *Los años constitucionalistas*, Fondo de Cultura Económica, México, 1980, p. 231.

180. Álvaro Obregón a Venustiano Carranza, en Córdoba. Véase Berta Ulloa, *Historia de la Revolución Mexicana 1914-1917. La Revolución escindida*, El Colegio de México, México, 1981, p. 26.

181. A. S. Link, *op. cit.*, p. 134.

182. *Ibid.*, Vol. II, p. 163.

183. F. Katz, *op. cit.*, Vol. II, p. 200.

184. *Ibid.*, p. 397.

185. Joseph P. Tumulty, *Woodrow Wilson as I knew him*, NewYork, 1921, p. 159.

186. *México en la Primera Guerra Mundial*, El Colegio de México.

187. Ray Slannard Baker, *Woodrow Wilson, life and letters*, Charles Scribner's Sons, 1946, p. 71. Citado por Lorenzo Meyer, *op. cit.*, p. 105.

188. F. Katz, *op. cit.*, p. 172.

189. *Vida Nueva*, Chihuahua, 21 de noviembre de 1915. Los historiadores norteamericanos han hecho caso omiso de este manifiesto. Francisco Almada lo

imprimió en el apéndice de *La Revolución en el Estado de Chihuahua*, Vol. II, p. 382. Véase F. Katz, *op. cit.*, Vol. I, p. 344.

190 Lorenzo Meyer, *op. cit.*, p. 93.

191. *Ibid.*, p. 110.

192. *Ibid.*, p. 115.

193. *Ibid.*, pp. 116-117.

194. Archivo del Departamento de Estado, 812.6363/411, Requa a Polk.

195. Carranza a Aguirre Berlanga, AGN, Ramo Gobernación, Caja 88, Exp. 32. Ver F. Katz, *op. cit.*, Vol. II, pp. 237-239.

196. Charles Cumberland, *op. cit.*, pp. 244-245; William Weber Johnson, *op. cit.*, p. 360; Lorenzo Meyer, *op. cit.*, p. 107; Fernando Benítez, *Lázaro Cárdenas y la Revolución Mexicana*, Fondo de Cultura Económica, México, 1977, p. 99.

197. Armando de María y Campos, *Múgica, Crónica Biográfica*, CEPSA, México 1939. Véase Lorenzo Meyer, *op. cit.*, p. 115.

198. Samuel Elliot Morrison, Henry Steel Commager y William E. Leuchtenburg, *Breve historia de los Estados Unidos*, Fondo de Cultura Económica, 1980, p. 678.

199. Boletín del Petróleo, Vol. V, enero-junio de 1918, pp. 452-457.

200. Lorenzo Meyer, *op. cit.*, p. 137.

201. *Ibid.*, p. 138.

202. C. W. Trow, *Senator Albert Fall and Mexican Affairs 1912-1921*, tesis inédita, Universidad de Colorado, 1966, pp. 184-192. Ver Lorenzo Meyer, *op.cit.*, p. 101.

203. Charles Cumberland, *op. cit.*, p. 371. Véase Miguel Alessio Robles, *op. cit.*, p. 23.

204. F. Katz, *op. cit.*, Vol. II, p. 232.

205. Carta de Luis Cabrera al licenciado Armando Ostos, *Siempre*, No. 208, agosto 13 de 1958.

206. Manuel González Ramírez, *La Revolución Social de México*, Vol. I, *Las Ideas. La Violencia*, Fondo de Cultura Económica, México, 1974, pp.70-71.

207. *Ibid.*, nota 206, donde se hace un análisis muy extenso y detallado de los acontecimientos de Tlaxcalantongo, en relación a la responsabilidad histórica de los petroleros en el asesinato de Carranza.

208. Lorenzo Meyer, *op. cit.*, pp. 162-163.

209. John W. F. Dulles, *Ayer en México*, Fondo de Cultura Económica, México, 1977, p. 89.

210. Gobierno de México, "La cuestión petrolera mexicana...; (Compañías petroleras), Alegatos que presentan ante la Suprema Corte de Justicia de la Nación las siguientes compañías y personas... en los juicios de amparo promovidos contra leyes y actos del Ejecutivo de la Unión y de sus dependencias, la Secretaría de Gobernación, la Secretaría de Hacienda y Crédito Público y la Secretaría de Industria, Comercio y Trabajo", Imprenta J. Escalante, S.A., México, 1919. Véase Lorenzo Meyer, *op. cit.*, p. 125, nota 46.

211. Miguel Alemán, *La verdad del petróleo en México*, Editorial Grijalbo, México, 1980, p. 115.

212. *El Universal*, 28 de abril de 1921.

213. Miguel Alemán, *op. cit.*, p. 109.

214. *Ibid.*, p. l07.

215. *Ibid.*, p. 107.

216. Josephus Daniels a Roosevelt y Daniels a Hull, 22 de marzo de 1938, JDP, Caja 750. Citado por Lorenzo Meyer, *op. cit.*, p. 144.

217. Lorenzo Meyer, *op. cit.*, p. 131.

218. Álvaro Matute, *Historia de la Revolución Mexicana, la carrera del Caudillo*, El Colegio de México, México, 1980, p. 145.

219. Charles Cumberland, *op. cit.*, p. 128.

220. F. Katz, *op. cit.*, Vol. I, pp. 310-311.

221. John Womack Jr., *Zapata y la Revolución Mexicana*, pp. 316-317.

222. F. Katz, *op. cit.*, Vol. II, p. 236.

223. Álvaro Matute, *op. cit.*, p. 145.

224. *Ibid.*, p. 149.

225. Álvaro Matute, *op. cit.*, p. 127; Linda Hull, *Álvaro Obregón*, Texas University Press, 1981, p. 244.

226. Robert Freeman Smith, *The United States and Revolutionary Nationalism in Mexico. 1916-1932*, The University of Chicago Press, p. 205.

227. *Ibid.*, p. 206.

228. Lorenzo Meyer, *op. cit.*, p. 173.

229. *Ibid.*, pp. 173-174.

230. Robert Freeman Smith, *op. cit.*, p. 206.

231. Lorenzo Meyer, *op. cit.*, pp. 176-177.

232. *Ibid.*, pp. 176-177.

233. Archivo de la Secretaría de Relaciones Exteriores, C-3-2-43, Exp. III/625(011)2-1, Leg. 3, ff. 90-91 y Leg. l, ff. 91-92. Véase Lorenzo Meyer, *op. cit.*, p. 173.

234. Robert Freeman Smith, *op. cit.*, p. 203.

235. Lorenzo Meyer, *op. cit.*, p. 178.

236. *Ibid.*, p. 179.

237. Robert Freeman Smith, *op. cit.*, p. 205.

238. Ramón Puente, *Hombres de la Revolución: Calles*, Los Ángeles, Cal., 1933, p. 128; Merril Rippy, *op. cit.*, p. 93. En un memorándum del Departamento de Estado fechado el 11 de julio de 1922, sobre una conversación sostenida por Hughes con los representantes de las compañías petroleras, se señala que Washington no aconsejaba dar ningún préstamo al gobierno mexicano, aunque tampoco se opondría si los petroleros decidían efectuarlo. NAW, 812.6363/1228. Lo mismo se dice en un memorándum del 14 de julio de 1922 de la Division of Mexican Affairs al Secretario de Estado, 812.51/901. Lorenzo Meyer, *op. cit.*, p. 181, nota 96.

239. Robert Freeman Smith, *op. cit.*, p. 201.

240. Lorenzo Meyer, *op. cit.*, pp. 95-96.

241. Fernando Benítez, *op. cit.*, Vol. II, El caudillismo, p. 139.

242. *Ibid.*, pp. 140 y 141.

243. F. Katz, *op. cit.*, Vol. I, p. 229.

244. Lorenzo Meyer, *op. cit.*, p. 204.

245. Jorge Prieto Laurens, *El Universal*, 15 de enero de 1958.

246. Linda Hall, *Álvaro Obregón, power and Revolution in Mexico 1911-1920*, Texas University Press.

247 William Weber Johnson, *op. cit.*, p. 429 y Fernando Benítez, *op. cit.*, p. 155.

248. Morrison, Commager y Leuchtenburg, *op. cit.*, pp. 700-701.

249. Jacques Duroselle, *op. cit.*, p. 196.

250. Josephus Daniels, *Diplomático en mangas de camisa*, p. 228.

251. Edmund David Crono, *The cabinet diaries of Josephus Daniels 1913-1921*, Lincoln, University of Nebraska Press, 1963.

252. Lorenzo Meyer, *op. cit.*, p. 224.

253. Archivo de Relaciones Exteriores, Sheffield a Sáenz, 17 de noviembre de 1925, II/628(010)LE-534, Leg. 7, ff. 14-16.

254. Edmund David Cronon, *Josephus Daniels in Mexico*, pp. 47-48; Isidro Fabela, *La política internacional del Presidente Cárdenas*, p. 66, citado por Lorenzo Meyer, *op. cit.*, p. 232, nota 50.

255. John W. Dulles, *op. cit.*, p. 289.

256. *Ibid.*, p. 267.

257. Lorenzo Meyer, *op. cit.*, p. 226.

258. Miguel Alemán, *op. cit.*, p. 138.

259. John. W. F. Dulles, *op. cit.*, p. 294.

260. Robert Freeman Smith, *op. cit.*, p. 235.

261. *Ibid.*, pp. 236-237.

262. Miguel Alemán, *op. cit.*, p. 134.

263. J. B. Duroselle, *op. cit.*, p. 168.

264. Lorenzo Meyer, *op. cit.*, p. 295.

265. *Ibid.*, p. 251.

266. Robert Freeman Smith, *op. cit.*, p. 233.

267. Lorenzo Meyer, *op. cit.*, pp. 246-247.

268. *Ibid.*, p. 251.

269. John. W. Dulles, *op. cit.*, p. 275.

270. *Ibid.*

271. *Ibid.*

272. *Ibid.*, p. 271.

273. *Ibid.*, p. 276.

274. *Ibid.*, pp. 276, 277, 282.

275. Álvaro Obregón, *8,000 kilómetros de campaña*, pp. 436-438.

276. Miguel Alemán, *op. cit.*, p. 144.

277. William Weber Johnson, *op. cit.*, p. 439.

278. Lorenzo Meyer, *op. cit.*, p. 254.

279. *Ibid.*, p. 254.

280. *Ibid.*, p. 252.

281. *Ibid.*

282. Robert Freeman Smith, *op. cit.*, p. 241.

283. Lorenzo Meyer, *op. cit.*, p. 261.

284. *Ibid.*, pp. 261-262.

285. *Ibid.*, p. 262.

286. *Ibid.*

287. Robert Freeman Smith, *op. cit.*, p. 244.

288. *Ibid.*, p. 235.

289. Miguel Alemán, *op. cit.*, p. 134.

290. Robert Freeman Smith, *op. cit.*, p. 254.

291. *Ibid.*, p. 244.

292. John W. Dulles, *op. cit.*, p. 264.

293. El embajador sugirió que se utilizara un fallo favorable a las compañías dado tiempo atrás por el juez de Tuxpan, Veracruz —mismo que le había acarreado el enojo de Morones y la destitución— y que la Suprema Corte, siguiendo el precedente sentado en el caso de Texas en 1922, lo ratificara. El presidente aseguró al representante norteamericano que si por ese medio podría encontrarse solución al conflicto, en dos meses lograría que el fallo fuera pronunciado. En realidad, no fue necesario esperar tanto: a través del propio Morones, Calles pidió a la Suprema Corte que actuara en la forma convenida con Morrow y el día 17 ésta dio a conocer una sentencia en el sentido aconsejado por el Ejecutivo.

La Suprema Corte señaló en su decisión que una confirmación de los derechos petroleros de acuerdo con la ley de 1925 equivaldría a una verdadera modificación en perjuicio de los intereses de las empresas y que por lo tanto dicha ley debía ser reformada. En el dictamen se señaló que: a) los derechos de las compañías sobre el subsuelo no eran simples expectativas (tesis que Sáenz había defendido en su correspondencia con Kellog) sino derechos adquiridos; b) la fijación de un límite de cincuenta años a las concesiones confirmatorias tenía un carácter retroactivo; c) la negativa de las compañías a pedir la confirmación de sus derechos no había revestido un carácter ilegal y por tanto no habían incurrido en sanción alguna, y d) a pesar de lo anterior continuaba siendo necesario que, bajo nuevas condiciones, las compañías obtuvieran de la Secretaría de Industria la confiscación de sus derechos. El día 14 Calles informó a Morrow que él procedería de inmediato a modificar la ley de 1925 de acuerdo con el fallo de la Corte. Washington se mostró bastante complacido con el nuevo giro del problema: los amparos en contra de la cancelación de los permisos de perforación se resolverían favorablemente y las actividades volverían a reanudarse; la legislación de 1925 sería derogada. Lorenzo Meyer, *op. cit.*, pp. 271-272.

294. *Ibid.*, p. 272.

295. El embajador se opuso entonces a que una delegación de ejecutivos petroleros viniera a México a tratar personalmente con Calles el problema y expresarle los motivos de su continua insatisfacción, pero a cambio de ello logró que, ya en el Congreso, el proyecto de ley del Ejecutivo fuera ligeramente modificado añadiendo el calificativo de "confirmatorias" a las concesiones que se darían a las empresas. El 3 de enero de 1928 entraron en vigor las reformas a la ley de 1925. Los derechos adquiridos por quienes hubieran efectuado un "acto positivo" fueron confirmados sin límite de tiempo, no pudiendo ser cancelados en el futuro por ningún motivo. Seis días más tarde los representantes de la Huasteca consultaron a Morones para saber —por boca del que había sido su más enconado enemigo— si la solicitud de tales concesiones confirmatorias implicaba la pérdida de algún derecho adquirido con anterioridad a mayo de 1917, en un intento de poner punto final a ciertas dudas que aún abrigaban las compañías. Citado por Lorenzo Meyer, *op. cit.*, p. 273.

296. Las reformas al reglamento se encuentran en el *Diario Oficial* de 28 de marzo de 1928, NAW, Morrow a Departamento de Estado, 6 de marzo de 1928, 812.6363/2524; 12 de septiembre de 1930, 824.6363/2698. Tomado de Lorenzo Meyer, *op. cit.*, p. 275.

297. Josephus Daniels, *op. cit.*, p. 274.

298. Morrison, Commager y Leuchtenburg, *op. cit.*, p. 700.

299. Jorge Basurto, *El conflicto internacional en torno al petróleo de México*, 2a. Edición, Editorial Siglo XXI, México, p. 15.

300. Lorenzo Meyer, Rafael Segovia y Alejandra Lajous, *Historia de la Revolución Mexicana*, El Colegio de México, México, 1981, p. 202.

301. John F. W. Dulles, *op. cit.*, p. 283.

302. *Ibid.*, p. 453 y Meyer, Segovia y Lajous, *op. cit.*, p. 201.

303. Meyer, Segovia y Lajous, *op. cit.*, p. 202.

304. *Ibid.*, pp. 202-203.

305. Bertrand de Jouvenel, *Du pouvoir, histoire naturelle de sa croissance*, Hachette, París, S.C.D.M., p. 242.

306. John F. W. Dulles, *op. cit.*, p. 403.

307. *Ibid.*, p. 403.

308. *Ibid.*, p. 406.

309. John F. W. Dulles, *op. cit.*, pp. 422-425.

310. *Ibid.*, p. 423.

311. Harold Nicholson, *Dwight Morrow*, pp. 345 y 347.

312. John F. W. Dulles, *op. cit.*, p. 460.

313. *Ibid.*, p. 437.

314. Morrison, Commager y Leuchtenburg, *op. cit.*, pp. 717, 718 y 721.

315. *Ibid.*, p. 717.

316. John F. W. Dulles, *op. cit.*, p. 447.

317. *Ibid.*, p. 451.

318. Francisco Díaz Babio, *Un drama nacional. La crisis de la Revolución*, Ediciones Botas, México, 1939, pp. 263-264.

319. Alberto J. Pani, Convención 12 de junio de 1955, citado por John F. W. Dulles, *op. cit.*, p. 495.

320. Lorenzo Meyer, *op. cit.*, p. 294.

321. Miguel Alemán, *op. cit.*, p. 184 y Morrison, Commager y Leuchtenburg, *op. cit.*, pp. 722-723.

322. Morrison, Commager y Leuchtenburg, *op. cit.*, p. 746.

323. Lorenzo Meyer, *op. cit.*, p. 291.

324. John F. W. Dulles, *op. cit.*, p. 532.

325. *Ibid.*, p. 522.

326. William Weber Johnson, *op. cit.*, p. 461.

327. Lázaro Cárdenas, ver *El Universal* de 1o. de julio de 1934.

328. Moisés González Navarro, *La Confederación Nacional Campesina*, Editor Costa Amic, México, 1968, p. 100.

329. *Ibid.*, p. 105.

330. Lorenzo Meyer, *op. cit.*, p. 307, ver también Meyer, Segovia y Lajous, *op. cit.*, p. 234.

331. John F. W. Dulles, *op. cit.*, p. 548.

332. Lorenzo Meyer, *op. cit.*, p. 298.

333. John F. W. Dulles, *op. cit.*, pp. 550-551.

334. *Ibid.*, p. 555.

335. John F. W. Dulles, *op. cit.*, p. 576.

336. *Ibid.*, p. 575.

337. *Ibid.*, pp. 576-577.

338. *Ibid.*, p. 583 y Fernando Benítez, *Lázaro Cárdenas y la Revolución de México: III. El Cardenismo*, Fondo de Cultura Económica, México, 1978, p. 29.

339. John F. W. Dulles, *op. cit.*, p. 588.

340. J. Silva Herzog, *Historia de la expropiación de las empresas petroleras*, pp. 108-109; Lorenzo Meyer, *op. cit.*, p. 311; Miguel Alemán, *op. cit.*, p. 213

341. Pedro J. Almada, *Con mi cobija al hombro*, pp. 375, 376, 384.

342. John F. W. Dulles, *op. cit.*, p. 607.

343. *Ibid.*, p. 608.

344. Jesús Silva Herzog, *op. cit.*, p. 109.

345. Fernando Benítez, *op. cit.*, p. 57.

346. Lorenzo Meyer, *op. cit.*, p. 317.

347. Francisco Castillo Nájera, *El petróleo en la industria moderna. Las compañías petroleras y los gobiernos de México*, Cámara Nacional de la Industria de la Transformación, México, 1949, p. 40.

348. J. Silva Herzog, *op. cit.*, p. 78.

349. *Ibid.*, p. 86.

350. Lorenzo Meyer, *op. cit.*, p. 321.

351. *Ibid.*, p. 323.

352. *Ibid.*, p. 332.

353. *Ibid.*, p. 325.

354. Raymond Vernon, *An interpretation of the mexican view.*

355. Jesús Silva Herzog, *op. cit.*, p. 97.

356. Miguel Alemán, *op. cit.*, p. 237.

357. Lorenzo Meyer, *op. cit.*, p. 436.

358. *Ibid.*, pp. 363 y ss.

359. *Ibid.*, pp. 398-399.

360. Gobierno de México, "Notas diplomáticas cruzadas entre los gobiernos de México y la Gran Bretaña con motivo de la expropiación de la industria petrolera" (México DAPP, 1958); Merril Rippy, *op. cit.*, pp. 125, 127; Manuel González Ramírez, *El Petróleo Mexicano: La expropiación*, pp. 29-34; Jesús Silva Herzog, *Petróleo Mexicano*, pp. 57-58.
En septiembre de 1939, a raíz del conflicto europeo, Holanda e Inglaterra intentaron atraer al Departamento de Estado a su posición y conseguir la devolución de sus propiedades, pp. 235 y ss; pero Hull se negó a formar un "frente común". Citado en nota 140 del libro de Lorenzo Meyer, *México y Estados Unidos en el conflicto petrolero*, El Colegio de México, México, p. 382.

361. Lorenzo Meyer, *op. cit.*, p. 447.

362. *New York Times*, 18 de abril de 1938 y Últimas Noticias de *Excélsior* del 25 de marzo de 1938.

363. Lorenzo Meyer, *op. cit.*, pp. 424-425.

364. Jesús Silva Herzog, *op. cit.*, p. 169.

Bibliografía

Adams, Willi Paul, *Los Estados Unidos de América*, Siglo XXI Editores.

Aguirre Benavides, Adrián, *Madero el inmaculado, historia de la revolución de 1910*, Edit. Diana, México, 1962.

Alemán, Miguel, *La verdad del petróleo mexicano*, Editorial Grijalbo, México, 1980.

Alessio Robles, Miguel, *Historia política de la Revolución*, 3a. ed., Ediciones Botas, México, 1946.

Alessio Robles, Vito, *Los Tratados de Bucareli*, A. del Bosque, Impresor, México, 1937.

Alperovich, Moisei S. y Boris T. Rudenko, *La Revolución Mexicana de 1910-1917 y la política de los Estados Unidos*, Editorial Popular, México, 1960.

Bach, Federico y De la Peña, Manuel, *México y su petróleo*, (síntesis histórica), Editorial México Nuevo, México, 1938.

Baker, Ray Stannard, *Woodrow Wilson, life and letters*, Vols. V, VI y VII, Charles Scribner's Sons, New York, 1946.

Barron, Clarence W., *The mexican problem*, Cambridge, Mass. Houghton Mifflin Co., 1917.

Basurto, Jorge, *El conflicto internacional en torno al petróleo de México*, 2a. edición, Editorial Siglo XXI, México.

Bazant, Jan. *La deuda externa de México*, El Colegio de México, México.

Beals, Carleton, "Civil War in Mexico", *New Republic*, 6 de julio de 1927, "Mexico's Coming Election", *NewRepublic*, 17 de agosto de 1927.

Bell, James Dunbar, *Attitudes of selected groups in the United States toward Mexico, 1930-1940*, University of Chicago Press, Chicago, 1945.

Benítez, Fernando, *Lázaro Cárdenas y la Revolución Mexicana*, I. El Porfirismo, El Caudillismo, El Cardenismo, Fondo de Cultura Económica, México.

Berenger, Henry, *Le petrole et la France*, París, 1920.

Boracres, Paul, *Le pétrole mexicain... un bien volé?*, Les Editions Internationales, Paris, 1939.

Bonilla, Manuel Jr., *El régimen maderista*, Editorial Arana, México, 1962.

Bosques, Gilberto, *The National Revolutionary party of Mexico and the Six Year Plan*, Partido Nacional Revolucionario, México, 1943.

Brenner, Anita, *The wind that swept Mexico, The history of the Mexican Revolution, 1910-1942*, Harper an Brothers, New York, 1945.

Calvert, Peter, *La Revolución Mexicana 1910-1914*, Ediciones El Caballito, México, 1978.

Casasola, Gustavo, *Historia gráfica de la Revolución Mexicana*, Edición conmemorativa, Editorial Trillas, México, 1964.

Castillo Nájera, Francisco, *El petróleo en la industria moderna. Las compañías petroleras y los gobiernos de México*, Cámara Nacional de la Industria de Transformación, México, 1949.

Cline, Howard F., *The United States and Mexico*, Atheneum, Nueva York, 1963.

Cosío Villegas, Daniel, *Historia Moderna de México*, El Porfiriato, Editorial Hermes, México, 1963.

Creelmann, James, "Díaz, master of Mexico", *Appleton*, Nueva York y Londres, 1916.

"Presidente Díaz: hero of the Americas", *Pearsons Magazine*, marzo de 1908.

Cronon, Edmund David, *The cabinet diaries of Josephus Daniels*, U. Nebraska Press.

Cumberland, Charles C., *Mexican Revolution, genesis under Madero*, Austin University of Texas Press, 1952.

Daniels, Josephus, *Shir sleeve diplomat*, Chaple Hill, N.C., The University of North Carolina Press, 1947.

De la Huerta, Adolfo, *Memorias de Don... según su propio dictado*, Ediciones Guzmán, México, 1957.

De Jouvenel, Bertrand, *Du pouvoir, histoire naturelle de sa croissance*, Hachette S.C.D.M., Paris.

De María y Campos, Armando, *Múgica, crónica geográfica*, CEPSA, México, 1939.

Denny, Ludwill, *We fight for oil*, Alfred A. Knoph, New York, 1928.

Díaz Babio, Francisco, *Un drama nacional: la crisis de la Revolución*, Ediciones Botas, México, 1939.

Díaz Dufoo, Carlos, *La cuestión del petróleo*, Eusebio Gómez de la Fuente (ed.), México, 1921.

——*México y los Capitales Extranjeros*, México, Librería de la Vda. de Ch. Bouret, 1918.

Dulles, John W. F., *Yesterday in Mexico: A chronicle of the Revolution 1919-1936*, Austin University of Texas Press, Austin, Texas, 1961.

Duroselle, Jean-Baptiste, *Política exterior de los Estados Unidos. De Wilson a Roosevelt*, Fondo de Cultura Económica, México, 1965.

Engler, Robert, *La política petrolera: Un estudio del poder privado y las directivas democráticas*, Fondo de Cultura Económica, México, 1966.

Fabela, Isidro, *Documentos históricos de la Revolución Mexicana*, Vols. I, II, III y IV, Fondo de Cultura Económica, México, 1963.

Freeman Smith, Robert, *The United States and Revolucionary Nationalism in Mexico 1916-1932*, The University of Chicago Press, Chicago.

Fuentes Mares, José, *La Revolución Mexicana, memorias de un espectador*, Joaquín Mortiz, México, 1985.
—*Fuentes para la historia de la Revolución Mexicana*, 4 Vols., Fondo de Cultura Económica, México.

Furlington, Edgard, *Mexico and her foreing creditors*, New York 1921.

García Granados, Jorge, *Los veneros del diablo*, Ediciones Liberación, México, 1941.

Gómez Robledo, Antonio, *The Bucareli Agreements and International Law*, The National University of Mexico Press, México, 1940.

González Navarro, Moisés, *Estadísticas sociales del Porfiriato 1887-1910*, Secretaría de Economía, Dirección General de Estadística, México, 1956.

González Ramírez, Manuel, *Fuentes para la historia de la Revolución Mexicana*, Vol. I. Planes políticos y otros documentos, Fondo de Cultura Económica, México, 1954.
—*Los llamados Tratados de Bucareli: México y los Estados Unidos en las Convenciones Internacionales de 1923*, s.p.i., México, 1939.
—*El petróleo mexicano: La expropiación petrolera ante el derecho internacional*, Editorial América, México, 1941.
—*La revolución social de México*, Vol. I, Fondo de Cultura Económica, México, 1960.

Grieb, Kenneth Jr., *The United States and Huerta*, Lincoln University of Nebraska Press, 1969.

Grieb, Kenneth J., "Standard Oil and the Financing of the Mexican Revolution", en *California Historial Society Quarterly*, Vol. XL, n. 1, marzo de 1971.

Guzmán, Martín Luis, *The eagle and the serpent*, traducido por Harriet de Onis, Garden City, Doubleday 1965.
—*Febrero de 1913*, Empresas Editoriales, México, 1963.
—*Memoirs of Pancho Villa*, traducido por Virginia H. Taylor, Austin University of Texas Press, 1965.
—*Muertes históricas*, Cía. Gral. de Ediciones, México, 1963.

Hall, Linda, *Álvaro Obregón, power and revolution in Mexico, 1911-1920*, Texas University Press.

Hanighen, Frank C., *The secret war*, The John Day Co., New York, 1934.

Henrick, Burton J., *The life and letters of Walther H. Page*, Nueva York, 1923.

Hull, Cordel, *The memoirs of Cordel Hull*, McMillan, New York, 1948.

James, Daniel, *Mexico and the americans,* Nueva York; Henry Bamford Parkes.

Katz, Friedrich, *La guerra secreta en México*, 2 vols., Ediciones Era, México, 1983.

Link, Arthur S., *Woodrow Wilson ant the Progresive Era 1910-1917*, Harper, New York, 1954.

Lavín, José Domingo, *Petróleo*, E.D.I.A.P.S.A., México, 1950.

L'Espagnol de la Tramerge, Pierre, *La lutte mondiale pour le pétrole*, Edition de la Vie Universitaire, Paris, 1921.

Lobato López, Ernesto, *El petróleo en la economía*, Fondo de Cultura Económica, México, 1960.

Madero, Francisco I., *La sucesión presidencial de 1910*, Los Insurgentes, México, 1960.

Magdaleno, Mauricio, *Las palabras perdidas*, Fondo de Cultura Económica, México, 1956.

Mancisidor, José, *Historia de la Revolución Mexicana*, 4a. ed., Libro Mex editores, México, 1964.

Márquez Sterling, Manuel, *Los últimos días del presidente Madero*, Imprenta Nacional de Cuba, La Habana, 1960.

Matute, Álvaro. *Historia de la Revolución Mexicana. La carrera del Caudillo*, El Colegio de México, México, 1980.

McDoheny, Edward L., "The mexican question. Its relations to our Industries, our merchant Marines and our Foreign Trade. An interview by...", s.p.i., Los Ángeles, 1919.

Meyer, Lorenzo, *La revolución social de México*, El Colegio de México, México.

Meyer, Lorenzo, *México y los Estados Unidos en el conflicto petrolero*, El Colegio de México, México, 1968.

Meyer, Michael C., *Huerta, a political portrait*, University of Nebraska Press, 1972.

Molina Enríquez, Andrés, *Los grandes problemas nacionales*, Imprenta de A. Carranza e Hijos, México, 1909.

Morineau, Oscar, *The Good Neighbor*, s.p.i., Mexico City,1938.

Morrison, Samuel Eliot, Henry Steele Commager y William E. Leuchtenburg, *Breve historia de los Estados Unidos*, Fondo de Cultura Económica, México, 1980.

Morrison, Samuel E. y S.Commager, Henry, *Historia de los Estados Unidos de Norteamérica*, Vols. II y III, Fondo de Cultura Económica, México, 1951.

O'Shaughnessy (edith.), *Une femme diplomate au Méxique*, Plan Nourrit et Cie., Paris, 1918.

Paz, Octavio, *The labyrinth of solitude*, Grove Press, Nueva York, 1961.

Portes Gil, Emilio, *Autobiografía de la Revolución Mexicana*, Instituto Mexicano de Cultura, México, 1964.

Prida, Ramón, *La culpa de Lane Wilson en la tragedia mexicana de 1913*, Ediciones Botas, México, 1962.

Puente, Ramón, *Hombres de la Revolución: Calles*, s.p.i., Los Ángeles, Cal., 1933.

Puig Casauranc, José Manuel, *El sentido social del proceso histórico de México*, Ediciones Botas, México, 1936.

Reyes, Alfonso, *México in a nutshell and other essays*, G. Earle, Austin University of Texas Press, 1962.

Rippy, J. Fred, *México (Política exterior norteamericana); con José Vasconcelos y Guy Stevens*, University of Chicago Press, Chicago, 1928.

Rodríguez, Antonio, *El rescate del petróleo: epopeya de un pueblo*, Ediciones de la revista Siempre, México, 1958.

Roeder, Ralph, *Juárez and his Mexico*, Viking Press, Nueva York, 1947.

Roeder Ralph, *Hacia el México Moderno, Porfirio Díaz*, Tomo II, Fondo de Cultura Económica, México.

Romero Flores, Jesús, *Anales históricos de la Revolución Mexicana*, 3 vols., Libro Mex editores, México, 1960.

Rouaix, Pastor, *Génesis de los Artículos 27 y 23 de la Constitución Política de 1917*, Biblioteca del Instituto Nacional de Estudios Históricos de la Revolución, México, 1959.

Rudenko, Boris T., et. al, *Revolución Mexicana. Cuatro estudios soviéticos*, Ediciones Los Insurgentes, México, 1960.

Ruvalcaba, Luis N. (ed.), *Campaña política del C. Álvaro Obregón, candidato a la Presidencia de la República 1920-1924*, México.

Secretaría de Industria y Trabajo. *Documentos relacionados con la legislación petrolera mexicana*, México.

Senado norteamericano, *Revolutions in Mexico. Hearings before a Subcommittee of the Committee of Foreign Relations*. 62º Congreso, 2ª Sesión, Washington.

Silva Herzog, Jesús, *Breve historia de la Revolución Mexicana*, 2 vols., Fondo de Cultura Económica, México, 1964.

— *Historia de la expropiación de las empresas petroleras*. Edit. Instituto Mexicano de Investigaciones Económicas, México, 1963.

Spencer, Weetman A., Pearson, *The first viscoutn Cowdray*, Londres, 1930.

Tannenbaum, Frank, *Mexico: The struggle for peace and bread*, Alfred A. Knoph, New York, 1956.

Taracena, Alfonso, *La verdadera Revolución Mexicana*, 16 vols., Editorial Jus, México, 1960-1966.

Trow, C. W., *Senator Albert Fall and mexican affairs 1912-1921*, Universidad de Colorado, 1966.

Townsend, William C., *Lázaro Cárdenas, demócrata mexicano*, Editorial Grijalvo, México, 1959.

Tuner, John Kenneth, *Barbarous Mexico*, Charles H. Ken & Co., Chicago, 1911.

Ulloa, Berta, *Revolución Mexicana 1910-1920*, Secretaría de Relaciones Exteriores, México, 1963.

Vasconcelos, José, *Breve historia de México, Obras Completas*, Vol. IV, Libreros Mexicanos Unidos, México, 1961.

Vasconcelos, José, *Ulises criollo*, FCE, México, 1983.

Veals Carleton, *Porfirio Díaz*, Editorial Domés, México.

Vera Estañol, Jorge, *La Revolución Mexicana: orígenes y resultados*, Editorial Porrúa, México, 1957.

Walling, William English, *The mexican question, mexican and american relations under Calles and Obregón*, New York, Robin Press, 1927.

Weber, William Johnson, *Mexico Heroico*, Plaza & Janés Editores, México, 1970.

Weyl, Nathaniel y Sylvia, *The reconquest of Mexico*, Oxford, Nueva York, 1939.

Weyl, Nathaniel y Silvia, "La reconquista de Mexico" (Los días de Lázaro Cárdenas), en *Problemas Agrícolas e Industriales de México*, Vol. VII, octubre-diciembre de 1955.

Wilson, Henry Lane, *Diplomatic episodes in Mexico, Belgium and Chile*, Doubleday, Page and Co., New York, 1927.

Womack, John, *Zapata and the Mexican Revolution*, Alfred A. Knoph, New York, 1969.

Índice

México negro se terminó de imprimir
en noviembre de 2007, en Litográfica
Ingramex, S.A. de C.V., Centeno 162, Col.
Granjas Esmeralda, C.P. 09810, México,
D.F. Composición tipográfica: Fernando
Ruiz. Cuidado de la edición: Ramón
Córdoba. Corrección: Rafael Serrano.